www.ingramcontent.com/pod-product-compliance
Lightning Source LLC
LaVergne TN
LVHW011926070526
838202LV00054B/4504
*9788119022113*

# حیرت کدہ

### خود نوشتوں و دیگر کتب سے
### ماورائے عقل و مافوق الفطرت واقعات

مرتب:

## راشد اشرف

© Taemeer Publications *(India)*
**Hairat Kada** (Supernatural Stories)
by: Rashid Ashraf
Edition: February '2023
Publisher & Printer:
Taemeer Publications, Hyderabad.

ISBN 978-81-19-02211-3

مصنف یا ناشر کی پیشگی اجازت کے بغیر اس کتاب کا کوئی بھی حصہ کسی بھی شکل میں بشمول ویب سائٹ پر اَپ لوڈنگ کے لیے استعمال نہ کیا جائے۔ نیز اس کتاب پر کسی بھی قسم کے تنازع کو نمٹانے کا اختیار صرف حیدرآباد (تلنگانہ) کی عدلیہ کو ہو گا۔

© تعمیر پبلی کیشنز

| | | |
|---|---|---|
| کتاب | : | **حیرت کدہ** (مافوق الفطرت واقعات) |
| مصنف | : | **راشد اشرف** |
| صنف | : | فکشن |
| ناشر | : | تعمیر پبلی کیشنز (حیدرآباد، انڈیا) |
| زیر اہتمام | : | تعمیر ویب ڈیولپمنٹ، حیدرآباد |
| سالِ اشاعت | : | ۲۰۲۳ء |
| تعداد | : | (پرنٹ آن ڈیمانڈ) |
| طابع | : | تعمیر پبلی کیشنز، حیدرآباد ــ ۲۴ |
| صفحات | : | ۵۱۶ |
| سرورق | : | اٹلانٹس پبلی کیشنز (کراچی، پاکستان) |

انتساب

والد صاحب (محمد سلیم اشرف مرحوم) اور
والدہ صاحبہ (رابعہ سلیم)
کے نام

## خصوصی شکریہ:

زیر نظر کتاب کے مختلف مراحل کے دوران راقم کو جن قابل احترام شخصیات نے اپنے تعاون سے نوازا، ان کے نام یہاں اس دعا کے ساتھ درج کیے جاتے ہیں کہ اللہ تعالی ان کو سدا خوش وخرم رکھے:۔

پروفیسر اطہر صدیقی، علی گڑھ

برادرم محمد عرفات اعظمی، مئو اعظم گڑھ، ہندوستان

محترم محمد فہیم، کراچی

محترم عثمان قاضی، اسلام آباد

محترم حماد ناصر، لاہور

ڈاکٹر سید سلمان شاہ، پشاور

برادرم محمد انیس الدین، کھام گاؤں، مہاراشٹر

طارق سلیم مروت مرحوم، لکی مروت

ڈاکٹر منیر احمد سلیچ۔ آپ کی کتاب ''وفیات اہل قلم'' سے چند مضمون نگاروں کی تفصیل لی گئی ہے۔

# فہرست

| | | |
|---|---|---|
| پیش لفظ | راشد اشرف | 8 |
| تعارف | عثمان قاضی | 28 |

## حصہ اول ۔ خودنوشتوں/ یادداشتوں کے مجموعوں سے انتخاب

| | | |
|---|---|---|
| ۱۔سہوری کا ڈاک بنگلہ | موسیٰ رضا/ شاہ محی الحق فاروقی | 31 |
| ۲۔سر کٹا انسان بولتا رہا | موسیٰ رضا/ شاہ محی الحق فاروقی | 41 |
| ۳۔متفرق واقعات | شہرت بخاری | 52 |
| ۴۔روشنی کے مینار، جن سے کشتی | خواجہ امتیاز الدین | 64 |
| ۵۔کچھ رواداری کی باتیں | شیخ عبدالشکور | 70 |
| ۶۔۱۸ سول لائن | قدرت اللہ شہاب | 74 |
| ۷۔انجانا خوف/ مرد درویش کی دعا و دیگر | لیاقت علی خان نیازی | 84 |
| ۸۔ناقابل فہم | توصیف تبسم | 97 |
| ۹۔شاہ مبارک سے ملاقاتیں | محمد منصور کاظم | 99 |
| ۱۰۔کٹیا والا بابا | ممتاز مفتی | 104 |
| ۱۱۔میرے زمانے کے اوہام | جوش ملیح آبادی | 111 |
| ۱۲۔چند متفرق واقعات | نقی محمد خان خورجوی | 117 |
| ۱۳۔شیرو | ابوالاعجاز حفیظ صدیقی | 136 |
| ۱۴۔واقعات | پروفیسر سید غلام عباس | 141 |

| | | |
|---|---|---|
| ۱۵۔ دریائے جہلم ودیگر | اے کے خالد | 145 |
| ۱۶۔ روح کی حقیقت | گیان سنگھ شاطر | 150 |
| ۱۷۔ میرا خاندان | سید عبداللہ شاہ | 155 |
| ۱۸۔ ایک واقعہ، اگیا بیتال | احسان دانش | 163 |
| ۱۹۔ مسند نشین | احسان دانش | 169 |
| ۲۰۔ جامع مسجد میں جنات کا سامنا | شکیل بدایونی | 186 |
| ۲۱۔ سیتاپور کا وارث ودیگر | ڈاکٹر سید زاہد علی واسطی | 187 |
| ۲۲۔ عزیز میاں اور مولانا عبدالسلام نیازی | عزیز میاں | 232 |
| ۲۳۔ حاجی صاحب اور متفرق واقعات | سید قمرالحسن | 241 |

## حصہ دوم ۔ متفرق کتابوں سے انتخاب

| | | |
|---|---|---|
| ۲۴۔ ناقابل فہم واقعات | ظفر احمد چودھری | 249 |
| ۲۵۔ حضرت قبلہ غلام مصطفیٰ خاں، متفرقات | محمد مظہر بقا | 259 |
| ۲۶۔ فورتھ ڈائے مینشن | محمد خالد اختر | 266 |
| ۲۷۔ درازندہ ایک قلعہ، ناقابل فہم | محمد جسیم خان | 275 |
| ۲۸۔ شمیم قریشی، جنوں کی دنیا، عبدالعزیز | جاوید چودھری | 307 |
| ۲۹۔ میجر صادق/ سائیں کالا خان | ڈاکٹر تصدق حسین | 347 |
| ۳۰۔ رحمت کا سایہ | پروفیسر افضل علوی | 384 |
| ۳۱۔ نظیر خویش نہ بگذاشتند وبگذشتند | ڈاکٹر مظہر محمود شیرانی | 393 |
| ۳۲۔ شاہ صاحب، جوتش، علم نجوم ودیگر | مظہر سعید قریشی | 404 |

| | | |
|---|---|---|
| ۳۳۔ یہ جنگل یہ درندے | مقبول جہانگیر | 417 |
| ۳۴۔ آیئے جنوں سے ملتے ہیں | میاں محمد افضل | 421 |
| ۳۵۔ قبروں کے اندر کیا ہوتا ہے | میاں محمد افضل | 434 |
| ۳۶۔ چڑیل اور آدم خور | قمر نقوی | 439 |

## حصہ سوم ۔ سیارہ ڈائجسٹ سے مختصر انتخاب

| | | |
|---|---|---|
| ۳۷۔ ہم زاد، روح اور جن | خواجہ حسن نظامی | 475 |
| ۳۸۔ دو واقعات | مقبول جہانگیر | 485 |
| ۳۹۔ ایک عجیب واقعہ | حفیظ جالندھری | 490 |

◻◻◻

# پیش لفظ

اس سے قبل حیرت کدہ کے دو ایڈیشنز شائع ہو چکے ہیں۔ چونکہ ''حیرت کدہ'' جلد دوم ''زندہ کتابیں'' میں شائع ہوئی تھی لہذا جلد اول کو بھی مذکورہ سلسلے میں شامل کیا گیا ہے۔

◆÷◆

مافوق الفطرت واقعات اور وہ بھی خصوصاً خودنوشتوں سے.....؟ مگر دیکھا یہ گیا ہے کہ انسان عموماً خودنوشت زندگی کے آخری حصے میں لکھتا ہے اور عمرِ عزیز کے اس حصے میں عموماً لوگ سچ ہی بولتے ہیں (معاشقوں کے بیان کو چھوڑ کر)۔ آرزو لکھنوی کہہ گئے ہیں۔

آ گئی پیری، جوانی ختم ہے
صبح ہوتی ہے، کہانی ختم ہے

یہ بھی ایک حقیقت ہے کہ سائنس میں مابعدالطبیعیات کی کوئی گنجائش نہیں ہے۔ مگر کیا کیجیے کہ اس عالمِ رنگ و بو میں بسنے والے ہر انسان کی زندگی میں کچھ نہ کچھ ایسے واقعات ضرور رونما ہوتے ہیں جن کی مادّی توجیہ پیش کرنا انسانی علوم کے لیے ناممکن ہوتا ہے۔ طبی ماہرین ایسے واقعات کے شکار لوگوں میں شیزوفرینیا یا مالیخولیا کے اثرات تلاش کرتے ہیں۔ بقول شخصے ''سائنس جو مادّے کی کائناتی سچائیوں کی تعبیر اور اِنسانی زِندگی میں اُس کے عملی اِطلاق پر مامور ہے، واضح اور روشن زبان میں دراصل عالمِ اسباب وعلل کے تحت رونما ہونے والے اُنہی محیر العقول واقعات کی مادّی توجیہ وتعبیر کا فریضہ سرانجام دے رہی ہے۔ سائنسدان مادّے کی اِرتقائی صورتوں کے مسلسل مشاہدے کے ذریعے اس نتیجے پر پہنچتے دکھائی دے رہے ہیں کہ کوئی تو ہے جو نظامِ ہستی چلا رہا ہے، وہی خدا ہے۔''

ماورائے عقل واقعات پر یقین نہ رکھنے والوں افراد کے متعلق پروفیسر عبدالعزیز مرحوم کہتے تھے کہ ''یہ آپ لوگوں کا المیہ ہے........ بے خبر لوگوں کا المیہ جو پچ سسٹم کی اس جدید سائنسی دنیا میں ہر اس واردات کو پاگل پن سمجھتے ہیں جس میں بجلی، تیل اور گیس صرف نہیں ہوتی۔ جو حواس

خمسہ کی کسوٹی پر پوری نہ اترنے والی ہر حقیقت کو ابہام اور تواہم سمجھتے ہیں۔ جو خدا کی تشکیل کردہ حقیقتوں کو اپنے بنائے معیارات پر پرکھتے ہیں۔ یہی وہ لوگ ہیں جو خسارے میں رہتے ہیں۔"

عرصہ گزرا جب ہندوستان کے ذہین فلم ساز، ادیب و شاعر سمپورن سنگھ گلزار نے "لیکن" نامی ایک بے حد دلچسپ فلم بنائی تھی۔ مذکورہ فلم میں مافوق الفطرت واقعات سے وابستہ سائنسی پہلوؤں اور توجیہات کو بھی نہایت چابک دستی سے پیش کیا گیا تھا۔ اس فلم کو دیکھنے سے ان واقعات کا ایک اہم پہلو آشکار ہوتا ہے۔

محمد مظہر بقا ایک مضمون میں بیان کرتے ہیں کہ "اس دنیا میں اللہ تعالی کے دو نظام کارفرما ہیں۔ ایک نظامِ تشریع، دوسرا نظامِ تکوین۔ تشریعی نظام انبیاء کے ذریعے چلتا ہے جبکہ تکوینی نظام کا کام دوسروں سے لیا جاتا ہے۔ قران کریم سے ہمیں علم ہوتا ہے کہ حضرت موسی تشریع کے آدمی ہیں جبکہ حضرت خضر تکوین کے۔ اللہ تعالی نظامِ تکوین کے لیے جو افراد مقرر فرماتا ہے بسا اوقات ان کی عقل سلب فرمالیتا ہے تاکہ وہ شرعی تکلیفات کے پابند نہ رہیں اور صرف تکوینی امور کی انجام دہی میں مصروف رہیں کہ یہی ان کی عبادت ہے۔ ایسے لوگوں کو مجذوب کہا جاتا ہے۔ لیکن اربابِ بصیرت کے سوا کسی اور کا دیوانے اور مجذوب میں فرق کرنا بہت مشکل ہے۔"

راقم الحروف کے خاندان میں بھی ایسے لوگ موجود ہیں جن کی زندگی انتہائی دلچسپ ماورائے عقل واقعات سے عبارت رہی۔ ایسی ہی ایک شخصیت راقم کے سگے ماموں رئیس اصغر صاحب تھے جن کے ساتھ پیش آنے والے واقعات کا ایک گواہ راقم بھی ہے۔ حیرت کدہ کے زیر نظر ایڈیشن میں ان کا اصل نام درج کیا ہے۔ گزشتہ ایڈیشنز میں کمال صاحب کے نام سے ان کا تذکرہ آپ پڑھ چکے ہیں۔ سال 2020ء کے ماہ رمضان میں، 28 مئی کو رئیس اصغر صاحب کا انتقال ہوا۔ انا للہ وانا علیہ راجعون۔ ان کے جاتے ہی دلچسپ باتوں، واقعات، تاریخی حقائق کا ایک باب میرے لیے بند ہوگیا۔ چھوٹی عمر سے ہم نے ان کو دیکھا، ان کی باتیں سنیں۔ رئیس اصغر صاحب کا انتقال بھی میرے لیے ایک معما تھا۔ انہوں نے انتقال سے پندرہ روز قبل کھانا پینا بالکل ترک کردیا تھا۔ میں اور میری والدہ انھی دنوں ایک روز اُن کے بستر کے سرہانے بیٹھے اس بات پر مصر تھے کہ وہ کچھ کھالیں۔ انھوں نے ہمیں سمجھانے والے انداز میں بتایا کہ اب ان باتوں کا کوئی فائدہ نہیں۔ میرے والد (راقم کے نانا) گزشتہ رات خواب میں آئے تھے اور انھوں نے ایک قبر کی

جانب اشارہ کرکے کہا کہ یہ تمہاری قبر ہے، تمھیں اس میں آنا ہے۔''
اُن پندرہ دنوں میں رئیس صاحب سوکھ کر کانٹا ہوگئے تھے۔ وہ تمام دن بستر پر لیٹے رہتے تھے۔ کسی سے بات نہیں کرتے تھے۔ ہم لوگ کڑھتے رہتے تھے کہ نہ وہ علاج کے لیے رضا مند ہوتے ہیں اور نہ ہی دوائی کھانے پر۔ اسی کیفیت میں وہ نہایت اطمینان وسکون سے اس دنیا سے رخصت ہوئے۔

◆

راقم کی والدہ محترمہ نے راقم کی موجودگی میں 2015ء میں حیرت کدہ کی زیرنظر جلد اول کے لیے رئیس اصغر صاحب کے ساتھ پیش آنے والے واقعات کوقلم بند کیا تھا جو ذیل میں پیش کیے جارہے ہیں:
رئیس صاحب کے والد (راقم کے نانا) یہ ذکر کیا کرتے تھے کہ ان کے خاندان کے بڑے بوڑھوں سے یہ روایت ہے کہ خاندان کی خواتین کی زندگیوں پر ایک برا سایہ ہے جو ان کا تعاقب کرتا چلا آرہا ہے۔ یہ عجیب بات ہے کہ اس خاندان کی کوئی عورت اپنی ازدواجی زندگی میں خوش نہ رہ پائی۔ یا تو اسے طلاق ہوگئی یا پھر خاوند اچھا ملنے کی صورت میں خاوند کا انتقال ہوجاتا تھا۔ کئی پشتوں سے یہ بات جوں کی توں ہوتی چلی آرہی تھی۔ خود رئیس صاحب کے خاندان کی تین خواتین میں سے درمیانی کی شادی کے دوسال بعد انہیں بلا جواز مسائل نے اپنے نرغے میں لے لیا۔ چھوٹی کی شادی میں مسائل درپیش تھے جبکہ بڑی بہن بھی غیر شادی شدہ تھیں۔ رئیس صاحب کو بڑی فکر رہتی تھی کہ آگے کیا ہوگا۔ کیا ان بہنوں کی شادیاں ہو پائیں گی۔ رئیس صاحب کے تایا صاحبِ حیثیت تھے۔ انہوں نے لاہور کے علاقے گلبرگ میں 1956ء میں شاندار کوٹھی بنائی تھی۔ ان کی بیٹیاں بھی نہایت حسین وجمیل تھیں۔ اس سے قبل رئیس صاحب کی سگی پھوپھی کو ان کے شوہر نے طلاق دے دی تھی جو بعدازاں پاکستان آگئی تھیں اور ایک روز پراسرار طریقے سے آگ سے جھلس کر انتقال کرگئی تھیں۔ رئیس صاحب اس فکر میں غلطاں رہتے تھے کہ اس معاملے کی کھوج لگائی جائے کہ آخر انہی کے خاندان کی خواتین کے ساتھ ایسا کیوں ہوتا ہے۔ وہ اکثر مزاروں پر جایا کرتے تھے۔ ایک روز وہ کراچی میں واقع شاہ ولائیت کے مزار سے ایک مجذوب کو اپنے گھر لے آئے اور اس کو تمام معاملے سے آگاہ کیا۔ اس مجذوب نے رئیس صاحب کو ایک

ہندوانہ عمل پڑھنے کے لیے دیا جو مہادیوشامی کے نام پر تھا۔مجذوب نے کہا کہ رات کو چارپائی کو اوندھا کر کے اس پر لیٹ جاؤ اور چاروں کونوں پر چنبیلی کے پھول اور اس کے ساتھ تھوڑا سا تمبا کو رکھ دو۔اس عمل کو ایک سو چالیس مرتبہ پڑھو، بزرگ حاضر ہو جائیں گے اور تمہیں بتادیں گے کہ کیا ماجرا ہے۔صبح کو پھولوں کو کسی اندھے کنوئیں میں ڈال آنا۔اس عمل میں دیگر عملیات کے علاوہ یہ الفاظ بھی شامل تھے کہ ''رانگا سامی (ہندوؤں کے ایک باا کرام بزرگ) قسم ہے تجھے مہادیوشامی کی ،یہ بات بتا جو نہ بتائے تو تیری ماں بہن پر طلاق ..طلاق ..طلاق ۔''

رئیس صاحب خود تو یہ عمل نہ کر سکے مگر ان کی بڑی بہن رضیہ رزاق جو نہایت نڈر خاتون تھیں،انہوں نے گھر کے ایک کونے میں یہ عمل پڑھنا شروع کیا۔عمل کے دوران چار پانچ روز تک ان کی طبیعت نہایت بوجھل رہی۔ پانچویں روز وہ بزرگ مع اپنے چیلوں کے حاضر ہو گئے اور وہ سب ایک دائرہ بنا کر بیٹھ گئے۔بہن نے ان سے سوال کیا کہ ہمارے خاندان ہی کی خواتین کے ساتھ یہ بدبختی کیوں چلی آرہی ہے۔انہوں نے وعدہ کیا کہ اس کا جواب ضرور بتاؤں گا،تم پڑھائی کی مقدار بڑھاؤ۔پھر وہ مسلسل خواب میں آتے رہے۔اور ایک روز انکشاف کیا تمہارے خاندان میں سات پشتوں پہلے کسی عورت نے ایک فقیر کو دروازے سے دھتکار دیا تھا۔اس ہندو فقیر کا نام بھی انہوں نے بڑی بہن کو بتایا تھا۔وہ فقیر بہت پہنچا ہوا تھا اور اسی کی بدعا تھی جو نسل درنسل اس خاندان کے تعاقب میں تھی۔ان بزرگ نے اس کا حل یہ بتایا کہ سات جمعرات تک سات قسم کا کھانا پکاؤ اور سات فقیروں میں تقسیم کر دیا کرو۔اس کے بعد یہ عمل پڑھنا بند کر دینا۔

ان بزرگ کی ہدایات پر عمل کیا گیا۔کچھ ہی عرصے بعد بڑی بہن کی شادی ایک بہت اچھی جگہ ہوگئی۔یہ اسی کی دہائی کا ذکر ہے۔رضیہ رزاق اب حیات نہیں ہیں۔چھوٹی بہن ڈاکٹر تھیں جن کی شادی بھی ایک اچھے خاندان میں ہوئی اور وہ ایک مطمئن زندگی گزار رہی ہیں۔کمال صاحب کے بقیہ خاندان کی خواتین بھی مطمئن زندگیاں بسر کر رہی ہیں۔

چند مزید واقعات رئیس اصغر صاحب کے درج کرتا ہوں:

یہ 1986ء کا ذکر ہے جب رئیس صاحب ایک سرکاری ادارے Bankers Equity میں ایک اعلیٰ عہدے پر فائز تھے اور ان دنوں مذکورہ ادارے کی پشاور میں واقع برانچ کے سربراہ تھے۔ایک روز ان کے کراچی آفس کے ایک دوست کا فون آیا جنہوں نے رئیس

صاحب کو ایم اے جناح روڈ کراچی پر واقع ایک نئی خرید کردہ دکان کی افتتاحی تقریب میں شرکت کی دعوت دی۔ مذکورہ دکان صدر کے جانب مڑنے سے قبل واقع الآمنہ پلازہ کی نچلی منزل پر واقع تھی۔ اُس زمانے میں انہوں نے دکان میں آٹھ نو لاکھ مالیت کا سامان رکھا تھا۔ آٹھ منزلہ مذکورہ پلازہ ان دنوں زیرتعمیر تھا جبکہ نچلی منزل پر دکانیں فروخت کی جا چکی تھیں۔ رئیس صاحب پشاور سے کراچی پہنچے۔ افتتاحی تقریب میں تیس چالیس افراد شریک ہوئے تھے۔ قران خوانی ہوئی اور اس کے بعد شرکاء کی تواضع کراچی کی مشہور زمانہ اسٹوڈنٹ بریانی سے کی گئی۔ قران خوانی کے لیے ایک مولانا صاحب مدعو تھے جو طعام کے وقت رئیس صاحب کے برابر بیٹھ گئے اور اسی دوران وہ رئیس صاحب سے سرگوشی میں مخاطب ہوئے:''مجھے یہاں اتنا جنات نظر آ رہا ہے کہ جان لیجیے کہ یہ جگہ کبھی آباد نہ ہو پائے گی۔'' رئیس صاحب نے وجہ دریافت کی تو مولانا گویا ہوئے:''آپ دیکھ نہیں رہے ہیں۔ برابر میں لڑکیوں کا اسکول ہے اور یہ سب یہیں جمع رہتے ہیں۔''

اس وقت پلازہ کی آٹھ میں سے صرف دو منزلیں ہی تعمیر ہوئی تھیں اور تیسری کے آہنی سریے اوپر کی جانب نکلے نظر آتے تھے۔ کچھ عرصے بعد یہ ہوا کہ ان صاحب کی دکان بالکل ٹھپ ہوگئی، وہ سارا سارا دن گاہک کی صورت کو ترس جاتے تھے۔ نتیجہ یہ ہوا کہ وہ صاحب لاکھوں کے مقروض ہوگئے۔ تعمیر شدہ دو منزلیں بھی آباد نہ ہو سکیں، جو آتا تھا کچھ ہی عرصے میں چھوڑ کر چلا جاتا تھا۔ دونوں منزلوں پر جانے والے لوگوں کے ساتھ یہ ہوتا تھا کہ جیسے کسی نے ان کے پاؤں پکڑ لیے ہوں۔ خود کمال صاحب نے بھی ایک مرتبہ اوپری منزل پر جانے کی کوشش کی مگر نہایت واضح طور پر یوں محسوس ہوا جیسے کسی نے ان کے پاؤں جکڑ لیے ہوں۔ وہ الٹے قدموں واپس لوٹ گئے۔ اس کے بعد اس جگہ چند ایک دکانیں نظر آتی رہیں۔ کبھی کوئی درزی بیٹھا نظر آیا تو کبھی کوئی دوسرا معمولی کاروبار کرنے والا۔ وقت گزرتا گیا۔ آج 2023ء میں بھی یہ صورت حال ہے کہ اس عمارت کی دو ہی منزلیں ہیں جبکہ تیسری کے آہنی سریے اسی طرح باہر کی جانب نکلے نظر آتے ہیں۔ پلازہ کے سامنے یعنی ایم اے جناح روڈ کی جانب چند عاملوں کی دکانیں ہیں جن کے بورڈوں پر کھوپڑیاں بنی نظر آتی ہیں۔ ایک دکان چائے فروخت کرنے والے کی ہے۔ پلازہ اسی طرح ویران نظر آتا ہے۔ 1987ء میں رئیس صاحب کا تبادلہ پشاور سے کراچی ہوگیا۔ اس کے کچھ ہی عرصے بعد کچھ مستحکم کاروباری حضرات نے اسی علاقے میں ایک جدید ترین عمارت بنانے کا

منصوبہ بنایا جس کا نام سی بریز پلازہ تجویز ہوا۔ یہ ایک اسپتال کا منصوبہ تھا۔ اس زمانے میں ٹیلی وژن پر بھی اس منصوبے کا خاصا چرچا ہوا تھا۔ وہ تمام سرمایہ دار حضرات کمال صاحب کے مالیاتی ادارے میں قرض کے حصول کی غرض سے آئے۔ منصوبے کی فلم بھی دکھائی گئی۔ اسپتال کی عمارت تعمیر ہوگئی۔ اس وقت کی نہایت پرشکوہ عمارتوں میں اس کا شمار ہوا۔ مگر آج لگ بھگ تینتیس برس گزر چکے ہیں، عمارت خالی پڑی ہے۔ رئیس صاحب کا کہنا تھا کہ جب وہ سرمایہ دار حضرات ان کے دفتر میں منصوبے کی فلم دکھا رہے تھے تو اس کے برابر میں مجھے الآمنہ پلازہ نظر آیا اور فوراً ہی وہ مولانا صاحب اور ان کی پیش گوئی بھی یاد آ گئی۔ صدر کراچی جیسی سونا اگلنے والی جگہ پر ان عمارتوں کا خالی پڑا رہنا ایک اَن ہونی نہیں تو اور کیا ہے۔ سی بریز کی نچلی منزل پر کچھ لوگوں نے قبضہ کرلیا ہے۔ شیشے ٹوٹے نظر آتے ہیں۔ عمارت برے حالوں میں ہے۔ ایم اے جناح روڈ پر صدر جانے والا ہر شخص ان عمارتوں کا مشاہدہ کرسکتا ہے۔ خود راقم الحروف بچپن سے مذکورہ عمارتوں کو خستہ حال و ویران ہی دیکھتا چلا آ رہا ہے۔ اس کے برعکس ان عمارتوں کے بالکل عقب میں دیکھیے تو ایک جہانِ دگر آباد ہے۔ تاج کمپلیکس اور بسوں کے اڈوں پر چوبیس گھنٹے رونق نظر آتی ہے۔

برسبیل تذکرہ، یہ بتا تا چلوں کہ اگر آپ مرکزی سی ویو روڈ پر سمندر کی جانب چلیں تو بالکل آخر میں بائیں ہاتھ پر ایک عظیم الشان پلازہ کے "کھنڈرات" نظر آئیں گے۔ یہ برسہا برس سے اسی حالت میں ہے۔ نیچے دکانوں کی جگہ ہے جو آباد ہی نہیں ہو پاتیں۔ عمارت پرشکوہ تھی مگر عرصہ دراز سے شکست و ریخت کا شکار ہے۔ جی ہاں......یہ عمارت بھی آسیب زدہ مشہور ہے۔ کراچی کے رہائشی جانتے ہیں یہ کس قدر بارونق جگہ ہے۔

رئیس صاحب نے ایک اور واقعہ کی یاد تازہ کرتے ہوئے بتایا کہ 1971ء کی پاک بھارت جنگ سے چندروز قبل کھارادر آگرہ تاج کالونی میں اچانک کہیں سے ایک کتا نمودار ہوا اور دیکھتے ہی دیکھتے اس نے 70/ سے 80/ افراد کو کاٹ کر غائب ہوگیا۔ وہاں کی عمر رسیدہ خواتین نے بتایا کہ عنقریب کچھ ہونے والا ہے اس لیے کہ انہوں نے اپنے خاندان کی بزرگ خواتین سے یہ سنا تھا کہ اسی علاقے میں کئی برس قبل ایک کتا اسی انداز میں نمودار ہوا تھا اور درجنوں لوگوں کو کاٹ کر کہیں غائب ہوگیا تھا جس کے بعد اس علاقے میں ایک بڑی تباہی آئی تھی۔ علاقے کے لوگ یہ بات سن کر خوف زدہ تھے کہ اسی اثناء میں پاک بھارت جنگ چھڑ گئی۔ آگرہ تاج کے ملحقہ علاقوں

میں بم گرے اور خاصا نقصان ہوا۔

رئیس صاحب کی زندگی کئی پراسرار واقعات سے عبارت ہے۔راقم الحروف انہیں اپنے بچپن سے دیکھتا اور ان واقعات کو ان کی زبانی سنتا آیا ہے۔رئیس صاحب کا خاندان میرٹھ ہندوستان سے ہجرت کرنے کے بعد پہلے پہل راول پنڈی میں آباد ہوا تھا اور چند سال گزارنے کے بعد یہ لوگ 1965ء کراچی منتقل ہوگئے تھے۔رئیس صاحب کا بچپن اور نوجوانی کا زمانہ راول پنڈی کے ایک گھر میں گزرا جو ہندوؤں کا چھوڑا ہوا پرانی طرز کا ایک مکان تھا۔رئیس صاحب کے کمرے میں رات کے ٹھیک دو بجے چھت سے چیخ چیخ کی آواز آتی تھی۔کمرے میں ایک آتش دان بھی تھا۔رات کو یوں محسوس ہوتا تھا کہ آتش دان کے اندر کوئی کھرونچے مار رہا ہو۔ایک رات وہ بستر پر لیٹے ہوئے تھے کہ انہیں یوں محسوس ہوا کہ ان کوئی ان کے سینے پر سوار ہوگیا ہے۔بوجھ نا قابل برداشت تھا۔انہوں نے آیت الکرسی پڑھنا شروع کی جس کی وجہ سے وہ نامعلوم بوجھ دور ہوتا چلا گیا۔بعدازاں ان کے پڑوسیوں نے بتایا کہ تقسیم سے قبل اس مکان میں ایک جواں سال ہندو لڑکی کا قتل ہوا تھا جس کی لاش کو چمنی سے آتش دان میں پھینک دیا گیا تھا۔رئیس صاحب اور ان کے اہل خانہ 1948ء سے 1965ء تک مذکورہ مکان میں مقیم رہے۔اس مکان کی عقبی دیوار سے ملحقہ ایک جگہ تھی جس کے اگلے حصے میں (جو سڑک کی جانب تھا) شہر کے ایک معروف ڈاکٹر چراغ دین کا کلینک تھا۔اس کلینک کے پچھلے حصے میں جنات کا ڈیرہ تھا اور وہ حصہ ویران رہتا تھا۔رئیس صاحب کراچی سے جب بھی راول پنڈی جاتے، وہ حصہ ضرور دیکھتے تھے۔2004ء تک وہ جگہ ویران ہی رہی تھی جبکہ آس پاس کے تمام علاقے میں نئی تعمیرات ہوئیں اور بارونق دکانیں اور نت نئے مکانات سر اٹھاتے چلے گئے۔

رئیس صاحب کے مطابق کچھ ایسے مجذوب اور فقیر لوگ ہوتے ہیں جو آپ سے کوئی بات بھی صحیح نہ کریں گے، ان کی باتیں مبہم ہوں گی اور عقل و دانش کے خلاف۔ان کے پاس جانے سے عموماً فیض ہی حاصل ہوتا ہے۔ان میں سے کچھ ایسے فقیر ہوتے ہیں جن کے پاس باقاعدگی سے جانے سے آدمی کو دستِ غیب سے مالی امداد حاصل ہونا شروع ہوجاتی ہے۔یہ 1976ء کی بات ہے جب رئیس صاحب کے ایک واقف کار ریٹائرڈ پولیس افسر نے انہیں بتایا کہ کراچی کے علاقے لیاقت آباد میں واقع فردوس سینما کے بالکل برابر میں جو گلی اندر جاتی ہے اس میں تھوڑا سا

آگے جانے کے بعد بائیں ہاتھ صرافہ بازار کے فوراً بعد ایک چبوترے پر ایک بزرگ اکثر بیٹھے نظر آتے ہیں۔ جو ان کے پاس جاتا ہے اسے کچھ نہ کچھ فائدہ ضرور ہوتا ہے۔ چنانچہ ایک روز رئیس صاحب بھی وہاں جا پہنچے۔ وہ ان دنوں شدید مالی پریشانیوں کا شکار تھے جبکہ ان پر گھر کی ذمہ داریاں بھی تھیں۔ کیا دیکھتے ہیں کہ ایک صاحب جن کی داڑھی مونچھیں صاف تھیں، عمر چالیس بیالیس برس کے قریب، لنڈے کی قمیص اور پرانی سی پتلون پہنے چبوترے پر بیٹھے ہیں۔ پاس ہی ایک کمبل پڑا تھا۔ ان کے ارد گرد دس پندرہ بلیاں بیٹھی تھیں۔ کوئی کمبل کے اندر سے نکل رہی تھی، کوئی اس میں داخل ہو رہی تھی اور چند ایک ان صاحب کے قریب منڈلا رہی تھیں۔ رئیس صاحب ان کے پاس بیٹھ گئے اور ان سے سوال کرتے رہے، اپنے مسائل کے بارے میں بتاتے رہے مگر انہوں نے کوئی جواب نہ دیا اور بے معنی باتیں کرتے رہے۔ رئیس صاحب نے ان کو کچھ پیسے دینا چاہے تو وہ بولے ''ہمارے کس کام کے، لے جاؤ۔'' رئیس صاحب مایوس ہو کر واپس جانے لگے تو وہ بولے ''مٹھائی لے آؤ۔'' رئیس صاحب نے قریب واقع ایک دکان سے مٹھائی خریدی اور ان صاحب کی نذر کی۔ وہ اسے دیکھ کر کہنے لگے ''یہ کیا ہے۔ برفی لانے کو کہا تھا۔'' رئیس صاحب برفی لے آئے جسے انہوں نے رکھ لیا۔ رئیس صاحب نے ان کے پاس جانا شروع کر دیا۔ اندازہ ہوا کہ وہاں آنے والے دیگر افراد بھی برفی ہی لاتے ہیں۔ سامنے ایک چھوٹی سی دکان تھی جس کے مالک نے رئیس صاحب کے استفسار پر انہیں بتایا کہ:

> ''جب سے پاکستان بنا ہے، ان بزرگ کو یہیں دیکھا ہے، ان کے حلیے میں بھی کوئی فرق نہیں آیا اور نہ ہی ان کے معمولات میں۔ یہ تب سے اتنی ہی عمر کے لگتے ہیں۔ سامنے والی عمارت کے مکین ان کو کھانا پہنچاتے ہیں۔ لوگوں سے صرف وہ مٹھائی منگواتے ہیں، پیسے بالکل نہیں لیتے۔ مٹھائی بلیاں کھا جاتی ہیں۔ کبھی کبھار میری دکان سے دو بلیڈ بھی منگوا لیتے ہیں۔ مجذوب آدمی ہیں۔ ان کے عزیز و اقارب کون ہیں، ہمیں نہیں معلوم۔ کبھی کسی عزیز کو یہاں آتے بھی نہیں دیکھا۔ جس مکان سے انہیں کھانا پہنچایا جاتا ہے اس کا مالک پہلے بہت ہی غریب ہوا کرتا تھا، اب وہ چودہ پندرہ بسوں کا مالک ہے۔ ہم انہیں بلی والے بابا کہتے ہیں۔''

رئیس صاحب مسلسل بلی والے بابا کے پاس حاضری دیتے رہے۔ رفتہ رفتہ ان کے مالی حالات بہتر ہونا شروع ہوگئے۔ رئیس صاحب مہینے میں دو تین مرتبہ ان کے پاس جاتے تھے اور ہمیشہ برفی لے جانا نہیں بھولتے تھے۔ ایک مرتبہ ایسا ہوا کہ رئیس صاحب نے برفی خریدی اور اس میں ایک ٹکڑا کھالیا۔ برفی ڈبے میں بند تھی۔ بابا نے ڈبے کو دیکھتے ہی خفگی سے کہا "تم نے راستے میں کھالیا، تمہارے کام نہیں ہوں گے۔" ایک مرتبہ رئیس صاحب کو برفی نہ ملی، سو وہ قلاقند لے گئے۔ بابا نے بند ڈبے پر ایک نظر ڈالی اور کہا "یہ برفی نہیں ہے، برفی لاؤ۔"

وقت گزرتا چلا گیا۔ رئیس صاحب کی حاضری قائم رہی۔ 1982ء میں ان کی بڑی بہن رضیہ رزاق کی شادی اچانک طے ہوگئی۔ رئیس صاحب کے پاس انتظام نہیں تھا۔ وہ سخت پریشانی کے عالم میں بابا کے پاس گئے۔ بابا نے کہا: "انتظام ہو جائے گا، سب ہو جائے گا۔" شادی میں تین ماہ باقی تھے۔ رئیس صاحب بھاگ دوڑ میں لگے ہوئے تھے۔ انہی دنوں ایک صاحب نے انہیں چھ ہزار کا چیک دیا جسے جیب میں ڈالے وہ بابا کے پاس پہنچے۔ برفی خریدی اور ان کے پاس بیٹھ گئے اور اپنی پریشانی کا ذکر کرنے لگے۔ بابا سنتے رہے، پھر غصے میں کہنے لگے: "چھ ہزار کا دھندا کر کے آرہے ہو اور کہتے ہو پیسہ نہیں ہے، سب کھینچ لوں گا۔" رئیس صاحب ڈر گئے، معافی مانگی۔ اس کے بعد اللہ کا کرنا یہ ہوا کہ انہیں اتنے کام ملتے گئے کہ دو ماہ میں ان کے پاس تقریباً دو لاکھ روپیہ آگیا۔ جس دن ان کی بہن کی بارات تھی، اس روز تک رقم ملتی رہی تھی۔ نہایت اچھے طریقے سے شادی ہوگئی۔ اس کے بعد رئیس صاحب کا بابا کے پاس مسلسل جانا ہوتا رہا۔

رئیس صاحب کی بڑی بہن رضیہ کی شادی سنہ اسی کی دہائی میں پنجاب کے شہر صادق آباد میں ہوئی تھی۔ ان کے شوہر وکیل تھے۔ وہ ایک انتہائی ایماندار آدمی تھے۔ المیہ دیکھئے، اسی ایمان داری کے سبب ان کی وکالت بالکل نہیں چلتی تھی۔ رئیس صاحب کی بہن بھی مختلف وظائف پڑھتی رہتی تھیں۔ ایک روز انہیں خواب میں کسی نے کہا کہ تمہارا بھائی کراچی میں ہے۔ وہ فردوس سینما کے پیچھے ایک بزرگ کے پاس جاتا ہے، تم بھی اس کے پاس جاؤ۔ وہ کراچی پہنچیں اور رئیس صاحب انہیں بلی والے بابا کے پاس لے گئے اور کہا کہ انہیں اپنے مسائل کے بارے میں بتاؤ۔ وہ مبہم بات کریں گے مگر تم گھبرانا نہیں، ان کے پاس آنا ہی فیض ہے۔ بابا، رئیس صاحب کی بہن کی بات سن کر ہاں ہاں کرتے رہے۔ کہا کہ اب اپنے گھر جاؤ اور بلیوں کو برفی کھلاؤ۔ وہ یہ

عجیب وغریب بات سن کر خاموش ہوگئیں۔ بہر کیف اپنے گھر، جو کراچی سے سینکڑوں کلومیٹر دور تھا، پہنچتے ہی انہوں نے ایک کلو برفی منگوائی اور گھر کی چھت پر رکھ دی۔ کچھ دیر بعد چھت پر گئیں تو کیا دیکھتی ہیں کہ عجیب عجیب شکلوں والی، مختلف عمروں کی پچیس تیس بلیاں چھت پر موجود ہیں اور رغبت سے برفی کھا رہی ہیں۔ بلیاں برفی کھا کر چلی گئیں۔ ان کے شوہر کی رقم جو ایک طویل عرصے سے کسی شخص کے پاس تھی اور وہ ٹال مٹول سے کام لے رہا تھا۔ اسی شام کو کیا دیکھتی ہیں کہ مذکورہ شخص وہ رقم لے کر خود چلا آرہا ہے۔ اس کے بعد ان کے حالات بہت اچھے ہوگئے۔

رئیس صاحب بلی والے بابا کے پاس جاتے رہے۔ نوے کی دہائی کی بات ہے۔ ایک روز وہ ایک ماہ کے وقفے کے بعد وہاں پہنچے تو معلوم ہوا کہ چند روز قبل بابا کا انتقال ہوگیا ہے۔

راقم الحروف نوے کی دہائی میں رئیس اصغر صاحب کے ہمراہ بلی والے بابا کے پاس کئی مرتبہ گیا۔ اس زمانے میں، میں رئیس صاحب کو گاڑی چلانا سکھا رہا تھا، طالب علمی کا زمانہ تھا، اور فراغت کے دن... سو اس بہانے ان کے ہمراہ کراچی کے کئی مزارات پر جانا ہوا۔ بلی والے بابا مجھے آج بھی یاد ہیں۔ انھیں ہمیشہ پتلون قمیص میں ملبوس دیکھا۔ کلین شیو.... چہرے سے پڑھے لکھے وضع دار و متین انسان دکھائی دیتے تھے۔ ان کے گرد بلیاں جمع رہتی تھیں اور ان کے نحیف سے بچے بھی۔ بلی کے کچھ بچوں کی ٹانگوں سے رسی بھی بندھی ہوتی تھی۔

◆

اسی کی دہائی کا ذکر ہے۔ رئیس صاحب کسی کام سے راول پنڈی گئے اور ڈی اے وی کالج روڈ پر واقع پاکیزہ ہوٹل میں ٹھہرے۔ قیام کے لیے چوتھی منزل پر کمرہ لیا۔ رات کے ساڑھے بارہ بجے جب وہ بستر پر لیٹے تھے تو اچانک ان کا پلنگ زور زور سے ہلنے لگا۔ پہلے وہ سمجھے شاید زلزلہ آگیا ہے۔ اسی اثناء میں کمرے میں ایک ہنسی کی آواز سنائی دی۔ خوف سے برا حال ہوگیا۔ ہمت کر کے اٹھے اور کمرے میں واقع چمنی سے نیچے جھانک کر دیکھا تو کیا دیکھتے ہیں کہ نیچے ایک تندور ہے حالانکہ بعد میں معلوم ہوا کہ وہاں کوئی تندور نہیں تھا۔ چار و ناچار بقیہ رات جاگ کر گزاری اور صبح ہوتے ہی وہاں سے نکل بھاگے۔ اس ہوٹل کے مالک کا تعلق دلی کے ایک کاروباری خاندان سے تھا۔ آپس میں ناچاقیاں تھیں۔ ایک دوسرے پر جادو ٹونا کروایا ہوا تھا۔

حیرت کدہ۔پہلی جلد (تیسرا ایڈیشن)　　　　راشد اشرف

بعدازاں وہ ہوٹل فروخت ہوگیا اور اب اس کی جگہ ایک پلازہ بن چکا ہے۔

◆

اس موقع پر دو واقعات بیان کرتا ہوں جو راقم الحروف کی والدہ محترمہ اور چھوٹے ماموں کے ساتھ پیش آئے۔

یہ 1967ء کی بات ہے۔والد صاحبہ کالج میں پڑھتی تھیں۔ایک روز ان کی والدہ یعنی راقم کی نانی نے ان کو اور ان سے دو چھوٹے بہن بھائیوں کو سرکلر ریلوے کے ذریعے، جو ان دنوں نئی نئی شروع ہوئی تھی، سیر کرانے کا پروگرام بنایا۔ طے ہوا کہ یہ لوگ سرکلر ٹرین میں ملیر ہالٹ سے بیٹھیں گے اور آخری اسٹیشن تک جائیں گے اور اسی ٹرین سے واپس آجائیں گے۔ والدہ بیان کرتی ہیں:

> ''ہم ملیر ہالٹ سے سوار ہوئے۔کچھ دیر بعد اچانک امی میرے پاس سے اٹھ کر کھڑی ہوگئیں اور کہا کہ میں ابھی آتی ہوں۔ میں نے دیکھا کہ اسی ڈبے میں ایک کونے میں ایک میلے کچیلے حلیے والا فقیر بیٹھا ہے۔ٹرین میں دونوں اطراف نشستیں تھیں اور درمیان میں خاصی کشادہ جگہ تھی۔ڈبہ بھی کافی لمبا تھا۔میں نے دیکھا کہ اس فقیر کے آس پاس کچھ عورتیں بیٹھی ہیں، امی بھی ان میں جا کر بیٹھ گئیں۔ میں بہن بھائیوں کو سنبھالنے میں مصروف ہوگئی۔تھوڑی دیر بعد امی واپس آئیں اور انہوں نے مجھے بتایا کہ اس فقیر نے ہاتھ سے اشارہ کرکے بتایا ہے کہ تمہارا آخری وقت یہاں ہوگا۔کچھ ہی دیر میں یونیورسٹی روڈ کی ریلوے کراسنگ آگئی۔اس زمانے میں اس لق ودق ویرانے میں ہر طرف جھاڑیاں تھیں اور کسی قسم کی آبادی کا کوئی نشان تک نہ تھا۔جھاڑیوں کے درمیان ہی سے یونیورسٹی روڈ گزرتی تھی۔ کئی برس بیت گئے۔ کراچی تیزی سے پھیلنا شروع ہوگیا۔نئی اسکیمیں بنتی چلی گئیں اور گلستان جوہر کے علاقے نے سر اٹھایا۔ بھائی نے وہاں ایک فلیٹ لے لیا جس کے سامنے 'دارالصحت' نامی اسپتال تھا جو اب خاصا بڑا اسپتال بن گیا ہے۔جنوری 1994ء میں امی کا انتقال ہوا۔انتقال کے وقت وہ 'دارالصحت' ہی میں داخل تھیں جہاں ان کو لیاقت نیشنل اسپتال سے

ایک ماہ داخل رہنے کے بعد بوجوہ اچانک منتقل کیا گیا تھا۔ مجھے اس فقیر کی بات یاد آگئی جس نے امی کو برسوں پہلے کہا تھا کہ تمہارا آخری وقت یہاں گزرے گا۔"

◆

راقم الحروف کے سگے ماموں رئیس اختر صاحب کے ساتھ پیش آنے والا ایک حیرت انگیز قصہ بھی سن لیجیے۔ یہ 1976ء کی بات ہے۔ ماموں اور ان کے دوست صبور اس زمانے میں ملیر کے مشہور استاد شہاب الدین سے بنسری اور دیگر موسیقی کے آلات کی تعلیم اپنے شوق کی خاطر لیا کرتے تھے۔ ان کی توجہ بنسری سیکھنے پر تھی جس کے شہاب الدین استاد تسلیم کیے جاتے تھے۔ استاد کے پاس پہلے، دوسرے اور تیسرے 'کالے' کی تین بنسریاں تھیں اور وہ نہایت مہارت سے انہیں بجاتے تھے اور اپنے شاگرد کو یہ فن منتقل کرنے میں خاص دل چسپی لیتے تھے۔ استاد چند خاص مقامات پر اپنے وضع کردہ چند ایسے سر لگانے میں ید طولیٰ رکھتے تھے جن سے موسیقی کی لے انتہائی پرکشش ہو جاتی تھی اور اس میں ایک خاص قسم کا لوچ پیدا ہو جاتا تھا۔ خاص کر نسیم بیگم کا گایا ہوا گیت 'نبوؤں دا جوڑا' (یوٹیوب پر ویڈیو موجود ہے) تو وہ انتہائی مہارت سے بجاتے تھے اور رئیس اختر صاحب بھی اس میں خاصی مہارت حاصل کر چکے تھے۔ 1976ء میں ملیر کی آبادی کم تھی۔ یہ لوگ ملیر فٹ بال گراونڈ جو ملیر پندرہ کے عقب میں واقع تھا، کی کرکٹ پچ پر رات کے دس بجے کے بعد بیٹھا کرتے تھے۔ لوگوں کے گھر چھوٹے چھوٹے ہوا کرتے تھے اور رات کا یہ وقت ہی بنسری او ر'بینجو' وغیرہ کے لیے مناسب ہوتا تھا۔ ایک روز جب رئیس اختر بنسری اور صبور بینجو پر 'نبوؤں دا جوڑا' بجا رہے تھے، ماحول پرکیف تھا، استاد شہاب الدین سامنے بیٹھے تھے کہ اچانک ان دونوں کو محسوس ہوا کہ ایک کھنک دار آواز ہے جو قریب آتی چلی جا رہی ہے، چند ہی لمحوں میں ان دونوں کے عقب میں وہ آواز تھم گئی۔ رئیس اختر صاحب نے گردن گھما کر بے اختیار پیچھے دیکھا تو کیا دیکھتے ہیں کہ ایک نوخیز لڑکی، ترچھی مانگ، انتہائی گورا رنگ، بڑی بڑی آنکھیں، بالوں میں بیلے کے پھولوں کی لٹیں، ہرے رنگ کے لباس میں کھڑی ہے۔ انہوں نے بے اختیار سوالیہ نظروں سے استاد شہاب الدین کی جانب دیکھا تو استاد نے آنکھوں اور ہاتھ کے خفیف سے اشارے سے موسیقی کی پریکٹس جاری رکھنے کو کہا۔ کچھ دیر بعد بیلے کی تیز خوشبو ماند پڑتی گئی اور بالآخر ختم ہوگئی۔ یہ دونوں شاگرد یہی سمجھ رہے تھے کہ کوئی مقامی لڑکی ہے جو بنسری کی آواز سن کر بے اختیار

کھنچی چلی آئی ہے۔ گانا ختم ہوا تو رئیس اختر صاحب اور صبور نے استاد سے اس بارے میں پوچھا۔ وہ خاموش ہو گئے۔ پھر آہستہ سے بولے کہ میں نے تم لوگوں کو کسی وجہ سے گانا نہ روکنے کا کہا تھا۔ یہ لڑکی جنات میں سے ہے، مجھ پر عاشق ہے، میری دھن پر فریفتہ ہے۔ استاد شہاب الدین نے انہیں مزید یہ بتا کر حیران اور پریشان کر دیا کہ 'ایک روز یہ مجھے اپنے ساتھ لے جائے گی'......اس واقعے کے اگلے ہی روز رئیس اختر اور صبور کو اطلاع ملی کہ استاد شہاب الدین اچانک انتقال کر گئے ہیں۔ موسیقی کی تعلیم کا سلسلہ رک گیا، محفل اجڑ گئی مگر کچھ عرصے بعد ان دونوں نے شادیوں کی محفلوں میں پروگرام کرنا شروع کر دیا۔ استاد شہاب الدین کی تینوں بنسریاں ان کے ہمراہ ہوتی تھیں۔ اس زمانے میں کراچی شہر کے حالات پرسکون ہوا کرتے تھے، کراچی مردم کش نہیں بلکہ مردم خیز شہر ہوا کرتا تھا، شادیوں میں موسیقی کے پروگراموں کے انعقاد کا ایک رواج سا ہو چلا تھا۔ یہ پروگرام رات رات بھر جاری رہتے تھے اور فجر کی اذان کے ساتھ ختم ہوتے تھے۔ سعود آباد ملیر کے علاقے میں ایسے ہی ایک پروگرام میں رئیس اختر اور صبور، بنسری اور بینجو بجا رہے تھے۔ نصف رات جا چکی تھی کہ انہوں نے 'نبووں دا جوڑا' چھیڑ دیا۔ رئیس اختر بتاتے ہیں کہ کچھ ہی دیر میں وہی لڑکی جس کی شکل انہیں اس وقت تک اچھی طرح یاد تھی، ایک گوشے سے نمودار ہوئی اور ان کے سامنے ایک خالی کرسی پر بیٹھ گئی۔ وہ ایک عالم وارفتگی میں دھن کی جانب متوجہ تھی اور اس کے چہرے پر ایک ہلکی سی مسکراہٹ تھی۔ ان دونوں حضرات کے اوسان خطا ہو گئے مگر انہوں نے گانا ختم نہیں کیا۔ کچھ دیر بعد انہیں احساس ہوا کہ وہ لڑکی وہاں سے جا چکی ہے۔ کب، کہاں اور کس جانب، اس بات کا اندازہ انہیں ہرگز نہیں ہوا تھا۔ یہ سلسلہ رکا نہیں اور ایک برس تک جاری رہا۔ رئیس اختر اور صبور کو پروگرام کم کم ملتے تھے مگر جب بھی ملتے اور جس وقت بھی وہ 'نبووں دا جوڑا' بجاتے، وہ لڑکی کہیں سے نمودار ہو جاتی تھی۔ ایک روز ان دونوں نے یہ طے کیا کہ اب وہ کسی پروگرام میں نہیں جائیں گے نیز صبور نے جن کا بعد میں ایک حادثے میں انتقال ہو گیا تھا، یہ فیصلہ کیا کہ استاد کی تینوں بنسریوں کو ان کی قبر کے سرہانے دفن کر دیا جائے۔ رئیس اختر صاحب نے ان کی بات سے اتفاق کیا اور ایک روز ان دنوں نے جامعہ ملیہ کے مشہور و معروف قبرستان میں استاد شہاب الدین کی قبر کے سرہانے بنسریوں کو دفن کر دیا۔ وہ دن آج کا دن، انہیں وہ لڑکی کبھی نظر نہ آئی۔ نوے کی دہائی کے وسط میں ایک رات یہ ضرور ہوا کہ رئیس اختر صاحب کی سوتے میں

اچانک آنکھ کھل گئی، چوڑیوں کی کھنک سنائی دی اور پھر بیلے کے پھولوں کی تیز جانی پہچانی خوشبو بھی محسوس ہوئی۔

◆

زیرنظر کتاب کے پہلے مضمون میں مضمون نگار (موسی رضا) نے اپنی والدہ کا تذکرہ کیا ہے کہ کیسے ان کو کسی 'بھاری' جگہ نادیدہ قوتوں کی موجودگی کا احساس ہوجایا کرتا تھا۔ کچھ ایسا ہی معاملہ راقم الحروف کی والدہ صاحبہ کے ساتھ بھی ہے۔ چند برس قبل حیدرآباد سندھ میں ہمارے ایک عزیز نے اپنے نئے گھر میں ہمیں مدعو کیا تھا۔ رات کا وقت تھا اور ہمارے میزبان ہمیں اپنے گھر کا ایک ایک کمرہ، ہر ایک گوشہ دکھا رہے تھے۔پہلی منزل پر واقع ایک کمرے میں والدہ داخل ہوئیں، ان کے ہمراہ میں بھی تھا۔ وہ چند ساعتوں تک وہاں رکیں اور پھر یک لخت باہر کا رخ کیا۔ ہم نے کچھ دیر اس گھر میں قیام کیا اور پھر چلے آئے۔ چند روز بعد ہمیں کراچی منتقل ہونا تھا۔ چند ماہ گزر گئے۔ ادھر حیدرآباد والے ہمارے ان عزیز کا بڑا بیٹا اچانک بیمار ہوگیا، ہزاروں روپے مختلف ٹیسٹوں پر صرف ہوئے، کراچی کے سب سے بڑے اسپتال سے بھی رجوع کیا گیا۔ نتیجہ یہ کہ ٹیسٹ کی رپورٹیں نارمل اور ادھر صاحبزادے کی طبیعت میں وحشت بڑھتی جارہی تھی۔ پھر ایک بزرگ کو بلایا گیا۔ جنہوں نے پورے گھر کو اچھی طرح دیکھا اور معلوم ہوا پہلی منزل کے اسی کمرے میں جنات کا بسیرا تھا جہاں راقم کی والدہ داخل ہوتے ہی فوراً باہر چلی آئی تھیں۔ راقم کی والدہ صاحبہ نہایت کم گو ہیں۔ اس وقت بھی اپنی اسی عادت کی بنا پر انہوں نے مجھے کچھ نہیں بتایا تھا مگر مذکورہ گھر کا قصہ سننے کے بعد معلوم ہوا کہ والدہ جونہی اس کمرے میں داخل ہوئیں، ان کی یہ کیفیت ہوئی گویا گردن کے نچلے حصے میں کسی نے برف بھردی ہو، ان کو جھرجھری سی آئی اور فوراً ہی اس بات کا علم ہوگیا کہ اس کمرے میں 'کچھ' ہے۔ اہم بات یہ ہے کہ آج سے دو برس قبل کلفٹن کراچی میں واقع ایک معروف مگر اجاڑ اسپتال میں بھی، جو اونچے اونچے سال خوردہ درختوں سے گھرا ہوا ہے، ان کی یہی کیفیت ہوئی۔ میں اس وقت ان کے ہمراہ تھا۔ اسپتال کا کوریڈور ویران اور بوجھل سا تھا۔ ہم لوگ فوراً ہی وہاں سے باہر چلے آئے۔

◆

میں ضروری سمجھتا ہوں کہ اپنی خالہ مرحومہ (جن کا ذکر اوپر آچکا ہے) کے بیان کردہ دو

دل چسپ واقعات بھی درج کرتا چلوں۔ان کا نام رضیہ رزاق تھا۔اسی نام سے ان کے مضامین اور افسانے سیارہ ڈائجسٹ، نقش اور اردو ڈائجسٹ میں ساٹھ کی دہائی میں شائع ہوا کرتے تھے۔ان کی کوئی اولاد نہیں تھی۔ مجھے بہت عزیز رکھتی تھیں۔ان کی شادی سنہ اسی کی دہائی میں ایک چھوٹے سے شہر میں ہوئی تھی۔وہ سال میں دو مرتبہ ہمارے پاس حیدرآباد آتی تھیں اور ان کے آتے ہی گھر میں رونق سی ہو جایا کرتی تھی۔ٹرین کے سفر کے قصوں سے لے کر دیگر دلچسپ باتوں کا دفتر کھل جاتا تھا۔

ایک مرتبہ ان کے گھر کے ایک گوشے میں بھڑوں نے راتوں رات چھتا بنالیا۔ان کے شوہر نے شام کو کہا کہ کل صبح ایک آدمی آئے گا جو ان کے چھتے کو جلادے گا،اس طرح یہ کچھ تو مرجائیں گی اور باقی فرار ہو جائیں گی۔خالہ رات گئے چھتے کے پاس گئیں اور وہاں کھڑے ہو کر کہا۔''کل صبح تمھیں جلا دیا جائے گا، اگر خیریت چاہتی ہو تو راتوں رات کہیں اور چلی جاؤ''......جی ہاں!اگلی صبح چھتا بالکل خالی تھا۔

انہی دنوں کی بات ہے۔ان کے گھر میں ایک چوہا کہیں سے آدھمکا۔اس سے قبل کبھی ایسا نہیں ہوا تھا۔چوہے نے رات کی نیند حرام کردی،ادھر آنکھ لگتی ادھر کھڑ بڑ شروع۔ایک روز خالہ نے زچ ہو کر ایک ڈنڈا سنبھالا اور اسٹور کا، جہاں سے چوہے کی دوڑ بھاگ کی آواز آرہی تھی، رخ کیا۔اندازہ ہوا کہ آواز ٹین کے ایک خالی کنستر کے اندر سے آرہی ہے۔انھوں نے لکڑی سنبھالی اور ڈھکن کو ایک طرف ہٹا دیا۔وہ ایک سفید رنگ کا چھوٹا سا چوہا تھا جو کنستر میں گر گیا تھا اور وہاں سے نکلنے کی کوشش میں چھلانگیں لگا رہا تھا۔خالہ نے ڈنڈے کو ہاتھ میں تھاما اور چاہا کہ چوہے کو وہیں ختم کردیا جائے۔مگر اگلے ہی لمحے وہ ششدر رہ گئیں۔کیا دیکھتی ہیں کہ چوہا ایک کونے میں سمٹ گیا،اپنی پچھلی ٹانگوں پر کھڑا ہوا اور اس کے ساتھ ہی اس نے اپنے اگلے دونوں ہاتھ خالہ کے سامنے جوڑ دیے۔خالہ مرحومہ نے کنستر اٹھایا اور خاموشی سے گلی میں جا کر چوہے کو آزاد کردیا۔

◆

زیرِ نظر تیسرے ایڈیشن کے لیے سوچتا ہوں ...ذاتی مشاہدے یا علم میں جو ایک دو باتیں ہیں، ان کو یہاں درج کردیا جائے۔

یہ 1998ء سے 2000ء کی بات ہے۔میں کراچی میں واقع ایک پیٹرولیم ریفائنری

میں بحیثیت ٹرینی انجینئر (Trainee Engineer) کام کر رہا تھا۔ وہاں ایک صاحب تھے خواجہ سلمان... انھی کی زبانی میں نے سنا، ایک روز وہ رات کی ڈیوٹی پر تھے، ساڑھے چار بجے Tank Farm کے ویران حصے سے دفتر کی عمارت کی جانب آتے ہوئے ان کے کانوں میں ایک نادیدہ آواز آئی... ''ہم نے تمھیں ایک علم عطا کیا ہے۔ لوگوں کی بھلائی کے لیے۔'' وہ ڈر گئے۔ اور تیز تیز قدم اٹھاتے ہوئے دفتر آ گئے۔ چند ہی روز بعد ان کو احساس ہوا، ان کو مستقبل قریب کے واقعات کا ادراک ہونے لگا ہے۔ یہ میرے ریفائنری سے وابستہ ہونے سے کچھ ہی عرصہ قبل کا واقعہ تھا۔ اور پھر میں نے اکثر دیکھا کہ ریفائنری کے مینیجر اور جنرل مینجر ان کو رستے میں دیکھ کر اپنی گاڑی میں بٹھا لیتے ہیں۔ معلوم ہوا ایک مینجر تھے جن کی بہن اپنی نو برس کی بچی کے ہمراہ ٹرین سے کراچی آ رہی تھیں۔ گھارو کے قریب ٹرین کا حادثہ ہوا، چند بوگیاں پٹری سے اتر گئیں۔ سات آٹھ لوگوں کی موت ہوئی۔ وہ بچی لاپتہ ہو گئی۔ حکام نے تین روز بعد اعلان کر دیا، مزید لاشیں جائے حادثہ پر موجود نہیں ہیں۔ خواجہ صاحب ان مینیجر صاحب کی پریشانی سے واقف تھے۔ انھوں نے مینیجر صاحب کو بتایا کہ جائے حادثہ ہی پر بچی ایک ڈبے کے نیچے دبی ہے۔ ریلوے حکام سے رابطہ کیا گیا۔ ایک بوگی الٹی پڑی تھی، جب اسے ہٹایا گیا تو بچی کی لاش نکلی۔ اس بات کے بعد ہر کوئی خواجہ صاحب کا احترام کرنے لگا بلکہ لوگ ان سے خائف بھی رہنے لگے۔ ریفائنری ہی میں ایک دوسرے مینیجر صاحب تھے۔ یہ میرے سامنے کی بات ہے۔ خواجہ صاحب کو ان مینیجر صاحب نے پیدل چلتا دیکھ کر اپنی گاڑی میں بٹھا لیا۔ رستے میں بتانے لگے، خواجہ، میرے ایک دیرینہ دوست لندن سے آ رہے ہیں، میں آج تین بجے ان کو لینے ائیر پورٹ جاؤں گا۔ خواجہ صاحب نے ذرا سی دیر کو آنکھیں بند کیں، اور بولے، ''صاحب! آپ کے وہ دوست اب کراچی نہیں آ رہے ہیں، ان کے گھٹنے کے آس پاس پٹی سی بندھی ہے۔'' مینیجر صاحب حیران ہوئے اور خاموش ہو گئے۔ شاید خواجہ صاحب کی بات کو 'مجذوب کی بڑ' سمجھے ہوں گے۔ بہرکیف، کچھ ہی دیر میں ان کے اسی دوست کا لندن سے فون آیا۔ معلوم ہوا وہ ائیر پورٹ کے لیے گھر سے نکلے اور ایک چھوٹے سے حادثے کا شکار ہو گئے۔ نتیجتاً گھٹنے کی ہڈی اپنی جگہ سے کھسک گئی جس پر ڈاکٹر نے Soft Plaster کر دیا تھا۔

خواجہ صاحب کی شہرت بڑھتی گئی۔ وہ ان دنوں ڈیفنس فیز 2 / کے ایک فلیٹ میں قیام

پذیر تھے۔لوگ ان کے پاس آنے لگے۔ وہ بنیادی طور پر ایک Seer تھے، انھیں آنے والے واقعات کا علم ہو جایا کرتا تھا۔سائلین سے وہ ایک روپیہ نہ لیا کرتے تھے۔انھی دنوں ان کے کسی معتقد نے طارق روڈ کے قریب واقع جھیل پارک کے قریب ایک کشادہ مکان کی نچلی منزل شام کے وقت سائلین سے ملاقات کے لیے ان کے تصرف میں دے دی۔

خدا جانے اب خواجہ صاحب زندہ بھی ہیں یا نہیں۔

انھی دنوں ، ایک روز میں اپنے ایک جاننے والے کو ان کے پاس لے گیا تھا۔ وہ صاحب بہت پریشان تھے۔خواجہ صاحب نے ان کو درست مشورہ دیا تھا۔ وہ صاحب اپنے ہمراہ چند لوگوں کی ، جن پر ان کو شک تھا، تصاویر لے گئے تھے۔ جادو ٹونے کا معاملہ تھا۔ کمرہ نیم تاریک تھا، میں خواجہ صاحب کے برابر بیٹھا ہوا ان کو غور سے دیکھ رہا تھا۔ان کی آنکھیں نیم وا تھیں۔ وہ ایک ایک تصویر کو دیکھ کر کہتے جا رہے تھے، یہ نہیں.....یہ نہیں.....اور پھر یک لخت ایک تصویر پر ہاتھ رکھ کر کہا، یہی ہے...یہی ہے۔

بعدازاں اس کی تصدیق بھی ہوگئی تھی۔

لالوکھیت میں واقع سندھ گورنمنٹ اسپتال کی تیسری منزل پر ''بابو بھائی'' نام کے ایک صاحب ہوتے تھے۔ وہ ایسے لوگوں کو ان کا تین روز تک پہنا ہوا کپڑا ہاتھ سے ناپ کر بتا دیا کرتے تھے، اس شخص پر جادو کا یا کسی خراب عمل کا اثر ہے یا نہیں۔ وہ سائلین سے پیسے نہیں لیا کرتے تھے۔ رئیس اصغر صاحب ان کے پاس باقاعدگی سے جایا کرتے تھے۔ایک راقم کو بھی ان کو دیکھنے کا اتفاق ہوا۔انھی دنوں میں اپنے دو قریبی دوستوں کو ان کے اصرار پر بابو بھائی کے پاس لے گیا تھا۔دونوں انجینئر تھے اور ان کے ساتھ یک لخت عجیب و غریب واقعات پیش آنے لگے تھے۔ اتفاق دیکھیے، دونوں کا مسئلہ بابو بھائی کے علاج سے حل ہوا تھا اور وہ خوش خوش زندگی کی جانب لوٹ گئے تھے۔ ان میں ایک دوست جو ریفائنری ہی میں تعینات تھا، کے ساتھ کچھ یوں ہونا شروع ہوا کہ آفس میں بیٹھے بیٹھے اس پر خوف و دہشت کی کیفیت طاری ہو جایا کرتی تھی اور وہ بعض اوقات کمرے کی دیوار کے ساتھ اکڑوں بیٹھ کر خوف سے کانپنے لگتا تھا۔ ذرا سوچیے، کس قدر تکلیف دہ بات ہے۔این ای ڈی یونیورسٹی کا فارغ التحصیل انجینئر..زندہ دل...گھر کی جانب سے کسی پریشانی کا شکار نہیں تھا، محبت میں ناکامی نہ ہوئی تھی، کسی مالی دباؤ کا شکار بھی نہیں تھا.....یہ

باتیں میں اس لیے لکھ رہا ہوں کہ بہت سے پڑھنے والے ایسے تبدیلیوں کو کسی نفسیاتی بیماری کا شاخسانہ بھی سمجھیں گے، کسی سماجی دباؤ کا نتیجہ بھی گردانتے ہوں گے۔ میں نے اپنے اس دوست کو اپنی آنکھوں سے اس کیفیت میں مبتلا ہوتے دیکھا تھا...اور پھر بابو بھائی کے علاج کے بعد اسے زندگی کی جانب بھرپور طریقے سے لوٹتے دیکھنے کا بھی گواہ رہا تھا۔ وہی سدا کا زندہ دل، لطیفوں کی پوٹ..... خدا اس کی مغفرت کرے، اب وہ اس دنیا میں نہیں ہے۔ مشرق وسطی کی ایک آئل ریفائنری میں ایک حادثے کا شکار ہوکر دو برس قبل اس دنیا سے رخصت ہو چکا ہے۔ اور اس وقت جب میں یہ سطور قلم بند کرر ہا ہوں، وہ ماضی مجھے ایک پراسرار دھند میں ملفوف... کسی ڈراؤنی فلم کے منظر کی طرح یاد آ رہا ہے۔ کس قدر خوف ناک بات ہے کہ لوگ ... چلتے پھرتے، آپ سے باتیں کرتے، آپ کے وجود، آپ کے روزمرہ کا گویا ایک حصہ رہتے ہوئے بھی..... یک لخت آپ کی آنکھوں سے اوجھل ہو جاتے ہیں۔

کسی کتاب میں جرمنی کے ایک ٹیکسی ڈرائیور کا کہا ایک فقرہ پڑھا تھا..... ''اب تو مستقبل بھی ویسا نہیں رہا جیسا ہوا کرتا تھا۔''

آٹھ دس برس ہوئے، بابو بھائی کا بھی انتقال ہو چکا ہے۔

◆

آخر میں چند الفاظ زیر نظر کتاب کے بارے میں ۔اس کتاب میں خودنوشت آپ بیتیوں سے منتخب کردہ اوراق کے علاوہ مختلف کتابوں سے چند ایسے مضامین بھی شامل کیے گیے ہیں جو دست شناسی کے پیشے سے وابستہ لوگوں سے متعلق ہیں۔ جبکہ اس کے علاوہ بھی دیگر کئی کتب سے دلچسپ تحریریں شامل کی گئی ہیں۔ قدرت اللہ شہاب مرحوم کی خودنوشت شہاب نامہ میں شامل ''بملا کماری کی بے چین روح'' نامی باب، سب سے پہلے سن ساٹھ کی دہائی میں شائع ہونے والی ان کی کتاب ''ماں جی'' میں شائع ہوا تھا جسے زیر نظر کتاب میں شہاب نامہ کے باب پر فوقیت دے کر شامل کیا گیا ہے۔

واضح رہے کہ زیر نظر کتاب کے حصہ دوم میں شامل میاں محمد افضل اور مظہر سعید قریشی کے مضامین میں کئی ایسی اہم کتابوں سے مختصر ماورائے عقل واقعات موجود ہیں جن کو علاحدہ سے شامل کرنا عبث تھا۔ اس کتاب کے لیے درجنوں ہندوستانی خودنوشتوں کو بھی کھنگالا گیا مگر حیرت کی

حیرت کدہ۔پہلی جلد (تیسرا ایڈیشن) راشد اشرف

بات یہ ہے کہ سوائے ایک خودنوشت کے، کسی دوسری میں کوئی قابل ذکر مافوق الفطرت واقعہ نہیں ملا۔

امید کرتا ہوں کہ یہ انتخاب ایک عام قاری کے لیے بھی اتنا ہی دلچسپ ہوگا کہ جتنا کہ ماورائے عقل واقعات پر صدقِ دل سے یقین رکھنے والوں کے لیے۔اٹلانٹس پبلی کیشنز کے روح رواں جناب فاروق احمد صاحب سے راقم کا محبت اور خلوص کا رشتہ ہے۔

فاروق صاحب کا شکریہ لازم ہے کہ زیر نظر منصوبے میں ذاتی دل چسپی لی اور طباعت کے تمام مراحل کی نگرانی کرتے رہے۔

**پس نوشت:**

ملک میں اور ملک سے باہر قیام پذیر ان گنت قارئین کی فرمائش تھی کہ ''حیرت کدہ'' کا دوسرا حصہ آنا چاہیے۔برقی پیغامات، بالمشافہ ملاقاتوں میں اور خاص کر کراچی میں ہر برس منعقد ہونے والے بین الاقوامی کتب میلے میں آنے والے بے شمار خواتین و حضرات راقم سے یہ فرمائش ضرور کرتے تھے۔ان کی فرمائش اپنی جگہ مگر معیار کو اولیت دینا اس خاکسار کے ہمیشہ پیش نظر رہا ہے۔یہ ممکن نہیں کہ عجلت میں 'بھرتی' کی چیزیں جمع کر کے کتاب شائع کر دی جائے محض یہ سوچ کر کہ جنھوں لوگوں نے جلد اول کا مطالعہ کیا ہے وہ جلد دوم لازماً حاصل کریں گے۔سچ تو یہ ہے کہ جلد دوم کے لیے چند مضامین کا انتخاب جلد اول کی تدوین کے دوران ہی کر لیا گیا تھا مگر مزید واقعات کا حصول کتب و رسائل کے عمیق مطالعے کا متقاضی تھا۔خاص کر اردو سیارہ ڈائجسٹ کے سنہ 60 راور 70 رکی دہائیوں کے شماروں سے دلچسپ واقعات کی شمولیت راقم کے پیش نظر تھی۔نیز لکھنؤ کے ماہنامہ ''جن'' کے پرچوں سے بھی انتخاب لازم تھا۔

سو یہ کام مکمل ہوا اور ''حیرت کدہ'' کی جلد دوم، فروری 2020ء میں اٹلانٹس پبلی کیشنز کراچی سے شائع ہوئی۔جبکہ رسالہ ''جن'' کے بارہ شماروں کو بطور حیرت کدہ کی تیسری جلد، یک جا کیا گیا۔

مجھے گزشتہ 6 ربرسوں میں اس کتاب (بشمول جلد دوم) سے متعلق ان گنت پیغامات ملے، بالمشافہ ملاقاتوں میں سیکڑوں خواتین و حضرات نے دعائیہ و ستائشی کلمات کہے۔یہ سلسلہ آج بھی جاری ہے۔دلچسپ بات یہ ہے، زیر نظر پیش لفظ کو پڑھنے والوں نے بہت پسند کیا۔

کراچی میں ہر سال منعقدہ بین الاقوامی کتب میلے کے دوران بے شمار لوگ ملاقات کے لیے آتے ہیں اور حیرت کدہ کا تذکرہ رہتا ہے۔آج جبکہ میں حیرت کدہ کی جلد اول کے ممکنہ تیسرے ایڈیشن کے لیے یہ اضافی سطور رقم کر رہا ہوں، چند ہی گھنٹے قبل ایک مختصر سی ای میل موصول ہوئی ہے،درج کرتا ہوں:

Rashid Sahab,

Although I am not as fond of reading as I once used to be, your book "Hairat kadah" was unputdownable. All the chapters were excellent, but "Pesh lafz" was the best. It was so good, that I will soon re-read it.

S Faiz

January 22, 2022

◆

مجھے کچھ گمان سا ہے کہ یہ کتاب ایک طویل عرصے تک پڑھی جاتی رہے گی۔اور اس کے لیے،اس کی پذیرائی کے لیے میں اپنے تمام احباب کا شکریہ ادا کرتا ہوں۔

انجینئر راشد اشرف،کراچی۔ 2023ء

zest70pk@yahoo.com / zest70pk@gmail.com

# تعارف

تحیر کا عنصر انسان کی تخلیقی صلاحیتوں میں بنیادی حیثیت رکھتا ہے۔ سماجی علوم، سائنس، اخلاقیات، منطق، جمالیات سب اسی نکتۂ تحیر کے گرد گھومتے ہیں۔ تاریخ و ماقبل تاریخ پر ایک سرسری نظر بھی نشان دہی کر دے گی کہ نامعلوم کو دائرۂ معلوم میں لانا شاید انسان کا سب سے اہم جنون رہا ہے۔ ساتھ ہی یہ اندازہ بھی جائے گا کہ زیادہ نہیں، سو سال پہلے تک جن امور کو یکسر الوہی، چنانچہ پراسرار سمجھا جاتا تھا، آج بچوں کا کھیل معلوم ہوتے ہیں۔ گزشتہ نصف صدی میں سائنس کی نظیر ترقی سے جہاں انسان سمندروں کی تہہ سے لے کر خلائے بسیط تک کے بارے میں خاصی مستند رائے قائم کر چکا ہے، وہاں اس کاسہ ٔسر میں ملفوف دماغ اور اس کے اندر موجزن خیالات، احساسات اور جذبات کا بحرِ ذخار اب تک انسانوں کی اکثریت کے لئے ایک سربستہ راز ہے۔ جہاں غالب کی مشہور غزل میں اٹھائے گئے سبزہ و گل اور ابر و ہوا کی ماہیت کے سوالات کا شافی جواب بچے بچے کو معلوم ہو چکا ہے، وہاں اسی غزل میں شکن زلف عنبریں اور نگہ چشم سرمہ سا کی کیفیات اب تک اہل علم کے مابین سبب نزاع ہیں۔ گویا مقام عقل سے آساں گزر جانے والا مقام عشق میں اب تک فرزانہ کھویا ہوا ہے۔

ذہن انسانی کی اسی بوقلمونی کا ایک مظہر وہ پراسرار واقعات ہیں جن کی توجیہہ موجودہ سائنسی علم کے مطابق ممکن نہیں۔ عزیزم راشد اشرف نے اردو خودنوشتوں اور دیگر کتب و رسائل کے عظیم الشان ذخیرے سے اسی قسم کے بیانات چن کر انہیں اس کتاب میں مدون کیا ہے۔ ان میں سے بہت سی کتابیں ہمارے مطالعے میں بھی آئی ہیں۔ اوائل جوانی میں ان پراسرار واقعات کو پڑھ کر جو سنسنی طاری ہوتی تھی اب وہ کیفیت کم کم ہوتی ہے۔ ایک بدیہی وجہ تو قویٰ کا مضمحل ہونا ہو سکتی ہے، مگر یوں بھی ہے کہ ہمارے اور خود راشد کے پسندیدہ مصنف ابن صفی نے ہر معاملے کو تنقیدی نظر سے جانچنے کا خوگر بنا دیا۔ بہت سے بظاہر محیر العقول مظاہر کا پول ابن صفی نے اپنے ناولوں میں اپنے کرداروں کی زبانی خوب کھولا ہے اور ان کے پیچھے چھپے سائنسی شعبدوں کی تفصیل

بیان کی ہے۔اس چھلنی سے گزرنے کے بعد یہاں شامل کردہ اکثر واقعات ایسے ہیں جن کا واحد گواہ بیان کنندہ خود ہے۔ان راویان کرام میں بہت سوں کی خلاقی اور افسانہ طرازی اب خاصی مشہور ہو چکی ہے۔سمرسٹ ماہم نے کہیں لکھا تھا کہ کچھ لوگ کوئی سوانگ نبھاتے نبھاتے خود بھی اس سوانگ پر ایمان لے آتے ہیں۔

یہ ساری عقلیت اپنی جگہ، مگر غور کیجیے، ہم سب جانتے ہیں کہ اسٹیج یا پردہ سیمیں پر دکھائے جانے والے اکثر ''جادوئی'' کمالات محض مداری کی شعبدہ بازیاں ہوتی ہیں۔ہم میں سے کچھ ان ''جادوئی'' کمالات کے پیچھے کارفرما سائنس اور ٹیکنالوجی سے بھی تفصیلاً واقف ہیں، مگر اس کے باوجود کہیں ایسا تماشا ہو رہا ہو تو ٹھٹھک کر کچھ دیر ضرور سیر کرتے ہیں۔بات وہی فطرت انسانی کی تحیر جوئی کی ہے۔

عزیزم راشد اشرف نے اس تدوین میں ہماری آپ کی تحیر جوئی کی تسکین کا خاصا سامان جمع کر دیا ہے۔اگر محترم شکیل عادل زادہ اس استفادے پر معاف فرمائیں تو یوں کہیے کہ اردو کی خودنوشتوں و دیگر کتب و رسائل کا پراسرار عطر آپ کے سامنے ہے۔مشامِ خیال کو اس کی تحیر خیزیوں سے معطر فرمائیے۔

عثمان قاضی، اسلام آباد

مارچ 2015

# حصہ اول

خودنوشتوں/یادداشتوں سے انتخاب

# سہوری کا ڈاک بنگلہ

## موسیٰ رضا

میری بیوی کے اندر مافوق الفطرت اثرات کو محسوس کرنے کی صلاحیت بہت زیادہ اور غیر مرئی چیزوں کو دیکھنے کی قوت بہت تیز ہے۔ یہی کیفیت میری ماں کی بھی تھی۔ درحقیقت یہ کوئی خاندانی چیز معلوم ہوتی ہے۔ میری ماں کو پورا یقین تھا کہ وہ کسی بھی مکان کو کافی فاصلے سے دیکھ کر بتا سکتی تھیں کہ وہ بدروحوں کا مسکن تھا یا نہیں۔ انہوں نے مجھے یہ بات اس طرح سمجھائی:

''دیکھو اگر کچھ لوگ کسی مکان میں بہت دنوں تک رہ جاتے ہیں تو ان کی روحیں اس مکان سے اس کی دیواروں سے، اس کے دروازوں سے، اس کے احاطے میں لگے ہوئے درختوں سے بلکہ حقیقت یہ ہے کہ اس مکان کے ایک ایک حصے سے اس طرح چمٹ جاتی ہیں کہ مرنے کے بعد بھی ان روحوں کی تمنائیں اس مکان پر اپنا غیر مرئی سایہ ڈالتی رہتی ہیں۔ اب اگر تم خود حساس قوت کے مالک ہو تو ان ارواح کے ظاہر ہونے سے پہلے فضا ہی میں تمہیں ان کا ادراک ہو جائے گا۔ یوں سمجھو کہ خواہش پوری نہ ہونے پر پیدا ہونے والی افسردگی اور اداسی کا ایک نوحہ ہوا میں سنائی دیتا ہے اور اگر تم ایسے کسی مکان میں داخل ہو گئے تو تمیں اپنی روح پر بوجھ محسوس ہوگا۔''

خارج از حواس ادراک کے معاملے میں میری ماں کی قوت بہت ہی تیز تھی اور میرے ساتھ جب ان کا قیام تھا تو مجھے دو بار اس کا تجربہ ہوا۔

ایک بار جب وہ میرے ساتھ رہنے کے لیے احمد آباد آئیں تو انہوں نے اپنے پڑوس کی زینت نامی ایک لڑکی کا قصہ مجھے سنایا۔ وہ اسے بہت پسند کرتی تھیں۔ اس لڑکی کو ایک بدمعاش سے محبت ہو گئی جس سے اس نے شادی کر لی لیکن بعد میں اس کے ہاتھ صرف پچھتاوا آیا۔ وہ شادی خاصی تباہ کن ثابت ہوئی۔ وہ شخص اس لڑکی کو ذہنی اذیت پہنچانے کے علاوہ اکثر و بیشتر مارتا پیٹتا رہتا تھا۔ جب میری ماں ہمارے یہاں آئیں تو اس کے چند ماہ بعد ایک روز صبح کو جب

بیدار ہوئیں تو وہ خاصی پریشان تھیں۔جب میں ان کے کمرے میں ان کی خیر و عافیت دریافت کرنے گیا تو انہوں نے مجھے اپنے پاس بیٹھنے کے لیے کہا اور پھر بولیں:

''رات میں نے بہت بھیانک خواب دیکھا ہے۔میں نے دیکھا ہے کہ زینت نے خودکشی کر لی ہے اور میں چیخ رہی ہوں۔میں اس قدر چیخی کہ آدھی رات کو میں جاگ گئی اور بڑی مشکل سے مجھے دوبارہ نیند آئی۔''

تین دن کے بعد مدراس سے میری بہن کا خط آیا جس کے آخر میں انہوں نے ہمیں زینت کی خودکشی کی خبر دی تھی۔اس نے سونے سے پہلے زہر کھالیا تھا اور نیند ہی میں مرگئی۔جب ہم نے اس کی موت کی تاریخ اور وقت کو اپنی ماں کے خواب سے ملایا تو ان میں پوری مطابقت تھی۔

لیکن ایک زیادہ دلچسپ واقعہ عشرہ 1960ء کی ابتدا میں اس وقت پیش آیا جب میں پالن پور کا کلکٹر تھا۔میرے بیٹے جعفر کی عمر اس وقت ایک سال سے بھی کم تھی اور میری ماں ہم لوگوں کے ہمراہ پرانے بنگلے میں مقیم تھیں۔پالن پور کے کلکٹر کے بنگلے کی عمارت بے ڈھنگے طریقے سے دو حصوں میں بٹی ہوئی تھی۔بڑا اوالا حصہ پرانا تھا جو تقریباً سو سال پہلے تعمیر ہوا تھا۔اس کی دیواریں اینٹ اور گارے سے بنی تھیں لیکن اس کی چھت اور فرش قیمتی لکڑی سے بنے تھے۔اس حصے میں دس بارہ رہائشی کمرے تھے۔اس کے علاوہ ملاقاتیوں کو بٹھانے اور مہمانوں کی ضیافت کے لیے بہت بڑے بڑے کمرے تھے۔ضیافت والے کمرے میں کوئی چالیس آدمیوں کے لیے ایک بہت بڑی میز تھی۔ایک محرابی راستہ ایک قبے کی طرف جاتا تھا جس میں برج کھیلنے کے لیے ایک میز رکھی تھی۔

یہ عمارت برطانوی پولیٹیکل ایجنٹ کی ضروریات کو پیش نظر رکھ کر بنائی گئی تھی جو انگریزوں کی فرمانروا قوت کا نمائندہ ہوتا تھا۔وہ شاہی تقاریب کے مواقع پر نوابوں، راجاؤں اور سرداروں کو شراب و کباب کی محفلوں میں مدعو کرتا تھا۔تمام کمروں میں آتش دان بنے ہوئے تھے کیونکہ ریگستان کے قریب ہونے کی وجہ سے سردیوں کے موسم میں پالن پور کسی حد تک ٹھنڈا

ہو جاتا تھا۔

چونکہ اس مکان کو گرمیوں میں دھوپ سے بچانے کے لیے بنایا گیا تھا لہذا اس کی چھتیں اتنی اونچی تھیں کہ دن کے وقت بھی نظر نہیں آتی تھیں۔ان اونچی چھتوں سے پرانے فیشن کے پنکھے لٹکے ہوئے تھے جو تقریباً دس فٹ لمبے یعنی کمرے کے سائز کے مطابق تھے اور ان کی رسیاں چرخیوں کے ذریعہ باہر جاتی تھیں جہاں پنکھے والا بیٹھ کر اسے کھینچا کرتا تھا۔

ایک بار میں نے کمشنر کورات کے کھانے پر مدعو کیا جو میرے دفتر کے معائنے کے لیے آئے ہوئے تھے۔میں نے دو اور مہمان بھی مدعو کر رکھے تھے۔اس بڑی میز کے ایک کنارے جب ہم چاروں بیٹھے تو گویا ہم گم ہو کر رہ گئے۔اس اونچی چھت سے ایک لمبے تار کے ذریعہ لٹکنے والا اکلوتا بلب ہم لوگوں والے حصے کو بھی مشکل سے روشن کر پا رہا تھا۔بقیہ پورا کمرۂ ضیافت تاریکی میں ڈوبا ہوا تھا۔اس تاریک ماحول کا نتیجہ یہ تھا کہ ہم لوگ لاشعوری طور پر گفتگو بھی بہت دھیمے لہجے میں کر رہے تھے۔اس مکان کے ایک کنارے ایک چھوٹا سا برآمدہ تھا جس کی چھت ڈھلوان تھی۔ وہ برساتی کا کام بھی دیتی تھی۔

چونکہ برساتی سے ملاقاتی کمرے تک ایک پھسلواں راستہ بنا ہوا تھا۔لہذا مہاراجاؤں کی کاریں براہ راست ملاقاتی کمرے تک جاسکتی تھیں اور گورنر یا وائسرائے ان کے استقبال کے لیے دروازے تک چل کر جانے کی زحمت سے بچ جاتے تھے۔ہم اس بارہ دری کو اپنی پرانی جیپ کے گیراج کے طور پر استعمال کرتے تھے جو اتنے بڑے راستے کی وسعت میں تن تنہا اور اداس اداس نظر آتی تھی۔بیڈ روم میں وسیع وعریض وارڈ روب بنے ہوئے تھے جن میں زمانۂ قدیم میں انگریز افسروں کے سوٹ اور ان کی بیویوں کے گاؤن اور شب خوابی کے لباس لٹکتے ہوں گے۔

اس عمارت کا چھوٹا والا حصہ غالباً اسی صدی میں بنایا گیا تھا۔اس کے نچلے حصے میں دفتر کے لیے دو کمرے اور ایک ملاقاتی کا کمرہ تھا۔میں نے اپنا دفتر وہیں قائم کیا ہوا تھا کیونکہ اس طرح عملہ بنگلے کے احاطے سے باہر رہائشی مکان سے کچھ فاصلے پر بیٹھ سکتا تھا۔اس نئے حصے کی پہلی منزل پر تین بڑے بڑے اور دو چھوٹے چھوٹے بیڈ روم اور بہت سے برآمدے تھے۔چونکہ

میرا خاندان میرے علاوہ میری بیوی اور میری ماں پر مشتمل تھا جو ہم لوگوں سے ملنے کے لیے آئی ہوئی تھیں لہذا ہمارے لیے پہلی منزل کے کمرے ہی کافی تھے۔ہم نے ایک چھوٹے کمرے کو باورچی خانے میں اور ایک برآمدے کو کھانے کے کمرے میں تبدیل کر دیا تھا۔

عمارت کا بڑا والا حصہ ہم صرف اس وقت استعمال کرتے تھے جب ہمارے یہاں کچھ مہمان ٹھہرنے کے لیے آتے تھے۔بنگلے میں ایک پختہ ٹینس کورٹ بھی تھی اور کبھی کبھار نواب پالن پور، نواب رادھن پور، شہر کے کچھ عمائدین اور سپرنٹنڈنٹ پولیس آجاتے تھے تو ہم وہاں ٹینس کھیلتے تھے اور اسی بڑے والے حصے کے برآمدے میں چائے پیتے تھے۔اس بنگلے میں کئی باغ بھی تھے لیکن پانی کی کمی کی وجہ سے ان کو تروتازہ اور سرسبز حالت میں رکھنا دشوار تھا لیکن عجیب بات تھی کہ ان باغوں کے آدھے درجن باشندے یعنی بڑے والے کچھوے بڑے صحت مند تھے حالانکہ اب وہ ضعیف ہو چکے تھے۔

ایسی حالت میں یہ کوئی تعجب کی بات نہیں تھی کہ میری ماں نے یہ محسوس کیا کہ وہ مکان بدروحوں کا مسکن ہے۔وہ بڑے حصے کے عقب سے آدھی رات کے وقت کتوں کے بھونکنے کی آوازیں سنتی تھیں۔ان آوازوں سے ان کی نیند ٹوٹ جایا کرتی تھی اور ابھی تیسری ہی رات تھی کہ انہوں مجھے جگایا۔میں نے بالکنی پر کھڑے ہو کر چوکیدار کو آواز دی اور اس سے کہا کہ وہ ان لعنتی کتوں کا کچھ علاج کرے۔اس نے ایک چکر لگایا اور واپس آکر مجھ سے کہا کہ وہاں تو کوئی کتا نہیں تھا۔بات یہ ہے کہ خود میں نے بھی کسی کتے کے بھونکنے کی آواز نہیں سنی تھی لہذا میں نے اپنی ماں سے کہا کہ وہ گیدڑوں کے چیخنے کی آوازیں ہوں گی جو احاطے کے برابر سنسان جگہ پر بول رہے ہوں گے لیکن وہ مطمئن نہیں ہوئیں۔

چند دنوں کے بعد میں نے بڑے والے مکان کے عقبی حصے پر غور کیا کیونکہ آزادی کے بعد کوئی دلچسپی نہ لینے کے باعث ادھر بڑا جھاڑ جھنکاڑ پیدا ہو گیا تھا۔ظاہر ہے ایسی جگہیں زہریلے سانپوں کا مسکن بن جاتی ہیں۔میں پی۔ڈبلو۔ڈی کے عملے کو بلوا کر اس جگہ کی صفائی کروا رہا تھا۔جب جھاڑیاں ہٹائی گئیں تو وہاں کچھ چھوٹی چھوٹی قبریں نظر آئیں۔سنگ مرمر کی بنی

ہوئی۔ان قبروں پر اسی پتھر کی تختیاں لگی ہوئی تھیں۔میں نے سوچا کہ شاید وہاں کچھ بچے دفن ہوں لیکن جب قریب سے جا کر دیکھا تو اس قسم کی تحریریں نظر آئیں..."پیارے شکاری کتے ٹموتھی کی یادگار۔تاریخ موت 5 جون 1896ء۔" دوسری لوح:"یہاں ہمارا پیارا گولڈی لیٹا ہوا ہے۔ہم اس کے لیے سکون کی دعا کرتے ہیں۔6 ستمبر 1806ء"....وغیرہ وغیرہ۔ظاہر ہے جو انگریز افسران اس برطانوی پولیٹیکل ایجنسی میں رہا کرتے تھے وہ اپنے کتوں سے محبت کرتے ہوں گے۔جب یہ کتے مر جاتے ہوں گے تو وہ لوگ اس بات کو برداشت نہ کر سکتے ہوں گے کہ ان کتوں کو گمنامی کی حالت میں چھوڑ دیا جائے لہٰذا ان لوگوں نے اپنے بنگلوں کے پیچھے ان کی عمدہ قبریں بنوا کر انہیں ان میں گاڑ دیا اور اس پر پتھر لگا کر ان کی تفصیلات لکھ دیں۔لیکن یہ کتے آرام سے نہ رہے اور کبھی کبھار راتوں کو بھونک بھونک کر میری ماں کی نیند خراب کرتے رہے۔

لیکن میں جس ایک زیادہ دلچسپ واقعے کا حوالہ دے رہا تھا وہ یہ واقعہ نہیں تھا۔یہ کتے والا واقعہ تو دراصل ایک بہت معمولی سی کہانی تھی۔یہ دوسرا واقعہ اس وقت پیش آیا جب ہم سرکاری دورے پر سہوری گئے۔اپنی ماں، بیوی اور بچے کو اتنے بڑے اور تنہا مکان میں چھوڑنے کی بجائے میں ان لوگوں کو بھی اپنے دوروں پر ساتھ لے گیا۔سہوری، پالن پور سے بہت دور نہیں تھا اور ہم کوئی ایک گھنٹے تک کار میں چل کر سہوری کے ڈاک بنگلے کے احاطے میں داخل بھی نہیں ہوئے تھے کہ میری ماں کی نظر ان لمبے لمبے درختوں پر پڑی جن پر چمگادڑ بسیرا کرنے کے لیے آ رہے تھے۔یہ دیکھتے ہی میری ماں نے اعلان کر دیا کہ وہ ڈاک بنگلہ بھوتوں کا مسکن تھا۔

میری ماں اس بنگلے پر رات گزارنے سے ہچکچا رہی تھیں اور سوچ رہی تھیں کہ کیا ایسا نہیں ہوسکتا کہ ہم کسی دوسری جگہ منتقل ہو جائیں لیکن میں نے انہیں بتایا کہ مجھے اس تعلقے میں کچھ سرکاری کام کرنا تھا اور دوسری کوئی ایسی جگہ نہیں تھی جہاں ہم لوگ ٹھہر سکتے۔لہٰذا وہ بڑے تذبذب کے بعد اپنی خواہش کے خلاف وہیں ٹھہرنے پر آمادہ ہوگئیں۔اس ڈاک بنگلے میں تین تین کمروں کے قطعے تھے۔ہر کنارے پر دو دو بیڈروم اور ان کے درمیان ایک ڈائننگ روم جس کے پیچھے باورچی خانہ تھا۔میری ماں نے کنارے والے بیڈروم میں سونے سے انکار کر دیا کیونکہ

اس طرح ہمارے درمیان ایک ڈائننگ روم پڑتا اور فاصلہ بہت ہو جاتا لہٰذا میں نے پگی یعنی بوڑھے نگران کو بلا کر اپنی ماں کا بستر بیڈ روم سے نکلوا کر ڈائننگ روم میں لگوا دیا۔

''پگی'' ایک دلچسپ لفظ ہے اور پرانے ڈاک بنگلوں کے نگرانوں کے لیے عام طور سے استعمال ہوتا ہے۔ یہ لفظ پرانے جاگیردارنہ دور کی باقیات میں سے ہے جب اس قسم کے ڈاک بنگلے شکاریوں کے ٹھہرنے کے لیے استعمال ہوتے تھے اور ایک کھوجی ان ڈاک بنگلوں سے وابستہ رہتا تھا۔ پگی وہ شخص ہوتا ہے جو چیتوں کو ان کے پگ یعنی نشان قدم کی مدد سے ڈھونڈھتا ہے۔

ہم اس رات کھانا کھانے کے بعد جلد ہی سونے چلے گئے۔ میری بیوی جب بچے کو سلا چکیں تو کچھ دیر تک میں نے ان سے باتیں کیں اور پھر ہم سو گئے۔ وہاں مچھر بہت تھے اور میں نے اپنی ماں سے کہا تھا کہ وہ خود کو اچھی طرح مچھر دانی سے ڈھانک لیں۔ ہم نے خود بھی یہی کیا۔ رات کے کوئی دو بجے ہوں گے جب میں نے ایک چیخ سنی۔ میں گہری نیند سے بیدار ہو گیا اور کچھ دیر تک میرے اوسان بحال نہ ہوئے۔ پھر مجھے ڈائننگ روم سے کچھ عجیب عجیب آوازیں آئیں۔ دراصل میری ماں کچھ کہنا چاہتی تھیں لیکن ان کی زبان سے الفاظ نہیں نکل رہے تھے۔ اس وقت تک حسن آراء بھی جاگ گئی تھیں۔ میں بستر سے نکلا اور بھاگتا ہوا مشکل سے دو قدم میں ڈائننگ روم کے اندر داخل ہو گیا۔

لائٹ جل رہی تھی۔ حالانکہ مجھے اچھی طرح یاد ہے کہ میں نے اپنی ماں کو شب بخیر کہنے کے بعد لائٹ بجھا دی تھی۔ وہ اپنے بستر میں بیٹھی ہوئی تھیں اور مچھر دانی اب تک ان کے گرد لپٹی ہوئی تھی۔ حسن آرا نے بھی بچے کو مچھر دانی میں لپیٹ کر وہیں چھوڑا اور بھاگتی ہوئی میری پیچھے آ گئیں۔ ہمیں اپنی ماں کو دلاسا دینے میں کچھ وقت لگا اور پھر ہم نے ان سے پوچھا کہ آخر کس چیز سے وہ اس قدر خوف زدہ ہو گئی تھیں۔

''بات یہ ہوئی کہ میں بہت گہری نیند سو رہی تھی کہ میں نے لائٹ جلائے جانے کی آواز سنی۔ میں جاگ گئی اور دیکھا کہ ایک انگریز جوڑا میرے بستر کی پائنتی کی جانب کھڑا ہے۔ مرد

سوٹ اور ہیٹ پہنے ہوئے تھا اور اس کے داہنے ہاتھ میں ایک چھڑی تھی۔اس کا بایاں ہاتھ غائب تھا۔خالی آستین لٹک رہی تھی۔عورت شب خوابی کے ایک لمبے گاؤن کے علاوہ ایک جھالردار بڑا عجیب سا ہیٹ پہنے ہوئے تھی۔پہلے تو میں یہ سمجھی کہ غالبا وہ لوگ اسی ڈاک بنگلے میں ٹھہرے ہوئے تھے اور گھوم پھر کر کہیں سے واپس آرہے تھے۔عورت نے اپنا ہاتھ مچھر دانی کے اندر ڈالا اور میرے پیر کو پکڑ کر ہلایا اور بولی۔''تم یہاں ڈائنگ روم میں کیوں سو رہی ہو؟ کیا یہ کوئی بیڈ روم ہے؟ یہ سونے کی جگہ نہیں ہے۔نکلو یہاں سے... بھاگو یہاں سے''۔اس کا لہجہ بڑا کرخت اور درشت تھا اور وہ انگریزوں کے لہجے میں ہندوستانی بول رہی تھی۔وہی 'توم' اور 'سوتا' وغیرہ۔اس کے بعد وہ دونوں یہاں سے نکل کر تمہارے بیڈروم کی طرف چلے گئے۔اس وقت میں نے دیکھا کہ وہ عورت لنگڑا رہی تھی۔تمہارے کمرے کے دروازے پر وہ جوڑا بس غائب ہوگیا۔تب مجھے یہ احساس ہوا کہ میں بھوتوں کو دیکھ رہی تھی۔میں بیٹھ گئی اور چلا چلا کر تمہیں آواز دینے لگی لیکن وہ آواز بس چیخ کی شکل میں نکل رہی تھی۔مجھے نہیں معلوم کہ میں کیا کہہ رہی تھی۔''

یہ قصہ سناتے وقت میری ماں ڈائنگ روم میں خوف زدہ نگاہوں سے ادھر ادھر دیکھ رہی تھیں۔اچانک انہوں نے حسن آراء کو دیکھا اور چونک کر پوچھا۔''بچہ کہاں ہے؟ کیا تم نے اسے اکیلا چھوڑ دیا ہے''؟

اب خوف زدہ ہونے کی باری حسن آراء کی تھی اور ہم تینوں بھاگتے ہوئے اپنے بیڈ روم کی طرف آئے۔یہ دیکھ کر ہمیں ایک جھٹکا سا لگا کہ بستر خالی تھا حالانکہ مچھر دانی اب تک بستر سے لپٹی ہوئی تھی۔

''میرا بچہ، میرا بچہ!'' حسن آراء نے چیختے ہوئے کہا۔اس وقت میں نے دیکھا کہ بچہ برآمدے کی طرف جانے والے دروازے کے پاس پڑا تھا اور گہری نیند سو رہا تھا۔حسن آراء بھاگتی ہوئی گئی اور اس نے بچے کو اٹھا لیا لیکن وہ ایسی گہری نیند سو رہا تھا کہ اس نے ذرا بھی حرکت نہ کی۔میری ماں نے اس کے بعد ڈائنگ روم میں سونے سے انکار کر دیا۔ہم نے ان کا پلنگ اپنے کمرے میں منتقل کیا اور پھر بقیہ رات کسی نہ کسی طرح پریشانی میں گزار دی۔

دوسرے دن صبح تعلقے کا معاملت دار ہمارے ساتھ ناشتے میں شریک تھا۔ اس نے 1920ء کے عشرے میں محکمہ مالیات میں ایک کلرک کے طور پر اپنی ملازمت کی ابتدا کی تھی۔ اب اس کی پنشن کا زمانہ قریب آ رہا تھا تو سہوری کا مقامی باشندہ ہونے کی وجہ سے اس کا آخری تقرر اپنے ضلع میں ہو گیا تھا۔ جب میں نے رات والا واقعہ اسے سنایا تو اس نے کسی تعجب کا اظہار نہ کیا۔

''حضور، صرف آپ کی ماں نے اس جوڑے کو نہیں دیکھا ہے۔'' اس نے کہا۔ ''بہت سے لوگ وقتاً فوقتاً اس جوڑے کو دیکھ چکے ہیں۔ اس مرد کا نام 'انڈریو میک فیل' تھا۔ وہ کسٹم کا اسسٹنٹ کلکٹر تھا اور سوئیگام کے ایک بنگلے میں رہا کرتا تھا۔ وہ شکار کا بڑا شوقین تھا اور اس ڈاک بنگلے میں آ کر ٹھہرا کرتا تھا۔ ان دنوں یہ علاقہ شکار سے بھرا ہوا تھا۔ ہرن چیتے اور تیندوے، ہر قسم کے جانور موجود تھے۔ مجھے یاد ہے کہ جب میں چھوٹا سا تھا تو میں نے میک فیل صاحب کو دیکھا تھا۔ ایک بار وہ اپنے ساتھ اپنی بیوی کو بھی لائے تھے۔ وہ دونوں ایک آدم خور شیر کے شکار پر گئے لیکن وہ اسے صرف زخمی کرنے میں کامیاب ہو سکے۔ تیسری رات وہ دوبارہ گئے لیکن اس بار شیر نے انہیں آ لیا۔ وہ دونوں بہت بری طرح زخمی ہوئے۔ میک فیل صاحب کا بایاں ہاتھ اور ان کی بیوی کا ایک پیر ضائع ہو گیا۔ وہ دونوں مہلک زخموں کے ساتھ یہاں گیسٹ ہاؤس میں لائے گئے لیکن صبح ہوتے ہوتے وہ دونوں مر گئے۔''

میری طبیعت میں شک وشبہ کا مادہ بہت ہے۔ میں صبح سے اپنی ماں کو یقین دلانے کی کوشش کر رہا تھا کہ جو کچھ انہوں نے دیکھا تھا وہ محض ایک خواب تھا اور کلکٹر کے بنگلے میں رہ رہ کر اور ان گوروں کا ذکر سن سن کر جو کبھی وہاں رہا کرتے تھے وہ نفسیاتی طور پر ان لوگوں کے بھوت دیکھنے کے لیے پوری طرح تیار تھیں لیکن جب میری ماں نے معاملت دار کی کہانی سنی تو انہوں نے بڑے فاتحانہ انداز میں میری طرف دیکھا جیسے وہ کہہ رہی ہوں .... ''اب تمہیں میری بات کا یقین آیا یا نہیں؟''

مجھے یقین آیا ہو یا نہ آیا ہو یہ ایک الگ سوال ہے۔ لیکن مجھے جو چیز آج تک خلجان میں

مبتلا کیے ہوئے ہے وہ یہ ہے کہ سوتا ہوا بچہ بستر سے باہر کیسے نکل گیا اور مچھر دانی میں لپٹا لپٹایا وہ کس طرح دروازے تک پہنچ گیا حالانکہ اس کی عمر صرف چند ماہ کی تھی۔ بہرحال ہم نے اسی روز اپنا سامان باندھا اور اپنا دورہ مختصر کر کے پالن پور واپس آ گئے۔ سہوری میں دوسری رات گزارنے کا سوال ہی پیدا نہیں ہوتا تھا۔

میں نے اس بات کی ابتدا یہ کہہ کر کی تھی کہ میری بیوی کے اندر مافوق الفطرت اثرات کو محسوس کرنے کی صلاحیت بہت زیادہ ہے حالانکہ اب ان کی یہ صلاحیت بہت کم ہوگئی ہے (گزشتہ چھ سال سے انہوں نے کوئی بھوت نہیں دیکھا ہے)۔ حسن آراء کی عمر ابھی بیس سال بھی نہ ہوئی تھی کہ میرے ساتھ ان کی شادی ہوگئی۔ اس وقت ان کے ماورائے حواس ادراک کی قوت اپنے عروج پر تھی۔ جب کبھی میری ماں بتاتیں کہ یہ بنگلہ یا وہ بنگلہ بھوتوں کا مسکن ہے یا اس کمرے میں یا اس کمرے میں بھوت آیا جایا کرتے ہیں تو حسن آراء کبھی واضح طور پر اور کبھی اپنی معنی خیز خاموشی سے اس بات کی تائید کرتی تھیں اور اس طرح زندگی اپنے پورے جوش وخروش اور ہلچل کے ساتھ گزر رہی تھی۔

ایک روز شام کو حسن آراء بوڑھے چپراسی موسیٰ کو ساتھ لے کر پالن پور میں پرانے والے بنگلے میں گئیں۔ وہ یہ دیکھنے گئی تھیں کہ رات سے پہلے تمام دروازے وغیرہ بند کر دیئے گئے تھے۔ جب وہ کمرے میں چکر کاٹ رہی تھیں تو انہوں نے لوبان کی بہت تیز خوشبو محسوس کی۔ انہوں نے ادھر ادھر دیکھ کر یہ جاننے کی کوشش کی کہ وہ خوشبو کہاں سے آ رہی تھی۔ انہوں نے محرابی قبے کی جانب دیکھا تو وہاں انہیں کوئی بیٹھا ہوا نظر آیا۔ وہ شخص سفید لباس پہنے ہوئے تھا۔ حسن آراء کی سمجھ میں کچھ نہ آیا کہ وہ کون تھا... لہٰذا بجائے خوف زدہ ہونے کے وہ تجسس کے انداز میں آگے بڑھیں تاکہ حقیقت معلوم کر سکیں۔ لیکن موسیٰ نے انہیں منع کرنے کی کوشش کی:

''ٹھیک ہے بیگم صاحب بہتر ہے وہاں نہ جائیں سب ٹھیک ہے آیئے واپس چلیں۔ میں نے تمام کھڑکی دروازے مضبوطی سے بند کر دیئے ہیں۔'' بہت دنوں کے بعد حسن آراء کے اصرار پر موسیٰ نے انہیں بتایا کہ وہاں کے مقامی لوگوں کا خیال تھا کہ بڑی والی عمارت بننے سے

پہلے وہاں کسی بزرگ کی پرانی قبر تھی۔جب برطانوی پولیٹیکل ایجنٹ کے لیے بنگلہ تعمیر کرنے کا فیصلہ ہوا تو قبر مسمار کردی گئی۔اس بنگلے میں کام کرنے والے پرانے نوکروں کا خیال تھا کہ جس جگہ قبر تھی،استقبالیہ کمرہ اسی جگہ بنا تھا۔وقتاً فوقتاً کسی نہ کسی کو وہاں لوبان کی خوشبو آتی تھی اور اس قبے میں کسی ہمزاد کے دھندلے نقوش نظر آتے تھے۔

اس قبے کے ساتھ ایک بیڈ روم تھا۔لوگوں کو یہ بھی یقین تھا کہ جو شخص بھی اس بیڈ روم میں سوتا تھا اسے صبح تک بخار ضرور چڑھ آتا تھا۔ایجنسی کے زمانے میں یہ کمرہ مہمان خانے کے طور پر استعمال ہوتا تھا لیکن جب بہت سے مہمان بخار کا شکار ہوگئے تو ایجنٹ نے اس کا استعمال بند کرادیا اور کمرے کو مقفل کردیا۔جب ہم نے اس بنگلے پر قبضہ کیا تو یہ اسی طرح مقفل تھا۔مجھے ان کہانیوں کی صداقت کا علم نہیں۔میں ان کی تائید نہیں کرسکتا کیونکہ میں خود اس کمرے میں کبھی نہیں سویا۔

❑❑❑

ماخذ: بلبلیں نواب کی، یادداشتیں،موسی رضا،مترجم: شاہ محی الحق فاروقی،فضلی سنز کراچی، ۱۹۹۸ء

●●●

موسیٰ رضا حیات ہیں اور ان دنوں چنائے، ہندوستان میں ملازمت سے سبک دوشی کے بعد ایک اطمینان بخش و آسودہ زندگی گزار رہے ہیں۔علی گڑھ میں قیام پذیر راقم کے کرم فرما اور اردو کے معروف ادیب پروفیسر اطہر صدیقی سے ان کی خیریت معلوم ہوتی رہتی ہے۔پروفیسر اطہر صدیقی،راقم کے نام اپنے ایک برقی پیغام (5 مئی 2014ء) میں لکھتے ہیں:

Dear Rashid,
Moosa Raza is very much alive. He is a retired IAS officer, who retired as Chief Secretary of Govt of India and is about 10 years younger to me. He is being considered for the Chacellorship of AMU (ALIGARH MUSLIM UNIVERSITY). He is a close friend of us. He is an extremely well read person, has over ten thousand books in his personal library, interested in Sufism, knows Persian Arabic and is an Urdu poet, delivered keynote address in the seminar on Sultan Jahan Begum.

حال ہی میں (2021ء) موسی رضا صاحب کی آپ بیتی کا اردو ترجمہ ''کشمیر: سرزمینِ پشیمانی'' کے عنوان سے راقم نے زندہ کتابیں سے شائع کیا ہے۔اٹلانٹس پبلی کیشنز اس کے ناشر ہیں۔(ر۔ا)

# سر کٹا انسان بولتا رہا

## موسیٰ رضا

ترنیتار ایک ایسا غیر معروف مقام ہے کہ گجرات کے عام نقشوں میں تو اس کا کوئی نشان بھی نہیں مل سکتا لیکن جن دنوں کی میں بات کرر ہا ہوں ان دنوں وہ جگہ جزیرہ نمائے سوراشٹر میں خاصی مشہور تھی کیونکہ ہر سال ساون کے مہینے میں تریتار میں ایک میلہ (عوامی میلہ) لگتا تھا جس میں شرکت کرنے کے لیے جزیرہ نما کے اندر سوسو میل دور سے لوگ آتے تھے۔روایت یہ بیان کی جاتی ہے کہ راجا دروپد نے اپنی مشہور بیٹی کا سوئمبر یہیں رچایا تھا اور مہا بھارت کے ہیرو ارجن نے اسی سوئمبر میں تیر اندازی کے کمال کا مظاہرہ کیا تھا۔ضلع کے مقامی افسروں اور اہل کاروں کی معمولی مدد کے ساتھ اس میلے کے منتظمین بڑی بڑی چرخیاں جھولے اور ہنڈولے لگاتے اور تیر اندازی اور قسمت آزمائی کے اسٹال قائم کرتے جو سادہ مزاج اور بے جا تکلف دیہاتیوں کی دل چسپی اور انہیں میلے میں کھینچ لانے کا باعث بنتے۔

ان دنوں کے تریتار کا میلہ نہ تو ان شہری سیاحوں کے خستہ و درماندہ ذوق پر پورا اتر سکتا تھا جو یہ سمجھتے ہیں کہ دیہاتوں کا مصرف بس یہی ہے کہ مشفقانہ انداز میں ان کا ایک سرسری سا چکر لگا لیا جائے اور پھر ان کے بارے میں مضامین اور مقالے لکھ کر اخباروں میں چھپوا دیا جائے اور نہ یہ میلہ ان غیر ملکی سیاحوں کے معیار کی تسلی کر سکتا تھا جنہیں صرف نسلی حسن کے ذریعہ مبادلہ خرچ کرنے پر آمادہ کیا جا سکتا ہے۔

ترنیتار کا میلہ ایک سیدھا سادا دیہاتی میلہ تھا جہاں کسان زرعی آلات اور کیمیاوی کھاد خریدتے تھے،بہترین نسل کے بیل تلاش کرتے تھے اور پگڑی کے لیے لال رنگ کے کپڑوں کا مول بھاؤ کرتے تھے۔ان کی بیویاں اپنی چولیوں اور پیٹی کوٹ کے لیے رنگ برنگ کے کپڑے خریدتی تھیں اور شیشے کی چمک دار چوڑیوں کی قیمتوں پر تکرار کرتی تھیں۔گاؤں کی گوریاں جھنڈ کی جھنڈ اس میلے میں آتیں۔آپس میں کھی کھی کھی کرتیں اور ان تنومند دیہاتی نوجوانوں کو پیار کی

نظروں سے دیکھتیں جو اپنی گھیر دار قمیضوں میں اکڑ اکڑ کر چلتے، اپنی کمر کے گرد چاندی کی بھاری بھاری زنجیریں باندھتے جن میں ٹن ٹن کرتی ہوئی چھوٹی چھوٹی گھنٹیاں لگی رہتیں۔ ربط ضبط بڑھائے جاتے اور البیلا نوجوان اپنی محبوبہ کو گودنے والے کی دکان پر لے جا کر اس کے بازو پر اپنا نام گودواتا۔ میلے میں عوامی موسیقی کے مظاہرے ہوتے۔ ڈھول کی تال پر رقص ہوتے۔ کوئی بھی اس اکتاہٹ کا شکار نہیں ہوتا جس کا مظاہرہ شہر کے لوگ دیہاتی ماحول میں کرتے ہیں۔ ہر شخص وہاں خوش رہتا تھا اور خوش نظر آتا بھی تھا۔

یہ میلہ تین دن تک قائم رہتا اور ان تین دنوں میں ہزاروں دیہاتی اسے دیکھنے آتے تھے۔ مویشی تبدیل کیے جاتے تھے۔ بیل خریدے اور بیچے جاتے تھے اور مٹھائیوں کی دکانوں پر گنٹھیا اور جلیبی وغیرہ جیسی مختلف اقسام کی مٹھائیاں خوب بکتی تھیں۔ لہٰذا مقامی معاملت دار نے جب تھان گڑھ میں، جہاں میں دورے پر آیا ہوا تھا، مجھے یہ میلہ دیکھنے کی دعوت دی تو میں نے حسن آراء اور بچوں کے ساتھ یہ میلہ دیکھنے کا فیصلہ کیا۔

جوں ہی ہم میلے کے قریب پہنچے تو پیدل چلنے والوں اور بیل گاڑیوں کی وجہ سے سڑک تقریباً بند ہو چکی تھی۔ ہزاروں دیہاتی اپنے تہوار والے لباس میں میلے کی طرف جا رہے تھے اور سیکڑوں دیہاتی واپس آ رہے تھے۔ آنے جانے والے مجمع نے جیپ کے لیے راستہ ناممکن بنا دیا تھا لہٰذا ہمیں اپنی جیپ سے اتر کر پیدل چلنا پڑا۔ گرمی اور گرد کی وجہ سے ماحول زیادہ تکلیف دہ ہو رہا تھا۔ میلے کے اصل میدان میں پہنچ جانے کے بعد ہی ہمیں سکون ملا۔

جب ہم سوراشٹر کے تمام مویشی دیکھ چکے، کاٹھیاواڑی گھوڑوں کا معائنہ کر چکے اور تقریباً ہر ہر دکان پر تھوڑی تھوڑی دیر کے لیے رک چکے اور اس دکان سے کچھ گنٹھیا اور اس دکان سے کچھ جلیبی خرید چکے۔ اور جب ہم ایک کنارے اپنی دکان لگائے ہوئے نجومی کو اپنا ہاتھ دکھا کر اپنے اندر آنے والے حالات کے بارے میں خوش خبریاں سن چکے تو ہم نے واپسی کا فیصلہ کیا۔ ابھی ہم واپسی والے پھاٹک کے پاس پہنچے ہی تھے کہ میں نے ایک پھٹا ہوا خیمہ دیکھا جس نے غالباً ہندوستان میں انگریزوں کے زمانے میں اچھے دن دیکھے ہوں گے۔ کثرت استعمال سے اب اس خیمے کی رسیاں بھی گھس چکی تھیں اور موگری کی چوٹ کھا کھا کر اس خیمے کی میخوں کا اوپری حصہ پھیل چکا تھا۔ قدرے سیاہ رنگ کا ایک شخص جس کی عمر تیس سال سے کچھ اوپر ہوگی اس پردے

کے پاس کھڑا تھا جو خیمے کے دروازے کا کام دے رہا تھا۔وہ ایک خوش مزاج آدمی معلوم ہوتا تھا۔اس کے ہونٹوں کے کناروں پر ایک مسکراہٹ مستقل بنیاد پر پھیلی ہوئی تھی۔اس کے بال بغیر کنگھی کے تھے اور دن بھر کی پڑی ہوئی گرد نے انہیں تقریباً سفید کر دیا تھا۔وہ ایک خاکی ڈرل کی قمیض پہنے ہوئے تھا جو غالباً فوجی اسٹور کی مسترد شدہ ہوگی۔قمیض کا کپڑا بھی خیمے ہی کی طرح خستہ حال ہو چکا تھا۔اس کی ایک جیب غائب ہو چکی تھی اور بہت سے بٹن بھی کم ہو چکے تھے۔اسی کپڑے کی بنی ہوئی اس کی پتلون آج کے لحاظ سے فیشن والی سمجھی جائے گی کیونکہ اس کی تمام سلائی بوسیدہ ہو چکی تھی اور اس میں سے دھاگے نیچے لٹک رہے تھے۔ہر لحاظ سے وہ ایک غریب دیہاتی معلوم ہو رہا تھا جس نے شہر کے مسترد کپڑوں کے عوض اپنا روایتی لباس اتار پھینکا تھا۔

جوں ہی اس نے مجھے سرکاری اہلکاروں اور پولیس کے جوانوں کے جھنڈ میں چلتے دیکھا اسے یقین ہو گیا کہ کچھ گاہک آ گئے۔چنانچہ اس نے آوازیں لگانی شروع کر دیں...''آیئے صاحب جی آیئے آیئے براہ کرم آیئے۔آیئے اور بغیر سر والے آدمی کو دیکھئے۔آیئے صاحب جی بغیر جسم والے آدمی کو باتیں کرتے ہوئے سنیئے۔صاحب جی یہ ایسی حیرت انگیز چیز ہے جو آپ نے پہلے کبھی نہیں دیکھی ہوگی اور نہ میرے خیمے کے علاوہ اسے کہیں اور دیکھ سکیں گے۔صاحب جی، غریب آدمی ہوں۔اگر آپ آ جائیں گے۔تو میری قسمت کھل جائیں گی۔اگر آپ آ جائیں گے تو پھر بہت سے لوگ میرا یہ کمال دیکھنے آئیں گے۔میں آپ کا دیا ہوا سرٹیفکیٹ ان لوگوں کو دکھاؤں گا۔آیئے صاحب آیئے۔براہ کرم ضرور آیئے۔''

ایمان داری کی بات یہ ہے کہ میلے کی بھڑ بھکڑ میں تپتی ہوئی دھوپ میں گھوم پھر کر اور کوئی دو کلو گرام گرد و غبار پھانک کر اب ہم مزید کوئی تماشا دیکھنے کے لائق نہیں رہ گئے تھے خواہ وہ بے سر والا ہو یا سر والا۔اس کے علاوہ میں ایسے چلتے پھرتے شعبدے باز بہت دیکھ چکا تھا جو گلی کوچوں میں طرح طرح کے شعبدے دکھاتے پھرتے ہیں۔جو اپنے منہ سے زندہ کالا بچھوا گلنے کے علاوہ ریت کے تودے سے پلک جھپکتے میں آم کا درخت اگا دیتے ہیں۔کوئی بھی ذہین آدمی جو پیدائشی بھولا بھالا نہ ہو ذرا سا غور سے دیکھ کر اس طریقے کو سمجھ سکتا ہے جس سے وہ شعبدہ دکھایا جاتا ہے۔یعنی شعبدہ باز کا ہاتھ کتنی تیزی سے چلتا ہے اور وہ پوری چرب زبانی کے ساتھ بہت تیز لہجے میں پٹر پٹر بول کر کے بولتے ہوئے دیکھنے والے کی توجہ عین وقت پر کیسے ادھر ادھر بانٹ دیتا

حیرت کدہ۔پہلی جلد(تیسرا ایڈیشن) راشد اشرف

ہے۔ یہ سوچ کر میں نے آگے بڑھنے کا فیصلہ کیا لیکن وہ کرتبی انسان میرا پیچھا چھوڑنے پر آمادہ نہ تھا۔ وہ تقریباً میرا راستہ روک کر کھڑا ہو گیا۔ اس کی آنکھوں میں آنسو تھے اور وہ مسلسل خوشامد کر رہا تھا یہاں تک کہ میرا دل پسیج گیا۔ میں نے سوچا کہ میرے چند منٹ ضائع ہوں گے لیکن یہ شخص کتنا خوش ہو جائے گا۔

''اور یہاں داخلہ فیس کتنی ہے''؟ میں نے پوچھا۔

''نہیں، صاحب جی۔ آپ کے لیے کوئی فیس نہیں ہے۔ نہ آپ کے لیے کوئی فیس ہے اور نہ آپ کے ساتھ کسی صاحب لوگ یا بیگم صاحب کے لیے کوئی فیس ہے۔ بالکل مفت ہے، صاحب جی۔ مہربانی کر کے آجائیے۔''

''نہیں۔ مجھے افسوس ہے۔ بغیر فیس دیے نہ میں جاؤں گا اور نہ میرے ساتھیوں میں سے کوئی جائے گا۔ تم مجھے فیس بتاؤ ورنہ ہم لوگ جا رہے ہیں۔''

میری یہ قطعی شرط سننے کے بعد اس کرتبی آدمی نے جھجکتے ہوئے چار آنے فی کس فیس بتائی۔ اُن دنوں بھی یہ فیس بہت حقیر تھی لہٰذا ہم فیس دے کر اندر چلے گئے۔ خیمے کا رقبہ آٹھ مربع فٹ سے زیادہ نہ تھا اور اندر سے بھی وہ اتنا ہی خستہ حال تھا جتنا باہر سے نظر آ رہا تھا۔

جونہی ہم خیمے میں داخل ہوئے میری نظریں خیمے کے وسط میں ایک چبوترے پر قائم ایک انسانی سر پر پڑیں۔ کوئی جسم اس سر سے معلق نہیں تھا۔ خود چبوترہ بھی بانس کی چار کھچیوں پر قائم تھا۔ اس کی بلندی کوئی چار فٹ تھی۔ وہ زمین سے چار کونوں پر اٹھا ہوا تھا جن کے درمیان تین فٹ کا فاصلہ تھا۔ اس کے اونچے والے حصے پر بانس کی چار کھچیاں لگی ہوئی تھیں اور ہر طرف بانس ہی کی تیلیاں آڑی ترچھی لگا کر اسے مضبوط کر دیا گیا تھا۔ جہاں یہ تیلیاں ایک دوسرے کو قطع کر رہی تھیں وہاں آٹھ مربع انچ کا ایک تختہ لگا ہوا تھا۔ اس تختے پر ایک انسانی سر رکھا ہوا تھا جسے مٹی سے پلاسٹر کر کے جہاں گردن ختم ہوتی تھی وہاں تختے سے پیوست کر دیا گیا تھا۔ تختے کے نیچے خالی جگہ تھی اور کوئی شخص بھی دوسری طرف کھڑے ہوئے تمام لوگوں کو چاروں کھچیوں کے ذریعہ دیکھ سکتا تھا۔ وہاں سے کچھ فاصلے پر بغیر سر کا ایک جسم پڑا تھا جو ایک چادر سے ڈھکا ہوا تھا۔ سر کٹی ہوئی گردن پر مٹی کا پلاسٹر کیا ہوا تھا۔ میں نے مردہ جسم کی زیادہ فکر نہیں کی کیونکہ اصلی سر کو چھپا کر دھوکہ دینا آسان تھا۔ میری ساری توجہ خیمے کے درمیان بورڈ پر رکھے ہوئے انسانی سر پر تھی کیونکہ یہ

انسانی سر زندہ تھا۔ہم جوں ہی خیمے میں داخل ہوئے اس سر نے ہمیں اس طرح دیکھا کہ ہم لوگوں کی نظریں آپس میں ملیں۔اس کے بعد وہ اس طرح مسکرانے لگا کہ اس کے سفید دانتوں کی دونوں قطاریں نظر آ رہی تھیں۔میں بدحواس ہوگیا بلکہ مجھے یہ اعتراف کرنے میں کوئی شرمندگی نہیں ہے کہ خوف کے مارے میرے رونگٹے کھڑے ہوگئے اور میری تھر تھری چھوٹ گئی۔وہ کرتبی شخص بھی ہم لوگوں کے ساتھ ہی خیمے میں داخل ہوا اور اس نے سر کو مخاطب کر کے کہا۔''بڑے صاحب آئے ہیں اور بہت سے صاحب لوگ بھی ان کے ساتھ آئے ہیں۔ان سب کو سلام کر، اے بے سر کے آدمی۔''

یہ سنتے ہی چادر کے نیچے والے جسم نے نمستے کے انداز میں اپنے دونوں ہاتھ اوپر اٹھائے اور ساتھ ہی سر نے اپنا منہ کھول کر کہا نمستے۔ایسا معلوم ہورہا تھا جیسے وہ دونوں آپس میں ملے ہوئے ہوں۔بنا جسم والے سر سے نکلنے والی آواز سن کر میرے سر کے بال جڑ سے کھڑے ہوگئے۔

''ہمارے خیمے میں خوش آمدید صاحب جی، میرا سلام قبول کیجئے۔میں معزز خاتون یعنی آپ کی بیگم صاحبہ کو بھی خوش آمدید کہتا ہوں۔'' سر نے یہ جملے کہے جب کہ اس کی آنکھیں کونے میں کھڑی حسن آراء کی طرف مڑ گئیں۔

''اور میرا سلام آپ کے چھوٹے بچے کو۔''اس کے بعد اس سر کی نظریں ڈگمگا ڈگمگا کر چلنے والے اس چھوٹے بچے پر پڑیں جس کا سر اس بورڈ کی سطح سے نیچے تھا۔

میری نظریں جو دیکھ رہی تھیں اسے میری عقل ماننے سے انکار کر رہی تھی۔کسی سر کو اس کے جسم سے علاحدہ کر کے اسے کسی بورڈ پر کیسے رکھا جا سکتا ہے جب کہ وہ زندہ بھی رہے، مسکرا بھی سکے، اپنی پلکوں کو اٹھا کر لوگوں کی نظروں سے نظریں بھی ملا سکے اور اپنی نظریں ان لوگوں پر قائم بھی رکھ سکے جن سے وہ باتیں کر رہا ہو بلکہ ہر وہ فعل انجام دے سکے جو کسی جسم سے لگا ہوا سر دے سکتا ہے۔لہٰذا جو کچھ میری آنکھیں دیکھ رہی تھیں میں نے اسے ماننے سے انکار کر دیا۔میں اس کرتبی شخص کی طرف بڑھا اور اس سے پوچھا۔''یہ کرتب کیا ہے؟ یہ سر کیسے بولتا ہے؟۔''

''نہیں صاحب جی۔یہ کوئی کرتب نہیں ہے۔یہ جادو ہے۔اپنے جادو کی قوت سے میں نے اپنے اسسٹنٹ کا سر کاٹ کر اسے بورڈ پر رکھ دیا ہے۔جب شام ہوگی تو میں اسے دوبارہ

اس کے جسم کے ساتھ لگا دوں گا اور پھر ہم دونوں گھر چلے جائیں گے۔''

ظاہر ہے مجھے اس کی بات پر یقین نہیں آیا۔ چونکہ ان ہلتے ہوئے ہونٹوں سے آواز صاف سنائی دے رہی تھی لہذا یہ انتقالِ آواز کا کرتب بھی ہوسکتا تھا یعنی وہ کرتبی آدمی اپنی ہی آواز اس سر کی جانب اس طرح پھینک رہا ہو کہ وہ وہیں سے آتی معلوم ہو رہی ہو۔ میں نے سوچ کر غور سے سر کی طرف دیکھا کہ یہ یقیناً کسی قسم کا دھوکا ہے۔ میں نے اپنی انگلیوں سے اس کے گال کو چھوا تو وہ گرم تھا اور اس سے پسینہ نکل رہا تھا۔ اس سر اور خیمے میں کسی جگہ کے درمیان کسی قسم کا تار یا پائپ نہیں جا رہا تھا۔ میں نے اس کرتبی شخص سے اس کی چھڑی مانگ کر چبوترے کے نیچے اور اس کے درمیان میں یہ دیکھنے کے لیے گھمایا کہ خالی جگہ کا تاثر کہیں بالکل نظر کا دھوکا تو نہیں ہے کہ جسم نیچے چھپا ہوا ہو۔ میں یہ پڑھ چکا تھا کہ اسٹیج پر اس قسم کا کرتب آئینوں کی مدد سے کیا جاتا تھا لیکن وہاں تو کوئی اسٹیج نہیں تھا اور میں بے جان جسم والے سر سے مشکل سے دو فٹ کے فاصلے پر اس انداز میں کھڑا تھا کہ ہم دونوں کی نظریں آپس میں ملی ہوئی تھیں۔ میں سوچتا ہوں کہ اگر یہ کوئی کرتب تھا تو چار آنے فیس لینے والے ایک سیدھے سادے غریب اور ان پڑھ دیہاتی کو اتنے وسائل کہاں سے حاصل ہو جاتے کہ وہ پلاسٹک کا ایک ایسا سر بناتا جس کے اندر کمپیوٹر کے کنٹرول اس طرح نصب ہوتے کہ وہ آنکھوں کی پتلیوں اور اپنے دوسرے عضلات کو حرکت کی ہدایت دے سکتا اور انسانی آواز میں سوالوں کے جواب دے سکتا۔ لہذا مجھے اس امکان کو رد کرنا پڑا۔ ہم سب نے اس چبوترے کا ایک بار نہیں، بار بار چکر لگایا، چبوترے میں لگی ہوئی بانس کی تمام کھچیوں اور ہر کونے پر بندھی رسیوں کو جھک جھک کر غور سے دیکھا۔

مجھے کوئی ایسا نشان نہ مل سکا جس سے یہ معلوم ہوسکتا کہ اگر یہ جادو نہیں تھا تو پھر یہ کام کیسے کیا گیا تھا۔ آخر کار میں نے اس کرتبی آدمی کو ایک تصدیق نامہ دے ہی دیا جس میں اس بات کو تسلیم کیا گیا کہ میں نے ایک ایسی تعجب انگیز چیز دیکھی جس کی میں کوئی عقلی توجیہ نہیں کر سکتا تھا۔ اس کے بعد ہم اس خیمے سے رخصت ہو گئے۔

مجھے بتایا گیا کہ بہت دنوں سے تریپتار کا میلا عوامی میلے کی حیثیت سے ختم ہو گیا۔ اسے محکمہ سیاحت نے لے لیا ہے۔ اور اب میرے زمانے کے غریب اور سیدھے سادے دیہاتیوں کی بجائے شہری اور غیر ملکی سیاح اسے دیکھنے آتے ہیں لیکن میں اب بھی سوچتا ہوں کہ وہ کرتبی آدمی

جواب ساٹھ سال سے اوپر کا ہوگا کیا اب بھی وہیں اپنے پھٹے پرانے خیمے اور بغیر جسم کے سر کے ساتھ موجود ہوگا۔

بہر حال تریتا راب تک میری یادداشت میں اس ایک کرتب کی وجہ سے محفوظ ہے جس کی کوئی توجیہ میں آج تک نہ کر سکا۔ جب کبھی مجھے یہ انوکھا واقعہ یاد آتا ہے تو اس کے ساتھ ہی میں اپنی جوانی کے دنوں کے ایک اور ایسے ہی واقعہ کو یاد کیے بغیر نہیں رہ سکتا جب میں رادھن پور کا ایس ڈی ایم تھا۔ میرے علاقے میں دور دراز کا ایک حصہ تھا جس میں اس برادری کے لوگ آباد تھے جنہیں دیفر کہتے ہیں ۔ یہ مخلوط النسل لوگ ہیں ۔ ان میں مختلف تناسب میں سندھی، عرب، پٹھان اور رابری نسل کی خصوصیات کا امتزاج موجود ہے ۔ یہ لوگ اپنے ایک مخصوص مذہب کی پیروی کرتے ہیں جس کی خالص بات یہ ہے کہ یہ لوگ بزرگوں اور قبروں میں بڑا گہرا اعتقاد رکھتے ہیں۔ ان کی رہائش جس علاقے میں ہے وہ کسی حد تک ریگستانی، کسی حد تک پتھریلا اور زیادہ تر بنجر ہے۔ اگر کہیں تھوڑا بہت پانی مل جاتا ہے تو دیفر وہاں کچھ معمولی کاشت کر لیتے ہیں۔ اس کے علاوہ وہ اپنی لمحیاتی خوراک کے لیے کچھ جانوروں کا شکار کر لیتے ہیں ۔ اس علاقے کے بنجر ہونے اور دوسرے ناموافق جغرافیائی حالات کی وجہ سے دیفروں کو اتنی محنت کرنی پڑتی ہے کہ وہ بڑے تنومند اور جفاکش ہو گئے ہیں۔ وہ عموماً بہت اچھے شہ سوار ہوتے ہیں اور مجھے بتایا گیا کہ یہ لوگ نوابوں کی فوجوں میں شریک ہو کر اعلیٰ قسم کی جنگ جوئی کا مظاہرہ کرتے ہیں۔ جب انگریز ہندوستان کے مالک بن گئے اور دیسی ریاستوں کی فوجیں سبک دوش ہو گئیں تو دیفروں کو اپنی روزی تلاش کرنے کی ضرورت آن پڑی۔ چونکہ ان کی ملازمت کا اہم ذریعہ ختم ہو گیا اور اپنا وجود قائم رکھنے کے لیے بنجر پتھریلی زمین میں امکانات انہیں مدھم نظر آنے لگے لہٰذا وہ ڈاکو اور مویشی چور بن گئے ۔ ان میں سے بعض لوگ اپنے ناقابل رسائی علاقے سے نکلتے، پہلے سے نشان زدہ کسی گاؤں پر رات کے وقت حملہ کرتے اور جو جانور بھی ہاتھ لگ جاتے وہ انہیں چھین لیتے ۔ ان لوگوں میں جو زیادہ بہادر ہوتے وہ موقع سے فائدہ اٹھاتے ہوئے شاہراؤں پر ڈاکے ڈال کر مسافروں کو لوٹ لیتے اور ادھر ادھر ڈکیتیاں ڈالتے ۔ وہ کسی خوف و خطرے کے بغیر یہ کام کرتے تھے کیونکہ جوں ہی وہ اپنے علاقے میں دوبارہ داخل ہو جاتے تو پھر ان کا تعاقب کرنا مشکل ہو جاتا۔ ان کا علاقہ اتنا پتھریلا اور ریتیلا تھا کہ اس میں کسی قسم کی موٹر گاڑی داخل نہیں ہو سکتی تھی ۔ اس علاقے میں صرف اونٹ

یا گھوڑے کے ذریعہ سفر کیا جا سکتا تھا اور جہاں تک ان دونوں جانوروں کا معاملہ تھا تو ان میں دیفروں سے بہتر اور کون ہو سکتا تھا۔ جوں ہی کوئی دیفر کسی گھوڑے کی پیٹھ پر بیٹھا یا اونٹ پر سوار ہوا تو اسے گرفتار کرنا ناممکن ہو جاتا۔ ان جانوروں کی سواری میں پولیس کا آدمی بھی کسی دیفر کو شکست نہیں دے سکتا تھا۔ نوابوں کی حکومت کے زمانے میں جب کبھی ڈاکہ تکلیف دہ صورت اختیار کر لیتا تو نواب خود ایک مہم جو فوج اپنی رہنمائی میں تیار کرتا اور گھڑسواروں کے دستے دیفروں کو تہس نہس کر دیتے اور مجرموں کے ساتھ معصوموں کو بھی سزا دیتے جس کا نتیجہ یہ ہوتا کہ کچھ دنوں کے لیے لوٹ مار کا سلسلہ بند ہو جاتا۔ لیکن آزادی کے بعد اس طریقے کو ترک کرنا پڑا۔ ایک آئینی حکومت جو قانون کی پابند ہو قرون وسطیٰ کے جلد بازی والے طریقوں پر عمل نہیں کر سکتی۔ لہٰذا اب مہماتی فوجوں کا تو تصور بھی نہیں کیا جا سکتا تھا اور ان مسائل کو زیادہ قانونی طور پر حل کرنے کے لیے ہم مجبور ہو گئے لیکن قانونی ذرائع اور جمہوری عمل میں وقت لگتا ہے اور لوگ صبر اور انتظار نہیں کر سکتے۔

لہذا حکومت کے پاس شکایتیں پہنچنے لگیں اور مجھے ڈسٹرکٹ مجسٹریٹ کی جانب سے چند سخت قسم کے تہدید نامے موصول ہوئے۔ ڈی ایم نے مجھ پر الزام لگایا کہ میں آرام سے بیٹھا ہوں اور کچھ نہیں کر رہا ہوں جب کہ دیفر میرے سب ڈویژن میں طوفان مچائے ہوئے ہیں۔ حالانکہ یہ الزام صحیح نہیں تھا۔ میں نے دو مرتبہ پولیس پارٹیاں بھیجی تھیں لیکن دونوں بار وہ لوگ خالی ہاتھ واپس آ گئے تھے کیونکہ مجرم پکڑے نہیں جا سکے تھے۔ چنانچہ میں نے طے کیا کہ اب وقت آ گیا ہے کہ میں معاملات کو خود اپنے ہاتھ میں لوں اور دیفر ڈاکوؤں سے خود گفتگو کروں اور ان کے ساتھ کسی فیصلے پر پہنچوں۔ میرے بعض مشیروں مجھے یہ مشورہ بھی دیا کہ دیفروں کو شکست دینے کا واحد طریقہ یہ ہے کہ ان پر چڑھائی کر کے ان کے چند دیہاتوں کو جلا دیا جائے۔ یہ تمام مشورے سن کر میں نے چند آدمیوں کو بیچ میں ڈال کر دیفروں سے گفت وشنید شروع کی۔ اور ایک روز میں اپنے معاملت دار اور اس علاقے کے سب سے سخت سب انسپکٹر کے ہمراہ ڈنگر پور کے لیے روانہ ہو گیا۔ سب انسپکٹر جھالا کو اپنی دماغی قوت سے زیادہ اپنی جسمانی قوت پر بھروسا تھا۔ دراصل دماغی قوت اس کے پاس تھی ہی کم لہذا وہ اس کا استعمال بھی کم کرتا تھا۔ ہم نے جھاڑیوں ٹیلوں اور پہاڑیوں سے گزرتے ہوئے چند ایک ریگستانی میدانوں کو پار کیا اور دوپہر کے وقت ببول کے

معمولی سایوں کے نیچے اپنے گھوڑے کھڑے کر کے قدرے آرام کیا۔گرمی اتنی سخت تھی کہ پہاڑیاں لرز رہی تھیں اور ریت چمک رہی تھی۔ہم نے راستے میں ملنے والے چند ایک دیہاتیوں سے ڈنگر پور کا فاصلہ پوچھا اور سب نے ہمیں یقین دلایا کہ بس دو کھیت کے فاصلے پر تھا۔تقریباً غروب آفتاب کے وقت ہم ڈنگر پور پہنچ گئے جس میں معاملت دار کے شعور راہ سے زیادہ اتفاق کو دخل تھا۔

گاؤں سے کوئی ایک میل پہلے تقریباً ایک درجن دیفر لیڈروں نے ہمارا استقبال کیا۔اگرچہ اپنی جھاڑی دار مونچھوں،نوکیلی ناکوں بڑی اور سیاہ پگڑیوں کی بنا پر وہ لوگ ظاہری شکل وشباہت میں بڑے خطرناک نظر آ رہے تھے۔لیکن سلام دعا میں ان کا انداز دوستانہ تھا۔ہم نے خود کو ایک درجن سے کچھ اوپر بہادر قسم کے جنگجو گھڑ سواروں کے درمیان پایا۔اس طرح ان مجرموں کے ساتھ ہماری پارٹی ڈنگر پور کی جانب روانہ ہوئی۔گاؤں کے قریب میں نے ایک ٹیلا دیکھا جس پر ایک چھوٹا سا سفید مقبرہ تھا اور اس کے اوپر ایک گنبد تھا۔گنبد پر ہرے رنگ کا ایک جھنڈا لہرا رہا تھا۔غور خان (دیفروں کے لیڈر نے خود اپنا نام یہی بتایا) نے مجھے بتایا کہ وہاں ایک بہت بڑے بزرگ دفن ہیں اور ان کے احترام میں ہم سب کو گھوڑے سے اتر کر گاؤں تک پیدل جانا ہوگا۔دیفروں کے ایک لیڈر شوکت خان نے اس بات پر اضافہ کرتے ہوئے کہا کہ بزرگ کو یہ بات پسند نہیں ہے کہ کوئی شخص گھوڑے پر بیٹھ کر ان کے مقبرے کے سامنے سے گزرے چونکہ میں دیفروں سے گفت وشنید کے لیے آیا تھا۔لہٰذا میں نے حکمت اسی میں سمجھی کہ ان لوگوں کی بات مان لوں لیکن تنومند سب انسپکٹر جھالا ایسے توہمات کا قائل نہیں تھا۔

''اگر ہم نہیں اتریں گے تو کیا ہوگا''؟....اس نے پوچھا۔

''ہماری یادداشت میں اب تک کوئی شخص گھوڑے پر بیٹھ کر اس سڑک سے نہیں گزرا ہے تھانے دار صاحب''۔غور خان نے جواب دیا۔''میرے والد نے مجھے بتایا تھا کہ ایک مرتبہ ایک گورا صاحب (انگریز) نے ان کی رائے ماننے سے انکار کر دیا اور گھوڑے کی پیٹھ پر بیٹھے بیٹھے اس نے سڑک پار کرنے کی کوشش کی۔وہ جوں ہی مقبرے کے سامنے آیا گھوڑے نے اسے پھینک دیا اور اسے خاصی چوٹ آئی۔یہ بزرگ اپنی توہین برداشت نہیں کرتے۔''

''احمق۔''انسپکٹر جھالا نے کہا۔''میں اس قسم کے توہمات پر یقین نہیں رکھتا۔میں تمہیں

دکھاؤں گا کہ یہ سب بوڑھی عورتوں کی کہانیاں ہیں۔'' یہ کہتے ہی اور قبل اس کے کہ میں مداخلت کر پاتا انسپکٹر جھالا نے اپنے گھوڑے کو ایڑ لگا دی جس نے اپنی رفتار تیز کردی۔ میں نے انسپکٹر جھالا کو روکنا چاہا اور وہ بھی صرف سیاسی مصلحت کی بنا پر نہ کہ اس کی شہسواری کی صلاحیت پر کسی عدم اعتماد کی بنا پر کیونکہ مجھے معلوم تھا کہ انسپکٹر جھالا شہسواری کے مظاہرے میں گزشتہ پانچ سال سے مسلسل صوبائی تمغہ جیت رہا تھا۔

سب انسپکٹر کا گھوڑا قدرے آہستہ انداز میں دوڑ رہا تھا لیکن جوں ہی وہ مقبرے کے سامنے پہنچا تو وہ اچانک ہنہنایا اور پچھلے پیروں پر کھڑا ہو گیا۔ ہمارے دیکھتے دیکھتے اس نے انسپکٹر جھالا کو نیچے پھینک دیا اور پھر خاموشی کے ساتھ وہیں کھڑا ہو گیا۔ ہم سب انسپکٹر جھالا کی طرف دوڑے۔ ہمیں یہ اندیشہ تھا کہ کہیں وہ زخمی نہ ہو گیا ہو۔ خوش قسمتی سے چونکہ اس کا گھوڑا سرپٹ نہیں بھاگ رہا تھا لہٰذا گرنے سے انسپکٹر کو چند معمولی زخم لگے لیکن اس کے غرور کو لگنے والا زخم زیادہ سنگین تھا۔ وہ بھی لوگوں کے ساتھ پیدل چل پڑا۔ وہ خاموش اور کسی حد تک دبا دبا سا تھا۔ ہم سب نے گاؤں کا رخ کیا۔

دیفروں کے ساتھ ہونے والی گفتگو کی تفصیل بتانے کی ضرورت نہیں (کیونکہ اس میں قارئین کی دل چسپی کی کوئی بات نہیں ہوگی) بہرحال اس رات بات چیت کے بعد مزے دار کھانا کھایا گیا۔ اُس رات کا خاص کھانا ہرن کا (جسے یقیناً غیر قانونی طور پر شکار کیا گیا ہوگا) بھنا ہوا گوشت اور کلیجی تھی۔ معاہدہ قطعی طور پر دوسرے دن شام تک جا کر طے ہوسکا۔ دیفروں کو ایک بہتر علاقے میں آباد کرنے کا فیصلہ ہوا جہاں وہ کاشت کر سکیں۔ اور پولیس کی بہتر نگرانی میں رہیں۔ ہم اپنے مقصد کی کامیاب تکمیل کے بعد رادھن پور واپس آئے۔ مزید گفت وشنید کے لیے انسپکٹر جھالا اس کے بعد کئی مرتبہ ڈنگر پور گیا اور اس نے مجھ سے کہا:

''سر پہلی بار گرنے کے بعد مجھے یقین نہیں تھا کہ اس میں کسی بزرگ کی کوئی کرامت ہے۔ لہٰذا تین چار مرتبہ پھر جب میں وہاں گیا تو میں نے اپنی ہنرمندی کا امتحان لینے کی کوشش کی لیکن سر لعنت ہو مجھ پر۔ جب بھی میں نے اس جگہ کو گھوڑے پر بیٹھے بیٹھے پار کرنے کی کوشش کی میں گر گیا۔ اس سے کوئی بحث نہیں کہ گھوڑا سرپٹ دوڑ رہا تھا دلکی بھاگ رہا تھا یا صرف آہستہ آہستہ چل رہا تھا۔ چال کوئی بھی ہو گھوڑا اجھجکتا تھا، میری گرفت کمزور پڑتی جاتی تھی اور میں زمین پر گر جاتا

تھا۔سر آپ اس بارے میں کیا کہیں گے؟''اس نے مجھ سے پوچھا۔

میں نے کئی طریقوں سے وضاحت کرنے کی کوشش کی۔میں نے کہا کہ میری رائے میں پہلی بار گرنے کے بعد نفسیاتی طور پر اس کی یہ کیفیت ہوگئی تھی کہ جب بھی اس نے اس کے بعد کوشش کی اسے خوف آتا تھا اور غالباً تحت الشعوری طور پر وہ اپنا خوف گھوڑے تک پہنچا دیتا تھا اور اسی لیے جب وہ مقبرے کے سامنے پہنچتا تھا تو گھوڑا اسے پھینک دیتا تھا۔لیکن جھالا ان باتوں سے اتفاق نہیں کرتا تھا۔صاف بات یہ ہے کہ خود میں بھی ایسی باتوں سے مطمئن نہیں تھا۔بالکل تریپتار کے کرتبی آدمی کی طرح یہ بھی میرے لیے ایک پراسرار راز ہے جس کی کوئی توجیہ میں اب تک نہیں کرسکا۔

❑❑❑

ماخذ: بلبلیں نواب کی، یادداشتیں، موسی رضا، مترجم: شاہ محی الحق فاروقی، فضلی سنز کراچی، ۱۹۹۸ء

●●●

یکم مئی 2014ء کو موسی رضا، پروفیسر اطہر صدیقی کی قیام گاہ واقع علی گڑھ پر مدعو تھے۔پروفیسر صاحب نے ان سے راقم الحروف کی زیر نظر کتاب اور 'بلبلیں نواب کی' کا ذکر کیا۔سر کٹا انسان کا خصوصی تذکرہ ہوا۔موسی رضا کہنے لگے کہ سر کٹے انسان کی گتھی وہ کبھی نہ سلجھا پائے اور آج تک اس بات پر حیران ہیں۔

# متفرق واقعات

## شہرت بخاری

## اول

یوں تو میں نے اپنے بزرگوں میں سے سبھی کو بغیر استثنا کے صوم وصلوۃ کا پابند اور زاہد و عابد پایا مگر پھوپھا ابا کہ ابا کے پھپھیرے بھائی سید محمد حسین اور دونوں کے پردادا بھی ایک تھے، کچھ زیادہ ہی متقی و پرہیز گار تھے۔ تہجد، پنج گانہ اور صبح وشام تلاوت کلام پاک کے علاوہ وظائف واوراد میں بھی مشغول رہتے تھے۔ خصوصاً پنشن لینے کے بعد۔ انہوں نے اپنی ملازمت محکمہ نہر میں پٹواری کی حیثیت سے شروع کی اور کلکٹر کے عہدے سے ریٹائر ہوئے۔ یہ ملازمتیں ایسی ہیں کہ دو چار برس ہی میں انسان عمر بھر کی کمائی سمیٹ لیتا ہے۔ مگر ان کا عالم یہ کہ جب ریٹائر ہو کر گھر آئے تو دونوں ہاتھ خالی تھے۔ جو تھوڑا بہت جوڑ سکے اس میں پنشن سے کٹوتی کرا کر جمع کی اور ایک مکان تعمیر کرالیا۔ اور باقی پنشن میں اپنا اور اپنے بچوں کا پیٹ پالتے رہے۔ حیرت انگیز حد تک توکل کی دولت سے مالا مال تھے۔ ان کے دس بچے تھے جن میں سے چھ آگے پیچھے عین نوجوانی میں اللہ کو پیارے ہو گئے مگر ان کے لب پر کبھی حرف شکایت نہ آیا۔ سوائے اس کے کہ ''اس کا مال تھا، میں تو امانت دار تھا۔ اس نے واپس لے لیا۔'' ریٹائر ہونے کے بعد تو رات رات بھر کھڑے رہتے۔ یہ لپکا انہیں وراثت میں ملا تھا۔ سنا ہے ان کے دادا میر محمد تقی میرے پردادا کے چھوٹے بھائی بھی وظیفوں کے بہت قائل تھے۔ ان کی منزل یہ تھی کہ جنات کو تسخیر کر لیں۔ وہ جب اٹھارہ سو ستاون میں اپنے بڑے بھائی یعنی میرے پردادا میر کریم بخش کے ساتھ دلی سے لاہور آئے تو اکبری منڈی میں کرائے پر رہنے لگے...... کوٹھے پر ایک کمرہ تھا جس کی کنڈی رات بھر ہلتی رہتی تھی۔ کھٹ کھٹ کھٹ کھٹ...... وہیں بڑے میاں رات کو وظیفے پڑھتے۔ کنڈی کی آواز کبھی دھیمی ہو جاتی کبھی تیز...... ان کی توجہ میں خلل پڑتا تھا۔ ایک رات جلال آ گیا۔ بڑھ کر کنڈی کو پکڑ

لیا اور کہا کہ ''اب آ ملعون جلا کر راکھ نہ کر دوں تو سید نہیں۔'' اس نے ایسی پٹخنی دی کہ دور جا کر گرے۔ چوٹیں آئیں پی گئے پھر اٹھے اور کنڈی کو جواب بہت تیز ہوگئی تھی پھر پکڑا اور کہا ''جاتا ہے کہ پھینکوں چنگاری......'' غصے سے کانپ رہے تھے منہ سے جھاگ جاری تھا اور آنکھوں میں خون اترا ہوا تھا۔ گھر والے سہم گئے تھے۔ وہ سب کوٹھے کے دوسرے سرے پر ایک پلنگ کی اوٹ میں ایک دوسرے سے جڑ کر بیٹھے تھے کہ معلوم نہیں اب کیا ہوگا۔

اچانک دروازے میں سے شعلے بھڑکنے شروع ہوئے۔ کالا کالا دھواں فضا میں تیرنے لگا......سید صاحب کچھ پڑھ رہے تھے۔ ان کی آواز بلند ہوتی جا رہی تھی۔ ''یا علی، یا علی یا علی'' رفتہ رفتہ آگ غائب ہونے لگی دھواں سمٹنے لگا۔ اور پھر ختم ہوگیا......سید صاحب خود ہلکان ہو کر فرش پر گرے، بے ہوش ہوگئے۔ گھر والوں نے لپک کر انہیں اٹھایا، بچھونے پر ڈالا مگر ان کی حیرت کی انتہا نہ رہی جب یہ دیکھا کہ دروازہ صحیح سلامت ہے اور کنڈی ساکت ہے۔ معلوم نہیں یہ کیسی آگ تھی اور کیسا دھواں تھا۔ جب وہ ہوش میں آئے تو مسکرائے اور کہا ''جل گیا ناپاجی، مردود کہیں کا......''

پھوپھا ابا اپنے دادا کے سچے وارث تھے......ایک دفعہ کوئی وظیفہ شروع کیا۔ یوں کہ رات کو کمرے میں دو لگن پانی سے بھروا کر رکھ لیتے ان میں کھڑے ہو جاتے اور کچھ پڑھتے رہتے۔ ایک دن صبح کو گھر والوں نے دیکھا کہ بے ہوش پڑے ہیں......دوسرے دن مغرب کے بعد ہوش میں آئے۔ کھانا طلب کیا......عجیب خوفناک آواز تھی۔ جو سنتا سہم جاتا تھا۔ قطعی غیر انسانی......کھانا کھانے لگتے تو گھر بھر کی روٹی کھا جاتے پچیس پچیس تیس تیس روٹیاں...... پانی پینے لگتے تو یہ بڑا جھجھر پی جاتے۔ سارا خاندان ایک عجیب دہشت میں مبتلا ہوگیا۔ نہ ڈاکٹروں کی سمجھ میں آ رہا تھا نہ حکیموں کی۔ کسی نے مشورہ دیا کہ قلعہ گوجر سنگھ میں ایک شاہ صاحب ہیں انہیں دکھایا جائے......جب مرض طبیبوں کے بس میں نہ رہے تو روحانی معالج بلائے جاتے ہیں......شاہ صاحب آئے...... لمبے تڑنگے......خوبصورت جوان......معلوم ہوا پولیس کے محکمے سے تعلق رکھتے ہیں۔ حیرت ہے کہ پولیس کے محکمے میں بھی ایسے ہوتے ہیں جن سے لوگ روحانی علاج کراتے ہیں۔ بعض رشتے داروں نے دبی زبان میں مخالفت بھی کی مگر مجبوراً چپ ہوگئے۔ شاہ صاحب آئے دیکھا......دیکھتے رہے پھر ایک آئینہ مانگا۔ آئینہ پھوپھا ابا کے سامنے رکھ کر کچھ پڑھتے

رہے۔ پھر اشارے سے موجود لوگوں کو باہر جانے کو کہا۔ دروازے کو بند کرلیا۔ تھوڑی دیر بعد عجیب وغریب آوازیں آنے لگیں۔ سب حیران بھی تھے اور خوف زدہ بھی...... پھر جیسے کوئی کیل ٹھونکی جارہی ہے۔ آوازیں بند ہوگئیں۔ دروازہ کھلا۔ شاہ صاحب باہر نکلے اور کہا ''کوئی وظیفہ کررہے تھے جو زبردست تھا اور جسے بغیر کسی کامل کی اجازت کے پڑھنا مہلک ہوتا ہے۔ اس کا طریقہ ہوتا ہے دریا میں بہتے پانی میں کھڑے ہوکر پڑھا جائے۔ انہوں نے دونوں بنیادی شرطوں کو ملحوظ نہیں رکھا۔ نتیجہ یہ نکلا کہ وظیفہ الٹ گیا...... وہ طاقت ور تھا۔ اس کی گرفت میں آ گئے...... بہرحال میں نے کیل دیا ہے۔ علاج بند نہ کیا جائے ورنہ جان کا خطرہ ہے۔ شام کو سرہانے چراغ جلایا جائے۔ اس میں ایک تعویز ہوگا جو میں دوں گا۔ کوئی عورت ان کے کمرے میں داخل نہ ہو۔ رات اگر کسی کو کوئی غیر معمولی خواب نظر آئے تو مجھے بتا دیا جائے۔ سب ٹھیک ہوجائے گا انشاءاللہ''

میری عمر زیادہ نہیں تھی۔ پھوپھا ابا مجھے بہت اچھے لگتے تھے۔ وہ بھی مجھ سے محبت کرتے تھے۔ ہفتے کے ہفتے پنجاب پبلک لائبریری جاتے تھے، مجھے اپنے ساتھ لے جاتے۔ اپنے لیے کتابیں نکلواتے، مجھے بھی نکلوا کردیتے۔ ابا کے بعد جب میں زیادہ ڈانواں ڈول ہوا تو اپنا کمرہ مجھے دے دیا۔ جب تک فاروق گنج میں رہا یہ کمرہ میری تحویل میں رہا۔

اس رات میں اسی کمرے میں سویا جہاں وہ بے حس وحرکت پڑے تھے۔ خواب میں کیا دیکھتا ہوں کہیں سے آیا ہوں، انگنائی میں خاندان کے بہت سے لوگ جمع ہیں۔ پھوپھی اماں ایک کونے میں بیٹھی ہیں خاموش اور اداس...... میں ان کے پاس گیا اور ماجرا معلوم کرنا چاہا۔ انہوں نے چپکے سے بتایا کہ حضرت امام حسین تشریف لائے ہوئے ہیں...... ''کہاں''؟ میں نے حیرت سے سوال کیا۔ کہا تمہارے پھوپھا کے کمرے میں...... میں تو دنگ رہ گیا۔ پھوپھی اماں نے میرا ہاتھ پکڑ کر بیٹھنے کو کہا۔ میں ہاتھ چھڑا کر تیزی سے گلی میں نکل گیا۔ وہاں سے کھڑکی کی درزوں سے جھانکنے لگا۔ کیا دیکھتا ہوں کہ پھوپھا ابا لیٹے ہیں، بے ہوش۔ ان سے کچھ فاصلے پر ایک تخت بچھا ہے جس میں ایک سبز قبا بزرگ کہ روئے مبارک ان کا رشکِ خورشید ہے، بیٹھے ہیں۔ ان کے پہلو میں ایک بہت ہی جوان بزرگ بیٹھے ہیں۔ ان کے علاوہ اور بھی کئی اسی قبیل کے لوگ مگر سب کے سب سبز لباس میں ہیں۔ مجھے جیسے خود بخود معلوم ہوگیا...... مسند نشین حضرت امام حسین ہیں اور ان کے پہلو میں ان کے جاںنثار بھائی حضرت عباس علم دار تشریف فرما ہیں...... دیگر حضرات بھی اسی

گھرانے کے ہیں...... کمرہ بقعہ نور بنا ہوا ہے،خوشبوئیں پھوٹی پڑ رہی ہیں...... اور میری آنکھ کھل گئی۔صبح ہوئی تو میرا جی نہ چاہا کہ اتنے خوبصورت خواب کی تاثیر کسی کو بتا کر گنواؤں۔ پھوپھا ابا صحت مند ہو گئے مگر ایک ٹانگ سے معذور ہو گئے...... کئی مہینے بعد میں نے انہیں سارا قصہ سنایا تو کہنے لگے ''اگر تم یہ خواب شاہ صاحب کو سنا دیتے تو اس کی روشنی میں علاج ہوتا۔ ہوسکتا ہے میں بالکل تندرست ہو جاتا۔''

اس واقعے کے بہت عرصے بعد تک پھوپھا ابا زندہ رہے...... ان کی موت بھی میرے لیے ایک ناقابل فراموش واقعہ ہے...... ان کی زندگی کی آخری رات بڑے اضطراب میں کٹی...... وہ خاموش تھے مگر بے کل...... عجب یہ کہ آدھی رات سے پہلے ہی سارے گھر والے، سبھی تیماردار رفتہ رفتہ گہری نیند سو گئے...... معلوم نہیں کیوں میری آنکھ نہ لگی...... میں ان کی پٹی سے لگا کرسی پر بیٹھا تھا۔ وہ کروٹیں بدل رہے تھے۔کبھی کبھی آنکھ کھول کر دیکھتے پھر بند کر لیتے......

آدھی رات گزر چکی تھی کہ انہوں نے آنکھ کھولی اور نحیف سی آواز میں مجھے بلایا ''انو، پتر پیشاب کرادے......'' انہوں نے اپنے آپ کو چھوڑ دیا تھا...... بڑی مشکل سے سہارا دے کر کھڑا کیا اور غسل خانے تک لے گیا...... فارغ ہو کر واپس بستر پر آ گئے...... اور بہت ہی دھیمی آواز میں پہلے کلمہ پڑھتے رہے پھر درود شریف پڑھنے لگے...... سوال کیا ''سب سو رہے ہیں؟'' میں نے کہا ''جی......'' کہا ''بہت اچھا ہوا جاگ کر بھی کوئی کیا کرتا...... تھک گئے ہوں گے بے چارے تم بھی سو جاؤ جاگنے سے کیا حاصل...... اپنا تو سفر شروع ہو چکا ہے۔ اول اللہ...... آخر اللہ...... باقی سب وہم...... سب دھوکا...... سب بکواس...... اللہ...... اللہ...... اللہ......'' چپ ہو گئے...... پھر آنکھ کھولی...... کہا ''پتر نادعلی سناؤ گے؟ میں نے تعمیل کی...... جب میں اختتام پر پہنچا تو میری آواز میں آواز ملا کر کہا ''یا علی۔ یا علی۔ یا علی......'' پھر چپ ہو گئے...... اچانک ایک خوشبو سے سارا کمرہ معطر ہو گیا...... میں نے ادھر ادھر دیکھا...... میرا دل تیزی سے دھڑکنے لگا...... کوئی بھی نہیں تھا...... کچھ بھی نہیں تھا...... پھوپھا ابا کی نظریں چھت میں گڑی تھیں...... وہ مسکرا رہے تھے۔ پھر سو گئے گہری نیند......

رمضان کا مہینہ تھا۔سحری جگانے والے آنے لگے۔گلی میں ٹین بج رہے تھے۔ ڈھول بج رہے تھے۔ نعت خوان آ رہے تھے۔ گھر والے جاگ اٹھے...... ایک ایک آ کر پھوپھا ابا کو

دیکھتا...... مجھ سے کیفیت معلوم کرتا۔ مگر ہر شخص شرمندہ شرمندہ سا کہ وہ کیوں اور کیسے سو گیا؟ جبکہ گھر میں ایک شخص زندگی اور موت کی کشمکش میں مبتلا تھا۔ یہ جمعتہ الوداع تھا۔ وقت گزرتا چلا گیا۔ پھوپھا ابا کبھی جاگتے، کبھی سوتے۔ مگر زبان بالکل بند تھی۔ نہ کچھ کھایا نہ پیا۔ افطاری کے فوراً بعد بھائی جی کہ ان کے بڑے بیٹے ہیں، کو بلایا...... کہا'' حامد! بیٹا۔ میرے رخصت ہونے کا وقت آ پہنچا ہے۔ بہن بھائیوں کے ساتھ شفقت کے ساتھ پیش آنا۔ ماں کی ہر ممکن دل جوئی کرنا۔ اس نے میری بڑی خدمت کی ہے، میں نے اس کا حق مہر ادا نہیں کیا۔ ادا کر دینا۔ میری گور پر بار نہ رہے۔ اہل خاندان سے نیکی کا سلوک کرنا۔'' پھر پھوپھی اماں کو خطاب کیا۔ کہا'' میرا کہا سنا معاف کر دینا تمہیں اللہ کے سپرد کیا۔'' سارا گھر چارپائی کے گرد کھڑا تھا۔ رونے لگے...... تو مسکرا دیے اور کہا سب کو جانا ہے جو جتنی جلدی جائے اتنا ہی اس کے حق میں بہتر ہے۔ مجھے تو بہت دیر ہو گئی ہے۔ اُن کی آواز بھرا گئی، لفظ چبانے لگے۔ پھر کہا کلمہ پڑھو، میرے کلمے کے گواہ رہنا...... اللہ ...... اللہ...... پھوپھا ابا کی آنکھیں بند ہو گئیں۔ آخری مرتبہ گویا پوری قوت سے کہا اللہ۔ ان کا منکا ڈھلک گیا۔ سبھی نے دیکھا کہ کوئی دودھیا سی چیز جیسے بچوں کے صابن کے پانی کے غبارے ہوتے ہیں۔ ان کے منہ سے نکلی...... چھت کی طرف گئی۔ ہر کوئی دنگ رہ گیا۔ ایک پل کے لیے اصل حادثے کو بھول کر ایک دوسرے کو دیکھنے لگے۔ پھوپھا ابا بہت ہی سکون سے سو رہے تھے۔ ان کا چہرہ روشن تھا، ان کے ہونٹوں پر مسکراہٹ۔

پھوپھا ابا کے روحانی معالج ان کا پرسا دینے کو آئے اور باتوں باتوں میں کہنے لگے۔ ''اصل میں یہ وظیفہ انتہائی زبردست تھا۔ وہ تو یوں کہیے کہ ان کا اپنا زہد و تقویٰ تھا اور قوت ارادی جس نے اتنے دن انہیں مہلت دی ورنہ سانس نہیں لیتا یا پھر دماغ اُلٹ جاتا ہے۔'' پھر انہوں نے ایک قصہ سنایا کہ:

دلی میں جمنا کے کنارے ذرا فاصلے پر ایک مسجد ہے کہ گھٹا مسجد کے نام سے معروف ہے۔ یہاں نمازی کم کم ہی آتے ہیں کہ آبادی سے فاصلے پر ہے۔ شہر میں ایک صاحب نے چلہ کھینچنے کی ٹھانی۔ مرشد نے ہدایت کی کہ ایک حصار کھینچ لینا۔ اور چالیس یوم تک باہر نہ نکلنا۔ یہ بھی بتایا کہ انتالیسویں یا چالیسویں رات کو اگر غیر معمولی واقعات پیش آئیں تو گھبرانا نہیں۔ اور حصار

سے باہر قدم نہ رکھنا ورنہ تم خود ذمے دار ہو گے۔ یہ حضرت حصار کھینچ اس میں بیٹھ گئے۔ دن پہ دن اور رات پہ رات گزرتی گئی۔ انہوں نے اپنا عمل جاری رکھا۔طمانیت قلب کے ساتھ۔انتالیسویں شب، غیر معمولی، خوفناک اور مختلف قسم کی آوازیں چاروں طرف سے آنے لگیں۔ یہ دل کڑا کیے، آنکھیں میچے بیٹھے رہے۔آوازیں قریب تر آرہی تھیں...... یہ مضبوط رہے...... پھر آوازیں آئیں پکڑنا اسے...... اُٹھالو اسے...... کھاجاؤ اسے...... اور جانے کیا کیا...... مگر حضرت بہت ہی اطمینان سے بیٹھے رہے اور ہر آفت کا مقابلہ کرنے کی جرأت پیدا کرتے رہے۔حتیٰ کہ فجر کا وقت ہو گیا۔آوازیں بند ہو گئیں۔ یہ بڑے خوش، معرکہ مارلیا۔اب آخری رات باقی رہ گئی تھی۔رات آئی۔گزرتی چلی گئی۔ نصف شب کے بعد آہٹ سنی۔دروازے کی طرف پشت تھی ۔مڑ کر دیکھا۔کیا دیکھتے ہیں کہ ایک گنوار سا مرد سر پر یہ بڑا سا گٹھا اٹھائے مسجد میں داخل ہوا۔اس کے ساتھ ایک بیل تھا جس کی رسی اس نے تھام رکھی تھی۔ یہ حیران ہوئے کہ کیسا بدتمیز انسان ہے کہ بیل کو مسجد میں لیے آرہا ہے۔پھر جو دیکھا تو ایک عورت اس کے سر پر بڑی سی گٹھڑی۔ایک بچے کو انگلی سے لگائے داخل ہوئی۔ یہ تینوں ان سے چند گز کے فاصلے پر آکر بیٹھ گئے۔مرد نے گٹھرا اتارا اور بیوی سے کہا ”بھوک لگی ہے سخت ۔اس نے کہا گٹھڑی میں روٹیاں ہیں کھالے“۔گٹھر کھولا تو سینکڑوں روٹیاں۔ وہ چند نوالوں میں کھا گیا...... پھر کہا بھوک ابھی ختم نہیں ہوئی...... اس نے گٹھڑی کھولی اس میں بھی لاتعداد روٹیاں۔کہا یہ کھالے وہ انہیں بھی چٹ کر گیا۔مگر اس کی بھوک قائم تھی۔عورت نے مشورہ دیا کہ بیل کاہے کے لیے ہے۔اس نے بیل کو گرا کر چھری پھیری۔ چند منٹ میں کچا ہی چٹ کر گیا۔کہنے لگا نیک بختے معلوم نہیں آج کیا بات ہے پیٹ ہی نہیں بھر رہا۔عورت نے غصے میں کہا اب کہاں سے لاؤں۔ یہ مردوا بیٹھا ہے اس سے تیرا پیٹ بھر جائے گا۔ اس نے خوش ہو کر کہا ارے ہاں تو نے پہلے کیوں نہیں بتایا یہ تو بڑے ہی مزے کا ہوگا۔ وہ بزرگ یہ ساری صورت حال دیکھ رہے تھے اور سہمے جارہے تھے۔اب جو یہ گنوار اٹھا اور ان کی طرف بڑھا تو یہ بے چارے سب بھول گئے کہ یہ آخری رات ہے اور یہ کہ انہیں حصار سے باہر نہیں نکلنا۔ جان کے خوف سے حصار سے نکل بھاگے۔مسجد سے باہر آگئے۔سیدھے مرشد کے آستانے پر آئے۔ ساری کیفیت بڑی مشکل سے بیان کی۔ پھر ان کا دماغ الٹ گیا اور برسوں دلی کے گلی کوچوں میں ہر قسم کے لباس سے مبرا پھرتے رہے۔

جب میں نے ہجویری محلے والا مکان کرائے پر لیا اور سامان لے کر گیا تو پڑوسیوں میں سے ایک نے ہمدردانہ انداز میں کہا آپ یہاں آئے ہیں آپ کی مرضی مگر ایک بات یاد رکھیں یہ مکان آباد نہیں رہتا۔ کوئی نہ کوئی مر جاتا ہے یا پھر کوئی ایسا نقصان ہوتا ہے کہ اس کی تلافی نہیں ہوسکتی۔ میں نے کہا مجھے تو معلوم نہیں تھا۔ اب کیا ہوسکتا ہے۔ بہر حال دوسرا مکان تلاش کروں گا۔ اس وقت مجبور ہوں۔ مگر دل میں سوچا اگر کوئی واقعی ہے تو وہ اپنی جگہ رہے میں اپنی۔ میں اس کے معاملات میں مخل نہیں ہوں گا تو وہ مجھے کاہے کو ستائے گا۔ دس پندرہ دن اطمینان سے گزر گئے۔ بلکہ مجھے اس مکان میں ایک نامعلوم سا سکون حاصل ہونے لگا۔ اور میں نے سوچا کہ دراصل ہمسائے نے یا تو مالک مکان سے کسی رنجش کے باعث یا خود مکان حاصل کرنے کے لیے مجھے ڈرا کر بھگانا چاہا ہوگا۔

ایک رات میں سونے کا ارادہ کر رہا تھا کہ چھت سے پرے سے عجیب سی گڑگڑاہٹ سنی جیسے سڑک بنانے والا انجن پتھروں پر چل رہا ہو۔ میرے سارے بدن میں سن سن ہونے لگی۔ میں اٹھ کر بیٹھ گیا۔ آواز بند ہوگئی۔ میں پھر لیٹ گیا۔ لیٹتے ہی وہی آواز ذرا زیادہ بلند سنائی دی۔ پھر بند ہوگئی۔ میں نے جانا میرا وہم ہے یا پچھواڑے میں کچھ ہو رہا ہے۔ اور میں سو گیا۔ پھر تو یہ آواز ہر رات کا معمول بن گئی۔ میں نے آس پاس کے لوگوں سے ذکر کیا، انہوں نے کہا ہم نے آپ سے پہلے ہی دن کہلوایا تھا آپ نے اعتبار نہ کیا۔ یہ مکان کبھی آباد نہیں رہا۔ رفتہ رفتہ میں اس آواز کا عادی ہوگیا۔ یوں بھی کوئی ضعیف الاعتقاد آدمی نہیں ہوں۔ عمر کا بیشتر حصہ تنہائی میں گزارا ہے لہٰذا دل بھی کمزور نہیں ہے۔ ایک رات جو آواز آئی تو میں بغیر سوچے سمجھے اوپر بھاگا۔ اس کمرے پر ایک اور کمرہ تھا۔ وہ بند رہتا تھا۔ کھولا کچھ بھی نہیں تھا۔ کھڑا ہوا تھا کہ اس کی چھت پر سے آواز آنے لگی۔ کوٹھے پر بھاگا۔ وہاں بھی کچھ نہیں تھا۔ دیر تک کھڑا رہا۔ نیچے آیا آواز پھر آنے لگی مگر مجھے کوئی ڈر نہیں لگا اور میں سو گیا۔ آخر کار میں اس آواز کا مکمل طور سے عادی ہوگیا مگر جب کوئی دوست رات رہتا یا آپا دو چار دن کو آتیں تو یہ لوگ پریشان ہوتے۔ آپا کو یوسف ظفر کو اور باقی صدیقی کو بارہا اس آواز سے سابقہ پڑا۔ میرے سمجھانے پر وہ بھی عادی سے ہوگئے۔ مگر ایک صبح یوسف ظفر نے، کہ رات ہی کو پنڈی سے آیا تھا، صبح ہوتے ہی مجھ سے سوال کیا۔ ''تمہارے اوپر والے کمرے میں کون بزرگ رہتے ہیں۔ تم نے تو کبھی ذکر نہیں کیا۔ نہ میں نے پہلے کبھی انہیں دیکھا ہے۔''

میں نے کہا۔ ''تمہارا وہم ہے یہاں تو میرے سوا اور کوئی نہیں۔ مختار تو رات کو چلا جاتا ہے۔''

کہا، ''نہیں رات تم سو گئے تو میں نے محسوس کیا کہ باہر نلکے سے کوئی پانی بھر رہا ہے۔ سر اٹھا کر دیکھا تو ایک بزرگ سفید لباس سفید ریش، پانی کا لوٹا لیے سیڑھیوں پر چڑھ رہے ہیں۔''

میں سمجھا یوسف ظفر اپنے مخصوص عقیدے کی روشنی میں ایسی ما فوق الفطرت چیزیں دیکھتا ہے۔ مگر جب آپا نے اور باقی صدیقی نے بھی یہی بتایا تو میں نے اس کا تعلق اس گڑگڑاہٹ سے قائم کیا جو تقریباً ہر رات تھوڑی دیر کو سنائی دیتی ہے۔ لیکن بقائے باہمی کے اصول کی روشنی میں مجھے پریشانی نہ تھی۔

# دوم

پنڈی میں ایک عجب واقعہ گزرا۔ وہاں کوئی بزرگ تھے۔ نام تو معلوم نہیں ان کا کیا تھا مگر سبھی لوگ بھائی جان کہتے تھے۔ دانش وروں کی ایک بڑی تعداد ان کی معتقد تھی۔ یوسف ظفر بھی انصار ناصری اور مختار صدیقی کے ساتھ ان کی خدمت میں حاضر ہوا۔ جب وہاں سے واپس آیا تو ایک بدلا ہوا یوسف ظفر تھا۔ روحانیت کی طرف تیزی سے سفر کرنے لگا۔ اس کے مزاج میں انتہا پسندی تو تھی ہی۔ اس طرف جھکا تو جھکتا ہی چلا گیا اور بہت دور نکل گیا۔ جناب ختمی مرتبت ﷺ کا عشق اس کے لیے ایک ایسی روشنی بن گیا جس کے بغیر وہ نہ زندہ رہ سکتا تھا نہ مر سکتا تھا۔ حضور ﷺ کے آستانہ عالیہ سے وابستہ ہر فقیر اور کشکول بردار اس کے لیے واجب التعظیم تھا۔ وہ کسی فرقے سے تعلق نہیں رکھتا تھا۔ نہ شیعہ نہ سنی نہ صوفی نہ رند...... صرف ایک غلام تھا آقائے دو جہاں کا اور ان کے عاشقوں کا۔ عشق کی یہ منزلیں اس نے بہت تیزی کے ساتھ طے کر لیں..... ع.... ہم ہی فارغ ہوئے شتابی سے۔ ریڈیو پاکستان کی طرف سے سرکاری دورے پر مصر گیا۔ جاتے وقت بڑا بے قرار تھا کہ قاہرہ تو جا رہا ہوں کیسی بدبختی ہوا گر آستانہ حضور ﷺ پر جبیں رسائی کا موقع نہ مل سکے۔ لیکن بقول جگر۔

دل کچھ اس صورت سے تڑپا ان کو پیار آ ہی گیا

حضورﷺ نے اسے بلوالیا خود بخود سامان پیدا ہو گئے۔ حج کا موسم آ گیا اور یوسف ظفر بغیر کسی کوشش کے خدا اور اس کے حبیب کے دروازوں تک رسائی حاصل کرنے میں کامیاب ہو گیا۔ واپس آیا تو آنکھوں میں ایک عجب روشنی، گفتگو میں ایک اور ہی قسم کا گداز۔ یہ یوسف ظفر بالکل اور ہی یوسف ظفر تھا۔ اب اس کی شخصیت اور شاعری حضورﷺ کی ذات گرامی کے گرد ہمہ وقت طواف کر رہی تھی یا حضورﷺ کے رب کے۔ اس نے ڈاڑھی بڑھا لی تھی، پنج گانہ نہایت خشوع وخضوع سے ادا کرتا تھا۔ حمد ونعت سے زبان کو باوضو رکھتا تھا۔

پنڈی سے جب لاہور آنا ہوتا تو عموماً میرے ساتھ قیام کرتا۔ میں اس زمانے میں دربار داتا صاحب سے متصل ہجویری محلے میں رہتا تھا۔ وہ آتے ہی کہتا'' بھائی جی! داتا کو سلام کرنا ہے۔''

موسم چاہے کیسا ہی ہو۔ رات کے خواہ ڈھائی تین ہی بج گئے ہوں۔ اس کے لیے لاہور میں آکر پہلا کام یہ کرنا لازم تھا کہ داتا کے دربار میں حاضری دے۔ ایک رات تقریباً بارہ بجے آیا۔ سخت سردی پڑ رہی تھی۔ سوٹ کیس رکھا کپڑے تبدیل کیے وضو کیا۔ کمبل لیا اور مجھے ساتھ لے کر داتا کے حضور سلام کو حاضر ہوا۔ مزار کے مغرب کی طرف دوزانو بیٹھ گیا۔ پہلے کچھ منہ ہی منہ میں پڑھتا رہا پھر اس کی آنکھیں بند ہو گئیں۔ گردن جھک گئی آنکھوں سے آنسو رواں تھے۔ میں رسمی فاتحہ پڑھ کر خاموش بیٹھا تھا۔ ہر طرف سناٹا تھا حالانکہ بے شمار لوگ مزار کے اردگرد بیٹھے تسبیح و تحلیل میں مصروف تھے اور کسی کو کسی کی خبر نہ تھی۔ عجب کیفیت تھی۔ مجھے بڑا لطف آ رہا تھا کہ اچانک میری نظر ایک ایسی مخلوق پر پڑی جو دکھائی تو بلی دے رہی تھی مگر ایسی بلی تو میرے خواب و خیال میں بھی نہ تھی۔ خدا جھوٹ نہ بلوائے تو کم از کم تین فٹ لمبی اور دو فٹ اونچی۔ میرے تو رونگٹے کھڑے ہو گئے۔ وہ مزار کے دوسری طرف جا چکی تھی۔ میں اسے اپنا وہم سمجھا۔ اتنے میں وہ پھر میرے سامنے سے گزری۔ پھر گزری، پھر گزری، اب میرے ہاتھ پاؤں سنسنانے لگے۔ سانس ٹھنڈا ہو گیا۔ دہشت کے مارے بُرا حال ہو گیا۔ گھبرا کر میں نے زور سے ظفر صاحب کو کہنی ماری۔ اس نے میری طرف مڑ کر دیکھا کہ اتنے میں وہ بلی پھر آ گئی۔ میں بس اتنا کہہ سکا...... یہ ...... یہ...... اس نے بھی اسے دیکھا مگر وہ بالکل نہیں گھبرایا، مسکرا کر کہنے لگا:

سیدزادے ہو، گھبراتے کیوں ہو۔ یہ بھی سید کا دروازہ ہے یہاں ہر کوئی سلام کرنے آتا ہے۔

اب کے وہ بلی نہیں آئی۔ مجھ پر خوف طاری تھا۔ میں نے کہا ظفر صاحب! بس گھر چلو میری طبیعت اچھی نہیں، مجھے سخت سردی لگ رہی ہے اور ہم وہاں سے اٹھ آئے ...... راستہ بھر ...... پھر گھر پہنچ کر صبح تک وہ مجھے گدایانِ درِ مصطفیٰ ﷺ کی محیر العقول کرامتیں سناتا رہا۔

اسی طرح ایک دفعہ پھر لاہور آیا۔ دوپہر کے بعد معلوم نہیں ناصر کاظمی سے کہاں ملاقات ہوئی۔ وہ بھی ساتھ تھا۔ رات پھر داتا صاحب گئے۔ ناصر بھی ساتھ تھا مگر صرف فاتحہ پڑھ کر واپس آ گئے۔ اس رات ناصر اپنے گھر نہیں گیا۔ دیر تک شاعری اور روحانیت پر باتیں ہوتی رہیں۔ ناصر کاظمی بھی رواں تھا۔ بمشکل دو گھنٹے سوئے ہوں گے کہ فجر کی اذان کے ساتھ ظفر صاحب نے ہمیں جھنجھوڑ جھنجھوڑ کر جگایا کہ چلو ایک ایسی جگہ لے چلوں کہ یاد کرو گے۔

ابھی جھٹ پٹا تھا کہ ہم پنجاب پبلک لائبریری سے متصل ایک ویران سے مزار پر پہنچ گئے۔ تین آدمی معلوم نہیں کون تھے، دروازے پر یوسف ظفر کا انتظار کر رہے تھے۔ وہ آگے بڑھ کر ان سے ملے۔ اور پھر یہ چاروں اندر چلے گئے ہم دونوں ان کے پیچھے پیچھے، وہ مزار میں گردنیں جھکائے بیٹھ گئے۔ ہم دونوں تھوڑی دیر بعد باہر سڑک پر آ گئے۔ باہر کھڑے رہے۔ جب بہت دیر ہوگئی تو اندر گئے کہ معلوم کریں کہ ظفر صاحب فارغ ہوئے یا نہیں۔ دیکھا تو مزار پر چاروں اس حالت میں جھکے ہوئے ہیں جیسے کچھ سن رہے ہیں۔ ہماری آہٹ پا کر یہ لوگ اٹھ گئے۔ پھر باہر آ گئے۔ اور سڑک پر ایک طرف کھڑے سرگوشی میں کچھ باتیں کرتے رہے۔ ناصر کاظمی نے کہا نوٹس ملا رہے ہیں۔ پھر وہ تینوں پرانی انارکلی کی طرف چلے گئے اور ہم تینوں ٹی ہاؤس آ گئے۔

میں نے سوال کیا ظفر صاحب یہ معاملہ کیا ہے یہ تینوں حضرات کون تھے تو ہنس دیا کہنے لگا تمہاری سمجھ میں نہیں آئے گا۔ بھائی جی! غزل نہ باشد۔

# سوم

ایک شام علی جی کو لے کر کچھ خریداری کرنے انار کلی گیا۔اس کی عمر چار برس کی ہوگی......حضرت سید شہاب الدین المعروف پنج پیر بخاری کے مزار کے پاس سے گزرا تو حسب معمول دروازے پر جوتے اتارے اور اندر فاتحہ پڑھنے چلا گیا......حضرت پنج پیر بخاری کا مزار اورینٹل کالج کی دیوار کے ساتھ ہے......مزار کے پائینتی کھڑے ہوکر فاتحہ پڑھنے لگا۔معلوم نہیں کیوں یونہی خیال آیا اندر اور باہر بالکل سنسان ہے،مزہ آئے کہ باہر نکلوں تو جوتیاں غائب ہوں ......خیال گزر گیا......باہر نکلا تو سچ مچ جوتیاں غائب تھیں۔علی جی کی جوتیاں رکھی ہیں......حیران پریشان ادھر ادھر دیکھتا رہا۔دروازے سے چند قدم کے فاصلے پر ایک فقیر سر جھکائے بیٹھا تھا۔میں اس کے پاس گیا۔اور پوچھا کہ اس نے کسی کو میری جوتیاں اٹھاتے تو نہیں دیکھا؟اس نے جواب دیا میں نے تو آپ کے سوا کسی کو یہاں آتے نہیں دیکھا......میں گھبرا رہا تھا کہ ننگے پاؤں کیونکر جاؤں گا۔

پھر غصہ سا آیا۔میں واپس اندر گیا اور اسی جگہ کھڑے ہوکر آواز کے ساتھ کہا۔واہ شاہ جی واہ۔مانی بھی تو کیا بات مانی۔

یہ کہہ واپس باہر نکلا......کیا دیکھتا ہوں کہ پیسہ اخبار بازار کی طرف سے ایک سیاہ فام لڑکا آٹھ دس برس کا سن ......ننگا......لنگوٹ بندھا ہوا میری طرف آرہا ہے۔جاڑے کا موسم تھا سڑک بالکل سنسان تھی......لڑکا میرے قریب آیا......اس کے ہاتھ میں میرا جوتا تھا۔اس نے میرے سامنے رکھا،مڑا،چند قدم چلا اور غائب۔میرا سارا جسم برف کی سل بن گیا......پکارنا چاہا مگر پکار نہ سکا......وہیں بیٹھ گیا......علی جی کو ساتھ چمٹا لیا......دیر تک بیٹھا رہا تب کہیں حواس بجا ہوئے۔جوتیاں پہنیں ......اس فقیر کے پاس گیا وہ بدستور سر جھکائے بیٹھا تھا۔میں نے پوچھا بابا یہ بچہ دیکھا تم نے جو میری جوتیاں لایا تھا۔

اس فقیر نے میری طرف دیکھے بغیر جواب دیا۔''بابا یہاں ایک سے ایک اللہ کی مخلوق

حیرت کدہ۔پہلی جلد (تیسرا ایڈیشن) راشد اشرف

آتی ہے۔دیکھنے والا ہو سہی۔تم کیا کسی کو دیکھو گئے؟ جاؤ اب اپنے گھر اور احتیاط برتنا آئندہ کو۔“

مجھے بابا سے بھی خوف سا آنے لگا۔میں تیزی سے قدم بڑھائے جا رہا تھا تھوڑی دور جا کر بے خیالی میں مڑ کر دیکھا تو بابا غائب۔میں نے بھاگنا شروع کیا حتیٰ کہ موڑ مڑ گیا۔

کیسی کیسی نعمتیں تھیں جو مجھ ایسے عامی اور پاجی انسان کو ارزانی ہوئی تھیں مگر میں کم ظرف نکلا......پھر دنیا میں کھو گیا......کھوتا چلا گیا......اور رفتہ رفتہ ہر نعمت سے محروم ہو گیا......

**فاعتبرو یا اولی الابصار**

□□□

ماخذ: کھوئے ہوؤں کی جستجو، خودنوشت، شہرت بخاری، لاہور، ۱۹۸۷ء

# جب ان کی باتیں یاد آئیں

## خواجہ امتیاز الدین

## اول

## واقعہ ایک آدمی سے جن کے کشتی لڑنے کا

یہ واقعہ جو میں یہاں تحریر کررہا ہوں وہ بہ مقام تعلقہ اجنٹا ضلع اورنگ آباد میں پیش آیا اور یہ کوئی 1943ء کا ذکر ہے۔ ہوا یوں کہ موسم گرما شروع ہورہا تھا لیکن شام میں پھر بھی خنکی ہو جاتی تھی۔سورج غروب ہو چکا تھا۔گھر کے باہر نیم کے درخت تھے۔وہیں کرسیاں پڑی تھیں اور میں کرسی پر بیٹھا ہوا تھا۔دتو سنگھ فراش قندیلیں روشن کر چکا تھا اور ایک قندیل اُس نے باہر لاکر میز پر رکھ دی اور چلا گیا۔تھوڑی دیر بعد یہ دیکھتا ہوں کہ دتو سنگھ کچھ آدمیوں کے ساتھ چلا آرہا ہے اور اس کے ساتھ گاؤں کا پولیس پٹیل بھی ہے۔ وہ سارے لوگ آکر گھر کے سامنے رک گئے اور دتو سنگھ فراش مجھ سے یہ کہنے لگا میاں اندر جائیے اور سرکار سے یہ کہیے کہ کچھ لوگ معروضہ لے کر آئے ہیں۔ مجھے کچھ بات سمجھ میں نہیں آئی کہ آخر کیا ہوا ہے؟اور یہ کون لوگ ہیں؟ بہر حال میں نے یہ بات والد کو بتادی۔ والد باہر آئے۔ پولیس پٹیل نے ساری کیفیت بیان کی۔ کہا یہ لوگ اپنے ہی تعلقہ کے مسلمان کاشت کار ہیں اور فصیل کے پیچھے سے اپنی بیل گاڑیوں میں سوکھا ،گھاس ، چارہ اور جوار کے تھیلے لے کر جل گاؤں جارہے تھے کہ ان کے ساتھ ایک حادثہ پیش آ گیا۔والد نے پولیس پٹیل سے پوچھا کیا حادثہ پیش آیا؟۔ پولیس پٹیل نے ان آدمیوں میں سے بڑی عمر کے ایک آدمی کو آگے کر دیا اور اس نے اپنا بیان شروع کیا۔ کہنے لگا کہ سرکار ہم لوگ اپنی بنڈیوں میں سوکھا، گھاس اور چارہ لے کر جل گاؤں جارہے تھے،سب سے پہلے جو بنڈی تھی وہ میرے بیٹے کی تھی

اور باقی کی پانچ بیل گاڑیاں ہمارے ہی بھائی بندھوں کی ہیں۔ والد نے ان سے سوال کیا یہ ساری بیل گاڑیوں میں سوکھا چارہ ہی تھا یا کچھ اور بھی تھا اور تم لوگ جل گاؤں کیوں جا رہے تھے؟ انہوں نے کہا جل گاؤں میں جاترہ ہے اس لیے جا رہے تھے، پوچھا کہ ہوا کیا؟ وہ آدمی کہنے لگا۔ پہلی بنڈی میرے بیٹے کی تھی۔ ہم فصیل کے پیچھے سے جا رہے تھے کہ ایک کالا سدی جیسا آدمی جو مجھ سے بھی ایک ہاتھ اونچا تھا وہ اچانک فصیل کے نیچے سے نکل کر آیا اور بیل رک گئے اور آگے ہی نہیں بڑھتے تھے۔ اس سدی نے میرے بیٹے کو پکارا اور کہا نیچے آ اور مجھ سے کشتی لڑ۔ وہ سدی صرف لنگوٹ باندھا ہوا تھا۔ میرا بیٹا گاڑی سے نہیں اُترا۔ وہ سدی پھر پکارا اور بولنے لگا، آ لڑ، ورنہ میں تجھے اور ساری بنڈیوں کو آگ لگا دوں گا، میرا بیٹا ڈر کر گاڑی سے نیچے اُتر گیا اور وہ اُسے اٹھا اٹھا کر نیچے گرانے لگا۔ جب میرا بیٹا نیچے گر جاتا تو وہ اُسے پھر اٹھاتا اور نیچے گراتا۔ والد نے اس شخص سے دریافت کیا تمہارا بیٹا تمہارے ساتھ یہاں آیا ہے۔ اس نے کہا جی ہاں وہ سامنے کھڑا ہے۔ والد نے اسے بلوایا اور اس کو قریب سے دیکھا، بال اس کے بکھرے ہوئے تھے، سارا جسم گرد سے اٹا ہوا تھا۔ وہ بے حد گھبرایا ہوا تھا حتیٰ کہ اس کی زبان سے صحیح طور پر الفاظ بھی نہیں ادا ہو رہے تھے۔ والد نے تمام گاڑی والوں سے دریافت کیا کہ ممکن ہے کہ کوئی پولیس کا جوان ہوگا جس نے تمہاری گاڑیوں کو روکا ہو لیکن سب نے کہا نہیں وہ کوئی پولیس کا جوان نہیں تھا وہ تو کوئی کالا سدی تھا۔ اور پھر گواہی کے لیے پولیس پٹیل بھی آ گئے آیا اور بولنے لگا کہ پولیس کے تھانے میں جو پولیس کے جوان ہیں ان میں کوئی بھی کالا سدی نہیں۔ اس کے بعد پولیس کے تھانے سے محرر کو بلوا کر تمام بنڈی والوں کا بیان لیا گیا اور اس کا بھی بیان درج ہوا جس کو اس سدی نے کئی مرتبہ پچھاڑا تھا۔ بعد میں وہ لوگ کوئی تقریباً رات کے آٹھ یا نو بجے کے قریب چلے گئے۔ دوسرے دن مجھے قرآن پڑھانے کے لیے ایک مدرس عبدالحفیظ خاں صاحب آتے تھے۔ میں نے ان سے اس بات کا ذکر کیا کہ مولوی صاحب کل رات ایسا واقعہ پیش آیا، انہوں نے سن کر کہا ہاں ایسے واقعات یہاں کئی اور جگہ پیش آئے ہیں۔

انہوں نے سارے واقعے کو سن کر ایک عجیب بات کہی اور اس سے میں نے ایک عجیب نتیجہ اخذ کیا۔ کہنے لگے یہ بنڈی والے چور اور غیر قانونی طور پر فصیل کے پیچھے سے غلہ انگریزی علاقے میں لے جا کر فروخت کر دیتے ہیں اور بعض ''جن'' جو نیک فطرت ہوتے ہیں بدقماش

لوگوں کو اس قسم کی چوری سے روکتے ہیں کیوں کہ غلہ چلا گیا تو یہاں لوگ بھوکوں مریں گے اور پھر غلہ آئے گا کہاں سے؟ جنگ کا زمانہ ہے۔ انگریز یہ چاہتا ہے کہ مسلم ریاست میں قحط آ جائے اور ہمارے ملک کے لوگ پریشانی میں مبتلا ہو جائیں۔ کہنے لگے کہ انگریز کی ہر چال مسلمانوں کو برباد کرنے کی ہوتی ہے۔ اگر میرے استاد زندہ ہیں تو اللہ انہیں غریق رحمت کرے۔ انہوں نے جو بات ۴۳ء میں میرے کانوں میں ڈالی تھی وہ میرے کانوں سے دل میں اتر گئی۔

## دوم
## روشنی کے مینار

میری عمر اس وقت چھ سال کی ہو گی۔ میں نے اپنے گھر میں ایک عمر رسیدہ خاتون کو دیکھا جن کو میری والدہ نے حجانی ماں کے نام سے پکارا تھا۔ شاید یہ بات 1941ء یا 1942ء کی ہو گی۔ کافی دیر تک وہ ہمارے گھر میں بیٹھی رہیں ان کے لیے میری والدہ نے چائے بنوائی، انہوں نے چائے پی۔ انہیں دو پہر کے کھانے پر روکا لیکن وہ ٹھہری نہیں اور یہ کہہ کر چلی گئیں کہ میں پھر آؤں گی تو دیر تک بیٹھوں گی۔ وہ تو چلی گئیں لیکن ان کے تعلق سے معلوم کرنے کی جستجو نے مجھے چین سے بیٹھنے نہیں دیا۔ میں نے اپنی والدہ سے یہ معلوم کرنا چاہا کہ وہ کون عورت تھی جسے آپ حجانی ماں پکارتی تھیں۔ تب مجھے میری والدہ نے ان کے تعلق سے ایک لمبی داستان سنائی کہ حجانی ماں کون ہیں اور کیا تھیں؟

کہنے لگیں کہ حجانی ماں پہلے ایک ہندو عورت تھیں اور سید حبیب جعفر العیدروس کے گھر میں آنگن کو جھاڑو لگاتی تھیں۔ لیکن ایک دن حجانی ماں نے حبیب جعفر سے کہا کہ حضرت میں مسلمان ہونا چاہتی ہوں۔ مجھے آپ مسلمان بنا دیجئے۔ (حبیب جعفر کا خاندان عربی النسل تھا اور شاید کئی سال سے وہ حیدرآباد میں مقیم تھے۔ کافی عمر رسیدہ آدمی تھے، نورانی چہرہ، گھنی ڈاڑھی، سرخی مائل رنگ، اوسط قد اردو بولتے تو تھے لیکن عربی لہجے میں) انہوں نے حبیب جعفر کے ہاتھ پر بیعت کی اور

اسلام قبول کرلیا۔اس کے بعد سے اس اچھوت عورت کی دنیا ہی بدل گئی۔وہیں حبیب جعفر کے گھر میں اس نے اسلام کی چند بنیادی باتیں سیکھ لی تھیں۔کچھ عرصہ گزرا تو اس کو یہ دھن سوار ہوئی کہ مجھے مکہ مدینہ جانا ہے۔دن رات اس کو ایک ہی لق لقا لگا ہوا تھا کہ کس طرح میں مکہ اور مدینہ چلی جاؤں۔میری والدہ نے بتایا تھا کہ اُن کے پاس جب پندرہ،بیس روپے جمع ہو گئے تو ان کو یہ فکر لاحق ہوگئی کہ مکہ اور مدینہ جانے کا راستہ کون سا ہے؟

بہرحال معلوم کرتے کرتے اسے یہ پتا چلا کہ نام پلی اسٹیشن سے ریل گاڑی جاتی ہے جو اسے بمبئ پہنچا دے گی۔پھر وہاں سے وہ مکہ اور مدینہ پہنچ سکتی ہے۔نچلی ذات کی ہندو عورت ہونے کی وجہ سے ان کی پیشانی پر بٹو کا نشان گندھا ہوا تھا اور اسی طرح ان کے دونوں ہاتھوں پر بھی گندنے تھے۔ان کے حج کے عزم سے پہلے کسی نے ان سے کہہ دیا تھا تمہاری پیشانی اور ہاتھوں پر یہ بت پرستی کے جو نشانات ہیں ان کے ساتھ تم حج کس طرح کروگی؟ تو انہوں نے کہا انہیں مٹادوں گی۔چنانچہ ایک دن دہکتا ہوا انگارا چمٹے سے پکڑا اور اپنی پیشانی کے بیچوں بیچ جہاں بٹو تھا اس پر رکھ لیا اور اس طرح اپنی دونوں کلائیوں پر جو تصاویر بنی ہوئی تھیں انہیں بھی جلا لیا اور جب زخم مندمل ہوگئے تو ان کے شوق میں اور تیزی آ گئی۔پھر وہ دن آ گیا جب وہ نام پلی اسٹیشن سے بمبئ جانے والی ٹرین پر سوار ہوگئیں۔بمبئ پہنچنے کے بعد اب ان کے لیے مسئلہ تھا کہ مکہ اور مدینہ کیسے پہنچا جائے۔بمبئ اسٹیشن پر کسی نے ان کی معصومیت اور غربت پر ترس کھا کر انہیں اس جیٹی پر پہنچا دیا جہاں سے جہاز جدہ روانہ ہوتے تھے۔

ان کے لیے بمبئ کی دنیا بھی عجیب دنیا تھی۔اس پر بندرگاہ کا وہ سماں،ہزاروں آدمیوں کا آنا جانا،ان کے دل پر کیا کیا گزری وہ جانتی ہوں گی یا پھر ان کا اللہ جانتا ہوگا۔دیار حبیب ﷺ دیکھنے کی تڑپ۔اس پر وہ شوق بے انتہائی کہ اللہ کے گھر پر وہ جبین بے نیاز جو نشان زدہ تھی،وہ کب سجدہ ریز ہوگی۔اور کب وہ بے نور آنکھیں جو مہینوں نہیں بلکہ رب کعبہ کے گھر کو دیکھنے اور اس کی دہلیز کو چومنے کے انتظار میں روتے روتے نصف بینائی کھو چکی تھیں،کب اسے دیکھ پائیں گی۔ان جہازوں کو جن پر حاجی سوار ہوکر منزل کی طرف رواں دواں تھے،دیکھتیں تو ان کا بے قرار دل انہیں اور رلاتا۔

وہ اس گیٹ پر آ کر بیٹھ گئیں جہاں چوکی دار انہیں آگے جانے سے روک دیا تھا۔ وہ ہفتوں وہاں بیٹھی رہیں۔ دن رات ان کا ایک ہی مشغلہ تھا اور جیسی بھی انہیں نمازیں سکھادی گئی تھیں، پڑھتی رہتیں اور وہ آنکھیں تھیں جو مسلسل ٹکٹکی باندھے ان جہازوں اور جہاز پر چڑھنے والوں کو یاس اور امید کے ساتھ دیکھتی رہتیں۔ نہ کسی سے کچھ بولنا تھا اور نہ ہی مانگنا تھا جس سے مانگنا تھا تو وہ ہر گھڑی انہیں دیکھ رہا تھا۔

آخر کار وہ جذبہ صادق اور دل بے مدعا سے نکلی ہوئی تڑپ پائے عرش سے لپٹ گئی اور حکم ہوا یہ کون میرا عاشق زار ہے جو زبان سے تو کچھ نہیں کہتا لیکن آنکھوں سے سب کچھ بتاتا ہے؟ حکم ہوا اسے میرے گھر پہنچادو، حکم کی دیر تھی اس کی تعمیل ہوگئی۔ بمبئی کا رہنے والا ایک شخص جو اپنے کسی عزیز کو چھوڑنے کے لیے بندرگاہ پر آیا ہوا تھا اسے خدا حافظ کہہ کر جب وہ پلٹنے لگا اور گیٹ سے گزرتے ہوئے اس کی نظر اس عورت پر پڑی تو اس سے پوچھ بیٹھا۔ اے مائی! تو کون ہے اور یہاں کیوں بیٹھی ہے؟ اردو انہیں کب اتنی اچھی آتی تھی کہ وہ اس سے یہ کہتیں کہ یہ میرا مقصد ہے اور اس لیے یہاں بیٹھی ہوں۔ کہنے لگی، مجھے میرے دیوڑا کے پاس جانا ہے (تلگو زبان میں دیوڑا کے معنی ہیں سب سے بڑا دیوتا) پوچھا وہ کہاں ہے؟ جواب دیا مکہ میں ہے اور مدینہ میں، وہ سمجھ گیا کہ یہ کیا چاہتی ہے۔ پوچھا حج کا ارادہ ہے بولیں ہاں حج کو جاؤں گی۔ پوچھا تیرے پاس جانے کے کاغذات ہیں۔ جواب دیا کیا کاغذات اور کون سے کاغذات؟ اس نے پھر پوچھا کیا تیرے پاس جہاز کا ٹکٹ ہے؟ بولیں وہ نہیں ہے۔ پھر پوچھا اجازت نامہ ہے؟ بولیں نہیں کچھ نہیں۔ تب اس نے کہا جب یہ دونوں چیزیں نہیں تو کیسے جائے گی؟ کہنے لگیں جس نے مجھے مسلمان بنایا وہی مجھے وہاں پہنچائے گا۔ کہنے لگا مائی! تو اٹھ اور میرے ساتھ زکریا سرائے تک چل وہاں میں تیرے لیے کاغذات بنوادوں گا پھر تو حج کے لیے چلی جانا۔

حجانی ماں کہتی تھیں اس نیک آدمی نے مجھے ایک بگھی میں بٹھایا اور میں زکریا سرائے میں اتر گئی۔ پھر اس نیک بخت نے میرا ٹکٹ بھی خریدا اور اجازت نامہ بنوا کر بھی دیا۔ پھر میں اس کے بعد وہاں سے جیٹی پہنچ گئی۔ اور وہ آخری جہاز تھا جس میں مَیں سوار ہوگئی اور جدہ پہنچ گئی اور پھر حج کیا اور پھر ایک سال مدینے میں رہ کر واپس حیدر آباد آئی۔

یہ ساری داستان سنا کر میری والدہ نے مجھ سے کہا حجانی ماں کا حج اس طرح ہوا۔ کسی

نے انہیں حج نہیں کروایا بلکہ اللہ تعالی نے ان کو حج کروایا اور میں بھی یہ دعا کرتی ہوں کہ میرا حج بھی اللہ تعالیٰ اسی طرح کروائے۔اصل چیز طلب صادق ہے۔بخدا میری والدہ کو بھی اللہ تعالیٰ نے اپنے گھر بلوایا اور تاقیامت اپنے گھر میں انہیں اپنا مہمان بنا کر وہاں رکھ لیا۔عجیب بات تو یہ ہے کہ انسان کی پیدائش مادرزاد ہوتی ہے لیکن موت کا طبع زاد ہونا بڑی بات ہے۔خدا انہیں غریق رحمت کرے اور جنت الفردوس میں جگہ دے۔آمین۔

❑❑❑

ماخذ: جب ان کی باتیں یاد آئیں، خواجہ امتیاز الدین، کینیڈا سے شائع ہوئی، سنہ اشاعت ندارد

# کچھ رواداری کی باتیں

## شیخ عبدالشکور

لاہور میں حضرت داتا گنج بخش صاحب ہجویری کا مزار مرجع خاص و عام ہے۔ تقسیم سے پہلے عرس کے موقع پر مسلمان زائرین کے علاوہ ہندو بھی حضرت کے مزار پر اکثر نذر چڑھانے آیا کرتے تھے۔ علاقہ ماجھا کے سکھ حضرات بھی اپنی خواتین کو ہمراہ لیے کبھی کبھی آیا کرتے اور دعا مانگ کر نذر پیش کیا کرتے۔

مزار شریف کے بالمقابل لالہ میلا رام کا کارخانہ ابھی بھی موجود ہے۔ رائے بہادر میلہ رام کے صاحبزادے رائے بہادر رام سرن داس متحدہ پنجاب کے ایک بڑے متمول اور مرنجاں مرنج طبعیت کے رئیس تھے۔ وہ کارخانے کے ساتھ والی لال کوٹھی میں رہا کرتے تھے۔ خدا کے فضل سے ان کے تین صاحبزادے چیفس کالج کے تعلیم یافتہ تھے ان کا ایک بیٹا فلائٹ لیفٹیننٹ روپ چند، بھارت سرکار کی طرف سے افغانستان کا سفیر رہ چکا ہے۔ ان بیٹوں کی شادیوں پر رائے بہادر نے لاکھوں روپے مہمان داری کی مد میں صرف کیے اور ساتھ ہی لاکھوں روپے دان پن میں بھی دیے۔ ان کے ہاں ہندو مسلمان دوستوں کا ایسا دل فریب اجتماع رہا کرتا تھا کہ کیا عرض کیا جائے؟ شادی بیاہ کے موقع پر ان کے ہاں پندرہ پندرہ دن لگاتار دعوتیں رہا کرتیں۔ کوئی فرقہ وارانہ امتیاز نہ ہوتا۔

1918ء میں انفلوئنزا کی وبا اس شدت سے پھیلی کہ الامان! صرف تین چار مہینوں میں لاتعداد انسان لقمہ اجل بن گئے۔ بدقسمتی سے رائے بہادر صاحب کے بھی تینوں بیٹے اس مرض میں مبتلا ہو گئے لہٰذا ان کے گھر سخت سراسیمگی پھیل گئی۔ کرنل بھولا ناتھ، کرنل امیر چند اور کرنل سدر لینڈ (مہاراجہ رنجیت سنگھ کی پوتی بمبا دلیپ سنگھ کے خاوند نیز کنگ ایڈورڈ میڈیکل کے پرنسپل) جیسے یگانہ روز گار ڈاکٹر علاج کے لیے صبح و شام آتے اور ہزار جتن کے باوجود ان کا درجہ حرارت کسی صورت کم

ہونے میں نہ آتا جس سے سب پریشان تھے۔

رائے بہادر کے ہندو مسلم دوست لال کوٹھی میں پروانہ وار جمع رہتے اور بارگاہ ایزدی میں دعائیں مانگتے۔خود رائے بہادر صاحب فقرا میں خیرات تقسیم کرنے اور ان سے دعا کے طلب گار ہوئے۔اب خود رائے بہادر صاحب کی زبانی بات سنیں:

ایک رات ہم سوئے ہوئے تھے کہ کمرے میں کچھ آہٹ محسوس ہوئی اور میری آنکھ کھل گئی۔میں کیا دیکھتا ہوں کہ ایک سفید ریش بزرگ براق لباس پہنے ایک ہاتھ میں عصا اور دوسرے میں تسبیح لیے میرے بیٹے گوپال داس کے پلنگ کے پاس کھڑے کچھ پڑھ رہے ہیں۔انہیں دیکھ کر میں سہم گیا اور چیخ کر کہا کہ آپ کون ہیں؟ اور کیا کر رہے ہیں؟ جو انھوں نے میری بات سنی ان سنی کر دی اور دعا پڑھنے میں مشغول رہے۔پھر وہ بزرگ میرے دوسرے بیٹے روپ رام کی چارپائی کے پاس گئے اور وہاں بھی دعا مانگی۔پھر تیسرے بیٹے کے پلنگ کے قریب جا کر بھی ایسا ہی کیا......اس کے بعد وہ بزرگ مجھ سے مخاطب ہو کر فرمانے لگے:

''میں تمہارا پڑوسی گنج بخش ہوں......مجھ سے تمہاری پریشانی دیکھی نہ گئی اس لیے میں دعا کرنے کے لیے خود آ گیا ہوں........اب گھبرانے کی کوئی بات نہیں، اللہ تعالیٰ سب کو شفا دے گا۔''

کرنا خدا کا یوں ہوا کہ ان بزرگ کی دعا سے واقعی دوسرے دن بخار ہلکا ہو گیا اور صاحبزادے کچھ باتیں بھی کرنے لگے۔جب ڈاکٹر صاحبان مریضوں کو دیکھنے کے لیے صبح آئے تو ان کی حالت اچھی دیکھ کر بہت خوش ہوئے اور کرنل امیر چند دون کی لینے لگے کہ رات میں ایسی موثر دوا دے کر گیا تھا کہ اس کا اثر ہونا لازمی تھا۔اس پر رائے بہادر صاحب ہنس پڑے اور گزشتہ رات کی تمام کیفیت بیان کی۔سب حضرات اس قصے کو سن کر انگشت بدنداں ہو گئے۔اور دیر تک اس پر بحث و تمحیص کرتے رہے۔اس ایٹم اور میزائل کے زمانے میں ایسی باتیں ناقابل قبول ہوں گی مگر خاصان خدا سے ایسی متحیر العقول باتیں اکثر ظہور پذیر ہوا کرتی ہیں اور اس میں تعجب کی کوئی بات نہیں۔

جب بیماروں کو مکمل شفا ہوگئی تو رائے بہادر نے داتا دربار کے ایک سجادہ نشین کو اپنے ہاں بلا کر تمام واقعہ سنایا۔آیا کھانے کی چند دیگیں پکوا کر فقیروں میں تقسیم کر دینا کافی ہوگا یا نذر کسی اور صورت میں پیش ہونی چاہیے؟ سجادہ نشین نے جواب دیا کہ کھانا تو ہر سال عرس کے موقع پر آپ کی طرف سے تقسیم ہوا ہی کرتا ہے اب تو کوئی ایسی بات ہونی چاہیے جس سے مستقل فیض جاری رہے۔اس پر رائے بہادر نے دریافت کیا کہ کیا دربار میں بجلی موجود ہے جب انہیں معلوم ہوا کہ وہاں ابھی تک بجلی کا کوئی انتظام نہیں تو انہوں نے خوش ہوکر فرمایا کہ بجلی کے ہونے کا انتظام فوراً اُن کی طرف سے کر دیا جائے۔چنانچہ ایک مہینے کے اندر سب انتظام مکمل ہوگیا اور پھر رائے بہادر نے حاضر ہوکر پہلے نذر پیش کی اور پھر بجلی کا افتتاح کیا۔رائے بہادر صاحب کی تین صاحب زادیاں بھی تھیں۔ایک تو لالہ باشی رام انجینئر سے، دوسری دیوان بدری ناتھ پرائیویٹ سیکرٹری مہاراجہ بہادر کشمیر سے بیاہی تھی۔تیسری صاحب زادی کسی رئیس کے گھر کی رونق تھیں۔اس زمانے میں متمول ہندو گھرانوں میں فن موسیقی سیکھنے کا عام رواج تھا۔اور یہ صاحب زادیاں بھی اس فن کی تعلیم حاصل کر رہی تھیں۔لاہور کے کوچہ شیعاں (موچی دروازہ) کے ایک فن کار میاں بڈھا انہیں راگ ودیا کے گر بتایا کرتے تھے۔وہ ایک انگلی سے دونوں طبلوں پر تھاپ دینے کی بھی خوب مہارت رکھتے تھے۔انہوں نے بڑے بڑے نوابوں اور رئیسوں کی آنکھیں دیکھی تھیں۔پھر وہ خود بھی بڑے عالی حوصلہ انسان تھے۔چنانچہ محرم کی آٹھویں تاریخ کو امام حسین کی نذر بہت تکلف سے دیا کرتے تھے اور اپنے دوستوں کو مدعو کیا کرتے تھے۔

عوام کے علاوہ نواب محمد علی قزلباش، ڈپٹی غلام حسین، میر سردار حسین، خاں بہادر، شیخ محمد نقی اور فقیر نجم الدین جیسے رؤسا بھی شامل ہوا کرتے تھے۔ان حضرات کے علاوہ رائے بہادر رام سرن داس بھی آیا کرتے اور اپنی طرف سے ایک سو ایک روپے کی نذر پیش کیا کرتے تھے۔(آج کل کے حساب سے یہ رقم ایک ہزار روپیہ بنتی ہے)۔

ریلوے اسٹیشن کے قریب آسٹریلیا بلڈنگ کے عین سامنے میلا رام کا تالاب تھا۔ تالاب کے چاروں طرف چند کوٹھریاں تھیں جو کرایہ پر اٹھ جاتی تھیں۔رائے بہادر نے وہاں کی

آمدنی میاں بڈھا کے نام کردی تھی اور وہ تا زیست اسے وصول کرتے رہے۔وضع داری کی ایسی مثالیں اب کہاں ملیں گی؟

❑❑❑

ماخذ: سبزۂ بیگانہ، سوانحی طرز کے مضامین، شیخ عبدالشکور، جاوید عزیز نے ۱۹۷۷ء میں کراچی سے شائع کی۔

شیخ عبدالشکور سے سبزۂ بیگانہ لکھوانے والے مکرمی مشتاق احمد یوسفی تھے۔ مذکورہ کتاب حسین اور دلچسپ یادوں کا ایک مرقع ہے۔اس زندہ مگر فراموش کردہ کتاب سے راقم الحروف نے پیر کرم شاہ اور گوہر جان کے لاجواب خاکے دوجلدوں پر مشتمل سلسلے ''پاک بھارت کے نمائندہ شخصی خاکے'' میں شامل کیے ہیں جو زیر ترتیب ہے۔[مرتب]

ادیب، مزاح نگار، ماہر موسیقی شیخ عبدالشکور 1896ء میں لاہور میں پیدا ہوئے اور یکم جون 1985ء کو لاہور ہی میں وفات پائی۔

●

راقم الحروف نے زندہ کتابیں سلسلے کے تحت ''سبزہ بیگانہ'' ستمبر 2019ء میں دیگر دو دلچسپ آپ بیتیوں کے ہمراہ ایک جلد میں شائع کی تھی۔زندہ کتابیں میں مذکورہ کتاب کی اشاعتی تفصیل زیر نظر کتاب کے آخر میں دیکھی جاسکتی ہے۔

●●●

# ۱۸، سول لائن

## قدرت اللہ شہاب

فروری 1947ء میں میرا تبادلہ اڑیسہ ہوا اور کٹک میں مجھے ہوم ڈپارٹمنٹ کے ڈپٹی سیکرٹری کے طور پر تعینات کیا گیا۔اس زمانے میں اڑیسہ کے وزیر اعلیٰ سری ہری کرشن مہتاب تھے۔ہوم ڈپارٹمنٹ کا شعبہ ان کے ماتحت تھا۔چارج لینے کے بعد میں ان سے ملنے گیا۔تو انہوں نے پوچھا کہ مجھے رہنے کے لیے کون سا گھر ملا ہے۔میں نے کہا اڑیسہ گورنمنٹ مجرد افسروں کو رہائشی جگہ دینے کے حق میں نہیں ہے،۔اس لیے میں اب تک سرکٹ ہاؤس میں مقیم ہوں۔

مہتاب صاحب مسکرائے اور کہا اگر گھر حاصل کرنا ہے تو لگے ہاتھوں شادی بھی کر ڈالو۔میں نے وزیر اعلیٰ کو مطلع کیا کہ ان کی حکومت نے یہ ضابطہ بھی بنا رکھا ہے کہ شادی کے بعد جب تک کئی بچے پیدا نہ ہو جائیں کسی افسر کو سرکاری مکان نہیں مل سکتا۔لگے ہاتھوں فی الفور کئی بچوں کا باپ بننا میرے بس کا روگ نہیں تھا چنانچہ میں کافی عرصہ تک سرکٹ ہاؤس میں رہا۔ایک روز کچھ فائلیں لے کر ہری کرشن مہتاب صاحب کے پاس گیا تو انہوں نے پھر میرے مکان کا مسئلہ چھیڑ دیا۔وزیر اعلیٰ ہونے کے باوجود مہتاب صاحب بڑے پرخلوص اور نیک دل انسان تھے۔اور اپنے ساتھ کام کرنے والوں کے ذاتی مسائل کی طرف خاص طور پر توجہ دیا کرتے تھے۔

''میرے ذہن میں ایک کوٹھی ہے۔'' مہتاب صاحب نے کہا۔''لیکن اس میں کچھ جن بھوت بھی رہتے ہیں۔اگر تمہیں ان کی صحبت قبول ہو تو وہ مکان ابھی مل سکتا ہے۔''

جن بھوتوں کے ساتھ مجھے ابھی تک ذاتی تعارف کا شرف حاصل نہیں ہوا تھا۔قصوں اور کہانیوں میں بسنے والی یہ مافوق الفطرت مخلوق میرے نزدیک ایک مہمل وہم کا درجہ رکھتی ہے۔میں نے اس موقع کو غنیمت سمجھا اور وہیں بیٹھے بیٹھے مہتاب صاحب نے سول لائنز کی نمبر اٹھارہ کی کوٹھی مجھے الاٹ کر دی۔

یہ ایک چھوٹی سی خوش نما کوٹھی تھی ،لیکن سالہا سال سے غیر آباد رہنے کی وجہ سے اس کے درودیوار سے وحشت ٹپک رہی تھی۔کوٹھی کے ساتھ ایک وسیع وعریض لان تھا۔چاروں طرف لمبی لمبی گھاس اگی ہوئی تھی۔زرد زرد سوکھے ہوئے پتے ڈھیروں ڈھیر بکھرے پڑے تھے۔جابجا تازہ اور پرانے گوبر پر مکھیاں بھنبھنا رہی تھیں۔ایک چھوٹے سے تالاب میں کائی جمی ہوئی تھی۔صحن کے جنوبی گوشے میں جامن کا درخت تھا۔شمال مغرب میں ایک درخت سے بہت سی چمگادڑیں الٹی لٹکی ہوئی تھیں۔ناریل کے پیڑ کے نیچے ایک فاقہ زدہ بلی دھوپ سینک رہی تھی۔برآمدے میں دو آوارہ کتے اپنے بچوں کے ساتھ گردنیں کھجا رہے تھے۔اور چمگادڑوں کی طرف منہ اٹھا اٹھا کر لمبی لمبی تانوں میں رو رہے تھے۔

میرے ساتھ ایک کشمیری ملازم رمضان تھا۔اس نے سارا دن لگا کر مکان کو جھاڑ پونچھ کر صاف کر دیا۔دوسری صبح جب وہ شیو کا پانی لے کر آیا تو اس کا منہ لٹکا ہوا تھا۔ان دنوں بہار، بنگال اور اڑیسہ میں جابجا ہندو مسلم فساد ہو رہے تھے۔رمضان نے رونی صورت بنا کر کہا کہ رات جب وہ اپنے کوارٹر میں سویا پڑا تھا تو ایک ہندو دبے پاؤں اندر آیا اور اس کی چارپائی الٹ کر بھاگ گیا۔رمضان نے اس کا تعاقب کیا تو اندھیرے میں اس کا منہ کھٹاک سے دروازے کے ساتھ لگا کیونکہ اندر سے کنڈی بند تھی۔

''اگر وہ ہندو باہر سے آیا تھا تو کمرے کی کنڈی اندر سے کیسے بند ہوگئی؟''

''اس میں بھی سالے ہندوؤں کی کوئی چال ہوگی۔'' رمضان نے وثوق سے جواب دیا۔اس کے ذہن میں ہندو مسلم تعصب یوں کوٹ کوٹ کر بھرا ہوا تھا کہ اب اس میں مافوق الفطرت حادثات کے لیے کوئی جگہ باقی نہ رہی تھی۔

18 سول لائنز کی جو خصوصیت سب سے پہلے کھٹکی وہ یہ تھی کہ وقتاً فوقتاً اس کی چھت انگڑائیاں سی لیتی محسوس ہوتی تھیں۔رات اور دن میں کئی بار چھت کٹاک کٹاک بجتی تھی جیسے لوہے کی گرم چادر ٹھنڈی ہو کر چٹختی ہے۔

ایک رات گیارہ بجے کے قریب میں بجلی بجھا کر بستر پر لیٹا تو دروازے پر دستک ہوئی۔ میں نے سوچا کہ شاید رمضان کوئی چیز بھول گیا ہے، لینے آیا ہے لیکن دروازہ کھولا تو برآمدہ خالی تھا۔ البتہ ہوا کا ایک گرم سا جھونکا میرے چہرے سے ضرور لگا۔فروری کی وہ رات خوب ٹھنڈی تھی لیکن

برآمدے میں یوں محسوس ہوتا تھا کہ جیسے کہیں پاس ہی الاؤ جل رہا ہے۔

اس رات کے بعد یہ دستک ایک معمول بن گئی۔جیسے ہی بجلی بجھا کر لیٹتا دروازے پر تھپا تھپ دو تین بار دستک ضرور ہوتی۔ایک رات جب یہ دستک نہ ہوئی تو مجھے عجیب سا لگا۔میں بجلی بجھا کر لیٹ ہی رہا تھا کہ سوئچ کھٹاک سے بجا اور بجلی خود بخود روشن ہوگئی۔میں بجلی بجھانے کے لیے اٹھا تو میرے سلیپر کہیں نظر نہ آئے۔ پلنگ کے نیچے جھانکا۔ادھر ادھر تلاش کیا۔لیکن سلیپر ندارد......اسی اثنا میں سوئچ خود بخود کٹکٹایا اور بجلی بجھ گئی۔میں دوبارہ لیٹا تو سرہانے کے نیچے چُرمُر سا ہوا۔تکیہ اٹھا کر دیکھا تو دو سلیپر بڑے سلیقے سے غلاف کے اندر دھرے تھے۔

کوٹھی کا ڈرائنگ روم سونے کے کمرے سے ملحق تھا۔درمیان میں ایک دروازہ تھا جو عموماً کھلا رہتا تھا۔دروازے میں سبز رنگ کی جالی کا ایک باریک سا پردہ لٹکا رہتا تھا۔یکا یک دروازے کا پردہ ہلا اور ڈرائنگ روم میں سرسراہٹ سی ہوئی۔جیسے ریشم کا تھان کھل رہا ہو، پھر چوڑیاں کھنکیں اور ایک نسوانی آواز نے چند ہچکیاں لیں۔فرش پر اونچی ایڑی والے زنانہ جوتوں کے چلنے پھرنے کی آواز پیدا ہوئی۔میں نے ڈرتے ڈرتے پردے کے پیچھے سے جھانکا۔کمرے میں اندھیرا تھا لیکن فضا میں حنا کے عطر کی خوشبو رچی ہوئی تھی۔میں نے ڈرائنگ روم کا بلب روشن کر کے ماحول کا جائزہ لیا۔ایک اداس خاموشی کے سوا وہاں کچھ بھی نہ تھا۔واپس آ کر پلنگ پر لیٹا تو چھت پر بہت سے بھاری بھرکم قدموں کی آواز سنائی دی اور ساتھ ہی کئی پتھر پے در پے اندر برسنے لگے۔ پتھر میرے دائیں بائیں آگے پیچھے زور زور سے گرتے تھے لیکن مجھے لگتے نہ تھے۔دروازہ کھڑکی اور روشن دان بند تھے لیکن پتھروں کا مینہ بدستور برستا رہا۔باہر کافی زور کی بارش ہو رہی تھی۔لیکن کمرے میں گرنے والے پتھر بالکل خشک تھے۔ایک اینٹ جو میرے بازو کے عین پاس آ کر گری کوئی ڈھائی سیر وزنی تھی۔

صبح سویرے میں نے ان تمام پتھروں کو اکٹھا کر کے باہر پھینک دیا تا کہ رمضان کے دل میں ہندوؤں کی خشت زنی کا رعب نہ بیٹھ جائے لیکن جب وہ میرے لیے چائے لے کر آیا تو بڑی بے بسی سے مجھے خبر دی کہ ساری رات کئی ہندو اس کے کمرے میں کوڑے کرکٹ کے ٹوکرے پھینکتے رہے ہیں۔ایک بار تو ایک انسانی کھوپڑی بھی اس کی چارپائی پر آ کے گری۔رمضان بڑے دل گردے کا کشمیری تھا۔کیونکہ جب میں نے اسے رائے دی کہ رات کو وہ

ڈرائنگ روم میں آ کر سو رہا کرے تو اس نے صاف انکار کر دیا۔

''صاحب اگر میں نے کوارٹر چھوڑ دیا تو یہ سالے ہندو سمجھیں گے کہ یہ مسلمان بڑا بودا ہے۔''

اس روز میں نے دوپہر کے کھانے پر ایک دوست کو بلایا ہوا تھا۔کھانے میں پلاؤ، کوفتے اور سیخ کباب تھے۔ جب میں نے نوالہ منہ میں ڈالا تو میرے دانتوں میں ریت ایسی کوئی چیز کچر کچر کرنے لگی۔ معاً مجھے خیال آیا کہ رمضان نے مصالحہ کچی سل پر پیسا ہے اور سارے کھانے میں کرک آ گئی۔ جس جس چیز کا نوالہ منہ میں ڈالتا تھا اس میں کنکریاں سی کڑکڑانے لگتی تھیں۔لیکن میرا دوست مزے سے ہر چیز نوش جان فرما رہا تھا اور اس نے ایک بار بھی ریت یا کنکریوں کی شکایت نہ کی۔

کھانے کے بعد میں نے ایک پان لیا۔ منہ میں ڈالتے ہی میرے دانت بری طرح جھنجھنائے کیونکہ پان میں سپاریوں کی جگہ چھوٹی چھوٹی کنکریاں بھری ہوئی تھیں۔سنگترے کی پھانک میں بھی ریت کے ذرے تھے۔سیب کا ٹکڑا پکے روڑے کی طرح کٹکٹا تھا۔ یہاں تک کہ جب میں ایک کیلا چھیل کر کھانے کی کوشش کی تو اس میں بھی کچر کچر کرتی ہوئی مٹی کی آمیزش پائی۔

شام کے وقت میں ڈرائنگ روم میں اکیلا بیٹھا تھا۔ یکا یک کمرے میں بھنے ہوئے گوشت کی لپٹیں آنے لگیں۔تھوڑی دیر بعد سوجی کے گرم گرم حلوے کی سوندی سوندی خوشبو پھیل گئی۔اس کے بعد یکا یک ایک بہت بڑی چمگادڑ زور سے بجلی کے بلب پر آ کر لگی۔ بلب ٹوٹ گیا اور اندھیرا ہوتے ہی مجھے یوں نظر آیا جیسے میرے سامنے فرش پر ایک انسانی جسم سفید چادر میں پلٹا ہوا ہے۔ میں چھلانگ لگا کر باہر نکلنے لگا تو کمرے کے سارے دروازے ٹھپا ٹھپ بند ہو گئے چھت پر باجا سا بجنے لگا جس میں ڈھول، طبلہ اور شہنائی کے ساز خاص طور پر نمایاں تھے۔ باہر برآمدے میں یوں سنائی دیتا تھا۔ جیسے بڑے بڑے شہ زور گھوڑے پکے فرش پر سرپٹ بھاگ رہے ہوں۔گھپ اندھیرے میں مَیں نے ایک دروازے کو زور سے کھولنے کی کوشش کی تو ساری چوکھٹ اکھڑ کر دھڑام سے زمین پر آ گری۔ میں لپک کر برآمدے میں آ گیا۔ یکا یک اکھڑی ہوئی چوکھٹ اپنی جگہ پر ایستادہ ہو گئی۔کھٹ کھٹ کر کے کمرے کے سارے دروازے اور کھڑکیاں کھل گئیں۔

اس وقت رات کے ساڑھے آٹھ بجے تھے۔ میں بڑی بے صبری سے رمضان کا انتظار کرنے لگا کہ وہ کھانا لے کر آئے تو مجھے گوشت پوست کا ایک جیتا جاگتا انسان نظر آئے۔ جب کافی دیر تک رمضان نہ آیا تو میں نے اپنے ڈرائیور کو آواز دے کر کہا کہ وہ رمضان کو بلا لائے۔ ڈرائیور بھی باورچی خانہ میں جا کر غائب ہو گیا، کچھ دیر انتظار کے بعد میں خود وہاں گیا۔ باورچی خانہ خالی تھا۔ چولہے میں آگ بجھی ہوئی تھی۔ دروازے کے پاس رمضان بے ہوش پڑا تھا۔ اس کے نزدیک ڈرائیور بھی دنیا و مافیہا سے بے خبر لیٹا ہوا تھا۔ میں نے ان کے منہ پر ٹھنڈے پانی کے چھینٹے مارے اور دونوں جمائیاں لے کر اٹھ بیٹھے۔ جیسے ابھی طویل نیند سے بیدار ہوئے ہوں۔ رمضانی نے اپنی گھڑی دیکھی ساڑھے نو بجے کا عمل تھا۔ ''اوہو صاحب اتنی دیر ہو گئی۔'' اس نے معذرت طلب آواز میں کہا۔ ''ابھی تک کھانا بھی تیار نہیں ہوا۔''

پھر اس نے زیر لب جملہ اہل ہنود کو چند گالیاں دیں جو کالے جادو کا عمل کر کے بیچارے مسلمانوں کو خواہ مخواہ پریشان کر رہے تھے۔ رمضان نے جلدی جلدی دو انڈوں کا آملیٹ بنایا۔ میں نے آملیٹ کا ایک ٹکڑا کاٹا تو اس میں سے گاڑھے گاڑھے خون کی دھار سی بہہ نکلی۔ یوں بھی آملیٹ سڑی بساندی مچھلی کی طرح بدبودار مردار سا ہو گیا۔ میں نے جلدی جلدی اس سڑاند چھوڑتی شے کو کاغذ میں لپیٹ کر باہر پھینک دیا اگر کہیں غلطی سے رمضان کو پتہ لگ جاتا تو ہندوؤں کے کالے علم کا یہ کرشمہ دیکھ کر اس کے تن بدن کی ساری اسلامی رگیں بری طرح دکھنے لگتیں۔

لیکن میری اس کوشش کے باوجود اس کالے علم نے بہت جلد رمضان کے دل ودماغ پر پوری طرح تسلط جما لیا۔ میں نے اسے اسٹور روم میں بھیجا کہ وہ میرا گراموفون اور کچھ ریکارڈ نکال کر لائے۔ تھوڑی دیر بعد وہ پسینے میں شرابور واپس آیا اور رونی صورت بنا کر بولا، صاحب کوئی حرام زادہ اسٹور میں گھسا بیٹھا ہے اور دروازہ کھولنے نہیں دیتا۔

میں رمضان کے ساتھ اسٹور روم گیا اور اس کے دروازے کو دھکا دیا۔ کواڑ تھوڑا سا کھلا پھر غلیل کے ربڑ کی طرح زناٹے کے ساتھ واپس گھوم کر بند ہو گیا۔ ہم دونوں نے کواڑ کے ساتھ کندھے لگا کر زور سے دھکیلا۔ لیکن ایسا معلوم ہوتا تھا کہ کوئی شے اندر سے پوری قوت کے ساتھ دروازے کو بند رکھنے پر تلی ہوئی ہے۔ یکا یک رمضان کو ایک ترکیب سوجھی۔ وہ چاروں خانے چت زمین پر لیٹ گیا اور اپنے دونوں پاؤں دروازے کے ساتھ ملا کر پورے زور کے ساتھ اسے

دھکیلنے لگا۔ دروازہ چٹاخ سے کھل گیا اور رمضان اسی طرح لیٹا ہوا تیز رفتاری کے ساتھ اور گھسٹتا چلا گیا۔ یوں معلوم ہوتا تھا جیسے کوئی اسے ٹانگوں سے پکڑ کر بری طرح گھسیٹ رہا ہے۔ کمرے میں گھپ اندھیرا تھا۔ میں نے بجلی جلائی تو رمضان اٹھ کر کپڑے جھاڑ رہا تھا۔ اس کا پیٹ اور کہنیاں بری طرح چھل گئی تھیں اور کپڑوں پر جا بجا خون کے دھبے پڑے ہوئے تھے۔

رمضان لنگڑاتا ہوا خاموشی سے باہر چلا گیا۔ میں نے گراموفون اور چند ریکارڈ اٹھائے اور ڈرائنگ روم میں چلا گیا۔ اتنے میں میرا ڈرائیور اندر آیا اور بولا ''صاحب رمضان گاڑی میں باہر جانا چاہتا ہے۔ لے جاؤں؟''

''کہاں جائے گا''میں نے پوچھا۔''شاید شہر جائے گا صاحب۔''

''لے جاؤ''میں نے کہا۔''جلدی واپس آنا۔''

رات کے اندھیرے میں جب میری موٹر کمپاؤنڈ سے باہر نکلی تو میں اس کی پچھلی سرخ بتیوں سے دور تک نظر آتی ہوئی سرخ روشنی کو دیکھتا رہا۔ جب کار کی بتیاں نظر سے اوجھل ہوگئیں تو پیچھے سے کسی نے میرے کندھے پر ایک ہلکا سا ہاتھ رکھ دیا۔ میں اچک کر پیچھے مڑا تو وہاں کچھ بھی نہ تھا۔ مگر اس غیر مرئی لمس کی جھنجھناہٹ بہت دیر تک میرے رگ وپے میں سرسراتی رہی۔ ماحول کی اس گورستانی کیفیت کو توڑنے کے لیے میں نے سہگل کا ایک پسندیدہ ریکارڈ گراموفون پر رکھ دیا اور چابی دینے کے لیے باجے کی کنجی کو گھمایا۔ چابی لگنے کی بجائے بڑی سرعت کے ساتھ الٹی طرف گھومنے لگی۔ میں نے سوچا شاید چابی پہلے ہی پوری طرح چڑھی ہوئی ہے، چنانچہ میں نے سوئی بدل کر ساؤنڈ بکس کو ریکارڈ پر رکھ کے چلا دیا۔ ریکارڈ میں سے پہلے ایک ننھے سے بچے کے رونے کی آواز آئی۔ پھر کسی عورت کی سسکیاں سنائی دینے لگیں اور پھر گویا ایک بھونچال سا آ گیا۔ ریکارڈ میں سے بھیانک آوازیں آنے لگیں۔ جیسے بہت گلے بیک وقت بے دردی سے گھونٹے جا رہے ہوں۔ یوں بھی سارے کمرے میں ایک خوفناک سا ارتعاش چھا گیا اور کھڑکیوں اور دروازوں میں بیسیوں سنکھ بجنے لگے۔ ان ناقوسوں کی آواز ویسی ہی تھی جیسی ہندو ارتھیوں کے ساتھ سنکھ پھونکنے پر برآمد ہوتی ہے۔ بجلی کی روشنی میں سرخ سرخ انگارے سے تیرنے لگے۔ مجھے ایسا محسوس ہونے لگا جیسے میرے گردو پیش بہت سی لاشیں چڑ چڑ جل رہی ہوں۔

شمشان بھومی کے یہ وحشت ناک لمحے بے حد طویل ہو گئے اور صدیاں گزرنے کے بعد جب میری کار کی تیز تیز روشنی دوبارہ کھڑکی پر پڑی تو مجھے یوں محسوس ہوا جیسے سارے مکان کو تیز تیز شعلوں نے اپنی آغوش میں لپیٹ لیا ہے۔رمضان لنگڑاتا ہوا کمرے میں داخل ہوا۔اس کے پیچھے پیچھے ایک سفید ریش بزرگ تھے جنہوں نے سبز منکوں کی تسبیح گلے میں ڈالی ہوئی تھی۔ان کے ہاتھ میں موٹا سا عصا تھا اور سر پر درویشوں والی چوگوشہ ٹوپی تھی۔

یہ درویش حاجی علی اکبر مانوسؔ تھے۔حاجی صاحب کٹک کی جامع مسجد کے خطیب تھے اور ایک خوش بیان شاعر ہونے کے علاوہ ان کی نیکی اور پارسائی کا بھی بہت چرچا تھا۔گراموفون بدستور آہ وفغاں میں مصروف تھا اور سنکھوں کی جگر چاک کرنے والی آواز سرنگ میں چیخوں کی طرح گونج رہی تھی۔حاجی اکبر مانوسؔ چند ساعت دم بخود کھڑے رہے پھر انہوں نے ایک کاغذ پر کچھ لکھ کے گراموفون کے ساؤنڈ باکس پر رکھ دیا۔ساؤنڈ باکس زخمی ٹانگ کی طرح لڑکھڑایا۔ایک دوثانیہ کے لیے اس میں سے کھڑ کھڑ کی آواز آئی۔اور پھر ریکارڈ میں سہگل کی اپنی آواز ''اک بنگلہ بنے نیارا'' گانے لگی۔حاجی علی اکبر مانوسؔ مسکرائے اور اپنی جیب سے تسبیح نکال کر فرش پر دوزانوں بیٹھ گئے۔میں نے گراموفون بند کر کے ایک طرف رکھ دیا۔ساؤنڈ باکس پر دھرا ہوا کاغذ اٹھا کر دیکھا تو اس پر کلمہ طیبہ لکھا ہوا تھا۔

گراموفون تو ٹھیک ہو گیا لیکن سنکھوں اور ناقوسوں کی آواز اب کچھ اور بھی شدید ہو گئی۔کمرے کی دیواروں کے ساتھ یہ آوازیں یوں گونجتی تھی جیسے طوفان میں سمندر کی بڑی بڑی لہریں ساحل سے ٹکرا کر گرجتی ہیں۔حاجی علی اکبر مانوسؔ آنکھیں بند کر کے تسبیح پھیرنے لگے۔رمضان بھی پاس ہی مودب بیٹھ گیا۔اور اپنی جیب سے دعائے گنج العرش نکال کر ورد کرنے لگا۔جوں جوں حاجی صاحب کا مراقبہ عمیق ہوتا گیا، چاروں طرف گونجتی ہوئی آوازوں میں ایک نامعلوم سی تسکین پیدا ہونے لگی۔جیسے آگ کے تیز تیز شعلوں پر ہلکی ہلکی پھوار پڑ رہی ہو۔کچھ عرصے بعد وہ ساری خوفناک آوازیں ایک لمبی سی سسکی میں سائیں سائیں کرنے لگیں۔ہولے ہولے یہ سائیں سائیں بھی فضا میں تحلیل ہوتی گئی اور اس کی آواز چھجوں سے گزرنے والی بوندوں کی ٹپ ٹپ میں تبدیل ہو گئی۔پھر یکا یک چھنا کا سا ہوا اور سارے ماحول پر سناٹا سا چھا گیا۔اس سناٹے میں ایک اونچی سی تان اٹھی اور غٹ غٹ کر کے سارے کمرے میں بوتل کے پانی کی طرح

بھر گئی۔ دھند اور غبار کا ایک ریلا سا آیا اور مکان کی اینٹ اینٹ سے بے حد خوش الحان قرأت میں اذان کی صدا آنے لگے۔ یہ اذان مشرق سے مغرب اور شمال سے جنوب تک پھیل گئی۔ اور اس کی بلند آہنگی اور خوش الحانی سارے عالم پر ایک زرکار شامیانے کی طرح چھا گئی۔

کچھ عرصہ کے بعد ایک روز میں سری ہری کشن مہتاب کے پاس بیٹھا تھا۔ انہوں نے ہنس کر پوچھا۔ سنایئے، نئے مکان میں کسی بھوت پریت سے سابقہ تو نہیں پڑا؟ بھوت پریت تو عورتوں اور بچوں پر زیادہ اترتے ہیں۔ میں نے مذاق میں بات ٹالنے کی کوشش کی، میں اکیلا رہتا ہوں میرے پاس بھلا وہ کیا کرنے آئیں گے۔ تعجب! وزیر اعلیٰ نے کہا اس مکان میں جو روح آتی ہے وہ ایک جوان اور خوبصورت لڑکی کی ہے۔ میرا خیال تھا کہ وہ تم میں ضرور دلچسپی لے گی۔''

''وہ لڑکی کون تھی؟'' میں نے استعجاباً پوچھا۔

مہتاب صاحب نے اپنی دودھ جیسی سفید کھدر کی ٹوپی سر سے اتار کر میز پر رکھ دی۔ ان کے چہرے پر کہانیاں سنانے والی بوڑھی دادیوں اور نانیوں والا موڈ طاری ہو گیا۔ وہ آلتی پالتی مار کر کرسی پر بیٹھ گئے اور بولے:

''کوئی تیس برس قبل کوٹھی میں ایک انگریز افسر رہتا تھا۔ اس کے پاس ایک طرح دار آیا تھی، آیا کا نام سوشیلا تھا۔ سوشیلا بڑی خوبصورت اور خوش مزاج لڑکی تھی۔ اور خوب بن سنور کے رہا کرتی تھی۔ انگریز افسر کا دل سوشیلا پر بری طرح آ گیا اور اس نے شادی کا چکمہ دے کر اس پری کو شیشے میں اتار لیا اور سوشیلا نے اس انگریز کو اپنا دیوتا سمجھ کر اس کی خوب خدمت کی۔ ایک روز جب اس نے شرمیلی دلہنوں کی طرح یہ راز افشا کیا کہ وہ عنقریب ہی ماں بننے والی ہے تو صاحب بہادر کے ہاتھوں کے طوطے اڑ گئے۔ اس نے راتوں رات سوشیلا کا گلا گھونٹ کر اسے مار ڈالا۔ جب سوشیلا کا گلا گھونٹا جا رہا تھا تو عین اسی وقت اس کے بطن سے ایک مردہ بچی پیدا ہوئی۔ انگریز افسر نے ان دونوں لاشوں کو اسی کوٹھری کے کسی کونے میں دبا دیا۔ کہتے ہیں کہ اس روز سے بچاری سوشیلا کی روح اپنی بچی کی لاش اٹھائے اس کوٹھی میں بھٹک رہی ہے۔''

اس انگریز کا کیا بنا؟ میں نے پوچھا۔

وہ زمانہ خالص انگریزی راج کا تھا'' مہتاب صاحب نے ایک ممتاز کانگریسی لیڈر کی

حیرت کدہ۔پہلی جلد ( تیسرا ایڈیشن )　　راشد اشرف

تلخی سے کہا:

''وہ افسر کٹک کا کمشنر بھی بنا۔ اسے بہت سے خطابات بھی ملے اور ولایت میں وہ آج بھی بڑی شان سے زندہ ہے۔''

□□□

ماخذ: یا خدا، قدرت اللہ شہاب، لاہور، ۱۹۶۸ء

زیر نظر تحریر کے بارے میں ممتاز مفتی ''الکھ نگری'' (صفحہ 865، اشاعت: 1996ء، لاہور) میں لکھتے ہیں:

میں نے کہا شہاب صاحب، آپ نے جو کٹک کے ہانٹڈ ہاؤس نقشہ کھینچا ہے وہ عام ہانٹڈ ہاؤس سے بہت مختلف ہے۔ ہانٹڈ ہاؤس میں عجیب نوعیت کے واقعات ضرور ہوتے ہیں مگر اس حد تک نہیں کہ کیلا چھیلو تو اندر سے ریت برآمد ہو۔ شہاب صاحب ہانٹڈ ہاؤس کا یہ واقعہ اکثر سنایا کرتے تھے لیکن ہر بار تفصیلات میں فرق پڑ جاتا تھا۔ اس کی وجہ یہ نہیں تھی وہ جھوٹ بولتے تھے بلکہ یہ کہ پورا سچ بیان نہیں کرتے تھے۔

ایک روز جب شہاب چھلکن کے عالم میں تھا تو اس نے مجھے ہانٹڈ ہاؤس کے متعلق ایک نئی تفصیل سنائی۔ کہنے لگا: ''میں نے شدت سے محسوس کیا کہ بملا کی روح کو چین نصیب نہ ہوگا جب تک اس کی ہڈیاں جلا کر گنگا میں نہ بہائی جائیں۔ اس لیے ہم سب نے مل کر کمرے کے اس کونے کو کھودنے کے انتظامات کیے جہاں بملا دفن تھی۔ ہم نے گڑھا کھودا اور اس کی ہڈیاں نکال کر اسے بند کر دیا اور پھر اس پر سیمنٹ لگا دیا۔ اس بات کی خبر ہندو جادوگروں نے میرے افسر کو دی۔ اس نے فوراً میرے افسران

بالا کو رپورٹ کر دی کہ قدرت اللہ نے ایک ہندو لڑکی کو قتل کر کے کمرے کے اندر ہی گڑھا کھود کر دفن کر دیا ہے۔ اس نے افسران بالا کو مشورہ دیا کہ پولیس کو حکم دیا جائے کہ کوٹھی کو گھیرے میں لے کر تحقیق کی جائے۔

شہاب نے کہا، جب پولیس آئی تو میرا دل بری طرح دھک دھک کر رہا تھا۔ میں اللہ سے دعا مانگتا تھا کہ یا اللہ! تو ہی لاج رکھنے والا ہے۔ مجھے ڈر تھا کہ جب وہ دری اٹھائیں گے تو انہیں تازہ سیمنٹ نظر آ جائے گا۔ شہاب نے بتایا، پھر ایک معجزہ رونما ہوا جسے دیکھ کر میں ہکا بکا رہ گیا۔ پولیس نے دری اٹھائی تو سیمنٹ اس طرح خشک تھا جیسے سالوں پہلے کا لگا ہوا ہو۔

• • •

# ڈپٹی کمشنر کی ڈائری

## لیاقت علی خان نیازی

# اول

## تیل کے کنوؤں میں آگ

ایک دفعہ ایک عجیب واقعہ پیش آیا۔ میں ڈپٹی کمشنر ہاؤس کے کیمپ آفس میں ہی سویا ہوا تھا۔ رات کے آخری پہر میں نے یوں محسوس کیا کہ چکوال میں کسی جگہ آگ لگ گئی ہے اور زور کا دھما کہ بھی ہوا ہے۔ چوہدری غضنفر ضیاء اسسٹنٹ کمشنر چکوال بھی موقع پر موجود ہے۔ جائے وقوعہ پر کھڑی ہوئی گاڑیاں اور کاروان آگ سے محفوظ رہتے ہیں اور کوئی جانی مالی نقصان بھی نہیں ہوتا۔ میں سویا ہوا تھا اور یہ کیفیت دیکھ رہا تھا۔ یوں محسوس ہو رہا تھا کہ جیسے مجھے کوئی جگا رہا ہے۔ میں اٹھا اور پھر سو گیا۔

میں نے صبح اپنے دفتر میں ایک میٹنگ رکھی اور چوہدری غضنفر ضیاء اسسٹنٹ کمشنر کو بلایا اور اسے کہا کہ آج کے دن محتاط رہنا، کہیں آگ لگنے والی یا دھما کہ ہونے والا ہے۔ انتہائی احتیاط برتنا۔ خیال رکھنا آبادی محفوظ رہے اور زیادہ نقصان نہ ہونے پائے۔ چوہدری غضنفر ضیاء میرے منہ کی طرف دیکھتا رہا اور اس بے مقصد میٹنگ پر حیران و پریشان تھا۔ یہ میٹنگ واقعی عجیب و غریب تھی۔ شاید چوہدری صاحب نے اس قسم کی میٹنگ میں پہلے کبھی شمولیت نہ کی ہوگی۔ چوہدری غضنفر صاحب واپس اپنے دفتر چلے گئے۔

اسی شب مجھے ۲ بجے کے قریب وائرلیس کے ذریعے اطلاع ملی کہ اسسٹنٹ کمشنر

چکوال کی طرف سے اطلاع ملی ہے کہ ڈھڈیال کے قریب واقع دیہات فم کسر میں جہاں آئل اینڈ گیس والوں کے تیل کے کنوئیں تھے وہاں آگ لگ گئی ہے۔ میں نے فوراً کار نکالی اور فم کسر روانہ ہوگیا۔ وقوعہ پر دیکھا تو پیٹرول کے ایک کنوئیں میں آگ لگی ہوئی تھی۔ فوراً چوہدری غضنفر ضیاء اور ان کے ایک عزیز چوہدری سلیم اصغر ڈی ایس پی صدر ملے۔ میں نے چوہدری صاحب سے پوچھا۔ خیریت تو ہے انسانی جانیں تو بچ گئی ہیں۔ چوہدری صاحب نے مجھے تفصیلات بتائیں۔ کہنے لگے آگ پر کنٹرول کرلیا گیا ہے۔ کوئی انسانی جان ضائع نہیں ہوئی۔ وگرنہ پیٹرول کے کنوئیں میں دھماکہ قیامت بپا کردیتا۔ ساتھ ہی گاؤں فم کسر میں آبادی محفوظ رہی۔ آئل گیس والوں کے کارواں بھی محفوظ رہے اور وہ موقع پر سے فوراً ہٹا دیے گئے۔ ہم تھوڑی دیر رہے۔ پھر چوہدری غضنفر ضیاء اور چوہدری سلیم اصغر کے ہمراہ اپنی کار میں چکوال واپس پہنچا۔ چوہدری غضنفر ضیاء حیران تھا اور کہتا تھا کہ سر آپ نے اس ہونے والے حادثے کے بارے میں میٹنگ بلائی تھی اور میری رہنمائی کی تھی۔ بہرکیف یہ واقعہ نوائے وقت میں بھی آیا۔ چونکہ ایک عجیب و غریب واقعہ تھا۔ لہٰذا تحریر میں محفوظ کرلیا۔ ایسی پیشین گوئیوں کو علم نفسیات پیرا سائیکالوجی میں Precognition کہا جاتا ہے۔ اللہ تعالیٰ کی طرف سے انسان کو بعض دفعہ رہنمائی مل جاتی ہے۔ وگرنہ انسان تو بہت کمزور بھی ہے اور گناہ گار بھی!

# دوم
## ایک مرد درویش کی دعا

جمعرات 18 جمادی الاول (4 نومبر 1993ء) کا اخبار کھولا تو حسب ذیل انتہائی درد ناک خبر پڑھی:

"پیر آف موہری شریف خواجہ محمد معصوم نقش بندی انتقال کر گئے۔ عمر 66 برس تھی۔"

مرحوم نے ہمیشہ مسلم امہ کے اتحاد کی بات کی۔"

لاہور (اپ پ) ممتاز روحانی پیشوا پیر آف موہری شریف الحاج خواجہ محمد معصوم نقش بندی آج صبح پنجاب انسٹیٹیوٹ آف کارڈیالوجی میں حرکت قلب بند ہونے سے انتقال کر گئے۔ مرحوم کی عمر 66 برس تھی۔ وہ معروف مذہبی رہنما تھے۔ان کے پاکستان کے علاوہ دیگر کئی ممالک میں ہزاروں مرید ہیں۔انہوں نے عمر بھر مسلم امہ کے اتحاد کی بات کی اور اسلام کی تبلیغ کرتے رہے۔پیر صاحب گزشتہ تیس برس سے سالانہ جشن نزول قرآن منعقد کراتے تھے۔موصوف حال ہی میں یورپ کے تبلیغی و روحانی سفر سے واپسی پر حسب معمول عمرہ پاک وزیارت روضہ مقدسہ نبویہ کے بعد وطن واپس تشریف لائے تھے۔دربار شریف پہنچنے پر انہیں دل کا دورہ پڑا اور آپ کو کمبائنڈ ملٹری اسپتال کھاریاں منتقل کر دیا گیا۔ جہاں سے گزشتہ شام آپ کو لاہور پہنچایا گیا۔نماز جنازہ جمعرات کو تین بجے سہ پہر دربار عالیہ موہری شریف کھاریاں میں ادا کی جائے گی۔"

حضرت خواجہ محمد معصوم ہم سے ہمیشہ ہمیشہ کے لیے جدا ہو گئے۔نہ صرف پاکستان بلکہ دنیا کے کونے کونے میں آپ کے عقیدت مند خون کے آنسو بہانے لگے۔ہر دل روتا رہا۔روحانیت کا وہ چراغ جو ہر سو اپنی پرنور کرنیں پھیلا رہا تھا، ہمیشہ ہمیشہ کے لیے گل ہو گیا۔لیکن اس چراغ سے کئی چراغ روشن ہوئے۔کئی تاریک دل منور ہوئے۔کئی ویران دلوں میں رونق عود آئی۔اللہ تعالیٰ آپ کے درجات بلند کرے اور علیین میں بلند مقام دے۔آپ کو موہری شریف میں اپنے والد گرامی حضرات صوفی نواب دین کے پہلو میں دفن کر دیا گیا۔

پبی کی پہاڑیوں کے دامن میں خطہ پوٹھوہار کو چومتی ہوئی کھاریاں کی سرزمین مٹیالی بستیوں کے درمیان واقع دربار عالیہ نقشبندیہ نوابیہ مجددیہ موہری شریف روحانیت کا ایک روشن مینار بھی ہے اور راہِ طریقت کے ہر راہی کے لیے پرسکون آماج گاہ بھی ہے۔اس آستانہ عالیہ کی طرف جانے والی سڑک پھلاہی کے گلابی پھولوں سے لدی ہوئی ہے اور خوشبو ہوا ،جنگلی پھول، گلہائے خوش رنگ ویرانوں میں پرورش پانے والے پیڑ ،جنگلی پھل اور ویرانوں میں چہکتے ہوئے پرندے ہر راہی کو خوش آمدید کہتے ہیں۔بارش کے پانی کا تالاب اور اس میں تیرتی ہوئی بطخیں عجب نظارہ پیش کرتی ہیں۔فقیران کج کلاہ کے ایسے آستانے دراصل زمانے کے گھٹاٹوپ اندھیروں میں روشن چراغ ہیں جو ہر راہی کو راہ دکھاتے ہیں۔یہ آستانے سکون کا سایہ مہیا کرتے

ہیں، محبتوں کا خنک سایہ دیتے ہیں، چشمہ حیات اُگلتے ہیں اور محبتوں اور انسانی ہمدردی کا مہکتا ہوا چمن مہیا کرتے ہیں۔ یہ آستانے ذکر وفکر اور حسن ولطافت کا دلکش گلستان ہوتے ہیں۔ یہ آستانے روحانیت کے وہ فولادی قلعے ہیں جن میں بیٹھ کر شیطانی تیروں سے حفاظت ملتی ہے۔ گنبد خضریٰ تو دراصل روحانیت اور فیض کا ایک عظیم ترین گرڈ اسٹیشن ہے جہاں سے انوار کے سوتے پھوٹتے ہیں۔ لیکن یہ آستانے وہ ٹرانسمیٹر ہیں جن کا تعلق براہ راست اس منبع نور سے ہے۔ یہ آستانے دلوں کو یاد الٰہی اور اللہ ہو کی صدا کے روحانی قمقموں سے روشن کرتے ہیں۔ یہ آستانے ذکر الٰہی سے ظاہری نمود و نمائش، تکبر و نخوت اور دولت و ثروت کے ریت کے ٹیلوں کو مسمار کر دیتے ہیں۔

حقیقت میں تو دنیا کی حقیقت عنکبوت کے تار کی سی ہے۔ یہ آستانے روحانی روشنی کے مینار ہوتے ہیں۔ حضرت خواجہ محمد معصومؒ ہم سے جدا ہوئے لاکھوں دلوں کو منور کر گئے ۔

ہم ہیں ماجد سلگتے دیے رات کے
بجھ بھی گئے تو ہوگی سحر سامنے

حضرت خواجہ محمد معصوم دربار عالیہ نقشبندیہ مجددیہ معصومیہ نوابیہ موہری شریف تحصیل کھاریاں ضلع گجرات کے سجادہ نشین تھے۔ آپ کی ذاتی کاوشوں سے اسلام کی ترویج کا کام بڑی تیزی سے ہوا۔ آپ کی ان تھک کاوشوں کی وجہ سے آپ کو ایک عظیم عالمی مبلغ اسلام کہا جاتا ہے۔ دربار عالیہ میں آپ کے والد گرامی کا مزار اقدس ہے۔ آپ کے والد گرامی الحاج خواجہ صوفی نواب دین تھے۔

مسجد کے ساتھ ہی مائی صاحبہ (مادر معصوم حضرت مائی زینب بی بی صاحبہ اہلیہ حضرت خواجہ نواب دین) کا مزار مقدسہ ہے۔ ان کی تاریخ وصال 10 جون 1970ء مطابق 5 ربیع الثانی 1390ھ ہے۔ عرس مبارک ہر سال شوال کے مہینے میں ہوتا ہے۔ 7 اپریل 1992ء کو عرس شروع ہوا اور 10 اپریل کو ختم ہوا۔ مرکزی اجتماع عرس مبارک 9 اپریل بروز جمعتہ المبارک موہری شریف منعقد ہوا۔ یہ آخری عرس تھا جو حضرت صاحب نے منعقد کروایا۔ یہ عرس ہر سال شوال کے مہینے میں منایا جاتا تھا۔ حضرت صاحب کی زندگی میں 1993ء کا عرس انتہائی پُر رونق تھا۔ زائرین اور عقیدت مند بڑی تعداد میں اس عرس میں حاضر ہوئے اور ذکر الٰہی کی محافل منعقد ہوئیں۔

63-1962ء کی بات ہے۔ میں میانوالی میں مڈل کلاس کا طالب علم تھا۔اپنی نانی اماں کو ملنے راول پنڈی آیا۔وہ مجھے موہڑی شریف تحصیل کھاریاں لے آئیں تاکہ میں ان کے پیر حضرت صوفی نواب دین صاحب رحمتہ اللہ کے عرس میں شرکت کروں،ہم کھاریاں اترے سواری لی اور کھاریاں سے ۵ کلومیٹر دور موہڑی شریف کی طرف چل دیے۔راستہ کچا تھا۔ہم دربار عالیہ مجددیہ موہڑی شریف پہنچے۔دیہات میں واقع ایک کچے سے گھر میں ایک پروقار،نورانی اور جلالی چہرے والے بزرگ نظر آئے۔نانی اماں نے تعارف کرایا۔میری ان سے ملاقات ہوئی۔چہرے پر اس قدر نور تھا جیسے اندھیرے میں کوئی روحانیت کا نیون سائن ہو۔شام کو میں نے لنگر کھایا،نماز پڑھی اور مسجد میں پڑی ہوئی چٹائی پر سو گیا اور بھی عقیدت مندان چٹائیوں پر آرام کر رہے تھے۔ عجیب قسم کا سکون محسوس ہو رہا تھا۔صبح ہوئی تو میں نے نماز ادا کر کے عرس کے انتظامات کا جائزہ لینا شروع کر دیا۔پکوڑوں کی خوشبو،مٹھائیوں کی خوشبو،کبابوں کی خوشبو،گلاب کے ہاروں کی خوشبو۔ ہر طرف خوشبو ہی خوشبو،مشام جان کو معطر کر رہی تھی۔میں گھوم پھر کر تھک گیا۔کسی ساتھی کی تلاش میں تھا۔اچانک مجھے دو عربی نظر آئے۔انہوں نے سفید عربی لباس زیب تن کر رکھے تھے۔میں عربی زبان میں ان سے مخاطب ہوا۔وہ بھی چونک اٹھے کہ یہ بارہ تیرہ سال کا لڑکا کسی طرح مخاطب ہے۔وہ مجھے بازار میں گھماتے رہے۔پھر ہم موہڑی شریف کی ٹیالی چٹانوں اور ٹیلوں پر سیر کرتے رہے۔وہ بار بار میرے چہرے کی طرف دیکھتے اور مجھے عربی بولتے ہوئے دیکھ کر خوش ہوتے۔

نہ جانے کس طرح میں فرفر عربی بولتا جا رہا تھا۔آج میں اس طرح بولنے سے قاصر ہوں۔دراصل بات شوق اور عشق کی ہوتی ہے۔میں اپنی عربی کی کتاب پڑھتا تو بڑے شوق سے سبق یاد کرتا،الفاظ پر غور کرتا،جملے یاد کرتا،رات گئے تک کسی مشرق وسطیٰ کے ریڈیو اسٹیشن پر عربی خبروں یا پروگرام کو آن کرتا اور عربی پروگرام سنتا رہتا۔کچھ سمجھ آتی کچھ سمجھ نہ آتی۔خیر جب جمعہ کا وقت قریب آنے لگا تو عربی بزرگ مجھے مسجد میں لے آئے۔ہم نے نماز جمعہ ادا کی۔دعا کے بعد حضرت صاحب صوفی نواب دینؒ جلوہ افروز ہوئے۔وہ عربی بھی قریب آ گئے اور اپنے لیے چندہ مانگنے لگے۔اس وقت مجھے محسوس ہوا کہ یہ اپنی حاجت کے لئے آئے۔آج بھی ان کے پھیلائے ہوئے دامن میری آنکھوں کے سامنے جھلملا رہے ہیں۔آج سے تیس سال پہلے ان کی مالی حالت

کیا تھی اور اب ان پر اللہ تعالیٰ کا کتنا فضل و کرم ہے۔ الغرض عقیدت مندوں نے انہیں کافی چندہ دیا۔ اس کے بعد وہ عرب بزرگ میری نظروں سے اوجھل ہو گئے۔ اس کے بعد میں موہری شریف اپنے بچپن میں کبھی نہ جا سکا۔ روحانیت کے اس قطب نما کی زیارت سے آج بھی اپنی آنکھوں میں شادابی محسوس کرتا ہوں۔ جوانی کے جوار بھاٹے میں متلاطم و لرزاں رہا اور وقت کی شکست و ریخت سے دوچار ہوتا۔ میدان کارزار حیات میں ہمیشہ کسی رہنمائے طریقت کی تلاش میں رہا۔ ہر طرف اندھیرا ہی اندھیرا تھا۔ یا شاید من کی دنیا میں اتنا اندھیرا تھا کہ کوئی روشنی کی کرن اندر نہیں پہنچتی تھی یا شاید دنیا میں زیادہ الجھ گیا تھا۔ روحانیت کی جرنیلی سڑک کو چھوڑ کر میں پہاڑوں اور جنگلوں کی نت نئی پگ ڈنڈیوں پر بھٹک رہا تھا۔ کبھی دیہاتوں کے کھلیانوں پر گامزن کبھی شہر عصیاں کے گلی کوچوں میں بہت دور نکل جاتا تھا۔ زندگی کا یہ سفر جاری و ساری تھا۔ تاہم جی چاہتا تھا کہ نہاں خانہ دل کو کسی طریقے سے روشن کروں۔ کوئی چراغ فروزاں نظر نہ آتا تھا۔ راہ طریقت کا کوئی راہی نظر نہ آتا تھا۔ ہر طرف اندھیرا ہی اندھیرا تھا۔ عصیاں کی باڑھ سے گلاب کے چہرے ضرور جھانکتے تھے۔ خواہش تھی دل کے اندھیرے جلد دور ہوں۔

گلاب اک باڑھ سے نت جھانکتا ہے

گناہ کا احساس بڑھتا گیا۔ آخر ٹھیک 1986ء میں 32 سال کی عمر میں ایک دن زبردست انقلاب آیا۔ احساس ندامت اس قدر کہ آنسوؤں کی لڑیاں جاری ہو گئیں۔ اس شب میں نے اپنے خالق حقیقی سے رو رو کر آرزو کی کہ میں تیری یاد سے اس حد تک بیگانہ ہو گیا ہوں کہ میں اپنے آپ کو ایک سنگین مجرم تصور کرتا ہوں تو مجھے اپنے پاس بلا لے۔ بے خودی اور احساس ندامت کی یہ کیفیت کئی ماہ تک رہی۔ میں چھٹی لے کر راول پنڈی والدہ مکرمہ کے پاس آ گیا۔ مجھے چند دن برطانیہ بھی قانون کا امتحان دینے جانا تھا۔ لیکن حالت بہت خراب تھی اور ندامت کے آنسوؤں کا سیلاب رکتا ہی نہ تھا۔ میری نانی اماں مجھے راول پنڈی کے ایک بزرگ قاضی عبدالغنی کے پاس لے آئیں۔ وہ مجھے دیکھ کر کہنے لگے مبارک ہو یہ ندامت کے آنسو اللہ کو بڑے پیارے ہیں۔ میں نے پکی اور سچی توبہ کی۔ آپ نے مجھے ایک وظیفہ بتایا کہ پڑھ کر سو جانا کوئی بزرگ آپ کو بلائیں گے تو حاضری دینا۔ آپ نے فرمایا کروڑ شریف میں ایک

بزرگ ہیں۔جنہوں نے ایک لاکھ چوبیس ہزار پیغمبروں کی زیارت کی ہے ،ان کی ملاقات کرنا۔شاید وہ بلائیں۔میں نے تنہائی میں قرآن کریم اٹھایا اور فریاد کی یا اللہ جو بزرگ بھی مجھے بلانا چاہیں جلد بلائیں۔وظیفہ جو مجھے قاضی عبدالغنی نے بتایا تھا وہ یوں تھا:

عشاء کی نماز کے بعد احساس ندامت کے ساتھ 33 دفعہ استغفار (یعنی استغفر اللہ ربی من کل ذنب واتوب الیہ) بعد ازاں 100 دفعہ یا اللہ، یا نور، یا ودود۔پھر سورۃ الشمس سورۃ اللیل، سورۃ الضحیٰ اور سورۃ الم نشرح پڑھ کر سو جانا۔چنانچہ تین لگا تار خواب آئے جن میں اشارہ ہوا کہ مری میں حضرت خواجہ محمد معصوم صاحب کی زیارت کی جائے وہ بلا رہے ہیں اور ان کی دعاؤں سے میری تعیناتی بطور ڈپٹی کمشنر بھی ہو جائے گی۔یہ دوسرا خواب تھا۔اور تیسرا اور آخری خواب جو میں نے میانوالی میں دیکھا وہ یہ تھا کہ راول پنڈی میں والدہ صاحبہ کے گھر ایک چاندی کی انگوٹھی ہے جس میں ایک فیروزہ جڑا ہوا ہے اور وہ کسی ہندو کی انگوٹھی ہے اسے گھر سے نکالو۔کسی کی امانت ہے۔ میں اپنی اہلیہ اور بچوں کو لے کر میانوالی سے راول پنڈی روانہ ہوا۔راول پنڈی پہنچا تو والدہ صاحبہ سے پوچھا کہ کیا کوئی گھر میں چاندی کی انگوٹھی ہے جس میں فیروزہ جڑا ہوا ہو۔والدہ صاحبہ فوراً بولیں بریف کیس میں آپ کے چھوٹے بھائی کی ایک ایسی انگوٹھی ہے جو اس نے کسی دوست سے لی ہے اور اسے واپس نہیں کر رہا۔میں نے انگوٹھی دیکھی تو وہی تھی جو میں نے ۱۵۰ میل دور میانوالی میں خواب میں دیکھی تھی۔بھائی سے التماس کی کہ اس انگوٹھی کو واپس کر دو جہاں سے لی ہے۔میں واقعہ سے حیران تھا کہ کس طرح خواب کے ذریعے ایک چھپی ہوئی حقیقت کا پتہ چل گیا۔اسے پیرا سائیکالوجی کی اصطلاح میں ٹیلی پیتھک ڈریم کہا جاتا ہے۔

میں اسی دن اپنی اہلیہ اور بچوں کے ہمراہ روانہ ہوا۔مری پہنچا اور حضرت خواجہ معصوم صاحب کی زیارت کے لیے ان کے آستانہ پر حاضری دی ۔سلام کے بعد ان کے سامنے بیٹھا۔حضرت صاحب اس طرح مخاطب ہوئے:

حضرت صاحب: آپ کا انتظار تھا۔آپ آ گئے ہیں ۔آپ بچپن میں بھی موہری شریف آئے تھے۔میں حیران تھا کہ میں بارہ، تیرہ سال کا لڑکا اور موہری شریف کی عظیم اور توسیع محفل میں میرا آنا ان کو کیونکر یاد تھا۔میری تو ان سے کبھی پہلے بالمشافہ ملاقات بھی نہیں ہوئی تھی۔

حضرت صاحب: آپ کی تعیناتی بطور ڈپٹی کمشنر کیوں نہیں ہو رہی ۔کیا رکاوٹیں

ہیں۔ میں دعا کروں گا۔ ان شاءاللہ آپ کی تمام تکالیف دور ہو جائیں گے اور تعیناتی بھی ہو جائے گی۔

چنانچہ میں نے بیعت کی۔ آپ نے دعا فرمائی۔ اس کے بعد میری چکوال میں بطور ڈپٹی کمشنر تعیناتی حضرت صاحب کی دعاؤں کی بدولت ہوئی۔ چکوال میں جب بطور ڈپٹی کمشنر 1988ء میں تعیناتی ہوئی تو حضرت صاحب کو وہاں دعوت دی۔ ضلع کچہری غازی آباد چکوال میں آپ نے دست مبارک سے مسجد معصومیہ کی بنیاد رکھی۔ چند ماہ بعد الیکشن ہوئے۔ میں چند مسائل کی وجہ سے بہت پریشان تھا۔ میرا دل گواہی دے رہا تھا کہ کہیں میرا تبادلہ نہ ہو جائے، مسجد کی تعمیر کا کام ابھی شروع نہ ہو سکا تھا۔ صرف 500 روپیہ قرض لے کر مسجد کا سنگ بنیاد ہی رکھا تھا۔ چکوال میں اپنے گھر کے کیمپ آفس میں عشاء کی نماز کے بعد بیٹھا تھا۔ اس کمرے میں رات کو سو بھی جاتا تھا۔ ساتھ والے کمرے میں بچے ہوتے تھے۔ ان کے شور وغل سے بچنے کے لیے علیحدہ ہی ڈپٹی کمشنر ہاؤس کے اس کیمپ آفس میں رات کو سو جاتا۔ دل بہت پریشان تھا۔ سوچا دو رکعت نفل ادا کروں اور نبی اکرم ﷺ کی روح اقدس کو اس کا ثواب ایصال کروں۔ درود شریف پڑھ کر میں نے یہ دو نوافل حضور اکرم ﷺ کو بخشے اور ساتھ ہی درود شریف کا واسطہ دے کر میں نے اللہ تعالیٰ سے دعا کی کہ اے اللہ! میرا دل اداس ہے میرا تبادلہ اگر ہو تو رک جائے۔ میں نے دعا انتہائی عاجزی اور انکساری سے کی اور عرض کیا یا اللہ! میں حضور اکرم ﷺ کا ایک گنہ گار اور عاجز اُمتی ہوں اور ملک پاکستان کے ایک شہر چکوال کا ادنیٰ سا خادم اور ڈپٹی کمشنر ہوں، میری مدد کی جائے۔ پھر سوچا دو رکعت نفل ادا کر کے اور درود شریف پڑھ کر یہ دعا کروں کہ حضرت خواجہ معصوم صاحب سے رابطہ ہو جائے تا کہ وہ بھی میرے لیے دعا کریں۔

یہی سوچ کر کہ موجودہ دور میں دور دور تک پیغام رسانی ہو جاتی ہے۔ حتیٰ کہ کوئی پیغام بھیجنا ہو تو فیکس بھی ہو جاتا ہے۔ میں نے درود شریف کے ذریعے اپنی دعائیں فیکس کر دیں۔ اگلے ہی دن دبئی سے ایک فون آیا۔ آپریٹر نے کہا آپ کا دوبئ سے فون ہے۔ میں نے آپریٹر کو کہا کہ ملائیں۔ میں دل ہی دل میں سوچ رہا تھا کہ میرا تو وہاں کوئی واقف نہیں۔ فون پر حضرت صاحب تھے۔ فرمانے لگے۔ میں خواجہ محمد معصوم ہوں، کیوں پریشان ہو! کیسے یاد کیا۔ میں نے تبادلے کے خدشے کا اظہار کیا۔ آپ نے فرمایا، تبادلہ رک جائے گا تم مسجد کی تکمیل کی جانب توجہ دو۔ چند دنوں

بعد میرا تبادلہ مرکزی حکومت نے اسلام آباد کر دیا، لیکن اللہ تعالیٰ کے فضل سے تبادلہ رک گیا۔ میں نے پونے تین سال کے عرصے میں مسجد معصومیہ کی تکمیل کرائی۔

چکوال میں تعیناتی کے دوران مجھے اس وقت سخت پریشانی کا سامنا کرنا پڑا۔ جب ڈاکٹر صاحب نے میری اہلیہ کو بتایا کہ ان کے دونوں گردوں میں پتھریاں ہیں۔ میں نے فوراً اہلیہ کو کہا کہ اچھی طرح ٹیسٹ کروائیں۔ اسلام آباد کے میو اسپتال پی۔ آئی ایم ایس جی ایچ کیو کے اسپتال اور راول پنڈی کے مشہور یورولوجسٹ ڈاکٹر کرنل مختیار شاہ نے بتایا کہ اہلیہ کو آپریشن کے لیے تیار رہنا ہوگا، دونوں گردوں میں پتھریاں ہیں۔ ایکسرے وغیرہ اور تمام رپورٹیں حاصل کر لی گئیں۔ میں پریشانی کی حالت میں کمشنر ہاؤس پہنچا۔ وہاں اپنے شفیق آفیسر محمد سعید صاحب کمشنر راول پنڈی ڈویژن سے ملا اور سارا ماجرہ سنایا۔ فرمانے لگے گھبراؤ نہیں۔ لاہور میں ڈاکٹر فرخ کے نام خط دیتا ہوں۔ انہیں مل لیں۔ ڈاکٹر فرخ کے والد صاحب بھی کمشنر راول پنڈی ڈویژن رہ چکے ہیں۔ وہ انتظامیہ کے افسران کا اس لحاظ سے بڑا خیال رکھتے ہیں۔ اہلیہ ڈاکٹر فرح سے ملی۔ تمام ٹیسٹ وغیرہ ہوئے اور ایکسرے بھی۔ انہوں نے دونوں گردوں میں موجود پتھریوں کے آپریشن کے بارے میں تاریخ دی۔ اہلیہ پریشان ہو کر چکوال لوٹ آئیں۔ آپریشن کی تیاریاں شروع ہو گئیں۔

انہی دنوں میں چکوال کے ایک دور دراز علاقے کی طرف دورہ کرنے گیا۔ دریائے جہلم کے قریب ہی للہ شریف کے پڑوس میں پیر کھارہ کے مزار اقدس پر حاضری دی اور اہلیہ کے لیے دعا کی۔ جونہی میں گھر واپس آیا۔ اہلیہ کہنے لگی میری ایک پتھری خارج ہو گئی ہے۔ اس قدر خون جاری ہوا کہ خون کی بوتل لگوانی پڑی اور خون بھی (او نیگٹو) تھا۔ جو بڑی مشکل سے ملا۔ اہلیہ راول پنڈی گئیں تو تمام ڈاکٹروں نے کہا کہ پتھری ایک گردے سے خارج ہو گئی ہے۔ دوسرے گردے میں موجود ہے۔

انہی دنوں حضرت خواجہ محمد معصوم صاحب چکوال تشریف لائے۔ میرے کیمپ آفس میں جلوہ افروز تھے، میں نے آب دیدہ آنکھوں سے انہیں عرض کیا کہ میری اہلیہ کا آپریشن ہے دعا فرمائیں۔ آپ نے اہلیہ کو بلایا۔ تھوڑی دیر خاموش رہے کچھ پڑھتے رہے۔ پھر نمک دم کر کے دیا کہ کھالو۔ جب اہلیہ آپریشن کے لیے ڈاکٹر فرخ کے پاس لاہور گئیں تو ڈاکٹر صاحب حیران

ہو کر کہنے لگے۔پتھری ختم ہوگئی ہے۔آپریشن کس چیز کا کروں۔یہ واقعہ 1989ء کا ہے اور 1993ء تک اس پتھری کا وجود بھی نہیں۔

آستانہ عالیہ موہری شریف روحوں کی بالیدگی اور پاکیزگی کا کام کر رہا تھا۔ذکر الٰہی کی کثرت اور یاد الٰہی سے رغبت کی وجہ سے اسلام کی تبلیغ کا کام تیزی سے پھیل رہا ہے اس میں رکھے ہوئے تبرکات دلوں میں عشق مصطفیٰ پیدا کر رہے ہیں۔

# سوم

# انجانا خوف

زندگی کے بعض واقعات اتنے عجیب وغریب ہوتے ہیں کہ نہ صرف یاد رہ جاتے ہیں بلکہ آئندہ سوچ کے دھاروں کو متعین کرتے ہیں۔ایک واقعہ جو آج تک یاد ہے اگست 1970ء کا ہے۔میرے قبلہ والد صاحب راول پنڈی چھاؤنی میں بطور انسپکٹر پولیس تعینات تھے۔میں یونیورسٹی لاء کالج لاہور سے ایل ایل بی کا امتحان دے کر راول پنڈی میں والد صاحب کے ہاں رہ رہا تھا۔والد صاحب کے دفتر کے سامنے ہمارا سرکاری گھر تھا۔جو برطانوی دور کا بنا ہوا تھا۔اس کے اونچے اونچے چھت،لوہے کے گارڈر،موٹی موٹی مضبوط سلیں اور مضبوط دیواریں مجھے ابھی تک یاد ہیں۔الغرض مضبوط گھر تھا جیسے پرانی طرز کے ریسٹ ہاؤس ہوتے ہیں۔

ایک شام کی بات ہے کہ میں اپنے کزن نصرت اللہ خان نیازی اور اپنے چھوٹے بھائی ناصر علی خان کو ساتھ لیے اس گھر کے برآمدے میں چھت کے نیچے پلنگ بچھا کر لیٹ گیا۔انہوں نے بھی علاحدہ علاحدہ اپنے بستر پلنگوں پر لگا دیے۔ہم کافی دیر تک گپ شپ لگاتے رہے پھر ہم سو گئے۔نصرت اللہ آج کل سول جج ہے۔بڑا ہی پیارا لگتا ہے کیونکہ وہ مجھے اپنا بڑا بھائی سمجھتے ہوئے میرے حکم کی تعمیل کرتا ہے۔یعنی جو کہوں ٹالتا نہیں۔ابھی تک تابع فرمان ہے۔ان ایام میں

نیند بہت آتی تھی ۔میری عمر قریباً بیس سال تھی ۔عنفوان شباب میں نیند ویسے بھی بہت آتی ہے ۔ اس رات معمول کے برعکس میری آنکھ کھل گئی اور مجھ پر عجیب سی کیفیت طاری ہوگئی ۔مجھ پر عجیب قسم کا خوف طاری تھا۔ایک انجانا سا خوف اور میرا تمام بدن تھر تھر کانپ رہا تھا۔میں نے نصرت اللہ کو جگایا اور اسے کہا کہ فوراً اندر کمروں میں چلو۔وہ نیم خوابی میں ہی میرا کہنا مانتے ہوئے کمرے کے اندر چلا گیا اور وہاں سو گیا۔اس کے برعکس چھوٹا بھائی نہیں جاگ رہا تھا۔جب اسے جگانے کی کوشش کی تو اس نے غصے میں بڑبڑانا شروع کر دیا اور کہنے لگا کہ آپ عجیب انسان ہیں ۔کوئی مچھر بھی نہیں کاٹ رہا۔ پنکھے لگے ہوئے ہیں کوئی تکلیف بھی نہیں !تم خواہ مخواہ جگا رہے ہو۔بہر کیف میں نے اسے گہری نیند سے بیدار کر ہی لیا۔سہارا دیا اور اسے کمرے کی طرف لے گیا۔ہم سب کی آنکھ لگ گئی ۔دوبارہ نیند کی وادیوں میں ہم سب اتر گئے ۔اپنا کوئی ہوش نہ رہا!

ابھی ہم گہری نیند سوئے ہی تھے کہ اچانک دھڑام کی آواز آئی ۔میں دوڑ کر ساتھ والے کمرے میں گیا ۔وہاں قبلہ والد صاحب آرام فرمارہے تھے۔ وہ بھی فوراً جاگ اٹھے۔اور فرمانے لگے کیا بات ہے؟ میں نے کہا: ابا جی بڑے زور کا دھما کہ ہوا ہے۔

فرمانے لگے کیا کسی چھوٹے بچے نے ٹیلی ویژن تو نہیں گرا دیا۔ہوسکتا ہے کہیں کوئی بچہ اٹھا ہو اور ٹھوکر لگنے سے ٹیلی ویژن نیچے گرا ہو۔میں نے کہا ایسا ممکن تو نہیں کیونکہ بڑے زور کا دھماکہ تھا۔ہم برآمدے کی طرف ہولیے تو دیکھا کہ پوری چھت نیچے گر چکی ہے ۔ہم نے اللہ تعالیٰ کا شکر ادا کیا کہ بچ گئے ۔

صبح دیکھا تو جس جگہ ہمارے بستر پڑے تھے،اسی جگہ لوہے کے گارڈر بڑی بلندی سے نیچے گرے تھے ۔ ہر طرف مٹی ہی مٹی ، پتھر ہی پتھر ،بڑی بڑی سلیں اور بڑے بڑے کیل بکھرے پڑے تھے ۔تمام فرنیچر چور چور ہو چکا تھا۔میں آج بھی حیران ہوں کہ وہ کون سی ذات تھی جس نے مجھے رات کو جگایا۔ مجھے یقین ہے کہ خالق حقیقی کا یہ خصوصی کرم تھا کہ میری آنکھ کھل گئی اور عجیب قسم کا خوف محسوس ہونے لگا۔اس رات سے لے کر آج تک میرا پختہ یقین ہے کہ موت کا ایک دن متعین ہے ۔اور موت بذات خود اس معینہ وقت سے پہلے زندگی کی حفاظت کرتی رہتی ہے۔

صبح تمام گھر والے پریشان تھے ۔والدہ مکرمہ پریشان تھیں ۔ہم نے صدقہ دیا شکرانے

حیرت کدہ۔پہلی جلد (تیسرا ایڈیشن)  راشد اشرف

کے نو افل پڑھے گئے کہ ہم تین بھائیوں کی کس طرح اللہ تعالیٰ نے حفاظت فرمائی۔ اس واقعہ نے مجھے دلیر بنا دیا ہے۔موت برحق ہے تو پھر بزدلی کس بات کی؟ یقین ہے کہ موت نے ایک دن آنا ہے اور وہ وقت مقررہ سے پہلے نہیں آتی! اس واقعہ نے میری زندگی میں ایک عجیب خود اعتمادی پیدا کردی ہے کہ اللہ تعالیٰ کا فضل ہی سب کچھ ہے۔انسان ان معاملات میں بے بس اور لاچار ہے!

◻ ◻ ◻

ماخذ: ڈپٹی کمشنر کی ڈائری، خودنوشت، ڈاکٹر لیاقت علی خان نیازی، صادق پبلی کیشنز لاہور، 2002ء

# مافوق الفطرت

## توصیف تبسم

سہسوان کو 1837ء تک ضلع کا درجہ حاصل رہا۔ بعد میں بدایوں کو ضلع بنا دیا گیا جس کی کمشنری بریلی (روہیل کھنڈ) ہے۔قیام پاکستان کے وقت سہسوان کی آبادی پینسٹھ(65) افراد پر مشتمل تھی۔جس میں اکثریت عربی النسل مسلمانوں کی ہے جو عرب وعراق سے براستہ مکران پہلے سندھ وملتان پہنچے اور یہاں ایک عرصے تک حکومت کی،بعد میں ہندوستان کا رخ کیا۔کچھ خاندان بمبئی کاٹھیاوار کی جانب گوالیار،چندیری ہوتے ہوئے بریلی، سنبھل بدایوں اور سہسوان آ کر آباد ہوئے۔ان میں شیوخ زبیری،قریشی، فاروقی،نقوی،انصاری اور عباسی اپنے ناموں کے ساتھ لکھتے ہیں۔

میرے جد امجد میں دو بھائیوں کا نام آتا ہے۔غلام غوث اور غلام جیلانی جو ملتان سے یہاں آ کر آباد ہوئے۔میرا اسلسلہ نسب غلام جیلانی سے ملتا ہے۔دونوں بھائی خاصے مال دار تھے،مزروعہ زمینیں خاصی تھیں جن کی آمدنی سے آرام سے گزر بسر ہوتی تھی۔ان کی امارت کا اندازہ ان محل نما حویلیوں سے ہوتا ہے جن کے آثار آج بھی موجود ہیں۔پختہ چھوٹی اینٹ سے تعمیر کی گئی ان حویلیوں کی دیواروں اور ستونوں کی موٹائی دیکھنے سے تعلق رکھتی ہے۔یہ دیواریں آج بھی زمین میں اپنے پاؤں گاڑے مضبوطی سے کھڑی ہیں۔ان حویلیوں پر پھونس اور تنکوں کی چھتیں پڑی ہوئی ہیں جن کو چھپر کہتے ہیں۔جنگ آزادی 1857ء کے معرکے میں میرے جد امجد نے مجاہدین کا ساتھ دیا چنانچہ انگریزوں نے فتح کے بعد ان لوگوں کو انتقام کا نشانہ بنایا۔گھروں کو آگ لگائی گئی۔حبس دوام بہ عبور دریائے شور کی سزا ان لوگوں کو دی گئی جو اس جدوجہد کو حق و باطل کی معرکہ آرائی سمجھتے تھے۔درختوں پر پھانسیاں دی جاتیں اور موت کی سزا پانے والوں کی لاشیں کئی کئی دن لٹکتی رہتیں۔سہسوان کے محلّہ چاہ شیریں میں املی کے پرانے تناور درخت تھے

جواب پھیلتی ہوئی آبادی اور گھروں کے حلقہ میں آنے کے سبب کٹ چکے ہیں۔ یہ خونی املیاں کہلاتی تھیں۔ان پر جو کٹارے لگتے ،وہ بھی سرخ رنگ کے ہوتے تھے۔ یہ بات مشہور تھی کہ ان درختوں پر چونکہ لوگوں کو پھانسیاں دی گئی ہیں اس لیے ان پر آنے والے کٹاروں کا رنگ سرخ ہوگیا ہے۔اس خیال میں شاید صداقت نہ ہومگر اس روایت سے انگریز سے نفرت اور اس محبت اور خلوص کا اندازہ ضرور ہوتا ہے جو راہِ آزادی میں جان دینے والوں کے لیے یہاں کے لوگوں کے دلوں میں موجود ہے۔ میرا لڑکپن انہی ادھ جلے مکانوں کے درمیان گزرا۔ان خاندانی حویلیوں کے مکین جن کی جاگیریں انگریز دشمنی کے نتیجے میں ضبط کرلی گئی تھیں،اب بچی کھچی مزروعہ زمینوں کی یافت پر زندگی بسر کرنے پر مجبور تھے۔ وہ اس لائق بھی نہیں رہے تھے کہ ان جلے ہوئے قد آور مکانوں پر پختہ چھتیں ڈال سکیں۔ پھونس اور تنکوں کی چھتوں کے تلے ان کے شب وروز گزرتے تھے۔ بانسوں کا مناسب جسامت کا زمین ہی پر ایک فریم بنایا جاتا۔پھر سرکنڈوں سے حاصل ہونے والے تنکوں کی دبیز تہیں اوپر تلے بچھا کر رسیوں سے جکڑ دی جاتی تھی۔ چھپر تیار ہوجاتا تو امداد باہمی کے تحت مرد اکٹھے ہوکر اس چھپر کو زور لگا کر اٹھاتے۔ ''زور لگاکے یاعلی ،یاعلی''.....یہ آواز دُور تک سنی جاتی تو لوگ جان جاتے کہ کہیں چھپر چڑھایا جارہا ہے۔

قلعہ کوٹ پر پرانی کائی زدہ جامع مسجد کے بارے میں مشہور ہے کہ اس میں جنات رہتے ہیں۔ کچھ لوگوں کو یہ بھی کہتے سنا کہ خود انہوں نے مسجد کی بڑی محراب کے نیچے رات گئے مٹھائی کی ٹوکریاں رکھی ہوئی دیکھی ہیں۔لوگ یہ بھی کہتے تھے کہ حلوائیوں کی دکانیں عام دکانوں سے اس لیے زیادہ اونچی ہوتی ہیں کہ رات کے وقت جن مٹھائی خریدنے آتے ہیں۔ دکان اونچی ہوگی تو خریدار کے پاؤں نظر نہیں آئیں گے جو پیچھے کی طرف مڑے ہوئے ہوتے ہیں۔اس بڑی مسجد کا ایک مینار ہمیشہ بند رہتا تھا۔لوگوں کا خیال تھا کہ اس خاص مینار میں جنات کا قیام ہے۔

◆

ایک بدروح کا واقعہ خود مجھے والد صاحب نے مجھے سنایا۔آبادی سے باہر میراں صاحب ولی کے مقبرے کے باہر بہت سی پرانی قبریں ہیں۔ان میں ایک قبر ایک سپیرے کی بھی ہے جس کی موت سانپ کے کاٹنے سے واقع ہوئی۔ والد کا معمول تھا کہ وہ صبح صادق سے پہلے

بیدار ہوتے۔ میراں صاحب ولی کے مقبرہ کی طرف ٹہلنے نکل جاتے۔اذان کی آواز آتی تو وہیں نماز پڑھتے اور میراں صاحب ولی کی قبر پر فاتحہ پڑھ کر واپس آ جاتے۔ایک دن چاندنی رات تھی مگر بادل بھی تھے۔ یہ جاگے تو آسمان روشن دکھائی دیا۔ یہ سمجھے صبح ہونے والی ہے۔ جب دیر ہوگئی اور اذان کی آواز نہیں سنی تو وہیں زیارت کی پشت کی طرف جدھر چھوٹا دروازہ ہے،ایک چبوترے پر بیٹھ گئے۔ اتنے میں دیکھا کہ ایک شخص اپنی انگلی تھامے ان کے پاس آیا اور بولا۔ مجھے کسی کیڑے نے کاٹ لیا ہے بہت درد ہورہا ہے۔تم کچھ پڑھ کر دم کردو۔ والد صاحب نے کوئی سورۃ پڑھی اور اس کی انگلی پر دم کردیا۔ وہ شخص آگے چلا گیا۔مگر پھر تھوڑی دیر کے بعد انگلی پکڑ کے واپس آیا اور کہنے لگا درد کم نہیں ہوا اور دم کردو۔ انہوں نے کچھ پڑھ کر پھر دم کردیا۔ وہ شخص چلا گیا۔مگر تیسری مرتبہ پھر واپس آیا۔ابھی وہ کچھ کہنے ہی والا تھا کہ مقبرے کے چھوٹے دروازے سے ایک شخص نکلا اور اس شخص کو ڈانٹا جو بار بار انگلی پر دم کروا رہا تھا۔وہ کہنے لگے تو باز نہیں آئے گا۔ ہر شخص کو پریشان کرتا ہے۔چل یہاں سے خبردار اب اگر دوبارہ آیا۔وہ شخص اپنی انگلی تھامے سر جھکائے ایک طرف چلا گیا۔اچھی خاصی دیر ہوگئی تھی۔ یہ بھی چبوترے سے اٹھ کر گھر کی طرف چل پڑے۔ راستے میں گشت کے سپاہی ملے،وقت پوچھا تو پتا چلا کہ دو بجے ہیں۔تب ان کو خیال آیا کہ وہ بار بار انگلی پر دم کروانے والا شخص دراصل اس سپیرے کی روح تھی جو میراں صاحب ولی کے احاطے کے باہر دفن ہے اور زیارت کے چھوٹے دروازے سے باہر آ کر اس کو ڈانٹنے والی ہستی سوائے میراں صاحب کے کوئی اور نہیں تھی جن کے مزار پر والد صاحب روزانہ فاتحہ پڑھا کرتے تھے۔

❑❑❑

ماخذ: بند گلی میں شام،یادداشتیں،توصیف تبسم،عکاس پبلی کیشنز،اسلام آباد،۲۰۱۰ء

# میرے والد صاحب کی شہسرام ضلع آرہ میں تعیناتی

## اور وہاں شاہ مبارک صاحب سے ملاقاتیں

محمد منصور کاظم

1921ء میں والد صاحب کا تبادلہ شہسرام ہوگیا اور وہاں مجسٹریٹ درجہ دوئم اور تھرڈ آفیسر کے فرائض انجام دینے لگے۔ اس وقت ایک انگریز آئی سی ایس وہاں کا ایس.ڈی.او تھا۔ شہسرام کا قیام والد صاحب کو بہت پسند تھا کیونکہ یہاں کام کی سہولت کے ساتھ سیر و شکار کے بہتیرے مواقع تھے۔ چنانچہ انہوں نے کئی بندوقیں اور ایک بڑی رائفل بھی لی۔ اور اس سے ہرنوں، ریچھوں اور دوسرے جانوروں کا شکار کرتے تھے۔

اس زمانے میں والد صاحب نے تین پہیوں والی موٹر سائیکل بھی رکھی ہوئی تھی جس کی ایک دن شہسرام شہر کے اندر ہی بھینسوں کے ایک غول سے مڈبھیڑ ہوگئی اور زبردست ٹکر کے ساتھ موٹر سائیکل الٹ گئی۔ والد صاحب بھی سخت زخمی ہوئے اور تقریباً ڈیڑھ مہینہ اسپتال میں زیرِ علاج رہ کر صحت یاب ہوئے۔ اس اسپتال میں ابوالعلی رضی الرحمٰن صاحب سی ایس پی (ریٹائرڈ) ایڈیشنل سیکریٹری حکومت پاکستان کے والد ڈاکٹر حبیب الرحمٰن صاحب اسسٹنٹ سرجن تھے۔ انہوں نے ان کا علاج نہایت ماہرانہ انداز میں کیا جس سے وہ توقع سے قبل ہی بفضلہٖ تعالیٰ صحت یاب ہوگئے۔

اس واقعے کو ڈاکٹر حبیب الرحمٰن صاحب کی بڑی صاحبزادی رفیعہ آپا نے مجھے تفصیل سے سنایا تھا۔ وہ اس وقت وہیں تھیں اور سات آٹھ سال کی عمر میں اس حادثے کی عینی شاہد تھیں۔ والد صاحب نے اس حادثے کے بعد موٹر سائیکل فوراً فروخت کردی اور پھر کبھی بھی نہیں رکھی بلکہ ہمیشہ بڑی کار رکھی۔ وہ کہا کرتے تھے کہ یہ ایک انتہائی خطرناک سواری ہے اور

اس وجہ سے مجھے اور میرے بھائیوں کو موٹر سائیکل رکھنے سے ہمیشہ کے لیے منع کر دیا۔ اور ہم سب بھائیوں نے ان کے حکم پر پوری طرح عمل کیا۔

شہسرام کے قیام کے دوران میں کوئی غیر معمولی یا قابل ذکر بات نہیں ہوئی۔ صرف والد صاحب کی ملاقاتیں ایک بڑے پہنچے ہوئے صاحب کرامات بزرگ سے ہوتی رہی۔ میں سمجھتا ہوں کہ ان حضرت کا بیان میرے قارئین محترم کے لئے باعث دلچسپی ہوگا۔

ان حضرات کا نام شاہ مبارک صاحب تھا۔ وہ صوبہ بہار کے پشتینی باشندے نہیں تھے بلکہ غالباً صوبہ سرحد کے کسی دور دراز علاقے سے تعلق رکھتے تھے مگر بعد میں شہسرام آ کر بس گئے تھے۔ وہ غیر شادی شدہ تھے اس لیے بالکل تنہائی میں شہر کے باہر ایک چھوٹی سی ندی کے کنارے خشک گھاس کے پتوں کے ایک کمرے کے جھونپڑے میں رہتے تھے جس میں مٹی کے تیل کا ایک چراغ جلتا رہتا تھا اور اس کے ساتھ ایک لکڑی کا تخت تھا جس پر وہ سوتے تھے اور نیچے بچھی ہوئی چٹائی پر عبادات میں مشغول رہتے تھے۔ جھونپڑے کے ایک کونے پر تین اینٹوں کا ایک چولہا بھی تھا جس پر شاید ہی کبھی کوئی چیز پکتی تھی۔ شاہ صاحب کو کبھی بھی کسی نے کچھ کھاتے ہوئے نہیں دیکھا۔ ان کی زندگی عجیب غیر معمولی تھی۔ وہ چند شرائط پر ہی لوگوں سے ملاقات کرتے تھے یعنی کسی قسم کا نذرانہ یا کھانے کی چیزیں بھی ان کو پیش نہ کی جائیں۔ والد صاحب کا بیان تھا کہ وہ زبردست صاحب کرامات تھے۔ اور ایسا معلوم ہوتا تھا کہ وہ بیک وقت ساری دنیا کے ہر مقام کو دیکھ رہے ہیں اور جو بھی سوال کیا جائے اس کا فوری جواب دے دیتے تھے۔ ان سے اگر پوچھا جاتا کہ فلاں صاحب اس وقت کسی دوسرے شہر میں ہیں اور کیا کر رہے ہیں تو فوراً بتا دیتے وہ صاحب اس وقت فلاں جگہ پر ہیں۔ اسی طرح سے وہ کسی دوسرے شہر میں کسی مکان کے بارے میں تفصیل سے بیان کر دیتے کہ اس میں اتنے کمرے ہیں اور اس میں کون کون حضرات ساکن ہیں۔ دوسروں کے دماغ میں جو خیال ہوتا اس کو بھی یہ بتا دیا کرتے تھے۔ ان کی شہرت سن کر انگریز ایس ڈی او نے والد صاحب سے کہا کہ کیا شاہ صاحب اس سے ملنے کو تیار ہوں گے اور اگر راضی ہوں تو وہ وقت مقررہ پر ان سے ملنے کے لئے پہنچ جائے گا۔ والد صاحب نے کہا کہ وہ شاہ صاحب سے پوچھ کر مطلع کریں گے۔ اسی دن شام کے وقت والد صاحب کو شاہ صاحب کے یہاں جانے کا اتفاق ہوا۔ ابھی جھونپڑے

کے سامنے یکہ سے اترنے بھی نہیں پائے کہ علیک سلیک کے بعد شاہ صاحب نے کہا کہ اس انگریز ایس ڈی او نے آپ سے کہا ہے کہ وہ مجھ سے ملنا چاہتا ہے۔آپ اس کو بتا دیں کہ میں سور کھانے والوں اور شرابیوں سے نہیں ملتا۔ والد صاحب کو بہت تعجب ہوا کہ انہوں نے ابھی اس انگریز کا ذکر بھی نہیں کیا تھا کہ شاہ صاحب نے جواب دے دیا۔اسی طرح کے ان کے درجنوں واقعے نہایت حیران کن قسم کے ہیں۔ایک دن والد صاحب نے اپنے ذہن میں سوچا کہ شاہ صاحب کی دعوت کی جائے۔ان کو امید تھی کہ وہ غالباً اس کو قبول کرلیں گے۔ چنانچہ یکے سے اترنے پر علیک سلیک کے بعد پہلی گفتگو جو شاہ صاحب نے کی وہ یہ تھی۔''جناب ڈپٹی صاحب آپ آج مجھے کھانے کی دعوت دینے آئے ہیں۔ براہ مہربانی میری معذرت قبول کریں۔''

لوگ ان کے جھونپڑے کے سامنے بڑی بڑی دیگیں، مٹھائیاں اور پھلوں کے ٹوکرے لے کر آجاتے لیکن شاہ صاحب ان سب کو فوری طور پر تقسیم کروا دیتے تھے اور اپنے لیے ایک پھل یا ایک دانہ بریانی یا گوشت نہیں رکھتے تھے۔لوگ پریشان تھے کہ آخر شاہ صاحب کھاتے کیا ہیں۔کبھی بھی کسی نے ان کو کھاتے ہوئے نہیں دیکھا تھا۔اتفاق سے ان کے جھونپڑے کے قریب ہی ایک دیہاتی کاشت کار کا گھر تھا جس کا ایک لڑکا دس بارہ سال کی عمر کا تھا اور ان کے جھونپڑے کے قریب سڑک پر کھیلتا رہتا تھا۔ چنانچہ والد صاحب نے سوچا کہا اس لڑکے کے ذریعے یہ معلوم کیا جائے کہ آخر شاہ صاحب کیا کھاتے ہیں۔اس لڑکے کو ایک روپیہ کی انعامی رقم پیشگی ہی دے دی گئی۔اور وہ لڑکا اس کام کو خاموشی سے کرنے پر آمادہ ہوگیا۔اس کے بعد والد صاحب سیدھے گھر واپس آگئے۔ سڑک پر کھیلنے کی غرض سے جب وہ لڑکا سڑک پر شاہ صاحب کے جھونپڑے کے سامنے سے گزرا تو فوراً اس کو شاہ صاحب نے آواز دے کر بلایا اور کہا کہ آج ڈپٹی صاحب (یعنی ہمارے والد) نے اس کو ایک روپیہ دیا ہے کہ وہ بتائے کہ وہ کیا کھاتے ہیں۔وہ لڑکا یہ سن کر بہت متحیر ہوا کہ شاہ صاحب کو اس بات کا علم کیسے ہوا۔مگر یہ معاملہ اس کی سمجھ سے بالاتر تھا۔ بہرکیف شاہ صاحب نے بعد میں کہا کہ ابھی اپنا کھانا خود تیار کریں گے اور اس کو بھی اس میں شریک کریں گے۔انہوں نے لڑکے سے کہا کہ وہ سامنے ندی کے کنارے اگی ہوئی خودرو گھاس کے تھوڑے سے پتے توڑ لائے۔اس نے ایسا ہی کیا۔شاہ صاحب نے اس گھاس کو دھو کر ایک چھوٹی سی دیگچی میں ڈالا اور اس میں دو چائے کی پیالیوں

میں بھر کر پانی بھی ڈال دیا۔اودھر چولہے کی لکڑیوں کو آگ لگادی یہاں تک کہ گھاس چند منٹ تک دیگچی میں ابلتی رہی۔ چند منٹوں کے بعد شاہ صاحب نے چولہے کی آگ بجھادی اور اس ابلے ہوئے آمیزے کو دیگچی سے نکال کر ایک چھوٹی پلیٹ میں رکھا اور اس لڑکے کو کہا کہ وہ اس کو کھائے۔لڑکا بہت پریشان ہوا کہ ابلی ہوئی گھاس کس طرح کھائی جاسکتی ہے۔ بہر کیف اس نے شاہ صاحب کے حکم کی تعمیل کی اور اس کو کھانا شروع کیا۔لڑکے کا بیان تھا اس نے ساری زندگی کبھی بھی کسی موقعے پر ایسا خوش مزہ پکوان نہیں کھایا تھا۔اس کو سخت تعجب ہوا کہ دیگچی میں رکھی ہوئی گھاس کس طرح سے اپنی ماہیت بدل کر ایسے خوش مزہ کھانے میں تبدیل ہوگئی۔ والد صاحب اس قصہ کو سن کر بہت متعجب ہوئے اور شاہ صاحب کی عظمت کے مزید قائل ہوگئے۔

شاہ صاحب کا معمول تھا کہ اگر کوئی ان سے کسی بیمار مریض کی صحت یابی کے لیے دعا کرنے کی درخواست کرتا تو وہ کچھ وقفے کے بعد اگر دعا کے لیے ہاتھ اٹھا لیتے تو یہ صحت یابی کی علامت سمجھی جاتی تھی، لیکن اگر وہ کبھی کبھی دعا کے لیے ہاتھ نہیں اٹھاتے تو اس مریض کی موت ضرور واقع ہوجاتی تھی۔ والد صاحب کی ایک عزیزہ خاتون اس زمانے میں بیمار تھیں۔ اور والد صاحب نے شاہ صاحب سے ان کے لیے دعا کی درخواست کی۔اس درخواست کے بعد شاہ صاحب خاموش رہے اور دعا کے لیے ہاتھ نہیں اٹھایا۔ جب والد صاحب ان کے پاس سے اپنے مکان پر واپس آئے تو ان عزیزہ کے انتقال کی خبر کا برقی تار گھر میں پہنچ چکا تھا۔اس طرح کے بہتیرے واقعات اور بھی ہیں مگر طوالت کی وجہ سے میں نے صرف چند واقعات پر اکتفا کیا ہے۔لیکن اس عظیم ہستی کے ایک ناقابل یقین واقعے کا ذکر ضروری سمجھتا ہوں۔ ایسا ہوا کہ والد صاحب کے انتہائی بے تکلف دوست اور ہم جماعت نے بی اے کی ڈگری حاصل کرنے کے بعد لندن جا کر بیرسٹری کی تعلیم حاصل کرنے کا ارادہ کیا۔ وہ اس سلسلے میں اکثر والد صاحب سے رائے لے کر ان کے مشورے پر عمل کیا کرتے تھے۔ان کا نام سید محمد نعیم تھا۔اور پٹنہ کے متمول زمیندار خاندان سے تعلق رکھتے تھے۔ والد صاحب اس زمانے میں شہسرام میں تھے۔ انہوں نے مشورہ دیا کہ وہ جانے سے قبل شاہ صاحب سے اپنے ولایت کے سفر اور بیرسٹری کے امتحان میں کامیابی کے لیے دعا کرا کر جائیں تو بہت اچھا ہوگا۔ چنانچہ والد صاحب عصر کی نماز کے بعد نعیم صاحب کے ساتھ شاہ صاحب کی جھونپڑی میں داخل ہو کر سامنے بچھی ہوئی چٹائی پر بیٹھ گئے۔ انہوں نے دعا کی اور بعد میں نعیم صاحب کے ہاتھ میں

کلائی کی نہایت بوسیدہ گھڑی اور اس کے ٹوٹے ہوئے فیتے کو دیکھ کر کہا کہ کیا اچھا نہ ہوتا کہ آپ کوئی نئی گھڑی لگا کر انگلستان جاتے۔نعیم صاحب نے جواب دیا کہ شہر پٹنہ میں ان کی پسندیدہ وہ گھڑی نہ ملی جو کلکتہ کی ویسٹ اینڈ واچ کمپنی کی بڑی دوکان میں موجود ہے اور وہ وقت کی کمی کے باعث وہ اس کو کلکتہ سے نہ منگوا سکے۔شاہ صاحب نے گھڑی کی قیمت دریافت کی اور پوچھا کہ کیا یہ رقم وہ ابھی ساتھ رکھتے ہیں۔نعیم صاحب نے اثبات میں جواب دے کر یہ رقم ان کے سامنے رکھی۔شاہ صاحب نے گھڑی کا نام، ماڈل اور کمپنی کا نام بھی ایک کاغذ کے ٹکڑے پر لکھوا کر رقم کے ساتھ اسی چٹائی پر رکھ دیا اور اس کو ایک رومال سے ڈھک دیا۔پندرہ بیس منٹ گزرنے کے بعد شاہ صاحب نے نعیم صاحب سے کہا کہ ان کی گھڑی آ گئی ہے اور اسے وہ اس کو رومال کے نیچے سے اٹھالیں۔چنانچہ نعیم صاحب نے رومال ہٹا کر دیکھا تو وہ گھڑی نہایت اچھی طرح پیک کی ہوئی تھی اس کے ساتھ اسی گھڑی کی قیمت کی ادائیگی کی رسید بھی اسی دن کی دستخط شدہ موجود تھی۔گھڑی کی قیمت کے علاوہ بچی ہوئی تھوڑی سی فاضل رقم بھی وہیں ساتھ موجود تھی۔اس حیرت انگیز واقعے کے بعد شاہ صاحب نے ان کو مع گھڑی رخصت کیا۔شہسرام کا شہر، کلکتہ سے سات سو کلو میٹر کے فاصلے پر ہے۔اس فاصلے سے گھڑی منگوا کر شاہ صاحب نے سب کو سخت متحیر کر دیا۔والد صاحب اکثر اس واقعے کو مجھے سنایا کرتے تھے اور شاہ صاحب کی کرامتوں کا نہایت احترام سے بیان کرتے تھے۔والد صاحب کا خیال تھا کہ جنات یا کوئی دوسری غیر مرئی طاقتیں ان کے تابع تھیں اور وہ ان کے ذریعے ایسی کرامات پر قادر تھے۔افسوس یہ ہے کہ موجودہ زمانے میں صرف جعلی عالموں اور نقلی پیروں کا دور دورہ ہے اور ایسے صاحب کرامات حضرات شاید ہی کہیں موجود ہوں۔اگر ہوں بھی تو وہ خود کو ظاہر نہیں کرتے۔شاید اس قحط الرجال کے زمانے میں ایسے بزرگان کے فیض سے ہم سب محروم ہو چکے ہیں۔

□□□

ماخذ: میری داستان، خودنوشت، محمد منصور کاظم، ادارہ نفیس، کراچی، ستمبر ۲۰۰۳ء

نوٹ: منصور کاظم صاحب کا انتقال کراچی میں 7 جنوری 2015ء کو ہوا تھا۔

# کٹیا والا بابا

## ممتاز مفتی

چلتے چلتے میں نے جو سر اُٹھا کر دیکھا تو راستہ نامانوس نظر آیا۔ میں نے اسے اہمیت نہ دیا اور چلتا رہا، لیکن جوں جوں آگے بڑھتا گیا توں توں یہ احساس بڑھتا گیا کہ میں غلطی سے کسی ان جانی سڑک پر نکل آیا ہوں۔ میں نے سوچا کوئی راہگیر ملے تو اس سے پوچھوں کہ یہ کون سا علاقہ ہے۔ کچھ دور سڑک سے ہٹ کر ایک بہت بڑا 'بڑ' کا درخت تھا جس کے قریب ہی گھاس پھوس کا ایک جھونپڑا تھا۔ جونپڑے کے باہر ایک شخص کھڑا تھا۔ میں نے سوچا اس شخص سے پوچھ لوں۔ جھونپڑے کے برابر پہنچا تو سیٹی سی بجنے کی آواز آئی اور اسکوٹر کے پچھلے پہیے کی ہوا نکل گئی۔ میں نے اسکوٹر روک لیا۔ کیا مصیبت ہے، میں نے سوچا، اب فالتو پہیہ فٹ کرنا پڑے گا۔ اسٹپنی کو دیکھا تو اس میں بھی ہوا نہیں تھی۔ اب کیا ہوگا؟ میں گھبرا گیا۔

میں نے سر اُٹھایا تو روبرو وہی شخص کھڑا تھا جسے میں نے جھونپڑے کے سامنے دیکھا تھا۔

''کیا ہوا؟'' اس نے پوچھا۔

''پنکچر ہوگیا ہے۔''

''اسے ادھر کھڑا کردے نا۔'' وہ بولا۔

''یہ سڑک کدھر کو جاتی ہے؟'' میں نے پوچھا۔

''کہیں بھی نہیں جاتی۔'' وہ بولا ''ادھر پہاڑی کے نیچے جا کر ختم ہوجاتی ہے۔''

''آس پاس کوئی گاؤں ہے؟'' میں نے پوچھا۔

''ہاں۔'' وہ بولا۔ ''ادھر ایک رکھ ہے۔ وہاں سے روزانہ ٹرک آتا ہے۔ ٹرک آئے گا تو تیرے اسکوٹر کے پہیے میں ہوا بھروا دیں گے۔ تو یہاں دھوپ میں کیوں کھڑا ہے؟ جھونپڑے میں جا کر بیٹھ۔ میں اسکوٹر کا دھیان رکھوں گا۔''

جھونپڑے میں چٹائی بچھی ہوئی تھی۔ایک کونے میں چادر سی لپٹی پڑی تھی۔دوسرے کونے میں پانی کا گھڑا تھا، ساتھ ہی ٹین کا ڈبہ پڑا تھا۔میں نے پانی پیا اور پھر دروازے کے سامنے بیٹھ گیا۔

چادر میں حرکت ہوئی اور ایک دبلا پتلا سفید ریش چہرہ باہر نکل آیا۔

اٹھتے ہی بولا''تو آ گیا۔''

''جی''میں نے جواب دیا''میں راستہ بھول کر ادھر آ نکلا ہوں۔''

''ہاں''بڈھا بڑبڑایا۔''جب چاہتے ہیں راستے دے دیتے ہیں۔جب چاہتے ہیں راستہ بند کر دیتے ہیں۔''

میں نے کہا''جی، میرے اسکوٹر کی ہوا نکل گئی ہے۔پنکچر ہو گیا ہے۔''

''ہاں''وہ بولا''ہم خود میں ہوا بھرتے رہتے ہیں۔ان کا کرم ہو جائے تو ہوا نکل جاتی ہے۔''

پہلے تو میں اس کی باتوں پر ٹھٹکا، پھر سوچا کوئی مجذوب ہے جو اناپ شناپ بول رہا ہے۔

کچھ دیر کے لیے وہ چپ رہا، پھر مدھم آواز میں بولا''تو جو نئے بت بنا رہا ہے، کیا تجھے قلم اس لیے دیا تھا کہ بت بنائے؟''

قلم کی بات سن کر میں چونکا۔اسے کیسے پتہ چلا کہ میں لکھتا ہوں لیکن بُت، بت تو قلم سے نہیں بنائے جاتے۔

دفعتاً وہ بڈھا جوش میں آ گیا۔کہنے لگا''کیا حیثیت ہے پاکستان کی۔ایک چھوٹا چھٹنکی سا ملک۔غریب ملک۔نہ تین میں نہ تیرہ میں۔''وہ کچھ دیر کے لیے چپ ہو گیا، پھر آپ ہی چھڑ گیا.....اور یہاں کے لوگ۔چاروں طرف سے میں میں کی آوازیں آتی ہیں۔بکرے میں میں کر رہے ہیں...کھائے جا رہے ہیں۔اللہ کی اس دی ہوئی دیگ کو کھائے جا رہے ہیں۔ساتھ اپنا اپنا کٹورہ بھرے جا رہے ہیں۔اپنی اپنی کوٹھالی میں دانے ڈالتے جا رہے ہیں۔ضرورت نہیں۔طمع، خالص طمع۔دوسرے چاہے بھوکے مریں، پڑے مریں، میری کوٹھالی بھر جائے۔کوئی ملک کا نہیں سوچتا۔کوئی قوم کا نہیں سوچتا۔کوئی دین کا نہیں سوچتا۔آخرت کا نہیں سوچتا۔بس آپا دھاپی پڑی ہے۔بادشاہ بھی میں میں کر رہا ہے۔فقیر بھی میں میں کر رہا

ہے۔ بلیاں چھچھڑوں کی رکھوالی پر بیٹھی ہیں۔ اس ملک کو تم بت بنا رہے ہو۔ خوش خبریاں دے رہے ہو۔ یہ ملک تو اس لائق ہے کہ غرق کر دیا جائے۔ سمجھے؟'' اس نے مجھے ڈانٹا۔ غصے بھری نگاہ مجھ پر ڈالی، بول کیا کہتا ہے؟ کیا تجھے اس لیے قلم دیا ہے کہ اس ملک کے قصیدے لکھے؟ بول؟ وہ چلایا۔

میں سر نوائے بیٹھا رہا۔ سمجھ میں نہیں آ رہا تھا کہ کیا کہوں۔ دیر تک وہ خاموش بیٹھا رہا۔ پھر بولا:

''حرص ہی حرص، طمع ہی طمع، اتنے حریص ہو گئے ہیں کہ اپنی غرض کے لیے اللہ کا نام بیچنے لگے ہیں۔ اسلام کو بیچنے لگے ہیں۔ اسلام کو داؤ پر لگا رہے ہیں۔ اللہ سے مخول کر رہے ہیں۔ جھوٹے، فریبی... جب بڑوں کا یہ حال ہے۔ تو چھوٹوں کا کیا ہوگا اور تُو کہتا پھرتا ہے کہ اس ملک پر اللہ کی رحمت ہے، جہاں اللہ کا نام ٹکے ٹکے بک رہا ہے۔ انی ناقدری۔ توبہ ہے! توبہ ہے! اللہ کی ناقدری، دین کی ناقدری، وہاں رحمت ہو گی کیا؟ بول۔'' وہ پھر غصے میں چلانے لگا۔ ''تجھے یہاں اس لیے نہیں بلایا ہے کہ منہ میں گھنگھنیاں ڈال کر بیٹھا رہے۔''

''مجھے بلایا ہے؟'' میرے منہ سے بے اختیار نکلا۔

''اور کیا تُو خود آیا ہے یہاں؟'' وہ بولا۔

''ہمیں یہاں تیرا انتظار کرنا پڑا۔ ہمیں پتا تھا کہ تُو آئے گا اور تُو آ گیا۔''

''لیکن میرا کیا قصور ہے بابا؟'' میں غصے میں آ گیا۔

''ہاں تیرا قصور ہے۔'' وہ بولا۔ ''جن باتوں کو تُو نہیں سمجھتا، نہیں جانتا، ان کے بارے میں کیوں بات کرتا ہے؟ کیوں اللہ کی خلقت کو گمراہ کرتا ہے؟''

''میں نے کب دعویٰ کیا ہے کہ میں سمجھتا ہوں، جانتا ہوں۔ میری تو کوئی حیثیت نہیں بابا۔'' میں نے جواب دیا۔

''جو تُو بے حیثیتی ہے تو بے حیثیتی بن کے رہ۔ بہتی باتاں نہ بگھار، شیخیاں نہ مار، پر تُو بھی ان جیسا ہے، وہ اپنی بات بنانے کے لیے، اپنی حیثیت قائم رکھنے کے لیے، اسلام کا نام برت رہے ہیں.... تُو بھی اپنی حیثیت بنانے کے لیے پاکستان کی وڈیائی کی باتیں کر رہا ہے۔''

''غلط ہے، بالکل غلط۔'' غصے سے میری کنپٹیاں بجنے لگیں۔ ''میں تو صرف دو باتیں لکھ

دیتا ہوں جو تمہارے جیسے باباؤں کی زبانی سنتا ہوں۔ میں نے کبھی اپنی طرف سے بات نہیں کی۔ میں نے کبھی بڑھا چڑھا کر بات نہیں کی۔ میں نے کبھی دعویٰ نہیں کیا کہ میں جانتا ہوں۔ تو بتا کیا سالار والا کے اس بابے نے مسجد میں جمعہ کی نماز کے بعد دو ڈھائی سو لوگوں کے سامنے نہیں کہا تھا کہ ایک دن آنے والا ہے جب یو.این.او (U.N.O) ہر قدم اٹھانے سے پہلے پاکستان سے پوچھے گی، کیا مجھے قدم اٹھانے کی اجازت ہے اور انہوں نے کہا تھا اگر ایسا نہ ہوا تو تم آکر میری قبر پر تھوکنا... بتا کیا اس بابے نے جھوٹ بولا تھا؟ بول بابا۔ چپ کیوں ہو گیا ہے۔''

وہ دیر تک سر جھکائے بیٹھا رہا۔ پھر سر اٹھا کر کہنے لگا: ''نہیں، وہ بابا جھوٹ نہیں بولتا۔''

''کیا نور پور کے بابے نے ڈھائی سو سال پہلے نہیں کہا تھا کہ یہاں ایک اسلامی شہر آباد ہوگا، جو عالم اسلام کا مرکز بنے گا؟ بول۔''

''کہا تھا۔'' اس نے کچھ توقف کے بعد کہا۔

''کیا دو صدیوں سے بابے یہ کہتے نہیں آرہے کہ ایک دن آنے والا ہے جب ساری دنیا میں اسلام کا ڈنکا بجے گا؟''

وہ خاموش بیٹھا رہا۔

''کیا مریڑ کے بابا نے جس کے حضور مجھے بھیجا گیا تھا، پاکستان بننے سے پہلے شاہ دکن کو دعوت نہیں دی تھی کہ آ تجھے شہنشاہ ہند بنا دیں۔ کیا دکن کے سی این سی پنڈی میں آکر بابا سے نہیں ملے تھے؟ بابا نے نشاۃ ثانیہ کی خبر نہیں سنائی تھی۔ پاکستان مرکزی حیثیت کی بات نہیں کی تھی؟ بتا۔'' میں غرایا۔

''تو نہیں سمجھتا۔'' وہ بولا۔ ''بزرگوں کی باتیں برحق ہیں، لیکن تجھ میں سمجھ کی کمی ہے۔ تو ان کی بات کے رخ کو نہیں سمجھتا اور انہیں اس طرح بیان کرتا ہے کہ لوگوں کے دلوں میں غلط فہمیاں پیدا ہوتی ہیں۔ اللہ تجھے سمجھنے کی توفیق عطا فرمائے۔ دیکھ۔'' وہ توقف سے بولا۔ ''پاکستان کی کوئی حیثیت نہیں، کچھ حیثیت نہیں۔ ایک چھوٹا سا عام سا غریب ملک۔ ساری اہمیت اللہ کے دین کی ہے۔ وہ دن آنے والا ہے، جب اللہ کے دین سے دنیا منور ہوگی۔ اور اللہ کا بھیجا ہوا وہ بندہ جس کے وجود سے دنیا منور ہوگی، پاکستان میں آئے گا۔ ان کا قیام

پاکستان میں ہوگا۔ انشاء اللہ، پاکستان کی عظمت ان کے قیام سے وابستہ ہے۔ بذات خود نہیں۔'' وہ خاموش ہوگیا۔

پھر تڑپ کر بولا۔ ''دیکھ ضروری نہیں کہ وہ صاحب پاکستانی نژاد ہوں۔ کیا پتا کہ وہ یورپ کے ہوں یا افریقہ کے ہوں یا کہیں کے ہوں، البتہ ان کا قیام پاکستان میں ہوگا اور یہ پاکستان کی بہت بڑی خوش قسمتی ہے، وڈیائی ہے۔ دیکھ۔'' وہ بولا ''کوئی بابا حتمی بات نہیں کرسکتا۔ کسی کو مجاز نہیں کہ وہ حتمی بات کرے۔ وہ قادر مطلق ہے، جو چاہے کرے۔ آخری فیصلہ اس کے ہاتھ میں ہے۔''

وہ خاموش ہوگیا۔ پھر کچھ دیر کے بعد بولا۔ ''آئندہ سے بڑوں کی باتوں پر قلم نہیں اٹھانا سمجھا؟'' اس نے مجھے ڈانٹا۔ پھر وقفے کے بعد دھیمی آواز میں بولا۔ ''ہم تمہیں دو لفظ دیتے ہیں۔ ان کا ورد کرتے رہنا۔'' قریب پڑے چند کاغذوں میں سے اس نے کاغذ کا ایک ٹکڑا اٹھایا۔

''میں پاک حالت میں نہیں رہ سکتا۔'' میں نے کہا۔

''کچھ پروا نہیں۔'' وہ بولا۔

''میں عربی نہیں پڑھ سکتا۔'' میں نے کہا۔

''اچھا'' وہ رک گیا۔ پھر بولا۔ ''ٹھیک ہے۔'' اور کچھ لکھنے لگا۔ لکھنے کے بعد اس نے کاغذ کا ٹکڑا ایک پرانے لفافے میں ڈالا اور وہ لفافہ مجھے پکڑا دیا۔ کہنے لگا۔ ''گیارہ مرتبہ صبح اور گیارہ مرتبہ سوتے وقت اس کا ورد کیا کر۔ اب تو جا۔ اللہ تجھے سمجھنے کی توفیق عطا کرے۔''

میں اٹھ بیٹھا۔ باہر میرا اسکوٹر سڑک کے قریب کھڑا تھا۔ میں نے اسکوٹر اسٹارٹ کیا وہ چل پڑا۔

کچھ دور جا کر دفعتاً مجھے یاد آیا کہ میرے اسکوٹر کا پہیہ تو پنکچر تھا۔ میں اسکوٹر روک کر نیچے اترا۔ پہیے کو دیکھا۔ ہوا ٹھیک ٹھاک تھی۔ پھر میں نے اسٹپنی کو دیکھا وہ بھی ہوا سے بھری ہوئی تھی۔ یہ کیسے ہوا؟ مجھ پر حیرت طاری ہوگئی۔ دیر تک اسی عالم میں چلتا رہا، پھر جو نگاہ اٹھائی تو دیکھا کہ راستہ مانوس تھا۔

ساری رات میں سوچتا رہا۔ سمجھ میں نہ آئی۔ اگلی شام کو میں پھر اسکوٹر لے کر چل پڑا تا کہ

اس سڑک کا پتا لگاؤں جس پر میں غلطی سے مڑ گیا تھا۔

کچھ دیر تلاش کرنے کے بعد وہ سڑک مل گئی۔ میں اس پر چل پڑا۔ بڑ کے درخت کو دیکھ کر مجھے تسلی ہو گئی، لیکن بڑ کے آس پاس جھونپڑا دکھائی نہ دیا۔ بڑ کے نیچے ایک آدمی نماز پڑھ رہا تھا۔ میں اس کے پاس جا بیٹھا۔ جب وہ فارغ ہوا، تو میں نے پوچھا۔ ''یہاں ایک جھونپڑا تھا۔''

''جھونپڑا؟'' اس نے حیرت سے میری طرف دیکھا ''نہیں تو، وہ بولا۔ ''یہاں کوئی جھونپڑا نہیں۔''

''تو ادھر کب آیا تھا؟'' میں نے پوچھا۔

''بابو، میں رکھ میں کام کرتا ہوں۔ روزانہ ادھر سے گزرتا ہوں۔ دوبار۔ میں نے کبھی جھونپڑا نہیں دیکھا۔''

''میں کل آیا تھا۔'' میں نے کہا۔ ''بڑی دیر اس جھونپڑے میں بیٹھا رہا تھا۔'' اس نے حیرت سے میری طرف دیکھا جیسے میں پاگل خانے سے چھوٹ کر آیا تھا۔

یہ واقعہ اس زمانے کا ہے جب میں نے پاکستان پر مضمون لکھا تھا۔ اسے شائع ہوئے زیادہ عرصہ نہیں گزرا تھا۔

میں ایک منہ زبانی مسلمان ہوں۔ میری زندگی عمل سے یکسر خالی ہے۔ میری زندگی میں چار ایک ایسے واقعات ہوئے ہیں جنہیں بیت کر مجھے پتا چلا کہ ہماری دنیاوی زندگی کے متوازی ایک روحانی نظام بھی چل رہا ہے۔

لیکن بنیادی طور پر میں ایک ادیب ہوں، دانش ور ہوں۔ میرا باطن شکوک وشبہات سے اٹا پڑا ہے۔ ایسے واقعے سے میں چند ایک روز متاثر ہوتا ہوں، پھر منکر ہو جاتا ہوں۔

چند ایک روز میں سوچتا رہا، پھر شکوک وشبہات نے گھیر لیا۔ سوچا، شاید میں نے خواب دیکھا ہو یا شاید وہ جھونپڑا اور وہ بوڑھا میرے ذہن کی اختراع ہو۔ یہ کیسے ہو سکتا ہے کہ اس سڑک پر آنے جانے والوں نے وہ جھونپڑا نہ دیکھا ہو۔ ضرور یہ میرے ذہن کی اختراع ہو گی۔ یوں میں نے خود کو مطمئن اور محفوظ کر لیا۔

پھر دو ایک ماہ کے بعد میں نے اپنی واسکٹ کی اندرونی جیب میں ہاتھ ڈالا تو ایک مڑا تڑا

لفافہ برآمد ہوا۔اس میں کاغذ کا ایک ٹکڑا تھا،اوپر بسم اللہ لکھی ہوئی تھی۔نیچے لکھا تھا:

گیارہ بار صبح جاگتے وقت اور گیارہ بار رات سوتے وقت ورد کرو۔

اس کے نیچے لکھا تھا چھوٹا منہ بڑی بات۔

جب میرے مضامین کا مجموعہ رام دین شائع ہوا تو میں نے اپنے مضمون پاکستان میں یہ واقعہ بھی شامل کر دیا۔

□□□

ماخذ: الکھ نگری، یادداشتیں، ممتاز مفتی، گورا پبلی کیشنز لاہور،۱۹۹۶ء

# یادوں کی برأت

## جوش ملیح آبادی

## اول

## میرے زمانے کے اوہام

میرے خاندان کی خواتین پر خوف ناک تصورات منڈلایا کرتے تھے۔یوں تو ہر محل میں ارواح خبیثہ'' کی عمل داری تھی۔لیکن وہ محل جس میں دادا میاں رہتے اور جس کا نام تھا'بڑا محل' وہ تو خصوصیت کے ساتھ دنیا بھر کے شہید مردوں ،ہنگامہ 1857ء کے تمام مقتول گوروں......بھوتوں ،پریتوں ،پلیدوں ،دیووں ،چڑیلوں ،بھتنیوں ،پچھلی پائیوں،بڑسروں، خبیثوں اور جنوں کی راج دھانی سمجھا جاتا تھا۔اور تمام خواتین کو اس امر کا یقین تھا کہ آدھی رات کے اندھیارے میں اس محل کے تمام گوشوں،کونوں کھتروں،کوٹھریوں، مچانوں ،طاقتوں، صحنچیوں، سہ دریوں ،زینوں ،کلیوں ،نالیوں اور ناغولوں سے نکل نکل کر خبیث روحیں دھماچوکڑیاں کیا کرتی ہیں۔مہیب آوازیں نکال نکال کر سونے والیوں کی چارپائیاں اُلٹتی، ان کے گلے گھونٹتی ،دانت کٹکٹاتی اور جبڑے ہلاتی پھرا کرتی ہیں......اور لطف یہ کہ یہ تمام باتیں سنی سنائی اور قیاسی نہیں بلکہ بڑی بوڑھیاں بڑے خوف ناک تیوروں سے اس بات کا دعویٰ کرتی تھیں کہ وہ ان تمام کرشموں کی عینی شاہد بھی ہیں اور ایک دفعہ ہی نہیں وہ بارہا ان خبیث روحوں سے دوچار اور فگار ہو چکی ہیں۔

رات کے کھانے کے بعد اکثر بھوتوں اور چڑیلوں کے تذکرے ہوا کرتے تھے اور خواتین کے ساتھ ساتھ تمام لونڈیاں، باندیاں اور مامائیں اصیلیں بھی اپنے اپنے ذاتی تجربات بیان کیا کرتی تھیں۔

ایک دن بہت تڑکے جب کہ دادی جان اپنے کھٹے پر بیٹھی حقہ پی رہی تھیں کہ ایک نوخیز چھوکری ہانپتی کانپتی ان کے پاس آئی اور سہمی آواز میں کہنے لگی۔ بڑی بی بی آدھی رات کو جب گھنٹہ بارہ بجا رہا تھا،ٹھن ٹھن ،ٹھن ٹھن ،کیا دیکھتی ہوں کہ انگاروں کے سے دیدوں اور بڑے بڑے دانتوں والی ایک کالی کلوٹی ،بینگن لوٹی دھم دھوسڑ چڑیل انگنائی میں کھڑے اپنے جھونٹے نوچ رہی ہے چرچر......اور پھر جھونٹے نوچتی ہوئی،مُرمُرے بھرے تھیلے کی طرح، ہائے اللہ میری طرف مسمساتی اور منمناتی چلی آرہی ہے۔اے بڑی بی بی! میری چھاتی دھک دھک کرنے لگی۔ اور جیسے ہی وہ ہتنی پولے پولے قدم رکھتی ہوئی میرے پلنگ کے قریب آکر کھڑی ہوگئی میری اُوپر کی سانس اُوپر نیچے کی نیچے ہو کر رہ گئی۔جی میں آیا چیخ مار کر گھر بھر کو جگادوں مگر ڈر کے مارے گلے میں گونجے سے اٹک گئے۔کتا کتا زور لگایا۔مدُا آواز نہیں نکلی۔دانت بیٹھ گئے۔گھگی بندھ گئی۔اور میرا دم نکل جانے میں بس ذرا ہی سی کسر باقی تھی کہ اللہ کا کرنا یہ ہوا کہ وہ جو سہ دری کے سبز عمامے اور لال جریب والے شہید مرد ہیں۔وہ سہ دری سے نکل کر کھڑاویں کھٹ کھٹ کرتے آ گئے اور آتے ہی انہوں نے اس مردار کی کھوپڑی پر ایسی کس کے جریب ماری کہ بھتنی بلبلا اُٹھی۔ اور اچھا آج نہیں تو کل کھاجاؤں گی آج نہیں تو کل کھاجاؤں گی، یہ کہتی ہوئی بھاگی اور دھواں بن کر پائے خانے کی نالی کے اندر غائب ہوگئی۔دادی جان یہ ماجرا سن کر اس چھوکری سے کہا سہ دری والے شہید مرد اس محل میں بہت سی جانیں بچا چکے ہیں۔دیکھ آج ان کی نیاز دلا کر ان کا طاق بھر دینا......اری تُو تو کل کی چھوکری ہے۔میں تو اس محل کے سیکڑوں کرشمے دیکھ چکی ہوں۔جب میں یہاں نئی نئی بیاہ کر آئی تھی تو اس محل کے کوٹھے سے کبھی کبھی رات گئے لف رائی لف رائی (لفٹ رائیٹ) کی آوازیں بڑے زور زور سے آنے لگتی تھیں اور جب سپاہی ، بندوقیں بھر بھر کر اُوپر جاتے تھے تو وہاں کوئی بھی نظر نہیں آتا تھا اور ان کے اُترتے ہی پھر وہی اُدھم ہونے لگتا تھا۔ایک عامل کہتے تھے کہ غدر کے زمانے میں جن گوروں کو یہاں مارا گیا تھا کبھی کبھی اُن کی روحیں آکر لف رائی لف رائی کیا کرتی ہیں۔

ایک رات کو جب کہ محرم کی نویں تاریخ کو ہمارے امام باڑے میں چراغاں ہو رہا تھا کہ ہمارے گھر کی لونڈی سکونت نے انگنائی میں چھت کی طرف دیکھ کر چیخیں مار مار کر کہنا شروع کر دیا۔''اری تو کون ہے اری تو کون ہے، اری تو کون ہے؟''

گھر بھر میں ہلچل مچ گئی ۔تمام عورتیں آنگن میں جمع ہوگئیں اور پوچھنے لگیں اری سکونت! یہ تو کس سے باتیں کررہی تھی ۔اس نے کہا بیبیو! میں نے دیکھا ایک بڑے بڑے دانتوں کی بھتنی اُوپر کی منڈیر سے جھک جھک کر تعزیہ دیکھ رہی ہے اور جب میں نے اُس سے پوچھا اری تو کون ہے تو اس نے منمنا کر کہا دُور ہوا ے شفتل ، ہم زیارت کرنے آئے ہیں اور یہ کہتے ہی وہ غائب ہوگئی ۔ یہ سننے کے بعد ہر عورت کے چہرے سے خوف ٹپکنے لگا اور گھر بھر پر سناٹا چھا گیا۔

## میرا ڈرپوک پن

یہ باتیں سن سن کر میں اس قدر سہم گیا تھا کہ رات کو گھر سے باہر قدم رکھنا تو درکنار جب شام کے وقت مردانے مکان میں جاتا تھا تو ڈیوڑھی کے اس دروازے سے لے کر اس دروازے تک کوئی نہ کوئی ماما مجھ کو پہنچانے جایا کرتی ۔اور غسل خانے جاتا تھا تو ماما دروازے پر سے بار بار آواز دیا کرتی تھی کہ بھیا ہم دروازے پر کھڑے ہیں، ڈرنا مت۔

تقریباً دس گیارہ سال کی عمر تک میری بزدلی کا یہ عالم رہا کہ جب تک بڑی بی گرُ مڑُ ا کر میری پائینتی لیٹ نہیں جاتی تھیں میں سو ہی نہیں سکتا تھا اور جب کبھی رات کے وقت چڑیل والی کلیا کی طرف آنکھ اُٹھ جاتی تھی تو میں تھرا جاتا اور کچکچا کر فوراً آنکھیں بند کرلیا کرتا تھا۔

دادی جان کا یہ ایک بندھا ٹکا اصول تھا کہ وہ ہر رات کو سوتے وقت، بلاناغہ کچھ پڑھ کر اور دور دور تک حصار کھینچ کر تین بار تالی بجایا کرتی تھیں اور جب کبھی اس تالی کی آواز میرے کانوں میں پڑ جاتی تھی میرا دل دھڑ کنے لگتا اور چڑیلوں کی صورتیں آنکھوں کے سامنے پھرنے لگتی تھیں۔

اور آج بھی جب کہ میں بوڑھا ہو چکا ہوں ۔ارواح خبیثہ کو وہم کی خلاقی کے سوا اور کچھ بھی نہیں سمجھتا پھر بھی میرا یہ عالم ہے کہ ابھی سال گزشتہ جب ملیح آباد میں دادا میاں کا محل دیکھنے کو گیا تھا تو ہر چند دن کا وقت تھا لیکن دو چار آدمیوں کو ساتھ لیے بغیر میں اندر قدم ہی نہیں رکھ سکا......اللہ اکبر، کس قدر ان مٹ ہوتے ہیں بچپن کے اثرات۔

## دوم

# فانی بدایونی

وہ پلان چٹ کے ذریعے سے روحیں بلایا کرتے تھے اور کچھ دن کے لیے انہوں نے مجھے بھی اس ڈھرے پر لگا دیا تھا۔ پلان چٹ ،لکڑی کا ایک قلب صورت آلہ ہوتا ہے جس کے ایک طرف چھوٹے چھوٹے پہیئے اور ایک طرف پینسل لگانے کا سوراخ ہوتا ہے۔ اور جب کسی کی روح بلانے کے واسطے ذہن پر زور ڈالا جاتا ہے تو وہ آلہ خود بخود معرض حرکت میں آجاتا اور کاغذ پر جوابات لکھنے لگتا ہے۔

ایک بار فانی، آزاد انصاری، علی اختر اور مودودی وغیرہ کے سامنے میں نے غالبؔ کی روح کو بلا کر کہا تھا، اپنا اسم گرامی لکھ دیجیے۔ پلان چٹ نے 'غالبِ مغلوب' لکھ دیا، میں نے کہا یہ مغلوبیت کیسی۔ پلان چٹ نے جواباً یہ لکھا،'اہل دنیا کی ناقدر شناسی کے باعث اب تک اپنے کو مغلوب سمجھ رہا ہوں'۔ میں نے کہا میں پرسوں آپ کے مزار پر گیا تھا۔ انہوں نے لکھا، میرا قیام مزار میں نہیں ہے۔ میں نے پوچھا، پھر کہاں ہے۔ انہوں نے لکھا، اس مقام پر جس کا کوئی نام نہیں ہے۔ میں نے پوچھا ،شراب کے باب میں اب کیا ارشاد ہے۔ انہوں نے لکھا، ظرف لازم ہے۔ میں نے آزاد انصاری کی طرف اشارہ کر کے پوچھا، یہ میرے داہنے طرف کون صاحب بیٹھے ہیں۔ انہوں نے لکھا، میرا پوتا ہے۔ میں نے کہا آپ مغل ہیں اور یہ انصاری۔ آپ کے پوتے کیسے ہو سکتے ہیں۔ انہوں نے لکھا، یہ میرے شاگرد حالی کے شاگرد اور اس رشتے سے میرے معنوی پوتے ہیں۔

ایک بار فانی نے ایک طوائف کی روح کو بلا کر مزاج پوچھا۔ اس نے لکھا، آپ بے وفا کو میرے مزاج سے کیا سروکار۔ آپ تو مجھ کو چھوڑ کر ایک قطامہ پر مرنے لگے تھے۔ اچھا ہوا کہ اس نے آپ سے دغا کی اور میرا دل باغ باغ ہو گیا۔

ڈاکٹر واگرے نے ایک روز مجھ سے کہا کہ گنگا دھر تلک کی روح کو بلا کر ان سے پوچھیئے ہندوستان کب آزاد ہوگا۔ تلک نے ہندی میں جواب لکھا۔ میں نے کہا واگرے صاحب، ہندی میں نہیں جانتا، آپ پڑھ کر بتائیں۔ ڈاکٹر واگرے نے کہا، اس میں لکھا ہے بیس اکیس برس کے بعد۔ (وہ سوال غالباً 1927ء میں کیا گیا تھا۔ جوشؔ)۔

ایک مرتبہ مہاراجہ کشن پرشاد نے مجھے اور فانی کو پلان چٹ سمیت بلا کر یہ کہا، میں نام نہیں بتاؤں گا، آپ میری ذات میں ڈوب کر میرے مطلوب بزرگ کی روح کو بلائیں۔ فانی نے کہا یہ بڑی ٹیڑھی کھیر ہے، جوش صاحب آپ کی مشق اب مجھ سے بڑھ چکی ہے، آپ ہی بلائیں۔ میں نے ذہن پر زور ڈالا اور خلاف معمول تاخیر کے ساتھ آلے میں حرکت پیدا ہوئی۔ مہاراجہ نے کہا میرا سلام کہہ دیجیئے۔ آلے نے لکھا 'خوش باش' اور مہاراجہ رونے لگے۔ کہنے لگے میں نے اپنے باپ کی روح کو بلایا تھا اور اب میرے سوا یہ بات کسی کو نہیں معلوم کہ وہ میرے سلام کے جواب میں ہمیشہ خوش باش کہا کرتے تھے۔

## سوم

## الویرو

اٹلی کے اس باشندے سے حیدر آباد دکن میں ملاقات ہوئی تھی۔ چہرہ خوانی میں اسے اس قدر بصیرت حاصل تھی کہ وہ آدمی کی صورت دیکھتے ہی اس کے خیالات معلوم کر لیتا اور پوچھے بغیر اس کے سوالات کے جواب لکھ کر دے دیا کرتا تھا۔

ایک بار سید امین الحسن صاحب بسملؔ اور نواب اصغر یار جنگ کے ساتھ میں ان سے ملنے جا رہا تھا تو میں نے ان سے موٹر میں یہ کہا کہ میں الویرو سے یہ دریافت کرنا چاہتا ہوں کہ ہندوستان میں فرنگی راج کب ختم ہوگا۔ میرے دونوں دوستوں نے کہا یہ سوال غلط ہے، ہم لوگ نظام سے وابستہ ہیں اس لیے ہم کو سیاسی جھگڑوں میں نہیں پڑنا چاہیے۔

جب ہم اس کے وہاں پہنچے تو ہم لوگوں کے سوالات کے جوابات قلم بند کرنے کے بعد اس نے مجھ سے کہا کہ ''آپ نے موٹر میں جو سوال ڈراپ کر دیا ہے، میں اس سے واقف ہوں لیکن میرا یہ اصول ہے کہ میں سیاسی سوالات کا جواب نہیں دیا کرتا۔ ہاں اتنا ضرور کہوں گا کہ سیاسی حیثیت سے آپ بڑے خطرناک قسم کے باغی ہیں اور زیادہ مدت تک یہاں نہیں رہ سکیں گے۔ لیکن آپ کا مستقبل بہت شان دار ہے۔

ایک بار مہاراجہ کشن پرشاد کی مجلس میں الویرو نے اکبر حیدری سے کہا، سر اکبر حیدری۔اس وقت آپ کے دل میں جو بات ہے اگر آپ اجازت دیں تو میں بتادوں۔ اکبر حیدری یہ سن کر اچھل پڑے اور کہا:

''آپ برسرعام میرے دل کی بات نہ بتائیں ورنہ بڑا غضب ہو جائے گا۔''

الویرو نے ایک پرچے پر وہ بات لکھ دی۔ اکبر حیدری دنگ ہو کر رہ گئے۔اس کے کمال کا اعتراف کیا اور پرچے کو چاک کر کے جیب میں رکھ لیا۔

❑❑❑

ماخذ: یادوں کی برات، خودنوشت، جوش ملیح آبادی، لاہور، ۱۹۷۰ء

# عمرِ رفتہ

## نقی محمد خان خورجوی

# اول

## تبادلہ ریاست بھرت پور، کشمیر

سنہ 1918ء میں میرا تبادلہ ڈپٹی سپرنٹنڈنٹی کے عہدے کی ترقی پر ریاست بھرت پور ہو گیا جہاں مسٹر بلنچٹ سپرنٹنڈنٹ پولیس تھے۔ چونکہ مہاراجہ نابالغ تھے اس وجہ سے ان کی بجائے ریاست کا نظم ونسق انگریز پولیٹیکل آفیسر کے سپرد تھا۔ شہر میں کوئی کوٹھی خالی نہ تھی۔ اسی وجہ سے مجھے شہر کے باہر اور شہر پناہ سے ملحق ایک دومنزلہ لق ودق مکان دیا گیا جس کے نیچے کے حصے میں ملازمان کے واسطے کوٹھریاں تھیں اور اوپر کے حصے میں تیس فٹ مربع ایک ہال اور پندرہ پندرہ فٹ کے چار کمرے تھے جو ہم دونوں میاں بیوی کی ضرورتوں سے کہیں زیادہ تھے۔ یہ مکان ایک ریاست کے جاگیردار کا تھا جو اسی مکان میں جل کر لاولد مر گیا تھا اور تقریباً بیس سال سے خالی پڑا ہوا تھا۔ میرے آنے سے قبل اس کی مرمت ہوئی تھی اور سفیدی وغیرہ کرا کر درست کرا دیا گیا تھا۔ لبِ سڑک تھا۔ سامنے ہی صدر ہسپتال تھا جس میں خوش نما پھلواری اور باغ پشت پر سرائے۔ اتنے بڑے مکان کے واسطے ہزاروں روپے کے فرنیچر کی ضرورت تھی لیکن مسافرانہ زندگی میں آرائش کیسی۔ ضرورت کی چیزیں کچھ خرید لیں اور کچھ ریاست سے مل گئیں۔

خان بہادر اشفاق حسین خاں صاحب ساکن شاہ جہاں پور افسر محکمہ مال اور خان خواجہ عزیز الرحمٰن ڈپٹی کلکٹر محکمہ مال تھے۔ ان کے بھائی خواجہ عزیز الحسن مولوی اشرف علی صاحب تھانہ

بھون کے خلیفہ تھے۔ان دونوں حضرات سے میرے تعلقات مثل عزیزوں کے ہوگئے۔سوائے ہم تینوں کے اور کوئی مسلمان افسر اس ریاست میں نہ تھا۔

راجپوتانے کی ریاستوں میں یوپی سے ملحق یہ پہلی ریاست ہے اسی وجہ سے اس کو راجپوتانے کا دروازہ کہتے ہیں۔آمدنی قریب چالیس لاکھ روپے۔جاٹوں کی ریاست،راجہ بھی جاٹ،مسلمان آبادی اسی ریاست کے ایک حصے میوات میں زیادہ تھی۔باقی شہر اور قصبہ 'پھرسر' میں ہے جہاں سے جاکر ان لوگوں نے محلّہ شاہ گنج جو شہر آگرہ کا ایک محلّہ ہے آباد کیا ہے۔'پھرسر' میرے زمانے میں تقریباً اُجڑ چکا تھا کیونکہ بہت لوگ وہاں کے گورنمنٹ انگریز کے ملازم تھے یا دیگر مقامات پر آباد ہوگئے تھے۔اکثر عالی شان مکانات خالی تھے۔بیانہ قصبہ بھی اسی ریاست میں ایک تاریخی قصبہ ہے۔یہ گنج شہداء ہے جہاں صدہا مزارات پتھر کے تعویذ کے ہیں۔ایک عالی شان مسجد بھی اسی زمانے کی ہے۔محمود غزنوی کی جرار افواج سے برسوں تک یہاں جنگ ہوئی ہے۔ان کے جنرل حضرت ابوبکر قندھاری کا بھی مزار ہے جس کی ایک بوسیدہ چہار دیواری اور لوح مزار باقی ہے جس پر ایک ہندو کوی (شاعر) کی لکھی ہوئی تاریخ کندہ ہے۔

گیارہ سے تھوتر اپھاگ تیج ب وار
بجے مندر گڑھ توڑیاں ابوبکر قندھار

یعنی:

سنہ 1173 بکرمی اور پھاگن کی تیسری تاریخ تھی جب اس قلعے کو،جس میں بجے مندر بنا ہوا ہے اور قدرتی پہاڑیوں سے گھرا ہوا ہے جو ناقابل تسخیر تھا،ابوبکر قندھاری نے کئی برس کی متواتر لڑائی کے بعد فتح کیا تھا۔

ان لڑائیوں میں تمام راجپوتانے کی ریاستوں کی افواج جمع ہوکر لڑی تھیں۔ان واقعات کو صدہا سال گزر گئے۔اُن کے مزارات کے خوش نما تعویذ (پتھر کے بھی) اغیار اٹھا کر لے گئے اور اپنے مکانات میں چنوا دیا۔تاہم تاریخ زندہ ہے اور میلوں تک اب بھی پتھر کی قبریں موجود ہیں۔یہ لوگ خالص مجاہد تھے،ملک و دولت کے بھوکے نہ تھے۔

راجپوتانے کی ہر ریاست میں پہاڑوں میں مینارے ہیں جن میں صدہا طاق ہیں۔

قدیم زمانے میں یہ چراغ روزانہ روشن کیے جاتے تھے، ورنہ یہ سمجھا جاتا تھا کہ غنیم کی فوج آ گئی اور سب مل کر ایک دوسرے کی مدد کرتے تھے۔

یہ مقام میرے ہی حلقے میں تھا اس لیے اکثر معائنہ تھانہ کے سلسلے میں جایا کرتا، اور فاتحہ کی غرض سے مزارات پر بھی جانے کا اتفاق ہوتا۔ میں اس مقام کی حالت سے بہت متاثر ہوتا اور یہ شعر پڑھ کر چلا آتا۔

بنا کردند خوش رسمے بخون وخاک غلطیدن

خدا رحمت کند ایں عاشقان پاک طینت را

جو مکان مجھے رہنے کے واسطے دیا گیا تھا وہ آسیب زدہ تھا۔ عمر میں یہ پہلا اتفاق تھا کہ ایسے مکان میں مجھے رہنے کا اتفاق ہوا۔ بعض حالات اس کے دلچسپ ہیں۔

ہم لوگ مکان کی اوپر کی منزل میں رہا کرتے تھے۔ جو واقعات پیش آئے اس کی ابتدا اس طرح ہوئی کہ شب میں اکثر ہم لوگوں کو ایسا معلوم ہوتا کہ بڑے کمرے کی چھت جس پر کافی وزنی لکڑی کے شہتیر (گارڈر) لگے ہوئے تھے، کوئی شخص چلتا پھرتا ہے۔ اس تصور کو کوئی اہمیت نہ دی۔ چند ماہ گزر جانے کے بعد ایک روز یہ واقعہ پیش آیا کہ ڈرائنگ روم کی تپائی اور ایک دو کرسیاں خود بخود بے ترتیب ہوگئیں۔ مثلاً اگر کوئی شمال رویہ تھی تو وہ مغرب رویہ ہوگئی۔ تپائی کی جو جگہ تھی وہ اپنی مقررہ جگہ سے دوسرے مقام پر پہنچ گئی۔ یہ سب دن کے وقت ہوا اور اس کی وجہ نہ معلوم ہو سکی۔

اس واقعے نے مجھے اور میری بیوی کو یقین دلا دیا کہ مکان آسیب زدہ ہے۔ بڑی مصیبت تو یہ تھی کہ بھرت پور میں جو عورتیں ملازم رکھی جاتی ہیں وہ رات کو نہیں رہتیں اور میں اکثر رات کو گشت میں جاتا تھا یا دورے پر ایک دو روز باہر رہنا پڑتا۔ ایسے لق ودق مکان میں جس میں آسیب کا بھی خیال ہو، میری بیوی اور بچے کو تنہا رہنا، فی الواقع یہ انھیں کی ہمت تھی۔ ملازم اور اردلی نیچے کے حصے میں رہتے تھے۔ بھوتوں کے جس قدر افسانے سنے گئے ہیں وہ سب شب ہی کے واقعات ہوتے ہیں لیکن یہ حالت اس کے برعکس تھی۔ میں اس مکان کو چھوڑ دیتا لیکن شہر میں کوئی دوسرا مکان اس قابل نہ تھا۔

ایک روز دوپہر کو جبکہ میری بیوی علیل تھیں، میں دفتر سے ان کو دیکھنے کی غرض سے آیا اور ان کے کمرے کے دروازے میں کرسی پر بیٹھ گیا۔ یہ دروازہ بیڈ روم اور ڈرائنگ روم کا مشترکہ

تھا۔میں نے کھڑکھڑاہٹ کی آواز سنی اور ڈرائنگ روم میں دیکھا۔بچوں کی لکڑی کا گڈولنا(جس کو پکڑ کر بچے پیدل چلنا سیکھتے ہیں)جو ایک کونے میں تھا، تیزی سے لڑھکتا ہوا ایک طرف کو گیا اور تخت سے ٹکرا کر الٹ گیا۔نہ آندھی نہ ہوا، نہ کوئی اس کو چلانے والا، نہ رات کا وقت جو نگاہ کی غلطی کا امکان ہو۔اس کھڑکھڑاہٹ کی آواز کو میری بیوی نے بھی سنا۔ایسی حالت میں کسی غلط فہمی کا امکان ہی نہ تھا نہ کوئی تاویل ہوسکتی ہے۔میری بیوی دوبار ایسی شدید بیمار ہوئیں کہ خدا خدا کر کے جان بچی لیکن بیماری اور آسیب دو مختلف چیزیں ہیں، اس لیے بھوتوں کے اثر کا خیال نہیں ہوا۔

اس واقعے کو بھی تقریباً ایک سال گزر گیا اور کوئی عجیب بات معلوم نہ ہوئی۔

ایک مرتبہ موسم سرما میں ہم لوگ سو رہے تھے۔اندازاً آدھی رات کا وقت ہوگا، مجھے چیخ کی آواز نے جگا دیا۔اٹھ کر دیکھا تو وہ لالٹین جس کی روشنی کم کر کے ایک چھوٹی میز پر رکھ دیا تھا، میری بیوی بچے کے لحاف کے اوپر الٹی پڑی ہوئی تھی اور اس میں سے آگ کے شعلے بھڑک رہے تھے۔یہ میز پلنگ سے تقریباً پانچ فٹ کے فاصلے پر تھی۔سمجھ میں نہیں آتا کہ لالٹین کیونکر وہاں سے اڑ کر لحاف پر گر گئی۔میں نے لالٹین کو اٹھا کر علیحدہ کیا۔میرے بچے کا ہاتھ جو چمنی سے جل گیا تھا، اس کی دیکھ بھال کی۔کمرے کے سب کواڑوں کو احتیاط سے دیکھا، وہ بدستور بند تھے۔سوائے اس کے اور کیا سمجھا جائے کہ یہ اس خبیث روح کا آتشیں مذاق تھا۔

ہمارے یہاں جو مہمان آتے تھے ان کو یہ باتیں نہ بتلائی جاتی تھیں تاکہ وہ خوفزدہ نہ ہوں۔

ایک مرتبہ میرے چھوٹے بھائی شفیع محمد خاں مجھ سے ملنے کے واسطے بھرت پور آئے۔ڈرائنگ روم کے متصل ایک کمرے میں ان کا پلنگ تھا جہاں دیوار میں ایک سات فٹ اونچی الماری تھی۔لحاف سر تک اوڑھ کر وہ سو گئے اور میں اور بیوی ڈرائنگ روم میں بیٹھے ہوئے تھے۔غالباً دس بجے شب کا وقت تھا۔میرے بھائی کو سونے کی حالت میں یہ محسوس ہوا کہ ان کے پلنگ کی پٹی پر کوئی شخص کھڑے ہو کر الماری کو کھول رہا ہے۔

انہوں نے لحاف کے اندر ہی سے آواز دی ’’کون؟‘‘

کوئی جواب نہ ملا۔

تب انھوں نے سر سے لحاف ہٹا کر دیکھنا چاہا تو معلوم ہوا کہ کسی نے سر اور پیروں کی طرف سے لحاف کو پکڑ رکھا ہے۔

مجھے آواز دی۔

جب ہم لوگ دوڑ کر کمرے میں گئے۔ وہ پلنگ پر بیٹھے ہوئے تھے۔ اس وقت تو جھوٹ سچ بول کر ان کا شک رفع کرنے کی کوشش کی۔ پلنگ کو اپنے کمرے میں لے آیا۔ صبح کو جب ان حالات کا ان کو علم ہوا تو وہ بغیر کچھ روز قیام کیے اسی روز الہ آباد چلے گئے۔

میں مع متعلقین ایک ماہ کی رخصت لے کر وطن گیا ہوا تھا۔ پولیس کا گارڈ مکان کے نیچے کے حصے میں تھا۔ واپسی پر معلوم ہوا کہ ایک روز رات کو گارڈ کے ایک سپاہی نے جو پہرے پر تھا دیکھا کہ ایک شخص دراز قامت ٹخنوں تک نیچا انگرکھا پہنے ہوئے اور کمر میں تلوار، جاٹوں کی وضع کا صافہ باندھے ہوئے صحن کے چبوترے پر نیم کے نیچے کھڑا ہے۔ سپاہی نے اس کو ٹوکا۔

پہلے تو اس نے سپاہی کی طرف سر کو گھما کر دیکھا۔ اس کے بعد اوپر کی منزل کی سیڑھیوں پر چڑھنا شروع کیا۔ سپاہی نے آواز دے کر گارڈ کو ہوشیار کیا اور بندوق میں کارتوس لگایا تو وہ چند سیڑھیوں پر چڑھ کر غائب ہو گیا۔ معلوم ہوا کہ اس مکان کے مالک جاگیر دار کا یہی حلیہ یہی وضع قطع تھی۔

راوی کا کام صرف اسی قدر ہے کہ مافوق الفطرت واقعات کو جو اس کے مشاہدے میں آئیں بلانمک مرچ لگائے بیان کر دے۔ لیکن عام طور پر یہی دیکھا گیا ہے کہ عجیب بات کو عجیب تر بنا کر سننے والوں کو حیرت زدہ کرنے کی کوشش کی جاتی ہے۔ نتیجہ یہ ہوتا ہے کہ اس کی نوعیت تبدیل ہونے سے وقعت جاتی رہتی ہے۔

میں اس معاملے میں کافی شکی واقع ہوا ہوں اور صرف اسی حد تک اس کو تسلیم کرتا ہوں جس کو اپنی آنکھ سے دیکھ لوں۔ میں نے آج تک کسی بھوت کو اپنی آنکھ سے نہیں دیکھا البتہ اس کے اثرات کا اسی حد تک قائل ہوں جو اس مکان میں رہنے کے زمانے میں پیش آئے تھے۔

ایک روز بھرت پور کے عبدالمجید خاں کورٹ انسپکٹر نے جن کی عمر پچاس سال ہوگی مجھ سے بیان کیا کہ ان کے مکان کے سامنے ایک مختصر دو منزلہ مکان برسوں سے خالی ہے اور لاوارث ہے۔ مکان کا ایک ہی دروازہ ہے جس کے بند رہنے کی وجہ سے نیچے کا حصہ مٹی میں دبا ہوا ہے۔

اندر کی حالت کسی نے نہیں دیکھی نہ اس کے بارے میں کبھی کوئی بھوتوں کی شہرت سنی۔انہوں نے کہا کہ پرسوں شام کو میں مع دو اور اشخاص کے اپنے مکان کے سامنے بیٹھا ہوا تھا کہ ایک عورت کو اس مکان کی چھت پر کھڑا ہوا دیکھا۔دوسرے روز بھی دیکھا۔دروازہ بدستور بند اور کوئی ذریعہ اوپر پہنچنے کا ناممکن۔میں نے کہا کہ آج شام کو میں خود آن کر دیکھوں گا چنانچہ دو روز متواتر میں کورٹ انسپکٹر کے مکان پر گیا لیکن عورت نظر نہ آئی۔نہ اس کے بعد پھر کبھی کسی نے اس کو دیکھا۔

سرکاری کاموں کے سلسلے میں مجھے کوئی دشواری نہ تھی۔ریاستوں میں سازشیں محکمے کے اعلیٰ افسروں کے خلاف ہوا کرتی ہیں لیکن سپرنٹنڈنٹ پولیس انگریز تھا۔میں محفوظ تھا۔سنہ 1919ء میں مسٹر بلنچٹ کی پنشن ہوگئی اور میں ان کی بجائے سپرنٹنڈنٹ پولیس مقرر ہوا۔چونکہ مسٹر بلنچٹ کی کوٹھی ان کے جانے کے بعد خالی تھی میں اس میں چلا گیا۔تب بھوت سے نجات ملی۔

# دوم

میں چاہتا تھا کہ صبح کی ریل سے الہ آباد چلا جاؤں لیکن میزبان کی چائے کے تکلفات کی وجہ سے ریل نہ مل سکی۔وہ تو اپنے سرکاری کاموں میں مصروف ہوگئے اور میں نے کچھ سو کر اور کچھ کروٹیں بدل بدل کر دن گزارا اور چار بجے اسٹیشن لکھنؤ پر پہنچ گیا۔

اُس زمانے میں لکھنؤ کا اسٹیشن ایک معمولی عمارت تھی۔کمروں کے سامنے ٹین کا لمبا سائبان تھا جہاں بنچیں مسافروں کے بیٹھنے کے واسطے پڑی تھیں لیکن کوئی خالی نہ تھی جس پر میں بیٹھتا۔میں نے ادھر سے ادھر ٹہلنا شروع کر دیا۔یہاں جو واقعہ پیش آیا وہ بھی عجیب وغریب تھا۔

ایک بینچ پر تین صاحب بیٹھے ہوئے تھے۔ان میں ایک صاحب ضعیف العمر لاغر اندام لکھنؤ کی وضع کی دو پلی ٹوپی،ڈھیلا پاجامہ اور انگرکھا پہنے دونوں پیر اوپر اٹھائے ہوئے بیٹھے تھے۔بائیں ہاتھ میں 'ہر دم تازہ' تھا۔یہ اُس زمانے میں وہ حقہ ہوتا تھا جو شاید دو پیسے یا ایک آنے

میں بھرا بھرایا آگ پانی سے تیار ملتا تھا۔ پینے کے بعد اس کو پھینک دیتے تھے۔ان بزرگ کا داہنا ہاتھ اپنے داہنے مڑے ہوئے گھٹنے پر رکھا ہوا تھا۔میں جب ٹہلتا ہوا ان کے قریب سے گزرا تو انہوں نے مجھے آواز دے کر اپنی طرف مخاطب کیا۔میں قریب جا کر کھڑا ہو گیا۔

سوال کیا کہ ''کیا تم شاہ فضل الرحمٰن صاحب گنج مرادی کے مرید ہو؟''(جن کے انتقال کو عرصہ گزر گیا تھا) میں نے جواب دینے میں تامل نہ کیا اور کہا کہ ''جی نہیں!''

انہوں نے تعجب کے لہجے میں میرے ہی الفاظ کو دہرایا،''جی نہیں!؟''

میں نے کہا کہ میں مرید نہیں ہوں۔

آواز ان کی کرخت اور لہجہ سخت تھا۔بولے ''تم جھوٹ بولتے ہو۔حضرت مولانا کا ہاتھ رکھا ہوا میں تمہاری پیٹھ پر دیکھ رہا ہوں۔''

یہ سن کر میں حیران ہو گیا اور مجھے اپنی دس سال کی عمر کا وہ واقعہ یاد آ گیا جب والد صاحب مجھے حضرت مولانا کے پاس گنج مراد لے گئے تھے اور انہوں نے اپنا ہاتھ میری پشت پر رکھ کر توجہ فرمائی تھی۔میں نے کہا کہ حضرت آپ صحیح فرماتے ہیں جب میں شاہ صاحب کی خدمت میں حاضر ہوا تھا تو بہت کم عمر تھا اور اس واقعہ کو بھول گیا تھا۔یہ سن کر انہوں نے پھر حقہ کے ایک دو کش لیے۔ریل آ گئی اور میں سامان رکھوانے میں مصروف ہو گیا۔

سامان رکھ کر میں نے ان بزرگ کی تلاش شروع کی تا کہ ان کا ہم سفر ہو کر وقت دل چسپی سے گزاروں لیکن وہ پھر نہ ملے۔اور میں الہ آباد واپس آ گیا۔

# سوم

میرے چھوٹے بھائی شفیع محمد خاں سب انسپکٹر ہو چکے تھے۔ہمشیرہ کی شادی ہو گئی تھی۔ والد صاحب کا سنہ 1908ء میں انتقال ہو چکا تھا۔تنہائی کی وجہ سے کبھی والدہ صاحبہ میرے پاس آ جاتیں۔جب دل چاہتا خورجہ چلی جاتیں۔میرے گانے بجانے کا شغل برابر جاری تھا۔

ایک روز مردانہ مکان میں جس میں نشست کا کمرہ سڑک کی جانب تھا، اپنے شغل میں مصروف تھا۔ بھیرون دت سب انسپکٹر طبلہ اور میں باجا بجار ہا تھا۔ حکیم جی اور مبارک حسین ''رفتم اندر تہِ خاک انس بتانم باقیست'' حضرت نیازؔ کی غزل قوالی کے طرز میں بڑے مزے میں گا رہا تھا۔ الاپ اور تان موقعہ موقعہ سے لے لیتا تھا۔ محمد حسین اور شمس الحق دو سب انسپکٹر اور بھی تھے۔ رات کے دس بجے تھے۔ سڑک سنسان تھی ۔ یکا یک میرے ہارمونیم پر بہت سے پیسے جن میں کچھ دونی چونی بھی تھیں کچھ ریوڑیاں اور پھول بکثرت آن کر گرے۔ گانا بند ہوگیا۔ محمد حسین اور شمس الحق جو دروازے کے قریب ہی بیٹھے تھے دوڑ کر باہر گئے۔ لیکن گلی میں کوئی نظر نہ آیا۔ سب کو اس واقعہ سے حیرت ہوئی۔

اس کے بعد پھر اس قسم کا واقعہ پیش نہ آیا۔

# چہارم

جس کوٹھی میں رہتا تھا اس کے احاطے میں جا بجا دو تین اونچے اور بڑے چبوترے، تین چار زبردست املی کے درخت اور ایک کنواں بھی تھا۔ کچھ دنوں کے بعد معلوم ہوا کہ دراصل یہ زمین جس میں میری کوٹھی تھی ،قدیم مسلمانوں کا قبرستان تھا جس کو آٹھ دس سال ہوئے ایک ہندو مدار المہام نے جیل سے قیدیوں کو بلا کر قبروں کو مسمار کرا کر جو ہزاروں کی تعداد میں تھیں ہل چلوادیا اور اپنے لڑکے کے واسطے کوٹھی بنوائی ۔ چبوترے بھی بلا تعویذ کے پکار پکار کر کہہ رہے تھے کہ ۔

خدا ہی اس چپ کی داد دے گا جو تربتیں رونڈ ڈالتے ہیں
عدم کے مارے ہوئے مسافر نہ بولتے ہیں نہ چالتے ہیں

انہیں قبروں میں ایک مسمار شدہ پختہ قبر سڑک کے قریب تھی جس کے خوش نما مقبرے کی جالی منقش سنگ مرمر اور سنگ سرخ کی تھی ۔ پتھر اس قبر کے اوپر اور آس پاس ڈھیر کی شکل میں

پڑے ہوئے تھے۔

میرے دریافت کرنے پر واقف کار لوگوں نے بتلایا کہ تیس چالیس سال پہلے جو مہاراجہ اس ریاست کے تھے،ان کے پاس ایک مسلمان طوائف تھی۔شریف النفس ، نیک نیت، صوم وصلوٰۃ کی پابند اور نہایت مخیّر تھی۔اس کی خیرات کا یہ عالم تھا کہ ہر جمعرات کو وہ تھیلوں میں روپے اور پیسے لے کر اور ہاتھی پر سوار ہو کر نکلتی اور غریبوں کو تقسیم کر دیتی۔برسوں اس کا یہی معمول رہا۔جب مر گئی تو مہاراج نے اس کا نہایت خوش نما مقبرہ تیار کر دیا جس کا مدار المہام کی سنگ دلی اور خود غرضی نے نشان تک باقی نہ رکھا۔

یہ میں جانتا ہوں کہ ہر چیز بن کر بگڑتی ہے اور بگڑ کر بنتی ہے۔یہی قانون قدرت ہے لیکن اس طوائف کی خوبیوں کے حالات سن کر دل چاہتا تھا کہ مقبرہ پھر اُسی پہلی حالت میں ہو جائے۔ہندو ریاست میں میرا اس کام کو کرنا میرے منصب کے منافی تھا۔اسی حالت میں دو سال گزر گئے۔

حسن اتفاق دیکھئے کہ مہاراجہ کو بیس میل لمبی ایک پختہ سیمنٹ کی سڑک بنوانے کی ضرورت پیش آئی اور اس کا لاکھوں روپے کا ٹھیکہ دھول پور کے ایک مسلمان ٹھیکے دار کو دیا گیا جو شریف النفس تھے۔جب میرا ان سے کافی ربط ضبط ہو گیا تو ایک روز میں نے طوائف کی قبر دکھلائی اور واقعات سے باخبر کیا۔ٹھیکہ دار صاحب نے پتھروں کے ڈھیر کا جائزہ لیا اور از سر نو اس مقبرے کو بطور کار خیر بنوانے پر رضا مند ہو گئے اور چند ہی مہینے میں مقبرہ تیار ہو گیا۔

اس واقعے کو بھی ایک سال گزر گیا اور کوئی معترض نہ ہوا۔ایک روز مجھے عجیب مذاق سوجھا۔میں نے اپنے گارڈ کے ایک معمر سپاہی کو جس کی پنشن ہونے والی تھی ، بلا کر کہا کہ پنشن کے بعد تمہارے بال بچوں کی گزر مشکل سے ہو گی۔طوائف کی قبر کا مجاور بن جا۔اس کی آمدنی سے بہ آسانی کام چل جائے گا۔ترکیب بہت آسان ہے۔آج ہی رات کو فرضی خواب دیکھ یعنی ایک بزرگ خواب میں نظر آئے ہیں اور وہ یہ کہتے ہیں کہ طوائف جس کی یہ قبر ہے اپنی نیکیوں کی وجہ سے آسمان کی حوروں میں جا کر مل گئی ۔قبر خالی تھی ،مقبرہ خوبصورت ہے اور اس پر میں قابض ہو گیا ہوں ۔جو شخص جمعرات کے روز مٹھائی لا کر فاتحہ دلائے گا اور کچھ نقدی پیش کرے گا اگر کوئی

اس کے گھر میں بیمار ہوگا تو وہ خدا کے حکم سے شفایاب ہو جائے گا۔اس خواب کا ذکر پہلے تو گارڈ کے سپاہیوں سے کرنا،اس کے بعد شہر میں کرنا۔

ریاست بھرت پور میں بھی میں نے ایک شخص کو یہی ترکیب بتلائی تھی۔شہر سے فاصلے پر ایک گاؤں کا سڑک سے متصل ایک قبرستان تھا جہاں سڑک کے گھماؤ کی وجہ سے دو بسیں الٹ چکی تھیں۔ایک قبر کا وہ مجاور بن گیا تھا۔ ہندو اور مسلمان سب مٹھائی اور چڑھاوا چڑھاتے۔بس لاری اور موٹر ڈرائیور جو اس طرف سے گزرتے کچھ نہ کچھ دے کر جاتے۔خدا کی قدرت یا تو وہ شخص نان شبینہ کا محتاج تھا یا اس ذریعے سے اس کی گزراوقات بخوبی ہونے لگی اس لیے میری رائے یہ ہے کہ تم بھی یہی پیشہ اختیار کرو۔

مذاق ہی مذاق میں اس نے میری بتلائی ہوئی ترکیب پر عمل درآمد شروع کر دیا۔ہمارے ملک میں توہم پرستوں ، جاہلوں ،ضعیف الاعتقادوں کی کیا کمی ہے ۔میری موجودگی کے زمانے میں تو اس کا کام زیادہ نہ تھا لیکن معلوم ہوا کہ دو تین سال کے بعد آمدنی میں اضافہ ہو گیا۔

بعض مزارات کے بارے میں جو عجیب وغریب واقعات مشہور ہیں کیا عجب ہے کہ اسی قسم کے پروپیگنڈوں کا نتیجہ ہوں۔

## پنجم

ایک روز عجیب واقعہ پیش آیا۔جمعرات کی شب میں نے خواب دیکھا کہ مہاراج دتیا ایک جنگل میں کھڑے ہیں ،ان کے قریب انجینئر تارا سنگھ اور دوا ے ڈی سی ہیں ، میں بھی موجود ہوں۔ایک اور صاحب میرے قریب آئے اور کہا کہ ”میری قبر ٹوٹ گئی ہے اُس کی مرمت کی جائے۔“

جس کوٹھی میں میں رہتا تھا وہ بھی پرانا قبرستان تھا اور اکثر قبریں ٹوٹی پڑی تھیں۔میں نے سمجھا کہ انہیں قبروں میں سے کوئی قبر ہوگی۔

انہوں نے جواب دیا کہ ''میرا نام رضا شاہ ہے اور قبر کا نشان تمہیں معلوم ہو جائے گا۔''

میری آنکھ کھل گئی اور یہ خواب میں نے اسی وقت اپنی نجی ڈائری میں لکھ لیا۔ چند روز کے بعد صبح کے وقت سید...... صاحب (نام یاد نہیں) جو رسالہ کمانڈر تھے، مجھ سے ملنے آئے۔ معمر آدمی تھے۔ انہوں نے اپنے آنے کی غرض یہ بتلائی کہ ان کے محلے میں ایک انہیں کے رسالے کا سوار رہتا ہے۔ گزشتہ رات کو وہ سید صاحب کے پاس آیا، اُن کو جگایا اور کہا کہ دو روز سے کوئی روح اُس کو تنگ کر رہی ہے اور خواب میں یہ کہتی ہے کہ تمہارے مکان کے قریب جو خندق میں قلعے کی دیوار کے پتھر گرائے جا رہے ہیں، ان پتھروں سے میری قبر ٹوٹ گئی ہے اس کی مرمت کرادی جائے۔ اس بارے میں آپ کی کیا رائے ہیں؟

میں نے اپنی ڈائری سے جو میز پر رکھی تھی اسی مقام کو دکھلایا جہاں میں نے خواب درج کیا تھا۔ ان کو پڑھ کر ان کو بہت حیرت ہوئی۔ ہم لوگوں نے یہ واقعہ قاضی عزیز الدین صاحب مدارالمہام سے بیان کیا، ان کو بھی تعجب ہوا۔ وہ کسی سرکاری ضرورت سے مہاراجہ صاحب کے پاس جا رہے تھے جو شہر سے فاصلے پر جنگل میں تھے۔ ہم دونوں کو بھی لے گئے۔

اس وقت اتفاق سے انجینئر تارا سنگھ بھی موجود تھے ان کو حالات بتلائے۔ مہاراج نے کہا کہ قلعے کی دیوار کے جو پتھر خندق میں گرائے جا رہے ہیں وہاں بہ کثرت جنگلی درخت اور گھاس ہے جب تک کہ وہ تمام حصہ صاف نہ ہو اور پتھر دیوار کے نہ ہٹائے جائیں قبر کا نشان ملنا دشوار ہے اور اس کے واسطے بہت آدمیوں کی ضرورت ہوگی۔

مجھ سے دریافت کیا کہ آپ کتنے آدمی پولیس کے دے سکتے ہیں؟

میں نے کہا ''پچیس۔''

تارا سنگھ سے پوچھا کہ ''تم کتنے مزدور دے سکتے ہو؟''

انہوں نے تیس بتلائے اور سید صاحب نے پچاس سوار دینے کا وعدہ کیا اور کہا بہت اشخاص میرے محلے کے اس کام میں مدد دے سکیں گے۔

ہم لوگ وہاں سے واپس آ گئے اور صفائی کا کام شروع ہو گیا۔ تیسرے روز ایک پختہ قدیم زمانے کی قبر برآمد ہوئی جو فی الواقع پتھروں کے گرنے سے تازہ ٹوٹی ہوئی معلوم ہوتی تھی۔

مہاراجہ نے خود بھی آن کر اس کو دیکھا اور حکم دیا کہ از سر نو زیادہ خوش نمائی کے ساتھ بنوایا جائے اور چبوترے کے گرد ستون بنوا کر زنجیروں کا حصار کر دیا جائے اور رضا شاہ کے نام کا کتبہ لگا دیا جائے۔

# ششم

میں ہر ماہ تمام امتحانوں میں ہر مضمون میں اچھے نمبروں سے پاس ہوتا رہا۔سالانہ امتحان میں صرف دو ماہ باقی تھے۔وہاں کے قواعد کے مطابق ایک ماہ کے واسطے کالج بند کر دیا گیا تا کہ سالانہ امتحان کے واسطے قانونی کمزوریوں کو دور کر سکیں۔کچھ لڑکے کالج ہی میں رہے اور کچھ اپنے اپنے گھروں کو چلے گئے۔جانے والوں میں میں بھی تھا۔

خورجہ جا کر اس مرتبہ میں نے اپنی تمام تفریحات کو خیر باد کہہ دیا اور زیادہ سے زیادہ وقت قوانین کی دفعات یاد کرنے اور سمجھنے میں صرف کرتا۔والد صاحب مجھے قانون سمجھایا کرتے اور میں بقاء اللہ خاں صاحب، جو میرے بزرگ عزیز تھے ان کی کوٹھی کے بالا خانے پر تنہائی میں پڑھا کرتا تھا۔تقریباً تعزیرات ہند اور ضابطہ فوجداری کا تو میں حافظ ہو گیا کیونکہ تعریفی دفعات سب حفظ کی جاتی ہیں۔

حسب معمولی ایک روز میں ناشتے سے فارغ ہو کر ان کی کوٹھی پر گیا جہاں ان کے پاس اور بھی کئی اشخاص بیٹھے ہوئے تھے۔بھائی بقاء اللہ خاں صاحب نے اپنی جانب ایک شخص کو آتے ہوئے دیکھا جس سے وہ واقف تھے اور آٹھ دس سال پہلے بھی دیکھ چکے تھے اور اکثر ان کی کرامات کا ذکر کیا کرتے تھے۔یعنی ان کو ایک ہی وقت میں لوگوں نے دو مختلف مقامات پر جن کا فاصلہ چار پانچ میل کا تھا دیکھا تھا۔وہ گھٹنے تک کپڑا لپیٹے ہوئے تھے، باقی جسم برہنہ تھا۔نہ یہ کہا جا سکتا تھا کہ وہ ہندو ہیں یا مسلمان ہیں (اغلباً ہندو تھے)۔جس دمی جس کو ہندی زبان میں پرنایام کہتے ہیں اور جو مسلمان صوفی اور ہندو سادھو عبادت الٰہی کے سلسلے میں اس ترکیب کو کام میں لاتے

ہیں یقیناً ماہر تھے۔اس میں یہ ہوتا ہے کہ خیالی ترکیبوں سے روح کو دماغ میں ایک معینہ مدت کے واسطے محبوس کر دیتے ہیں اور جسم کا بقیہ حصہ مردہ ہو جاتا ہے۔نتیجہ یہ ہوتا ہے کہ انسان اس مدت کے واسطے جس کا اس نے ارادہ کیا ہے، محبت الٰہی کی لذت اور سرور میں گم ہو جاتا ہے۔بعض بعض سادھو اور صوفی تو کئی کئی روز تک اسی حالت میں رہنے کی مشق کر لیتے ہیں لیکن بھائی بقاء اللہ خاں صاحب کی بابت یہ معلوم ہوا تھا کہ چند گھنٹوں کے واسطے کبھی کبھی جبس دمی کیا کرتے ہیں۔وہ فرمایا کرتے تھے کہ یہ مشق جان کنی کے وقت زیادہ کارآمد ہوتی ہے کیونکہ وہ شخص موت کے وقت یادالٰہی کے خیال میں غرق ہو جاتا ہے نہ اس کو موت کی تکلیف ہوتی ہے اور نہ اس وقت دنیا کی محبت اس کو اپنی طرف مائل کرتی ہے۔

جب وہ درویش آن کر بیٹھ گئے تو بھائی صاحب نے پانی منگا کر ان کے پیروں کو اپنے ہاتھ سے مل مل کر دھویا، صاف کیا اور ایڑی کی جو جابجا سے کھال پھٹ گئی تھی اس پر کڑوا تیل لگایا۔ زنانہ مکان میں جا کر کھانا لائے ،ان کو کھلایا۔ جب ان کاموں سے فارغ ہو گئے تو ان سے دریافت کیا کہ برسوں کے بعد کیسے آنا ہوا؟

انھوں نے جواب دیا کہ اب میں کسی دوردراز مقام کو جارہا ہوں، اور شاید پھر ملاقات کا موقع نہ مل سکے۔میں نے جو پہلے جبس دمی کی تمہیں ترکیب بتلائی تھی وہ طریقہ مشکل تھا، اب مجھے آسان طریقہ معلوم ہو گیا ہے جس کو بتلانا چاہتا ہوں۔

اس کے بعد انھوں نے دھوتی کی گانٹھ میں سے ایک پڑیا نکالی اور اس میں سے کچھ خشک پتے کسی پودے کے نکال کر کہا کہ اگر کئی روز کے واسطے جبس دمی کرنے کی ضرورت پیش آجائے تو ایک پتے کو چٹکی سے مل کر ایک گھونٹ پانی کے ساتھ کھا لینے سے نہ پیاس معلوم ہو گی اور نہ بھوک کیونکہ یہ دونوں چیزیں اس حالت کو اکثر بے لطف بنا دیتی ہیں۔

یہ گفتگو انھوں نے سب لوگوں کے سامنے کی۔لیکن جب انھوں نے جبس دمی کی ترکیب بتلائی تو ایک علیحدہ کمرے میں چلے گئے۔تخت پر فرش بچھا ہوا تھا اور کسی کو وہاں جانے کی اجازت نہ تھی۔لیکن چونکہ بھائی صاحب کو مجھ سے انس تھا اور یہ بھی جانتے تھے کہ مجھے تصوف سے خاص لگاؤ ہے، میری خواہش دیکھ کر انھوں نے صرف مجھے کمرے میں آنے کی اجازت دے دی۔

ہم تینوں تخت پر جا کر بیٹھ گئے۔درویش نے (جن کی عمر اندازاً پینتالیس پچاس کی ہو گی)

بھائی صاحب سے کہا کہ اپنے خیال کو ( ناف پر کلمے کی انگلی رکھ کر بتلایا کہ ) یہاں سے شروع کرو، اور جہاں جہاں میری انگلی جائے، لے جا کر اس طرح پر ریڑھ کی ہڈی میں سے جو کھلی ہوتی ہے گزار کر کمر کے پچھلے حصے میں سب سے اوپر تک پہنچا دو۔ جب محبت الٰہی میں اپنی طبیعت کو مائل دیکھو اس وقت اس عمل کو شروع کرو۔ بقیہ اس سلسلے میں وہی احتیاطیں ہیں جو میں پہلے بتلا چکا ہوں۔ وہ اپنی انگلی کو ناف کے بعد اس مقام پر اوپر کی طرف لائے تھے جہاں معدہ ہوتا ہے اور جہاں دونوں طرف کی پسلیوں کی محرابی شکل ہے۔ اس کے بعد بائیں جانب آہستہ آہستہ دل کے مقام پر لائے اور پھر ریڑھ کی ہڈی جو پشت پر ہوتی ہے عین دل کے مقابل مقام بتلایا، اور گردن کے اوپر چندیا تک لے گئے جہاں اکثر لوگوں کے سر کے بال اڑ جایا کرتے ہیں۔

ان کی گفتگو کو میں نے اور بھائی صاحب نے بغور سنا اور سمجھ لیا، جو بظاہر آسان طریقہ تھا۔ میرا کوئی ارادہ اس قسم کی مشق کرنے کا نہ تھا، صرف معلومات حاصل کرنے کا مقصد تھا۔ یہ سمجھا کر وہ اٹھے اور بھائی صاحب سے رخصت ہو کر چلے گئے۔

میں حسب معمول بالا خانے پر پڑھنے کے واسطے چلا گیا اور ایک ماہ کی تعطیل ختم ہونے کے بعد مراد آباد پہنچ گیا۔ یہ وہ زمانہ تھا کہ جب سالانہ امتحان میں ایک ماہ کا عرصہ باقی تھا۔ مجھے اور میرے ساتھ فضل الرحیم خاں کو ضابطہ اور تعزیرات ہند پر اتنا عبور ہو گیا تھا کہ دوپہر کو ہم لوگ اپنے پلنگوں پر جو قریب تھے لیٹ کر حافظوں کی طرح قانون ایک دوسرے کو سنایا کرتے۔ اگر کوئی ہم دونوں میں سے غلطی کرتا تو دوسرا بتلا دیتا۔ چنانچہ ایک روز فضل الرحیم خاں سنا رہے تھے اور میں سن رہا تھا۔ مجھے یہ بھی اندازہ تھا کہ وہ کن کن مقامات پر غلطی کرتے ہیں اس وجہ سے زیادہ غور سے بھی نہ سن رہا تھا۔ یکا یک میرا خیال ان سادھو کی بتلائی ہوئی ترکیب حبس دم پر پہنچ گیا اور لیٹے لیٹے ہی میں نے بتلائی ہوئی ترکیب پر عمل شروع کر دیا۔

یہ مشق ہی کیا تھی صرف خیال اس جسمانی راستے پر لے جاتا تھا جس میں مشکل سے ایک منٹ صرف ہو۔ میں اس وقت چت لیٹا ہوا تھا۔ یہ معلوم ہوا کہ میرے پیروں کے پنجوں سے سنسناہٹ شروع ہوئی اور تیزی سے بڑھتی ہوئی دماغ تک پہنچ گئی۔ اس کے بعد میرا جسم اس قدر سبک ہو گیا کہ ہوا میں معلق ہو کر آہستہ آہستہ چھت کی طرف جاتا ہوا معلوم ہوا۔ آدھے راستے پر پہنچ کر جب میں نے اپنے پلنگ کو دیکھا تو دوسرا جسم جو اصلی تھا وہ بدستور پلنگ پر لیٹا ہوا دکھلائی

دیا۔ یہ حالت دیکھ کر میں گھبرا گیا۔ میں پھر واپس جانے کی کوشش کرتا تھا، لیکن نہیں جا سکتا تھا۔

بعد میں، میں نے محسوس کیا کہ میرے جسم میں پھر وزن پیدا ہوا اور آہستہ آہستہ نیچے کی طرف آن کر مع اس روحانی یا خیالی جسم کے اصل جسم میں داخل ہو گیا لیکن اس چند منٹ میں اتنا کمزور ہو گیا تھا کہ نہ بات کر سکتا تھا نہ ہاتھ پیروں کو حرکت دے سکتا تھا۔ فضل الرحیم نے جب سر گھما کر مجھے دیکھا تو میری عجیب حالت پائی۔ چہرہ اور ہاتھ پیر سفید، آنکھیں کھلی ہوئی۔ گھبرا کر اٹھے۔ ہاتھ پیر سرد تھے۔ بات کرنے کی کوشش کرتا ہوں لیکن نہیں کی جاتی۔ بدقت تمام میں یہ کہہ سکا کہ ڈاکٹر۔ وہ اچھا کہہ کر تیزی سے کمرے کے باہر چلے گئے۔ ہسپتال وہاں سے تقریباً ایک فرلانگ کے فاصلے پر تھا۔ مجھے سردی محسوس ہو رہی تھی لیکن میں از خود کوئی کپڑا بدن پر نہیں ڈال سکتا تھا۔

ڈاکٹر کے آنے کے میں تقریباً ایک گھنٹہ گزر گیا اور اس دوران میں میری حالت کچھ سنبھل گئی۔ ڈاکٹر نے آن کر معائنہ کیا اور کہا کہ دل کی حرکت خراب اور کمزوری ہے۔ وہ پھر گئے اور مختلف قسم کی دوائیں اپنے ساتھ لائے۔ ہندو ڈاکٹر تھے بمشکل مختصر طور پر میں نے ان کو کچھ بتلایا لیکن ان کی سمجھ میں نہ آیا۔ مجھے کمبل اوڑھا دیا گیا اور حرکت کرنے کی ممانعت کر دی۔

میں اچھا تو ہو گیا لیکن میرے لیے انتہائی تکلیف کی بات یہ تھی کہ حبس دمی کی ترکیب کا خیال دل سے دور نہ ہوتا تھا اور جب خیال آتا تو وہ انہیں راستوں پر جاتا جس کی وجہ سے میری یہ حالت ہوئی تھی۔ جس قدر میں اپنے خیال سے لڑتا اتنا ہی وہ اور زیادہ زور پکڑتا تھا۔ کبھی اٹھ کر ٹہلتا، کبھی کسی سے بات چیت میں مصروف ہو جاتا جس کی وجہ سے زندگی بدمزہ ہو گئی۔ ادھر یہ خیالی کشمکش ادھر امتحان سر پر آ گیا جو میری زندگی اور موت کا سوال تھا۔

جب میں مجبور ہو گیا تو جس بات کو نہ کرنا چاہتا تھا کرنی پڑی، یعنی میں نے یہ سب حالات مفصل بھائی بقاء اللہ خاں صاحب کو لکھے۔ انہوں نے جواب میں مجھے بہت ناخوشی کا خط لکھا اور لکھا کہ تم نے اتفاقیہ نہیں بلکہ دراصل خودکشی کی تھی جو چیز کہ بتدریج سمجھنے اور کرنے کی تھی اس کو تم نے بلا سمجھے بوجھے یک بارگی کیا، مجھے حیرت ہے کہ اس اسٹیج پر پہنچ کر تم زندہ کیسے رہے۔ جس طرح ممکن ہو تم امتحانات سے فارغ ہو کر میرے پاس آ جاؤ تاکہ توجہ دے کر رفتہ رفتہ ان راستوں کو مسدود کروں جہاں تمہارا خیال تیزی سے دوڑ رہا ہے۔

چنانچہ خدا خدا کر کے میں امتحانات سے فارغ ہوا۔خورجہ گیا۔ بھائی صاحب روزانہ تقریباً ایک گھنٹہ توجہ دیا کرتے تھے رفتہ رفتہ مجھے اس سے نجات ہوگئی۔ اگر فی الواقع میں مر چکا تھا تو یہ بھی تجربہ ہوگیا تھا کہ ۔

جان کیونکر ہدف تیر قضا ہوتی ہے!

# ہفتم

اس دوران میں ایک مرتبہ سرکاری کام کے سلسلہ میں مجھے ضلع بدایوں جانے کا اتفاق ہوا۔ وہاں میرے دوستوں میں سے محمد ذکی صاحب فیض آبادی (محمد فائق صاحب وکیل کے بھائی) کورٹ انسپکٹر تھے۔ میں انہیں کے مکان پر مقیم ہوا۔حسب عادت میں نے ان سے دریافت کیا کہ یہاں کوئی بزرگ یا کسی بزرگ کا مزار ہوتو چلو۔ گانے بجانے سے تو ان کا دور کا بھی واسطہ نہ تھا اس لیے اس کا ان سے ذکر کرنا ہی بے کار تھا۔ گرمیوں کا موسم تھا۔شام کے وقت وہ مجھے اپنے ساتھ ایک بزرگ کے مزار پر لے گئے جو کسی قدر بلندی پر واقع تھا (نام ان بزرگ کا یاد نہیں) جہاں دوسرے مقامات کے زائرین بھی آتے رہتے تھے جن میں زیادہ تعداد آسیب زدہ لوگوں کی ہوتی تھی۔

مزار کے قریب ایک درخت بھی تھا جس کی شاخوں پر بکثرت کپڑے اور کاغذات لٹکے ہوئے تھے۔کاغذات حاجت مندوں کی درخواستیں اور کپڑے شاید منت وغیرہ کے سلسلے میں ہوں۔ ہم دونوں سادہ لباس، ترکی ٹوپی اور اچکن میں فاتحہ کی غرض سے مزار شریف کی طرف جارہے تھے۔

مزار کے قریب دیکھا کہ ایک درخت کے نیچے کچھ لوگ بیٹھے ہوئے ہیں۔ان میں جوان العمر سیاہ فام ایک عورت بھی ہے جس کے بال بکھرے اور الجھے ہوئے، کپڑے میلے اور بوسیدہ ہیں سر جھکائے خاموش بیٹھی ہے۔

میں کھڑا ہوگیا اور دریافت کیا کہ وہ کون لوگ ہیں؟ ان میں سے ایک نے بتلایا کہ وہ

بنگالی مسلمان ہیں۔یہ لڑکی اس کی بیٹی اور دو اس کے لڑکے ساتھ ہیں۔لڑکی پر آسیب کا اثر ہے۔ یہاں مزار شریف کی فیض و برکت حاصل کرنے کی غرض سے لائے ہیں۔میں نے کہا کہ یہ تو ٹھیک ہے لیکن اس کو غسل کراؤ، کپڑے تبدیل کرو، سر کے بالوں کو ٹھیک کرو اور کسی دماغ اسپتال میں داخل کرو۔

میں یہ کہہ رہا تھا کہ لڑکی نے سر اٹھا کر مجھے گھور کر دیکھا اور ٹوٹی پھوٹی اردو میں کہا کہ:

''پولیس والے تو جس کام کو آیا ہوا ہے۔وہ کام کر اور جا، تجھے میرے معاملے میں بولنے کی ضرورت نہیں ہے۔''

یہ کہہ کر پھر سر کو بدستور جھکا لیا۔میں اور ذکی صاحب حیران تھے کہ غیر ملک کی عورت، اس کو یہ کیوں کر معلوم ہوا کہ ہم لوگ پولیس مین ہیں۔ہم لوگوں نے فاتحہ پڑھی اور چلے آئے۔

# ھشتم

ایک روز ایک عجیب واقعہ پیش آیا۔شام کے وقت میرے کمرے میں میرے چھوٹے بھائی شفیع محمد خاں اور پیر جی کفایت اللہ خاں بیٹھے ہوئے تھے۔پیر جی جن کی عمر پچاس سال یا کچھ زیادہ تھی، نہایت با خدا شخص تھے۔شب بیدار، تہجد گزار۔شادی کبھی جوانی میں ہوئی تھی، تھوڑے ہی عرصے کے بعد بیوی کا انتقال ہوگیا۔پھر شادی نہ کی۔اولاد نہ تھی۔باپ کی خدمت کرتے۔خود چکی پیستے اور کھانا پکاتے۔پندرہ روپے پاتے تھے۔درجہ دوم کے ہیڈ کانسٹیبل تھے۔جب ان کی ترقی درجہ اول پچیس روپے ماہوار پر ہوئی تو انہوں نے یہ کہہ کر کہ موجودہ تنخواہ میرے گزارے کے لیے کافی ہے، انکار کر دیا۔انگریز اور ہندوستانی افسران سب ان کی عزت کرتے تھے۔صوفی منش تھے۔سنا ہے جب ان کا انتقال عرصے کے بعد ہوگیا تو شہر کے لوگوں نے جن میں ان کے معتقدین بھی تھے، ان کا مقبرہ تیار کرا دیا۔اب باقاعدہ عرس ہوتا ہے۔

جس شام کا یہ واقعہ ہے، انہوں نے مجھ سے کہا کہ میں بجائے شہر اور بازار کی سڑک

کے، جو چکر دار ہے، سیدھا جنگل کے راستے سے اپنے مکان جایا کرتا ہوں۔اور یہ راستہ کھیتوں میں سے گزرتا ہے۔کل رات مجھے ایک بھینسے نے فلاں مقام پر گھیر لیا۔بمشکل تمام میں اس سے بچ سکا۔جب مجھے علم ہوا کہ یہ از قسم جنات ہے تو میں نے عمل پڑھنا شروع کیا جس کا تعلق حاضرات سے ہے اور اس عمل کے تعویذ کو میں اپنے پاس رکھتا ہوں۔میرے بھائی نے کہا کہ کیا آپ مجھے بھی اجنّہ دکھلا سکتے ہیں۔اس وقت ان کی طبیعت کچھ موزوں تھی۔کہا، ابھی دیکھو گے؟ بھائی نے کہا بڑے شوق سے۔انہوں نے ایک کٹوری لے کر اس میں گھی ڈالا ( کیونکہ تیل اس وقت نہ مل سکا)۔ روئی کی ایک بتی بنا کر اس میں ڈالی اور اس کا سرا مثل چراغ کے روشن کیا اور طاق میں رکھ دیا۔ایک بوسیدہ سا تعویذ جیب سے نکالا، اس کو احتیاط سے کھولا اور شفیع محمد خاں کے ہاتھ میں دے کر کہا کہ ان ہندسوں کو اس چراغ کی روشنی میں بغور دیکھتے رہو۔میں بھی اپنے بھائی کے قریب کھڑا ہو گیا اور تعویذ کے ہندسوں کو دیر تک دیکھتا رہا۔مجھ پر اور میرے بھائی پر کچھ ایسی حالت طاری ہوئی کہ گویا ہم دہلی کی جامع مسجد کی سیڑھیوں کے سامنے کھڑے ہیں اور کچھ لوگ سیڑھیوں پر فرش بچھا رہے ہیں۔فرش بچھنے کے بعد دیکھا کہ لوگ آن آن کر اس پر بیٹھتے جاتے ہیں۔ان کی حرکات سکنات بالکل ایسی تھیں کہ گویا خاموش سنیما کا فلم۔گفتگو سمجھ میں نہ آتی تھی لیکن ہونٹوں کی حرکت، گردن اور ہاتھوں کا ہلنا صاف نظر آتا تھا۔وضع قطع ان کی کابلیوں کی طرح اور سر پر صافے تھے۔ ہم لوگ چراغ کے سامنے کھڑے تھے لیکن چراغ یا تعویذ نظر نہ آتا تھا۔یہ نہیں کہا جا سکتا تھا کہ یہ حالت کب تک قائم رہی۔اس کے بعد وہ تماشا غائب ہو گیا۔

پیر جی نے پوچھا کہ کیا دیکھا؟

جو کچھ حالت دیکھی تھی میں نے اور میرے بھائی نے بیان کر دی جو تقریباً یکساں تھی۔ میرے بھائی سے انہوں نے تعویذ لے کر احتیاط سے تہ کر کے جیب میں رکھ لیا۔کہا کہ حاضرات کے علم کا میں عامل ہوں اور اسی کی مدد سے میں ان لوگوں کا علاج کرتا ہوں جن پر اجنّہ کا اثر ہوتا ہے۔

حاضرات کے علم کا نام تو سنا تھا لیکن اس کی حقیقت سے واقف نہ تھا جو پیر جی کے ذریعے سے معلوم ہو گئی۔

حیرت کدہ۔ پہلی جلد (تیسرا ایڈیشن)　　راشد اشرف

❑❑❑

ماخذ: عمر رفتہ، خودنوشت، نقی محمد خاں خورجوی، ٹائمز پریس کراچی، ۱۹۵۹ء

نقی محمد خاں خورجوی کی یہ دلچسپ خودنوشت (شاہد احمد دہلوی مرحوم کی تحریک پر) ادبی مجلّہ ساقی کے خاص نمبر میں اپریل 1958ء میں شائع ہوئی تھی جبکہ کتابی شکل میں اسے ٹائمز پریس کراچی نے شائع کیا جس کے خورجوی صاحب کے تحریر کردہ پیش لفظ میں نومبر 1958ء کی تاریخ درج ہے۔ کتاب کا تعارفی مضمون شاہد احمد دہلوی کا تحریر کردہ ہے۔ بعدازاں اس کا ایک نسخہ دارالکتاب، لاہور سے 2003ء میں شائع ہوا۔ اور رواں برس 2020ء میں اس کا نیا ایڈیشن فضلی سنز، کراچی سے شائع ہوا ہے۔ دل چسپ بات یہ ہے کہ خورجوی صاحب کے فرزند سمیع محمد خان نے، اپنی خودنوشت 'عمر گزشتہ' کے عنوان سے لکھی تھی۔

ادیب و شاعر اور ماہرِ موسیقی نقی محمد خاں خورجوی 17 مئی 1880ء کو کوخورجہ (یو پی) میں پیدا ہوئے اور 23 نومبر 1969ء کو کراچی میں انتقال کیا۔ شاہد احمد دہلوی سے ان کی دوستی کا ایک اہم اور بنیادی سبب موسیقی میں ان کی مہارت بھی تھی۔

●●●

نقی محمد خاں خورجوی کی چند کمیاب تصاویر کے لیے راقم کے فلکر ڈاٹ کام کے اکاؤنٹ کا درج ذیل لنک ملاحظہ فرمائیے:

https://www.flickr.com/photos/rashid_ashraf/17450906610/

# شیرو

## ابوالاعجاز حفیظ صدیقی

بھینسوں کی نسل کشی کی خاطر گاؤں کے لوگوں نے ایک سانڈ پال رکھا تھا۔یہ دیو ہیکل سانڈ......شیرو......ایسا ذہین تھا کہ گاؤں کے مردوں ،عورتوں ،بچوں ،بوڑھوں سب کو پہچانتا تھا۔ شاید گاؤں کی دھرت اوراس کے باسیوں میں کوئی خاص بُو تھی جسے وہ فوراً محسوس کر لیتا تھا۔اُسے گاؤں کی حدود کا بھی پورا علم تھا۔گاؤں کے شمال میں نصف میل کے فاصلے پر نہر کنگوا قدرتی سرحد کی صورت میں موجود تھی۔باقی اطراف میں ایسی کوئی قدرتی سرحد موجود نہیں تھی لیکن کھیتوں میں کام کرنے والے باشندگانِ دیہہ کو دیکھ دیکھ کر اس نے باقی اطراف کا بھی قابل اعتماد علم حاصل کر لیا تھا۔شیرو جانتا تھا کہ اس کھیت پر ہمارے گاؤں کی سرزمین ختم ہو جاتی ہے اوراس سے آگے علاقہ غیر ہے۔وہ شیر کی طرح اپنی جوہ کو اور اس جوہ کے اندر اپنے فرائض کو بھی خوب پہچانتا تھا۔گاؤں میں ایک مرکزی کنواں تھا جسے صاف ستھرا رکھنے کا نہایت تسلی بخش انتظام کیا گیا تھا۔ماشکی اسی کنوئیں کا پانی گھروں میں پہنچاتے تھے۔عورتیں اسی کنوئیں سے پانی بھرا کرتی تھیں،چنانچہ کنویں پر دن بھر رونق رہتی تھی۔کنویں کے پاس ایک پھلواری تھی اور پھلواری سے آگے ایک خالی قطعہ زمین تھا جس پر اینٹوں کی چار دیواری کھڑی کر کے گاؤں والوں نے اُس پر چھپر ڈال دیا تھا۔یہ شیرو کا گھر تھا۔میں نے شیرو کو چھپر کے اندر بیٹھے ہوئے کبھی نہیں دیکھا۔وہ ہمیشہ چھپر کے باہر کھلے آسمان تلے بیٹھنا پسند کرتا تھا۔جہاں گاؤں کے بچے اس کے ساتھ کھیلتے تھے۔اُسے روٹی کھلاتے تھے۔اُس پر پانی کی بالٹیاں لا لا کر انڈیلتے تھے اوراُس کے اوپر دھما دھم کودتے تھے۔شیرو کا معمول یہ تھا کہ وہ فجر کی اذان کے ساتھ اُٹھ کھڑا ہوتا اور اپنے چھپر سے لے کر مسجد کے دروازے تک اس طرح آتا جاتا جیسے کوئی جولاہا تانا تن رہا ہو۔ہر نمازی کے ساتھ اس کا آمنا سامنا ہونا ضروری تھا۔جب سورج نکل آتا اور مسجد سے بچوں کے قرآن پڑھنے کی

آوازیں آنے لگتیں تو شیرو ناشتے کی غرض سے گاؤں کی گلیوں کا دورہ شروع کرتا۔ کہیں سے روٹی کا ٹکڑا، کہیں سے مکئی کا ٹانڈا، کسی گھر سے آٹے کا پیڑا، کسی گھر سے مٹھی بھر کھلی یا چوکر مل جاتا۔ گاؤں میں ایک گھر ایسا بھی تھا، جہاں سے اُسے روز آٹے کا پیڑا ملتا تھا۔ یہ چودھری احمد دین کا گھر تھا۔ یہ کھاتے پیتے زمین دار تھے۔ ان کی لڑکی رابعہ ہر صبح کو گندھے ہوئے آٹے کا ایک پیڑا شیرو کے لیے الگ رکھ لیتی تھی۔ جب شیرو دروازے پر پہنچ کر صدا لگاتا تو وہ خود دروازے پر آتی اور پیڑا اپنے ہاتھ سے شیرو کو کھلاتی۔ چار سال پہلے جب رابعہ نے یہ معمول شروع کیا تھا۔ وہ ایک نوخیز لڑکی تھی اور اب اس کا شمار گاؤں کی خوب صورت مٹیاروں میں ہوتا تھا مگر اب بھی وہ شیرو کو پیڑا کھلاتے ہوئے ننھی بچی بن جاتی تھی۔

شیرو گلیوں میں گھوم کر اپنا ناشتہ مکمل کرتا پھر گردن اُونچی کیے ایک ذمہ دار پولیس آفیسر کی طرح اپنے علاقے کے دورے پر روانہ ہو جاتا۔ کھیتوں کی مینڈھوں، تنگ پگ ڈنڈیوں، درختوں کے جُھنڈوں، کھلے میدانوں، ریت کے ٹیلوں اور گنگناتے ہوئے کنوؤں پر سے ہوتا ہوا گاؤں کے لوگوں سے علیک سلیک کرتا، چرتا چگتا گیدڑوں اور سوٴروں کو بھگاتا ہوا اپنا دورہ مکمل کرتا اور شام کو عصر کی اذان کے ساتھ گاؤں میں لوٹ آتا اور اپنے چھپر کے باہر آ کر سر جھکا کر کھڑا ہو جاتا۔ سرِشام اپنی بھینسوں اور بیلوں کے لیے چارہ لے کر آنے والے کسان پاس سے گزرتے ہوئے مٹھی بھر چارہ اُس کے سامنے چھپر کی دیوار کے ساتھ بنی ہوئی ناند میں پھینکتے جاتے۔ وہ سیر چشمی کا مظاہرہ کرتا اور چارے کی جانب ملتفت نہ ہوتا، مگر جب شور مچاتے ہوئے بچے اس کے گرد جمع ہو جاتے اور چارے کے نوالے بنا بنا کر اُس کی جانب بڑھاتے تو وہ رغبت سے کھانے لگتا۔ تو یہ تھا شیرو، گاؤں کا پالتو سانڈ، گاؤں کی آنکھوں کا تارا۔

ایک دن بچوں نے دیکھا کہ سورج غروب ہو رہا ہے، مگر شیرو ابھی تک اپنے چھپر پر واپس نہیں آیا۔ بچوں نے مسجد کے دروازے پر جا کر بڑوں کی اس غیر معمولی صورت حال کی طرف توجہ دلائی تو بڑوں کے چہروں پر بھی فکر مندی کی لکیریں پیدا ہوئیں۔ مگر انہوں نے بچوں کو یہ کہہ کر ٹال دیا، اس میں فکر کی کیا بات ہے۔ جانور ہے کہیں گھوم پھر رہا ہوگا۔ دوبارہ جا کر دیکھو شاید آ گیا ہو۔ اندھیرا پھیلنے لگا۔ اندھیرا پھیل گیا تارے نکل آئے۔ عشاء کی اذان ہو گئی۔ شیرو نہ آیا۔

نماز کے بعد گاؤں کے لٹھ بند جوانوں کا ایک دستہ شیرو کی تلاش میں نکلا۔شیرو مل گیا مگر اس حالت میں کہ وہ سکھوں کے گاؤں کے ساتھ ملنے والی سرحد پر ایک درخت کے تنے کے ساتھ موٹے موٹے رسوں سے جکڑا ہوا تھا اور اُس کے جسم پر بھالوں اور برچھیوں کے لاتعداد زخم تھے۔ جوانوں نے آگے بڑھ کر رسے کاٹ دیے۔شیرو زمین پر گر گیا۔نوجوانوں نے اُسے سہلایا۔پچکارا تو اپنی بچھی کچھی طاقت کو مجتمع کر کے وہ اٹھا اور گاؤں کی طرف منہ کر کے اندھا دھند دوڑنے لگا۔چھپر کے پاس بیسیوں لوگ بڈھے بالے اُس کے انتظار میں کھڑے تھے۔انہوں نے دور سے شیرو کو دیکھا تو خوشی کا نعرہ لگایا شیرو آ گیا، پورا گاؤں گونجنے لگا شیرو آ گیا۔شیرو خلاف معمول چھپر کے پاس رکنے کی بجائے مسجد کی طرف جانے والے چوڑے راستے پر دوڑتا چلا گیا۔

شیرو پاگل ہو گیا ہے''۔ہجوم میں سے کسی شخص نے شبہ ظاہر کیا۔اب جوان بوڑھے سب اُس کے پیچھے بھاگ رہے تھے۔مسجد کی نکڑ سے گلی کا موڑ مڑتے ہوئے وہ لڑکھڑا کر حکیم صاحب کے بند دروازے سے ٹکرایا۔دروازہ اکھڑ کر اندر جا گرا مگر شیرو نے پھر سنبھالا لیا اور گلی میں اندھا دھند دوڑنے لگا۔چوہدری احمد دین کے دروازے پر پہنچ کر اس کی قوت جواب دے گئی اور وہ دھڑام سے زمین پر گر گیا۔دھمک سے پوری گلی لرز گئی۔چودھری احمد دین کے گھر کا دروازہ کھلا اور رابعہ درووازے میں آ کھڑی ہوئی اس کے سر پر دوپٹہ نہیں تھا۔

''بھین !!'' شیرو نقاہت زدہ آواز میں ڈکرایا۔

''شیرو۔'' رابعہ کی آواز زخمی کوئل کی کوک کی طرح رات کے اندھیروں کو چیر گئی۔شیرو نے بڑی مشکل سے گردن اُٹھاتی اور پتھراتی ہوئی آنکھوں سے دروازے میں کھڑی ہوئی لڑکی کو غور سے دیکھا جیسے وہ یقین کرنا چاہتا ہو کہ اس کے سامنے کھڑی ہوئی لڑکی رابعہ ہی ہے۔

''شیرو''! رابعہ نے آگے بڑھ کر اس کے زخمی چہرے کو سہلانا شروع کیا۔جب رابعہ کا ہاتھ شیرو کے نتھنوں کے قریب آیا تو شیرو نے زور سے ایک لمبی سانس کھینچی اور رابعہ کا ہاتھ چاٹنے کے لیے زبان باہر نکالی۔رابعہ نے اپنی ہتھیلی اس کی لرزتی ہوئی زبان پر رکھ دی اور بولی ''شیرو و شالا تینوں تتی وانہ لگے۔''

اور شیرو جیسے یہی الفاظ سننے کے لیے زندہ تھا اس نے تھوتھنی زمین پر رکھ دی۔اُس کے جسم کو ایک جھٹکا سا لگا اور گلی میں کھڑے ہوئے مردوں میں سے کسی بڈھے کی آواز آئی۔''مر گیا۔''

مر گیا؟ گلی میں پیچھے کھڑے ہوئے لوگوں میں سے کسی نے تصدیق چاہی۔ ہاں شیرو مر گیا۔

گاؤں میں شور مچ گیا۔ سب افسوس کا اظہار کر رہے تھے۔ جوانوں، بچوں، بوڑھوں اور عورتوں کی ملی جلی آوازیں آ رہی تھیں۔ شیرو مر گیا، عورتیں اس کے قاتلوں کو کوس رہی تھیں، مگر رابعہ شیرو کی لاش کے پاس گُم صم بیٹھی تھی اور اس نے اپنی ہتھیلی اس طرح آگے بڑھا رکھی تھی۔ جیسے وہ شیرو کو گندھے آٹے کا پیڑا کھلا رہی ہو۔ رابعہ کی ماں نے اندر سے ایک دوپٹہ لا کر اس کے سر پر ڈالا اور اُسے اندر جانے کا حکم دیا۔ رابعہ اُٹھ کھڑی ہوئی مگر اندر جانے کے بجائے دروازے کے ساتھ لگ کر کھڑی ہوگئی اور پھوٹ پھوٹ کر رونے لگی۔ تب کسی سہیلی نے اُس کے کندھے پر ہاتھ رکھ کر اسے اندر لے جانے کی کوشش کرتے ہوئے کہا۔ ''توبہ ہے تم تو بالکل باؤلی ہوگئی ہو۔ ایسا رونا بھی کس کام کا اور وہ بھی جانور کے لیے۔''

آخری الفاظ جیسے رابعہ پر بجلی بن کر گرے۔ وہ آگ بگولا ہو کر بولی۔ ''خبردار جو کسی نے اسے جانور کہا، وہ میرا غیرت مند ویر تھا۔ میری عزت پر قربان ہو گیا۔''

دوسرے روز شام تک پولیس نے شیرو کی موت کے بارے میں ساری معلومات جمع کر لیں۔ سکھ تھانے دار کی رپورٹ کے مطابق رابعہ اپنے باپ اور چچا کے لیے دوپہر کا کھانا لے کر گئی تھی۔ واپسی پر پڑوسی گاؤں کے سکھ غنڈوں نے اسے گھیر لیا وہ باقاعدہ اس کے اغوا کا منصوبہ بنا کر آئے تھے۔ ان کی تعداد آٹھ تھی اور وہ گھوڑوں پر سوار تھے۔ انہوں نے رابعہ کو پکڑ کر گھوڑے پر ڈالنا چاہا تو اس نے چیخنا اور شور مچانا شروع کر دیا۔ شیرو اُس وقت اپنے روزانہ گشت پر شمال مشرقی سرحد کے قریب گھوم رہا تھا۔ رابعہ کی چیخیں سن کر بجلی کی طرح جائے واردات پر پہنچ گیا اور پوری وحشت سے گھوڑوں پر حملہ آور ہوا۔ گھڑ سوار شیرو پر بھالوں اور برچھوں سے وار کرتے رہے مگر وہ زخموں کی پرواہ کیے بغیر دیوانہ وار آگے بڑھ بڑھ کر گھوڑوں کی پسلیوں پر زوردار ٹکریں رسید کرتا رہا۔ تین چار گھوڑے تو شیرو کے پہلے ہلے میں حواس باختہ ہوگئے اور اپنے سواروں کو پشت سے گرا کر بھاگ گئے۔ دوسرے بری طرح زخمی ہوئے۔ گھڑ سواروں میں سے بھی شاید ہی کوئی ہو جس کا جسم صحیح و سالم رہا ہو۔ اسی دوران میں رابعہ نے غنڈوں کے نرغے سے نکل کر گاؤں کی راہ لی۔ پندرہ بیس منٹ تک دادِ شجاعت دینے اور برچھیوں بھالوں کے لاتعداد زخم کھانے کے بعد

جب شیرو کے حملوں کی شدت میں کمی واقع ہوئی تو غنڈوں نے موقع پاتے ہی کمند ڈال کر اُسے جکڑ لیا۔ اب شیرو کی ہر حرکت اُس پھندے کے حلقے کو تنگ کر رہی تھی جو اُس کے گلے میں پڑا تھا اور جس کا دوسرا سرا درخت کے مضبوط تنے کے ساتھ بندھا تھا۔

اس طرح غنڈوں نے اُسے بے بس کر کے درخت کے تنے کے ساتھ باندھ دیا اور نصف گھنٹے تک برچھیوں بھالوں سے اُس کے جسم کو چھید چھید کر اپنی ذلت اور ناکامی کا انتقام لیتے رہے اور بالآخر بزعم خویش اُسے موت کے گھاٹ اتار کر اُسی درخت سے بندھا چھوڑ گئے۔ رابعہ ٹھیک کہتی تھی، شیرو اُس کا بھائی تھا جو اُس کی عزت پر قربان ہو گیا۔ گاؤں کے بوڑھوں کا خیال تھا کہ شیرو کا اتنی نقاہت کے باوجود رابعہ کے دروازے پر پہنچ کر جان دینا محض اس امر کی تصدیق کے لیے تھا کہ ''آیا رابعہ صحیح سلامت گھر پہنچ چکی ہے میری قربانی رائیگاں تو نہیں گئی۔''

❑❑❑

ماخذ: یادوں کی دھول، خودنوشت، ابوالاعجاز حفیظ صدیقی، سانجھ پبلی کیشنز، لاہور، ۲۰۱۱ء

اردو و فارسی کے شاعر، ادیب، ماہر تعلیم ابوالاعجاز حفیظ صدیقی 1930ء میں پیدا ہوئے اور 21 دسمبر 2006ء کو اوکاڑہ میں وفات پائی۔

# واقعات

## پروفیسر سید غلام عباس

ہر شب جمعہ میں رانی منڈی ضرور جاتا کیونکہ مشہور تھا ایک بزرگ پر جنات آتے تھے۔وہ منن میاں کے نام سے جانے جاتے تھے۔ببن بھائی جنہوں نے منن میاں کا مجھ سے تذکرہ کیا تھا جیسے وہ بزرگ بڑی کرشماتی شخصیت کے مالک ہوں۔ببن بھائی چونکہ نیک نفس انسان تھے اس لیے میں متاثر ہوئے بغیر نہ رہ سکا۔میں نے اپنا مدعا بیان کیا۔انہوں نے وعدہ کیا کہ ان بزرگ تک رسائی میں وہ میری بھرپور مدد کریں گے۔ میرے ساتھ ایک مسئلہ تھا۔ہوسٹل میں رہائش ہونے کے سبب مجھے ہر قیمت پر دس بجے رات سے پہلے حاضر ہونا ہوتا تھا۔ہوسٹل کے دروازے ٹھیک گیارہ بجے بند ہو جاتے تھے۔منن میاں اس رات کی مناسبت سے تیار ہو کر دس سوا دس بجے تک بیٹھ جاتے تھےلیکن جنات کی سواری آنے میں عموماً دیر لگتی۔اکثر اوقات گیارہ بجے رات کے بعد آتے کبھی کبھی ایک بھی بج جاتا۔ببن بھائی وحید چچا کے بڑے گہرے دوست تھے جو منن میاں کے نفس ناطقہ تھے اور جنات کو منن میاں پر آشکار کرنے میں بڑی مہارت رکھتے تھے۔

جنات کا ان پر قبضہ کوئی پینتیس برس سے تھا اور رانی منڈی میں یہ سلسلہ تقریباً تیس سال سے چل رہا تھا۔ایک درمیانی رقبے کا کمرہ تھا جس میں منن میاں اور وحید چچا ہوتے تھے سامنے ایک ہال تھا۔جس میں حاجت مند مرد و خواتین ہوتے بڑے حصے میں مرد چھوٹے حصے میں مستورات۔ بیچ میں پردہ پڑا ہوتا تھا۔منن میاں کے کمرے میں انواع واقسام کی مٹھائیوں سے لبریز بڑے بڑے تھال پھولوں کے ٹوکرے کئی ٹرے بھرے ہوئے پھلوں کے ہار،خلعت ، پگڑی، کپڑے اور نہ جانے کیا کچھ۔

جس طرح سے وحید چچا کو اہمیت حاصل تھی اسی طرح ایک دوسرے بزرگ بھی بہت

ہی اہم تصور کیے جاتے تھے۔ان کا اسم گرامی وصال الدین تھا۔ جنات کا منن میاں سے وصال کرانے میں وہ کلیدی رول انجام دیتے تھے۔قوالوں کے کسی کسی شب جمعہ تو کئی سیٹ ہوتے اگر کسی رات زیادہ سیٹ نہ ہوتے تو دو ضرور ہوتے۔

قوالی 9 بجے رات سے شروع ہوجاتی۔ ہال میں سامعین کا ناختم ہونے والا ہجوم ہوتا۔عود وعنبر سے ہال کی فضا معطر ہوتی، موسم کی مناسبت سے تھوڑے تھوڑے وقفے کے بعد مشروبات کا دور چلتا۔اگر کسی مرید کو توفیق ہوجاتی اور وہ پلاؤ یا فیرنی یا کوئی اور نعمت لایا ہوتا تو سامعین میں وہ بھی تقسیم کردی جاتی۔ٹھیک دس بجے شب سبز پگڑی باندھے ہوئے وصال الدین صاحب جلوہ افروز ہوتے۔ان کو دیکھ کر ان کے احترام میں اگلی صف میں بیٹھے ہوئے سامعین کھڑے ہوجاتے۔قوال بھی چوکنا ہوجاتے۔

وصال صاحب اچھے مسلمان ہونے کے علاوہ کئی مشرقی زبانوں پر عبور رکھتے تھے۔ان کا فارسی کا ذوق بڑا نکھرا ہوا تھا اسی لیے فارسی کی قوالی کو وہ بہت پسند کرتے تھے۔وصال صاحب ہاتھ کا اشارہ کرکے پہلے تو سامعین کو بٹھاتے پھر خود ہال کے دروازے کے وسط میں ایسے زاویے سے بیٹھ جاتے جہاں سے منن میاں کو وہ بخوبی نظر آتے۔قوال انہیں دیکھ کر فارسی کا کلام شروع کردیتے۔ادھر وحید چاچا منن میاں کو جنات سے ہم کنار کرنے میں سارا زور لگا دیتے۔غرض یہ کہ منن میاں، وحید چاچا اور وصال الدین صاحب ایک ایسی شثلیث تھے جو منکشف ہوکر بھی پوشیدہ تھی۔کوئی ساڑھے دس بجے شب کے لگ بھگ وصال الدین صاحب پر قوالی کی اصطلاح میں حال آنے لگتا۔وہ جھومنے لگتے۔ان کا سر گھڑی کے پنڈولم کی مانند ادھر ادھر تیزی سے گردش کرنے لگتا۔

وصال الدین صاحب اس نظام شمسی میں آفتاب کا درجہ رکھتے تھے جب کہ چند دوسرے لوگ بھی سیاروں کے درجے پر تھے۔وصال صاحب کو جھومتے دیکھ کر ان کی گردنوں میں لوچ آجاتا۔کچھ دیر یہ سلسلہ جاری رہتا پھر ایک دم سے گرگری لگا کر وصال صاحب چیختے اور اٹھ کھڑے ہوتے۔دوسرے حضرات ان کی تاسی کرتے۔حال کا یہ سلسلہ کچھ دیر تک جاری رہتا۔ادھر منن میاں اپنی گردن کو تیز تیز جھٹکا دینے لگتے۔وحید چاچا کی نظریں منن میاں پر گڑی ہوتیں۔جیسے ہی جھٹکا رک جاتا وحید چاچا یہ اندازہ لگانے میں کامیاب ہوجاتے کہ جنات کی

سواری آ گئی ہے۔وہ فوراً سلام کرتے اور منن میاں اپنی بدلی ہوئی آواز میں جواب دیتے۔ پھولوں کے گجروں سے منن میاں کو لادیا جاتا۔مٹھائیوں پر نذر دی جاتی۔تھوڑی دیر کے لیے قوال بھی خاموش ہو جاتے محفل سماع کا اپنا مزاج ہے۔حضور سرور کائنات اور ان کی آل سے عقیدت کا بھرپور اظہار محفل سماع کی روح ہے۔ایران اور برصغیر میں قوالی کو پروان چڑھانے میں صوفیائے کرام کی کوششوں کا بڑا دخل ہے۔

یہ سن کر جنات بھی اپنی سواری پر آ گئے سامعین کے چہرے بھی خوشی سے کھل جاتے سب یہ تصور کر لیتے کہ ان کی مرادیں پوری ہونے والی ہیں۔وحید چچا ایک ایک کر کے سامعین میں سے بلاتے اور جناتوں کے سامنے پیش کرتے۔عورتوں کو مردوں سے پہلے بلاتے۔ہاں اگر کسی مرد کو جلدی بلانے کی وحید چچا کے کسی قریبی دوست نے سفارش کر دی ہے تو اسے پہلے بلا لیتے تھے۔میری ایسی سفارش ببن بھائی نے کی تھی۔

جب میری طلب ہوئی تو میں نے بڑے ادب سے منن میاں کو سلام کیا۔ وہ سلام بلاواسطہ طور پر جنات کو تھا۔منن میاں نے بڑے محبت آمیز لہجے میں دعا دی۔میں نے پوچھا میاں میں نے انٹر سیکنڈ ائیر کا امتحان دیا ہے میرا نتیجہ کیا ہوگا۔وہ حسب دستور بولے تم پاس ہو جاؤ گے جو مضمون تمہیں سب سے زیادہ عزیز ہے اس میں تمہارے نمبر بھی اچھے ہوں گے بعد میں ایک بیٹھک دے دینا۔میں خوشی خوشی ہوسٹل پہنچ گیا۔دوسرے دن میں نے یہ قصہ امجد و اشرف کو بتایا۔ امجد میری فکر سے بڑی حد تک متصل تھے انہوں نے خواہش ظاہر کر دی کہ میں انہیں وہاں لے چلوں لیکن اشرف مختلف المزاج انسان تھے۔انہوں نے کہا کہ بیسویں صدی میں مافوق الفطرت اشیاء پر اعتقاد رکھنا محض حماقت ہے۔ میں نے کہا کہ جنات کا تذکرہ تو قرآن پاک میں آیا ہے آپ تو بڑے راسخ العقیدہ مسلمان ہیں پھر آپ جنات سے انکار کیسے کر رہے ہیں۔اشرف نے کہا کہ وہ جنات کی بقا سے مطلق انکار نہیں کر رہے ہیں وہ ان لوگوں سے انکار کر رہے ہیں جو جنات کو کاروبار اور شعبدہ بازی کے طور پر استعمال کر رہے ہیں۔

اگلی جمعرات کی شام کو میں امجد کو اپنے ساتھ لے کر رانی منڈی گیا۔منن میاں کے گھر جو دائرہ شاہ اجمل سے قریب تھا اور رانی منڈی کے قریب تھا پہنچ گیا۔وہاں بیٹھک کی تیاریاں ہو رہی تھیں۔میں امجد کو لے کر ببن بھائی کے پاس آ گیا تا کہ وہ وحید چچا سے کہہ دیں اور ہم

مقررہ وقت کے اندر ہوسٹل پہنچ جائیں۔وحید چاچا کی وجہ سے ہماری باری جلدی آ گئی۔اس رات جنات کا منن میاں پر نزول بھی جلدی ہو گیا تھا۔امجد نے اور میں نے منن میاں کو بڑے ادب سے سلام کیا۔پھر میں نے امتحان میں امجد کی کامیابی کے بارے میں سوال کیا۔جواب ملا یہ فیل ہیں۔امجد تو زیر لب مسکرانے لگا۔مجھے بھی اپنے کانوں پر یقین نہیں آیا کیونکہ امجد بہت محنتی اور ذمہ دار نوجوان تھا۔میٹرک میں بھی وہ فرسٹ کلاس میں کامیاب ہوا تھا۔میں نے دبی زبان میں کہا میاں صاحب یہ ذہین بھی ہیں اور محنتی بھی۔جواب آیا یہ کچھ بھی ہوں یہ کیمیا کے پریکٹیکل میں فیل ہیں ان کو چھ نمبر ملے ہیں جب کہ پاس ہونے کے لیے آٹھ نمبر درکار ہیں۔میں کچھ اور کہنا چاہتا تا کہ منن میاں نے فرمایا ''جو میں کہہ رہا ہوں اس پر تم لوگ یقین کر لو ورنہ اگلی شب جمعہ یہاں آ جاؤ میں ان کے نمبر دکھا دوں گا۔'' یہ کہہ کر منن میاں دوسرے شخص کی طرف مخاطب ہو گئے۔ہم ہوسٹل کی طرف روانہ ہو گئے۔راستہ بھر یہی موضوع گفتگو کا باعث بنا رہا ہے۔

جب ہم ہوسٹل پہنچے تو اشرف ہمارا انتظار کر رہے تھے۔ہم نے جب پوری بات ان کو بتادی تو ان کے اندر بھی تجسس بیدار ہو گیا۔وہ کہنے لگے اگلی مرتبہ میں بھی آپ لوگوں کے ساتھ چلوں گا۔اگلی شب جمعہ ہم تینوں وہاں پہنچ گئے۔اتفاق سے ہال میں ہمیں آگے جگہ بیٹھنے کی مل گئی اور منن میاں نے بھی ہمیں دیکھ لیا تھا۔جیسے ہی جنات آئے انہوں نے ہمیں طلب کر لیا۔وہ کہنے لگے چونکہ ہماری بات پر یقین نہیں ہے اس لیے اپنے نمبر دیکھ لو۔یہ کہہ کر انہوں نے ہاتھ اوپر اٹھایا۔مارکس شیٹ کا ایک بنڈل ان کے ہاتھ میں آ گیا۔امجد نے جلدی سے بنڈل کھولا اوپر ہی کیمسٹری پریکٹیکل کی مارکس شیٹ رکھی ہوئی تھی۔امجد کو چھ ہی نمبر ملے تھے اور وہ فیل تھا۔اپنی آنکھوں سے دیکھنے کے بعد شک کی گنجائش نہ رہی۔ہم نے میاں صاحب کا شکریہ ادا کیا اور ہم تینوں وہاں سے چل دیئے۔امجد کی حالت غیر تھی۔راستے بھر اشرف اور میں اسے سمجھاتے رہے۔

❑❑❑

ماخذ: ہم ہی سو گئے داستاں کہتے کہتے، خودنوشت، پروفیسر سید غلام عباس، الباسط پرنٹر، کراچی، دسمبر ۲۰۰۷ء

# فردِ حیات

## اے کے خالد

## اول

## دریائے جہلم اور قرآنی آیات کا معجزہ

دورہ گورنر کے بعد میں زیادہ پُر اعتماد ہو کر کام کرنے لگا اور وہ لوگ جو محض بغض معاویہ کی وجہ سے دور دور رہتے تھے اب وہ بھی اپنے مسائل گورنر کے پاس لے جانے کے بجائے مجھ سے براہ راست رابطہ کرنے لگے۔ ایک دن اتوار کو میں اپنی کوٹھی کے دفتر میں بیٹھا پرانی فائلیں نکال رہا تھا کہ اچانک صحن میں لوگوں کا ہجوم شور کرتا ہوا داخل ہوا۔ باہر نکل کر دریافت کیا تو انہوں نے بتایا کہ وہ قریبی گاؤں ٹاہلیاں والا کے رہنے والے ہیں جہاں دریا کے سیلابی ریلے نے کنارے کو ڈھاہ لگا رکھی ہے۔ اور مکانات دھڑام دھڑام دریا میں گر رہے ہیں جن کو بچانے کے لیے میں فوری امداد کو پہنچوں۔ اس سے پہلے ٹاہلیاں والا کے لوگ ڈپٹی کمشنر کے ہمسائیگی کے باوجود اس سے ہمیشہ گریزاں رہا کرتے تھے۔ ان سے امداد کی اپیل سن کر میں سوچ میں پڑ گیا۔ پھر کہا کہ وہ موقع پر چلیں میں ایکس ای این انہار کو فون کر کے ان کے پیچھے پیچھے آتا ہوں۔ ایکسین کو فون پر بلایا اور اسے فوراً موقع پر پہنچنے کو کہا اور خود اپنے اردلی کے ہمراہ پیدل ہی موقع پر پہنچ گیا۔ وہاں دریا کے کنارے لوگ کھڑے نہایت بے بسی سے سیلابی ریلے کی تباہ کاری کا منظر اور مکان پر مکان دریا برد ہوتے دیکھ رہے تھے۔ میں بھی ان کے درمیان عجز و نیاز کی تصویر بنے کھڑا ہو گیا اور دل ہی دل میں پورے خشوع و خضوع کے ساتھ ''ربنا ظلمنا انفسنا'' کا ورد کرتے ہوئے کسی غائبانہ مدد کا انتظار کرنے لگا۔ بار بار خیال آتا کہ اگرچہ میرا عقل کا غلام دل اور دانش برہانی

کا اسیر دماغ کسی معجزہ کے رونما ہونے کا قائل نہیں لیکن کیا عجب کہ اللہ تعالیٰ اپنی قدرت کاملہ سے اور ہماری حالت پر رحم کرتے ہوئے دریا کر رخ دوسری طرف موڑ دے۔ میں اسی سوچ میں گم تھا کہ یکا یک میری یاد کے دریچوں میں سے حضرت نوح علیہ السلام کی مانگی ہوئی سورہ ہود کی اس دعا نے دستک دی۔

**وقیل یاارض ابلعی مآئک ویسمآ ء اقلعی وغیض المآء وقضی الامر واستوت علی الجودی وقیل بعد اللقوم الظلمین ط**

ترجمہ: حکم ہوا اے زمین اپنا سارا پانی نگل جا اور اے آسمان رک جا۔ چنانچہ پانی زمین میں بیٹھ گیا۔ فیصلہ چکا دیا گیا۔ کشتی جودی پر ٹک گئی اور کہہ دیا گیا کہ دور ہوئی ظالموں کی قوم۔

میں نے جیب سے کاغذ اور قلم نکالا اور یہ دعا مبارکہ لکھ کر تہ کر دی۔ پھر کسی باوضو شخص کو آگے آنے کے لیے کہا تو فوراً دو تین آدمی پاس کے کنویں سے وضو کر کے آ گئے۔ میں نے ایک متقی قسم کے باوضو شخص کے ہاتھ میں تہ شدہ آیات دے کر کہا کہ وہ عمودی کنارے سے نیچے اتر کر ان کو دریا میں بہا دے۔ آیات پانی کی لہروں کے ساتھ بہتی گئیں اور چند ہی منٹ میں دریا نے آہستہ آہستہ اپنا رخ دوسرے کنارے کے بیلے کی سمت موڑ لیا اور مکان گرنے یکسر بند ہو گئے۔ لوگ حیرت سے ایک دوسرے کا منہ دیکھنے لگے اور فرطِ عقیدت سے میرے ہاتھ پاؤں چھونے کے لیے ٹوٹ پڑے مگر میں نے ایسا کرنے سے منع کر دیا۔ اور پاس کھڑے ایکس ای این کو کہا کہ وہ فوری طور پر دریا میں پتھروں کا سپر بنانا شروع کر دے۔ اس کے لیے اسی وقت چالیس ہزار روپے کی رقم بھی مختص کر دی۔ یوں دعائی آیات میں پتھروں کے سپر کی دوا شامل کر کے میں لوگوں کی عقیدت بھری نظروں سے بچتا بچاتا واپس کوٹھی پر پہنچا اور آتے ہی اللہ تعالیٰ کے حضور دیر تک سر بہ سجود پڑا رہا۔ اس طرح.........ع.........رکھ لی مرے خدا نے مری بے بسی کی شرم

## دوم

# ایکسٹرا اسسٹنٹ کمشنر لیاقت پور کی دکھ بھری داستان

ایک روز اپنے ملاقاتیوں کے مسائل سن کر دفتری کام میں مصروف ہو گیا اور دیر تک

فائلوں میں گم رہا۔ پھر ذرا سستانے کو سر اٹھایا تو سامنے میلے کچیلے کپڑوں میں ملبوس، بڑھی ہوئی شیو اور پریشان بالوں کے ساتھ ایک دُبلے پتلے نوجوان کو سر نہوڑے سامنے کی کرسی پر بیٹھے پایا۔ میں نے پوچھا آپ کیسے آئے؟ تو اس نے بتایا کہ ملاقات کے لیے آپ کے پاس چٹ بھجوائی تھی مگر دیر تک بلاوا نہ پا کر اردلی کی اجازت سے اندر آ گیا اور آپ کے فائلوں سے سر اٹھانے کا انتظار کرنے لگا۔ میں نے کہا کہ اس کی چٹ غالباً فائلوں کے ڈھیر تلے دب گئی ہوگی اور پوچھا کہ اس کا مسئلہ کیا ہے؟ اس پر وہ پسیج گیا اور باچشم نم کہا کہ شاید میں نے اسے پہچانا نہیں۔ وہ میرے زمانے کمشنری میں لیاقت پور میں اے اے سی تعینات تھا اور میری حوصلہ افزائی پر وزیر اعظم بھٹو کے دورہ پر بہترین انتظامات کر کے داد و تحسین کا مستحق ٹھہرا تھا۔ لیکن اب اسے ملازمت سے برخاست کر دیا گیا ہے۔ اپنی دکھ بھری داستان سناتے ہوئے اس نے بتایا کہ وہ راجن پور کے سردار بلخ شیر مزاری کے غریب مزارع کا بیٹا ہے۔ جو پڑھ لکھ کر مقابلہ کے امتحان کے ذریعے سی ایس پی افسر بن گیا تو سردار صاحب کو خطرہ لاحق ہوا کہ وہ کہیں اعلیٰ مرتبہ پر پہنچ کر ان کی سرداری کے لیے دردِ سر نہ بن جائے۔ انہوں نے اپنے دوست چیف منسٹر صادق قریشی سے کہہ کر اس کو ملازمت سے برخاست کرا دیا۔ اس کے ساتھ اس کی آنکھوں سے ٹپ ٹپ آنسوؤں کی برسات ہونے لگی اور روتے روتے اس کی گھگھی بندھ گئی۔

اس کی دردناک کہانی سن کر میں اپنے کراہتے ہوئے ماضی کے ماہ و سال میں جا پہنچا جہاں مجھے بلخ شیر مزاری کی صورت ہی ایک جاگیردار ہوا کو تلواریں مارتا نظر آیا۔ میں ان دنوں زمیندار کالج گجرات کے سال اول میں پڑھتا تھا اور موسم گرما کی تعطیلات گزارنے گاؤں گیا ہوا تھا۔ میرا معمول تھا کہ روزانہ کتابوں کا پلندا اٹھائے اپنے قریبی کینال ریسٹ ہاؤس میں آم کے پیڑ تلے گھنی چھاؤں میں جا بیٹھتا اور دن بھر مطالعہ میں گزار کر شام کو گھر لوٹ آتا۔ میرے علاقہ کا وہی جاگیردار جو انگریزی سرکار نے اپنی فوج میں بھرتی کے لیے ریکروٹنگ افسر مقرر کر رکھا تھا ایک روز جوانوں کی بھرتی کے لیے ریسٹ ہاؤس میں آیا۔ وہاں کتابوں کے ڈھیر میں مجھے مصروف مطالعہ دیکھا تو اپنے پاس کھڑے ہوئے ہمارے گاؤں کے ایک شخص سے پوچھا یہ کون لڑکا ہے؟ اس نے بتایا کہ اپنا ہی عزیز ہے اور کالج میں پڑھتا ہے۔ اس پر جاگیردار سیخ پا ہو کر بولا اس لڑکے کو سمجھا دو کہ اپنی پڑھائی کے بل بوتے پر ''ڈپٹی'' بننے کی خام خیالی میں نہ رہے۔ ایسی

نوکریاں ہرایرے غیرے کو چہ گرد کے لیے نہیں بلکہ انگریزی سرکار نے صرف ہم خدمت گزاروں کے لیے مخصوص کر رکھی ہیں۔ یہ خبر مجھ تک پہنچی تو میں نے اپنے پاس بیٹھے ہوئے چھٹی کے طالب علم بشیر کو جو مرزا سودا کے غنچہ کے طرح میرا قلم دان بردار تھا، کہا کہ بشیر ذرا مجھے قلم کاغذ دو، میں اس اکڑ فوں جاگیردار کی خبر لوں اور پھر جھٹ سے اس کی ہجو میں یہ دو شعر لکھ کر اپنے دل کی بھڑاس نکال لی۔

ملت فروش! تو نے یہ خالق سے کیا کہا رکھوں نہ اپنے علم و ہنر سے کوئی امید

خوش رہوں اپنے پارۂ نان جویں پہ میں مٹی در فرنگ پہ تیری مگر پلید

علاقہ کے جاگیردار کی یوں خبر لینے کے بعد میں یکا یک ماضی کے خوابوں سے چونکا اور سامنے سسکیاں بھرتے ہوئے اپنے سابقہ ماتحت سے کہا کہ اگر وہ پسند کرے تو میں اس کی بحالی ملازمت کے لیے وزیراعلیٰ کو لکھوں۔ مگر وہ غریب غیرت مند نہ مانا اور کہنے لگا کہ اس کا خون ناحق تو وزیراعلیٰ کی گردن پر ہے بھلا وہ کیا دادرسی کرے گا۔ اس کے جواب پر میں سوچ میں پڑ گیا اور پھر نہ جانے کس عالم جذب و مستی میں کہہ دیا کہ اس کے مداوائے درد کا ایک دوسرا تیر بہدف مجرب نسخہ بھی میرے پاس ہے۔ وہ چاہے تو اسے بھی آزما کے دیکھ لے۔ وہ حیرت سے میرا منہ دیکھنے لگا تو میں نے پوچھا کیا اس کے گاؤں کے ویرانے میں کوئی ٹوٹی پھوٹی مسجد ہے؟ اس نے کہا کہ ان کے گاؤں کے باہر کنویں پر ایک کچی سی ڈھاری کھڑی کر رکھی ہے جہاں کبھی کبھار کوئی اللہ کا بندہ سجدہ دے لیتا ہے۔ میں نے کہا کہ بس وہیں مجیب الدعوات خدائے برتر کا ڈیرہ ہے جہاں وہ شہر کی محل نما مسجدوں اور مرمر کی سلوں سے بیزار ہو کر جا بسا ہے۔ اس کے پاس چلے جاؤ اور سربسجود ہو کر گریہ وزاری کرو اور اپنا حال زار بیان کرو، وہ تمہاری آسانی کی ضرور کوئی سبیل نکال لے گا۔ وہ چپ چاپ سنتا رہا۔ نہ جانے اس نے میری بات کو مجذوب کی بڑ سمجھا یا حکیم کا مشورہ۔ پھر خاموشی سے اٹھا اور ایک بھرپور سلام کر کے چلا گیا۔

ایک ماہ کے بعد وہی نوجوان بہترین سوٹ اور ٹائی پہنے میرے دفتر میں آیا اور بڑے اعتماد کے ساتھ کرسی پر بیٹھ گیا۔ میں نے اس کی سج دھج دیکھی تو حیران ہو کر پوچھا کیا کوئی نجی ملازمت اختیار کر لی ہے۔ اس نے نفی میں سر ہلایا اور کہا کہ وہ میرا بتایا ہوا نسخہ کیمیا ساتھ لے جا کر گاؤں کے ویرانے میں کنویں پر کھڑی ڈھاری نما مسجد میں بیٹھ گیا اور وہیں شب و روز اللہ کے حضور سربسجود گریہ زاری کرتا رہا۔

ایک روز سحری کے وقت اس کی آنکھ لگ گئی تو خواب میں کسی غیبی آواز نے پکارا۔ اٹھو، اٹھو، بھٹو اپنے شہر لاڑکانہ گیا ہوا ہے، اپنی کہانی لکھ کر اس کے پاس بھیجو۔ وہ ضرور دادرسی کرے گا۔ یہی آواز بار بار پکارتی رہی تو وہ ہڑبڑا کر اٹھا اور غیبی آواز کو خدائی آواز سمجھ کر اپنی پوری داستان کاغذ پر رقم کی اور بذریعہ ڈاک بھٹو کے نام بمقام لاڑکانہ ارسال کر دی۔ خدا کی قدرت اس کی فرستادہ چٹھی براہ راست بھٹو کے ہاتھ لگ گئی۔ جسے پڑھتے ہی اس نے ٹیلی فون اٹھایا اور وزیراعلیٰ صادق قریشی پر برس پڑا۔ پھر تند و تلخ لہجہ میں حکم دیا کہ اس مظلوم افسر کو ملازمت پر فوری بحال کر کے اس کو بواپسی اطلاع کرو۔ پھر کیا تھا صوبائی اور ضلعی حکومت کی تمام انتظامی مشینری اس کی تلاش میں سرگرداں ہوگئی اور دو دن کی تگ و دو کے بعد اس کو ڈھاری نما کچی مسجد سے ڈھونڈ نکالا اور بحالی ملازمت کے تحریری احکام اس کے ہاتھ میں دے کر اس کی اپنی خواہش کے مطابق لیاقت پور میں جہاں سے اسے برخاست کیا گیا تھا چارج دلا دیا۔ ہفتہ بھر اپنی پوسٹ پر کام کر کے وہ آج میرے سلام اور شکریہ کے لیے حاضر ہوا ہے۔ میں حیرت سے اس کی باتیں سنتا رہا اور پھر نم دیدہ ہو کر سربسجود ہو گیا۔

بترس ز آہ مظلوماں کہ ہنگام دعا کردن
اجابت از درحق بہر استقبال می آید

اس واقعہ کے کچھ ہی عرصہ بعد مجھے سیکرٹری سروسز سے بدل کر سیکرٹری لیبر کی پوسٹ پر لگا دیا گیا۔ اس بلاضرورت تبدیلی کی وجہ معلوم نہ ہوسکی۔ نہ جانے کسی منظور نظر کو اس کی پسند کی اسامی پر لانا مطلوب تھا یا کسی بالادست کی میرے ساتھ سرگرانی تھی۔ بہرحال چند ہی ماہ میں مجھے اگلے گریڈ میں ترقی مل گئی اور لیبر سیکرٹری سے ممبر بورڈ آف ریونیو تعینات کر دیا گیا۔

□□□

ماخذ: فردحیات، خودنوشت، اے کے خالد، ویژن پبلشر لاہور، جون ۲۰۱۰ء

# روح کی حقیقت

## گیان سنگھ شاطر

روح میرے لیے ایک معمہ تھا جس کا میں حل چاہتا تھا میں تایا جی سے پوچھتا، وہ روح کی تشریح جس طرح کرتے وہ سمجھنے میں آسان ہے لیکن شاستروں کے برعکس ہے۔وہ کہتے تھے آنکھوں کی روح، قوت باصرہ ہے کانوں کی قوت سماع، دماغ کی قوت حافظہ، پیٹ کی قوت ہاضمہ، ہاتھوں کی قوت تخلیق......ٹانگوں کی قوت رفتار۔وہ روح کے بارے میں یہ کہتے تھے اور کبھی وہ۔وہ کہتے تھے کہ بے جان چیزوں میں بھی روح ہے۔درانتی کی روح اس کے دانتوں میں ہے اور تیشے کی اس کی دھار میں۔روح کے بارے میں ان کا مجموعی تأثر فہم فطرت سے شروع ہوکر تسخیر فطرت پر ختم ہوتا تھا۔آدمی میں کئی روحیں ہیں جو ہم آہنگ ہوں تو قوت تخلیق بنتی ہیں۔جس مزدور کی قوت تخلیق اچھوتی ہے۔اس کی روح اعلیٰ تر ہے۔

تایا جی کی باتیں تحیر خیز اور خیال آرا تھیں لیکن ان کی ابتدا انتہا خود آگاہی پر موقوف تھی۔وہ کہتے تھے کہ اصلی علم وہنر کتابوں سے باہر انسان کے دماغ میں پوشیدہ ہے۔مجھے مافوق الفطرت باتیں زیادہ مرعوب کرتی تھیں کیوں کہ وہ حاصل مقصود تک پہنچنے کا آسان طریقہ بتاتی تھیں۔میں دھارمک کتھاؤں کے کرداروں کی طرح اڑنا چاہتا تھا۔معجزے کرنا چاہتا تھا۔ایسے کام کرنا چاہتا تھا جو صرف دیوتاؤں ہی کی صفت تھے۔

میں روح کو دھرم کے طریقے سے سمجھنا چاہتا تھا۔ممکن ہوتو دیکھنا چاہتا تھا۔ہم نے تگڈم لڑائی کہ اگر یم راج کو جسم تک نہ پہنچنے دیا جائے تو جسم مر نہیں سکتا۔اس خیال کی سچائی آزمانے کے لیے میں نے لکڑی کا ڈبہ بنایا اور اس کا ایک پاسا کھلا رکھا۔ہم نے پہلے کانٹے سے مچھلی پکڑی مگر ڈبے میں منتقل کرتے کرتے وہ زخمی ہوگئی لیکن پھر کپڑے سے کئی مچھلیاں پکڑیں۔ان میں سے ایک ڈبے میں ڈالی اور کھلے پائے کو کیلوں سے بند کر دیا۔یہ دیکھنے کے لیے ڈبا مہر بند ہے کہ نہیں،

ہم نے ڈبے کو اینٹ باندھ کر پانی کی تہ میں رکھ دیا۔دوسرے دن اسی وقت کھولا اور مچھلی کو مرا پایا۔میں نے تایا جی سے اپنا تجربہ بیان کیا۔انہوں نے مسکرا کر کہا مچھلی کی روح پانی ہے جیسے آدمی کی روح ہوا، نہ مچھلی پانی کے بغیر زندہ رہ سکتی ہے اور نہ آدمی ہوا کے۔''

اور وہ جو کہتے ہیں کہ رشی منی یوگ ودیا سے سانس روک کر عمر کو ہزاروں سال بڑھا لیا کرتے تھے کئی سنجیونی کھا کر امر ہو جاتے تھے کیا وہ جھوٹ ہے۔؟ میں نے دریافت کرتے ہوئے حیرت کا اظہار کیا۔بالکل جھوٹ ہے''۔انہوں نے'' بالکل'' پر زور دے کر کہا اور اپنی بات جاری رکھی۔سنجیونی ایک فرضی جڑی بوٹی کا نام ہے جیسے امرت۔یہ سچ ہوتا تو دھرتی رشیوں، مینوں کے سوا کوئی دوسرا نظر نہ آتا اور عام آدمی کا جینا مشکل ہو جاتا۔یوگ ودیا کوئی ودیا نہیں جسم کو نروگ رکھنے کے لیے پر یوگ ہے۔یوگ لا حاصل عمل ہے اور انسان کے زندہ رہنے کے لیے ناموزوں ہے اسی لیے یوگی بھیک مانگتے پھرتے ہیں یا دان پن پر جیتے ہیں اصلی یوگ کام ہے کام سیر حاصل ہے اور نیک عمل کا ضامن بھی۔

تایا جی ایک بات کو کئی کئی طریقوں سے بیان کرتے تھے اور دھرم کے بارے میں بالکل ارضی نظریہ رکھتے تھے۔

کر سے کرت ،کرت سے کرما

مانس جاتی ایکو دھرما

آدمی کے ہاتھ تقدیر تخلیق ہیں اس لیے آدمی اپنی تقدیر کا خالق آپ ہے۔مانس جات کا ایک ہی دھرم ہے اور وہ ہے کرم۔

انہیں اتنے شلوک یاد تھے کہ وہ اپنے خیال کی تائید کے لیے کئی شلوک سنا سکتے تھے۔ دیسراج بھوتوں کو بس میں کرنا چاہتا تھا لیکن اس کی غریبی آڑے آ رہی تھی۔اس کام کے لیے اسے پانچ بکرے اور پانچ شراب کے پیپے درکار تھے۔اس سے آگے کی تفصیل دل دہلا دینے والی ہے۔ شمشان گھاٹ میں اماوس کی رات دیسراج کا اکیلے جانا، اپنے گلے میں مانس کھوپڑیوں کی مالا پہننا اور کلمہ پڑھنا۔کلمے کے زور سے طوفان بادو باراں کا آنا۔بھوتوں کا پرگھٹ ہونا۔اس کا اپنے استھان پر ڈٹے رہنا، بھوتوں کا خوش ہو کر رسد مانگنا، اس کا کلمے کے زور سے سامنے پڑی رسد کی کیل توڑنا، بھوتوں کا رسد کھا پی کر ناچنا اور اسے وَردان دینا۔

وہ جاڑے میں بندر کی طرح ٹھٹھرتا ہوا کس امید سے کہتا تھا میں بھوتوں کو بس میں کرلوں تو ساری دنیا کا بادشاہ بن جاؤں۔اس کی باتوں سے متاثر ہوکر سوبگ سنگھ اس کا ہاتھ تھام کر التجا آمیز احترام سے کہتا۔دیسراج تم بادشاہ بنو تو مجھے اپنا وزیر ضرور بنائیو۔اپنے بچپن کے ساتھی کو بھول نہ جائیو۔

اس کی بات سن کر دیسراج اسے کسی کریم کی طرح دیکھتا اور پھر اس سے ایسے بات کرتا جیسے کوئی لٹیرا اپنی لوٹ کا کچھ حصہ خدا کی راہ میں مخصوص کرے۔

دیسراج تورسد خریدنے کے نااہل ہے لیکن جو خرید سکتے ہیں وہ بھوتوں کو بس میں کرکے بادشاہ کیوں نہیں بن جاتے؟ میں زندگی کے نشیب وفراز کو اپنے طریقے سے سمجھنے کے لیے اس سے سوال کرتا۔

ایسا خطرناک کام کرنے کے لیے میرے جیسا حوصلہ چاہیے۔ورنہ جان کا خطرہ ہے۔

وہ تیز تیز قدموں سے ادھر ادھر چلتا،بدن جھٹکتا اور وقتی طور پر بھول جاتا کہ وہ سردی سے ٹھٹھر رہا ہے۔نام دیو کے گھر کے مغرب میں پورن سنگھ کا ویران کھیت تھا۔جس میں سر سے اونچا اور گھنا جھاڑ جھنکار تھا۔کہتے تھے کہ وہاں بھوتوں کا ڈیرا رہتا ہے وہاں سے نام دیو کے گھر میں سیندھ لگی تھی جس سے وہ جگہ اور بھی ڈراؤنی ہوگئی تھی۔میں رات کو ادھر سے گزرتا تو اتنے راستے کو بھاگ کر پار کرتا۔جاڑے میں دھونی جلانے کے لیے وہاں ایندھن ہی ایندھن تھا جسے ہم تینوں ایک ساتھ یا اکیلا دیسراج اٹھا کر لاتا تھا وہ وہاں جاکر آتا ہوا پیچھے مڑ کر نہ دیکھتا اور ہم پر رعب جماتے ہوئے کہتا''پیچھے مڑ کر وہ دیکھتا ہے جو ڈرتا ہے۔اور بھوت سے ڈرنا مرنا ہے۔''

ہمارے گاؤں کے اطراف کتنے گڈریا پیر تھے جو پوجے جاتے تھے جیسے پیر پھلا ہی، مقام،تکیہ ست رکھا......وغیرہ۔دیسراج کا باپ جوگا رام موٹھ چلانے میں نام رکھتا تھا۔اس کے بارے میں کہتے تھے کہ وہ اپنے دشمن کی موٹھ سے مرا تھا۔اس کی اولاد میں سے جاگر رام نظر اتارتا تھا اور چھلواری (انگل بڑا) باندھتا تھا۔

بھوتوں کی باتیں سن کر گھر لوٹتے ہوئے مجھے لگتا جیسے کوئی میرے پیچھا کرتا ہو۔میں رکتا،میرے ساتھ وہ چاپ بھی رک جاتی،۔تو میرے پیچھے بھاگتی۔میں پیچھے مڑ کر دیکھنا چاہتا لیکن بھوت کا خوف مجھے ایسا نہ کرنے دیتا میں سر سے پاؤں تک رضائی اوڑھ کر سوتا۔اس کے باوجود

مجھے گھر کے اندر بھوت نظر آتے۔ میں پاٹھ کرتا لیکن میرا خوف کم نہ ہوتا۔ میں اسی نفسیاتی کیفیت میں سوتا، نیند میں میرا دم گھٹتا اور میں چلاتا۔ جو کوئی میرا شور سنتا وہ مجھے جھنجوڑ کر جگاتا اور مشورہ دیتا بھگوان کا نام لے تجھ پر بھوت پریت کا سایہ ہے میں بھگوان کا نام جپتا لیکن میرا خوف کم نہ ہوتا۔ میری حالت اس مظلوم کی سی ہوتی جو کسی کے ظلم وستم کا نشانہ بنے، اسے خود روک نہ سکے لیکن کسی دور اُفتادہ رفیق کو مدد کے لیے پکارے اور اپنی مصیبت میں مجبور ومعذور رہے جب دیسراج کسی مہم پر جاتا بہ آواز بلند نعرہ لگاتا جل تو جلال تو آئی بلا کو ٹال تو، اگر وہ ناکام لوٹتا خود کو یوں تسلی دیتا گھر سے نکلتے ہوئے پیر ومہتر منہ لگا تھا۔ اس پر لعنت پڑے۔ جب کالی بلی راستہ کاٹی مجھے واپس گھر لوٹ آنا چاہئے تھا۔

وہ خواجہ خضر کا پجاری تھا۔ برسات میں آبِ جُو شباب پر ہوتی وہ چھڑیوں اور گھاس پھوس سے بیڑا تیار کرتا۔ اسے آب جو کے کنارے کم گہرے پانی میں رکھتا، پانچ مرتبہ چلو بھر کر اپنے اوپر سے پھینکتا بیڑے میں آٹے کا چراغ روشن کرتا، اسے دھکیلتا ہوا گہرے پانی میں لے جاتا اور بہاؤ پر چھوڑ دیتا۔ جب تک بیڑا دکھائی دیتا وہ اس پر نظریں گاڑے عمل پڑھتا اور جھومتا جیسے اسے خواجہ خضر کا وردان ہو، اس کے الفاظ میرے پلے نہ پڑتے۔ میں پوچھتا وہ اترا کر کہتا۔ یہ عربی کلمہ ہے تیری سمجھ میں نہیں آ سکتا۔

وہ کہتا تھا کہ خضر نے پانی پر کلمہ لکھا ہوا ہے جو اسے پڑھ لے گا وہ پانی اور پانی کے اندر رہنے والی ہر شے پر حکمرانی کرے گا۔ وہ آنکھیں سمیٹ کر غور سے پانی پر دیکھتا جیسے اس نے اچانک کچھ نوشتہ دیکھ لیا ہو اور اسے پڑھنے کی کوشش کر رہا ہو۔ تو پانی پر کلمہ دیکھ لے گا تو پڑھے گا کیسے؟ عربی تجھے آتی نہیں ہے، میرے سوال میں شک کا شائبہ ہوتا، یہی تو بات ہے! خواجہ جسے کلمہ دکھاتے ہیں اسے پڑھنے کی صلاحیت دیتے ہیں۔ وہ ایمان واعتقاد سے کہتا۔

ایسی ہی کئی باتیں میں سنگت میں سن چکا تھا، کتنے اوتاروں نے گونگوں اور ان پڑھوں کی آنکھوں میں دیکھا تھا اور ان سے گیتا پڑھوا کر اس کا ارتھ کروائے تھے جو صرف برہمنوں ہی کا حق تھا۔ میں اس کی بات پر یقین نہ کرتا۔ وہ مجھے خواجہ خضر کے عتاب سے ڈراتا۔ میں کئی بار خواب میں دیکھتا کہ کوئی سبز پوش سفید ریش مجھے پکڑ کر پانی میں ڈبو رہا ہے۔ خواجہ خضر کی ہیئت وہ

ویسی ہی بتاتا تھا۔

اس کے باوجود میری نشو ونما میں ہلکا سا تغیر رونما ہونے لگا تھا۔جن رسموں، رواجوں، روایتوں، اندھی قدروں کو لوگ اہل سمجھتے تھے اوران سے ذرا سے انحراف کو گناہ، میں انہیں تحقیق کی نگاہ سے دیکھتا تھا اور یہ تھا تایا جی کی باتوں کا اثر۔وہ بار بار سمجھاتے تھے آدمی کی سچائی وہ نہیں جس کا یہ اعادہ کرتا ہے آدمی کی سچائی وہ ہے جس کا ثبوت فراہم کرتا ہے۔کسی کی کسی بھی بات کو بن پرکھے تسلیم کرنا اپنی بے ہودگی ہے۔زندگی کی حقیقت اپنے عرفان سے بے نقاب ہوتی ہے نہ کہ اعتقاد آدمی کے جہل کا حاصل ہے اور عرفان، عرفان کا۔

وہ بچوں کو ڈراتے نہ تھے ان کے ساتھ دوستوں اور استادوں کا سا برتاؤ کرتے تھے۔ لیکن میرا دل خوف پروردہ تھا اور یہ میرے بھائیا جی اور ہم عصروں کے تشدد کا ردعمل تھا۔اس سے بڑھ کر مذہبی روایتیں اور حکایتیں تھیں۔ان سے کتنا گریز کرو وہ ہر وقت اور ہر جگہ موجود تھیں۔

قارئین !اگر بھگوان ہے اور اس نے ایسے قانون نافذ کرر کھے ہیں تو اس سے بڑھ کر انسان دشمن کون ہے؟انسانی قانون کتنے ہی سفاک سہی، بھگوان کے بنائے ہوئے قوانین سے زیادہ انسان دوست ہیں۔

❑❑❑

ماخذ: گیان سنگھ شاطر کی آپ بیتی، فکشن ہاؤس، لاہور، ۱۹۹۶ء

# میرا خاندان

## سید عبداللہ شاہ

میرے دادا جان سید محمد شاہ کروڑ رحمتہ اللہ علیہ اپنے زمانے کے ولی اللہ اور صاحب کشف وکرامت بزرگ تھے۔آپ حضرت امام ربانی مجدد الف ثانی رحمتہ اللہ علیہ بمقام سرہند شریف کے خلیفہ تھے۔اب تک حضرت سید پیر محمد شاہ کروڑی کا اسم گرامی خلفائے امام ربانی مجدد الف ثانی رحمتہ اللہ علیہ کے خلفائے ہند کے رجسٹر کی فہرست میں درج ہے۔

آپ چاروں طریقہ ہائے تصوف ،نقشبندی ،چشتی ،قادری ،سہروردی کے ماذون تھے۔آپ کی بیعت خواجہ شیخ موضع وڑچھ تحصیل خوشاب ضلع شاہ پور حال سرگودہا سے تھی۔حضرت سید پیر محمد شاہ کروڑی دینی تعلیم حاصل کرنے کی غرض سے موضع وڑچھ کے مدرسہ عربیہ میں داخل ہوئے تھے۔شیخ عثمان ایک ولی اللہ تھے۔کافی جائداد کے مالک تھے۔ان کی بارانی زمین میں باجرہ کی فصل تھی۔جس کی چڑیاں ہانکنے کے لیے مدرسہ کے طالب علم باری باری جاتے تھے۔ چونکہ یہ کھیتی آبادی سے بہت دور جنگل میں تھی۔ جہاں کھانے پینے کی کوئی چیز میسر نہ ہوتی تھی اس لیے طالب علم کھیتی کے باجرے کے سٹے اتار کر بھوک مٹایا کرتے تھے۔ایک دفعہ دادا جان سید پیر محمد شاہ کی ایک ہفتے کے لیے چڑیاں ہنکارنے کی باری آئی۔حضرت شیخ عثمان خود کھیتی دیکھنے کے لیے تشریف لے گئے۔کھیتی کے اندر جا کر ملاحظہ فرمایا۔واپس آکر دریافت فرمایا:

''پیر محمد شاہ جب سے تم آئے ہو۔کھیتی میں سے ایک خوشہ بھی نہیں اتارا گیا۔ پہلے والے طالب علم باجرے کے خوشے اتار کر کھایا کرتے تھے۔آپ نے یہاں ایک ہفتے میں کیا کھایا؟''

شاہ صاحب نے فرمایا۔''میں کھیتی کا امین ہو کر آیا تھا،میرا یہ حق نہیں تھا کہ میں خوشے اتار کر کھاؤں۔میں نے ساگ پات کے پتے کھا کر گزارا کیا ہے۔''

حضرت شیخ عثمان جان گئے کہ یہ درخت اگر ترقی کرے تو اچھا پھل لائے گا۔اس دن

سے حضرت شیخ نے خاص نظر شروع کر دی۔

ایک دفعہ شیخ صاحب کو شکایت ملی کہ کھیت میں ایک آوارہ گائے آتی ہے اور گندم کی چھوٹی فصل خراب کر جاتی ہے۔دوسرے لوگ بھی اس سے بہت تنگ ہیں۔مگر وہ اتنا تیز دوڑتی ہے کہ گھوڑا بھی اسے نہیں پکڑ سکتا۔حضرت شیخ عثمان نے سید پیر محمد شاہ کی طرف دیکھا۔شاہ صاحب نے کہا۔''میں جاتا ہوں،انشاءاللہ تعالیٰ گائے آئندہ کبھی کھیت میں نہیں آئے گی۔''

شاہ صاحب کھیت کے کنارے پہنچے تو گائے سبز گندم کھا رہی تھی۔ابھی شاہ صاحب دور تھے کہ گائے نے بھاگنے کی کوشش کی۔مگر شاہ صاحب پر شیخ کی خاص نظر تھی۔آپ گائے کے پیچھے دوڑے۔گائے کھیت کے کنارے پر چڑھ رہی تھی کہ شاہ صاحب نے گائے کی دم پکڑ لی۔گائے بھی بہت طاقتور تھی اور اس نے جنگلی گائے کا روپ دھار لیا تھا۔شاہ صاحب میں بھی ولایت کی طاقت تھی۔دونوں کی زور آزمائی میں گائے کی کمر کی ہڈی ٹوٹ گئی۔اور وہ کنارے پر گر کر مر گئی۔دادا جان سید پیر محمد شاہ دراز قد جوان تھے۔ان کے والد فوت ہو چکے تھے۔ان کی والدہ انہیں ملنے کے لیے وڑچھا جایا کرتی تھیں۔ایک دفعہ وہ جب سید پیر محمد شاہ سے ملاقات کے لیے گئیں تو انہیں بتایا گیا کہ سید پیر محمد شاہ جنگل میں کھیتوں کی حفاظت کی ڈیوٹی پر گئے ہوئے ہیں۔شاہ صاحب کی والدہ ماجدہ حضرت شیخ کے پاس گلہ لے کر گئیں اور کہا۔

''میں نے اپنا بیٹا آپ کے پاس تعلیم کے لیے بھجوایا ہے اور آپ نے اسے جنگل میں کھیتی کا رکھوالا بنا دیا ہے۔''

شیخ صاحب نے فرمایا:

''مائی یہ طالب علم جو میرے پاس تعلیم حاصل کر رہے ہیں۔یہ کالے حروف پڑھ رہے ہیں آپ کے بیٹے کو میں باطنی علم پڑھا رہا ہوں۔''

شاہ صاحب کی والدہ نے اپنے بیٹے کے لیے چند روز کی رخصت طلب کی۔شیخ عثمان نے اجازت دے دی۔موضع وڑچھا سے ہمارا گاؤں تقریباً چالیس میل دور تھا۔راستے میں پہاڑ پڑتا تھا۔ایک راستہ قریب تھا۔اگر اس راستے پر جائیں تو دس میل پہاڑی راستے میں کمی آجاتی ہے۔مگر اس راستے پر ایک شیر کا قبضہ تھا۔دو پہاڑیوں کے درمیان کے جنگل میں شیر انسانوں کو پھاڑ کر کھا جاتا تھا۔اس لیے وہ قریبی گزرگاہ شیر کے خوف سے بند تھی۔دادا جان نے وہی قریبی

راستہ اختیار کیا جو ایک پہاڑی سے اتر کر دوسری پہاڑی پر چڑھ جانے سے دس میل سفر کا فرق پڑتا تھا۔ جب شاہ صاحب اپنی والدہ صاحبہ کو لے کر پہاڑ پر گئے تو ارد گرد بسنے والے لوگوں نے انہیں منع کیا کہ آپ بوڑھی والدہ کو شیر کے پنجے میں کیوں لے جا رہے تھیں۔ شاہ صاحب نے فرمایا، شیر ہمیں کیا کہے گا۔ لوگ حیران تھے کہ یہ شخص دیدہ و دانستہ اپنی والدہ اور خود کو موت کے منہ میں لے جا رہا ہے۔ جب شاہ صاحب اپنی والدہ ماجدہ کے ہمراہ پہاڑ کی گھاٹی میں اترے تو پہاڑ کے اوپر رہنے والے لوگ جو بکریاں بھیڑیں چرانے کی غرض سے جنگل میں رہتے تھے اور روزانہ ایک بکرا شیر کی خوراک کے لیے چھوڑ دیتے تھے۔ پہاڑ پر تماشہ دیکھنے کے لیے کھڑے ہو گئے۔ جب شاہ صاحب اور ان کی والدہ دو پہاڑوں کے درمیانی میدان کے راستے سے گزر رہے تھے تو شیر ان کی طرف دوڑا۔ شاہ صاحب کی والدہ خوف کے مارے بیٹھ گئیں مگر شیر جس جوش و خروش سے انسانی جان کے شکار کے لیے چھلانگیں لگاتا ہوا تیزی سے دوڑ رہا تھا وہ حضرت سید محمد شاہ کے قریب آ کر ایک دم ٹھنڈا پڑ گیا اور آتے ہی شاہ صاحب کے قدموں پر سر رکھ دیا۔ حضرت سید محمد شاہ صاحب نے شیر کی پیٹھ پر ہاتھ پھیرا اور فرمایا۔ ''اللہ تعالیٰ نے تمہیں بہت طاقت بخشی ہے مگر خدا کی مخلوق کو تنگ کرنے میں اس طاقت کا استعمال نہ کرو ورنہ قیامت کے روز تم نمبرداروں کے زمرے میں اٹھائے جاؤ گے جن پر سخت عذاب ہو گا۔''

یہ بات سن کر شیر اپنی اطاعت کا اظہار کرتے ہوئے آہستہ آہستہ قدموں سے واپس چلا گیا۔ اور اس واقعہ کے بعد جنگل کا وہ قریبی راستہ کھل گیا۔ اس موقع پر حضرت سید محمود شاہ صاحب کی والدہ سخت حیران تھیں اور جو لوگ شیر کے پنجوں سے ان دونوں کی چیر پھاڑ کا نظارہ دیکھنے کے لیے کھڑے تھے وہ بھی دنگ رہ گئے۔ شیر کے جانے کے بعد حضرت سید محمد شاہ صاحب نے وہاں نماز شکرانہ ادا کی۔ اتنی دیر میں جو لوگ یہ نظارہ دیکھ رہے تھے وہ بھی تیزی سے دوڑتے بھاگتے ہوئے وہاں پہنچ گئے اور شاہ صاحب کے قدموں پر گر گئے اور درخواست کی کہ سید محمد شاہ صاحب آج ان کے ہاں قیام فرمائیں تاکہ ہم لوگ یہاں دنبے حلال کر کے خوشی کا جشن منائیں۔

چنانچہ حضرت سید محمد شاہ صاحب نے ان لوگوں کی دعوت قبول فرمائی اور ارد گرد کے تمام دیہات کے لوگ بھی جمع ہو گئے۔ نماز عصر تک وہاں جنگل میں منگل بنا رہا اور شام کو اگلے پہاڑ

کی طرف کے لوگ سید محمد شاہ صاحب کو اپنے ہاں لے گئے۔دوسرے روز دو گھوڑے تیار کر کے ایک گھوڑے پر شاہ صاحب کی والدہ کو سوار کیا اور دوسرے پر شاہ صاحب سوار ہوئے۔دیہات کے لوگوں نے ایک اونٹ پر غلہ لادا۔کئی دنبے اور بکرے لے کر بیس کے قریب افراد نے ایک جلوس کی شکل میں سید محمد شاہ صاحب کو ان کے مسکن موضع پدھراڑ پہنچایا۔موضع پدھراڑ کے لوگ اور شاہ صاحب کے خاندان کی برداری ان حالات سے حیران ہوئی کہ اس طالب علم کی اتنی عزت افزائی کیسے ہوئی۔جب لوگوں کو شاہ صاحب کی کرامت کا واقعہ بیان کیا گیا تو ایک دنیا ٹوٹ پڑی۔شاہ صاحب ایک ہفتے کے بعد واپس اپنے مرشد حضرت شیخ عثمان کے ہاں موضع وڑچھا چلے گئے۔اکثر لوگ شاہ صاحب کی یہ کرامت سن کر ان کی بیعت کے لیے آتے تو حضرت شاہ صاحب انہیں فرماتے۔''میرے شیخ استاد حضرت عثمان کی بیعت کرو۔میں ابھی بیعت کے لیے ماذون نہیں ہوں۔''

حضرت شیخ عثمان بہت بڑے عالم دین اور بلند پایہ ولی اللہ ہونے کے ساتھ ساتھ اونچے درجے کے امیر کبیر بھی تھے۔کافی زرعی جائیداد بھی تھی اور سو کے قریب اونٹ تھے جنہیں ملازمین بار برداری کے لیے چلایا کرتے تھے اور جب گرمی کے موسم میں اونٹ کام سے معطل ہو جاتے تو انہیں جنگل میں چھوڑ دیا جاتا تھا۔تاکہ وہ آزادانہ طور پر جنگل میں چلتے پھرتے رہیں۔اس زمانے میں آبادیاں کم تھیں اور بہت بڑے گھنے جنگل دور دور تک اونٹوں کی چگائی کے لیے موجود تھے۔

وفات کے چند روز قبل حضرت شیخ عثمان نے حضرت سید محمد شاہ صاحب کو جبہ و دستارِ خلافت عطا فرمائی اور علیحدگی میں بلا کر بتایا:

''یہ راز پوشیدہ رکھنا۔میری موت بہت قریب ہے۔میرے بعد آپ میری نگرانی کرنا اور یاد رکھو میری وفات پر ایک ہنگامہ برپا ہوگا جسے آپ ہی نمٹائیں گے تاکہ میرے عقیدت مندوں کی دو جماعتیں آپس میں خون ریزی سے بچ جائیں۔''

شیخ عثمان عین دوپہر کے وقت جب سورج سر پر ہوتا تو آبادی سے دو جا کر عبادت کرتے تھے۔دن اور رات آپ کے اوقات مقرر تھے۔آپ ایک دن دوپہر کے وقت اپنے گاؤں سے دور نکل گئے اور ایک درخت کے نیچے آپ کی وفات ہوگئی۔جس علاقہ میں آپ کی

وفات ہوئی وہ موضع بندیال کے ساتھ لگتا تھا۔قریب کے ڈیرہ کے لوگوں نے آپ کی میت دیکھی اور فوراً گاؤں کے لوگوں کو اطلاع دی۔جس پر ہزاروں گھوڑ سوار حضرت شیخ عثمان کی میت کے پاس پہنچ گئے۔دوسری طرف وڑ چھا کے لوگوں کو بھی وفات کی خبر ملی وہ بھی موقع پر پہنچ گئے۔اس زمانے میں حکومت کے اتنے انتظامات نہ تھے۔جس کی لاٹھی اس کی بھینس کا معاملہ چلتا تھا۔بندیال کے لوگ زیادہ تھے اور وڑ چھا کے لوگ کم تھے۔بندیال والوں کا مطالبہ تھا کہ شیخ نے ہمارے علاقہ میں آ کر وفات پائی ہے اس لیے ان کی میت ہمارے ہاں دفن کی جائے۔یہاں ان کے مرید بھی زیادہ ہیں اور اردگرد کے دیہات کے مریدوں کو بھی آسانی ہوگی۔وڑ چھا والے تھوڑے تھے یہ ان کا مقابلہ نہ کر سکتے تھے۔حضرت سید محمد شاہ صاحب نے فرمایا۔

''جھگڑا نہ کرو، شیخ کی چارپائی پہلے وڑ چھا کے لوگ اٹھائیں۔اگر چارپائی اٹھ گئی تو شیخ کو وڑ چھا میں دفن کیا جائے گا ورنہ بندیال والے ہی حقدار ہوں گے۔''

چنانچہ وڑ چھا والوں نے چارپائی اٹھانی چاہی تو چارپائی اتنی بوجھل ہوگئی کہ آٹھ افراد بھی مل کر نہ اٹھا سکے۔جب بندیال والوں نے چارپائی اٹھائی تو میت ہلکی تھی۔چنانچہ وہ حضرت کو لے گئے اور بندیال میں دفن کر دیا۔وڑ چھا والوں کو سخت پریشانی تھی۔وہ سید محمد شاہ صاحب سے کہنے لگے کہ آپ شیخ صاحب سے دریافت کریں کہ ہم اب کیا کریں، حضرت شیخ نے سید محمد شاہ صاحب سے مکاشفے میں فرمایا:

''میرا مقدر اس سرزمین میں دفن ہونا تھا، اس لیے میں وڑ چھا والوں کے ساتھ نہیں گیا، مگر اب مجھے دربار رسالت سے یہ اجازت مل گئی کہ مجھے وڑ چھا میں لے جانا چاہیے۔''

چنانچہ یہ مشورہ کیا گیا کہ ایک سو کے قریب گھوڑ سوار رات کی تاریکی میں قبر کھود کر شیخ صاحب کے تابوت کو نکال لائیں۔اس بات کا انکشاف موضع بندیال والوں کو بھی ہوگیا۔اور انہوں نے پچاس افراد کو شیخ صاحب کی قبر کے اردگرد پہرے پر بٹھا دیا۔جب یہ اطلاع ملی تو سید محمد شاہ صاحب نے جمعہ کی رات منتخب کی اور نصف شب کے قریب اکٹھے ہو کر تابوت نکالنے کے لیے لوگوں کو تیار کیا۔

رات کو جب سید محمد شاہ قبر پر پہنچے تو ریت کی مٹھی بھر کر پہرے داروں کی طرف پھینکی۔ومارمیت اذ رمیت ولکن اللہ رمیٰ کا مظاہرہ پیش آیا۔سید محمد شاہ اور ان کے ساتھیوں نے قبر

کھودی ،تابوت نکالا، اونٹنی پر لادا تو پہرے دار جاگ اٹھے اور بھگدڑ مچ گئی ۔شاہ صاحب نے اونٹنی کی دم پکڑی اور خود ان کے ساتھ ساتھ دوڑ رہے تھے۔ موضع بندیال کے گھوڑ سواروں کا ایک دستہ انہیں پکڑنے کے لیے تیز رفتاری سے دوڑا مگر اس اونٹنی کو شیخ کی کرامت اور محمد شاہ صاحب کی برکت سے قدرت نے اتنی برق رفتاری بخشی کہ گھوڑ سوار بھی اس کو نہ پکڑ سکے اور موضع وڑچھا کے قریب ہزاروں افراد استقبال کے لیے کھڑے تھے۔ موضع بندیال کے لوگوں کی ہمت نہ پڑی کہ موضع وڑچھا والوں کا مقابلہ کر سکیں اور اس طرح حضرت شیخ صاحب کی کشف کرامت اور حضرت سید محمد شاہ کی ولایت کے زور سے یہ عقدہ حل کیا گیا۔

حضرت سید محمد شاہ کے دربار میں روزانہ ایک بکرا یا دنبہ ذبح ہوتا تھا اور کئی من آٹا پکتا تھا۔ آپ کا معمول تھا کہ عشاء کی نماز کے موقع پر بچا ہوا کھانا ہمراہ لے جایا کرتے تھے۔ ان کا ایک مرید بچی ہوئی روٹیاں اٹھائے ہوئے آپ کے ہمراہ جاتا مسجد کے باہر ایک خالی جگہ تھی جہاں پر تیس سے چالیس کتے بیٹھے ہوتے تھے۔ آپ ان کتوں کو روٹیاں ڈالتے۔ کوئی کتا اپنی جگہ سے نہ ہلتا۔ جب اسے روٹی ملتی تو وہ منہ میں دبا کر بھاگ جاتا اور دور جا کر کسی جگہ اطمینان سے بیٹھ کر کھاتا۔ روٹیاں لائی جاتیں تو کوئی کتا آگے بڑھنے کی کوشش نہ کرتا، قطار میں بیٹھ کر انتظار کرتا۔ اس غرض سے خواتین اپنے گھروں میں سے بھی کتوں کے لیے روٹیاں پکا کر شاہ صاحب کے لنگر میں داخل کرتی تھیں اور اگر مسجد کے راستے پر پچاس کتے بیٹھے ہوتے تو روٹیاں بھی پچاس ہی نکلتیں۔ یہ بھی سید محمد شاہ کروڑی کی کرامت تھی۔ آپ نے اپنی عمر میں لاکھوں نہیں بلکہ کروڑوں تسبیحیں درود شریف کی پڑھی تھیں اس لیے آپ کو سید محمد شاہ کروڑی کہا جاتا تھا۔

آپ کی کرامات بہت زیادہ ہیں مگر یہاں چند باتیں درج ذیل کی جاتی ہیں:

سید محمد شاہ کروڑی رحمتہ اللہ علیہ کے پاس جن بھی رہتے تھے۔ وہ آدمیوں کی شکل میں تعلیم حاصل کرتے تھے۔ ایک شاگرد کی شادی تھی۔ اس نے آپ سے شرکت کی درخواست کی۔ سید محمد شاہ صاحب نے یہ درخواست قبول کر لی۔ رات کو جن انہیں سواری پر لے گئے۔ نکاح خوانی ہوئی۔ جنوں نے مہمانوں کے بیٹھنے کی جگہ پر جو کپڑے بچھا رکھے تھے، شاہ صاحب نے ان میں سے ایک چادر دیکھی جو ان کے ایک مرید کی تھی ۔شاہ صاحب نے اس چادر پر ایک نشان لگایا۔ دوسرے روز جب مرید وہی چادر اوڑھ کر آپ کی خدمت میں حاضر ہوا تو آپ نے فرمایا۔

''یہ چادر کل رات کہاں تھی۔''

مرید نے بتایا یہ چادر کل رات کو گم تھی، صبح ملی ہے۔آپ نے فرمایا اسے دھولو کیونکہ یہ جنوں کی شادی میں استعمال کی گئی ہے۔آپ بہت سے جائیداد کے مالک تھے۔آپ ریت دم کر کے دیتے جسے لوگ کھیتی میں ڈالتے تو کیڑے مکوڑے بھاگ جاتے تھے اور فصل پر دوائی چھڑکنے کی ضرورت ہی محسوس نہ ہوتی۔آپ زمین داروں کو ایک رومال دم کر دیتے۔وہ رومال کھیتی کے کنارے کی لکڑی پر لٹکا دیا جایا۔اس رومال کی برکت اور شاہ صاحب کی کرامت سے باجرے کی فصل پر چڑیاں نہ بیٹھتیں۔

ایک دفعہ کچھ لوگوں نے سید محمد شاہ کروڑی کو اپنے گاؤں موضع پدھراڑ میں دیکھا اور اسی وقت گاؤں سے پچاس میل دور بھی دیکھے گئے۔یہ کرامات اولیاء اللہ کے لیے جائز ہیں۔حضرت امام اعظم ابوحنیفہ کوفی امام اہل سنت والجماعت سے سوال کیا گیا کہ ایک شخص کو لوگوں نے عرفہ کے روز میدان عرفات میں حج کرتے بھی اور اسی روز اس شخص کو صبح کی نماز میں بغداد میں دیکھا۔آپ نے فرمایا ''اولیاء اللہ اپنی کرامت سے دور کی مسافت بھی طے کر سکتے ہیں''۔

ایک دفعہ چچی صاحبہ نصف شب کو آپ کے لیے کھانا لے کر حجرے میں گئیں تو دیکھا کہ بندروں اور ریچھوں کی شکل کے کچھ لوگ آپ کی چاپی کرر ہے ہیں۔آپ ڈر کے مارے واپس اپنے کمرے میں آ گئیں۔تھوڑی دیر بعد چچا جان خود تشریف لائے تو چچی جان سخت تیز بخار میں مبتلا تھیں۔آپ نے دم ڈالا، بخار اتر گیا تو چچا جان سے دریافت کرنے لگیں کہ یہ بندر اور ریچھ آپ نے کیسے اکٹھے کرر کھے تھے۔؟

آپ نے فرمایا۔''وہ میرے مرید جن تھے جو بہت دور سے آئے تھے اور اپنی اصل شکل میں آئے تھے۔ویسے جب عام طور پر جن میرے پاس آتے ہیں تو انسانی شکل میں آیا کرتے ہیں۔''

اس وقت میں چھوٹا ہی تھا، جب میرے چچا قاسم شاہ ایک چھوٹے چچا نصیب محمد شاہ اور میرے والد سید ہاشم دریا شاہ صاحب فوت ہو چکے تھے اور چچا زمان شاہ صاحب سے بعد میں فوت ہوئے۔میں نے ان کی خدمت بھی کی اور دعائیں بھی لیں۔ان کی کرامت بھی بہت سی یاد ہیں۔مگر چند کرامات یہاں تحریر میں لائی جاتی ہے:

موضع چوہا ضلع پوری میں جو دامن کوہ میں موضع وڑچھ کے قریب ہے۔ وہاں آپ قیام پذیر تھے۔ ایک دن فرمانے لگے کہ ''فلاں جنگل سے جلانے کی لکڑیاں لانی ہیں گھر میں ختم ہوگئیں ہیں۔''

اس جنگل میں جن رہائش پذیر تھے اور کسی شخص کو جنگل سے سوکھے درخت کاٹنے اور مویشی چگانے کی اجازت نہیں دیتے تھے جو شخص بھی اس جنگل میں جاتا مردہ پایا جاتا۔ چچا سید زمان شاہ صاحب اس جنگل سے ہی جلانے کی خشک لکڑیاں لایا کرتے تھے۔ ہم گدھے لے کر جنگل میں گئے تو بڑے بڑے خشک درخت تھے مگر نہ تو ہم آدمی لے گئے تھے اور نہ ہی کلہاڑے لے گئے تھے۔ ہم واپس لوٹ آئے اور چچا زمان شاہ صاحب کی خدمت میں عرض کیا کہ وہاں چھوٹی خشک لکڑیاں تو ہیں نہیں بڑے بڑے خشک درخت ہیں جن کے لیے آری اور کلہاڑی چاہیے۔ بڑھئی ساتھ جائے اور لکڑیاں کاٹ کر دے۔

چچا جان سید زمان شاہ صاحب نے فرمایا: ''تم کل صبح جانا میں لکڑیاں تڑوا رکھوں گا۔''

دوسرے روز جب صبح ہم گئے تو وہاں بڑے بڑے درختوں کے تنے ٹکڑے ٹکڑے کر کے زمین پر ڈالے گئے تھے۔ نہ وہاں آری چلائی گئی اور نہ ہی وہاں کلہاڑے کی ضرورت پڑی۔ بالکل ایسی بڑی بڑی لکڑیاں کلہاڑے سے کاٹنی بھی مشکل تھیں۔ ریزہ ریزہ کر کے زمین پر پھینک دی گئی تھیں۔ ہم دو دن تک وہ لکڑیاں لاتے رہے۔

میں نے چچا جان سے دریافت کیا ''یہ لکڑیاں توڑنے والے لوگ کون تھے؟ جنہوں نے آری کلہاڑی کے بغیر ہی لکڑیاں ریزہ ریزہ کر دیں۔''

آپ نے فرمایا یہ وہی لوگ تھے جو اس جنگل میں رہتے ہیں۔ اور کسی شخص کو اس جنگل میں داخل نہیں ہونے دیتے۔ میں نے دریافت کیا کہ یہ جنوں کا کام ہے؟ آپ نے فرمایا ساری بات مت پوچھا کرو۔

❑❑❑

ماخذ: میری داستان، خودنوشت، سید عبداللہ شاہ، آتش فشاں پبلی کیشنز لاہور، ۱۹۸۵ء

سید عبداللہ شاہ (مدیر روزنامہ الفلاح، پشاور): ولادت: 18 ستمبر 1899ء۔ وفات: 23 اکتوبر 1990ء

# جہانِ دانش

## احسان دانش

### ایک واقعہ:

کاندھلے میں نہ تو تحصیل تھی نہ کوئی ایسا خزانہ جس میں مختلف ٹیکسوں کو وہیں جمع کردیا جاتا اس لیے نوٹیفائڈ ایریا کمیٹی کے تمام ٹیکسوں کا روپیہ تحصیل کیرانہ میں جمع ہوتا تھا جو کاندھلہ سے پانچ کوس پر تھی۔

اس نوٹی فائڈ ایریا کمیٹی میں دو چپراسی تھے۔ایک میں اور دوسرا پنڈت ابھے رام جو اس دفتر میں بہت پرانا یعنی گرگ باراں دیدہ ہوگیا تھا۔زمانے کا نرم وگرم دیکھتے اور سکون واضطراب کی برساتیں کھاتے کھاتے اسے ایک زمانہ گزر گیا تھا۔چنانچہ جب بھی تحصیل میں روپیہ جاتا وہ اپنی ضعیفی کا اڑواڑہ لے کر دامن بچا جاتا اور اپنی جگہ میری ڈیوٹی لگوادیتا۔میں اس لیے خاموش رہتا کہ دفتر سے باہر کی زندگی آزاد ہوتی۔اس میں کلرکوں کی نوک جھونک اور افسروں کی گیڈر بھبکیوں سے آدمی محفوظ رہتا ہے۔

ایک دن مجھے حکم ہوا کہ تحصیل میں روپیہ جمع کرا کے آؤ۔ میں نے بہت اچھا کہا اور خاموش ہوگیا۔کیرانہ میں میرے عزیز بھی تھے اور جیوٹ قسم کے دوست بھی۔مجھے ہمیشہ بہادر سورما اور اکھڑ مزاج لوگوں سے مل کر خوشی ہوتی تھی کیونکہ ایسے لوگ طبعاً تو کھردرے ہوتے ہیں لیکن وفاداری کے اعتبار سے قابل پرستش دیکھے گئے ہیں۔منشی رنگی لال کے حکم سے میں نے روپے اپنے سامنے گنوا کر تھیلے میں مقفل کرالیے اور تھیلا گلے میں ڈال کر تحصیل کی راہ لی۔

اُس وقت یہ کیرانہ سے کاندھلے تک پانچ کوس کی سڑک خام تھی۔سڑک پر دورویہ درخت مسافروں کو سفر سے اکتانے نہیں دیتے تھے۔تھوڑی دور پر ریوڑ اور لہنڈے کی اڑائی

ہوئی مٹی اور پہیوں سے اُڑی ہوئی گرد کے بادل باریک جالی کی طرح فضاؤں میں تنے رہتے او رغبار سے اٹے ہوئے پتوں کے درختوں کا سایہ ایسا گھنیرا رہتا کہ آگے چلنے کو جی نہ چاہتا۔

راستے میں اونچے گاؤں کے سامنے ہی باغ میں میرا اہم جماعت بابو رام مالی بڑی محبت کا انسان تھا۔ میں تحصیل میں آتے جاتے اس کے پاس باغ میں آرام ضرور کرتا۔ مجھے اس کی نظر میں وہی اسکول والی محبت موجزن دکھائی دیتی تھی اور اس کے لہجے میں اب تک وہی لوچ باقی چلا آ رہا تھا۔ حالانکہ دفتر والوں کا حکم تھا کہ جب روپیہ پاس ہو تو راستے میں آرام نہ کیا جائے لیکن مجھے بابو رام کا خلوص اور فن بنوٹ کی برائے نام مہارت بے فکر رکھتی تھی۔ راستے میں جہاں جی چاہتا وہیں آرام کرنے بیٹھ جاتا۔ میں اٹھتا بیٹھتا راستے کی گرد پھانکتا غبار میں اٹی ہوئی وردی پہنے تحصیل تک پہنچ گیا اور خزانچی نے روپے گن کر وصول یابی کی رسید دے دی۔

میں اپنے اس فرض سے سبک دوش ہو کر اپنے دوست شجاعت خان کے یہاں چلا گیا۔ وہ اپنی بیٹھک کے باہر چارپائی بچھائے حقہ پی رہا تھا۔ مجھے دیکھتے ہی سینے سے لپٹ گیا اور گھر میں چائے کے لیے کہہ دیا۔ اتنے میں چائے آئی۔ میں اپنی وردی کی گرد جھاڑتا رہا اور پھر غسل کر کے گھر کے کپڑے پہن لیے۔

کیرانہ کے لوگ جو نسلاً شریف اور عملاً لڑاکا ہوتے ہیں نہایت خوش مزاج اور وفادار بھی پائے گئے ہیں۔ ہم چائے پیتے رہے اور گپ لگتی رہی۔ شام ہونے کو آئی تو میں نے شجاعت سے اجازت چاہی اس نے کہا:

’’میاں میں نے گھر کھانے کے لیے کہہ دیا ہے اب تو آپ کھانا کھا کر جاسکیں گے۔‘‘

میں نے کہا رات ہو جائے گی۔ پھر کہاں جانے کا وقت رہے گا۔ دو گھنٹے خاموشی سے سفر کرنا میرے بس کی بات نہیں۔ اس پر شجاعت نے کہا، میں ساتھ چلوں گا۔ اب تو ٹھیک ہے نا؟

میں مطمئن ہو گیا کہ شجاعت میرے ساتھ جائے اب کیا فکر ہے؟ چنانچہ ہم رات کا کھانا کھا کر گیارہ بجے کے قریب کیرانہ سے کاندھلہ کو چل دیئے۔ چاند ہم دونوں کے سروں پر ساتھ ساتھ چل رہا تھا اور جنگل کی خاموشی چاندنی میں گھل مل کر پھیل رہی تھی۔

ہم دونوں آپس میں باتیں کرتے اور ایک دوسرے کو اپنے انتخاب کے اشعار سناتے جا رہے تھے۔ اونچے گاؤں کے سامنے میں نے بابو رام مالی کو آواز دی وہ شاید دن بھر کی مشقت

سے تھک ٹوٹ کر بے خبر سو رہا تھا۔اس طرف سے کوئی جواب نہ آیا۔میں نے دوبارہ آواز دی تو باغ کا چوکی دار نمودار ہوا اور اس نے بتایا کہ وہ سارا دن سفیدے کے بیچ لگاتا رہا اس لیے تھک ہار کر سو رہا ہے۔ہم آگے بڑھ گئے اور چوکی دار سے کہہ دیا کہ صبح اسے بتا دینا کہ رات احسان آیا تھا دیر ہوگئی تھی اس لیے تمہیں جگانا مناسب خیال نہیں کیا۔

اونچے گاؤں اور جڈانہ کے درمیان شیخ سلیم چشتی کے مزار کے سامنے ایک برساتی نالے کی پلیا کی بلندی دوڈھلوان بناتی ہے۔سڑک کے دونوں طرف جمویوں کے درخت خاموش تھے۔جیسے جنازہ گاہ کے صحن میں متقیوں نے نماز کی نیت باندھ رکھی ہو۔درختوں سے ذرا فاصلے پر دور تک بیوہ زمین کے صحن میں آخری حاشیے پر تھوڑے تھوڑے بے کٹے کھیتوں کے تابوت سے باقی تھے۔اس سونی اور بے حس رات میں جب ہم پلیا پر پہنچے تو ٹھنڈی ٹھنڈی ہوا رمقی۔میں پلیا پر ستانے لگا۔شجاعت نے کہا چلو یہ ستانے کا وقت نہیں ہے۔گھر چل کر آرام کریں گے۔میں نے کہا ٹھہرو ذرا اس نعمت سے تو محظوظ ہونے دو جو ہمارے اردگرد پھیلی پڑی ہے۔

شجاعت خاموش ہو کر میرے قریب بیٹھ گیا اور ہم دونوں چاندنی اور خاموشی کے آمیزے میں کھو گئے۔ابھی ہم دونوں میں سے کسی کی خاموشی میں درز نہیں کھلی تھی کہ سڑک سے ذرا پرے ایک اونچے درخت کی چوٹی سے کوئی بھاری چیز پتوں اور شاخوں میں کھڑ بڑ کھڑ بڑ کرتی دھم سے زمین پر آ رہی۔جیسے کوئی اناج کی بھری بوری پھینک دے۔

میں نے شجاعت سے کہا:''یہ کیا ہے۔؟''

شجاعت:''کچھ ہو بس یہاں سے چل دو۔''

میں:''دیکھو تو سہی آخر یہ ہے کیا۔؟''

شجاعت:''کیا ہوگا دیکھ کر اٹھو چلو۔''

میں:''چلیں گے تو سہی مگر یہ معاملہ تو کھلے کہ یہ ہے کیا؟''

شجاعت:''یہی بات ہے تو آؤ اٹھو۔''

ہم دونوں لٹھ تانے اس کی طرف بڑھے۔جب قریب پہنچے تو تقریباً دس فٹ کے فاصلے سے معلوم ہوا کہ کوئی چیز ہے جو کمہار کے چاک جیسی تیزی سے ایک محور پر گھوم رہی ہے اور رفتار کے باعث اس کی ساخت اور خدوخال معلوم نہیں ہوتے۔ہم وہیں رک گئے اور برابر نظریں گاڑے

دیکھتے رہے۔وہ ہمارے دیکھتے دیکھتے کم ہونے لگی اور رفتہ رفتہ غائب ہوگئی جیسے ایک بگولا چکرا کر گم ہو جائے۔

ہم دونوں دھڑکتے ہوئے دلوں سے واپس ہوئے۔اب ہمارا یہ عالم تھا کہ اگر پتا بھی کھڑکتا تو شبہ ہوتا تھا کہ وہی بلا تعاقب کر رہی ہے۔خدا خدا کر کے گھر پکڑا۔پھر نیند کہاں؟ ہم دونوں نے زندگی کے مختلف واقعات بیان کرتے کرتے صبح کر دی۔اس سے پہلے بھی مجھے اس طرح کا ایک حادثہ پیش آیا جسے میں نے کوئی اہمت نہیں دی تھی۔

## اَ گیا بیتال:

میں اور میرا ایک دوست کیرانہ سے کنگیر ( کاندھلہ سے دوکوس پر واقع ایک بڑا گاؤں )و کے راستے کاندھلہ آنا چاہتے تھے۔شام ہوگئی تو راستہ بھول گئے اب اندھیری رات تھی اور چاروں طرف کھیت ہی کھیت جن پر اندھیرا پھیلا ہوا تھا۔اور گرد وپیش کا ماحول مرتشی کے ضمیر کی طرح تاریک اور بدمعاشوں کے منصوبے کی طرح مشکوک ومخدوش ہو چکا تھا لیکن ہم ان اندھے راستوں پر اٹکل پچو چلے جا رہے تھے۔گھبراہٹ بالکل نہیں تھی۔ہمارا خیال تھا کہ کسی وقت بھی سہی ضرور پہنچ جائیں گے۔ایک طرف کو جو نظر اٹھی تو معلوم ہوا کہ قریب قریب آدھے فرلانگ پر آگ جل رہی ہے۔خیال گزرا کہ یہ ضرور کسانوں کا ڈیرا یا رکھوالوں کا ٹھکانا ہوگا۔پھر خیال ہوا کہ اگر یہ خانہ بدوشوں کا قافلہ ہوا تو وہ لوگ کپڑے تک چھین لیں گے اور گھر ننگے جانا پڑے گا لیکن پھر سوچا کہ کھیتوں میں خانہ بدوشوں کا کیا کام؟ وہ تو سڑک کے آس پاس یا کسی میدان میں ڈیرے ڈالتے ہیں۔

ہم اس آگ کی سیدھ باندھ کر چلنے لگے۔جب چلتے چلتے پون گھنٹے کے قریب ہوگیا تو آگ بجھ گئی اور ہم پھر تاریکی میں کھو گئے۔دو لمحے کے بعد پھر وہ آگ اُبھری اور بائیں طرف ایک ڈیڑھ فرلانگ کے فاصلے پر دکھائی دی۔ہم سمجھے کہ ہم غلط آ گئے ہیں۔لہٰذا پھر اس طرف کو چل دیئے۔کوئی تیس چالیس منٹ پھر چلے مگر آگ کا فاصلہ کم نہ ہوا۔ہم نے تنگ آ کر وہ راستہ چھوڑ دیا اور غالباً خود بخود صحیح راستے کی طرف رخ ہو گیا۔پھر دیکھا تو وہ آگ نظر نہ آئی۔ہم چلتے رہے۔ اتنے میں کوئی دس فٹ کے فاصلے پر بھک سے ایک قدِ آدم شعلہ بلند ہوا جیسے کوئی کھال اترا ہوا

آتشی بھینسا ڈکرا کر پچھلے دونوں پاؤں پر الف ہو جائے۔ آن کی آن میں وہ غائب تو ہو گیا اور ایک چنگاری تک باقی نہ تھی مگر ہم خوف زدہ ہو گئے اور بدن میں سنسناہٹ کے ساتھ دھڑکن تیز ہو گئی۔ اس کے باوجود ہم چلتے رہے پھر ذرا سی دیر میں ایک لؤ کا کوئی پندرہ بیس فٹ کے فاصلے پر اٹھا۔ ہمارا قدم تو نہ رکا مگر معلوم یہ ہوا کہ یہ شعلہ ہمارے ساتھ چل رہا ہے اور ہمیں گھیر کر کہیں بھٹکانا چاہتا ہے۔ چنانچہ ہم نے اس کی طرف دیکھنا چھوڑ دیا۔ اب ہم پر اور بھی دہشت سی طاری ہونے لگی۔ اس وقت جسم میں خون کی جگہ خوف گردش کر رہا تھا۔ انتہا یہ ہوئی کہ اس شعلے کی روشنی ہمارے سامنے دس بارہ فٹ پر پڑ رہی تھی اور ہم اپنے اندازے کے مطابق کہیں گہر اور کہیں راجبہ کے آثار نظر میں رکھ کر لپکے جا رہے تھے۔ خدا خدا کر کے رات کے تین بجے کے قریب صحیح سڑک ملی اور ہم نے خود کو پہاڑ خاں کے حظیرے کے قریب پایا۔ یہ مقبرہ محلّہ خیل کے قبرستان میں واقع ہے۔ اور چونکہ یہ شاہی وقتوں کی قدیم عمارت ہے اس لیے اس کے دونوں طرف ٹوٹے پھوٹے مناروں میں عموماً چیلوں کے گھونسلے دکھائی دیا کرتے ہیں۔

ہم حظیرے کے سامنے پہنچے تو سڑک سے ذرا فاصلے پر شمالی منار سے ایک الو کی آواز اندھیرے میں اس طرح آ رہی تھی جیسے اندھیرے کے دیوتاؤں کو کالی کھانسی کا دورہ پڑ رہا ہو یا کوئی سفلی علم کا ماہر کسی آسیب سے کوئی راز اگلوا رہا ہو۔

اس کی سیاہ الاپیں اندھیرے کو اور بھی مہیب بنا رہی تھی جس سے عموماً روح سہم جاتی اور دل کے سکون سے استحکام چھن جایا کرتا ہے۔ لیکن ہم تو اس سے زیادہ خوفناک حادثے کو جھیل کر آ رہے تھے اس لیے اس قبرستان کے اس تاریک نوا نوحہ گر کی آواز سے ہماری روحیں گراں بار نہیں ہوئیں اور دل کی دھڑکن اپنے مقام پر رہی۔

اب وہ شعلہ ٹھنڈا ہو چکا تھا اور دور دور تک اس کا نام ونشان نہ تھا۔ مجھ پر اس پہلے واقعہ کا اس قدر اثر نہیں تھا جتنا اس نئے حادثے کا احساس۔ کئی روز تک میں اسی کے متعلق سوچتا رہا۔

آج بھی میں نے جہاں تک سائنس کا مطالعہ کیا۔ فنا کے بعد عناصر کے تشکیل اور خیر وشر کا شعور میرے لیے اسی طرح معمے کی صورت رکھتا ہے۔ شائد سائنس اور نفسیات نے اس گوشے کی طرف کوئی توجہ نہیں کی۔ یہ تو ممکن ہے کہ میرا احساس اور وہم دونوں مل کر کوئی صورت پیدا کر لیں لیکن ایک ہی چیز پر دو آدمیوں کے احساس اور یقین کیسے متفق ہو سکتے ہیں اور نگاہیں

حیرت کدہ۔ پہلی جلد (تیسرا ایڈیشن)　　　　　　　　　　راشد اشرف

کیسے دھوکا کھا سکتی ہیں؟

ناشتے کے بعد شجاعت کیرانہ اپنے گھر واپس ہو گئے اور میں حسب معمول دفتر میں پہنچ گیا۔ لیکن کئی روز یہ عالم رہا کہ جب بھی کام سے فراغت ملتی ذہن کے پردے پر اس حادثے کے نقوش سرسرانے لگتے۔ کبھی وقت نے فرصت دی تو زندگی اور کائنات کے اس رخ پر بھی تحقیق کروں گا۔ انشاءاللہ۔

❑ ❑ ❑

ماخذ: جہان دانش، خودنوشت، احسان دانش، المسلم پبلشر کراچی، ۱۹۹۵ء

# مسند نشین

## احسان دانش

اللہ تو لا ینحل ہے ہی لیکن یہ حضرت انسان بھی کچھ کم شے نہیں۔ بے شمار چیزیں ایسی ہیں کہ عقل ان کو تسلیم کرنے کے لیے تیار نہیں لیکن اس کا کیا کریں کہ مشاہدات ان کی تصدیق کرتے ہیں۔اسی نوع کا ایک واقعہ سنیے۔

ایک روز مجھے اچانک حد سے زیادہ بے چینی کا احساس ہوا۔اس کی کوئی خاص وجہ میری سمجھ میں نہیں آ رہی تھی۔گزشتہ رات گہری نیند سویا اور صبح ہشاش بشاش بیدار ہوا تھا۔بظاہر کسی سے کوئی اختلاف بھی نہیں تھا۔طبیعت اتنی اچاٹ ہوئی کہ مشق سخن تک کو جی نہیں چاہ رہا تھا۔کافی دیر اس بلا وجہ کی بے چینی میں مبتلا رہنے کے بعد میرے دل میں اپنے دیرینہ دوست نیئر واسطی سے ملاقات کا خیال پیدا ہوا۔

نیئر واسطی بڑی خوبیوں کا مالک اور بڑا پیارا انسان تھا۔خدا نے اس کے ہاتھ میں ایسی شفا رکھی تھی جس کا ایک زمانہ معترف ہے اور رہے گا۔شفا کے علاوہ اللہ تعالیٰ نے اسے محبت کرنے والا گداز بھرا دل بھی عطا کیا تھا۔وہ ایک ایسا انسان تھا جو غیر کے دکھ کو اپنا دکھ درد تصور کرتا تھا۔یہ بات تو اب راز نہیں رہی کہ موصوف مستحق مریضوں کا علاج اپنی جیب سے کیا کرتے تھے۔اس پریشانی میں صرف نیئر واسطی سے ملاقات کا خیال میرے دل میں کیوں پیدا ہوا۔اس کی کوئی معقول وجہ بیان نہیں کی جا سکتی بس میرا دل اس سے ملاقات کو مچلنے لگا۔

جب میں اس کے مطب میں پہنچا تو حسب توقع وہ روگی انسانوں کے دکھ دور کرنے میں مصروف تھا۔مجھے دیکھ کر وہ بے حد خوش ہوا۔اتفاق کی بات ہے کہ اس روز اس کے مطب میں جتنے مریض تھے ان میں اکثر اہل ثروت اور صاحب حیثیت لوگ تھے۔

''حکیم صاحب آج تو پانچوں گھی میں ہیں''۔میں نے ہلکی سی چوٹ کی۔

''اور سرکٹرا ہی میں ہونا کوئی خوش گوار بات تونہیں۔'' نیرؔ نے ترکی بہ ترکی جواب دیا۔

اس وقت میرا دوست ایک ٹھیکے دار صاحب کا معائنہ کرر ہا تھا۔ جو مرض وہم میں مبتلا تھا میں علیک سلیک کے بعد بیٹھا ہی تھا کہ ایک غریب بوڑھی خاتون مطب میں داخل ہوئی اس میں کوئی ایسی بات ضرور تھی جو میرے دل میں کھٹکنے لگی۔ جیسے شعر میں کوئی بات ہوتے ہوتے رہ جائے اور دل نا قابل فہم سی خلش کا شکار ہو جائے۔ خاتون کی ظاہری حالت واقعی ناگفتہ بہ تھی اس کے بال بکھرے ہوئے تھے اور چہرے پر ہوائیاں اڑ رہی تھیں۔ اس کے پھٹے پرانے کپڑے انسانی لباس کے نام پر تہمت قرار دیئے جاسکتے تھے۔ پہلے تو اس نے سہمی سہمی نظروں سے صاحب حیثیت لوگوں کو دیکھا پھر ہمت کر کے حکیم صاحب کے قریب آ گئی۔ وہ یوں چپ چاپ کھڑی تھی جیسے کوئی حقیر فریادی انصاف پسند مگر صاحب جلال حکمران کے دربار میں کھڑا ہوا ور حرف مدعا زبان پر نہ لا سکے۔ اس نے کچھ کہنے کی کوشش کی مگر اس کے ہونٹ لرز کر رہ گئے۔

''خاتون اس کرسی پر اطمینان سے بیٹھ جائیں''۔ نیرؔ واسطی نے تسلی آمیز لہجے میں کہا ''اس مریض سے فارغ ہو کر میں پوری توجہ سے آپ کی بات سنتا ہوں''۔ ٹھیکے دار کو حکیم کی بات ناگوار گزری۔ نیرؔ ان باتوں کی پرواہ نہیں کیا کرتا تھا۔ اس کا ہمدردانہ لب ولہجہ دیکھ کر بڑھیا کو حوصلہ اور اس نے لرزتی ہوئی آواز میں کہا۔ ''بیٹھنے والی بات نہیں ہے جی۔''

''آپ کھل کر بتائیں کہ آپ کو کیا تکلیف ہے؟ میرے دوست نے بڑے نرم لہجے میں پوچھا۔

حکیم صاحب، آپ میرا مطلب ہے میرے ساتھ چلیں، اس کا اجر آپ کو خدا دے گا۔ بڑھیا کی آنکھوں میں آنسو آ گئے۔ بیمار میں نہیں میری بیٹی ہے۔

''کیا وہ یہاں نہیں آ سکتی؟'' جس مریض کو نیرؔ واسطی دیکھ رہا تھا۔ اس نے تلخ لہجے میں کہا۔

بڑھیا کی آنکھوں میں بے بسی، بے چارگی، نا امیدی، غرض دکھوں کا میلہ سا لگ گیا اور وہ مریض کے تلخ لہجے سے خوف زدہ سی ہوگئی۔ پھر ایک بڑی عجیب بات ہوئی۔ نیرؔ واسطی سامنے بیٹھے ہوئے مریض کو چھوڑ کر فوراً اٹھ کھڑا ہوا۔ چلئے خاتون کہاں چلنا ہے۔

''یار تم آرام سے بیٹھو میں مریضہ کو دیکھ آؤں۔'' میرے دوست نے معذرت خواہانہ

انداز میں مجھ سے کہا۔ میں چونکہ نیرؔ واسطی کا مزاج شناس تھا لہٰذا برا منائے بغیر مسکرانے لگا۔ بلکہ میرے دل میں تجسس بھری کرید سی پیدا ہونے لگی۔ کتنی دیر لگ جائے گی۔ میں نے سرسری انداز میں سوال کیا۔

''یہ تو مریض کی حالت پر منحصر ہے''۔ نیرؔ واسطی نے جواب دیا۔

میں وہاں بیٹھ کر انتظار کرنے لگا۔ انتظار طویل سے طویل تر ہوتا چلا گیا۔ ڈیڑھ دو گھنٹے کے بعد میری تشویش اضطراب میں بدلنے لگی۔ چند مریض جو صرف ''وہم'' میں مبتلا تھے۔ انتظار کی صعوبت برداشت نہ کر سکے اور دوا کے بغیر ہی اٹھ کر چلے گئے۔ جب میرا دوست واپس آیا تو اس کی اپنی حالت مریضوں سے بدتر تھی۔ میں حیران سے زیادہ پریشان ہو گیا۔

خیریت تو ہے نا۔ میں نے تشویش ناک لہجے میں پوچھا۔

فارغ ہو کر اطمینان سے بتاتا ہوں۔ یہ کہہ کر نیرؔ واسطی نے منتظر مریضوں کو فارغ کیا صاف ظاہر ہو رہا تھا کہ میرا دوست شدید کرب میں مبتلا تھا۔ مریض رخصت ہوئے تو میں نے ایک بار پھر اس سے پوچھنے کی کوشش کی مگر وہ لیت و لعل سے کام لینے لگا۔ یہ بڑی حیران کن بات تھی کیوں کہ ہم بے تکلف دوست تھے اور اکثر ایک دوسرے سے دل کی بات کہہ لیتے تھے۔ میں مصر ہوا تو وہ اپنے کرب کا اظہار کرنے پر مجبور ہو گیا۔ وہ کرب جس نے اس کے چہرے کی رونق چھین لی تھی۔

اصل میں نواب بیگم سے خاموش رہنے کا وعدہ کر بیٹھا ہوں۔ نیرؔ نے کہا۔

یہ نواب بیگم کون ذات شریف ہیں۔ میں نے کرید جاری رکھی۔

وہ مفلس خاتون جو مطب میں آئی تھی۔ اس نے جواب دیا۔ اس کا تعلق ایک ریاست کے نواب خاندان سے ہے۔ اسی لیے میں نے اسے نواب بیگم کہا ہے اور اتفاق سے اس کے خاندان کو اچھی طرح جانتا ہوں اس سے زیادہ نواب خاندان کا ذکر وعدہ خلافی ہو گی۔ لہٰذا مجھے مجبور نہ کرنا۔ وہ مریضہ جسے میں دیکھنے گیا تھا نواب زادی تھی۔

''اسی لیے وہ مطب تک نہ آسکی''۔ میں نے طنزیہ لہجے میں کہا۔

''نہیں نہیں...... مطب تک نہ آسکنے کی وجہ خاندانی تفاخر نہیں کچھ اور ہے۔'' نیرؔ نے نواب زادی کا دفاع کرتے ہوئے کہا۔ بات یہ ہے کہ اس کے پاس لباس نہیں تھا۔ نیرؔ نے

سرگوشیانہ لہجے میں کہا۔

''یہی تو نواب زادیوں کا المیہ ہوتا ہے''۔میرے لہجے میں طنز کی کاٹ تھی۔''ہر تقریب کے لیے مناسب لباس۔''

نہیں یار۔ماں بیٹی کے پاس اپنی ستر پوشی کے لیے صرف ایک پھٹا پرانا جوڑا ہے۔ اب ظاہر ہے کہ کپڑوں کا ایک جوڑا بیک وقت دونوں کا ستر کیسے ڈھانپ سکتا ہے۔

یہ کہہ کر میرے دوست نیئر واسطی کی آنکھوں میں آنسو آ گئے۔میں بھی افسردہ ہو گیا۔ حالات کا رونا میں بھی اکثر رویا کرتا تھا۔لیکن تصویر کا یہ رخ بڑا ہی گھناؤنا تھا۔مفلس نواب۔غیر معمولی شخصیت کا راز آشکار ہو چکا تھا۔

اس خاتون کے ساتھ جب میں اس کے ایک کمرے والے مکان پر پہنچا تو اس کی حالت دیدنی تھی۔نیئر نے سر جھکا کر سلسلہ کلام جاری رکھا۔میں بھی اس سے نظریں ملانے سے کترانے لگا۔

''میں کمرے میں داخل ہوا تو ننگے فرش پر نواب زادی آنکھیں بند کیے لیٹی تھی''۔نیئر نے لرزیدہ لہجے میں کہا۔''اور اس نے اپنے جسم کو پرانے اخبار کے کاغذوں سے ڈھانپ رکھا تھا۔ نواب بیگم اپنی بیٹی کی طرف اشارہ کر کے منہ پھیر کر کھڑی ہو گئی اور میں فرط غم اور مارے حیا کے زمین میں گڑے کا گڑا رہ گیا۔میں لب مرگ مریض کو بھی دیکھ کر کبھی نہیں گھبرایا۔لیکن اس مریضہ کو دیکھ کر میرا سر چکرانے لگا یہ تو ساری انسانیت کو کند چھری سے ذبح کرنے والی بات تھی۔ہم انسانی عظمت کے نغمے گاتے ہیں۔مسجود ملائک کی بڑائی کے گیت گاتے ہیں مگر انسانی دکھوں کا علاج نہیں کرتے۔اپنے پڑوسی کی خبر گیری نہیں کر سکتے احسان صاحب،خالق کائنات ہمیں کبھی معاف نہیں کرے گا۔''

تم نے اس برہنہ مریض کا علاج کیسے کیا۔میں نے نیئر واسطی سے پوچھا۔

نواب زادی ناتوانی کا شکار تھی۔وہ کمزوری جو فاقہ کشی کے نتیجے میں پیدا ہوتی ہے۔ جان لیوا عذاب سے کم نہیں ہوتی۔نیئر نے دکھی لہجے میں جواب دیا۔میں مریضہ کی نبض دیکھے بغیر ہی بات کی تہ تک پہنچ گیا تھا۔لہٰذا خاتون سے اجازت لے کر بازار گیا اور مناسب لباس اور خوراک کا انتظام کر کے لوٹا۔ماں بیٹی کو تو یہ تک یاد نہیں تھا کہ انہوں نے آخری کھانا کب کھایا تھا۔

تو یہ تھی تمہارے دیر میں آنے کی وجہ۔ میں نے اپنے عظیم دوست کو ستائش بھری نظروں سے دیکھتے ہوئے کہا۔

مجھے ایسی نظروں سے نہ دیکھو۔ نیئر نے کہا۔ میں نے کوئی کارنامہ سرانجام نہیں دیا۔

شام ڈھلے ہم دونوں نواب بیگم کے ''عیش محل'' گئے۔ وہ تنگ و تاریک کوٹھری تو جانوروں کے رہنے کے لائق بھی نہیں تھی۔ وہ بات جو میرے حکیم دوست کی نگاہوں سے اوجھل رہی یا شاید اس کا ذکر اس نے عمداً نہیں کیا تھا وہ نواب زادی کا حسن جہاں سوز تھا۔ اس حسن کو سراہنے کے لیے ''شاعر'' ہونا ضروری نہیں تھا۔ نواب زادی کا حسن تو کسی بدذوق بنئے کو بھی غزل سرائی پر مجبور کرسکتا تھا۔

جب ہم نواب زادی کی عیادت سے واپس آئے تو ہم دونوں اداس اداس تھے۔ نیئر کی حالت تو واقعی ناگفتہ بہ ہو رہی تھی۔ اسی اضطراب میں اس نے کہا۔ چلو یار، اس شہر خرابی سے کہیں دور چلتے ہیں۔ یہ تو بے درد انسانوں کا ایک مہیب جنگل بن گیا ہے۔

''جس بستی میں بھی ہم جائیں گے حالات کم وبیش اسی نوعیت کے ہوں گے۔'' میں نے جواب دیا۔ ''وسائل کی نامنصفانہ تقسیم سے ایسے مسائل تو ہر جگہ پیدا ہو چکے ہیں اور یہ کوئی نئی بات نہیں۔ جنگلوں یا بیابانوں میں جا بسیرا کریں تو حالات شاید مختلف ہوں۔''

مجھے خود وحشت سی ہو رہی تھی۔ جی چاہتا تھا کہ ہر شے چھوڑ چھاڑ کر کسی اجنبی مقام کی طرف کوچ کر جاؤں پھر اچانک میرے ذہن کے پردے پر بلند و بالا پہاڑوں کا منظر ابھرنے لگا جسے میں نے تصور کا کرشمہ خیال کیا۔ حیران کن بات یہ ہوئی کہ مجھے سامنے والی سپاٹ سی دیوار پر پہلے برف پوش چوٹیاں دکھائی دیں پھر ایک چشمہ ابلتا ہوا نظر آیا اور آخر میں ایک عجیب وغریب غار سا دکھائی دیا۔ میرا دل زور زور سے دھڑکنے لگا۔ وہ منظر اتنا واضح تھا کہ تصوراتی ہرگز نہیں ہوسکتا تھا۔ یہ تو کوئی نادیدہ ہاتھ مجھے کسی خاص سمت کی جانب دھکیل رہا تھا۔

اتنے غور سے کیا دیکھ رہے ہو؟ نیئر نے مخاطب کیا تو دیوار کا منظر غائب ہوگیا۔

''تھوڑی دیر خاموش رہتے تو شاید میں تمہیں بتانے کے قابل ہوجاتا۔ اچھا، اب خوابوں کی وادی سے باہر نکلو اور اٹھو سفر کی تیاری کریں۔''

کہاں کے ارادے ہیں مولانا؟ میں نے سوال کیا۔

''تم شاعروں کی ایک حس شائد فالتو ہوتی ہے۔جس کی مدد سے تم لوگ ان دیکھی جگہوں کی سیر کرسکتے ہو۔مگر ہم سیدھے سادے انسانوں کو تو جسم کثیف کے ساتھ ہی سفر کی تکالیف برداشت کر کے ایک جگہ سے دوسرے جگہ جانا پڑتا ہے۔''

''حساس دل کو تحریک دینے کے لیے ہلکا سا اشارہ ہی کافی ہوتا ہے اور پتھر دل کو زلزلہ بھی متاثر نہیں کرسکتا۔'' میرے منہ سے بے اختیار یہ الفاظ نکلے تو نیئر نے حیران ہوکر میری طرف دیکھا۔

''یہ تم کیا کہہ رہے ہو احسان؟ خدا کی قسم بالکل یہی بات میں سوچ رہا تھا مگر مناسب الفاظ نہیں مل رہے تھے۔عجیب بات ہے سوچا میں نے اور اظہار تمہاری زبان سے ہوا۔''

ہم تو اندر کا حال بھی جان لیتے ہیں۔میں نے مذاقاً کہا۔

اچھا پیر صاحب،اب اٹھنے والی بات کریں،نیئر نے مجھے بازو سے پکڑ کر گھسیٹتے ہوئے کہا۔میں کوشش کے باوجود بھی اعتراض یا احتجاج نہ کرسکا بلکہ بلا سوچے سمجھے اس کے ساتھ ہولیا۔ہم سفر پر تو چل نکلے تھے مگر منزل سے ناآشنا تھے۔اس کی کوئی عقلی دلیل ہمارے پاس نہیں تھی۔ہم تو بس بھاگم بھاگ ریلوے اسٹیشن پہنچ جانا چاہتے تھے۔

جب ہم نولکھا ریلوے اسٹیشن پر پہنچے تو راول پنڈی جانے والی گاڑی تیار کھڑی تھی۔ ٹکٹ خریدنے کا نہ وقت تھا نہ ہمیں اس کا خیال آیا۔ہمارے بیٹھتے ہی گاڑی روانہ ہوگئی۔ٹکٹ ہم نے راستے میں بنوا لیے اور طلوع آفتاب سے پہلے ہم راول پنڈی میں موجود تھے۔ناشتہ ہم نے ریلوے اسٹیشن پر ہی کیا۔سورج طلوع ہوا تو ہم ایبٹ آباد کی طرف جارہے تھے۔میں نے صرف ایک بار دبی زبان سے کہا۔یار یہ سب کیا ہورہا ہے؟آخر ہم کہاں جارہے ہیں؟نیئر نے اس کا کوئی جواب نہ دیا۔

ایبٹ آباد میں ہم نے ریسٹ ہاؤس میں قیام کیا۔میدانی علاقوں میں موسم خوش گوار تھا مگر وہاں ہمیں سردی محسوس ہونے لگی۔ہم ویسے ہی منہ اٹھائے گھر سے نکل کھڑے ہوئے تھے۔ گرم کپڑے تک نہیں لائے تھے۔

اس سردی کا کیا علاج کیا جائے۔نیئر نے کہا۔

حکیم آپ ہیں اور علاج مجھ سے دریافت فرما رہے ہیں۔کوہ پیمائی کے متعلق کیا خیال

ہے۔نیئر نے عجیب وغریب حل پیش کیا۔دشوار گزار راستوں پر اتریں چڑھیں گے تو سردی خود بخود بھاگ جائے گی۔

پہاڑ پر چڑھنے کا مجھے تو کوئی خاص تجربہ نہیں تھا مگر بلندی کے سفر میں لطف آنے لگا۔اپنی پنک میں ہم جانے کہاں سے کہاں جا پہنچے۔واپسی کا ہمیں خیال ہی نہیں تھا۔مجھے اچھی طرح یاد ہے کہ ہم مسلسل بلندی کی طرف جارہے تھے۔ایک جگہ چند گھروں پر مشتمل ایک چھوٹی سی بستی بھی آئی اور میرے دل میں سوال پیدا ہوا کہ یہ لوگ بنیادی ضروریات سے محروم ماحول میں آخر کیوں رہ رہے ہیں؟اس بستی میں ہم نے موٹی موٹی روٹیاں گڑ اور لسی کے ساتھ نوش جاں فرمائیں۔میں دل ہی دل میں مسبب الاسباب کی رزاقی پر عش عش کراٹھا۔

سائے لمبے ہونے شروع ہوئے تو اچانک ہمارے سامنے اس قدر دل کش منظر آ گیا کہ ہم دونوں بس مبہوت سے ہو کر رہ گئے۔پہاڑی زمین کا وہ ٹکرا جنت کو شرمارہا تھا۔لمبے لمبے درخت پورے جاہ وجلال سے نسبتاً ہموار جگہ کو گھیرے ہوئے تھے۔چند ایک ایسے بھی تھے جن کے نام تک سے میں ناواقف تھا۔وسیع وعریض قطعات پر لاتعداد پھول جہازی سائز چادروں کی طرح بچھے تھے و۔ہ دل فریب منظر انسانی ہاتھوں کی صناعی کا نتیجہ ہرگز نہیں تھا۔دست قدرت کی کاریگری کا کمال یہ تھا کہ خوبصورتی کی تلاش میں نگاہوں کو ادھر ادھر بھٹکنے کی ضرورت نہیں تھی۔مسحور کردینے والا حسن پلکوں پر فوراً دستک دینے کو بے قرار تھا۔اتنا حسین منظر تو میں نے کبھی کسی تصویر میں بھی نہیں دیکھا تھا۔قریب ہی ایک چشمہ ابل رہا تھا۔پانی اس قدر صاف وشفاف تھا کہ بے اختیار اسے پینے کو دل مچلنے لگا۔ہم دونوں نے چلو بھر بھر کر اپنی پیاس بجھائی۔اچانک نیئر واسطی ایک طرف جا کر اپنے کپڑے اتارنے لگا۔

مولانا،کیا ارادے ہیں؟میں نے پوچھا۔

احسان صاحب اس پانی میں غسل نہ کرنا کفران نعمت ہے۔مجھے تو یہ آب حیات دکھائی دیتا ہے۔یہ سنہری موقع ہے پھر ہاتھ نہیں آئے گا۔

خود میرا دل بھی اس چشمے میں ڈبکی لگانے کو بے قرار ہوگیا۔جب ہم نے پانی میں قدم رکھے تو ہمیں اپنی غلطی کا احساس ہوا۔پانی کچھ زیادہ ٹھنڈا لگ رہا تھا۔بہرکیف ہم کافی دیر تک پانی میں چھپٹیں کرتے رہے۔جب ہم باہر نکلے تو غلطی کا احساس پچھتاوے میں بدل چکا تھا۔ہم بری

طرح ٹھٹھر رہے تھے اور سردی ہماری ہڈیوں تک میں اترنے لگی تھی۔

نیئر تمہارے ہونٹ تو بالکل نیلے پڑ رہے ہیں۔میں نے کانپتی ہوئی آواز میں کہا۔

تمہارا حال بھی مجھ سے زیادہ مختلف نہیں۔اس نے مسکرانے کی ناکام کوشش کی۔اگر ہم نے اس سردی سے نجات حاصل نہ کی تو ناقابل تلافی نقصان کا امکان ہے۔

ہم دونوں سگریٹ نوش نہ تھے۔لہٰذا ماچس کا سوال ہی پیدا نہیں ہوتا تھا۔ماچس ہوتی تو آگ جلا کر اپنا علاج کر سکتے تھے۔رفتہ رفتہ میرا سر درد سے پھٹنے لگے اور کانوں میں مسلسل سائیں سائیں ہونے لگی۔نیئر کی حالت مجھ سے بھی زیادہ خراب تھی۔مصیبت یہ تھی کہ قرب وجوار میں کسی انسانی آبادی کا نام ونشان تک نہیں تھا۔سچی بات تو یہ ہے کہ ہمیں اپنی موت کا یقین ہو گیا لیکن ہم خاموشی سے موت کو گلے لگانے کے سخت خلاف تھے۔لہٰذا ہم نے بھرپور جدوجہد کا فیصلہ کیا ہم اس دل کش مرگ وادی سے فوراً نکل جانا چاہتے تھے۔ہمارے سر چکرا رہے تھے ہمیں تو یہ خبر تک نہ تھی کہ وہ کون سا علاقہ تھا ہم تو بس بے مقصد گھومتے گھومتے جانے کہاں آ گئے تھے۔رہی سہی کسر اس وقت پوری ہوئی جب سورج غروب ہوا۔

سورج کو ڈوبتے دیکھ کر ہمارے دل بھی ڈوبنے لگے۔سردی کی شدت میں اضافے کے ساتھ ساتھ گھٹا ٹوپ اندھیرا بھی ہم پر حملہ آور ہونے کو تیار تھا۔غروب آفتاب کا صرف ایک فائدہ ہوا کہ عارضی طور پر ہمیں مشرق ومغرب کا اندازہ ہو گیا۔عارضی اس لیے کہ ہماری سوچ برق رفتاری سے دھندلا رہی تھی۔اس وقت ہمارے ذہنوں میں صرف ایک ہی خیال تھا کہ ہمیں ایک دوسرے سے الگ نہیں ہونا اور موت کو شکست دینی ہے۔ہم ایک دوسرے کو سہارا دیتے ہوئے دشوار گزار راستے پر چلنے لگے۔پہلے تو ہمارے انگ انگ میں درد کی ٹیسیں اٹھ رہی تھیں۔پھر رفتہ رفتہ دکھ درد کا احساس مٹنے لگا۔ہم جانتے تھے کہ وہ ہماری قوت مدافعت کی آخری حد تھی۔

''سردی کی شدت سے جب قوت مدافعت شکست کھا جائے تو خنکی خوش گوار محسوس ہونے لگتی ہے۔'' نیئر نے بڑے دھیمے لہجے میں کہا۔'' پہلے غنودگی طاری ہوتی ہے پھر نیند کا غلبہ شدت اختیار کر جاتا ہے۔اگر ہماری آنکھیں بند ہو گئیں تو پھر کبھی نہ کھل سکیں گی۔'

''خبردار! یہ جھوٹی نیند ہے۔اسے قریب نہ آنے دینا۔'' میرے دوست نے لرزتی آواز میں کہا۔میرے خیالات ایک جگہ ٹک ہی نہیں رہے تھے۔آخر میں نے نیئر کی بغل میں

اپنا سردے کر اسے سہارا دیا اور نیم تاریکی میں قدم قدم چلنے لگا۔ یہ کچھ نہ کرنے سے کچھ کرنا بہتر ہے۔ والی بات تھی دوسرے اس عمل سے جد و جہد کا اظہار ہوتا تھا۔ واسطی نے بھی تھوڑی دیر بعد ایسا ہی کیا۔ اس کوشش کے ساتھ ساتھ ہم سرگوشیوں میں ایک دوسرے کی ڈھارس بھی بندھا رہے تھے۔ پہاڑ کی اندھیری رات، راستہ ناہموار اور ہم نیم جاں۔ سب نے مل کر وقت کا احساس مٹا دیا۔ جب اندھیرے کی چادر زیادہ گہری اور دبیز ہوگئی تو ایک اور مصیبت ہم پر حملہ آور ہوئی۔

واسطی کو اچانک ٹھوکر لگی یا جانے کیا ہوا کہ وہ میرے ہاتھوں سے پھسل گیا۔ میں نے اسے پکڑنے کی بہت کوشش کی مگر کامیاب نہ ہوسکا۔ مجھے صرف اس کے لڑھکنے کی آواز آئی۔ شاید وہ کسی گہرے کھڈ میں گر گیا تھا۔ میری ہمت جواب دینے لگی اور میں گھپ اندھیرے میں بے حس و حرکت کھڑا ہو گیا نہ مجھے کچھ دکھائی دیتا تھا نہ سجھائی ....... عجیب بے بسی کا عالم تھا۔ آخر میں نے ہمت کر کے صرف ایک قدم اٹھایا اور میرا بھی وہی حشر ہوا جو میرے دوست کا ہوا تھا۔ اصل میں ہم دونوں کسی گہرے کھڈ کے کنارے پر جا پہنچے تھے۔ میں اس گہرے کھڈ میں گراتو گرتا ہی چلا گیا۔ پستی کا وہ سفر تھا کہ ختم ہونے کا نام ہی نہیں لے رہا تھا۔ یوں محسوس ہو رہا تھا جیسے کوئی زبردست ہاتھ مجھے پوری قوت سے اپنی طرف کھینچ رہا ہو۔ خدا خدا کر کے میں ایک جگہ رکا مجھے پورا یقین تھا کہ میری ہڈیاں ٹوٹ پھوٹ چکی ہوں گی اور واسطی کے ہاتھ پاؤں بھی سلامت نہیں ہوں گے۔

کافی دیر تک جب مجھے کچھ نہ ہوا تو میں نے اندھیرے میں ادھر ادھر ٹٹول کر دیکھا۔ دفعتاً میرا ہاتھ کسی نرم شے سے ٹکرایا اور اس کے ساتھ ہی ہلکی سی آواز بھی سنائی دی۔ احسان! یہ تم ہو؟ یہ آواز میرے دوست کی تھی اور میں اس کے بالکل قریب گرا تھا۔ حیران کن بات یہ تھی کہ ہم دونوں زندہ سلامت تھے۔ اس بات کی عقلی توجیہہ ہو سکتی ہے ہم ایک ہی جگہ سے یکساں انداز میں گرے تھے۔ لہٰذا ایک ہی جگہ یا قریب قریب آ کر رک گئے تھے۔ اس کے علاوہ کھڈ میں اگی ہوئی جھاڑیوں نے ہمارا بوجھ برداشت کر کے ہمیں بچا لیا تھا لیکن اس کے بعد پیش آنے والے واقعات نے ان دلائل کو رد کر دیا۔ وہ تو کوئی ایسا طاقتور ہاتھ تھا جس نے دھکا دے کر ہمیں راہ راست پر لا پھینکا تھا۔ میں پورے وثوق سے کہہ سکتا ہوں کہ ہم ساری رات اندھیرے میں بھٹکتے رہتے تو بھی اس جگہ نہ پہنچ پاتے جہاں ہم آ گرے تھے۔

ہم کافی دیر تک ایک دوسرے سے لپٹ کر اپنے اپنے وجود کو حرارت پہنچانے کی کوشش کرتے رہے مگر کوئی خاص کامیابی نہ ہوئی۔کوڑھ میں کھاج والی بات کے مترادف۔اچانک تیز ہوائیں چلنے لگیں۔چاروں طرف دردناک چیخیں یوں گونج رہی تھیں۔جیسے ہماری وفات حسرت آیات پر ہزاروں چھل پیریاں مل کر بین کررہی ہوں۔اس خوف ودہشت کا ایک فائدہ ضرور ہوا کہ سردی کا احساس قدرے کم ہوگیا۔یہ طوفان جس تیزی سے آیا تھا اسی تیزی سے گزر گیا۔اچانک تھوڑے فاصلے پر مجھے ہلکی سی روشنی دکھائی دی۔

وہ سامنے کیا ہے؟ نیر واسطی نے بمشکل سرگوشی کی۔

''شاید دیئے کی روشنی غار سے باہر نکل رہی ہے۔''میں نے مضبوطی سے امید کی کرن کو تھامے ہوئے جواب دیا۔اس کے بعد ہمیں خبر نہیں کہ کس طرح ہم گرتے پڑتے اس غار کے دہانے تک پہنچے......اندر کا ماحول دیکھتے ہی ہمیں یقین ہوگیا کہ ہم نے موت کو شکست دے دی ہے۔

وہ غار اندر سے کافی کشادہ تھا اور ہمارے سامنے آگ کا الاؤ دہک رہا تھا۔جس سے غار کا اندرونی منظر بڑا خوش گوار لگ رہا تھا۔سب سے حیرت انگیز بات یہ تھی کہ الاؤ کے قریب ایک گدڑی پوش درویش بیٹھا دہکتی آگ پر لکڑیاں رکھ رہا تھا۔اس نے مسکرا کر ہمارا استقبال کیا اور ہاتھ کے اشارے سے ہمیں آگ کے قریب بیٹھ جانے کو کہا۔درویش کے رویے سے یہی ظاہر ہوتا تھا جیسے اسے ہماری آمد کی توقع تھی اور یہ کہ ہماری موجودگی کوئی غیر معمولی بات نہیں تھی۔

الاؤ کے قریب چٹائی پر بڑا خوبصورت مصلیٰ بچھا ہوا تھا جو گدڑی پوش کے لیے مسند کا کام دے رہا تھا۔ہم آگ کے قریب قریب لیٹے تو حیرت انگیز طور پر ہماری حالت بڑی تیزی سے سنبھلنے لگی۔اس کے بعد تو اس نیکی کے فرشتے نے کمال کر دکھایا۔

''جناب! گرما گرم چائے حاضر ہے نوش فرمائیں۔''درویش نے یہ بڑے بڑے دو عدد مگ ہماری طرف بڑھاتے ہوئے کہا......ہم دونوں نے حیرت سے ایک دوسرے کی طرف دیکھا۔گرم چائے اس وقت ہماری اشد ضرورت تھی اور چائے بھی ایسی فرحت بخش اور لذیذ کہ پہلا گھونٹ بھرتے ہی ہماری رگوں میں حیات آور خون کی گردش تیز ہوگئی۔جانے اس چائے میں درویش نے کیا ملا دیا تھا کہ مجھے اپنے جسم وجاں میں توانائی کے سوتے پھوٹتے محسوس ہوئے۔نیر

واسطی کے چہرے پر بھی رونق آ گئی تھی۔

''کیوں جناب! کیسی ہے طبیعت؟ درویش نے زیر لب مسکراتے ہوئے کہا۔''بعض اوقات مسیحاؤں کو بھی مسیحائی کی ضرورت پیش آ ہی جاتی ہے۔''

''آپ تو واقعی آنکھوں والے دکھائی دیتے ہیں۔''حکیم نیئر نے بھی اسی انداز میں جواب دیا۔

''ہاں صاحب حساس دلوں کے لیے اشارہ۔اور وہ کیا کہتے ہیں پتھر دل انسان کے لیے تہہ وبالا کر دینے والا زلزلہ......واہ صاحب واہ''۔اب فقیر کا روئے سخن میری جانب تھا اور میرے دل کی دھڑکن تیز ہو چکی تھی۔یہ الفاظ میں نے آغاز سفر سے پہلے لاہور میں ادا کیے تھے اور سیکڑوں کوس دور پہاڑی غار میں بیٹھا وہ رحمت کا فرشتہ میرے الفاظ دہرا رہا تھا۔وہ درویش تو قدم قدم پر ہمیں حیران کر رہا تھا۔میری عقل اس کی وجہ بیان کرنے سے قاصر تھی......فی الحال تو آپ حضرات آرام فرمائیں۔گڈری پوش نے بڑے رسان سے کہا''اندر ٹھیک ہو جائے گا تو باہر بھی خیریت دکھائی دینے لگے گی۔یہ'ان پانی' کا نشہ بھی کتنا ظالم ہوتا ہے۔اجازت ملتے ہی ہم ننگی زمین پر لم لیٹ ہو گئے اور ایسے بے سدھ ہو کر سوئے کہ صبح کی خبر لائے۔اپنے دوست کے متعلق تو میں وثوق سے کچھ نہیں کہہ سکتا مگر ایسی میٹھی نیند کبھی نصیب نہ ہوئی تھی جو اس رات درویش کے غار میں پتھریلی زمین پر ہوئی۔

طلوع آفتاب کے ساتھ ہی ایک نئے تماشے کا آغاز ہو گیا۔جسے ہم دشوار گزار اور ویران علاقہ قرار دے چکے تھے۔اسی علاقے سے درویش کی زیارت کرنے والوں کی آمد شروع ہو گئی۔کئی معتقد اپنے ساتھ کھانے پینے کی اشیاء بھی لائے تھے۔درویش ان اشیاء کو فوراً مہمانوں میں بانٹ دیتا اور پھر مسند کا کونہ اٹھا کر نیچے سے ایک دونی نکالتا اور آنے والے کی ہتھیلی پر رکھ دیتا(اس دور میں دونی یعنی دو آنے اتنی حقیر رقم نہیں تھی،دونی کی آٹھ روٹیاں آیا کرتی تھیں۔ایک آنے روٹی والا دور بہت بعد کا ہے)یہ دونیاں بانٹنے والا سلسلہ عصر تک جاری رہا۔جانے درویش کے مصلی تلے دونیوں کا کتنا بڑا ذخیرہ تھا جو ختم ہونے کا نام ہی نہیں لے رہا تھا۔

دن بھر فقیر کے ڈیرے پر کھانے پینے کے علاوہ چائے کا دور بھی چلتا رہا۔ہم دونوں نے اب حیران ہونا چھوڑ دیا تھا،ہم کئی بار غار سے باہر جانے کی کوشش کی مگر ہر بار اپنے ارادے کو

عملی جامہ پہنانے سے قاصر رہے۔نیرّ بھی بس پہلو بدل کر رہ جاتا اور میں نے تو اس مسحور کن ماحول سے اٹھنے کا ارادہ ہی ترک کر دیا تھا۔

عصر کے بعد لوگوں کا آنا بند ہوگیا اور ماحول پر بوجھل بوجھل سی خاموشی چھا گئی۔شام ڈھلنے سے ذرا پہلے درویش نے بڑے رسان سے کہا،''آپ ذرا باہر گھوم پھر آئیں طبیعت بہل جائے گی۔'' پھر اس نے سرسری لہجے میں کہا۔''نوگرفتار پنچھیوں کا اتنا خیال تو رکھنا ہی پڑتا ہے ناجی۔''

ہم دونوں غار سے باہر نکلے تو ڈر خوف کا شائبہ تک ہمارے دلوں میں نہیں تھا۔سارا علاقہ بڑا دل فریب منظر پیش کر رہا تھا۔تھوڑی دیر بعد ہمیں وہ گہرا کھڈ بھی نظر آیا جس میں ہم دونوں گرے تھے۔اس کا آغاز کافی بلندی سے ہو رہا تھا۔اس بات کا فیصلہ کرنا بڑا دشوار تھا کہ کون سا راستہ ہماری طرف آرہا ہے اور کون سا ہم سے دور جا رہا ہے۔

''یار احسان!ہم کس گورکھ دھندے میں پھنس گئے ہیں اور یہ ہمارے ساتھ کیا ہو رہا تھا'' نیرّ نے غار کے سحر سے آزاد ہوتے ہی کہا۔''کیا خیال ہے گھر کو لوٹ چلیں؟''

''اتنی جلدی بھی کیا ہے۔''میں نے اپنے دوست کی رائے سے اختلاف کرتے ہوئے کہا دیکھیں تو سہی پردہ غیب سے کیا ظہور میں آتا ہے۔

''یہ درویش صاحب بصیرت دکھائی دیتا ہے''۔نیرّ واسطی نے کہا۔''وہ تو ٹھیک ہے مگر کئی ایک باتیں ابھی تک میری سمجھ میں نہیں آرہی ہیں''۔آخر دل کی بات میرے ہونٹوں تک آ ہی گئی۔یہ دونیوں والا کیا چکر ہے۔

اس رات ہم نے بے تکلفی سے ہر موضوع پر باتیں کیں۔غار کے اندر درجہ حرارت معتدل تھا۔درویش بھی موج میں آیا لگتا تھا۔اچانک نیرّ واسطی نے دونیوں والا ذکر چھیڑ دیا اور میں نے درویش سے تعارف حاصل کرنے کی خاطر دو تین سوال داغ دیئے۔درویش تھوڑی دیر سر جھکائے کچھ سوچتا رہا پھر جیسے کسی فیصلے پر پہنچ کر لب کشا ہوا۔

''آج سے بیس برس پیشتر یہ راندہ درگاہ انسان اس علاقے میں خوف و دہشت کی علامت تھا''۔مسند نشیں درویش نے اپنا تعارف کراتے ہوئے کہا۔''مائیں اپنے بچوں کو میرا نام لے کر ڈرایا کرتی تھیں۔میں اس علاقے کی سیاہ راتوں کا بے تاج بادشاہ تھا۔وہ بادشاہ جسے اپنی

ذات سے دل چسپی تھی۔ میں کوئی تیسرے درجے کا اٹھائی گیرہ نہیں تھا بلکہ پہلے اعلان کر کے ظلم ڈھاتا تھا اور جب یہ سراپا تقصیر انسان زمین کا ناقابل برداشت بوجھ بن گیا تو رحمت خداوندی جوش میں آئی۔ میں ایسے حالات سے دوچار ہوا جو آپ حضرات کو پیش آئے ہیں۔ وہ رات بڑی ہی بھیانک تھی۔ جب میں گرتا پڑتا اس غار میں پہنچا۔ عین اس جگہ جہاں اب میں بیٹھا ہوا ہوں میری شکل وصورت کا ایک نیک دل درویش بیٹھا تھا۔ اس نے مجھ سنگ دل کو اپنے سایہ عافیت میں لے لیا۔ تین روز تک میں ہوش وحواس سے بیگانہ رہا اور وہ نیک دل انسان میری خدمت کرتا رہا۔''

''آپ کے اور ہمارے حالات ایک جیسے تو نہ ہوئے۔'' نیئر واسطی نے بے باک لہجے میں کہا۔ ''ہم تو چائے کی ایک پیالی سے سنبھل گئے تھے۔''

''آئینہ دل ایک جیسا زنگ آلود تو نہیں ہوا کرتا۔'' مسند نشیں نے مسکرا کر کہا۔ ''آپ حضرات تو پہلے ہی صیقل شدہ تھے۔ آپ کے ساتھ تو بس رسمی سی کاروائی ہوئی ہے۔''

''بہت خوب! اگر رسمی کاروائی تھی تو آزمائش کسے کہتے ہیں۔'' میرے منہ سے بے اختیار نکل گیا۔

''محترم! دعا کریں خدا آپ کو آزمائش میں مبتلا نہ کرے۔'' مسند نشیں نے بڑے نرم لہجے میں کہا۔ ''حساس دل کے لیے اشارہ اور پتھر دل کے لیے تہہ وبالا کر دینے والا زلزلہ۔ یہ بھی تو ذہن میں رکھیئے۔''

یہ سنتے ہی نیئر واسطی نے غور سے میری طرف دیکھا۔ میرے ہونٹوں سے نکلے ہوئے الفاظ جو واسطی کے خیالات کی ترجمانی کرتے تھے یہ درویش دوسری بار دہرا رہا تھا جس کی کوئی عقلی توجیہہ نہیں تھی۔ اس کا مطلب یہ تھا کہ میری اس روز کی بلاوجہ بے چینی نیئر سے ملاقات نواب زادی کا علاج اور ہمارا سفر سب کچھ ایک منصوبہ بندی کا نتیجہ تھا۔ میری عقل اس کا جواب دینے سے بھی قاصر تھی۔

تیسرے روز جب میرے ہوش وحواس بجا ہوئے تو میں نے اس نیک دل انسان کو دونیاں تقسیم کرتے ہوئے دیکھا۔ مسند نشین نے آپ بیتی کا آغاز از سر نو کرتے ہوئے کہا ''میرے دل میں فاسد خیالات نے ادھم مچا دیا اور میں نے اس خزانے پر قبضہ کرنے کا فیصلہ کر لیا۔ میرا منصوبہ تھا کہ شب تنہائی میں اس نیک دل انسان کو قتل کر دوں گا اور خزانہ لے کر غار سے

نکل جاؤں گا۔میری توانائی بحال ہوچکی تھی ۔مگر میں نے یہی ظاہر کیا کہ میں بہت کمزور ہوں۔ نیک دل انسان مسکرا مسکرا کر میری خدمت کرتا رہا۔چوتھے روز شاید وہ پانچواں روز تھا۔عصر کے بعد دونیاں وصول کرنے والے سب لوگ رخصت ہوگئے تو نیک دل درویش نے بڑے پیار سے مجھے تھوڑی دیر کے لیے اس مسند پر بیٹھ جانے کی درخواست کی ۔یہی تو میرے دل کی خواہش تھی میں نے فوراًاس جگہ پر قبضہ کرلیا اور آج بیس برس ہوگئے ہیں۔میں اس نیک دل انسان کی سنت پرعمل کرر ہاہوں۔حقیقت یہ ہے کہ اب مجھے اس جانے والے کا انتظار بھی نہیں۔''

یہ ناقابل یقین داستان سنانے کے بعد مسند نشین زیرلب مسکرانے لگا۔میں اور نیئر واسطی ہم دونوں اپنے اپنے خیالات میں گم تھے ۔ماحول پر مکمل سناٹا طاری تھا۔مسند نشین کے ہونٹوں پردل فریب مسکراہٹ تھی۔

داستان کا یہ اختتام غیر متوقع اور چونکا دینے والا تھا۔میرے ذہن میں بہت سے سوالات پیدا ہورہے تھے ۔مثلاً دونیوں کا کبھی نہ ختم ہونے والا ذخیرہ ایک درویش کو دوسرے انسان کو اپنی جگہ بیٹھا کر غائب ہوجانا اور مسند پر بیٹھتے ہی ایک سنگ دل ڈاکو کی کایاپلٹ جانا...... ہر بات خلاف عقل تھی مگر کایاپلٹ جانے والا انسان ہماری آنکھوں کے سامنے بیٹھا تھا اور وہ صاحب بصیرت وبصارت بن چکا تھا۔میرادل شکوک وشبہات کی آماج گاہ بن گیا۔آخر حرف مدعا میری زبان پرآ ہی گیا۔یہ کیسا ذخیرہ ہے جوکبھی ختم ہونے کا نام ہی نہیں لے رہا؟

''عزیزم فضول باتوں سے گریز کرنا چاہیے۔'' مسند نشین نے بڑے نرم لہجے میں کہا۔

''اپنے فرض سے مجھے فرصت ملے تو میں ان باتوں کے متعلق غور کروں۔'' اچانک فقیر اپنی مسند سے اٹھ کھڑا ہوا اور سرسری لہجے میں کہنے لگا۔''آج ایک عرصے بعد تازہ ہوا میں گھومنے کو جی چاہتا ہے۔ہوا کا نشہ بھی کتنا شدید ہوتا ہے۔پھر وہ میرے دوست سے مخاطب ہوا۔''حکیم صاحب !ناگوار خاطر نہ ہوتو تھوڑی دیر کے لیے میری جگہ پر بیٹھ جائیں۔''

میرادل زور زور سے دھڑکنے لگا۔بات بالکل صاف تھی۔میں چیخ چیخ کر اپنے دوست کو منع کرنا چاہتا تھا۔مگر میری اپنی زبان میرا ساتھ نہیں دے رہی تھی۔ادھر نیئر واسطی تو جیسے پہلے ہی تیار بیٹھا تھا۔وہ جھٹ اٹھ کر مسند پر جابیٹھا۔میرادل پکار پکار کر کہہ رہا تھا کہ ہونی ہوچکی تھی۔ درویش نے حسرت بھری نگاہ گردوپیش پرڈالی اور ٹہلتا ہوا غار سے نکل گیا۔میں جانتا تھا کہ وہ اب

کبھی واپس نہیں آئے گا۔

جب میں نے اپنے دوست کے چہرے کو غور سے دیکھا تو حیرت کے سمندر میں ڈوب گیا۔ میں قسم کھا کر کہہ سکتا تھا کہ مسند نشین ہوتے ہی نیرؔ واسطی کے چہرے سے جانے والے درویش کی جھلک دکھائی دینے لگی تھی۔ یہ سب کچھ میری ان گنہ گار آنکھوں کے عین سامنے ہوا تھا مگر میرا دل مان ہی نہیں رہا تھا۔ انسان کا دل واقعی بڑی عجیب شے ہے کوئی اسے معمہ کہتا ہے، کوئی دریا سمندر سے تشبیہ دیتا ہے۔ میرے دل میں بڑی حقیر سی خواہش پیدا ہوتی ہے۔ اتنی حقیر کہ مجھے اپنے آپ سے شرم سی آنے لگی۔ میں اپنے دوست سے مصلیٰ کا وہ کونا اٹھا کر دیکھنے کی درخواست کرنا چاہتا تھا جسے سرِکا کر جانے والا درویش لوگوں میں دونیاں تقسیم کرتا رہا تھا۔

''احسان صاحب! فضول خیالات سے پرہیز کریں۔'' میرے دیرینہ دوست کی سرزنش بھری آواز مجھے سنائی دی تو میں نے چونک کر اسے دیکھا۔ گویا وہ مسند پر بیٹھتے ہی حقیقی معنوں میں درویش بن گیا تھا۔ ایسا درویش جو میرے اندر جھانکنے کی قدرت رکھتا تھا۔ شاید میرا وہم تھا مگر اس کی آواز، لب ولہجہ ہر شے بدلی بدلی سی تھی۔ بلکہ میں تو یہ کہوں گا کہ اس کی آواز جانے والے درویش ہی کی آواز تھی۔ یہ بڑی عجیب بات تھی اور یقیناً اس کی کوئی وجہ ضرور ہوگی۔

وقت گزرنے کے ساتھ ساتھ میرے اضطراب میں اضافہ ہوتا رہا۔ آدھی رات ہوئی تو میری بے چینی کی انتہا ہوگئی۔ جانے کیوں مجھے غصہ آنے لگا۔ ادھر واسطی بڑے اطمینان سے مسند پر بیٹھا ہوا تھا۔ اس کے ہونٹ ہل رہے تھے۔ جیسے درود وظائف میں مشغول ہو۔ پھر اس نے بڑے نرم الفاظ میں مجھے سو جانے کی تلقین کی۔

''مگر......یہ......کیسے ممکن ہے۔'' میری بلند آواز غار میں گونجی۔

''کیا کیسے ممکن ہے عزیزم۔'' واسطی نے سکون سے پوچھا

''بس جناب بہت ہوگئی۔ اٹھ جایئے اس مسند سے اور نکلئے اس سحر زدہ ماحول سے۔'' میں کوشش کے باوجود بھی آپ جناب وغیرہ کے بغیر بات نہ کرسکا۔

''جلدی کا ہے کی ہے عزیزم۔'' درویشانہ انداز میں جواب دیا گیا۔ ''اوپر والے کی نگاہ کرم سے ہر شے ٹھیک ہوگئی۔ ابھی نیا سورج طلوع ہوگا۔''

''اور آپ دونیاں بانٹنا شروع کردیں گے۔'' میں اچانک پھٹ پڑا اور غصے میں پاؤں

پٹختا ہوا غار کے دہانے پر جا کھڑا ہوا۔ باہر گھپ اندھیرا تھا اور میں آنکھیں پھاڑ پھاڑ کر تاریکی میں دیکھ رہا تھا۔ جانے والے کا کہیں نام ونشان تک نہیں تھا۔ میں افسردگی میں سر جھکا کر الاؤ کے قریب آیا اور سارے معاملے کو نظر انداز کر کے آرام سے لیٹ گیا۔ میری آنکھیں بند تھیں، مگر ان میں نیند نہیں تھی۔ وہی غار تھا وہی پتھریلی زمین اور وہی دہکتے الاؤ کی سکون بخش حرارت مگر گزری ہوئی اور آج کی رات میں زمین وآسمان کا فرق تھا۔ وہی فرق جو قرار اور بے قراری میں ہوتا ہے۔ میں نے آنکھیں نیم وا کر کے نئے مسند نشین کو دیکھا۔ میرے دل نے اعتراف کیا کہ واسطی کے چہرے پر اتنی رونق پہلے کبھی نہیں دیکھی گئی تھی۔ وہ رونق کس نوعیت کی تھی؟ میں اسے الفاظ میں بیان نہیں کرسکتا وہ فتح وکامرانی کا نشہ تھا یا اطمینان قلب کا اظہار یا شاید دونوں بہرحال جو کچھ بھی تھا برا نہیں تھا۔ میرے اندر منفی اور مثبت کے مابین کشمکش سی ہونے لگی اور یہ کشمکش رفتہ رفتہ شدت اختیار کر گئی۔

''یہ سراسر ظلم ہے۔'' میری آواز غار میں گونجی۔ ''حکیم نیئر واسطی پہاڑ کے کسی گم نام غار میں دونیاں چونیاں تقسیم کرنے کے لیے پیدا نہیں ہوا۔ وہ کسی بڑے کام کے لیے پیدا ہوا ہے اور اپنا فریضہ بطریق احسن سرانجام دے رہا ہے۔ اس کی ضرورت بیماروں دکھ درد میں مبتلا انسانوں کو ہے۔ نواب بیگم اور نواب زادی جیسی خواتین کو ہے۔'' مجھے اپنے آپ پر قابو نہ رہا۔ ایک بات البتہ یقینی تھی کہ ہر بات میرے دل سے نکل رہی تھی۔ اور دل سے نکلنے والی بات بے اثر نہیں ہوا کرتی۔ اس طرح وہ رات میں نے غار میں ٹہلتے ٹہلتے گزار دی۔ سورج طلوع ہوا۔ اندھیری رات مانند آئینہ ٹوٹ کر بکھر گئی۔ مجھے یقین تھا کہ تھوڑی دیر بعد دونیاں وصول کرنے والے حضرات غار میں آنا شروع ہو جائیں گے۔ ان میں جانے والے کئی حقیقی معتقد بھی ضرور ہوں گے جب وہ کسی غیر کو مسند پر تشریف فرما دیکھیں گے تو پھر کیا ہوگا...... اس خیال نے مجھے ہلا کر رکھ دیا اور میں غار کے دہانے پر آ کر کھڑا ہو گیا...... اچانک میری آنکھوں نے عجیب منظر دیکھا۔

ایک شخص دیوانہ وار پتھروں کو پھلانگتا ہوا غار کی طرف بھاگا چلا آ رہا تھا۔ وہ ذرا قریب آیا تو میں نے اسے پہچان کر سکھ کا سانس لیا۔ جی ہاں! وہ ہمیں چائے پلانے والا غار کا پرانا مسند نشین درویش ہی تھا۔ سچی بات تو یہ ہے کہ مجھے کوئی تعجب نہ ہوا میرا دل کہتا تھا کہ ایسا ضرور ہوگا بلکہ ایسا ہونا چاہیے اس یقین کی بھی کوئی عقلی توجیہ نہیں ہوسکتی۔

''چلیئے شاعر صاحب اندر چلیے۔ایسا تو کبھی دیکھا نہ سنا،یعنی حد ہوگئی۔'' درویش کے پسینے چھوٹ رہے تھے۔چہرے پر ہوائیاں اڑ رہی تھی اور سانس دھونکنی کی طرح چل رہی تھی۔وہ زیر لب بڑبڑاتا ہوا اپنی مسند کی طرف بڑھا۔نیئر واسطی اسے دیکھتے ہی اٹھ کھڑا ہوا اور اس نے مسند فقیر کے لیے خالی کردی۔

''حکیم صاحب!اس زحمت کے لیے یہ بندہ ناچیز معافی کا طلب گار ہے۔'' درویش نے مجھے گھور کر دیکھتے ہوئے کہا۔آپ حضرات فوراً تشریف لے جائیں۔یہ جگہ آپ کے لائق نہیں۔خلق خدا کسی اور جگہ حکیم صاحب کی منتظر ہے اور یہاں بھی چند لوگ محو انتظار ہیں۔'' پھر اس نے ناقابل فہم سی بات کی۔''سودا نا منظور ہوا۔''

میں نے اپنے دوست کو کلائی سے پکڑا اور گھسیٹتا ہوا غار سے باہر لے گیا۔حالات کے بدلنے میں دیر ہی کتنی لگتی ہے۔درویش اپنا ارادہ بدل بھی سکتا تھا۔ہم غار سے باہر نکلے تو چند لوگ غار کی طرف آتے دکھائی دیئے جو یقیناً زیارت کے لیے آرہے تھے۔گھنٹے بھر کی مسافت کے بعد ہمیں ایک شخص ملا جو دو عدد خچروں کی لگامیں تھامے کھڑا تھا۔

''لیجئے جناب!غار نشین نے کمال مہربانی سے ہمارے لیے ٹیکسیوں کا انتظام بھی کردیا ہے۔'' میں نے واسطی سے کہا۔''یار ایک تو تم لوگ بڑے توہم پرست ہوتے ہو۔'' نیئر واسطی نے سنجیدگی سے کہا۔''میں ان باتوں کو ہرگز تسلیم نہیں کرتا۔یہ شخص تو روزی کمانے کے لیے یہاں کھڑا ہے۔''

میں نے مسکرا کر اپنے دوست کی طرف دیکھا اور خچروں والے سے بھاؤ تاؤ کرنے لگا وہ معمولی اجرت لے کر ہمیں ریسٹ ہاؤس تک پہنچا گیا ہم لاہور پہنچے تو نواب بیگم بے چینی سے ہمارا انتظار کر رہی تھی۔نواب زادی کی حالت خطرناک حد تک خراب ہوچکی تھی۔دوسرے مریض بھی محو انتظار تھے۔

❑❑❑

ماخذ: جہانِ دگر،خودنوشت،احسان دانش،خزینہ علم و ادب لاہور،۲۰۰۱ء

# جامع مسجد میں جنات کا سامنا

## شکیل بدایونی

ایک رات بدایوں کی جامع مسجد میں تقریر ہو رہی تھی۔تقریر کے دوران مجھے نیند آ گئی۔ تقریر ختم ہوئی تو تمام لوگ اپنے اپنے گھروں کو چلے گئے اور میں تنہا مسجد میں سوتا رہ گیا۔جب رات گئے میری آنکھ کھلی تو نہ جلسہ تھا اور نہ روشنی۔ میں نے دیکھا کہ پندرہ بیس بزرگ سفید لباس میں وہاں موجود ہیں۔ان میں ایک بزرگ نے میرا ہاتھ پکڑا اور مجھے دروازے کے باہر کر دیا اور کواڑ بند کر دیا۔جب میں نے باہر سے دروازے کو دیکھا تو اس میں بڑا سا قفل لگا ہوا تھا جو روزانہ عشا کی نماز کے بعد لگا دیا جاتا تھا۔اس قفل کو دیکھ کر میرے ہوش وحواس گم ہو گئے اور مجھے بخار آ گیا۔اسی حالت میں گھر پہنچا۔بعد میں مجھے معلوم ہوا کہ مسجد بند ہو جانے کے بعد مسجد کے اندر جنات کا قبضہ ہو جایا کرتا تھا۔

## چارپائی کا اٹھنا

ایک دفعہ کا واقعہ ہے کہ میں اپنے کمرے میں سو رہا تھا۔میرے گھر کی چھت پر پرانی وضع کا ایک کمرہ تھا جس کو میں نے کرسی، پلنگ اور الماری سے سجایا تھا۔رات کو تمام گھر والے نیچے کمروں میں سو رہے تھے اور میں اپنے والے کمرے میں تنہا تھا۔رات کو ایک بجے جب کہ چاروں طرف سناٹا تھا یکایک میرا پلنگ اوپر کو اٹھنا شروع ہوا۔میں چیخ کر پلنگ سے کود پڑا اور نیچے کی طرف بھاگا۔والدہ کو یہ قصہ سنایا۔اس رات مجھے نیند نہیں آئی۔

□□□

ماخذ: میری زندگی، خودنوشت، شکیل بدایونی، دبستان بدایوں کراچی، ۲۰۱۴ء

# بیتی یادیں

## ڈاکٹر سید زاہد علی واسطی

## اول
## سیتا پور کا وارث

1939ء کی بات ہے۔ میں ان دنوں فاربس ہائی اسکول فیض آباد میں پڑھتا تھا۔ گھر سے اسکول زیادہ فاصلے پر نہ تھا۔ پھر بھی ایک ملازم سائیکل پر بٹھا کر مجھے اسکول لے جاتا اور واپس لاتا۔ کبھی کبھی انٹرول میں کوئی کھانے کی چیز اسکول لے آتا اور میں اپنے ایک دوست کے ساتھ مل کر مزے لے لے کر کھاتا۔ ایک دن جو گھر میں آیا تو معلوم ہوا کہ والد صاحب کا تبادلہ سیتا پور ہو گیا ہے۔ یہ میرے لیے مژدہ جاں فزا تھا۔ میری مدت کی تمنا رنگ لائی تھی۔ یہ بات نہیں تھی کہ مجھے فیض آباد پسند نہ تھا یا میرا دل وہاں کے اسکول میں نہیں لگتا تھا۔ والد صاحب کورٹ آف وارڈز میں آفیسر تھے اور ان کی ملازمت کچھ اس قسم کی تھی کہ ان کے دورے دور دراز کے شہروں میں ہوا کرتے تھے جس کی وجہ سے مجھے سیر و سیاحت کا چسکا پڑ گیا تھا۔ ان دنوں میری یہی آرزو رہتی کہ میں ہر وقت ریل گاڑی میں سفر کرتا رہوں۔ گھر میں بھول کر بھی ریل گاڑی کا نام آتا تو میں پہلے تیار ہو جاتا۔ میں سب سے چھوٹا تھا، اس لیے میری خوب ناز برداری ہوتی اور ویسے بھی میں پڑھائی میں خاصا اچھا تھا۔

والد صاحب سیتا پور چلے گئے۔ میرے ششماہی امتحان قریب تھے جو ہمارے سیتا پور جانے میں حائل تھے۔ میرے لیے ایک ایک دن کاٹنا محال تھا۔ خدا خدا کر کے امتحان ختم ہوئے۔ آخر وہ مبارک دن آ گیا جب والد صاحب آئے اور ہم بھائی بہن ان کے گرد گھیرا ڈال کر بیٹھ گئے۔ مزے مزے کی باتیں کرتے رہے۔ سیتا پور کے حالات سنتے رہے۔ وہ کیسا شہر ہے؟ مکان کیسا ہے؟ لوگ کیسے ہیں؟ ہمارے نئے اسکول کیسے ہیں؟ وغیرہ وغیرہ۔ والد

صاحب نے بتایا کہ فی الحال وہ اپنے کسی دوست کے ہاں مقیم ہیں۔ مکان تو مل گیا ہے لیکن رہائش کے قابل نہیں۔ کرایہ چار روپے مہینہ ہے۔ مگر عرصے سے خالی رہنے کے باعث مرمت طلب ہے۔ اپنے ہیڈ کلرک کے ذمے لگا آئے ہیں کہ وہ چار روز میں مرمت اور صفائی وغیرہ کرا دے تا کہ قابل رہائش ہو جائے۔

چند روز مزید فیض آباد میں گزر گئے۔ پھر ایک شام ہم لوگ تین ٹانگوں میں لدے پھندے اسٹیشن پہنچے۔ مغرب کے وقت روہیل کھنڈ کمایوں ریلوے کی چھوٹی سی ریل گاڑی میں روانہ ہوئے۔ واضح رہے یہ چھوٹی پٹری پر چلتی تھی۔ پتہ نہیں کب بارہ بنکی آیا۔ جہاں بڑی لائن کی گاڑی بدلی اور جاگتے اونگھتے، ہمالیہ کی ترائی کے جنگلات سے گزرتے ہوئے علی الصبح سیتاپور پہنچ گئے۔

سیتاپور ضلعی ہیڈ کوارٹر ہونے کے باوجود ایک مختصر سا شہر تھا۔ اندرون شہر ایک لمبا سا بازار تھا جو ایک سینما رام ٹاکیز سے شروع ہو کر سرائے چوک پر ختم ہوتا تھا۔ سرائے چوک میں گھنٹہ گھر تھا۔ یہاں سے بائیں ہاتھ مڑیں تو سڑک پر ہمارا مکان آ جاتا تھا۔ یہ محلّہ ٹاسمن گنج کہلاتا تھا۔ مکان کیا تھا۔ بڑی سی حویلی تھی۔ صحن میں ڈیوڑھی سے داخل ہوں تو بائیں ہاتھ لمبی سہ دری تھی جس میں اندر کے رخ چار وسیع کمرے تھے۔ صحن کے دوسری جانب باورچی خانہ، غسل خانہ اور بیت الخلا تھا۔ سامنے کے رخ دو دلان تھے جن کے اندر کئی کمرے تھے۔ ہم لوگوں نے دو رہائشی کمروں اور بیٹھک کے طور پر باہر والے کمروں کا انتخاب کیا۔ اوپر کی منزل میں اسی قسم کے رہائشی کمرے اور کوٹھریاں بالکل خالی پڑی تھیں۔

میں نے ابھی اچھی طرح شہر نہ دیکھا تھا۔ میرے بڑے بھائی بدر الزماں، جنہیں پیار سے اچھن میاں کہتے تھے، مجھے لے جا کر گورنمنٹ ہائی اسکول میں داخل کر آئے۔ اسکول تو بہر حال جانا ہی تھا مگر اس قدر جلد پکڑے جانے پہ رنج ہوا۔ ہائے وہائی کی، مگر کچھ نہ بنا اور اسکول جانے لگے۔ اسکول بہت وسیع علاقے پر محیط تھا۔ چہار اطراف جنگل تھا۔ لوگ کہتے تھے کہ وہاں سانپ کثرت سے ہیں۔ مجھے ان سے بہت ڈر لگتا تھا۔ عمارت بہت طویل تھی اور پانچویں کلاس کا دروازہ تو جنگل ہی کی جانب کھلتا تھا۔ بعض اوقات خصوصاً برسات کے دنوں میں انٹرول میں بھی کلاس سے باہر نہ نکلتا کہیں سانپ نہ مل جائے۔

اسکول میں داخلے سے پہلے ہی روٹی وغیرہ پکانے کے لیے گھر میں ایک باورچی آ چکا تھا جس کا نام دلدار حسین تھا۔ یہ ایک سیدھا سادا مقامی شخص تھا جو اپنا کام بغیر حیل وحجت کرتا رہتا تھا۔ مجھے اس کا کوئی قابل ذکر واقعہ یاد نہیں۔ صرف ایک مرتبہ ایک خط کہیں سے آیا تھا اس پر دلدار حسین کی جگہ دلدر حسین لکھا تھا۔ غالبًا لکھنے والا الف لگانا بھول گیا۔ جس پر میں خوب ہنسا تھا۔ اس کے بعد میں باورچی کو دلدر حسین ہی کہہ کر آواز دیتا تھا۔ اس پر بھلے مانس نے برا کبھی نہ مانا۔ ایک دن دلدار حسین بارہ تیرہ برس کا ایک لڑکا لے آیا پتہ نہیں کہاں سے۔ شاید والد صاحب نے گھر میں کام کاج کے لیے منگایا ہو۔ وہاں غربت اس قدر تھی کہ نوکروں کی کبھی کمی نہ ہوتی۔ نو وارد نوکر کا نام وارث تھا۔ اسے بھی اوپر کی منزل میں ایک کوٹھڑی دے دی گئی۔ دلدار اور وارث کے سوا اوپر کوئی جاتا نہ آتا۔

بجلی گھر میں تھی نہیں بلکہ ان دنوں خال خال کسی کے ہاں بجلی ہوتی تھی۔ چنانچہ سرشام نیچے کی منزل میں تو لیمپ جل جاتے مگر اوپر میرا خیال ہے کہ عموماً اندھیرا رہتا تھا۔ دلدار باورچی خانہ بند کر کے جب اوپر جاتا ہوگا تو لالٹین جلا لیتا ہوگا۔ وارث کے ذمے چھوٹے موٹے گھریلو کاموں کے علاوہ یہ بھی تھا کہ دروازے پر آنے جانے والے کا نام پتہ معلوم کر کے اندر اطلاع دے۔ جب کوئی کام دھام نہ ہوتا تو وہ باہر موڑھے پر دلدار کے پاس بیٹھا رہتا مگر اس کے ساتھ باورچی خانے کا کام نہ کرتا۔ وارث بہت کم گو تھا۔ ہر وقت گول گول مٹول آنکھوں سے خلا میں گھورتا رہتا۔ بھائی جان کے اسکول کھل چکے تھے اور وہ لکھنؤ واپس چلے گئے۔ والد صاحب نے وارث کے ذمے مجھے اسکول لے جانے اور لے آنے کی ڈیوٹی بھی لگا دی۔

دریائے گومتی کی معاون سرائن ندی سیتاپور کو تین اطراف سے نرغے میں لیے ہوئے تھی۔ ہمارے مکان سے قریب جامع مسجد تھی جس سے کوئی سو قدم پر یہ ندی تھی جو گھوم پھر کر پھر ہمارے اسکول کے نزدیک آ جاتی تھی۔ اسکول کے پاس ندی پر ایک پل تھا جسے پتہ نہیں کیوں قینچی کا پل کہتے تھے۔ عموماً اس میں واجبی سا پانی رہتا مگر برسات میں سرائن ایسی چڑھتی کہ توبہ ہی بھلی۔ میں نے ایسے سیلاب کبھی دیکھے تھے نہ سنے۔ ویسے بھی مجھے سیلاب سے ڈر لگتا تھا۔ وارث میرا بستہ گلے میں ڈال اسکول لے جاتا اور لے آتا۔ وقت گزرتا رہا۔

ہمارے گھر میں لکھنؤ کا روزنامہ ''ہمدم'' آتا تھا۔ والد صاحب کبھی کبھی السٹریٹڈ ویکلی آف انڈیا گھر لے آتے جس میں جنگ کی تصویریں ہوتیں۔ یہ وہ زمانہ تھا جب جرمنی نے پولینڈ پر حملہ کردیا تھا اور دوسری جنگ عظیم شروع ہوچکی تھی۔ میں اٹلس میں سے وہ مقامات ڈھونڈ نکالتا جہاں جرمنی کے حملے کی خبر اخبار میں آتی۔ وارث کو جنگی خبریں سنانا اور جنگ کی تصویریں اخبار اور رسالے میں دکھانا میرا روز کا معمول تھا۔ ویسے بھی اس زمانے میں ہر شخص کی گفتگو کا موضوع جرمن، ہٹلر اور جنگ ہی کے گرد گھومتا تھا۔ جس دن میں کچھ مصروف ہوتا، وارث کہتا: ''بھیا! آج 'زنگ' کی باتیں ناہی بتاؤگے؟'' وہ یہ تمام خبریں بغور سنتا اور سمجھتا اور بعض اوقات ایسے سوال کرڈالتا جو میری عقل سے بالاتر ہوتے۔ رات کو لیٹ کر وہ باتیں میں والد صاحب سے دریافت کرتا تو وہ ٹال جاتے اور کہتے تم پڑھائی پر زیادہ توجہ دو، ہر وقت وارث کو نہ پڑھایا کرو۔

وارث میرے ساتھ اسکول جاتے ہوئے بتاتا کہ اس نے قینچی کے پل کے نیچے ایک گھڑیال دیکھا تھا۔ میں روز وہاں آکر رک جاتا مگر مجھے گھڑیال نظر نہ آتا۔ ایک دن اسکول سے واپسی پر میں نے ضد کی کہ مجھے گھڑیال ضرور دکھاؤ تو بولا: ''بھیا! آپ پل پر رک جائیں، میں اس کو ڈھونڈنے پل کے نیچے جاتا ہوں''۔ یہ کہہ کر وہ چلا گیا۔ میں اوپر آسمان میں اڑتے پتنگ دیکھتا رہا۔ اچانک شڑاپ کی ایک آواز نے مجھے چونکا دیا۔ نیچے دیکھا تو ایک مہیب مگرمچھ پانی پر لیٹا تھا۔ میرے دیکھنے پر وہ فوراً شڑاپ سے غوطہ لگا کر پانی میں غائب ہوگیا۔ میں نے ڈر کر وارث، وارث چلانا شروع کردیا۔ وہ پل کے نیچے سے نکل کر میری طرف آرہا تھا۔ خموش اور مرجھایا ہوا سا تھا۔ میں نے تمام باتیں والدہ صاحبہ کو سنائیں۔ انہوں نے پتہ نہیں کیوں وارث کو ڈانٹا۔

گرمیوں کی تعطیلات ہوگئیں۔ بھائی جان لکھنؤ سے آگئے تھے۔ دلدار حسین نے انہیں بتایا کہ وارث عجیب عجیب حرکتیں کرتا ہے۔ کسی نے اسے کبھی روٹی کھاتے نہیں دیکھا۔ وہ اپنی روٹی اوپر کوٹھڑی میں لے جاتا ہے، اس کا دروازہ بند رکھتا ہے اور فوراً خالی برتن واپس لے آتا ہے۔ گرمی ہو یا سردی، وہ اندر سے کوٹھڑی بند کرکے اندھیرے میں سوتا ہے۔ گھر والے اس کی ان باتوں پر توجہ نہ دیتے مگر بھائی جان کو تجسس رہتا۔ وارث مجھے باقاعدہ بہت پیار سے

اسکول لے جاتا۔ میں راستے میں ضد کرتا کہ سنگھاڑے کھانے ہیں۔ وہ ندی پر قینچی پل کے پاس مجھے کھڑا کر کے پل کے نیچے جاتا اور پتہ نہیں کیسے تازے تازے سبز سبز، سرخ سرخ سنگھاڑے لے آتا۔ اب کبھی خیال آتا ہے گرمیوں میں سنگھاڑے کہاں؟ جیسے بھی تھا وہ میری فرمائش کبھی رد نہ کرتا۔

معلوم نہیں کیوں دودھ والے نے ایک دفعہ دودھ لانا بند کر دیا۔ یہ بھی نہیں یاد کہ والدہ صاحبہ نے وارث کے ذمے کب لگا دیا کہ وہ جامع مسجد کے پاس گھوسی کے گھر سے دودھ لایا کرے۔ ایک دن گھوسی نے بھائی جان کو اور انہوں نے والدہ صاحبہ کو رپورٹ دی کہ وارث دودھ لے کر مسجد میں جا کر دودھ پیتا ہے اور پھر کنویں سے پانی ملاتا ہے، اس نے خود دیکھا ہے۔ مگر والدہ صاحبہ کا کہنا تھا کہ جب وارث دودھ لاتا ہے، وہ بہت عمدہ ہوتا ہے اور اگر کوئی اور دودھ لاتا ہے تو بالکل پانی جیسا پتلا ہوتا ہے۔

دلدار اور وارث میں نوک جھونک چلتی تھی۔ آخر ایک دن دلدار خوب غصے ہوا اور اس نے بھائی جان کی معرفت والدہ صاحبہ کے خوب کان بھرے۔ میں نے دیکھا کہ بھائی جان اور والدہ وارث کے بارے میں سرگوشیاں کر رہے ہیں اور مجھے یہ کہہ کر بھگا دیا کہ جاؤ اسکول کا کام کرو۔ سچی بات ہے وارث مجھے تو بہت اچھا لگتا تھا۔ اسکول سے واپسی پر مجھے کبھی مونگ پھلیاں اور ریوڑیاں کھلاتا۔ گھر والوں کے ڈر سے میں سب راستے میں کھا لیتا اور کسی کو نہ بتاتا۔

ایک دوپہر دلدار کے چار پانچ دوست بیٹھے تھے۔ اتنے میں سڑک پر قلفی والے کی آواز آئی۔ سب وارث سے کہنے لگے یار قلفیاں کھلا۔ وہ غریب کہاں سے کھلاتا؟ اس کے پاس پیسے کہاں تھے؟ دلدار نے اسے گھورا تو مجبوراً وہ لگن اٹھا کر ڈیوڑھی میں چلا گیا اور فوراً لگن بھر کر قلفیاں لے آیا۔ سب نے خوب کھائیں۔ میں نے بھی کھائیں۔ اتنی دیر میں بھائی جان باہر سے والدہ کے پاس آئے اور بتایا کہ باہر سڑک پر قلفی والا قلفیاں بیچ رہا تھا۔ ایک گاہک کو قلفی دینے کے لیے جو مٹکے میں ہاتھ ڈالا تو وہاں ایک بھی قلفی نہیں تھی۔ قلفی والا اپنا سر پیٹ رہا ہے۔ غضب ہو گیا یہ تو! دلدار نے یہ واقعہ سن کر کسی تعجب کا اظہار نہیں کیا۔ ہم سب تعجب کرنے لگے۔ بھائی جان اور لوگ چہ مہ گوئیاں کر رہے تھے۔ وارث خاموشی سے موڑھے پر بیٹھا ٹکر ٹکر

گھورے جا رہا تھا۔

وارث تقریباً دو سال ہمارے گھر رہا مگر پھر کبھی ایسا واقعہ پیش نہ آیا۔تاہم اس کی خموش طبیعت تھی بڑی پراسرار۔وہ میرے ساتھ برابر اسکول جاتا رہا۔میرا حسب معمول کام کرتا اور خیال رکھتا۔جرمنی کی فوجوں نے یورپ کے متعدد ممالک پر قبضہ کرلیا تھا۔ہندوستان کے شہروں میں بھی جنگ کی دھوم مچی تھی۔محلوں میں اے آر پی کی ٹریننگ ہوتی۔بلیک آؤٹ کی مشقیں ہوتیں۔میں اپنی ذہنی اپچ کے مطابق وارث کو وقتاً فوقتاً معلومات فراہم کرتا۔یہ ۱۹۴۲ء میں سردیوں کی ایک شام تھی۔مجھے یاد ہے کہ میں گرم کوٹ پہنے ہوئے تھا۔ساتویں کے حساب میں سے تجارت کا سوال کررہا تھا۔میں اوپر وارث کی کوٹھڑی میں آوازیں سن کر چلا گیا۔وہ بظاہر اکیلا تھا۔میرے پوچھنے پر کہ کس سے باتیں کررہے تھے،وہ ٹال گیا اور بولا:''بھیا!جنگ کی کیا کھبریں ہیں؟''میں نے بتایا کہ اٹلی نازی فوجوں کے ساتھ مل گیا ہے تو وہ کہنے لگا: ''بھیا!ہمارے بادشاہ کے ملک پر بھی جرمن بم باری کررہے ہیں؟''

میں نے کہا:''یہ سچ ہے۔تمھیں کیسے معلوم ہوا؟''اس نے کہا:''دکھادوں تصویریں؟'' میری فرمائش پر اس نے دیوار پر ہاتھ پھیرا۔میں کیا دیکھتا ہوں کہ ہوائی جہاز اڑ رہے ہیں اور نیچے آبادی پر بم گرا رہے ہیں۔آگ لگ رہی ہے۔ایسا معلوم ہوا کہ جیسے فلم چل رہی ہے۔ کمرے میں اندھیرا تھا۔آواز آئی:''بھیا،میں اٹلی جا رہا ہوں۔جنگ کے بعد آؤں گا؟''میں فلم میں منہمک تھا۔والدہ صاحبہ میری عدم موجودگی سے پریشان ہوئیں۔ڈھونڈتے ڈھونڈتے اوپر آکر اس کی کوٹھڑی کھولی۔وہاں اب فلم تھی نہ وارث۔ان کے مطابق دس بج رہے تھے۔ والدہ نے دریافت کیا تو میں نے سارا واقعہ سنایا۔گھر والے،دفتر والے کئی دن تک وارث کو ڈھونڈتے رہے لیکن اس کا کوئی پتہ نہ چلا۔اس کی کوٹھڑی کا کونہ کونہ چھان مارا۔اس میں کچھ بھی نہ تھا۔نہ معلوم وہ کون تھا،کہاں چلا گیا،دلدار بھی چند روز بعد چلا گیا۔نصف صدی گزرنے کو آئی۔جب یہ محیر العقل واقعہ یاد آتا ہے تو وارث کی باتیں ذہن کے پردے پر آگے پیچھے سرکتی چلتی ہیں۔

# دوم

# ماموں لیاقت کا جن

میرے سن شعور میں پہنچنے سے پہلے ہی ہماری جدی حویلی کے حصے بخرے کچھ اس طرح ہو چکے تھے کہ صحن کے درمیان میں ایک دیوار کھڑی کر لی گئی تھی۔ ادھر عمو جان (چچا) کا گھر تھا اور ادھر ہم لوگ رہتے تھے۔ مگر آمد ورفت کے لیے باورچی خانے اور ڈیوڑھی میں بغیر سلاخوں کی کھڑکیاں تھیں۔ جن میں سے ہم لوگ ایک ہی جست میں ایک دوسرے کے گھر بلا روک ٹوک آتے جاتے رہتے تھے۔ میرے والد لکھنؤ میں کوٹ آف وارڈز میں سول انجینئر تھے۔ جب کلکتہ پر جاپانی جہازوں نے حملے کیے اور مستقل بلیک آؤٹ رہنے لگا تو ہم لوگ میرٹھ آ گئے۔ عمو جان پہلے سے یہیں رہتے تھے۔ وہ محکمہ بلدیہ میں شعبہ قرقی کے معتمد تھے۔ اس کے علاوہ وہ حضرت سید اصغر علی واسطی (جو نویں صدی ہجری میں شہید ہوئے تھے) عرف بالے میاں کے متولی اور سجادہ نشین بھی تھے۔ جن کا مزار تحصیل والی مسجد میرٹھ میں اب بھی موجود ہے۔ اور وہیں ان کا عرس ہوتا ہے۔ لہٰذا عمو جان کو سب لوگ پیر صاحب یا پیر جی کہا کرتے تھے۔ ان کی اولاد میں پیر جی سید راشد علی واسطی ایک اللہ والے مستجب الدعوات بزرگ بہاولپور میں آباد ہیں۔ منت مرادیں مانگنے والے ان کو اب بھی نہیں چھوڑتے۔

اس صدی کے چوتھے عشرے کی بات ہے کہ ایک شخص جس کی عمر پچاس پچپن سال کے پیٹے میں ہوگی، میرٹھ میں ہمارے گھروں میں اس کی بہت معمولی سی آمد ورفت تھی مگر اہل خانہ ان کی بہت تکریم کرتے۔ گھر میں بچہ بڑا، سب ان کو ماموں لیاقت کہا کرتے۔ یہ ماموں لیاقت صاحب میرے والد کے رشتہ میں کسی نسبت سے ماموں لگتے تھے مگر سب ایسا ہی ادب کرتے جیسے وہ ہمارے سگے ماموں ہوں اور کبھی ان کی دل شکنی کا موقع نہ نکالتے۔ ماموں لیاقت ہمارے گھروں کے پچھواڑے اس طرح رہتے تھے کہ درمیان میں ہندوؤں کے گھروں کی چار پانچ چھتیں تھیں۔ جن پر سے ہم بچے کودتے پھلانگتے ان کے ایک کمرے پر مشتمل بالا

خانے تک پہنچ جاتے۔ نامعلوم ان چھتوں کے نیچے کن کن لوگوں کے مکان تھے مگر سب ہی لوگ بھلے مانس تھے۔ کبھی معترض نہ ہوتے۔ اگر ہم سیدھے راستے سے ماموں لیاقت کے چوبارے پر جانے کی کوشش کرتے۔ (جو ہم نے کبھی نہیں کی) تو بہت لمبا چکر کاٹنا پڑتا کیونکہ ان کے چوبارے کا زینہ پچھلی سڑک پر کھلتا تھا جو بہت دور تھا۔

باہر نکلنے میں ایک اور سدراہ زیب تنی تھی کیونکہ ہماری والدہ مرحومہ (اللہ تعالیٰ انہیں جوار رحمت میں جگہ عطا فرمائے) کبھی دروازے سے باہر ہمیں صاف ستھرے استری کلف ہوئے بغیر معمولی کپڑوں میں نکلنے نہ دیتیں تاکہ دیکھنے والے یہ نہ کہہ دیں کہ پیر جی کے بچے گندے پھرتے ہیں۔ بس شاید یہ ایک خاص وجہ اور بھی تھی کہ ماموں لیاقت کے چوبارے پر جانے کے لیے ہم چھتوں والا شارٹ کٹ استعمال کرتے۔ پچھلے صحن میں گھنے پیپل کے درخت کی ٹہنیوں کو پکڑ کر ہندوؤں کی چھتوں کو ہم پھلانگتے ہم ماموں لیاقت کی چھت پر پہنچ جاتے۔ یہ چھت تھی جس کو وہ اپنے کبوتروں کے ڈربوں اور کبوتر اڑانے کے لیے استعمال کرتے۔ پھر ان کے واحد کمرے کا ایک دروازہ بھی ادھر کھلتا تھا۔ اس کے علاوہ اس کمرے میں پرلی طرف ایک زینہ کا دروازہ بھی تھا جو عقبی سڑک پر جا نکلتا تھا جو باہر آنے جانے کے لیے استعمال ہوتا۔

ان کے علاوہ چوبارے میں ایک منحنی سا سپاٹ چہرے اور سفید لمبی پتلی داڑھی والا ایک شخص رہتا تھا جس کے ذمہ گھر کی صفائی، دیکھ بھال، سودا سلف لانا، کبوتروں کو دانا ڈالنا، کھولنا بند کرنا وغیرہ تھا۔ یہ ماموں لیاقت کا نوکر تھا۔ جسے ہم سب ''چچا بندو'' کہا کرتے تھے۔ ماموں لیاقت، چچا بندو اور ہم بچوں میں کوئی قدر مشترک تو نہ تھی۔ عمر میں شاید یہ لوگ ہر بچے سے تیس چالیس سال بڑے ہی تھے مگر ہم سب ان کے کمرے میں اور چھتوں پر بے تکلف بھاگتے، دوڑتے، گاتے ناچتے مگر وہ کبھی کسی بات پر نہ ٹوکتے بلکہ ہمیں دیکھ کر خوش ہوتے۔ ہم جب پہنچتے تو ماموں لیاقت چچا بندو سے کہتے۔ ''ابے او بندو... بچوں کے کھانے کو کچھ ہے؟''

''جی ہاں بتاشے ہیں۔'' چچا بندو جواب دیتے۔

''ابے وہی لے آ''۔ ماموں لیاقت حکم دیتے۔

کونے میں رکھے ایک کنستر پر سے وہ اینٹ اٹھاتا اور کنستر کھول کر ایک رکابی بھر کر گرم گرم بتاشے لے آتا۔ یہ ایک معمول تھا۔ جب ماموں لیاقت موجود ہوتے تو یہی مکالمات

دہرائے جاتے اور ہم سب بچے گرم گرم بتاشوں کی دعوت کھا اڑاتے۔ ان کی عدم موجودگی میں چچا بندو نے کبھی ان کی بغیر اجازت ہمیں کوئی بتاشہ نہیں کھلایا۔ ماموں لیاقت کی موجودگی میں تو پوچھنے کی کبھی ہمت نہ ہوئی، مگر ایک آدھ مرتبہ ان کی عدم موجودگی میں ہم نے چچا بندو سے کہا بھی کہ چچا تمہارے گھر میں صرف بتاشے ہی ہوتے ہیں کوئی اور چیز نہیں ہوتی مگر اس بھلے مانس نے ہمیں کبھی کوئی جواب نہیں دیا۔

میرے عم زاد بھیا ساجد سے میری بہت گاڑھی چھنتی تھی اور میں ان کے احکامات کو بلا تامل بجالاتا تھا۔ دن نکلنے سے پہلے ان کے ساتھ ٹہلنے جاتا اور دن نکلے واپس آتا۔ وہ مجھ سے عمر میں چھ سات سال بڑے تھے۔ شام اور رات گئے تک ان سے پڑھتا۔ چھٹی والے دن ہم دونوں کوٹھے پر چڑھ جاتے اور تمام تمام دن طلسم ہوشربا پڑھتے۔ اس زمانے میں ریڈیو یا ٹی وی تو تھا نہیں۔ دل بہلانے کا سلسلہ داستانِ امیر حمزہ، فسانۂ آزاد، داستانِ افراسیاب اور طلسم ہوشربا تک محدود تھا۔ بھیا ساجد تمام دن اور رات گئے تک سب بھائی بہنوں کو جمع کر کے جب طلسم ہوشربا سناتے تو سب ہمہ تن گوش بیٹھے رہتے۔ 1944ء میں، میں آٹھویں کلاس میں پڑھتا تھا کہ میرٹھ میں ایسی ہیضہ کی وبا پھیلی کہ ایک ایک گلی سے چار چار جنازے اٹھنے لگے بالکل اسی طرح جیسے ڈپٹی نظیر احمد نے توبتہ النصوح اس موذی مرض کی منظر کشی کی ہے۔ صد افسوس کہ یہی وبا میرے بھیا ساجد کو کھا گئی!

اس دن شام تک بھیا ساجد اور میں کوٹھے پر بیٹھے طلسم ہوشربا پڑھتے رہے بلکہ ایک مرتبہ حسب معمول ماموں لیاقت کے کوٹھے پر بھی گئے۔ اور مجھے یاد ہے جب انہوں نے کسی کو نہ پا کر کہا کہ زاہد! آؤ بتاشے کھائیں۔ کمرے میں اینٹ اٹھا کر جب ہم نے کنستر کھولا تو وہ بالکل خالی تھا۔ چچا بندو بھی وہاں اس وقت نہیں تھا۔ بھیا ساجد نے چپکے سے کہا زاہد یہ بتاشے تو جادو کے معلوم ہوتے ہیں ورنہ کنستر تو خالی ہے۔ میری سمجھ میں کچھ نہیں آیا۔ بس اتنا یاد ہے کہ اسی رات میں بھیا ساجد کے پاس بیٹھا رہا کہ پچھلی شب چچا زاد بہن ساجدہ نے کوٹھے پر کھڑے ہو کر آواز دی۔ تائی اماں سرکہ ہے۔ بھیا ساجد کی طبیعت خراب ہوگئی ہے۔ خیر سے اب تو ساجدہ۔ ماشاءاللہ پوتوں، نواسوں والی ہیں۔ ساجدہ کی آواز سن کر میں سرکہ لے کر دوڑا گیا اور سارا گھر وہاں پہنچ گیا۔ پھوپھی زاد بھائی مسعود جو اب پنجاب کے ایڈووکیٹ جنرل

رہے بھاگ کر مشہور ڈاکٹر مراری لال کو لے آئے۔ جو کچھ اس کے بس میں تھا، کیا مگر دو پہر بارہ چودہ گھنٹوں میں بھیا ساجد چل بسے اور اپنی یادیں چھوڑ گئے!

ماموں لیاقت کے گھر لوگوں کی آمد و رفت نہ ہونے کے برابر تھی۔ ہم نے کبھی ان کے ہاں کسی کو نہ دیکھا۔ بس چچا بندو دور دور سے دکھائی دیتے جو ادھر سے ادھر کبوتروں کو دانا ڈالتے پھرتے، کونڈیاں دھوتے پانی بھرتے۔ سال بھر میں ایک دو مرتبہ عید بقر عید وغیرہ کو جب ماموں لیاقت ہمارے ہاں آتے تو حسب دستور ان کی بھی خاطر مدارات ہوتی۔ اس دن دھلے ہوئے بغیر استری کے کپڑے پہنتے اور اپنی خشخشی داڑھی میں بار بار ہاتھ پھیرتے رہتے تو عجیب سے لگتے۔ چونکہ سال کے باقی دنوں میں جب بھی ان سے مڈبھیڑ ہوتی تو انتہائی ملگجے کپڑوں میں دکھائی دیتے۔

ایک دن بھیا ساجد نے کوئی منصوبہ بنایا۔ یاد نہیں کیا! بہر حال مجھے ساتھ لے کر وہ چھتوں پر سے ہوتے ہوئے ان کے چوبارے تک جا پہنچے۔ وہاں اس وقت ماموں لیاقت خود نہیں تھے کیونکہ بقول ان کے وہ کام پر جاتے تھے۔ یہ نہ معلوم ہو سکا کہ وہ کیا کام کرتے تھے لیکن چچا بندو ان کا ملازم موجود تھا۔ جو سر نہوڑے دیوار سے ٹیک لگائے اکیلا اونگھ رہا تھا۔ جب ہم قریب پہنچے تو اس نے سر اٹھایا تو اس کی آنکھوں میں پتلیوں کی جگہ عجیب خلا موجود پایا۔ جیسے پچکے ہوئے رخساروں اور پیشانی کے درمیان دو روزن ہوں۔ میں ڈر کر بھیا ساجد کے پیچھے دبک گیا۔ مجھے آج تک یاد ہے بھیا ساجد نے اسے آواز دی۔ ''چچا بندو۔ چچا بندو۔'' ہمارے دیکھتے ہی دیکھتے وہ شخص ہوا میں تحلیل ہو گیا۔ اب وہاں کوئی بھی نہ تھا۔ ہم دونوں الٹے پاؤں بھاگے اور بمشکل اپنے کوٹھے پر پہنچے۔

اپنی چھت پر آ کر بھیا ساجد نے مجھے بتایا کہ زاہد، وہ ضرور کوئی جن بھوت ہو گا۔ اس واقعہ کے بعد کئی دفعہ ماموں لیاقت کی موجودگی میں ہم دونوں ان کے چوبارے پر گئے اور حسب دستور ماموں لیاقت نے چچا بندو سے کہا۔ ''ابے بندو۔ بچوں کو کچھ لا کر کھلا۔'' اور چچا بندو نے اس کنستر میں سے گرم گرم بتاشے نکال کر ہمیں کھلائے جس کی ہم پہلے کئی مرتبہ اکیلے میں تلاشی لے چکے تھے اور وہ ہمیشہ خالی ہوتا تھا۔ اب کم از کم میرے ذہن میں یہ بات پیوست ہو چکی تھی کہ ماموں لیاقت کے پاس ایک جن ضرور ہے۔ بھیا ساجد مجھے ڈراتے تھے اور میں

ڈر کے مارے ان سے لپٹ جاتا اوران کے لحاف میں سو جاتا۔چھٹی والے دن جب ہم چھت پر بیٹھ کر طلسمِ ہوشربا پڑھتے تو چچا بندو ضرور نظر آتا۔ پیپل کے پتے ہوا میں سائیں سائیں کرتے۔ٹہنیاں ہوا کے زور سے جھولتیں تو ہم چھپ چھپ کر چچا بندو کو دانہ ڈالتے، کبوتروں کو اڑاتے دیکھتے رہتے اور وہاں جاتے ہوئے ضرور ڈرتے کیونکہ خیال یہی رہتا کہ وہ ایک جن ہے۔

ایک دن ہم دونوں کودتے پھلانگتے ماموں لیاقت کے چوبارے پر جا پہنچے۔کمرے میں سے عجیب گھٹی گھٹی آوازیں آ رہی تھیں۔ ہم نے کواڑ کو ذرا سا دھکیلا تو دروازہ کھلا تھا۔ جھانک کر دیکھا۔ ماموں لیاقت چارپائی پر لیٹے تھے اور چھت کو تک رہے تھے اور چچا بندو کا ہیولا سرہانے کھڑا ہل رہا تھا۔ مجھے یاد نہیں خوفزدگی کا عالم ہم دونوں پر کتنی دیر رہا۔جب حواس بجا ہوئے تو آوازیں ختم ہو چکی تھیں۔ چچا بندو وہاں اب نہیں تھا۔ہم بھاگتے ہوئے اپنی چھت پر آ پہنچے۔ بمشکل اعصابی نظام بحال ہوا۔ میں اور بھیا ساجد ایک دوسرے کو سوالیہ نشان بنے دیر تک دیکھتے رہے۔شام کو سب کو معلوم ہو گیا کہ ماموں لیاقت کا اچانک انتقال ہو گیا اور بندو کہیں بھاگ گیا۔ یہ واقعہ میرے ذہن میں جذب ہو کر غیر شعوری طور پر حقیقتوں کا ایک حصہ بن گیا۔

## سوم

# ریاست حیدرآباد کے جن

دوران ملازمت اپنے فرائض منصبی کی ادائیگی کے سلسلے میں مجھے شہر شہر گھومنا پڑتا تھا۔ پاک پتن جب بھی جانا ہوتا کینال ریسٹ ہاؤس میں قیام ہوتا۔ بالعموم شام کو میں فارغ رہتا اور مغرب وعشاء کی نمازیں اپنے ڈرائیور شمشاد شاہ کے ساتھ بابا فرید الدین شکر گنج کی مسجد میں پڑھتا۔ یہ سن چوہتر پچھتر کی بات ہے کہ احاطہ مسجد بازار کے قریب ایک مہذب شخص کو ضرور دیکھتا۔ سلام وعلیکم السلام سے بڑھ کر آہستہ آہستہ قربت کے مراحل طے ہوتے چلے

گئے ۔آپ سعید الدین صدیقی تھے جن کی عمر پچاس پچپن کے لگ بھگ تھی ۔ان کا تعلق حیدر آباد دکن سے تھا۔ان کی محبت آمیز گفتگو،خوش اخلاقی اور باوقار شخصیت، پھر ایسے مقام سے وابستگی جہاں اردو زبان کی ترویج نے پاکستان بننے سے قبل ہی کمال کر دکھایا تھا۔اس پر مستزاد یہ کہ راقم الحروف کو متعدد بار اپنے والد مرحوم کے ساتھ یہ شہر دیکھنے کا اتفاق ہوا تھا۔ یہ سب باتیں قربتِ تعلقات کے لیے بہت کافی تھیں۔

جب تقدیر نے اسلامی سلطنت ہند کے زوال و اختتام کا فیصلہ کر لیا اور مسلمانوں کی شامت اعمال سے متاع فروش انگریز اس ملک کے فرماں روا بن گئے اور مسلمانوں کی حیثیت کچھ نہ رہی۔ انگریزی حکومت نے دہلی کی مرکزی سلطنت کے زیر سایہ سینکڑوں چھوٹی بڑی مسلم اور ہندو ریاستیں قائم کر دیں تو ان ریاستوں میں ریاست حیدر آباد دکن سب سے بڑی ریاست تھی جو ایک مستقل حکومت کا درجہ رکھتی تھی اور بہت سے آزاد اسلامی ممالک سے اپنے رقبہ، وسعت و لوازم میں کسی سلطنت سے کم نہ تھی۔ اس طرح یہ اور چند اسلامی ریاستیں مسلمانوں کی زندگی اور ان کی بچی کھچی طاقت وصلاحیت کا مرکز ومحور بن گئیں۔مجددی خاندان کے سلسلہ کے مشائخ نے انہی ریاستوں کو اپنی توجہ کا مرکز بنالیا اور ان کی مختلف شاخوں نے ان ریاستوں میں خانقاہیں تعمیر کیں۔

حضرت مسکین شاہ حیدر آباد دکن میں تیرہویں صدی ہجری کے وسط میں تشریف لائے تھے جو حضرت شاہ سعد اللہ کے خلفیہ تھے۔حضرت شاہ سعد اللہ کو حضرت شاہ غلام علی دہلوی سے خلافت ملی تھی۔ان کا سلسلہ نسب چار واسطوں سے حضرت خواجہ محمد یحییٰ فرزند اصغر حضرت مجدد الف ثانیؒ اور سلسلہ طریقت چار واسطوں سے حضرت خواجہ محمد معصومؒ فرزند وخلیفہ راشد حضرت مجدد الف ثانیؒ تک جا ملتا تھا۔حضرت مسکین شاہ کا حیدر آباد میں بہت طویل قیام رہا تھا اور چودھویں صدی ہجری کے اوائل میں 1896ء میں انتقال ہوا۔محلّہ علی آباد، اندرون دروازہ کی جامع مسجد الماس میں ان کا مزار مرجع خلائق ہے جہاں ہم نے بھی فاتحہ پڑھی۔ یہ تمام واقعات ومعلومات ہمارے علم میں تھیں۔

ایک روز حضرت مسکین شاہؒ کا ذکر چل نکلا تو سعید الدین نے یہ بتا کر ہمیں چونکا دیا کہ آپ زبردست عامل تھے اور بہت سارے جن ان کے تابع تھے۔حضرت موصوف بہت جلالی

قسم کے بزرگ تھے۔ ہمہ وقت دس بارہ موکل ہاتھ باندھے حاضری میں کھڑے رہتے تھے۔ سامنے سے غیر حاضری ان کو بہت کھلتی تھی۔ ذرا کوئی موکل نظر نہ آیا، چیختے ''ابے فلانا کہاں دفع ہوگیا''، بس جیسے ہی وہ آیا نافرمانی، غیر حاضری کی سزا پاتا اور درخت سے الٹا لٹکا دیا جاتا۔ حیدرر آباد سے ذرا فاصلے پر دریائے کرشنا بہتا ہے اس میں موکل کو دس دس بارہ بارہ گھنٹے سزا کے طور پر پانی میں غوطے کھانے کی سزا ملتی۔ کسی نے بھی ان کے سامنے ''ہوں'' کی اور حضرت صاحب کے تیور بدلے۔چشم ابرو کا اشارہ ہوا اور اس پر کوڑوں کی بارش شروع۔ ہائے ہائے کی صدائیں آنے لگتیں۔ معافیاں مانگی جاتیں۔ شاہ صاحب کا دل پسیج جاتا تو ہاتھ کا اشارہ ہوتا کبھی فرماتے۔ ''بس کر کیوں مارے جارہا ہے۔ اب غلطی نہیں کرے گا۔'' اور فوراً ہائے ہائے کی آوازیں بند ہوجاتیں۔

سب موکل حضرت صاحب کی خواہش کے تابع تھے۔کبھی خواہش فرماتے کہ میں نماز فلاں مقام پر پڑھنا چاہتا ہوں۔ منہ سے الفاظ نکلنے کی دیر ہوتی۔ موکل آپ کو وہاں پہنچا دیتے۔عموماً آپ حیدرآباد دکن میں مکہ مسجد میں نماز پڑھا کرتے تھے۔ نامعلوم کتنے جنوں کو تو انہوں نے جلا کر راکھ کر دیا تھا۔ کتنوں کو درختوں پر لٹکا لٹکا کر مارا۔ ایک ایسے ہی جن کو انہوں نے جلا دیا تھا۔ اس جن کا ایک بیٹا تھا۔ اس کی ماں نے کہا اگر تو اپنے باپ کا بیٹا ہے تو مسکین شاہ سے اپنے باپ کا انتقام لے کر دکھا۔ بیٹے کو ملک فارس بھیج دیا۔ جہاں عاملوں اور ساحروں کا بہت زور تھا۔ بیٹے نے اس فن کو بقدر ظرف سیکھا اور بڑے بڑے عملیات حاصل کیے۔ واپس آیا ماں نے کہا ابھی نہیں، ابھی خامی ہے۔ پھر جا اور علم سیکھ۔ واپس آیا مگر ماں کے معیار پر پورا نہ اترا۔ پھر گیا۔ تیسری مرتبہ جب آیا تو ماں نے سر فخر سے اونچا کیا اور کہا اب ٹھیک ہے۔ حضرت صاحب کو اطلاع مل گئی۔ آپ نے پیغام بھیجا اگر تو جان کی امان چاہتا ہے تو فوراً حیدرآباد دکن سے نکل جا ورنہ جلا کر راکھ کر دوں گا مگر وہ جن نہ مانا۔ انہوں نے فرمایا اچھا! میں خود وہاں آتا ہوں۔ آپ پہنچ گئے عمل کیا مگر اس پر اثر نہ ہوا اور وہ عمل ان کے الٹے گلے پڑ گیا۔ آخر وہ سمجھ گئے کہ یہ نوجوان جن زبردست ہے۔ آپ نے فرمایا کہ مجھے ایک چلہ کی اجازت دے۔ اس نے جواب دیا کہ ایک چلہ کم ہے میں آپ کو تین چلوں کی اجازت دیتا ہوں۔ مہلت ختم ہونے پر انہوں نے محسوس کیا کہ ان کا اس نوجوان جن پر بس نہیں چلے گا۔

آپ چھپتے چھپاتے بھاگ نکلے۔ برہان پور کے قریب ایک بستی میں پہنچے۔ وہاں ایک گم نام فقیر درویش کسمپرسی کی حالت میں جنگل میں نظر آیا۔ حضرت صاحب نے محسوس کیا کہ نوجوان ''جن'' دم بھر میں آیا ہی چاہتا ہے اور مجھے اپنے عمل سے مار ڈالے گا۔ چلو، اس درویش سے ہی مدد لوں، شاید التفات نظر سے کچھ مل جائے۔ سلام کیا، نام بتایا، دوزانو بیٹھ گئے۔ جواب ملا ہاں میں تجھے جانتا ہوں اور یہاں کیوں مارا مارا پھر رہا ہے؟ عرض کی جناب شاید یہ آپ سے آخری ملاقات ہے۔ درویش بولا اگر تو اپنی حرکتوں سے باز آنے کا وعدہ کرے تو اللہ مالک ہے۔ یہ کہہ کر درویش نے ہاتھ کا اشارہ کیا تو نوجوان جن کی ماں سامنے کھڑی تھی۔ درویش بولا۔ اے بی بی تیری بات پوری ہوگئی۔ اب اس کا اجر آخرت میں تجھے مل جائے گا۔ اپنے بیٹے کو روک دے وہ اس کو نہ مارے۔ بی بی بولی میں تابعدار رہوں۔ آپ کا حکم سر آنکھوں پر اور اپنے بیٹے کو وہاں بلا لیا اور حکم دیا بیٹے اب دشمنی ختم کر دے۔ ماں کے حکم کی سرتابی کی مجال نہ تھی۔ بیٹے نے نظریں جھکا لیں۔ حضرت صاحب خوش خوش حیدر آباد گئے۔ تمام موکل جن آزاد کر دیئے اور یاد اللہ میں ایسے مصروف ہوئے کہ پھر مسجد الماس سے نہ نکلے اور وہیں آپ کا مدفن بنا۔

عرصہ کے بعد ایک مرتبہ سعید الدین سے جو ملاقات ہوئی تو باتوں باتوں میں پھر حیدر آباد دکن کا ذکر نکل آیا۔ ''چار مینار'' حیدر آباد کی نادر الوجود عمارتوں سے ایک ہے جس کے بارے میں کہا جا سکتا ہے کہ جس نے چار مینار نہیں دیکھا اس نے حیدر آباد دکن نہیں دیکھا۔ یہ مکہ مسجد کے سامنے شاہراہ پر واقع ہے۔ اس کے نیچے سے دو سو فٹ چوڑی سڑک گزرتی ہے اور شہر کے ہر کونے سے نظر آتی ہے۔ جس کی زیریں منزل چار محرابوں پر مشتمل ہے جس میں تمام عمارت قائم ہے۔ عمارت کے اگر دگر دایک مسقّف سہ در غلام گردش ہے۔ اس کے اوپر کی منزل میں ایک اور غلام گردش ہے اور سنگ مرمر کا جالی دار پردہ ہے۔ ہر گوشہ پر ایک چھوٹی مینار ہے۔ یہ عمارت سطح زمین سے ایک سو ساٹھ فٹ بلند ہے۔ ہر ستون کے اطراف اکہری محراب دار مہتابیاں بنی ہیں جو چھت کی سطح کے برابر نظر آتی ہیں۔ ہم یہاں تک اپنی معلومات کے مطابق ذکر کر بیٹھے تو سعید الدین صاحب گویا ہوئے:

''ڈاکٹر صاحب۔ ان کے اندر کے راز میں آپ کو بتاتا ہوں۔ آپ نے دیکھا ہوگا کہ

مینار کے اوپر چہار اطراف گھڑیال لگے ہیں اور دونوں بالائی منزلوں میں آمد و رفت کے لیے متعدد زینے ہیں۔ پہلی منزل پر مدرسہ تعلیم القرآن اور طلبہ کا دارالاقامہ ہے۔ دوسری منزل پر مسجد ہے۔ یہیں دو چھوٹے چھوٹے کمرے محمد حیات گھڑی ساز کی تحویل میں تھے۔ ایک میں اس کی رہائش تھی۔ دوسرے میں جو بہت چھوٹا تھا اس کا شاید کاٹھ کباڑ، کھانے کا سامان یا کوئی اور ملازم رہتا تھا۔ محمد حیات ظاہراً گھڑیال کی نگہداشت کرتا اور مرمت وغیرہ پر مامور تھا۔ محمد حیات کے چہرے پر خشخشی داڑھی کچھ عجیب سی لگتی۔ مگر اس کی آنکھوں کی گہرائیاں اور کم گوئی زمانے کی ماہرانہ بازگشت کی چغلی ضرور کھاتی تھی۔ محمد حیات پیشہ ور گھڑی ساز نہیں تھے مگر دیکھتی آنکھوں سنتے کانوں وہاں کا ہر شخص قسم کھا سکتا تھا کہ جب سے اس نے ہوش سنبھالا ہے محمد حیات کو گھڑیالوں کی صفائی اور مرمت کرتے دیکھا ہے۔ یہ بات تو مشہور ہے کہ چار مینار والے محمد حیات کے تابع جنات ہیں اور ان کے سب کام وہی کرتے ہیں۔ حتیٰ کہ ان کی ڈیوٹی جن میں گھڑیالوں کی صفائی ستھرائی، وقت کے مطابق مشینوں کو چالو رکھنا، مزید برآں ان کے کمرے کی صفائی کے علاوہ کھانا پینا سب کچھ انہی کے سپرد تھا۔ یہ بھی معلوم ہوا تھا کہ ان کے کمرے سے ملحق ایک چھوٹے کمرے میں جن خواتین بھی رہتی ہیں۔ مگر آج تک کسی نے بھی کوئی معیوب بات دیکھی نہ سنی۔ رات کے اوقات میں روزانہ تلاوت قرآن کی آوازیں دونوں حجروں سے سالہا سال سے آتی ہیں۔ جب مسجد میں اذان ہوتی ہے تو پیش امام نشان زدہ پچھلی صف میں کسی کو بیٹھنے کی اجازت نہیں دیتا۔ نامعلوم کیوں!''

سعید الدین صاحب نے یہ بات بڑے اعتماد سے بتائی کہ جب انہوں نے حیدر آباد چھوڑا تو وہ اکیس برس کے تھے اور حیدر آباد کالج میں پڑھتے تھے۔ ایک مرتبہ وہ اپنے والد صاحب کے ساتھ یہاں آنے سے پانچ چھ سال قبل پہلی مرتبہ جب محمد حیات کے پاس گئے۔ تب والد صاحب کو کوئی ذاتی نوعیت کا کام تھا جس سے والد صاحب بہت پریشان رہتے تھے۔ والد صاحب نے جب محمد حیات کو اپنی باتیں بتائیں تو انہوں نے آنکھیں بند کیے رکھیں اور صرف ''ہوں'' کہا۔ پھر بولے انہیں سب معلوم ہو گیا پھر کسی کا نام لیا کہ یہ آدمی ہے جس کی وجہ سے آپ پریشان ہیں۔ مطمئن رہیں، دو دن بعد یہ آدمی یہاں سے چلا جائے گا۔ جب چلنے لگے تو تالی بجائی اور آواز دے کر بولے۔ ''ابے اب تو کچھ کھانے کو لے آ مہمان جا رہے

ہیں۔'' فوراً ایک پستہ قد ملازم ایک رکابی میں انگور لے کر آ گیا اور رکھ کر چلا گیا۔ ہم نے انگور کھائے اور چلے آ گئے۔ سیڑھیوں سے اترتے ہوئے ہم نے دریافت کیا کہ ابا جی سردیوں میں انگور ہم نے پہلے کبھی نہیں کھائے۔ یہ ملازم کہاں سے لایا تو والد صاحب نے گھور کر دیکھا تو میں چپ ہو گیا۔

اس کے بعد انہوں نے ایک واقعہ جو انہوں نے اپنے والد سے سنا ہوا تھا۔ مجھے سنایا جو واقعی حیرت انگیز تھا۔ ایک شخص ان کے محلّہ اندر کوٹ میں رہا کرتا تھا۔ اس کی مالی حالت تو کبھی بہتر نہ تھی مگر ایک دن وہ پڑوسی والد صاحب کے پاس آ گیا اور بہت دیر تک روتا رہا۔ والد صاحب کی تسلی و تشفی کے بعد بھی جو اس شخص کے دکھ کا مداوا نہ ہوا تو والد صاحب اس شخص کو محمد حیات کے پاس لے گئے۔ شام کو جب والد صاحب گھر آئے تو والدہ کے ساتھ میں بھی بیٹھا ہوا تھا۔ انہوں نے والدہ مرحومہ کو تفصیل سناتے ہوئے بتایا کہ پڑوسی نے سال سوا سال پہلے یہ مکان کرائے پر لیا تھا۔ چونکہ یہ مکان درحقیقت مدتوں سے خالی پڑا ہوا تھا۔ مالک مکان نے کرایہ پر دینے سے پہلے ہی کرایہ دار کو بتا دیا تھا کہ مکان میں جن رہتے ہیں۔ مگر بہت معمولی کرایہ اور جسمانی طور پر صحت مند ہونے کی وجہ سے وہ مکان اس شخص نے لے لیا۔ دونوں میاں بیوی رہنے لگے۔ یہ شخص کسی ہندو بنیئے کی دکان پر ملازم تھا جہاں سے شام گئے فارغ ہو کر گھر لوٹتا اور کبھی دیر سویر بھی ہو جاتی۔

پہلی مرتبہ سوتے وقت انہیں محسوس ہوا کہ مکان کے صحن میں باقاعدہ چہل پہل ہو رہی ہے۔ سخت سردی میں انہوں نے کوٹھری کا دروازہ کھول کر دیکھا تو صحن میں بچوں کے شور مچانے کی آوازیں آ رہی تھیں۔ مگر دکھائی کچھ نہ دیا۔ اس وقت تو وہ دونوں دروازہ بند کر کے لیٹ گئے مگر صبح اٹھتے ہی مالک مکان کو سب کچھ بیان کر دیا۔ جس کا اس نے کوئی حوصلہ افزا جواب نہیں دیا۔ ایک دن اس کی بیوی نے شوہر کو بتایا تمہارے چلے جانے کے بعد کمروں اور غسل خانے کے دروازے خود بخود کھلنے اور بند ہونے لگے۔ دھڑا دھڑ کی آوازیں آنے لگیں۔ جیسے شدید آندھی چل رہی ہو جبکہ ایسا نہ تھا۔ پھر تو اس قسم کے واقعات روز ہی ہونے لگے۔ کبھی ڈلیا میں سے روٹیاں غائب ہو جاتیں کبھی ہانڈی کے اندر سے بوٹیاں اور خالی شوربہ رہ جاتا۔ ایک دن وہ جھاڑو دے رہی تھی تو اسے ایسا لگا کہ جیسے کوئی باورچی خانے کے برتن پھینک رہا ہو۔

جب وہ ڈرتے ڈرتے باورچی خانے میں گئی تو سب برتن زمین پر گرے پڑے تھے۔ یہ ڈر کے مارے اندر کوٹھری میں جا چھپی اور آیت الکرسی پڑھنے لگی۔ یکا یک اس کا ٹین کا صندوق زمین پر خود بخود اٹھا اور چھت سے جا لگا۔ پھر دھڑ سے فرش پر گر پڑا اور سب کپڑے بکھیر گئے۔ یہ دیکھ کر وہ بے ہوش ہوگئی۔ جب اسے ہوش آیا تو شام ہوچکی تھی اور اس قابل نہ تھی کہ روٹی ہانڈی کر سکتی۔

اس پڑوسی کو لے کر والد صاحب محمد حیات کے پاس گئے تھے اور سب واقعات بتائے۔ انہوں نے تسلی دی اور اس شخص کے ساتھ اپنا ملازم بھیجا کہ جا کر دیکھے کہ کیا معاملہ ہے۔ محمد حیات کا ملازم پڑوسی کے گھر آیا اور کوٹھری میں جا کر پڑچھتی پر چڑھ کر بیٹھ گیا۔ آہستہ آہستہ باتیں کرنے کی آوازیں دیر تک آتی رہیں۔ گھنٹہ بھر کے بعد ملازم خاموشی سے اتر کر گھر سے چلا گیا۔ سعید الدین کے والد اپنے گھر آگئے۔ اگلی صبح والد صاحب نے پڑوسی سے جب معاملہ دریافت کیا تو اس نے بتایا بہت عرصے کے بعد اس رات وہ دونوں بہت آرام سے سوئے۔ اس کے بعد کبھی کوئی شکایت نہ ملی۔ نہ کسی قسم کا نقصان ہوا۔

یہ بات تو یقین سے کوئی نہ کہہ سکا کہ محمد حیات کون تھا۔ جو اس سے بہت قریب تھے یعنی محمد حیات کو دیکھتے رہتے تھے ان کا خیال ہی نہیں بلکہ یقین تھا کہ وہ خود ایک جن تھا۔ انسان کی شکل میں جن ہونے کے ثبوت میں یہ شہادت دیتے تھے کہ آج تک کسی نے بھی محمد حیات کو کھاتے پیتے نہیں دیکھا۔ نہ اس کے ہاں کوئی چیز پکتی دیکھی۔ دوسری بات یہ کہ اس کا دائرہ احباب اور ضروریات نہ ہونے کے برابر تھیں۔ کسی نے اسے اس کو حجرے یا مسجد کے باہر چار مینار کے بازاروں میں بھی نہیں دیکھا۔ کچھ لوگوں کا خیال تھا کہ وہ خود جن نہیں تھا بلکہ اس کے قابو میں بہت سے موکل جن تھے جو اس کے پاس رہتے تھے۔ تعمیل حکم کرتے اور یہاں تک لوگ اس بات کے گواہ تھے کہ اس کا کوئی رشتہ دار حیدر آباد کیا تمام ہندوستان میں نہیں ہے۔ ایک بات جو کچھ لوگوں نے بتائی کہ محمد حیات حج کے ایام میں نظر کم ہی آتا تھا۔ متعدد شہادتیں ایسی تھیں جن کے رد کرنے کا کوئی جواز نہ تھا کہ لوگوں نے اسے احرام باندھے عرفات کے میدان اور جبل رحمت پر دیکھا تھا۔

سعید الدین نے کچھ گہری سوچ سے نکلتے ہوئے مجھ سے سرگوشی کرتے ہوئے کہا، ڈاکٹر

صاحب یہ واقعہ ان کے والد نے انہیں سنایا تھا کہ محمد حیات اعلانیہ طور پر کبھی حج کرنے نہیں گیا۔مگر والد صاحب کے ایک قریبی دوست جو سرکار نظام کے ساتھ وہاں تھے انہوں نے محمد حیات کو مکہ معظّمہ میں چھتہ بازار کے قریب ''مسجد جن'' میں آتے جاتے دیکھا تھا۔وہاں سے ایک جن کو تابع کر کے حیدر آباد لائے اور اس کی شادی جنات کے خاندان کی کسی عورت سے کردی اور یہی جوڑا ان کے کمرے کے ساتھ والی کوٹھری میں رہائش پذیر تھا۔محمد حیات کو لوگ جن سمجھتے ہیں۔لہٰذا کسی نے ڈر کے مارے اس موضوع پر مذاکرہ نہیں کیا بلکہ غم زدہ، دکھی نادار لوگ کبھی کبھی اپنی پریشانیوں اور دکھوں کی دوا لینے اس کے پاس آتے رہتے ہیں۔جب وہ لوگ باہر جا کر سناتے ہیں تو بے تکی باتیں منظر عام پر آجاتی تھیں۔مگر یہ بات وثوق سے نہیں کہی جاسکتی کہ محمد حیات درحقیقت انسان تھا یا جن کیونکہ 1970ء میں ایک رشتہ دار حیدر آباد سے آئے تو انہوں نے بتایا کہ اس وقت کوئی ہندو گھڑی ساز چار مینار کے گھڑیالوں کی نگہداشت کرتا ہے۔محمد حیات عرصہ دراز سے لاپتہ ہے۔

سب سے دلچسپ واقعہ جو سعید الدین صاحب نے سنایا وہ یہ تھا کہ جب وہ 1948ء میں پاکستان آنے لگے تو اپنے والد صاحب کے ساتھ آخری مرتبہ چار مینار محمد حیات سے ملنے گئے۔والد صاحب نے رخصت ہونے اور حیدر آباد کے خراب حالات کے بارے میں بتایا۔محمد حیات بہت ملول تھے اور خموش بیٹھے سنتے رہے۔رخصت ہونے کی اجازت طلب کی تو بولے پھر ملاقات ہونہ ہوان کے پاس سے کچھ کھالیں۔والد صاحب حسب دستور چپ بیٹھے رہے۔خموشی کو نیم رضامندی جان کر انہوں نے تالی بجائی تو ایک خاتون چھوٹے کمرے سے وارد ہوئی۔وہ عورت کیا تھی قیامت تھی۔کہنے لگے کہ انہوں نے ساری عمر قدرت کا ایسا شاہ کار نہیں دیکھا۔اس عورت کے شفاف، آبگوں ملائم نازک چہرے پر اثر آفریں آنکھیں ایسی پرکشش تھی کہ ہرنی دیکھ لیتی تو شرم سے پانی بھرتی۔دنیا کے خالق نے اس کی تحیر خیز تخلیق کرتے وقت اس کا انگ انگ انتہائی دل کش و متناسب اور موزونیت کے ساتھ بنایا تھا۔اس کا بدن یکسر بے داغ اور نوخیز جاذبیت میں اکمل تھا۔خالق نے حسن کامل کو جیسے مجسم کردیا تھا۔گویا خالق کائنات خود سارے حسن کو ایک سانچے میں ڈھلا ہوا دیکھنے کا متمنی تھا۔پاؤں اٹھاتی جو گزری تو اجلے اجلے نظر نواز کنول کھل گئے۔بہاریں پھوٹ پڑیں۔چھوٹے چھوٹے قدم

اٹھائے گردن کو ہلکا خم دے کر ترچھی نظریں کیے یوں چلتی ہوئی آئی جیسے پھولوں کی عشق خیز مہک آتی ہے۔ والد صاحب تو نظریں نیچے کیے بیٹھے رہے مگر میں نے بھرپور نگاہوں سے اسے دیکھا تو محمد حیات بولے بیٹے یہ ہمارے ملازم معروف کی بیوی ہے۔ معروف باہر گیا ہوا ہے تو یہ کھانے کا انتظام کر دے گی۔ محمد حیات نے کچھ زیر لب کہا تو وہ خجستہ گام واپس چلی گئی اور ایک لمحہ کے بعد گرم گرم بریانی رکابی میں بھر کر لے آگئی۔ بریانی کی مخصوص بو سے کمرہ مہک اُٹھا۔ وہ رکابی رکھ کر چلی گئی جو ہم نے کھالی۔ رخصت ہوتے ہوئے ابا جان محمد حیات سے سرگوشیوں میں کچھ باتیں کرنے لگے۔ یہ مہلت پا کر میں نے برابر کے چھوٹے کمرہ میں جھانکا وہاں نہ بریانی کی مہک تھی نہ بریانی پکنے کے آثار۔ چولہا ٹھنڈا پڑا تھا اور اندر کوئی فرد نہیں تھا۔ یہ سوال اب بھی میرے دل میں کھٹکتا ہے کہ وہ چند لمحوں میں کہاں چلی گئی؟ مدتوں سے یہ داستان میری یادداشتوں میں موجود تھی۔ جواب میں نے سپرد قلم کردی۔

## چہارم
## چلتی پھرتی لاش

یہ جون 1967ء کا مہینہ تھا۔ ہائی آلٹی ٹیوڈ ملیریا اریڈیکیشن سروے کے سلسلے میں ایبٹ آباد سے تھکا دینے والی بلکہ جوڑ جوڑ ہلا دینے والی لانگ ڈرائیو کے بعد ناران ریسٹ ہاؤس پہنچے تو سہ پہر ڈھل چکی تھی۔ سامان اتروا کر مناظر قدرت سے لطف اندوز ہونے کے لیے ریسٹ ہاؤس کے لان میں کرسیوں پر بیٹھ گئے۔ گرم گرم چائے کے گھونٹ کس قدر تسکین بخش تھے۔ عارضِ کوہ شفق سے گلنار ہو رہے تھے۔ گہری وادیوں میں سرِشام اونچے گھنے چنار کے درختوں نے سرمئی غلاف اوڑھ لیے تھے۔ یہ سماں رنگین اور دل کش تھا۔ یہاں کی ہر چیز سحر انگیز تھی۔

درحقیقت نگاہیں ان مناظر سے ہٹانے کو دل ہی نہیں چاہتا تھا۔ میرے اندر کا انسان ایسے ملکوتی ماحول میں گم ہو کر مناظر قدرت کا جزو بن گیا۔ میں صانع ازل اور نقاش فطرت

کے اس قول کو سوچنے لگا۔ ''تم اپنے پروردگار کی کس کس نعمت کو جھٹلاؤ گے؟''

ریسٹ ہاؤس کا چوکیدار خدمت گزاری میں یکتا، چوکیدار اور خانساماں بہ یک وقت سب کچھ تھا۔ اس سے لے دے کر وہاں رہنے کی اجازت حاصل کر لی تھی۔ چائے کی پیالی بنا کر وہ کمرے میں چلا گیا اور آتش دان کے قریب سردرات سے محفوظ رہنے کے لیے لکڑیاں رکھنے لگا۔ ہمارا ڈرائیور عبدالکریم بھی خوبیوں کا مالک تھا اس نے چوکیدار عبدالشکور، جسے شکورا کہتے تھے، سے فی الفور دوستی کر لی اور اس کا ہاتھ بٹانے لگا۔ غسل خانے کی صفائی، بستر کی درستی میں مصروف ہو گیا اور ہم کرسی پر دراز ہو کر تھکن کے مارے خنک ہواؤں میں اونگھنے لگے۔ مغرب کی نماز سے فارغ ہوئے تو عبدالکریم نے کھانے کی میز لگانے کی اجازت طلب کی جسے ہم نے عشاء کی نماز تک موخر کر دیا۔

بعد عشاء عبدالکریم نے سلگتی ہوئی لکڑیوں کو آتش دان میں لوہے کی سلاخ درست کرتے ہوئے بتایا کہ شکورا یہاں پندرہ سولہ سال سے ملازم ہے اور مہمان داری کی اعلیٰ صلاحیتوں کا حامل ہے۔ جس کا تجربہ ہمیں میز پر چنے ہوئے کھانے سے پہلے ہی ہو چکا تھا۔ سلسلہ کام و دہن سے فارغ ہوئے تو ہم بھی آتش دان کے قریب کرسی پر بیٹھ گئے اور اگلے دن کی محکمانہ کارروائیوں کے بارے میں سوچنے لگے۔ پھر باہر ٹہلنے کے ارادے سے نکلے تو چہل قدمی دشوار ہو گئی۔ ابھی نو ہی بجے تھے کہ سرد یخ بستہ ہواؤں کے جھکڑ چل رہے تھے۔ اس قدر گرم کپڑے ہم ساتھ نہ لائے تھے۔ لہٰذا کمرے میں واپس آ گئے اور کرسی پر دراز ہو گئے۔ عبدالکریم کے ساتھ شکورا بھی قالین پر آ بیٹھا۔ شکور کو اب ہم نے بہت قریب سے دیکھا۔ کھچڑی داڑھی، سر کے سفید بال اور ایسے خوش گوار ماحول میں رہنے کے باوجود چہرے کی جھریاں اور آنکھوں کی گہرائیاں زمانے کی ستم رسیدگی کی چغلی کھا رہی تھیں۔

سلسلہ کلام پہاڑیوں، وادیوں، موسم، برف باری سے ہوتا ہوا نہ جانے کہاں سے کہاں تک دراز ہوتا چلا گیا۔ باتوں باتوں میں روحوں کا ذکر چل نکلا۔ شکورے نے عبدالکریم کو اتنی تھوڑی سی ملاقات میں نہ جانے کیا داستان غم سنا دی تھی کہ وہ بولا۔ ''کیوں ڈاکٹر صاحب یہ روحوں کا معاملہ کیا سچا ہوتا ہے؟''

''کیا مطلب ہے تمہارا؟'' میں نے یکایک چونکتے ہوئے پوچھا۔

اس نے شکورے کے کندھے پر ہاتھ رکھتے ہوئے جواب دیا۔''صاحب جی! اس شکورے نے روحوں کو دیکھا ہے بلکہ روحیں اس کے گھر میں آتی جاتی رہتی تھیں۔''

ہم نے غور سے شکورے کو دیکھا تو وہ خالی خالی نظروں سے انگاروں کو گھور رہا تھا۔ نیچی نگاہوں سے صرف یہ بولا''ہاں صاحب جی! کیا روحیں انسان کو ستاتی ہیں اور مرنے کے بعد بھی آتی ہیں؟''

آخر مجھ سے رہا نہ گیا اور اپنے علم کے مطابق اسے جواب دیا۔''میں تمہارا مطلب اب بھی نہیں سمجھا مگر میری معلومات کے مطابق روحوں کو آنکھوں سے دیکھنے کے واقعات کا ذکر ہم نے قدیم تحریروں میں بھی پڑھا ہے۔ عام طور پر روحیں اس وقت بار بار ظاہر ہوتی ہیں جب مرنے والوں کو غیر معمولی حالات میں کسی خاص مقام سے رخصت ہونا پڑتا ہے۔ ایسی روحوں کو بے چین اور پریشان روحیں بھی کہا جاسکتا ہے اور تشدد کے نتیجے میں ہلاک ہونے والے انسانوں کی روحوں کا کسی خاص مقام یا مکان میں بار بار آنا اسی کیفیت کو ظاہر کرتا ہے۔ فلسفیوں کا کہنا ہے مقام مرگ سے روح کا جذباتی تعلق کسی روح کے بار بار نظر آنے کی ایک قابل قبول توجیہ ضرور بن جاتی ہے۔''

یہ کہہ کر ہم چپ ہوگئے۔ اگر ہم وہاں اکیلے ہوتے تو ضرور کوئی کتاب یا رسالہ لے کر پڑھنے لگتے مگر عبدالکریم جیسا شخص کیسے خاموش رہ سکتا تھا۔ اس نے شکورے کو کرید کرید کر اپنی داستان سنانے پر مجبور کردیا۔ جس کے بعد شکورے نے اپنی غم آلود بپتا اس طرح سنائی:

''میں ایک غریب گھرانے میں پیدا ہوا۔ ہمارا مکان بالاکوٹ سے دس بارہ میل دور ایک چھوٹے سے فلاں گاؤں (جس کا مجھے نام یاد نہیں رہا) میں تھا۔ بچپن میں باپ مرگیا۔ ماں نے مجھے پالا پوسا اور جب میں دس بارہ سال کا تھا وہ بھی داغ مفارقت دے کر خالق حقیقی کے پاس چلی گئی۔ کوئی عزیز رشتہ دار سرپرستی کے لیے تیار نہ تھا۔ میں پیدل چلتے چلتے جدھر منہ اٹھا کئی دن کی تگ ودو کے بعد کالام آگیا اور وہاں ایک ہوٹل میں برتن دھونے، گاہکوں کو چائے پلانے کی ملازمت کرلی۔ سال بھر ملازمت کی۔ ملازمت کیا تھی بس سر چھپانے کو آسرا تھا اور پیٹ بھر روٹی مل جاتی، کبھی کبھار پانچ سات روپے مالک دے دیتا۔ یہیں میری ملاقات دلاور خان سے ہوگئی جو کسی نہ کسی طرح مجھے ایبٹ آباد لے آیا۔ ایبٹ آباد میں دلاور خان کا بہت

اچھا کاروبار تھا اور عمدہ رہائش گاہ تھی۔ بازار میں شیشے کے برتنوں کی دکان بھی تھی۔ دلاور خان نے درحقیقت مجھے اپنے بیٹے کی طرح رکھا۔ اس کی صرف ایک بیٹی خانم تھی جو عمر میں میرے برابر تھی۔ مجھ سے پردہ کرتی تھی مگر کبھی کبھی آمنا سامنا ہو ہی جاتا تھا۔ دلاور خان نے کاروبار کے ساتھ ساتھ مجھے پڑھنا لکھنا بھی سکھا دیا۔ ایک بات خاص تھی وہ یہ کہ جو خود کھاتا مجھے کھلاتا اور جو کپڑے خود پہنتا ایسے ہی میرے لیے سلواتا۔ اس طرح وقت گزرتا رہا اور میں اب اپنے ماضی کو بالکل بھول کر دلاور خان کے گھر کا فرد بن چکا تھا۔

دلاور خان کا ایک دوست دستگیر خان تھا جس کے ساتھ وہ لنڈی کوتل میں لاکھوں کا کاروبار کرتا تھا۔ پھر چند سالوں سے یہ دھندا چھوڑ کر دستگیر خان نے جسے ہم دستی چچا کہتے تھے، نوشہرہ میں اور دلاور خان نے ایبٹ آباد میں دکانیں کر لی تھیں۔ سامان کی خریداری کے سلسلے میں دلاور خان اور میں نوشہرہ جاتے تھے۔ کچھ عرصہ کے جب دلاور خان بیمار رہنے لگے تو میں تنہا بس میں بیٹھ کر نوشہرہ چلا جاتا۔ ضروری سامان خریدتا اور رات گئے تک واپس آ جاتا۔ بس نہ ملنے پر کبھی کبھار دستی چاچا کے گھر نوشہرہ قیام بھی کرنا پڑ جاتا۔ اس طرح میرے اور دستگیر خان کے مراسم خاصے ہو گئے۔ پانچ سال اور گزر گئے۔ دلاور خان کی صحت جواب دیتی جا رہی تھی۔ دکان پر وہ برائے نام آتا۔ میں ہی تمام حساب کتاب رکھتا تھا۔ صحت کی خرابی کی وجہ سے ہی دلاور خان نے ایک دن اپنی بیٹی خانم کی شادی میرے ساتھ کر دی۔ چاچا دستی بھی شریک تھا۔ یہ پہلا دن تھا جو میں نے چاچا دستی کو دلاور خان کے ساتھ اونچا اونچا بولتے دیکھا تھا۔ بعد میں دلاور خان نے مجھے بتایا کہ لنڈی کوتل کے کاروبار میں اس کے کئی لاکھ روپے چاچا دستی نے دینے تھے جواب وہ دینے سے انکار کر رہا تھا۔ بہر حال خانم سے شادی کا فائدہ یہ ہوا کہ مجھے ایک اچھی بیوی اور دلاور خان جیسا سرپرست مل گیا اور دلاور خان کو ایک پر اعتماد، صحت مند اور پر خلوص داماد مل گیا۔

ایک دن رازدارانہ طور پر دلاور خان نے مجھے وہ کاغذات بھی دکھا دیئے جن میں نوشہرہ کی دوکان اور مکان بالعوض تین لاکھ روپیہ دلاور خان کو چاچا دستی نے لکھ کر دیئے تھے اور واپسی کی مدت کو ختم ہوئے بھی دو سال گزر چکے تھے۔ چاچا دستی اس کوشش میں تھا کہ کسی طرح یہ کاغذات اس کو واپس مل جائیں تا کہ دلاور خان کے بعد اس کی وارث کوئی فساد نہ کر سکے۔

دلاور خان اب گھر سے باہر نہ نکلتا تھا۔خانم دن بھر اس سے جو ہوسکتا خدمت کرتی۔وہ خود ماں بننے والی تھی۔رات کو میں دکان کے دھندوں سے فارغ ہوکر ہر ممکن تیمارداری کرتا مگر اس کی حالت روز بروز گرتی جارہی تھی۔ایک رات ابھی آکر بیٹھا ہی تھا کہ دلاور خان کے کمرے سے چیخنے اور لڑائی جھگڑے کی آوازیں آنے لگیں۔میں کچھ زیادہ تھک گیا تھا۔خانم اٹھ کر بھاگی پھر خاموش ہوگئی۔جب کافی دیر خانم واپس نہ آئی تو صورت حال کو سمجھنے کے لیے میں خود کمرے کا دروازہ کھول کر دوسرے کمرے میں جیسے ہی گیا۔دھک سے رہ گیا۔خانم آدھی بستر پر اور نصف زمین پر بے ہوش پڑی تھی اور برابر میں زمین پر دلاور خان خون میں لت پت پڑا تھا جو میرے پہنچنے سے قبل ہی چل بسا۔مشکل سے خانم کو اٹھایا اور ہوش میں لایا تو اس کے منہ سے صرف دستی چاچا نکلا اور پھر وہ بے ہوش ہوگئی۔الماری کا سامان فرش پر بکھرا پڑا تھا اور نوشہرہ والے مکان اور دوکان کے کاغذات غائب تھے۔

ہمارے پاس پڑوس میں دور تک کوئی بھی نہیں رہتا تھا کہ کسی کو مدد کے لیے بلایا جائے۔تمام رات خانم کو ہوش میں لانے اور تسلی دلاسے میں گزر گئی۔بات بالکل صاف تھی کہ دستی چاچا نے موقع پاکر بابا دلاور کو قتل کردیا اور کاغذات جو صرف چند کاغذ کے ٹکڑے ہی تھے، وہ سرکاری اسٹامپ نہ تھے، موقع پاکر اڑا لے گیا۔صبح کو دو چار مددگار جمع ہوگئے۔تمام دن پولیس کے جھمیلوں میں گزر گیا۔شام سے قبل تدفین سے فارغ ہوا۔تب ہم دونوں گھر میں تنہا رہ گئے۔دو چار جو دور پرے کے رشتہ دار آئے تھے وہ سب بھی چلے گئے۔خانم کی دل جوئیوں کے باوجود اس کی صحت گرتی چلی گئی اور آخرکار ایک دن وہ بھی ایک مردہ بچے کو جنم دے کر ایبٹ آباد کے سول اسپتال میں اپنے باپ کے پاس چلی گئی۔

گھر کی تنہائی کاٹ کھانے کو آتی تھی۔باہر ہی شب و روز گزارنے لگا۔چند دن کے بعد گھر آیا۔رات کو نا معلوم کب آنکھ لگی۔چاچا دلاور کے کمرے سے معاً اسی طرح چیخ و پکار کی آواز سے چونک اٹھا۔ان کے کمرے کا دروازہ کھولا۔برآمدے کی روشنی کھڑکی کے شیشوں سے چھن چھن کر آرہی تھی۔دل دھک سے رہ گیا۔چاچا دلاور کی لاش اسی طرح خون میں لت پت فرش پر پڑی تھی جیسے قتل کی رات میں نے دیکھی تھی۔مگر جب میں نے بتی جلائی تو وہاں کچھ بھی نہ تھا۔میں اسے اپنا وہم سمجھ کر آگے بڑھا تو فرش پر تازہ خون پڑا ہوا تھا۔صحن میں ایک

پرانا اخروٹ کا گھنا درخت تھا مجھے وہاں ایک سایہ نظر آیا۔صحن کا دروازہ کھول کر باہر آیا تو ایک انسانی ہیولا جو سوائے چاچا دلاور کے کوئی نہیں تھا، درخت کے قریب جا کر غائب ہوگیا۔ ساری رات آنکھوں میں کٹ گئی۔علی الصبح اٹھ کر فرش سے خون صاف کی اور اپنی دکان پر چلا گیا۔اس دن ایک ڈاکٹر صاحب سے دوائی خریدی اور سو گیا۔

چند دن کے بعد پھر یہی ڈرامہ ہوا۔رات گئے ایسی دھما چوکڑی سے آنکھ کھلی۔برابر کے کمرے سے ویسی ہی آوازیں آ رہی تھیں جیسے کوئی دھم سے گرا اور خود کو چھڑانے کی کوشش کرتے ہوئے چیخا ہو۔ایک لمحے کے لیے خوف سے میرا سارا بدن پسینے میں شرابور ہوگیا۔ خوف سے رونگٹے کھڑے ہوگئے کیونکہ مجھے یقین تھا کہ گھر میں سوائے میرے اور کوئی بشر نہیں ہے۔صورت حال کا جائزہ لینے کے لیے میں دبے پاؤں برابر کے کمرے کی جانب چلا۔ دروازے کی درز سے جھانک کر دیکھا تو ایک آدمی دوسرے کو گرانے اور پہلا مزاحمت کرنے میں سرگرداں تھا۔اتنے میں پہلے نے چاقو نکال کر پیٹ میں گھونپ دیا اور دوسرا شخص جو چاچا دلاور کے سوا کوئی نہیں تھا دھڑام سے گرا تو میز کے کونے سے سر پھٹ گیا۔خون کے فوارے ابل رہے تھے۔حلق سے عجیب آواز نکلی۔پہلا شخص الماری سے کوئی چیز لے کر غائب ہوگیا۔ میں اندر جھپٹا اور لائٹ جلا دی۔میری حیرانی کی انتہا نہ رہی کہ سب منظر غائب ہوگیا اور وہاں کوئی فرد بھی نہ تھا اور میں تنہا کھڑا آنکھیں پھاڑ پھاڑ کر چاروں طرف دیکھ رہا تھا۔البتہ وہاں تازہ خون فرش پر پڑا تھا۔یہ وہی جگہ تھی جہاں چند دن پہلے دلاور خان مردہ پائے گئے تھے۔ میں باہر صحن میں آیا اور ادھر ادھر پاگلوں کی طرح تکنے لگا کہ اچانک رات کے اندھیرے اجالے میں چاچا دلاور جس کے سر سے صاف خون بہتا دکھائی دے رہا تھا۔اخروٹ کے درخت کے قریب کھڑا نظر آیا۔

''اُف میرے خدا!'' میرے منہ سے نکلا۔دلاور خان کی لاش،اس کی سفید داڑھی سے خون ٹپک رہا تھا۔قمیض شلوار بہتے ہوئے خون سے سرخ تھی۔ایسا لگ رہا تھا کہ کسی کی تلاش میں ادھر سے ادھر ٹہل رہی ہو۔میں برآمدے میں جہاں تھا وہیں اپنے تمام حوصلہ و ہمت کو مجتمع کیے کھڑا رہا۔قدم من من بھر کے ہوگئے۔آنکھیں چلتی پھرتی لاش پر ٹک کر رہ گئیں۔پراسرار لاش چلتے چلتے ٹھہر گئی۔اچانک پلٹ کر مجھے دیکھا اور میری جانب قدم اُٹھانے لگی۔اچانک

پلٹ کر مجھے دیکھا اور میری جانب قدم اُٹھانے لگی۔ میں نے چیخنا چاہا مگر منہ کھلا کا کھلا رہ گیا۔ آواز گھٹ کر رہ گئی۔ وہ لاش مجھ سے دو تین قدم کے فاصلے پر آ کر ٹھہر گئی۔ اس کی باہر نکلی ہوئی آنکھوں میں ایک التجا، ایک خواہش، ایک آواز پنہاں تھی۔ اس کی بے نور آنکھیں تیزی سے گردش کرنے لگیں۔ چند منٹ ٹھہر کر اس لاش نے کمرے کے دروازے کی طرف دیکھا۔ ایسی بے چارگی جس کو میں بیان نہیں کر سکتا۔ نہ معلوم وہ کیا کہنا چاہتا تھا مگر قوت گویائی سلب ہو چکی تھی۔ ٹھنڈی ہوائیں اخروٹ کے درخت سے ٹکرا رہی تھیں۔ سائیں سائیں کا ایک مخصوص صوتی تاثر اور پتوں کے ٹکرانے کا شور گونج رہا تھا۔ لاش نے رخ موڑا اور اخروٹ کے درخت کے سائے میں چند سیکنڈ میں تحلیل ہوگئی۔ اپنے ہاتھوں کو میں نے ایک دوسرے سے بھینچا۔ آنکھیں ملیں مگر یہ خواب نہیں ہو سکتا تھا۔ میں دوڑ کر اخروٹ کے درخت کی جانب گیا مگر وہاں تو کچھ بھی نہ تھا۔

صبح اٹھ کر حسب معمول فرش کو جہاں خون پڑا ہوا تھا صاف کیا۔ اس سلسلے میں پولیس وغیرہ کو مطلع کرنا بے سود تھا۔ خواہ مخواہ پولیس کے اخراجات برداشت کرنے پڑتے۔ صبح سے شام تک دکان پر رہتا۔ دو ایک مرتبہ سامان لینے نوشہرہ بھی گیا مگر دستی چاچا کی دکان کو مقفل پایا۔ لوگوں سے دریافت کیا مگر کوئی مثبت پیش رفت نہ ہو سکی۔ دکان سے واپس ہوتا۔ شام ہو جاتی۔ ایک انجانے خوف سے طبیعت مضمحل ہو جاتی۔ رات کی تنہائیاں مجھے ڈسنے کو آ جاتیں اور وقت انتہائی کرب و بے چینی میں گزرتا۔ آخر کار نیند کی گولی کھا کر لیٹ جاتا مگر نیند کوسوں دور بھاگ جاتی۔ کروٹیں لے لے کر جسم تھک جاتا۔ تب جا کر بمشکل تھوڑی دیر نیند کی آغوش میں چلا جاتا۔

ایک دن بمشکل سویا کہ قدموں کی مخصوص دھمک نے اٹھا دیا۔ نہ جانے مجھے کیا سوجھا سیدھا صحن میں نکل آیا۔ وہی دلاور خان کی بے جان لاش اخروٹ کے درخت کے سائے سے نکل کر صحن میں آ چکی تھی۔ خون اُسی طرح چہرے اور بدن سے بہہ رہا تھا۔ لاش نے پہلے کی طرح چند قدم پرے کھڑے ہو کر میری طرف کچھ اشارہ کیا۔ میں مستقل اس کے چہرے پر نگاہیں مرکوز کیے ہوئے تھا۔ چہرے پر وہی بے نام سی اداسی، وہی بے بسی اور آنکھوں میں دکھ اور التجا۔ میں اس طرح دیکھ کر عجیب عجیب توہمات وشبہات میں غلطاں و پیچاں رہا۔ چند

لمحے اسی طرح گزر گئے۔ لاش غائب ہو چکی تھی۔ میں حیرانی سے صحن میں اخروٹ کے درخت کے نیچے کھڑا رہا مگر کسی نتیجے پر نہ پہنچ سکا۔

اب یہ آئے دن کا معمول بن گیا۔ مجھے بھی عادت پڑ گئی بلکہ اگر کوئی رات معمول کے خلاف گزر جاتی تو تمام دن ایک عجیب صورت حال کا شکار رہتا جیسے کسی قریبی عزیز نے آنے کا وعدہ کیا ہو مگر اس کے نہ آنے پر انتظار بے چین کر دیتا ہے۔ ایک رات مزید دلچسپ واقعہ ہوا کہ دلاور خان کی لاش اخروٹ کے درخت کے قریب جانے کے بجائے دروازے کی طرف چل پڑی۔ ظاہر ہے دروازہ اندر سے بند تھا۔ دروازے کے قریب جا کر لاش ایک دم غائب ہوگئی۔ میں نے آگے بڑھ کر کنڈی کھولی اور دروازے کو جونہی کھولا تو استعجاب میں غرق ہو گیا کہ لاش بغیر دروازہ کھلے باہر کھڑی تھی اور مجھے پیچھے آنے کا اشارہ کر کے چل پڑی۔ لامحالہ میں نے تعاقب میں قدم بڑھائے اور آگے بڑھتا چلا گیا۔ لاش آگے آگے اور میں پیچھے پیچھے! میں اسی پریشانی میں تھا کہ بند دروازے سے لاش باہر کیسے آگئی کہ قبرستان پہنچ گئے۔ دلاور خان کو جہاں سپرد خاک کیا تھا۔ وہاں لاش نے مڑ کر مجھے دیکھا اور پھر نظر نہ آئی۔ مجھے یقین ہو گیا کہ لاش قبر میں چلی گئی۔ اب جب بھی گھر میں لاش آتی تو مجھے قبرستان تک واپس میں ساتھ آنا پڑتا۔ برابر میں مرحومہ خانم کی قبر تھی۔ میں وہیں بیٹھ جاتا اور فجر کے وقت گھر واپس آجاتا۔

چند ماہ میں، میں ذہنی طور پر بالکل مفلوج ہو چکا تھا۔ ایک دن دکان پر بیٹھا تھا کہ چاچا دلاور کے ایک دوست جو بہت دین دار اور نمازی شخص تھے آ نکلے۔ محبت پیار سے پیش آئے۔ چاچا دلاور کا ذکر چل نکلا۔ مجھ سے رہا نہ گیا میں نے رو رو کر تمام بپتا ان کو سنائی۔ اس شخص نے نہایت اطمینان اور راز داری سے سنی اور سینے سے لگا کر دلاسہ دیا اور کہا کہ ان کی ایک بزرگ سے یاد اللہ ہے۔ وہ کسی دن ان کے پاس لے چلیں گے۔ میں زار و قطار روتا رہا۔ مدتوں بعد کوئی میرے زخموں پر مرہم رکھنے والا ملا تھا۔ دوسرے ہی دن وہ آ گئے اور مجھے لے کر پیدل ہی تین میل کا فاصلہ طے کر کے ان بزرگ کے پاس جا پہنچے جو ایک چھوٹی سی مسجد کے حجرے میں رہتے تھے۔ چہرے سے کبرسنی کی معصومیت ٹپکتی تھی۔ انہوں نے تمام روداد بہت تسلی سے سنی اور تبسم آمیز مسکراہٹ سے صرف یہ کہا کہ تم میرے ساتھ ہی رہا کرو۔ بیٹے دلاور خان کی روح

بہت بے چین ہے۔ ہم دونوں اللہ تعالیٰ سے اس کے لیے دعا کریں گے۔ میں وہیں زمین پر سونے لگا۔ روٹی وہ ساتھ پکاتے اور کھلاتے۔ یہاں رہنے سے مجھے کئی فائدے ہوئے جس کا مجھے چند دنوں میں واضح احساس ہوگیا۔ اول تو یہ کہ میں نماز پنجگانہ باجماعت ادا کرنے لگا۔ دوم، وہاں تقریباً ایک سال رہنے کے دوران مجھے کبھی دلاور خان کی لاش نظر نہ آئی۔ سوم یہ کہ ہر وقت دین و ایمان کی باتیں سن سن کر خدا تعالیٰ اور حضور صلی اللہ علیہ وسلم پر ایمان پختہ ہوگیا اور سب سے بڑی بات کہ مجھے سکون میسر آ گیا۔ میں رات کو آرام سے سونے لگا۔

ایک دن بعد ظہر مولوی صاحب نے مجھے بلایا اور فرمایا کہ انہیں کشف ہوا ہے کہ دستگیر خان بھی چین سے نہیں ہے۔ دلاور خان کی رقم وہ واپس کرنے کو بے چین ہے۔ ادھر دلاور خان کی روح کو سکون مل جائے گا اگر تم دستگیر خان کو تلاش کر کے اس سے رقم لے لو جو اس نے نوشہرہ کا کاروبار بند کر کے حاصل کر رکھی ہے۔ اسے اللہ کی راہ میں خیرات کر دو چونکہ اب اس کا کوئی وارث نہیں ہے۔ میں نے صاف کہہ دیا کہ حضرت صاحب! دستگیر خان کو تلاش کرنا میرے لیے ناممکن ہے تو وہ بولے۔ بھائی تمہارے لیے مشکل ہوسکتا ہے۔ اللہ کے نزدیک کوئی مشکل نہیں۔ میں اس کے لیے دعا کروں گا۔ پھر ایک آیت بتائی کہ اس آیت کو تین سو مرتبہ پڑھنے سے آسان ہو جائے گا۔ میں نے عرض کی کہ میں قرآن پڑھ نہیں سکتا کیونکہ میں قرآن شریف پڑھا ہوا نہیں ہوں۔ وہ خاموش ہوگئے اور ایک تعویذ لکھ کر دے دیا۔ ''دائیں بازو پر باندھ لو اور اب یہاں سے چلے جاؤ کامیاب ہو جاؤ گے پھر مجھے آ کر ملنا۔''

یہ کہہ کر شکورے نے گردن جھکالی اور آتش دان میں سلگتی ہوئی آگ کو ٹھیک کرنے لگا۔

میرے اصرار پر جب شکورے نے مہر سکوت توڑی تو آہستہ آہستہ کہنے لگا۔ ''صاحب جی، میں نے دو سال بڑی جدوجہد کی۔ نوشہرہ، بنوں، علاقہ غیر کا چپہ چپہ چھان مارا۔ آخر کار دو برس بعد ایک بستی میں چاچا دستی کو جالیا۔ مال کیا ملتا وہ تو سوکھ کر کانٹا ہو گیا تھا۔ زندگی موت کی کشمکش میں مبتلا تھا۔ اب سے کیا بدلہ لیتا۔ اب اس کے پاس تھا کیا۔ وہ شاید میرا منتظر تھا۔ ایسا معلوم ہو رہا تھا کہ اس کے سامنے کوئی چیز ہے جس سے متوحش ہے۔ دم توڑتے ہوئے دستگیر کے چہرے پر وحشت و کرب کے آثار تھے۔ اس نے دم توڑتے ہوئے مجھے دیکھا۔ ہونٹ ہلے تو صرف ''دلاور خان مجھے معاف کردو'' کہا اور ہونٹ بند ہوگئے۔ دوسرے لمحے آنکھیں

پتھرا گئیں اور نبضیں ڈوب گئیں۔

میرے دریافت کرنے پر اس نے بتایا کہ اس تمام عرصے میں یا اس کے بعد دلاور خان کی لاش پھر نظر نہ آئی۔ نہ کبھی خانم خواب میں نظر آئی۔ عبدالکریم سے رہا نہ گیا اور آخری سوال کر ہی ڈالا کہ تمہارے کاروبار کا کیا بنا؟ شکور ابولا:

''نامعلوم کہاں سے دلاور خان کے رشتہ دار آ گئے۔ میں جب واپس آیا تو مکان اور دکان ان کے قبضے میں تھی۔ اب میرا رشتہ ہی کیا رہ گیا تھا جو تھا نہ کچہری جاتا۔ ان بزرگ کو تلاش کیا مگر معلوم ہوا کہ وہ بھی فوت ہو چکے ہیں۔ میں نے اسی میں عافیت جانی کہ کسی دور دراز مقام پر چلا جاؤں۔ یہاں آ گیا۔ سولہ سال سے یہاں خدمت کر رہا ہوں اور اللہ اللہ کر کے اپنے گناہوں کی معافی مانگتا رہتا ہوں۔''

# پنجم

# وہ کون تھی؟

شاہ جی ستر بہتر کے پیٹے میں ہوں گے۔ میری ان کی گاڑھی چھنتی تھی۔ جب میں لاہور جاتا، ان سے ضرور ملاقات ہوتی۔ ان کا ملتان آنا شاذ ہی ہوتا۔ اس وقت بھی ان کی صحت قابل رشک تھی۔ ان کو باغ و بہار شخصیت کو دیکھ کر اندازہ ہوتا تھا کہ جوانی میں کیسے ہوں گے۔ اس پیرانہ سالی میں انہیں فارسی اردو کے ہزاروں اشعار یاد تھے۔ یہی ہم دونوں میں قدر مشترک تھی۔ انہوں نے اپنی زندگی کا یہ پرسوز واقعہ سن انیس سو تہتر یا چوہتر میں سنایا تھا جو میں نے ڈائری میں لکھ لیا تھا۔ آٹھ دس برس قبل وہ اس دنیا سے رخصت ہو گئے۔ جب زندگی کی کتاب الٹتا پلٹتا ہوں تو یہ اوراق بھی سامنے آ جاتے ہیں۔ انہی کی زبانی یہ داستان سن لیجئے اور سوچیئے کہ وہ کون تھی؟ حسین شاہ کا بیان ہے:

''میرے والد ریلوے میں گارڈ تھے۔ 1915ء میں جب میں نے بی اے پاس کیا،

اسی برس وہ انتقال کر گئے۔ ان کا ایک ہندو دوست ہری چند یا ہریش چند تھا جو ریلوے ہیڈ کوارٹرز میں ایک بڑا افسر تھا۔ ایک دن وہ مجھے اپنے ساتھ انگریز چیف آپریٹنگ سپرنٹنڈنٹ کے دفتر لے گیا۔ اس انگریز افسر نے مجھے ایک مرحوم ریلوے ملازم کا بیٹا ہونے کے ناطے بطور گارڈ بھرتی کر لیا۔ چھ ماہ کی ٹریننگ ختم ہوئی تو کچھ دنوں بعد روہڑی میں تعیناتی کے آرڈر مل گئے۔

ملازمت گھر سے بہت دور تھی مگر تنخواہ اس وقت کے حساب سے باسٹھ روپے بہت معقول تھی۔ میں ٹرین میں سوار ہو کر اگلے دن شام کے دھندلکے سے قبل روہڑی پہنچ گیا۔ اسٹیشن ماسٹر سے ملا جس نے مجھے ایک قلی کے سپرد کر دیا کہ فرسٹ کلاس ویٹنگ روم میں لے جاؤ، یہ نئے گارڈ صاحب آئے ہیں۔ قلی نے بستر اُٹھاتے ہوئے میرے کوائف دریافت کیے تو میں نے اسے بتایا کہ جڑانوالہ کا رہنے والا ہوں تو وہ مجھ سے لپٹ گیا کہ وہ کمالیہ کا رہنے والا ہے۔

روہڑی کا ویٹنگ روم ایک پہاڑی پر تھا اور ریٹائرنگ روم بھی وہیں تھا۔ اس نے ویٹنگ روم میں بستر بچھا دیا۔ وہیں میرا بکس رکھ دیا۔ میں کچھ کھا پی کر سو گیا۔ پنکھا چل رہا تھا۔ نہ معلوم کس وقت میری آنکھ کھلی تو کمرے میں کسی موجودگی کا احساس ہوا۔ انجنوں کی شنٹنگ اور گھڑ گھڑاہٹ بدستور سنائی دے رہی تھی۔ گھڑی دیکھی تو دو بج رہے تھے۔ بمشکل دوبارہ آنکھ لگی مگر کچھ دیر بعد اسی احساس کے ساتھ آنکھ کھل گئی کہ کمرے میں کوئی موجود ہے۔ اٹھ کر دروازہ دیکھا جو پوری طرح بند تھا۔ لیمپ کی بتی اونچی کی، دیکھا بھالا تو کچھ بھی نہ تھا۔ اسی تگ ودو میں صبح ہو گئی۔

میں نے دفتر جا کر ڈیوٹی شیڈول لیا اور سب سے علیک سلیک ہوئی۔ اس دن ہنسی لال نے بھی ڈیوٹی جائن کی۔ وہ منٹگمری سے آیا تھا۔ ہم دونوں کو دیارِ غیر میں جان کر اسٹیشن ماسٹر نے ویٹنگ روم میں اس شرط پر رہنے کی اجازت دے دی کہ اگر کوئی گورا افسر آئے تو ہم فوراً ریٹائرنگ روم میں چلے جائیں گے۔ ویسے بھی ہمارا موومنٹ شیڈول ایسا تھا کہ ایک وقت میں دونوں میں سے ایک ہی گارڈ ویٹنگ روم میں رہتا۔

چند روز بعد ایک رات میں تنہا بیٹھا لیمپ کی روشنی میں کوئی کتاب پڑھ رہا تھا کہ

دروازے کی جالی کے قریب مجھے آہٹ محسوس ہوئی۔جن لوگوں نے روہڑی کے ویٹنگ روم دیکھے ہیں، وہ اندازہ لگا سکتے ہیں کہ وہ اس قدر بلندی پر ہونے کی وجہ سے لوگوں کی آمدورفت اور چہل پہل سے محروم ہیں۔خدا جھوٹ نہ بلوائے،اس زمانے میں تو ایک مہینے میں بھی کوئی افسر ادھر نہ آتا تھا۔ ہاں، کبھی کبھار کوئی گورا آجاتا تو اس رات ہمیں مشکل پڑجاتی تھی۔ بہرحال دروازے میں کسی کی موجودگی کے احساس نے کتاب سے دھیان ہٹا دیا اور میں کنکھیوں سے دروازے کی طرف دیکھتا رہا۔آخر تنگ آکر لیمپ کی بتی دھیمی کردی اور لیٹ گیا۔ابھی سوبھی نہ سکا تھا کہ دیکھا ''وہ'' میرے پاس کھڑی ہے۔وہ اس قدر دھیمے پاؤں چل کر آئی کہ مجھے اس وقت دکھائی دی جب وہ پلنگ کے قریب پہنچ چکی تھی۔ میں اس خلجان میں مبتلا تھا کہ دروازے کی تو کنڈی لگی ہوئی ہے، یہ اندر کیسے آئی۔میں نے اس کی جانب دیکھا،تو وہ لگاتار دل فریب انداز میں دیکھے جارہی تھی۔ میرا دل اسے اپنے سامنے اس طرح دیکھ کر دھک دھک کررہا تھا۔ ہمت نہ ہوئی کہ پلنگ سے نیچے قدم بھی رکھ سکوں۔

آخر کار وہ مجھے اسی کیفیت میں چھوڑ کر دروازے کی جانب بڑھی اور آہستہ سے پٹ کھول کر غائب ہوگئی۔ میں نے لیمپ کی بتی اونچی کی اور اپنی قوتوں کو مجتمع کیا۔دروازہ جا کر دیکھا تو اس کی کنڈی جوں کی توں تھی جیسے میں نے سونے سے پہلے لگائی تھی۔ میں نے تسلی کے لیے ہاتھ لگا کر دیکھا تو واقعی دروازہ اندر سے قطعی بند تھا۔یا مظہر العجائب! میں نے خواب دیکھا؟ یہ کیا اسرار تھا؟ کچھ سمجھ میں نہیں آیا۔لیمپ کی بتی پھر نیچے کی۔ نیند نہ آئی تو تمام رات کتاب پڑھ کر گزار دی۔ اگلی صبح جب کمرے کی صفائی کرنے والا آیا تو اسے میں نے سارا واقعہ سنایا۔اس نے قطعاً لاعلمی کا اظہار کیا اور اسے میرا وہم بتایا۔ میں نے دفتر میں یہ واقعہ کسی کو نہیں بتایا۔

اب تو روزمرہ کا یہ معمول ہوگیا۔میں نے صالحہ (میری منگیتر) کے لیے جس قدر شعر یاد کیے تھے، وہ اکیلے کمرے میں اکثر چلتے پھرتے گنگناتا رہتا تھا، وہ عموماً سنتی رہتی۔درحقیقت وہ بہت معصوم اور بے ضرر معلوم ہوتی تھی۔رات کے وقت ایک مرتبہ ضرور میرے کمرے کا چکر لگاتی۔کہاں سے آتی ، کیسے آتی ،اب یہ مسئلہ میرے سوچنے کا نہیں تھا۔وہ آتی اور چپکے سے میرے سامنے بیٹھ جاتی اور میں اسے شعر اور بعض اوقات اخبار پڑھ کر سناتا رہتا۔وہ سب کچھ

بغور سنتی۔اس کی آنکھوں میں شرارت بھری ہوتی۔ایسی چمک دار آنکھیں میں نے پہلے کبھی کسی کی نہیں دیکھی تھی۔ایک دن بڑے پیار سے اسے کوئی شعر سنایا تو وہ مسکرادی۔

بنسی لال بے چارہ سیدھا سادا انسان تھا۔اسے شعروادب سے دلچسپی تھی نہ دلبران آہوچشم کے رمزیہ وکنایہ سے التفات۔آٹھ دس دن میں کبھی ایک آدھ بار ہی اس سے ملاقات ہوتی اور وہ دفتر کے بابوؤں کی شکایتوں اور افسروں کے گلے شکووں تک محدود رہتی۔ والدہ صاحبہ کے خط آتے۔جوابی خط نہ لکھنے کی شکایت اور صالحہ کا سلام بھی لکھا ہوتا مگر اب مجھے فرصت نہ ملتی۔کچھ اس دل فریب کے چکر میں ایسا پھنسا ہوا تھا کہ نوکری کے بعد کمرے میں آتا اور وہ نہ آتی تو دل الجھا الجھا سا رہتا اور جب وہ آتی تو بھی گفتگو یک طرفہ ہی رہتی۔

ایک سرد رات تھی۔خان پور کے اسٹیشن سے مال گاڑی روہڑی کے لیے آرہی تھی۔ میں گارڈ کے ڈبے میں لیمپ کی دھندلی روشنی میں جلدی جلدی رجسٹروں کی تکمیل میں مصروف تھا۔بس چند لمحوں میں روہڑی کا سٹیشن آیا ہی چاہتا تھا۔انجن کے یکا یک بریک لگنے کا احساس ہوا۔میں نے کیبن سے جھانک کر دیکھا کہ گاڑی گھسٹتی ہوئی آؤٹر سگنل کے باہر رک گئی۔ خاصی دیر سگنل نہ ہوا تو باہر نکل کر جائزہ لیا مگر وجہ معلوم نہ ہوسکی۔پھر گاڑی کھسکی تو میں کیبن میں واپس آ گیا۔دیکھا تو لکڑی کے سرکاری صندوق کے اوپر وہ بیٹھی ہوئی تھی۔دل دھک سے رہ گیا۔کوئی اس وقت مجھے دیکھتا تو یہی کہتا کہ بلی دیکھ کر اس کا رنگ فق ہوگیا۔بخدا وہ بلی تھی۔ سفید سفید، لمبے لمبے بالوں اور گہری نشیلی آنکھوں والی۔میں نے جیسے ہی ''جانو'' کہا وہ تو وہ مسکرا دی جیسے کہہ رہی ہو کہ اکیلے اکیلے سیر کرتے پھرتے ہو!

پٹڑیوں کی کھٹا کھٹ شروع ہوچکی تھی۔ پلیٹ فارم پر مٹی کے تیل کے لیمپوں اور لالٹینوں کی ٹمٹماتی ہوئی روشنیوں میں انسانوں کے دھبے سے نظر آنے لگے تھے۔جلدی جلدی رجسٹر بند کیے اور جیسے ہی ان کو صندوقوں میں رکھنے کے لیے آگے بڑھا، وہ ایک انداز دلبرائی سے اٹھی اور کموڈ کے اوپر جا بیٹھی۔ مجھے معلوم تھا کہ اس قربت کے باوجود اس کو پکڑ نہ سکوں گا لہٰذا باتیں کرنے لگا۔وہ سنتی رہی۔ پلیٹ فارم پر گاڑی رکتے ہی وہ اتر کر باہر نکل گئی۔میری نظریں لالٹینوں اور لیمپوں کے ملگجے اجالوں میں اس کا تعاقب کرتی رہ گئیں۔

پانچویں دن پھر خان پور سے آتے ہوئے بالکل وہی واقعہ پیش آیا۔سگنل کے باہر

گاڑی رکی۔ وہ دبے پاؤں چلتی ہوئی میرے کیبن میں آ گئی اور بے تکلفی سے صندوق پر بیٹھ گئی۔ حسب معمول میں رجسٹروں پر جھکا ہوا کام کر رہا تھا۔ نظریں اٹھا کر جو دیکھا تو دیکھتا ہی رہ گیا۔ ایک نہایت حسین و جمیل دوشیزہ... دراز قد، سفید ساڑھی، کھلے بال، تیکھے نقوش۔ بیٹھی مسکرا رہی تھی۔ میں نے اسے دیکھتے ہی کوئی شعر پڑھا جو اب یاد نہیں۔ اس پر اس نے ایک نقرئی قہقہہ لگایا، دل فریب انداز سے اٹھی اور دروازے تک پہنچ گئی۔ میں نے خود کو بمشکل سنبھالا۔ قریب تھا کہ اس کو پکڑ لوں مگر گاڑی یارڈ میں داخل ہو چکی تھی۔ وہ چلتی گاڑی سے اتر چکی تھی۔

وہ رات قیامت کی رات تھی۔ جسم تو بے شک پلنگ پر تھا، لیکن دماغ اور دل وہاں نہیں تھے۔ جب میں بی۔اے میں داخلے کے لیے لاہور گیا تو خالہ کے گھر گوال منڈی میں ٹھہرا تھا۔ خالو کی وفات کے بعد خالہ کی کل کائنات صالحہ تھی۔ ماں بیٹی دونوں کمر بند بنا بنا کر گھر کا خرچ چلاتی تھیں۔ صالحہ ایک قبول صورت لڑکی تھی اور میرے کمرے کی انچارج بھی۔ میرا ناشتا، کھانا، کپڑے دھونا اور رکھنا سب اس کے ذمے تھا۔ سارے گھر کا کام کاج اور باقی ماندہ وقت کمر بند بنانا اس کی اضافی ڈیوٹی تھی۔ اس خاموش گھر میں میری موجودگی سے گہرا سکوت آہستہ آہستہ ٹوٹنے لگا تھا۔ پھر مجھے محسوس ہونے لگا کہ صالحہ کے لیے میرا دل دھڑکنے لگا ہے۔ میری والدہ جب خالہ سے ملنے لاہور آئیں تو چپکے سے میرا رشتہ صالحہ سے پکا کر گئیں۔ اب صالحہ مجھ سے پردہ کرنے لگی۔

میری نوکری کا سلسلہ چل نکلا تو میں روہڑی کی نامانوس مٹی سے مانوس ہونے کی کوششوں میں مبتلا ہو کر رہ گیا جس نے مجھے اپنے حصار میں لے لیا اور یہاں پر اسرار ملاقاتیں بڑھتی چلی گئیں۔ مگر ایک دن اچانک والدہ کے خط نے مجھے جھنجھوڑ کے رکھ دیا۔ یہ خط مجھے اسٹیشن ماسٹر کے توسط سے ملا تو معلوم ہوا کہ وہ برابر خط لکھتی رہیں جو مجھے نہ ملتے تھے، لہٰذا تنگ آ کر وہ خط اسٹیشن ماسٹر کی معرفت تحریر کیا گیا۔ اس میں لکھا تھا کہ بارہ فروری کو تمہاری شادی صالحہ سے ہو رہی ہے اور چند روز کی چھٹیاں لے کر آ جاؤ۔ یہ جنوری کے آخری دن تھے۔ حسب الحکم اگلے دن چھٹی کی درخواست بھجوا دی اور ڈیوٹی پر چلا گیا۔ رات کے وقت جب کمرے میں واپس آیا تو ایک مخصوص مہک ''اس'' کے آنے کا احساس دلا رہی تھی۔ پھر آہستگی سے دروازہ

کھلا اور سرد ہوا کا ایک جھونکا اندر آیا۔ دروازے کے قریب کاغذ کا ایک ٹکڑا نظر آیا جو مجھے یقین تھا کہ میرے داخل ہوتے وقت وہاں نہیں تھا۔ جلدی سے اٹھا کر لیمپ کی روشنی میں پڑھا۔ عبارت کچھ اس قسم کی تھی: ''مجھے سب معلوم ہے۔ تم شادی ہرگز نہ کرنا ورنہ پریشان رہو گے۔ تم یہاں سے مت جانا...'' وغیرہ وغیرہ۔

تین دن اسی تردد میں گزر گئے۔ بنسی لال کو میں نے سب باتیں بتا کر مشورہ مانگا تو اس نے یہی کہا یہ سب وہم ہے تم شادی کر لو اور بھاوج کو جب لاؤ تو سکھر میں کوئی مکان لے لینا اور آرام سے رہنا۔ یہ کمرہ چھوڑ دینا تا کہ وہ نظر نہ آئے۔ فروری کے شروع میں جڑانوالہ پہنچا، پھر لاہور آیا اور شادی ہوگئی۔ پندرہ بیس دن آرام سے رہا۔ اسی اثناء میں بنسی لال کا خط آیا کہ اس نے دو روپے ماہوار پر ایک مکان کرایہ پر لے لیا ہے جو سکھر اسٹیشن کے قریب ہے۔ جب تم آؤ گے، میں روہڑی اسٹیشن پر ملوں گا۔

صالحہ کو لے کر میں روہڑی پہنچا تو بنسی لال حسب وعدہ مل گیا اور سکھر میرے ساتھ گیا۔ یہ ایک کمرے کا مکان تھا۔ اس نے صفائی کرا دی تھی۔ میرا بکس، بستر، دو چارپائیاں اور ضروری سامان لے کر اس نے ڈال دیا تھا۔ میں اور صالحہ ہنسی خوشی رہنے لگے۔ کچھ دنوں کے بعد ایک عجیب واقعہ پیش آیا۔ میں دو روز کی ڈیوٹی سے واپس آیا تو بہت دیر تک دروازہ کھٹکھٹانے کے بعد صالحہ نے دروازہ کھولا۔ وہ بخار سے تپ رہی تھی اور چادر میں لپٹی ہوئی تھی۔ اس سے بولا بھی نہیں جا رہا تھا۔ بہت تسلی دلاسے کے بعد اس نے بتایا کہ گزشتہ صبح جب وہ بیت الخلاء سے واپس آئی تو اس کے کمبل پر ایک سفید بلی بیٹھی تھی جو اسے گھور گھور کر دیکھتی رہی۔ صالحہ طبعاً بہادر تھی، اس کو مارنے کے لیے جو بڑھی تو بلی نے اس پر حملہ کر دیا۔ تمام قمیض پھاڑ دی۔ بلی نے اس کو بے حال کر دیا۔ قسمت سے دودھ والی آ گئی، اس نے بلی کو بھگایا ورنہ معلوم نہیں کیا ہو جاتا۔ میرا ماتھا تو پہلے ہی ٹھنکا تھا مگر میرے پاس سوائے اسے تسلی دینے کے کچھ نہ تھا۔ ڈسپنسری سے مرہم پٹی کرا دی اور دوائی لا دی۔ دو تین دن میں وہ ٹھیک ہوگئی۔ اب جب میں ڈیوٹی پر جاتا تو وہ پڑوسن کی لڑکی کو بلا کر اپنے ساتھ رکھنے لگی۔

ایک رات جب میں گھر آیا تو صالحہ پر پھر دورہ پڑا ہوا تھا۔ اس کی حالت بہت خراب تھی۔ سر کے بال کھلے تھے۔ پڑوسن کی لڑکی اپنی ماں کو بلا لائی تھی۔ مجھے دیکھ کر پڑوسن سچ مچ رو

پڑی اور بولی بھائی دوروز سے صالحہ کا یہی حال ہے۔ کچھ کھایا نہ پیا۔ روئے جاتی ہے۔ میں نے ان کو تو رخصت کر دیا اور صالحہ کی دل جوئی کرنے لگا۔ پھر اسے دودھ وغیرہ پلا کر سلا دیا۔ صبح میں نے ناشتا تیار کر لیا، تب اسے اٹھایا۔ وہ بہت کمزور اور پیلی ہوگئی تھی۔ بہرحال کے کچھ طبیعت سنبھلی تو اس نے بتایا کہ پرسوں آپ کے جانے کے بعد بلی پھر آئی تھی۔ اس کے دیکھتے ہی دیکھتے وہ سائز میں کتے کے برابر ہوگئی۔ پھر اس بلی کی آنکھیں کبوتر کے انڈے کے برابر ہوگئیں۔

خوش قسمتی سے اسی دن خالہ لاہور سے آگئیں۔ میری جان میں جان آئی۔ میں صالحہ کو ساتھ لے کر ریلوے کے اسپتال گیا اور دوائی لے کر دی۔ اس طرح خالہ کی موجودگی میں اسے آرام کا موقع بھی مل گیا، لیکن اس کی قوت گویائی ختم ہوچکی تھی۔ اب میں تھا اور ڈاکٹروں حکیموں کے چکر۔ سکھر میں مشہور ڈاکٹر کھنہ سے علاج کرایا اور حکیموں کا معالجہ بھی مگر بے سود۔ صالحہ سوکھتی چلی گئی اور پھر چلنے پھرنے سے اس قدر معذور ہوئی کہ بمشکل اسے حوائج ضروری کے لیے لے جایا جاتا۔ میں خود کو اس کا مجرم سمجھنے لگا تھا۔ تین مہینے اس مکان میں اسی طرح گزر گئے۔

مئی کا مہینہ تھا۔ گرم راتوں میں ویسے ہی نیند نہیں آتی۔ صحن میں صالحہ اور خالہ کے پلنگ تھے۔ اس دن بنسی لال بھی آگیا۔ ہم دونوں نے چارپائیاں دروازے کے باہر سڑک کے کنارے ڈال لیں۔ معلوم نہیں کس وقت آنکھ کھلی کہ خالہ کی آواز نے چونکا دیا۔ اندر گیا تو معلوم ہوا کہ صالحہ چارپائی پر نہیں۔ کمرے وغیرہ میں دیکھا۔ دروازہ کھلا تھا جو خالہ نے اندر سے بند کر رکھا تھا۔ میں دروازے کی طرف بھاگا۔ مکان کے سامنے دور دور تک کچھ بھی نہ تھا۔ پچھلی جانب ریل کی پٹریاں تھیں۔ میرے ساتھ بنسی لال بھی تیز تیز چل رہا تھا۔ چاندنی رات میں صرف پٹری چمک رہی تھی۔ تھوڑی دور مجھے کچھ پڑا نظر آیا۔ کیا دیکھتا ہوں کہ صالحہ کا مردہ جسم پڑا ہے۔ گھر اٹھا کر لایا۔ دیکھا تو جسم جگہ جگہ سے نچا ہوا تھا جیسے کسی درندے نے اسے نوچ ڈالا ہو۔ بنسی لال نے میرے کندھے پر ہاتھ رکھ کر حوصلہ دیا۔ جیسے وہ سب کچھ سمجھ گیا ہو۔ خالہ بے حال ہوگئیں۔ قصہ کوتاہ، سب سامان چھوڑ کر روہڑی سے لاہور چلا آیا۔ صالحہ کو سکھر کی مٹی میں دفنا دیا۔ نوکری سے استعفا دے دیا۔ مدت بعد دوسری شادی کر لی۔ اب پوتے

پوتیاں ہیں۔ جب کبھی یہ واقعات یاد آ جاتے ہیں تو دل بیٹھ جاتا ہے... اور سوچتا ہوں کہ وہ کون تھی؟

[روایت: حسین شاہ (مرحوم)]

## ششم
## سونے کی ڈلیاں

نیاز احمد خان کی ایسی جاذب نظر شخصیت تھی جو آسانی سے فراموش نہیں کی جا سکتی تھی۔ دسمبر 1947ء میں بہاولپور کے محلّہ عام خاص میں کہیں رہتے تھے۔ آتے جاتے دن میں ایک آدھ مرتبہ سلام دعا ہو جاتی۔ پھر اچانک نظر آنا بند ہو گئے۔ بات آئی گئی ہو گئی۔ میں بسلسلہ تعلیم 1951ء میں کراچی چلا گیا اور ڈاؤ میڈیکل کالج میں میرا داخلہ ہو گیا۔ ایک دن سول ہسپتال کراچی میں نیاز احمد خان سے مڈ بھیڑ ہو گئی۔ پھر کیا تھا گلے سے ہی نہیں لگایا بلکہ خوب کلیجے سے چمٹایا جیسے صدیوں کے بعد بچھڑے ملے ہیں۔ حال احوال پوچھا جب انہیں یہ معلوم ہوا کہ میں نے میڈیکل کالج میں داخلہ لے رکھا ہے تو بہت خوش ہوئے۔ کیونکہ اس زمانے میں شاذ ہی میڈیکل میں لڑکوں کو داخلہ ملتا تھا۔ وہ میرے ساتھ پاکستان چوک میں مٹھارام ہاسٹل آئے جہاں میں رہتا تھا پھر اپنے گھر کا پتہ لکھ کر دیا۔ چلتے ہوئے بہت اصرار کیا کہ میں ان کے گھر ضرور آؤں۔

اس زمانے میں ہفتہ وار تعطیل اتوار کو ہوا کرتی تھی۔ اس دن شام کو میس (طعام گاہ) بند ہوتا تھا۔ ہم لوگ بالعموم اتوار کی شام کسی جان پہچان والے کے ہاں چلے جاتے۔ مل بھی لیتے اور کچھ کھا پی لیتے۔ اگلے اتوار کی شام کو نیاز احمد خان کا پتہ لے کر جمشید روڈ کی بس پر سوار ہو گئے۔ عامل کالونی نمبر دو میں کوٹھی کا نمبر ڈھونڈ لیا۔ اس زمانے میں کراچی کا یہ بہترین علاقہ تھا۔ یہ ایک بہت عالی شان کوٹھی تھی۔ گھنٹی کے بٹن پر انگلی رکھ کر دبایا۔ قدرے توقف کے بعد

ایک خوش شکل سرخی پاؤڈر سے آراستہ، درمیانہ قد گٹھے ہوئے جسم کی لڑکی نے دروازہ کھولا۔ میں نے جب اپنا نام بتایا تو اس نے اشارے سے اندر بلالیا۔ دوسری گھڑی ایک فلک شگاف نعرہ سنائی دیا ''یار ڈاکٹر اندر آجاؤ۔'' سامنے نفیس ڈرائنگ روم میں نیاز احمد خان مع ان محترمہ کے دیدہ دل فرش راہ کیے نظر آئے۔ یاد نہیں انہوں نے اس لڑکی کو کیا کہہ کر بلایا۔ بہرحال جلد ہی معلوم ہوگیا کہ وہ ان کی بیوی تھیں۔ عمر کا یہ تفاوت دیکھ کر میں حیران رہ گیا۔ اس کے بعد تقریباً ہر اتوار کی شام وہاں گزرنے لگی۔ ہمیں تو اتوار کی شام باہر گزارنے کی عادت ہوگئی تھی۔ رات گئے تک نیاز احمد خان سے جملہ امور پر تبادلہ خیال ہوتا رہتا اور واپسی میں میاں بیوی مجھے ہاسٹل پہنچا دیتے مگر کبھی میں نے یا انہوں نے خانگی امور پر گفتگو نہیں کی۔ گو مجھے یہ بات کھٹکتی رہی کہ گھر میں کوئی اور شخص نہیں ہے۔ ایک دن وہ کار میں ہاسٹل آگئے۔ بیگم بھی ساتھ تھیں۔ بولے کہ کل شام کا کھانا ان کے ساتھ کھانا ہے کیونکہ رات کو ان کا بیٹا لندن سے آرہا ہے۔ اس زمانے میں لندن ایسا نہیں تھا جیسا آج کل ہے کہ ہر نتھو پتھو لندن جارہا ہے۔ صرف بڑے آدمی ہی لندن جاتے تھے اور یہ بھی اعزاز تھا کہ کسی لندن پلٹ آدمی سے گفتگو کی جائے۔ اگلے دن شام کو ان کے بیٹے محمود خان سے ملاقات ہوئی۔ یہ چوبیس پچیس سال کا نوجوان تھا اور لندن میں کسی شپنگ کمپنی میں ملازم تھا اور وہیں کسی انگریز لڑکی سے شادی کر رکھی تھی جو اس کے ہمراہ لندن میں رہتی تھی۔ کھانے کے بعد رات گئے تک خوش گوار نشست رہی۔ اگلے چند ہفتے میں ان کے گھر قصداً نہ گیا۔

پندرہ بیس دن کے بعد جو ان کے مکان پر گیا تو اندر سے زور زور سے بولنے کی آوازیں آرہی تھیں۔ جیسے جھگڑا ہو رہا ہو۔ میں چونکہ اب تک بغیر اطلاع اندر چلے جانے کا عادی ہو چکا تھا لہٰذا اندر چلا گیا۔ محمود احمد ایک صوفہ پر بیٹھے تھے۔ سامنے والے صوفہ پر نیاز احمد خان اور ان کی بیوی بیٹھی تھیں۔ ان کے درمیان قالین پر ایک نوجوان اٹھارہ انیس سال کا پتلون کی جیبوں میں ہاتھ ڈالے ٹہل رہا تھا۔ نیاز احمد نے رندھی ہوئی آواز میں میرا استقبال کیا۔ میں بھی یہ کیفیت دیکھ کر چپکا بیٹھ گیا۔ درحقیقت مجھے اس وقت یہاں آنے میں کوفت محسوس ہو رہی تھی۔ محمود احمد اور بیگم صاحبہ اٹھ کر اندر چلے گئے۔ نیاز احمد خان نے نوجوان سے یہ کہہ کر میرا تعارف کرایا کہ یہ ان کا چھوٹا بیٹا وقار احمد خان ہے جو آکسفورڈ میں تعلیم حاصل کر

رہا ہے۔

یہ لڑکا باپ کی طرح ہنس مکھ اور ملنسار ثابت ہوا۔ پہلی ہی ملاقات میں شاید ہم عمر ہونے کی وجہ سے دوستی ہوگئی۔ اس کے بعد جب بھی وہ کراچی آیا مجھے ہاسٹل میں خود ملنے آتا۔ اس کی زبانی بہت سی باتیں معلوم ہوئیں کہ وہ سب تین بھائی اور ایک بہن ہیں۔ بہن کا نام خالدہ ہے اور وہ لالوکھیت میں رہتی ہے اور بڑے نامساعد حالات کا شکار ہے۔ اس نے ایک شخص سے جو کبھی ان کے گھر میں ڈرائیور تھا شادی کر لی تھی۔ اب والدہ کا شوہر بس کا ڈرائیور ہے اور بیوی کو مارتا پیٹتا ہے۔ ان سے چھوٹا ایک اور بھائی اقرار احمد خان ہے جو کراچی میں ہی کانوؤنٹ اسکول میں پڑھتا ہے اور وہیں ہاسٹل میں رہتا ہے اور یہ بھی بتا دیا کہ گھر میں جو محترمہ ہیں وہ ان کے ابا کی چوتھی بیوی ہیں۔

نیاز احمد خان کا دستور تھا کہ وہ تیسرے چوتھے روز مٹھارام ہاسٹل میرے پاس اپنی سیاہ فورڈ کار میں آتے اور ہاسٹل کے چوبی فرش پر شان بے نیازی سے چلتے ہوئے میرے دروازے پر اپنے پائپ سے دو مرتبہ کھٹ کھٹ کرتے اور دروازہ کھول کر اپنے فیلٹ کو ذرا اونچا کر کے سلام کرتے ہوئے کمرے میں داخل ہو جاتے۔ میں پھر یہ تمام شام ان کے نام لکھ دیتا۔ صدر بازار میں زیلن کافی ہاؤس میں بیٹھنے کے رسیا تھے۔ کافی ہاؤس کے بیرے انہیں دیکھ کر فوراً کرسی پیچھے کھینچ کر انہیں بٹھاتے اور احترام سے آرڈر کا انتظار کرتے کیونکہ وہ ڈیڑھ روپے کی کافی پی کر پانچ روپیہ دے دیتے اور کہتے باقی تیری ٹپ ہے۔ اس زمانے میں دو چار آنے سے زیادہ ٹپ کوئی نہیں دیتا تھا۔ کبھی کبھار کوئی اچھی انگریزی فلم لگتی تو ضرور دیکھنے جاتے۔ اس طرح ہم ایک دوسرے کے قریب ہوتے چلے گئے۔ اس قربت کے باوجود نیاز احمد خان کی زندگی میرے لیے ایک معمہ تھی۔ ان کا رہن سہن، بیگم نیاز کے اچھے اخراجات اس پر متضاد یہ کہ آمدنی کا ظاہراً کوئی ذریعہ نظر نہ آتا تھا نہ کوئی ملازمت تھی نہ کاروبار۔ مدتوں میں نے ان کی فیملی یا ذرائع آمدنی کے بارے میں کوئی سوال نہ کیا۔ نہ بھلے انسان نے اپنی فراست طبع سے کسی بات کا اظہار کیا۔ مجھے یاد نہیں نہ معلوم کس موضوع پر بات ہو رہی تھی کہ میرے منہ سے نکل گیا کہ خان صاحب آپ دو تو آدمی ہیں، اتنی بڑی کوٹھی ہے اوپر کا حصہ آپ کرائے پر کیوں نہیں دے دیتے۔ تو بولے لاحول ولاقوۃ...اب نیاز احمد خان کرایہ داروں کے نیچے لگے

گا اور ایک فلک شگاف قہقہہ لگایا۔

ایک سرد شام تھی۔ میں اب فورتھ ائیر میڈیکل کا امتحان دے چکا تھا۔حسب معمول جمشید روڈ گیا۔بیگم نیاز کہیں گئی ہوئی تھیں۔ہم دونوں مرصع ڈرائنگ روم میں انتہائی بیش قیمت انگلش کافی سیٹ میں کافی پی رہے تھے کہ انہوں نے خود ہی ذکر چھیڑا۔''یار ڈاکٹر آج تمہیں اپنی زندگی کا راز دار بناتا ہوں جو میری بیوی اور بچوں میں کسی کو معلوم نہیں۔مگر تمہیں قسم ہے کہ کسی کو نہ بتانا۔کم از کم میرے جیتے جی کسی پر ظاہر نہ کرنا اور پہلو بدل کر یہ داستان حیرت انگیز سنائی:

''میں ایک انتہائی غریب مفلوک الحال گھرانے میں پیدا ہوا تھا۔دریا آباد جہاں کے عبدالماجد دریابادی مشہور ہیں۔بڑا دینی ماحول تھا۔کوئی بچہ ہمارے گھرانوں میں ایسا نہ تھا جو قرآن کا حافظ نہ ہو۔میں نے بھی قرآن حفظ کیا تھا۔پھر ساتویں کلاس تک پڑھا۔سولہ برس کی عمر میں ماں باپ دونوں ہی اللہ کو پیارے ہوگئے۔تب معلوم ہوا کہ گھر بھی اپنا نہ تھا۔تب میں اپنی ایک رشتہ کی خالہ کے پاس جو قصبہ چار باغ لکھنؤ کے نواح میں رہتی تھیں چلا آیا۔یہاں سے لکھنؤ چار پانچ میل تھا۔خالہ روٹی تو دے دیتی تھی مگر تمام دن گالیاں کوسنے دیتی تھی۔میرا نام نیاز نکھٹو رکھا ہوا تھا۔تب میں نے یہ طریقہ استعمال کیا کہ رات گئے گھر میں گھستا اور منہ اندھیرے لکھنؤ کی طرف چل دیتا۔راستے میں ایک کنویں پر منہ دھوتا۔کبھی کبھی کپڑے بھی دھو لیتا۔تمام دن امین آباد قیصر گنج کی سڑکوں کی خاک چھانتا۔کبھی تپتی دھوپ میں بیلی گارد کے درختوں کے نیچے آرام کر لیتا۔دو چار آنے مزدوری مل جاتی تو روٹی کھا لیتا ورنہ اللہ اللہ کرتا۔ واپس چار بجے آجاتا۔

جس بھڑ بھونجے کے تنور سے روٹی کھاتا تھا وہ سرکاری دفاتر کے قریب تھا۔وہاں ایک بھلا مانس بھی آتا تھا۔آہستہ آہستہ دعا سلام ہوگئی۔یہ غالباً ۱۹۲۱ء کا ذکر ہے۔اس زمانے میں مڈل تک تعلیم اچھی خاصی ہوتی تھی۔میں نے جب اسے اپنا سب دکھڑا سنایا تو وہ بہت پریشان ہوگیا۔دوسرے دن وہ مجھے اپنے دفتر لے گیا۔یہ پی ڈبلیو ڈی کا دفتر تھا۔کسی بڑے بابو کے سامنے مجھے پیش کیا اور بولا صاحب یہ ہی وہ لڑکا ہے۔مڈل تک تعلیم یافتہ ہے۔قصہ کوتاہ دو دن بعد مجھے ٹریسر اسسٹنٹ کی نوکری مل گئی۔میں نے خالہ کے گھر کسی کو نہ بتایا۔چپ چاپ نوکری

کرتا رہا۔ بلکہ اس کی بیٹی طاہرہ سے بھی چھپایا۔ جب پہلے مہینے بعد مجھے بھرمٹھی آٹھ روپے ملے تو مجھے پہلی دفعہ اپنے اندر زندگی کا احساس ہوا۔ اب تک دو چار واقف بن چکے تھے۔ ادھر میرے کپڑے بوسیدہ ہو چکے تھے۔ خالہ کی جلی کٹی باتوں نے میرا جینا اجیرن کر دیا تھا۔ بس طاہرہ کا خیال ضرور دل گیر ہوتا، مگر مجبوری تھی۔ میں نے لکھنؤ میں گھر لینے کا فیصلہ کرلیا۔ روزانہ ایک دو گھر دیکھتا۔ اس زمانے میں گھر کا حصول مشکل کام نہ تھا مگر قباحت یہ تھی کہ کوئی بڑا تھا کوئی دور تھا، کسی کا کرایہ زیادہ تھا۔ اسی تگ و دو میں چند دن گزر گئے۔ دفتر میں ایک چپڑاسی تھا اس کا نام یاد نہیں۔ اس نے بتایا کہ اس کے محلے میں ایک مکان خالی ہے۔ مگر سنا ہے کہ اس میں جن رہتے ہیں۔ اس واسطے کرائے پر نہیں لگتا۔ میں نے سوچا دیکھ لینے میں کیا حرج ہے۔ دفتر کے بعد اس کے ساتھ اس کے گھر پہنچے تو اس نے بچے کو کہا کہ جا! مولوی صاحب سے چابی لے آ۔ مولوی صاحب خود ہی چابی لے کر آ گئے۔ اس مکان کی پشت پر ایک پتلی سی گلی میں سے گزرتے ہوئے ایک اونچی دہلیز کے مکان کا تالا کھولا۔ اندر صرف دو چار پائیوں کا صحن تھا۔ ڈیوڑھی میں دائیں ہاتھ ایک کچا زینہ اور سامنے سہ دری تھی۔ اس کے اندر دو کوٹھڑیاں تھیں۔ کرایہ صرف ایک روپیہ ماہوار تھا۔ کچھ سوچے سمجھے بغیر میں نے ہاں کرلی۔ مولوی صاحب شفقت سے بولے بیٹا اس مکان میں جن رہتے ہیں۔ تم پریشان نہ ہونا وہ تمہیں کچھ نہ کہیں گے۔ بس دائیں ہاتھ کی کوٹھڑی میں تم نہ جانا۔ ایک کوٹھڑی تمہارے لیے بہت ہے۔ اکیلے تو آدمی ہو اور ہاں روز سورۃ جن کی تلاوت کرتے رہنا۔ میں نے یہ بات پلے باندھ لی۔ اب ہم گھر والے ہو گئے تھے۔ چار روپے میں چارپائی بستر، کچھ برتن، لالٹین وغیرہ خرید لی اور تین روپئے میں تنور والی کو دے کر صبح شام کی روٹی کا ٹھیکہ دے دیا جو اس نے بخوشی قبول کرلیا۔ آرام سے ایک کمرے میں رہائش رکھ لی اور دوسرے کمرے کی جانب کبھی رخ نہ کیا۔ سرشام آ جاتا۔ مغرب و عشاء کی نمازیں گھر پر پڑھتا۔ تلاوت قرآن کا میں اس زمانے میں بہت رسیا تھا۔ چار باغ سے لکھنؤ پیدل آتے جاتے ڈیڑھ دو پارے آرام سے پڑھ لیتا تھا۔ یہاں بھی مغرب سے عشاء تک یہی سلسلہ جاری رہتا اور رات کو گیارہ مرتبہ سورہ جن پڑھ کر دم کر کے سو رہتا۔ بڑے آرام سے وقت گزرتا رہا۔

مجھے اچھی طرح یاد ہے کہ گلابی جاڑے کی ایک شام تھی۔ مغرب کی اذان کی آواز آئی تو

میں نے وضو کیا اور چٹائی کے مصلے پر کھڑا ہوا تو مجھے احساس ہوا گھر میں چلنے پھرنے کی آہٹ ہو رہی ہے۔ جیسے ہی میں نے نیت باندھی تو واضح یقین ہو گیا کہ میرے پیچھے کوئی ہے جو میرے ساتھ قیام میں ہے۔ اسی طرح رکوع و سجود میں بھی یہ احساس برقرار رہا۔ سلام پھیرتے وقت کنکھیوں سے مجھے سفید چادر پشت پر نظر آئی جس پر کم از کم دو ذی روح ضرور تھے۔ جب بائیں جانب سلام پھیرا تو مڑ کر دیکھا۔ وہاں کوئی نہ تھا۔ میں نے بمشکل خود کو سنبھالا، لالٹین جلائی اور دعا مانگ کر قرآن شریف لے کر بیٹھ گیا۔ وقت گزرتا رہا، حالات بدلتے رہے، اب میں نے کچھ پس انداز کرنا شروع کر دیا تھا۔ دفتر میں بابو جی کچھ پرائیویٹ ٹریسنگ [Tracing] کا کام لے آتے اور مجھے دو تین آنے مل جاتے۔ اس طرح مجھے پندرہ سولہ روپیہ تنخواہ کے علاوہ مل جاتے تھے۔ میرا گزارہ بہت اچھا ہو رہا تھا۔ مگر انسان کی ہوس ہمیشہ خوب سے خوب تر کی تلاش میں رہتی ہے۔ اب مجھے اور کمانے کی دھن سوار تھی کہ جلد امیر بن جاؤں۔

اب تو یہ بات کھل کر سامنے آچکی تھی کہ مغرب اور عشاء کے علاوہ فجر کی نمازوں میں میرے ساتھ کم از کم دو تین افراد ضرور مقتدی ہوتے ہیں جو سلام پھیرتے ہی اوجھل ہو جاتے ہیں۔ ایک شام عجیب واقعہ ہوا۔ تمام دن تیز و تند ہوا کے جھکڑ چلتے رہے، سردی خوب عود کر آئی۔ حسب معمول مغرب کی نماز پڑھ کر فارغ ہوا تو دروازے پر دستک ہوئی۔ دل دھک سے ہو گیا کہ میرا تو کوئی واقف ہی نہیں جو مجھے ملنے آتا۔ بہرحال دروازہ کھولا تو ایک بھاری بھرکم بزرگ، سفید ریش، ہاتھ میں عصا لیے کھڑے تھے۔ میں نے انہیں اندر بلا لیا۔ لالٹین کی مدھم روشنی میں بزرگی کا تقدس بشرے سے عیاں تھا۔ مزاج پرسی کے بعد انہوں نے نہایت شفقت سے میری آئندہ زندگی کے بارے میں استفسار کیا۔ میں نے مایوس لہجے میں اپنی غربت کا رونا رویا اور اپنے مستقبل کے بارے میں امیرانہ ٹھاٹ باٹ سے بسر کرنے کی درخواست کی۔ جس پر وہ بولے بیٹے دولت تو تمہیں بہت مل سکتی ہے۔ تمہارا سکون تباہ ہو جائے گا۔ مجھے وہ الفاظ درست طرح یاد نہیں جو میں نے ان سے کہے غالباً کچھ ایسا ہی کہا کہ دولت ہی ہر کوشش کا مقصد ہے، آپ ایسی کوئی دعا کریں وغیرہ وغیرہ۔ جوانی کا زمانہ تھا۔ میں افلاس زدہ زندگی گزارتے گزارتے تنگ آچکا تھا۔ مجھے یہ ہوس تھی کہ راتوں رات سونے

چاندی میں کھیلوں۔کوٹھی، بنگلہ ہو نوکر چاکر ہوں۔معلوم ہو رہا تھا کہ بزرگ میرے دل کی بات سمجھ رہے تھے۔یہ سن کر وہ خاموش ہوگئے اور بولے یہ طریقہ اللہ کی مرضی کے خلاف ہے۔محنت کرنی چاہیے۔بہر حال جیسی تمہاری مرضی۔مجھ سے پانی مانگا۔میں پانی لینے کمرے میں گیا گھڑے سے پانی انڈیل کر واپس آیا تو دھک سے رہ گیا۔بزرگ غائب تھے۔بھاگتا ہوا گلی میں گیا مگر وہاں بھی کوئی نہ تھا،سٹپٹا کر رہ گیا۔واپس آیا تو چارپائی پر ایک کاغذ پڑا تھا۔کھول کر پڑھا تو مضمون کچھ ایسا تھا کہ مدت سے ہم لوگ آپ کے ساتھ رہتے ہیں مگر کثرت عیال کی وجہ سے ہمیں تکلیف ہوتی ہے،تکیہ کے نیچے دوسو روپے رکھے ہیں،تم یہ مکان خرید لو اور ہمیں دے دو۔تم الٰہ آباد چلے جاؤ،شادی کرلو۔جب تک تمہاری شادی رہے گی ہر چاند کی پہلی تاریخ کو تمہارے تکیے کے نیچے سونے کی ڈلی مل جایا کرے گی۔جو تمہارے ایک ماہ کے لیے کافی ہوگی مگر یاد رکھو یہ دولت تمہارے لیے بھاری ہوگی۔اگر شادی نہ کرو گے تو سونے کی ڈلی نہیں ملے گی۔عبارت مکمل یاد نہیں رہی مفہوم کچھ ایسا ہی تھا۔

خط پڑھ کر عجیب گومگو کی کیفیت طاری ہوگئی۔اگلے دن مالک مکان کے پاس گیا اور مکان خریدنے کا اظہار کیا۔اس مکان سے خود مالکِ مکان جان چھڑانا چاہتا تھا۔بولا دوسو روپے ہوں گے۔میں نے جھٹ دوسو روپے نکال کر رکھ دیئے اور لکھائی پڑھائی کرلی۔مکان میرے نام جو ہوا تو عجیب خوشی ہوئی۔بیٹھے بٹھائے مکان کا مالک بن گیا۔یہی فیصلہ کیا کہ مکان نہیں چھوڑنا جو ہوگا دیکھا جائے گا۔مگر گھر جب پہنچا تو دیکھا کہ میرا سارا سامان صحن میں رکھا ہوا ہے۔یہ دیکھ کر میرا ماتھا ٹھنکا اور خموشی سے ایک بکس اٹھا کر الٰہ آباد کی گاڑی پر سوار ہوگیا۔

الٰہ آباد کے اسٹیشن پر عجیب واقعہ پیش آیا۔گاڑی سے اترتے ہوئے ایک شخص کسی اونچی کلاس سے اترا اور کسی طرح پھسل کر گر پڑا۔نہایت عمدہ لباس زیب تن کیے ہوئے تھا۔میں نے آگے بڑھ کر سہارا دیا۔اس کا سامان بھی اٹھالیا۔اس نے تشکر آمیز نظروں سے مجھے بغور دیکھا اور ساتھ چلنے کو کہا۔میرے ساتھ ٹین کا بکس تھا۔ہم لوگ تانگے میں بیٹھ کر پریاگ آگئے۔''پریاگ'' الٰہ آباد کا امیر ترین علاقہ تھا۔یہ ایک نہایت عالی شان کوٹھی تھی جہاں ہم اترے۔نہ جانے اسے میری کون سی ادا بھاگئی تھی کہ مجھے مہمان بنالیا۔میں بھی خاموش ہوگیا

کیونکہ الہ آباد میں میرا تو کوئی واقف بھی نہ تھا۔ یہ صاحب محمد جواد علی تھے۔ ان کا لکڑی کا کاروبار تھا۔ کلکتہ کے کاروباری مرکز دھرم ٹلہ میں ہیڈ آفس تھا۔ اس زمانے میں لاکھوں کی لکڑی برما، نیپال اور آسام کے جنگلوں سے آتی تھی۔ کوٹھی میں نوکروں، نوکرانیوں کے علاوہ ان کی صرف ایک بیٹی سلمیٰ رہتی تھی۔ بیوی مدت ہوئے فوت ہو چکی تھی۔

اگلے تین برسوں میں دسویں مرتبہ کلکتہ، چاٹ گام اور رنگون آنا جانا پڑا۔ جواد علی نے مجھے کاروبار کا ماہر بنا دیا اور ایک دن سلمیٰ بیگم مجھ سے رشتہ ازدواج میں منسلک ہوگئی۔ یہاں سے زندگی کا عجب موڑ شروع ہوتا ہے۔ اللہ کا دیا اب سب کچھ تھا کسی چیز کی کمی نہ تھی۔ ایک دن جب دوپہر کے بعد گھر آیا تو سلمیٰ بیگم نے کہا کہ آپ بہت لاپرواہ ہوگئے ہیں۔ سونے کی یہ ڈلی آپ نے تکیہ کے نیچے رکھی اور بھول گئے۔ ساتھ ہی وہ ڈلی جو تولے کی ایک تھی، دے دی۔ اب تمام گزشتہ واقعات مجھے یاد آگئے جو میں بھول چکا تھا۔ یہ شادی کے بعد پہلی چاند رات تھی۔ اس کے بعد میں محتاط ہوگیا۔ جواد علی کے انتقال کے بعد تمام جائیداد، کاروبار سلمیٰ بیگم کے نام تھا۔ ہم نے اب رہائش کلکتہ میں رکھ لی۔ ادھر باقاعدگی سے مجھے ہر ماہ کی چاند رات کو سونا ملتا رہا۔ گو مجھے اب سونے کی ضرورت نہ تھی نہ دولت کی۔ کروڑوں روپیہ میرے ایک جنبش قلم پر بینک سے نکل سکتا تھا۔ سلمیٰ بیگم ایک بہت رکھ رکھاؤ والی نیک دل عورت تھی۔ میں اس کے ہمراہ دو مرتبہ لندن بھی گیا۔ پھر ہم نے دھرم ٹلہ کلکتہ کی بلڈنگ فروخت کر کے سید امیر علی ایونیو کلکتہ میں دفتر بنا لیا اور وہیں رہائش رکھ لی۔

1927ء میں محمود احمد پیدا ہوئے۔ دو سال بعد ایک بیٹی خالدہ پیدا ہوئی۔ اس کی پیدائش پر سلمیٰ بیگم اللہ کو پیاری ہوگئیں اور ان کے کروڑوں روپیہ کا میں واحد وارث بن گیا۔ سلمیٰ بیگم کی موت کے بعد سونے کی ڈلیوں کا ملنا بند ہوگیا۔ جس کی مجھے اب ضرورت بھی نہ تھی۔ بچوں کی دیکھ بھال کے لیے مجھے ایک آیا رکھنی پڑی، یہ زیب النساء تھی۔ وہ آہستہ آہستہ گھر کے معاملات میں دخیل ہوتی چلی گئی۔ یار دوستوں نے مجھے کلب، ریس کا عادی بنا دیا اور دو سال ہی میں اس حال کو پہنچ گیا کہ میرا سارا کاروبار تباہ ہوگیا۔ اب مجھے دوسری شادی زیب النساء سے کرنی پڑ گئی تو پھر سونے کی ڈلیوں کا سلسلہ شروع ہوگیا مگر کاروبار کی حالت نہ سنبھل سکی۔ اس صورت میں وقار احمد پیدا ہوگئے۔ کچھ عرصے کے بعد بیوی کے گلے میں رسولی نکل

آئی۔کلکتہ سے دہلی تک بڑا علاج کرایا مگر وہ بچ نہ سکی اور وقار احمد کو ڈیڑھ سال کا چھوڑ کر مر گئی۔

کلکتہ کی آب و ہوا مجھے راس نہ آئی اور میں تینوں بچوں کو لے کر الہ آباد والی کوٹھی میں منتقل ہو گیا۔کلکتہ کی جائیداد فروخت کر ڈالی اور پھر الہ آباد میں لکڑی کا کاروبار شروع کر دیا۔ دوسری جنگ عظیم ابھی شروع نہ ہوئی تھی۔تب ایک شادی مجھے الہ آباد میں کرنی پڑی۔جس سے اقرار احمد پیدا ہوئے۔مجھے پھر سونے کی ڈلیوں کا ملنا شروع ہو گیا جس سے معقول رقم گھر کے اخراجات کی ہر ماہ مل جاتی تھی۔جنگ کے دوران گو کاروبار ختم ہو گیا اور پھر بھی گھر کے خرچ کے لیے پیسے مل جاتے تھے۔مگر اقرار کی والدہ دائمی دمہ کی مریض تھی۔بہت علاج کرایا۔میں لندن بھی لے گیا۔جنگ ختم ہو چکی تھی۔واپسی پر جہاز میں سوار تھا کہ نہر سویز سے گزرتے وقت ان کا انتقال ہو گیا اور اس طرح ان کی لاش بحر احمر کے سپرد کرنا پڑی۔

ہندوستان پہنچ کر میں پریشان رہا۔دو بچے ولایت میں زیر تعلیم تھے۔خالدہ اور اقرار میرے ساتھ تھے۔پاکستان بنا تو 1947ء میں پچیس لاکھ روپیہ لے کر بچوں کو اٹھا کر میں پاکستان آ گیا۔کچھ عزیز داری بہاول پور میں تھی۔چند ماہ رہ کر پھر کراچی آ گیا اور یہاں یہ کوٹھی تین لاکھ کی خرید لی اور باقی جمع پونجی بینک میں رکھ دی جس سے گھر کے اخراجات پورے ہوتے رہتے ہیں۔خالدہ جوان ہوگئی تو اس نے چپکے سے میرے کار ڈرائیور سے شادی کر ڈالی۔اس حادثے نے مجھے آدھا کر دیا۔اس دن سے سب نوکروں کو نکال دیا۔ایک ڈرائیور مجید ہے، وہ باہر ہی رہتا ہے۔اسے کوٹھی میں آنے کی اجازت نہیں۔اقرار کو اسکول کے ہاسٹل میں داخل کرا دیا۔اب میں پھر تنہا رہ گیا۔یہاں سامنے والی کوٹھی میں ایک لڑکی سے شادی کر لی۔یہ چین آرام اس سے ہے جسے آپ نے دیکھا ہے اور میں نے یہ کوٹھی اس کے نام کرا دی ہے۔میری طبیعت روز بروز گرتی جا رہی ہے۔مگر ڈاکٹر صاحب سلمیٰ بیگم کی بات ہی اور تھی۔اس نے جو مجھے سکون اور محبت دی اور وہ کسی سے نہ مل سکی۔تیس سال پہلے کی اب مجھے لکھنؤ والی بات یاد آتی ہے۔ان بزرگ نے جو ظاہر ہے جن تھے کہا تھا کہ نیاز احمد خان دولت کا حصول تمہارا سکون چھین لے گا۔یہ کہہ کر نیاز احمد بلک بلک کر رونے لگے۔رقت طاری ہوگئی، بمشکل ان کو سنبھالا اور ان کے ڈرائیور مجید کے ساتھ ہاسٹل واپس آ گیا۔

ڈاکٹری کی تعلیم مکمل کرنے کے بعد میں بہاول پور آ گیا۔ نیاز احمد خان سے خط و کتابت سال ڈیڑھ سال رہی پھر آہستہ آہستہ ختم ہوگئی۔ 1964ء میں کراچی گیا۔ باوجود عدیم الفرصتی کے ایک مرتبہ پھر جمشید روڈ پہنچ گیا۔ نیاز احمد خان کی کوٹھی ان جانی سی لگی۔ اب کوئی دوسرے لوگ تھے جو اس کو نہ جانتے تھے۔ واپسی پر عامل کالونی کے بس اسٹاپ پر پیر الٰہی بخش کالونی کی بس پکڑنے کے لیے کھڑا تھا کہ قریب کے چائے کے کھوکھے سے ایک شخص نے مجھے سلام کیا اور بولا کیا آپ ڈاکٹر صاحب ہیں۔ جب میں نے اثبات میں جواب دیا تو کہنے لگا کہ وہ مجید ڈرائیور ہے جس نے اب چائے کا کھوکھا لگا لیا تھا۔ مجھے کرسی پر بٹھایا حال احوال پوچھا۔ جب میں نے کہا کہ میں نیاز احمد خان سے ملنے آیا تھا تو وہ آب دیدہ ہوگیا۔ بولا صاحب! وہ تو سارا خاندان ہی ختم ہوگیا۔ پھر اس نے بتایا کہ آپ کے جانے کے بعد ان کے بڑے بیٹے محمود احمد کا لندن میں انتقال ہوگیا۔ اسے بلڈ کینسر تھا۔ کچھ عرصے کے بعد وقار احمد امریکہ میں ہوائی حادثے میں فوت ہوگئے۔ ان دونوں کا خان صاحب کو اتنا غم ہوا کہ دل کا دورہ پڑا اور جناح اسپتال میں جاتے ہی فوت ہوگئے۔ اقرار میاں فوج میں بھرتی ہوئے تھے، وہ 'رن کچھ' میں شہید ہوگئے۔ خالدہ غم سہ سہ کر مرگئی۔ کوٹھی چھوٹی بیگم نے فوراً بیچ دی اور شادی کر کے امریکہ چلی گئیں۔

میں یہ سب داستان دکھی دل سے سنتا رہا۔ فاتحہ پڑھی اور چلا آیا۔ ریٹائرمنٹ کے بعد اپنے پرانے کاغذات اور خطوط دیکھ رہا تھا تو نیاز احمد خان کے خطوط نظر آئے تو یہ سب واقعات اور ان کی زندگی کے اوراق کھلتے چلے گئے جو آپ کے پیش نظر ہیں۔ ایک حیرت انگیز داستان تیس سال قبل ختم ہوگئی۔

❑❑❑

ماخذ: بیتی یادیں، یادداشتیں، ڈاکٹر سید زاہد علی واسطی، جاوید اکیڈمی ملتان، ۱۹۸۸ء

ملتان میں قیام پذیر راقم کے کرم فرما جناب خادم علی ہاشمی، ڈاکٹر زاہد علی واسطی کے متعلق استفسار پر 10 فروری 2015ء کو اپنے برقی مکتوب میں لکھتے ہیں:

محترم راشد اشرف صاحب!

یاد آوری کے لیے شکر گزار ہوں۔ڈاکٹر زاہد علی واسطی 1948-1950 کے عرصے میں ایس ای کالج بہاول پور میں میرے ہم جماعت تھے۔ایف ایس سی کے بعد وہ ڈاؤ میڈیکل کالج کراچی چلے گئے، میں نے ایمرسن کالج ملتان سے بی ایس سی کرنے کے بعد پنجاب یونیورسٹی سے ایم ایس سی کیا۔اس طرح ہمارے راستے جدا ہو گئے۔اور واسطی صاحب سے میری ملاقات 1986ء میں اس وقت ہوئی جب میں تبدیل ہو کر ملتان آیا۔

زاہد علی واسطی دبلے پتلے، متوازن جسم، گورا رنگ، ذرا چھیڑنے پر چہرہ سرخ ہو جاتا۔ زاہد علی واسطی بہت عمدہ رپورتاژ لکھتے جس کی دلیل ان کی کتاب ''جا دیکھ لیا ملتان'' ہے۔وہ ایک مخلص دوست اور کھرے انسان تھے۔اللہ تعالیٰ ان کی مغفرت کرے، بڑی خوبیوں کے مالک تھے۔اس وقت میری یاد کے دریچوں سے ایک پندرہ سولہ سال کا گورا چٹا خوبصورت لڑکا جھانک رہا ہے، جو ہم سب ساتھیوں کا ہمدرد دوست تھا۔

●●●

# عزیز میاں قوال اور مولانا عبدالسلام نیازی

## فتوحات مکیہ:

عزیز میاں، ابن رشد کے نظریات سے بہت زیادہ متاثر تھے۔اس زمانے میں حضرت میاں محمد یسین کی محفل میں جب سلسلہ چشتیہ کے بزرگوں کا تذکرہ ہوتا تو اس میں مولوی عبدالسلام نامی ایک درویش منش عالم کا تذکرہ نہایت ادب واحترام سے کیا جاتا ہے۔ جب عزیز میاں کے دل میں ان سے ملاقات کا شوق پیدا ہوا تو انہوں نے میاں صاحب سے ان کے بارے میں معلومات حاصل کیں۔ یہ ایسے دن تھے جب عزیز میاں کو شیخ اکبر کی 'فتوحات مکیہ' نے اپنے تحیر کی لپیٹ میں لے رکھا تھا۔ وہ کسی ایسے دانا کی جستجو میں تھے جو یہ بے مثل کتاب پڑھا سکے۔ مسلمانوں میں شیخ اکبر کی اس تصنیف کو دنیا کے ہر مکتبہ فکر میں اپنے موضوع کے اعتبار سے سند مانا جاتا ہے۔ یوں تو شیخ اکبر کی تمام کتب شبستان علم میں مثل قندیل ہیں مگر فتوحات مکیہ شیخ اکبر کا وہ شاہکار ہے جو اہل فکر کے لیے خضر راہ کی حیثیت رکھتا ہے۔ شیخ اکبر نے اس کتاب میں وحدت الوجود کو اس خوبصورت انداز میں پیش کیا ہے کہ فلسفے کا طالب علم اس وقت تک تسکین نہیں پاتا جب تک اس کا مطالعہ نہیں کر لیتا۔ اس سلسلے میں جب انہوں نے میاں محمد یسٰین سے مشورہ کیا تو اسے حسن اتفاق اور ان کی خوش بختی کہیے کہ انہوں نے عزیز میاں کو دہلی میں حضرت مولانا عبدالسلام کے پاس جانے کا مشورہ دیا۔ حضرت مولانا عبدالسلام اپنے وقت کے صاحب بصیرت درویش اور ممتاز عالم تھے۔ اس وقت ان کی عمر 90 سال سے تجاوز کر چکی تھی۔ آپ مفسر قران، محدث اور میدان تصوف کے شہ سوار تھے۔ پاکستان کی متعدد نامور علمی شخصیات نے ان سے استفادہ کیا تھا۔ سابق پرنسپل کراچی یونیورسٹی ڈاکٹر ابواللیث صدیقی، بھارت کے سابق صدر ڈاکٹر ذاکر حسین، مولانا فضل الحق پانی پتی اور جوش ملیح آبادی جیسی شخصیات مولانا کے تلامذہ میں شامل تھیں۔ مولانا عبدالسلام

کے دروازے پر ابوالکلام آزاد جیسی شخصیات بھی دست بستہ کھڑی رہتی تھیں۔

عزیز میاں کو حضرت مولانا محمد یسٰین نے جب حضرت مولانا عبدالسلام کے ہاں دہلی جا کر فتوحات پڑھنے کا مشورہ دیا تو ان کی خوشی کی کوئی حد نہ رہی اور آخر ایک دن عزیز میاں لاہور سے رخت سفر باندھ دہلی روانہ ہو گئے۔ دہلی میں قیام کے دوران انہوں نے فتوحات پڑھنے کے علاوہ علمی تشنگی بجھانے کے لیے حضرت مولانا عبدالسلام سے دوسرے موضوعات پر بھی بھرپور استفادہ کیا۔ مولانا فارسی ادب پر بھی گہری نظر رکھتے تھے۔ عزیز میاں نے ان سے مشاہیر ایران کے علوم بھی حاصل کیے۔

## گیان :

عزیز میاں نے حصول تصوف اور سلسلہ چشتیہ کی تعلیم حضرت میاں محمد یسٰین سے حاصل کی۔ ادھر شیخ اکبر ابن رشد اور دیگر مشاہیر کے نظریات سے بھی مولانا عبدالسلام کے ذریعے استفادہ کیا۔ جن دنوں عزیز میاں لاہور میں داتا دربار سے وابستہ تھے ان کی ملاقات لاہور کے سید پور نامی گاؤں کے ایک بزرگ حضرت غلام نبی بٹ سے ہوئی جو حضرت سائیں عبداللہ مست ساقی کے مرید تھے۔ عزیز میاں بطور قوال، بٹ صاحب کے ہاں حاضر ہوئے لیکن بٹ صاحب کی درویشانہ نگاہ نے عزیز میاں کے اندر موجود جوہر کو پرکھ لیا اور ان سے اپنی رفاقت بڑھا لی۔ بٹ صاحب نے عزیز میاں کو اپنے سلسلہ توحیدیہ اور ہمہ اوست سے روشناس کرایا۔ بٹ صاحب گاہے گاہے کبیر داس کے شعروں کا حوالہ عزیز میاں کو دیتے تھے۔ عزیز میاں اس وقت تک کبیر داس سے بالکل ناآشنا تھے۔ جب غلام نبی بٹ صاحب نے کبیر داس کا کلام مقامات تصوف کے بیان میں حوالوں کے طور پر پیش کیا تو عزیز میاں کے اندر کبیر داس کو تفصیل سے پڑھنے کا شوق پیدا ہوا۔

جب عزیز میاں دہلی میں فتوحات مکیہ کی تعلیم حاصل کر رہے تھے تو انہوں نے اپنے استاد مولانا عبدالسلام سے کبیر کے بارے میں معلومات اور گیان حاصل کرنے کی خواہش کا اظہار کیا۔ مولانا نے انتہائی شفقت کا مظاہرہ کرتے ہوئے راہنمائی فرمائی اور عزیز میاں عازم سفر

ہوئے۔مولانا نے ایک درویش کی نشان دہی کی۔عزیز میاں دیرینہ شوق دل میں لیے اپنے استاد سے کچھ دن کی اجازت لے کر بتائے ہوئے راستے پر ایک پہاڑ میں متذکرہ بابا جی کے آستانے پر جا پہنچے۔بابا جی مراقبے میں تھے۔عزیز میاں نے سلام عرض کیا اور بابا جی نے بھی شفقت سے عزیز میاں کی طرف دیکھا۔ظاہری رسم وراہ کے بعد عزیز میاں نے حضرت مولانا عبدالسلام کا تذکرہ کیا تو درویش بابا نے مولانا کی بہت تعریف کی اور کہا کہ آپ کو انہوں نے بھیجا ہے تو جو کچھ میرے پاس ہے تمہارے سینے میں اتارنے کو کوشش کروں گا۔

## نگاہ ولی :

عزیز میاں کسب علم کے لیے دہلی گئے تو وہاں دو مواقع پر انہیں ایسی صورت حال کا سامنا کرنا پڑا جہاں کسی صاحب نظر کی کرامت کے سامنے عقل دنگ رہ جاتی ہے۔عزیز میاں کو حضرت میاں محمد یسٰین نے لاہور سے دہلی کے لیے رخصت کرتے وقت بتایا تھا کہ حضرت مولانا عبدالسلام بظاہر نہایت سخت مزاج نظر آتے ہیں اور کشف و کرامات کے عالم میں ایسی عجیب و غریب باتیں کہہ جاتے ہیں جو صرف اہل طریقت ہی سمجھ پاتے ہیں۔ان کی بعض باتیں اہل دنیا کی سمجھ میں نہیں آتیں۔حضرت میاں محمد یسٰین نے عزیز میاں کو وصیت کی کہ:

''مولانا عبدالسلام کی کسی بات کو بے معنی اور بے مغز نہ جاننا اوران کے کسی بھی رویہ سے بددل نہ ہونا....اوراگر مولانا سے تعلیم حاصل نہ کرسکو تو پھر لاہور واپس آتے ہوئے راستے میں جمنا بھی آتا ہے۔''

اس بات سے اندازہ لگایا جاسکتا ہے کہ عزیز میاں کے لیے مولانا عبدالسلام کا شاگرد ہونا کس قدر ضروری تھا۔

عزیز میاں کی دہلی کے لیے روانگی کے موقع پر حضرت میاں یسٰین نے دہلی میں ان کی رہائش کے مسئلے کو مدنظر رکھتے ہوئے انہیں ایک رقعہ دیتے ہوئے فرمایا تھا کہ:

''ترکمان گیٹ میں ببّن نام کے ایک نہاری والے ہوتے ہیں۔یہ رقعہ انہیں دے دینا۔ان کے ہوٹل کے اوپر رہائشی کمرے ہیں۔اس میں وہ تمہاری رہائش کا مسئلہ حل کردیں گے۔''

عزیز میاں لاہور سے امرتسر گئے۔ وہاں سے جنتا ٹرین میں بیٹھ کر دہلی پہنچے۔ دستور کے مطابق چاندنی محل تھانے میں اپنی آمد کا اندراج کرایا اور پھر حضرت محبوب الٰہی کے دربار پر حاضری دی۔ عزیز میاں کے اس سفر کے دوران ان کے پاس دری، چادر اور تکیہ پر مشتمل ایک بستر تھا اور ایک بریف کیس تھا۔ جب پروگرام کے مطابق وہ ترکمان دروازے میں ببّن نہاری والے کے پاس پہنچے تو انہیں سخت بھوک لگ رہی تھی۔ ان کے ذہن میں یہ بات آئی کہ خودداری کا تقاضا یہ ہے کہ پہلے وہ یہاں عام گاہک کی طرح کھانا کھا کر ادائیگی کر دیں، پھر ببن کو حضرت میاں محمد یسٰین کا رقعہ پیش کریں۔ یہ فیصلہ کر کے انہوں نے روٹی اور نہاری کا آرڈر دیا۔ ببن نہاری والے کی نہاری تو نہایت مزے دار تھی لیکن نہاری کھانے کے دوران وہاں ایک عجیب امتحان سے گزرنا پڑا۔ ان پرانی کرسیوں پر جن پر بیٹھ کر لوگ نہاری کھاتے تھے، اس قدر کھٹمل تھے کہ انہیں کھانا کھڑے ہو کر کھانا پڑا۔ کھانا کھانے کے بعد انہوں نے ببّن نہاری والے کو کھانے کی ادائیگی تو کر دی لیکن ان کی نفیس طبیعت نے انہیں میاں محمد یسٰین کا رقعہ ببّن کو نہ دینے دیا۔ انہوں نے سوچا کہ جس شریف آدمی کے ہوٹل کی کرسیوں میں اس قدر کھٹمل ہیں، ان کے رہائشی کمروں کا کیا عالم ہوگا۔ سو یہاں محمد یسٰین کا وہ رقعہ ان کے لیے بالکل بے کار رہا۔ انہوں نے اپنا سامان اٹھایا اور اپنی منزل کی طرف چل دیے۔

حضرت مولانا عبدالسلام کے ہاں حاضر ہونے سے قبل انہوں نے دہلی جامع مسجد کے سامنے حضرت شیخ کریم اللہ جہان آبادی کے مزار پر حاضری دی۔ جس کے بعد انہوں نے ایک رکشہ کرائے پر لیا اور نماز مغرب کے وقت ترکمان دروازے محلّہ قبرستان میں حضرت مولانا عبدالسلام کے مکان پر جا پہنچے۔ حضرت اوپر کے کمرے میں فروکش تھے۔ عزیز میاں لرزاں و ترساں سامان اٹھائے مولانا کے کمرے کی طرف چل پڑے۔ حضرت مولانا عبدالسلام چونکہ بہت کم لوگوں سے ساتھ ملتے تھے اس لیے نئے آنے والے کے ساتھ ان کا رویہ نہایت سخت ہوتا تھا۔ انہوں نے نہایت سخت الفاظ میں ان کا 'خیر مقدم' کیا۔ مولانا کے سخت الفاظ تو اپنی جگہ، اس وقت عزیز میاں کے ذہن میں وہ الفاظ گونج رہے تھے جو لاہور سے چلتے وقت ببّن نہاری والے کے نام رقعہ دیتے وقت حضرت میاں یسٰین نے ان سے کہے تھے۔ انہوں نے کہا تھا کہ حضرت مولانا عبدالسلام رات نماز عشاء کے بعد کسی کو بھی اپنے ہاں ٹھہرنے کی اجازت نہیں دیتے۔

مغرب کا وقت ڈھل چکا تھا۔اس لیے اجنبی شہر میں رہائش کا مسئلہ ان کے ذہن میں بار بار اٹھ رہا تھا۔ بہر حال ان ہی کیفیات کے جلو میں جب یہ مولانا کے کمرے میں داخل ہوئے تو مولانا ایک چٹائی پر تکیہ لگائے بیٹھے تھے۔مولانا کے سخت الفاظ سننے کے بعد انہوں نے سلام عرض کیا تو مولانا نے انہیں بیٹھنے کو کہا اور ان سے متعدد تعارفی سوالات کیے۔مولانا نے ان سے ان کے ہاں آنے کا مقصد دریافت کیا۔ تو انہوں نے بتایا کہ وہ فتوحات مکیہ پڑھنے کی غرض سے حاضر ہوئے ہیں۔مولانا نے فرمایا کہ کیا پاکستان میں فتوحات پڑھانے والا کوئی نہیں تھا۔انہوں نے عرض کیا بہت تھے لیکن وہ صرف مولانا عبدالسلام سے پڑھنا چاہتے ہیں۔اس کے بعد کچھ دیر کے لیے مولانا نے خاموشی اختیار کرلی۔مولانا خاموش تھے لیکن عزیز میاں کے لیے یہ پریشانی بڑھتی جارہی تھی کہ اب یہاں سے فارغ ہونے کے بعد وہ کہاں جائیں گے۔ یہ بات وہ دل میں سوچ رہے تھے کہ مولانا نے سلسلہ کلام شروع کرتے ہوئے فرمایا،''میاں تمہارا نام تو بہت پیارا ہے۔ہم تم کو صبح شاگردی میں لے لیں گے اور جہاں تک ممکن ہوا اپنا علم تم کو منتقل کریں گے۔''

ان الفاظ کے ساتھ ہی مولانا نے اپنی شاگردی میں لینے کے لیے وہ شرط عائد کردی جس نے کچھ لمحوں کے لیے عزیز میاں کے پیروں تلے سے زمین سرکا دی۔لیکن آنے والے وقت نے یہ ثابت کیا کہ صاحب نظر کی باتیں واقعی عقل وشعور سے بالاتر ہوتی ہیں۔مولانا نے یہ شرط عائد کی کہ وہ ان کی شاگردی میں آنے سے پہلے آج رات ''اس بازار'' میں گزاریں۔مولانا نے یہ بھی کہا کہ اگر رات اس بازار میں نہ گزری تو یہاں آنے کی زحمت مت کرنا۔اتنا کہنے کے بعد فرمایا ٹھیک ہے،اب اپنا سامان اٹھاؤ اور چلتے بنو۔

عزیز میاں نے اپنا سامان اٹھایا،مولانا کو سلام کیا اور چل پڑے۔سخت تذبذب کی گھڑی تھی۔انہوں نے سوچا بھی نہیں تھا کہ مولانا تک پہنچنے کے لیے اتنے عجیب امتحان سے گزرنا ہوگا۔وہ شدید اعصابیت کی لپیٹ میں آئے ہوئے تھے اور پسینے میں شرابور ہورہے تھے۔سیڑھیوں سے نیچے اترتے ہوئے ان کا ایک ایک پاؤں ایک ایک من کا ہورہا تھا۔ان لمحات میں حافظ شیرازی کا یہ شعر ان کے ذہن میں آیا۔

بہ مے سجادہ رنگیں کن گرت پیر مغاں گوید
کہ سالک بے خبر نبود ز راہ و رسمِ منزلہا

انہوں نے سوچا کہ اب اگر وہ لاہور واپس جاتے ہیں تو جا نہیں سکتے کیونکہ مرشد کا حکم تھا کہ واپسی میں جمنا بھی پڑتا ہے۔انہوں نے سوچا کہ جمنا میں چھلانگ لگا کر ڈوب مرنے سے بہتر ہے کہ رات کوٹھے پر ہی گزار لی جائے۔سو حکم حاکم مرگ مفاجات کے مصداق رکشہ روکا اور چل پڑے طوائف خانے کی سمت۔رکشہ والے نے انہیں ایک بہت بڑی تین منزلہ عمارت کے سامنے جا اتارا۔یہ عمارت کوئی ایک فرلانگ طویل ہے۔اور ''جاپان منزل'' کے نام سے پہچانی جاتی تھی۔تینوں منزلوں کے آگے لمبا برآمدہ تھا۔ساری عمارت فلیٹوں پر مشتمل تھی۔رکشہ والے کے بیان کے مطابق ان تمام فلیٹوں میں طوائفیں رہتی ہیں۔وہ عجب کشمکش کی کیفیت میں ایک ہاتھ میں اٹیچی اٹھائے اور بغل میں بستر لیے سب سے پہلے نیچے کی منزل کے برآمدے میں تمام کمروں کو دیکھتے ہوئے چلے گئے جہاں طوائفیں بیٹھی ہوئی تھیں۔ جہاں نچلی منزل کا طویل برآمدہ ختم ہوا وہاں سے سیڑھیاں اوپر کی منزل کو جا رہی تھیں۔وہ سیڑھیاں اوپر چڑھے اوراسی طرح برآمدے میں چلتے ہوئے درمیانی منزل کے دوسرے سرے تک پہنچے۔ہر منزل کے آخر میں ایک چائے اور پان کی دکان تھی۔انہوں نے درمیانی منزل پر چائے پی اور پان لے کر تیسری منزل پر چل دیے۔ تیسری منزل کی سیڑھیاں چڑھتے ہوئے مولانا عبدالسلام کے الفاظ ان کے ذہن میں گونج رہے تھے۔انہوں نے اب حضرت کے حکم کی تعمیل کے لیے جرأت مندانہ اقدام کرنے کا عہد کر ہی لیا۔ انہیں فکر لاحق ہو رہی تھی کہ اگر وقت گزر گیا تو مولانا کی نافرمانی ہو جائے گی کیونکہ رات ایک بجے کے بعد 'بازار' کا وقت ختم ہو جاتا ہے۔

وہ انہی سوچوں میں گم تیسری منزل کے برآمدے میں فلیٹوں کو دیکھتے چلے جا رہے تھے کہ درمیان کے ایک فلیٹ میں انہیں دو لڑکیاں بیٹھی نظر آئیں۔انہوں نے فوراً بھانپ لیا کہ یہ دونوں بہنیں ہیں اور ان کے علاوہ کمرے میں کوئی دوسرا آدمی نہیں ہے۔ وہ بوجھل قدموں کے ساتھ کمرے میں داخل ہوئے۔ کمرہ بہت ہی سلیقے سے سجا ہوا تھا۔چاندنی بچھی ہوئی تھی۔ تکیے لگے تھے۔قالین پر ایک ہارمونیم اور ایک طبلہ رکھا ہوا تھا لیکن کوئی سازندہ موجود نہ تھا۔انہوں نے کمرے میں داخل ہوتے ہی اپنا اٹیچی ایک تکیے کے اوپر اور اس کے اوپر اپنا بستر رکھا۔عزیز میاں نے جیب سے پرس نکال کر اپنے سامنے رکھا۔اورلڑکیوں سے گانے کی فرمائش کی اور سر جھکا کر بیٹھ گئے۔ابھی وہ اس کیفیت میں ٹھیک سے دم بھی نہ لینے پائے تھے کہ لڑکیوں کے زوردار قہقہے

نے پریشان کر دیا۔ انہوں نے تعجب کے عالم میں اس قہقہے کی وجہ دریافت کی تو ان میں سے بڑی بہن نے جواب دیا کہ ہم نے آج تک آپ جیسا تماش بین نہیں دیکھا۔ عزیز میاں نے احتجاجی انداز میں ان سے پوچھا کہ کیا ہوا، کیا مجھے سرخاب کے پر لگے ہوئے ہیں، یا مجھ میں کوئی کمی ہے۔ ان میں سے ایک بولی، نہ تو سرخاب کے پر لگے ہیں اور نہ ہی آپ میں کوئی کمی نظر آتی ہے لیکن پھر کہتی ہوں کہ آپ جیسا تماش بین کبھی اس کوٹھے پر نہیں آیا۔ انہوں نے پریشانی اور حیرت کے ملے جلے عالم میں پھر دریافت کیا کہ بائی! کیا خصوصیت ہے مجھ میں کہ آپ مجھے تمام تماش بینوں سے جدا فرما رہی ہیں۔ اس لڑکی نے جواب دیا کہ اس کوٹھے پر بڑے بڑے نواب آتے ہیں مگر بستر ہمارے ہی ہوتے ہیں۔ آپ واحد تماش بین ہیں جو بستر سمیت آئے ہیں۔ عزیز میاں نے ہنس کر کہا کہ آپ ٹھیک کہہ رہی ہیں۔ میں پردیسی اور غیر ملکی ہوں۔ یہاں پاکستان سے آیا ہوں۔ یہ بستر میرا رختِ سفر ہے اور میں صرف اسی کوٹھے ہی کے لیے یہاں نہیں آیا۔ اس لڑکی نے پھر سوال کیا کہ آپ دہلی میں سیر و تفریح کے لیے آئے ہیں۔ انہوں نے جواب دیا کہ وہ سیر و تفریح کے لیے نہیں آئے بلکہ یہاں وہ اپنے ایک استاد کی خدمت میں تعلیم حاصل کرنے کے لیے حاضر ہوئے ہیں۔ لڑکی نے ماتھے پر بل ڈالتے ہوئے کہا کہ یہ کیسا استاد ہے کہ آپ اتنی دور سے ان کے پاس آئے ہیں اور وہ آپ کا سامان تک اپنے پاس نہیں رکھ سکتے۔

انہوں نے اس اندازِ تکلم کو بھانپتے ہوئے کہا کہ دیکھو بائی! مجھے جو چاہو کہہ لو، میرے استاد کی شان میں ایک حرف بھی غلط ادا کیا تو یہ برداشت نہیں کروں گا۔ ان کی اس عقیدت کو دیکھ کر وہ لڑکی ایک لمحے کے لیے حیرانی کے عالم میں خاموش ہوئی اور پھر بولی۔ آپ جس استاد سے اتنی عقیدت رکھتے ہیں ذرا ان کا نام تو بتا دیجیے۔ انہوں نے نام بتانے میں لیت و لعل سے کام لیا لیکن ان دونوں بہنوں کی ضد پر انہوں نے بتایا کہ ان کے استاد ترکمان دروازے میں ہوتے ہیں اور ان کا نام مولانا عبدالسلام ہے۔ ان کے منہ سے مولانا کا نام نکلنا تھا کہ اس لڑکی پر دیوانگی کی سی کیفیت طاری ہوگئی اور وہ عزیز میاں کے قدموں سے لپٹ گئی۔ اس کی آنکھوں سے لگاتار آنسو بہہ رہے تھے۔ اور وہ دیوانہ وار بس یہی کہے جا رہی تھی کہ آج وعدہ پورا ہو گیا۔ عزیز میاں یہ سب کچھ دیکھ کر حیران و پریشان ہو رہے تھے۔ انہوں نے بڑی مشکل سے اس لڑکی کو اپنے قدموں سے اٹھایا اور اس راز سے پردہ اٹھانے کو کہا۔ لڑکی نے بتایا کہ آج سے چند سال قبل ہم دونوں بہنوں کی حالت

یہ تھی کہ ہمارے کپڑوں میں پیوند لگے ہوتے تھے۔ اکثر فاقوں کی نوبت رہتی تھی۔ ہم نے حضرت مولانا کی خدمت میں حاضر ہوکر حالت کی بہتری کے لیے دعا کی درخواست کی۔ حضرت نے ہمارے لیے دعا فرماتے ہوئے ہمیں نصیحت کی تھی کہ تمہارے پاس تین آدمی آیا کریں گے۔ تم صرف ان ہی کو اپنا گانا سنانا۔ یہ تین آدمی ہفتے میں دو دن گانا سننے کے لیے آتے ہیں۔ ان تینوں کا کس مذہب وملت سے تعلق ہے، ہمیں کوئی علم نہیں۔ ان تینوں کے نام سے بھی ہم ناآشنا ہیں لیکن اب صورت حال یہ ہے کہ ہم اس کوٹھے کی سب سے مال دار طوائفیں ہیں۔ ہم ہر جمعرات کو حضرت کے در پر سلام کے لیے حاضر ہوتی ہیں اور ہر بار التجا کرتی ہیں کہ حضور کبھی ہمارے غریب خانے پر قدم رنجہ فرمایئے۔ آپ ہمیشہ ایک ہی بات کہتے تھے کہ جب کوئی میرا شاگرد تمہارے ہاں آئے گا تو تم سمجھنا میں ہی آگیا ہوں۔ یہ آٹھ دس سال کا انتظار آج ختم ہوا۔

یہ کہہ کر اس کی چھوٹی بہن نے عزیز میاں کا سامان اٹھایا اور اندر کے کمرے کی بڑی الماری میں رکھ دیا۔ ان کے لیے فوراً کھانے کا بندوبست کیا گیا۔ کھانا کھانے کے بعد انہیں آرام کے لیے اندر کا جو کمرہ دیا گیا وہ انتہائی سجا ہوا تھا۔ جب صبح ہوئی تو ان کے لیے پر تکلف ناشتے کا اہتمام تھا۔ ناشتہ کرنے کے بعد جب مولانا کی خدمت میں حاضری دینے کے لیے نکلنے لگے تو ان دونوں بہنوں نے اس وعدے پر رخصت کیا کہ وہ مولانا سے اجازت لینے کے بعد شام کو یہاں ہی قیام کریں گے۔

جب عزیز میاں مولانا کی خدمت میں حاضر ہوئے تو مولانا دیکھ کر مسکرائے اور فرمایا:

''کہو میاں! بندوبست اچھا ہوگیا۔ کوئی پریشانی تو نہیں ہوئی۔''

انہوں نے ہاتھ باندھ کر مولانا سے کہا کہ حضور یہ سب آپ کی نظر کرم کا نتیجہ ہے۔ اس کے بعد مولانا نے انہیں باقاعدہ اپنی شاگردی میں لے لیا۔ مولانا کے پاس دن گزارنے کے بعد حسب وعدہ وہ واپس کوٹھے پر پہنچ گئے۔

عزیز میاں تقریباً سوا سال حضرت مولانا عبدالسلام کے پاس پڑھتے رہے۔ اس دوران ان دونوں بہنوں نے ہر صبح اس وعدے کے ساتھ انہیں وہاں سے مولانا کے پاس آنے دیا تھا کہ تعلیم سے فارغ ہونے کے بعد شام کو وہ واپس وہاں آئیں گے۔ ان لڑکیوں کی عقیدت کا اندازہ اس بات سے لگایا جاسکتا ہے کہ انہوں نے ابتدائی دنوں میں ہی عزیز میاں کے کپڑوں کی پیمائش لے

کرا کھٹے درجنوں سوٹ مع جواہر کٹ سلوا کر اپنی الماری میں رکھ دیے۔ جب صبح یہ بیدار ہوتے تو نہ صرف یہ کہ ان کے پہن کر جانے کے لیے ایک نیا جوڑا تیار ہوتا بلکہ ان کی جواہر کٹ کی جیب میں ان کی ضرورت سے زیادہ رقم پڑی ہوتی۔ ان کے بار بار منع کرنے کے باوجود وہ باز نہ آئیں۔

مولانا عبدالسلام کی نظر کرم سے اللہ نے نہ صرف عزیز میاں قیام دہلی کے دوران رہائش کا مسئلہ حل کر دیا بلکہ انہیں مطالعہ کرنے کے لیے ایک پرسکون کمرہ بھی مل گیا۔ انہیں نہ کھانا پکانے کی فکر اور نہ کپڑے دھونے کی فکر رہی حتی کہ انہیں کتابوں کی خریداری اور دوسرے اخراجات کے لیے بھی رقم کی کمی محسوس نہ ہوئی۔

□□□

ماخذ: سوانح عمری عزیز میاں، مولف: طارق مسعود، ٹیمکو انٹرنیشنل راول پنڈی، اگست ۱۹۹۵ء

زیر نظر مضمون راقم الحروف کی مولانا عبدالسلام پر مرتبہ کتاب میں بھی شامل ہے، تفصیل یہ ہے:

مولانا عبدالسلام نیازی۔ یادیں اور باتیں (زندہ کتابیں سلسلہ نمبر 50)، فضلی سنز، کراچی۔ جولائی 2019ء۔

مولانا نیازی دلی کی عبقری شخصیت تھے جن پر مختلف مشاہیر ادب کے لکھے خاکوں اور مضامین کو کتاب میں یک جا کیا گیا ہے۔ خاکہ نگاروں میں شامل ہیں: شاہد احمد دہلوی، اخلاق احمد دہلوی، مسعود حسن شہاب دہلوی، رزی جے پوری، ڈاکٹر خلیق انجم، سید مقصود زاہدی، مقبول جہانگیر، ملا واحدی، جوش ملیح آبادی، نصر اللہ خاں، حیرت شملوی و دیگر۔ کتاب میں مولانا نیازی کی قبر و کتبے کی تصاویر بھی شامل ہیں۔

کتاب کا عنوان مولانا ابوالاعلیٰ مودودی کے فرزند حیدر فاروق مودودی کا تجویز کردہ ہے۔

# حاجی صاحب اور متفرق واقعات

سید قمر الحسن

## حاجی صاحب:

میں اور مصور رحمانی ہوسٹل کے جس کمرے میں مقیم تھے اس کی پشت پر لکھنؤ یونیورسٹی کا ایک ہوسٹل ہے۔ درمیان میں ایک دیوار ہے جو حدِ فاضل کا کام کرتی ہے۔ ہمارے کمرے سے یہ ہوسٹل دکھائی دیتا تھا۔ اس کے ایک جانب یونیورسٹی کے اندر ایک سڑک اور بہت بڑا سا میدان بھی ہے جہاں سے تیز ہوا ہمارے کمرے میں داخل ہوتی تھی ۔ چنانچہ ہم لوگ اکثر اپنے کمرے کی دونوں کھڑکیوں کو جو اسی جانب کھلتی تھیں، بند رکھتے تھے۔ ایک دن ایسا محسوس ہوا کہ کسی نے کھڑکی پر دستک دی اور پھر فوراً ہی کھڑکی ایک جھٹکے سے کھل گئی۔ ہم لوگوں نے اسے ایک وہم سمجھا اور کوئی توجہ نہ دی مگر چند روز بعد پھر ایسا ہی محسوس ہوا اور پھر کھٹاک سے بند کھڑکی کھل جاتی۔ ٹھیک سے یاد نہیں لیکن غالباً جب ہم نے اپنے بعض اساتذہ سے اس کا ذکر کیا تو انہوں نے اول تو اسے وہم قرار دیا لیکن ہمارے اصرار پر یہ ہدایت کی گئی کہ کھڑکی بند نہ کیا کرو بلکہ تھوڑی سی کھلی ہی رہنے دو۔ کچھ تو تھا جس کی پردہ داری تھی۔

کچھ عرصہ بعد یہ سلسلہ بند ہو گیا اور ہم لوگوں نے اطمینان کی سانس لی۔ لیکن اچانک غالباً دوڈھائی ماہ بعد یہ سلسلہ پھر چل پڑا۔ وہی دستک اور ویسے ہی کھڑکیوں کا کھل جانا۔

یہ زمانہ رمضان شریف اور ایام حج کا تھا۔ ہم نے یقین کر لیا کہ ''حضرت'' اس عرصے میں مکہ معظّمہ اور مدینہ منورہ میں قیام پذیر رہے ہوں گے اور یہی سبب یہاں سے ان کی غیر حاضری کا رہا ہوگا۔ چنانچہ ہم لوگ انہیں ''حاجی صاحب'' کے نام سے ہی خطاب کرنے لگے۔ جب کبھی کھڑکی پر دستک ہوتی ہم کہتے حاجی صاحب تشریف لے آئے۔ ہم لوگ اس کے اتنے عادی ہو گئے تھے کہ دل سے خوف جاتا رہا تھا۔ ہمیں حاجی صاحب کی جانب سے کبھی کسی قسم کی تکلیف یا

پریشانی کا سامنا نہیں کرنا پڑا۔

ایک شب جب ہم لوگ اپنے کمرے میں مصروف مطالعہ تھے، اچانک بارش ہوگئی۔ چونکہ مذکورہ کھڑکیوں سے بوچھاڑ اندر آرہی تھی لہٰذا انہیں بند کر دیا گیا۔ چند ہی منٹ گزرے تھے کہ ہمارے ہم سبق ابوالکلام (مرحوم) اور کچھ دیگر ساتھی آدھمکے کہ بارش اچھی ہو رہی ہے اولے بھی گر رہے ہیں چلو سب مل کر لطف لیتے ہیں۔ میں نے کتاب بند کی، کھڑکیوں کی چٹخنی ٹھیک سے لگائی کہ مبادا تیز ہوا کے جھونکے سے کھل جائیں اور بستر خراب ہو جائے اور سب ساتھیوں کے ساتھ دارالاقامہ سے نکل کر باہر میدان میں آ گیا۔ کچھ دیر بعد جب میں اپنے کمرے واپس پہنچا اور تالا کھول کر اندر داخل ہوا تو ایک آہٹ کا احساس ہو کر چونک پڑا.......... نظر بے ساختہ کھڑکیوں کی جانب اٹھ گئی۔ کیا دیکھتا ہوں کہ وہ چٹخنی جو میں نے خود اپنے ہاتھ سے بند کی تھی خود بخود گھوم کر سیدھی ہوئی پھر اوپر کی جانب اٹھی اور کھڑکی کے دونوں کواڑ ایک ہلکی سی کھٹاک کی آواز کے ساتھ کھل گئے۔ صاف محسوس ہوا کہ کمرے میں کوئی تھا ہماری آمد پر کھڑکی کے راستے باہر چلا گیا۔

کہے دیتی ہے شوخی نقش پا کی
ابھی اس راہ سے کوئی گیا ہے

اس نئے واقعہ سے ایک ہلکا سا خوف تو دل سے ضرور محسوس ہوا لیکن چونکہ ذہن میں پہلے ہی سے یہ بات بیٹھی ہوئی تھی کہ ''حاجی صاحب'' شر پسند نہیں ہیں اور خواہ مخواہ تکلیف نہیں پہنچاتے جلد ہی یہ خوف دور بھی ہو گیا۔ بات آئی گئی ہوگئی۔

ہمارے رفیق کمرہ مصور حسین چند روز کے لئے اپنے وطن گورکھپور گئے ہوئے تھے اور میں ان دنوں اپنے کمرے میں تنہا ہی تھا۔ والد صاحب کی ہدایات اور تربیت کے طفیل سوتے وقت بہت سی دعائیں اور آیات کریمہ پڑھ کر سونے کی عادت تھی۔ چنانچہ ایک مرتبہ رات دیر گئے تک کوئی کتاب پڑھنے کے بعد حسب عادت جب دعاؤں سے فارغ ہونے کے بعد کمرے کی بجلی بند کر کے سو رہا تھا تو اچانک اپنے دائیں پیر کے پنجے پر دباؤ محسوس کر کے آنکھ کھل گئی۔ غالباً کروٹ لینے کے باعث میرا پاؤں بستر سے باہر نکل کر دونوں پلنگوں کے درمیان موجود تنگ سے راستے میں حائل ہو گیا تھا۔ میں نے صاف محسوس کیا کہ میرے پنجے پر کسی کا ہاتھ ہے جو طاقت سے اسے

نیچے کی جانب دبا رہا ہے۔ میں بڑی مشکل سے اپنے پیر کو کھینچ کر واپس اپنے بستر کی حدود میں لاسکا لیکن اس ایک لمحہ کے اندر ہی خوف سے میرا پورا وجود تھرا اٹھا۔ میری جو کیفیت ہوئی اس کا اندازہ صرف مجھے ہے۔ یکا یک پورا جسم پسینہ سے شرابور ہوگیا۔ خوف کے باعث جسم میں ہلکا سا ارتعاش اور زبان گنگ۔ چاہا کہ کچھ پڑھوں لیکن زبان بے قابو اور الفاظ غائب۔ بڑی مشکل سے چادر جو پہلے ہی بدن پر موجود تھی کسی طرح کھینچ کر سر بھی اس کے اندر کرلیا اور باقی رات جاگ کر ہی گزری۔ اس کے بعد پھر کبھی ایسا نہ ہوا کہ میں نے اس کمرے میں تنہا رات گزاری ہو۔ غالباً پلنگوں کے درمیان جو تنگ سا راستہ تھا وہ ہمارے ''حاجی صاحب'' کے بھی گزرنے کا راستہ رہا ہوگا اور چونکہ میرا پیر ان کی راہ میں حائل تھا لہٰذا مجھے ان کی ناراضگی یا پھر ایک ہلکی سی تنبیہ کا شکار ہونا پڑا۔

ان واقعات کا تذکرہ کرتے وقت مجھے خیال آرہا ہے کہ میرے خاندان کے بعض بزرگوں اور خود والد صاحب کے ساتھ بھی عجیب وغریب واقعات پیش آئے ہیں، جو ان حضرات نے مختلف اوقات میں بیان فرمائے:

والد صاحب بسلسلہ تعلیم شاہ آباد (موجودہ صوبہ کرناٹک) میں مقیم تھے۔ ایک دن وہ مسجد میں وضو کررہے تھے تو کسی نے پشت کی جانب سے ان کی کمر میں گدگدی کی۔ والد صاحب چونک کر مڑے لیکن وہاں کوئی نہ تھا۔ انہوں نے خیال کیا کہ کسی دوست کی شرارت ہے جو گدگدا کر چھپ گیا ہے۔ ایک روز پھر ایسا ہی ہوا لیکن کوئی نظر نہ آیا تو والد صاحب جھلا کر بولے:

''کون ہے بھئی، مذاق مت کرو۔''

اب والد صاحب کو کسی کے ہنسنے کی آواز آئی۔ ان کی متلاشی نگاہیں ادھر ادھر بھٹکتی رہیں لیکن نہ گدگدانے والا نظر آیا اور نہ ہنسنے والا دکھائی دیا۔ اب یہ دل لگی ایک معمول سی بن گئی۔ اکثر ایسا ہوتا کہ وضو کرتے وقت جب ان کی پسلیوں میں انگلیاں چبھائی جاتیں تو والد صاحب کو بھی اس آنکھ مچولی پر ہنسی آجاتی اور وہ اپنے نادیدہ اور خوش مزاج دوست سے اسی دوستانہ لہجے میں خفگی کا اظہار کرتے تو وہی مانوس سی کھلکھلاتی ہوئی ہنسی کی آواز سنائی دیتی۔

اسی مسجد کے ایک کمرے میں جس کا دروازہ مسجد کے صحن میں کھلتا تھا، والد صاحب کے استاد مقیم تھے۔ انہوں نے تمام طلبہ کو ہدایت کررکھی تھی کہ ان کے کمرے سے متصل مسجد کا جو در ہے

اس میں نماز نہ پڑھنا کریں۔طلبہ کا خیال تھا کہ چونکہ مولانا ضعیف العمر ہیں ان کے لیے کمرے سے نکل کر اسی در میں نماز پڑھ لینا آسان ہوتا ہوگا۔

ایک بار مسجد میں والد صاحب اپنے چند ساتھیوں کے ساتھ رات میں پچھلے پہر تک مصروف مطالعہ رہے اور واپسی کے وقت یہ طے پایا کہ تہجد کا وقت شروع ہوگیا ہے، تہجد ادا کر کے ہی چلیں گے۔ وضو سے فراغت کے بعد کسی ساتھی نے کہا کہ چلو اسی کنارے والے در میں نماز ادا کر کے ادھر ہی سے نکل چلیں گے۔ ساتھیوں نے کہا کہ وہاں مولانا نماز ادا کرتے ہیں انہوں نے منع بھی کیا ہے۔ لیکن اس ساتھی نے کہا کہ انہیں کیا معلوم ہوگا وہ تو اپنے کمرے میں سو رہے ہیں، ابھی مسجد آتے وقت کھڑکی سے میری نظر پڑی تھی۔ جب یہ لوگ نماز ادا کرنے وہاں پہنچے تو دیکھا کہ خود مولانا موصوف اسی جگہ پر نماز میں مشغول ہیں۔ جن طالب علم نے مولانا کو اپنے کمرے میں سوتا ہوا دیکھا تھا حیران رہ گئے کہ یہ کیسے ممکن ہے کہ مولانا اتنی جلد خواب سے بیدار ہو کر، وضو اور دوسری ضروریات کی تکمیل کر کے مسجد بھی پہنچ گئے۔ وہ بضد تھے کہ میں نے صرف چند منٹ قبل انہیں اپنے کمرے میں سوتے ہوئے دیکھا ہے۔ جب بات زیادہ بڑھی تو طے پایا کہ چلو چل کر دیکھتے ہیں۔ سب ساتھی وہاں پہنچے اور کمرے کی کھڑکی سے جھانک کر دیکھا تو اپنے ساتھی کے بیان کو صحیح پایا۔ مولانا واقعی اپنے بستر پر محوِ خواب تھے۔ حیران و ششدر یہ لوگ واپس مسجد میں آئے تو ''مولانا صاحب'' وہاں سے غائب تھے۔ آج سب کی سمجھ میں آیا کہ ان کے استاد بالخصوص اس در میں انہیں نماز پڑھنے سے کیوں منع کیا کرتے تھے۔

یہ تو وہ چھوٹے چھوٹے واقعات ہیں جن کا تعلق اللہ تعالیٰ کی پیدا کردہ اس مخلوق سے تھا جس کو جن کہا جاتا ہے۔

والد صاحب کے ساتھ ایک انتہائی خوفناک واقعہ بھی پیش آیا جس کو انہوں نے ہم بھائی بہنوں کے اصرار اور ضد پر متعدد بار بیان کیا۔ وہ شاہ آباد کے جس مدرسے میں پڑھتے تھے وہاں سے ریلوے اسٹیشن دور تھا۔ یہ وہ دور تھا جب ابھی بجلی عام نہیں ہوئی تھی اور عام طور پر لالٹین یا چراغ وغیرہ سے روشنی حاصل کی جاتی تھی۔ ایک مرتبہ والد صاحب کے کوئی دوست ان سے ملنے آئے۔ واپسی رات کے وقت تھی۔ والد صاحب انہیں رخصت کرنے اسٹیشن تک گئے۔ چوں کہ واپسی میں کافی تاخیر ہوگئی تھی، انہیں کوئی سواری نہ مل سکی۔ لہذا والد صاحب نے فیصلہ کیا کہ مختصر

راستہ جو ریلوے لائن کے ساتھ ساتھ جاتا ہے، اسی سے پیدل نکل جائیں۔ اور وہ عام شاہراہ چھوڑ کر اسی ریلوے لائن کے کنارے کنارے چل پڑے۔ ابھی تھوڑی ہی دور گئے تھے کہ محسوس ہوا کہ جیسے انہیں کوئی آواز دے رہا ہے۔ مڑ کر پیچھے دیکھا تو کچھ دور ریل کی پٹریوں کے درمیان ایک بوڑھی سی عورت آہستہ آہستہ لاٹھی ٹیکتی ہوئی آتی نظر آئی۔ والد صاحب نے خیال کیا کہ بوڑھی عورت ہے، اندھیرے کی وجہ سے چلنے میں دشواری ہو رہی ہوگی لالٹین دیکھ کر مدد کی طالب ہے۔ وہ رک گئے اور انتظار کرنے لگے کہ بڑھیا آ جائے تو لالٹین کی روشنی میں دونوں آگے بڑھ جائیں۔ جب کافی دیر ہوگئی اور بڑھیا تو نہیں آئی تو انہوں نے مڑ کر پیچھے کی طرف دیکھا۔ اچانک ان کے تن بدن پر خوف و ہیبت کی ایسی تھرتھری چھا گئی کہ نبضیں بیٹھنے لگیں، دل تیز تیز دھڑکنے لگا اور جیسے دم گھٹ کر گلے میں کانٹے کی طرح پھنس گیا۔ کیا دیکھتے ہیں کہ خوب لمبی چوڑی، کالی کلوٹی، لال لال انگارہ سی آنکھوں والی ایک عورت، بڑے بڑے چمکیلے سفید دانت، خوب لمبے لمبے کالے سیاہ بال کندھوں سے سینے پر لہراتے ہوئے، سر پر کوئلوں سے بھرے ہوئے سات آٹھ بڑے بڑے ٹوکرے اٹھائے بالکل ان کے پیچھے کھڑی ہوئی ہے۔ سراسیمگی کے عالم میں بے ساختہ والد صاحب کی نظر اس کے پیروں سے ہوتے ہوئے سر تک گئی۔ انہوں نے ہمیں بتایا کہ خوف و ہراس کی ایک تیز لہر بجلی کے کرنٹ کی طرح ان کے بدن میں دوڑ گئی، اوپر کی سانس اوپر اور نیچے کی نیچے رہ گئی۔ چیخنا چاہا مگر گھگھی بندھ گئی۔ کچھ پڑھنے کی کوشش کی تو لگا جیسے زبان گنگ ہوگئی اور دم گھٹ کر کانٹے کی طرح گلے میں پھنس گیا ہے۔ میں نے بڑی مشکل سے آہستہ آہستہ اپنا رخ اس کی طرف سے پھیرا اور آگے چلنے کی کوشش کی تو قدموں نے ساتھ دینے سے انکار کر دیا۔

میں کچھ دیر اسی طرح ساکت کھڑا رہا اور دل ہی دل جو کچھ الٹا سیدھا ممکن ہوا پڑھتا رہا۔ اس سے مجھے ذرا سا سہارا ملا اور میں نے ہمت کر کے پھر قدم اٹھائے تو کامیابی ہوئی۔ اب میں نے دوبارہ پیچھے دیکھے بغیر بہت آہستہ آہستہ قدم جمانے بڑھانے شروع کیے۔ زبان نے بھی کچھ ساتھ دیا اور میں کلمہ طیبہ، آیت الکرسی نیز جتنی آیتیں اور دعائیں اس وقت یاد آتی گئیں ان کا ورد کرتے ہوئے آگے کی طرف قدم بڑھاتا رہا۔ نہ جانے کتنی مدت گزر گئی اور میں چلتا رہا۔ بالآخر جب میں اس جگہ پہنچا جہاں پر قلیوں اور ریلوے میں کام کرنے والے مزدوروں کے کوارٹر تھے اور جو مدرسے سے قریب ہونے کے باعث مجھے پہچانتے بھی تھے جب ان کی نظر مجھ پر پڑی تو

ان میں سے کسی نے پوچھا:

''کون؟ مولوی صاحب؟''

بس یہ آواز میرے کانوں سے ٹکرائی تھی کہ میں، جو ابھی تک ہمت کیے ہوئے تھا اور جس ہمت کے سہارے یہاں تک پہنچ پایا تھا وہ سہارا ملنے پر اچانک ٹوٹ گئی اور میں چکرا کر گر پڑا۔

پھر جب مجھے ہوش آیا تو میں نے دیکھا کہ میں اپنے کمرے میں بستر پر پڑا ہوا ہوں اور میرے استاد مجھ پر جھکے ہوئے کچھ پڑھ پڑھ کر دم کر رہے ہیں۔ کچھ دوسرے افراد اور چند قلی بھی بستر کے قریب موجود ہیں۔ مجھے بعد میں معلوم ہوا کہ وہی قلی میرے بے ہوش ہو جانے کے بعد مجھے وہاں سے اٹھا کر مدرسے لے آئے تھے۔ ان قلیوں نے بتایا کہ ''یہ کوئی چیز'' ہے جس کے حملے سے آج تک کوئی زندہ نہیں بچا، آپ کو قرآن نے بچالیا۔

برسوں گزر جانے کے بعد بھی والد صاحب کا بیان کیا ہے کہ جب کبھی یہ منظر یاد آ جاتا ہے تو اب بھی خوف سے ان کے بدن میں جھرجھری سی آ جاتی ہے۔

ہنمکنڈہ (ضلع ورنگل، آندھرا پردیش) میں ایک نہایت قدیم اور تاریخی مندر ہزار ستون کے نام سے ہے جو ایک بہت بڑے رقبے پر مضبوط سنگی فصیل کے اندر واقع ہے۔ چار بڑے بڑے گیٹ ہیں۔ ایک مدت تک یہ مندر ویران پڑا رہا۔ میرے بڑے ابا سید احمد حسن گھر سے کچھ فاصلے پر ظہور منزل نامی ایک مکان میں قرآن مجید پڑھانے جایا کرتے تھے۔ ایک مرتبہ واپسی میں کافی تاخیر ہوگئی اور رات کا اندھیرا چھا گیا۔ مندر ہمارے مکان کے راستے میں پڑتا تھا جس کی وجہ سے گھر پہنچنے کے لیے ایک طویل چکر لگانا پڑتا تھا۔ لوگ عام طور پر طوالت سے بچنے کے لیے مندر کے اندر داخل ہو کر دوسرے دروازے سے نکل جاتے تھے۔ اس دن بڑے ابا نے بھی مزید تاخیر سے بچنے کے لیے یہی کیا اور مندر میں داخل ہوگئے۔ اندھیرا، سناٹے اور ہر طرف پھیلی ہوئی ویرانی سے مل کر عجیب سا پراسرار ماحول پیش کر رہا تھا۔ بڑے ابا نے جیسے ہی گیٹ کے اندر قدم رکھا ایک انسانی ہیولا ان کے ساتھ ساتھ چلنے لگا۔ جلد ہی انہیں احساس ہوگیا کہ کچھ گڑبڑ ہے وہ انسانی ہیولا ان کے ساتھ ساتھ ہی رہا۔ کبھی دائیں طرف، کبھی بائیں جانب، کبھی آگے اور کبھی پیچھے۔

بڑے ابا کے بدن میں ایک سنسناہٹ اور کپکپی سی دوڑ گئی۔ وہ انسانی ہیولا ان سے کچھ

کہے بغیر مسلسل ان کے قریب رہا۔ حتی کہ بڑے ابا مندر کے دوسرے دروازے پر پہنچ گئے اور جیسے ہی انہوں نے پہلا قدم دروازے کے باہر رکھا وہ سایہ منمناتی ہوئی آواز میں ان سے مخاطب ہوا:
"احمد میاں قرآن پڑھا کر آ رہے ہو، اس لیے آج بچ گئے۔"
اس درمیان بڑے ابا مندر سے باہر آ چکے تھے۔ یہ جملہ کان میں پڑتے ہی پلٹ کر دیکھے بغیر سر پر پاؤں رکھ کر بھاگے۔ گھر پہنچتے پہنچتے حالت خراب ہو چکی تھی، گرے اور بے ہوش ہو گئے۔ کئی روز بخار میں پڑے رہے اور آہستہ آہستہ روبصحت ہوئے۔ انہوں نے رات کے وقت بالخصوص اس مندر میں دوبارہ کبھی قدم نہیں رکھا۔

◻◻◻

ماخذ: جن سے الفت تھی بہت، خودنوشت، سید قمر الحسن، مصنف نے دہلی سے شائع کی، ۲۰۱۴ء

حصہ دوم

متفرق کتابوں سے انتخاب

# باتاں پرانیاں......ناقابل فہم واقعات

ظفر احمد چودھری

ہم یہ سمجھنے میں غالباً حق بجانب ہیں کہ ہر واقعہ کی کوئی نہ کوئی وجہ ضروری ہے جو اسے ظہور میں لاتی ہے۔ بالغ فہم اور بینا آنکھ ہر پوشیدہ امر کو عیاں کر دیتے ہیں اور ہر معمہ حل ہو جاتا ہے۔ تاہم چند اہم واقعات ایسے بھی ہوتے ہیں جو بظاہر عقل و فہم سے بالا نظر آتے ہیں اور جن کو سلجھانا ناممکن نہیں تو از حد مشکل ضرور ہوتا ہے۔ ذیل میں اس گورکھ دھندے کی چند مثالیں پیش کی ہیں:

## وہ کون تھا:

لارڈ ہیلی فیکس ایک وقت میں ہندوستان کے وائسرائے تھے۔ بعد میں انہیں فرانس میں سفیر مقرر کر دیا گیا۔ ان کی اپنی تحریر میں مندرجہ واقعہ درج ہے۔ فرانس جانے سے قبل وہ اپنے ایک دوست سے شمالی انگلستان میں ملنے گئے۔ ان کے میزبان ایک وسیع مکان میں رہتے تھے جس کے اردگرد کھلا میدان تھا اور کوئی آبادی نظر نہ آتی تھی۔ رات کے وقت انہیں نیند نہ آئی اور انہوں نے سوچا کہ باہر کھلے میدان میں کچھ چہل قدمی کریں اور چمکتی چاندنی کا لطف اٹھائیں۔ وہ چلتے چلتے ایک بڑے درخت کے قریب پہنچے تو انہیں کسی کے قدموں کی آہٹ سنائی دی۔ انہوں نے مڑ کر دیکھا تو ایک شخص لمبا کوٹ پہنے کندھے پر لکڑی کا بڑا سا بکس اُٹھائے چلا آ رہا ہے۔ انہوں نے بلند آواز سے پوچھا ''کون ہو تم؟'' اُس شخص نے نگاہ بھر کر ان کی طرف دیکھا جس میں نفرت جھلکتی تھی۔ پھر وہ آہستہ آہستہ آگے بڑھ گیا تاوقتیکہ آنکھ سے اوجھل ہو گیا۔ اُس کی شکل عجیب اور خوفناک سی تھی جو فوراً ان کے ذہن پر نقش ہو گئی۔ اس ڈراؤنے واقعہ کے بعد انہیں ٹھیک نیند نہ آئی۔ صبح ناشتے کے وقت انہوں نے یہ روداد اپنے میزبان سے بیان کی۔ میزبان نے کہا کہ معلوم ہوتا ہے آپ کو کوئی خواب آیا ہے۔ یہاں تو دور دور تک کوئی آبادی نہیں اور میرے گھر میں

پرانے ملازموں کے علاوہ کوئی اور شخص نہیں۔ان باتوں سے ان کی تسلی نہ ہوئی کیونکہ یہ بھیانک سا واقعہ ان کے ذہن پر نقش ہو چکا تھا۔جلد ہی وہ اپنی سفارتی ذمہ داری سنبھالنے کے لیے پیرس روانہ ہوگئے۔ان کے ساتھ ان کا سیکرٹری تھا۔پیرس پہنچ کر پہلی رات انہیں ایک مشہور ہوٹل میں قیام کرنا تھا جہاں ان کا شاندار استقبال ہوا۔ان کا قیام سب سے اعلیٰ کمروں میں ہوتا تھا جو چھٹی منزل پر واقع تھے۔اُوپر جانے کے لیے لفٹ مہیا تھی۔جلد ہی لفٹ اوپر سے نیچے آ کر رُکی۔کچھ لوگ مع ان کے سکریٹری کے لفٹ میں داخل ہوگئے۔اس زمانے میں لفٹ چلانے کے لیے ایک کارندہ مقرر ہوتا تھا۔جیسے ہی سفیر صاحب لفٹ میں داخل ہونے لگے ان کی نظر اُس شخص پر پڑی جو لفٹ چلا رہا تھا۔اس کا چہرہ بعینہ وہی تھا جسے انہوں نے اپنے دوست کے ہاں قیام کے دوران رات کو دیکھا تھا اور کچھ خوف محسوس کیا تھا۔وہ فوراً لفٹ سے پیچھے ہٹ گئے۔جلد ہی لفٹ کا دروازہ بند ہوگیا۔اور لفٹ اُوپر جانے لگی ابھی تیسری یا چوتھی منزل پر پہنچی ہوگی کہ اُسے کھینچنے والی آہنی رسی ٹوٹ گئی اور لفٹ دھڑام سے زمین پر آ رہی۔تمام لوگ جو لفٹ میں سوار تھے، مع سیکرٹری اور لفٹ چلانے والے کے، آن کی آن میں مارے گئے۔سفیر صاحب نے ہوٹل والوں سے لفٹ چلانے والے کے متعلق پوچھا۔پتہ چلا کہ وہ حال ہی میں ملازم ہوا تھا اور اپنا کام بخوبی کر لیتا تھا۔سفیر صاحب نے بہت کوشش کی کہ اس کا کچھ آگا پیچھا معلوم ہو لیکن کوئی ایسا شخص تلاش نہ کر سکے جس کا اُس سے کسی قسم کا بھی تعلق ہو اور جانتا ہو کہ وہ کون تھا۔

## ہوائی سفر:

دوسری جنگ عظیم کے آخری سالوں میں اتحادیوں نے جنوب مشرقی ایشیا میں فوجی کمان بنائی جس کے سربراہ لارڈ مونٹ بیٹن تھے اور جس کی ہوائی فوج کے کمانڈر نہایت تجربہ کار ائیر مارشل پارک [۱] تھے (مجھے یہی نام یاد ہے جو ممکن ہے صحیح نہ ہو) جنگ کے اختتام کے بعد مونٹ بیٹن ٹوکیو میں تھے اور ائیر مارشل پارک کو ان سے ملنے سنگاپور سے ٹوکیو جانا تھا۔مونٹ بیٹن کے ذاتی استعمال کے لیے ایک ڈکوٹا جہاز جس میں لمبی پرواز کرنے کے لیے اضافی ٹینک لگا دیے گئے تھے۔یہ جہاز سنگاپور بھیجا گیا تاکہ وہ ائیر مارشل کو ٹوکیو لے آئے۔روانگی صبح کے وقت ہونا تھی۔ائیر مارشل پارک رات فوجی کلب میں ٹھہرے جہاں اور لوگ بھی تھے۔شام کے وقت وہ

اپنی پیاس بجھانے بار میں گئے۔ وہ ابھی بیٹھے ہی تھے کہ ایک اجنبی امریکن میجر ان کے قریب آ کر بیٹھ گیا اور اپنا تعارف کروایا۔ پھر کہا کہ اُس نے رات کو سوتے میں ان کو دیکھا تھا اور وہ اپنا خواب بیان کرنا چاہتا ہے۔ ائیر مارشل ہنسے اور کہا کہ بصد شوق۔ اُس نے کہا کہ میں نے دیکھا کہ آپ ایک ڈکوٹا جہاز میں سوار ہیں جسے خاص طور پر آرام دہ بنایا گیا ہے۔ آپ کو ٹوکیو جانا ہے اور آپ کے ساتھ سات مرد اور دو عورتیں سوار ہیں۔ جہاز موسم کی خرابی کی وجہ سے بد کنے لگتا ہے اور راستہ کھو دیتا ہے۔ کبھی آگے جاتا ہے کبھی پیچھے لیکن کوئی حربہ کارگر نہیں ہوتا۔ اب پٹرول کم ہونے لگتا ہے اور پائلٹ اس کوشش میں ہے کہ کہیں کسی مناسب جگہ جہاز کو پیٹ کے بل زمین پر اُتارے۔ اسے ایک چمک دار سیپیوں سے بھرا سمندر کا کنارہ نظر آتا ہے اور وہ جہاز کو وہاں اُتارنے کا فیصلہ کرتا ہے۔ جونہی جہاز زمین کو چھوتا ہے وہ ایک دھماکے سے پھٹ جاتا ہے اور جہاز میں سوار سب لوگ زندگی سے ہاتھ دھو بیٹھتے ہیں۔ یہ قصہ سن کر ائیر مارشل صاحب ہنسے اور کہا کہ معلوم ہوتا ہے آپ نے کچھ زیادہ ہی پی لی ہوگی جو ایسے خواب آنے لگے۔ میجر صاحب نے کہا کہ مجھے کوئی شک نہیں کہ یہ خواب آپ کے متعلق تھا اور آپ سے ملنے کے بعد اور یقین ہو گیا کہ خواب میں جس شخص کو دیکھا وہ آپ ہی تھے۔ اسی لیے میں نے اپنا فرض سمجھا کہ اگر ہو سکے تو یہ خواب آپ کو سنا دوں۔

اگلی صبح ائیر مارشل جہاز پر پہنچے تو پائلٹ سے پوچھا کہ جہاز کتنی دیر ہوا میں رہ سکتا ہے؟ پائلٹ مسکرایا اور کہا جہاز میں اضافی ٹینک لگے ہیں اور یہ ٹوکیو جا کر بغیر لینڈ کیے واپس سنگاپور آ سکتا ہے۔ رات کے سنے ہوئے خواب کا خفیف سا اثر ائیر مارشل کے ذہن پر تھا جو اس سوال کا محرک بنا۔ جہاز میں سوار ہو کر مسافروں پر نظر ڈالی تو ایک عورت اور چھ مرد نظر آئے جب کہ خواب کے بیان میں سات مرد اور دو عورتیں کہی گئی تھیں۔ ائیر مارشل کو اور تسلی ہوئی۔ جہاز کا دروازہ بند ہونے کو تھا کہ ایک فوجی افسر بھاگتا ہوا آیا اور نہایت عاجزانہ پیرائے میں کہا اُس کی بیوی ٹوکیو میں ہے اور خود اسے دس روز کی رخصت ملی ہے اور اگر اجازت ہو تو وہ بھی ان کے ساتھ سوار ہو جائے۔ جواب ملا ہاں ضرور اب تو مرد سات ہو گئے لیکن ائیر مارشل کو تسلی ہوئی کہ عورت تو ایک

ہی تھی۔ جہاز کے انجن سٹارٹ ہوئے اور جہاز آگے سرکنے لگا پھر رک گیا اور پائلٹ نے پیچھے آ کر ائیر مارشل سے کہا کہ جاپان میں متعین برطانوی سفیر کا پیغام ہے کہ ان کی سیکریٹری سنگاپور آئی تھی جس کی اب انہیں سخت ضرورت ہے۔ وہ ائیر پورٹ پر پہنچ چکی ہے اور اگر جہاز میں جگہ ہو تو مہربانی کر کے اُسے بھی اپنے ساتھ لے آئیں۔ درخواست ایسی معقول تھی کہ فوراً اجازت دے دی گئی۔ جلد ہی سیکریٹری کار میں جہاز کے قریب آ گئی اور دروازہ کھول کر اسے سوار کروالیا گیا۔ اب جہاز میں اتنی ہی سواریاں ہوگئی تھیں جو امریکن میجر نے خواب میں دیکھی تھیں۔ ائیر مارشل صاحب کچھ پریشان تو ہوئے۔ لیکن وہ دونوں عالمی جنگوں میں حصہ لے چکے تھے اور سینکڑوں حادثات دیکھ چکے تھے اس لیے انہوں نے سواریوں کی تعداد پوری ہو جانے کو کوئی خاص اہمیت نہ دی۔

پہلے چند گھنٹے موسم صاف تھا اور پرواز معمول کے مطابق جاری رہی۔ پھر بادل آئے اور ہوا میں ارتعاش کی وجہ سے جہاز بدکنے لگا۔ پائلٹ نے لاکھ کوشش کی کہ راستہ بدل کر وہ اس مشکل سے نجات پائے۔ اس عمل میں جہاز کہیں کا کہیں نکل گیا لیکن سخت بارش اور طوفان سے باہر نہ نکل سکا۔ یہ کشمکش اتنی دیر جاری رہی کہ پٹرول کم پڑنے لگا اور یہ ضروری ہو گیا کہ جلد ہی جہاز کو زمین پر اُتار لیا جائے۔ پائلٹ نے ائیر مارشل کو بتایا کہ اب سوائے جہاز کو پیٹ کے بل زمین پر اُتارنے کے اور کوئی چارہ نہیں جس کے لیے اس نے سمندر کے کنارے ایک جگہ چنی ہے جس پر چھوٹی چھوٹی سیپیاں بکھری ہوئی ہیں۔ ائیر مارشل نے کھڑکی سے باہر کا نظارہ دیکھا تو یہ وہی تھا جو امریکن میجر نے بیان کیا تھا۔ انہوں نے سوچا کہ یہ آخری وقت ہے اور جلد ہی سب کچھ آگ کی نظر ہو جائے گا۔

جہاز سیپیوں سے بھرے سمندر کے کنارے اُترا۔ زمین سے لگ کر گھسٹتا گھسٹتا رک گیا اور سب لوگ بحفاظت نیچے اُتر آئے۔ سب سے زیادہ حیران اور پریشان ائیر مارشل صاحب تھے کیونکہ انہیں یقین آنے لگا تھا کہ جیسے باقی سب باتیں امریکن میجر کی خواب کے مطابق پوری ہوئیں۔ انجام بھی وہی ہوگا جو وہ بیان کر چکا تھا۔ وہ زبان حال سے کہہ رہے تھے ''اک معمہ ہے سمجھنے کا نہ سمجھانے کا''!!

## گھوڑوں کی دوڑ:

1946ء میں ایک صاحب بنام 'گاڈلے' آ کسفورڈ یونیورسٹی میں پڑھتے تھے۔ بعد میں وہ لارڈ بھی بنا دیے گئے۔ وہ تفریح کے لیے شمالی انگلستان گئے ہوئے تھے کہ ایک رات انہوں نے نیند کے دوران خواب میں دیکھا کہ فلاں نام کا گھوڑا فلاں ریس جیت گیا ہے۔ انہیں گھوڑوں کی ریس سے معمولی سی شناسائی تھی اور انہوں نے کبھی کسی گھوڑے پر شرط نہیں لگائی تھی۔ خاصی بھاگ دوڑ کے بعد معلوم ہوا کہ اگلے روز اُسی نام کا گھوڑا جو انہوں نے خواب میں دیکھا تھا ایک ریس میں حصہ لے رہا ہے۔ انہوں نے کچھ بے یقینی کے عالم میں اس گھوڑے پر معمولی سی رقم کی شرط لگا دی۔ وہ گھوڑا جیت گیا اور انہیں کئی گنا رقم حاصل ہو گئی۔ انہوں نے آکسفورڈ واپسی پر چند ایک دوستوں کو یہ بات بتائی جو مصر ہوئے کہ اگر آئندہ کوئی ایسا خواب آئے تو وہ انہیں ضرور اطلاع دیں۔ کوئی ایک ماہ بعد پھر انہیں ایسا ہی خواب آیا جس میں جیتنے والے گھوڑے کا نام صاف طور پر لکھا ہوا دکھائی دیا۔ انہوں نے یہ خبر اپنے قریبی دوستوں کو بھی دے دی اور اس دفعہ انہوں نے خود اور ان کے کچھ دوستوں نے بھی خاصی رقم کی شرط لگا دی۔ گھوڑا پھر جیت گیا اور سب کو خاصا منافع ہوا۔ کوئی سال بھر وقفے وقفے سے یہ سلسلہ چلتا رہا اور ہر دفعہ خواب میں دیکھا گھوڑا جیتتا رہا۔ اور گاڈلے صاحب اور ان کے دوستوں کی جیبیں بھرتی رہیں۔ خواب آنے کے بعد وہ متعلقہ اخبار سے معلوم کر لیتے کہ دکھایا گیا گھوڑا کہاں اور کس ریس میں حصہ لے رہا ہے۔ پھر ان خوابوں میں ایک تعطل آگیا اور گھوڑوں پر شرطیں لگا کر منافع حاصل کرنے کا سلسلہ بند ہو گیا۔ کوئی سات آٹھ سال بعد انہیں پھر خواب آیا کہ گائی کواڑ بڑودہ (ایک ہندو راجہ) کا فلاں نام کا گھوڑا جیت گیا ہے۔ یہ ایک مشہور ریس تھی جس میں جیتنے والے کو ایک بھاری رقم ملتی۔ گاڈلے نے اس ریس پر خاصی رقم لگا دی۔ گھوڑا جیت گیا۔ گاڈلے کی جیبیں نوٹوں سے بھر گئیں اور باقی رقم بریف کیس میں رکھنا پڑی۔ اس کے بعد گاڈلے کو ریس کے متعلق کوئی خواب نہیں آیا۔

## کارپورل بھیاں:

1951ء میں میرا اسکوارڈرن میران شاہ میں مقیم تھا۔ وہاں قیام کے دوران عید کا تہوار آیا۔ افسروں اور ماتحت عملہ (ائیرمین) کی رہائش قریب قریب واقع تھی ۔ائیر مین نے تمام افسروں کو اپنے میس میں شام کے کھانے کے لیے دعوت دی۔ کھانے کے بعد اعلان ہوا کہ اب آپ کو کارپورل بھیاں (جو بنگالی تھے) ایک حیرت انگیز کرتب دکھائیں گے۔ سامنے ایک بلیک بورڈ اور سفید چاک رکھ دیا گیا۔ پھر کارپورل بھیاں کی آنکھوں پر موٹی پٹی باندھ دی گئی۔ مجھے کہا گیا کہ میں بلیک بورڈ پر چاک سے کچھ لکھوں جسے بھیان بند آنکھوں سے پڑھنے کی کوشش کریں گے۔ میں نے انگریزی میں عید مبارک لکھا جو بھیاں نے کسی قدر توقف کے بعد پڑھ دیا۔ سب نے تالیاں بجائیں۔ پھر میں نے L-950 لکھا جو میرے جہاز کا نمبر تھا۔ بھیاں نے وہ بھی پڑھ دیا۔ پھر پٹی کھول کر میرے قریب کی کرسی پر آکر بیٹھ گئے۔ میں نے مسکراتے ہوئے پوچھا کہ کون اُن کا ساتھی ہے جو لکھے ہوئے الفاظ آہستہ سے بول کر ان تک پہنچا دیتا ہے۔ انہوں نے جواب دیا کہ ایسی کوئی بات نہیں، لکھی ہوئی عبارت انہیں بند آنکھوں سے نظر آجاتی ہے۔ میں نے کہا یہ تو ممکن نہیں اور ایسا ثابت کرنے کے لیے کل صبح وہ میرے دفتر میں آجائیں جہاں میں خود اس دعوے کو پرکھوں گا۔

چنانچہ وہ اگلے روز صبح کے وقت میرے دفتر میں آگئے ۔ان کے ساتھ بلیک بورڈ، چاک اور ایک موٹے کپڑے کی پٹی بھی۔ میں نے کھڑکی اور دروازہ بند کر لیے جس سے کمرہ میں تقریباً اندھیرا ہو گیا اور بھیاں کی آنکھوں پر پٹی اس طرح باندھ دی کہ اندر روشنی نہ جاسکے۔ جو کچھ الٹا سیدھا میں نے بلیک بورڈ پر لکھا، بھیاں نے کسی قدر توقف سے بالکل صحیح پڑھ دیا۔ میرے تمام شکوک رفع ہو گئے اور مجھے یقین آگیا وہ واقعی بند آنکھوں سے بھی دیکھ سکتے ہیں۔ انہوں نے بتایا کہ لڑکپن میں یہ فن کلکتہ کے ایک ہندو استاد سے سیکھا تھا۔

کچھ روز افسروں کی میس میں شام کے کھانے کی دعوت تھی جس میں پولیٹیکل اور فوجی افسروں کو بھی بلایا گیا۔ کھانے کے بعد میں نے بھیاں کو بلایا کہ وہ آکر ہمارے مہمانوں کے

سامنے اپنے فن کا مظاہرہ کریں، وہ آ گئے اور حسب سابق جو کچھ بھی بورڈ پر لکھا گیا انہوں نے پڑھ دیا۔ پھر انہوں نے کہا کہ اگر آپ کے دل میں ابھی بھی کوئی شک ہے کہ میں واقعی بند آنکھوں سے دیکھنے کی استعداد رکھتا ہوں تو میں آپ کو ایک ایسا کرتب دکھاتا ہوں کہ آپ کو یقین کرنا ہی پڑے گا کہ میں واقعی بند آنکھوں سے دیکھ لیتا ہوں۔ وہ اپنے ساتھ آلو کا ایک قتلہ لائے تھے اور ایک بڑا سا نوک دار چاقو۔ انہوں نے کہا کہ کوئی صاحب لیٹ جائیں اور میں یہ آلو کا قتلہ ان کی ناک سے ذرا اوپر ماتھے پر رکھ دوں گا۔ اور پھر آنکھوں پر پٹی باندھ کر چاقو کی نوک سے اُٹھالوں گا۔ اب سوال تھا کہ کون قربانی کا بکرا بننے کے لیے تیار ہوگا۔ سب لوگ ایک دوسرے کی طرف دیکھنے لگے، میں نے فوجی روایت کے مطابق یہ فیصلہ دیا کہ اس آزمائش کے لیے سب سے جونیئر افسر خود کو پیش کرے گا۔ اس وقت سب سے جونیئر افسر فلائنگ آفیسر ذوالفقار تھے جو بعد میں فضائیہ کے سربراہ بنے۔ وہ کچھ گھبرائے ہوئے لیکن مسکراتے ہوئے زمین پر لیٹ گئے۔ بھیاں نے آلو کا قتلہ ان کی ناک کے اوپر کے حصے میں آنکھوں کے درمیان رکھا۔ پھر موٹی پٹی سے آنکھیں بندھوا کر چاقو ہاتھ میں لیا اور سر کے قریب کھڑے ہو گئے۔ پھر وہ چہرے پر جھکے، چاقو ادھر ادھر گھمایا۔ اور انتہائی تیزی سے وار کرتے ہوئے چاقو کی نوک سے آلو کا قتلہ اٹھالیا۔ سب حاضرین نے زور زور سے تالیاں بجائیں اور ذوالفقار کی جان میں جان آئی۔

دو تین ماہ بعد ہمارا اسکواڈرن پشاور آ گیا۔ ان دنوں برطانوی سائنس دانوں کا ایک گروپ پشاور آیا تھا جس میں کئی ایک مشہور سائنس دان شامل تھے۔ ہم نے انہیں شام کے کھانے کے لیے فضائیہ کے میس میں بلایا۔ باتوں باتوں میں انڈین روپ ٹرک کا ذکر چھڑ گیا۔ میں نے کہا کہ انڈین روپ ٹرک کے متعلق تو مجھے کچھ معلوم نہیں لیکن میرے اسکواڈرن میں ایک لڑکا ہے جو بند آنکھوں سے دیکھ لیتا ہے۔ وہ سب ہنسنے لگے اور کہا کہ آپ لوگ خواہ مخواہ ایسی ان ہونی باتیں مان لیتے ہیں کیونکہ ایسا کر سکنا ناممکن ہے۔ میں نے کہا ہاتھ کنگن کو آرسی کیا، آپ کل صبح آ کر خود اس دعوے کو پرکھ لیں۔ چنانچہ وہ سب لوگ اگلی صبح ایئر فیلڈ پر آ گئے۔ انہوں نے کہا ایک مشہور بائی آلوجسٹ بنام پروفیسر ہل کو اس امتحان کے لیے نامزد کیا۔ پروفیسر صاحب بھیاں کو ایک تقریباً

تاریک کمرے میں لے گئے۔اور سب دروازے وغیرہ اچھی طرح بند کر لیے۔ہم سب باہر انتظار کرتے رہے۔کوئی دس منٹ بعد دروازہ کھلا اور پسینے میں بھیگے ہوئے پروفیسر صاحب بھیاں کے ساتھ برآمد ہوئے۔انہوں نے کہا اگر چہ میرے لیے یہ قبول کرنا مشکل ہے لیکن یہ شخص واقعی بند آنکھوں سے دیکھ لیتا ہے۔انہوں نے بتایا کہ انہوں نے پوری تسلی کر لی تھی کہ آنکھوں پر موٹی پٹی باندھ دی جائے اور کوئی روشنی آنکھ کے قریب نہ جا سکے۔انہوں نے جو کچھ بلیک بورڈ پر لکھا پڑھ دیا گیا۔آخر تنگ آ کر انہوں نے اپنی پوتی کا ویلش نام اس طرح لکھا کہ آخری حروف پہلے لکھے جائیں اور پہلے حروف بعد میں۔انہوں نے بتایا کہ بھیاں نے کہا وہ یہ لفظ ادا نہیں کر سکتا البتہ اس کے ہجے کر دے گا اور پھر بالکل صحیح ہجے کر دیے۔ہم نے سب سائنسدانوں اور بھیاں کو چائے پلائی اور رخصت کیا۔ظاہر ہے کہ سائنسدانوں کی خوداعتمادی میں کچھ فرق ضرور آ گیا تھا۔گویا وہ زبان حال سے کہہ رہے تھے کہ ہم نے جانا تو یہ جانا کہ نہ جانا کچھ بھی۔

## بی بی سعیدہ:

میری عمر تین چار برس کی تھی۔جب ہم سیال کوٹ میں رہتے تھے۔مجھے کچھ یاد پڑتا ہے کہ ہمارے ہاں کبھی کبھی ایک خاتون آتی تھیں جن کا سب احترام کرتے تھے۔ہو سکتا ہے کہ میں نے اپنے گھر میں ان کا ذکر اتنی دفعہ سنا کہ مجھے محسوس ہونے لگا کہ میں نے انہیں دیکھا تھا۔بہر حال بعد میں اپنے گھر میں ان کے متعلق بہت سی باتیں اپنی والدہ اور دوسرے عزیزوں سے سنیں جن کے وہ خود شاہد تھے۔بی بی سعیدہ کی شادی کے جلد بعد ان کے میاں فوت ہو گئے اور ان کے ہاں کوئی اولاد نہ ہوئی۔ان کے متعلق مشہور تھا کہ وہ بہت نیک اور پہنچی ہوئی خاتون ہیں اور انہیں یہ ملکہ حاصل ہے کہ انہیں آئندہ پیش آنے والے امور کا ادراک ہو جاتا ہے۔چند ایسے واقعات کا یہاں ذکر کیا جاتا ہے۔

ہمارے ہاں ایک دور کی رشتہ دار خاتون کسی دوسرے شہر سے آئیں۔ان کے ساتھ ان کا سوٹ کیس تھا جس میں کپڑے اور دوسری اشیاء رکھی تھیں۔جب انہوں نے یہ اشیاء سوٹ کیس سے نکالیں تو پریشانی کی حالت میں کہا کہ وہ سو روپے کا نوٹ غائب ہے جو انہوں نے خود سوٹ

کیس میں رکھا تھا۔ان دنوں میں سو روپے کا نوٹ شاذ ہی نظر آتا تھا اور یہ ایک خاصی بڑی رقم سمجھی جاتی۔سوٹ کیس کئی مرتبہ کھنگالا اور کپڑے جھاڑے گئے لیکن نوٹ نہ ملا۔بالآخر معاملہ بی بی سعیدہ کے سامنے پیش کیا گیا کہ وہ دعا کریں اور پتہ چلانے کی کوشش کریں کہ نوٹ کیسے کھو گیا یا کون لے گیا؟۔بی بی سعیدہ نے آنکھیں بند کر کے اور سر جھکا کر توجہ کی اور پھر سر اُٹھا کر کہا کہ نوٹ کھویا ہی نہیں تو میں کیا بتاؤں؟سوٹ کیس اور اس میں رکھی ہوئی سب چیزوں کو پھر کھنگالا گیا لیکن کچھ حاصل نہ ہوا۔چند روز بعد سوٹ کیس کھولا تو ڈھکنے کی نکڑ میں پھنسا ہوا نوٹ نظر آیا اور بی بی سعیدہ کی بات درست ثابت ہوئی۔

میں ابھی بچہ تھا کہ ہمارے بڑے ماموں انجینئرنگ کی تعلیم کے لیے انگلستان گئے۔یہ کوئی 1930 کا واقعہ ہے جب انگلستان صرف بحری جہاز سے جایا جا سکتا تھا اور سفر میں کوئی تین ہفتے ضرور لگ جاتے۔ماموں چھ برس انگلستان رہے اور ہماری نانی ان کی جدائی کو بہت محسوس کرتیں۔ان کے کان میں یہ بات پڑی کہ ممکن ہے واپسی سے قبل ماموں ایک انگریز لڑکی سے شادی کر لیں اور اسے ساتھ لے آئیں۔وہ اس پریشانی کے عالم میں بی بی سعیدہ کے پاس گئیں اور اپنی مشکل بیان کر کے دعا کی درخواست کی۔بی بی سعیدہ نے حسب معمول توجہ اور دعا کی اور پھر سر اُٹھا کر کہا ''آپ کے بیٹے کی دوستی ایک نہیں دو لڑکیوں سے ہے۔وہ فیصلہ نہیں کر پا رہا کہ شادی کس سے کرے۔مگر فکر نہ کریں یہاں کوئی نہیں آئے گی۔'' واپسی پر ماموں کو یہ بات بتائی گئی۔ان کا جواب تھا کہ بی بی نے بالکل صحیح کہا۔

میرے بڑے چچا سادہ اور نیک اطوار کے مالک تھے۔تاہم وہ کالج کی پڑھائی میں دل نہ لگاتے اور یہ امر میرے والد اور والدہ کے لیے تشویش کا باعث تھا۔میری والدہ نے بیان کیا کہ مشورے کے لیے وہ بی بی سعیدہ کے پاس گئیں اور دعا کی درخواست کی۔حسب معمول دعا کے بعد بی بی سعیدہ نے کہا یہ اور نہیں پڑھے گا لیکن فکر نہ کریں اسے کبھی رزق کی کمی نہیں ہوگی۔بیوی اس کی موٹی آنکھوں والی ہوگی۔چچا نے جلد ہی کالج چھوڑ دیا اور میرے والد کی مدد سے سندھ جا کر کچھ زمین ٹھیکے پر حاصل کر لی۔ایسا دل لگا کر کام کیا کہ خوب منافع ہوا اور رفتہ رفتہ اپنے علاقے کے ایک بڑے زمین دار بن گئے لیکن جب بھی ان کی شادی کی بات چلتی تو بالکل خاموش

ہو جاتے اور کوئی جواب نہ دیتے۔ بالآخر جب وہ شادی کے لیے رضامند ہوئے تو ان کی عمر کوئی پینتالیس برس تھی۔ جیسا کہ بی بی سعیدہ نے کہا تھا کہ ان کی بیگم کی آنکھیں موٹی موٹی تھیں۔ اللہ نے اولاد سے نوازا اور ان کا گھر ہر قسم کی برکتوں سے منور ہوا۔

ہمارے ایک عزیز نہایت کامیاب وکیل تھے۔ اور خاصے مال دار بھی۔ وہ میرے والد سے کوئی پانچ سات برس بڑے تھے اور ان کا آپس کا سلوک بھائیوں جیسا تھا۔ ان کی شادی کو دس بارہ برس ہو گئے لیکن اولاد نہ ہوئی۔ بالآخر انہوں نے نکاح ثانی کیا اور دلہن کو لے کر ہمارے ہاں آئے۔ میری والدہ بتاتی تھیں کہ انہیں خیال آیا کہ کیوں نہ دلہن کو لے کر سعیدہ بی بی کے ہاں دعا کی درخواست کی جائے۔ چنانچہ وہ دلہن کو لے کر بی بی سعیدہ کے ہاں گئیں اور کوائف بیان کر کے دعا کے لیے کہا۔ حسب معمول توجہ اور دعا کے بعد بی بی سعیدہ نے کہا۔ اپنے جیسی ایک بیٹی لے لے گی۔ چنانچہ بالکل ایسا ہی ہوا۔ چند سال بعد ایک بیٹی پیدا ہوئی جو عادات و اطوار میں ہو بہو والدہ کی طرح تھی اور جس کی زندگی میں وہی اتار چڑھاؤ آئے جن سے اس کی والدہ گزر چکی تھی۔ بی بی سعیدہ کی پیش گوئی کہ صرف ایک بیٹی ہو گی جو اپنی والدہ جیسی ہو گی حرف بحرف پوری ہوئی۔

□□□

ماخذ: ماہنامہ الحمراء، لاہور، دسمبر ۲۰۱۳ء

**حاشیہ:**

[۱]۔ درست اور مکمل نام: Air Chief Marshal Sir Keith Rodney Park

پیدائش: 15 جون 1892ء۔ وفات: 6 فروری 1975ء۔ بیاسی برس کی عمر میں نیوزی لینڈ میں انتقال کیا۔ [مرتب]

# حضرت قبلہ ڈاکٹر غلام مصطفیٰ خاں صاحب

محمد مظہر بقا

میں جب حضرت شاہ زوار حسین صاحب سے بیعت ہوا۔اس وقت حضرت ڈاکٹر غلام مصطفیٰ خاں صاحب مدظلہ العالی کو خلافت ملے کافی عرصہ گزر چکا تھا۔اس لیے اسی وقت سے میں موصوف کو اپنے بزرگوں میں سے شمار کرتا ہوں۔موصوف کا قرب اور ان کی شفقتیں مجھے اس وقت میسر آئیں جب سندھ یونیورسٹی کے شعبہ اسلامک کلچر میں میرا تقرر ہوا جہاں ڈاکٹر صاحب قبلہ شعبہ اردو کے پروفیسر اور صدر تھے۔سندھ یونیورسٹی میں صرف ایک سال کی ملازمت کے بعد چونکہ میں کراچی یونیورسٹی منتقل ہو گیا اس لیے موصوف کا ظاہری قرب بعد میں تبدیل ہو گیا۔قلبی تعلق بہر حال باقی رہا اور مجھ ناکارہ پر موصوف کی شفقتوں میں امتدادِ زمانہ کے ساتھ ساتھ اضافہ ہی ہوتا گیا۔

علم باطن کے بغیر صرف کامل علم ظاہر ہو یا علم ظاہر کے بغیر کامل علم باطن، یا علم ظاہر و باطن کے کمال کے بغیر صرف انتہا درجے کا عجز وانکسار اور حسن اخلاق۔ان میں سے ہر چیز مراتب کے اختلاف کے مطابق لوگوں کو اپنا گرویدہ بنانے کے لیے کافی ہوتی ہے۔اور جب یہ تینوں عناصر کسی ایک شخصیت میں جمع ہو جائیں تو اس کے ساتھ لوگوں کی گرویدگی کا کیا عالم ہونا چاہیے یہ محتاج بیان نہیں۔سہ آتشہ کی تاثیر سے عملی طور سے نہ سہی کم از کم علمی طور سے کون ناواقف ہے۔

قبلہ ڈاکٹر صاحب مدظلہ علم ظاہر کے اعتبار سے ایم اے، ایل ایل بی، پی ایچ ڈی، ڈی لٹ ہونے کے ساتھ ساتھ یونیورسٹی کے پروفیسر اور صدر شعبہ رہے۔تدریس کے ساتھ ساتھ تصنیف کا سلسلہ بھی جاری رہا اور ضعیفی کے باوجود یہ سلسلہ اب تک اس طرح جاری ہے کہ کوئی سال مشکل ہی ایسا گزرتا ہے جب آپ کی ایک دو کتابیں منظر عام پر نہ آ جاتی ہوں۔بے شمار طلبہ کو پی ایچ ڈی بھی کرایا۔علم باطن کے اعتبار سے سامنے کی بات یہ ہے کہ نقش بندی سلسلے کے ایک کامل

بزرگ حضرت شاہ زوار حسین صاحب سے انہیں خلافت ملی اور اب مراتب سلوک میں ان کا کیا مقام ہے اس کا صحیح علم تو انہیں ہے یا اللہ عز وجل کو۔تاہم مجھے مختلف شواہد کی بنا پر یقین ہے کہ علم باطن میں ان کا مرتبہ ظاہر کے ڈی لٹ سے کم نہیں۔

حسن اخلاق کے ساتھ ساتھ ان کے عجز وانکسار کا یہ عالم ہے کہ میں نے اپنی زندگی میں اس کی نظیر نہیں دیکھی۔جس سے بھی ملتے ہیں اس کے سامنے گویا بچھ سے جاتے ہیں۔یہ پُرفتن زمانہ اور ایسی جامع شخصیت ''ذلک فضل اللہ یوتیہ من یشاء (یہ اللہ کا فضل ہے وہ جسے چاہے اس سے نوازے)۔

ڈاکٹر صاحب قبلہ نے اپنی کتاب ''تاریخ اسلاف''میں زیادہ تر اشاریاتی انداز میں اپنے حالات تحریر فرمائے ہیں۔وہ بھی ارباب بصیرت کے لیے ان کے بلند مقام کو سمجھنے کے لیے کافی ہیں۔یہ میری کم نصیبی کہ ڈاکٹر صاحب مدظلہ کی صحبت سے فیض یاب ہونے کے لیے مجھے کم عرصہ ملا اور اسی لیے موصوف کے تفصیلی حالات میرے سامنے نہیں آئے۔جو حالات اور واقعات میرے علم ومشاہدے میں آئے اور حافظے میں محفوظ رہے وہ یہ ہیں:

(1)۔اپنی کتاب ''حیات بقا''میں ،میں نے ایک واقعہ لکھا ہے کہ میں نے جب 1970ء میں حج کا ارادہ کیا اور قرعہ میں نام نہ آنے کے ساتھ ساتھ ہر طرف سے مایوس ہوگیا تو حضرت ڈاکٹر صاحب کی خدمت میں پہنچا۔موصوف نے فرمایا۔ارے مفتی صاحب آپ حج کی تیاری کیجئے۔میں نے آپ کو عرفات کے میدان میں دیکھا ہے۔اور واقعتہً اللہ تعالیٰ نے مجھے اسی سال حج نصیب فرمایا۔ایسے وقت میں جب کہ اس سال عرفات کے میدان میں اللہ عز وجل کا دربار سجا بھی نہیں، کسی کو عرفات کے میدان میں دیکھ لینا،اس کی تاویل اس کے سوا اور کیا کی جاسکتی ہے کہ ڈاکٹر صاحب قبلہ کی رسائی عالم مثال تک بھی ہے۔

(2)۔جن دنوں حاجی محمد اعلیٰ صاحب کی اہلیہ کا قتل ہوا ڈاکٹر صاحب ان دنوں حیدر آباد سے کراچی تشریف لائے۔حاجی صاحب کے ساتھ وہ ان کی اہلیہ کے قبر پر گئے۔مراقبے میں ان سے دریافت کیا تو انہوں نے بتایا کہ میں نے ایک عورت کو اپنا زیور دیا تھا کہ کسی مرد سے مجھے قتل کرادے۔چنانچہ ایک بھنگی آیا اور اس نے مجھے ذبح کردیا۔ڈاکٹر صاحب نے دریافت فرمایا وہ کون سی عورت اور کون سا بھنگی تھا،ان کے نام کیا ہیں۔اس پر وہ خاموش ہوگئیں۔اس کے بعد

ڈاکٹر صاحب نے حاجی صاحب کے والد کی قبر پر مراقبہ کیا۔انہوں نے اپنی بہو پر بہت غصے کا اظہار فرمایا اور کہا کہ اس کمبخت نے میرے بیٹے کو مصیبت میں مبتلا کر دیا۔ڈاکٹر صاحب نے ان سے قاتل کا نام دریافت کیا تو خاموش ہو گئے۔

(3)۔1994ء میں جب کہ میں مکہ مکرمہ میں تھا ایک گرامی نامہ ارسال فرمایا کہ میں نے ایک سال حج کے موقع پر منٰی کی مسجد میں حضرت آدم علیہ السلام کا مزار دیکھا اور اصحاب کہف کو دیکھا کہ وہ مختلف خدمتوں پر مامور ہیں اور جب کسی خدمت سے فارغ ہوتے ہیں آ کر حضرت آدمؑ کی قبر کا طواف کرتے ہیں اور پھر دوسری خدمت بجالانے کے لیے چلے جاتے ہیں۔میں نے مسجد خیف میں حضرت ابراہیمؑ، حضرت اسماعیلؑ حضرت موسیٰؑ، حضرت عیسیٰؑ وغیرہ اور آخر میں خاتم الانبیاء کو بھی ایک تخت پر تشریف لاتے ہوئے دیکھا۔یہ سب حضرات حج کے لیے تشریف لائے تھے۔**علی نبینا وعلیہم الصلوات والتسلیمات۔**

اس کے بعد مجھے تحریر فرمایا کہ تم اس کی تحقیق کرو کہ حضرت آدم علیہ السلام کی قبر کہاں ہے؟ میں نے کچھ کتابیں دیکھیں اور جواب دیا کہ حضرت آدمؑ کی قبر سری لنکا، جبل ابوقیس (مکہ) یا ارض فلسطین میں بتائی جاتی ہے۔مسجد خیف میں قبر ہونے کا ثبوت نہیں۔ڈاکٹر صاحب نے دوبارہ تحریر فرمایا کہ میں نے دوسرے سال بھی حضرت آدم علیہ السلام کی قبر مسجد خیف ہی میں دیکھی اور میں نے حضرت آدم علیہ السلام سے دریافت کیا کہ گزشتہ سال میں نے جن حضرات کو دیکھا تھا اس سال نظر نہیں آ رہے۔آپ نے جواب دیا کہ بیٹے اس سال تم دیر میں آئے ہو سب لوگ گھر کو چلے گئے۔اس لیے مزید تحقیق کرو، شاید کوئی ثبوت مل جائے۔میں نے مزید دو کتابیں دیکھیں اور فاکھی نے مکہ کی جو تاریخ لکھی ہے اس میں ایسی روایات مل گئیں جن سے حضرت آدمؑ کی قبر کا مسجد خیف میں ہونے کا ثبوت ملتا ہے۔

(4)۔سندھ یونیورسٹی کے شعبہ اردو میں ایک استاد تھے جو ڈاکٹر صاحب سے خوش نہ تھے اور ڈاکٹر صاحب بھی ان کی ناراضگی سے واقف تھے۔ان سے میرے خوش گوار مراسم تھے۔وہ مجھ سے ہمیشہ جب بھی ذکر آتا ڈاکٹر صاحب کی برائی کرتے رہتے تھے۔لیکن میں نے ڈاکٹر صاحب کی زبان سے کبھی ان کی برائی نہیں سنی۔جب بھی ان کا ذکر کیا خیر کے ساتھ ہی کیا۔

ڈاکٹر صاحب قبلہ ایک عالی مرتبت صوفی ہی نہیں ایک زندہ دل انسان بھی ہیں۔میری

سندھ یونیورسٹی کی ملازمت کے دوران تعطیلات میں ڈاکٹر صاحب قبلہ خان رشید صاحب مرحوم اور سید سخی احمد ہاشمی صاحب کبھی کبھی مچھلی یا پرندوں کے شکار کے لیے نکل جایا کرتے تھے۔ ڈاکٹر صاحب نہایت خوش گوار موڈ میں سب کے ساتھ بے تکلفی سے پیش آتے تھے۔ جیسے مرید و مرشد اور استاد و شاگرد نہ ہوں، سب ایک دوسرے کے دوست ہوں ۔

ہو حلقۂ یاراں تو بریشم کی طرح نرم

اس کے برخلاف ایک مرتبہ یہ صورت بھی پیش آئی کہ ہم لوگ حضرت نوح ہالائی کے مزار جا رہے تھے۔ سجادہ نشین خاندان کے کچھ لوگوں نے اشاریاتی انداز میں مذاق اڑایا تو ڈاکٹر صاحب کو پٹھانی جلال آ گیا، خوب ڈانٹا اور سب لوگ خامشی سے سنتے رہے ۔

رزم حق و باطل ہو تو فولاد ہے مومن

ایک مرتبہ حیدر آباد سے دور پھلیلی نہر پر بنسیاں ڈالے بیٹھے تھے۔ قلاقند ساتھ لے گئے تھے۔ سب لوگوں کی توجہ شکار کی طرف تھی اور میری نظریں ترنے پر تھیں اور ہاتھ قلاقند میں۔ سب کو شیرینی کی طرف میری شدید رغبت کا علم تھا۔ خان رشید صاحب مرحوم نے مجھ سے کہا مفتی صاحب! قلاقند کی خبر بھی تو لیجئے۔ حضرت ڈاکٹر صاحب نے فرمایا مفتی صاحب کو اس طرف توجہ دلانے کی ضرورت نہیں ان کا تو پہلے سے یہ حال ہے ع ۔۔ ہاتھ کار میں دل یار میں۔

اللہ تعالیٰ عافیت کے ساتھ ڈاکٹر صاحب کا سایہ قائم رکھے اور ان کے فیض کو عام فرمائے آمین۔

❑❑❑

ماخذ: کچھ یادیں، خاکے و یادداشتیں، محمد مظہر بقا، بقا پرنٹر کراچی، ۱۹۹۶ء

نوٹ: حضرت غلام مصطفیٰ خاں صاحب کی یادداشتوں پر مبنی دو کتابیں، ''بھولی ہوئی کہانیاں'' اور ''ہفت محفل''، راقم نے ''زندہ کتابیں'' میں شائع کی ہیں۔ مذکورہ کتب کا سلسلہ نمبر 33 اور 34 ہے۔

# متفرقات

## محمد مظہر بقا

کراچی میں برائٹ پرنٹرز کے مالک نے ایک مرتبہ حسب ذیل واقعات سنائے۔

ہماری دوکان بمبئ میں تھی۔وہاں ایک مشہور موالی تھا۔اُسے حج کی سوجھ گئی۔ ہر ایک کوروک روک کر کہتا میں حج پر جارہا ہوں، میں نے تمہیں بہت ستایا ہے مجھے معاف کردو۔حج کو آیا، مدینہ منورہ گیا لیکن مسجد نبوی کے اندر جانے کی جرأت نہ کی۔باہر سڑک پر ٹہلتا جاتا تھا کہ میں تو اتنا گنہگار رہوں حضور ؐ کو کیسے منہ دکھاؤں۔بالآخر وہیں سڑک پر گرا اور روح پرواز کرگئی۔

☯......☯

رحیم یار خان میں ایک باؤلا سا ہے۔لوگ اس کا مذاق اڑاتے رہتے ہیں۔ایک مرتبہ وہاں کے کچھ متمول اہل حدیث تاجر حج پر جانے لگے تو مشورہ ہوا کہ اسے بھی ساتھ لے لیں، کام بھی کردیا کرے گا اور دل چسپی بھی رہے گی۔چنانچہ ساتھ لے گئے۔حج کے بعد مدینہ منورہ گئے اور جب مدینہ منورہ سے جدہ آنے لگے، سامان گاڑی میں رکھ دیا، تو کسی نے اس سے مذاق میں کہا کہ ارے فلانے! تو نے حضورؐ سے حج کی قبولیت کا سٹرٹیفکیٹ بھی لے لیا ہے یا نہیں؟ اُس نے پوچھا کیا تم سب نے لے لیا ہے؟ کہا ہاں، بولا میں ابھی آتا ہوں۔یہ کہہ کر بھاگ کر مسجد نبوی پہنچا اور جالیوں میں ہاتھ ڈال کر کہا کہ یارسول اللہ آپ نے مجھے تو سٹرٹیفکیٹ دیا ہی نہیں اور پھر بھاگا بھاگا گاڑی پر پہنچا اور بتایا کہ میں سٹرٹیفکیٹ لے آیا ہوں۔لوگوں نے دیکھا کہ اس کے ہاتھ میں ایک بہت پرانے طرز کا کاغذ تھا....اس پر لکھا تھا کہ تمہارا حج قبول ہوگیا اور نیچے محمد رسول اللہ کی مہر تھی۔لوگ اس کا منہ دیکھتے رہ گئے۔

☯......☯

محمد سعید دباس سوری ریاض میں کمپیوٹر کی ایک فرم میں ملازم ہیں۔انہوں نے اپنی

والدہ کا قصہ ڈاکٹر زبیر احمد صاحب کو سنایا اور ڈاکٹر زبیر احمد صاحب نے مکہ مکرمہ میں مجھے سنایا۔اگر یہ دونوں حضرات انتہائی ثقہ اور متدین نہ ہوتے تو میں یہ قصہ درج نہ کرتا۔

قصہ یہ ہے کہ دباس صاحب کی والدہ کو پیٹ کا السر ہوا اور منہ سے خون آنا شروع ہو گیا اور مرض اس مرحلہ پر پہنچ گیا کہ دو تین اسپتالوں میں لے گئے تو انہوں نے داخل کرنے سے انکار کر دیا۔بالآخر ایک عیسائی ڈاکٹر کے پاس گئے۔اس نے بڑے تردد کے بعد کہا کہ اچھا میں کوشش کرتا ہوں چنانچہ آپریشن کا وقت متعین ہو گیا۔آپریشن سے قبل ان کی والدہ پر غنودگی کی کیفیت طاری ہوئی اور اسی حالت میں رسول اللہ ﷺ کو دیکھا۔آپؐ نے سینے اور پیٹ پر دست مبارک پھیرا اس کے بعد ایکسرے لے لیا تو السر کا نام و نشان نہ تھا۔چنانچہ ڈاکٹر نے کچھ گولیاں دے کر رخصت کر دیا۔

☯......☯

آج حرم مکی میں میرے مرکز البحث العلمی کے رفیق کار ڈاکٹر نجاتی نے ایک ترک جوان محمد یار یانق سے ملاقات کرائی جو تبلیغی جماعت سے وابستہ ہیں اور رائے ونڈ میں رہنے اور وہاں باقاعدہ اردو سیکھنے پڑھنے سے کسی حد تک اردو میں بھی گفتگو کرتے ہیں۔ڈاکٹر نجاتی نے ان کا ایک خاص واقعہ ہمیں کئی ماہ پہلے سنایا تھا اور اسی واقعہ کی بنا پر ہم نے ان سے ملنے کی خواہش ظاہر کی تھی۔

واقعہ یہ ہے کہ محمد یار یانق نے غار حرا میں چلہ کرنے کی نذر مانی اور ضروریات کا سامان لے کر وہاں چلے گئے۔لیکن چند روز بعد بیمار ہوئے اور بیماری نے شدت اختیار کر لی۔مکہ کے ایک صاحب ثروت شخص سے رسول اللہ ﷺ نے خواب میں فرمایا کہ ہمارا فلاں شخص غار حرا میں بیمار ہے اسے جا کر لے آؤ۔وہ وہاں پہنچا اپنے ساتھ لایا...اپنے پاس رکھا،انہیں رہنے کے لیے ایک بنگلہ دیا اور سواری کے لیے ایک مرسیڈیز۔آج کل وہ ترک اسی کے پاس ہیں۔

☯......☯

عبدالرحمٰن صاحب فیصل آباد کے رہنے والے ہیں۔یہ بچپن ہی میں اپنے والدین کے

ساتھ مکہ معظّمہ میں آ بسے تھے۔ان کی تعلیم بھی یہیں ہوئی اور مدتوں جامعہ ام القریٰ کی لائبریری میں ملازم رہے۔موصوف نے بیان کیا کہ ہم لوگ رباط ٹونک میں رہتے تھے اوپر والدین تھے اور نیچے کے کمرے میں میرا قیام تھا۔جس کمرے میں میری رہائش تھی اس میں ایک سانپ تھا۔میرے والد نے مجھ سے کہہ رکھا تھا کہ یہ سانپ تمھیں نہیں ستائے گا،تم بھی اسے مت ستانا۔چنانچہ کبھی کبھی اپنے سامنے ادھر سے ادھر جاتے دیکھ لیتا تھا۔کسی صبح سو کر اٹھتا تو دیکھتا وہ میرے پہلو میں سویا ہوا ہے۔کبھی ایسا ہوتا کہ میں باہر جانے کے لیے تیار ہو کر کھونٹی سے کرتا اتارتا تو وہ آستین میں سے ٹپک پڑتا۔مدتوں میں اسی حال میں اس کمرے میں رہا۔

مکہ معظّمہ میں ٹونک کی دو رباطیں تھیں۔ایک شامیہ میں جبل ہندی کی جانب،دوسری حارۃ الباب میں۔عبید صاحب کا واقعہ حارۃ الباب والی رباط کا ہے۔میں نے یہ دونوں رباطیں دیکھی ہیں لیکن بوسیدہ ہو جانے کی وجہ سے اب دونوں منہدم کی جا چکی ہیں۔پہلے شامیہ والی منہدم کی گئی اس کے دو تین سال بعد حارۃ الباب والی۔

❑❑❑

ماخذ: کچھ یادیں،خاکے و یادداشتیں،محمد مظہر بقا،بقا پرنٹرز کراچی،۱۹۹۶ء

# فورتھ ڈائے مینشن

محمد خالد اختر

مسٹر آئن سٹائن کے نظریہ اضافیت نے جس کی رو سے لمبائی چوڑائی اور گہرائی کے علاوہ ایک چوتھی بعدُ (ڈائے مینشن کا اُردو ترجمہ بعدُ ہے) 'وقت' کی بھی ہے۔ جدید علم ریاضیات کے سارے تشکل ہی کو بدل دیا ہے۔ مسٹر آئن سٹائن اور معدودے چند دوسرے ریاضی دانوں کے سوا بہت کم لوگ اس نظریہ کی ماہیت کو سمجھ سکنے کا دعویٰ رکھتے ہیں اور اگر آئن سٹائن ایک سنجیدہ اور مسلمہ شہرت کا مالک نہ ہوتا تو ممکن ہے اس نظریہ کو اس کا ایک مذاق تصور کیا جاتا۔ ایک جدت اور لوگوں کی نظروں میں آنے کے لیے ایک چونکا دینے والا ڈھکوسلا۔ میں نے اس نظریہ کو سمجھنے کی کبھی کوشش نہیں کی۔ لیکن وقت کے چوتھی بعد ہونے کا خیال مجھے بے حد پر کشش اور عجیب لگا ہے۔ اس نظریہ میں فلسفہ اور ریاضی کا امتزاج نظر آتا ہے جو ظاہراً ناممکن ہے۔ کیونکہ فلسفہ اور ریاضی دو متضاد علوم ہیں۔ صرف آئن سٹائن ہی جو ایک ماہر ریاضیات ہونے کے ساتھ ایک گہرا فلسفی بھی ہے، ایسے خوبصورت اور حیران کن نظریہ کے متعلق سوچ سکتا اور اسے ہندسوں اور مساویوں سے ثابت کر سکتا تھا۔ مجھے یہ معلوم نہیں کہ آیا دیوتاؤں اور ملکوتی وجودوں کو اپنے آسمانی مقاموں میں بھی اعداد و شمار رکھنے کے لیے ریاضی کی ضرورت پڑتی ہے؟ اگر ان کو بھی ریاضی سے کام لینا پڑتا ہے تو آئن سٹائن کی ایجاد کردہ ریاضی ہوگی۔ جس میں وقت ضرور ایک چوتھی بعدُ ہوگا۔ اس شاعر ریاضی دان نے فلسفہ اور ریاضی کو یکجا کر کے ثابت کر دیا ہے کہ وہ حقیقی معنوں میں ایک جینیس ہے۔

ایک مشہور جدید انگریزی ڈرامہ نگار نے اپنے کئی ڈراموں میں اس نظریہ کو بطور ایک فلسفہ اور ایک مرکزی خیال کے استعمال کیا ہے اور نتائج پر کشش اور عجیب وغریب تھے۔ آدمی اب وقت کو ایک نظریہ سے دیکھنے لگ گئے ہیں۔ مختصراً اس انگریزی ڈرامہ نگار نے (اس کا نام پریسٹلے ہے) آئن سٹائن کے نظریہ کی فلسفیانہ اصطلاح میں جو تشریح پیش کی ہے وہ یہ ہے کہ آدمی کبھی نہیں

بدلتا۔ صرف چوتھی بعدُ ''وقت'' بدلتی ہے اور اس بعدِ رابع کے بدلنے سے آدمی بظاہر مختلف نظر آتا ہے۔ اس وقت سے جب کہ وہ پہلے پہل اس دنیا میں آنکھیں کھولتا ہے۔ اس وقت سے جب کہ وہ اپنی ماں کے پیٹ میں محض ایک جنین کی شکل میں ہوتا ہے۔ اس وقت سے جب وہ اپنے باپ کے پٹھوں میں ایک تند سپرم ہوتا ہے اور اس سے بھی پہلے اپنے لاتعداد موروثوں کے خون میں وہ وہی ایک ہی آدمی ہوتا ہے جو وہ اب ہے جو وہ دس ہزار سال بعد ہوگا۔ میرا خیال ہے ہم سب نے کبھی نہ کبھی یہ ضرور محسوس کیا ہوگا کہ ہم ہی 'پہلی زندگی' ہیں۔ ہم جاودانی اور مدام ہیں اور یہ کہ ہم ازل کی تاریک کھوؤں تک زندہ رہیں گے۔ مذہب کے سب بڑے بانیوں نے اسے ضرور محسوس کیا ہوگا۔ ورنہ ہر مذہب میں روحوں کی ازلی تخلیق، انسان کی زندگی کی ابدیت اور کسی نہ کسی طریق پر موت کے بعد وجود میں ہونے کا تصور نہ پیش کیا جاتا۔ مذاہب کو چھوڑ کر افریقہ کے حبشی کا (ہوڈوازم) بھی اس کے سامنے، اگرچہ ایک مختلف طریقہ پر، حیات بعد موت اور سزا و جزا کا یہی تخیل رکھتا ہے اور یہ امر کہ آدمی کی ابدیت ہر مذہب کا بنیادی عقیدہ ہے، محض اتفاق نہیں ہوسکتا۔

اس احساس کو لکھے ہوئے لفظ کی قید میں نہیں لایا جاسکتا ہے، اسے صرف کسی الہامی لمحے میں اچانک محسوس کیا جاسکتا ہے۔ اسی احساس نے ہندوؤں کے مسئلہ تناسخ کو جنم دیا اور یہی ایک مسلمان کے سزا و جزا کے عقیدہ کا موجب ہے۔ اس وقت کی ابدیت کے عظیم پس منظر کے سامنے جانچنے پر آدمی کی پیدائش اور موت کی ازلی زندگی میں دو بالکل غیر اہم اور معمولی واقعے نظر آتے ہیں اور صرف اس کے دنیاوی سفر میں آغاز اور اختتام کے دو سنگ میل قرار پاتے ہیں۔

بعض دفعہ یہ آگے بڑھتا ہوا رواں دواں وقت پیچھے بھی دوڑ سکتا ہے اور پھر بظاہر عجیب اور ناقابل فہم باتیں عمل میں آتی ہیں۔ ایسا ہی چونکا دینے والا اور ناقابل فہم تجربہ چند روز ہوئے ان سطور کے لکھنے والے کے ساتھ پیش آیا۔ اگر ایسا نہ ہوتا تو وہ اس وقت بیٹھا مابعد الطبیعاتی مسئلہ کو زیر بحث لا کر پڑھنے والے کو اس احساس کے سمجھانے کی غالباً بے فائدہ کوشش کا مرتکب نہ ہوتا۔

میری اول ترین یادوں میں سے ایک جو ایک عرصے کے دیکھے ہوئے خواب کی طرح دھندلکوں میں لپٹی ہوئی ہے، چارپائی پر سفید چادر میں ملفوف ایک ساکن لیٹی ہوئی شکل کی ہے۔ چادر برف کی طرح چمکیلی سفید ہے۔ چارپائی جس پر وہ ساکن شکل لیٹی ہے، ایک وسیع چبوترے کے وسط میں ہے اور اس کے پیچھے ایک وسیع مکان کے برآمدے کے محرابی دروازوں کا پس منظر

ہے۔ چارپائی کے اردگرد بہت سے آدمی جمع ہیں۔ ان میں سب سے ممتاز اور باقی سب لوگوں کے لیے میل مرکزی بنا ہوا ایک لمبا سفید بزرگانہ داڑھی والا شخص ہے۔ بہت سے آدمی اس کے پاس آتے ہیں اور پھر ادھر ادھر بکھر جاتے ہیں۔ وہ اسی طرح جامد ایک گڑی ہوئی لاٹھ کی طرح کھڑا رہتا ہے۔

وقت غالباً پہلے پہر کا ہے اور دھوپ کی روشنی زرد، زریں ہے۔ میں اپنی انا مائی بکھان کی انگلی پکڑے ایک سنہری دھوپ میں نہائے ہوئے جیسے شہر میں پراسرار وسیع گلی کوچوں میں چل رہا ہوں۔ (اگرچہ میں اکتیس سال جی چکا ہوں اور کئی ملکوں اور کئی ہواؤں میں، میں نے اس شہر کی تلاش کی ہے، میں نے اس شہر کو نہیں پایا۔ وہ شہر شاید نہ زمین پر ہے نہ آسمان پر...... ماسوا ایک بچے کے دماغ میں۔ ہاں قدیم فرعونوں کے تھیبس [Thebes] کی تصویروں میں مجھے اس شہر کی ایک جھلک دکھائی دی ہے)۔ مائی بکھان قدرے تیز تیز چل رہی ہے۔ میری چھوٹی ٹانگیں اس کے ساتھ برابر قدم نہیں رکھ سکتیں اور میں تقریباً گھسٹ رہا ہوں۔ اچانک ہم ایک بڑے لکڑی کے پھاٹک کے پاس آکر رکتے ہیں جو کھلا ہے اور اس میں سے وہ منظر ناگہانی ہماری نظروں کے سامنے آتا ہے۔ برف سی سفید چادر میں لپٹی ہوئی شکل اور خاموش لوگوں کا منظر جسے میں نے پہلے بیان کرنے کی کوشش کی ہے۔

میں مائی بکھان سے پوچھتا ہوں۔ ''اماں یہ کیا ہو رہا ہے۔'' وہ کہتی ہے۔ ''بیٹا، وہ عورت جس کے گھر ہم جاتے رہتے تھے اور جو ہمیں تمہیں کھانڈ کا شربت پینے کے لیے دیا کرتی تھی، مرگئی ہے اور یہ اس کا جنازہ جا رہا ہے۔''

مجھے مرنے کے متعلق کوئی واضح پتا نہیں کہ وہ کیا ہوتا ہے۔ پھر بھی میں محسوس کرتا ہوں کہ اس میں ڈراؤنی، کچھ ہولناک سی چیز ہے۔ مجھے اس کھانڈ کا شربت پلانے والی موٹی، مہربان عورت کا اس طرح آکر چادر اوڑھ کر ساکن لیٹ جانا بے حد عجیب معلوم ہوتا ہے۔

میں مائی بکھان سے اس کے متعلق اور بہت سی باتیں پوچھتا ہوں لیکن وہ بڑوں کی سی بے اعتنائی کے ساتھ مجھے کوئی جواب نہیں دیتی۔ میں حیران اور عجیب طور سے ڈرا ہوا اس منظر کو دیکھتا ہوں۔

جب سے مجھے یاد ہے اماں بکھان ہماری دایہ تھی۔ ہم اس کو اس تعجب اور تعریف سے

دیکھا کرتے تھے جس طرح بچے اپنے سے بڑوں کو دیکھتے ہیں۔ مجھے اس کے بغیر ایک پل چین نہ آتا تھا۔ اسے شاہ زادوں اور دیوتاؤں کے عجیب وغریب قصوں کے بیچ میں سو جانے اور خراٹے لینے کی جھلّا دینے والی عادت تھی اور مجھے اور میری بہن کو اسے جگانے کے لیے اس کے زور زور سے چٹکیاں لینی پڑتیں کیونکہ وہ ایک گہری نیند سوتی تھی۔ وہ جاگتی اور ہم پوچھتے ''اماں بکھان آگے کیا ہوا......!''

''میں کہاں پر تھی؟'' وہ پوچھتی۔

''تو کہہ رہی تھی نا شاہ زادے نے پری سے پوچھا کہ تو ہنسی کیوں اور روئی کیوں۔'' ہم بے صبری سے اسے یاد کراتے۔

وہ کچھ منٹ اور اونگھتے ہوئے قصہ سناتی اور ایک نہایت دلچسپ اور مضطرب کن قصے کے درمیان خراٹے لینے لگتی۔

میری اماں بکھان ایک عام واقفیت کی عورت تھی۔ تقریباً شہر میں ہر کوئی اس کو جانتا تھا اور راستے میں کئی آدمی اس کو ٹھہرا کر اس کی خیریت پوچھتے اور حال لیتے اور دیتے۔ اماں بکھان اپنے چالیس کے سِن کے باوجود اور اپنی فربہ مگر مچھ سی صورت کے باوجود اس وقت بھی رومانٹک عورت تھی اور میرا خیال ہے، کافی چاہنے والوں کے نام گنا سکتی تھی۔ اس کے پہلے خاوند مر کھپ گئے تھے یا وہ ان کو فراموش کر چکی تھی۔ جب میں دوسری میں پڑھتا تھا تو اس نے ہمارے پچاس سالہ سائیس بابا الٰہی بخش، جسے ہم بابا لاہیا کہا کرتے اور جو اپنی مہندی سے رنگی ہوئی داڑھی کے ساتھ ایک نہایت پروقار شخص لگتا تھا، نکاح پڑھوا لیا جو اس کی پہلی شادیوں کی طرح عارضی نوعیت کا ثابت ہوا۔

وہ ایک اچھی اور جہاں دیدہ عورت تھی اور غالباً بیشتر گھرانوں میں اس کی جو آؤ بھگت ہوتی تھی وہ اس کے تحصیل دار صاحب کی نوکرانی ہونے کی حیثیت سے ہوتی تھی۔ اس کے علاوہ ادھر ادھر کے حال احوال دینے کے فن میں اپنے طبقے کی ساری عورتوں کی طرح طاق تھی۔ اس سے زیادہ باتیں گپیں اور شہروں کے اسکینڈل کے بارے میں ہوتی ہوں گی جن کو سننا اور جن پر بحث کرنا ہمارے گھروں کی چار دیواری میں محبوس زنانہ مکینوں کا چہیتا مشغلہ ہے۔ مجھے اس کے ساتھ بے حد محبت تھی اور میں اس سے پل بھر کے لیے جدا نہ ہوتا تھا۔ اگر وہ کہیں مجھے چھوڑ کر چلی جاتی تو

میں زور زور سے رو رو کر اس کی دہائی دیتا۔ضد اور غصہ سے آنگن کے فرش پر لوٹنے لگتا اور اس وقت تک غیر تسلی پذیر ہوتا جب تک کہ اماں بکھان مجھے اٹھا کر سینے سے نہ چمٹا لیتی۔ وہ ضدی اور غصیلی تھی اور مجھے یہ اکثر جتایا گیا ہے کہ میں نے اپنی ضد اور غصہ اماں بکھان سے لیا ہے۔اگر یہ سچ ہے تو اماں بکھان کا شکر گزار ہوں کیونکہ میری ضد نے مجھے کئی حماقتوں سے بچایا ہے اور مجھے اپنی مرضی اور خوشی کے مطابق زندگی گزارنے کے لیے اکسایا ہے۔اماں بکھان نے مجھے اپنی آواز اور اپنا لہجہ ضرور بخشے ہیں۔میرا دیہاتی رینگتا ہوا لہجہ بڑی دیر تک میرے گھر والوں کے لیے مذاق اور قدرے مایوسی کا موجب رہا۔وہ میرے اس لہجے کی ذمہ داری میری پیاری اماں بکھان کے سر تھوپتے تھے اور میں اس اچھی عورت کا شکر گزار ہوں (وہ مر چکی ہے) کہ اس کی وجہ سے مجھ پر اپنی کسی کوتاہی کا الزام نہیں دھرا جاتا۔اصلی قصوروار مائی بکھان ٹھہرائی جاتی ہے۔جن دنوں میں اور اماں بکھان گلیوں میں گشت کیا کرتے تھے اور موٹی مہربان عورتوں کے گھروں میں بن بلائے مہمان بنا کرتے تھے اُن دنوں کی میری ایک تصویر اب تک میری بڑی پھوپھی کے تختہ آتش دان پر محفوظ ہے اور اس وقت میرے حلیے اور لباس پر روشنی ڈالتی ہے......ایک سیب سے گالوں والا گول مٹول لڑکا جس کے سر پر سلما ستاروں سے کاڑھی ہوئی گول ٹوپی ہے اور جس نے اوپر اٹھی ہوئی ٹووں والے براؤن بوٹ پہنے ہوئے ہیں،ایک شش طرفی کھدی ہوئی میز پر ٹانگیں لٹکائے بیٹھا ہے اور ایک معصوم متانت سے سامنے دیکھ رہا ہے۔ پیچھے فوٹو گرافر کا پردہ ہے جس پر جھالروں والے ستون اور کچھ گملے سے رنگے ہوئے نظر آرہے ہیں۔مجھے بھی یاد پڑتا ہے سلما ستاروں والی ٹوپی مجھے بے حد اچھی لگتی تھی اور میں دوسری جماعت میں آنے تک اس کو پہنتا رہا۔اونچی اٹھی ہوئی ٹووں والے بوٹوں سے مجھے سخت نفرت تھی اور میں ان کو پسند نہ کرتا تھا مگر ان دنوں ان کا رواج عام تھا۔وہ شش طرفی منقش میز اپنے پائدان سمیت ظاہراً دائمی ہے اور پھول دار گلوب والے لیمپ کی طرح اب تک (یعنی ستائیس،اٹھائیس سال گزرنے کے بعد تک بھی) ہمارے گھر میں ہے۔

میں تحصیلدار کا ''کاکا'' تھا۔اس لیے میری والدہ جہاں تک ممکن ہوتا مجھے صاف کپڑوں میں رکھتی اور مجھے بتایا گیا ہے کہ اکثر جب میں اماں بکھان کے ساتھ گشت پر نکلتا تھا تو میرا لباس وہی ہوتا تھا جو میں فوٹو گراف میں پہنے بیٹھا ہوں۔یعنی سلما ستارے والی ٹوپی،ایک زریں سی واسکٹ،شلوار اور اٹھی ہوئی ٹو والے (کتنے بدنما!) بوٹ۔جب میں نے بڑے پھاٹک کے

نیچے سے زرد یلی ساحرانہ سی دھوپ میں چبوترے پر اس سفید ساکت میت پر نظر ڈالی ہوگی تو میرا یہی لباس ہوگا۔ گر مجھے خود یاد نہیں کہ میں نے کیا کپڑے پہنے ہوئے تھے...... گواب میں جانتا ہوں کہ میرا وہی لباس تھا۔

اس واقعے کے بعد جب میری عمر زیادہ سے زیادہ ساڑھے تین سال ہوگی میں نو سال اور بہاول نگر میں رہا۔ میرے بچپن اور لڑکپن کا سنہری زمانہ اسی کھلے پر فریب شہر میں گزرا۔ اس عرصے میں مجھے بھی وہ بے حد بڑے پھاٹک اور افسانوی وسعت والے چبوترے والا مکان نظر نہ پڑا۔ گو کہ میں نے خاص طور سے اس کی کبھی تلاش نہیں کی۔ کئی دفعہ میں تعجب کرتا کہ وہ میری یاد والی جگہ کون سی تھی اور کہاں تھی۔ مجھے اب یقین ہے کہ اگر میں اس کے پاس سے گزرا ہوں گا تو میں نے اسے پہچانا نہ ہوگا۔ بچپن میں چیزیں اصلیت سے کہیں زیادہ پراسرار اور وسیع لگتی ہیں اور بے حد حیرت ناک!

پھر میرے باپ کی بہاول نگر سے بہاول پور تبدیلی ہوگئی۔ بہاول پور ریاست کا دارالخلافہ تھا۔ شان دار شہر تھا۔ وہاں نور محل تھا اور سینما۔ وہاں بجلی بھی تھی۔ میں تمام لڑکوں کی طرح ایک نئے اور بڑے شہر میں جانے پر بے حد خوش تھا۔ میں ایک نئے اسکول میں داخل ہوں گا۔ نئے دوست بناؤں گا۔ نئی اور عجیب و غریب جگہیں دریافت کروں گا۔ زندگی زیادہ دلچسپ ہوگی۔

مگر بہاول پور میرے لیے ایک منحوس شہر ثابت ہوا۔ یہاں ہم ایک تنگ کوچہ میں ایک شان دار پختہ مکان میں آ کر ٹھہرے تھے مگر میں تمنا اور ہڑک کے ساتھ بہاول نگر میں اپنے کچی اینٹوں کے گھر کے خواب دیکھا کرتا...... وہ مردانے کی چھوٹی دیوار۔ وہ دروازے کے باہر ایک لوہے کے بازو سے لٹکی ہوئی میونسپلٹی کی لالٹین، وہ چھوٹی دیوار کے پرے ریتلا میدان جہاں میرے دوست مصنوعی جنگیں لڑا کرتے تھے، وہ مکان کے عقب میں بڑے برساتی جوہڑ کے پرے سیاہ اور پراسرار ریلوے لائن جہاں آدمی جا کر انجنوں اور گاڑیوں کو دیکھ سکتا تھا۔

بہاول پور میں، میں اپنی جماعت میں چمکا مگر کئی وجوہ سے میں اداس اور کھویا کھویا سا رہنے لگا۔ یہاں ایسے دوست نہ تھے جن کے ساتھ مل کر آدمی مصنوعی جنگیں لڑ سکتا ہو یا اینٹوں کے بنے ہوئے قلعوں پر حملے کر سکتا ہو۔ یا رنگین کاغذ کے تاج پہن کر اور لکڑی کی تلوار کمر میں رسی سے باندھ کر بادشاہ اور وزیر کے ناٹک کھیل سکتا ہو۔ میں ایک سوچنے والا اور راہب بن گیا۔ اپنا غم غلط

کرنے کے لیے میں نے کتابوں میں خود فراموشی اور تفریح ڈھونڈی۔ کتابیں رفتہ رفتہ افیم کی طرح میری آقا بن گئیں اور ایسی دوست جنھوں نے مجھے تمام قدرتی انسانی تعلقات سے بے نیاز کر دیا۔ میں نے بی اے بہاول پور سے پاس کیا۔ اس وقت اپنی تنہائی اور دل کی تاریکی کی وجہ سے میں انسانوں سے ڈرنے لگ گیا تھا اور یقین کرتا تھا کہ میں دیوانگی کی سرحد پر کھڑا ہوں۔

پھر بھی ایک امید تھی۔ وہ امید بہاول نگر تھی۔ یہاں سے صرف سو میل دور دنیا کا خوبصورت ترین اور متبرک ترین شہر تھا جہاں میں کھویا ہوا افق پھر سے پا سکتا تھا اور اپنے بچپن کے چمکیلے دن رات کی شاید پھر تسخیر کر سکتا تھا۔ اپنے باپ کی بہاول پور میں تبدیلی کے دس سال بعد گاڑی مجھے پھر ریتیلے ٹیلوں اور چلچلاتی دھوپ میں تپتے ہوئے میدانوں میں سے بہاول پور کی طرف لے جا رہی تھی۔ میں ایک نئی زندگی شروع کرنے کے لیے گھر سے بھاگ رہا تھا مگر نئی زندگی میرے لیے کسی جگہ بھی بہاول نگر کے حج کے بغیر ممکن نہ تھی۔ میں دہلی اور دور دیسوں کا عازم تھا مگر میں نے فیصلہ کیا کہ راستے میں چند گھنٹوں کے لیے بہاول نگر میں ضرور اتروں گا اور اس کی گلیوں میں اپنی کھوئی ہوئی خوشی کی تلاش کروں گا۔

جب گاڑی کوکتی اور گڑگڑاتی، کوئلے کے پہچانے ہوئے انباروں، شنٹ کرتے ہوئے انجنوں، ریلوائی کے بنگلوں کے پاس سے سنسناتی ہوئی بہاول نگر جنکشن میں داخل ہوئی تو میرا دل دھڑک رہا تھا۔ میرے حلق میں ایک پھانس سی تھی۔ یہ میری زندگی کے متبرک ترین لمحوں میں سے ایک تھا۔

نیچے گملوں والے پلیٹ فارم پر اترنے پر مجھے ایک پرانا دوست مل گیا جسے پہچاننے میں مجھے کچھ دقت ہوئی۔ وہ اب کافی موٹا اور جسیم ہو گیا تھا اور دو ٹھوڑیاں حاصل کر چکا تھا۔ پر اسکول کے دنوں میں وہ ہماری مصنوعی جنگوں میں دشمن فوج کا نائب سردار ہوا کرتا اور میں نے ایک دفعہ اس کو چت کر کے اور اس کے سینے پر چڑھ کر لکڑی کی تلوار سے اس کی ناک کاٹنے کی کوشش کی تھی (وہ جنگ ہم نے جیتی تھی)۔ اب وہ محکمہ مال میں 'گرداور قانون گو' یا اس قسم کی کوئی اور چیز تھا۔ وہ میری مریضانہ حالت پر اظہار افسوس کرتا رہا اور پھر اس نے اصرار کیا کہ میں اس کے پاس چل کر ٹھہروں اور لوگوں سے اس خیالی خوف کے باوجود جو دس سال کی راہبانہ زندگی کا نتیجہ تھا، میں نے اس کی دعوت کو منظور کر لیا۔

گاڑی بہاول نگر شام کے سات بجے پہنچی تھی اور سامنے شہر پر اندھیرا چھا رہا تھا۔ میں نے پل پر ہی سے دیکھ لیا کہ ہمارے گھر کے گرد بہت سے اور مکان بن گئے ہیں اور شہر کی ہیئت بہت کچھ تبدیل ہوگئی ہے۔ وہ ریتیلا میدان جہاں ہم کھیلا کرتے تھے اب پکے مکانوں میں تبدیل ہو چکا تھا۔ ہم شہر کے بازاروں میں سے گزرے اور میں نے کئی پرانے چہرے ایک لرزے کے ساتھ پہچانے۔ بازار بالکل ویسے ہی تھے صرف سڑکیں پکی ہوگئی تھیں۔

رات کو میں اپنے دوست کے ہاں رہا۔ دوسرے دن گاڑی نے آگے بارہ بجے چلنا تھا اور میں علی الصبح ہی اپنے دوست سے کسی سے ملاقات کرنے کا عذر کر کے اکیلا اپنے بچپن کے بہاول نگر کو کھوجنے کے لیے چل کھڑا ہوا۔ میں پہلے اپنے پرانے گھر کی طرف گیا اور آخر اسے ڈھونڈ نکالا۔ مگر یہ ایک مختلف گھر تھا اس میں اتنی ترمیمیں اور اضافے ہوئے تھے کہ اسے پہچانا نہیں جا سکتا تھا۔ چھوٹی کچی دیوار کا نشان نہ تھا اور نہ ہی دروازے پر میونسپلٹی کی لالٹین تھی۔ مردانہ اور زنانہ اب دو الگ الگ گھر بنا دیئے گئے تھے۔ یہاں سے میں اسپتال اور ہائی اسکول والی سڑک پر سے ہوتا ہوا ڈگی پر گیا جہاں ہم ساون کے دنوں میں بیر بہوٹیاں پکڑنے اور ساونی بنانے جایا کرتے تھے۔ وہاں سے شہر کا باہر سے چکر لگا کر میں مغربی طرف پرانے تھیٹر پر آیا جس کی چھت تب بھی نہ تھی اور اب بھی نہ تھی اور جہاں نیک پروین، شیر کی گرج عرف چنگیز خاں اور سلور کنگ جیسے شاندار کھیل ہوا کرتے تھے۔ اب یہاں ''پاک باز محبت'' لگا ہوا تھا۔ اس تھیٹر کے بعد میں نے اپنے آپ کو ایک چوڑی سڑک پر پایا جو مجھے اب یاد نہ تھی۔ یہ سیدھی بازار میں کہیں جا نکلتی ہے۔

میں ایک بڑے کھلے پھاٹک کے پاس سے گزرا۔ اندر ایک چبوترے پر ایک چارپائی پر سفید چادر لپٹی ہوئی ایک شکل ساکت پڑی تھی اور بہت سے لوگ جمع تھے۔ یاد کا ایک مبہم تار میرے دل میں گونجا۔ ماضی کی پہنائیوں سے گونجیں آئیں۔ میں نے اس منظر کو پہلے کہیں دیکھا تھا۔ میرے پاؤں پھاٹک کے باہر گم ہو کر رہ گئے۔

اندر چبوترے پر کئی لوگ جمع تھے۔ بعض رو رہے تھے۔ میت کے پاس ایک لمبا معمر سفید ریش شخص کھڑا تھا اور لوگ اس کے پاس آ کر اظہار افسوس کر رہے تھے...... ہر ایک چیز مجھے آشنا سی لگی اور میں مسحور ہو کر دیکھنے لگا۔

اسی وقت میں نے اپنے سامنے...... اتنا نزدیک کہ میں اس کو بازو سے پکڑ کر اٹھا سکتا تھا، ایک سیب سے گالوں والا لڑکا دیکھا۔ وہ ایک سلما ستاروں سے کاڑھی ہوئی قدرے مدھی گول ٹوپی پہنے تھا۔ اس کے پاؤں میں براؤن اونچی ٹو والے بوٹ تھے۔ وہ ایک موٹے فربہ چہرے والی عورت کی انگلی پکڑے، حیرت سے بڑی بڑی آنکھوں کے ساتھ سامنے چبوترے پر رکھی میت کی طرف دیکھ رہا تھا۔ پھر وہ فربہ چہرے والی عورت کی قمیض پکڑ کر اس کے ساتھ دبک گیا اور اس کی طرف نظریں اٹھا کر ایک بھاری پنجابی لہجہ میں بولا۔

''اماں! ایہہ کیہہ ہوگیا اے؟''

بوڑھی عورت اپنے ہونٹوں میں سے بڑبڑائی۔ ''کاکا! آغا صاحب کی بیگم جو آپاں نوں کھنڈ کھلاندی ہوندی سی نا اوہ فوت ہوگئی اے۔''

اور پھر وہ نیچے جھکی، چھوٹے خوبصورت بچے کی ناک صاف کرنے کے لیے جو اس کے منہ تک بہہ آئی تھی۔ اس کے بعد وہ فربہ عورت چھوٹے بچے کو ساتھ کھینچتی ہوئی پھاٹک میں سے اندر لے گئی۔

یہ میری زندگی کا سب سے عجیب ترین واقعہ ہے اگرچہ بہت سے اس کا یقین نہیں کریں گے۔

❑❑❑

ماخذ: لالٹین اور دوسری کہانیاں، آج پبلی کیشنز، کراچی، ۱۹۹۷ء

# درازندہ، ڈیرہ اسمٰعیل خان کا ایک قلعہ

## محمد جسیم خان

جنگلی اور پالتو جانوروں کی زندگی اُن کے تذکرے اوران کے شکار میں دُم کا کردار بڑی اہمیت کا حامل ہوتا ہے۔ جب سے حضرت انسان نے اس چیز سے نجات حاصل کی ہے وہ زیر نظر بحث سے خارج ہو گئے ہیں۔ حالانکہ اُس دور کے آثار کے طور پر اب بھی ان کی ریڑھ کی ہڈی کے سرے پر جو آخری ٹکڑا ہے اس کو دُم کی ہڈی (Tail Bone) کہتے ہیں۔ایک عام انسان کو روز مرہ کی زندگی میں سب سے زیادہ پالتو کتے کی دم کا مشاہدہ کرنے کا موقع ملتا ہے۔ بعض اچھی نسل کے کتوں کی دم تو ایام طفلی ہی میں کاٹ دی جاتی ہے اوراس کو کتے کی خوب صورتی گردانا جاتا ہے۔ بعض اقسام کے کتوں کی دم کا خم ان کی وجاہت میں شمار ہوتا ہے۔سڑکوں پر پھرنے والے عام کتے جب کسی دوسرے کتے کے علاقے میں چلے جاتے ہیں یا کسی حریف سے جنگ میں مغلوب ہو جاتے ہیں تو وقت فرار یا اعتراف شکست کے طور پر اپنی دم دونوں ٹانگوں کے درمیان چھپا لیتے ہیں ۔چنانچہ تضحیک آمیز شکست کو ظاہر کرنے کا اردو میں مقبول محاورہ ہے کہ ''دم دبا کر بھاگا۔'' جو لوگ لڑانے کے لیے کتے پالتے ہیں ان کے کان اور دم کاٹ دیتے ہیں۔کان تو اس لیے کاٹے جاتے ہیں کہ دوران جنگ مدمقابل کتا کان نہ پکڑے اور دم اس لیے کاٹی جاتی ہے کہ مغلوب ہو کر میدان کارزار سے کتا بھلے منہ موڑ لے لیکن دم دبا کر نہ بھاگے ۔ کیوں کہ دم دبا کر بھاگنا بہت ہی معیوب بات ہے ۔میں نے تنزانیہ کے سیرنیگٹی پارک [ Serengeti Park] میں جنگلی کتوں کے گروہ کو اپنے سے بڑے جانوروں کو دوڑا کر شکار کرتے دیکھا ہے۔ ہر گروہ کا اپنا ایک نظام ہوتا ہے اور اپنا اپنا علاحدہ سربراہ۔شکار کے واسطے جب غول کسی جانور کا پیچھا کرتا ہے تو اس میں کوئی ترتیب نہیں ہوتی ۔یعنی یہ ضروری نہیں کہ سربراہ کتا سب سے پیش پیش ہو۔عام کتوں کی دمیں تو دوڑتے وقت کسی بھی انداز میں لٹکی ہو سکتی ہیں لیکن سربراہ کی دم ہمیشہ

تیر کی مانند سیدھی ہی دیکھی اور یہی اس کا طرہ امتیاز ہوتا ہے۔کتے کی دم نے اردو زبان کو اور محاورے بھی دیئے ہیں یعنی ''دم میں نمدہ باندھنا'' اور دم میں کھٹکھٹا باندھنا۔'' جس زمانے میں اکے اور تانگے عام تھے تو سواری کے دوران ہر مرتبہ گھوڑے کی دم کا قریبی نظارہ رہتا تھا اور کم یابی غذا کی وجہ سے غریب گھوڑے کی دم ہمیشہ گردش ہی میں دیکھی۔ ریس میں دوڑتے اور جمپ کرتے وقت گھوڑے کی دم عموماً تنی رہتی ہے۔کھیل کے دوران پولو کے گھوڑے کی دم بھی تنی ہی رہتی ہے۔البتہ ان کے بال کاٹ دیئے جاتے ہیں۔

ایک اور دُم جس سے ہر شخص کا ہر روز سابقہ رہتا ہے۔وہ چھپکلی کی دم ہے۔اس سے چھپکلی بڑے بڑے کام لیتی ہے۔دیوار یا چھت پر ادھر ادھر پھرنے میں اس کے ذریعہ توازن قائم رکھتی ہے۔غصے یا خطرے کے دوران دم کو اوپر اٹھا کر اپنے احساسات کا اظہار کرتی ہے۔اگر چھپکلی کی دم کسی وجہ سے ٹوٹ جائے تو علاحدہ ہونے کے بعد کچھ دیر تک وہ تڑپتی رہتی ہے۔یعنی اس میں کٹ جانے بعد بھی جان رہتی ہے۔ایک اور عجیب بات جو اس دم سے وابستہ ہے وہ یہ ہے کہ جب بھی چاہے چھپکلی اس کو اپنے جسم سے خود بھی علاحدہ کرسکتی ہے۔

دوران ملازمت میں ڈیرہ اسمعیل خان کے ملحقہ علاقہ غیر کے ایک مقام درازندہ میں تعینات تھا۔ہمارا قلعہ ایک بہت ہی سنسان جگہ پر ایک چھوٹی سے پہاڑی کی چوٹی پر واقع تھا۔بالکل سامنے گیارہ ہزار فٹ بلند پہاڑ تخت سلیمان تھا۔اس کے بارے میں یہ روایت مشہور تھی کہ حضرت سلیمان اپنی ناپسندیدہ یا تخریب کار پریوں کو یہاں قید کردیتے تھے۔چنانچہ تمام علاقے میں جن بھوت اور پریوں کے قصے عام تھے۔قلعے کے نیچے ایک بہت شفاف چشمہ بہتا تھا۔علاقہ غیر آباد تھا۔شکاری چرند پرند کافی تھے اس طرح وقت اچھا گزرتا تھا۔میرا بنگلہ پہاڑی کے بالکل کنارے پر ایک عمودی چٹان پر واقعہ تھا۔یہ اس قدر سیدھی تھی کہ اس پر سے انسان یا چوپائے کا گزرنا ممکن تھا۔سبزے کے علاوہ یہاں جھاڑیاں اور چھوٹے چھوٹے درخت بھی تھے۔ان جھاڑیوں اور درخت پر ایک نازک سا بے ضرر سبز رنگ کا [Grass Snake] گھاس کا سانپ رہتا تھا جو چھوٹے انڈے اور کیڑے مکوڑے پکڑ کر اپنی زندگی بسر کرتا تھا۔ان جھاڑیوں کے پاس سے سامنے کے پہاڑوں اور نیچے کی وادی کا منظر بہت دل فریب تھا۔اور فرصت کے اوقات میں اکثر میں کرسی لے کر ان مناظر سے لطف اندوز ہونے یا پڑھنے کی غرض سے جھاڑیوں کے پاس کھڈ کے

کنارے دوربین لے کر بیٹھ جاتا تھا۔نازک سا سبز رنگ کا سانپ میری موجودگی سے کچھ مانوس سا ہوگیا تھا۔وہاں میرے بیٹھنے سے وہ بلاوجہ خوف زدہ نہ ہوتا تھا اور اپنے روزمرہ کے کاروبار میں مصروف رہتا تھا۔میں نے نیولے کا ایک بچہ بھی پالا تھا جو سانپ پر گھات لگائے رہتا تھا۔اگر کچھ روز تک درخت پر سانپ نظر نہ آئے تو میں یہ سمجھتا تھا کہ نیولا اپنے ارادوں میں کامیاب ہوگیا لیکن چند روز بعد پھر سانپ نظر آنے لگتا اور اس کے آجانے سے نہ معلوم کیوں مجھے اطمینان سا محسوس ہوتا تھا۔درختوں پر کبھی کبھی گرگٹ اور چھپکلی بھی نظر آتی تھی۔یہ درخت پر رہنے اور وہاں سے اڑ کر آنے والے ان گنت حشرات الارض کی تلاش میں آتے تھے۔ایک روز حسب معمول شام کو وہاں بیٹھا نظارے سے لطف اندوز ہو رہا تھا۔کچھ دیر قبل بارش ہو چکی تھی۔درخت کے تنے پر مختلف اقسام کی تتلیاں اور پتنگے آکر بیٹھتے تھے، کچھ دیر ستاتے اور پھر اُڑ جاتے تھے۔یکا یک زمین کی طرف سے ایک چھپکلی تنے کے اوپر چڑھنے لگی۔جہاں جہاں اس کو کچھ کھانے کو ملتا تھا وہ ٹھہر جاتی تھی اور پھر لقمہ نگل کر اوپر کی طرف چل دیتی تھی۔ابھی وہ آدھے تنے تک گئی تھی کہ درخت کے بالائی جانب سے وہ نازک سا سبز سانپ پتنگے کھاتا ہوا نیچے کی طرف آتا نظر آیا۔سانپ اور چھپکلی اپنے اپنے شکار میں اتنے محو تھے کہ ایک دوسرے پر بالکل توجہ نہ دے رہے تھے اور کافی قریب آگئے۔اب صورت حال خاصی دلچسپ ہوگئی۔یکا یک دونوں کی نظریں ایک دوسرے پر پڑیں۔دو شکاریوں کا آمنا سامنا ہوا اور دونوں اپنی اپنی جگہ ٹھٹک کر رہ گئے۔کوئی ایک لمحہ تو سکوت کی یہ حالت برقرار رہی۔اس کے بعد سانپ نے چھپکلی پر منہ مارا اور اپنی جان بچانے کے لیے اسی لمحہ چھپکلی بھی پلٹی۔چنانچہ بجائے اس کے کہ چھپکلی کا سر سانپ کے منہ میں آتا جس کا کہ اس نے نشانہ لگایا تھا، اس کے منہ میں چھپکلی کی دم آگئی۔ایک سیکنڈ تک تو چھپکلی اپنی دم کے سہارے سانپ کے منہ سے لٹکی رہی اور یوں لگتا تھا کہ سانپ چھپکلی کو نگل جائے گا لیکن یکا یک چھپکلی نے اپنے جسم کو زور زور سے جھٹکے دیئے۔اس کا جسم سانپ کے منہ میں لٹکی ہوئی دم سے علیحدہ ہوگیا اور دم زمین پر گر گئی۔دم تو سانپ نگل گیا لیکن اپنا خون آلود نچلا حصہ ایک منجھی ہوئی بیلے ڈانسر کی طرح مٹکاتی ہوئی چھپکلی جھاڑیوں میں غائب ہوگئی۔ایک اور بات جو اس سلسلہ میں قابل غور ہے۔وہ یہ کہ دم ضائع ہوجانے کے بعد چھپکلی کی دوسری دم بھی نکل آتی ہے اور کبھی کبھی تو بجائے ایک کے دو دُم نکلتی ہیں۔

جیسا کہ اوپر عرض کیا جا چکا ہے کہ درازندہ کے علاقے میں پریوں اور جنوں کا ذکر اکثر ہوتا رہتا تھا۔اس سلسلے میں جن مختلف پرندوں، جان داروں سے روایتاً مدد لی جاتی تھی یا جن پر بدروح ہونے کا گمان اغلب ہوتا تھا ان میں الو اور چھپکلی سرفہرست تھے۔میں درازندہ کے قیام کے دوران جس مکان میں رہتا تھا وہ کافی پرانا تھا۔اس میں تمام بجلی کی تاریں دیوار کے اوپر تھیں اور تاروں کو ایک کمرے سے دوسرے کمرے میں پہنچانے کے لیے درمیانی دیواروں میں سوراخ کر کے تار اس میں سے گزارے گئے تھے۔یہ سوراخ چھپکلیوں کے مسکن اور دیواریں ان کی جولان گاہ تھیں۔میرے بنگلے کے عقب میں پیپل کا ایک پرانا درخت تھا۔یہ کافی بلند تھا اور اس کے تنے اور شاخوں میں چھوٹے بڑے بہت سے سوراخ تھے۔ان سوراخوں میں ایک ہی خاندان کے گھگھو کی نسل کے کئی الو رہتے تھے۔میں بنگلے سے کہیں جاؤں مجھے اس درخت کے نیچے سے گزرنا پڑتا تھا۔میرے گزرتے وقت وہ اپنی بڑی بڑی آنکھوں سے جلدی جلدی گردن اور نیچے کر کے دیکھتے تھے اور اپنی کرخت آواز میں مجھے ڈانٹتے تھے۔اندھیرے میں تو میرے نزدیک نزدیک بھی اڑتے تھے اور کمال یہ تھا کہ اُڑتے وقت ان کے پروں سے کسی قسم کی آواز نہ آتی تھی۔ رات میں واپسی پر ان کی کرخت آواز اگر پاس سے آئے تو غیر ارادی طور پر گردن کے تمام بال اور رونگٹے کھڑے ہو جاتے، حالانکہ مجھے معلوم تھا کہ یہ ایک بے ضرر پرندے کی چہکار ہے۔ میرے بنگلے میں مرغیاں، تیتر، چکور اور کونج بھی پلے ہوئے تھے۔یہ تمام کے تمام کھلے پھرتے تھے۔ان میں سے ایک تیتری نے بچے نکالے اور وہ بھی کھلے پھرنے لگے۔آسمان پر اُڑنے والی چیلوں اور کوؤں کے خطرے کے پیش نظر تیتری اپنے بچوں کو گھاس کے کھلے میدان میں نہ لاتی تھی اور دیوار کے پاس جھاڑیوں کے نزدیک ہی رکھتی تھی۔ایک دن میں نے دیوار کے پاس سے مرغی کی کٹ کٹا تک سنی۔نزدیک آیا تو جھاڑی میں دو الو بیٹھے نظر آئے۔مجھے دیکھ کر یہ پیپل کے درخت پر چلے گئے اور وہاں سے شور کرنے لگے۔تھوڑی دیر بعد تیتری جھاڑیوں کے باہر آئی تو اس کے بچوں میں ایک بچہ کم تھا۔میں نے جھاڑیوں میں کچھ دیر تلاش کیا اور نہ ملنے پر اپنی بندوق لے کر پیپل کے درخت کی طرف الوؤں سے انتقام لینے چلا۔میرا اردلی جو اس بنگلے میں کافی عرصے سے رہتا تھا، بھاگتا ہوا آیا اور مجھے اپنے ارادے سے بہت اصرار کر کے روکا۔اس کے منع کرنے کی وجہ ابھی قارئین کی خدمت پیش کرتا ہوں۔وہاں سے میں دوبارہ تیتری کے پاس آیا تو میں نے

دیکھا کہ تیتری کا گمشدہ بچہ اپنی ماں کے ساتھ لنگڑاتا ہوا پھر رہا تھا۔ مجھے گونہ خوشی ہوئی کہ خواہ مخواہ ایک بے گناہ پرندے کی جان لینے سے، میں باز رہا۔

درازندہ میں ہمارے قلعے میں دو تین سو آدمی رہتے تھے۔ دوسرے اہل کار اور ان کے خاندان کے لوگ بھی کوئی دو سو ہوں گے۔ تمام عملہ اپنا بچا کھچا کھانا اور ہڈیوں کو اپنے مکان یا قلعے کے باہر پھینک دیتا۔ ان کو کھانے کے لیے بے شمار کتے، بلیاں اور روشنیاں گل ہونے کے بعد گیدڑ اور لگڑ بگڑ بھی آجاتے تھے۔ وہاں روشنی ایک جنریٹر کے ذریعہ حاصل ہوتی تھی۔ جو موسم کے اعتبار سے رات نو یا دس بجے بند کر دیا جاتا تھا۔ خوراک کی تقسیم کے سلسلے میں ان جانوروں میں اکثر اختلاف رائے ہو جاتا تھا۔ اور حصول مقصد کے لیے اپنی اپنی زبان میں لمبے لمبے مکالمے اور تقریریں ہوتی تھیں۔ کبھی کبھی نوبت جنگ تک پہنچ جاتی تھی۔ اس معرکے میں سب سے منحوس آواز لگڑ بگڑ کی ہوتی تھی۔ اور یوں محسوس ہوتا تھا کہ کسی پاگل خانے کے باسی قہقہے لگا رہے ہیں۔ کتے اور بلی تو گھوڑے کے پاس ہی جمع رہتے تھے۔ لیکن لگڑ بگڑ سارے قلعہ اور مکانی آبادی کا چکر لگاتے تھے اور اپنی مکروہ آواز میں سب کا سکون مسمار کرتے رہتے تھے۔ کئی مرتبہ بندوق لے کر میں ان کو مارنے گیا لیکن ہر دفعہ اردلی نے مجھے منع کیا۔ سب سے پریشان کن بات میرے لیے یہ تھی کہ اگر کبھی میرے کتے اور کسی لگڑ بگڑ کا سامنا ہو گیا تو نہ معلوم حالات کیا صورت اختیار کریں۔

میں جس بنگلے میں درازندہ میں رہتا تھا، اس میں سونے کے دو کمرے تھے۔ ایک تو باورچی خانہ اور نوکروں کی بیٹھک کے لیے تھا۔ اور دوسرا اس سے ہٹ کر میں نے اپنے لیے دور والا کمرہ منتخب کیا۔ میرے انتخاب کرنے اور سامان رکھوانے کے بعد بنگلے کا اردلی جو یہاں کئی سال سے رہتا تھا آیا اور اس نے مجھے وہاں رہنے سے منع کیا کیونکہ اس کی معلومات کے مطابق اس کمرے میں آسیب جن یا پریوں کا دخل تھا۔ اگر یہ بات وہ شروع ہی میں بتا دیتا تو شاید میں دوسرے کمرے میں رہتا لیکن ایک مرتبہ سامان کھلوانے کے بعد میں نے وہاں سے دوسرے کمرے میں آنا بزدلی سمجھا۔ اپنے دعویٰ کے ثبوت میں اردلی صاحب نے مجھے مطلع فرمایا کہ رات ہوتے ہی ہر سوراخ سے ایک اور دودم والی چھپکلیاں برآمد ہوں گی۔ برآمدے اور درختوں پر اُلو بولیں گے۔ اور ان کے بعد لگڑ بگڑ کا کورس شروع ہو جائے گا۔

شب اول یہ تمام کاروائی اسی تسلسل سے شروع ہوئی۔لگڑ بگڑ کی آواز جنگل میں بار ہا سنی تھی لیکن اپنے گھر میں سننے کا پہلا اتفاق تھا اور نتیجہ کافی پریشان کن رہا۔میں نے اپنی بندوق بھی نکالی اور بنگلے کے باہر پھرتا رہا لیکن لگڑ بگڑ قابو میں نہ آیا۔سنتری کی زبانی اردلی کو رات میں میرے بندوق لے کر پھرنے کا احوال یقیناً معلوم ہوا ہوگا۔چنانچہ صبح جب وہ چائے لے کر آیا تو اس کا چہرہ ایک معنی خیز قسم کا سوالیہ نشان تھا۔میں نے خود ہی اس کو بتایا کہ میں بندوق لے کر رات کو لگڑ بگڑ کی تلاش میں پھرتا رہا۔بڑے ہی رازدارانہ لہجے میں اس نے مجھے مطلع کیا کہ لگڑ بگڑ اور اُلو تو جن بھوت ہیں لیکن چھپکلیاں پریاں ہیں۔ان میں سے ایک دم والی تو الہڑ اور کم سن ہیں اور دو دم والی تجربہ کار سن رسیدہ پریاں ہیں۔تذکیر و تانیث اور عمر کے اس تجربہ کے بارے میں اس نے کبھی بھی روشنی نہیں ڈالی۔نہ ہی میں نے کبھی استفسار کیا۔البتہ لگڑ بگڑ، اُلو اور چھپکلی مارنے سے مجھے بہت ہی پرزور طریقہ سے بار بار منع کیا۔

درازندہ کے سنسان علاقے میں اپنے کو عادی بنانے کی کوشش کرتا رہا اور وہاں متعدد اقسام کے چرند و پرند کی بہتات کی وجہ سے مجھے اس سلسلے میں چنداں دقت نہ ہوئی۔لیکن میرے سونے کے کمرے میں کچھ غیر مانوس کچھ محیر العقل اور کچھ ڈراؤنے واقعات پیش آتے رہے۔ان میں سے چند تو میں آپ کی خدمت میں پیش کر چکا ہوں۔چھپکلی کی دم سے متعلق ایسا ہی ایک اور واقعہ آپ کی خدمت میں حاضر ہے۔

میرے اردلی کی حفاظتی اور پاسبانی جبلت بہت نمایاں تھی۔اُن دنوں میں بیوی بچوں کے جھنجٹ سے آزاد تھا۔اور اسی مناسبت سے وہ اپنی پاسبانی ذمہ داریوں کو اور زیادہ محسوس کرتا تھا۔سرِ شام کھیل سے فارغ کر نہانے دھونے اور کھانے کے بعد وہ کسی نہ کسی بہانے میرے کمرے میں آجاتے تھے۔پیروں پر چاپی ہوتی اور گپ شپ شروع ہو جاتی۔وہ شخص اس علاقے کی روایات اور قصوں کا خزینہ تھا۔دورانِ گفتگو ان کی نظریں دیوار پر چھپکلیوں کی تلاش میں لگی رہتی تھیں اور ان میں سے اگر کوئی اپنے سوراخ سے باہر نکلے تو وہ اس کو جوتا یا جھاڑو وغیرہ اچھال کر اتنا تنگ کرتے تھے کہ چھپکلی سوراخ میں واپس چلی جاتی تھی اور وہاں سے ٹک ٹک کرتی رہتی تھی۔سنگل دم والی ایک قدرے تندرست چھپکلی جو دوسروں کے مقابلے میں زیادہ ڈھیٹ تھی اور آسانی سے اپنے سوراخ میں نہ جاتی تھی، وہ انہیں چنداں پسند نہ تھی اور کہا کرتے تھے کہ جس طرح

یہ تمہیں دیکھتی تھی وہ طریقہ مجھے بالکل پسند نہیں۔ میں نے تو کبھی یہ بھی محسوس نہ کیا کہ وہ مجھے دیکھتی بھی تھی یا نہیں چہ جائیکہ کسی خاص طریقے پر دیکھنا۔ میرے اس سوال کا بھی کہ تم کو یہ کیسے معلوم ہے کہ وہ چھپکلی ہے یا چھپکلا، وہ کوئی خاطر خواہ جواب نہ دے سکے۔ سرِ شام روشنی ہونے کے بعد اور اردلی کے آنے سے پہلے کمرے میں ایک آدھ چھپکلی ضرور نکل آتی تھی لیکن کمرے میں آنے کے بعد اردلی کا سب سے پہلا کام یہ ہوتا تھا کہ ان کو واپس اپنے بل میں پہنچا دے۔

مجھے دراز ندہ میں رہتے ہوئے کوئی ایک سال ہو گیا تھا اور بقول اردلی جن پریوں کی توجہ رفتہ رفتہ زیادہ ہونے لگی تھی۔ اب تک چھپکلیاں بھی اردلی کی عادی ہو چکی تھی اور آسانی سے اپنے بلوں میں واپس نہ جاتی تھیں۔ ایک رات حسب معمول کھانے وغیرہ سے فارغ ہونے کے بعد اردلی جب میرے کمرے میں آیا تو میں آتش دان کے سامنے سلگتی ہوئی لکڑیوں کی شدت اور چٹکنے کی آواز سے محفوظ ہو رہا تھا اور کتاب کا مطالعہ بھی کر رہا تھا۔ آتے کے ساتھ ہی اردلی نے دیوار پر ایک نظر ڈالی تو ان کو وہاں وہی چھپکلی نظر آئی جس کی نگاہیں انہیں پسند نہ تھیں۔ چنانچہ انہوں نے پہلے تو جھاڑن اچھالے لیکن وہ دیوار پر ادھر ادھر پھرتی رہی اور اپنے بل میں نہ گئی۔ بالآخر انہوں نے تنگ آکر اس پر اپنی چپل پھینک ماری۔ نشانہ صحیح لگا اور ضرب سے اس کی دم کٹ کر گر گئی جو زمین پر تڑپتی رہی اور لپک کر وہ خود بجلی کے تار کے سوراخ میں چلی گئی لیکن کمرے کی سفید دیوار پر اپنے خون کی ایک باریک لکیر چھوڑ گئی۔ اردلی صاحب بڑی احتیاط سے دم اٹھا کر لے گئے اور نہ معلوم کہاں دبا آئے... لیکن اس رات اس خونی سوراخ اور خون آلود لکیر پر ان کی نظریں اکثر پڑی رہیں۔ دوسرے روز انہوں نے قلعہ سے چونا منگوا کر خونیں لکیر کو مٹانے کی کوشش کی لیکن نئے سفید چونے کے چکنے میں وہ لکیر پھر بھی نظر آتی رہی۔ اس واقعہ کے بعد میں نے اپنے کمرے میں دم کٹی چھپکلی نہ دیکھی لیکن چند روز بعد ایک شام دو دموں والی چھپکلی برآمد ہوئی۔ مجھے تو اس میں کوئی خاص بات نظر نہ آئی لیکن اردلی کا اصرار تھا یہ وہی نظر بد والی چھپکلی ہے جس نے اب دو دُمیں نکال لیں ہیں چنانچہ فی الفور انہوں نے اسے کھدیڑ کر بجلی کے سوراخ میں پہنچا دیا۔ کچھ دیر بعد وہ چلے گئے اور کتاب کا مطالعہ کر کے میں بھی سو گیا۔

شروع ہی سے میری عادت ہے کہ سونے سے پہلے میں اپنے کمرے کے تمام دروازے اندر سے بند کر لیتا ہوں اور چٹخنی یا دوسری روک لگا لیتا ہوں۔ اس رات بھی حسب معمول

میں دروازہ بند کر کے سو گیا۔سوتے میں مجھے یوں محسوس ہوا جیسے کوئی دروازے کی چٹخنی کھول رہا ہے۔فوراً میری آنکھ کھل گئی۔کمرے میں صرف ایک لالٹین جل رہی تھی۔میں نے اس کی مدھم روشنی میں بہت آہستہ سے چٹخنی کھلتے دیکھی۔اب میں بالکل بیدار ہو چکا تھا۔تکیئے کے نیچے سے میں نے اپنا بھرا ہوا ریوالور نکالا۔مجھ سے پہلے جو افسر اس کمرے میں رہتے تھے وہ ایک سائے پر اپنے بھاری ریوالور سے 6 فائر کر چکے تھے۔جس کے نشان اب بھی کمرے میں موجود تھے۔اس چاند ماری کے بعد وہ دوسرے کمرے میں رہنے لگے تھے۔چٹخنی نیچے آنے کے بعد مجھے دروازے کے پاس ایک سفید سایہ نظر آیا جس نے بڑے احتیاط سے دروازہ کھولا اور مجھے باہر آنے کا اشارہ کیا۔خود سایہ کمرے کے باہر چلا گیا۔اس سائے کی لباس کی وضع قطع ایسی تھی جو مغرب میں دلہنیں پہنتی ہیں۔میں سکتے کے عالم میں ریوالور لیے اپنے پلنگ پر مبہوت بیٹھا رہا۔میرے حواس اور احساسات کچھ سن ہو کر رہ گئے تھے اور میں ایک مشینی انسان کی طرح مزید احکامات کا انتظار کرتا رہا۔سایہ دوبارہ واپس آیا اور مجھے پھر باہر آنے کا اشارہ کیا۔موسم سرما ہونے کے باوجود میرے پسینے چھوٹ گئے۔سانس گھٹنے لگی۔ایک لمحے کے لیے تو میرے شعور بیدار نے حالات پر قابو پانے کی کوشش کی اور میں پلنگ سے اٹھتے اٹھتے دوبارہ بیٹھ گیا۔سائے نے پھر اشارہ کیا اور اس اشارہ کی کشش اور دباؤ اتنا تھا کہ اس مرتبہ میں مزاحمت نہ کر سکا۔آہستہ سے اٹھا، ریوالور تکیہ کے نیچے رکھا، اپنے اوپر کمبل لپیٹا، چپل پہنی اور دھیرے دھیرے اس سائے کے پیچھے چل دیا۔گیلری اور برآمدے سے ہوتا ہوا سبزہ زار سے گزر کر ہوا میں تیرتا ہوا سایہ کھڈ کے کنارے پہنچ گیا۔یہاں ایک ساعت کے لیے سایہ ٹھہرا اور مجھے پیچھے آنے کا اشارہ کر کے اس ناممکن کھڈ میں اُتر گیا۔آہستہ آہستہ میں اس کھڈ کے کنارے آیا اور قبل اس کے کہ میرے قدم خلا میں داخل ہوں، میرے ذہن کو ایک جھٹکا سا لگا اور میں ٹھٹک کر رہ گیا۔ایک دو منٹ تو میں غنودگی اور بیداری کی کیفیت میں وہاں کھڑا رہا لیکن پھر ہوش وحواس غالب آئے اور میں واپس ہوا۔کھڈ میں اترنے کے بعد سے مجھے سفید سایہ نظر نہ آیا۔کمرے میں آ کر میں نے دروازہ بند کیا۔چٹخنی لگائی اور کافی دیر کروٹیں لینے کے بعد سو گیا۔صبح بیدار ہونے پر مجھے رات کی روداد ایک خواب سی معلوم ہوئی۔جب اردلی چائے لے کر آیا تو کمرے میں ضرورت سے زیادہ ادھر ادھر دیکھتا اور کونوں میں جھانکتا رہا۔کمرے میں اسے کچھ غیر مانوس سی بو بھی محسوس ہو رہی تھی جس کا لمبی لمبی سانس لے کر وہ

تعین کرنا چاہتا تھا۔میرے سوالوں کا وہ خاطر جواب نہ دے سکا اور اپنے تجسس کی میں بھی تسلی بخش توضیح نہ کرسکا۔

اس عقدے کو سلجھانے کے لیے وہ عمل جو میں سمجھ رہا تھا کہ گزشتہ شب ہوا تھا، ایک واقعہ تھا کہ خواب تھا، میں کمرے کے باہر آیا۔سبزہ زار سے ہوتا ہوا کھڈ کے نزدیک پہنچا۔میرا السیشن کتا جس نے کچھ عرصہ سے اس کمرے میں میرے ساتھ رات کو رہنا ترک کردیا تھا وہ بھی مجھے دیکھ کر دم ہلاتا، خوشی سے دوڑتا ہوا میرے پاس آیا لیکن مجھ سے چند قدم تک آکر ایسے رک گیا جیسے بریک لگ گیا ہو۔اس کی گردن اور پیٹھ کے بال کھڑے ہوگئے اور وہ خلا میں دیکھ دیکھ کر غرانے لگا۔کچی مٹی میں میری چپلوں کے نشانات کھڈ کے بالکل دہانے تک آئے ہوئے تھے اور یہ اسی رات کے تھے۔عالم ہوش میں کبھی بھی کھڈ کے اتنے قریب میں نہ آیا تھا کیونکہ یہ بہت ہی خطرناک عمل بھی ثابت ہوسکتا تھا۔تھوڑی دیر میں اردلی ایک پیالی چائے لے کر آ گیا۔معنی خیز نظروں سے مجھے اور کتے کو دیکھا اور رک کر نظارے کی تعریف کرتا رہا۔اب کتے کے بال ٹھیک اور غرانا بند ہوگیا تھا۔اور وہ بھی روزمرہ سے کچھ زیادہ ہی مجھ سے لپٹا رہا۔

دن بھر اپنے کاموں میں مشغول رہنے کے دوران بھی میں رات کے واقعات پر غور کرتا رہا۔یہ خواب تو نہ تھا کیونکہ میری چپل کے نشانات گہرے کھڈ کے کنارے تک موجود تھے۔مسئلہ حل طلب یہ تھا کہ میں نے واقعی کوئی سایہ دیکھا تھا یا میں خواب خرامی کے مرض میں مبتلا ہوگیا تھا۔جس میں انسان نیند کے دوران چلتا پھرتا رہتا ہے اور اسے کچھ معلوم نہیں ہوتا۔رہ رہ کر مجھے مرحوم عظیم بیگ چغتائی کا ایک افسانہ یاد آتا رہا جس میں ہیرو صاحب جو اپنے ایک عزیز کے پاس کسی نئے شہر میں مہمان گئے تھے اور انہیں یہ مرض لاحق تھا، سوتے میں ایک تختہ رکھ کر اپنے گھر کی چھت سے تنگ گلی کی دوسری طرف ایک مکان کی چھت پر تشریف لے گئے۔بحالت خواب وہاں کچھ چہل قدمی فرمائی اور جب اسی طرح تختے پر ہو کر واپس آرہے تھے تو اس گھر کے ایک بزرگ نے یہ حرکت دیکھ لی۔ان کی بدقسمتی یا خوش قسمتی سے اس مکان میں بزرگ کی ایک نوجوان کنواری صاحب زادی بھی رہتی تھیں۔بزرگ کو ہیرو کے مرض کا تو علم نہیں تھا چنانچہ ان کے تخیل نے رات کی تاریکی میں اپنے گھر کی چھت سے ایک اجنبی کی واپسی کے پیش نظر بہت سے بھیانک نتائج مرتب کرلیے۔بہ ایں حالات ان بزرگ کا سیخ پا ہونا قدرتی امر تھا۔چنانچہ فوراً ہنگامی

حالات کا اعلان کیا گیا اور گھر کے تمام تندرست اور بالغ اشخاص اور ان کے خطرناک قسم کے اعزا پر مشتمل ایک استقبالیہ کمیٹی تشکیل دی گئی جو انتہائی مہلک قسم کے آلات حرب سے پیراستہ ہو کر دوسری شب ان کے وارد ہونے کا انتظار کرتی رہی۔موصوف کی آمد پر اول تو ان کی خاصی تاج پوشی کی گئی حالانکہ وہ اپنی معصومیت کے جواز اور صفائی کے طور پر دلائل پیش کرتے رہے۔اس کے بعد فرد جرم سنائی گئی۔بزرگ کی عینی شہادت ناقابل تردید تھی۔جرم بھی سنگین اور انتہائی سخت سزا کا مستوجب قرار پایا۔کسی قسم کے تخفیفی حالات نہ پائے گئے لہذا کمیٹی نے اتفاق رائے سے سزائے موت کا فیصلہ صادر فرمایا اور فی الفور اس پر عمل درآمد کی سفارش بھی کی۔چنانچہ صاحب زادی کے ایک قصائی نما عزیز اپنی خاندانی تلوار تیز کرنے لگے۔قریب تھا کہ جرم ناکردہ کی پاداش میں ہیرو اللہ کو پیارے ہو جاتے کہ گڑگڑا کر اپنی معصومیت کی حکایت اور اس عجیب وغریب بیماری کا بروقت حوالہ کام آیا۔شاید اردگرد کسی بلڈ بینک کے نہ ہونے اور خاطر خواہ طریقے پر لاش کو فوری ٹھکانے لگانے میں دقت کے پیش نظر کمیٹی نے اپنے فیصلے پر نظر ثانی فرمائی اور سزائے موت کو سزائے دوام میں تبدیل کر دیا۔چنانچہ اس وقت قاضی کو بلا کر ہیرو کا نکاح اس نادیدہ اور بے گناہ دوشیزہ سے پڑھوا دیا گیا۔میں سمجھتا ہوں کہ بہ وقت نیم شب سسرال میں پٹنے کے بعد نکاح کر کے ازواجی زندگی کی ابتداء کرنا کسی خوش آئند مستقبل کی نشاندہی نہیں کرتا۔سسرال میں تو کسی وقت بھی پٹنے سے کوئی امید افزا نتائج برآمد نہیں ہو سکتے۔چغتائی صاحب نے اپنے افسانے میں اس کی وضاحت نہیں فرمائی کہ پٹنے اور نکاح کے بعد ہیرو کو خواب خرامی کے مرض سے نجات ملی یا نہیں۔

میرے ساتھ معاملہ افسانے کے واقعات سے کافی مختلف تھا،کیونکہ افسانوی تنگ گلی کے دوسری طرف دوشیزہ کے مکان کی جگہ میرا مقدر ایک بہت گہرا کھڈ تھا اور اس کھڈ میں یا اس کی دوسری جانب گوشت پوست کی مسماۃ کے بجائے ایک سایہ تھا جس کو میرے تخیل نے نسوانی پیکر کا حلیہ دے دیا تھا۔کمرہ کے اندر تو میں نے متعدد بار سایہ دیکھا تھا اور چیزیں بھی ادھر ادھر ہوئی تھیں لیکن سائے کے ہمراہ کمرے کے باہر جانے کا یہ پہلا موقع تھا۔

میرے لیے اب دو راستے تھے۔ایک تو یہ کہ میں اپنا کمرہ چھوڑ کر دوسرے کمرے میں چلا جاؤں اور ڈبل دم والی چھپکلی نیز مغربی لباس میں ملبوس نسوانی سائے سے بھی چھٹکارا حاصل کرلوں۔دوئم یہ کہ اس کمرے میں اس امید پر ٹھہرا رہوں کہ یہ واردات شاید آئندہ نہ ہو۔میرے

اردلی کو کچھ شک ضرور تھا لیکن اس مسئلے پر مجھ سے وہ کھل کر بات نہ کرسکتا تھا اور میں بھی اس سے اتنا بے تکلف نہ تھا کہ گفتگو کی ابتداء کرتا۔ چنانچہ تمام فیصلے مجھ کو خود ہی کرنے تھے۔

اس وقت میں دو اقسام کے خوف نیز اپنے معاملات کو کسی اور پر ظاہر نہ کرنے کے سبب ایک گھٹن وکرب میں مبتلا تھا۔ قلعے کے تمام لوگوں کو معلوم تھا کہ میں آسیب زدہ کمرے میں رہتا ہوں۔ پہلا ڈر یہ تھا کہ اگر میں نے کمرہ چھوڑ دیا تو وہ سب مجھے بزدل سمجھیں گے اور دوسرا خوف یہ تھا کہ اس تناؤ کو نہ جانے میں کب تک برداشت کرسکوں اور نہ معلوم آئندہ حالات کیا صورت حال اختیار کریں۔ پہلا خوف دوسرے خوف پر غالب آیا اور میں اسی کمرے میں ٹھہرا رہا۔ ہر چند کہ میں نے اپنی چپل کے تازہ نشانات کھڈ کے کنارے تک دیکھے تھے اور مجھے تقریباً یقین تھا کہ تمام کاروائی بحالت ہوش وحواس ہوئی ہے لیکن ایک موہوم سی اُمید باقی تھی کہ شاید یہ خواب ہو، یا میں خواب خرامی کے نئے دریافت شدہ مرض میں مبتلا ہوگیا ہوں۔ اس زمانے میں متعدد افسانے اور فلمیں اس موضوع پر بنیں اور ہر ایک میں ہیرو یا ہیروئن یا دونوں شب خرامی فرماتے تھے۔ پکڑے جاتے تھے اور تھوڑی سی پٹائی کے بعد یا اس سے قبل ہی منزل نکاح تک پہنچا دیئے جاتے تھے۔ تمام لکھنے والے اس بات پر متفق تھے کہ یہ ایک نفسیاتی بیماری ہے۔ اسی زمانے میں ایک مضمون کسی ماہر نفسیات کا نظر سے گزرا کہ سونے کے لیے لوگ عموماً پلنگ کی ایک مخصوص جگہ پر بیٹھتے ہیں اور پھر چپل یا جوتی پہن کر اپنے کاموں میں مشغول ہو جاتے ہیں۔ اس مرض میں مبتلا مریضوں کو انہوں نے مشورہ دیا کہ ان کے سونے کے بعد ان کا کوئی معاون اس مقام پر جہاں وہ چپل رکھنے کے عادی ہوں کسی تسلے میں پانی رکھ دے تاکہ بسلسلہ شب خرامی اٹھتے وقت چپل پر پڑنے کے بجائے مریض کا پیر پانی میں اترے اور اس کی آنکھ کھل جائے۔ میرا معاون میرا اردلی تھا جسے میں اپنا ہم راز بنانا چاہتا تھا۔ چنانچہ دوسری رات کمرے سے اردلی کے جانے کے بعد میں نے خود ایک تسلے میں پانی بھر کر اس جگہ رکھ دیا جہاں میں چپل اتار کر سونے کا عادی تھا۔ اس رات مجھے صحیح طور پر نیند نہ آئی اور رہ رہ کر آنکھ کھلتی رہی۔ کوئی غیر معمولی واقعہ بھی پیش نہ آیا لیکن یہ ضرور ہوا کہ پانی سے بھرا تسلا اس مقام پر صبح نہ تھا جہاں میں نے سونے سے قبل رکھا تھا بلکہ اس سے کئی فٹ دور آتشدان کے قریب ملا۔ ایک جگہ سے دوسری جگہ جانے میں تسلے کا پانی دری پر بالکل نہ گرا تھا۔ کمرہ اسی طرح اندر سے بند تھا۔ دروازہ کھولنے سے

پہلے میں نے غسل خانہ میں پانی پھینکا اور تسلا اپنی جگہ رکھ دیا۔

یہ عمل میں ہر شب کرتا رہا اور کئی روز تک مجھے سایہ نظر نہ آیا لیکن پانی کا تسلا ہر صبح اپنی جگہ سے کسی اور جگہ رکھا ملتا تھا۔ڈبل دم والی چھپکلی بھی نظر نہ آئی۔میں اس معمول کا کچھ کچھ عادی ہو چلا تھا اور میرے خوف میں بھی نسبتاً کمی ہونے لگی تھی۔ایک روز جب میں دورے سے واپس آیا تو کافی تھکا ہوا تھا۔نہا دھو کر کھانے سے فارغ ہو کر میں آگ کے پاس بیٹھا تو حسب معمول اردلی آ گیا اور ادھر ادھر کے قصے شروع ہو گئے۔یکا یک بجلی کے سوراخ میں سے وہی ڈبل دم والی چھپکلی برآمد ہوئی اور دونوں دُمیں اوپر کو اٹھا کر ہماری طرف دیکھتی اور ٹک ٹک کرتی رہی۔فوراً اردلی کی رگ حفاظت پھڑکی اور انہوں نے کونے میں رکھی ہوئی چھڑی اٹھا کر اسے ہنکایا لیکن آج وہ اپنے سوراخ میں واپس جانے کے بجائے دوسری سمت بھاگی اور اردلی صاحب اسے کھدیڑتے رہے۔بالآخر کمرے کی دیواروں کے چند چکر لگانے کے بعد وہ سوراخ میں چلی گئی۔اردلی کے واپس جانے کے بعد میں نے دروازہ بند کیا۔پانی کا تسلا اپنی جگہ رکھا اور کچھ دیر کتاب کا مطالعہ کیا اور سو گیا۔رات کو کسی وقت چٹخنی کھلنے کی آہٹ سے میری آنکھ کھلی۔میں پلنگ پر بیٹھ گیا۔فوراً ہی میں پوری طرح بیدار تھا۔شب اول کی مانند آہستہ سے دروازہ کھلا۔اسی طرح سایہ برآمد ہوا اور مجھے ساتھ آنے کا اشارہ کر کے کمرے میں گیلری میں چلا گیا۔

میری قوت ارادی اور مدافعت سلب ہو گئی۔اس کے ساتھ جانے کے لیے میں بطور ایک مشینی انسان جب پلنگ سے اٹھا تو پانی کا تسلا اپنی جگہ نہ تھا لیکن میری چپلیں وہاں رکھی ہوئی تھیں۔چپل پہنیں اور کمبل اوڑھ کر میں گیلری میں آیا۔سائے نے گیلری کا دروازہ کھولا۔اور پھر پہلی شب کی طرح سبزہ زار سے ہوتا ہوا گہرے کھڈ کے کنارے آ کر رکا اور نزدیک پہنچے پر مجھے پیچھے پیچھے آنے کا اشارہ کر کے کھڈ میں اُتر گیا۔ایک بات قابل ذکر یہ بھی تھی کہ راستے بھر میرا اور سائے کا درمیانی فاصلہ تقریباً برابر رہتا تھا۔اس میں کمی یا زیادتی نہ ہوتی تھی۔درمیانی فاصلے کو سایہ خود ہی ٹھیک کرتا رہتا تھا۔

جب میں کھڈ کے دہانے پر پہنچا تو مجھ سے چند گز نیچے سایہ میرا انتظار کر رہا تھا۔جلدی جلدی مجھے نیچے آنے کا اشارہ کر کے سایہ مزید نیچے جانے لگا۔یہ اتنی ڈھلوان جگہ تھی کہ یہاں سے کوئی بشر زندہ سلامت گزر نہ سکتا تھا۔میں آگے بڑھنے ہی والا تھا کہ یکا یک مجھے ایک تازیانہ سا لگا

اور یہ احساس ہوا کہ کھڈ میں اُترنا موت کے منہ میں جانے کے مترادف ہوگا۔ میں ٹھٹکا میں جھجکا اور الٹے پاؤں اپنے کمرے میں واپس آ گیا۔تمام دروازے احتیاط سے بند کر لیے۔صبح بیدار ہوتے ہی سب سے پہلے میں کھڈ کے کنارے گیا۔وہاں کچی مٹی پر اسی رات کے لگے ہوئے میری چپل کے نشانات موجود تھے۔اب تو یہ بھیانک حقیقت بالکل واضح ہوچکی تھی کہ نہ میں خواب دیکھتا تھا نہ مرض خواب خرامی میں مبتلا تھا بلکہ بہ حالت ہوش وحواس ایک سائے کے پیچھے کھڈ کے کنارے تک جاتا تھا۔یہ خطرہ بھی تھا کسی وقت بھی میرا شعور بیدار بروقت امداد میں کوتاہی کر جائے اور میں یقینی طور پر موت کے منہ میں چلا جاؤں۔اس احساس نے عجیب بے بسی کی کیفیت پیدا کردی تھی کیونکہ سائے کے نمودار ہونے کے بعد مجھے اپنے عمل پر کوئی اختیار باقی نہ رہتا تھا۔ہر چند کہ موسم بہت خوش گوار تھا لیکن تھوڑی ہی دیر میں برآمدے میں ٹھہرنے کے بعد اپنے کمرے میں واپس آ گیا۔کچھ دیر بعد جب اردلی چائے لایا تو اس میں روزمرہ کی جولانی نہ تھی بلکہ وہ بھی کچھ بجھا بجھا سا لگ رہا تھا۔

ہمارے قلعہ میں ایک پولیٹیکل تحصیل تھی۔نزدیکی گاؤں درازندہ اور آس پاس کے علاقہ کے لوگ تحصیل آیا کرتے تھے۔اس گاؤں میں ایک قاضی صاحب بھی رہتے تھے۔یہ پڑھے لکھے عالم انسان تھے اور اس زمانے میں قرآن مجید کا پشتو میں ترجمہ کررہے تھے۔جب بھی یہ تحصیل آتے تو میرے پاس ضرور آتے تھے۔ملاقات کے دوران ہمیشہ میں ان کو برآمدے یا گول کمرے میں بٹھاتا تھا۔اتفاق سے اس صبح وہ بھی ملنے آ گئے۔نہ معلوم کیوں میں نے ان کو اپنے سونے والے کمرے میں بلایا۔کمرے میں داخل ہوتے ہی قاضی صاحب چونک سے گئے اور کچھ عجیب انداز میں بولے کہ یہاں کافور کی بہت سخت بو ہے۔اور واپس گیلری میں چلے گئے البتہ مجھے کافور کی بو بالکل نہ آئی۔کچھ دیر ٹھہرنے کے بعد واپس جاتے ہوئے مجھے ایک دافع بلیات دعا بھی عنایت کر گئے۔

میں درازندہ کے اس مکان میں تنہا ہی رہتا تھا۔چنانچہ جو چیز بھی جہاں رکھی جائے اس کو وہاں سے ہٹانے والا یا تو میں میرا اردلی یا بھنگی ہوسکتا تھا۔بھنگی صبح آتا تھا اس لیے اس کے جانے کے بعد صرف اردلی اور میں رہ جاتے تھے۔چند روز بعد ایک صبح اردلی نے مجھ سے پوچھ ہی لیا کہ فلاں فلاں چیز جو میں نے اس جگہ رکھی تھی کیا تم نے ہٹائی ہے؟ میرے انکار پر اس سے نہ

رہا گیا اور وہ بول اٹھا کہ صاحب تمہارے کمرے میں کچھ عجیب عجیب باتیں ہو رہی ہیں جو مجھے بالکل پسند نہیں۔ پسند تو مجھے بھی نہ تھیں لیکن میرا اس کمرے میں قیام سانپ کے منہ میں چھچھوندر قسم کی چیز بن کر رہ گیا تھا۔اور میرے لیے اس کے علاوہ چارہ نہ رہا کہ میں حالات کو اپنے ہی دھارے پر چلنے دوں۔اب تک تو میں کمرے میں چیزوں کے تتر بتر ہونے اور کبھی کبھی سائے کے نظر آنے کا کچھ عادی سا ہونے لگا تھا۔

مندرجہ بالا واقعات تو معمول بن گئے۔ان سے ہٹ کر ایک تباہ کن سانحہ یہ پیش آیا کہ میں نے بہت ہی عجیب وغریب خواب دیکھا۔کیا دیکھتا ہوں کہ دیوار پر چھپکلی کی ایک عدد دم ٹہل رہی ہے۔جسم نہ تھا۔وہاں سے ادھر ادھر اچھلتی کودتی یہ دُم آتشدان کے اوپر آ گئی اور نوک کے بل کھڑے ہو کر بہت ہی ماہرانہ انداز میں تھرکنے لگی۔رفتہ رفتہ اس کے قد میں اضافہ ہوتا گیا اور جب وہ آتشدان کے اوپر رک نہ سکی آہستہ سے کود کر زمین پر آ گئی اور وہاں بڑھتے بڑھتے اس کا قد انسانی قد کے برابر ہو گیا....لیکن تھرکنا بے حد پیشہ ورانہ رہا اور انداز بہت ہی منجھی ہوئی رقاصہ کا تھا۔کبھی کبھی تو اس پر رقاصہ ہونے کا گمان ہونے لگتا تھا۔لیکن صرف دم ہی دم دیکھ کر ہوش زمین پر واپس آ جاتے تھے۔یہ خواب میں نے کئی بار نہایت صاف صاف دیکھا اور اس کے بعد غیر ارادی طور پر میں زندہ چھپکلیوں کو بہت دل چسپی سے دیکھنے لگا۔اس وقت اردلی بھی مجھے اتنے ہی غور سے دیکھنے لگتا تھا۔آپ جو اس روداد کو بطور افسانہ یا زیادہ سے زیادہ ایک غیر معمولی واقعہ سمجھ کر پڑھ رہے ہیں۔یہ کہنے میں حق بجانب ہوں گے کہ

آہ بے چارے کے اعصاب پہ عورت تھی سوار

لیکن حضور میرے لیے تو بات اعصاب پر عورت کی سواری سے بہت آگے بڑھ چکی تھی۔چھپکلی ایک ایسی چیز ہے جسے دیکھ کر تمام انسان کراہت محسوس کرتا ہے یا کم از کم رغبت و دل چسپی کا اظہار نہیں کرتا۔لیکن اگر اس میں یکا یک کوئی قابل توجہ بات نظر آنے لگے اور اس کی دم رقاصہ کا روپ دھارے تو یہ بات ذہنی کثافت اور پراگندگی کا بہت بین ثبوت ہو گا۔میں یہ چیزیں محسوس کرتا تھا لیکن خواب کے بعد اور سایہ دیکھ کر بے بس ہو جاتا تھا۔کبھی کبھی میں اس گہرے کھڈ کے کنارے بھی جا کر دیکھتا تھا کہ اگر میں اس کھڈ میں اتر گیا تو میری لاش نیچے ملے گی اور تباہی کے کس مرحلے میں ہو گی۔میں ایک بہت مشکل اور دوہری زندگی میں مبتلا ہو گیا تھا۔

حالات اسی ڈگر پر رواں تھے کہ ایک اور عجیب واقعہ پیش آیا اور اس کے بعد سے رات کو اپنے ساتھ ٹہلانے والے سائے سے تو کم از کم مجھے نجات ملی۔ جیسا کہ میں عرض کر چکا ہوں کہ ہمارا قلعہ ایک چھوٹی سی پہاڑی پر علاقہ غیر میں واقع تھا۔ اس وجہ سے رات کو حفاظتی انتظامات کافی کرنا پڑتے تھے۔ قلعے کی جانب غرب میں ایک چشمہ تھا جو بارش میں خاصا تیز سیلاب لاتا تھا۔ صدیوں اس جگہ بہنے کے سبب اس چشمے نے پہاڑی کا غربی حصہ کاٹ دیا تھا اور یہاں مٹی گھلنے کے بعد چٹانیں بالکل عمودی ہوگئی تھیں۔ اس طرف سے کسی انسان کا اوپر جانا یا نیچے آنا ممکن نہ تھا۔ قلعے میں میرا دفتر بنگلے سے کوئی دو، تین فرلانگ کے فاصلے پر تھا اور وہاں جانے کا راستہ اسی عمودی چٹان کے متوازی تھا۔ میرے دفتر کا ایک راستہ تو قلعے کے اندر سے ہو کر جاتا ہے اور دوسرا ایک لکڑی کی سیڑھی کے ذریعہ قلعے کے باہر تھا جو ایک برآمدے میں آتا تھا۔ برآمدے سے پہاڑ اور وادی کا نظارہ نہایت پُرفضا تھا۔ اس سیڑھی اور گہرے کھڈ کے درمیان کوئی پچیس تیس گز کا فاصلہ ہوگا۔ میرے گھر سے دفتر کے دروازے تک رات کے وقت مختلف مقامات پر تین گاردیں ہوتی تھیں اور ان کے علاوہ ایک گاردگشت بھی کرتی تھی۔ تمام راستے پر بجری پھیلی ہوئی تھی۔ اس وجہ سے جوتا یا چپل پہنے ہوئے انسان کے چلنے کی چاپ دور تک جاتی تھی۔ رات کو کبھی کبھی جب مجھے نیند نہ آئے یا چاندنی ہو تو میں اس راستے پر چکر لگاتا تھا اور یہ بھی دیکھ لیتا تھا کہ گارڈ چوکنا ہے اور سو تو نہیں گیا۔ میرا کتا سمبا ہمیشہ میرے ساتھ ہوتا تھا۔

ایک روز میں اسپتال کا معائنہ کر رہا تھا۔ وہاں کسی پوسٹ سے آیا ہوا گلسوئے [Mumps] کے مرض میں مبتلا ایک تعلیم یافتہ حوالدار بھی داخل تھا۔ اس بیماری میں کمسن بچہ ٹوٹ پھوٹ کر ٹھیک ہو جاتا ہے لیکن وہاں ڈاکٹر کے کہنے کے مطابق یہ بیماری بالغ افراد کے لیے مہلک ثابت ہو سکتی تھی اور بے حد متعدی ہوتی ہے۔ چنانچہ ڈاکٹر نے سفارش کی کہ قبل اس کے کہ مریض یہ بیماری دوسروں کو لگائے اس کو چھٹی پر گھر بھیج دیا جائے۔ عام طور پر چھٹی ملنے پر اور گھر جانے پر سپاہی بہت خوش ہوتے تھے۔ لیکن جب میں نے اس حوالدار کو چھٹی دی تو گڑگڑانے لگا اور گویا ہوا کہ گاؤں میں میرا گھر بہت چھوٹا ہے اور اگر یہ بیماری اتنی ہی خطرناک ہے تو وہاں یقیناً میرے بیوی بچوں کو یہ بیماری لگ جائے گی اور وہ سب کے سب مر جائیں گے۔ اس لیے میرے مقدر میں اگر موت لکھی ہے تو مجھے یہیں رہنے دو تاکہ میرے بچے تو کم از کم بچ جائیں۔ اس کی

درخواست معقول ہونے کی وجہ سے میں نے اپنے دفتر کے زینے سے کچھ آگے اسی عمودی چٹان کے کنارے ایک چھولداری لگوادی۔اس کو کھانا اور دوا دینے کے لیے صرف اسپتال کا اردلی آتا تھا۔باقی سپاہی اس علاقے سے دور دور رہتے تھے۔میرے دفتر کے آنے کے وقت سے پہلے وہ اپنے تنبو سے نکل کر باہر بیٹھ جاتا اور مجھے سلام کیا کرتا۔نزدیک جا کر میں اس کی خیریت دریافت کرتا۔اکثر وہ کلام پاک کی تلاوت کرتا اور مجھ سے اس کے معانی و اخبارات کی خبروں پر بحث کرتا تھا لیکن مجھے یوں محسوس ہوتا کہ وہ اپنی بیماری اور زندگی سے بہت مایوس ہوگیا ہے۔اس سے زیادہ وہ اپنی تنہائی سے بے زار تھا۔

سائے کو نمودار ہوئے اور چھپکلی کی دم کا خواب دیکھے ہوئے کچھ عرصہ گزر چکا تھا اور مجھے یہ امید ہو چلی تھی کہ شاید ان مراحل سے اب میری نجات ہوگئی کہ ایک شب چھپکلی کی وہ دبیز دم مجھے خواب میں نظر آئی۔اسی طرح اس نے تمام کمرے میں رقص فرمایا اور پھر غائب ہوگئی۔نجانے کتنی دیر بعد کسی آہٹ پر میری آنکھ کھلی۔میں پسینے سے شرابور تھا۔کمرے سے گیلری میں جانے والا دروازہ کھلا ہوا تھا حالانکہ سوتے وقت یہ دروازہ میں بند کر کے سویا تھا۔تمام کمرہ سوندھی مٹی کی خوشبو سے معطر تھا۔معاً وہی سایہ گیلری سے کمرے کے اندر آیا مجھے ساتھ آنے کا اشارہ کیا اور گیلری میں واپس چلا گیا۔ایک ایسے انسان کی طرح جس کا شعور اسے خیر باد کہہ چکا ہو اور جو ایک مشینی وجود کی طرح خود اپنے قابو میں نہ ہو، میں اس سائے کے عقب میں روانہ ہوا۔گیلری کا دروازہ بھی پہلے سے کھلا ہوا تھا۔اس کو عبور کر کے میں برآمدے میں آیا لیکن اس مرتبہ بجائے سبزہ زار میں جانے کے سایہ داہنی سمت بنگلے کے چھوٹے دروازے کی طرف مڑ گیا۔اور میں اس کے پیچھے پیچھے حسب معمول چپل پہنے اور کمبل اوڑھے ہوئے تھا۔اب ہم دفتر کی جانب جانے والے راستے پر آ گئے۔ آگے پیچھے ہم دونوں دفتر کی طرف روانہ ہوئے۔میرا کتا جو میرے قدموں کی چاپ اور دوسروں کے چلنے کی آواز میں تمیز کر سکتا تھا، وہ میرے ساتھ نہ آیا۔رفتہ رفتہ ہم گاردوں کے علاقے سے بھی گزر گئے۔لیکن کسی بھی گارڈ نے مجھے نہ للکارا۔دفتر کی سیڑھی سے گزرنے کے بعد میں حوالدار کی چھولداری کے سامنے ایک لمحے کے لیے ٹھٹکا تو سائے نے مجھے اپنے ساتھ آنے کے بہت تیز تیز اشارے کیے اور میں دوبارہ اس کے پیچھے چل دیا۔چھولداری سے تھوڑا آگے گزر کر سایہ کھڈ کے کنارے کی طرف آیا اور پھر خلا میں تیرتا چلا گیا۔کنارے سے چند قدم تک آ کر میں رکا۔ہرچند

سائے نے مجھے اشارے کیے لیکن میں آگے نہ بڑھا۔یکایک سایہ خلا سے واپس آیا،اشارہ کرتا ہوا میرے قریب آتا گیا اور اس پر بھی جب میں اپنی جگہ ٹس سے مس نہ ہوا تو آہستہ سے اُس نے میرا ہاتھ پکڑ لیا۔اس کے لباس سے مٹی کے عطر کے بھبکے آرہے تھے اور ہاتھ کے لمس میں نرمی کے علاوہ ایک عجیب سی ،موت کی ٹھنڈک تھی۔میرے ہاتھوں پر اس کا ہاتھ لگنا تھا کہ میں دوبارہ اپنے قابو سے باہر ہوگیا اور آہستہ آہستہ گہرے کھڈ کی طرف بڑھنے لگا۔اس بے پناہ گہرائی سے میں ایک یا دو قدم رہ گیا تھا کہ حوالدار اپنی چھولداری سے تیزی سے برآمد ہوا اور بہت کڑک دار لہجے میں مجھے آواز دی کہ صاحب کیا کرتے ہو؟ مجھ پر ایک تازیانہ لگا۔میرے قدم ڈگمگائے اور میں زمین پر وہیں بیٹھ گیا۔حوالدار میرے پاس آیا۔مجھے سہارا دے کر اٹھایا۔اپنی چھولداری میں لایا۔کچھ دیر مجھ پر آیات پڑھ کر دم کرتا رہا۔میرے ہاتھ کے اس حصے میں سخت جھنجھناہٹ ہو رہی تھی جہاں سائے نے چھوا تھا۔اب میں اس سکتے کے جال سے نکل چکا تھا۔ہوش وحواس ٹھکانے آنے کے بعد میں چھولداری سے باہر آیا۔سفید سائے کا کہیں وجود نہ تھا۔ایک سنسان رات بھائیں بھائیں کررہی تھی۔آہستہ آہستہ میں اپنے بنگلے کی طرف روانہ ہوا۔واپسی میں جب میں پہلی گارد کے نزدیک سے گزرا تو انہوں نے مجھے للکارا اور اسی طرح تھوڑی تھوڑی دور کے بعد تمام گاردیں ملیں۔جب میں بنگلے کے نزدیک پہنچا تو میرا کتا سمبا دوڑتا ہوا اور دم ہلاتا ہوا میرے پاس آیا لیکن نزدیک آتے ہی غرانے لگا۔میں نے ہاتھ لگانے کی کوشش کی تو غرا کر پیچھے ہٹ گیا اور زور زور سے بھونکتا رہا۔کتے کے بھونکنے کی آواز سن کر اردلی بھی لالٹین لے کر آگیا اور آتے ہی سب سے پہلے تو اس نے ایک غیر معمولی خوشبو محسوس کی اور کتے کو بھونکنے سے روکا لیکن اس کے بعد بھی کتا میرے نزدیک نہ آیا۔میں پاس جاؤں تو غراتا تھا۔یہ وہی کتا تھا جسے میں نے دس، گیارہ دن کی عمر سے پالا تھا۔اس وقت اس کی آنکھیں بھی نہ کھلی تھیں اور بچوں کی بوتل سے میں اس کو دودھ پلایا کرتا تھا۔ہر بیماری میں اس کی تمام تیمارداری میں نے ہی کی تھی۔دراز ندہ آنے سے قبل یہ مجھ سے ایک لمحے کے لیے بھی جدا نہ ہوتا۔اور یہاں بھی سوائے میرے سونے کے کمرے میں رات گزارنے کے ہر وقت میرے ساتھ رہتا تھا۔تنہائی کا جتنا شدید احساس مجھے اس وقت ہوا،اس سے قبل کبھی نہ ہوا تھا۔میں ساتھ ساتھ اردلی اور کچھ فاصلہ پر سمبا۔اس ترتیب سے ہم بنگلے پر واپس آئے۔اپنے کمرے میں آکر میں نے ہاتھ منہ دھویا اور کپڑے بدل کر باہر

آ گیا۔اب تو مجھے دیکھ کر فرط جذبات سے بے قابو ہو کر سمبا مجھ سے لپٹ گیا۔میرے ہاتھ پیر بری طرح سے چاٹے اور میرے تمام جسم سے لپٹتا چپٹتا رہا۔یہ محسوس ہی نہ ہوتا تھا کہ یہ وہی کتا ہے جو کچھ دیر قبل مجھ پر غرا رہا تھا۔غالباً اپنے پہلے رویے کی تلافی کرنا چاہتا تھا۔اس تھوڑے سے عرصے میں نہ معلوم سمبا کو مجھ میں کیا تغیر نظر آیا۔

جسمانی اور ذہنی طور پر میں اس وقت تک بالکل نڈھال ہو چکا تھا۔کمرے سے ایک کرسی نکلوا کر میں برآمدے میں بیٹھ گیا اور چائے بنوا کر وہیں پی اور غنودگی اور ہوش کی ملی جلی کیفیت میں وہیں سو گیا۔علی الصبح جب میری آنکھ کھلی تو سمبا مجھ سے لگا ہوا اور کمبل میں لپٹا ہوا اردلی زمین پر سوتے ملے۔دن بھر ذہن پر بوجھ اور جسم میں تھکاوٹ رہی۔اس واقعے کے بعد سے مجھے چھپکلی کی دم کے خوابوں اور سیر کرانے والے سائے سے نجات ملی۔اس رات چہل قدمی کے دوران جو لباس میں پہنے ہوئے تھا اردلی نے اسے غائب کر دیا اور میں نے وہ کپڑے پھر کبھی نہ دیکھے۔

◆

ان واقعات کے کئی ماہ بعد تک میں درازندہ میں مقیم رہا اور کچھ عجیب اور کچھ غریب واقعات پیش آتے رہے۔ان میں سے چند تو بہ خدمت قارئین عرض بھی کر چکا ہوں۔وہاں سے میں پشاور آ گیا۔یہاں درازندہ کے واقعات اور ان سے پیدا شدہ اثرات مندمل ہونے لگے۔پشاور میں میرے ایک دیرینہ اور عزیز دوست کی بیوہ اپنے اکلوتے بیٹے کے ساتھ رہتی تھی۔محلے میں پڑوسیوں کے جھگڑے میں بیچ بچاؤ کرانے میں میرے دوست شہید کر دیئے گئے تھے۔ان کی بیوہ اسکول میں نوکری کر کے اپنا اور اپنے اکلوتے بچے کا پیٹ پالتی تھی۔پشاور میں اس کے کوئی قریبی عزیز نہ تھے۔شوہر کے مرنے کے بعد مرحوم کے دوستوں میں بھی سرد مہری آ گئی۔خدا کی مرضی میں نہ کسی کو دخل ہے اور نہ کوئی اس کے رازوں کو سمجھ سکتا ہے۔ایک روز اس کا ایک واحد یتیم بچہ ایک ظالم ٹرک ڈرائیور کی زد میں آ کر اللہ کو پیارا ہو گیا۔جب میں اس کے گھر پہنچا تو وہ صدمے سے نڈھال ہو کر اپنے ہوش و حواس کھو چکی تھی۔اس نے جلدی جلدی صاف کپڑے پہنے، میرے لیے چائے بنائی اور بہت ہی لاپرواہی سے مجھے بچے کی موت کی اطلاع دی۔اس کو غسل کرتے اور کفناتے وقت بھی ادھر ادھر کے کاموں میں لگی رہی۔لیکن مجھ سے کہتی رہی کہ یہ

تو مر گیا ہے لیکن اگر تم کہو تو میں اس کو ابھی اٹھا دوں ۔اس کے کلام کو میں نے ایک بہت دکھی ماں کی بڑ سمجھ کر کوئی توجہ نہ دی ۔اجنبی شہر میں متوسط درجے کے نچلے طبقے سے تعلق رکھنے والی بیوہ استانی کے اکلوتے بچے کے دفن میں بھی شور وغوغا نہیں ہوا اور ہم لوگ جن کی تعداد آٹھ یا دس سے زیادہ نہ ہوگی میت لے کر قبرستان پہنچ گئے ۔قبر تیار ہو چکی تھی ۔نماز جنازہ کے بعد ہم نے میت قبر میں اتار دی ۔قبر کے اوپر کچھ پتھر توڑ رکھے جا چکے تھے اور ابھی آدھے کے قریب جگہ خالی تھی کہ قبرستان کے قریب ایک ٹانگہ آکر رکا اور اس میں سے ماں اتری، تیز تیز چلتی ہوئی قبر کے پاس آئی اور بہت ہی پر سکون لہجے میں ہمیں مخاطب کیا۔ کہنے لگی تم میرے بچے کے ساتھ کیا کر رہے ہو،اس کو زمین میں کیوں دبا رہے ہو، وہ مرا نہیں ہے صرف بے ہوش ہو گیا ہے۔اس کو قبر سے باہر نکالو۔اسی ضد پر وہ اصرار کرتی رہی ۔ہم نے فیصلہ کیا کہ میت کو باہر نکال کر ماں کو دکھا دیں اور پھر سمجھا بجھا کر ماں کو میں واپس گھر لے جاؤں ۔ہم نے میت باہر نکالی، چہرہ کھولا ۔اس پر بے پناہ معصومیت عیاں تھیں ۔واقعی بچہ محو خواب معلوم ہوتا تھا۔ ماں نے بیٹے کو خوب پیار کیا۔کچھ کفن کھولا اور دونوں ہاتھ باہر نکال لیے اور اٹھانے کی کوشش کرتی رہی ۔ناکامی پر ایک ہاتھ میرے ہاتھ میں دیا کہ تم بھی اسے مناؤ یہ تمہاری بات بہت سنتا ہے۔

ملازمت کے سلسلے میں اور ویسے بھی عام زندگی میں موت سے اکثر سابقہ رہا ہے۔اس معاملے میں، میں وہمی بالکل نہیں ہوں ۔اس وقت تک میں نے بہت سی میتیں قبر میں اتاری تھیں اور بے شمار میتوں کے ہاتھ اور چہرے کو چھوا تھا لیکن اس روز قبرستان میں بچے کا ہاتھ اپنے ہاتھ میں لے کر میرے تو چھکے چھوٹ گئے ۔جسم میں ایک لرزہ سا آ گیا۔تمام وجود پسینے سے شرابور ہو گیا۔حواس پراگندہ ہو گئے ۔بمشکل اپنے اوپر قابو پایا کیونکہ اس بچے کے ہاتھ میں مجھے درازندہ کے سفید سائے کا لمس محسوس ہو رہا تھا۔موت کی وہی ٹھنڈک تھی جو میرے جسم میں بتدریج سرایت کرنے لگی اور ہاتھ میں وہی درازندہ کی جھن جھناہٹ شروع ہو گئی ۔ان حالات میں نہ معلوم میں کیا کر گزرتا کہ بروقت ماں اٹھ کھڑی ہوئی اور بولی کہ اچھا اگر تم لوگوں کی یہی خواہش ہے تو اسے دفن کر دو۔ ماں کو لے کر میں وہاں سے روانہ ہوا۔ جانے سے پہلے اس نے بیٹے کو خوب پیار کیا اور کہا گھبرانا نہیں بہت جلد میں بھی آ جاؤں گی ۔شکر ہے کہ اس میت کے بعد کبھی بھی کسی میت کو چھو کر مجھے اس لمس کا احساس نہ ہوا۔ کچھ عرصے بعد میں چھٹی لے کر شکار کی غرض سے افریقہ

چلا گیا۔ واپس آنے پر میں بیوہ سے ملنے گیا تو معلوم ہوا کہ بیٹے کی موت کے دو مہینے کے بعد وہ بھی کینسر میں انتقال کرگئی۔ اس طرح چند ہی مہینوں میں یہ مختصر سا غیر معروف خاندان تمام کا تمام اللہ کو پیارا ہو گیا۔ اب تک غالباً ان قبروں کے نشانات بھی معدوم ہو گئے ہوں گے۔ اے خدا اپنی مصلحتوں کے راز صرف تو ہی جانتا ہے۔

◆

ہر چند کہ اس میں چھپکلی کی دم یا کسی سائے کا ذکر نہیں لیکن اور واقعہ جو حال ہی میں مجھے پیش آیا وہ بھی نذر قارئین کردوں کیونکہ اس واقعہ کے بعض پہلوؤں کے بارے میں میرے پاس کوئی توجیہہ نہیں۔ شکار اور اپنے اوپر بیتے ہوئے ناقابل فہم واقعات کے بارے میں مضامین میں اردو کے ایک موقر روز نامہ میں لکھا کرتا تھا جو قسط وار بروز جمعہ شائع ہوتے تھے۔ میں نے ایک مضمون شکار اور کانپور میں واقع ایک مسجد کے بارے میں لکھا جس کے لیے مشہور ہے کہ یہ جنوں کی مسجد ہے۔ شام کو میں گالف کھیلتا ہوں۔ میرے ساتھ میرا بیٹا بھی گالف کھیلتا ہے۔ کھیل کے بعد سر شام ہی ہم گھر واپس آجاتے ہیں۔ اس زمانے میں کلب کی کمیٹی کا ممبر اور نائب کپتان بھی تھا۔ کمیٹی کا ماہانہ اجلاس ہر مہینہ کے تیسرے ہفتے بدھ کی شام کو کھیل کے بعد ہوتا تھا۔ اس روز مجھے دیر ہو جاتی تھی اور میرا بیٹا تنہا گھر واپس آتا تھا۔

جنوں کی مسجد کے بارے میں مضمون لکھنے کے بعد پہلی بدھ کی شام کو میں گالف کلب سے تنہا واپس آرہا تھا۔ اندھیرا ہو چکا تھا۔ کارساز روڈ سے مڑ کر شاہراہ فیصل پر ہوتا ہوا میں اپنے مکان ڈیفنس سوسائٹی کی طرف جارہا تھا (اس روداد کے سلسلے میں ایک بات یہ ذہن نشین رکھنا چاہیے کہ رات کو سامنے سے آنے والی موٹر کی تیز روشنی کی وجہ سے یہ اندازہ کرنا دشوار ہوتا ہے کہ موٹر کیسی ہے اور اس میں کون یا کتنے لوگ بیٹھے ہیں)۔ ابھی میں شاہراہ فیصل پر کچھ دور ہی پہنچا تھا کہ فٹ پاتھ سے ایک شخص نے بہت زور زور سے ہاتھ ہلا ہلا کر مجھے ٹھہرنے کا اشارہ کیا۔ میرے نہ رکنے پر وہ لپک کر میرے سامنے آگیا اور بہ مشکل میں اپنی موٹر روک سکا۔ گاڑی رکتے ہی وہ میرے پاس آیا۔ وہ براؤن رنگ کی شلوار قمیض پہنے تھا۔ خشخشی داڑھی اور مونچھیں تھیں، قد درمیانہ سر پر چھوٹے چھوٹے گول شیشے لگی ہوئی سامنے سے کٹی ہوئی ٹوپی، رنگ گندمی سے دبتا ہوا، جسم فربہی کی طرف مائل، عمر کوئی پچاس پینتالیس سال۔ میں نے اپنے داہنے ہاتھ کی جانب کھڑکی سے شیشہ اتارا تو پہلی

بات جو اس نے کی وہ یہ تھی کہ ٹھٹھہ میں شاہ صاحب کی مسجد چلو گے (اس مسجد کے بارے میں بھی روایت ہے کہ یہاں جن رہتے ہیں)۔ میرے اثبات کے اشارے پر دریافت کیا کہ ابھی چلو گے؟ میں نے کہا کہ اس وقت میں پسینے میں شرابور اور تھکا ہوں پھر کبھی چلوں گا۔ پوچھا کہ تنہا جاؤ گے یا میرے ساتھ۔ میرے جواب پر کہ جیسا تم کہو، وہ کہنے لگا کہ اکیلے نہیں جانا، میں بھی ساتھ چلوں گا۔ میں نے کہا کہ میں ٹھٹھہ کے اطراف میں اکثر شکار پر جاتا رہتا ہوں اور واپسی میں کبھی مسجد چلا جاؤں گا۔ بولا کہ تم نے وعدہ کیا ہے تم تنہا نہ جاؤ گے اس لیے میرا انتظار کرنا۔ میں نے ٹھٹھہ میں اس کا پتہ پوچھا تو ٹال گیا اور کہنے لگا کہ وہاں میں خود ہی تم کو تلاش کرلوں گا۔

اس گفتگو کے بعد میں نے گاڑی اسٹارٹ کی اور گھر کی طرف آہستہ آہستہ روانہ ہوا۔ لیکن موٹر کے اندر لگے ہوئے آئینے میں پیچھے کی طرف اس شخص کو دیکھتا رہا۔ تیز تیز قدم اٹھا کر وہ فٹ پاتھ پر آیا اور مجھ سے دوسری جانب چل دیا کچھ دور جا کر تاریکی میں نظروں سے اوجھل ہو گیا۔

اس واقعہ کو کچھ عرصہ گزر گیا۔ اس دوران میں ٹھٹھہ سے متعدد بار گزرا لیکن مذکورہ مسجد کی طرف کبھی نہ گیا۔ ایک مرتبہ سجاول سے شکار کھیل کر ہم لوگ دو جیپوں میں واپس آ رہے تھے۔ شہر ٹھٹھہ سے کچھ قبل ہم ٹھہرے کیونکہ ایک شکاری کو اس کے گاؤں میں چھوڑنا تھا۔ ایک جیپ تو شکاری کو چھوڑنے چلی گئی۔ اور دوسری جیپ میں ڈرائیور کے ساتھ میں سڑک پر ٹھہر گیا۔ سڑک کے بائیں طرف تو کھلا علاقہ ہے لیکن داہنی جانب گھنی جھاڑیاں سڑک کے نزدیک تک آ گئی ہیں۔ کچھ دیر گزری ہو گی کہ داہنی جانب کی گھنی جھاڑیوں سے وہی شخص برآمد ہوا۔ سیدھا میرے پاس آیا اور دریافت کیا کہ ابھی مسجد چلو گے۔ میرے حامی بھرنے پہ بولا کہ چلو۔ میں نے اسے بتایا کہ میرے دوسرے ساتھی جیپ میں نزدیک گاؤں گئے ہوئے ہیں میں ان کا انتظار کر رہا ہوں۔ کہنے لگا کہ میں سامنے والے ہوٹل میں بیٹھا ہوں وہاں آ جانا۔ چلتے وقت ہدایت کی کہ تنہا آنا۔ جس ہوٹل کا اس نے ذکر کیا تھا وہ چھپر کا بنا چاروں طرف سے کھلا ہوا چائے خانہ تھا۔ اس میں ایک میز اور چارپائیاں بچھی ہوئی تھیں۔ ہماری جیپ سے اس کا فاصلہ کوئی پچیس تیس گز ہو گا۔ درمیان میں جھاڑی یا روک کے نہ ہونے کی وجہ سے ہوٹل صاف نظر آ رہا تھا۔ اس شخص نے پہلے چائے بنانے والے سے کچھ گفتگو کی اور پھر وہاں چارپائی پر میری طرف پیٹھ کر کے بیٹھ گیا۔ تھوڑی دیر بعد دوسری

حیرت کدہ۔پہلی جلد (تیسرا ایڈیشن) راشد اشرف

جیپ آ گئی۔ اُن کو تو میں نے بازار میں ربڑی لینے روانہ کر دیا اور خود ڈرائیور کے ہمراہ ہوٹل پر آیا۔ میری جیپ میں بندوقیں اور دیگر سامان بھی تھا۔ اس لیے ڈرائیور کو ساتھ لانا ضروری تھا۔ ہوٹل کے سامنے جیپ رکوا کر میں اندر آیا۔ وہاں صرف ایک شخص چائے بنانے میں مشغول تھا اور کوئی دوسرا انسان نہ تھا۔ کہیں چھپنے کی جگہ بھی نہ تھی۔ چائے بنانے والے سے میں نے پوچھا کہ ابھی ابھی جو شخص یہاں آیا تھا وہ کہاں گیا۔ چائے والا کہنے لگا کہ یہاں تو کوئی بھی نہیں آیا تھا۔ میں نے کہا کہ ابھی ابھی مجھ سے باتیں کر کے وہ یہاں آیا تھا۔ میرا اتنا کہنا تھا کہ چائے بنانے والے کو گویا بجلی کا کرنٹ لگ گیا۔ وہ تن کر کھڑا ہو گیا اور بہت ترش لہجہ میں بولا۔ یہاں کوئی بھی نہیں آیا، فوراً یہاں سے چلے جاؤ۔ اُس کے منہ سے جھاگ نکلنے لگا اور اس پر عجیب اضطرابی کیفیت طاری ہو گئی۔ شور سن کر آس پاس کے لوگ بھی جمع ہونے لگے۔ میں نے مراجعت ہی میں عافیت جانی اور جیپ کی طرف آنے لگا۔ چائے بنانے والا بھی بڑے جارحانہ انداز میں میرے پیچھے آیا اور ہماری جیپ کے روانہ ہونے تک شور کرتا رہا۔

اس واقعہ کے بعد سے تادم تحریر اس شخص سے میری ملاقات نہ ہوئی۔ مجھے اس کا نام اور پتہ معلوم نہیں اگر یہ سطور اس کی یا اس کے کسی واقف کی نظروں سے گزریں تو اس کو اطلاع کریں کہ وہ مجھ سے پھر رابطہ قائم کرے۔ میرا پتہ اور نقل و حمل تو اس کو معلوم رہتے ہیں۔

❑❑❑

ماخذ: شکاریات، محمد جسیم خان، زندہ کتابیں سلسلہ نمبر 164، اٹلانٹس پبلی کیشنز، کراچی

●●●

# ایک ناقابل فہم واقعہ

## محمد جسیم خان

آزادی سے پہلے ہم لوگ جس شہر میں رہتے وہ ہندوستان کا بہت بڑا تجارتی مرکز تھا۔ دریائے گنگا کے کنارے واقع تھا اور چمڑے کی تجارت کے لیے مشہور تھا۔ گوشت یا جانوروں کی کھال چونکہ ہندوؤں کے مذہبی عقیدے کے مطابق ناپاک چیز ہے اس لیے چمڑے سے متعلق تمام تجارت مسلمانوں کے ہاتھ میں تھی۔ البتہ چمڑے کے کارخانوں (ٹینریز) میں کھالوں کو صاف کرنے یا ایک جگہ سے دوسری جگہ پہنچانے کے لیے نیچ ذات کے ہندو جن کو چمار کہتے تھے نوکر رکھے جاتے تھے۔ ایک کے علاوہ تمام ٹینریاں شہر سے باہر دریا کے کنارے پانی کے بہاؤ کے نچلے رُخ پر تھیں۔ یہ اس وجہ سے تھا کہ کافی مقدار میں کھالوں سے صاف کیا ہوا گوشت کھال کے ٹکڑے اور گندگی جمع ہو جاتی تھی۔ سڑنے اور گلنے کی وجہ سے اس میں بے حد تعفن ہوتی تھی اور اس ملغوبے کو نالوں کے ذریعے دریا میں بہا دیا جاتا تھا۔ اس خرافات کو کھانے کے لیے قسم قسم کی مچھلیاں، کچھوے، سونس (Dolphins) اور مگرمچھ جمع رہتے تھے اس علاقہ میں ہم لوگ اکثر مگرمچھ کا شکار کرتے تھے لیکن ان کی تعداد میں بظاہر کبھی بھی کمی نہ ہوئی۔ دریا کے بیلے میں ہرن، نیل گائے اور سور بھی ملتے ہیں۔ یہ جگہ ہماری جائے رہائش سے آٹھ میل ہوگی۔ اگر ہم کو کہیں دور جانا نہ ہوتا تو یہیں چلے جاتے تھے۔ تھوڑی سی کاوش سے کچھ نہ کچھ شکار ضرور ہو جاتا تھا۔

اس مقام پر جہاں ٹینریاں تھیں دریائے گنگا میں ایک موڑ آگیا تھا اور یہاں دریا نے کنارہ کاٹ دیا تھا۔ اس موڑ پر ایک چٹان بھی تھی اور پانی کے بہاؤ نے اس کو بھی کاٹ دیا تھا۔ دریا کی سطح سے چٹان کوئی 60 فٹ بلند تھی اور چٹان کا کنارہ نیچے سے پانی کے کاٹنے کی وجہ سے

دریا کے اوپر چھجے کی طرح لٹک آیا تھا۔یعنی اس چٹان سے کوئی چیز اگر نیچے گرتی تو سیدھی پانی میں جاتی۔ یہاں دریا گہرا ہوگیا تھا۔گہرے پانی کی دوسری طرف کوئی پچاس گز دور ریت کا ٹیلہ تھا۔کنارے سے کچھ ہٹ کر چٹان پر مختصر سی ایک مسجد تھی جس کے بارے میں مشہور تھا کہ یہ جنات کی مسجد ہے۔مسجد کے صحن میں ایک طرف سے دوسری طرف ایک تار بندھا ہوا تھا جس میں چار آنے کے عوض درخواست لگانے کی اجازت مل جاتی تھی۔اس میں ہر قسم کی درخواستیں ہوتی تھیں لیکن محبت ہو جانے یا محبت ختم کرنے کی درخواستوں پر زیادہ زور تھا۔ ہر امتحان سے قبل میں بھی اس تار میں ایک درخواست لگا آتا تھا کہ یا شاہ جنات !اگر میں امتحان میں کامیاب ہوگیا تو سوا روپیہ کی مٹھائی پیش کروں گا۔مسجد کے پیش امام یا مجاور کے بارے میں کہا جاتا تھا کہ وہ خود جن ہیں لیکن بظاہر وہ عام انسانوں کی طرح تھے۔کسی نہ کسی طرح میں امتحانوں میں ہمیشہ پاس ہوتا رہا۔ یہ نہیں کہہ سکتا کہ اس میں شاہ جنّات کی عنایت کو زیادہ دخل تھا یا اسکول کے اساتذہ سے بزرگوں کے تعلقات نے فائدہ پہنچایا۔ بہرحال امتحان میں پاس ہونے کے بعد حسبِ وعدہ سوا روپیہ کی مٹھائی کبھی شاہ جنّات کو پیش نہ کی لیکن شاہ اتنے فراخ دل تھے کہ اس کوتاہی پر انہوں نے سرزنش نہ کی۔ ہم درخواست لگاتے، مٹھائی میں ڈنڈی مارتے اور پاس ہوتے رہے۔

دریا کے کنارے چماروں کی ایک بستی تھی۔ یہ ملاح گیری بھی کرتے تھے اور ٹینریوں میں کام بھی۔ ہم لوگ چونکہ دریا پر شکار کے لیے اکثر جایا کرتے تھے اس لیے ایک کشتی بھی بنوالی تھی۔اس پر جو نوجوان ملاح ملازم تھا وہ ٹینری [Tannery] میں بھی کام کرتا تھا اور شکار کا کافی شوقین تھا۔اگر میں کبھی سور ماروں تو جانور اسی کو دے دیتا تھا۔نیل گائے بھی شوق سے کھاتا تھا۔اس کو نیل گھوڑا کہتا تھا۔خوش مزاج اور مستعد قسم کا انسان تھا۔اکثر وہ بتلایا کرتا تھا کہ مسجد والی چٹان کے نزدیک ریت کے ٹیلے پر دھوپ کھانے کے لیے ایک بہت بڑا 'مگر' نکلتا ہے۔آدمی بہت شیخی خورہ تھا اس لیے اس کی اطلاع پر میں نے کبھی توجہ نہ دی۔ سردیوں کا زمانہ تھا کہ تقریباً دوپہر کے وقت میں وہاں پہنچا۔ میرا ارادہ دریا کے بیلے میں جانوروں کی جستجو میں جانے کا تھا لیکن جب میں نے کشتی چلانے کے لیے ملاّح کو بلایا تو اُس نے اطلاع دی کہ بڑا مگر مچھ اس وقت بھی مسجد کے سامنے والی ریت پر موجود ہے۔ چنانچہ جانوروں کے شکار کو

خیر باد کہ کر میں اور ملاح مسجد کے ٹیلے پر آئے اور بڑی احتیاط سے کنارے پر اُگی ہوئی ایک جھاڑی کے پیچھے سے ریت کا معائنہ کیا۔ مگر مچھ وہاں موجود تھا۔

بہت خاموشی سے میں نے رائفل میں پانچ کارتوس ڈالے اور لیٹ کر آہستہ آہستہ کنارے تک آیا۔ ہم سے مگر مچھ تقریباً پچاس، پچپن گز دور ہوگا اور کوئی چودہ، پندرہ فٹ لمبا تھا۔ اس کا رُخ میری طرف تھا اور وہ اپنا منہ پوری طرح کھولے ہوئے تھا۔ ایک بگلا اس کے منہ کے اندر جاتا اور باہر نکل آتا تھا۔ چودہ، پندرہ فٹ لمبے مگر مچھ کا پیٹ زمین سے تقریباً دو فٹ بلند ہوتا ہے اور اس کا کھلا ہوا منہ بھی کوئی دو فٹ اونچا ہوتا ہے۔ پچاس، پچپن گز سے یہ کافی بڑا نشانہ ہے۔ میں نے آہستہ سے رائفل کی سیفٹی آگے کی، اس کے حلق کی شست لی (یہ وہی رائفل تھی جس سے میں پچاس گز کے فاصلے پر سگریٹ کا ڈبہّ اُڑا دیتا تھا) اور بڑے آرام سے لبلبی دبائی۔ مسجد والے ٹیلے پر مگر مچھ سے میں کوئی پچاس فٹ اونچائی پر تھا۔ میری گولی نے مگر مچھ کی دُم سے ایک فٹ پیچھے ریت اُڑائی لیکن خود اس میں کوئی جنبش نہ ہوئی۔ وہ اسی طرح منہ کھولے لیٹا رہا اور اُسی طرح بگلا اس کے منہ کے اندر باہر آتا جاتا رہا۔ دوسری گولی میں نے اور زیادہ احتیاط سے چلائی۔ یہ بھی خطا گئی۔ اسی طرح باقی تینوں گولیاں بھی اِدھر اُدھر لگتی رہیں۔ مگر مچھ ویسے ہی پُرسکون انداز میں لیٹا رہا اور بگلے پر کبھی کوئی ناخوش گوار اثر نہ ہوا اور وہ اپنی کارروائی میں مشغول رہا۔ میں نے رائفل میں پانچ کارتوس اور ڈالے اور دو یا تین چلائے تھے کہ پشت پر بھاری قدموں کی تیز تیز چلنے کی آواز آئی۔ میں نے مڑ کر دیکھا تو ایک سن رسیدہ شخص ہم لوگوں کی طرف آرہا تھا۔ اس نے ڈانٹ کر کہا کہ تم کیا کر رہے ہو۔ میرے جواب پر کہ میں مگر مچھ مار رہا ہوں۔ وہ اور برہم ہوا اور کہنے لگا کہ تم اس کو نہیں مار سکتے کیونکہ یہ میرا مگر مچھ ہے۔ اس وقت تک وہ ہمارے پاس آچکا تھا اور یہ کہہ کر اس نے میرے کارتوس کے ڈبےّ کو لات ماری جو نیچے دریا میں چھپاک سے جاگرا۔ میں اور ملاح دونوں کھڑے ہوگئے۔ اس شخص نے ملاّح کو قہر آلود نگاہوں سے دیکھا اور گویا ہوا۔ ''ابے چمار، شکار کے لیے تو اس کو یہاں لایا ہے، تجھ سے تو میں سمجھ لوں گا۔'' یہ کہا اور واپس ہو کر تیز تیز قدم اُٹھاتا ہوا مسجد کے اندر چلا گیا۔ اس کارروائی پر مجھے بہت غصہ آیا۔ میں بھی اس شخص کے تعاقب میں مسجد کے دروازے تک آیا۔ ڈرائیور کو آواز دی۔ وہ برگد کے درخت کے نیچے بیٹھا ہوا تھا اور

بھاگ کے آ گیا۔اس کو واقعہ سنایا اور ہم دونوں مسجد میں گئے۔ اندر جا کر دیکھا تو مسجد میں جانے کے دروازے کے علاوہ کوئی دوسرا دروازہ نہ ملا۔ کھڑکیاں ضرور تھیں لیکن ان میں سلاخیں لگی ہوئی تھیں۔ جس وقت سے وہ شخص کارتوسوں کو لات مار کر مسجد میں آیا تھا دروازہ میری نظروں کے سامنے تھا اور وہ اس دروازہ سے باہر نہ آیا تھا۔ مسجد چھوٹی سی تھی۔ ہم نے ہر طرف تلاش کیا لیکن وہ ہمیں کہیں بھی نظر نہ آیا گویا اُسے زمین نگل گئی۔ ڈرائیور نے کہا، میاں یہاں سے چلو۔ ہم لوگ دوبارہ چٹان کے کنارے پر آئے۔ ملاح کا رنگ فق تھا۔ مگرمچھ اسی طرح منہ کھولے ریت پر پڑا تھا۔ بگلا اب بھی اس کے منہ کے اندر دانتوں سے گوشت کے چھیچھڑے نکالنے میں مصروف تھا۔ میں نے رائفل کی سیفٹی آگے کی اور نشانہ لے کر لبلبی دبائی لیکن فائر نہ ہوا۔ کارتوس باہر نکالنے کے لیے اس کا لیور [(Lever] نیچے کو دبایا تو کارتوس چیمبر میں پھنس گیا۔ رقت آمیز آواز میں ملاح نے التجا کی، صاحب واپس چلو۔ اپنا جھولا اور کھوکھے اٹھا کر تیز تیز قدموں سے چل کر ہم موٹر کی طرف آئے۔ اس میں بیٹھنے والے تھے کہ وہی شخص ایک دوسری سمت سے ہماری طرف آتا نظر آیا۔ قریب آ کر خون آشام نظروں سے اس نے ملّاح کو دیکھا۔ اس کے ہاتھ میں میرے کارتوسوں کا ڈبّہ تھا جو لات مار کر اس نے دریا میں پھینک دیا تھا، یہ میرے حوالے کیا۔ ڈبّہ اور کارتوس گیلے تھے۔ بڑی کرخت آواز میں اس نے مجھے ڈانٹا کہ مگرمچھ مارنے یہاں پھر کبھی نہ آنا۔ ہم لوگ جلدی سے موٹر پر بیٹھ کر چل دیئے۔ ملاح پر شدید کپکپی طاری تھی۔ وہاں سے ہم گاؤں واپس آئے۔ میرا ارادہ دریا کے بیلے میں جا کر کچھ شکار کرنے کا تھا لیکن ملاح کو بخار آ گیا اور اس کی گھگی بندھ گئی۔ اس نے کشتی چلانے سے مجبوری ظاہر کی۔ گاؤں سے ملحق دریا کی شاخ کا پاٹ کوئی سو گز تھا۔ دوسرے کنارے پر پانی میں چھوٹی مچھلیاں اور دوسرے آبی کیڑوں کی تلاش میں کچھ بگلے اِدھر اُدھر پھر رہے تھے۔ میرے رائفل میں چند کارتوس ابھی تک باقی تھے۔ میں نے سیفٹی آگے کی اور بہت ہی لاپرواہی سے نشانہ لے کر لبلبی دبا دی۔ نہ صرف یہ ہوا کہ رائفل سے گولی چلی بلکہ بگلے سے تین، چار انچ کے فاصلے پر گولی پانی میں لگی۔ سب بگلے اُڑ گئے۔ میں نے رائفل کا لیور دبایا، خالی کارتوس برآمد ہو گیا۔ دوسری بار لیور دبانے سے بھرا ہوا آخری کارتوس بھی نکل آیا۔ ملاح کو اس کی جھگی میں چھوڑ کر میں گھر آ گیا لیکن اس واقعہ کی اطلاع میں نے گھر پر کسی کو نہ دی کہ

مبادا اس علاقے میں شکار پر پابندی لگا دی جائے۔

اس واقعہ کے کوئی دو ہفتے بعد شکار کے لیے میں پھر اسی طرف گیا۔ گاؤں جا کر ملاح کی جھونپڑی کے پاس سے اس کو آواز دی۔ میری آواز پر نوجوان چمارن باہر نکل آئی۔ مجھے دیکھتے ہی دہاڑیں مار کر رونے لگی۔ جذبات پر قابو پانے کے بعد اس نے بتایا کہ گزشتہ شکار سے واپس آ کر ملاح پر بخار کا شدید حملہ ہوا۔ تمام جسم میں سخت درد بتایا تھا اور شام تک اول فول بکنے لگا۔ بالآخر سخت کرب کی حالت میں تڑپ تڑپ کر صبح تک مر گیا۔ علاقے کے ڈاکٹر کو دکھایا لیکن کسی دوا نے اثر نہ کیا۔ غریب کی موت ایک امر واقعہ قسم کی چیز ہوتی ہے۔ نہ سوئم ہوتا ہے نہ چالیسواں۔ نہ اخباروں میں کالم آتے ہیں نہ مزار بنتا ہے۔ مر گئے اور بس چند لکڑیاں جمع کیں اور ''رام نام ست ہے'' کے شور میں جلا کر ملاح کی راکھ اور جسم کے بچے کھچے حصے کو سپردِ گنگا کر دیا جس کے اَن جلے ٹکڑوں کو شاید اُسی مگر مچھ نے ہضم کر لیا ہو۔ وہاں سے ہٹ کر میں چٹان کے پاس آیا۔ اس کے بالائی حصے پر تو نہ گیا لیکن نیچے ہی سے چاروں طرف نظریں دوڑائیں۔ مگر مچھ حسبِ عادت منہ کھولے ریت پر پڑا تھا۔ ایک بگلا اب بھی اس کے منہ میں خلال کا عمل کر رہا تھا۔ کافی دیر تک دوربین سے اس کو دیکھتا رہا۔ یہ بات میں یقین سے کہہ سکتا ہوں کہ میں نے اس کی آنکھ میں آنسو دیکھے۔ ایک دو مرتبہ فائر کا ارادہ کیا لیکن ہمت نہ پڑی۔

اس کے بعد شکار کے لیے متعدد بار میں وہاں گیا۔ مگر مچھ کو ریت کے ٹیلے پر اکثر دھوپ سینکتے دیکھا۔ دوربین سے اس کی آنکھوں میں آنسو دیکھے لیکن میں نے اس پر کبھی گولی نہ چلائی اور امتحان سے پہلے شاہ جنّات کو پاس ہونے کی درخواست بھی نہ دی۔

1۔ میری آٹھ گولیاں کوئی پچاس گز سے چودہ پندرہ فٹ لمبے مگر مچھ پر خطا گئیں۔

2۔ ریت پر آس پاس تابڑ توڑ گولیاں لگنے کے باوجود نہ مگر مچھ بھاگا نہ بگلا اُڑا۔

3۔ جنوں کی مسجد میں غائب ہونے والے شخص کے غصہ کرنے کے بعد میری دو گولیاں رائفل میں پھنس گئیں۔

4۔ غصہ کرنے کے بعد وہ شخص مسجد کے اندر گیا اور جب میں نے اندر جا کر تلاش کیا تو کوئی دوسرا راستہ نہ ہونے کے باوجود بھی وہ وہاں نہ تھا۔

5۔ گہرے پانی میں ٹھوکر مار کر پھینکے ہوئے کارتوس وہ شخص چشم زدن میں کیسے نکال لایا۔

6۔اس شخص کی ڈانٹ سے چمار پر اتنا خوف طاری ہوا کہ اوّل کپکپی آئی، گھگی بندھی، پھر بخار آیا اور شام کو غریب مر گیا۔

اس سوالوں کا جواب میرے پاس نہ اس وقت تھا نہ اب ہے۔

◆◆

آزادی سے قبل انگریزوں کے دورِ حکومت میں بڑے دن (کرسمس) اور نئے سال کی چھٹیاں سرکاری اسکولوں میں کوئی بیس دن کی ہوتی تھیں۔ان چھٹیوں میں اکثر ہم لوگ اپنے شہر سے کوئی چالیس، پچاس میل دریائے گنگا کے بہاؤ کے اوپر کی سمت چلے جاتے تھے۔پارٹی میں بزرگوں کے علاوہ ہمارے دوست بھی شامل ہوتے تھے۔وہاں پہنچ کر ایک بڑی اور متعدد چھوٹی کشتیاں کرائے پر لے لی جاتی تھیں۔بڑی کشتی اتنی بڑی ہوتی تھی کہ اس پر کھانا پکتا تھا اور رات ہم اسی پر سوتے تھے۔چھوٹی کشتیوں میں مختلف پارٹیاں دریا کے کنارے جا کر جانوروں کا شکار کرتی تھیں۔ایک جگہ شکار کے بعد کشتیوں کو رات میں چند میل دریا میں بہہ جانے دیتے تھے تاکہ دوسری روز شکار نئی جگہ پر ہو۔یہ آٹھ دس روز بڑے پُرلطف طریقے پر گزر جاتے تھے۔نہ اخبار ہوتا تھا نہ ریڈیو، نہ فکر نہ فاقہ۔شکار ہر قسم کا ہوتا تھا۔قاز، مرغابی اور تیتر بکثرت مارے جاتے تھے۔جنگل میں ہرن نیل گائے ملتے تھے۔کبھی کبھی مگرمچھ اور سور پر بھی رائفل چل جاتی تھی۔اچھی سے اچھی تازہ مچھلی بھی دریا میں ہر وقت دستیاب ہوتی تھی۔دو قسم کے جانوروں سے آمنا سامنا ہونے کی صورت میں ذرا زیادہ احتیاط کرنا پڑتی تھی۔ان میں ایک تو تھے ڈاکو جو تقریباً ہر جنگل میں ملتے تھے لیکن مسلح شکاریوں کو دیکھ کر وہ بھی پیش قدمی سے احتراز کرتے تھے اور دوسری تھیں جنگلی گائیں۔

ہندوؤں کے عقیدے کے مطابق گائے بہت پوتر چیز ہوتی ہے۔اور جب عمر زیادہ ہو جانے کے باعث وہ دودھ دینے کے قابل نہ رہے تو اس کو مارا نہیں جاتا بلکہ یوں ہی آزاد چھوڑ دیا جاتا ہے۔کچھ حضرات اپنے اعمال کے پیشِ نظر سورگ کی امید میں بھگوان کے نام بھی گائیں آزاد کر دیتے ہیں۔عموماً یہ نوجوان سانڈ ہوتے ہیں کیونکہ نوجوان گائے تو دودھ دیتی

ہے اور بھگوان کے نام پر بھی اتنے بہت سے دودھ کو آزاد چھوڑنا اقتصادی لحاظ سے نامناسب سی بات ہے۔ ہندوستان کے شہروں میں آپ کو ایسی گائے اور بیلوں کی بھرمار ملے گی۔ یہی عمل گاؤں میں بھی ہوتا ہے اور اگر گاؤں جنگل کے نزدیک ہو تو کبھی کبھی کچھ جانور جنگل میں چلے جاتے ہیں۔ یہ انسان کو دیکھ کر حملہ کر دیتے ہیں۔ان میں بعض بڑے قدر آور جانور بھی پائے جاتے ہیں۔کئی مرتبہ تو جنگلی غول نے انسان کو مار بھی دیا ہے۔ یہ تو آپ کو دیکھ کر فوراً آپ پر حملہ کر دیتے ہیں لیکن اپنی جان بچانے کے لیے بھی آپ ان کو نہیں مار سکتے کیونکہ اگر گاؤں والوں کو معلوم ہو جائے کہ آپ نے گئو ہتیا کی ہے تو پھر جنگ کی صورت پیدا ہو جاتی ہے۔ان جانوروں کو ''گینی'' کہا جاتا تھا اور شکاری ان کی ملاقات سے بہت کتراتے ہیں۔

دریا کے شکار میں ایک روز میں ان چار اشخاص کی پارٹی میں شامل تھا جو مگرمچھ مارنے کے لیے روانہ کی گئی۔ مگرمچھ اگر نکل بھی آئے تو اس پر صرف ایک فائر میرِ کارواں کرتے ہیں اور باقی تماشائی ہوتے ہیں۔ یہاں وہ مثل صادق آئی ہے کہ شکاری شکار کھیلے اور ... وغیرہ وغیرہ۔لیکن مگرمچھ پانی کے باہر نہ نکلے تو یہ انتظار بہت اُکتا دینے والا ہوتا ہے۔اس روز مگرمچھ باہر نہ نکلا اور ہم کوئی دو بجے کشتی پر آگئے۔ باقی لوگ واپس نہ آئے تھے اس لیے کھانا کھا کر ہم دوبارہ شکار کے لیے روانہ ہو گئے۔ کشتی کو کنارے پر ملاح کے حوالے کیا اور ہم جنگل کی طرف چل دیئے۔خیال تھا کہ ہرن نہیں تو تیتر تو ضرور مل جائیں گے۔ کشتی کے ملاح کو یہ ہدایت تھی کہ اندھیرا ہونے کی صورت میں زمین پر وہ آگ جلا لے گا تا کہ یہ نشان ہمیں دور سے نظر آسکے۔شام ہو گئی اور ہمیں ہرن یا تیتر نہ ملے۔غروب آفتاب سے کچھ قبل ہم لوگوں نے واپسی شروع کی۔ شام ہی سے آسمان پر سیاہ بادل چھانے لگے تھے اور بڑی سرعت سے اندھیرا ہو گیا۔ہم سب تیز تیز قدم اُٹھاتے ہوئے دریا کی سمت روانہ ہوئے۔ چونکہ شکار کا کوئی امکان باقی نہ تھا اس لیے باتیں بھی کرتے جاتے تھے۔یکا یک ایک مہیب پھنکار کے ساتھ گینیوں کے غول نے ہمارا راستہ روکا۔ ماداؤں اور بچوں کو پشت کی طرف کر کے سانڈ سامنے آئے۔ دو چار مرتبہ زمین پر ٹھوکریں ماریں، پھنکارے اور حملہ کر دیا۔ سب نے اپنی رائفلیں اور بندوقیں چلا دیں۔ایک گائے گر گئی اور باقی کچھ دور جا کر ٹھہر گئیں اور دوسرے حملے کا پروگرام مرتب ہونے لگا۔ ہوائی فائروں کا بھی ان پر اثر نہ ہوا۔تب کسی کو خیال آیا کہ آگ جلاؤ اور ہم

نے جلدی جلدی خشک لکڑیاں اور پتّے جمع کر کے اُن میں آگ لگا دی۔شعلوں کو دیکھ کر غول بھاگ گیا۔گرا ہوا جانور ایک بچھڑا تھا اور اس تمام کارروائی کے دوران زندہ رہا چنانچہ واپس جانے سے پہلے ہم نے اس کو حلال کر دیا اور پھر دریا کی طرف چل دیئے۔بادلوں کی وجہ سے یک دم اندھیرا ہوگیا تھا۔صرف بجلی کی کوند میں ہی کچھ نظر آتا تھا۔جب ہم دریا پر پہنچے تو ہوا تیز ہو چکی تھی اور بوندا باندی شروع ہوگئی۔دور دور تک ہمیں کشتی کی روشنی کہیں نظر نہ آئی۔اس کی تلاش میں ہم کبھی ایک طرف جاتے تھے اور کبھی دوسری طرف۔مایوسی نے ہول کی شکل اختیار کر لی۔اب بارش اور تیز ہوگئی،اولے بھی پڑنے لگے۔ہم نے دریا سے ہٹ کر جنگل میں ایک بڑے درخت کے نیچے اولوں اور بارش سے پناہ لی (یہ بہت خطرناک عمل ہوتا ہے کیونکہ طوفان میں بجلی اکثر بڑے درختوں پر گرتی ہے)۔جب بارش اور اولے تھمے تو آسمان صاف ہوگیا۔تارے اور چھوٹا سا چاند بھی نکل آیا۔زمین درخت اور نزدیک کی چیزیں دھندلی دھندلی نظر آنے لگیں۔دریا کی سمت کی جانب ہم نے دوبارہ شست لگائی اور چل دیئے۔ابھی کچھ ہی دور گئے ہوں گے کہ ہمیں ذبح کیا ہوا بچھڑا زمین پر پڑا نظر آیا۔دیگر پریشانیوں کے علاوہ بھوک نے بھی غلبہ کر لیا تھا چنانچہ فیصلہ ہوا کہ آگ جلاؤ اور اس کی دل کلیجی،بھون کر کھاؤ۔خشک لکڑیاں بمشکل ملیں اور بدقت آگ جلائی گئی۔بچھڑے کا پیٹ کھولا۔دل کلیجی وغیرہ نکالی اور آگ پر ڈال کر لشتم پشتم کھا گئے۔نہ کچے ہونے کا احساس ہوا اور نہ نمک مرچ کی کمی معلوم ہوئی۔پیٹ پوجا کے بعد تلاشِ راہ کشتی میں دوبارہ نکلے۔

اس دفعہ فیصلہ یہ ہوا کہ کسی ایک سمت ہی چلتے رہیں گے۔کبھی نہ کبھی تو کشتی ورنہ گاؤں ملے گا۔ابھی ہم کچھ دور گئے ہوں گے کہ بادل دوبارہ چھانے لگے اور وقفے وقفے سے بوندا باندی شروع ہوگئی۔اس مرتبہ درخت کے نیچے پناہ لینے کے بجائے ہم نے چلتے رہنے کا فیصلہ کیا۔کافی دیر کے بعد ہمیں دور سے ایک روشنی ٹمٹماتی نظر آئی۔ہم بڑے خوش ہوئے کہ کشتی مل گئی۔پھر خیال آیا کہ بارش میں ملاح آگ کیسے جلائے گا۔گمان یہ ہوا کہ روشنی کسی گاؤں کی ہے لیکن اتنی رات گئے گاؤں والے روشنی نہیں جلاتے۔بہر حال ہم اپنی قیاس آرائیوں میں مدہوش اسی سیدھ میں پُر امید چلتے رہے اور بالآخر وہاں تک پہنچ گئے۔بارش دوبارہ تیز ہو چکی تھی اور بجلی کی کوند میں ہم نے دیکھا کہ روشنی ایک بہت بڑے مندر کے دروازے سے آ رہی

ہے۔نزدیک آئے تو متعدد دیئے جلتے نظر آئے۔رات یہیں گزارنے کا پروگرام بھی بن گیا۔

مندر کے چاروں طرف ایک نیچی سی چاردیواری تھی۔اس کو گزار کر بھاگتے ہوئے ہم لوگ دروازے میں داخل ہونے والے تھے کہ ایک بڑا قد آور پجاری ہمارا راستہ روک کر کھڑا ہوگیا۔چہرے پر عجیب وغریب وحشیانہ سی حیوانیت طاری تھی اور آنکھیں انگارے کی طرح برس رہی تھیں۔جسم سے چڑیا گھر کے درندوں کی بُو کے بھبکے چھوٹ رہے تھے۔ڈپٹ کر ہم سے پوچھا کہ تم کون ہو اور یہاں کیوں آئے ہو۔ہمارے جواب پر کہ ہم مسافر ہیں، راستہ بھول گئے ہیں اور رات گزارنا چاہتے ہیں، وہ بادل کی طرح گرجا اور بولا کہ تم جھوٹ بولتے ہو۔تم لوگ شکاری ہو،تم نے ابھی ایک گائے مار کر کھائی ہے،تمہارے منہ سے اس کی بُو آرہی ہے،تم مندر کے اندر نہیں آسکتے۔یہ کہا اور زمین پر رکھا ہوا لوہے کا وہ اوزار جس پر مراقبہ کی صورت میں سادھو اپنا ہاتھ ٹیکتے ہیں اور جس میں تین پھل ہوتے ہیں، ہماری طرف بڑھادیا۔ ایسا لگا کہ تینوں پھلوں کی نوک سے شعلے نکل رہے ہیں۔اس کے پشت کی طرف سے غرانے کی خوفناک آوازیں آتی رہیں۔لرزہ خیز غرانے والے جانور، غضب ناک سادھو اور اس کے آتشیں ترپھلے کا بیک وقت مقابلہ دشوار معلوم ہوا، اس لیے مندر سے واپس آنے ہی میں نے فلاح دیکھی اور سادھو کو مزید بے تکلفی کا موقعہ فراہم کیے بغیر وہاں سے ہم نکل آئے۔چار دیواری تک تو سادھو گالیاں دیتا ہمارے پیچھے پیچھے آیا اور پھر رُک گیا۔جس طرف سے ہم لوگ آئے تھے اسی طرف واپس چل دیئے۔غرّانے کی آواز کافی دور تک آتی رہی اور یہ احساس بھی شدّت سے رہا کہ کوئی ہمارا تعاقب کررہا ہے۔اس وقت تک ہم ذہنی اور جسمانی طور پر تھک کر چور ہو چکے تھے۔ایک درخت کے نیچے آگ جلا کر رات گزاری۔رات بھر ڈاکوؤں کا کھٹکا رہا اور بڑی مشکل سے صبح ہوئی۔پوری طرح روشنی ہونے سے قبل ہی ہم لوگ کشتی کی تلاش میں نکل کھڑے ہوئے۔کوئی ایک گھنٹے میں کشتی مل گئی۔ملاح نے رات بڑی پریشانی میں گزاری تھی۔بوندا باندی اور بارش کی وجہ سے وہ آگ نہ جلا سکا تھا اور اندھیرے میں آدھی رات سے زیادہ وقت تک ہم بھٹکتے رہے۔جب ہماری کشتی پر پہنچے تو وہاں حشر بپا تھا۔ہمارے واپس نہ آنے کی وجہ سے سب کی رات بڑی مشکل سے گزری۔بہت زبردست اور مفصل ڈانٹیں پڑیں۔ہماری روداد پر کسی کو یقین نہ آیا اور کچھ ہی دیر بعد کشتی کا لنگر اٹھا کر اسے دریا کے بہاؤ پر

چھوڑ دیا گیا۔ ہم سب رات بھر کے بھوکے تھے۔ اس لیے دبا کر ناشتہ کیا اور تب ہوش ٹھکانے آئے۔ کشتی روانہ ہونے کے کوئی آدھ گھنٹے بعد کنارے پر ایک ٹوٹے مندر کے کھنڈرات نظر آئے۔ اس آدھ گھنٹے میں کشتی کوئی دو میل گئی ہوگی۔ معلوم یہ ہوا کہ دو میل کنارے پر چہل قدمی کر کے ہم نے آدھی رات گزار دی۔ کشتی کو کنارے لگایا اور پوری ٹیم معائنہ کے لیے اتری۔

مندر چھوٹا سا تھا اور بالکل کھنڈر تھا۔ چھت بھی نہ تھی۔ چہار دیواری بھی جگہ جگہ سے شکستہ تھی۔ نرم مٹی میں ہم سب کے قدموں کے نشانات مندر کے دروازے تک جانے اور وہاں سے واپس آنے کے صاف نظر آ رہے تھے۔ یقیناً رات ہم اس مندر تک آئے تھے لیکن اندر نہ تو دیا جلانے کے کوئی آثار تھے اور نہ یہ لگتا تھا کہ گزشتہ رات اس میں کوئی رہائش پذیر رہا یا ٹھہرا ہے۔ بارش کی وجہ سے زمین پر ہر طرف کیچڑ تھی اس میں بھی قدموں کے کوئی نشان نہ تھے، سادھو نے بھی زمین پر اپنے پیروں کے نشان نہ چھوڑے تھے۔ مندر کے عقب میں جگہ کھلی ہوئی تھی اور جھاڑیاں دور تھیں۔ اس کھلی جگہ کی نرم مٹی میں صرف دو گیدڑوں کے گزرنے کے کھوج پائے گئے۔ کسی ایسے جانور کے قدموں کے نشانات نہ ملے جو غرّانے کی ویسی آواز نکالتا ہو جیسی رات ہم نے سنی تھی۔ مندر سے ہماری واپسی کے نشانات زمین پر بالکل واضح تھے لیکن وہاں بھی کسی غرانے والے جانور کے نقش پا نہ ملے۔ تلاش بسیار کے باوجود مندر کا معمہ حل کیے بغیر ہم وہاں سے کشتی پر واپس آ گئے۔

1۔ وہ سادھو کون تھا؟ 2۔ اس کو کیسے معلوم ہوا کہ ہم نے گائے مار کر کھائی ہے؟

3۔ چھت نہ ہونے کے باوجود ہماری موجودگی میں مندر کے اندر پانی کیوں نہ آیا۔

4۔ بارش میں دیئے کیسے جلتے رہے اور پھر کہاں غائب ہو گئے۔

5۔ وہ کیا جانور تھا جو مندر کے اندر اور پھر ہمارے تعاقب میں دور تک غراتا رہا؟

ان سوالوں کا جواب میرے پاس نہ جب تھا نہ اب ہے۔

❑❑❑

ماخذ: شکاریات، محمد جسیم خان، زندہ کتابیں سلسلہ نمبر 164، اٹلانٹس پبلی کیشنز، کراچی

# شمیم قریشی

## جاوید چودھری

شمیم قریشی صاحب ایک حیران کن شخص تھے۔ان سے میرا تعارف ایک پامسٹ کی حیثیت سے ہوا لیکن جب گفتگو شروع تو معلوم ہوا وہ تو برصغیر کی تاریخ ہیں۔میں نے 1995ء میں ان کا انٹرویو شروع کیا۔یہ سلسلہ 1996ء تک جاری رہا۔جب یہ انٹرویو شائع ہوا تو اس نے تہلکہ مچادیا۔میں آج تک مختلف اخبارات رسائل اور ٹیلی ویژن پروگراموں میں اس انٹرویو کی بازگشت سنتا ہوں۔آپ کو اس انٹرویو میں بیک وقت ایک عام انسان، ایک صوفی، ایک دست شناس اور ایک مورخ ملے گا۔شمیم قریشی صاحب بھی ایک ایسے انسان تھے، جنہوں نے میری شخصیت پر بڑے گہرے اثرات چھوڑے۔

◆÷◆

وہاں جموں شہر میں ایک حکیم صاحب تھے۔کبھی کسی ہائی اسکول میں ہیڈ ماسٹر ہوا کرتے تھے۔ایک بار لاہور گئے تو ساتھیوں کے ساتھ داتا دربار چلے گئے۔وہاں ان پر کیا گزری اس کے بارے میں جموں کے کسی شخص کو کچھ معلوم نہیں تھا۔لیکن جب وہ واپس آئے تو ایک بالکل مختلف انسان تھے۔تن من سے بیگانہ، کپڑے پھٹے ہوئے، بال گرد سے اٹے ہوئے اور منہ سے رال کی تاریں نکل نکل کر سینے پر گر رہی تھیں۔وہ لاہور سے آ کر اپنے گھر کے تھڑے پر بیٹھ گئے اور پھر باقی ساری زندگی وہی گزار دی۔انہیں اللہ تعالیٰ نے مستقبل میں جھانکنے کی حس سے نواز رکھا تھا۔لوگ دور دور سے آتے اور ان کے قریب بیٹھ جاتے۔جب حکیم صاحب پر مخصوص کیفیت طاری ہوتی

تو لوگ باری باری اپنی عرض پیش کرتے۔ حکیم صاحب چند لفظوں میں اس کا جواب دے دیتے۔ میں ان دنوں جموں میں رہتا تھا۔ ہمارا گھر ان کے تھڑے کے بالکل سامنے تھا۔ میں بالکونی میں بیٹھ کر سارا دن حکیم صاحب کا جائزہ لیتا رہتا۔ کئی بار میرا جی چاہا میں نیچے اتر کر ان کے پاس بیٹھوں ان کی باتیں سنوں لیکن میرے اندر اتنی ہمت پیدا نہ ہوئی۔ ویسے بھی چھ برس کا لڑکا جو اپنے والدین کی شفقت سے محروم ہو وہ اتنی ہمت کر بھی کیسے سکتا تھا؟ ایک دن گرمیوں کی دوپہر کو میں نے دیکھا۔ حکیم صاحب کے پاس کوئی نہیں تھا۔ بس تھڑے پر وہ اپنی ہی بول و براز میں لتھڑے پڑے ہیں اور ہزاروں مکھیاں ان پر بھنبھنا رہی ہیں۔ اس وقت میرے اندر نہ جانے کہاں سے اتنی ہمت آ گئی کہ میں سیڑھیاں اتر کر ان کے سامنے کھڑا ہو گیا۔ مجھے اچھی طرح یاد ہے انہوں نے ''بیر بہوٹی'' جیسی آنکھوں سے مجھے گھور کر دیکھا اور کہا۔ ''تو بھی دیکھے گا، دیکھے گا تو بھی۔'' ساتھ ہی مکھیوں کی چادر اوڑھ کر لیٹ گئے اور میں ان کے لفظ پلے باندھ کر وہاں سے واپس آ گیا۔ پھر زندگی کے ایک طویل عرصے تک یہ لفظ میرے پلے سے ہی بندھے رہے کیونکہ میری فراست انہیں سمجھنے سے قاصر تھی۔

میں ایک محروم بچہ تھا۔ میرے والدین میں اَن بن تھی چنانچہ میرے پڑھا کو تایا جی ہی میرے سب کچھ تھے۔ اُن کی کتابوں سے دوستی تھی اور میری ان سے۔ انہوں نے مجھے بچپن میں گلستان، بوستان، رامائن، بائبل اور قرآن مجید پڑھا دیا تھا۔ وہ مجھے خود اسکول چھوڑنے جاتے تھے اور واپسی پر میرے ساتھ ہوتے تھے۔ راستہ بھر مجھے کتابوں کی باتیں سناتے رہتے تھے۔ بہت بڑے شطرنج باز بھی تھے۔ ہر شام ان کی بیٹھک میں لمبی لمبی بازیاں ہوتی تھیں۔ بڑے بڑے لوگ آتے تھے۔ انہی محفلوں میں میری ملاقات اصغر خان کے والد بریگیڈیئر رحمت اللہ، شیخ رشید اور بھارتی افسانہ نویس لال ذاکر [۱] سے ہوئی۔ اس دور میں گرمیوں میں کشمیر کا دارالحکومت جموں سے سری نگر منتقل ہو جاتا تھا۔ گرمیوں میں میری ماں انگلی پکڑ کر مجھے سری نگر لے جاتی۔ سری نگر وہ اسکول میں پڑھاتی تھی۔ اس اسکول کی پرنسپل محمودہ احمد علی شاہ جیسی زبردست خاتون ہوتی تھی۔ وہ ایک ڈھلتی عمر کی شان دار عورت تھی۔ اس میں ایسی کشش تھی کہ جو بھی دانش ور، شاعر و ادیب یا حسن جمال سے بھرا سیاست دان ان سے ملتا وہ بار بار ان سے ملاقات پر مجبور ہو جاتا۔ یہ شان دار عورت مجرد زندگی گزار رہی تھی۔ اس نے مجھے دیکھا تو میری ماں سے مجھے مانگ لیا۔ یوں میں محمودہ احمد علی

شاہ کے گھر آ گیا۔ یہ ایک وسیع وعریض اور سجا سجایا گھر تھا جس میں ایک دیوار سے دوسری دیوار تک اداسی، خاموشی اور ویرانی کے ڈیرے تھے۔ بیگم محمودہ اسی اداسی کے بیچ و بیچ بڑی سی چوبی کرسی پر کتاب پکڑے بیٹھ جاتی اور میں اس کے کندھے سے کندھا لگا کر حیرانی سے گردوپیش کو دیکھتا رہتا تھا۔ بعض اوقات بیگم محمودہ کا گھر آباد ہو جاتا تھا۔ بے شمار لوگ ان کے پاس آتے۔ یہ لوگ بڑی بڑی گاڑیوں میں آتے۔ انہوں نے شاندار سوٹ پہنے ہوئے ہوتے تھے مگر بیگم صاحبہ کے پاس آ کر خاموشی سے بیٹھ جاتے تھے۔ وہ دیوی بن کر تب رسان سے انہیں دیکھتی تھیں۔ یہ لوگ رات گئے تک وہاں بیٹھے رہتے تھے۔ اس دوران یہ لوگ سگریٹ پھونکتے جاتے، قہوہ پیتے رہتے اور سامنے بیٹھی دیوی کو عقیدت بھری نظروں سے دیکھتے رہتے۔ میں بچہ تھا لہٰذا مجھے ایک عرصہ تک معلوم نہ ہوا کہ سامنے کونے میں بیٹھا وہ شخص جو خاموشی سے سگریٹ پھونکے جا رہا ہے، اور جس کے چہرے پر تحیر کی کئی تہیں جمی ہوئی ہیں اس کا نام فیض احمد فیض ہے۔ اس کے قریب بیٹھا خوبصورت نوجوان ایم ڈی تاثیر ہے۔ اور سلیٹی شیروانی اور ترکی ٹوپی والا شخص غلام محمد صادق ہے۔ اور وہ جو ابھی سائیکل پر آیا تھا لوگ اسے شیخ عبداللہ کہتے ہیں۔ میں ان لوگوں کو اس وقت نہیں جانتا تھا لیکن جب زمانہ انہیں جاننے لگا تو میں نے فوراً نعرہ لگایا میں تو انہیں اس وقت سے جانتا ہوں جب یہ گلیوں میں پیدل پھرا کرتے تھے اور انہیں کوئی نہیں جانتا تھا۔

میں بارہ برس کا تھا جب مجھے بتایا گیا پاکستان بن چکا ہے۔ یہ کیا ہوتا ہے؟ میں نے بیگم محمودہ سے پوچھا۔ انہوں نے شفقت سے میرے سر پر ہاتھ پھیر کر کہا ''ابھی تو یہ کچھ بھی نہیں لیکن شاید آنے والے وقتوں میں کچھ بن جائے''۔ میں ابھی اپنے ذہن میں ابھرنے والے سوالوں کے جواب تلاش کر ہی رہا تھا کہ ایک دن سری نگری میں فوج آ گئی۔ ''پٹیالہ فرسٹ فورس''۔ پھر مجھے بتایا گیا کہ اوپر پہاڑوں پر جنگ ہو رہی ہے۔ پاکستان اور بھارت لڑ رہے ہیں۔ میں روز لال چوک پر شیخ عبداللہ کو دھاڑتے ہوئے دیکھتا۔ ''بزدل پاکستانی بھاگ رہے ہیں۔ ہم آزاد ہیں آزاد رہیں گے کوئی کشمیری پاکستان کا ساتھ نہیں دے گا'' وغیرہ وغیرہ۔ پھر شام کو اسی چوک پر گاڑیوں میں لدی بیسیوں لاشیں آتیں جن کے کندھوں پر ''پٹیالہ فرسٹ فورس'' کے بیج سجے ہوتے۔ ان بیجوں سے خون رس رہا ہوتا تھا۔ پھر شہر میں اعلان ہوتا کہ ظالم پاکستانیوں نے ہمارے پینتیس جوانوں کو ہلاک کر دیا ہے، ہم ان لاشوں کا بدلہ لیں گے، وغیرہ وغیرہ۔

شاید وہ 1948ء کا کوئی دن تھا جب ہم لوگ ٹرک میں سوار ہو کر سیال کوٹ پہنچے۔اس ہجرت کی وجوہات کیا تھیں؟راستے میں کیا صعوبتیں برداشت کیں؟پاکستان آ کر کیا مسائل درپیش آئے؟یہ لمبی اور غیر دلچسپ کہانی ہے۔ بہرحال پاکستان آ کر میرے والدین کے اختلافات طلاق تک پہنچ گئے۔والد نے والدہ کو طلاق دی اور واپس کشمیر چلے گئے۔وہاں انہوں نے دوسری شادی کرلی۔والدہ نے بھی جلد ہی عقد ثانی کرلیا۔باقی رہا میں،تو میں اپنے تایا جی کے پاس راول پنڈی آ گیا۔یہیں سے میں نے 1950ء میں میٹرک کیا۔والدین سر پر تھے نہیں۔تایا جی بیمار رہتے تھے لہٰذا مجبوراً میں نے 1951ورکشاپ میں ''ڈیلی ویجز'' پر نوکری کرلی۔میری دو روپے روزانہ تنخواہ ہوتی تھی۔کام صبح سے رات بارہ بجے تک کرنا پڑتا تھا لیکن مجبوری تھی سو یہ سب کچھ کرنا پڑا۔لیکن میں نے اس ساری تنگی،ترشی اور روزانہ کام کی ساری تلخی کے باوجود پرائیویٹ طور پر اپنی تعلیم جاری رکھی۔

16/اکتوبر 1951ء کو لیاقت علی خان نے لیاقت باغ میں جلسہ عام سے خطاب کرنا تھا۔میں سری نگر میں محمود احمد شاہ کے گھر میں لیاقت علی سے مل چکا تھا لہذا مجھے ان کی تقریر سننے کا شوق چرایا۔میں صبح سویرے ہی گھر سے نکل کھڑا ہوا۔ابھی کرسیاں لگائی جا رہی تھیں، شامیانے سیٹ کیے جا رہے تھے۔میں جلسہ گاہ پہنچ گیا اور اسٹیج کے بالکل سامنے پہلی رو میں ایک کرسی پر قبضہ کرلیا۔چند لمحے بعد میرے دائیں طرف ایک پٹھان آ کر بیٹھ گیا۔اس کے ساتھ اس کا چھوٹا سا بیٹا بھی تھا۔میں نے اسے غور سے دیکھا تو وہ سید اکبر تھا۔میں اسے سری نگر سے جانتا تھا۔یہ لوگ افغانستان سے ہجرت کر کے سری نگر آئے تھے۔ڈل گیٹ میں رہتے تھے۔میں ان کے خاندان کے اکثر بچوں کو جانتا تھا۔میں نے سید اکبر کو سلام کیا اور سری نگر کا حوالہ دے کر گفتگو شروع کردی۔وہ مجھے پٹھانوں کے روایتی تپاک سے ملا اور اپنے بیٹے سے میرا تعارف کرایا۔ہم نے سری نگر کی باتیں شروع کردیں۔مجھے وہ گفتگو کا بڑا ماہر،متحمل مزاج اور پرخلوص انسان لگا۔ہم باتوں میں اس قدر محو تھے کہ ہمیں پتہ ہی نہیں چلا کہ لوگ کب آنا شروع ہوئے، پنڈال کب بھرا،اسٹیج پر مسلم لیگی رہنما کب تشریف لائے اور جلسہ کب شروع ہوا البتہ سید اکبر کبھی کبھی کنکھیوں سے اسٹیج کی طرف ضرور دیکھ لیتا تھا۔پھر جلسہ شروع ہوگیا۔اسٹیج سیکرٹری نے کارروائی شروع کی۔ایک ایک مسلم لیگی رہنما تالیوں اور نعروں کے شور میں ڈائس پر آتا اور دھواں

دھار تقریر جھاڑ کر واپس چلا جاتا یہاں تک کہ وزیراعظم خان لیاقت علی خان کا نام پکارا گیا۔ وہ مسکراتے ہوئے اپنی نشست سے اٹھے۔ ڈائس پر آئے۔ ہاتھ ہلا ہلا کر عوام کے نعروں کا جواب دیا۔ جب عوام کا شور تھما تو خان لیاقت علی خان نے کہا ''میرے عزیز ہم وطنو! السلام علیکم۔'' اور ساتھ ہی میری بغل میں بیٹھا سید اکبر اٹھا اور ڈاب سے ریوالور نکال کر لیاقت علی خان پر گولی چلادی۔ میری آنکھوں کے سامنے سید اکبر نے ریوایور کی چھ گولیاں وزیراعظم پاکستان کے سینے میں اتاردی۔ لیاقت علی خان نے چیخ ماری اور خون میں لت پت ہوکر گر پڑے۔ جلسہ گاہ میں بھگدڑ مچ گئی۔ لوگ اٹھ کر بھاگنے لگے۔ اسی اثناء میں اسٹیج پر کھڑا پولیس افسر لوگوں کو پھلانگتا ہوا سید اکبر کے پاس پہنچا۔ سید اکبر نے بڑے تحمل سے اپنا خالی پستول اس کے ہاتھ میں دے دیا لیکن پولیس افسر نے اسے گولی ماردی۔ سید اکبر کے منہ سے بڑی کرب ناک چیخ نکلی اور وہ میرے قدموں میں گر کر تڑپنے لگا۔ اتنے میں وہاں برچھی بردار رضا کار پہنچ گئے۔ پولیس افسر نے انہیں دیکھ کر حکم دیا ''اس ذلیل انسان کے ٹوٹے ٹوٹے کردو۔'' اور پھر میرے دیکھتے ہی دیکھتے رضا کاروں نے اپنی برچھیوں سے سید اکبر کی لاش کا قیمہ بنادیا۔ چند لمحے بعد وہاں سید اکبر کی لاش کے چھوٹے چھوٹے ٹکرے، دور تک پھیلی لہو کی لکیریں، الٹی سیدھی کرسیاں، شامیانوں کی ٹوٹی طنابیں، تاحد نظر بکھری ٹوپیاں اور جوتے پڑے تھے۔ جب کہ اسٹیج پر سابق وزیراعظم کی آڑھی ترچھی لاش اور اس کے بالکل سامنے میں، سید اکبر کا بیٹا اور وارث خان کا ایک بے ڈھول قصاب ساکت کھڑے تھے۔ چیخ میرے ہونٹوں پر جمی تھی اور آنسو سید اکبر کے بیٹے کی پلکوں پر ٹھہرے ہوئے تھے۔ پولیس آفیسر نے اس کی کھوپڑی کو ٹھوکر ماری اور میرے قریب آ کر ریوالور میری طرف لہرا کر کہا یہ لو پستول اور جب تم سے پوچھا جائے تو کہنا سید اکبر بھاگ رہا تھا لیکن میں نے اسے پکڑ لیا، تمہیں پیسے ملیں گے۔ یہ لفظ میں نے سنے ضرور لیکن میرے ساکت جسم میں کوئی حرکت نہ ہوئی۔ پولیس آفیسر میری آنکھوں میں سکتے کی کیفیت پڑھ کر آگے بڑھا اور اپنا پستول وارث خان کے قصاب کے ہاتھ میں پکڑا دیا۔ بعد ازاں اس قصاب کو اس بہادری پر بیس ہزار روپے انعام ملا لیکن میں ایک عرصے تک بستر پر پڑا رہا۔ موت کا یہ پہلا تجربہ تھا جو میرے شعور اور لاشعور پر بری طرح درج ہوگیا۔

1952ء میں مجھے ائیر فورس میں کمیشن مل گیا۔ چھ ماہ تک مجھے چکلالہ میں ٹریننگ دی

جاتی رہی۔اس وقت یہ سارا کام ڈچ خواتین کرتی تھیں ۔یہ لمبی لمبی خوفناک سی خواتین تھیں جومعمولی معمولی غلطی پر ہماری باقاعدہ ٹھکائی کردیتی تھیں۔میں ٹیک آف اور فلائنگ میں تو ماسٹر ہوگیالیکن لینڈنگ کے دوران مجھ سے کوئی نہ کوئی غلطی ہوجاتی تھی جس پر میری ڈچ انسٹرکٹر مجھے ''ٹھڈے'' مارتی تھی ۔یوں میں ائیرفورس سے فیڈ اپ ہوگیا اور چھوڑ کر واپس آ گیا۔میں وہاں سے گراتو سیدھا کوہ نور ملز میں آ اٹکا۔یہ پبلک ریلیشن آفیسر کی نوکری تھی۔ساڑھے پانچ سو روپے تنخواہ تھی ۔میرے پاس سائیکل تھی اور ٹیڑھے میڑھے راستے تھے......یہیں سے میری زندگی کا نیاباب شروع ہوا۔

ایک دن مجھےمل کے سیکرٹری مقبول حسین نے بلا کر کہا ہمارے ایک دوست لندن سے آئے ہیں انہیں کچہری سے کچھ کاغذات درکار ہیں،تفصیل اس لفافے میں بند ہے۔آپ کچہری سے لاکر میرے گھر پہنچادیجئے گا۔میں نے فوراً سائیکل لی اور حکم کی بجا آوری کے لیے عدالت چلاگیا۔کام لمبا تھالہذا تین چار گھنٹے لگ گئے ۔شام کو میں مقبول حسین کے گھر گیا تو ڈرائنگ روم میں ایک خوش شکل جوان بیٹھا تھا۔اس کا استری شدہ تازہ شیو اور میچنگ ٹائی اس کے اعلیٰ ذوق کی ترجمان تھی ۔میں سلام کرکے ان کے پاس بیٹھ گیا۔اتنے میں مقبول صاحب افراتفری میں اندر سے نکلے اور مجھ سے کہا''یہ بشیر ہیں آپ یہ کاغذات انہیں دے دیں'' اور ساتھ ہی اندر بھاگ گئے ۔میں نے حیرانی سے مہمان کی طرف دیکھا تو وہ مسکرا کر بولے''ان کے گھر بیٹا پیدا ہونے والا ہے سب کام اللہ کی مہربانی سے خوش اسلوبی سے ہوجائے گا۔یہ خواہ مخواہ پریشان ہیں۔'' ان کی بات سن کر میں حیران ہوگیا کیونکہ کوئی شخص اتنے وثوق سے کیسے کہہ سکتا ہے کہ فلاں شخص کے گھر چند لمحے بعد بیٹا پیدا ہوگا۔میں اسی ادھیڑبن میں تھا کہ مقبول صاحب اندر سے خوش خوش نکلے اور کہا ''بشیر صاحب مجھے مبارک باد دیں، اللہ نے مجھے بیٹا دیا ہے۔'' میر بشیر نے مسکرا کر گردن ہلا دی مقبول صاحب میری طرف مڑے اور کہنے لگے شمیم ،بشیر صاحب دنیا کے نامور پامسٹ ہیں انہیں ہاتھ دکھا کر جانا۔میں نے اسے بھی حکم حاکم سمجھا اور جانے سے قبل اپنے دونوں ہاتھ میر بشیر کے سامنے پھیلا دیئے ۔وہ چند لمحوں تک میرے ہاتھوں پر جھکے رہے اور پھر سیدھے ہوکر کہنے لگے،شمیم صاحب آپ کو اللہ تعالیٰ نے مستقبل میں جھانکنے کی صلاحیت سے نواز رکھا ہے۔آپ فوراہماری فیلڈ میں آجائیں۔میں نے ایک قہقہہ لگایا اور سائیکل پر بیٹھ کر سیٹی بجاتا ہوا گھر آ گیا۔

تھوڑے عرصے بعد مجھے لندن سے ایک پیکٹ موصول ہوا جس سے پامسٹری کی چند کتابوں کے ساتھ میر بشیر کا مختصر سا خط نکلا۔ جناب آپ نے ابھی تک پامسٹری سیکھنا شروع نہیں کی؟ میں نے کتابیں اور خط ایک طرف رکھ دیا۔ کچھ عرصے بعد بیوی کے ساتھ میرے تعلقات خراب ہو گئے۔ بگاڑ بڑھا اور نوبت طلاق تک آ گئی تو میں پریشانی کی حالت میں میر بشیر کی بھیجی کتابیں کھول کر بیٹھ گیا۔ شروع شروع میں کچھ سمجھ نہ آئی لیکن میں پڑھتا چلا گیا۔ ایک آدھ مہینے کی مشقت کے بعد مجھے بنیادی لائنوں کا پتہ چل گیا۔ کچھ عرصے بعد میر بشیر نے مجھے مزید کتابیں بھیج دیں میں وہ بھی چٹ کر گیا تو ہاتھوں میں دوسروں کے ہاتھ دیکھنے کی کھجلی سی ہونے لگی۔ چند لوگوں کے ہاتھ دیکھ ڈالے۔ کچھ سچ ثابت ہوا کچھ غلط نکلا۔ لیکن اس کام میں مزا آنے لگا۔ اسی دوران ایک اور واقعہ پیش آیا۔ ہمارے سیکرٹری کے بھائی کا ایک کیس کیمبل پور (اٹک) کی عدالت میں چل رہا تھا۔ وہاں کا سیشن جج مقبول حسین کا واقف کار تھا۔ اسے پامسٹری میں دلچسپی تھی۔ میں جب وہاں جاتا تو اس کے چیمبر میں اکثر میری ملاقات کیمبل پور کالج کے ایک نوجوان لیکچرار اور جیل سپرنٹنڈنٹ جو کرنل تھا، ے ہو جاتی۔ وہ تینوں سر جوڑے دست شناسی پر گفتگو کر رہے ہوتے۔ میں ایک کونے میں بیٹھ کر سنتا رہتا۔ ایک دن ان تینوں نے فیصلہ کیا کہ آج عدالت میں قتل کا مجرم پیش ہو رہا ہے اس کا ہاتھ دیکھا جائے۔ وہ تینوں اٹھے تو میں بھی ان کے ساتھ ہو گیا۔ عدالت کے احاطہ میں بینچ پر وہ مجرم بیٹھا تھا۔ ہم چاروں باری باری اس کے ہاتھ پر جھک گئے۔ ان تینوں کا متفقہ فیصلہ تھا یہ بے گناہ ہے اور بچ جائے گا جب کہ میں نے کہا یہ بے گناہ ہے لیکن پھانسی پر چڑھ جائے گا۔ ان تینوں نے مجھ سے پوچھا کیا آپ بھی پامسٹ ہیں؟ میں نے فوراً نفی میں سر ہلا دیا تو ان تینوں نے قہقہہ لگایا اور ہم واپس چیمبر میں آ گئے ...... وہ نوجوان لیکچرار معروف پامسٹ ایم اے ملک تھا۔ بعد ازاں اس بے گناہ شخص کو پھانسی کی سزا ہو گئی تو سیشن جج نے مجھے بلا کر پوچھا ''آپ نے یہ پیش گوئی کس بنیاد پر کی تھی؟''۔ میں نے اس کے ہاتھ کا وہ سائن بتا دیا جس پر ان تینوں کی نظر نہیں گئی تھی...... یوں میری پہلی پیش گوئی سچ ثابت ہوئی اس سے دست شناسی سے میری رغبت میں اضافہ ہو گیا۔ میر بشیر سے خط و کتابت شروع ہو گئی۔ وہ لندن سے میری رہنمائی کرنے لگے۔ ان کے تجربے میں جو بھی حیرت انگیز کیس آتا وہ مجھے بھیج دیتے۔ ساتھ ہی ہر نئی کتاب بھی مجھے پارسل کر دیتے اور میں کتاب پڑھ کر انہیں اپنی رائے بھیج دیتا۔

ایوب خان کے مارشل لاء کے کچھ عرصے بعد دارالحکومت کراچی سے منتقل ہوگیا۔ابھی شہر آباد نہیں ہوا تھا۔عمارتیں اور رہائش گاہیں نہ ہونے کے برابر تھیں۔چنانچہ حکومت نے عارضی کام چلانے کے لیے تمام ریسٹ ہاؤسز اور فالتو عمارتیں خالی کروا کر وزیروں کو دے دیں۔کوہ نور کا ریسٹ ہاؤس بھی اس حکم کی زد میں آ گیا اور وہاں ایک نوجوان وزیر آ کر ٹھہرا۔

میں اس ریسٹ ہاؤس کا انچارج تھا لہذا ہر دوسرے تیسرے دن اس نوجوان وزیر سے میری ملاقات ہو جاتی۔میں اس کی رعب دار شخصیت، خوبصورت انگریزی اور سلیقے سے بہت متاثر ہوا۔اس کی میموری بڑی شاندار اور مطالعہ بہت وسیع تھا۔اس قسم کی ایک ملاقات کے دوران میں نے اس کا ہاتھ دیکھنے کی خواہش ظاہر کی تو اس نے کہا ''آر یو اے پامسٹ۔''میں نے اثبات میں سر ہلا کر اس کا ہاتھ پکڑ لیا۔اس کا ہاتھ بہت ہی عجیب تھا۔پہلی انگلی اتنی لمبی تھی کہ دوسری کی انتہا کو چھو رہی تھی۔یہ سائن اس کے تفاخر، غرور حصول طاقت اور اختیار کی شدید خواہش ظاہر کر رہا تھا جب کہ اس کے دماغ کی لکیر شمس کی طرف جھکی ہوئی تھی۔ہتھیلی کے عین درمیان ایک بڑا سا کراس اور زندگی کی لکیر کے ساتھ زہرہ پر مربع کا نشان تھا۔میں نے بڑے آرام سے کہہ دیا آپ ترقی کے آسمان تک جائیں گے، پورے ملک میں آپ کا کوئی حریف نہیں ہوگا لیکن آپ کی موت جیل میں ہوگی۔اس نوجوان نے غصہ سے اپنا ہاتھ واپس کھینچا اور مجھے گھورتا ہوا باہر چلا گیا......دنیا اس شخص کو ذوالفقار علی بھٹو کے نام سے جانتی ہے۔

جنگ اخبار میں میرا ایک دوست ہوتا تھا شہزادہ۔اس کی والدہ ایرانی تھی۔اس کے پاس آسٹرالوجی اور پامسٹری کے چند خاندانی نسخے تھے۔میں اس کے پاس اکثر جایا کرتا تھا۔بڑی شفیق خاتون تھیں۔میری بڑی رہنمائی کرتی تھیں۔وہیں ایک روز میری ملاقات پاکستان کے نامور صحافی اور شاعر رئیس امروہوی سے ہوگئی۔بات دست شناسی سے چلی تو ایک دوسرے کے ہاتھ دیکھنے تک جا پہنچی۔میں نے دیکھا ان کی ہتھیلی کے درمیان بھی ایک کراس ہے جو ان کی اچانک موت کی نشاندہی کر رہا ہے۔میں نے ان سے کہا کہ امروہوی صاحب آپ قتل ہو جائیں گے۔انہوں نے قہقہہ لگا کر کہا ''نوجوان مجھے کون مارے گا۔میں سیاست دان ہوں نہ بڑا آدمی۔رہی مال و دولت کی بات تو میں صرف نام کا رئیس ہوں۔''میں خاموش ہوگیا۔اس کے بعد ان سے اکثر ملاقاتیں رہنے لگیں۔ایک روز وہ کہنے لگے چلو تمہیں ایک دوست سے ملاتا ہوں۔میں ان

کے ساتھ چل پڑا۔ وہ مجھے ایک بڑے سے دفتر میں لے گئے جہاں ایک بھاری بھرکم کرسی پر ڈھلتی عمر کا ایک پٹھان بیٹھا تھا۔ رئیس صاحب نے میرا تعارف کرایا تو اس نے ہنس کر کہا میں بھی پامسٹری پڑھتا رہتا ہوں۔ ساتھ ہی اس نے چند بالکل نئی کتابوں کے نام گنوا دیئے جو ابھی تک میری نظروں سے نہیں گزری تھیں۔ گپ شپ کے بعد جب انہوں نے مجھے ہاتھ دکھایا تو میں نے دیکھا اس کی زندگی کے آخری دس بارہ سال سب سے زیادہ شان دار تھے۔ اگر وہ کسی شاہی خاندان کا فرد تھا تو اس عرصہ حیات میں اس کے بادشاہ بننے کے امکانات ہوتے۔ میں نے بڑے آرام سے تمام سائنز دکھائے اور کہا جب آپ کی عمر بہتر سال ہوگی تو شاید آپ ''وائسرائے'' بن جائیں۔ تو اس نے قہقہہ لگا کر کہا برخوردار ساٹھ سال کے بعد تو بیوی بھی دھکے دے کر باہر نکال دیتی ہے اور تم مجھے بہتر برس میں سربراہ مملکت بنا رہے ہو۔ میرے پاس اس کے جوک کا کوئی جواب نہیں تھا کیونکہ ابھی بہتر سال کے درمیان کئی دہائیاں حائل تھیں اور وقت کو تو وقت ہی ثابت کر سکتا ہے۔ میں تھوڑی دیر وہاں بیٹھ کر رئیس صاحب کے ساتھ چلا آیا......لوگ اس شخص کو غلام اسحاق خان کے نام سے جانتے ہیں۔ جب 1988ء میں وہ صدر بنے تو میں تازہ تازہ بھارت سے آیا تھا۔ میرے ایک دوست مجھے ان کے پاس لے گئے۔ انہوں نے مجھے فوراً پہچان لیا اور کہا پچھلی ملاقات کے بعد جب بھی میری نظر اپنے ہاتھ پر پڑتی میں ہنس پڑتا۔ لیکن اب میں ایوان صدر میں بیٹھ کر اسے دیکھتا ہوں تو غم زدہ ہو جاتا ہوں کیونکہ قدرت نے بہت پہلے یہ فیصلہ کر رکھا تھا تو اس نے کچھ اور بھی تو سوچا ہوگا اور وہ کتنا خوف ناک کتنا سنگین ہے مجھے اس کے بارے میں علم ہی نہیں!

ایوب خان کے مارشل لاء کے دوران لیاقت باغ میں آل پارٹیز جلسہ ہوا۔ اس میں غفار خان، بھاشانی اور سہروردی سمیت دوسرے تمام اپوزیشن رہنماؤں نے خطاب کرنا تھا لیکن جلسہ شروع ہونے سے قبل ہی دائیں بازو کے بعض عناصر نے پنڈال الٹ دیا۔ اسٹیج پر ٹماٹر اور گندے انڈوں کی بارش ہوگئی اور سارے لیڈر وہاں سے بھاگ گئے۔ اس ہنگامے کے دوران میاں افتخار (پاکستان ٹائمز والے) اور میں غفار خان کو جلسے سے باہر نکال لائے۔ راستے بھر ہمیں گندے انڈے پڑتے رہے لیکن ہم نے کسی نہ کسی طرح انہیں ان کے وکیل دوست کے گھر پہنچا دیا۔ گھر کے کوریڈور میں داخل ہوتے ہی غفار خان نے عجیب حرکت کی۔ وہ جھولی پھیلا کر کھڑے ہوگئے اور اللہ تعالیٰ کو مخاطب کر کے کہا ''یا پروردگار میرے ان تمام مجرموں کو معاف

کردے۔'' یہ بات میرے لیے باعث حیرت تھی کیونکہ میں نے نہ صرف غفار خان کو کافر بلکہ ملک دشمن سمجھتا تھا۔غفار خان کی دعا ختم ہوئی تو میں نے ان سے پوچھا۔خان صاحب آپ تو نظریہ پاکستان کے مخالف تھے پھر مسلم لیگیوں کے لیے بخشش کی دعا کیوں مانگ رہے ہیں۔انہوں نے میری بات غور سے سنی اور کہا میرے بچے میں واقعی نظریہ پاکستان کا مخالف تھا لیکن اب پاکستان بن چکا ہے اور میں اس ملک میں رہ رہا ہوں لہٰذا پاکستان کی حفاظت میرا ایمان ہے۔بہت بعد 1979-1980ء میں سری نگر اسپتال میں میرے کمرے کے ساتھ غفار خان کا کمرہ تھا۔میں ان سے ملنے گیا تو وہ بہت علیل تھے۔میں نے انہیں پرانی ملاقات کا حوالہ دیا تو وہ مجھے پہچان گئے۔بڑی شفقت سے ملے۔ماضی کی باتیں شروع ہوئیں تو انہوں نے کہا میرے بچے میں برملا اعتراف کرتا ہوں قائداعظم کا خیال درست تھا۔ہم سب غلطی پر تھے۔دوقومی نظریہ حقیقت ہے مسلمان کبھی ہندوؤں کو اپنا بھائی نہیں بنا سکتے۔کاش قائداعظم اب ہوتا تو میں خود اس کے پاس چل کر جاتا۔میں نے دیکھا اس سن رسیدہ شخص کی مدہم پڑتی آنکھوں میں آنسو چمک رہے تھے اور اس کے ہونٹوں پر اعتراف جرم کی لرزش تھی......لیکن کیا ندامت کے چند آنسو تاریخ کے داغ دھو سکتے ہیں۔میں ایک طویل عرصے تک سوچتا رہا۔

انہی دنوں ایوب خان سے میری ملاقاتیں شروع ہوگئیں۔ایوب خان اپنے دل میں صنعت کاروں کے لیے بڑا نرم گوشہ رکھتے تھے۔کوہ نور ملز کے مالک سہگل تھے لہٰذا مقبول حسین اور میں سہگل خاندان کے بھیجے ہوئے تحفے ایوب خان کو پہنچانے جاتے تھے۔ایوب کی ایک عجیب عادت تھی۔وہ سرکاری تقریبات اور اجلاس میں جس قدر سنجیدہ نظر آتے اپنی نجی محفلوں میں وہ عام لوگوں کے سامنے اتنے ہی کھلے ڈھلے ہوجاتے۔خوب گپ لڑاتے،لطیفے سناتے،قہقہے لگاتے۔میرے سامنے کی بات ہے،کئی بار بھٹو آئے ان کے پیچھے کھڑے رہے اور پھر ڈیڈی کہہ کر ایوب سے لاڈ شروع کردیا اور پھر چلے گئے۔اسی قسم کی ایک ملاقات کے دوران جب انہوں نے امریکہ کے متوقع دورے کا ذکر کیا تو میں نے انہیں جین ڈکسن سے ملاقات کا مشورہ دیا۔انہوں نے ہامی بھرلی۔دورے سے واپسی کے بعد انہوں نے مجھے بلا کر بتایا کہ جین ڈکسن سے ان کی ملاقات ہوئی۔بڑی عجیب عورت ہے۔اس نے میرا ہاتھ پکڑ کر آنکھیں بند کیں اور کہا:''1968ء تک آپ کے اقتدار کو کوئی خطرہ نہیں اس کے بعد اندھیرا ہی اندھیرا ہے۔پھر بہت بعد آپ کا ایک

بیٹا سیاست میں آئے گا اور بہت ترقی کرے گا۔ 2000ء کے بعد پاکستان کا بہترین دور شروع ہوگا اسی دوران وہ نئی حکومت بھی معرض وجود میں آئے گی جو ملک کی تاریخ کی سب سے مضبوط ایمان دار اور مخلص حکومت ہوگی۔ کشمیر بھی اس دور میں آزاد ہوگا۔''

میری والدہ کی دوسری شادی بھی ناکام ہوگئی تو وہ سری نگر میں تنہا ہوگئیں۔ انہوں نے مجھے بلاوا بھیجا میں نے بڑی مشکل سے پاسپورٹ حاصل کیا اور اپنے کشمیر واپس چلا گیا۔ وہاں میں نے سری نگر یونیورسٹی میں داخلہ لے لیا کچھ ہی عرصے میں 1965ء کی جنگ چھڑ گئی جس کے بعد پاکستان واپسی مشکل ہوگئی۔ بیگم محمودہ احمد علی شاہ ابھی تک سری نگر میں تھیں۔ میری ان کے ساتھ ''ایسوسی ایشین'' بھی اسی طرح تھی لہذا میرا زیادہ تر وقت ان کے گھر گزرنے لگا۔ اس دور میں بھی ان کی مقبولیت کا گراف ماضی ہی کی طرح اونچا تھا۔ بھارت کے تمام ٹاپ کلاس سیاستدان، بیوروکریٹ، شاعر، ادیب اور دانشور اسی طرح خاموشی سے اس دیوی کے سامنے آ بیٹھتے اور وہ اونچی کرسی پر بیٹھ کر بڑی نخوت سے انہیں دیکھتی رہتی۔ وہیں ایک روز انہوں نے کتاب سے نظریں اٹھا کر مجھے دیکھا اور کہا تم بنارس والی یونیورسٹی میں اپلائی کیوں نہیں کرتے؟ اور ساتھ ہی انہوں نے نظریں پھیر کر کتاب پر گاڑ دیں۔ جیسے ابھی کوئی بات ہی نہ ہوئی ہو لیکن میرے لیے سوچ کا ایک نیا دروازہ کھل گیا۔ میں اگلے چند روز میں زادراہ جمع کرتا رہا۔ جب حالات حوصلہ افزا ہوئے تو بس پکڑ کر وادی سے نکلا اور بنارس جا پہنچا۔ اب میرے سامنے مخفی علوم کی قدیم ترین درس گاہ تھی۔ ایسی درس گاہ جس میں آج تک مسلمان تو دور کی بات برہمنوں کے سوا کسی ذات کے شخص کو داخلہ نہیں ملا۔ میں ڈرتا ڈرتا پرنسپل کے کمرے میں داخل ہوا تو وہاں کھدر کے سفید کپڑے پہنے ماتھے پر قشقہ لگائے ایک لاتعلق سا شخص پان چبا رہا تھا۔ میں نے اس سے پوچھا ''پرنسپل آپ ہیں'' تو اس نے نفی میں سر ہلا دیا۔ میں مرکزی ٹیبل کے سامنے کرسی پر بیٹھنے لگا تو اس نے کہا نہیں بیٹے تم ادھر ادھر میرے پاس آ جاؤ۔ میں نے فوراً حکم کی تعمیل کی۔ اس نے دیوار پر لگے کلاک پر نظر ڈالی اور پھر خالی انگلیوں سے میز پر لکیریں کھینچیں، خانے بنائے اور ان میں کچھ ہندسے، کچھ حروف اور کچھ سائنز بنا کر کہا ''تم پہاڑ سے آئے ہو، ہاتھ ریکھاؤں کا علم سیکھنا چاہتے ہو لیکن برہمن نہیں۔'' میں اس کے یہ الفاظ سن کر برف ہوگیا۔ اس نے ایک اور لکیر کھینچی اور کہا بھگوان تم پر مہربان ہے تم یہ ضرور سیکھ لو گے۔ اسی اثناء میں پرنسپل اندر آ گیا۔ اس اجنبی نے کھڑے

ہو کر کہا۔ ہاں یہ وہ لڑکا ہے جس کے بارے میں میں تم سے بات کر رہا تھا۔ میں اس کی گارنٹی دیتا ہوں۔ ساتھ ہی وہ میری طرف مڑا اور کہا۔ کیوں بے! تم گوشت کھاؤ گے، عیدیں مناؤ گے مسجدوں میں جاؤ گے؟ اور میں نے فوراً نفی میں سر ہلا دیا۔ ''ہوں... دیکھو کتنا فرماں بردار ہے آپ اس کو داخلہ دے دیں''۔ اور یوں میں اس اجنبی کے توسط سے اس یونیورسٹی کا طالب علم ہو گیا جس میں آج تک کسی مسلمان کا گزر تک نہیں ہوا تھا۔ مجھے اس اجنبی کے حوالے کر دیا گیا۔ اچاریہ کسم اس کا نام تھا اور اس کا شمار بنارس کے چوٹی کے نجومیوں اور دست شناسوں میں ہوتا تھا۔

بنارس یونیورسٹی کے علوم مخفی کے شعبے کا اپنا ہی ایک نظام تھا۔ یہاں کسی بھی طالب علم کو بارہ تیرہ برس سے پہلے ایم اے کی ڈگری نہیں دی جاتی۔ طالب علم کو شروع میں کسی بڑے اچاری کے حوالے کر دیا جاتا ہے جو انہیں اپنی نگرانی میں ٹریننگ دیتا ہے۔ جوں جوں اس کا علم بڑھتا ہے توں توں وہ یونیورسٹی میں آ کر اپنے دوسرے ہم مکتبوں کو لیکچر دیتا ہے۔ میں جس اچاری کے ساتھ وابستہ تھا اس کے پاس دس ہزار حیرت انگیز ہاتھوں کی ایک قلمی کتاب تھی جو اس نے خود تیار کی تھی۔ مجھے اس کتاب سے استفادے کا موقع ملا۔ پھر ہمیں وی ٹی آر پر ہاتھوں کی سلائیڈز دکھائی جاتیں۔ ماں کے پیٹ میں بچے کے ہاتھ کی ابتدائی ساخت پھر اس کی پرورش لائنوں کا وجود میں آنا، بچے کی پیدائش کے فوراً بعد ہاتھ میں آنے والی تبدیلیاں، یہ سب کچھ مجھے سکھایا گیا۔ وہاں مجھے دنیا کے بڑے بڑے ہاتھ دیکھنے کا موقع بھی ملا۔ خلا نورد نیل آرم اسٹرانگ سمیت دنیا کے مشہور سائنس دان سیاست دان، حکمران انقلابی، اور مجرم وغیرہ وغیرہ۔ بہر حال اس یونیورسٹی میں میرا تیرہ برس کا قیام میرے لیے اس علم کے نئے نئے دروازے کھولتا چلا گیا۔

میں ایک بار چھٹیوں میں سری نگر گیا۔ یہ غالباً 71، یا 72ء کی بات ہے۔ ایک شام محمودہ احمد علی شاہ کے گھر اندرا گاندھی آ گئی۔ کھانے کے دوران بیگم محمودہ نے میرا ان سے تعارف کرایا تو انہوں نے ہاتھ دکھانے کی خواہش ظاہر کی۔ کھانے کی اس میز پر جب بھارت کی سب سے بڑی رہنماء نے اپنے ہاتھ کھول رکھے تو ان پر کراس ہی کراس تھے۔ لائن آف مرکری، لائف لائن کو کاٹ رہی تھی جو اس کی بیوگی ظاہر کر رہی تھی۔ ہتھیلی کے درمیان کراس اچانک موت کا اعلان تھا۔ زہرہ سے اترتی لائنیں قریبی عزیز (بیٹے) کی موت ظاہر کر رہی تھیں۔ میں نے سب کچھ صاف صاف کہہ دیا تو وہ ناراض ہو گئیں۔ بڑے عرصے تک وہ جب بھی بیگم محمودہ سے ملتیں میری گستاخی

کا ذکر ضرور کرتیں۔ یہاں تک کہ میری پیش گوئی کے مطابق اس کا بیٹا ہلاک ہو گیا۔ بیگم محمودہ تعزیت کے لیے گئیں تو پہلی مرتبہ اندرا گاندھی نے نہ صرف سنجیدگی سے میرا ذکر کیا بلکہ ساری پیش گوئیاں لکھ کر بھجوانے کی درخواست کی۔ میں نے محمودہ بیگم کے کہنے پر سب کچھ ٹائپ کر کے بھیج دیا۔ اندرا گاندھی کے قتل پر جب اس کے کاغذات سے میرا یہ خط برآمد ہوا تو بھارتی خفیہ اداروں نے میری انکوائری شروع کر دی لیکن انہیں مجھ سے کیا ملنا تھا۔

1982ء کی بات ہے۔ دہلی میں ایشین گیمز ہو رہے تھے۔ میں چند دوستوں کے ساتھ باسکٹ بال کا میچ دیکھ کر اسٹیڈیم سے نکلا تو گیٹ پر راجیو گاندھی اپنے بچوں کے ساتھ کھڑا تھا۔ ہم بیگم محمودہ کے حوالے سے ایک دوسرے سے شناسا تھے۔ لہٰذا ملاقات ضروری تھی۔ ہم نے وہیں گپ شپ شروع کر دی۔ میں نے اس سے ہاتھ دکھانے کی فرمائش کی تو اس نے کارڈلیس فون اپنے پی اے کو پکڑا کر ہاتھ میرے سامنے کر دیا۔ میں نے دیکھا وہ مقدر کا سکندر ہے۔ سن لائن مارز کی طرف جا رہی تھی لیکن مرکری لائن، لائف لائن کو کاٹ رہی تھی اور برین لائن ہارٹ کو۔ میں نے کہا جناب آپ آئندہ تین برس تک اس ملک کے وزیراعظم ہوں گے لیکن ہوں گے صرف ایک ٹرم کے لیے۔ عمر آپ کی بہت کم ہے اور آپ کی وفات بھی ویسے ہی ہوگی جیسے آپ کی والدہ کی۔ راجیو گاندھی نے کانوں کو ہاتھ لگا کر کہا ''بھگوان ماتا جی کی لمبی عمر کرے میں ڈرائیور ہی ٹھیک ہوں۔'' وہیں نزدیک ہی کوئی اخباری رپورٹر بھی تھا لہٰذا اگلے ہی روز میری یہ ملاقات اور پیش گوئیاں اخبار میں شائع ہوئیں جس سے بھارت میں خاصا شور ہوا۔

1984ء میں مجھے بنارس یونیورسٹی نے دست شناسی میں ایم اے کی ڈگری دے دی تو سب سے پہلے میر بشیر نے مجھے مبارک باد کا خط لکھا۔ اس وقت میری خوشی کا کوئی ٹھکانہ نہ تھا۔ یونیورسٹی کے گیٹ پر کھڑے ہو کر میں نے سوچا اس سے قبل کہ میرا فن روزگار کے گھن چکر میں پھنس جائے مجھے مزید علم حاصل کرنا چاہیے۔ تو دوستو! میں وہیں سے سفر پر نکل کھڑا ہوا۔ میں مدراس کے اس مندر میں گیا جہاں ''اگستھ ناڑی'' پر مندر میں آنے والے ہر شخص کا احوال درج ہوتا ہے۔ وہاں میں نے اپنی ناڑی پڑھی، وہاں کے ماہرین کے پاؤں چھوئے۔ جو چند ایک نسخے ہاتھ آئے گرہ سے باندھ لیے۔ وہاں سے نیپال کے یوگیوں سے ملاقات کی۔ جب تھک ہار کر واپس آیا تو والدہ کا انتقال ہو چکا تھا۔ سوتیلا بھائی ہندو لڑکی سے شادی کر کے غائب ہو چکا تھا۔

ابھی اس صدمے سے سنبھل نہیں پایا تھا کہ گال بلیڈر خراب ہوگیا۔ اسپتال گیا تو پھیپھڑوں میں کینسر نکل آیا۔ پھر ایک بیماری سے دوسری بیماری ایک دکھ کے بعد دوسرا دکھ غرض تیرہ ماہ اسپتال میں بے یارومددگار پڑا رہا۔ جب کچھ صحت سنبھلی تو سوچا اب کہاں جاؤں ......اندر سے آواز آئی پاکستان......صرف وہی سرزمین ایسی ہے جو ہر بے سہارا کو سہارا دے سکتی ہے۔

1988ء میں واپس پاکستان آ گیا۔ مجھے یہاں رہنے کی اجازت کیسے ملی یہ بڑی لمبی کہانی ہے۔ بہرحال مجھے پاکستانی تسلیم کرلیا گیا۔ فروری یا مارچ میں ہمارے ایک دوست مسعود ہاشمی روپڑی نے مجھے ایک پرنٹ دکھایا۔ سٹس کی انگلی کے بالکل نیچے دل کی لکیر پر کالا تل تھا، برین لائن سن کی طرف جارہی تھی، سر پر دائرے کا نشان تھا، چوڑیوں پر تل کا نشان تھا۔ میں نے مسعود ہاشمی کو بتایا یہ شخص کسی اسٹیٹ کا ہیڈ ہے۔ اس کا ایک بچہ ابنارمل ہے اور اس کی موت باسٹھ سال کی عمر میں پانی میں ڈوبنے سے ہوگی۔

مسعود ہاشمی نے کہا لکھ کر دے دو۔ میں نے دے دیا۔ ٹھیک دو ماہ بعد مجھے پتہ چلا کہ وہ پرنٹ صدر پاکستان جنرل محمد ضیاء الحق کا تھا۔ وہ 17 اگست 1988ء کو بہاولپور میں دریا کے کنارے جاں بحق ہوگئے لیکن میں نے دو برس بعد یہی ہاتھ ایک جیتے جاگتے انسان کی کلائی سے منسلک دیکھا۔ وہی لکیریں، وہی ابھار اور وہی سائز۔ میں نے کہا آپ بھی اپنے والد کی طرح بہت اوپر جائیں گے۔ آپ کا تیسرا بچہ ابنارمل ہوگا اور آپ بھی اپنے والد کی طرح جان سے جائیں گے۔ اس ہاتھ کا نام اعجاز الحق تھا۔

نومبر 1989ء میں جب راجیو گاندھی نے لوک سبھا میں مڈٹرم الیکشن کا اعلان کیا تو اس کے ایک ساتھی نے کھڑے ہوکر کہا آپ کو معلوم ہے آپ نہیں جیت سکتے تو پھر آپ ہمیں کیوں مروا رہے ہیں۔ اسمبلی میں ان الفاظ سے ہنگامہ ہوگیا۔ دوسرے ارکان نے اس دعویٰ کی وجہ پوچھی تو اس نے کہا یہ بات بھی اسی پامسٹ نے کہی تھی جس نے پائلٹ راجیو گاندھی کو وزیراعظم بننے کی خوشخبری سنائی تھی۔ راجیو دوسری بار وزیراعظم نہیں بن سکتے۔ ان کی عمر بھی کچھ زیادہ لمبی نہیں۔ ارکان کے پوچھنے پر اس شخص نے لوک سبھا میں میرا نام لے لیا اور ساتھ ہی یہ بھی بتادیا کہ وہ پامسٹ آج کل پاکستان میں ہے۔ تھوڑی مدت کے بعد جب راجیو گاندھی قتل ہوگیا تو پاکستان

کے بعض خفیہ اداروں نے میری انکوائری شروع کر دی۔ یہ وہ تین ماہ میری زندگی کا بڑا پریشان کن دور تھا۔

اب آٹھ برس سے پاکستان میں ہوں۔اللہ تعالیٰ نے بڑی عزت دی۔اس ملک کا شاید ہی کوئی بڑا سیاستدان، بیوروکریٹ فوجی افسر یا سفارت کار ہوگا جس سے میری ملاقات نہ ہوئی جس نے میری ''سروس'' نہ لی ہو۔مزے میں ہوں، کتابیں پڑھتا رہتا ہوں لوگوں سے ملتا رہتا ہوں۔سارا دن مصروفیت میں گزر جاتا ہے لیکن جب رات ہوتی ہے تو جموں کا وہ درویش میرے سامنے کھڑا ہو جاتا ہے جو سارا دن مکھیاں اوڑھے تھڑے پر بیٹھا رہتا تھا اور ایک سہما سا شرمیلا لڑکا کھڑکی سے اسے دیکھتا رہتا تھا اور جموں کی ایک دوپہر کو جب وہ لڑکا ہمت کر کے اس کے سامنے کھڑا ہوا تو اس نے بیر بہوٹی جیسی آنکھوں سے گھور کر کہا، ''تو بھی دیکھے گا تو بھی''...اور اس کے بعد وہ لڑکا دیوانے کے الفاظ پلّے سے باندھ کر چلا آیا اور ایک عرصے تک ان الفاظ کی گرہ اس سے نہ کھل سکی......لیکن جب اس کی فگار انگلیاں کارگر ہونے لگیں تو انسانی مقدر، ریت بن کر اس کی مٹھی میں آ گیا جسے اس نے جس قدر سنبھالنے کی کوشش وہ اسی قدر گرفت سے سرکتا چلا گیا۔ اور اب جب کہ وہ موت کی دہلیز پر کھڑا ہے تو اس کی مٹھی بالکل خالی ہے اور وہ سوچتا ہے کاش دیوانے کا فرمایا ہوا اسی طرح اس کے پلو سے بندھا رہتا اور وہ آ گہی کے دکھ سے آزاد خاموشی سے زندگی گزارتا چلا جاتا، گزارتا چلا جاتا......لیکن وہ یہ بھی سوچتا ہے کہ کیا اس کائنات میں انسانی خواہش کی بھی اہمیت ہے؟

---XX---

(شمیم قریشی صاحب ۷ جولائی ۲۰۰۵ء کو انتقال فرما گئے۔میں نے ان کے انتقال پر روزنامہ جنگ میں جو کالم تحریر کیا میں یہ کالم بھی آپ کے سامنے پیش کرنا چاہتا ہوں۔جاوید چودھری)۔

## تھوڑی دیر بعد کوشش کیجئے گا

وہ ہمیشہ کپ خالی کرتے تھے۔ان کا کہنا تھا رزق الہام کی طرح ہوتا ہے۔اس سے منہ موڑنا گناہ ہے۔لہٰذا ان کے سامنے شربت کا گلاس رکھا جائے یا چائے کا کپ وہ ہمیشہ اسے

خالی کر کے اٹھتے تھے۔لیکن پانچ دن پہلے انہوں نے آدھا کپ چھوڑ دیا۔ میں نے ذرا دیر رکنے کی درخواست کی وہ مسکرا کر بولے بیٹا تھوڑی سی جلدی ہے آج معاف کر دو۔ میں نے عرض کیا''آپ کو ڈرائیور چھوڑ دے گا۔''وہ اٹھے اور کاغذوں کی فائل اٹھا کر بولے۔نہیں بیٹا ذرا سا تو سفر ہے میں پیدل جانا چاہتا ہوں۔میں خاموش ہو گیا۔وہ دفتر سے باہر نکلے۔میں ان کے پیچھے پیچھے باہر آیا۔انہوں نے گرم جوشی سے مصافحہ کیا اور پیدل چل پڑے۔باہر ہلکا ہلکا اندھیرا تھا۔وہ میرے سامنے چلتے چلتے اندھیرے میں گم ہو گئے۔اگلی شام میرا دل گھبرا رہا تھا میرا فون بجا۔پتہ نہیں کیوں مجھے محسوس ہوا کہ دوسری طرف بری خبر ہے۔وہی ہوا میں نے فون اٹھایا تو کسی صاحب نے اطلاع دی''شمیم صاحب رخصت ہو گئے ہیں۔''

شمیم قریشی صاحب ایک عجیب شخصیت تھے۔ وہ جموں میں پیدا ہوئے۔ان کے والدین میں علیحدگی ہو گئی ان کی والدہ انہیں سری نگر لے گئیں۔وہ کالج میں پڑھاتی تھیں۔ والدہ نے دوسری شادی کر لی۔انہیں کالج کی پرنسپل نے گود لے لیا۔وہ اپنے زمانے کی ایک مشہور خاتون تھیں۔ان کے گھر شیخ عبداللہ،فیض احمد فیض،ایم ڈی تاثیر اور نہرو کا آنا جانا تھا۔شمیم قریشی صاحب نے بچپن میں ان شخصیات سے میل ملاقات شروع کر دی۔پاکستان بنا تو وہ راول پنڈی آ گئے اور ایک مزدور کی حیثیت سے زندگی کا آغاز کیا۔ 1951ء میں وہ لیاقت باغ گئے ان کے ساتھ ایک پٹھان بیٹھا تھا۔یہ پٹھان سید اکبر تھا۔شمیم قریشی صاحب کے سامنے لیاقت علی خان نے جان جانِ آفرین کے حوالے کی اور ان کی آنکھوں کے سامنے پولیس نے سید اکبر کو ٹکڑے ٹکڑے کر دیا۔انہوں نے کوہ نور مل میں نوکری شروع کی۔وہاں ان کی ملاقات دنیا کے مشہور ترین پامسٹ میر بشیر سے ہوئی۔میر صاحب نے ان کا ہاتھ دیکھ کر بتایا انہیں اللہ تعالیٰ نے مستقبل جھانکنے کی صلاحیت سے نواز رکھا ہے۔میر بشیر نے انہیں پامسٹری سکھانا شروع کر دی۔اس دور میں انہوں نے ایک بچی کا ہاتھ دیکھ کر پیش گوئی کی کہ سولہ سال کی عمر میں اس کی جنس بدل جائے گی۔وہ بچی بڑی ہو کر لڑکا بن گئی۔ان کی اس پیش گوئی نے پامسٹری کی دنیا میں تہلکہ مچا دیا۔وہ 1984ء میں واپس سری نگر چلے گئے۔ 1965ء میں جنگ شروع ہو گئی اور وہ بھارت میں پھنس کر رہ گئے۔وہ گھومتے پھرتے بنارس گئے۔وہاں غیر مرئی علوم کی ایک درس گاہ ہے۔یہ اس فیلڈ میں دنیا کی قدیم ترین درس گاہ ہے۔

وہ درس گاہ کے پنڈت سے ملے۔اس نے ان کا زائچہ بنایا اور انہیں اپنی درس گاہ میں داخلہ دے دیا۔وہ اس ادارے کی تاریخ میں پہلے مسلمان طالب علم تھے۔وہ دس سال تک اس ادارے سے وابستہ رہے۔انہوں نے وہاں سے پامسٹری میں ایم۔اے کیا اور بعدازاں وہاں طالب علموں کو تعلیم دینے لگے۔اس دوران ان کا رابطہ اندرا گاندھی سے ہوا اور وہ وزیراعظم ہاؤس آنے جانے لگے۔انہوں نے اندرا گاندھی کے قتل،ان کے بیٹے سنجے کی حادثاتی موت اور راجیو گاندھی کے وزیراعظم بننے کی پیش گوئیاں کی۔انہوں نے سری نگر میں شادی کی۔ان کے ہاں ایک بیٹی اور ایک بیٹا پیدا ہوئے۔وہ 1984ء میں پاکستان آ گئے۔راجیو گاندھی نے جب قبل از وقت الیکشن کرانے کا اعلان کیا تو لوک سبھا کے کسی ممبر نے ایوان میں شمیم قریشی صاحب کا ایک انٹرویو لہرا کر کہا،راجیو کی زندگی میں یہ الیکشن ہے ہی نہیں۔یوں لوک سبھا میں بحث چھڑ گئی۔وہاں کسی نے شمیم قریشی صاحب کے بارے میں پوچھا وہ آج کل کہاں ہیں؟ بتانے والے نے بتایا۔''پاکستان۔'' یہ خبر پاکستان پہنچی تو ان کی تلاش شروع ہوگئی۔وہ ان دنوں راول پنڈی میں تھے۔ایجنسیوں کے لوگ ان تک پہنچ گئے اور اس کے بعد ان کا زیادہ تر وقت ایوان اقتدار میں گزرنے لگا۔پاکستان کا شاید ہی کوئی اہم شخص ہو جس نے ان کے سامنے ہاتھ نہ پھیلائے ہوں۔اس اہمیت کے باوجود انہوں نے درویشی ترک نہ کی۔ان کے پاس کوئی گھر نہ تھا وہ لاہور اور راول پنڈی میں اپنے عزیزوں کے پاس رہتے تھے۔کسی سے ایک پائی طلب نہیں کرتے تھے۔اگر کوئی دے دیتا تو وہ یہ رقم یتیم بچیوں کی شادیوں پر خرچ کر دیتے۔میرے ساتھ ان کا دس سال سے تعلق تھا۔وہ اچانک غائب ہو جاتے اور پھر کسی روز گھر کی گھنٹی بجتی اور وہ مسکراتے مسکراتے اندر داخل ہوئے۔ بیٹا میں ادھر سے گزر رہا تھا سوچا تمہیں سلام کرتا چلوں۔

اپریل 2005ء میں مظفرآباد سے سری نگر کے لیے پہلی بس روانہ ہوئی تو وہ اس میں سوار تھے۔سری نگر میں کشمیر اور بھارتی میڈیا نے ان کا بھرپور سواگت کیا۔ٹیلی ویژن چینلوں پر ان کے لائیو پروگرام چلے۔درجنوں اخبارات نے ان کے انٹرویو کیے۔انہوں نے میڈیا کی مدد سے اپنے بچے تلاش کیے اور ان سے لپٹ کر دیر تک روتے رہے۔پاکستان واپس آئے مجھ سے ملے اور جذبات سے تمتماتی آواز میں بولے''میں نے زندگی میں صرف دو خواہشیں کی

تھیں۔ایک میں آزاد کشمیر کے راستے مقبوضہ کشمیر جاؤں اور دوم، میں اپنے بچوں سے ملاقات کرسکوں۔میری دونوں خواہشیں پوری ہوگئیں۔'' وہ ان دنوں ہر دوسرے دن مجھے ملتے تھے اور بار بار کہتے تھے مقبوضہ کشمیر کی کشمیری قیادت پاکستان کو دھوکا دے رہی ہے۔ یہ سب ''را'' کے جاسوس ہیں۔ہمیں ان سے ہوشیار رہنا چاہیے۔میں ان کے احترام میں خاموش رہتا تھا۔وہ 6 جولائی کو میرے پاس سے اٹھے اور 7 جولائی کی شام واپس آنے کا وعدہ کیا لیکن ۷ جولائی کی شام ان کی بجائے ان کے انتقال کا پیغام آ گیا۔

شمیم قریشی صاحب کی عجیب عادت تھی وہ چوبیس گھنٹے اپنا موبائل آن رکھتے تھے۔وہ کہا کرتے تھے فون بند رکھنا تکبر کی نشانی ہے۔آپ فون بند کر کے دوسروں کو یہ پیغام دیتے ہیں تم سے زیادہ اہم ہوں۔ یہ بات اللہ کو اچھی نہیں لگتی۔لہٰذا میں نے جب بھی فون کیا مجھے دوسری طرف سے السلام وعلیکم بیٹا کی آواز آئی۔8 جولائی کو ان کا جنازہ تھا۔میں نے غیر ارادی طور پر ان کا نمبر ڈائل کیا۔ان کے نمبر سے وہ آواز سنائی دی جو اکثر لوگوں کے نمبروں سے آتی ہے۔ آپ کا مطلوبہ نمبر فی الحال بند ہے آپ تھوڑی دیر بعد کوشش کیجئے گا۔میں نے سوچا تھوڑی دیر میں نے سر نفی میں ہلایا اور اپنے آپ سے کہا نہیں.... یہ تھوڑی دیر حشر کے روز تک پھیلی ہے۔ اس تھوڑی دیر کو ختم ہونے کے لیے نہ جانے کتنے ہزاروں سال درکار ہوں گے۔

❑❑❑

ماخذ: گئے دنوں کے سورج، جاوید چودھری، اپریل ۲۰۰۷ء

**حاشیہ:**

[ا]۔درست نام کشمیری لال ذاکر۔ ہندوستان کے معروف افسانہ نگار، 125 کتابوں کے مصنف، 7 اپریل 1919ء کو گجرات، پاکستان میں پیدا ہوئے۔ان دنوں چندی گڑھ میں قیام پذیر ہیں۔

# ہم جنوں کی دنیا میں رہتے ہیں

جاوید چودھری

جن کون ہیں، یہ ہیں بھی یا نہیں، اور اگر یہ ہیں تو یہ کہاں رہتے ہیں۔ یہ وہ سوال ہیں جو اکثر ہمارے ذہنوں پر دستک دیتے رہتے ہیں۔ یہ سوال میرے ذہن میں بھی اُٹھتے رہتے ہیں۔ میں ان سوالوں کے جواب تلاش کرنے نکلا تو میں حیرت کی ایسی دنیا میں چلا گیا جس نے مجھے مزید الجھا دیا۔ میں اس خواہش کی تمام اُلجھنیں آپ کے حوالے کر رہا ہوں کہ شاید آپ میں سے کوئی شخص آگے بڑھے۔ اس موضوع پر مزید تحقیق کرے اور ہزاروں لاکھوں برسوں کے ان سلگتے سوالوں کی آگ بجھا دے۔

اور پھر تخلیق کا مرحلہ آ گیا تو رب العزت نے آگ جلائی۔ یہ بڑا سا الاؤ جس کے شعلوں کی کوئی حد نہ تھی اور جس کی تپش قرب و جوار کی ہر چیز کو پگھلا رہی تھی۔ پھر اذن خداوندی ہوا اور اس آگ کے نور سے ملائکہ تخلیق پا گئے۔ اوپر اٹھتے شعلوں سے جنات بنا دیئے گئے۔ سیاہ دھوئیں کے مرغولے دیو بن گئے اور یوں کائنات پر تخلیق کا پہلا مرحلہ مکمل ہو گیا (عجائب القصص)

جنات کا پہلا جن مارج تھا۔ پھر اس کی بیوی مرجہ پیدا کی گئی۔ وہ دونوں قریب آئے تو پہلے حمل سے ایک لڑکا اور ایک لڑکی پیدا ہوئے۔ پھر حمل ٹھہرا تو ایک لڑکا اور ایک لڑکی پیدا ہوئے۔ یوں ہر ملاپ سے ایک جوڑا پیدا ہوتا چلا گیا۔ یہاں تک کہ ان کی تعداد ۷۰ ہزار تک جا پہنچی۔ اس وقت اللہ تعالیٰ نے ان پر عائلی قانون نافذ کر دیا۔ نر اور مادہ کے جوڑے بنا دیئے گئے۔ انہیں عقد کے بندھن میں باندھ دیا گیا اور وہ خاندان، گروہوں اور قبیلوں میں بٹنے لگے۔ پھر ایک وقت آیا جب ان کی نسل کا کوئی شمار و قطار نہ رہا تو اللہ تعالیٰ نے انہیں رتبوں کے لحاظ سے

زمین، ہوا اور آسمان پر آباد کیا۔ جو زمین پر آئے وہ جلد شریر ہو گئے۔ کفر و شرک کو اپنا شعار بنایا اور قتل و غارت گری کو پیشہ۔ اور جو ہوا میں تھے ان میں سے کچھ شریر تھے اور کچھ اللہ تعالیٰ کے اطاعت گزار۔ جب کہ آسمان پر آباد ہونے والے فوراً ذکر الٰہی میں ڈوب گئے اور فکر یزداں میں بھیگ گئے......یہی اللہ تعالیٰ کے مقرب بندے تھے......اور انہی میں سے ایک عزازیل (شیطان) بھی تھا جس نے بنو الجان کی لڑکی سے شادی کی تو اسے اللہ تعالیٰ نے کثرت اولاد سے نوازا۔ اس کے ہزاروں بیٹے اور ہزاروں بیٹیاں تھیں۔ وہ رب العزت کے اس انعام کا حق دار بھی تھا کیونکہ اس کی پلکیں ہر لمحہ عبادت و ریاضت سے بوجھل اور ہونٹ ذکر الٰہی سے لرزیدہ رہتے تھے۔ اور جب اللہ تعالیٰ نے ایک ہزار برس کی عبادت کے بعد اس کا درجہ بلند کیا اور وہ دوسرے آسمان پر آ ٹھہرا تو اس نے مزید شدومد سے عبادت شروع کر دی۔ پھر ہزار برس بعد اس کے لیے تیسرے آسمان کے دروازے بھی وا ہو گئے تو اس کی گردن کثرت عبادت سے مزید جھک گئی اور پیشانی سجدوں کی تاریخ بن گئی۔ یوں اس کے درجے بلند ہوتے چلے گئے یہاں تک کہ اسے ساتویں آسمان پر قرب الٰہی نصیب ہو گیا (القدس والخلیل)۔

ایک روز زمین رب العزت کے حضور شکوہ کناں ہوئی۔ یا باری تعالیٰ یہ تم نے کس مخلوق کو میرے اوپر سوار کر دیا جس نے قتل و غارت گری کو اپنا شعار اور شر انگریزی کو عادت بنا رکھا ہے۔ جس نے میرے سینے میں تباہی و بربادی کا بیج بویا اور جو ہر روز اس بربادی کی فصل کاٹتی ہے تو اللہ تعالیٰ نے حضرت عامر بن عمیر بن الجان کو پیغمبر بنا کر قوم جن پر اتارا لیکن ان بدبختوں نے اقرار نبوت کے چند روز بعد ہی انہیں شہید کر دیا۔ پھر حضرت صاعق بن ماعق بن مارد بن الجان نبی بن کر اترے وہ بھی چند روز بعد ہی ان ''شیطانوں'' کی فتنہ پروری کا شکار ہو گئے۔ پھر اللہ تعالیٰ ہر برس ایک نبی اتارتا اور وہ چند روز بعد اسے قتل کر دیتے۔ یہاں تک کہ 8 سو برسوں میں 8 سو انبیا ان کے ہاتھوں شہید ہوئے تو اللہ تعالیٰ نے انہیں عذاب کی وعید سنائی۔ قہار نے اپنے قہار ہونے کا ثبوت دیا تو زمین پر جنات کی ایک وسیع آبادی صاف ہو گئی۔ جو چند صالحین بچے انہوں نے غاروں میں چھپ کر جان بچائی۔ پھر ایک صالح شخص کو حاکم مقرر کر دیا گیا اور 36 ہزار برس تک زمین پر امن و امان رہا لیکن جب ان کی تعداد دوبارہ بڑھ گئی تو انہوں نے اپنی پرانی روش اختیار کی۔ اللہ تعالیٰ نے پھر عذاب اتارا اور چند صالحین نے غاروں

میں چھپ کر جان بچائی اور ان پر بھی ایک صالح شخص کو حاکم مقرر کر دیا گیا پھر 36 ہزار برس تک زمین پر امن رہا لیکن......اور یہ عمل ایک لاکھ 24 برس تک جاری رہا لیکن جنات کی سرشت تبدیل نہ ہوئی۔آخر کار اللہ تعالیٰ نے ’’عزازیل‘‘ کو فرشتوں کی فوج کے ساتھ زمین پر بھیجا۔انہوں نے جنات اور دیوؤں کی بڑی تعداد کو قتل کر دیا۔ جو باقی بچے انہوں نے اللہ تعالیٰ کی اطاعت قبول کر لی۔(نصرت کعب احبار) آئمہ کرام اس دور کو حضرت آدم کی پیدائش کا دن قرار دیتے ہیں۔

عزازیل حضرت آدمؑ کو سجدہ نہ کرنے کی پاداش میں ’’ابلیس‘‘ بنا تو وہ اپنے 9 بیٹوں کو ساتھ لے کر زمین پر اتر آیا۔’’حیوٰۃ الحیوان‘‘ کے مطابق شیطان نے اپنے بیٹے ہفاف کو صحرا میں شر پھیلانے، لاقس اور ولہان کو نمازوں کے دوران وسوسے پیدا کرنے، زلنبور کو جھوٹی تعریف اور جھوٹی قسموں کے لیے اُکسانے، ہشر کو ماتم گریبان پھاڑنے اور سینہ کوبی کے لیے تیار کرنے، ابیض کو انبیاء کے دلوں میں وسوسے ڈالنے، اعور کو زنا کاری پر اُکسانے، واسم کو گھروں میں فساد ڈالنے اور مطوس کو افواہ سازی پر لگا دیا۔شیطان کے زمین پر اُترنے کے بعد جنات کو اپنے برادر بزرگ کی رہنمائی مل گئی۔وہ اس کے گرد جمع ہو گئے اس نے تمام جنات اپنے بیٹوں میں تقسیم کر دیئے۔یوں زمین پر شر، گمراہی اور سفلی طاقتوں کی تاریخ کا آغاز ہو گیا۔

شیطان نے سب سے پہلے بنی قابیل کے کچھ لوگوں کو جنات قابو کرنے کا عمل سکھایا۔انہوں نے چلہ کشی سے اس سرکش مخلوق پر قابو پالیا۔عامل اپنے ان جنات کے ذریعے غائب کے احوال جمع کرتے، دشمنوں کی کھیتیاں جلاتے، مال ومویشی مرواتے، بستیوں میں وبائیں پھیلاتے، لوگوں میں نفسانی خواہشات اُبھارتے، گروہوں اور خاندانوں میں غلط فہمیاں پیدا کر کے انہیں لڑاتے اور انبیاء کے خلاف عوامی رائے اُبھارتے۔یہ عامل اپنی ان طاقتوں کے ذریعے اس وقت معاشرے میں بڑے ممتاز تھے لہٰذا وہ مرنے سے قبل اپنے جنات اپنی آل اولاد میں تقسیم کر جاتے۔یوں وقت گزرنے کے ساتھ ساتھ سفلی علوم کے ماہرین کی ایک بڑی جماعت الگ ہوتی چلی گئی اور یہی لوگ بعد ازاں کاہن کہلائے۔

حضرت سلیمانؑ تک انسانی تاریخ جنات، دیو، بھوت اور چڑیلوں کی شر انگیزیوں سے بھری پڑی ہے۔یہ لوگ بلا روک ٹوک انسانی بستیوں میں داخل ہوتے اور تباہی و بربادی پھیلا کر چلے جاتے۔تیار کھیتیاں اجاڑ دیتے، مال مویشی مار دیتے، گھر کا ساز و سامان توڑ پھوڑ دیتے،

خوبصورت خواتین اور مردوں پر اپنا ''سایہ'' ڈال کر انہیں اپنا غلام بنا لیتے لیکن حضرت سلیمانؑ کی آمد کے فوراً بعد ان کی کارروائیوں میں کمی آ گئی کیونکہ اللہ تعالیٰ نے حضرت سلیمانؑ کو صرف انسانوں پر نبی نہیں بنایا تھا بلکہ جنات سمیت تمام مخلوقات پر حکمران بنا کر بھیجا تھا اور انہوں نے آتے ہی جنات، دیو، پری اور دوسری مخفی مخلوقات کے لیے حدود و قیود طے کر دیں جن کی خلاف ورزی پر ان کو کڑی سزائیں دی جاتی تھیں۔ ان سزاؤں میں سزائے موت، عمر قید، انسانی بستیوں سے ہمیشہ کے لیے جلاوطنی اور جسمانی اذیت بھی شامل تھیں۔ اگر تمام آسمانی کتب اور صحائف ربانی کا مطالعہ کیا جائے تو یہ بات ثابت ہوتی ہے کہ حضرت سلیمانؑ ہی انسانی تاریخ کے پہلے انسان تھے جو پہلی مرتبہ ان مخفی طاقتوں کو انسان کے زیر اطاعت لائے جب کہ ان سے قبل جن دیو اور چڑیلیں انسانی بستیوں کے لیے ہوّا ہوتی تھیں۔ حضرت سلیمان موقع بہ موقع انسانی طاقتوں کا مظاہرہ کر کے جنات کا اعتماد توڑتے اور انہیں ان کی حیثیت کا احساس دلاتے رہتے تھے۔ اس ضمن میں ملکہ بلقیس کا واقعہ بطور مثال پیش کیا جا سکتا ہے۔ سورۃ نمل کے مطابق جب حضرت سلیمان نے سبا کی ملکہ بلقیس کا تخت منگوانے کی خواہش ظاہر کی تو آپ کے دربار میں بیٹھے دیو/جن ''راکھشس'' نے کہا میں دربار برخاست ہونے سے قبل آپ کے حضور پیش کر سکتا ہوں لیکن حضرت سلیمان کے وزیر آصف بن برخیا جو انسان (بعض مفسرین انہیں آپؑ کا چچازاد بھائی قرار دیتے ہیں) اور اسم اعظم کے ماہر تھے، نے اپنی روحانی طاقت سے پلک جھپکنے سے قبل تخت حاضر کر دیا۔ جنات پر حضرت سلیمانؑ کے دبدبے کا یہ عالم ہے کہ آج بھی اگر کسی ویران جگہ پر کوئی مخفی مخلوق کسی شخص کو گھیر لے اور وہ حضرت سلیمانؑ کو آواز دے تو وہ بھاگ کھڑی ہوتی ہے۔

کاہنیت کو باقاعدہ پیشے کی شکل مصریوں نے دی۔ دریائے نیل کی وادیوں میں انسانی ہنگاموں سے دور ویرانوں میں کاہنوں کے معبد ہوتے تھے جہاں دور دور سے غرض مند آتے اور کاہن اپنے جنات سے ان کا احوال سن کر بیان کر دیتے اور خوب جی بھر کر سونا چاندی لوٹتے۔ یہ کاہن زر کثیر کے عوض اپنے زائرین کے تمام جائز و ناجائز کام بھی کرتے تھے جن میں دشمن کی نسل کشی، مالی بربادی اور قتل تک شامل ہوتا تھا۔ مصری معاشرے میں کاہنوں کی اہمیت کا اندازہ اس امر سے بخوبی لگایا جا سکتا ہے کہ مصری خاندان اپنے کاہنوں سے پہچانے جاتے تھے۔ جس کا کاہن مضبوط با اصول اور زیادہ روحانی اثر و رسوخ والا ہوتا اس کی معاشرے میں بڑی توقیر ہوتی۔ لوگ

اپنی امارت ظاہر کرنے کے لیے ایک سے زائد کاہنوں سے بھی ربط جوڑتے تھے جبکہ بعض کتب میں آیا ہے کہ قدیم مصر کے شاہی خاندان کے بعض افراد کے پاس پانچ پانچ سو کاہن تھے۔اس دور میں اگر کوئی کاہن مرجاتا تو اس سے وابستہ تمام خاندانوں میں صف ماتم بچھ جاتی کیونکہ انہیں یقین ہوتا کہ جوں ہی اس واقعہ کی خبران کے دشمن کو ہوگی اس کا کاہن ان پر حملہ کردے گا۔لہٰذا کسی کاہن کی بیماری یا بڑھاپے کی صورت میں اس کے ''گاہک'' احتیاطاً دوسرے کاہن کا بندوبست کرلیتے تاکہ اس کاہن کی موت کی صورت میں دوسرا فوراً اس کی جگہ لے لے۔رہی کاہنوں کی بات تو جس کاہن کے پاس زیادہ جنات دیو، بدروحیں اور چڑیلیں ہوتیں وہ اعلیٰ اور بلند مرتبت کاہن سمجھا جاتا۔خود فرعون بھی اپنے درباری کاہنوں کے سامنے اس قدر لاچار تھا کہ ان کی اجازت کے بغیر کوئی فرمان جاری نہیں کرتا تھا۔

اہل یونان اور بابل کے کاہنوں نے جنات قابو کرنے کا طریقہ مصریوں سے سیکھا اور اس میں علم نجوم، قیافہ اور دست شناسی شامل کرکے اسے دوآتشہ بنادیا۔اہل بابل جنات کی تسخیر کا اقرار نہیں کرتے کیونکہ وہاں اسے برا سمجھا جاتا تھا لہٰذا وہ جنات کے ذریعے حاصل ہونے والی تمام تر معلومات کو علم نجوم اور دست شناسی کے کھاتے میں ڈال دیتے۔ان کے جنات اس قدر طاقتور تھے کہ وہ لوگوں کا مقدر تک پڑھ لیتے تھے اور کاہن زمین پر چند آڑھی ترچھی لکیریں کھینچ کر تمام کچا چٹھا بیان کردیتے۔ان کی اسی دسترس کے باعث اہل بابل پر عذاب اترا اور ان کی چھتیں بنیادوں پر الٹادی گئیں۔

عربی میں ہر نظر نہ آنے والی چیز کو جن کہا جاتا ہے اسی لیے نظر نہ آنے کی خصوصیت کے باعث بہشت کو ''جنت'' کا نام دیا گیا۔اہل عرب نے تسخیر جنات کا قاعدہ دجلہ و فرات کے کاہنوں سے سیکھا اور شروع شروع میں یہ بھی ان سے وہی کام لیتے تھے جو دیگر اقوام کے کاہن لیتے لیکن جنات کی ماورائی طاقت سے متاثر ہوکر چند نسلوں کے بعد لوگوں نے ان کی باقاعدہ پرستش شروع کردی۔مقاتل کہتے ہیں عرب میں جنوں کی پرستش کا آغاز اہل یمن نے کیا جہاں ابتداً لوگوں نے سفر کے دوران بآواز بلند جنات کی پناہ لینا شروع کردی۔وہاں سے یہ عادت قبیلہ بنی حنیفہ تک پہنچی جس کے ایک گروہ نے اسے معمول بنالیا اور پھر کچھ ہی عرصے بعد پورے عرب میں جنوں کے نام کی نذر چڑھانے اور نیاز دینے کا رواج زور پکڑ گیا۔نبی اکرم ﷺ کی تشریف آوری سے

قبل تو یہ صورتحال تھی کہ عرب میں دوران سفر جب کوئی خوفناک مقام آتا، آندھی طوفان یا بارش گھیر لیتی تو اہل قافلہ باآواز بلند کہتے ہم اس علاقے کے جنات کے سردار کی پناہ مانگتے ہیں، وہ آئے اور اپنے ماتحت جنوں سے ہمیں بچائے۔ عرب کے تمام لوگ نظر بد سے حفاظت اور جائز و ناجائز کاموں کی بجا آوری کے لیے جنات کے چڑھاوے چڑھاتے اور منتیں مانگتے۔ علامہ بیہقی کا کہنا ہے عرب جب نیا مکان بناتے، زمین خریدتے یا ان کے ہاتھ کوئی خزانہ لگتا تو وہ جنات کو خوش کرنے کے لیے جانوروں کی قربانی دیتے تھے۔ عربوں کی ان حرکات کے باعث...... جنات اس قدر متکبر ہو گئے کہ وہ خود کو انسانوں کا بھی سردار سمجھنے لگے اور ان سے وہی سلوک کرنے لگے جو حقیر مخلوقات سے کیا جاتا ہے۔

نبی اکرم ﷺ کی بعثت سے قبل کاہنوں کے حکم پر جنات آسمانوں تک چلے جاتے تھے جہاں وہ فرشتوں کی گفتگو سن کر ان میں اپنی طرف سے مبالغہ شامل کرتے اور آکر اپنے آقاؤں کو بتا دیتے اور کاہن ان معلومات کی بناء پر پیش گوئی کر دیتے جن میں سے کچھ سچ ثابت ہوتیں اور کچھ غلط....لیکن جب نبی اکرم ﷺ پر پہلی وحی اتری تو آسمان کے گرد آگ کا ایک حصار کھینچ دیا گیا جسے عبور کرنا جنات کے بس کی بات نہیں تھی۔ اس روز جو بھی جن آسمان کی طرف بڑھا اسے چنگاریوں نے آگھیرا اور وہ زخمی ہو کر واپس زمین پر آگرا۔ اس حادثے نے جنات کی سلطنت میں کھلبلی مچادی۔ وہ سب بزرگ ابلیس کی طرف بھاگے تو اس نے کہا ہو نہ ہو ضرور زمین پر کوئی بڑا واقعہ پیش آیا ہے۔ تم پوری دنیا میں پھیل جاؤ اور اس کا کھوج لگاؤ (عبداللہ بن عباس، مسند احمد)۔ جنات حکم کے مطابق پوری زمین پر پھیل گئے لیکن بڑے عرصے تک انہیں کوئی سراغ نہیں ملا۔ اسی دوران جب نبی اکرم ﷺ اہل طائف کو دعوت اسلام دینے کے لیے نکلے تو راستے میں ''بطن نخلہ'' کے مقام پر رات بسر کی۔

صبح نماز فجر کے بعد آپ تلاوت قرآن مجید فرما رہے تھے تو وہاں سے جنات کے قبیلے نصیبین کے سات جنوں کا گزر ہوا۔ ائمہ کرام ان جنوں کا نام جساد، مہا، شاصرہ، ابن لارب، امین، اخضم اور آئے لکھتے ہیں۔ ان جنات نے نبی اکرم ﷺ کو دیکھا تو فوراً ایمان لے آئے (قرآن مجید کی سورۃ احقاف اور سورۃ جن میں اس واقعے کا تفصیل کے ساتھ ذکر ہے)۔ ان جنوں نے اپنے قبیلے میں واپس جا کر نبی اکرم ﷺ کا تذکرہ کیا اور دوسروں کو بھی ایمان لانے کی دعوت

دی۔اس واقعے کی تصدیق اس طرح بھی ہوتی ہے کہ ایک بار مکہ مکرمہ کے اندر درجون میں اور دو مرتبہ مدینہ کے میدان بقیع وغرقد میں (حضرت عبداللہؓ بن مسعود بھی آپ کے ہمراہ تھے) نبی اکرم ﷺ نے جنات کو درس وتدریس سے قبل حصار کھینچ کر انہیں اس میں بٹھا دیا۔ دوسری صبح حضرت عبداللہ بن مسعود نے میدان میں 70 اونٹوں کے بیٹھنے کے نشان دیکھے۔ایک بار نبی اکرم اچانک مفقود ہوگئے تو صحابہ کرام پریشان ہوگئے لیکن دوسری صبح آپ کو غار حرا کی طرف سے آتے ہوئے دیکھا گیا۔ ایک بار مکہ کے اونچے علاقے میں جنات سے ملاقات ہوئی۔ ایک بار مدینہ کے باہر (حضرت زبیرؓ آپ کے ساتھ تھے) اور آخری بار ایک سفر کے دوران جب حضرت بلالؓ بن حارث آپ کے ہمراہ تھے۔

بعثت رسول کے بعد جنات کی دنیا میں تین بڑی تبدیلیاں آئیں۔ایک ان کی مستقبل بیان کرنے کی صلاحیت ختم ہوگئی اور وہ گزرے ہوئے کل اور حال کی باتیں بیان کرنے تک محدود ہوگئے۔ دوسری بڑی تبدیلی یہ آئی کہ ان میں مسلمانوں کی ایک ایسی جماعت تیار ہوگئی جو نہ صرف دوسرے جنات کو نیکی کی تلقین کرتی تھی بلکہ صالح مسلمان انسانوں کو ان کے شر سے بھی محفوظ رکھتی اور تیسری تبدیلی خدا پر کامل یقین رکھنے اور نبی اکرم ﷺ کے عشق کی شمع اپنے سینے میں جلائے رکھنے والے تمام مسلمان ان سفلی طاقتوں کے شر سے ہمیشہ ہمیشہ کے لیے محفوظ ہوگئے۔......اور اب کسی بھی شخص پر کوئی سفلی، غیر مرئی یا ناری مخلوق حملہ کرے تو وہ کسی عامل کی مدد کے بغیر آیت الکرسی، چاروں قل، سورۃ جن یا سورۃ نمل کی تلاوت شروع کردے تو وہ فوراً اس سایہ بد سے محفوظ ہوجاتا ہے لیکن اگر ایمان ہی کمزور ہوتو......تو شاید کلام حق ساتھ نہیں دیتا۔

جناب مجید الحسن جنات کے موکلات اور روحانیت کے ماہر ہیں وہ اپنے عملی تجربے اور روحانی مشاہدے کی بنیاد پر جنات کے بارے میں کہتے ہیں:

غیر مرئی مخلوق کی چھ اقسام ہیں فرشتے، جنات، دیو، پری، چڑیل اور بھتنے، فرشتے نوری مخلوق ہیں لہٰذا وہ تو دائرہ بحث سے ہی باہر ہیں۔ رہی ناری مخلوق تو یہ قبیلوں کی شکل میں رہتی ہے۔ ہر قبیلے کا اپنا سردار اور بادشاہ ہوتا ہے۔ان کا کوئی سنٹرل نظام تو نہیں لیکن ان کی اپنی بیوروکریسی ضرور ہے۔ان کے بھی دفتر ہیں۔سیکرٹریٹ عدالتیں اور جیلیں ہیں۔ان کے بھی اسکول، کالج اور یونیورسٹیاں ہیں، ان میں بھی ہندو، عیسائی، یہودی اور کمیونسٹ ہیں۔ ان میں بھی غنڈے،

بدمعاش، نیک اور بد ہیں۔ان میں بھی طاقتور کمزور پر ظلم کرتا ہے۔مثلاً میرے پاس ایک جن تھا وہ ڈیڑھ برس غائب رہا۔میں نے بہت تلاش کرایا لیکن نہ ملا۔ایک دن میں نے مراقبہ کیا تو دیکھا اسے ایک چڑیل نے غار میں قید کر رکھا ہے۔

یہ لوگ اجاڑ، بیابان، کم آباد اور سرسبز وشاداب علاقوں میں رہتے ہیں۔آپ نے اکثر ویرانوں میں دیکھا ہوگا کہ ایک جگہ بہت صاف ستھری ہے جیسے ابھی ابھی جھاڑ و دیا گیا ہے اور یہاں گھاس کا ایک تنکا تک نہیں۔یہی ان کا ٹھکانہ ہے۔اس حد میں داخل ہونے، پیشاب کرنے یا تھوکنے والا پوری زندگی ان کے عذاب کا نشانہ بنا رہتا ہے۔یہ پھولوں کے تیز خوشبودار پودوں اور پکے پھلوں کے درختوں پر بھی ہوتے ہیں لہٰذا بھری دوپہر اور اندھیری راتوں میں ان درختوں کے قریب جانے والے ان کے دام میں پھنس جاتے ہیں۔ان کے ٹھکانے کی ایک بڑی نشانی خوف ہے۔آپ کو کسی جگہ پر اچانک خوف آ گھیرے اور اس جگہ سے ہٹنے کے بعد وہ خوف بتدریج کم ہو جائے تو سمجھ لیں وہ جنات کی جگہ تھی۔

اسلام آباد جنات کا ہیڈ کوارٹر ہے۔یہاں ہر گھر میں جن رہتے ہیں۔یہاں جنوں کی بستیاں ہیں۔ایک بری امام کی طرف۔وہاں نیک اور مسلم جن رہتے ہیں۔دوسری سریا چوک کی طرف جائیں تو قبرستان کے قریب یہاں بری چیزیں رہتی ہیں جو رات بارہ بجے کے بعد کتوں، بلیوں، سوروں اور پرندوں کی شکل میں باہر نکل آتی ہیں۔

تمام تر وبائیں چڑیلیں پھیلاتی ہیں۔ان میں املاصبین نامی چڑیل دوران حمل بچوں کو معذور بناتی ہے اور باقی عام زندگی میں ان گندی چڑیلوں کے جسم سے بدبو اٹھتی اور وائرس نکلتے ہیں جو فضا میں داخل ہو کر لوگوں کو مریض بناتے ہیں۔ایک بار میری بچی کو خارش ہوگئی۔میں نے بہت علاج کرایا لیکن بے سود۔مجبوراً میں نے عمل کیا تو میرے سامنے چڑیل آ گئی۔اس کا پورا جسم گلا ہوا تھا اور اس سے سرانڈ آتی تھی۔میرے پوچھنے پر کہنے لگی ''تم میرا کچھ نہیں بگاڑ سکتے۔'' میں نے اپنی طاقتوں کو حاضر کیا تو انہوں نے بتایا کہ تم واقعی اس کا کچھ نہیں بگاڑ سکتے کیونکہ یہ امر بی سے شہر میں آئی ہے۔بہر حال میں نے دیکھا وہ جس علاقے سے گزرتی وائرس پھیلاتی چلی جاتی اور اس علاقے کے تمام لوگ خارش کے مریض ہوتے چلے جاتے۔وہ چھ ماہ تک یہاں رہی۔

کائنات میں ایسی چڑیلیں بھی ہیں جن کے جسم سے ریچھ جیسی بو اٹھتی ہے۔یہ جہاں سے گزرتی

ہیں وہاں سانس کی بیماریاں پھیلاتی جاتی ہیں۔

ہر پانچ چھ برس بعد قدرت ایک مخصوص مخلوق کو چند گھنٹوں کے لیے آزاد کرتی ہے تو یہ چنگھاڑتے ہوئے شہروں کی طرف بھاگتے ہیں جس کے بعد بڑی تیز آندھی آتی ہے، درخت جڑوں سے اکھڑ جاتے ہیں، کھڑکیوں کے شیشے ٹوٹ جاتے ہیں، پول الٹ جاتے ہیں اور زندگی کا سارا نظام درہم برہم ہو جاتا ہے۔اس مخلوق کی واحد نشانی تیز سیٹی کی آواز ہے جو آندھی کے ساتھ ساتھ پورے شہر میں سنائی دیتی ہے۔اس سیٹی اور آندھی میں ایک خوف ہوتا ہے جسے ہر شخص محسوس کرتا ہے۔ میں نے اس مخلوق کو اکثر دیکھا۔ یہ ہوا میں بازو چلاتے ہوئے آتی ہے اور تباہی پھیلا کر واپس چلی جاتی ہے، اب پتہ نہیں کہ اس میں اللہ تعالیٰ کی کیا حکمت ہے۔

جنات کی شکلیں بالکل انسانوں کی طرح ہوتی ہیں۔ یہ عام آدمی کو نظر نہیں آتے لیکن یہ جب چاہیں کسی بھی شکل میں ظاہر ہو سکتے ہیں۔ جنہیں ہم پہچان نہیں سکتے اس ضمن میں نبی اکرم ﷺ کا فرمان ہے۔ جنات تین حالتوں میں رہتے ہیں، حشرات الارض کی شکل میں ہوا میں ہوا کی طرح اور زمین پر بنی نوع انسان کی شکل میں۔ان کی عمریں بہت طویل ہوتی ہیں۔میرے پاس ایک جن آیا۔اس کی عمر پندرہ سو سال سے زائد تھی اور اسے نبی اکرم ﷺ کی زیارت کا شرف حاصل تھا۔ ان کی تعداد انسانوں سے زیادہ ہے اور یہ دنیا کے تمام خطوں میں پائے جاتے ہیں۔ان کی عادات اور معیار بھی انسانوں جیسے ہوتے ہیں۔شہروں کے جن پڑھے لکھے اور سمجھدار ہوتے ہیں۔ جبکہ دیہات، صحرا اور ویرانوں کے ان پڑھ گنوار، میرے پاس جرمنی سے ایک جن آیا۔ بڑا دانش ور اور سائنسی علوم کا ماہر جن تھا۔ مجھے اس سے گفتگو کرتے وقت بڑی دقت ہوئی۔

ان کی خوراک انسانوں جیسی ہوتی ہے۔ یہ لوگ اپنی الگ کاشت کاری، باغ بانی اور کیٹل فارمنگ کرتے ہیں۔ بعض شریر جن انسانوں کی چیزیں بھی چرا کر کھا جاتے ہیں لیکن ان کے معاشرے میں اس حرکت کو بہت برا تصور کیا جاتا ہے۔ دلچسپ بات یہ ہے کہ جو عامل جن قابو کرتا ہے، اس جن کے نان نفقے کی ذمہ داری اس کے کندھے پر آ پڑتی ہے اور وہ سائل سے حاصل ہونے والی رقم سے جن کو بھی کمیشن دیتا ہے۔ یہ جنات انسانی شکل میں بازاروں سے خریداری بھی کرتے ہیں۔

ہر جن کا ایک کوڈ ورڈ ہوتا ہے۔ یہ ایک لفظ بھی ہو سکتا ہے اور الفاظ کا مجموعہ بھی۔ عامل

جن قابو کرنے کے لیے مخصوص وقت مخصوص جگہ پر یہ مخصوص کوڈ ورڈ مخصوص تعداد میں دہراتا ہے۔ ایک تواتر سے یہ عمل کرنے سے جن عامل کے قبضے میں آجاتا ہے تاہم اس دوران اس عامل کی جان کو بہت خطرہ ہوتا ہے۔ اگر اس کے پیچھے اس کا استاد نہ ہو تو معمولی سی غلطی سے وہ جان سے جاتا ہے یا پاگل ہو جاتا ہے مثلاً ایک جنّی ''توت بتوتی'' ہے جب بھی کوئی اسے قابو کرنے کی کوشش کرتا ہے تو وہ اس کے سامنے بندے تیل میں بھون کر کھانا شروع کر دیتی ہے، اس دوران اگر عامل ڈر جائے تو یہ اسے فوراً مار دیتی ہے۔

جنوں کے پاس ریڈیائی طاقت ہوتی ہے۔ یہ سارے کام اسی سے لیتے ہیں۔ بہت تیز پرواز کرتے ہیں اور چند ہی سیکنڈ میں مطلوبہ معلومات لے آتے ہیں۔ میرے پاس ایک دیو ''کرتاس'' ہے، وہ چند سیکنڈ میں جہلم سے ایک بدمعاش جن کو پکڑ کر میرے پاس لے آیا۔ یہ ریڈیائی لہروں سے ایک دوسرے سے لڑتے ہیں۔ طاقتور جن کمزور جن کو جلا کر بھسم کر دیتا ہے۔ اسی طاقت سے انسانوں کے دماغ پر اثر انداز ہوتے ہیں اور اسی کے ذریعے بیماریاں پھیلاتے ہیں۔ یہ علم غائب بالکل نہیں جانتے صرف حال اور گزرے کل کا احوال بیان کر سکتے ہیں۔

عامل ابتداً انہیں آنکھیں بند کر کے دماغ کی اسکرین پر دیکھتے ہیں لیکن جوں جوں ان کا مشاہدہ اور علم بڑھتا جاتا ہے توں توں وہ کھلی آنکھوں سے بھی انہیں دیکھ سکتے ہیں۔ یہ تین قسم کے لوگوں کو تنگ کرتے ہیں۔ ایک وہ جنہوں نے دانستہ یا نادانستہ ان کی ''پرائیویسی' خراب کی۔ دوسرے کمزور ایمان اور کمزور نفسیات کے لوگ اور تیسرے وہ خوبصورت مرد و زن جن پر ان کا دل آجائے کیونکہ جنات بیک وقت مادی اور غیر مادی خصوصیات کے باعث حس جمال بھی رکھتے ہیں لہٰذا وہ پوری طرح ان جذبات سے عاری نہیں جو انسانوں کا خاصہ ہیں۔

☐☐☐

ماخذ: گئے دنوں کے سورج، جاوید چودھری، اپریل ۲۰۰۷ء

# پروفیسر عبدالعزیز

## جاوید چودھری

پروفیسر عبدالعزیز ایک عجیب کردار تھا۔ میرے ایک دوست باطنی علوم میں دل چسپی رکھتے تھے۔ میں نے ان سے ایک مرتبہ کہا ''یار تم مجھے کسی مجذوب سے ملا سکتے ہو؟'' وہ اگلے دن ایک گندے اور پریشان حال شخص کو میرے پاس لے آیا۔ اس کے کپڑوں سے بدبو کے بھبکے اٹھ رہے تھے۔ میرے دوست نے مجھے بتایا۔ ''یہ آج کا مجذوب ہے۔'' میں نے اس مجذوب کے ساتھ گفتگو شروع کردی۔ یہ گفتگو دس گھنٹے چلتی رہی، گفتگو ختم ہوئی تو وہ شخص اٹھا، اس نے مجھے گلے سے لگایا، تھپکی دی اور چلا گیا۔ اس کے جانے کے بعد میرے بدن سے ایک عجیب سی خوشبو آنے لگی۔ آج اس بات کو گیارہ برس گزر چکے ہیں لیکن وہ خوشبو آج تک میرے جسم میں موجود ہے۔ میں جو کپڑا پہنتا ہوں وہ خوشبو اس میں منتقل ہو جاتی ہے۔ (پروفیسر صاحب اس کے بعد مجھے کبھی نہیں ملے)۔

---xx---

ہمارے اسکول میں ایک پرانا کنواں تھا۔

جس کے چبوترے پر برگد کی لمبی شاخیں اور گھنے پتے ہر وقت سایہ فگن رہتے تھے۔ پورے اسکول میں یہی جگہ میری واحد جائے اماں تھی۔ جوں ہی تفریح کا گھنٹہ بجتا، میں بھاگتا ہوا وہاں جاتا اور چھوٹی اینٹوں کے اس چبوترے پر پھیلی تنہائی، اداسی اور خاموشی سے جا لپٹتا۔ وہاں

ایک عجیب قسم کی میٹھی میٹھی خنکی ہوتی تھی۔جس میں روح کو چھو جانے والا احساس اور دماغ کو معطر کر دینے والی ٹھنڈک بھری ہوتی تھی۔سکون ہی سکون، اطمینان ہی اطمینان۔لوگوں کی نظروں میں وہ جگہ 'پکی' تھی لہذا بھوت پریت کے خوف سے ادھر آمد و رفت نہ ہونے کے برابر تھی۔انتظامیہ بھی اس کنویں کو اسکول کی پراپرٹی خیال نہیں کرتی تھی لہذا ابھی اس کے ارد گرد اُگی لمبی گھاس اور برگد کے سوکھے ہزاروں پتے بھی صاف کرنے کی کوشش نہیں کی گئی تھی۔یوں محسوس ہوتا تھا جیسے لوگ اس دارلامان کے وجود ہی سے لاتعلق ہیں۔لیکن میں ........ مجھے اس جگہ میں بڑی کشش محسوس ہوتی تھی۔روز جب تفریح ختم ہونے کا گھنٹہ بجتا تو میں وہاں سے کسی دیرینہ دوست سے بچھڑنے جیسا احساس لے کر اٹھتا اور پھر اگلے روز کا بڑی شدت سے انتظار کرنے لگتا۔چھٹی کے روز جب قرار نہ آتا تو میں باونڈری وال پھلانگ کر اسکول میں داخل ہو جاتا اور گھنٹوں کنویں کے چبوترے پر بیٹھا رہتا۔

ایک روز جب تفریح کا گھنٹہ بجا اور میں معمول کے مطابق کنویں پر آیا تو وہاں تین لوگ بیٹھے تھے۔میں انہیں دیکھ کر حیران رہ گیا کیونکہ پچھلے تین برس کے معمول میں پہلی مرتبہ میں نے وہاں اپنے علاوہ کسی اور کو دیکھا تھا۔ان میں دو مرد اور ایک عمر رسیدہ عورت تھی۔عورت کے چہرے کی تمکنت اور تنی ہوئی گردن اس کے 'خاص' ہونے نشان دہی کر رہی تھی جبکہ اس سے ذرا ہٹ کر کھڑے دونوں مردوں کی جھکی گردنیں اور پیٹ پر بندھے ہاتھ ظاہر کر رہے تھے کہ ان میں آقا اور غلام جیسا تعلق ہے۔میں چبوترے کے قریب آیا تو عورت نے آگے بڑھ کر میرے سر پر ہاتھ پھیرا، پھر میرے گالوں کو چھو کر بولی ''آؤ میرے بچے، ہم تمہارا ہی انتظار کر رہے تھے۔'' میں چھلانگ لگا کر چبوترے پر چڑھ گیا۔عورت مسکرائی اور سامنے اسکول کے گراؤنڈ کی طرف اشارہ کر کے کہا ''ان بچوں کو دیکھو۔'' میں نے غیر ارادی طور پر گراؤنڈ میں کھیلتے اپنے ہم مکتبوں پر نظر دوڑائی۔ ''تمہیں پتہ ہے یہ کون ہیں؟'' میں نے مڑ کر بوڑھی عورت کو دیکھا اور نفی میں سر ہلا دیا۔ ''ہوں.....یہ لاحاصل سفر کے محروم مسافر ہیں جو پوری زندگی سراب کے پیچھے پیچھے چلتے رہتے ہیں اور آخر میں جب شام ہوتی ہے تو ان کے پاس کچھ نہیں ہوتا۔پھر یہ تاسف کرتے ہیں، روتے پیٹتے ہیں لیکن گیا وقت واپس نہیں آتا۔'' میرے دماغ کی ساری کھڑکیاں کھلی تھیں لیکن اس بوڑھی عورت کا ایک بھی لفظ میرے پلے نہ پڑا۔میں ہونق بنا اسے دیکھتا رہا۔پر وہ میرے احساسات

سے لاتعلق بولتی چلی گئی۔ ''لیکن تم ان سے مختلف ہو۔تمہارا سفر رائیگاں نہیں جائے گا۔تم کانٹوں کے اس جنگل سے اپنے کپڑے اور جسم دونوں بچا کر نکلو گے۔'' مجھے ان الفاظ کی بھی بالکل سمجھ نہ آئی لیکن اس کے باوجود میں ایک سحر زدگی کے عالم میں ہمہ تن گوش رہا۔ پھر وہ پیچھے مڑی جہاں دونوں مرد تعظیم سے ہاتھ باندھے کھڑے تھے۔اس نے انہیں دیکھا اور پھر مجھے مخاطب کر کے کہنے لگی۔ ''یہ دونوں تمہارے استاد ہیں۔ یہ تمہیں زندگی کا درس دیں گے۔ابدی اور لازوال زندگی کا درس۔ ان کا احترام کرنا۔ان کے ہر مشورے کو حکم سمجھنا۔یہی تمہارے لیے بہتر ہوگا۔ یہ لوگ تمہیں گمراہی سے دور رکھیں گے۔ یہ تمہیں بھٹکنے نہیں دیں گے لیکن اگر تم نے ان کی حکم عدولی کی تو پھر تمہیں زمین پر عبرت کا نشان بنا دیا جائے گا۔ پوری دنیا کی حقارت ،نفرت اور ذلت جمع کر کے تمہاری جھولی میں ڈال دی جائے گی۔'' ........میں نے دیکھا اس وقت عورت کے چہرے پر کوئی انوکھی بات تھی۔ کوئی ٹھنڈا احساس، کوئی آگ میں جھلستا ہوا جذبہ جو اس کے چہرے سے اتر کر میری ہڈیوں میں سرایت کر گیا اور میں وہاں گر کر بے ہوش ہوگیا۔اب پتہ نہیں میں کب تک اس چبوترے پر بے سدھ پڑا رہا لیکن جب ہوش آیا تو میں اپنے گھر بستر پر پڑا تھا اور میری ماں میری پیشانی پر ٹھنڈے پانی کی پٹیاں رکھ رہی تھی۔

آٹھویں جماعت کے ایک ایسے کمزور سے لڑکے کے لیے جس کی زندگی درسی کتابوں تک محدود ہو یہ سب کچھ الف لیلیٰ کی کسی داستان سے کم نہیں تھا۔ وہ اسے بھی 'سوتے جاگتے' کا قصہ ہی سمجھ رہا تھا۔شہر یار کے کسی کردار کا خواب یا کسی قصہ گو کی داستان طرازی۔ اس لیے جب میں تین ماہ کی بیماری کاٹ کر دوبارہ اسکول پہنچا تو اسے ایک بھیانک خواب سمجھ کر بھول گیا۔ ہاں البتہ تفریح کے وقت کنویں کے پاس جانے کا معمول ترک کر کے میں نے اپنے ہم مکتبوں کے ساتھ فٹ بال کھیلنا شروع کر دی۔ یہ سلسلہ تین چار ماہ تک چلتا رہا۔لیکن ایک روز میرے ایک ساتھی نے فٹ بال کو زوردار کک لگائی اور وہ اچھل کر کنویں کے پاس چلی گئی۔ میں غیر ارادی طور پر اس کے پیچھے بھاگا لیکن جونہی چبوترے کے پاس پہنچا وہاں ان دونوں 'اتالیق' میں سے ایک بیٹھا ہوا تھا۔اس کو دیکھ کر میرا رنگ فق ہوگیا۔سانس گلے میں پھنس گئی اور جسم جیسے منجمد ہوگیا۔ وہ مجھے دیکھ کر مسکرایا اور کہا: ''دوستوں سے دوری اچھی بات نہیں۔ میں کل اس وقت یہاں تمہارا انتظار کروں گا۔ضرور آنا۔'' اور میں نے واپس دوڑ لگا دی۔ اگلے روز میں بڑا مصمم ارادہ کر کے

اسکول آیا کہ میں کنویں پر نہیں جاؤں گا لیکن جوں جوں تفریح کا وقت قریب آتا گیا، میرا ارادہ کمزور ہوتا چلا گیا۔ یہاں تک کہ گھنٹی کی آواز سنتے ہی میں کلاس روم سے سیدھا کنویں پر جا پہنچا۔''وہ'' وہاں موجود تھا۔اس نے آگے بڑھ کر میرا استقبال کیا۔پھر مجھے ساتھ بٹھا کر بولا:

''علم یہ نہیں جوان مدرسوں میں پڑھایا جاتا ہے۔علم وہ ہے جو انسان کی ذات میں چھپا ہوا ہے۔اس کا کھوج لگاؤ،اسے جگاؤ۔اندر کی روشنی باہر کی روشنی سے زیادہ طاقت ور ہوتی ہے۔ یہ ہمیں وہ سب کچھ بھی دکھا دیتی ہے جو باہر کی روشنی میں نظر نہیں آتا۔یقین نہیں آ رہا تو میں تمہیں اندر کی روشنی کا علم سکھاتا ہوں۔سنو! حضرت یونس چالیس برس تک مچھلی نہیں بلکہ مگر مچھ کے پیٹ میں رہے تھے۔مچھلی کا پیٹ ہی نہیں ہوتا۔وہاں تو ایک سیدھی آنت ہوتی ہے۔پیٹ تو مگر مچھ کا ہوتا ہے۔اور سنو۔حضرت آدم چکوال میں اتارے گئے تھے۔اس اونچی نیچی زمین کے اندر اس دور کے سارے آثار دفن ہیں۔ان آثار کو چار پانچ سو سال بعد آنے والے لوگ نکالیں گے۔یہاں اس شہر کے نیچے کئی شہر ہیں۔ان شہروں میں ہزاروں برس پہلے کے لوگ رہتے تھے۔وہ لوگ بڑے ظالم تھے، بے انصاف اور غصہ ور تھے۔جب وہ حد سے گزر رے تو ان پر اللہ تعالی کا عذاب اترا اور وہ اور ان کی بستیاں زمین میں دفن ہوگئیں۔پھر ان پر ریت اور مٹی کے ٹیلے آ ٹھہرے۔پھر ان پر جنگل اُگے،خوف ناک جانور اور حشرات الارض آ بسے۔پھر دور سے انسان آیا۔اسے یہ جگہ بھائی اور وہ یہاں اقامت پذیر ہوگیا۔یوں زمین دوبارہ آباد ہوگئی۔لیکن تم دیکھنا کبھی نہ کبھی اس زمین کے نیچے سے وہ پرانی بستیاں بھی ضرور نکلیں گی کیونکہ اللہ تعالی ہر نئے عذاب سے قبل انسان کے سامنے پرانے عذابوں کی مثال پیش کرتا ہے۔''

اور پھر تفریح ختم ہونے کا گھنٹہ بجا تو وہ فوراً خاموش ہوگیا۔میں اس سارے دورانیے میں اسے خاموشی سے دیکھتا رہا تھا۔بغیر آنکھ جھپکے، بغیر ہونٹ ہلائے اور وہ اپنی مقناطیسی آنکھیں میرے چہرے پر گاڑے بولتا رہا تھا۔اس کے لفظوں میں کوئی بات ضرور تھی۔شاید اسی لیے اس کا ہر لفظ میرے دل میں اترتا چلا گیا۔پھر اس نے میرے سر پر ہاتھ پھیرا اور کہا، ہاں اب تم جاؤ۔کل پھر یہیں ملیں گے۔

یوں میری تدریس کا سلسلہ شروع ہوگیا۔میں روز تفریح کے وقت کنویں پر آتا تو اس اجنبی کو اپنا منتظر پاتا۔ان دنوں اس نے مجھے بتایا، زمین پر پہلا درخت بیر کا تھا۔لوکاٹ، بیر اور

ادھر یک کے ملاپ سے بنا۔ لوکاٹ کا سب سے پہلا درخت کٹاس قلعہ میں راجہ نے لگوایا۔ شروع میں اس کا پھل کڑواہٹ کے باعث کھانے کے قابل نہیں تھا لیکن آہستہ آہستہ اس کی کڑواہٹ میں کمی آتی چلی گئی۔ پھر مجھے بتایا گیا، سانپ زمین کو زرخیز کرتے ہیں۔ جن زمینوں پر سانپوں کی بہتات ہوتی ہے وہ آنے والے وقتوں میں بڑی قیمتی ہوتی ہیں۔ وہاں بستیاں آباد ہوتی ہیں۔ وہاں رزق کی فراوانی ہوتی ہے۔ وہاں بڑی رونقیں ہوتی ہیں۔ پھر مجھے بتایا گیا جب بھیڑیں درختوں کے نیچے سے گزرتی ہیں تو ان کی گردنیں جھک جاتی ہیں۔ ان کی آنکھوں میں آنسو آجاتے ہیں۔ کیوں؟ کبھی تم نے سوچا؟ اس وقت انہیں اپنے لہو کی خوشبو آتی ہے۔ اس لہو کی خوشبو جس نے قصاب کی چھری پر چمکنا ہوتا ہے۔ اس لمحے انہیں اپنی موت کے وقت کا ادراک ہو جاتا ہے۔ تم دیکھنا عید قربان سے پہلے سارے جانور تمہیں مغموم ملیں گے۔ کیوں؟ اس لیے کہ انہیں اپنی موت کا علم ہوتا ہے۔ یہ حس انسان میں بھی تھی لیکن وہ اسے گم کر چکا ہے، سوائے چند لوگوں کے۔ پھر مجھے بتایا گیا جہاں مجذوبیت زیادہ ہوتی ہے وہاں زلزلے زیادہ آتے ہیں۔ جاپان مجذوبوں کا خطہ ہے، وہاں مجذوب بستے ہیں۔ لاتعلق، کھوئے ہوئے مگن مجذوب۔ اس لیے وہاں زمین ہر وقت کروٹیں بدلتی رہتی ہے۔ پھر مجھے بتایا گیا پانی میں جس جگہ زیادہ مرغابیاں بیٹھتی ہیں وہ ''چلوں'' کی جگہ ہوتی ہے۔ اس لیے صوفیا مرغابیوں کے شکار کے خلاف ہیں۔ تم زندگی بھر مرغابیوں کے شکاریوں میں سکون، اطمینان اور امن نہیں پاؤ گے۔ پھر مجھے بتایا گیا لفظوں کے بھی جسم ہوتے ہیں۔ جنہیں دیکھنے کے لیے بالغ النظر ہونا ضروری ہوتا ہے۔ مجھے بتایا گیا بانس اور برگد کا کوئی پھل نہیں ہوتا پھر یہ کیوں اگتے ہیں۔ پھگواڑہ میں کوئی قوت نہیں ہوتی پھر یہ کیوں پیدا ہوتا ہے؟ اس لیے کہ یہ زمین کی زکوۃ ہوتے ہیں۔ یہ نہ ہوں تو زمین پر کچھ نہ ہو۔ پھر مجھے بتایا گیا ہاروت اور ماروت کنویں میں الٹے نہیں لٹکے بلکہ وہ ''چلہ معکوس'' میں مگن ہیں کہ جس نے بھی وقت پر قابو پانا ہے اسے اسی طرح الٹا لٹکنا ہوگا۔

میں مڈل پاس کرکے چکوال کے ہائی اسکول میں داخل ہوگیا۔ وہاں پوری کلاس میں میرا کوئی دوست نہیں تھا۔ میں بالکل الگ تھلگ اور خاموش رہتا تھا۔ اسکول کا کام اور پڑھائی میں ٹھیک تھا اس لیے استاد بھی مجھ پر زیادہ دباؤ نہیں ڈالتے تھے۔ چھٹی کے بعد گھر آتا، کھانا کھانے کے بعد شہر سے باہر نکل جاتا۔ وہاں میرا ''اتالیق'' میرا انتظار کر رہا ہوتا۔ وہ میری انگلی پکڑتا اور

مجھے کسی ویران جگہ پر لے جاتا۔ پھر وہ مجھے پڑھانے لگتا۔ سب سے پہلے نصاب کی کتابیں کھول کر اسکول کا کام کراتا، سبق یاد کراتا، اگلے دن کا سبق پڑھاتا اور جب اس سے فارغ ہو جاتا تو پھر ''اندرونی'' علم سکھاتا۔ قرآن مجید کے واقعات، ان کا پس منظر، دوسری سماوی کتب میں ان کا ریفرنس، پھر دنیا کا کلاسیکی ادب۔ میں نے اس سے کئی مرتبہ پوچھا تم مجھے انگریزی، الجبرا، فزکس اور کیمسٹری کیوں پڑھاتے ہو، ان کا تو روحانیت سے کوئی تعلق نہیں ہے۔ تو وہ ہنس کر کہتا ہم یہ ثابت کرنا چاہتے ہیں تم زندگی کی محرومیوں سے تنگ آ کر ادھر نہیں آئے۔ تم ابو بن ادھم ہو جس کے پاس سب کچھ تھا لیکن اس نے جذب و مستی کی زندگی کا انتخاب کیا۔ تم نے مادی زندگی کی تمام خوشیاں چھونی ہیں۔ شان دار تعلیم، اعلیٰ عہدہ، عزت، شہرت، ناموری، گاڑی، بنگلہ، عورت، بچے، پیسہ، سب کچھ۔ تاکہ کوئی یہ نہ کہے تم کمزور تھے، تم نادار تھے، بے نام تھے، تم محروم تھے اور تم جاہل تھے اس لیے اللہ کی تلاش میں نکل کھڑے ہوئے۔

میں نے میٹرک کا امتحان دیا تو پہلی پوزیشن حاصل کی۔ ایف اے کیا تو اعزاز کے ساتھ، بی اے کیا تو وہ بھی اعلیٰ درجے میں۔ پھر ایم اے انگریزی میں بھی پوزیشن لی۔ اس کے بعد مجھے فوج میں اپلائی کرنے کا حکم دیا گیا۔ میں نے اپلائی کیا۔ بڑی آسانی سے میری سلیکشن ہو گئی۔ کاکول اکیڈمی سے فراغت کے بعد میری پوسٹنگ بلوچ رجمنٹ میں ہوئی۔ یہ نواب آف بہاول پور کی رجمنٹ تھی جو ون یونٹ کے بعد پاک آرمی میں 'مرج' ہو گئی۔ ان دنوں یہ رجمنٹ آزاد کشمیر میں تتہ پانی کے قریب کالا دیو کے جنگل میں تعینات تھی۔ اس وقت سیز فائر لائن کی صورت حال بہت خراب تھی۔ روزانہ بھارتی مورچوں سے آزاد کشمیر کی آبادیوں پر فائرنگ ہوتی تھی۔ جواباً ہم بھی اپنی توپوں کے منہ کھول دیتے جس سے کبھی کبھار تھوڑا بہت جانی نقصان بھی ہو جاتا۔ ایک رات بھارتی فوجیوں نے سیز فائر لائن کراس کی اور آزاد علاقے میں آ کر اپنی چوکی قائم کر دی۔ دوسرے روز جب ہمیں خبر ہوئی تو ہم نے جوابی تیاریاں شروع کر دیں۔ حالات بہت خطرناک صورت اختیار کر رہے تھے جس سے خدشہ تھا کہ کہیں یہ جھڑپیں پورے علاقے کو جنگی لپیٹ میں نہ لے لیں۔ اس شام میں ٹہلتا ٹہلتا دشمن کے علاقے میں چلا گیا۔ ادھر سے میرے پیروں میں فائرنگ کی گئی۔ تو میں نے ہاتھ اوپر اٹھائے اور تیزی سے بھارتی مورچوں کی طرف بڑھنے لگا۔ یہ دیکھ کر ایک ہندو میجر نے میگا فون پر مجھ سے پوچھا تم کون ہو؟ اور ادھر کیوں آ رہے ہو؟ میں نے

چیخ کر کہا میرا نام رام لعل ہے، میں بھارتی انٹیلی جنس میں آفیسر ہوں اور آفیشل ڈیوٹی پر پاکستان گیا تھا۔ اب دشمن کے قیمتی راز چرا کر لایا ہوں۔ یہ سن کر میجر مورچے سے باہر آیا اور میری تلاشی لے کر مجھے کیمپ میں لے گیا جہاں مجھے میس کے ایک کمرے میں بند کر دیا گیا۔ ساتھ ہی میری شناخت کے لیے دہلی پیغام بھیج دیا گیا۔ یہ ایک بہت خطرناک کھیل تھا جس میں میری جان جانے کا سو فیصد امکان تھا لیکن ایک غیر مرئی قوت میرے ساتھ تھی۔ اس وقت مجھے یہ محسوس ہوتا تھا جیسے یہ لوگ میرا بال بھی بیکا نہیں کر سکتے۔ شام کو مجھے ڈائننگ ہال میں لایا گیا۔ ہال ہندو آفیسرز سے بھرا ہوا تھا۔ مجھے بریگیڈ کمانڈر کے سامنے بٹھا دیا گیا۔ اس نے دیکھتے ہی میرا انٹرویو شروع کر دیا۔ اس کے لہجے سے یوں محسوس ہوا جیسے اسے میری اصلیت کا علم ہو چکا ہے۔ لہذا میں نے مزید جھوٹ بولنے یا رسک لینے کے بجائے نیپکن کھولتے ہوئے کہا، میرا نام کیپٹن عزیز ہے، نائنتھ عباسیہ بلوچ رجمنٹ سے تعلق رکھتا ہوں اور میں آپ لوگوں سے مذاکرات کے لیے آیا ہوں۔ میرے اس انکشاف سے جونیئر آفیسرز کے ہاتھوں سے چمچ پھسل کر پلیٹوں میں گر گئے اور وہ غصے میں اپنی نشستوں پر کھڑے ہو گئے۔ بریگیڈیئر نے ہاتھ کے اشارے سے انہیں بیٹھنے کا حکم دیا اور ساتھ ہی سالن کا ڈونگا میری طرف بڑھاتے ہوئے کہا، میرا نام بریگیڈیئر جسونت سنگھ ہے۔ تم سے مل کر بڑی خوشی ہوئی۔ کہاں کے رہنے والے ہو۔ میں نے ڈونگا پکڑتے ہوئے بڑے اطمینان سے کہا، چکوال۔ ہوں، بریگیڈیئر نے ہنکارہ بھرا اور کہا: پھر تو تم میرے گرائیں ہوئے، میں بھون کا رہنے والا تھا، تقسیم کے بعد ادھر آ گیا۔ اب چکوال کیسا ہے؟ اور پھر اس کے ساتھ ہی چکوال کی باتیں شروع ہو گئیں۔ بریگیڈیئر جسونت سنگھ اپنی جنم بھومی کے سلسلے میں بڑا جذباتی تھا۔ وہ تقریباً گھنٹہ بھر اپنے بچپن، اپنی اسکول لائف، پھر اپنے کیریئر کے ابتدائی دنوں اور اپنے پرانے دوستوں کی باتیں کرتا رہا۔ میں درمیان میں اسے ٹوک ٹوک کر نئی صورت حال کے بارے میں مطلع کرتا رہا۔ کھانے کے بعد ہم نے چائے پی۔ پھر وہ مجھے اپنے کمرے میں لے گیا۔ وہاں بھی یہی گپ شپ ہوئی۔ رات گئے جب ہم اصل ٹاپک پر آئے تو میں نے اسے سیز فائر لائن کی صورت حال، بھارتی قبضے اور اس کے نتائج کے بارے میں بڑی تفصیل سے بتایا۔ جس سے اس نے اتفاق کرتے ہوئے اپنے جوانوں کو پرانی پوزیشن پر واپس لانے کی یقین دہانی کرا دی۔ دوسرے دن مجھے باعزت طریقے سے واپس بھیج دیا گیا۔ میں اپنی یونٹ میں آیا تو مجھے فوراً گرفتار کر لیا گیا۔ پھر ایک لمبا ٹرائل ہوا جس

میں، میں نے ساری واردات کھول کر بیان کر دی۔ چند روز بعد جب بھارتی دستے پسپا ہو کر پرانی پوزیشنوں پر چلے گئے تو میرے سینئرز کو میری بات پر یقین آ گیا اور میری رپورٹ جی ایچ کیو کو بھیج دی گئی۔ جہاں سے 23 مارچ 1960ء کو میری پروموشن کا آرڈر آ گیا۔

کچھ عرصے بعد میں ایجوکیشن کور میں چلا گیا۔ پہلے مجھے کاکول اکیڈمی کیڈٹس کو پڑھانے کی ذمہ داری دی گئی لیکن جلد ہی میں وہاں سے سبک دوش ہو گیا کیونکہ میں نے لاء میں داخلہ لے لیا تھا، ایل ایل بی کیا، پھر سرکاری اخراجات پر بار ایٹ لاء کیا اور واپس ایجوکیشن کور میں آ گیا۔اب میرا تبادلہ اسٹاف اینڈ کمانڈ کالج کوئٹہ میں ہو گیا جہاں آفیسرز کو تعلیم دینا میری ذمہ داری ہو گئی۔اور ہاں، میں ایک بات بتانا بھول گیا۔فوج میں آنے سے پہلے میرے پہلے ''اتالیق'' کی ذمہ داریاں ختم ہو گئی تھیں اور اب اس کی جگہ دوسرے اتالیق نے لے لی۔ میں نے اس کی ہدایت پر مختلف وظائف پڑھنے شروع کر دیے۔ مجھے پہلے پہل اسماء الٰہی پڑھنے کے لیے دیے گئے، پھر مخصوص آیات قرآنی کی تلاوت کا حکم ہوا۔ پھر چلہ کشی کا مرحلہ آیا، پھر مراقبہ اور آخر میں نفس کشی کی مشقیں۔ میں جوں جوں ان مشکل مراحل سے گزرتا چلا گیا میری ذات میں روشنی سی اترتی چلی گئی۔اپنے آپ پر اعتماد اور اپنے رب پر یقین بڑھتا چلا گیا۔میرے لفظوں میں کشش اور میری آنکھوں میں تپش پیدا ہونے لگی۔

پھر مجھے کہا گیا موسیقی سیکھو۔ میں نے ہارمونیم، طبلہ اور ستار خرید لیا۔کوئٹہ میں موسیقی کے استاد تلاش کیے اور باقاعدہ سیکھنا شروع کر دیا۔ چند ہی ماہ کی محنت سے مجھے گانے اور بجانے میں مہارت حاصل ہو گئی۔ انہی دنوں پاک آرمی کے زیر انتظام کوئٹہ میں ایک خفیہ پروپیگنڈا ریڈیو اسٹیشن قائم کیا گیا۔اس کا نام کہکشاں رکھا گیا۔ مجھے اس کا انچارج بنا دیا گیا۔اس ریڈیو کی نشریات پہلے کوئٹہ اور بعد ازاں کراچی سے ریلے کی جاتی تھیں۔ میں نے اس ریڈیو سے گھونگھٹ، دامن اور روٹی کے نام سے تین قسط وار ڈرامے شروع کیے۔ یہ ڈرامے میں نے خود لکھے اور ان کے زیادہ تر کردار بھی میں نے خود ہی کیے جبکہ موسیقی اور گلوکاری بھی میری ہی تھی۔ بعد ازاں انہی ڈراموں کے اسکرپٹس پر فلمیں بنیں۔ ''گھونگھٹ'' کی کہانی خواجہ خورشید انور نے لے لی اور فیض احمد فیض نے اس کے لیے گانے لکھے۔اس فلم کی کامیابی پر ''دامن اور روٹی'' کو بھی فلمایا گیا۔ یہ فلمیں بھی بڑی ہٹ ہوئیں۔ ''گھونگھٹ'' فلم کی اوپننگ لال کباب والا کے قریب عصمت ٹاکیز میں میرے

ہی ہاتھوں ہوئی تھی۔ یہ فلم چھ ماہ میں مکمل ہوئی۔ انہی دنوں میں نے کہکشاں ریڈیو سے نیلام گھر شروع کر دیا۔ اس میں ہم ایسے سوالات منتخب کرتے تھے جس سے ہمارے دشمنوں کی آئیڈیالوجی کو نقصان پہنچتا تھا۔ یہ پروگرام بڑا مقبول ہوا۔ بڑی مدت بعد جب پاکستان میں ٹیلی وژن شروع ہوا تو طارق عزیز نے یہ پروگرام ٹی وی پر شروع کر دیا۔ یہ پروگرام طویل عرصے تک جاری رہا۔ انہی دنوں میں نے ہیر وارث شاہ سے فحش کلام خارج کر کے اسے دوبارہ شائع کیا۔ یہ کتاب آج بھی بازار میں پچھتر روپے میں دستیاب ہے جس پر بیرسٹر عزیز بار ایٹ لاء چھپا ہوا ہے۔ میں نے اسی عرصے میں اوم پرکاش کے فرضی نام سے قانون کی ایک کتاب ''چارٹر آف یو این او'' بھی لکھی۔ ایک ہندو جج بی جے ڈیسائی نے اس کا دیباچہ لکھا۔ یہ کتاب آج بھی پاکستان اور بھارت میں پڑھائی جاتی ہے۔

وہ میرے لیے معاشی آسودگی کا دور تھا۔ مجھے ''چہل ابدال'' سے بزرگوں کی وراثت سے بڑی بھاری رقم ملی تھی۔ اس سے میں نے کوئٹہ میں بڑا خوب صورت گھر بنایا۔ گاڑی خریدی۔ ہر وقت تھری پیس سوٹ میں ملبوس رہتا تھا۔ قیمتی ترین سگریٹ، نایاب خوشبو اور سونے کا ایش ٹرے استعمال کرتا تھا۔ بیوی تھی، بچے تھے، شہر میں عزت تھی، یار احباب کا ایک وسیع حلقہ تھا۔ مجھ سے اے کے بروہی جیسے لوگ بڑی محبت کرتے تھے۔ کمانڈ اینڈ اسٹاف کالج میں بڑی قدر تھی۔ شہر کی حسیناؤں میں بڑا نام تھا لیکن میں اندر سے بری طرح ڈرتا رہتا تھا کیونکہ میں تیزی سے اس حد کی طرف بڑھ رہا تھا جہاں سے میں نے پلٹنا تھا کیونکہ لوگ اب مجھے رشک بھری نظروں سے دیکھنے لگے تھے، مجھے مقدر کا سکندر سمجھنے لگے تھے۔ پھر ایک روز مجھے حکم دیا گیا، اب رقص سیکھو۔ انکار کی کسے تاب تھی۔ میں دوسرے روز کوئٹہ کے مشہور رقاص استاد صادق کے پاس پہنچ گیا۔ وہ مجھے چھ ماہ تک ٹریننگ دیتے رہے۔ جب میں ''گھا گھر بھرنے'' کا مشکل ترین رقص سیکھ گیا تو مجھے حکم دیا گیا اب رابرٹ مارکیٹ میں اسپتال کے سامنے رقص کرو۔ اگلے روز میں چوک میں کھڑا ہو کر ناچنے لگا۔ سینکڑوں لوگ جمع ہو گئے، ٹریفک رک گئی۔ لوگ حیران تھے کہ ان کے سامنے شہر کا معروف شخص پاگلوں کی طرح ننگے پاؤں ناچ رہا ہے۔ لیکن میں اس تمام تر جگ ہنسائی سے لاتعلق ناچتا رہا، ناچتا رہا۔ یہاں تک کہ میں ہوش سے بے گانہ ہو گیا۔ اس کے بعد مجھے کچھ علم نہیں عمر عزیز کہاں بسر ہوئی۔ کہاں کی خاک چھانی۔ کہاں کہاں رہا۔ بیچ میں ایک بار ہوش آیا تو خود کو کسی جیل

میں پایا۔کم زور اور لاغر تھا۔ شیو بڑھی ہوئی تھی۔بال پریشان تھے اور منہ سے رال ٹپک رہی تھی۔ چند لمحوں بعد دوبارہ ہوش وحواس سے بے گانہ ہوگیا۔بس ایک ہی حس کام کر رہی تھی اور وہ تھی ''اتالیق'' کے ہر حکم پر سر تسلیم خم کرنا۔ایک بار ہوش آیا تو میں ایک بڑے سے گٹر میں اس طرح الٹا لٹکا ہوا تھا کہ سر کے قریب سے شہر بھر کا بول و براز گزر رہا تھا۔تھوڑی دیر بعد پھر خرد کا دامن ہاتھ سے چھوٹ گیا۔فنا کے اس عالم میں مجھے کسی بھی حرکت پر کنٹرول نہ رہا تھا، میں شہر شہر خاک چھانتا رہتا تھا۔ جنگلوں میں مارا مارا پھرتا تھا۔دریاؤں کے کنارے پڑا رہتا تھا۔تن کے کپڑے تار ہوگئے۔ ڈاڑھی بڑھتے بڑھتے ناف تک پہنچ گئی۔سر کے بالوں نے پوری کمر ڈھانپ دی۔کبھی ہوش آیا تو خود کو کسی درگاہ پر پایا، کبھی کسی مزار پر۔کبھی کسی کے پاؤں میں پڑا ہوں، کبھی کسی سے پتھر کھا رہا ہوں۔یہاں تک کہ 1990ء آ گیا۔یہ 26 برس میرا جسم کھا گئے۔میرے ہوش، میرے ایٹی کیٹس کھا گئے۔ مجھے مجھ سے دور کر گئے۔لیکن میرے اندر ایک جہان تھا، نیا حیرت انگیز جہان۔ 1990ء میں جب مجھے شعور واپس دیا گیا تو میں راول پنڈی کے قریب فیض آباد کے قریب قبرستان میں پڑا تھا۔وہاں ایک میجر صادق ہوتا تھا۔اللہ تعالی نے اسے شفا کی خصوصیت دے رکھی تھی۔وہ پانی کے گلاس میں انگلیاں ڈبو کر جس مریض کو پلاتا تھا وہ صحت یاب ہوجاتا تھا۔ وہ مجھ پکڑ کر ساتھ لے گیا۔ مجھے کپڑے پہنائے، شیو کرائی، بال صاف کیے اور انسان بنایا۔میں بڑا عرصہ اس کے گھر پڑا رہا۔وہ میری بے تحاشا عزت کرتا تھا۔اس کے گھر آنے والے لوگ مجھے درویش سمجھ کر میرے پاس آ بیٹھتے۔صادق مجھے دعا کرنے پر مجبور کرتا، میں ہاتھ اٹھا دیتا۔اب پتہ نہیں کیوں اللہ تعالی میری بات کو قبولیت کی سند دے دیتا تھا۔لوگوں کے کام ہوجاتے تھے۔بہت جلد میری شہرت دور تک پھیل گئی۔لوگ میجر صادق کے گھر ٹوٹ پڑے تو اتنے لوگ دیکھ کر میرا دم گھٹنے لگا۔جسم میں عجیب قسم کی بے چینی پھیلنے لگی۔پھر میں ایک دن وہاں سے بھی فرار ہوگیا۔اب چکوال میرا ٹھکانہ تھا۔پورا شہر میرے لیے اجنبی ہو چکا تھا۔پرانے یار احباب سب بچھڑ چکے تھے۔ بچے مجھے پہچانتے تک نہیں تھے۔میں بسوں کے اڈے پر پڑا رہتا۔کوئی کچھ کھانے کے لیے دے دیتا تو کھا لیتا۔نہ دیتا تو ویسے ہی منہ لپیٹ کر پڑا رہتا۔وہاں بھی جلد ہی لوگوں کو خبر ہوگئی۔ایک ایسا شخص جو لوگوں کا شجرہ نسب اور ان کی آنے والی نسلوں کا احوال تک جانتا ہو، لوگ اسے کب چھوڑتے ہیں۔میرے آگے پیچھے لوگوں کا میلہ لگ گیا۔یہ ''شوشا'' میرے اتالیق کو پسند نہ آئی لہذا

اس نے میرا شعور دوبارہ واپس لے لیا۔ میں ایک بار پھر ہوش و حواس سے بے گانہ ہو گیا۔ مجھے یاد نہیں مجھے کن کن شہروں کن کن بستیوں میں گھمایا گیا۔ کس کس گندی نالی کا پانی پلایا گیا۔ کوڑے کے کن ڈھیروں سے رزق نکال کر مجھے کھلایا گیا۔ اس سفر کے دوران کبھی کبھی چند لمحوں کے لیے میرے دماغ میں روشنی کے جھناکے ہوتے تو میں کھلی آنکھوں سے اپنے گرد و پیش کو دیکھتا اور خود کو کسی کچرہ گھر میں الف ننگا پاتا۔ لیکن یہ تاثر چند لمحوں کا مرہون منت ہوتا۔ اس کے بعد دوبارہ ایک طویل اندھیرا مجھے آگھیرتا۔ پھر 1994ء میں مجھے ایک بار پھر شعور واپس دیا گیا۔

میری زندگی کا یہ 'فیز' قدرے بہتر ہے۔ مجھ پر زیادہ پابندیاں نہیں۔ میں دن میں ایک آدھ بار کھانا کھا سکتا ہوں۔ اپنے گرد و پیش پر نظر ڈال کر چیزوں کی شناخت کر سکتا ہوں۔ لوگوں کے چہرے، نام اور پتے کسی حد تک یاد کر سکتا ہوں۔ طالب علمی کے دور کی انگریزی نظمیں، دنیا کے مشہور مقدموں کی روداد اور آلات موسیقی کا استعمال یاد آ رہا ہے۔ انگریزی پر پرانی گرفت بھی آہستہ آہستہ بحال ہو رہی ہے۔ فلسفہ، منطق اور فکر کی ساری باتیں بھی احاطہ شعور کی طرف بڑھ رہی ہیں۔ گفتگو کرنے لگوں تو زبان اٹکتی نہیں۔ کسی موضوع پر لکھنا چاہوں تو ہاتھ رکتا نہیں۔ سوچنے لگوں تو سوچ کو ٹھوکر نہیں لگتی۔ لیکن دوستو! جب لوگوں کی پیشانیوں پر لکھا مقدر پڑھتا ہوں تو کوئی طاقت میری زبان پکڑ لیتی ہے۔ فقروں کا سارا تار پود ہل جاتا ہے۔ لفظوں کے سارے رشتے ٹوٹ جاتے ہیں اور سوچ کا سارا عمل بانجھ ہو جاتا ہے۔ میں اس وقت سب کچھ دیکھ رہا ہوتا ہوں لیکن کہہ نہیں سکتا۔ ایسا کیوں ہے؟ شاید قدرت اپنے راز افشا نہیں کرنا چاہتی۔ میں نے ایک بار اپنے اتالیق سے اس بارے میں پوچھا تو اس نے ہنس کر کہا ''تم خدا بننے کی کوشش مت کرو''۔ اور میں نے کانوں کو ہاتھ لگا کر اپنے رب سے معافی مانگ لی۔

اور اب یہاں کیا ہوگا۔ یہ سینہ کائنات کا ایک ایسا راز ہے جسے میں افشا نہیں کر سکتا۔ میں تو کیا کوئی بھی نہیں کر سکتا۔ جو کرے گا وہ تباہ ہو جائے گا۔ لیکن ہاں! میں آپ لوگوں کو ایک بات ضرور بتایا چلوں۔ وہ لوگ جن کی عمریں پچاس ساٹھ سال سے زائد ہیں وہ آسمان کی طرف دیکھ کر بتائیں۔ کبھی وہاں بڑے اور خوب صورت ستارے ہوا کرتے تھے اب وہ کہاں گئے؟ ہوا میں رنگ برنگے پرندے اڑا کرتے تھے۔ آپ نے پچھلے پچیس تیس برسوں میں وہ کیوں نہیں دیکھے؟ سڑکوں پر کیڑوں اور جانوروں کی بہتات ہوتی تھی اب کیوں نہیں؟ بارش کے بعد آسمان پر

''فلائنگ کائٹس'' اڑا کرتی تھیں۔اب وہ کیوں نظر نہیں آتیں؟ صبح کی خوب صورتی، دوپہر کی تپش اور شام کی رنگینی کہاں چلی گئی؟ ویرانوں میں اب کوندر (پانی مرانامی ایسا پودا جس میں سوررہتے ہیں) زیادہ کیوں پیدا ہوتا ہے؟ لوگو! یہ سب بے مقصدیت کی نشانی ہے۔ جب لوگوں کی زندگی صرف دن گزارنے تک محدود ہو جاتی ہے تو قدرت ان پر عذاب بھیجتی ہے۔ یہ سب عذاب سے پہلے کی نشانیاں ہیں۔

یہ آپ لوگوں کا المیہ ہے۔ بے خبر لوگوں کا المیہ۔ جو ''ٹچ سسٹم'' کی اس جدید سائنسی دنیا میں ہر اس ''واردات'' کو پاگل پن سمجھتے ہیں جس میں بجلی، تیل اور گیس صرف نہیں ہوتی۔ جو حواس خمسہ کی کسوٹی پر پوری نہ اترنے والی ہر حقیقت کو ابہام اور توا ہم سمجھتے ہیں۔ جو خدا کی تشکیل کردہ حقیقتوں کو اپنے بنائے معیارات پر پرکھتے ہیں۔ یہی وہ لوگ ہیں جو خسارے میں رہتے ہیں۔

جنہوں نے اپنی جانوں پر ظلم کیے۔ جو پوری زندگی اندھیرے میں بھٹکتے رہے۔ مجھے کسی بات پر حیرت نہیں ہوتی کیونکہ میں عالم حیرت سے گزرا ہوا ایک ایسا شخص ہوں جواب ''من تو شدی تو من شدی'' کے مقام پر کھڑا ہے۔ ہاں البتہ میرے دماغ میں ایک سوال ضرور چمکتا رہتا ہے کہ اے پروردگار، میں جن لوگوں میں زندگی گزار رہا تھا تم نے تیس برس کی تپسیا کے بعد مجھے دوبارہ انہی لوگوں میں کیوں لا پھینکا؟ کیوں؟ پھر جب کائنات کی قوتیں مجھے کوئی جواب نہیں دیتیں تو خود میرا دماغ بولتا ہے شاید مجھے اس لیے اس کرب سے گزرا گیا کہ میں دو ادوار کا تجزیہ کرسکوں۔ میں پچھلے اور آنے والے لوگوں کو دیکھ سکوں۔

❑❑❑

ماخذ: گئے دنوں کے سورج، جاوید چودھری، اپریل ۲۰۰۷ء

# میجر (ر) محمد صادق

## (المعروف دست شفا، پانی والے میجر)

## ڈاکٹر تصدق حسین

یہ 1957ء کی بات ہے کہ میں سینٹرل ایکسائز اینڈ لینڈ کسٹمز کے محکمے میں بھرتی ہو کر راول پنڈی میں اسسٹنٹ کلکٹر کے دفتر میں بطور ایل ڈی سی کام کر رہا تھا۔ ہمارے افسر اعلیٰ یعنی ''باس'' مسٹر ایچ این اختر تھے جو بعد میں کئی وزارتوں میں سیکرٹری بھی رہے اور پاکستان اسٹیل ملز، کراچی کے چیئرمین بھی۔ وہ درویش منش انسان تھے اور اردو شعر و ادب سے بھی لگاؤ تھا۔ ان کی شاعری کی ایک کتاب ''اعلانِ جنوں'' [ا] کے نام سے شائع ہوئی تھی، جو آپ نے ازراہِ لطف و کرم اپنے دستخطوں کے ساتھ مجھے عنایت کی تھی۔ قیام پاکستان کو ابھی دس برس ہی گزرے تھے اور حق نواز اختر صاحب جیسے دیانت دار اور محبّ وطن افسروں کی موجودگی اس نئے آزاد وطن کے لیے ایک نعمت عظمیٰ سے کم نہ تھی۔ ابھی دور حاضر والی لوٹ کھسوٹ کا آغاز نہیں ہوا تھا۔

دفتر میں چار پانچ نوجوان مزید تعلیم کے حصول کے لیے کوشاں تھے جن میں ملک ظہور احمد قادری صاحب، محمد اختر برلاس، نیاز حسین جنجوعہ، ملک کرم حسین، ملک غلام صفدر، عبدالرحیم اور راقم شامل تھے۔ نصابی کتب کے ساتھ ساتھ عام مطالعہ بھی ہم سب کے علمی ذوق وشوق کا حصہ بن گیا تھا۔ اردو اور انگریزی اخبارات کا باقاعدہ مطالعہ ضروری سمجھا جاتا تھا۔ روزنامہ کوہستان راول پنڈی (جو بعد ازاں لاہور اور ملتان سے بھی شائع ہونے لگا تھا) میرے زیر مطالعہ رہتا تھا۔ اس اخبار کے مدیر اعلیٰ نامور اور معروف ناول نگار نسیم حجازی صاحب تھے۔

حجازی صاحب سے آگے چل کر 1982ء میں اتنی قربت ملی کہ ان پر ہندو پاک میں پہلی کتاب ''نسیم حجازی، ایک مطالعہ'' بھی میں نے لکھی اور میرا ڈاکٹریٹ کا تحقیقی مقالہ بھی اُن کی حیات و ناول نگاری پر لکھا گیا تھا۔ روزنامہ کوہستان میں میری نظروں سے کسی میجر محمد صادق صاحب کے بارے میں خبریں گزرا کرتی تھیں کہ وہ مریضوں کو پانی دم کر کے دیتے ہیں یا پانی کی بوتل میں انگلی ڈبو کر دیتے ہیں تو مریض وہ پانی پینے سے تندرست ہو جاتا ہے۔ اس قسم کی اور بھی کئی باتیں اُس زمانے میں پڑھی ہوں گی لیکن نہ جانے کیوں یہ نام ذہن میں محفوظ ہو گیا تھا۔ میرا آبائی علاقہ جہلم اور چکوال بھی فوجی علاقہ تھا، میں بعدازاں راولپنڈی اور اسلام آباد میں کم و بیش پچیس تیس برس سے ملاقات بھی کر رہا تھا لیکن خواہش کے باوجود میری ملاقات میجر محمد صادق صاحب سے نہ ہو سکی۔ ایک دوبار ایسا بھی ہوا کہ ان کے ہم نام سے ملاقات ہو گئی اور پتا چلا کہ وہ تھے تو میجر محمد صادق مگر وہ ''دست شفا'' المعروف پانی والے میجر محمد صادق نہ تھے۔ ایسے موقعوں پر اصلی میجر محمد صادق صاحب سے ملنے کی خواہش بڑھتی گئی۔

پھر ایک روز 2002ء میں، میرے ایک مہربان اور کرم فرما کرنل (ر) محمد منور ملک اور میں نیشنل لائبریری آف پاکستان، اسلام آباد سے نکل رہے تھے کہ کرنل صاحب نے مجھ سے مخاطب ہو کر پوچھا: ''اب کہاں چلیں؟ بری امام یا میجر محمد صادق صاحب کے ہاں۔'' میں نے ایک لمحے کے توقف کے بغیر کہا:

''گاڑی روکیے۔ کون سے میجر محمد صادق؟'' کرنل صاحب نے مسکرا کر پوچھا۔

''آپ کون سے میجر صادق صاحب سے ملنا چاہتے ہیں؟'' میں نے بتایا تو ہنس پڑے اور بتایا کہ وہ میجر محمد صادق جن سے میں ملنے کا نصف صدی سے آرزومند تھا وہ اسلام آباد کے آئی۔ٹین سیکٹر میں رہائش پذیر ہیں اور کرنل منور مجھے ان سے ملوا سکتے ہیں۔ میں نے عرض کیا ''حضرت بری شاہ لطیفؒ سے معافی مانگ لیتے ہیں۔ وہاں پھر کسی وقت حاضری دے دیں گے۔ آج تو میجر صاحب کے پاس لے چلئے''۔ راستے بھر کرنل منور کیا باتیں کر رہے تھے مجھے اس کا بالکل ہوش نہ تھا۔ میں تو خیالات کی دنیا میں گم اس میجر محمد صادق کی تصویر بنا رہا تھا جن کو نہ کبھی دیکھا تھا نہ ان کی کوئی تصویر ذہن میں محفوظ تھی۔

ہم آئی۔10 / 4، مکان نمبر 911، اسٹریٹ نمبر 27 اسلام آباد پہنچے تو کرنل صاحب نے

دروازے پر دستک دی۔ دروازہ کھلا تو ایک معمر بزرگ سامنے کھڑے تھے۔کلین شیو، شلوار قمیض میں ملبوس، چہرے سے لگتا تھا کہ خطہ پوٹھوہار سے تعلق ہے۔ چہرے سے سادگی اور متانت ٹپک رہی تھی، آنکھوں میں شفقت و محبت کی ایسی چمک تھی کہ ملنے والوں کو کھینچ رہی تھی۔ کرنل منور صاحب سے غالباً صرف مصافحہ کیا اور مجھے گلے لگا لیا۔جتنی دیر میں گلے سے لگا رہا مجھے علاحدہ نہیں کیا۔ پھر کرنل صاحب سے مخاطب ہو کر فرمایا:

''آج لائے ہیں ناں آپ ہمارے کسی دوست کو ملوانے!''

میں تو پہلی ملاقات میں اس شفقت اور محبت کا تصور بھی نہ کر سکتا تھا۔ مجھے آب دیدہ دیکھ کر زیرِ لب مسکرائے اور اپنائیت کی ایک ایسی چادر اوڑھا دی تھی جس کی انجانی طمانیت کے طلسم سے میں بہت دیر تک نہ نکل سکا تھا۔ مجھ سے دو چار سوال تعارف کے طور پر پوچھے۔ پر تکلف چائے کا دور چلا۔ میں نے ''دست شفا'' کے آغاز کے بارے میں پوچھا تو سب سے پہلے مشرقی پاکستان میں اپنے قیام کے عرصے (57-1953) کا ذکر کیا۔ پھر جرمن ڈاکٹر کے ایچ فراسٹ کے بارے میں بتایا کہ ڈاکٹر فراسٹ کے پاس ان کی اس زمانے کی تصویر (وردی میں) موجود تھی جب وہ لیفٹیننٹ تھے۔ اور وہ اسی زمانے سے ان کی تلاش میں تھا۔ وہ خود Natural Sciences کا استاد تھا اور یورپ کی مختلف جامعات میں "Souls and Sages" کے موضوع پر لیکچر دیا کرتا تھا۔ اس کا دعویٰ تھا کہ وہ روحوں کو بلا کر ان سے ہم کلام ہوتا ہے۔ اس کے پاس ایک البم بھی تھی جس میں مختلف نامور شخصیات اور پیغمبروں کی تصاویر کے ساتھ کچھ عبارتیں بھی اس کے اپنے قلم سے لکھی ہوئی تھیں۔

ڈاکٹر فراسٹ نے بتایا تھا کہ اس کی ملاقات نبی کریم حضرت محمد ﷺ سے نہیں ہو سکی تھی۔ اس لیے کہ وہ آپ ﷺ کی روح کو بلانے میں ناکام ہو گیا تھا۔ میجر محمد صادق صاحب نے جب ڈاکٹر فراسٹ سے پوچھا کہ وہ اتنے عرصے سے ان کی تلاش میں کیوں تھا تو اس نے کہا کہ اس کے پاس میجر صاحب کے لیے حضرت عیسیٰ علیہ السلام کا ایک پیغام تھا جو وہ ان تک پہنچانا چاہتا تھا۔ میجر صاحب نے اس کی بات سن کر اس سے کہا کہ ایسا ممکن نہیں کیونکہ وہ ایک عام مسلمان ہیں۔ انہیں عبادت و ریاضت کی بناء پر کسی بزرگی یا نیکی و پارسائی کا دعویٰ بھی نہیں۔ پانچ وقت کی نمازیں بھی پوری ادا نہیں ہوتیں۔ پھر حضرت عیسیٰ علیہ السلام جیسے جلیل

القدر پیغمبران کے لیے کیوں کوئی پیغام دیں گے۔

ڈاکٹر فراسٹ نے بتایا کہ اس نے حضرت عیسیٰ علیہ السلام سے پوچھا تھا کہ وہ جس طرح مردوں کو اللہ کے حکم سے زندہ کردیتے تھے، کوڑھیوں کو صحت یاب کردیتے تھے کیا دنیا میں کوئی ایسا شخص موجود ہے جو مریضوں کو اس طرح تندرست کرسکتا ہو تو حضرت عیسیٰؑ نے فرمایا تھا کہ محمد صادق ولد راجہ محمد شیر نامی ایک شخص فلاں ملک کے فلاں شہر میں رہتا ہے۔ اسے اللہ نے Healing Power سے نوازا ہے اور وہ مریضوں کو شفایاب کرسکتا ہے۔ لیکن اسے تو اس بات کا علم ہی نہیں ہے۔ میجر صاحب نے ڈاکٹر فراسٹ سے کہا کہ اگر وہ روحوں کو بلا لیتے ہیں تو ان کی والدہ محترمہ کی روح کو بلا کر ان کے لیے ماں کا کوئی پیغام لے آئے تب وہ اس بات پر یقین کرلیں گے کہ واقعی حضرت عیسیٰؑ نے ان کے لیے پیغام بھیجا ہے۔ اور وہ پیغام اپنے اندر ایک حقیقت وسچائی لیے ہوئے تھا۔

ڈاکٹر فراسٹ مان گیا اور چند دنوں کی مہلت لے کر چلا گیا۔ پھر اس مہلت کے دورانیے کے اختتام سے قبل وہ میجر صاحب کے گھر ان کی والدہ کی تصویر سمیت آیا اور ان کی والدہ کی طرف سے بیٹے کے لیے جو پیغام لایا تھا اس بارے میں میجر صاحب فرماتے تھے کہ اسے صرف وہ اور ان کی والدہ محترمہ جانتی تھیں جن کے انتقال کو کئی برس ہوگئے تھے۔ وہ اپنے آبائی گاؤں بگلہ راجگان (نزد مٹور) تحصیل کہوٹہ سے نہ کبھی باہر گئی تھیں نہ کبھی تصویر کھنچوائی تھی۔ یہ ساری باتیں میجر صاحب نے ایک سے زیادہ بار خود بھی بتائی تھیں اور ان کے سب سے بڑے فرزند راجہ پرویز صادق صاحب نے بھی مجھے بتائی ہیں جو اس زمانے میں کانوونٹ اسکول میں زیر تعلیم تھے اور اپنے ابا جان کے گھر پہنچنے سے قبل انہوں نے ہی ڈاکٹر فراسٹ کو اپنے گھر پر خوش آمدید کہا تھا۔ یہ ساری باتیں میجر صاحب سے ایک ملاقات کے دوران عزیزم آصف قاضی نے ریکارڈ بھی کی تھیں۔

جب ڈاکٹر فراسٹ نے میجر محمد صادق صاحب کو ان کی امی کی تصویر دکھائی اور پیغام دیا تو آپ نے فرمایا:

''ڈاکٹر فراسٹ! مجھے یہ یقین ہوگیا ہے کہ جو کچھ آپ کہہ رہے ہیں وہ سچ ہے مگر مجھے اب کرنا کیا ہوگا؟ میں اس Healing Power یا مریضوں کو تندرست کردینے والی قوت اور

صلاحیت سے فائدہ کیسے اٹھا سکتا ہوں؟''

ڈاکٹر فراسٹ نے کہا: ''آپ مریضوں کو پانی میں انگلی ڈبو کر دیں گے تو وہ اس پانی کو پینے کے بعد تندرست ہو جائیں گے۔ ابتدا میری بیمار بہن سے ہوگی جو فرانس میں ہے اور اس کے ڈاکٹروں نے تشخیص کی ہے کہ میری بہن کو ہڈیوں کی ٹی بی ہے جو اپنی آخری اسٹیج پر پہنچ گئی ہے۔ آپ پانی کی ایک بوتل منگوایئے اس میں اپنی انگلی ڈبو کر وہ مجھے دے دیں۔ میں پانی کی وہ بوتل فرانس بھجواؤں گا۔''

میجر صاحب نے بتایا کہ انہوں نے ایسا ہی کیا۔ وہ پانی فرانس پہنچا اور ڈاکٹر فراسٹ کی بیمار بہن نے پیا۔ وہ ڈاکٹروں کے پاس معائنے کے لیے گئیں تو ٹی بی سے چھٹکارہ پا چکی تھیں یوں دست شفا سے بیماروں کے علاج کا آغاز ہوا۔

ڈاکٹر فراسٹ سے ملاقات کے کچھ عرصے بعد میجر صاحب کو ایک بنگالی ملا اور بتایا کہ بابا جی حافظ محمد حنیف ان سے ملنا چاہتے ہیں اور انہیں بلوایا ہے۔

میجر صاحب بابا جی سے اس سے قبل کبھی نہ ملے تھے۔ وہ اس بنگالی کے ساتھ پہلے ایک کشتی کے ذریعے دریا پار گئے، پھر پیدل چل کر ایک ایسی جگہ پہنچے جہاں بابا جی حافظ محمد حنیف ایک کٹیا میں اکیلے رہتے تھے۔ میجر صاحب کے ابا جان نے بیٹے کے لیے مغربی پاکستان سے انگوروں کا ایک کریٹ بھیجا تھا۔ میجر صاحب بابا جی سے ملنے گئے تو اس میں سے ایک ٹوکری انگوروں کی بابا جی کے لیے بھی لے گئے تھے۔ وہ کٹیا میں داخل ہوئے تو بابا جی بہت خوش ہوئے اور فرمایا:

''محمد صادق! بڑا انتظار کرایا ہے تم نے۔'' پہلے چاول مچھلی کھلائی پھر ایک وظیفہ پڑھنے کو دیا تو میجر صاحب نے کہا۔ ''بابا جی! یہ لمبے وظائف مجھ سے نہیں ہوں گے۔'' بابا جی نے مختصراً کچھ پڑھنے کو دیا اور کہا کہ ایک تسبیح بازار سے خرید لینا۔ میجر صاحب واپس آ گئے، چند روز تک وہ وظیفہ پڑھا۔ پھر تسبیح ٹوٹ گئی اور وظیفہ بند ہو گیا۔ ایک شب بابا جی نے میجر صاحب سے عالم رویا میں فرمایا: ''آپ کل فلاں محلے کے فلاں شخص کے ہاں مجھ سے ملیں گے۔''

میجر صاحب بتائے گئے پتے پر پہنچے تو بابا جی اس گھر میں موجود تھے۔ پوچھا:

''وہ تسبیح کیا ہوئی؟ اور جو وظیفہ بتایا تھا وہ کیوں چھوڑ دیا؟''۔ میجر صاحب نے تسبیح کے

ٹوٹ جانے کا عذر پیش کیا تو فرمایا ''تسبیح اور مل سکتی تھی، خرید لی ہوتی۔ یہ وظیفہ چھوڑنا نہیں ہے۔'' ڈھاکہ میں قیام کے اسی عرصے میں میجر صاحب نے نبی پاکﷺ کا پہلی بار دیدار کیا۔ ڈھاکہ میں اب جو میجر صاحب کا حلقہ احباب بنا اس میں مولانا عبدالغفور المعروف ''بڑے بھیا'' قابل ذکر تھے جن کے صاحبزادے عزیز بابو پرویز صادق راجہ کے ہم جماعت تھے۔

میری میجر صاحب سے ایک ملاقات کے دوران کشف القبور کا ذکر چل نکلا تو فرمایا:

''کشف القبور کا عمل میں مکمل تو کبھی نہ کرسکا البتہ ایک بار ڈھاکہ میں قیام کے دوران میں ایک بزرگ کے مزار پر گیا اور عمل کیا تو صاحبِ مزار کی روح مزار سے باہر آگئی تھی۔ میں ڈر کر گھر آیا۔ اہلیہ نے دروازہ کھولا تو روح میرے ہمراہ اندر آگئی تھی۔ البتہ وہ صرف مجھے نظر آرہی تھی پرویز کی امی اُسے نہ دیکھ سکتی تھی۔ کسی روح سے میرا یہ پہلا رابطہ تھا۔ پھر یہ سلسلہ جاری رہا۔''

کیپٹن محمد صادق کا پانی سے مریض کے علاج کا معاملہ عمر کے آخری ایام تک جاری تو رہا البتہ اب وقت کے ساتھ ساتھ اس میں بہت کمی آگئی تھی یعنی مریضوں کی تعداد کم ہوگئی تھی۔

اب وہ میجر ہوگئے تھے۔ جن دنوں آپ کی پوسٹنگ جہلم چھاؤنی میں تھی ان دنوں جہلم سے ایک پندرہ روزہ پرچہ ''عمل'' نکلتا تھا جس کے ایڈیٹر احسان بٹ تھے۔ شام کو میجر صاحب احسان بٹ کے دفتر میں آجاتے جہاں مریضوں کا تانتا بندھ جاتا تھا۔ عورتیں، مرد، بچے، نوجوان اور بوڑھے مریض آتے اور پانی لے کر چلے جاتے تھے۔ جس کا نہ کوئی معاوضہ لیا جاتا، نہ قیمت، نہ کوئی ہدیہ۔

''دست شفا'' کے ہاتھوں شفا پانے والوں کی تعداد اس عرصے میں سب سے زیادہ رہی۔ یاد رہے کہ یہ فقیر مشرقی پاکستانی سے تبدیل ہوکر جہلم آیا تھا۔ میں غالباً قارئین کو یہ بتانا بھول گیا کہ میجر محمد صادق جن کا اس وقت رینک کپتان تھا جب ان کا تبادلہ مشرقی پاکستان سے جہلم ہوا۔ اس وقت بھی ایک قابل ذکر واقعہ یہ پیش آیا کہ کمانڈر انچیف، پاک فوج جنرل محمد ایوب خان ڈھاکہ گئے تو کسی نے ان سے میجر محمد صادق کا ذکر کیا اور ان کے بارے میں روحانی حوالے سے کچھ باتیں جنرل محمد ایوب خان کو بتائیں۔ جنرل صاحب ان سے ملے اور

بے حد متاثر ہو کر پوچھا، کوئی کام ہو تو بتایئے گا۔ میجر صاحب نے جواب دیا:

''میں ایسٹ پاکستان رائفلز سے واپس فوج میں جا کر اپنا تبادلہ مغربی پاکستان کی کسی چھاؤنی میں چاہتا ہوں اس کے علاوہ مجھے کچھ نہیں چاہیے۔''

جنرل صاحب نے واپسی پر میجر محمد صادق صاحب کو واپس فوج میں لے کر جہلم پوسٹنگ کے نہ صرف احکامات بھجوائے بلکہ ایک چارٹرڈ طیارہ انہیں جہلم لے آیا تھا۔ میجر صاحب کی آئندہ ملاقات فیلڈ مارشل محمد ایوب خان سے ۱۹۵۸ء میں اس روز ہوئی جس روز وہ جہلم سے کراچی بطور صدر پاکستان ٹیک اوور کرنے بذریعہ ریل جا رہے تھے۔ جنرل اعظم خان کے بنگلے پر میجر محمد صادق صاحب کو جنرل محمد ایوب خان سے ملوانے کے لیے لایا گیا تھا جس کی وجہ یہ مشرقی پاکستان والی ملاقات ہی نہ تھی بلکہ ہوا یوں کہ کسی فوجی کپتان نے میجر صادق صاحب سے کہا کہ دو روز بعد جنرل محمد ایوب خان ریٹائر ہونے والے ہیں جس پر میجر صاحب نے فرمایا ''نہیں وہ دو روز بعد صدر پاکستان بننے جا رہے ہیں۔'' یہ بات کسی واسطے سے جنرل محمد ایوب خان کے کانوں تک پہنچ چکی تھی۔ چنانچہ اس ملاقات کے دوران کمرے میں جب صرف فیلڈ مارشل اور میجر محمد صادق رہ گئے اور جنرل اعظم سمیت سب کو باہر چلے جانے کے لیے کہہ دیا گیا تو جنرل صاحب نے پوچھا:

''میجر! آپ جانتے ہیں میں کراچی کیوں جا رہا ہوں؟'' میجر صاحب نے جواب دیا:

''یس سر! آپ بطور صدر پاکستان اقتدار سنبھالنے جا رہے ہیں۔'' فیلڈ مارشل کو پسینہ آ گیا تھا۔ انہیں شاید یہ خدشہ لاحق ہو گیا تھا کہ یہ راز قبل از وقت فاش ہو گیا تو کہیں بنا بنایا کھیل بگڑ نہ جائے۔ وہ باتوں باتوں میں میجر صاحب کو ریلوے اسٹیشن تک لے گئے اور سیلون میں بیٹھنے کے بعد کہا۔ ''کراچی چلتے ہیں۔ آپ ساتھ ہوں گے۔'' میجر صاحب بتایا کرتے تھے کہ انہوں نے بڑے عذر پیش کیے تھے لیکن انہیں واپس جہلم اس وقت بھیجا گیا تھا جب فیلڈ مارشل محمد ایوب خان بحیثیت صدر پاکستان اقتدار سنبھال چکے تھے۔ ڈھاکہ سے روانگی سے قبل جب میجر صاحب باباجی حافظ محمد حنیف سے ملنے گئے تو باباجی نے فرمایا:

''خوشی خوشی مغربی پاکستان جاؤ۔ دو کام مت کرنا۔ ایک تو شکل نہ بدلنا اور دوسرے اسے کاروبار نہ بنانا۔ اپنے ابا سے کہنا میرا اور ان کا سفر ایک روز شروع ہوگا۔'' یوں میجر

صاحب جہلم پہنچے تھے۔ان کے ابا جان راجہ شیر محمد صاحب کا انتقال ہوا تو اسی روز بابا جی حافظ محمد حنیف کا وصال ہوا تھا جس کی اطلاع بذریعہ تار میجر صاحب کو دی گئی تھی۔ابھی تعزیت کے لیے لوگ آرہے تھے کہ ایک روز میجر صاحب تھوڑی دیر کے لیے اپنے آبائی گاؤں بگلہ راجگان والے گھر سے باہر گئے۔ واپس تشریف لائے تو بھائی نے بتایا کہ کوئی صاحب جو تعزیت اور فاتحہ خوانی کے لیے تشریف لائے، ابھی ابھی گئے ہیں۔حلیہ بتایا تو یہ بابا جی کا تھا۔ میجر صاحب نے نام کے بارے میں بھائی سے سوال کیا تو معلوم ہوا کہ انہوں نے اپنا نام حافظ محمد حنیف بتایا تھا۔ جب میجر صاحب یہ واقعہ بتاتے تھے تو ایک جملہ اکثر دہرایا کرتے تھے۔''میرا اب بھی بابا جی سے رابطہ قائم ہے۔وہ مجھ سے ملتے ہیں۔''

جنرل محمد ایوب خان کے صدر پاکستان بننے والے واقعہ کا ذکر کرتے وقت مجھے یاد آیا کہ میجر صاحب علم الاعداد کے بھی ماہر تھے۔ وہ فرمایا کرتے تھے کہ آنے والے واقعات ٹی وی کی اسکرین کی مانندان کی نظروں کے سامنے پھر جاتے تھے۔کئی حضرات کو وزیر اور جنرل بننے کی نوید کئی روز پہلے سنائی جو بالکل صحیح نکلی تھی۔

میجر محمد صادق المعروف دست شفا کی پیدائش 15 اکتوبر 1922ء کو بگلہ راجگان (تحصیل کہوٹہ) میں راجہ شیر محمد کے گھر ہوئی جو فوج میں 'جے سی او' رہ کر ریٹائر ہوئے۔آپ کے تین بھائی اور دو بہنیں تھیں۔ بھائیوں کے نام ہیں۔ راجہ سجاول خان، راجہ عطا محمد اور راجہ محمد صدیق۔ پرائمری اسکول تک کی تعلیم گاؤں کے اسکول میں حاصل کی۔پھر گورنمنٹ ہائی اسکول، مٹور میں کچھ عرصہ پڑھا اور بعد ازاں کنگ جارج کالج (موجودہ ملٹری کالج) سرائے عالمگیر (جہلم) کے طالب علم رہے۔ وہیں سے فوج میں کمیشن ملا۔آپ کا تعلق بلوچ رجمنٹ سے رہا۔ ریٹائرمنٹ کے وقت رینک میجر اور نمبر پی ٹی سی ۔ 2864 اور تاریخ ریٹائرمنٹ 31 جنوری 1968ء تھی۔

میجر محمد صادق صاحب سے میری پہلی ملاقات تو آئی ٹین اسلام آباد میں ہوئی تھی جس کا ذکر پہلے آچکا ہے۔ پھر وہ جلد ہی کیو/223، خورشید محل، لالکڑتی، راول پنڈی منتقل ہوگئے تھے۔ ہماری اگلی تمام ملاقاتیں اسی گھر میں ہوئیں۔ اس عرصے میں میرے ہمراہ عزیز محترم انجینئر منور علی قریشی (میرے شاگرد رشید جو میرے لیے مثل بیٹے کے ہیں) اور ریٹائرڈ سفیر

عبدالرؤف خان صاحب بھی تھے جو آج کل سلطانہ فاؤنڈیشن میں وائس چیئرمین (تعلیمی امور) ہیں۔ ٹیلی فون پر دو تین بار ہی بات ہوئی کہ میں بزرگوں سے فون پر بات کرنے کی نسبت ملاقات کو ہمیشہ ترجیح دیا کرتا ہوں۔ ہر بار جب بھی ملاقات ہوئی پہلے سے زیادہ محبت سے ملے۔ پھران ملاقاتوں میں آصف قاضی بھی شامل ہو گئے جوان دنوں ٹیلی نار سے وابستہ ہیں اوراہل اللہ کی ملاقاتوں اور خدمت کوعین فرائض حیات میں سے تصور کرتے ہیں۔اب ہم اکثر اکٹھے ہی ملاقات کیلئے جاتے تھے،کبھی کبھار آصف اکیلے بھی چلے جایا کرتے تھے۔ان ملاقاتوں میں کوئی خاص (طے شدہ) موضوع گفتگونہیں ہوتا تھا۔تاہم میجر صاحب کی زندگی کا کوئی گزرا ہوا واقعہ ان کی زبانی سننے کومل جاتا تھا۔ایک بار بتایا کہ گھر میں سبزی خرید کر لانے کے لیے پیسے نہ تھے۔اہلیہ نے (والدہ جنید صادق اورمعید صادق) جب یہ بات بتائی تو میجر صاحب نے پوچھا کیا گھر میں چینی ہے۔ جواب ملا: ہاں،چینی تو ہے میجر صاحب کہا میٹھی روٹیاں بنالو۔ابھی روٹیاں نہیں پکی تھیں کہ باہر کسی مہمان نے آنے کی اطلاع دی۔معلوم ہوا کہ امریکہ سے کوئی دوست اور ہم دمِ دیرینہ ایک طویل عرصے بعد آئے ہیں۔مہمان نے کمرے میں آتے ہی بچوں کوایک ہزار روپیہ یہ کہہ کر دیا کہ وہ ان کے لیے پھل یا مٹھائی نہیں لاسکے تھے۔یوں پھرسبزی گوشت بھی آ گیا تھااور میٹھی روٹیاں پکانے کی ضرورت باقی نہ رہی تھی۔یہ واقعہ سنا کرمسکرائے اورفرمایا:

''ایسے واقعات کئی بار زندگی میں پیش آئے ہیں لیکن میرے پروردگار نے ہمیشہ ایسے موقعوں پر میری مشکل حل فرمادی۔''

دوسرا واقعہ کسی عبدالرشید کے بیٹے کا سنایا جسے پھانسی کی سزا سنادی گئی تھی وہ میجر صاحب کے پاس دعا کے لیے آیا توانہوں نے فرمایا:

''جاؤ تمہارا بیٹا بری ہوجائے گا۔''میجر صاحب کے وصال کے تین چار ماہ بعد میں ان کے گھر بیٹھا ہوا تھا کہ یہی عبدالرشید آ گئے۔ میرے پوچھے بغیر بتایا کہ وہ 1980ء سے میجر صاحب سے ملنے آتے تھے۔ایک قتل کیس میں ان کا بیٹا اور تین اورافراد کو پھانسی کی سزا ہوئی تھی۔وہ تینوں پھانسی لگ گئے تھےلیکن ان کا بیٹا جس کے بارے میں میجر صاحب نے دعا کے بعدانہیں تسلی دی تھی کہ ان کا بیٹا بری ہوجائے گا وہ بری ہوکرگھر آ گیا تھااوراب بھی بقید حیات

ہے۔

تیسرا واقعہ میجر صاحب نے اس وقت سنایا جب وہ اس کمرے کے باہر ہمارے ساتھ تشریف رکھتے تھے، جس میں ہم عموماً بیٹھا کرتے تھے۔ہم صوفے پر بیٹھتے اور وہ میرے دائیں طرف رکھی کرسی پر بیٹھتے تھے۔فرمانے لگے میں کچھ روز ہوئے رات کو اسی کرسی پر یہاں بیٹھا ہوا تھا۔آسمان پر چودھویں کا چاند روشنی دے رہا تھا کہ اچانک چاند میں سے روشنی کی چند کرنیں آسمانی بجلی کی مانند میری جانب آئیں، میرے قلب میں داخل ہوئیں اور پھر واپس چاند کی جانب لوٹ گئی تھیں۔اسی عرصے کی ایک ملاقات میں فرمایا:

''میں نے بیعت کا سلسلہ شروع کر دیا ہے، پہلے اس کا حکم نہیں تھا، اب حکم ملا ہے کہ اجازت ہے لوگوں کو بیعت کر سکتے ہو۔''

میری بڑی خواہش رہی کہ آپ نے اُن دنوں میں جن لوگوں کو بیعت فرمایا تھا ان سے ملوں لیکن موقعہ ہی نہ ملا اور یہ مشفق و مہربان ہستی جہانِ آب وگل سے رخصت ہوگئی۔

بیگم ریاض صاحبہ نے بتایا ہے کہ میجر صاحب نے انہیں بیعت کیا تھا، اسی طرح بریگیڈیئر محمد یاسین صاحب کا کہنا بھی ہے کہ میں میجر صاحب کا پہلا مرید ہوں مجھے انہوں نے 1963ء میں بیعت کیا تھا۔بیگم صاحب نے بتایا کہ میجر صاحب کی ملاقات جنوں کے بادشاہ سے ہوئی تھی جو حضرت خضر علیہ السلام کے زمانے کے تھے۔مجھے جہاں تک یاد پڑتا ہے اس کا ذکر میجر صاحب نے ایک ملاقات کے دوران خود مجھ سے بھی کیا تھا۔اسی ذکر میں کئی مجذوبوں کا ذکر بھی ہوا تھا اور ہندوستان میں دریائے جمنا کے کنارے بیٹھے ہوئے کسی بزرگ کی بات بھی بتائی جن سے صرف ہندو مل سکتے تھے۔میجر صاحب کے ایک ہندو دوست انہیں ساتھ لے گئے تھے اور یہ نہیں بتایا تھا کہ یہ مسلمان ہیں۔اس بزرگ نے دور سے اشارہ کیا کہ میجر صاحب جا کر ان سے ملیں۔یہ وہاں پہنچے تو انہوں نے کان میں بتایا کہ میں مسلمان ہوں، یہاں ڈیوٹی پر ہوں اور تم یہاں کیا کر رہے ہو؟تم تو مسلمان ہو۔اور پھر کچھ باتیں میجر صاحب کی تعریف و تحسین کی بھی ان سے کیں۔

میجر محمد صادق صاحب مزارات پر بھی جاتے تھے۔مجذوبوں، فقیروں، اللہ والوں سے بھی ملنے جاتے تھے۔ان کے اپنے گھر بھی اللہ کے ایسے برگزیدہ بندے تشریف لاتے رہتے

ہیں۔وہ کہا کرتے تھے کہ ان کی ملاقات 3600 فقیروں سے ہو چکی ہے۔فقیر کے دروازے تو اکثر سبھی خاص و عام کے لیے کھلے ہوتے ہیں البتہ کہیں کہیں شاہوں کو شرف باریابی نہیں بخشا جاتا۔میجر صاحب کے ملنے والوں کی جامع فہرست تیار کرنے کی کوشش ناکام ہوگی۔البتہ چند ایک ایسے افراد کے نام بتائے جا سکتے ہیں جو بڑی عقیدت سے ملنے آتے تھے۔ان میں جسٹس محمد رفیق تارڑ، عثمان علی (ریٹائرڈ محتسب اعلیٰ)، حنیف رامے، جنرل سرفراز، جنرل عمران، سر مراتب علی شاہ، محمود علی قصوری، جسٹس سردار اقبال، جسٹس رستم سدوا (پارسی)، جسٹس راجہ صابر، محمد اسلم سکھیرا، احمد سعید کرمانی شامل ہیں۔

ایک بزرگ ایسے ہیں جن کا ذکر میرے نزدیک بہت ضروری ہوگا وہ ہیں صوفی محمد برکت علی (سالار والا)۔میجر محمد صادق صاحب 2۔ایلگن روڈ، لاہور میں رہتے تھے۔صوفی محمد برکت علی صاحب ابھی تک کلین شیو تھے اور ان کا آستانہ ابھی مرجع خاص و عام نہیں بنا تھا۔وہ جمعرات کی شام فیصل آباد سے لاہور بذریعہ ریل آ جاتے۔میجر صاحب انہیں لاہور ریلوے اسٹیشن سے ساتھ لیتے۔گھر آتے پھر داتا دربار چلے جاتے تھے۔یہ سلسلہ کئی برس تک جاری رہا۔صوفی صاحب راجہ پرویز صادق کی شادی میں شرکت کے لیے تشریف لائے تھے۔1956ء میں میجر محمد صادق صاحب اور بریگیڈئیر محمد یاسین صاحب لاہور میں تھے۔بریگیڈئیر صاحب کا کہنا یہ ہے کہ روحانی حوالے سے میجر صاحب کا لاہور کے دفاع میں بڑا اہم کردار تھا۔

صوفی محمد برکت علی کے ذکر کے دوران میرا ذہن خواجہ محمد یامین المعروف سائیں کالا خان کی طرف منتقل ہو رہا تھا۔آپ کا تکیہ سخی آباد، حسن ابدال سے آٹھ دس کلومیٹر کے فاصلے پر واقع ایک بہت چھوٹے سے گاؤں نکو کے قریب ہے۔میجر صاحب کی سائیں کالا خان سے ملاقاتیں رہیں، ان کے برخوردار راجہ پرویز صادق بھی سائیں جی سے ملنے جاتے تھے۔ایک ملاقات کے دوران سائیں جی نے تیسری چوتھی بار ان سے پوچھا کہ یہ کیا کرتے ہیں۔پرویز صادق نے جب بتایا کہ وہ سرکاری ملازم ہیں (پرویز صادق گریڈ۔19 میں ڈپٹی سیکرٹری ہو گئے تھے۔یہ ملازمت زیادہ دیر جاری نہ رہ سکی تھی) تو سائیں جی مسکرائے اور فرمایا:

”تم کیسے نوکر ہو گئے ہو...تمہارے نصیب میں نوکری نہیں۔تم تو خود نوکر رکھنے والوں

میں سے ہو۔''

راجہ پرویز صادق صاحب سے میں جب ملا تو مجھے ان میں ایک صاحب علم درویش والی بہت سی باتیں دیکھنے کو ملیں البتہ (اگر یہ گستاخی نہ ہو تو) یہ ضرور عرض کروں گا کہ اس علم کی صحیح سمت کا تعین کرنے میں ان سے کہیں کوتاہی ہوئی ہے۔اسی ملاقات کے دوران انہوں نے بتایا کہ حضرت واصف علی واصفؒ ان کے استاد تھے اور آئی نائن والے گھر میں ان کے ہاں آ چکے ہیں۔سائیں کالا خان سے اپنی ملاقاتوں کا ذکر کرنے کے دوران بتایا کہ وصال سے صرف تین روز قبل جب یہ ان سے ملنے گئے تو انہوں نے فرمایا تھا کہ تین روز بعد میرا اگلا سفر شروع ہونے والا ہے۔انہیں کھانا بھی کھلایا تھا۔سائیں جی کے لنگر پر دس بارہ کھانے پکتے تھے۔راجہ پرویز صادق کا کہنا ہے کہ سائیں کالا خان کے پاس علم کیمیا، دست غائب اور تسخیر ہم زاد کا علم تھا مگر جو پرویز صادق نے مانگا نہ مل سکا اور سائیں جی نے فرمایا: 'بچے جو سودا تو مانگتا ہے یہ سودا میرے پاس نہیں ہے۔''

میجر محمد صادق کے اکثر احباب اور عقیدت مندوں سے میری ملاقات ان کے وصال کے بعد ہوئی ان میں سے زیادہ طویل نشست بریگیڈ ئیر محمد یاسین خان صاحب سے ان کی قیام گاہ پر ہوئی۔ بریگیڈ ئیر صاحب کی میجر صاحب سے ملاقات فوج میں جانے سے قبل کی تھی۔ یہ گارڈن کالج کے طالب علم تھے جبکہ میجر صادق صاحب کنگ جارج کالج، سرائے عالمگیر میں زیر تعلیم تھے۔ یہ 55۔1952 کا زمانہ تھا۔ بریگیڈ ئیر صاحب نے بتایا کہ محمد صادق راجہ ایک خوبصورت نوجوان تھے۔سلجھے ہوئے اعلیٰ مذاق کے حامل۔ کہنے لگے:

''میری ان سے اصل یاری 1963ء میں ہوئی۔ ہاکی کے ٹرائل میں میرا گھٹنا زخمی ہو گیا تھا اور میجر صاحب کی گردن اور ریڑھ کی ہڈی میں درد تھا، کالر بھی لگا ہوا تھا۔ یوں ہم دونوں سی ایم ایچ لاہور کے ایک ہی کمرے میں داخل تھے، میں کپتان تھا اور یہ میجر۔ ہم تین ماہ یہاں اکٹھے تھے۔میجر صاحب میں شب بیداری کی پکی عادت تھی۔لوگ پانی دم کرانے اسپتال میں بھی آجاتے تھے ان میں عام لوگ بھی ہوتے تھے اور بڑے بڑے لوگ بھی، مرد و زن سبھی۔ اس عرصے میں مجھے بہت سی باتیں معلوم ہوئیں، میں نے کئی حیران کن مناظر دیکھے مثلاً یہ کہ میجر صاحب کی چارپائی کے نیچے ایک السیشن کتا بیٹھا رہتا تھا۔ایک روز میں نے ان کے سر

کے اوپر ایک سبز گولہ دیکھا تھا۔اسی تین ماہ کے عرصے میں عید میلاد النبیؐ آ گئی۔ میں نے کہا میں اسپتال کا کھانا آج نہیں کھاؤں گا۔ کہنے لگے گھبراؤ مت جو چاہتے ہو کھانے کو مل جائے گا۔ آدھے گھنٹے کے بعد ایک بابا جی آئے۔سر پر دستر خوان میں بندھا ہوا کھانا تھا،اس میں سے وہی کچھ نکلا جو میں نے طلب کیا تھا۔میں نے میجر صاحب سے مخاطب ہو کر کہا۔''پیر سائیں شکریہ۔اب شہر میں جو عید میلا دالنبیؐ پر روشنیوں کا اہتمام ہوا ہے وہ دکھا لایئے۔'' کہا تیار ہو جاؤ۔تھوڑی دیر میں گورنر جنرل ملک غلام محمد کا چھوٹا بھائی گاڑی لے کر آ گیا۔ہم دونوں اس کے ہمراہ شہر لاہور کی شاہراہوں پر واقع عمارات پر لگی ہوئیں روشنیاں دیکھ آئے تھے۔ بریگیڈئیر یاسین صاحب نے بتایا کہ''میجر صاحب کے پاس فوکسی تھی۔اس میں یا میرے موٹر سائیکل پر ہم اکثر داتا دربار جایا کرتے تھے۔اسی عرصے میں میری پہلی ملاقات حضرت داتا گنج بخشؒ ہجویری سے میجر صاحب نے کرائی تھی۔ میں اس کے بعد بھی کئی بار حضرت داتاؒ سے ملا ہوں۔میری شادی جس لڑکی سے ہوئی اس کے بارے میں میجر صادق صاحب نے فرمایا یہ تمہاری بیوی بنے گی،یہ بات حضرت داتاؒ نے بتائی ہے۔''

بریگیڈئیر یاسین صاحب کی ملاقات ایک چھوٹی آنکھوں والے دراز قد جن سے حضرت داتاؒ کے ہاں حاضری کے دوران ہوئی تھی۔ میجر صاحب نے فرمایا تھا یہ جن ہے اس سے جو چاہو منگوا لو۔انہوں نے اس جن سے کہا۔''مجھے کھجور لا دو۔'' وہ ایک کھجور لے کر حاضر ہو گیا تھا۔ یاسین صاحب تھری کیسل کے سگریٹ پیتے تھے۔میجر صاحب نے منع فرمایا کہ سگریٹ چھوڑ دو ورنہ تمہیں کینسر ہو جائے گا۔ بریگیڈئیر یاسین نے سگریٹ کو پھر ہاتھ نہ لگایا۔

میجر محمد صادق صاحب نے ایبٹ آباد میں ایک ہوٹل بھی خریدا تھا جو چل نہ سکا اور بند ہو گیا۔وہ 1968ء میں فوج سے ریٹائر ہو گئے تھے۔سول میں وہ اب کمشنر بحالیات تھے اور ان کی تقرری پہلے راول پنڈی میں ہوئی۔ پھر یہ ملتان چلے گئے تھے۔محمد یاسین صاحب کپتان سے ترقی پا کر میجر ہو گئے تھے اور ان کی پوسٹنگ رسال پور ہو گئی تھی۔ پھر 1971ء کی پاک بھارت جنگ چھڑ گئی تھی جس میں میجر صاحب کو Recall کر لیا گیا تھا۔ وہ ملتان سے ایبٹ آباد آ گئے تھے۔جن دنوں وہ کمشنر بحالیات تھے زیڈ اے بھٹو نے انہیں بلا کر حکم دیا:

''ائیر مارشل اصغر خان کے نام پر جو پراپرٹی الاٹ ہو چکی ہے(مرہیڑ کے پل سے تھوڑا

آگے مری روڈ پر بائیں طرف ) اسے منسوخ کر کے میرے نام الاٹ کردو۔''

اہل اللہ سے اس قسم کے ناجائز کام کرانے کے لیے ایسے احکامات کی کوئی وقعت نہیں ہوتی کیونکہ انہیں احکم الحاکمین کے سامنے جواب دینا ہوتا ہے۔ میجر صاحب نے نتائج کی پرواہ نہ کرتے ہوئے حکم ماننے سے انکار کردیا۔ پھر وہی ہوا جو ایسے موقعوں پر ہوتا ہے۔ میجر محمد صادق کو کمشنر بحالیات کے عہدے سے ہٹا کر گھر بھیج دیا گیا تھا۔ زیڈ اے بھٹو صاحب کا غصہ اس کے بعد بھی ٹھنڈا نہ ہوا تو کافی عرصے تک اپنے جاں نثار کارندوں کو میجر صاحب کی مخبری پر لگا دیا تھا کہ کوئی جواز مل جائے تو مزید کوئی تکلیف دہ سزا دلوائی جائے مگر وہ اس میں کامیاب نہ ہوئے۔ غالباً اسی جرم کی پاداش میں میجر صاحب کے صاحبزادے راجہ پرویز صادق کو بھی ملازمت سے برخواست کر دیا گیا تھا۔ زمانہ کروٹیں لیتا رہا۔ محمد صادق کمشنر بحالیات نہیں رہے تھے مگر آبرومندانہ زندگی کی مقررہ مدت پوری کر کے جولائی 2007ء میں اللہ کو پیارے ہوئے اور حکمران کی نہ حکمرانی رہی، نہ حکم نہ وہ خود۔

میجر صاحب کا راول پنڈی میں دو جگہ جانا ضروری ہوتا تھا۔ ایک شمس آباد میں طالب علی شاہ صاحب مجذوب سے ملنے اور دوسرا صدر میں ایک مائی سے ملنے۔ ان دونوں کے حوالے سے چند ایک واقعات کا ذکر میجر صاحب کے احباب بھی کرتے ہیں اور خود میجر صاحب نے بھی مجھے بتایا تھا۔ یہ وہی طالب علی شاہ تھے جنہوں نے وصال سے تین روز پہلے میجر محمد صادق کو بلا کر ایک مقفل صندوقچی کھولی تھی اور اس میں سے ایک ٹوپی، مصلےٰ اور کرتا نکال کر انہیں پیش کیا تھا۔ میں جو واقعہ آپ کو سنانے والا ہوں وہ یہ نہیں بلکہ ایک اور ہے۔ میجر صاحب نے ایک ملاقات کے دوران مجھے مخاطب کر کے فرمایا، طالب علی شاہ صاحب نے مجھ سے پوچھا:

''حج کرنا چاہتے ہو؟''

''میں نے جواب دیا: ''کرا دیجیے۔''

کہا۔ ''میرے کندھے پر سر رکھو!'' میں نے حکم کی تعمیل کی۔ کیا دیکھتا ہوں کہ میں خانہ کعبہ کا طواف کر رہا ہوں۔''

حج کے بعد چند صحافیوں نے یہ خبر شائع کر دی کہ میجر محمد صادق صاحب سے حج کے

دوران ان کی ملاقات ہوئی ہے۔ یوں حج کی مبارکبادیں وصول ہونے لگی تھیں جس سے میجر صاحب پریشان ہوگئے تھے۔ ابھی تک یہ سلسلہ جاری تھا کہ وہ ایک روز جب صدر والی مائی صاحبہ کے ہاں پہنچے تو وہ فرمانے لگیں۔ ''محمد صادق! تم نے کیا کیا؟ مجھے کہا ٹھہرو آب زم زم کا کین میں بھر دیتا ہوں اور پھر کین میرے ہاتھ میں تھما کر خود غائب ہوگئے۔'' میجر صاحب سیدھے طالب علی شاہ صاحب کے ہاں پہنچے اور سارا ماجرا بیان کر کے پوچھا:

''حضرت! یہ آپ نے بیٹھے بٹھائے مجھے کس امتحان میں ڈال دیا؟''۔ جواب ملا۔

''میجر! تصدیق بھی تو کرانی تھی تمہارے حج کی۔'' طالب علی شاہ صاحب کا مزار شمس آباد میں مری روڈ راول پنڈی سے اسلام آباد جاتے ہوئے مشرقی سمت چھوٹے سے سبز گنبد سمیت آج بھی موجود ہے۔

میجر صاحب کو ڈھاکہ میں قیام کے دوران نوشاہی قادریہ سلسلے سے بڑا فیض ملا تھا بریگیڈیئر یاسین صاحب نے عیدگاہ والے کسی بزرگ کا ذکر بھی کیا جن کی عمر سو سال سے زیادہ تھی اور میجر صاحب کا ان کے پاس بھی آنا جانا تھا۔ بریگیڈیئر صاحب نے ایک اور حیران کن بات بتائی کہ وصال سے ایک روز قبل میجر صاحب کا مجھے فون آیا کہ ''میں لاہور میں ہوں، علاج کروا رہا ہوں۔ کل واپس آ جاؤں گا''۔ ظاہراً تو وہ راول پنڈی میں تھے، لاہور علاج کے لیے نہیں گئے تھے۔ اللہ والوں کی باتیں اللہ ہی جانے یا اللہ والے جانیں، عقل کی انگلی تھام کر چلنے والوں کی سمجھ میں یہ مافوق الفطرت واقعات سے پُر دنیا کہاں آتی ہے۔

زندگی میں کچھ حضرات ڈائری بڑی باقاعدگی سے لکھتے ہیں۔ بالخصوص اہم واقعات اور خوابوں کو ضرور ضبط تحریر میں لے آتے ہیں۔ ایسے لوگوں پر قلم اٹھانا بہت آسان ہو جاتا ہے کہ بے شمار باتیں ان کے اپنے ہاتھ سے لکھی ہوئی مل جاتی ہیں جیسا کہ استاد یوسف ظفر، علامہ محمد یوسف جبریل، علامہ محمد حسین عرشی امرتسری اور جیلانی بی اے پر لکھتے وقت ایسی تحریروں نے میری بڑی مدد کی۔ مگر ''متاعِ فقیر'' کی باری آئی تو میجر محمد صادق کے گھر سے اس قسم کا کوئی مواد نہ نکلا۔ ایک ڈائری کا ذکر عزیزم محمد فاروق ٹیپو نے کیا ہے جو ٹیپو نے خود میجر صاحب کے پاس دیکھی تھی جس میں وہ اہم واقعات اور قابل ذکر باتیں نوٹ کر لیا کرتے تھے اور یہ ڈائری نہیں مل سکی۔ جنید احمد صادق اور ان کی والدہ ماجدہ (بیگم طلعت صادق صاحبہ) نے پورا گھر

چھان مارا ہے لیکن ابھی تک اس میں کوئی کامیابی حاصل نہیں ہوئی۔ جنرل محمد ایوب خان سے میجر محمد صادق کی ملاقاتیں اور تصاویر سامنے آئیں۔ ڈھاکہ میں ان کی پہلی ملاقات اور پھر 1958ء میں جہلم کا وہ واقعہ جو پہلے بیان کیا جاچکا ہے کہ کس طرح میجر صاحب نے جنرل صاحب کو بتادیا تھا کہ وہ بطور صدر پاکستان اقتدار سنبھالنے کراچی جارہے ہیں، ایسی باتیں تھیں جن کا ذکر جنرل صاحب کی خودنوشت (حالانکہ یہ برائے نام ہی خودنوشت تھی کیونکہ حالات زندگی جنرل محمد ایوب خان کے تھے اور قلم معروف دانشور الطاف گوہر کا تھا)''فرینڈز ناٹ ماسٹرز'' (جس رزق سے آتی ہو پرواز میں کوتاہی) میں ضرور آنا چاہیے تھا جو جنرل صاحب کی سیاسی آپ بیتی کے طور پر شائع ہوئی تھی۔ میں نے بڑی توقعات کے ساتھ جب اس کتاب کی طرف رجوع کیا تو مجھے بہت مایوسی ہوئی۔ اس واقعہ کو کہیں اشارتاً بھی بیان نہیں کیا گیا تھا۔ جنرل صاحب اتنی اہم بات کو بھول گئے تھے یا کسی مصلحت کے تحت میجر صاحب سے اپنے تعلق بلکہ عقیدت کو انہوں نے پردہ اخفا میں رکھا۔ واللہ اعلم بالصواب!

آیئے دیکھتے ہیں بریگیڈیئر محمد یاسین صاحب کے علاوہ وہ حضرات کیا بتاتے ہیں جو میجر صاحب کے عقیدت مند تھے اور ان کی قربت بھی انہیں حاصل رہی۔

ملک محمد شبیر اعوان ولد ملک کرم بخش اعوان نے بتایا کہ سید فضل حسین شاہ بخاری نے جن کا وصال 1955ء میں ہوا اور جن کا مزار ممیام شریف (نزد مٹور) تحصیل کہوٹہ میں ہے۔ میجر صاحب کے ابا جان سے ان کا یہ بیٹا مانگا تھا۔ انہوں نے معذرت کے ساتھ عرض کیا تھا کہ یہ ''میرا لاڈلا بیٹا ہے، یہ نہیں دے سکتا کہ اس نے دین و دنیا کا بادشاہ بننا ہے۔'' اس پر ان بزرگوں نے سائیں عبدالرشید کو چن لیا تھا جو آج بھی ممیام شریف میں سید فضل حسین شاہ بخاری کے مزار پر بیٹھے ہوئے ہیں اور 35 برس سے اپنے حجرے سے باہر نہیں نکلے۔ ملک شبیر صاحب نے میجر محمد صادق کے علم الاعداد کا ذکر کرتے وقت کچھ واقعات تو اپنی زندگی کے بارے میں بتائے جن کے متعلق میجر صاحب نے انہیں بتایا تھا۔ ایک واقعہ میاں محمد نواز شریف کی وزارت عظمٰی کے ختم ہوجانے کے بارے میں اس طرح بیان کیا کہ ملک محمد ایوب کے گھر میں اسلام آباد میں یاسین وٹو صاحب کی دعوت تھی۔ میجر صاحب بھی مدعو تھے۔ اس موقع پر انہوں نے پانچ روز قبل یہ پیشن گوئی کی تھی کہ فلاں روز یہ حکومت ختم ہوجائے گی اور پھر پانچ

روز بعد ملک شبیر صاحب نے ٹی وی پر اس حکومت کے ختم ہو جانے کے بارے میں دیکھا اور سنا تھا۔ یہی واقعہ بے نظیر کی حکومت ختم ہونے پر پیش آیا تھا۔ ملک صاحب نے اس بات پر بہت زور دے کر بتایا کہ میجر محمد صادق فرماتے تھے کہ ''میں جو بتاتا ہوں وہ واقعات ٹی وی اسکرین کی طرح میری نظروں سے گزرنے لگتے ہیں۔''

اہل اللہ کے ہاں ایک بات نظامِ خانقاہی کے برعکس یہ نظر آتی ہے کہ چونکہ یہ اپنا روحانی سرمایہ کسی ایک شخص کو منتقل نہیں کرتے، نہ دستار بندی، نہ ورثے میں دی جانے والی ولایت۔ اس لیے ایک سے زائد عقیدت مندوں اور چاہنے والوں کا کسی اہل اللہ کے وصال کے بعد یہ دعویٰ ہوتا ہے کہ جانے والا مرد قلندر ''سب کچھ'' انہیں عطا کر گیا ہے۔ ملک شبیر اعوان نے بتایا کہ مارچ 2006ء میں جب میجر محمد صادق سی ایم ایچ راول پنڈی کے کمرہ نمبر 10 کے بیڈ نمبر 9 پر تھے تو آپ نے ملک صاحب سے فرمایا تھا۔ ''میرے پاس جو کچھ ہے تمہیں دیتا ہوں''۔ جبکہ ایک اور نوجوان نے بتایا کہ میجر صاحب نے ملک شبیر صاحب کو پیار بہت دیا لیکن ان کو میجر صاحب کے روحانی ورثے میں سے کچھ نہیں ملا۔ ان صاحب کا دعویٰ یہ ہے کہ ''دست شفا'' والے مرد قلندر نے انہیں اپنے روحانی سرمائے میں سے صرف تیس فیصد اس شرط کے ساتھ دیا ہے کہ جب جنید احمد صادق بالغ ہو جائیں تو ان کا یہ فیض صاحبزادہ جنید احمد صادق کو منتقل کر دیا جائے جو ابھی نویں جماعت کے طالب علم ہیں۔

اللہ والوں کی بیک وقت لاتعداد افراد سے ایک جیسی محبت دکھائی دیتی ہے جن میں سے ہر ایک یہی خیال کرتا ہے کہ جو اس کے حصے میں آیا ہے کسی اور کے حصے میں نہیں آیا۔ آصف قاضی، علی صفوان، منور علی قریشی، ملک محمد علی، غلام فاروق خان ٹیپو اور میں خود اسی تجربے سے گزرے ہیں۔ ملک محمد علی کی ملاقات میجر صاحب سے 2005ء میں ملک شبیر اعوان صاحب کی وساطت سے ہوئی تھی۔ اس نوجوان کا کہنا ہے کہ ''باباجی نے مجھے اس پہلی ہی ملاقات میں اپنا بنا لیا تھا۔ میں ایک عرصے تک روزانہ حاضری دیا کرتا تھا۔ جہاں جانا ہوتا مجھے بلواتے، میں ساتھ جاتا۔ جنید اور معید دونوں بیٹوں سے کہتے، یہ تمہارا بھائی ہے۔ میں نے باباجی کے وصال کے بعد انہیں بہت خوش و خرم دیکھا۔ مجھے پاس بلایا اور فرمایا، ایک چیز پڑھنے کو دے رہا ہوں یہ پڑھا کرو۔''

غلام فاروق خان کا تعلق ملٹری اکاؤنٹس سے ہے۔ نوجوان ہیں اور اہل اللہ سے ملنے کا بڑا شوق ہے۔ میجر محمد صادق کے گھر میری ان سے ملاقات دو تین ماہ قبل ہوئی تو انہوں نے میجر صاحب سے اپنی ملاقات کا ذکر کچھ یوں کیا:

''میرا تعلق ملٹری اکاؤنٹس کی آڈٹ برانچ سے ہے۔ لوگوں کو معلوم تھا کہ میں اللہ والوں سے ایک خاص عقیدت رکھتا ہوں۔ چنانچہ ایک بار میں جب ایک فوجی یونٹ کے حسابات کے آڈٹ کے لیے گیا تو صوبے دار محمد اکرام شاد صاحب نے مجھ سے کہا، میں آپ کو ایک اللہ والے سے ملواؤں گا۔ یوں وہ مجھے اپریل 2003ء میں خورشید محل، لال کرتی لے آئے جہاں میجر محمد صادق رہائش پذیر تھے۔ میں میجر صاحب سے نہ صرف ملا بلکہ اس ملاقات کے بعد میرا ان کے پاس اکثر آنا جانا رہتا تھا۔ آپ کے پاس جنات بھی تھے۔ آپ علم الاعداد کے ماہر تھے۔ لوگوں کے الجھے ہوئے مسائل ان کی دعا سے حل ہو جاتے تھے۔ ظفر اللہ جمالی صاحب کو میجر صاحب نے پہلے ہی بتا دیا تھا کہ وہ پاکستان کے وزیراعظم ہوں گے۔''

فاروق صاحب کے خیال میں سیاسی لوگ تو محض دنیاوی فوائد کے لیے روحانی پیاس کی طلب کے بہانے میجر صاحب کی خدمت میں دست بستہ حاضری دیتے رہتے تھے۔ ق لیگ کے اراکین میجر صاحب کی وجہ سے اکٹھے ہوئے۔ ان کو ق لیگ کا تاحیات کوئی قلم دان بھی دینے کا وعدہ کیا گیا مگر جب مطلب پورا ہو گیا تو مڑ کر میجر صاحب کی خیریت تک دریافت کرنے ان میں سے کوئی نہ آیا۔ یہ نوجوان ایسے موقعوں پر بہت کڑھتا تھا اور جب میجر محمد صادقؒ سے ایک بچے کی طرح الجھ پڑتا کہ وہ ایسے لوگوں کو کیوں منہ لگاتے ہیں تو وہ مسکرا کر فرماتے۔ ''تمہارا کیا خیال ہے مجھے اس کا علم نہیں ہے کہ وہ میرے پاس کیا لینے آتے ہیں۔ یہ بڑی بڑی گاڑیوں میں توپ قسم کی بیگمات جو کبھی بھائی کہہ کر دعا کرانے آتی ہیں کبھی بیٹیاں بن کر مختلف مسائل کے حل کے لیے درخواستیں کرتی ہیں، کیا مجھے معلوم نہیں کہ نہ یہ کسی روحانی فیض کی طلبگار ہیں، نہ انہیں ان حاضریوں سے کوئی فیض مل سکتا ہے مگر فاروق بیٹے! فقیر کا دروازہ سب کے لیے کھلا ہوتا ہے۔ میں انہیں منع کیسے کر سکتا ہوں۔''

میں نے غلام فاروق سے جب یہ سوال کیا کہ روحانی حوالے سے کوئی قابل ذکر واقعہ میجر محمد صادق کی زندگی کا سنائیے تو جواب دیا۔ ''میجر محمد صادق کے وصال سے قبل مجھے اطلاع

ہوگئی تھی کہ وہ اب ہم سے رخصت ہونے والے ہیں۔'' میں نے جنید احمد صادق سے کہا۔ ''تمہارے پاپا چند روز کے مہمان ہیں۔ اپنے ضروری گھریلو معاملات طے کرلو۔ ان باتوں کو التوا میں نہ ڈالنا جن کے بارے میں پاپا کے وصال کے بعد تم لوگوں کو پریشانی ہو۔'' دوسری بار میں نے خواب میں دیکھا کہ کوئی شخص بوسیدہ سے کپڑوں میں ملبوس میرے پاس آکر کہہ رہا ہے۔ ''باہر تمہارا باپ پھر رہا ہے۔'' میں بھاگ کر باہر آیا تو میجر صاحب لڑکھڑا کر چل رہے تھے۔ میں انہیں تھام کر گھر کے اندر لے آیا تھا۔

میجر محمد صادق اگلے روز انتقال فرما گئے تھے لیکن جانے سے قبل غلام فاروق خان سے فرمایا۔ ''جنید بیٹے کا خیال رکھنا۔ مجھے کندھا ضرور دینا۔'' فاروق کا کہنا ہے کہ وصال کے بعد سب سے پہلے میجر صاحب ان سے ملے، بہت اچھی حالت میں تھے۔ اور حضرات سے بھی ان کی ملاقاتیں عالم رویا میں ہوئیں۔ میرے کالج کی وائس پرنسپل صاحبہ مسز ثمینہ جہانگیر جنہیں میجر صاحب سے ملنے کا بڑا اشتیاق تھا مگر نہ مل سکی تھیں، انہوں نے خواب میں میجر صاحب کو دیکھا، ان سے باتیں کیں۔ ''متاع فقیر'' کا اور اس فقیر کا ذکر مسز ثمینہ جہانگیر نے کیا تو بہت خوش ہوئے۔ میں اس قسم کی ملاقات سے ابھی محروم تھا کہ دسمبر میں عیدالاضحیٰ سے دس پندرہ روز قبل عزیزم جنید احمد صادق مجھ سے سلطانہ فاؤنڈیشن میں ملنے آئے اور آتے ہی بولے:

''انکل! میں پاپا کا آپ کے نام پیغام لایا ہوں۔ وہ مجھے ایک دو روز قبل خواب میں ملے ہیں۔ کچھ احباب سے تو ان کو ایک شکایت ہے لیکن آپ کے بارے میں مجھ سے کہا ہے کہ تم ڈاکٹر صاحب کے پاس کیوں نہیں جاتے، جاؤ اور ان سے کہو کہ مجھ سے ملتے کیوں نہیں؟''

جنید بیٹے نے مجھے کچھ پڑھنے کے لیے بھی کہا تاکہ ملاقات ہوجائے لیکن ملاقات چند ہی روز بعد غالباً ان دنوں ہوگئی تھی جب میں نے وظیفہ پڑھنا چھوڑ دیا۔

آج مجھے رہ رہ کر یہ خیال ستا رہا ہے کہ کم و بیش پانچ برس سے میں ان کو جانتا تھا پھر ہماری ملاقاتیں اس قدر کم کیوں ہوئیں۔ کاش! میں نے کچھ ان ملاقاتوں کے دوران لکھ لیا ہوتا، پوچھ لیا ہوتا تو ہوسکتا ہے آج ''متاع فقیر'' کے قارئین میجر صاحب کے مداحوں اور عقیدت مندوں کو ایک بہتر تحفہ پیش کرسکتا۔ فاروق نے ایک مجذوب کا ذکر بھی کیا جو میجر محمد صادقؒ کے انتقال سے دو دن پہلے خورشید محل کے قریب پھرتے نظر آئے تھے۔ وہ ایک نالی

کے کنارے بیٹھے پانی میں ہاتھ مارتے رہتے تھے۔میجر صاحب کے انتقال کے بعد پھر کسی نے انہیں نہ دیکھا تھا۔غلام فاروق نے اس واقعہ کے بعد مسکرا کر کہا:

''ہوسکتا ہے Handing Over-Taking Over ہو رہا ہو!'' واللہ اعلم بالصواب! یہ کوئی صاحب نظر ہی بتا سکتا ہے۔

یہ بات بی غلام فاروق خان کی زبانی معلوم ہوئی کہ جنات کے بادشاہ نے جو وظیفہ میجر محمد صادقؒ کو دیا تھا وہ صرف ایک اور بزرگ کے پاس تھا۔کوہاٹ والے زندہ پیر صاحب کے پاس۔فاروق کا کہنا تھا کہ میجر صاحب نے یہ وظیفہ ایک کاغذ پر لکھ کر انہیں بھی عنایت کیا تھا لیکن وہ اسے جاری نہ رکھ سکے تھے۔

مرزا مشتاق حسین صاحب کا تعلق درس وتدریس سے رہا ہے۔ان دنوں ریٹائرڈ زندگی گزار رہے ہیں۔راجہ مشتاق (میجر صاحب کے بھتیجے)اور مرزا صاحب پیر بھائی ہیں۔ان کے پیرومرشد سید انوار حسین شاہ المعروف باواجی سرکار ٹیکسلا میں مقیم ہیں۔مرزا صاحب نے بتایا کہ جن دنوں وہ اسلامیہ کالج، سول لائنز لاہور میں بی اے کے طالب علم تھے۔اس زمانے میں میجر محمد صادقؒ لاہور میں تھے اور ''پانی والے میجر'' کے نام سے مشہور تھے۔ان کے والد محترم جو فوج میں کپتان تھے لاہور میں ای ایم ای یونٹ میں ای آر ای ڈیوٹی پر تھے۔یہ میجر صاحب کے بارے میں اپنے ابا جان سے اور میجر کریم داد (ان کا مٹور سے تعلق تھا) سے سنتے رہتے تھے۔ان سے دو ایک بار ملے بھی تھے۔پھر ان کے والد ریٹائر ہو گئے۔البتہ بعد میں بھی وہ لوگوں کی زبانی سنتے رہتے تھے کہ میجر محمد صادق سے لوگ پانی دم کرانے خچروں اور گدھوں پر سوار ہو کر گاؤں آتے ہیں۔پھر جب مرزا مشتاق حسین صاحب کی پہلی تقرری ڈی اے وی کالج روڈ پر واقع گورنمنٹ ہائی اسکول میں ہوئی تو راجہ مشتاق صاحب کی وساطت سے میجر صاحب سے اکثر ملاقات رہتی تھی۔مرزا صاحب نے ماضی میں جھانکتے ہوئے بتایا:

''میجر محمد صادق صاحب کی شخصیت بڑی سحر انگیز تھی۔ہر کوئی ان کے سامنے بیٹھ نہ سکتا تھا۔اعلیٰ فوجی افسر، بڑے بڑے سول افسران، مجذوب، سالک، پڑھے لکھے، مدرسوں کی تعلیم سے دور علم لدنی سے مالا مال درویش، روحانی ذوق کے حامل لوگ تھے کہ دور دور سے ملنے چلے آتے تھے۔ان کی غریب پروری اور انسان دوستی میں کوئی شبہ نہ تھا۔برادری کے لوگوں کی

ہر طرح مدد کرتے، مالی بھی اور ملازمتیں دلانے میں بھی۔''

راجہ مشتاق نے ایک واقعہ اپنے پیرومرشد سید انوار حسین شاہ کے حوالے سے اس طرح سنایا:

''میرے پیرومرشد نے میجر صاحب کو ائیرپورٹ پر حج کے لیے روانگی پر خدا حافظ کہا اور فرمایا: 'وہاں بھی ملاقات ہوگی' اور میجر صاحب نے حج سے واپسی پر باواجی سرکار سے پوچھا کہ آپ نے تو فرمایا تھا وہاں بھی ملاقات ہوگی مگر آپ ملے تو نہیں تھے۔ باواجی نے مسکرا کر پوچھا۔ 'فلاں درخت کے نیچے جو باباجی بیٹھے تھے اور آپ ان سے جا کر ملے تھے، وہ کون تھے؟''۔

میجر محمد صادق کو میاں محمد صاحب کا کلام اور کلام باہو بہت پسند تھا۔ جب کسی کو پڑھتے سنتے رونے لگتے تھے۔ عزیز میاں قوال بھی بے حد پسند تھے۔ راجہ مشتاق صاحب نے اور جنید احمد صادق دونوں نے بتایا کہ میجر صاحب اکثر کہا کرتے تھے:

" Hate the Sin but don't hate the Sinner " یعنی گناہ سے ضرور نفرت کرو مگر گنہ گار سے نہیں۔ صوفیاء اور اولیائے کرام کے ہاں اس پر کلی اتفاق پایا جاتا ہے اسی لیے تو بکل میں آ کر چھپنے والے چوروں کو ولی بنا کر بھیج دیا۔ راجہ مشتاق صاحب نے جہلم میں تانگوں کے اڈے کا ایک واقعہ سنایا کہ وہاں ایک معذور لڑکا پھرا کرتا تھا۔ ایک روز میجر صاحب کا ادھر سے گزر ہوا تو اسے گھر بلایا، پانی دم کر کے دیا جس سے اس کی معذوری ختم ہوگئی تھی۔ میجر صاحب جب پانی میں شہادت کی انگلی ڈال کر دم کرتے تھے تو بتایا کرتے تھے کہ ان کی اُنگلیوں سے پانی کے جتنے قطرے گرتے تھے ان کی تعداد سے انہیں معلوم ہو جاتا تھا کہ مریض کب تک تندرست ہو جائے گا۔ جس مریض نے ٹھیک ہو جانا ہوتا تھا اسے ہاتھ لگاتے ہی میجر صاحب کو کرنٹ سی لگتی تھی۔

میجر محمد صادقؒ کی اہلیہ بیگم طلعت صادق صاحبہ سے ملاقات ہوئی تو میں نے ان کی زبانی کچھ باتیں اس مردِ قلندر کے بارے میں سننے کی خواہش کا اظہار کیا جو ان کے شوہر نامدار تھے، جن سے ان کی شادی 1990ء میں ہوئی تھی۔ آب دیدہ ہوگئیں۔ پھر قدرے توقف کے بعد فرمایا: ''میں میجر صاحب کی تیسری بیوی ہوں۔ پہلی دونوں بیویوں کو میں نے دیکھا ہوا ہے۔

میجر صاحب کی ایک پرائیویٹ کمپنی ٹریول لاج میں ان کی سیکرٹری تھی۔ان کی دوسری بیوی کی اولاد کوئی نہ تھی۔ وہ مفلوج تھیں اور میری ان سے گاہے بگاہے ملاقات ہوجاتی تھی۔ مجھے چند ایک موقعوں پر یوں محسوس ہوا جیسے وہ حیلوں بہانوں سے مجھے اپنے گھر بلاتی ہیں اور مجھ سے عنقریب کچھ کہنے والی ہیں۔اور پھر یہی ہوا۔ایک روز انہوں نے مجھ سے کہا:

''طلعت! تم میجر صاحب سے شادی کرلو، میں پتا نہیں کب رُخصت ہوجاؤں۔ یہ شخص بکھر جائے گا، اسے اگر کوئی سہارا دے سکتا ہے، اس کا خیال رکھ سکتا ہے تو وہ تم ہو۔ میں نے بڑی معذرت کی، میرے والدین بھی رضا مند نہ تھے۔ میری عمر چالیس برس ہوچکی تھی لیکن میں میجر صاحب سے عمر میں کافی چھوٹی تھی۔ بالآخر میں شادی کے لیے رضا مند ہوگئی اور دو سال بعد ان کی دوسری بیگم کا انتقال ہوگیا تھا۔ مجھے میجر صاحب نے بے حد محبت، احترام اور عزت دی۔ میں اپنے آپ کو دنیا کی سب سے زیادہ خوش قسمت عورت تصور کرتی ہوں۔جن دنوں میں سیکرٹری تھی اور میجر صاحب سے میری شادی نہ ہوئی تھی میں نے انہیں ایک غیر معمولی، نیک اور پارسا انسان پایا۔ میں دوپہر کے لنچ پر ڈائریکٹرز کی موجودگی میں سب کے ساتھ مل کر کھانا کھاتی تھی اور میجر صاحب میرا بہت خیال رکھتے تھے۔ میری شادی ہوگئی تو میجر صاحب کے چند ایک عزیزوں نے اعتراض کیا کہ میرے بال کٹے ہوئے ہیں۔ میں پریشان ہوگئی تھی کہ معلوم نہیں اب میرے شوہر کا ردعمل کیا ہوگا۔لیکن وہ ایک روز میرے پاس آئے اور کہا۔ پریشان مت ہونا میں تمہیں جس شکل میں بیاہ کر لایا ہوں اسی شکل میں ہمیشہ رکھوں گا۔ وہ بہت ہنس مکھ تھے۔ ان کی حس مزاح سے ہم سب بہت محظوظ ہوتے تھے البتہ گھر سے باہر وہ ایک پکے سپاہی تھے۔ میں بچوں کو مارنے کے خلاف ہوں، وہ بھی نہایت شفیق اور خیال رکھنے والے باپ تھے۔ میں نے ایک روز بچے کو ہلکا سا تھپڑ مار دیا تھا۔ میجر صاحب رونے لگ گئے تھے۔ وہ بے حد گداز دل کے مالک تھے۔ سچ تو یہ ہے کہ میں نے محمد صادق کو اپنے شوہر سے زیادہ ایک Pious Man کے طور پر دیکھا۔''

میجر صاحب نے بہت عرصے تک اپنے آپ کو چھپائے رکھا تھا لیکن زندگی کے آخری ایام میں بہت سے پردے اٹھ گئے تھے۔ بیگم ریاض صاحبہ کو بیعت بھی ان آخری ایام میں کیا تھا کہ وہ اپنے مریدوں کو یہ تلقین کرتے تھے کہ نماز قائم کریں، جو وظیفہ بتایا گیا ہے وہ باقاعدگی

سے جاری رکھیں اور جھوٹ نہ بولیں۔ بیگم صاحبہ نے میجر صاحب کی زبانی ان کے بچپن کے بارے میں سنا ہوا واقعہ بتایا کہ گیارہ برس کی عمر میں جب ان پر پانی پڑتا تھا تو کرنٹ سی لگتی تھی۔

غلام فاروق خان نے پروفیسر عبدالعزیز صاحب کا ذکر کیا تھا جن کے بارے میں مجھے کچھ باتیں جاوید چوہدری کی کتاب ''گئے دنوں کے سورج'' میں شامل پروفیسر صاحب کے انٹرویو سے معلوم ہوئی تھیں۔ میں اور عزیزم آصف قاضی 30 اکتوبر 2007ء کو پروفیسر عبدالعزیز صاحب کے گاؤں بڑھیال (ضلع چکوال) تین بجے پہنچ گئے تھے۔ یہ گاؤں سوہاوہ چکوال روڈ پر واقع سہگل آباد سے ڈیڑھ دو کلومیٹر آگے دائیں طرف مڑنے کے بعد چار کلومیٹر کے فاصلے پر آتا ہے۔ پروفیسر صاحب بڑی محبت سے ملے اور سات گھنٹے کی ملاقات رہی۔ اس وقت میجر محمد صادق کے حوالے سے جو باتیں پروفیسر صاحب نے بتائیں انہیں یہاں قلم بند کرنا ضروری ہے۔ میں نے جب میجر صاحب کے بارے میں ان سے کچھ جاننا چاہا تو فرمایا:

''گھوڑا گلی سے آگے 'مکھن' نامی ایک مجذوب رہتے تھے۔ میری ان کے پاس آمدورفت تھی اور میجر محمد صادق بھی ان کے پاس حاضری دیا کرتے تھے۔ میری ان سے ملاقات وہیں ہوئی تھی۔ میں اس زمانے میں سوٹ بوٹ پہنتا تھا اور یہ مجذوب مجھے اپنا بیٹا کہتے تھے۔ ہم اس مشترکہ ملاقات کے بعد واپس آئے تو میجر صاحب نے انہیں گھوڑا گلی سے اسلام آباد مدعو کیا تھا۔ میجر صاحب سے میں جس زمانے میں دوبارہ ملا، اس وقت میں تو غاروں میں جانے والا تھا۔ وہ مجھے لال کرتی والے گھر (خورشید محل) میں لے گئے۔ میں ان کے گھر میں کئی سال رہا۔ پھر یہاں لوگوں کا مجمع لگنے لگا تھا، میجر صاحب مجھ سے دعا کے لیے کہتے تھے۔ میں اس سب سے اُکتا کر وہاں سے غائب ہو گیا تھا۔''

میجر محمد صادق کے وصال کے بعد جب ''متاعِ فقیر'' لکھنے کا خیال آیا تو سب سے پہلے میں نے راجہ پرویز صادق صاحب کو تلاش کیا جو ان کی پہلی اہلیہ محترمہ اقبال بیگم کے بطن سے ہیں اور 60 برس کے ہو گئے ہیں۔ ان کا گھر تلاش کرنے میں میری مدد عزیزم جنید احمد صادق نے کی۔ میری ان سے دو ڈھائی گھنٹے کی نشست رہی۔ وہ صاحب مطالعہ، اچھی یادداشت کے انسان ہیں اور ان سے مل کر مجھے بے حد خوشی ہوئی۔ اپنے ابا کی کئی باتیں ان میں صاف جھلکتی نظر آتی ہیں۔ ڈھاکہ سے لے کر آئی. نائین اسلام آباد تک کے سفر کے دوران میجر صاحب

کے بیشمار واقعات اور حالات انہیں صحیح صحیح ماہ وسال سمیت یاد ہیں خود بھی کئی بزرگوں سے مل چکے ہیں۔ جناب واصف علی واصف کے شاگرد رہ چکے ہیں۔ بابا تاج الدین ولی اور سائیں کالا خان سے ملتے رہے ہیں۔ان کی ملاقات عبید اللہ درانی سے بھی تھی جنہیں میں 1962ء میں انجینئرنگ کالج پشاور جا کر ان دنوں ملا کرتا تھا جب وہ وہاں بطور پرنسپل تعینات تھے۔ اتوار کو ملنے والوں کا تانتا بندھا رہتا تھا۔ان میں عقیدت مندوں کے ساتھ ساتھ مریض بھی ہوتے تھے جنہیں درانی صاحب ہیومیوپیتھی کی دوائیں دیا کرتے تھے۔درانی صاحب نے اپنے پیرومرشد حضرت بابا قادر پر ایک کتاب بھی لکھی تھی ''حیات قادر''....اس کتاب کا ایک نسخہ میرے پاس بھی ہے۔ ریٹائرمنٹ کے بعد عبید اللہ درانی صاحب اپنے مرشد کے مزار پر جا کر قیام پذیر ہوگئے تھے۔ راجہ پرویز نے بتایا کہ جب درانی صاحب شروع شروع میں بابا قادر سے ملے تھے تو باباجی نے فرمایا تھا۔''بابو تم حق کی کیا تلاش کروگے۔حق تو خود لوگوں کی تلاش میں رہتا ہے۔ بڑی مچھلی چھوٹی مچھلی کو کھا جاتی ہے''۔ بابا ملتانی بھی میجر صاحب کے پاس اکثر تشریف لاتے تھے۔ قارئین کی دل چسپی کا ایک واقعہ اور یاد آ گیا جو راجہ پرویز صادق صاحب نے اسی ملاقات میں سنایا تھا۔ کہنے لگے ایک شب میں رات کے ساڑھے بارہ بجے اسلام آباد قبرستان میں جناب قدرت اللہ شہاب کی قبر مبارک پر گیا تو ایک نوجوان کو وہاں کھڑے دیکھا۔اس نے مجھ سے جب ہاتھ ملایا تو میں نے محسوس کیا کہ وہ ہاتھ تو برف کی مانند سرد تھا۔انہیں بعد میں خیال آیا کہ یہ نوجوان تو شہاب نامہ کا کردار نائنٹی (90) تھا۔

پرویز نے میجر صاحب کی بغداد شریف کی حاضری کا ذکر کرتے ہوئے بتایا کہ ان کے ابا جان دو دفعہ بغداد شریف گئے تھے۔سجادہ نشین یوسف گیلانی نے بڑی شفقت فرمائی تھی اور مزار غوث پاک کی چادر اور تسبیح عنایت کی تھی۔ان کے لیے نجف اشرف میں حضرت علی کرم اللہ وجہہ کے روزہ مبارک کا دروازہ بھی کھولا گیا تھا اور چادر بھی پیش کی گئی تھی۔ راجہ پرویز صادق اپنے ابا جان سے ملنے ان کے وصال سے چار پانچ ماہ قبل گئے تو انہوں نے ایک تسبیح پر کچھ پڑھ کر یہ تسبیح بیٹے کو دی تھی۔ پرویز صادق کی زبانی یہ بھی معلوم ہوا کہ میجر محمد صادق وصال سے ایک ماہ قبل اپنے آبائی گاؤں بگلہ راجگان گئے تھے۔ پرویز نے کہا:

''وہ بہت سے ایسے مقامات پر حاضری کا ذکر کرتے رہتے تھے جہاں ہمارے خیال میں

وہ ظاہراً کبھی تشریف نہ لے گئے تھے۔''

15 اکتوبر 1922ء کو اس جہان آب وگل میں آنکھ کھولنے والے محمد صادق 14 جولائی 2007ء کو رات پونے دس بجے دو بیٹوں، اہلیہ اور بہت سے عزیزوں، دوستوں، رشتہ داروں، عقیدت مندوں، مریدوں، چاہنے والوں کو روتا، سسکتا چھوڑ کر اپنے خالق حقیقی سے جا ملے تھے۔ انا للہ وانا الیہ راجعون۔

میں نے اپنی اور ان عزیزوں کی خیریت بتائی جن سے وہ عموماً اکٹھا ملا کرتے تھے۔ بہت خوش ہوئے۔ میں نے حاضری کا وعدہ کیا جو مجھ سے ایفا نہ ہوسکا۔ روزنامہ جنگ راولپنڈی میں آپ کے انتقال اور جنازے کے وقت کی جو خبر آپ کی تصویر سمیت چھپی تھی اس کے مطابق دس منٹ بعد جنازہ پڑھا جا رہا تھا اور میرے لیے اسلام آباد سے دس منٹ میں یہ فاصلہ طے کرنا ممکن نہ تھا۔ عزیزم آصف قاضی کو فون کیا تو وہ گوجرانوالہ سے واپس راولپنڈی آتے ہوئے راستے میں تھے۔ ہم دونوں حاضر ہوئے مجھے زیادہ فکر جنید احمد صادق اور معید صادق کی تھی کہ دونوں چھوٹے ہیں پریشان ہوں گے۔ مگر جب ان سے جا کر ملا تو انہیں اسی طرح اتنے بڑے سانحہ پر بھی Composed دیکھا جس طرح کسی درویش اور اللہ والے کے بچوں کو ہونا چاہیے۔ ان بچوں کے حوصلے نے مجھے بھی حوصلہ دے دیا تھا۔

□□□

ماخذ: متاعِ فقیر، ڈاکٹر تصدق حسین، ستمبر ۲۰۰۸ء

**حاشیہ:**

[ا]۔ انہی حق نواز اختر کی خودنوشت مردِ آہن، حصہ اول و دوم، دانیال اکادمی، کراچی سے مئی 2006ء میں شائع ہوئی تھی۔

## خواجہ محمد یامین المعروف سائیں کالا خان
### ڈاکٹر تصدق حسین

یہ 2007ء کی بات ہے۔ میرے مخصوص خوابوں میں ایک خواب کا اضافہ یوں ہوا: میں ایک جنگل سے گزر رہا تھا کہ ایک جگہ پانی کا ایک مٹکا رکھا تھا۔ قریب ہی کسی ایک انسان کے قیام پذیر ہونے کے آثار نظر آرہے تھے۔ میں نے اس مٹکے میں سے پانی پینے کے لیے ہاتھ بڑھایا تو دیکھا کہ اس پر ایک اسٹیل کا گلاس رکھا ہوا ہے۔ میں نے گلاس پانی سے بھر کر پیا۔ ابھی پانی پی کر فارغ ہی ہوا تھا کہ اپنے قریب کسی انسان کے قدموں کی آواز سنی۔ پلٹ کر دیکھا تو ایک دبلے پتلے باریش باباجی کھڑے تھے۔ مصافحہ کیا تو انہوں نے قریب پڑی ہوئی ایک چٹائی کی طرف اشارہ کیا اور فرمایا:

''بیٹا بیٹھ جاؤ، کھانا کھالو''۔ میں اس چٹائی پر بیٹھ گیا تو باباجی خود دو پراٹھے لے آئے جن پر بہت سا مکھن رکھا ہوا تھا۔ اب یہ بات اچھی طرح یاد نہیں رہی کہ اس کے ساتھ سالن تھا یا نہیں لیکن غالباً سالن بھی تھا۔ میں نے کھانا شروع کیا تو باباجی نے دو تین لقمے میرے ساتھ لیے۔ پھر ہاتھ کھینچتے ہوئے فرمایا:

''یہ پراٹھے تمہارے لیے ہیں۔ پیٹ بھر کر کھانا''۔ میں نے سنت پوری کرنے کے لیے دو تین لقمے لیے ہیں۔ میں کھانا کھا چکا تو باباجی نے پوچھا:

''کہاں جانا ہے؟''۔ میں نے جواب دیا۔ ''مجھے ضلع اٹک میں سائیں عنایت سے ملنا ہے۔''

فرمایا ''آؤ تمہیں راستہ دکھا تا ہوں جہاں سے تمہیں ویگن مل جائے گی اور تم سائیں

عنایت کے پاس پہنچ جاؤ گے۔"میں اور بابا جی چل پڑے۔اتنے میں کرنل منور ملک(میرے وہ دوست جنہوں نے میری ملاقات میجر محمد صادق سے کرائی تھی)بھی آ گئے۔بابا جی نے ایک مقام پر آ کر فرمایا۔

"یہاں سے آپ کو ویگن ملے گی۔"وہ واپس جانے لگے تو میں نے اپنی جیب سے کچھ پیسے نکال کر انہیں پیش کیے، کچھ پیسے(جو میرے پیسوں سے زیادہ تھے)کرنل صاحب نے بابا جی کو پیش کیے جو انہوں نے قبول کر لیے تھے۔آنکھ کھل گئی۔بابا جی کا حلیہ سائیں عنایت اور ضلع اٹک یاد رہ گیا۔چند روز بعد میں، آصف قاضی، ظفر اعوان اور مسعود نے اپنے نہایت محترم کرم فرما چوہدری عنایت اللہ اسلام آباد(جناب واصف علی واصف کے عقیدت منداور پرانے شاگرد اور دوست)کو یاد دلایا کہ انہوں نے ہم سب احباب کو حسن ابدال کسی بزرگ کے مزار پر حاضری کے لیے لے جانے کا وعدہ فرمایا تھا۔

دوسرے روز اتوار تھا۔چوہدری صاحب نے ہامی بھر لی اور ہم سب حسب پروگرام اتوار کی صبح آٹھ بجے آصف قاضی کی گاڑی میں جسے مسعود ڈرائیو کر رہے تھے۔حسن ابدال کی جانب روانہ ہو چکے تھے۔چوہدری عنایت اللہ صاحب کی ایک آدھ عادت مجھ سے بہت ملتی جلتی ہے۔ہم دونوں دیکھی ہوئی جگہ پہنچتے پہنچتے پہلے آگے نکل جاتے ہیں پھر مڑ کر مقررہ جگہ پہنچتے ہیں۔میں تو کئی بار اپنا گھر تک بھول جاتا ہوں۔اسی لیے جہاں رہتا ہوں وہاں اپنے گھر کے قریب کی کچھ نشانیاں ضرور ذہن میں رکھ لیتا ہوں۔مثلاً پارک، اسکول یا کوئی مارکیٹ۔اس روز بھی یہی ہوا ہم حسن ابدال سے آگے نکل گئے تو چوہدری صاحب جو غالباً نیم وا آنکھوں سے نیند کے مزے لے رہے تھے فوراً بول اٹھے:

"مسعود! بیٹے گاڑی آہستہ کر کے موڑ لو، ہم آگے نکل آئے ہیں۔ہمیں تو حسن ابدال سے ایبٹ آباد کی طرف مڑنا تھا۔"سب ساتھیوں نے مل کر قہقہہ لگایا۔مسعود نے گاڑی واپس موڑ کر ایبٹ آباد روڈ پر ڈال دی تھی۔اب چوہدری صاحب نے سنگ میل گننے شروع کر دیئے تھے اور ایک جگہ آ کر مسعود سے گاڑی بائیں ہاتھ موڑنے کو کہا۔

میں نے پوچھا: بھائی جی! ہمیں جانا کہاں ہے؟ اور جگہ کا نام کیا ہے؟"

جواب دیا"ہم بابا جی سائیں کالا خان کے تکیہ پر جا رہے ہیں جو سخی آباد، حسن ابدال

سے آٹھ دس کلومیٹر کے فاصلے پر ایک بہت چھوٹے سے گاؤں نکو کے قریب ہے۔'' تنگ سی سڑک تھی۔قریب پہنچ کر کچھ کچی بھی تھی۔نکو گاؤں کچھ فاصلے پر تھا۔ جہاں بابا کی قبر مبارک تھی وہاں قریب ہی ایک چھوٹا سا باغ ہے جس میں مالٹے اور دوسرے پھل دار درخت لگے ہوئے تھے۔ان کا پھل فروخت نہیں کیا جاتا بلکہ سائیں کالا خان کے ان عقیدت مندوں میں تقسیم کردیا جاتا ہے جو سال بھر حاضری کے لیے آتے رہتے ہیں۔مزار شریف کا نقشہ بن چکا ہے جو ہمیں بھی دکھایا گیا لیکن ابھی تک تعمیر شروع نہیں ہوئی۔قبر مبارک کے قریب اور باغ سے متصل ایک پہاڑی کو کاٹ کر اس کے اندر بھیڑ بکریوں کے لیے جگہ بنائی گئی ہے۔دیگر مویشیوں میں گائیں، بھینسیں اور بیل بھی شامل ہیں جنہیں رات کو اس کے اندر رکھا جاتا ہے۔اس چھوٹی سی پہاڑی کے اندر کا یہ باڑہ گرمیوں میں ٹھنڈا اور سردیوں میں گرم ہوتا ہے۔یہ ایک ہال کمرہ نہیں بلکہ کئی کمرے ہیں جن تک پہنچنے کے لیے پُر پیچ راستے ہیں۔ہم نے فاتحہ خوانی اور حاضری کے بعد بابا سائیں سے اجازت لی اور پھر اس گھر کی طرف روانہ ہوئے جو بالکل قریب ہے۔یہی باباجی کی رہائش گاہ تھی۔یہ بھی سیمنٹ، سریے اور اینٹوں سے تعمیر نہیں ہوئی بلکہ ایک پہاڑی ہے جسے کاٹ کر کمرے بنائے گئے ہیں۔ ان میں دروازے، کھڑکیاں موجود ہیں۔چھتیں بھی قدرتی ہیں۔ان میں روشنی اور ہوا کا پورا پورا انتظام رکھا گیا ہے۔یہاں کی مقامی بولی میں انہیں ''بھورے'' بھی کہا جاتا ہے۔ان ہی میں سے بڑے کمرے میں ہم نے لنگر کھایا۔دو تصاویر نظر آئیں۔ایک تصویر باباجی کی تھی ایک علامہ اقبال کی۔اندر داخل ہونے سے قبل ایک پتھر پر نظر پڑی جس پر کندہ تھا۔'' Love is Life''یعنی زندگی پیار محبت کا نام ہے۔لنگر ابھی شروع نہیں ہوا تھا۔چوہدری عنایت اللہ صاحب اپنی اور جناب واصف علی واصف کی یہاں آمدورفت کے بارے میں حیرت انگیز باتیں بتارہے تھے۔معلوم ہوا کہ جب باباجی بقید حیات تھے تو لنگر میں کم از کم دس بارہ قسم کے کھانے پکتے تھے۔کسی آنے والے عقیدت مند سے کوئی نذر نیاز قبول نہیں کی جاتی تھی۔عنایت اللہ صاحب نے بتایا کہ موسم سرما میں جب آپ واصف کے ہمراہ سائیں کالا خان سے ملنے آتے تو ہر بار اوڑھنے کو نئی رضائیاں ملتی تھیں۔وہ ماضی کی اپنی ملاقاتوں پر سے وقت کی دبیز تہیں اُتارتے جارہے تھے اور ہم ہمہ تن گوش بھائی عنایت اللہ صاحب کی قسمت پر رشک کررہے تھے جنہیں متعدد بار باباجی سے ملنے اور فیضیاب ہونے کی سعادت حاصل ہوچکی تھی۔دو ایک بار تو میں ایک

ایسی کیفیت سے گزرا کہ یوں لگتا تھا جیسے بابا جی سامنے رکھی تصویر میں سے نکل کر ہمارے ساتھ آن بیٹھے ہوں۔دسترخوان لگ گیا تھا۔ہم دس بارہ افراد کھانا کھارہے تھے کہ مجھے اپنا خواب یاد آ گیا۔ساتھ ہی بابا جی کے لوح مزار پر ضلع اٹک لکھا ہوا بھی سامنے آ گیا۔مجھے یقین تو ہو گیا تھا کہ یہ وہی مقام ہے جو مجھے خواب میں نظر آیا تھا اور جہاں میری ملاقات بابا جی سے ہوئی تھی لیکن میں کوئی ایسی پکی نشانی دیکھنا چاہتا تھا جس کے بعد یقین کامل ہو جائے کہ میں نے خواب میں یہیں حاضری دی ہے۔میں ابھی ان ہی خیالات میں گم تھا کہ دسترخوان پر میرے سامنے ایک صاحب آصف نامی آ کر بیٹھ گئے جنہیں قبلہ بابا جی کی قربت حاصل رہی تھی۔وہ مجھ سے ہم کلام تھے اور بابا جی کی باتیں سنا رہے تھے کہ کھانا کھاتے کھاتے بولے:

''سر!میں بابا جی حضور کی ایک خاص بات آپ کو بتاؤں۔وہ لنگر تقسیم ہوتا تو نگرانی خود کرتے تھے لیکن ان کی ایک عادت یہ تھی کہ وہ مہمانوں اور زائرین کے ساتھ بیٹھ کر ایک دو لقمے ضرور لیتے تھے اور فرمایا کرتے تھے کہ وہ سنت پوری کر رہے ہیں۔یہ کہہ کر وہ اٹھ جایا کرتے تھے۔''

مجھے عالم خواب میں ملنے والے بابا جی کا یہی جملہ یاد آ گیا تھا اور اب کوئی شک وشبہ نہ رہا تھا کہ میں یہیں آیا تھا اور میری ملاقات بابا جی سے ہی ہوئی تھی۔

سائیں کالا خان فرمایا کرتے تھے کہ انہوں نے اپنی ساری زندگی مٹی کے اس مکان میں اس لیے گزاری ہے کہ ان کے پیارے رسول مقبول ﷺ نے بھی اپنی زندگی کچے مکان میں گزاری تھی۔اس لیے انہیں یہ زیب نہیں دیتا کہ وہ اپنے لیے کوئی پکا عالی شان گھر تعمیر کرائیں۔وہ چاہتے تو وہاں ایک محل تعمیر ہوسکتا تھا۔بابا جی حضور اس گاؤں کے رہنے والے نہیں تھے۔آپ کا آبائی گھر جھامرہ (ہری پور) میں تھا۔بہت بڑی برادری تھی۔نکو گاؤں کے قریب جہاں آپ مقیم تھے یہاں 200 کنال زمین کسی عقیدت مند نے عطیہ کی تھی اور آپ جھامرہ سے یہاں منتقل ہو گئے تھے۔اس ناہموار زمین کو ہموار کرنے کے لیے بلڈوزر رات دن لگے رہتے تھے۔جب آپ یہاں تشریف لائے تو یہاں دور دور تک پانی کا نام ونشان تک نہ تھا مگر ایک اہل اللہ نے جب یہاں قدم رکھا تو پانی بھی نکل آیا تھا۔بنجر زمین سیراب ہوئی اور اس بیابان میں جہاں صدیوں سے خزاں کے ڈیرے تھے بہار آ گئی تھی۔

بابا جی حضور کے خاندانی پس منظر کا ذکر ہوا تو پتہ چلا کہ آپ کے والد محترم اجمیر شریف

جایا کرتے تھے۔ایک حاضری کے دوران حضرت معین الدین چشتی سے مخاطب ہوکر عرض کیا۔

''حضرت! مجھے اللہ سے سات بیٹے دلوائیے۔'' جواب ملا، سات تو نہیں تین بیٹے ہوں گے جن میں سے ایک ہمارا ہوگا۔وہ ایک سائیں کالا خان تھے۔جن کا نام تو محمد یامین تھا اور خواجہ اجمیریؒ کی نسبت سے انہیں خواجہ محمد یامین کا نام دیا گیا تھا، آپ کا رنگ سیاہ تھا اس لیے سائیں کالا خان کے نام سے ہی معروف تھے۔ہم ظہر کی نماز کے بعد واپس ہوئے تو واہ چھاؤنی سے گزرتے وقت عنایت اللہ صاحب نے بتایا کہ علامہ محمد یوسف جبریل کی طبیعت بہت خراب ہے۔ کیوں نہ نواب آباد میں واقع ان کے گھر جا کر بیمار پرسی کرتے چلیں، بیٹھ تو زیادہ اس لیے نہ سکیں گے کہ علامہ صاحب زیادہ دیر بیٹھ نہیں سکتے۔مسعود نے اب گاڑی کا رخ نواب آباد کی طرف موڑ دیا تھا۔یہ آبادی جی ٹی روڈ پر واہ کے بالمقابل راول پنڈی سے پشاور جاتے ہوئے بائیں طرف واقع ہے۔علامہ صاحب کے چھوٹے بیٹے نے دروازہ کھولا، اندر اطلاع دی اور ہمیں بیٹھک میں بٹھا دیا تھا۔دو چار منٹ بعد علامہ جبریل تشریف لائے، سب احباب سے ملے اور میرے سامنے والی کرسی پر بیٹھ گئے۔میں نے ان کے چہرے کی طرف دیکھ کر یہی اندازہ لگایا تھا کہ وہ پانچ منٹ سے زیادہ نہ بیٹھ سکیں گے۔بہت کمزور لگ رہے تھے۔مگر گفتگو شروع ہوئی جس کا آغاز حضرت علامہ نے ہی فرمایا تھا۔پھر بات سے بات نکلتی گئی۔یہاں تک کہ پونے چار گھنٹے تک وہ بولتے رہے اور ہم سب سنتے رہے۔این میری شمل (جرمن مستشرق خاتون) کے ذکر میں مناظرے کے پس منظر اور علامہ صاحب کے اس خاتون سے سوال جواب کی تفصیلات بتائی گئیں۔پھر سورۃ الھمزہ کی اس سائنسی تشریح کا ذکر آیا جو دنیا بھر میں پہلی بار علامہ جبریل نے پیش کی تھی میں نے چودہ۔پندرہ برس قبل علامہ صاحب کو مقتدرہ قومی زبان کے ایک سیمنار میں دیکھا اور سنا تھا۔جوں جوں وقت گزرتا جارہا تھا علامہ جبریل کے چہرے پر موجود رونق اور شگفتگی بڑھتی جارہی تھی۔ہم سوچ بھی نہ سکتے تھے کہ بیماری کی اس شدت میں کوئی شخص پونے چار گھنٹے تک یوں محوِ کلام بھی رہ سکتا ہے۔اس ملاقات میں ایک دلچسپ بات یہ نظر آئی کہ علامہ جبریل نے یہ جملہ کئی بار دہرایا۔

''ابھی وقت ہے پوچھ لیجئے جو پوچھنا ہے''۔ہمیں کیا خبر تھی کہ صرف دو روز بعد علامہ ہمیں داغ مفارقت دے جائیں گے۔ہم نے پونے چار گھنٹے کے بعد اجازت مانگی اور حضرت علامہ کو الوداع کہہ کر واپس آ گئے۔دوسرے روز آپ بے ہوشی میں چلے گئے تھے۔بیٹے اسپتال

لے گئے جہاں اُس سے اگلے روز ایک ایسا مرد قلندر اپنے خالق حقیقی سے جاملا تھا جس نے چالیس برس تک سوائے لکھنے پڑھنے کے کوئی اور کام نہ کیا۔ جس کی دنیا کے 15 سائنس دانوں سے خط وکتابت رہی جن میں رسل بھی شامل تھے۔ وہ ایٹمی جہنم سے انسانیت کو محفوظ رکھنے کے آرزومند تھے اور اس خط وکتاب کا موضوع بھی یہی تھا۔ کھبیکی (وادی سون سیکسر) سے تعلق تھا۔ اعوان قبیلے کے چشم وچراغ تھے۔ نویں جماعت سے بھاگ جانے والے طالب علم پر مصیب (بغداد شریف) میں اچانک اللہ نے کیا کرم فرمایا کہ ملک محمد یوسف اب علامہ محمد یوسف جبریل تھے۔

قرآن فہمی میں یکتا و بے مثال، سائنسی علوم میں جامعات کے پروفیسروں سے زیادہ علم رکھنے والا، انگریزی ادب، اردو ادب، پنجابی ادب پر مکمل دسترس کا حامل۔ ہم اسے جتنا بڑھاتے جائیں گے یہ داستان مزید طویل ہوتی جائے گی۔ قارئین میں سے کسی کو دلچسپی ہو تو وہ ''علامہ محمد یوسف جبریل حیات وخدمات'' کا مطالعہ کرسکتا ہے جو میری مرتبہ ہے اور چھپ چکی ہے اور بڑے شہروں کے سبھی معروف کتب فروشوں کے ہاں سے دستیاب ہے۔

آیئے واپس لوٹتے ہیں۔ باباجی حضور کے ذکر کی طرف۔ ان کے ہاں دور دراز سے ہر مکتبہ فکر کے لوگ آتے تھے۔ مٹی کے اس بھورہ میں جہاں آپ رہتے تھے نہ جانے کون کون سی مخلوق شرف باریابی حاصل کرنے آتی تھی۔ ان میں مجذوب بھی ہوتے تھے۔ سالک بھی، استاد بھی، انجینئر بھی، ڈاکٹر بھی، بیمار وصحت مند بھی، وزیر سفیر بھی (جوان قلندروں کے ہاں صرف شوقیہ صوفی بننے آتے ہیں وگرنہ نہ انہیں کسی روحانی فیض کی طلب ہوتی ہے نہ اللہ تک کی رسائی کے لیے وہ کسی ہدایت اور رہنمائی کے آرزومند ہوتے ہیں) کچھ کاروباری فقیران کے ہاں آمد سے اپنا دھندہ خوب چمکاتے ہیں۔ وزیروں سفیروں کو بڑی شہرت ملتی ہے جب اخبارات میں اس طرح کی خبریں گردش کرتی ہیں۔ فلاں وزیراعظم، صدر، گورنر، کمشنر، جج فلاں تکیے پر حاضری کے لیے گیا تھا۔ اس نے وہاں موجود باباجی کی قدم بوسی کی اور تھپکی لی، دعا بھی کرائی اور جہاں دنیاوی کاروبار فقر ودرویشی کے لبادے میں نہ رہا ہو۔ وہاں صوفی محمد برکت علی کو جب پنجاب کا وزیراعلیٰ ملنے جاتا ہے تو پہلے تو اجازت مشکل سے ملتی ہے۔ پھر صوفی صاحب سفارش کرنے والے ادیب جاودانی صاحب سے فرماتے ہیں۔

''وزیراعلیٰ (میاں محمد نواز شریف) سے کہو ہیلی کاپٹر پر نہ آیا کرے۔ مٹی اُڑ اُڑ کر گھروں

کے اندر جاتی ہے۔''اور جب میاں صاحب دس بارہ لاکھ روپے پیش کرتے ہیں تو اللہ کے ولی جواب دیتے ہیں۔

''میاں صاحب! یہ رقم واپس لے جائیے۔ہمیں اس کی ضرورت یوں نہیں کہ وہ مالک وخالق اور پروردگار کائنات جو درختوں کے پتوں تک کو رزق بہم پہنچاتا ہے(ایسا کرتے وقت قریب کھڑے ایک شجر کے پتے پر صوفی صاحب کے ہاتھ تھے)۔اس نے ہمارے رزق کی فراہمی کے سارے انتظامات کر رکھے ہیں۔ہم تو ہر شام بیلنس 'صفر' کر کے سونے والے لوگ ہیں کل کے لیے بچا کر کبھی نہیں رکھا۔''

ایک بار نیلام گھر والے طارق عزیز صاحب کو بھی یہی شوق چرایا کہ قبلہ سائیں کالا خان کے تکیے پر حاضری دینی ہے۔وہ گئے بھی دستاویزی فلم بھی بنی، بابا جی کا انٹرویو بھی لیا گیا تھا۔وہ بابا جی سے یہ وعدہ بھی کر گئے تھے کہ یہ دستاویزی فلم پی ٹی وی اسلام آباد سے دکھائی جائے گی اور بابا جی کا انٹرویو بھی نشر ہوگا۔مگر ایسا نہ ہوا کیونکہ بابا جی نے پہلے ہی طارق عزیز کو کہہ دیا تھا آپ یہ انٹرویو نشر نہ کروا سکو گے کہ اس میں جو سچ بول رہا ہے اسے سننا جنرل محمد ضیاء الحق صدر پاکستان اور اس کی حکومت کے لیے ممکن نہ ہوگا۔طارق عزیز نے نوکری بچالی اور سائیں کالا خان کا انٹرویو پی ٹی وی اسلام آباد کی فائلوں میں کہیں دفن ہو گیا تھا۔ڈاکٹر شیخ ظہیر الدین صاحب جو بابا جی کے بہت قریب رہے اپنی کتاب ''خدا سے سائیں کالا خان تک'' میں لکھتے ہیں:

ایک دن بابا جی نے فرمایا۔''مجھ پر زکوۃ لاگو ہی نہیں ہوتی اس لیے کہ خدا کروڑوں کا رزق میرے سامنے لاتا ہے۔میں اس میں سے دو چار نوالے اپنا حصہ نکال کر باقی خدا کو ہی واپس کر دیتا ہوں یعنی اپنے مہمانوں کو کھلا دیتا ہوں۔''

ایک دن ارشاد فرمایا۔''اللہ نے میرا رزق لانے کی ڈیوٹی قاسم فرشتے کے ذمے لگائی ہوئی تھی۔ایک دن میں کیا دیکھتا ہوں کہ یہ فرشتہ کچھ تھکا تھکا سا نظر آ رہا ہے۔اس کی تھکاوٹ اپنی جگہ درست تھی کہ ادھر وہ مجھے رزق پہنچاتا ادھر میں اسے چوم چاٹ کر فارغ کر دیتا تھا۔میں نے اس سے کہا کہ اگر تم تھک گئے ہو تو یاد رکھو کہ اللہ کے پاس رزق پہنچانے کے راستے ہیں۔''

صوفیاء اور تصوف پر لکھی گئی کتابوں کا ذکر آ جائے تو قدرت اللہ شہاب اور شہاب نامہ ضرور زیر بحث آتے ہیں۔ڈاکٹر شیخ ظہیر الدین نے سائیں کالا خان سے ملاقات کے ذکر میں

''خدا سے سائیں کالا خان تک'' میں شہاب نامے کے چند اقتباسات نقل کیے ہیں۔تلاش مرشد یا تلاش شیخ کی اُلجھن سے اس منزل کے سبھی مسافر گزرے ہیں اور گزرتے رہیں گے۔اس حوالے سے درج اقتباس مجھے یقین ہے،''متاع فقیر'' کے قارئین کے لیے ضرور دلچسپی کا باعث بنے گا۔جناب قدرت اللہ شہاب لکھتے ہیں:

''ایک الجھن میرے دل میں بھی پیدا ہوگئی۔یہ الجھن تلاش مرشد یا تلاش شیخ کے بارے میں تھی۔طریقت کے سارے سلسلوں میں ایک بات مشترک تھی وہ یہ کہ اس راستے پر قدم اٹھانے سے پہلے کسی مرشد کو اپنا رہنما بنانا لازمی ہے۔مجھے یقین ہے کہ میرے آس پاس اور ارد گرد بہت سے ایسے بزرگان دین اور پیران طریقت موجود ہوں گے جنہیں میرا مرشد بننے کا حق حاصل تھا لیکن مرید کے طور پر اپنے شیخ کے سامنے بلاسوال جواب ذہنی اطاعت قبول کرنے کی جو شرط لازم تھی اسے نبھانا میرے بس کا روگ نہ تھا۔اس لیے میں نے تلاش شیخ کے لیے کوئی خاص کوشش نہ کی بلکہ اپنی نگاہ سلسلہ اویسیہ پر رکھی جس کے بارے میں بہت سے بزرگان سلف کی تصنیفات میں چھوٹے چھوٹے اشارے ملتے تھے۔لیکن یہ کہیں درج نہ تھا کہ اس سلسلے میں قدم رکھنے کے لیے کون سا دروازہ کھٹکھٹایا جاتا ہے اور نہ یہ معلوم تھا کہ اس میں داخل ہونے کے کیا کیا قواعد وضوابط اور آداب ہیں لیکن ایک بار یوں ہی بیٹھے بٹھائے خوش قسمتی کی لاٹری میرے نام نکل آئی۔

ایک بار میں کسی دور دراز علاقے میں گیا ہوا تھا۔وہاں پر ایک چھوٹے سے گاؤں میں ایک بوسیدہ سی مسجد تھی۔میں جمعہ کی نماز پڑھنے اس مسجد میں گیا تو ایک نیم خواندہ سے مولوی صاحب اردو میں بے حد طویل خطبہ دے رہے تھے۔ان کا خطبہ گزرے ہوئے زمانوں کی عجیب و غریب داستانوں سے اٹا اٹ بھرا ہوا تھا۔کسی کہانی پر ہنسنے کو جی چاہتا تھا کسی پر حیرت ہوتی تھی لیکن انہوں نے ایک داستان کچھ ایسے انداز سے سنائی کہ تھوڑی سی رِقت طاری کر کے وہ سیدھی میرے دل میں اُتر گئی۔

یہ قصہ ایک باپ اور بیٹی کی باہمی محبت واحترام کا تھا۔باپ حضرت محمد رسول اللہ ﷺ اور بیٹی حضرت بی بی فاطمہؓ تھیں۔مولوی صاحب بتا رہے تھے کہ حضور رسول کریم ﷺ جب اپنے صحابہ کرام کی کوئی درخواست یا فرمائش منظور نہ فرماتے تھے تو بڑے بڑے برگزیدہ صحابہ کرامؓ بی بی فاطمہؓ کی خدمت میں حاضر ہو کر اسے منظور کروا لاتے۔حضور نبی کریم ﷺ کے دل میں بیٹی

کا اتنا پیار اور احترام تھا کہ اکثر اوقات جب بی بی فاطمہؓ ایسی کوئی درخواست یا فرمائش لے کر حاضر خدمت ہوتی تھیں تو حضور ﷺ خوش دلی سے اسے منظور فرما لیتے تھے۔ اس کہانی کو قبول کرنے کے لیے میرا دل بے اختیار ہو گیا۔

جمعہ کی نماز کے بعد میں اسی بوسیدہ سی مسجد میں بیٹھ کر نوافل پڑھتا رہا۔ کچھ نفل میں نے حضرت بی بی فاطمہؓ کی روح ایصال ثواب کے لیے پڑھے۔ پھر میں نے پوری یکسوئی سے گڑگڑا کر یہ دعا مانگی: یا اللہ میں نہیں جانتا کہ یہ داستان صحیح ہے یا غلط لیکن میرا دل گواہی دیتا ہے کہ تیرے آخری رسول ﷺ کے دل میں اپنی بیٹی خاتون جنت کے لیے اس سے زیادہ محبت اور عزت کا جذبہ موجزن ہوگا۔ اس لیے میں اللہ تعالیٰ سے درخواست کرتا ہوں کہ وہ حضرت بی بی فاطمہؓ کی روح طیبہ کو اجازت دیں کہ وہ میری ایک درخواست اپنے والد گرامی ﷺ کے حضور میں پیش کر کے منظور کروا لیں۔ درخواست یہ ہے کہ میں اللہ کا متلاشی ہوں۔ سیدھے سادھے مروجہ راستوں پر چلنے کی سکت نہیں رکھتا۔ اگر سلسلہ اویسیہ واقعی افسانہ نہیں بلکہ حقیقت ہے تو اللہ کی اجازت سے مجھے اس سلسلے سے استفادہ کرنے کی ترغیب اور توفیق عطا فرمائی جائے۔"

قدرت اللہ شہاب نے اس بات کا ذکر اپنے گھر میں یا گھر سے باہر کسی سے نہ کیا تھا۔ چھ سات ہفتے گزر گئے تھے اور انہیں وہ واقعہ بھی بھول گیا تھا کہ پھر اچانک سات سمندر پار سے ان کی ایک جرمن بھابھی کا خط انہیں موصول ہوا۔ یہ خاتون اسلام قبول کر چکی تھیں اور پابند صوم وصلوٰۃ تھیں۔ انہوں نے شہاب صاحب کو اس خط میں جو لکھا وہ یہ تھا:

"The other night I had the good fortune to see Fatima (RAU) daughter of the Holy Prophet (peace be upon him )in my dream.She talked to me most graciously and said,"Tell your brother in law Qudrat Uallah Shahab that I have submitted his request to my father who has very kindly accepted it"

ترجمہ: اگلی رات میں نے خوش قسمتی سے فاطمہ بنت رسول ﷺ کو خواب میں دیکھا۔ انہوں نے میرے ساتھ نہایت تواضع اور شفقت سے باتیں کیں اور فرمایا کہ اپنے دیور قدرت اللہ شہاب کو بتا دو کہ میں نے اس کی درخواست اپنے برگزیدہ والد گرامی ﷺ کی خدمت میں پیش کر دی تھی۔ انہوں نے از راہ نوازش اسے منظور فرما لیا ہے۔

یہ خط پڑھنے کے بعد کئی روز تک شہاب صاحب پر خوشی اور حیرت کی دیوانگی طاری رہی وہ دوتین روز اپنے کمرے میں بند رہے اور یہ مصرع دہراتے رہے ۔

مجھے سے بہتر ذکر میرا ہے کہ اس محفل میں ہے

پھر عالم رویا میں قدرت اللہ شہاب صاحب کئی ایسی ہستیوں سے ملے جنہیں وہ پہچانتے نہ تھے۔اسی دوران ان کی ملاقات حضرت قطب الدین بختیار کاکیؒ سے ہوئی جو خانہ کعبہ کا طواف کررہے تھے۔وہ مسکراتے ہوئے شہاب صاحب کی طرف آئے اور عطاف سے باہر حطیم کی جانب ایک جگہ انہیں اپنے پاس بٹھالیا اور فرمایا:

''میرا نام قطب الدین بختیار کاکی ہے۔تم اس راہ کے آدمی تو نہیں ہو لیکن جس دربار گیر باد سے تمہیں منظوری حاصل ہوئی ہے اس کے سامنے ہم سب کا سر تسلیم خم ہے۔''

شہاب صاحب بتاتے ہیں کہ ان پر نفس غالب تھا اس لیے مجاہدہ کرنا پڑا۔پھر تین سوا تین ماہ بعد انہیں نائنٹی (Ninety) کے کوڈ نام سے ایک خط ملا۔صرف پہلا خط بذریعہ ڈاک آیا تھا۔لفافے پر ڈاک خانے کی یہ مہر تھی۔''9 جون جموں مارکیٹ : 9.30 صبح''۔خط اسی روز پوسٹ ہوا تھا اور اسی روز شہاب صاحب کو پہنچ گیا تھا۔13 صفحات پر مشتمل اس خط میں شہاب صاحب کے ظاہر و باطن کی تمام تر کمزوریوں اور خرابیوں کا تفصیل سے ذکر تھا۔ان میں سے کچھ باتیں ایسی بھی تھیں جن کا علم شہاب صاحب کو تھا یا ان کے اللہ کو۔اور بعض کا علم خود انہیں بھی نہ تھا خط کی زبان فصیح و بلیغ انگریزی تھی۔ڈکشنری کی مدد لینا پڑتی تھی۔مستقبل کے احکامات نے نصف خط کا احاطہ کر رکھا تھا۔لکھنے والے کے نام کی جگہ تحریر تھا A Ninety Years Young Fakir (ایک نوے سالہ جواں فقیر)۔یہ سلسلہ 25 برس جاری رہا۔بعض اوقات دن رات کے دوران دو سے چار تک خطوط موصول ہوتے تھے۔الماری سے، تکیہ کے نیچے سے، جیب سے، کتاب سے اور کبھی کبھی راہ چلتے چلتے یہ خط ہوا کے دوش پر اُڑتے اُڑتے اور پھول کی پتیوں کی مانند شہاب صاحب کے سر پر آکر لگتے تھے۔خطوط کو محفوظ کر لینے کی اجازت نہ تھی۔صرف دستخط محفوظ کر لینے کا خیال آیا تو بری طرح خوفزدہ کیا گیا اور معافی منگوائی گئی تھی۔

قدرت شہاب صاحب نے ایک روز اپنے اس رہنما سے پوچھا: آپ کون ہیں؟ کہاں ہیں؟ کیا کرتے ہیں اور روحانیت کے کس مقام پر فائز ہیں؟''

جواب ملا: ''پہلے تین سوال فضول ہیں۔ان کا جواب تمہیں کبھی نہیں ملے گا، باقی رہی روحانیت کے مقام کی بات تو اس طویل راستے پر کہیں کہیں گھاٹیاں اور کہیں کہیں سنگ میل آتے ہیں اور گزر جاتے ہیں۔منزل یا مقام کا کسی کو علم نہیں۔اس سڑک پر سب راہی ہیں۔کوئی آگے کوئی پیچھے۔منزل صرف ایک بشر کو ملی ہے جس کے بعد اور کوئی مقام نہیں۔اس بشر کا نام محمد ﷺ ہے۔تم اس کا نام رٹتے تو بہت ہو لیکن کیا کبھی اس کے نقش قدم پر چلنے کی کوشش بھی کی ہے؟ اگر تم ایسا کرتے تو آج ایک کچی دیوار پر گوبر کے اپلے کی مانند چسپاں نہ ہوتے جس پر مکھیاں تک بھنبھنانا چھوڑ دیتی ہیں۔''

یہ معاملہ تو تھا قدرت اللہ شہاب کا۔انہوں نے سلسلہ اویسیہ سے وابستگی کے کے بارے میں فکرمندی کا اظہار کیا اور ایک راستہ ملا جو انہیں وہاں تک لے گیا۔پھر شہاب صاحب کی محفل میں واصف علی واصف، اشفاق صاحب، یوسف ظفر صاحب، ممتاز مفتی صاحب، عزیز ملک صاحب آن شامل ہوئے۔مگر شہاب صاحب کے علاوہ ان سبھی نے اپنے اپنے مرشد یا شیخ سے اپنے اپنے ظرف کے مطابق فیض پایا۔ممتاز مفتی صاحب ان میں سے وہ واحد شخص تھے جن کی تحریروں کو تو بڑی پذیرائی ملی۔''لبیک'' کو بے حد پسند کیا گیا لیکن ان کی اپنی ذات بعض حضرات کی تنقید کا نشانہ بنی رہی۔یہ نقد و نظر کس حد تک درست تھی اس کا علم ان نقادوں کو ہوگا یا مفتی صاحب کو۔ہمارا یہ مضمون ہی نہیں جو اس حوالے سے کچھ کہنے کی پوزیشن میں ہوں۔قدرت اللہ شہاب صاحب، عزیز ملک صاحب، ممتاز مفتی صاحب، اشفاق احمد صاحب سے ملاقاتیں رہیں البتہ یوسف ظفر صاحب سے ملاقات کبھی نہ ہوئی۔یہ کمی ان کے فرزند نوید ظفر صاحب نے پوری کر دی تھی جن کی محبت نے مجھے ''یوسف ظفر کی بات''، ''یوسف ظفر، شخصیت اور فن'' اور ''کلیات یوسف ظفر'' مرتب کرنے کا حوصلہ بخشا۔یہ حضرات مریڑ حسن (راول پنڈی) میں واقع قبرستان میں جس بزرگ کی قبر مبارک پر حاضری دیتے تھے ان کا اسم گرامی خواجہ اللہ بخش تھا۔میں بھی وہاں حاضری دے چکا ہوں۔مجھے تو تلاش کے بغیر ہی مرشد کامل حضرت سلطان محمد باہو کی دستگیری حاصل ہوگئی تھی۔اس لیے نہ کہیں بھٹکنا پڑا نہ در در کی ٹھوکریں کھانی پڑیں۔کسی ''نائنٹی'' سے ملاقات یا خط و کتابت کا نہ تجربہ ہوا نہ خواہش۔مرشد نے جس جس سے ملوانا تھا خود انتظام فرما دیا۔ان میں سائیں کالا خان بھی شامل ہیں اور متاع فقیر کی بقیہ تین ہستیاں بھی اور دو ایک ایسے بزرگ بھی جن

کا بالتفصیل ذکر نہ اس کتاب میں آیا ہے نہ کہیں اور۔

سائیں کالا خانؒ کے ذکر میں ابھی تشنگی محسوس ہو رہی تھی کہ نیشنل بک فاؤنڈیشن کے اسٹال پر ڈاکٹر شیخ ظہیر الدین صاحب کی مرتب کردہ کتاب ''خدا سے سائیں کالا خان تک'' مل گئی۔ اس میں سے سائیں کالا خان کی خودنوشت والا حصہ ''متاع فقیر'' میں شامل کر لینا ضروری سمجھا تا کہ قارئین کو ان کے بارے میں زیادہ سے زیادہ مواد فراہم کیا جا سکے۔

❑❑❑

ماخذ: متاع فقیر، ڈاکٹر تصدق حسین، ستمبر ۲۰۰۸ء

# رحمت کا سایہ

## پروفیسر افضل علوی

ابھی ابھی میرے ایک مہربان مجھے ایک ایسے شخص کا ایسا روح پرور اور ایمان فروز واقعہ سنا کر گئے ہیں جس نے مجھے اس شخص کا نادیدہ ہی اتنا گرویدہ کر دیا ہے کہ میرا جی چاہتا ہے میں اسے ڈھونڈ کر ملوں اور اس کے ہاتھ چوم لوں اور جی بھر کر اس کی بلائیں لوں۔ مجھے اپنے اس ممدوح کا نام صحیح طور پر یاد نہیں کہ محمد علی ڈوگر ہے یا علی محمد ڈوگر مگر اس ذہول ونسیان سے واقعے کی صحت اور ایمان افروزی میں تو کوئی فرق نہیں پڑتا۔ بلکہ سچ پوچھیے تو یہ نام ہیں جو واقعات کی صحت کو بعض اوقات مسخ کر دیتے ہیں اور آج کتنی ہی حقیقتیں ہیں جو ناموں کی بھینٹ چڑھ کر کچھ کی کچھ ہو کر رہ گئی ہیں مگر ہم اس بحث میں پڑ کر اس روح افزا داستان کی لذت سے کیوں محروم ہوں جس کے سلسلے دنیائے انسانیت کے سب سے بڑے محسنؐ کی اس روایت مبارک سے مربوط ہیں کہ ''جنت ماں کے قدموں میں ہے۔'' اور لاریب خوش نصیب ہیں وہ لوگ جو جنت کی تلاش میں کوہساروں،، بیابانوں اور غاروں میں ریاضتیں کرنے اور چلے کاٹنے کے بجائے ماں کے قدموں میں نیاز مندانہ اور عاجزانہ پڑے رہے اور دین و دنیا کی مراد پا گئے۔

یہ واقعہ سننے کے بعد میرے تخیل میں صدیوں کے فاصلے سمٹ گئے ہیں اور میری چشم تصور اس نورانی روایت کی علم برداری کرتے ہوئے ایک نورانی ہیولے کو دیکھ رہی ہے جو چارپائی پر دراز ایک ضعیف سے وجود کے پاس کھڑا ہے۔ آدھی سے زیادہ رات بیت چکی ہے۔ سردی غضب کی ہے مگر وہ سردی اور اس بات سے بے نیاز کہ آدھی رات گزر چکی ہے۔ سراپا ادب بنا محو استراحت وجود کو عقیدت و محبت کی نگاہوں سے دیکھتے ہوئے کھڑا ہے۔ اس کے ہاتھ میں

پانی سے بھرا ایک پیالہ ہے۔ یہ پیالہ وہ اس استراحت فرما وجود کے طلب کرنے پر لایا تھا مگر جب وہ یہ پیالہ لے کر حاضر ہوا تو وہ وجود گہری نیند سو چکا تھا۔ اور اب اس انتظار میں کھڑا ہے کہ کب وہ وجود جاگے اور اسے پھر پانی کے لیے آواز دے تو وہ فوراً پانی اسے پیش کرے۔ نورانی ہیولے کے کسی انداز سے بھی بیزاری یا تھکن کے آثار مترشح نہیں ہو رہے۔ اور پھر اچانک چارپائی پر دراز وجود میں حرکت پیدا ہوتی ہے اور نحیف سی آواز ابھرتی ہے۔ ''پانی''۔ اور ایستادہ نورانی ہیولا جھٹ جھک کر نہایت ادب سے پانی کا پیالہ اس وجود کے لبوں سے لگا دیتا ہے۔ کمزور و ناتواں وجود شفقت کی نظر سے اس ہیولے کو دیکھتا ہے اور پھر دعا دیتا ہے اور یہ دعا وہ کام کرتی ہے جو صدیوں کی ریاضتیں اور چلے بھی نہ کر سکیں۔ ہاں یہ ہیولا بایزید بسطامیؒ کا ہے اور چارپائی پر دراز وجود ان کی والدہ ہیں جن کی خدمت کے طفیل بایزید کو ولایت کا وہ مقام حاصل ہوا کہ جس پر فرشتے بھی رشک کریں اور جس کا اعتراف خود بایزید نے بارہا کیا۔

میری چشم تصور نے مجھے یہ پاکیزہ نظارے جس واقعہ کی بدولت دکھائے ہیں یقیناً آپ بھی اسے سننا چاہیں گے۔ تو لیجیے سنیئے اور کبھی استحکام پاکستان کے لیے اس کی سالمیت و تحفظ کے لیے دعا مانگنے کی توفیق ہو تو اس واقعہ کو وسیلہ بنا کر دعا کرنے کو اس لیے کہہ رہا ہوں کہ اس واقعہ نے قیام پاکستان کے پس منظر ہی میں تو جنم لیا تھا۔ ہاں وہ بھی کیا وقت تھا جب مسلمانوں پر صرف اور صرف اس جرم میں قیامت ڈھا دی گئی تھی کہ انہوں نے اپنے دین و مذہب اور اپنے تہذیب و تمدن کے تحفظ کے لیے الگ وطن کا مطالبہ کیا تو کیوں کیا۔ اس جرم کی جو سزا برصغیر کے مسلمانوں کو برصغیر میں ان کے ساتھ صدیوں سے رہنے والے ہندو سکھوں نے دی اس کی پوری تاریخ انسانیت میں وحشت و بربریت اور انسانیت سوزی کے لحاظ سے کوئی نظیر کوئی مثال نہیں ملتی جس پر امرتا پریتم نے جو ایک کُوک، ایک چیخ ماری تھی وہ تاریخ کا لازوال حصہ بن کر انسانوں کو ہمیشہ تڑپاتی رہے گی اور خون کے آنسو رلاتی رہے گی۔

وہ چیخ، وہ نوحہ آج چالیس سال گزرنے کے بعد بھی دل کی دنیا تہہ و بالا کر رہا ہے ؎

اج آکھاں وارث شاہ نوں اج دیکھ اپنا پنجاب
اک روئی سی دھی پنجاب دی توں لکھ لکھ مارے وین
اج لکھاں دھیاں روندیاں تینوں وارث شاہ نوں کیہن

اُٹھ درد منداں دیا دردیا اٹھ تک اپنا پنجاب
اج بیلے لاشاں وچھیاں تے لہو دی بھری چناب

تو قیامت کے اس سمے کی بات ہے جب معصوم بچے ماؤں کی چھاتیوں پر ذبح کیے جارہے تھے۔جب پھول کے سے معصوم بچے ماؤں کے سامنے نیزوں کی انیوں پر پروئے جارہے تھے۔ہاں یہ اس لمحے کی بات ہے جب انسان جنگل کے درندوں سے بازی لے گیا تھا۔قیامت کے اس عالم سے امرتسر کے نواح میں ایک چھوٹے سے گاؤں کو بھی واسطہ پڑا۔اس گاؤں کے غریب مسلمان تھوڑے تھے مگر بڑے جی دار تھے۔ہندو سکھ بلوائیوں کے کئی جتھے اس گاؤں کو تہ تیغ کرنے کے لیے کئی بار شب خون مار چکے تھے مگر انہیں ہر دفعہ منہ کی کھانی پڑی تھی۔ان ہزیمتوں میں اگرچہ ہندوؤں سکھوں کا کافی نقصان ہوا تھا۔مگر بہت سے دلیر شجاع مسلمان جوانوں کو جام شہادت نوش کرنا پڑا تھا اور اب وہ وقت آ گیا تھا جب گاؤں کے بڑے بوڑھے سر جوڑ کر مشورے کرنے لگے کہ ہم ہندوؤں سکھوں کا مقابلہ اس جگہ کب تک کرتے رہیں گے جو کل تک تو ہماری تھی مگر آج جس پر ہمارا کوئی حق نہیں مانا جارہا۔لہٰذا بہتر یہی ہے کہ یہاں سے فوراًارض پاکستان کی طرف کوچ کیا جائے مبادا سارے جوان مارے جائیں اور پھر دوشیزاؤں اور خواتین کا دفاع کرنے والا کوئی نہ رہے۔

سب نے اس مشورے پر صاد کیا اور ہجرت کی تیاریاں ہونے لگیں۔سب نے اپنا اپنا قیمتی زروسامان سمیٹنا اور باندھنا شروع کر دیا مگر علی محمد ڈوگر نے جس رنگ میں تیاری شروع کی وہ سب سے انوکھی تھی۔ڈوگر اپنے گاؤں کا کڑیل اور تنومند جوان ہونے کے ساتھ امارت وثروت میں بھی سب سے بڑھا ہوا تھا۔خوش حال زمیندار ہونے کے ساتھ ساتھ وہ کوئی نہ کوئی کاروبار بھی کرتا رہتا تھا چنانچہ اس کے بارے میں مشہور تھا کہ اس کے پاس روپوں کی بوریاں ہیں اور آج ان بوریوں کے ظاہر ہونے کا وقت آ گیا تھا۔لیکن ان بوریوں کا ذکر کرنے سے پہلے بہتر ہے کہ ہم ڈوگر کی اس صفت کا تذکرہ کر دیں جس کے ڈانڈے سطور بالا میں بیان کردہ ایمان افروز روایات سے ملتے ہیں یعنی وہ اپنی بوڑھی اور بیوہ ماں کا انتہائی خدمت گزار اور فرماں بردار تھا۔

اس کی اس صفت کے تذکرے گاؤں کے اکثر گھروں میں ہوتے تھے اور اس چیز نے اسے اور بھی معزز ومحترم بنا دیا تھا۔جی ہاں ماں کی خدمت گزاری چیز ہی ایسی ہے کہ انسان کو معزز

ومحترم بنا کے چھوڑتی ہے....کوئی تجربہ کر کے دیکھے تو سہی۔ بہر حال جب مسلمانوں پر قیامت ٹوٹ رہی تھی تو ڈوگر کی والدہ بہت سخت علیل تھی۔ بڑھاپے اور شدید علالت نے اسے بستر بند کر کے رکھ دیا تھا۔ وہ بے چاری اپنے ہر ضرورت کے لیے دوسروں کی محتاج تھی۔ اک قدم بھی تو خود نہیں اٹھا سکتی تھی اور اس پر ستم یہ ہوا کہ شدید اسہال کا عارضہ بھی لاحق ہو گیا۔ بے چارہ ڈوگر اس معاملے میں اپنی ماں کو خود ہی فارغ کراتا۔ لہٰذا جس دن سب لوگ اپنا سامان باندھ کر اس ستم گزیدہ علاقے سے ہمیشہ کے لیے رخصت ہونے کی تیاریاں کر رہے تھے تو ڈوگر نے بھی انوکھی وضع سے تیاری کی۔ اس نے روپوؤں اور سکوں سے بھری ہوئی بوریاں گھر کے صحن میں لا اکٹھی کیں اور پھر اعلان کروا کر تمام اہل دیہہ کو اپنے گھر بلا لیا اور انہیں نوٹوں سے بھری ہوئی بوریاں دکھاتے ہوئے کہا۔

''میرے بھائیو! مجھے معلوم ہے کہ تم میری نوٹوں سے بھری بوریوں کا تذکرہ کرتے رہتے تھے مگر تمہیں دیکھنے کا اتفاق نہیں ہوا تھا۔ مگر آج انہیں اپنی آنکھوں سے دیکھ لو۔ میں نے تمہیں صرف انہیں دیکھنے کے لیے نہیں بلایا بلکہ اس معاملے میں ایک تکلیف دینے کے لیے بلایا ہے۔''

سب نے بیک زبان ہو کر کہا۔''یار ڈوگر تم ہمارے بھائی ہو۔ تم جو حکم دو گے ہم بخوشی بجالائیں گے بھلا تکلیف والی کون سی بات ہے۔'' اس کی اس بات پر گاؤں والے تو سراپا اشتیاق و تجسس بن گئے اور ہمہ تن گوش ہو گئے تھوڑی دیر بعد ڈوگر نے تجسس سے بوجھل خاموشی کو توڑا اور کہا:

''آپ جانتے ہیں کہ میری بیوہ ماں نے کتنے دکھ اور مصیبتیں جھیل کر مجھے پالا پوسا تھا۔ اور آپ کو یہ بھی معلوم ہے کہ میں نے زندگی بھر اپنی ماں کو حتی الوسع کوئی تکلیف یا اذیت نہیں پہنچنے دی۔ آج جب کہ ہندوؤں سکھوں نے ہم مسلمانوں پر عرصہ حیات تنگ کر دیا ہے اور ہمیں ہمارے آبا و اجداد کے گھروں سے زبردستی نکلنے پر مجبور کر دیا ہے اور ایسے میں ہر کوئی اپنی اپنی عزیز ترین چیزوں کو سمیٹ کر رخصت ہونے کا سوچ رہا ہے تو میں نے بھی اس سلسلے میں اپنی عزیز ترین متاع کو منتخب کر لیا ہے جسے لے کر میں یہاں سے نکل جاؤں گا اور وہ عزیز ترین متاع میری ماں ہے۔ میری ماں جو زندگی بھر میرے لیے رحمت کا سایہ بنی رہی۔ میں پاکستان اس رحمت کے سائے میں

جاؤں گا اور تم لوگوں سے میری التماس ہے کہ تم میری نوٹوں کی بوریاں آپس میں بانٹ لو مجھے ان کی ضرورت نہیں۔''

''یار ڈوگر یہ تم کیا کہہ رہے ہو۔تمہاری ماں ہماری بھی ماں ہے۔ہم مل کر اسے پاکستان ساتھ لے جائیں گے اور یہ نوٹوں کی بوریاں بھی تمہارے ساتھ پہنچا دیں گے۔''

سب گاؤں والوں نے ڈوگر کے اپنی ماں کے لیے جذبہ ایثار و قربانی پر دل ہی دل میں عش عش کرتے ہوئے کہا۔

''شاباش مجھے تم سے اسی جواب کی توقع تھی مگر میری ماں جس حال میں ہے اس میں اسے سنبھالنا سوائے اس کے بیٹے کے اور کسی کے بس کی بات نہیں۔ویسے بھی یہ نوٹوں کی بوریاں مجھے اپنی ماں کے مقابلے میں ہیچ نظر آتی ہیں۔لہٰذا تم بحث و تکرار میں بے کار وقت ضائع کرنے کی بجائے انہیں آپس میں بانٹو اور نکلنے کی تیاری کرو۔میں بھی اپنی ماں کو اپنی پشت پر لاد کر چلتا ہوں۔''

اور پھر ڈوگر کے بھائی بند دیہاتیوں نے قدرے بوجھل دل کے ساتھ نوٹوں کی وہ بوریاں اٹھالیں اور ڈوگر نے اپنی والدہ کو ہر گھنٹے دو گھنٹے بعد اسہال کے شدید حملے کے سامنے بے بس ہو جانے والی والدہ کو اٹھالیا۔یہاں ضمناً ایک نکتہ کی وضاحت شاید بے محل نہ ہو کہ دولت کو عربی میں مال کہتے ہیں اور مال اس چیز کو کہا جاتا ہے جس کی طرف دل کا طبعی میلان ہو اور آج قدرتی میلان کی حامل شے کو ٹھکرا کر ڈوگر رشک ملائکہ بن گیا تھا۔

قافلے والے رنگا رنگ سامان کندھوں پر اٹھائے اور بچوں کو ساتھ لگائے چلے جا رہے تھے۔جب کہ ڈوگر کی پشت پر صرف اس کی بیمار ماں کا بوجھ لدا تھا۔مگر بوجھ تو ہم کہہ رہے ہیں۔اس کے لیے تو یہ رحمت کا سایہ تھا۔جس کے تلے وہ اپنے قدیم مسکن سے ہمیشہ کی جدائی کے غم کے باوجود قدرے مسرور و شاداں ارض پاکستان کی طرف بڑھ رہا تھا۔مگر کس حال میں؟ بس یہی تو بات ہے جس پر میری چشم تصور نے صدیوں کے فاصلے مٹا کر حضرت بایزید کو یخ کر دینے والی موسم سرما کی آدھی رات کے وقت ماں کے سرہانے ادب سے پانی کا پیالہ لیے کھڑے دیکھا اور پھر ماں باپ کی بے لوث خدمت کے صدقے میں چٹان جیسے پتھر کو از خود غار کے منہ سے سرکتے اور ہٹتے دیکھا۔

آ ییئے آپ کو اس حال اور کیفیت سے آ گاہ کروں تا کہ آپ کو معلوم ہو کہ مجسم شفقت و محبت وجود جس کو ماں کہتے ہیں اس پر سب کچھ وار دینے اور اس کے لیے سب کچھ تیاگ دینے اور ادب وخدمت کی انتہا کر دینے کی نورانی اور اسلامی روایت کے علم بردار اب بھی ہیں اور قیامت تک رہیں گے اور یہی وہ لوگ ہیں جن سے انسانیت کا سہاگ قائم ہے۔

یہ تو آپ کو پہلے ہی بتایا جا چکا ہے کہ ڈوگر کی والدہ کو اسہال کا شدید عارضہ بھی لاحق ہو چکا تھا جس کے سامنے وہ بے چاری بے بس ہو چکی تھی ۔اب جب یہ چھوٹا سا قافلہ ارض پاکستان کی طرف رواں دواں ہوا تو اس قافلے کو ہر ہر لمحہ ہندوؤں سکھوں کی طرف سے کہیں نہ کہیں اچانک حملے کئے جانے کا خوف تھا اس لیے لوگ بہت جلد جلد مگر بہت محتاط ہو کر اور ادھر اُدھر دیکھتے ہوئے قدم اٹھا رہے تھے۔

کسی کا کہیں بھی کچھ دیر کے لیے ٹھہرنا ظالم و جفا جو سکھ حملہ آوروں کی تیغ ستم کا لقمہ بننے کے مترادف تھا اور ادھر ڈوگر کی ماں اپنی بیماری کے ہاتھوں مجبور تھی کہ اس کا بیٹا ہر گھنٹے دو گھنٹے بعد رفع حاجت کے لیے کہیں نہ کہیں بٹھائے ۔جس کا صاف مطلب تھا کہ یا تو پورا قافلہ رک جائے جو ناممکن تھا یا وہ خود پیچھے رہ جائیں ۔جس کا مطلب خود اپنے ہاتھوں سے خود کو ہلاکت میں ڈالنا تھا۔اب کیا کیا جائے سعادت مند اور خدمت گزار فرزند نے سوچا اور پھر تھوڑی دیر بعد اس کے چہرے پر ایک عجیب سی ملکوتی خوشی کی لہر دوڑ گئی ۔اس نے اپنی پشت پر بیمار اور نحیف وضعیف ماں کو مخاطب کرتے ہوئے کہا۔''ماں میری پیاری ماں۔''

ہاں میرے بیٹے ماں نے نحیف آواز میں پیار کی چاشنی انڈیلتے ہوئے ہنکار بھرا۔''ماں! میں جب چھوٹا سا تھا تو تُو اپنے ہاتھ سے میرا گوموت صاف کرتی تھی نا؟''

مگر یہ سوال کرنے کا کون سا وقت ہے۔؟ ماں نے حیرت سے پوچھا۔

''میری پیاری ماں اس بات کو چھوڑو بس میری بات کا جواب دو۔'' ڈوگر نے ضد کرتے ہوئے کہا۔

ہاں بیٹا، مگر یہ تو سب ہی مائیں کرتی ہیں۔ماں نے اپنے بیٹے کی ضد کے سامنے ہتھیار ڈالتے ہوئے اس کے سوال کا جواب دیا۔

''تو ماں جی ایسا کرتے ہوئے تمہیں کوئی کراہت تو نہیں ہوتی تھی'' ڈوگر نے ایک

اور سوال کیا۔

''توبہ کر میرے بیٹے بھلا کسی ماں کو اپنے لال کا گُو مُوت صاف کرتے ہوئے کراہت کیوں ہونے لگی۔ بھلا وہ ماں ہی کیا ہوئی جو اس پر کراہت محسوس کرے۔''

اس دفعہ ڈوگر کی ماں نے قدرے طویل مگر ٹھہرے ٹھہرے لہجہ میں جواب دیا۔

''میری ماں بھلا تو نے کتنا عرصہ یہ کام کیا۔'' ڈوگر نے اپنی والدہ سے ایک اور سوال کیا۔

''مگر میرے بیٹے آج اور ایسے وقت میں جب ہر کسی کو اپنی جان بچانے کی پڑی ہے تو مجھ سے اس طرح کے سوال کیوں کر رہا ہے؟'' ماں نے پھر تعجب سے پوچھا۔

''میری ماں اس طرح کا سوال کرنا آج ہی تو ضروری ہے۔بس تم میری بات کا جواب دو۔'' ڈوگر نے کسی گہری سوچ میں ڈوبتے ہوئے کہا۔

''بیٹا یہ کام میں نے سالوں کیا مگر بیٹا یہ تو میرا فرض تھا میرا ہی نہیں ہر ماں کا فرض ہے۔'' ماں نے اپنے بیٹے کو یوں پیار سے دیکھتے ہوئے کہا جیسے وہ یک دم دو تین سال کا معصوم بچہ بن گیا ہو۔

''تو میری پیاری ماں آج تمہارا بیٹا بھی ایک فرض ادا کرنا چاہتا ہے جو دراصل ہر بیٹے کا فرض ہے۔''

بھلا وہ کیا؟ ماں نے قدرے حیرت سے پوچھا۔

''آپ کو بخوبی معلوم ہے کہ ہندو سکھ تعاقب میں ہیں۔وہ ہمیں یوں صحیح سلامت پاکستان نہیں جانے دینا چاہتے۔انہیں جہاں اور جونہی موقع ملا وہ ہمارے قافلے پر حملہ کر دیں گے۔ہم جلدی جلدی قدم اٹھا رہے ہیں کہ ان کے ایسا کرنے سے پہلے ہم پاکستان پہنچ جائیں۔ اُدھر آپ کو اسہال کی شدید تکلیف ہے جس کی وجہ سے میں اور آپ اگر بار بار رکتے ہیں تو قافلے سے بچھڑ کر ان ظالموں کی خون آشام تلواروں کا لقمہ بن جانے کا ڈر ہے۔اس لیے میری پیاری والدہ آج میری آپ سے گزارش ہے کہ آپ نے مدتوں میرا گُو مُوت اپنے ہاتھوں سے دھویا اور کبھی کراہت کو دل میں نہ راہ دی۔آج آپ کا یہ بیٹا اپنی والدہ کے اس احسان کا اگرچہ بدلہ تو نہیں چکا سکتا مگر کچھ اس کی نقل تو کر سکتا ہے۔لہٰذا آپ کو جب بھی اسہال کے حملے کے تحت طبعی

ضرورت محسوس ہو تو آپ اپنے بیٹے کی پشت پر ہی فارغ ہو لیں۔''

میرے بیٹے میرے چاند! یہ تو کیا کہہ رہا ہے؟'' ماں نے شفقت بھری حیرت سے کہا

''میری ماں میں ٹھیک کہہ رہا ہوں اس کے سوا کوئی چارہ نہیں''......ڈوگر نے جواب دیا۔

''نہیں بیٹا یہ نہیں ہو سکتا اس سے بہتر ہے کہ تو مجھے اپنی کمر سے یہیں اتار دے اور خود قافلے کے ساتھ آگے بڑھ جا۔ میں نے بہتر اجی لیا ہے۔ اگر سکھ درندے مجھے مار بھی ڈالیں گے تو کیا فرق پڑے گا۔'' ماں نے بھی پُختہ ارادے کے حامل لہجے میں جواب دیا۔

''ماں جی یہ آپ کیا کہہ رہی ہیں ماں کو درندوں کے حوالے کر کے خود جان بچا کر نکل جاؤں۔ یہ کبھی نہیں ہوگا ماں، دوبارہ یہ بات سوچیں بھی نہیں۔ آپ کے بغیر مجھے بھی جینے کا کیا مزہ کہ میری زندگی کے لیے سکھ کی چھاؤں آپ کا وجود ہی تو ہے۔ اس چھاؤں کے بغیر میری زندگی کس کام کی۔'' ڈوگر نے آنکھوں میں آنسو بھرتے ہوئے کہا۔ اور پھر ماں نے اپنے بیٹے کی ضد کے سامنے اور بیماری کے ہاتھوں مجبور اور بے بس ہو کر ہتھیار ڈال دیئے اور پھر چشم فلک نے دیکھا کہ ایک خوبصورت تندرست اور بلند و بالا جوان کی پشت پر اس کی ضعیف والدہ کی آلائش بہہ بہہ کر اس کے ٹخنوں تک پہنچ رہی ہے۔ بدبو ایسی ہے کہ ناک نہیں دیا جا رہا مگر وہ کڑیل جوان وہ انسانیت کی آبرو جوان، ایک لمحے کے لیے بھی چہرے پر کوئی ایسی کیفیت پیدا نہیں ہونے دے رہا جس سے یہ غمازی ہوتی ہو کہ اسے اپنی والدہ کے گُو مُوت کی وجہ سے کوئی کراہت یا کوئی گھن آ رہی ہے۔

اس نظارے کو چشم تصور سے دیکھتا ہوں تو روح وجد کرتی ہے۔ اور انسانیت پر سے اٹھتا ہوا یقین پھر سے مستحکم ہو جاتا ہے۔ ہاں یہ نظارہ ہے ہی کچھ ایسا اور انوکھا۔ انوکھا نہ ہوتا تو سنگدل سکھوں کو حیرت زدہ اور مبہوت نہ کرتا۔ جی ہاں مسلمانوں کے خون کے پیاسے سکھ تک اس نظارے سے متاثر ہوئے بغیر نہ رہ سکے۔ آپ پوچھیں گے کہ یہ سکھ کہاں سے آ گئے۔ تو جناب یہ مسلح سکھ وہ تھے جنہوں نے بالآخر اہل قافلہ پر حملہ کر ہی دیا تھا۔ اور ان کی تلواروں کی زد میں جو آیا انہوں نے ٹکڑے ٹکڑے کر دیا۔ ڈر خوف اور بے سروسامانی کے مارے مسلمانوں نے بھی اپنی سی حد تک دفاع کیا مگر ان تازہ دم مسلح سکھوں کے سامنے ان کی کچھ پیش نہیں جا رہی تھی۔

چند سکھ تنومند اور لمبے تڑنگے ڈوگر کو دیکھ کر اس کی طرف تلواریں لے کر لپکے مگر یہ حیرت انگیز نظارہ دیکھ کر رک گئے۔اور پھر ایک سردار جو دوسرے سکھوں کا سرغنہ معلوم ہوتا تھا بولا:

''اوئے سردارو! اینوں کیہہ مارنا۔ ویکھ دے نئیں جدوں ہر کسے نوں اپنی اپنی پئی ہوئی اے اپنی بیمار ماں نوں کس حال وچ اپنی پٹھ تے پیا لیجار یا اے۔''

''واہ سردار جی ایہہ بڑی گل اے... پتر ہووے تو ایہو جیا ہووے۔'' باقی سب سکھوں نے داد کے انداز میں بڑے سردار کی تائید کی اور پھر نہ صرف ڈوگر کو بلکہ باقی قافلے کو بھی مزید تہ تیغ نہ ہونے دیا۔

رحمت کے سائے نے نہ صرف اپنے بیٹے ڈوگر کو بلکہ باقی پورے قافلے کو بچالیا تھا۔ ہاں ماں کا وجود ہوتا ہی رحمت کا سایہ ہے۔اس سائے میں رہنے والے زمانے کے اکثر مصائب و بلیات سے محفوظ رہتے ہیں اور قربِ خداوندی کی دولت سے مالا مال ہوتے ہیں اور اب کہ ڈوگر جو خیر سے اب بھی زندہ و سلامت ہے اور قیام پاکستان سے پہلے کی طرح خوش حال ہے، بقول راوی لمبا تڑنگا ہونے کے باوجود اس عمر میں بھی تیر کی طرح سیدھا ہے۔اس کی پشت میں کوئی خم نہیں آیا جب کہ اس کے بیٹے بوڑھے ہو چکے ہیں۔اور مجھے یہ یقین ہے کہ یہ پشت کبھی خم نہیں ہوگی۔ہاں جس پشت کو خدا کی خوشنودی اور ماں کی خدمت و اطاعت کے بے پناہ جذبے کے تحت ماں کے لیے بیت الخلا بننے کا شرف حاصل ہو چکا ہو وہ کبڑی نہیں ہو سکتی، کبھی نہیں ہو سکتی۔

❑❑❑

ماخذ: ناقابل فراموش، پروفیسر افضل علوی، پنجاب بک سینٹر لاہور، اکتوبر ۱۹۹۳ء

پروفیسر افضل علوی، اصل نام افضل حسین۔اردو کے شاعر و ادیب، طنز و مزاح، سفرنامہ و ڈرامہ نویس، کالم نگار۔گورنمنٹ کالج شیخوپورہ سے بطور پرنسپل ریٹائر ہوئے۔ ولادت: 6 جنوری 1941ء۔وفات: 9 جنوری 2005ء۔

# نظیرِ خویش نہ بگذاشتند و بگذشتند

## (ڈاکٹر غلام مصطفیٰ خاں (1912ء۔2005ء)

ڈاکٹر مظہر محمود شیرانی

یوں تو ہر ستارہ آسمان کا غرور اور ہر آدمی جہاں کا غرور ہوتا ہے لیکن 20 شعبان المعظم 1426ھ کو ایک ایسا شخص ہمارے درمیان سے اٹھ گیا جس کا مثیل کبھی نہ مل سکے گا۔ ڈاکٹر غلام مصطفیٰ خاں کی ذات گرامی معقول و منقول کی جامع تھی۔ تخصص پرستی کے اس دور میں تحقیق و تدقیق اور سلوک و معرفت کا ایسا اجتماع نادر الوجود کہا جا سکتا ہے۔

ایک بار معروف فلسفی بو علی سینا اس دور کے صوفی بزرگ شیخ ابو سعید ابو الخیر سے ملاقات کو آیا۔ واپسی پر بو علی کے شاگردوں نے اس سے پوچھا ''آپ نے شیخ کو کیسا پایا؟'' جواب ملا ''جو میں جانتا ہوں شیخ ابو سعید دیکھتے ہیں۔ ادھر شیخ ابو سعید سے ان کے مریدوں نے بھی یہی سوال کیا۔ فرمایا جو میں دیکھتا ہوں بو علی جانتا ہے۔'' ڈاکٹر صاحب کی عظمت کی کلید یہ ہے کہ ان کے ہاں عقل و عشق کے یہ دونوں دھارے پہلو بہ پہلو بہتے تھے اور اپنی حدود سے تجاوز نہیں کرتے تھے۔ البتہ وہ عقلی معلومات کی تصدیق روحانی ذرائع سے اور روحانی تجربات کی توثیق علم و دانش کی وساطت سے بھی کر لیا کرتے تھے۔ اس بات کی وضاحت ایک مثال سے کرنا مناسب ہوگا۔

حضرت آدمؑ کے مزار کے بارے میں مؤرخین میں اختلاف رہا ہے۔ ڈاکٹر صاحب کو بذریعہ کشف پتا چلا کہ ان کا مزار مسجد خیف کے صحن میں ہے۔ یاد رہے کہ اس جگہ کسی قسم کا کوئی نشان موجود نہیں تھا۔ ڈاکٹر صاحب نے اپنے مرید خاص ڈاکٹر مفتی مظہر بقا صاحب کو جوام القریٰ

یونیورسٹی مکہ معظّمہ میں اصول فقہ پر کام کر رہے تھے لکھا: ''آپ میرے کشف پر نہ جائیں اور اس بارے میں با قاعدہ تحقیق کریں۔'' دونوں کے درمیان اس موضوع پر ایک عرصے تک خط کتابت ہوتی رہی۔ مثلاً ڈاکٹر صاحب 2 فروری 1992ء کے مکتوب میں مفتی صاحب کو لکھتے ہیں:

''حضرت آدم علیہ اسلام کے مزار اقدس کے متعلق اس لیے دریافت کیا تھا کہ 10 ذی الحجہ کو منیٰ میں ارکان حج ادا کرنے کے بعد (اس کے بعد کی رات میں) یعنی گیارہویں شب میں اس سیاہ کار نے کئی بار مسجد خیف میں عجیب مناظر دیکھے تھے۔ مسجد خیف میں جہاں سے صحن شروع ہوتا ہے (یعنی مسقّف حصے کے بعد) داہنی طرف حضرت آدم علیہ السلام کا مزار ہے اور تمام انبیا علیہم السلام وہاں جمع ہیں۔ ایسا انداز ہوتا تھا کہ وہ بھی حج کے لیے تشریف لائے ہیں۔ پھر گیارھویں اور بارھویں کی درمیانی شب میں بھی انبیاء علیہم السلام کو خانہ کعبہ میں دیکھا۔ اللہ تعالیٰ کے اس انعام کا کس طرح شکرادا ہوسکتا ہے۔ ذرۂ بے مقدار پر ایسا انعام اور وہ بھی بار ہا۔ اللہ تعالیٰ آخر میں شرم رکھ لے اور رسوا نہ کرے۔ آمین ثم آمین۔'' (مکتوبات ڈاکٹر غلام مصطفیٰ خان'' جلد اول، ص 310 ،مرتب خالد محمود، حیدر آباد سندھ، 2000ء)

اس ضمن میں مفتی صاحب ایک خط میں رقم طراز ہیں:

''میں نے اس سے قبل غالباً ابن قتیبہ کی المعارف اور ابن کثیر کی قصص الانبیاء کے حوالے سے تحریر کیا تھا کہ اس میں اختلاف ہے کہ حضرت آدم علیہ السلام کی قبر کہاں ہے اور غالباً ابن تیمیہ کا حوالہ بھی دیا ہے۔ آپ کا یہ گرامی نامہ صادر ہونے پر میں نے مزید تحقیق کی تو فاکہی کی اخبار مکہ کی بعض روایات سے اس کی تصدیق ہوتی ہے کہ حضرت آدم علیہ السلام کی قبر مسجد خیف میں ہے۔ چنانچہ متعلقہ روایات اور ان کا ترجمہ ارسال خدمت ہے۔'' (یادگار خطوط۔ ڈاکٹر غلام مصطفیٰ خاں کے نام، مرتب خالد محمود، ص 593، حیدر آباد سندھ، 1998ء)

11 نومبر 1993ء کے خط بنام مفتی صاحب سے ڈاکٹر صاحب کے اس روحانی تجربے پر مزید روشنی پڑتی ہے:

''آپ حیدر آباد تشریف لائے لیکن تنہائی کا موقع نہ ملا سکا۔ میں چاہتا تھا کہ (آپ) علمی تحقیق سے میرے واقعات پر نظر ڈالیں۔ 1964ء اور اس کے بعد کئی مرتبہ مسجد خیف میں ذوالحجہ کی بارھویں (کذا۔ گیارھویں؟) شب میں مسجد کے صحن میں جو قبہ ہے وہاں ہم لوگ بیٹھے

تھے کہ حضرت آدم علیہ السلام کا مزار نظر آیا یعنی وہاں کا صحن جہاں سے شروع ہوتا ہے اس کے داہنے حصے میں نظر آیا۔ پھر آدم علیہ السلام، ابراہیم علیہ السلام، اسمٰعیل علیہ السلام، موسیٰ علیہ السلام، زکریا علیہ السلام، یحییٰ علیہ السلام، عیسیٰ علیہ السلام، اصحاب کہف اور سلیمان علیہ السلام نہایت زرق برق لباس میں تھے۔ان کے داہنے کندھے سے بائیں پہلو تک ایک سنہرا بیلٹ کی طرح کا حلقہ آویزاں تھا۔ان کا لباس زرد رنگ کا تھا۔جواہرات جڑے ہوئے تھے۔بڑے حسین اور لحیم شحیم تھے۔وہ کسی انتظام میں تھے۔چکر لگا کر حضرت آدم علیہ السلام کے مزار کے قریب کھڑے ہو جاتے تھے۔حضور انورؐ ایک نہایت حسین تخت پر جلوہ افروز تھے۔کچھ سیاہ فام انبیاء بھی نظر آئے جو ایک نورانی دریا میں غرق تھے۔صرف سر نظر آ رہے تھے۔ایک سال کچھ دیر میں پہنچا تھا تو اتنے انبیا علیم السلام نہیں تھے۔میں نے حضرت آدم علیہ السلام سے دریافت کیا کہ حضور! اس مرتبہ انبیا علیہم السلام کم ہیں تو کچھ اس طرح فرمایا ''بیٹے تم دیر سے آئے ہو۔12 ذی الحجہ کو عصر کے بعد مکہ معظّمہ میں بھی اسی طرح کا منظر نظر آتا تھا۔معلوم ہوتا ہے کہ انبیا علیہم السلام بھی ہر سال حج میں تشریف لاتے ہیں''۔(مکتوبات جلد اول،ص،ص20۔319)

ڈاکٹر غلام مصطفیٰ خاں کا تعلق پٹھانوں کے قبیلے یوسف زئی سے تھا۔23 ستمبر 1912ء کو جبل پور (سی پی) میں پیدا ہوئے۔اپنے والد گلاب خاں کی وفات کے وقت وہ بارہ سال کے تھے۔ان کی تمام تر تعلیم علی گڑھ یونیورسٹی میں ہوئی جہاں سے میٹرک (1929ء)انٹر میڈیٹ (1931ء) بی اے (1932ء) ایم اے فارسی (1935ء) اور ایم اے اردو نیز ایل ایل بی (1936ء) کیا۔فارسی شاعر سید حسن غزنوی پر مقالہ لکھ کر 1947ء میں پی ایچ ڈی کی ڈگری لی۔ڈی لٹ کی ڈگری بعد میں ناگپور یونیورسٹی نے تفویض کی۔

1937ء میں ایڈورڈز کالج امراؤتی سے ملازمت کا آغاز ہوا۔پھر مارس کالج ناگپور اور بعد ازاں ناگپور یونیورسٹی میں صدر شعبہ اردو مقرر ہوئے۔1948ء میں پاکستان منتقل ہو گئے۔ یہاں اسلامیہ کالج (کراچی) اردو کالج (کراچی) اور کراچی یونیورسٹی میں خدمات انجام دیں۔ 1956ء میں سندھ یونیورسٹی (حیدر آباد) میں صدر شعبہ اردو کی ذمہ داری سنبھالی۔یہاں انہیں جم کر کام کرنے کا موقع ملا۔تدریس کے ساتھ ساتھ تحریر کا کام بھرپور انداز میں جاری رکھا۔متفرق مضامین و مقالات سے قطع نظر ان کی چھوٹی بڑی کتابوں کی تعداد ایک سو کے لگ بھگ ہے جن

میں سے دوتہائی سے زیادہ شائع ہوچکی ہیں۔ڈاکٹر صاحب کے پسندیدہ موضوعات ادبی تحقیق کے علاوہ مذہب ،تصوف اور اقبالیات تھے۔ان کے علاوہ لغت نویسی اور قواعد سے بھی دل چسپی تھی۔انہوں نے اپنا علم قلم ہی سے نہیں شاگردوں کی وساطت سے بھی پھیلایا۔یہ وہ زمانہ تھا جب ہماری یونیورسٹیوں میں عموماً ڈاکٹریٹ کرنے والوں کی حوصلہ شکنی کی جاتی تھی۔ایک ڈاکٹر غلام مصطفیٰ خاں تھے جن کی فراخ دلی بے مثال تھی۔یہی وجہ ہے کہ جتنی تعداد میں طالبان علم نے ان کے زیرنگرانی پی ایچ ڈی کی ڈگری حاصل کی اس کی مثال کوئی اور استاد اردو پیش نہیں کرسکتا۔ان خوش نصیبوں میں ڈاکٹر خان رشید،ڈاکٹر شرف الدین اصلاحی ،ڈاکٹر سخی احمد ہاشمی ،ڈاکٹر نجم الاسلام، ڈاکٹر احمد رفاعی ،ڈاکٹر نظیر حسنین زیدی ،ڈاکٹر عبدالحق ،حسرت کاسگنجوری ،ڈاکٹر سردار احمد خاں ،ڈاکٹر جمیل جالبی ،ڈاکٹر سید معین الرحمٰن ،ڈاکٹر منیر الدین عرشی کرتپوری ،ڈاکٹر اقبال احمد خان ،ڈاکٹر منہاج الدین ،ڈاکٹر عبدالمقیت شاکر علمی ،ڈاکٹر محمد یوسف فاروقی ، ڈاکٹر فضل حق خورشید ،ڈاکٹر الیاس عشقی اور ڈاکٹر ابوسلمان شاہ جہاں پوری جیسے معروف نام شامل ہیں۔ان کے علاوہ اور بہت سی نمایاں شخصیات مثلاً ابن انشاء ،ڈاکٹر محمد اسلم فرخی ،ڈاکٹر فرمان فتح پوری اور ڈاکٹر ابوالخیر کشفی وغیرہ بھی تعلیم کے مختلف مراحل میں ان کے شاگرد رہے ہیں۔

ڈاکٹر صاحب سندھ یونیورسٹی سے بطور صدر شعبہ 1972ء میں سبکدوش ہوئے تھے تاہم ہر سال بغیر کسی درخواست کے ان کو ایک ایک برس کی توسیع دی جاتی رہی تا آنکہ انہیں تاحیات یونیورسٹی کا استاد ممتاز قرار دے دیا گیا۔

یہ تو تھا دانش برہانی کا معاملہ لیکن دانش نورانی کے اعتبار سے بھی جیسا کہ اوپر کا ذکر ہوا، وہ بہت بلند مقام پر فائز تھے۔بچپن ہی سے دین اور بزرگان دین کی محبت ان کے رگ و پے میں سرایت کیے ہوئے تھی۔ابھی چند برس کے تھے کہ مذہب سے ان کے لگاؤ کے پیش نظر ان کے چچا نے انہیں ملاجی کا لقب دیا تھا۔عسرت اور یتیمی کے مسائل و مصائب کے مقابلے میں تسلیم و رضا کے پیکر غلام مصطفیٰ کو توکل وطمانیت کی وہ دولت ارزانی ہوئی جس کا ایک اعلیٰ وارفع نمونہ صدیوں پہلے نظام الدین اولیا کی صورت میں دنیا دیکھ چکی تھی۔خوش نصیبی کا یہ عالم تھا کہ لڑکپن ہی سے خواب میں اولیائے عظام ،انبیائے کرام بلکہ حضور سرور کائنات کی زیارت کا سلسلہ جاری ہوگیا تھا جو تاحین حیات قائم رہا۔آگے چل کر یہ زیارات مراقبہ و مکاشفہ کے عالم میں ہونے

لگیں۔ان کے کشف کا ملکہ درجہ کمال کو پہنچا ہوا تھا لیکن جب تک کوئی خاص ضرورت پیش نہ آئے وہ اپنے روحانی تجربات کے اظہار سے اجتناب کرتے تھے۔حج کے اسفار میں مسجد خیف اور خانہ کعبہ میں انبیا علیہم السلام کی زیارت کا قصہ انہوں نے حضرت آدم علیہ السلام کے مزار کی تحقیق کے خیال سے مفتی مظہر بقا صاحب کو لکھ دیا تھا۔اس سے قبل اپنی مختصر کتاب ''تاریخ اسلاف (1383ھ) میں بھی ضمناً بعض باتیں درج ہوئی تھیں، جب ڈاکٹر صاحب کی عمر 85 برس سے متجاوز ہوئی ضعف مستولی ہوا۔گھٹنوں نے جواب دے دیا۔نماز کرسی پر بیٹھ کر پڑھنے اور میز پر سجدہ کرنے لگے۔ان کے عقیدت مندوں نے تقاضا کیا کہ وہ اپنے مکاشفات و مشاہدات حیطہ تحریر میں لے آئیں۔ڈاکٹر صاحب اس کام کو اشتہار کے مترادف گردانتے تھے۔اور راضی نہیں ہوتے تھے۔یوں ''فضل کبیر'' کے عنوان سے 96 صفحات کا ایک مختصر رسالہ وجود میں آیا۔ان کے قریبی حلقے کے لوگوں نے اسے بڑی نفاست سے چھپوایا اور محفوظ کر دیا۔

فضل کبیر کو میں نے بڑے اشتیاق سے پڑھا۔اس میں انہوں نے اپنی روحانی واردات کی مختلف جھلکیاں دکھائی ہیں۔ان میں سے کچھ باتیں اختصار کے ساتھ یہاں درج کی جاتی ہیں:

☆ سرکار دو عالم ﷺ کی ڈاکٹر صاحب پر خاص نظر کرم تھی۔گیارہ بارہ برس کی عمر میں وہ پہلی بار خواب میں حضور ﷺ کی زیارت سے مشرف ہوئے۔پھر بارہا حضور انور ﷺ کی شفقتیں نصیب ہوئیں۔لڑکپن ہی میں ایک خواب کے دوران حضور اکرم ﷺ نے ان کے سلام کا جواب دے کر انہیں اپنی گود میں بٹھالیا۔

☆ ایک دن پیر الٰہی بخش کالونی کراچی کے مکان نمبر 338 میں فجر کے بعد مراقبہ میں بیٹھا ہوا تھا کہ دفعتاً حضور ﷺ تشریف لے آئے۔تمام کمرہ خوشبو سے مہک گیا۔میں بے قابو ہوگیا۔سربسجود ہوگیا اور دیر تک پڑا رہا۔پھر اہلیہ آگئیں۔وہ بھی اس خوشبو سے اور حیرت سے سکتے میں آگئیں۔'' (صفحہ 11)

☆ 1964ء میں حج کے بعد جب مدینہ طیبہ میں حاضری ہوئی تو 27 ذالحجہ (9 مئی) کو حضور انور ﷺ نے اپنا دست کرم میرے سر پر رکھا اور فرمایا تم میری اولاد میں ہو۔

☆ 1966ء کے حج میں بھی اسی طرح شفقت فرمائی .... ''مجھ حقیر کے سر پر اپنا دست

مبارک رکھا، ایک دن اپنی چادر مبارک بھی میرے سر پر رکھی۔ کس زبان سے شکر ادا ہو سکتا ہے۔" (ص 31)

☆ اسی طرح 1970ء میں شب پنج شبہ، 20 شعبان، 1390ھ (21-22 اکتوبر کی درمیانی شب میں) حضور انور ﷺ نے خاص الخاص شفقت سے مجھے کئی گھنٹے ساتھ رکھا اور مجھ سیاہ کار کی تربیت فرمائی۔ الحمدللہ (صفحہ 12)

☆ ایک بار مدینہ منورہ میں ایک عجیب منظر دیکھا۔ یہ ڈاکٹر صاحب کے الفاظ ہی میں سنیے۔ "حضور انور ﷺ کی خدمت میں بیٹھا ہوا تھا کہ یکا یک عرش کا ایک ٹکڑا آسمان سے اترتا ہوا نظر آیا۔ اس کے انوار و تجلیات کا ذکر زبان و قلم کی قوت سے باہر ہے۔ اس کا فرش اس قدر مرصع و مطلا تھا کہ اس کے لیے کوئی تشبیہ و استعارہ پیش نہیں کیا جا سکتا۔ پھر دیکھا کہ سیاہ لباس پہنے ہوئے بکثرت ملائکہ رکوع میں مستقل کھڑے ہوئے ہیں۔ اس عاجز پر بڑا رعب و جلال طاری ہوا اور ساتھ ہی یہ اندازہ بھی ہوا کہ رب العالمین کس طرح رحمۃ للعالمین کا شیدائی ہے۔ سبحان اللہ۔

ڈاکٹر صاحب کو اسفار حج کے دوران جب بھی کوئی مسئلہ درپیش ہوتا تو روضہ اقدس پر حاضر ہو کر عرض کر دیتے تھے اور وہ مشکل بطریق احسن حل ہو جاتی تھی۔ مراقبوں اور مکاشفوں میں حضور انور ﷺ کے علاوہ خلفائے راشدینؓ صحابہ کرامؓ، امہات المومنینؓ وغیرہ کی زیارت بھی ہوتی رہتی تھی۔

ڈاکٹر صاحب ستمبر 1949ء میں خیر پور ٹامیوالی کے ایک بزرگ سید زوار حسین شاہ صاحب سے سلسلہ نقشبندیہ مجددیہ میں بیعت ہوئے تھے۔ اس اعتبار سے وہ حضرت مجدد الف ثانی علیہ الرحمتہ کے چہیتے تھے۔ چنانچہ برصغیر کے اکثر بزرگوں سے عالم کشف میں ان کی ملاقاتیں ہوتی رہتی تھیں۔ اس مقصد سے انہوں نے سفر بھی بہت کیے۔ 17 مئی 1942ء کو پہلی بار اجمیر شریف پہنچے تو "وہاں مجھ سیاہ کار پر حضرت خواجہ معین الدین چشتیؒ کا اس قدر کرم ہوا کہ وہ اپنے مزار شریف سے باہر آ کر میرے سامنے بیٹھ گئے۔ میری عجیب حالت ہوئی۔ ان کی دعائیں حاصل ہوئیں۔"

ڈاکٹر صاحب قبلہ کے کئی مکاشفات نہایت بلیغ اور چشم کشا ہیں۔ ان میں سے چند یہاں پیش کیے جاتے ہیں۔

☆ ایک مرتبہ حضرت عیسیٰ علیہ السلام کی مجھ سیاہ کار پر شفقت ہوئی۔ فرمایا کہ مجھے مسلمان

قوم سے شرم آتی ہے کہ میری قوم نے ان کو بہت دھوکے دیے ہیں۔'' (ص 65)

حقیقت یہ ہے کہ حضرت عیسیٰ علیہ السلام کا یہ ارشاد ملت اسلامیہ کے ساتھ مغربی اقوام کے صدیوں پر محیط برتاؤ کا نچوڑ کہا جا سکتا بلکہ موجود دور میں تو ان کا یہ وطیرہ اپنی انتہا کو پہنچ گیا ہے۔

☆ حضرت علی کرم اللہ وجہہ کا مزار نجف اشرف میں ہونے کے بارے میں کوئی ٹھوس ثبوت موجود نہیں ہے۔ان کا ایک مزار شمالی افغانستان میں بھی بتایا جاتا ہے جس کے باعث وہ شہر ہی مزار شریف کہلاتا ہے۔دراصل کوفہ کی جامع مسجد میں شہادت کے بعد آپ کو خفیہ طور پر کسی نامعلوم مقام پر دفن کیا گیا تھا کہ خارجی ان کے مزار کی بے حرمتی نہ کریں۔ڈاکٹر صاحب 1971ء میں زیارات کی غرض سے بغداد گئے تھے۔وہاں سے کربلائے معلیٰ اور پھر نجف اشرف گئے۔ وہاں حضرت علی کرم اللہ وجہہ کے مزار پر پہنچے۔وہاں کعبہ کی طرح ہر طرف سے لوگ نماز اور سجدہ ادا کرتے تھے۔حضرت علیؓ نے مجھ حقیر پر نظر کرم فرمائی۔اس طرح سمجھ میں آیا کہ میں تمہاری وجہ سے یہاں آ گیا ہوں، یہاں نہیں ہوں۔(ص 33)

☆ ایک مرتبہ حضرت شہباز قلندرؒ کی خدمت میں پروفیسر (علی نواز جتوئی) صاحب کے ساتھ ریل سے سیہون پہنچا۔وہاں سے تانگے میں بیٹھ کر ہم لوگ مزار شریف کی طرف جانے لگے تو حضرت شہباز قلندرؒ خود ہی تشریف لے آئے۔فرمایا تم کہاں جا رہے ہو؟ میں تو بدعات کی وجہ سے وہاں نہیں رہتا۔(ص 85)

☆ حضرت سید احمد شہید کے مدفن کے بارے میں مورخین متفق نہیں ہیں۔ان کے سر کا مزار تو گڑھی حبیب اللہ میں دریائے کنہار کے کنارے پر ہے اور جسم کا مزار بالاکوٹ بازار کے پہلو میں موجود ہے۔شاہ اسمٰعیل کا مشہد اس جگہ سے دو تین فرلانگ آگے شمال مشرق میں نالا ست بنی کے دوسرے کنارے پر ایک بلند جگہ واقع ہے۔دونوں مقامات پر متعدد شہدا کے مزارات ہیں۔

ڈاکٹر صاحب 1957ء کے موسم گرما میں بعض ساتھیوں کی معیت میں پھرتے پھراتے بالاکوٹ پہنچے۔لکھتے ہیں:

''بالاکوٹ میں موٹر اسٹینڈ کے قریب ہی حضرت سید احمد شہید علیہ الرحمتہ کا مزار ہے۔ وہاں عجیب کیفیت ہوئی۔مزار کے قریب پھسل کر گر پڑا اور بے تاب ہو گیا۔پھر سکون ہوا

تو حضرت علیہ الرحمتہ نے فرمایا۔ میں اسی جگہ شہید ہوا تھا اور میرا گھوڑا بھی یہیں کھڑا ہوا تھا۔ اور شاہ اسمٰعیل (رحمۃ اللہ علیہ) لڑتے ہوئے آگے بڑھ گئے اور آگے جا کر شہید ہوئے۔ یہ بھی فرمایا کہ تمہارے بعض اعزہ بھی میرے ساتھ تھے۔" (ص 49)

جب میں نے یہ پڑھا تو مجھے سید شہید کا اپنی شہادت کے ساتھ اپنے گھوڑے کا ذکر کرنا عجیب معلوم ہوا اور بہت دیر تک اس بارے میں غور و فکر کے باوجود میں ان دونوں باتوں میں کوئی مناسبت تلاش نہ کر سکا تا آنکہ حضرت رسالت مآب ﷺ کے عہد مبارک کا ایک واقعہ پڑھنے کا اتفاق ہوا۔ عمرو بن عبسہ نے سرور کائنات ﷺ سے کچھ سوالات کیے جن کے جواب آپؐ نے بڑی بلاغت کے ساتھ دیے۔ ان میں سے بعض سوال جواب یہ تھے۔

کیسا اسلام افضل ہے؟ اس شخص کا اسلام جس کی زبان اور جس کے ہاتھ سے مسلمان محفوظ رہیں

کیسا ایمان افضل ہے؟ جس کے ساتھ پسندیدہ اخلاق پایا جائے

کیسی نماز افضل ہے؟ جس میں دیر تک عاجزی کے ساتھ قیام کیا جائے

کیسی ہجرت افضل ہے؟ ایسی کہ تم ان چیزوں سے کنارہ کش ہو جاؤ جو تمہارے پروردگار کو ناپسند ہیں۔

کیسا جہاد افضل ہے؟ اس شخص کا جس کا گھوڑا بھی میدان میں مارا جائے اور وہ خود بھی شہادت پائے۔

اس آخری جواب کو پڑھ کر مجھے شرح صدر ہو گیا اور وہ اشکال جاتا رہا۔

☆ ڈاکٹر صاحب مزید لکھتے ہیں پھر میں شاہ اسمٰعیل دہلوی علیہ الرحمتہ کے مزار پر حاضر ہوا۔ بڑا اجلال نظر آیا۔ فرمانے لگے ہماری نظر میں جیسے مسلمان ہونے چاہئیں ویسے اب نظر نہیں آتے۔ اور یہ بھی فرمایا آج کل کے مسلمان شہید ہونے کے لیے دعا نہیں مانگتے کہ کہیں وہ دعا قبول نہ ہو جائے (ایضاً)

☆ ڈاکٹر صاحب کے مشاغل علمی کے پیش نظر بعض بزرگ ان سے کسی علمی خدمت کی فرمائش بھی کر دیتے تھے۔ چنانچہ 1953ء میں دہلی جانے پر حضرت میرزا مظہر جان جاناں کے مزار پر حاضری دی تو انہوں نے فرمایا "شاہ ابوسعید علیہ الرحمتہ کا ایک فارسی رسالہ ہدایت الطالبین ہے وہ اردو ترجمے کے ساتھ شائع کر دو (ص 4) چنانچہ ڈاکٹر صاحب نے اس حکم کی تعمیل کر دی۔

اس طرح 1956ء میں سندھ یونیورسٹی کی ملازمت کے آغاز کے بعد ڈاکٹر صاحب کو مخدوم نوح (ہالائی) رحمتہ اللہ علیہ کی زیارت ہوئی تو مجھے اپنا قرآن دکھلایا۔فرمایا۔میں نے قرآن پاک کا ترجمہ فارسی میں کیا تھا۔ابھی تک شائع نہیں ہوا۔تم اس کے لیے کوشش کرو۔میں نے مخدوم طالب المولیٰ صاحب کو خط لکھا، انہوں نے فوراً مجھے وہ ترجمہ عنایت فرمایا۔میں نے صرف ایک پارہ (ترجمہ کا) شائع کیا...... بعد میں مولانا غلام مصطفیٰ قاسمی نے اسے مکمل شائع کیا۔

اب فضل کبیر کے باب متفرقات سے ایک دلچسپ واقعہ لکھ کر یہ سلسلہ ختم کرتا ہوں۔اپریل 1968ء میں معروف دانش ور علامہ آئی آئی قاضی (1) نے بیاسی برس کی عمر میں دریائے سندھ میں چھلانگ لگا کر خودکشی کر لی تھی۔جن دنوں ڈاکٹر غلام مصطفیٰ صاحب کا تقرر سندھ یونیورسٹی میں ہوا علامہ وہاں وائس چانسلر تھے۔ڈاکٹر صاحب لکھتے ہیں:

''علامہ آئی آئی قاضی صاحب نے جب سفر آخرت اختیار فرمایا تو سندھ کے ایک بزرگ نے مجھ سے فرمایا کہ ان کی نماز جنازہ نہیں پڑھنا چاہیے۔میں نے عرض کیا کہ حضور انور صلی اللہ علیہ وسلم کو تو تحقیق کے ساتھ معلوم ہو جاتا تھا (خواہ فرشتوں کے ذریعے) لیکن ہم لوگوں کو تحقیق کے ساتھ معلوم نہیں کہ یہ سانحہ کس سبب سے ہوا ہے۔بہرحال میں نے نماز جنازہ پڑھائی۔یہ واقعہ 13 اپریل کا ہے۔میں گھر آ کر سو گیا۔تو ایک ایسا واقعہ رونما ہوا جسے عقل تسلیم نہیں کرے گی۔وہ یہ کہ رات کو قریب تین بجے علامہ صاحب تشریف لائے۔مجھے جگایا اور فرمایا کہ تم نے ابھی تک تہجد کی نماز نہیں پڑھی۔میں نے وضو کیا اور نماز شروع کی تو علامہ صاحب میرے مصلے کے قریب بیٹھے رہے۔پھر فرمایا مجھ سے غلطی ہوئی لیکن اللہ تعالیٰ بڑا رحیم و کریم ہے۔میرا دل بہت متاثر ہوا۔میں ان کے لیے دعا کرتا ہوں۔''

ڈاکٹر صاحب اس کتاب میں ایک جگہ بڑے منکسرانہ انداز میں فرماتے ہیں یہ اور اس قسم کے بکثرت واقعات اس عاجز سیاہ کار پر وارد ہوئے اور وہ صرف اللہ پاک کے احسانات و انعامات کے اظہار کے لیے بیان کیے گئے ہیں کیونکہ ارشاد ہے **واما بنعمة ربک فحدث** ورنہ یہ سیاہ کاران کیفیات اور ایسے انعامات کے ہرگز لائق نہیں اور قارئین سے بھی التماس ہے کہ ان باتوں پر دھیان نہ دیں کہ کشفی چیزیں ہیں جو معتبر نہیں بھی ہو سکتی ہیں اور بزرگان دین علیہم الرضوان والرحمۃ کی ارواح مقدسہ سے بھی بہت عاجزانہ معذرت ہے۔اگر کوئی غلط بات منسوب

ہوگئی ہوتو معاف فرمائیں (ص ص 49-50)۔

اور کتاب کا اختتام ان الفاظ پر ہوتا ہے۔

''بس دعا ہے کہ اللہ پاک اپنے حبیب ﷺ، کل انبیا علیہم السلام کل بزرگان دین علیہم الرضوان والرحمۃ کے صدقے اور طفیل میں آخرت میں بھی لاج رکھ لے اور میرے عیوب کی پردہ پوشی فرماتے ہوئے جس طرح اس دنیا میں نوازا ہے آخرت میں بھی نوازے۔'' (ص 90)

ڈاکٹر صاحب حسن اخلاق کے اعتبار سے بڑے بلند مرتبے پر فائز تھے۔دل نوازی کا سلیقہ ان کے لہو میں تھا۔جو بھی ملتا گرویدہ ہو جاتا۔صبر و برداشت کا مادہ بہت زیادہ تھا۔لوگ وقت بے وقت آتے رہتے تھے پر مجال ہے ان کے ماتھے پر بل پڑ جائے۔تنہائی اور گوشہ نشینی پسند تھی مگر اس کا حصول ممکن نہ تھا۔سینکڑوں شاگرد، ہزاروں مرید پھر لاکھوں ایسے جو نہ شاگرد تھے نہ مرید پر ان کا دم بھرتے تھے۔علمی اور عرفانی حلقوں میں ان کا نام احترام سے لیا جاتا تھا۔کبرسنی اور متعدد عوارض کے باوجود ان کا علمی و روحانی فیض برابر جاری تھا۔عمر عزیز کے آخری برسوں میں ان کے بہی خواہوں نے ملاقات کے اوقات اور ایام مقرر کر دیے تھے تاہم اس پر سختی سے پابندی کا دور دور تک امکان نہ تھا۔

ڈاکٹر صاحب ملتان میں حضرت بہاء الدین ذکریا علیہ الرحمۃ کے مزار پر حاضر ہوئے۔انہوں نے ڈاکٹر صاحب کی طرف نظر بھر کر نہیں دیکھا۔ بلکہ نگاہ غلط انداز ڈالتے رہے۔ ڈاکٹر صاحب نے عدم توجہ کا سبب دریافت کیا تو فرمایا مجھے ڈر ہے کہ تمہارے انکسار کو میری نظر نہ لگ جائے۔

ڈاکٹر صاحب کی نظر صحیح معنی میں کیمیا اثر تھی۔ان کے تصرف کا ایک واقعہ محترم ڈاکٹر محمد اسلم فرخی صاحب کے حوالے سے یہاں درج کرتا ہوں۔1988ء میں جب ڈاکٹر صاحب کو انجمن ترقی اردو کی طرف سے نشان سپاس پیش کیا جانا تھا ان دنوں انجمن کے صدر جناب نور الحسن جعفری تھے۔وہ حکومت پاکستان کے معتمد مالیات کے عہدے سے سبکدوش ہوئے تھے اور 'صاحب' آدمی تھے۔انہوں نے ڈاکٹر صاحب کے اعزاز میں تقریب کی اجازت تو دے دی تاہم خود اس میں شرکت سے معذرت کر دی۔ بہر حال انجمن کے دوسرے کارپرداز ان کے اصرار سے جلسے کی صدارت پر آمادہ ہوئے۔مختلف تقاریر کے بعد ڈاکٹر صاحب نے حاضرین جلسہ سے

خطاب فرمایا۔ آخر میں جعفری صاحب صدارتی کلمات کہنے کے لیے مائیک پر آئے تو بجائے کچھ کہنے کے زار و قطار رونے لگے۔ پھر ہاتھ جوڑ کر بولے۔ ''حضرت ڈاکٹر غلام مصطفیٰ خاں صاحب مجھے معاف فرما دیجئے۔ میں آپ کے مقامات ظاہری اور مراتب باطنی سے بالکل بے خبر تھا۔'' ڈاکٹر صاحب نے اٹھ کر انہیں سینے سے لگایا اور تسلی دی تب کہیں جا کر ان کو قرار آیا۔

میں جب ڈاکٹر صاحب کی شخصیت کا تصور کرتا ہوں تو بے اختیار میر تقی میر کی یہ رباعی یاد آ جاتی ہے۔

ملیئے اس شخص سے جو آدم ہووے — ناز اس کو کمال پر بہت کم ہووے
ہو گرم سخن تو گرد آوے یک خلق — خاموش رہے تو ایک عالم ہووے

ان کے وصال کی خبر خرمن جاں پر بجلی بن کر گری۔ ہمارے ممدوح نے ۲۵ ستمبر ۲۰۰۵ء کو 93 برس کی عمر میں اس عالم خاکی کو الوداع کہا۔ اس آفتاب سلوک و معرفت اور ماہتاب علم و دانش کو جام شورو بائی پاس پر واقع ان کے قائم کردہ المصطفیٰ ٹرسٹ کے احاطے میں سپرد خاک کر دیا گیا۔ ان کے جنازے میں خلق خدا کی جو کثرت تھی اس کی مثال کم کم ملتی ہے۔

□□□

ماخذ: کہاں سے لاؤں انہیں، شخصی خاکے، ڈاکٹر مظہر محمود شیرانی، القاء پبلی کیشنز، لاہور، ۲۰۱۱ء

**حاشیہ:**

[1]۔ علامہ آئی آئی قاضی کے بارے میں ڈاکٹر فرمان فتح پوری نے اپنی خودنوشت (بلا جواز، خودنوشت، ڈاکٹر فرمان فتح پوری، الوقار پبلی کیشنز، لاہور، 2010ء) میں لکھا ہے کہ موصوف اپنی خودکشی سے قبل سندھ یونیورسٹی کے شعبہ اردو کے استاد محمد مرتضیٰ سے خفا ہو گئے تھے اور ان کو بنا کسی معقول جواز، ملازمت سے برطرف کر دیا تھا۔ محمد مرتضیٰ پر قیامت ٹوٹ پڑی۔ بال بچوں والے آدمی تھے پائی پائی کے محتاج ہو گئے۔ انہوں نے اس فیصلے کے خلاف مقدمہ کیا، وکیل نے بلا معاوضہ پیروی کی۔ سپریم کورٹ نے فیصلہ ان کے حق میں سنا دیا۔ مگر حیف کہ پھر بھی علامہ موصوف نے انا کا مسئلہ بناتے ہوئے محمد مرتضیٰ کو بحال نہ کیا۔ جلد ہی ''علامہ'' نے خودکشی کر لی اور محمد مرتضیٰ بحال ہوئے۔

راقم سوچتا ہے ''علامہ صاحب''، بروز قیامت محمد مرتضی کا سامنا کیسے کریں گے؟

# انوکھے سچ اور کھینچا تانی

مظہر سعید قریشی

## اول

## جوتش، علم نجوم

مستقبل کا حال جاننے کے لیے انسان ازل سے ہی دل چسپی رکھتا ہے۔سکندر اعظم اپنی فوج کو Move کرنے سے پہلے ایک مجذوب لڑکی سے اجازت لیتا تھا۔نپولین نے جوتشی ساتھ رکھا ہوتا تھا۔ہٹلر جیسے ڈکٹیٹر کے مشہور جنرل گوئبل نے Nostra damis کی پیش گوئیوں کو اپنی مرضی کے مطابق Interpret کرا کر فرانس میں ہوائی جہازوں کے ذریعے لوگوں کو پہنچایا تا کہ ان میں بددلی پھیلائی جا سکے۔اس کا چرچا اور اثر اتنا ہوا کہ برطانیہ کی ہسٹری میں پہلی دفعہ وار آفس میں ایک آفیشل Astrologer مقرر کیا گیا۔مقصد اس کا یہ تھا کہ وہ انہیں پیش گوئیوں کی مختلف Interpretation کروا کر لوگوں تک پہنچائے تا کہ ان کا مورال بلند رہے۔

یہ بیان کرنے کا مقصد یہ ہے کہ پریکٹیکل لوگ سکندر اعظم جیسے نپولین جیسے ہی نہیں بلکہ جرمنی اور برطانیہ جیسی حکومتیں بھی علم نجوم سے متاثر ہوتی رہی ہیں۔نجومی سے ملاقات کا سادہ سا مفہوم بالکل معمولی نوعیت کا مشورہ لینا ہوتا ہے مثلاً ''کیا میں فلاں فلاں سے شادی کر لوں؟'' یا کیا فلاں کاروبار میرے لیے اچھا رہے گا؟'' وغیرہ وغیرہ۔اکثر ایسے سادہ سوال ہوتے ہیں کہ ان کا جواب ہاں یا ناں میں دے کر نجومی فارغ ہو سکتا ہے۔یہ اتنا آسان ہے جیسے طوطے

سے فال نکلوائی جائے۔لوگوں کی سادگی دیکھئے کہ وہ طوطے سے فال نکلوانے میں بھی دل چسپی رکھتے ہیں۔تبھی تو طوطے کے مالک کی روزی چلتی ہے۔

اس میدان میں پہلے تو وہ جعلی پیر، پامسٹ اور علمِ جعفر کے خود ساختہ ماہر آتے ہیں۔علم نجوم اگر واقعی حقیقتاً کچھ ہے تو کم از کم ان لوگوں کو اس کی اے بی سی بھی نہیں آتی۔جھوٹ اور ڈھکوسلے سے کام چلاتے ہیں۔یہ بات توطے ہے کہ ان کے پاس وہی جاتا ہے جسے کوئی پریشانی ہو۔غم، دکھ اور پریشانی میں الجھا ہوا انسان جب ان کے ہتھے چڑھ جاتا ہے تو یہ پھر ہر ایک کی حالت کے مطابق ایسی لچھے دار گفتگو کرتے ہیں کہ وہ مطمئن ہو کر لوٹتا ہے۔بعد میں اس کو پتہ چلتا ہے کہ اس کا کام بھی نہیں ہوا اور قسمت بتانے والے نے اسے لوٹ بھی لیا ہے۔

ان میں اکثر بہت چالاک ہوتے ہیں۔اپنے پروں پر پانی بھی نہیں پڑنے دیتے۔مثلاً ایک عورت کسی پیر کے پاس جاتی ہے کہ سائیں میرا خاوند مجھ سے اچھا سلوک نہیں کرتا۔پیر صاحب مشورہ دیتے ہیں اور کوئی وظیفہ پڑھنے کے لیے کہتے ہیں۔رخصت ہوتے وقت سائل کو نصیحت کرتے ہیں ”بی بی خیال رکھنا، وظیفہ کرتے وقت تمہیں بندر کا خیال نہ آئے“ [ا]۔اس بے چاری عورت کے لیے یہ وظیفہ ناممکن ہو جاتا ہے۔وظیفے کے وقت وہ سب کچھ بھول سکتی ہے مگر بندر کو نہیں بھول سکتی۔فرض کرلیں کہ اس نے بندر کو خیال سے نکال بھی دیا، دن رات وظیفہ بھی کیا لیکن خاوند کا رویہ نہیں بدلا۔بے چاری پھر پیر صاحب کے پاس آتی ہے تو وہ قصور بندر کے ذمہ ڈال دیتے ہیں اور کوئی نئی مشق دے دیتے ہیں۔

پامسٹوں کے پاس بھی یہی حشر ہوتا ہے۔اکثر اشتہار دیتے ہیں اور Promise کیا ہوتا ہے کہ ”ہمارے پاس تشریف لائیں، محبوب آپ کے قدموں میں ہوگا۔“ عقل کیسے مان سکتی ہے کہ پامسٹ ایسے کر سکتا ہے مگر لوگ پھر بھی ان کے پاس بھاگتے جاتے ہیں۔

علم نجوم میں میری دل چسپی 45 سال پرانی ہے۔1954ء میں ایک دلچسپ آرٹیکل پڑھنے کے بعد علم نجوم خاص طور پر پامسٹری میری ہابی بن گئی۔اس عرصہ دراز میں، میں نے علم نجوم کے ہر شعبہ میں جھانک کر حقیقت معلوم کرنے کی کوشش کی۔یہ بات تو انگلی کو سمندر میں ڈالنے والی ہے لیکن اس کو عقلی طریقے سے پرکھنے کی کوشش تو ضرور ہونی چاہیے۔

قابل ذکر فلیڈز جن میں پیش گوئی کی جاسکتی ہے وہ ہیں:

Astrology-1

Palmistry-2

Vision,Trance or Intution and Dreams-3

Spiritual Approach-4

Revelation-5

(Tarif cards اور علم جفر وغیرہ اب اتنے کامن نہیں رہے،اس لیے چھوڑ رہا ہوں)۔

# دوم

## شاہ صاحب

آج سے چودہ برس پہلے کا ذکر ہے۔فیصل آباد پوسٹنگ کے دوران میں مجھے دفتروں میں مسجد کے معاملات نمٹانے کے لیے کبھی کبھی وقت نکالنا پڑتا۔مسجد کے امام نابینا تھے اور مسجد کے ساتھ ہی ایک چھوٹے سے کمرے میں رہتے۔جمعہ کی نماز اور رمضان میں نمازِ تراویح کے لیے ایک پڑھے لکھے عالم آجایا کرتے۔ایک تیسری شخصیت تھی اور وہ تھے مسجد کے موذن۔ہاتھ سے دھلے ہوئے صاف ستھرے کپڑے پہنتے،مسجد میں ہی رہتے اور کھانا نہ جانے کہاں سے کھاتے۔ مسجد کے فنڈز سے ان کو تیس چالیس روپے ماہوار ان کے ذاتی اخراجات کے لیے دیئے جاتے۔ سفید داڑھی ،نورانی چہرہ اور خوب صورت نقش۔جوانی میں اچھے خاصے جاذب قسم کے نوجوان ہوتے ہوں گے۔اچھے خاصے پڑھے لکھے تھے۔انگریزی بھی سمجھ اور بول لیتے۔اکثر مسجد کے کسی کونے میں بیٹھے کسی انجانی دنیا میں کھوئے رہتے۔اردگرد کے ماحول سے ناآشنا۔میں نے ان کا اصلی نام کبھی نہیں پوچھا۔سب لوگ ان کو شاہ صاحب کے نام سے پکارتے۔جوں جوں وقت

گزرتا گیا میرا تجسس بڑھتا گیا کہ یہ نہ تو روایتی مولوی ہیں اور نہ ہی درس دیتے ہیں لیکن مسجد میں ان کا دائمی قیام کیسے ہے؟ ایک پڑھے لکھے آدمی کا اذان دے کر بیٹھ رہنا سمجھ میں نہیں آ رہا تھا۔ بہر حال مجھے وہ اچھے لگتے تھے اور رفتہ رفتہ میری ان کے ساتھ کچھ کچھ بے تکلفی ہو گئی۔

ایک روز بڑی سردی تھی اور چھٹی کا دن تھا۔ اتفاق سے میرا مسجد کے پاس سے گزر ہوا تو دیکھا کہ شاہ صاحب اکیلے مسجد کے صحن میں دھوپ سینک رہے ہیں۔ میں نے سوچا آج شاہ صاحب سے باتیں کرنے کا موقع ہے۔ کبھی کبھی انسان احساسات اور جذبات سے مغلوب ہو کر چھلک پڑتا ہے۔ میری خوش قسمتی کہ شاہ صاحب بھی اس وقت اسی کیفیت میں تھے۔ اِدھر اُدھر کی باتوں کے بعد انہوں نے وہ راز اُگل دیا جس نے مجھے تجسس میں مبتلا کر رکھا تھا۔ ان کی داستان ان کی اپنی زبان سے سنئے، کہنے لگے:

''میں ریلوے میں ایک کلرک ہوا کرتا تھا۔ ورثے میں ایک گھر اور تھوڑی سی زمین بھی ملی تھی۔ میری شادی ہوئی۔ دو بچے ہوئے، پانچ سال بعد ایک بچہ فوت ہو گیا۔ ایک سال نہیں ہوا تھا کہ میری بیوی بیمار ہوئی اور وہ بھی اللہ کو پیاری ہو گئی۔ ابھی میں جوان تھا۔ کچھ عرصہ بعد میں نے دوسری شادی کر لی۔ سات آٹھ سال کے اندر جو بچے ہوئے وہ بھی مر گئے۔ ایک لڑکا اور میری بیوی رہ گئے۔ پھر میری دوسری بیوی بھی موت کی آغوش میں چلی گئی۔ میں تن تنہا ایک دل ٹوٹا ہوا انسان اداسیوں میں کھو کر رہ گیا۔ خودکشی کرنے کا سوچا مگر حرام سمجھتے ہوئے زندگی ختم نہ کی۔ بڑے دکھ کے دن تھے، بڑے دکھ کے دن تھے۔

رمضان کا مہینہ آیا۔ ہر سال کی طرح روزے رکھے اور اختتام پر عید پڑھنے گیا۔ نماز کے بعد لوگ گلے مل رہے تھے اور جلدی جلدی اپنے گھروں کو جا رہے تھے۔ میں بھی چل پڑا۔ میرا دماغ پھٹنے لگا۔ میں کس گھر جاؤں؟ میرا کون سا گھر ہے؟ میری فیملی کدھر ہے؟ سوچتا جا رہا تھا اور روئے جا رہا تھا۔ گھر جانے کے بجائے میں اپنے دفتر پہنچا۔ کمرے کا دروازہ کھولا اور رونا، دھاڑوں اور چیخوں میں بدل گیا۔ اتنا رویا کہ نڈھال ہو کر بینچ پر گر گیا، بے ہوش ہو گیا۔ مجھے نیند آ گئی۔

کیا دیکھتا ہوں میری دونوں بیویاں اور تینوں بچے میرے پاس کھڑے ہیں۔ بالکل ایسے جیسے زندہ حقیقت ہو۔ بیویاں کہنے لگیں۔ ''شاہ صاحب آپ افسردہ کیوں ہیں؟ یہ دنیا تو

مسافر خانہ اور ایک ساعت کا کھیل ہے۔ کوئی ٹرین پر پہلے سوار ہو جاتا ہے اور کوئی بعد میں، آپ دکھی ہو کر ہمیں افسردہ نہ کیا کریں۔ خوش رہا کریں، ہم آپ کا انتظار کر رہے ہیں۔ پھر وہ غائب ہو گئیں۔ میری سمجھ میں نہیں آ رہا تھا کہ میں سویا ہوا تھا یا جاگ رہا تھا مگر اس ملاقات اور گفتگو میں مجھے بالکل کوئی شک نہیں تھا۔ میں اٹھا، پانی پیا۔ زندگی میں پہلی بار ایک عجیب قسم کا سکون محسوس کر رہا تھا۔ جیسے مجھے وہ سمت مل گئی ہو، جس کی مجھے تلاش تھی۔ وہیں بیٹھے بیٹھے میں نے نوکری سے استعفیٰ لکھا، میز پر چھوڑ کر گھر گیا۔ اپنے لڑکے کو ساتھ لیا اور اپنے بھائی کے گھر جا کر بچے کو اس کے سپرد کر کے اپنا گھر بھی اس کے حوالے کیا۔ اس کے بعد میں اس مسجد میں آ بیٹھا۔ یہاں مجھے دس سال ہو گئے ہیں۔ اللہ کا شکر ہے۔"

یہ تھی شاہ صاحب کی کہانی۔ اس ملاقات کو ایک سال نہیں گزرا ہو گا کہ شاہ صاحب بیمار ہو گئے۔ جب کبھی ان کی بیمار پرسی کا اتفاق ہوتا تو وہ صرف یہ کہتے: "اللہ کا بڑا شکر ہے، اللہ کا احسان ہے"۔ اور پھر ایک دن وہ اس دنیا سے رخصت ہو گئے۔

## سوم
## سانپ، جن اور اجنبی دنیا

خدا جانتا ہے کہ یہ کہاں تک سچ ہے کہ جنات سانپ کی شکل بدل کر لوگوں کے سامنے آتے ہیں۔ ایک روایت کے مطابق کوئی اگر گھر میں سانپ دیکھے تو اسے تین مرتبہ نکل جانے کے لیے کہے۔ اگر اس کے بعد نظر آئے تو اسے مار دے۔

ایک دفعہ ایسا ہی تذکرہ ہو رہا تھا تو ایک جاننے والے نے، جو قبائلی علاقے سے تعلق رکھتے تھے، کہا کہ ان کے گاؤں میں یہ مشہور ہے کہ جب جن بہت بوڑھے ہو جائیں تو سانپ بن کر آ جاتے ہیں تاکہ لوگ انہیں مار دیں اور ان کی خلاصی ہو۔ یہ تو سنی سنائی باتیں ہیں لیکن ایک واقعہ جو محمد اسد صاحب نے Road to Makkah میں لکھا ہے اس کو آسانی سے جھٹلانا مشکل

ہے۔ بلاشبہ وہ بہت پڑھے لکھے اور عالم دین تھے۔ وہ لکھتے ہیں:

اپنے دو ساتھیوں منصور اور زاہد کے ساتھ وہ صحرا میں جا رہے تھے۔ شام کا وقت اور سورج غروب ہونے کو تھا کہ ایک کالا سانپ اچانک راستے میں سامنے آ گیا۔ وہاں اس نے سر اٹھا کر ہماری طرف کا رخ کیا تو میں نے Reflex Movement کے ساتھ بندوق کو سنبھالا اور سانپ کا نشانہ لے لیا۔ ادھر منصور چیخ مار کر بولا۔

''مت ماریئے، مت ماریئے''۔ ادھر میں ٹریگر دبا چکا تھا۔ جب سانپ تڑپ کر مر گیا تو منصور نے کہا: ''آپ کو سانپ مارنا نہیں چاہیے تھا۔ مغرب کے وقت جن اکثر سانپ کی شکل میں نکلتے ہیں۔''

''شاید تم ٹھیک کہتے ہو منصور''.... یہ کہہ کر میں نے سوچنا شروع کیا کہ ایسی باتوں کو اگر سائنس ثابت نہیں کر سکتی تو اس کے خلاف بھی تو کوئی ثبوت نہیں۔ ممکن ہے کسی اور دنیا کے Biological Laws ہماری دنیا سے مختلف ہوں اور کبھی کبھی خاص حالات میں اپنے راستے کاٹتے ہوئے نظر آ جائیں تو پرانی جنوں، بھوتوں اور مافوق الفطرت باتوں کو نظر انداز نہیں کیا جا سکتا۔ منصور کی بات پر آدھا یقین کیے میں یونہی بڑبڑا رہا تھا کہ زاہد بولا:

''منصور ٹھیک کہتا ہے۔ چچا جان آپ کو سانپ نہیں مارنا چاہیے تھا۔'' پھر اس نے واقعہ بیان کیا:۔

''بہت سال پہلے عراق جاتے ہوئے میں نے اسی طرح ایک سانپ کو مارا تھا۔ اس وقت سورج غروب ہو رہا تھا۔ سانپ کو مارنے کے فوراً بعد میری ٹانگیں بہت بھاری لگنے لگیں۔ سر میں ایسا شور محسوس ہوا جیسے پانی کی بڑی آبشار گر رہی ہو۔ پھر ایسے جیسے میرے اعضا آگ میں جلنا شروع ہو گئے۔ میں گر کر بے ہوش ہو گیا اور گھپ اندھیروں میں گم ہو گیا۔ مجھے معلوم نہیں کتنا عرصہ میں کالے اندھیروں میں رہا لیکن آخر کیا دیکھتا ہوں کہ ایک آدمی میرے دائیں کھڑا ہے اور ایک بائیں۔ وہ مجھے ایک ہال میں لے گیا جہاں اور بھی بہت سے لوگ ہیں۔ کچھ عرصہ بعد مجھے احساس ہوا کہ میں ملزم ہوں اور مجھے جج کے سامنے پیش کیا جا رہا ہے۔ چھوٹے قد کا بوڑھا آدمی اونچے ڈائس پر بیٹھا جج کے فرائض انجام دے رہا ہے۔ مقدمہ بنانے والی پارٹی الزام لگاتی ہے کہ اس شخص نے۔ اسی شخص نے شام کے وقت اس کو رائفل سے مارا۔ جرم ثابت ہو چکا ہے۔ وہاں میرا دفاع

کرنے والی پارٹی بھی تھی۔اس نے کہا:

''اس کو معلوم نہیں تھا کہ کس کو مار رہا ہے۔بندوق چلانے سے پہلے اس نے خدا کا نام بھی لیا تھا۔یہ بے قصور ہے۔''

دوسری پارٹی جھگڑنے لگی۔اس نے ایسا نہیں کیا تھا۔عدالتی کاروائی کچھ دیر جاری رہی۔آخر جج بولا۔''اس کو معلوم نہیں تھا کہ کسے مار رہا ہے۔اور اس نے مارتے وقت خدا کی تعریف بھی کی ہے۔اسے چھوڑ دو اور واپس بھیج دو۔''

وہ دو آدمی جو مجھے پیش کرنے آئے تھے انہوں نے مجھے پھر پکڑا اور اسی اندھیرے میں لے گئے۔پھر مجھے زمین پر لٹا کر غائب ہو گئے۔اور میں نے اپنی آنکھیں کھولیں۔دیکھا تو میں اناج کی بوریوں کے درمیان پڑا ہوا ہوں۔میرے اوپر سورج سے بچنے کے لیے کپڑا اوڑھا ہوا ہے۔دوپہر کا وقت تھا۔سامنے اونٹ چر رہے تھے اور میرے ساتھی آس پاس کام کر رہے تھے۔میں اتنا نحیف ہو چکا تھا کہ اپنا بازو بھی نہیں اٹھا سکتا تھا۔میں نے مدھم آواز میں کہا ''کافی''تو میرے ساتھی بھاگ کر آئے اور کہا:

''یہ بولتا ہے۔دیکھو یہ بولتا ہے۔''گرم گرم کافی پینے کے بعد میں نے کچھ ہوش سنبھالا تو پوچھا:

''کیا میں ساری رات بے ہوش رہا ہوں؟''

''ساری رات''؟ وہ چیخے۔

''تم تو چار دن سے ایک لاش کی طرح تھے۔ہم تمہیں بوری کی طرح دن کو لاد کر سفر کرتے اور رات کو نیچے رکھ دیتے۔اب ہمارا ارادہ تمہیں یہاں دفن کرنے کا تھا۔''یہ سنانے کے بعد زاہد نے چیخ کر کہا کہ چچا مغرب کے وقت سانپ کو کبھی نہ مارنا۔

محمد اسد لکھتے ہیں کہ زاہد کی کہانی پر آدھا یقین کر کے میرا دل Amuse ہو رہا تھا اور ساتھ ہی آدھا یقین ان دیکھی طاقتوں کو محسوس کر رہا تھا۔

# چھارم

## روحیں

روحوں کے بارے میں کئی قصے سنے، کچھ پڑھے، لیکن ایسا محسوس ہوتا رہا جیسے جنوں اور پریوں کو کوئی کہانی سن رہے ہیں۔ یقین کم ہی آتا تھا۔ آدمی اس وقت اٹک جاتا ہے جب سنانے والا معتبر ہو۔

بہت عرصہ پہلے ایک سکھ صحافی دیوان سنگھ مفتون نے کتاب لکھی تھی جس کا نام تھا ''ناقابل فراموش۔'' سردار صاحب کا اسٹائل ایسے لگتا تھا کہ وہ جھوٹ نہیں لکھ رہے۔ اس میں انہوں نے لکھا کہ ان کے والد کی وفات کے بعد گھر میں اتنی تنگ دستی ہوگئی کہ نوبت فاقوں تک آنے لگی۔ ایک رات ان کی ماں کے خواب میں والد صاحب آئے اور بتایا کہ فلاں صندوق میں کپڑوں کے نیچے اخبار کی تہ میں چھپا کر میں نے سو روپے کے نوٹ رکھے ہیں۔ وہ نکال کر اپنا کام چلالو۔ صبح ہماری ماں نے صندوق کھولا تو اسے بتائی ہوئی جگہ سے واقعی سو روپے مل گئے۔

دسمبر 1985ء میں ''جنگ اخبار میں ایک مذاکرہ کی تفصیلات چھپیں۔ اس کا عنوان تھا ''حیات بعد از موت''۔ مذاکرے کے شرکاء تھے حنیف رامے، اشفاق احمد خاں صاحب، بانو قدسیہ، ملک واصف علی واصف اور ان جیسے ہی دوسرے معززین۔ ان کو پہلے ایک فلم دکھائی گئی ''Beyond and Back'' اور اس کے بعد مذاکرہ شروع ہوا۔

فلم میں دکھائے جانے والے واقعات ایسے تھے جو بہت سی کتابوں اور دوسری فلموں میں بھی آچکے ہیں۔ موت کے وقت ایک لمبی، اندھیری سرنگ سے گزرنا، اس کے بعد تیز روشنی، میوزک اور نہایت خوب صورت دنیا میں جانا جہاں فرشتے، بزرگ لوگ اور حضرت عیسیٰ علیہ السلام سے ملاقات وغیرہ ہونا۔ کئی کہانیوں میں عذاب کے فرشتوں کو بھی دکھایا جاتا ہے۔ یہ تفصیلات وہ لوگ بتاتے ہیں جن کو ڈاکٹر Clinically dead قرار دینے کے باوجود اپنی کوششوں سے دوبارہ

زندہ کر لیتے ہیں۔

مذاکرے میں اکثر لوگوں نے اس امکان سے انکار نہیں کیا۔ بانو قدسیہ نے بتایا کہ دوسری جنگِ عظیم میں ان کی ایک گورکھا سہیلی شریں تھیں۔ اس کے شوہر کو وکٹوریہ کراس ملا تھا (جو بانو قدسیہ صاحبہ نے خود بعد میں لندن میں دیکھا)۔ گورکھا لڑکی کے خاوند کا نام تھا ''پاتھا'' جو شادی کے بعد جنگ میں چلا گیا۔ چند روز بعد شیریں نے پستول سے خودکشی کر لی۔ اس کی میز پر ایک رقعہ پڑا تھا جس پر لکھا تھا، آج پاتھا میرے پاس آئے تھے انہوں نے کہا کہ میں کل جنگ میں مارا جاؤں گا اور مجھے وکٹوریہ کراس ملے گا، تم اسے وصول کرنا۔ میں یہ لکھ کر دیتی ہوں کہ میں اپنے مرے ہوئے شوہر کا وکٹوریہ کراس وصول نہیں کروں گی۔ یہ رابطہ جو پاتھا نے اپنی بیوی سے کیا اس کو کس طرح Explain کیا جا سکتا ہے؟ اسی مذاکرے میں علی اصغر خاں صاحب نے بتایا کہ مولانا احمد علی صاحب کی وفات کے بعد ان کے ذکر پر یا قبر پر جانے پر خوشبو آتی تھی۔

میرے ایک نہایت معزز دوست ہیں جن کے متعلق میں خیال بھی نہیں کر سکتا کہ وہ غلط کہتے ہوں گے۔ وہ لاہور میں رہتے ہیں لیکن چنیوٹ میں ان کا آبائی گھر ہے جو ہمیشہ بند رہتا ہے۔ گھر کے پیچھے ایک پرانی قبر ہے۔ وہ کہتے ہیں کہ جب بھی وہ گھر کھول کر پچھلے کمروں میں جاتے ہیں تو خوشبو کے جھونکے آنے شروع ہو جاتے ہیں۔

قدرت اللہ شہاب صاحب ''شہاب نامہ'' کے آخری باب ''چھوٹا منہ بڑی بات'' میں لکھتے ہیں کہ ایک رات بستر پر لیٹے ہوئے وہ مراقبہِ موت کی مشق کر رہے تھے اچانک انہیں محسوس ہوا کہ ان کا جسم فوم کے گدے اور چارپائی کی ٹھوس لکڑی سے گزر کر نیچے فرش کے ساتھ جا لگا ہے۔ انہوں نے گھبرا کر اٹھ کر دیکھا تو چارپائی پر ان کا اپنا وجود بھی بدستور لیٹا پڑا تھا۔ چارپائی کے اوپر جسم عنصری تھا اور پلنگ کی تہ سے گزر کر نیچے جانے والا جسم مثالی تھا جسے Astral body بھی کہتے ہیں۔ [انوکھے سچ]

# پنجم

## Astrology

## Moving Finger Writes

۱۹۵۴ء میں ایک انگریزی اخبار Civil & MiltaryGazette نکلا کرتا تھا۔ یہ ایک معیاری اخبار تھا جیسے آج کل ڈان، نیوز یا نیشن صفحہ اول کے اخبار سمجھے جاتے ہیں۔

ایک روز ایک دلچسپ آرٹیکل چھپا۔اس کا عنوان تھا Moving Finger Writes۔اس کے لکھنے والے کوئی کرنل مرزا تھے۔میں کوشش کرتا ہوں کہ ان کی اپنی زبانی بیان کروں جو انہوں نے لکھا:

’’39-1938ء میں میری پوسٹنگ دہلی میں تھی۔اس وقت میں لیفٹیننٹ تھا۔ایک دفعہ میں اور میرے ایک دوست نے چھٹی لی اور تفریح کے لیے بمبئی گئے۔ان دنوں بمبئی میں ہندوستان کے ایک مشہور جوتشی ہوتے تھے۔ہم دونوں اس کے پاس گئے۔جوتشی نے ہم سے بھاری فیس لے کر ہر ایک کو پانچ پانچ بند لفافے دیئے۔ہر لفافے کے اوپر مستقبل کی کوئی تاریخ لکھی تھی۔لفافے دینے کے بعد کہنے لگا۔’’میں نے خصوصی اہمیت کے واقعات جو آپ کی زندگی میں آنے والے ہیں، تحریر کر کے بند کر دیے ہیں۔شرط یہ ہے کہ آپ نے مقررہ تاریخ سے پہلے لفافہ نہیں کھولنا۔جس دن جب بھی تحریر کردہ تاریخ آئے گی اس دن آپ لفافہ کھول کر پڑھ سکتے ہیں۔‘‘میں اپنے دوست کو کوسنے لگا کہ کیا فائدہ اتنے روپے ضائع کرنے کا۔اتنے مہینے، اتنے سالوں کو لے کر بیٹھے رہیں گے۔آخر جو ہو چکا وہ ہو چکا تھا ہم واپس دہلی آ گئے۔

### پہلی ڈیٹ:

میں نے لفافہ کھولا،اس میں لکھا تھا:

’’آپ کی ٹرانسفر ہو جائے گی۔‘‘

دفتر میں ایسی کوئی بات نہ تھی۔دس بجے،گیارہ بج گئے۔ایک بج گیا۔میں نے سوچنا شروع کر دیا کہ ابھی آدھے گھنٹے میں چھٹی ہو جائے گی۔جوتشی جھوٹا تھا۔ڈیڑھ بجے دفتر سے نکلنے لگا تو کمانڈر نے بلا کر مجھے اسی روز آسام جانے کے آرڈز تھما دیئے۔پیشین گوئی سچ نکلی۔

## دوسری ڈیٹ:

دوسرا لفافہ صبح کھولا،تو اس میں لکھا تھا:

’’آج موت کا منہ دیکھو گے۔نہ زمین پر نہ پانی میں،لیکن بچ جاؤ گے۔‘‘

آسام ان دنوں War Area تھا۔ہم چھوٹے ہوائی جہاز میں سفر کر رہے تھے کہ جہاز کو دشمن کی گن نے نشانہ بنالیا اور ہمیں پیراشوٹس سے کودنا پڑا۔اسی دن دوپہر کے بعد میرا پیراشوٹ درخت میں اٹک گیا۔موت سے بچ کر میں درخت کے ساتھ لٹک رہا تھا۔یہ تھی دوسرے لفافے میں کی گئی پیش گوئی۔

## تیسری ڈیٹ:

اتوار کا دن تھا۔صبح لفافہ کھولا تو اس میں لکھا تھا:

’’آج تم اپنی Future wife سے ملو گے۔‘‘

اس دن دو تین خاندانوں نے پکنک کا پروگرام بنا رکھا تھا۔میں بھی مدعو تھا۔وہاں پکنک میں یا تو خالائیں اور پھوپھیوں جیسی خواتین تھیں یا نوخیز کم لڑکیاں۔میں سے سوچا اس پیش گوئی میں جوتشی سے ضرور بھول ہوگئی ہے لیکن ٹھیک دس سال بعد انہی بچیوں میں سے ایک بڑی ہوکر میری بیوی بن گئی۔

## چوتھی ڈیٹ:

1947 تھا۔لفافہ کھولا تو لکھا پایا:

''تم وطن بدل لو گے۔''

پاکستان بنا تو میں ہندوستان سے پاکستان آ گیا۔

پانچواں بند لفافہ ابھی میرے پاس تھا۔ 1951ء کے کسی مہینے کی تاریخ اس پر درج تھی۔اس جوتشی کی چار پیش گوئیاں اتنی صحیح نکلی تھیں کہ میرے دل میں اس کو ملنے کا اشتیاق جنون کی حالت اختیار کر گیا۔مشکلوں سے ویزا ملا۔آخر بمبئی پہنچا اور ہوٹل میں قیام کیا۔

## پانچواں لفافہ:

پچھلی رات ہوٹل میں قیام کے بعد صبح اٹھا تو یہ وہ تاریخ تھی۔لفافہ کھولا تو اس کو پڑھ کر دنگ رہ گیا۔لکھا تھا:

''آج تم مجھے پھر ملنے آ ؤ گے۔''

دل میں جوتشی کی Accuracy کو سراہتے ہوئے ٹیکسی لے کر اس کے پتے پر پہنچا تو وہاں بہت سے لوگ اور پولیس موجود تھی۔ میں نے پوچھا تو معلوم ہوا آدھی رات کو کوئی جوتشی کو قتل کر گیا ہے۔دوسروں کی قسمت کا حال بتانے والا خود اپنی قسمت نہ جان سکا۔''

یہاں پر کرنل صاحب کا آرٹیکل ختم ہو گیا۔اس کو پڑھنے کے بعد ان علوم میں میری دل چسپی اتنی بڑھی کہ آج تک ان سے پیچھا نہ چھڑا سکا۔

پاکستان میں کوئی نامی گرامی Astrologist نہیں ۔دو تین بار ہندوستان جانے کا اتفاق ہوا۔وہاں متعلقہ لوگوں سے ملا۔کتابیں کھنگالیں تو اس نتیجے پر پہنچا ہوں کہ صحیح اور سچا کوئی علم اگر ہے یا تھا بھی تو وہ آج سے ستر اسی برس پہلے تھا۔جو کم لوگ اس میں مہارت رکھتے تھے وہ مرتے وقت یہ علم ساتھ ہی لے گئے۔ممکن ہے وہ حاسد تھے کہ جو علم انہیں معلوم ہے وہ دوسروں کو نہ پہنچائیں۔

ویسے ہندوستان میں ہر محلے میں ایسے بہت سے پنڈت ہیں جو پیدا ہونے والے کی جنم پتری بنا دیتے ہیں۔شادی وغیرہ کا مہورت نکالتے ہیں۔ان کا سچ جھوٹ جاننے کا کوئی ذریعہ نہیں۔بہرحال جس علم سے جوتشی نے ہمارے کرنل صاحب کو بتایا اس میں سچ ضرور تھا۔بشرطیکہ

کرنل صاحب نے پورا سچ بتایا ہو مگر اس میں کوئی شک نہیں کہ جوتشی کو خود اپنی قسمت کا حال معلوم نہ تھا۔کیا اسٹرالوجی کو Half Truth کہیں؟

□□□

ماخذات: اول: انوکھے سچ، مظہر سعید قریشی، لاہور، ۲۰۰۱ء

دوم: کھینچا تانی، مظہر سعید قریشی، لاہور، ۲۰۰۴ء

**حاشیہ:**

[ا]۔ یہ دراصل ایک چٹکلہ ہے جس کا ذکر ابن انشاء نے اپنے ایک باغ و بہار کالم میں کیا تھا۔

# یہ جنگل یہ درندے

## مقبول جہانگیر

رات کھانے سے فارغ ہوکر ہم نے شطرنج کی بساط بچھائی۔خیال یہ تھا کہ ذرا اس ڈاک بنگلے میں بسنے والے آسیب کی کارگزاری دیکھیں۔مرزا صاحب کا اندازہ تھا کہ میم صاحب نے جس بچے کی آواز سنی، وہ یقیناً اس جن کی شرارت ہوگی جو بنگلے میں قابض ہے لیکن میری رائے میں یہ آواز اس میم کے حواس خمسہ کی گمشدگی یا تخیل کا کرشمہ تھی۔منور خان، اسد خان اور یسٰین خان بھی ہمارے پاس آن بیٹھے اور اس گفتگو میں شریک ہوگئے۔رات انتہائی تاریک، جنگل پر ہیبت ناک سناٹا محیط تھا۔ہلکی ہلکی بارش ہورہی تھی۔دور سے جھینگروں، مینڈکوں کے ٹرانے یا گیدڑوں کے چلانے کی مدھم آوازیں آرہی تھیں۔ایک دو بار کوئی الو قریب ہی سے ہوہو کر کے بری طرح چیخا۔مرزا صاحب کا بیان تھا جن، ارواح خبیثہ اور شیطان کا وجود ہے۔میں نے کہا سنا تو یہی ہے، مگر اب تک کسی کو دیکھنے کا اتفاق نہ ہوا۔خبر نہیں واقعات کتنے سچے ہیں! یہ سن کر مرزا صاحب نے حقے کا زور سے کش لیا۔بساط لپیٹ دی اور فرمایا:

''واقعات تو بے شمار ہیں۔صحیح اور بیشتر ناقابل یقین، مگر بعض ایسے ہیں جنہیں جھٹلانا کسی طرح ممکن نہیں۔آپ کو معلوم ہے میری پیدائش دلی شہر کی ہے۔والدین محلّہ فراش خانے میں رہتے۔گھر میں ہماری حقیقی پھوپھی بھی تھیں جو نہایت متقی، خداترس اور عابدہ زاہدہ خاتون تھیں۔یہ مکان دومنزلہ تھا۔نیچے دالان در دالان کے دائیں بائیں کوٹھڑیاں، پھر صحن، اس کے سامنے باورچی خانہ، بائیں طرف ڈیوڑھی، سامنے چھوٹی صحنچیاں۔اوپر کی منزل میں چھوٹا صحن، ایک دالان اور آمنے سامنے کوٹھڑیاں۔اپنی ولادت سے متعلق ایک عجیب حکایت میں نے والدہ مرحومہ سے سنی۔میری والدہ بھی عبادت گزار اور پرہیزگار خاتون تھیں۔شاہ عبدالقادر دہلوی کے

اصل مسودہ ترجمہ قرآن مجید کی نقل ان کے پاس تھی اور اسی مسودے میں سے انہوں نے مجھے بھی قرآن مجید پڑھایا تھا۔ والدہ نے جو واقعہ بیان فرمایا وہ یہ ہے کہ اس مکان کی دوسری منزل پر ایک کوٹھڑی میں ایک عبادت گزار جن رہتا تھا۔ میری پھوپھی انہیں بھائی کہہ کر پکارتیں۔ کوٹھڑی پر ہر شخص کو نہ جانے دیتیں اور جگہ نہایت پاک صاف رکھتیں۔ وہ جن بزرگ بھی اکثر ضرورت کے وقت ہماری پھوپھی کے ساتھ اچھا سلوک کرتے۔ چنانچہ والدہ کا بیان ہے کہ ایک شب پھوپھی عشا کی نماز پڑھنے کھڑی ہوئیں، اتنے میں گنڈیریوں والے نے آواز لگائی۔ پھوپھی نے کہا ''افسوس میرے پاس پیسے نہیں ورنہ میں گنڈیریاں لیتی۔'' یہ کہنا تھا کہ اسی وقت ان کے پاؤں کے قریب کسی چیز کے گرنے کی آواز آئی۔ چراغ منگا کر دیکھا تو ایک روپیہ چاندی کا پڑا تھا۔ وہ روپیہ انہوں نے اٹھالیا اور بلند آواز سے کہا۔

''بھائی! یہ آپ کا عطا کردہ روپیہ میں تبرکاً اپنے پاس رکھوں گی۔''

میرے والد ماجد نہایت ذی علم آدمی تھے وہ ان جن بزرگ کے وجود سے منکر، لیکن آخر کار انہیں قائل ہونا پڑا۔

میری ولادت کے دن قریب آئے تو پھوپھی صاحبہ نے شاہ عبدالعزیز کے نواسے حضرت شاہ اسحاق کو بلا بھیجا اور ان سے کہا۔ ''آپ ذرا کوٹھے پر تشریف لے جائیے۔ فلاں کوٹھڑی میں بزرگ رہتے ہیں اور مجھے بہن کہتے ہیں۔ میرا سلام ان سے کہیئے اور عرض کیجئے میرے ہاں زچگی ہونے والی ہے اس لیے طہارت کا انتظام ممکن نہیں۔ آپ کو ناگوار خاطر ہو تو میں دوسرے مکان میں اٹھ جاؤں۔'' شاہ صاحب کوٹھے پر گئے اور پھوپھی صاحبہ کا پیام پہنچایا۔ ان بزرگ نے جواب دیا۔ ''دوسرے مکان میں نہ جائیں، میں خود اس مولود کی حفاظت کروں گا۔ صرف اتنی احتیاط کریں کہ کوئی عورت، مرد یا بچہ کوٹھے پر نہ آنے پائے۔'' والدہ ماجدہ نے فرمایا کہ جب میں پیدا ہوا اور رات کو پاؤں مار مار کر کپڑا اتار دیتا تو وہ بزرگ فوراً اوڑھا دیا کرتے یا کبھی انا خواب غفلت میں ہوتی اور میں دودھ کے لیے روتا تو وہ انا کو جگا دیتے۔ جب چلے کا دن قریب آیا تو پھر پھوپھی صاحبہ نے شاہ اسحاق صاحب کو طلب کر کے پیغام بھیجا کہ اب میرے ہاں مہمان داری ہے کل مستورات اور ان کے بچے اور ماما انا وغیرہ ملازم جمع ہوں گے اس وقت کوئی انتظام احتیاط کا مجھ سے نہ ہو سکے گا۔ لہٰذا میں دوسرے مکان میں مہمان داری کے لیے اٹھی جاتی ہوں۔ وہ بزرگ

راضی نہ ہوئے اور کہا۔’’ہم بھی اس خوشی میں شریک ہونا چاہتے ہیں۔‘‘ چنانچہ تقریب پر مہمان جمع ہوئے۔ پھوپھی صاحبہ خود کوٹھے پر گئیں اور پکار کر کہا:

’’بھائی صاحب! میرے یہ مہمان آپ کے وجود سے ناواقف ہیں۔ ایسا نہ ہو کہ آپ کی کسی حرکت سے ڈر جائیں۔ میری ساری مہمان داری بدمزہ ہو جائے۔‘‘

اس حجرے سے جواب آیا۔’’اطمینان رکھو بی بی! تمہارے مہمان ہمارے مہمان ہیں۔ ان کی خاطر داری ہمارے ذمے ہے۔‘‘

دوسرے روز سب مہمان جمع ہوئے تو ان جن بزرگ نے عجب طرح سے اس خوشی میں شرکت کی۔ یعنی مہمان بیبیوں کے زیور اور کپڑے چرانے شروع کر دیئے۔ ایک ہنگامہ برپا ہو گیا۔ کوئی بی بی کہتی میرا ہار چوری ہو گیا۔ کوئی واویلا کرتی میرا صندوقچہ جاتا رہا۔ کوئی اپنا دوشالہ ڈھونڈتی پھرتی۔ آپس میں ایک دوسرے پر چوری کا الزام دینے لگیں۔ یہ حال دیکھ کر پھوپھی صاحبہ غضب اور غصے میں اوپر گئیں اور ان بزرگ کو خوب برا بھلا کہا اور سب چیزیں فوراً واپس کر دینے تاکید کی۔ ’’یہ آپ نے عجیب مذاق فرمایا ہے، میری مہمان داری برباد ہوئی جاتی ہے۔‘‘ آواز آئی۔’’آپ نیچے جائیے وہ سب چیزیں پہنچ جاتی ہیں۔‘‘

پھوپھی صاحبہ نیچے اتر آئیں۔ اس وقت دستر خوان بچھا تھا۔ اور کل مہمان کھانے پر بیٹھے تھے۔ یکا یک چھت کی طرف سے چڑ چڑ کی سی آواز آئی۔ سبھوں نے سر اٹھا کر دیکھا کسی کا دوشالہ چلا آتا ہے۔ کسی کی پازیب لٹکتی آ رہی ہے۔ یہ تماشا دیکھ کر سب عورتیں چیخیں مار مار کر بھاگ کھڑی ہوئیں۔ ایک قیامت برپا ہو گئی۔ کسی کو بخار ہو گیا کوئی بے ہوش ہو کر گر پڑی۔ غرض کل مہمان بھاگ گئے۔ جلسہ دعوت سب درہم برہم۔ والدہ صاحبہ فرماتی تھیں کہ ہم لوگ اس مکان سے اٹھ کر دوسرے مکان میں چلے گئے۔ پھر صرف ایک دفعہ ان بزرگ سے ملاقات اس طرح ہوئی کہ والدہ اپنی ایک سہیلی مغل شہزادی کو دیکھنے اس کے مکان پر گئی تھیں ان پر جنوں کی سی کیفیت تھی۔ اس شہزادی نے والدہ کو دیکھتے ہی مردانہ آواز میں کہا: ’’السلام علیکم تم مجھے پہچانتی ہو؟‘‘

والدہ آواز سن کر ڈر گئیں۔ اس شہزادی نے کہا: ’’ڈرو نہیں۔ میں وہی ہوں جو تمہارے بچے کی نگرانی کرتا تھا اور میرے ہی مکان میں تمہارا بچہ پیدا ہوا تھا۔ میں اسے بہت عزیز رکھتا

ہوں۔''

والدہ یہ سن کر اور خوف زدہ ہوئیں۔انہوں نے جواب میں کچھ نہ کہا اور اسی وقت وہاں سے واپس چلی آئیں۔تو جناب جنات کے وجود سے انکار نہیں کیا جا سکتا۔عین ممکن ہے اس ڈاک بنگلے میں بھی کچھ اثر ہو۔''

◆

مرزا صاحب نے یہ دلچسپ داستان ختم کی تو سننے والے ہیبت زدہ اور خاموش تھے۔ یٰسین خان اور اسد علی خان نے جھرجھری اور دزدیدہ نگاہوں سے یوں ادھر ادھر دیکھا جیسے ابھی کوئی جن کسی تاریک گوشے سے نکل کر سامنے آن کھڑا ہوگا۔

□□□

ماخذ: یہ جنگل یہ درندے،مولف ومترجم:مقبول جہانگیر،رابعہ بک ہاؤس لاہور،سنہ ندارد

# آئیں جنّوں سے ملتے ہیں!

## میاں محمد افضل

ایک انسان اپنی زندگی میں اپنے جیسے انسانوں کے علاوہ جس مخلوق کا سب سے زیادہ ذکر سنتا ہے وہ جن ہیں، لیکن عجیب بات ہے کہ جتنے زیادہ قصے جنوں کے بارے میں سننے کو ملتے ہیں اتنے ہی کم لوگ ایسے ملتے ہیں جو یہ گواہی دے سکیں کہ اُنھوں نے کسی جن کو اپنی کھلی آنکھوں سے دیکھا ہے یا اُس سے گفتگو کی ہے۔ میں اُن بے شمار لوگوں میں سے ہوں جنھوں نے آج تک کسی جن کو یا اُن کی کسی اہم نشانی کو نہیں دیکھا۔ تاہم میں نے اُن لوگوں کو دیکھا ہے جن پر کسی نادیدہ مخلوق کا قبضہ ہو جاتا ہے اور وہ اسی کی زبان میں بول رہے ہوتے ہیں۔ ایک صاحب کو میں نے لڑکپن میں دیکھا تھا، وہ جمعرات کو رات کے وقت ''کھیلتے'' تھے۔ کھیلنا یہ ہوتا تھا کہ سرعت کے ساتھ سر گھومتا تھا، اندھیرے میں ایک طرف جلتا ہوا چراغ رکھا ہوتا تھا، وہ چراغ کی طرف دیکھتے تھے، اس کے بعد اُن کی زبان سے جن بولتا تھا، اور لوگوں کے مختلف سوالوں کے جواب دیتا تھا جو میرے خیال میں زیادہ تر اٹکل پچو قسم کے ہوتے تھے۔ اس لیے میرا تاثر یہ رہا کہ اگر کوئی جن واقعی کسی انسان پر قبضہ کر لیتا ہے تب بھی وہ کوئی بڑا کارنامہ سر انجام نہیں دے سکتا۔ علاوہ ازیں جنوں کو کسی قسم کا غیب کا علم بھی حاصل نہیں۔ اگر ایسا ہوتا تو جب حضرت سلیمان وفات پا چکے تھے لیکن عصا کے سہارے کچھ عرصہ تک کھڑے رہے تو جن یہ سمجھ کر ہیکل سلیمانی کی تعمیر کا کام کرتے رہے کہ وہ اُنھیں مسلسل دیکھ رہے ہیں۔ جنوں کو حضرت سلیمانؑ کی وفات کا علم کیوں نہ ہوا؟ غالباً اپنی انتہائی تیز رفتار یا دور دراز مقامات تک فوراً اڑ کر پہنچ سکنے کی غیر معمولی صلاحیت کی بنا پر جنوں کو بعض باتوں کا علم انسانوں سے بہت پہلے ہو جاتا ہے اور وہ اس کا فائدہ اٹھاتے ہوئے اُن لوگوں کی مدد کرتے ہیں جو کالے جادو یا

چلّے وغیرہ جیسے عمل کر کے ان سے تعلقات قائم کر لیتے ہیں۔ جنات کے بارے میں انسانی تجسس کی ایک بڑی وجہ یہ بھی ہے کہ دونوں پہلے دن سے اسی زمین پر رہتے ہیں۔ اللہ تعالیٰ نے انسان کو بتا دیا ہے کہ تمہارے ساتھ ساتھ جنات بھی موجود ہیں۔ شیطان بھی ایک جن ہی تھا، قیامت کے روز تک مہلت حاصل کرنے کے بعد اُس نے اپنا ایک لشکر تیار کیا اس لشکر کا ذکر قرآنِ مجید میں ہے۔ ظاہر ہے کہ یہ لشکر بہت بڑا ہوگا کیونکہ ہر انسان شیطان کے حملوں کی زد میں ہے، جب انسانوں کی تعداد اربوں میں ہے تو شیطان کے سوار اور پیادوں کی تعداد تو ظاہر ہے انسانوں سے کہیں زیادہ ہوگی۔ خیر چھوڑیں اس قصّے کو!

میں نے زندگی میں کبھی جنّوں کو تو نہیں دیکھا لیکن اپنی جوانی میں جب میں کالج میں بی۔ اے کا طالب علم تھا، تب ایک مدّت تک مجھے احساس ہوتا رہا کہ جب میں رات کو اپنے کمرے میں روشنی گل کر کے سو جاتا تھا تو کوئی نادیدہ مخلوق گویا وہاں آ موجود ہوتی تھی، بعض، اوقات یہ احساس اس قدر شدید ہوتا تھا کہ میں سوتے سوتے جاگ اُٹھتا تھا اور بڑی دیر تک خوف سا طاری رہتا تھا۔ تب جس مقام پر میں نے ایک اور طالبِ علم کے ساتھ رہائش رکھی ہوئی تھی۔ وہ شہر کے نیم آباد مضافات میں تھا اور آس پاس متروک پرانے کارخانوں کے کھنڈرات تھے۔ بہر حال جب امتحان قریب آ گئے اور ہم نے رات کو دیر تک جاگ کر پڑھنا شروع کیا تب اُس نادیدہ مخلوق کی موجودگی کا احساس بھی خود بخود جاتا رہا اور اس کے بعد ویسا احساس کبھی نہیں ہوا۔ میرے والد صاحب آبائی پیشے کے اعتبار سے کاشت کار اور اپنے ذاتی شوق کی بنا پر طبیب تھے۔ والد صاحب کبھی اپنی جوانی کے زمانے کی دلچسپ داستانیں سنایا کرتے تھے۔ ایک داستان جو اُن کی زبانی سنی یہ تھی کہ اُس زمانے میں دیہات کے اِردگرد بڑے گھنے جنگلات اور دریائی بیلے ہوتے تھے۔ جنگلی جانور اور درندے، خصوصاً بھیڑیئے بکثرت تھے، چور اور رسّہ گیر بھی ہوتے تھے جو نہ درندوں سے ڈرتے تھے اور نہ خوفناک جنگلوں میں رات کو سفر کرنے سے گھبراتے تھے۔ ایسے ہی ایک نڈر چور نے رات کو کسی زمین دار کے مویشی خانے سے ایک قیمتی بیل چرایا اور اُسے اگلی صبح شہر کی منڈی میں فروخت کرنے کے لیے لے چلا۔ راستے میں اُسے جنگل اور گھنی جھاڑیوں سے گزرنا پڑتا۔ وہ چلا جا رہا تھا، بیل کے رسّی اُس کے ہاتھ میں تھی، چاروں طرف تاریکی اور سناٹا، یا پھر اِدھر اُدھر گیدڑوں کی

آوازیں۔ اتنے میں کسی نے اُس کے سر پر چپت سی لگائی، اس نے اوپر دیکھا تو کوئی انسانی ہاتھ نظر نہ آیا، چند منٹوں بعد دوبارہ اُسی طرح چپت لگائی گئی، پھر تھوڑا سا وقفہ اور دوبارہ ایک چپت، وہ نڈر آدمی تھا، نہیں گھبرایا، البتہ بیل نے بے چینی اور اضطراب کا اظہار کیا۔ اُسے پتہ چل گیا کہ یہ کسی شرارتی جن کی کاروائی ہے، ایسی شرارتیں عموماً جنوں کے کم عمر بچے (لڑکے) کیا کرتے ہیں، مقصد صرف اکیلے آدمی کی گھبراہٹ سے لطف اُٹھانا ہوتا ہے۔ اب اُس بہادر آدمی یا چور نے یہ کیا کہ بیل کی رسی کا وہ سرا جو اُس کے ہاتھ میں تھا اس سے ایک پھندا سا بنایا اور اپنی پگڑی کے اوپر رکھ دیا، اب جو جن نے چپت لگائی تو اس نے فوراً رسی کھینچ لی اور جن کا چپت لگانے والا ہاتھ اس پھندے میں پھنس گیا اور جن اپنی اصل شکل میں ظاہر ہو گیا۔ جن بچے نے عجیب وغریب آواز میں چیخ ماری تو بیل خوفزدہ ہو کر بھاگ اُٹھا اور جہاں سے آ رہا تھا اُدھر کا رُخ کیا۔ جانور اپنا استھان خوب پہچانتے ہیں۔ دوڑتے دوڑتے بیل واپس اپنے مالک کے گھر پہنچ گیا۔ صبح کے وقت لوگوں نے وہاں ایک عجیب منظر دیکھا۔ بیل کی رسی کے ساتھ انسان کی شکل سے مشابہ لیکن مسخ حالت میں ایک چھوٹی سی مخلوق بندھی ہوئی تھی۔ وہ ایک مردہ جسم تھا، اُس کا چہرہ اور آنکھیں خوفناک تھیں۔ چند دن گزرنے کے بعد جب یہ واقعہ مشہور ہوا تو چور نے ساری کہانی سنائی کہ کس طرح اُس نے شرارتی جن کو پھندے میں پکڑ لیا تھا لیکن بیل اُس کے ہاتھ سے چھوٹ گیا تھا۔ اس واقعے سے یہ علم ہوتا ہے کہ جنوں کا وجود بھی انسانوں کی طرح ایک دکھائی دے سکنے والا مادی وجود ہے۔ لیکن اللہ تعالیٰ کو یہ منظور ہے کہ دونوں ایک دوسرے کو نہ دیکھیں تا کہ ایک دوسرے کے معاملات میں مداخلت نہ کریں۔ جنوں کی الگ دنیا ہے، انسانوں کی الگ دنیا ہے لیکن دونوں بہر حال اسی زمین پر رہتے ہیں۔

انسانوں کو جنات سے واسطہ ہمیشہ پڑتا رہا ہے اور جنات کو انسانوں سے۔ میں ایک دن قرآنِ مجید میں پڑھ رہا تھا کہ جب حضرت نوحؑ (عمر ایک ہزار سال سے زیادہ) نے اپنی قوم کو بُت پرستی چھوڑنے اور توحید کی دعوت دی تو وہ کہنے لگے کہ نوحؑ پر کسی جن کا قبضہ ہو گیا ہے، یعنی مجنون ہو گیا ہے۔ حضرت نوحؑ، آج سے ہزاروں سال پہلے گزرے ہیں، حضرت آدمؑ کے بعد وہی ایک جلیل القدر پیغمبر آتے ہیں۔ حضرت نوحؑ کی قوم کی گفتگو سے اندازہ کیا جا سکتا ہے کہ تب بھی انسانوں پر جنوں کے آنے کے واقعات پیش آ رہے تھے۔

ہمارے ہاں لوگ عموماً یہ خیال کرتے ہیں کہ شاید یورپ وغیرہ میں جنّوں بھوتوں کے واقعات نہیں ہوتے۔ بہت ہوتے ہیں، بہت زیادہ ہوتے ہیں۔ اٹھارھویں صدی عیسوی میں انگلستان میں ڈاکٹر سیموئیل جانسن، غالباً سب سے بڑا اسکالر، نقاد اور دانش وَر تھا، لغت دان تھا۔ اس کی شخصیت نہایت دلچسپ تھی، اُس کے شاگرد جیمز بازویل نے اس کی دلچسپ سوانح لکھی ہے جس میں اُس کے اقوال اور ملفوظات جمع کیے ہیں۔ بازویل لکھتا ہے:

''بھوتوں کا ذکر چھڑ گیا تو وہ کہنے لگے: ہاں، میرا ایک دوست ہے۔ نہایت معقول اور دیانت دار۔ وہ کہتا ہے کہ اُس نے جنّوں کو دیکھا ہے۔ سینٹ جان گیٹ کا رہائشی بڈھا، ایڈورڈ کیو نے بھی جن دیکھے ہیں اور وہ اب اُن کے ذکر سے خوفزدہ ہوتا ہے۔

میں نے کہا: جناب، وہ کیا بتاتے ہیں، جنوں کی شکل وغیرہ؟

جانسن: کیوں جناب، وہ کہتے ہیں کہ ایک سایہ سا نظر آتا ہے۔''

◆

رئیس امروہی روزنامہ جنگ میں لکھا کرتے تھے، شاعر تھے، اخبار میں حالات حاضرہ پر اُن کے دلچسپ قطعے چھپا کرتے تھے، 1988ء میں قتل ہوگئے۔ انہیں پُراسرار علوم سے شغف تھا۔ ''جنات'' کے عنوان سے اُن کی ایک کتاب کے مطالعہ سے احساس ہوتا ہے کہ انہوں نے اس ان دیکھی یا کم دیکھی مخلوق پر بھی خوب تحقیق کی تھی۔ اپنی کتاب میں ایک جگہ صوفی نور محمد سروری قادری کا یہ بیان نقل کرتے ہیں کہ جو جنات کی ظاہری شکل وصورت کے بارے میں ہے:

''ایک دفعہ میں نے جنات کے بہت بڑے قافلے کو حضرت سلطان العارفینؒ (سلطان باہو) کے مزار پر اپنی سواریوں سے اُترتے اور فروکش ہوتے ہوئے دیکھا۔ اشتیاق ہوا کہ چل کر جنات کے اُس قافلے کی سیر کروں۔ چنانچہ میں نے بازار میں دوطرفہ قطاروں میں اُنہیں فروکش پایا۔ چارپائیوں پر مرد جن اور عورتیں چڑھی بیٹھی تھیں اور نیچے غاروں میں اُن کے بچے بھرے پڑے تھے۔ اُن کی شکلیں انسانوں کی سی تھیں، صرف آنکھوں اور اُنگلیوں کی بناوٹ میں فرق تھا۔''

اس اقتباس سے معلوم ہوتا ہے کہ جنات کے پاس سواریاں بھی ہوتی ہیں، لیکن کس قسم

کی سواریاں؟ قرآنِ مجید میں بھی اس طرف اشارہ ملتا ہے۔ بہرحال جن ایسی مخلوق ہے جو ہوا میں اُڑ سکتی ہے اور بہت کم وقت میں ایک جگہ سے دوسری جگہ پہنچنے پر قادر ہے۔ لیکن جنات میں بھی انسانوں کی طرح انفرادی صلاحیتوں کا تفاوت ہوتا ہے۔ مثلاً قرآنِ مجید (سورۃ النمل) میں ہے کہ حضرت سلیمانؑ نے ملکہ سبا (بلقیس) کا تخت، ہزاروں میل دور سے اپنے پاس منگوانے کے لیے دربار میں حاضر جنات سے پوچھا تو ایک طاقت ور (عفریت) جن نے جواب دیا کہ:

"قبل اس کے آپ اپنی جگہ سے اُٹھیں میں اس کو آپ کے پاس لا حاضر کرتا ہوں۔"

یعنی اس عمل میں چند گھنٹے لگتے تھے، جبکہ ایک اور شخص یا جن (جسے اللہ کی طرف سے ایک خاص علم حاصل تھا) نے اُس تختِ بلقیس کو منتقل کرنے کا کام پلک جھپکنے کے وقفے سے پہلے کر دیا۔

◆

بہت پرانی بات ہے تب ہم لاہور میں اعلیٰ سول افسروں کی ایک رہائشی کالونی میں رہتے تھے۔ کوٹھی کے ساتھ سرونٹ کوارٹرز تھے۔ گمان تھا کہ ایک کوارٹر میں رہنے والا خاندان جادو ٹونے وغیرہ کا کام کرتا تھا۔ ایک دن صبح کے وقت کوٹھی کے پکّے فرش (صحن) پر جگہ جگہ خون بکھرا ہوا پایا۔ وجہ سمجھ میں نہ آسکی۔ اُس واقعہ کے چند سال بعد ملتان میں ایک شخص سے ملاقات ہوئی، اس کا دعویٰ تھا کہ یہ مؤکل اُس کے تابع ہیں۔ رات کے وقت جب اُس نے اپنی خاص کیفیت طاری ہونے پر چادر میں اپنا منہ چھپالیا تو میری طرف سے کسی قسم کے ذکر یا اشارے کے بغیر بتانے لگا (یعنی اُس پر آیا ہوا جن کہنے لگا) کہ آپ کو یاد ہے کہ آپ کی کوٹھی کے آنگن میں خون گرایا گیا تھا اور ایک کونے سے کالی ہانڈی بھی برآمد ہوئی تھی۔

◆

سرفراز شاہ صاحب کا ذکر ممتاز مفتی نے اپنی ایک کتاب میں کیا ہے۔ علامہ اقبال ٹاؤن لاہور میں رہنے والے سرفراز شاہ صاحب کے پاس ایک زمانے میں بہت لوگ اپنے مسائل لے کر آتے تھے، موجودہ صورتِ حال کا علم نہیں... شاہ صاحب کو کشف حاصل ہے، وہ میز پر بیٹھ کر اپنے سامنے دیکھتے جاتے تھے اور انکشافات کرتے جاتے تھے، مجھے اُن سے ملنے کا

اتفاق ہوا ہے۔ میرا گمان یہ ہے کہ شاہ صاحب کی مدد بھی جنات ہی کرتے ہیں۔ اُن کے اکثر انکشافات سو فی صد صحیح ہوتے تھے۔

◆

عام طور پر مشاہدہ کیا گیا ہے کہ نوجوان لڑکوں اور لڑکیوں کے جنوں کے قابو میں آنے کے واقعات زیادہ ہوتے ہیں۔ رئیس امروہوی اس کی ایک سائنسی توجیہ یہ پیش کرتے ہیں کہ نوجوان لڑکیوں اور لڑکوں میں غیر استعمال شدہ توانائی جب زیادہ بڑھ جاتی ہے تو وہ اس دنیا کی نادیدہ ہستیوں کو کسی پُراسرار انداز میں اپنی طرف متوجہ کر لیتی ہے۔ جنوں بھوتوں کو بعض لوگ قدرتی انداز میں بھی دیکھ سکتے ہیں، ایسے لوگ دنیا میں کم ہیں لیکن ہوتے ہیں۔ رئیس امروہوی کا نظریہ یہ ہے کہ ایسے لوگوں کے دماغ میں ایک جگہ ایک پُراسرار دوربین موجود ہوتی ہیں جس کی مدد سے وہ غیب کی مخلوق کو کھلی آنکھوں سے دیکھ لیتے ہیں، جبکہ دوسروں کو اس کے لیے کافی ریاضت یا چلّہ کشی کرنی پڑتی ہے اور تب جا کر کچھ صلاحیت حاصل ہوتی ہے۔ جنات کے بارے میں موجود بے شمار لٹریچر کے مطالعہ سے پتہ چلتا ہے کہ جانوروں کو یہ قدرتی صلاحیت حاصل ہوتی ہے کہ وہ اپنی کھلی آنکھوں سے جنّوں اور چڑیلوں کو دیکھ سکیں۔ خصوصاً کُتے جنّوں کو خوب دیکھتے اور پہچانتے ہیں شاید اس لیے کہ دیگر جانوروں کی نسبت کتوں میں نادیدہ اور غیر محسوس چیزوں کو محسوس کرنے کی صلاحیت زیادہ ہوتی ہے۔ جاسوسی کے لیے بھی اسی لیے سراغرساں کُتّے استعمال ہوتے ہیں۔ ہماری نانی اماں بتایا کرتی تھیں کہ اُن کے پاس گھر کی نگہ بانی کے لیے ایک اعلیٰ نسل کا کتا ہوا کرتا تھا، بڑا بہادر اور بے خوف۔ مالک نہ بھی ہو تو مویشیوں کی تنہا حفاظت کر سکتا تھا اور کسی درندے کو حملے کی جرأت نہیں ہوتی تھی۔ ایک بار اچانک کتے کو فضا میں کوئی غیر مرئی چیز دکھائی دی تو وہ بار بار پنجوں کے بل کھڑا ہو کر اوپر منہ کر کے بھونکنے لگا۔ تھوڑی ہی دیر بعد کتے کا کلیجہ پھٹ گیا، وہ گرا اور مر گیا۔ اس کے منہ سے خون جاری تھا۔ نانی اماں کا بیان تھا کہ کتے نے کوئی عفریت گھر پر نازل ہوتے دیکھ لیا تھا اور عفریت نے اُسے ہلاک کر دیا تھا۔

◆

ایک صحافی شاہد نذیر چودھری نے ''جنات کا غلام'' کے نام سے ایک دلچسپ کتاب تحریر

کی ہے۔ مصنف کے مطابق کتاب میں بیان کردہ تمام واقعات سچے ہیں۔ اُس میں مصنف، جنات اور چند جادوگروں کی بظاہر نظر نہ آنے والی دنیا میں گزارے ہوئے ایاّم کی داستان بیان کرتا ہے۔ بظاہر یہ ایک قسم کا افسانہ معلوم ہوتا ہے۔ ایک شخص جس نے کالے اور سفید علم کے ملاپ سے بعض جنوں کو اپنا تابع بنا رکھا ہے، وہ اپنے عمل اور جنّوں کی مدد سے ایک لڑکی کی برین واشنگ کر کے اُس سے شادی کرنا چاہتا ہے جبکہ وہ لڑکی مصنف کو چاہتی ہے اور بالآخر اُس کی شادی ایک بزرگ کی مداخلت پر کہیں اور ہو جاتی ہے۔ اُسی طلسمِ ہوش ربا میں مصنف کو عجیب وغریب واقعات پیش آتے ہیں۔ کتاب میں درج بعض بیانات سے معلوم ہوتا ہے کہ اُنہیں محض زورِ تخیل سے نہیں لکھا جاسکتا جب تک کہ مشاہدہ اور تجربہ شامل نہ ہو۔ ہم یہاں قارئین کی دل چسپی کے لیے اُس کتاب میں درج چیدہ چیدہ بیانات کا ایک خلاصہ پیش کرتے ہیں:

جنات منتقم مزاج ہوتے ہیں، اُن کی جبلت میں غضب کا عنصر زیادہ ہے، اُن کی عقل پر جلال طاری رہتا ہے۔ مجھے احساس ہوا میرے پہلو میں کوئی پرچھائیں کھڑی ہے، خدوخال واضح نہ تھے، بڑا سا سر، چھوٹی چھوٹی سفید بٹن نما آنکھیں، پانچ فٹ قد اور بدن پھیلا ہوا۔ چڑیلیں کیا ہوتی ہے؟ بابا جی (بزرگ جن) کہنے لگے، بیٹا، یہ ہماری دنیا کی ایک بدکار اور گندی نسل ہے، یہ کافر جنات ہوتے ہیں۔ میں (مصف کتاب) نے سنا ہے کہ تم لوگ (جن) ہڈیاں اور گندگی کھاتے ہو؟ درست ہے، لیکن جب ہم (جن) انسانوں کے روپ میں ہوں تو پھر تمہاری غذائیں کھاتے ہیں۔ ہماری (جنّوں کی) اور آپ کی عمروں اور بلوغت میں بہت فرق ہے۔ ہمارے ہاں پینتالیس پچاس کی عمر لڑکپن کی عمر ہے اور تب جا کر شادی کا سوچا جاتا ہے۔ ہماری دنیا کے رسم ورواج تمہاری دنیا کے رسم ورواج سے زیادہ سخت ہیں۔ ہمارے ہاں بھی عزت اور غیرت کے نام پر لڑائیاں ہوتی ہیں۔ جنات کو خوشبوئیں بہت پسند ہوتی ہیں، بعض خوشبوؤں کے ذریعے جنّوں کو قید کیا جاتا ہے۔ کُتّوں کو خدا نے یہ قوت عطا کی ہے کہ وہ جنات کو بھانپ لیتے ہیں اور اگر کسی گھر میں غیبی مخلوق داخل ہو رہی ہو تو کُتّے بھونکنا شروع کر دیتے ہیں اس لیے جنات عموماً کُتّوں کو دیکھ کر کنی کتراتے ہیں۔ تم انسان اللہ کی بہترین مخلوق ہو، ہم علم میں تم سے کمتر ہیں۔ ہمارے بہت سے جنات علم حاصل کرنے تمہاری دنیا میں

آ جاتے ہیں۔ جب جنات انسانی وجود میں مشکل ہوتے ہیں تو اُن کی سانسیں بھاری اور گرم ہو جاتی ہیں۔ ہماری زمین سے دوسو کلو میٹر اوپر ان (جنات) کی بستیاں ہوتی ہیں، لیکن یہ زمین پر بھی آباد ہیں۔ اس مخلوق کو انسانی بستیوں میں رہنے کی اجازت نہیں ہے، لیکن اگر کسی جگہ مکان کی تعمیر سے قبل جنات آباد چلے آرہے ہوں تو وہ اپنی خاندانی روایات اور ضِد کی وجہ سے وہ جگہ مشکل سے چھوڑتے ہیں تاہم اگر گھر کی بنیاد اللہ کا کلام پڑھ کر رکھا جائے تو ناری مخلوق کو وہاں سے چلے جانے کا حکم ملتا ہے۔ ہوائی مخلوق ہونے کی بنا پر ایک درخت پر ہزاروں جنات کی پکھیاں ہوسکتی ہیں۔ عین دوپہر اور ظہر کے وقت ناری مخلوق سرمستی اور جوبن کی کیفیت میں ہوتی ہے۔ مسلمان جنات اولیاء اللہ کے مزارات پر خدمات انجام دیتے ہیں۔ ہمیں (ایک جن کا بیان) معلوم ہے کہ انسان ہمیں نہیں دیکھ سکتے، لہٰذا ہم خود اپنے آپ کو تصادم سے بچاتے ہیں۔ ہماری آبادی انسانوں سے زیادہ ہے۔ اگر اللہ کے حکم سے جنات کو ظاہر ہونے کی اجازت مل جائے تو تمہیں ہر مقام، میدان، وادی اور پہاڑوں میں جنات شہد کی مکھیوں کی طرح دکھائی دیں گے۔ جنات عموماً لوہے کی نوکیلی تیز دھار چیزوں سے ڈرتے ہیں۔ عموماً آوارہ مزاج جنات بناؤ سنگھار اور خوشبو کی شوقین نوجوان عورتوں پر تسلط حاصل کرتے ہیں۔ نیک اور عابد انسانوں کے گرد ایک روحانی دائرہ ہوتا ہے اور جن اُس دائرے کے اندر داخل ہونے کی صلاحیت نہیں رکھتے۔ جنات میں بھی، شیعہ سنّی اور وہابی ہوتے ہیں۔ چونکہ جنات تعلیم کے معاملے میں انسانوں کی پیروی کرتے ہیں اس لیے اُن میں فرقہ پرستی اور جھگڑے ہوتے ہیں۔ تسخیر جنات کا عمل دودھاری تلوار ہے اور اکثر جنات کو تابع کرنے والے عامل جنات کے ہاتھوں مارے جاتے ہیں۔ ابلیس کی اولاد اور شیطان جنات سفلی عملیات کے ماہر ہوتے ہیں۔

◆

رئیس امروہوی نے اپنے والد کے حوالے سے لکھا ہے کہ جنات کی بے شمار قسمیں ہیں۔ بعض بے حد خطرناک، بعض بالکل بے ضرر بعض طاقت ور، بعض کمزور، بعض انسانوں سے میل ملاپ پسند کرتے ہیں اور بعض پسند نہیں کرتے۔

رئیس امروہوی کا بیان ہے کہ اُن کے نانا سید جرار حسن کی ایک جن کے ساتھ دوستی تھی۔

ایک بار انہوں نے اُس کی دعوت کی تو اُن کے دوست جن نے فرمائش کی کہ اُس کے لیے جو کی روٹی، پنیر اور کافور پیش کیا جائے۔ جن نے یہ چیزیں استعمال کر کے برتن واپس کیے تو برتنوں میں راکھ پڑی ہوئی تھی۔ جن نے کہا:

''ہم آپ کی طرح کھایا نہیں کرتے، صرف سونگھا کرتے ہیں اور سونگھنے میں ہر شے کی غذائی طاقت جذب کرتے ہیں تو باقی خاکستر رہ جاتی ہے۔''

ایسے محسوس اور معلوم ہوتا ہے کہ جنوں میں سے بعض جن انسانوں میں غیر معمولی دل چسپی لینا شروع کر دیتے ہیں اور نتیجہ یہ نکلتا ہے کہ یا تو وہ اُس انسان کے ساتھ ظاہر ہو کر کسی نہ کسی شکل میں ساتھ رہنا شروع کر دیتے ہیں یا اُس پر سوار ہو کر اپنی طاقت وقوت کا مظاہرہ کرتے ہیں۔ غالباً اس طرح کے مظاہرے سے اُنہیں تسکین ملتی ہے۔ قدیم زمانے میں کاہن ہوا کرتے تھے۔ کاہنہ عورتیں بھی تھیں، جیسے قدیم یونان میں ڈیلفی کی کاہنہ۔ لوگ غیب کی خبریں معلوم کرنے کے لیے اُن سے رجوع کرتے تھے۔ اُن غیب بینوں کے بارے میں خیال کیا جاتا تھا کہ اُن کی پیدائش انسان اور جن کی باہمی قربت کا نتیجہ تھی۔ غالباً صحیح یہ ہے کہ یہ لوگ شیطان کے خاص شاگرد اور ساحر ہوتے تھے اور شیطان ہی کی مدد سے جھوٹی سچی پیش گوئیاں کرتے تھے۔ جب مسلمانوں نے مدینہ میں ہجرت کی تو وہاں ایک یہودی کاہن ابن صیاد کا کاروبار جما ہوا تھا، اُس نے نبوت کا دعویٰ بھی کیا تھا۔ ایسے لوگ شادی نہیں کرتے اور شیطان جنات کی شرائط کے تحت زندگی بسر کرتے ہیں۔ جنوں اور انسانوں کے درمیان تعلقات کا ایک واقعہ ''تذکرہ غوثیہ'' میں یوں لکھا ہے:

''جس زمانے میں ہم حضرت شاہ عبدالعزیز صاحب سے پڑھتے تھے تو ایک طالبِ علم تھا نہایت پاکیزہ صورت۔ اُس کے پاس ایک چڑیل حسین عورت بن کر آیا کرتی اور دو روپیہ ہر رات کو دے جاتی اور رات بھر اُس کے پاس رہتی۔ ایک رات دونوں ایک ساتھ تھے اور چراغ دس گز کے فاصلے پر جل رہا تھا۔ طالبِ علم نے اُس سے کہا کہ چراغ گل کر دے۔ اس نے وہیں سے ہاتھ بڑھا کر چراغ بجھا دیا۔ یہ دیکھ کر طالبِ علم خوفزدہ ہوا، وہ عورت بھی بھانپ گئی، بہت کچھ اُس کی تسلی وتشفی کی اور کہا کہ:

میں تیری عاشق ہوں، تو اندیشہ نہ کر۔

مشکل سے رات گزری، طالب علم نے صبح کو واقعہ شاہ عبدالعزیز کی خدمت میں عرض کیا۔حضرت نے ایک تعویذ لکھ کر اُس کے بازو پر باندھا، رات ہوئی تو وہ جن عورت معمول کے مطابق آئی مگر دور کھڑی ہوگئی اور اُس سے کہا:

تو یہ تعویذ بازو سے کھول ڈال، میں تجھے روزانہ چار روپے دیا کروں گی، تو مجھ پر یہ ظلم کیوں کرتا ہے۔

لیکن طالب علم نے تعویذ نہ کھولا اور وہ آخر کار چلی گئی۔''

معلوم ہوتا ہے کہ جنوں کے لیے رات کا وقت ایسے ہی ہے جیسے انسانوں کے لیے دن۔ چنانچہ اُن کے لیے روئے زمین پر پھیلنے اور کاروائیاں کرنے کا وقت رات کا وقت ہوتا ہے، خصوصاً اندھیری رات۔اس کی شہادت قرآنِ مجید کی سورۃ ''الفلق'' کے مضمون سے ملتی ہے۔ اس سورۃ میں انسان کو تاریک شب میں نازل ہونے والے شر سے اللہ کی پناہ مانگنے کی تلقین کی گئی ہے:

''وَمِنْ شَرِّ غَاسِقٍ اِذَا وَقَبْ۔''

اسی سورۃ میں یہ بھی فرمایا کہ گرہوں پر شیطانی منتر پڑھ پڑھ کر پھونکنے والی عورتوں کے شر سے بھی اللہ کی پناہ مانگنا چاہیے۔

گویا یہ دونوں کام، یعنی جنات کی چلت پھرت اور جنات سے وابستہ جادو کرنے والوں یا والیوں کی سرگرمیاں رات کے وقت عروج پر ہوتی ہیں، یہی وجہ ہے کہ عام طور پر رات کے دوران جنوں کے ذریعے ڈرانے وغیرہ کے واقعات پیش آتے ہیں۔ چونکہ قرآنِ مجید کی آخری دونوں سورتوں میں ابلیسی جنات، جادو اور حسد وغیرہ کی کارروائیوں سے اللہ کی پناہ مانگنے کا ذکر ہے، اس لیے جادو اور جنات کے سائے کو ختم کرنے کے لیے آیۃ الکرسی کے علاوہ یہ سورتیں عام طور پر پڑھی جاتی ہیں اور یہ موثر ہیں۔کسی پر قابض جن کو بھگانا بڑا دشوار بلکہ بعض اوقات اپنے آپ کو ہلاکت میں ڈالنے والا کام ہوتا ہے لیکن انسانوں کی خدمت کا جذبہ ہر خوف سے بے نیاز کر دیتا ہے۔

◆

مولانا معین الدین لکھوی (جو اوکاڑہ سے ایم۔این۔اے بھی رہے) جن نکالنے کے کام

میں بڑے ماہر تھے۔قیام پاکستان سے پہلے (1945)، ایک سکھ خاتون پر قابض جن نکالنے کا اُن سے منسوب ایک دلچسپ واقعہ محمد اسحٰق بھٹی نے اپنی کتاب ''بزمِ ارجمنداں'' میں لکھا ہے:

''ہم شب کے سوا گیارہ بجے رام پورہ پھول ریلوے اسٹیشن پر اُترے تو خود میزبان اور اُس کے ساتھ ایک اور سکھ اسٹیشن پر موجود تھے۔ وہاں سے وہ ہمیں مہمان خانے میں لے گئے۔صبح ہوئی تو ناشتہ آ گیا اور میزبان ہمیں پھر تسلی کروانے لگا کر یہ ناشتہ مسلمان کے گھر سے تیار کروایا گیا ہے۔نو بجے کے قریب وہ بیوی کا جن نکالنے کے لیے ہمیں اپنے گھر لے گیا۔ ایک صاف ستھرے کمرے میں چارپائی پر وہ خاتون لیٹی ہوئی تھی۔معین الدین نے اُس کے شوہر سے کہا: ''بی بی پر بڑی سی چادر ڈال دو۔'' چادر ڈال دی گئی تو انہوں نے کچھ پڑھنا شروع کیا۔اتنے میں ایک بھاری بھرکم سی آواز عورت کے حلق سے بلند ہوئی، اس کا مطلب تھا کہ جن حاضر ہو گیا ہے۔خاتون کی آواز عجیب طرح کی ہو گئی تھی اور وہ دراصل جن کی آواز تھی۔دونوں کے درمیان مکالمہ پنجابی میں ہوا تھا، کچھ اس طرح:

تمہارا نام کیا ہے؟ نور محمد! کہاں کے رہنے والے ہو؟ ضلع حصار کا۔اس بے چاری عورت ذات کو کیوں پریشان کرتے ہو؟ اس نے میرا نقصان کیا ہے! کیا نقصان کیا ہے؟ میں ایک درخت کے سائے میں بیٹھا روٹی پکا رہا تھا، یہ وہاں سے گزری، میرے آٹے کو ٹھوکر ماری اور وہ مٹی میں مل گیا۔اس نے تمہیں روٹی پکاتے اور آٹا لیے بیٹھے دیکھا تھا؟ نہیں! تم نے اسے اپنی طرف آتے ہوئے دیکھا تھا؟

جی ہاں، دیکھا تھا! اس نے تو تمہیں نہیں دیکھا تھا، جب تم نے اسے دیکھ لیا تھا تو آٹا اٹھا کر اس کے راستے سے دور کیوں نہیں کیا؟ اس پر وہ جن خاموش ہو گیا۔اب مولانا نے کھڑے ہو کر دونوں کانوں میں انگلیاں ڈالیں اور اونچی آواز سے اذان دینا شروع کر دی۔ ادھر اذان کا پہلا کلمہ بلند ہوا اور ادھر آواز آنے لگی: ہائے جل گیا، مر گیا۔

اس اثنا میں چادر خاتون کے پاؤں سے سرک گئی اور اس کی پنڈلیاں نظر آنے لگیں۔ مولانا نے اس کے شوہر سے کہا: بی بی کے پاؤں اور ٹانگوں پر اچھی طرح چادر ڈال دو اور چادر ہاتھوں سے دبائے رکھو، اترنے نہ دو۔جن سے دوبارہ مخاطب ہوئے: تم صحیح صحیح بتاؤ کون ہو؟ جن: میں آپ کے پردادا حافظ محمد کا شاگرد ہوں۔کیا تم نے میرے پردادا سے یہ تعلیم حاصل کی

ہے کہ عورتوں کو پریشان کرو؟ یہ اسلام کے خلاف ہے، تم اس عورت کو پریشان نہ کرو اور چلے جاؤ۔ جن بولا: میں آپ کا بہت احترام کرتا ہوں اور آپ کے حکم سے چلا جاتا ہوں۔ مولانا: کوئی نشانی اپنے جانے کی دے جاؤ۔ اس نے مکان کی پختہ دیوار سے ایک اینٹ نیچے گرائی اور بھاری بھرکم آواز میں السلام علیکم کہہ کر چلا گیا۔ اب وہ خاتون نڈھال ہوگئی تھی، اس نے تمام جسم پر اپنے ہاتھوں سے اچھی طرح چادر لپیٹی اور کروٹ لے کر دوسری طرف منہ کر کے لیٹ گئی۔ مولانا نے فرمایا: اب اِن شاء اللہ، بی بی کو یہ شکایت نہیں ہوگی!''

◆

مندرجہ بالا واقعہ سے جس کی صداقت شک وشبہ سے بالاتر ہے، واضح ہوتا ہے کہ جنات کئی باتوں میں انسانوں کی طرح ہوتے ہیں۔ کیا وہ روٹیاں بھی پکاتے ہیں؟ اس قصے سے تو یہی معلوم ہوتا ہے کہ وہ اپنی روزی کے لیے مشقت اُٹھاتے ہیں۔ جن انسانوں کے ساتھ اُنہیں دل چسپی یا محبت ہو جائے تو ان کے لیے کئی چیزیں لاتے ہیں۔ رئیس امروہوی نے ''زین خان'' نامی جن کا ذکر کیا ہے، جو امروہہ سے تعلق رکھتا تھا (جنوں کے بھی اپنے علاقے، کلچر، زبانیں اور مذہب ہوتے ہیں، غالباً انسانوں کے مطابق) یہ جن کراچی کی ایک دہلوی فیملی کی شادی شدہ لڑکی پر آنے لگا تھا۔ رئیس امروہوی سے اس نے اپنے بارے میں گفتگو کی تھی۔ زین خان، اُس لڑکی کو بے موسم کے پھل (سرما میں آم وغیرہ) لا دیا کرتا تھا۔

کیا جنوں کے علاوہ بھی نادیدہ مخلوقات ہوتی ہیں جیسے ہمزاد، مؤکل، پری وغیرہ۔ میری ذاتی رائے یہ ہے کہ پری اور چڑیلیں جنات کی عورتیں ہیں۔ پریاں زیادہ خوب صورت ہوتی ہیں۔ دنیا بھر کی زبانوں کے لٹریچر میں پریوں کا ذکر ہے۔ الف لیلہ میں دیو، پریوں کے قصے ہیں، ہمزاد اور مؤکلات بھی میری رائے میں جنات ہی کے گروہ میں شامل ہیں۔ انسانوں سے کہیں زیادہ اقسام جنات کی ہیں۔ طاقت ور جنوں کی ایک جماعت عفریت اور دیو کہلاتی ہے۔ جنات انسانوں سے کم تر مگر ایک ذمہ دار مخلوق ہے اسی لیے قرآنِ پاک میں جہاں ذمہ داری یا کسی خوبی کے حوالے سے ذکر ہو، انسان کا نام پہلے اور جنوں کا بعد میں نام آتا ہے۔ اب مثلاً سورۃ الرحمٰن میں ہے:

''اُسی نے انسان کو ٹھیکرے کی طرح کھنکھناتی مٹی سے پیدا کیا اور جنات کو آگ کے

شعلے سے پیدا کیا۔''

اس میں انسان کے پیدا ہونے کا پہلے ذکر آنا اہمیت کا حامل ہے، ورنہ جن تو انسان سے بہت پہلے (زمانی اعتبار سے) پیدا کیے گئے تھے، لیکن جب بدی کے معاملے کا ذکر ہو تو چونکہ اس میں جنات کو انسان پر (شیطان بھی تو جن ہی ہے) فوقیت حاصل ہے، تب جنوں کا ذکر پہلے آتا ہے، مثلاً سورۃ الناس میں ہے:

''مِنَ الْجِنَّةِ وَالنَّاس خواہ وہ (وسوسے ڈالنے والا شیطان صفت) جنات میں سے ہو یا انسانوں میں سے۔''

یہ بھی ایک حقیقت ہے کہ جنات اپنی قدرتی صلاحیت یا جادو کے بل پر (جنات جادو کرتے بھی ہیں اور اپنے شاگرد انسان کو جو اپنی روح اُن کے حوالے کر دیں، جادو سکھاتے بھی ہیں، بلکہ جادو کا رواج بھی جنات نے ڈالا ہوگا) بعض انسانوں پر قبضہ کر لیتے ہیں۔قرآنِ مجید میں ہے کہ سود کھانے والا شخص قیامت کے روز اس طرح اٹھے گا جیسے اُس پر کسی جن نے قبضہ کر لیا ہو۔اس سے یہ ثابت ہوا کہ کسی انسان پر جن کا آنا یا قبضہ کرنا ان ہونی یا عجیب بات نہیں، قرآنِ مجید میں اس کی طرف واضح اشارہ موجود ہے۔قرآنِ مجید کے مطابق شیطان نے باری تعالی کو چیلنج کیا کہ وہ انسانوں پر قابو پا کر انہیں گمراہ کر دے گا۔اس میں شیطان کی جناتی صفت کی طرف اشارہ ہے کہ وہ بطور جن انسانوں پر اثر ڈال سکتا ہے، لیکن قرآنِ مجید میں یہ بھی لکھا ہے کہ اللہ کے ساتھ مضبوط تعلق رکھنے والے مخلص انسانوں پر اُس کا بس نہیں چلے گا۔اس میں یہ اشارہ آ گیا کہ شر پسند جنات نیک اور عبادت گزار انسانوں پر قابو نہیں پا سکتے اور ایسے انسان، جنوں کے اثر سے، سائے نحوست اور قبضے سے محفوظ رہتے ہیں۔باقی یہ ہے کہ چونکہ جن بھی انسانوں کی طرح مکلّف مخلوق ہیں، اس لیے ان میں نیک بھی ہوتے ہیں اور بُرے بھی، امن پسند بھی اور دہشت گرد بھی، عبادت گزار بھی اور شر پسند بھی۔تاہم اغلب یہ ہے کہ جنات میں کبھی کوئی پیغمبر نہیں ہوا اور جنات نے ہمیشہ انسان انبیاء کی پیروی کی ہے یا نہیں کی ہے۔شاید اسی لیے قرآن انسان کا ذکر ترتیب میں پہلے کرتا ہے کیونکہ انسان، جنوں سے برتر ہے۔آدم نے شیطان کی طرح خالق کے خلاف بغاوت نہیں کی تھی!

□□□

ماخذ: تھوڑی سی روشنی کے لیے، میاں محمد افضل، الفیصل لاہور، مارچ 2011ء

## قبروں کے اندر کیا ہوتا ہے، دو واقعات
### میاں محمد افضل

جو لوگ کشفِ قبور (قبروں کے اندر کے احوال) کے علم کا دعویٰ کرتے ہیں وہ بتاتے ہیں کہ مسلمانوں کے قبرستانوں میں بھی زیرِ زمین عموماً آگ اور انگارے دکھائی دیتے ہیں۔ راقم الحروف نے اس سلسلے میں بعض واقعات کتابوں اور رسالوں میں پڑھے ہیں۔ تاہم کسی ایسے شخص سے ابھی تک ملاقات نہیں ہوئی جسے قبروں کے اندر جھانکنے کی صلاحیت حاصل ہو چکی ہو۔ البتہ بعض واقعات سنے ہیں۔ دو واقعات کا یہاں ذکر کرنا چاہتا ہوں جن سے ظاہر ہوتا ہے کہ موت کے بعد انسان کے ساتھ کیا ہوتا ہے۔

کچھ عرصہ پہلے کی بات ہے کہ ہم نے اپنے ذاتی مکان کی تعمیر شروع کر رکھی تھی، مستری اللہ دتہ کا تعلق جنوبی پنجاب سے تھا، ایک دن اُس نے اپنی جوانی کے زمانے کا یہ واقعہ بیان کیا۔ کہنے لگا کہ جن دنوں وہ نیا نیا راج مستری کا کام سیکھ رہا تھا اُسے شوق تھا کہ وہ قبروں کی ڈاٹ بنانے کے کام میں بھی مہارت حاصل کرے کیونکہ یہ تھوڑے وقت کا کام ہوتا ہے لیکن معقول مزدوری مل جاتی ہے۔ کام بہرحال زیادہ مہارت مانگتا ہے کیونکہ تھوڑی سی غلطی سے ڈاٹ کے گر جانے اور قبر کے بیٹھ جانے کا اندیشہ ہوتا ہے۔ ایک دن اُن کے گاؤں (چوک قریشی، ضلع مظفر گڑھ) میں ایک چودہ پندرہ سالہ نوجوان لڑکا قضائے الٰہی سے فوت ہو گیا۔ اتفاق سے اُس روز اُستاد مستری موجود نہ تھا، چنانچہ ہنگامی طور پر انہیں (مستری اللہ دتہ) ڈاٹ دار قبر بنانے کے لیے طلب کیا گیا۔ انہوں نے اپنی قابلیت اور ہنرمندی کے مطابق ڈاٹ تیار کر دی اور لڑکے کو قبر میں دفن کر دیا گیا۔ وقت گزرتا رہا، چھ سال گزر گئے۔ ایک دفعہ اتنی زیادہ بارش ہوئی کہ قبرستان میں سیلاب سا آ گیا اور بعض قبریں بیٹھ گئیں۔ اُن میں اُس

لڑکے کی قبر بھی شامل تھی، لیکن اب چھ سال بعد وہ مستری ایسے کاموں میں اپنے اُستاد سے بڑھ چکا تھا۔ ڈاٹ کو نئے سرے سے بنانے کے لیے مستری اللہ دتہ کو بلایا گیا۔ اللہ دتہ کا بیان ہے کہ اُس نے قبر کی مرمت کے لیے باقی ماندہ ڈاٹ کو بنایا تو نیچے اُس لڑکے کی لاش دکھائی دینے لگی۔ ایک عبرت انگیز منظر اُس کے سامنے تھا۔ کفن اوپر سے ٹھیک حالت میں تھا۔ لیکن لاش کے دونوں پہلوؤں پر اور پیٹھ کے نیچے کفن کا کپڑا گل سڑ چُکا تھا۔ پاؤں کفن سے باہر تھے اور پاؤں کی بالائی جلد خشک ہوچکی تھی۔ لاش کی ایک ٹانگ کفن کے اندر تھی جبکہ دوسری کفن سے باہر اوپر کی طرف اس طرح اٹھی ہوئی تھی کہ آسامی کی دیوار کے ساتھ لگی تھی۔ اسی طرح لاش کا ایک بازو بھی اُس ٹانگ پر دھرا تھا، گویا اس طرح معلوم ہوتا تھا کہ مرنے کے بعد لاش میں دوبارہ زندگی پیدا ہوئی تھی اور لاش کسی خارجی یا داخلی سبب سے جھنجھوڑی گئی تھی۔ اس عمل میں لڑکے نے ہاتھ پاؤں مارے۔ اُس کی ایک ٹانگ کفن سے باہر نکل کر قبر کی دیوار کے ساتھ لگی اور بعد میں وہیں اٹکی رہ گئی۔ کسی دوسرے ردِعمل میں ایک بازو بھی کفن سے باہر آیا اور ٹانگ کا سہارا لے کر رُک گیا۔ مستری صاحب کا بیان کردہ یہ چشم دید واقعہ ثابت کرتا ہے کہ قبر میں دفن کیے جانے کے بعد ہر انسان ایک بار اُٹھ بیٹھتا ہے خواہ ایک لڑکا ہی کیوں نہ ہو۔

اُنھی مستری صاحب نے ایک اور واقعہ بھی بیان کیا جس سے یہ ثابت ہوتا ہے کہ بعض نیک انسانوں کے فانی اجسام اس دنیا کی مٹی اور حشرات الارض کے لیے حرام کردیے جاتے ہیں۔ قبر کے اندر بہت گرمی اور حبس ہوتا ہے۔ حشرات الارض ویسے بھی قبرستانوں میں بے شمار ہوتے ہیں کیونکہ وہاں اُن پر کوئی کسی زہر کا اسپرے نہیں کرتا۔ جیسے ہی کوئی نئی لاش دفن کی جاتی ہے کروڑوں کی تعداد میں موجود حشرات الارض اُس پر پل پڑتے ہیں، دوسری طرف سے مٹی اُسے کھانا شروع کردیتی ہے۔ یوں چند ہفتوں کے اندر لاش ایک ڈھانچے میں بدل جاتی ہے اور چند برس بعد وہ ڈھانچہ بھی رزقِ خاک بن جاتا ہے۔

ہمارے ایک دوست نے قومی ترانے کے خالق ابوالاثر حفیظ جالندھری کے جسدِ خاکی کو ماڈل ٹاؤن کے قبرستان سے بادشاہی مسجد کے قرب میں منتقل کرنے کا واقعہ بیان کیا تھا۔ اس سلسلے میں وہ بھی سرکاری ڈیوٹی سرانجام دے رہے تھے۔ کہتے ہیں کہ مرحوم صدر جنرل ضیاء الحق کے دور میں فیصلہ ہوا کہ منظوم شاہنامۂ اسلام کے مصنف اور قومی ترانے (پاک سرزمین

شاد باد) کے خالق ابوالاثر حفیظ جالندھری کی کماحقہ تکریم کے تقاضے پورا کرنے کے لیے انہیں بادشاہی مسجد کے قرب میں دفن کیا جائے جہاں علامہ اقبالؒ کا مقبرہ بھی ہے۔ حفیظ جالندھری کو فوت ہوئے چند سال گزر چکے تھے، چنانچہ سرکاری نگرانی میں قبر کشائی کی گئی۔ خیال تھا کہ مرحوم شاعر کا مکمل جسدِ خاکی کفن سمیت موجود ہوگا جسے تابوت میں عزت واحترام کے ساتھ بند کر کے ماڈل ٹاؤن سے بادشاہی مسجد کے پاس دفن کیا جائے گا، لیکن جب قبر کے اندر جھانکا گیا تو وہاں چند بوسیدہ ہڈیاں پڑی ہوئی ملیں اور باقی وہاں خاک کا ڈھیر تھا، چنانچہ انہی چند ہڈیوں کو وہاں سے منتقل کر کے بادشاہی مسجد کے پاس دفن کر دیا گیا، تاکہ مقبرہ تعمیر کیا جا سکے۔

درمیان میں ایک مشہور شخصیت کا ذکر آ گیا، اب ہم واپس مستری اللہ دتہ کی کہانی کی طرف جاتے ہیں۔ اُن کا بیان ہے کہ آج سے پندرہ سولہ سال پہلے اُن کے آبائی قصبے چوک قریشی کے قریب محکمہ ہائی وے نے ایک نئی سڑک کی تعمیر شروع کی۔ سڑک کی سطح چونکہ بلند رکھنا مقصود تھی اس لیے سڑک کے دونوں طرف سے ٹریکٹروں کے ذریعے مٹی ڈلوائی جارہی تھی۔ مٹی کی کھدائی کے دوران ایک جگہ پر ایک سوراخ سا بن گیا۔ مٹی کھودنے والوں نے کام روک دیا اور حیرت کے ساتھ سوراخ کے اندر جھانکنے لگے۔ انہیں سوراخ کے اندر ایک خلا سا دکھائی دیا۔ سوراخ کو زیادہ چوڑا کیا گیا تو مزدوروں نے دیکھا کہ ایک نوجوان سفید کفن اوڑھے سو رہا ہے جیسے اُسے ابھی ابھی دفن کیا گیا ہو۔ وہ کفن کسی کارخانے سے تیار ہونے والے کپڑے کا نہ تھا، بلکہ بہت موٹا کھدّر کا کپڑا تھا جیسا کہ انگریزوں کے دور سے پہلے جولاہے دستی کھڈیوں پر بنا کرتے تھے۔ کفن کے کپڑے سے ظاہر ہو رہا تھا کہ لاش کئی سو سال پرانی ہے۔ وہاں لوگ جمع ہو گئے۔ قبر کی مٹی ہٹائی گئی، لاش کے چہرے سے کپڑا ہٹایا گیا تو لوگوں نے ایک عجیب منظر دیکھا، وہاں ایک خوب صورت نوجوان نورانی چہرے والا لیٹا تھا، سکون کے ساتھ۔ اُس کے چہرے پر سیاہ گھنی داڑھی تھی۔ یہ منظر گاؤں کے بے شمار لوگوں نے دیکھا، اُس کے بعد وہ سوراخ احتیاط سے بند کر دیا گیا اور اُس کے اوپر قبر کی شکل بنا دی گئی تاکہ بعد میں کوئی شخص وہاں کھدائی نہ کرے۔ اس میں ایک عجیب بات یہ تھی کہ وہاں کسی قبرستان کا کوئی نشان موجود نہ تھا، کسی پرانے بزرگ نے بھی یہ گواہی نہ دی کہ کسی زمانے میں وہاں کوئی قبریں ہوتی تھیں۔ اسی لیے تو اُس کے قریب سے ایک سڑک نکالی جارہی تھی۔

یہ حالیہ واقعہ اس حقیقت کا ثبوت فراہم کرتا ہے کہ جن لوگوں نے زندگی بھر اپنے جسم کو اللہ تعالیٰ کی فرماں برداری اور رضا پر لگائے رکھا ہوتا ہے، قبر کی مٹی اُن کے جسموں کو خراب نہیں کرتی بلکہ حفاظت کرتی ہے۔ ایک دوسری عجیب بات یہ معلوم ہوتی ہے کہ جن لوگوں کے جسم سلامت رہتے ہیں، اُن کے جسموں کے ساتھ لگنے والی وہ چیزیں بھی صحیح سلامت رہتی ہیں جو اگر کسی صندوق میں بھی بند کر کے حفاظت کے ساتھ رکھی جائیں تو ایک لمبے عرصے کے بعد خود بخود خاکستر ہو جائیں، جیسے کپڑے کی مثال ہے۔ ایک پیغمبر، شہید یا صدیق یا صالح انسان کا کفن بھی محفوظ رہتا ہے، خواہ ہزاروں سال گزر جائیں جبکہ عام کپڑا استعمال کے بغیر بھی رکھا رکھا خستہ ہو جاتا ہے۔ ایک اور بات یہ معلوم ہوتی ہے کہ قدرت ان پاک نفس انسانوں کی قبروں کو کسی پُراسرار طریقے سے زمین کی زیادہ گہرائی میں لے جاتی ہے اور اس طرح وہ عام لوگوں کی نگاہوں سے اوجھل ہو جاتے ہیں۔

ایک اہلِ حدیث عالمِ دین مولانا عبدالرحمٰن کیلانی نے موت کے بعد روح اور بدن کے درمیان تعلق کے انتہائی نازک اور پیچیدہ مسئلے پر اپنے انداز میں روشنی ڈالنے کی یوں کوشش کی ہے:

> ”جس طرح دنیوی زندگی میں بحالت خواب کبھی کبھار روح بدن کو چھوڑ جاتی ہے، بعینہٖ اس عرصۂ موت میں کبھی کبھی روح اپنے بدن سے آملتی ہے ... پھر جس طرح ایک دن رات یا 24 گھنٹے کے عرصہ میں انسان رات کو یا کسی وقت دن کو سوتا ہے تو خواب کی صورت میں اُس کی روح بدن چھوڑ جاتی ہے۔ اُسی طرح عرصۂ موت میں دن میں ایک یا دو بار اپنے قالب یا قبر کی طرف لوٹائی جاتی ہے۔ جسم و روح کی اس ملاقات کے دوران اس کے اثرات جسم یا اس کے ذرات (Cells) پر بھی وارد ہوتے ہیں اور یہی عذاب وثواب کی حقیقت ہے۔“

◆

مولانا کیلانی نے نہایت منطقی اور عالمانہ انداز میں عالمِ برزخ میں روح اور جسم کے غیر مستقل تعلق یا اتصال پر روشنی ڈالنے کی کوشش کی ہے۔ تاہم اس سوال کا شافی جواب ملنا بہت

مشکل ہے کہ اگر عالمِ برزخ میں روح اور جسم کا تعلق مکمل طور پر منقطع ہو جاتا ہے تو پھر صدیوں پرانی قبروں میں بعض ایسے انسان کیوں پڑے دکھائی دیتے ہیں کہ دیکھنے سے لگتا ہے جیسے اُنہیں ابھی ابھی دفنایا گیا ہو، یا جیسے اگر ہم انہیں آواز دیں گے تو وہ اُٹھ کھڑے ہوں گے؟ خلاصہ یہ ہے کہ موت کے بعد کے سب معاملے پُر اسرار ہی ہیں!!

❏❏❏

ماخذ: تھوڑی سی روشنی کے لیے، میاں محمد افضل، الفیصل لاہور، مارچ 2011ء

# چڑیل اور آدم خور
## قمر نقوی

حضرت سید ضیاء الدین حسن صاحبؒ اپنے وقت کے بہت بڑے ولی اور صاحبِ طریقت بزرگ تھے۔ جب کبھی سفر کرتے تو مریدوں کا ایک ہجوم ساتھ ہوتا اور جہاں جہاں جاتے وہاں ان کے حلقۂ ارادت میں شریک ہونے والوں کی تعداد بڑھتی ہی جاتی۔ حاجت مند اپنی مرادیں لے کر آتے۔ گنہ گار عفو و کرم کی دعاؤں کے لیے آتے، پریشان حال اپنی مشکل کشائی کے لیے اعانت طلب کرتے اور ہر آنے والا حضرت قبلہؒ کی درگاہ سے مستفید ہی جاتا۔ حتیٰ کہ خود نواب بھوپال حمید اللہ خاں مرحوم نے ان کا دامن پکڑا کیونکہ نواب مرحوم کی گدّی خطرے میں تھی اور حضرت قبلہؒ کی دعا سے ہی آخر کار سرکارِ برطانیہ نے ان کو بھوپال کا فرمان روا تسلیم کیا۔ لیکن ایک دفعہ حضرت قبلہؒ کو ایک عجیب حاجت مند سے سابقہ پڑا۔ اس زمانے میں حضرت صاحبؒ حیدرآباد دکن کے دورے پر آئے ہوئے تھے۔ یہ حاجت مندان کی خدمت میں تعویذ لینے حاضر ہوا تھا جس کی وجہ سے اس کے گاؤں اور اس علاقے کے جنگلوں میں رہنے والے آدم خور شیر کا استیصال ہو سکے۔ اس آدم خور نے حیدرآباد کے ضلع نلگنڈہ کے نواحی دیہات میں تہلکہ مچا رکھا تھا۔ حضرت صاحبؒ نے تعویذ دے دیا اور یہ بات عام طور سے نہ صرف مشہور ہے بلکہ درست بھی ہے کہ پھر اس شیر نے موضع پھلدا کا رُخ نہ کیا۔ تعویذ لے جانے والا معتقد پھلدا کا ہی رہنے والا تھا اور پہلے آدم خور کا اصل مرکز بھی پھلدا اور اس کے نواحی دیہات تھے۔

لیکن پھلدا کے راستے اس پر بند ہوئے تو یہ قہر موضع گلوانہ پر ٹوٹا۔ یہ پھلدا سے کوئی بیس میل کے فاصلے پر خاصا بڑا گاؤں ہے اور اس کے گرد چھوٹی موٹی آبادیاں دور دور تک پھیلی

ہوئی ہیں۔گلوانہ والے بھی تعویذ کے لیے دوڑے لیکن حضرت موصوفؒ اس عرصے میں کسی اور جگہ جا چکے تھے۔

حکومت حیدر آباد بھی اس بلا سے غافل نہیں تھی۔ ملک کے عظیم شکاری نواب قطب یار جنگ مرحوم کے کسی عزیز نے اس کو مچان پر بیٹھ کر زخمی بھی کیا اور متعدد شکاری اس کو ہلاک کرنے کی مہم میں سرگرم رہے لیکن گلوانہ کا یہ آدم خور شکاری کو بڑی چالاکی سے شکست دیتا رہا۔ پولیس نے اس آدم خور موذی کی تاخت وتاراج کا صحیح ریکارڈ مرتب نہیں کیا۔ ابتدائی واقعات کو تو سرے سے نظر انداز کر دیا۔ حالانکہ شکار کے نقطۂ نظر سے ابتدائی وارداتیں بہت زیادہ اہمیت کی حامل ہوتی ہیں۔ علاوہ بریں کئی وارداتیں درج ہی نہیں کی گئیں کیونکہ اُس علاقے کے پولیس کے افسرِ اعلیٰ شکاری مشہور تھے اور ان کو اندیشہ ہوا کہ اگر مزید وارداتیں درج کی گئیں تو حکومت ان کو ذمہ دار قرار دے گی اور مجبوراً ان کو آدم کی خور ہلاکت کے لیے خود نکلنا پڑے گا۔ یہ حضرت خود کو اس خطرناک کام کا اہل نہیں پاتے تھے لہٰذا ان کے اس علاقے میں ایک سالہ قیام کے دوران میں آدم خور کے بارے میں کوئی رپورٹ درج نہیں کی گئی۔ جب یہ صاحب تبدیل ہو کر وہاں سے گئے تو وارداتوں کا ریکارڈ بننے لگا۔

آدم خور کے ہلاکت کے سلسلے میں پولیس کے ریکارڈ بڑی معاونت کرتے ہیں۔ روزنامچہ اگر درست لکھا گیا ہو تو رپورٹ میں واردات کی تفصیلات اطمینان بخش جزئیات کے ساتھ درج ہوتی ہیں۔ شکاری اگر ذرا بھی توجہ سے کام لے تو شیر کے متعلق تفصیلات بہ آسانی معلوم ہو جاتی ہیں اور ان تفصیلات کا معلوم ہو جانا اس اہم اور خطرناک کام کو کسی قدر آسان بنا دیتا ہے۔ مثلاً ان اندراجات سے ان علاقوں کا تعین ہو جاتا ہے جو اس آدم خور کی جولان گاہ میں شامل ہوں۔ شیر کی عادات واطوار شکار کرنے میں کوئی خاص طریقہ جو اس نے استعمال کیا ہو، ہمت اور چالاکی غرض کہ بہت کچھ اخذ کیا جا سکتا ہے۔

درندوں میں شیر سے زیادہ حسین کوئی جانور نہیں۔ وسطِ ہند کے شیر کو بہ لحاظِ ساخت، قد وقامت اور موزونیتِ اعضا، دیگر تمام حصوں کے شیروں پر فوقیت حاصل ہے۔ مزاج کے لحاظ سے بھی اس علاقے کے شیر میں حلم زیادہ ہے۔

پھلدا کی ٹلی ہوئی بلا گلوانہ کے سر ایسی پڑی کہ اسے اتارنا مشکل ہو گیا۔ سنا ہے پولیس کی

ایک جماعت کو کسی عقل سے پیدل افسر نے حکم دیا کہ اس شیر کو ٹھکانے لگایا جائے۔ ان کو ۳۰۳ کی فوجی رائفلیں دی گئیں۔ اس جماعت میں سے دو سپاہی اس آدم خور کا لقمۂ تر بنے، باقی نے صاف بغاوت کر دی اور تھانے واپس آ گئے کہ یہ کام ان کا نہیں شکاری کا ہے۔

گلوانہ کے آدم خور کی ہلاکت آفرینیوں سے میں واقف تھا۔ لیکن کام کی زیادتی اور نیا جنگل ہونے کی وجہ سے تساہل سے کام لے رہا تھا۔ جب انعامات کی رقم تین ہزار تک جا پہنچی اور آدم خور کی دہشت زیادہ ہی بڑھ گئی تو میں نے فیصلہ کیا کہ خواہ کچھ ہی ہو، خلقِ خدا کو اس موذی سے نجات دلانا چاہیے۔ مجھے شکار کے لیے تیار ہوتے وقت کامیابی یا ناکامی کا خیال بھی پیدا نہیں ہوتا۔ پالم پور، کلیا کھیڑی، سوکھی سوئیاں، رائے پور اور ناگپور جیسے جنگلوں کے خونخوار شیروں کو میں نے ٹھکانے لگایا۔ گلوانہ کے آدم خور کی ہلاکت کا ارادہ کرتے وقت نجانے کیوں مجھے خطرے کا احساس ہوتا۔ بہر حال میں ریاست ابراہیم نگر (سی پی) سے ہو کر حیدر آباد دکن پہنچ گیا۔

نلگنڈہ یوں تو حیدر آباد سے کافی فاصلے پر ہے لیکن سڑک اچھی اور خاصی آرام دہ ہے۔ اور چونکہ راستے میں زیادہ آبادیاں نہیں اس لیے کسی جگہ بار بار ٹھہرنا نہیں پڑتا۔ میں صرف ایک جگہ بس سے اُترا۔ میرے ہم راہیوں نے بتایا کہ یہاں کی گلاب جامنیں بہت لذیذ ہوتی ہیں اور جب چینی کی شفاف پلیٹ میں بالائی سے ڈھکی ہوئی گلاب جامنیں مجھے پیش کی گئیں تو طبیعت خوش ہو گئی۔

میں پہلے نلگنڈے پہنچا اور پھر گلوانہ۔ جدھر نظر اُٹھتی تھی ادھر سرسبز و شاداب جنگل نظر آتے جیسے عروس بہار دھانی جوڑا پہنے، سولہ سنگھار کیے پیا ملن کی گھڑی دیکھ رہی ہو۔ ان جنگلوں کے درمیان سر بلند پہاڑ، قدرت کی حشر سامانیوں سے مبہوت، چشمِ حیرت بنے کھڑے تھے۔ گلوانہ کے قریب سے کوئی ندی نالہ نہیں گزرتا تھا لیکن قریب ہی ایک قدیم تالاب تھا جس کے نزدیک ایک پہاڑی سے پھوٹنے والا چشمہ اس تالاب کو بھرا رکھتا۔ اسی تالاب سے نکل کر کئی نالیاں گلوانہ کے کھیتوں کو سیراب کرتی ہیں۔ دوسرے روز صبح میں چہل قدمی کے لیے اس تالاب کی طرف جا نکلا اور آبادی کے مخالف سمت والے کناروں پر بے خیالی میں نظر ڈالی تو تازہ ماگھ [شیر کے پیروں کے نشان] دکھائی دیے۔ میں ٹھٹک گیا، آبادی

کے اتنے نزدیک... بالکل گاؤں کے کنارے پر!

دلاور میری تین سو پچھتر میگنم لیے ہوئے ساتھ تھا۔ میں نے ہاتھ بڑھا کر نہ معلوم کیوں رائفل اس سے لے لی۔ میگزین کھول کر کارتوس چیمبر میں لگا کر سیفٹی کیچ لگا دیا۔ اس کے بعد میں نے دلاور کو بھی ماگھ دکھایا۔ ہم دونوں نے متفقہ فیصلہ کیا کہ یہ نر شیر کے ماگھ ہیں جس نے صبح سے کچھ ہی پہلے پانی پیا ہے۔ اب یہ کہ اسی آدم خور کے ماگھ ہیں یا کسی اور شیر کے۔ یہ بات نظر انداز نہیں کی جاسکتی تھی۔ تاہم شیروں کی خصلت اور عام عادات کے پیشِ نظر میں یہ خیال کم ہی کرسکتا تھا کہ اس علاقے میں آدم خور کے علاوہ دوسرا شیر ہوگا۔ گلوانہ کے اطراف میں تو اس آدم خور کی ہی حکومت تھی۔ وہاں کسی دوسرے کی مداخلت آسان نہیں۔ اِلّا اس صورت میں کہ بڑے میاں اس حد تک ناکارہ ہوگئے ہوں کہ کسی زبردست جوان شیر کی قوت وچستی کا مقابلہ نہ کرسکتے ہوں۔ ماگھ سے اندازہ ہوتا تھا کہ شیر دس فٹ سے کچھ ہی کم ہوگا۔ دلاور ماگھ کو دیکھ کر قد اور لمبائی کا بڑی حد تک درست قیاس کرلیتا تھا۔ یہ اسی کا خیال تھا۔

میں نے دلاور کو گاؤں دوڑایا کہ نمبردار اور دوسرے لوگوں کو بلا لائے۔ اگر ان میں سے کوئی یہ بتا سکے کہ یہ آدم خور ہی کے ماگھ ہیں تو کوئی صحیح نتیجہ اخذ کیا جاسکے گا۔

میں یہ جانتا تھا کہ اس علاقے میں ندی نالوں کی کمی ہے۔ جو نالے ہیں وہ برساتی ہونے کی وجہ سے اُدھر پُر آب ہوئے اُدھر خشک ہوگئے۔ یہی وجہ تھی کہ گلوانہ کے تالاب کے کناروں پر دوسرے جنگلی جانوروں کے نشانات بھی ملتے تھے۔ ذرا دیر بعد گاؤں کے کئی آدمی آگئے۔ ان میں سے ہر شخص نے آدم خور کے ماگھ یعنی اس کے پیروں کے نشان دیکھے تھے اور سب نے یہی بتایا کہ یہ آدم خور کے ہی ماگھ ہیں۔ تاہم مجھے اطمینان نہیں ہوا۔ میں اس جگہ کھڑا گاؤں والوں سے یہی باتیں کررہا تھا کہ مجھ سے کوئی دو سو گز کے فاصلے پر واقع شریفوں کے باغ سے دو تین آدمیوں کے ''باگھ، باگھ'' چلانے کی آواز آئی۔ ساری آوازیں دہشت میں ڈوبی ہوئی تھیں۔ دن دہاڑے، گاؤں کے اتنے قریب۔ پھر ایک اچھے خاصے مجمع کے باوجود شیر نے وہاں آنے کی جرأت کی۔

اگرچہ میں اس وقت شکاری لباس اور جوتے نہیں پہنے تھا۔ پھر بھی بندوق لے کر ان آوازوں کی طرف لپکا۔ ساتھ ہی دلاور کو دوڑایا کہ میری بڑی رائفل اور جوتے لے آئے۔

میں اس وقت وارنش کا پمپ پہنے ہوئے تھا اور گھاس پھونس پر چلنے کے لیے یہ پمپ بالکل بے کار ہیں۔ تاہم اس وقت تو لوگوں کی جان بچانے کی فکر تھی۔ باغ، تالاب سے دو سو گز ہٹ کر پہاڑی کے دامن سے شروع ہو کر دور تک پہاڑی پر پھیلتا چلا گیا ہے اور کافی بلندی اور فاصلے کے بعد خودرو شریفے کے جنگل سے یوں مل جاتا ہے جیسے دو بچھڑے دوست گلے مل رہے ہوں۔ چند ہی لمحوں میں ہم باغ میں پہنچ گئے۔

تین رکھوالے درختوں پر بیٹھے خوف سے تھرتھر کانپ رہے تھے۔ جب ہم نے ان کو آوازیں دیں اور یقین دلایا کہ شیر نہیں ہے تو وہ نیچے اُترے۔ میں نے ان سے پوچھا کہ شیر کس جگہ ہے؟ تو کچھ دیر تو وہ تینوں جواب ہی نہ دے سکے مگر جب میں نے بندوق دکھائی اور کہا کہ میں اسی آدم خور کے شکار کی نیت سے آیا ہوں تو انہوں نے بتایا کہ وہ اپنی مچان پر چڑھنے کے لیے آ رہے تھے کہ اتفاق سے ایک شخص کی نظر پچاس ساٹھ گز کے فاصلے پر جھاڑیوں کی طرف اُٹھی تو وہاں شیر نظر آیا۔ وہ بلی کی طرح دبک کر سر جھکائے سیدھا ان کی طرف ہی آ رہا تھا۔ یہ تینوں خوف زدہ ضرور ہوئے لیکن جنگل کے رہنے والے مشاق لوگ تھے۔ ذرا دیر میں ہی درخت پر چڑھ گئے۔ ان کا بیان تھا کہ وہ چونکہ شیر کی دسترس سے باہر ہو چکے تھے غالباً اسی وجہ سے وہ آدھی دور تک آ کر واپس چلا گیا۔ بہر حال آدم خور کی غیر معمولی دلیریوں اور خباثتوں کے واقعات کے پیش نظر یہ حرکت بعید از قیاس نہ تھی۔ میں نے اِدھر اُدھر زمین کا جائزہ لیا تو ان کے بیان کی تصدیق کے لیے کچھ نہ کچھ نشانات مل ہی گئے۔

آدم خور اس قسم کی حرکات عموماً کرتا رہتا ہے۔ خلافِ توقع جگہوں پر نمودار ہو جانا، اچانک حملہ کر دینا اور کسی مجمع یا آبادی میں گھس آنا بھی آدم خور کی خصلت ہے۔ عام شیر حملہ کرتے وقت ایسی زبردست آواز کرتا ہے جیسے بجلی گرنے کے وقت بادل گرجتے ہیں۔ اس کے برعکس آدم خور شیر حملے کے دوران میں یا حملے کے بعد کسی قسم کی کوئی آواز نہیں کرتا۔ بس چپکے سے پکڑ لیتا ہے۔ گرفت میں آ جانے کے بعد اگر شکار نے کچھ دفاع کی کوشش کی تو اپنی قوت و ہیبت کے اظہار کے لیے ہلکی آواز سے غراتا ہے اور بس۔ ورنہ یہ آواز بھی مفقود ہوتی ہے۔

آدم خور کی عادت ہے کہ جس جگہ واردات کرتا ہے اس مقام پر ضرورت سے زیادہ

ایک لمحہ بھی نہیں گزارتا۔ نہ صرف یہ بلکہ واردات کے بعد ایک عرصے تک اس مقام کا رُخ نہیں کرتا۔ یہ آدم خور کی ایک ادنیٰ چالا کی ہے اور تقریباً ہر آدم خور شیر اس پر عمل کرتا ہے۔

وہ جھاڑی جہاں سے ان تینوں رکھوالوں نے شیر کو بلی کی طرح نکلتے دیکھا تھا، میں نے بغور دیکھی۔ گھنی جھاڑی تھی اور شیر کے چھپنے کے لیے اس وجہ سے مناسب تھی کہ اس میں کانٹے نہیں تھے۔ کانٹے دار جھاڑیوں سے شیر اجتناب کرتا ہے۔ جھاڑی کے اندر زمین پتھریلی اور ناہموار تھی تاہم جہاں کہیں بھی گرد تھی وہاں شیر کے تازہ ماگھ موجود تھے۔ وہی ماگھ جو میں جھیل کے کنارے دیکھ چکا تھا۔ جھاڑی سے نکلنے اور اس درخت کی طرف پیش قدمی کے آثار زمین پتھریلی ہونے کی وجہ سے مسلسل تو نہیں تھے لیکن جا بجا نظر آتے تھے۔ ان کا رُخ اسی درخت کی طرف تھا اور پھر واپسی کے نشان زیادہ فاصلے پر تھے جن سے ظاہر ہوتا تھا کہ واپسی کے وقت شیر بھاگ رہا تھا۔

گاؤں کوئی ایسا دور تو تھا نہیں ذرا ہی دیر میں دلاور میرے جوتے اور بڑی رائفل لے کر آ گیا۔ بعض وقت اس سے خاصی کارآمد عقل مندیاں سرزد ہو جاتی تھیں۔ اس موقعے پر اس نے یہ عقل مندی کی کہ تین سو پچھتر میگنم کے کارتوسوں کا ایک ڈبہ بھی اٹھا لایا۔ اس کے آ جانے پر میں نے اپنی چار سو پچاس ایکسپریس سنبھالی۔ جوتے تبدیل کیے، تین سو پچھتر میگنم لوڈ کی ہوئی میرے ہاتھ میں تھی۔ وہ سیفٹی کیچ لگا کر دلاور کو دے دی اور گاؤں والوں کو واپسی کا حکم دے کر دلاور کے ساتھ جنگل میں گھس گیا۔

افسوس کہ دلاور اب زندہ نہیں۔ خدا اس کو غریقِ رحمت کرے۔ مجھے اس جیسا جاں نثار، سمجھ دار اور مزاج شناس ملازم آج تک نہیں ملا۔ دلاور کی موت سانپ کے کاٹنے سے ہوئی اور سانپ بھی کنگ کوبرا جس کا کاٹا جانبر نہیں ہوتا۔ محض اتفاق کی بات تھی ورنہ دلاور نے ہزاروں کی تعداد میں ناگ فنا کیے ہوں گے۔ معمولی ناگ کے کاٹنے سے تو وہ متاثر بھی نہ ہوتا تھا۔ سولہ مرتبہ اس کو مختلف قسم کے سانپ کاٹ چکے تھے۔ جن میں شدید زہریلی قسمیں بھی تھیں۔ جیسے گھوڑا پچھاڑ جو اس علاقے کا بہت تیز زہریلا سانپ ہوتا ہے لیکن اس نے خود ہی جنگل کی جڑی بوٹیوں سے اپنا علاج کر لیا۔ کنگ کوبرا کے زہر نے اس غریب کو اتنا وقت بھی نہیں دیا کہ کچھ کہہ ہی سکتا۔

صرف ماگھ دیکھ کر شیر کو تلاش کر لینا آسان بات نہیں۔ میں نے اس وقت شیر کو تلاش کرنے میں جلدی اس لیے کی کہ مجھے اس کے قریب ہی مل جانے کی امید تھی۔ میرا خیال تھا کہ وہ آوازیں سُن کر شکار کی تلاش میں ادھر آ نکلا تھا اور بہت ممکن تھا کہ بھوک یا لالچ نے اس کو وہیں کہیں آس پاس روک رکھا ہو۔ کام بہت احتیاط کا تھا۔ اور ہم دونوں نہایت ہوشیاری کے ساتھ آگے بڑھ رہے تھے۔ چھوٹی بڑی جھاڑیاں، شریفے کے جنگل، اونچی نیچی چٹانیں، نالے، غار دیکھتے بھالتے ہم پہاڑ کے اوپر چڑھتے گئے۔ جب باغ ختم ہو کر جنگل کا سلسلہ شروع ہوا تو زیادہ محتاط ہونا پڑا۔ یہاں جھاڑیاں نسبتاً زیادہ اور گھنی ہوگئی تھیں لیکن جنگل چھدرا تھا۔ زیادہ دور نہیں گئے تھے کہ دائیں جانب کوئی سوگز کے فاصلے پر ایک جھاڑی میں خفیف سی حرکت ہوئی اور ایسا محسوس ہوا جیسے چشمِ زدن سے بھی کم عرصے کے لیے کوئی شئے نظر آئی اور آڑ میں ہوگئی...شیر...!! شیر کے سوا اور کیا ہوسکتا تھا۔

میں نے رائفل کے گھوڑے چڑھا لیے۔ میں ہمیشہ ہیمر ڈ رائفل پسند کرتا ہوں۔ اس میں دھوکے کا امکان بہت کم ہوتا ہے برخلاف اس کے ہیمر لس ہتھیار میں اکثر غلطی اور نتیجے میں نقصان ہوتا ہے۔ مجھے دیکھ کر دلاور نے بھی رائفل کا سیفٹی کیچ چڑھا لیا۔ میں نے آس پاس نظر ڈالی۔ جنگل چھدرا تھا اور جھاڑیاں بھی اس مقام پر کسی قدر دور دور تھیں۔ ایسی کہ اگر شیر آڑ لے کر مجھ تک آنے کی کوشش کرتا تو اسے یقیناً میری نظروں کے سامنے سے فاصلہ طے کرنا پڑتا۔ سوگز کے فاصلے سے تو شیر حملہ کرتا نہیں۔ چہ جائیکہ آدم خور شیر۔ لہٰذا فوری حملے کا اندیشہ تو نہیں تھا۔ شیر بلند مقام پر تھا اور میں پستی میں۔ اس صورتِ حال سے ہمیشہ بچنا چاہیے۔ کوشش یہی کرنا چاہیے کہ شکار نیچے ہو اور شکاری بلندی پر۔ بلندی سے پستی کی طرف آتی ہوئی چیز معمول سے کہیں زیادہ رفتار سے آتی ہے اس کے برخلاف پستی سے بلندی کی طرف جانے والی شئے کی رفتار معمول سے بہت کم ہو جاتی ہے۔ اگر بلندی سے شیر آپ پر کودتا ہے اور آپ اسے ہوا میں معلق حالت میں ہی گولی مار کر ہلاک کر دیتے ہیں تب بھی شیر جیسے بھاری جانور کا بلندی سے آ کر کسی انسان پر گرنا مہلک ثابت ہوسکتا ہے۔

ریچھ کے شکار میں اس اصول پر اتنی ہی سختی سے کاربند رہنا چاہیے جتنی سختی سے آدم خور کے شکار میں۔ ریچھ اگر بلندی پر گھر گیا ہے اور خطرہ محسوس کر رہا ہے تو اس کا بہترین وار یہی

ہے کہ حملہ کر دے۔ لیکن کس انداز سے حملہ کرتا ہے، وہ کسی کو معلوم نہیں ہوسکتا۔ ایک دفعہ میرے ایک شکاری دوست کو بڑا تلخ تجربہ ہوا۔ یہ حضرت سانبھر کی تلاش میں کئی روز سے سرگرداں تھے یہ پانچواں روز تھا۔ سہ پہر کے وقت یہ ایک بلند پہاڑ کے دامن سے گزر رہے تھے کہ بلندی پر ایک بہت قوی جثہ ریچھ کھڑا نظر آیا۔ انہوں نے بغیر سوچے سمجھے رائفل اُٹھا کر فائر کر دیا۔ گولی اس کے لگی یا نہیں۔ انہیں کچھ پتہ نہ چلا البتہ ریچھ چشم زدن میں زمین پر گر گیا اور گولا بن کر لڑھکتا ہوا ان کی طرف آنے لگا۔ یہ سمجھے گولی لگ گئی ہے۔ مزے سے تماشا دیکھنے لگے۔ ڈھلان کافی تھی اور علاقہ صاف۔ ریچھ لڑھکتا ہوا ان کے قدموں تک آیا اور اچانک اُٹھ کر کھڑا ہو گیا۔ عام طور سے قریب سے حملہ کرنے کے لیے ریچھ پچھلی ٹانگوں پر کھڑے ہو کر مقابل کو نوچ ڈالتا ہے۔ یہی اس ریچھ نے کیا۔ یہ حضرت اتنے غافل تھے کہ انہیں رائفل اُٹھانے کا بھی موقع نہیں ملا۔ ریچھ نے کھڑے ہوتے ہی اگلے پنجوں سے ان پر حملہ کر دیا۔ انہوں نے رائفل کو دونوں ہاتھوں میں لاٹھی کی طرح پکڑا اور اُس پر حملہ روکا۔ ریچھ دونوں پنجے رائفل کی نال پر جمائے اس کے اوپر سے منہ ڈال کر ان کا سر پکڑنے کی کوشش میں تھا۔ ان کی خوش قسمتی کہ ان کے ساتھی پہنچ گئے اور ریچھ کو مار دیا ورنہ یہ زیادہ دیر تک ریچھ کا مقابلہ نہیں کر سکتے تھے۔ بہرحال، جب مجھے گلوانہ کے اس خون خوار کی سوگز پر موجودگی کا علم ہوا تو میں نے پہلا کام یہ کیا کہ درختوں کی آڑ لیتا ہوا بلندی کی طرف چلا۔

آدم خور کی کمین گاہ معلوم ہو جانے یا اس پر نظر پڑ جانے کے بعد پھر اسے نظروں سے اوجھل ہونے کا موقع دینا شدید خطرات کو دعوت دینے کے مترادف ہے۔ لیکن اس وقت کسی اور احتیاطی تدبیر کا موقع نہیں تھا۔ صرف اس بات کا خیال رکھا کہ تیس گز کے اندر اس کو حملہ کرنے کے لیے کوئی آڑ نہ ملے۔ جب ہم دونوں اوپر پہنچے تو سانس پھولا ہوا تھا اور ہاتھ پیر شل ہو رہے تھے۔ اگر خدانخواستہ ایسے میں شیر سامنے آجاتا تو فائر کرنا بہت مشکل تھا اور اگر فائر ہو بھی جاتا تو نشانہ یقیناً خطا جاتا۔

اوپر پہنچ کر ہم دونوں ایک دوسرے کے خلاف سمتوں کی طرف منہ کر کے کھڑے ہو گئے۔ ایک ایک پتھر، جھاڑی اور گھاس کے ہر قطعے کا جائزہ لیا۔ لیکن بے سود۔ کہیں کچھ نظر نہیں آیا۔ دوسری طرف پہاڑی کی چوٹی ایک وسیع و عریض غیر ہموار میدان میں تبدیل ہو چکی

تھی۔جا بجا چھوٹے بڑے ٹیلے سبزہ سے ڈھکے کھڑے تھے اور فضا میں جنگلی پھولوں کی ہلکی ہلکی خوشبو بسی ہوئی تھی۔تعجب کی بات تو یہ ہے کہ شیر بھی بلندی اور پستی کے عیوب سے واقف تھا۔ کیونکہ ہم لوگوں کو وہاں پہنچے زیادہ دیر نہیں گزری تھی کہ جس طرف سے ہم آئے تھے اُس کے بالکل مخالف سمت سے شیر کے دھاڑنے کی آواز آئی۔وہ ہم سے پہلے پہاڑ عبور کر کے دوسری طرف کے ناہموار میدان میں نکل چکا تھا۔مزید کوشش بے کار سمجھ کر میں گاؤں واپس آ گیا۔

اس واقعے کے دوسرے روز سے میرا باضابطہ شکار شروع ہونے والا تھا۔لیکن علی الصباح میں حسبِ معمول بیدار ہوا تو سر میں گرانی محسوس ہوئی۔فجر کے فریضے سے فراغت کے بعد یہ گرانی درد میں تبدیل ہوگئی اور ناشتے کے بعد درد بڑھ گیا تو میں نے روانگی ملتوی کر دی۔دوپہر تک سخت درد کی وجہ سے میں بستر پر ہی رہا۔دوپہر کے بعد کچھ افاقہ ہوا تو اُٹھ کر ظہر کی نماز پڑھی، کھانا کھایا اور ابھی بستر پر گیا ہی تھا کہ دلاور کمرے میں داخل ہوا۔اس کے چہرے پر تشویش تھی لیکن آنکھوں میں چمک۔میں سمجھ گیا کہ آدم خور کو گلوانہ کے آس پاس کوئی بدقسمت انسان مل گیا۔دلاور کے چہرے پر اس قسم کے تاثرات ایسے ہی مواقع پر نمودار ہوتے تھے۔

’’جناب! حضور!...‘‘ دلاور نے حسبِ عادت بیان شروع کیا۔’’ایک آدمی اور مارا گیا۔‘‘ آدم خور کے کارنامے کا تذکرہ دلاور اسی طرح شروع کرتا تھا۔

’’کیسے...؟‘‘ میں نے دریافت کیا۔

اور دلاور نے قصہ بیان کرنا شروع کیا ہی تھا کہ گلوانہ کا نمبردار، پٹواری نائب اور دو ایک اور معززین اندر آ گئے۔وہ سب ہی متفکر تھے۔

’’کون مارا گیا...؟‘‘ میں نے نائب سے پوچھا۔

’’جناب جگن ناتھ کاشت کار...‘‘ نائب نے جواب دیا۔

میرا اشارہ پا کر وہ قریب پڑی ہوئی چارپائی پر بیٹھ گئے۔میں نے نائب کو حکم دیا کہ وہ تفصیل کے ساتھ قصہ بیان کرے۔نائب خود شکاری بھی تھا۔پولیس کا ذمہ دار آدمی بھی، اور کسی قدر تعلیم یافتہ بھی۔اس لیے اُسے میں دوسروں پر ترجیح دیتا تھا۔

# 2

جگن ناتھ کا ایک بیل صبح سے غائب تھا۔ بے چارے کسانوں کی زندگی کا دارومدار بیلوں ہی پر ہوتا ہے کیونکہ ان ہی کے ذریعے وہ اپنے کھیتوں میں ہل چلاتے ہیں۔ ایک بیل کی قیمت بھی سو سے اوپر ہوتی تھی۔ غریب کسان اتنا پیسہ بھی فی الفور اکٹھا نہیں کر پاتے کہ بیس بائیس روپیہ کی کھاد ہی خرید سکیں۔ بیل کی قیمت کہاں سے آئے۔ لہٰذا جگن ناتھ کلہاڑی ہاتھ میں لے کر بیل کی تلاش میں نکل کھڑا ہوا۔ اس کی شادی کو زیادہ دن نہیں ہوئے تھے۔ جب وہ گھر سے روانہ ہونے لگا تو اس کی جواں سال بیوی دیر تک، دروازے پر کھڑے اسے جاتا دیکھتی رہی۔ گاؤں کے دو چار جوان بھی اس کے ساتھ ہو لیے اور جب وہ کھیتوں سے گزر کر باغ میں داخل ہوئے تو چند اور رکھوالے بھی ساتھ ہو گئے۔ ان کی تعداد اب سات ہو گئی تھی۔ تنہا جنگل میں جانے کی نہ تو جگن ناتھ میں ہمت تھی، نہ عقل مندی کا تقاضا ہی تھا۔

وہ لوگ جابجا جھاڑیوں، نالوں اور وادیوں میں بیل کو تلاش کرتے، آخر سطح مرتفع پر آ نکلے جہاں گزشتہ روز میں نے شیر کو دیکھا تھا۔ جیسا کہ میں لکھ چکا ہوں یہاں چھوٹے بڑے ٹیلے پھیلے ہوئے ہیں۔ ان میں سے کسی کی آڑ میں بھی شیر بہ آسانی چھپ سکتا تھا۔ ان لوگوں نے کچھ تو اپنی باتوں کی محویت اور کچھ بیل کی تلاش کے انہماک میں اس امکان کی طرف قطعاً توجہ نہ دی اور سیدھے ان ٹیلوں کے بیچ میں گھسے چلے گئے۔

غالباً وہ آدم خور ان کا دیر سے تعاقب کر رہا تھا اور اس جگہ کو بہترین کمین گاہ خیال کر کے یہیں دبکا بیٹھا رہا۔ اِدھر یہ پارٹی دو ٹیلوں کی درمیانی خلا میں داخل ہوئی اُدھر ایک جھاڑی سے آدم خور نے چھلانگ لگائی اور قریب ترین شخص پر چھا گیا۔ یہ شخص خاصا طاقت ور اور لمبا تڑنگا جوان تھا۔ شیر نے اسے کولھوں پر سے پکڑا تھا۔ اس نے کلہاڑی گھما کر اس کے سر پر رسید کی اور ذرا جدوجہد کی تو شیر نے غرا کر چھوڑ دیا۔ شیر کے سر پر کلہاڑی کا زخم آیا تھا جس سے خون بہہ نکلا۔ جگن ناتھ نے اپنے ایک ساتھی کو موت کے منہ میں دیکھا تو کلہاڑی کا بھرپور وار اس کے سر پر کیا۔ اس عرصے میں باقی لوگ بھاگ کر درختوں پر چڑھ گئے تھے۔ مجروح شخص بھی بھاگ نکلا تھا۔ اور اگرچہ اس کے کولھوں سے خون کے فوارے جاری تھے اور دھوتی بھی کھل کر گر چکی

تھی،لیکن جان کا خوف اُڑائے لیے جارہا تھا۔

اب شیر کے مقابلے میں صرف جگن ناتھ رہ گیا تھا۔غیظ وغضب سے حواس باختہ۔اس نے شیر کے سر پر ماری ہوئی کلہاڑی کے بارے میں یہی محسوس کیا جیسے خلا میں تیر گئی ہو۔کیونکہ کلہاڑی شیر کے سر پر پڑنے سے پہلے اس کا زبردست تھپڑ جگن ناتھ کے شانے پر پڑا اور وہ ہوا میں اُڑ کر قریبی ٹیلے کی چوٹی پر جا گرا۔گرنے کے بعد اس نے اُٹھنے کا ارادہ بھی نہ کیا تھا کہ شیر نے اس کی گردن دبوچ لی۔اگر کسی جان دار کی گردن شیر کے دانتوں میں آجائے تو پھر دنیا کی کوئی طاقت چھڑا نہیں سکتی۔جگن ناتھ بیچارے نے دو چار دفعہ ہاتھ پیر مارے تو شیر نے ایسے جھٹکے دیے کہ اگر بیل بھی ہوتا تو جانبر نہ ہوتا۔

ایک دفعہ ناگپور کے ایک مشہور شکاری سرور علی صاحب نے جو سند یافتہ ڈاکٹر بھی تھے، ایک ایسے بیل کا پوسٹ مارٹم کرایا جسے شیر نے چند گھنٹے قبل ان کی موجودگی میں گردن توڑ کر مارا تھا اور دو مرتبہ سخت جھٹکے دیے تھے۔ڈاکٹر سرور علی کا بیان ہے کہ بیل کے جسم کی کسی ہڈی کا جوڑ سلامت نہیں تھا۔ہر جوڑ سے ہڈیاں اپنی جگہ چھوڑ گئی تھیں۔اور ریڑھ کی ہڈی تو اس بُری طرح ٹوٹی تھی کہ بیل کا اسی سے جانبر ہونا ناممکن تھا۔یہ صرف شیر کی زبردست طاقت کی ایک ادنیٰ مثال ہے۔اسی طرح دکن کے ایک اور عظیم شکاری نے چشم دید واقعہ لکھا ہے کہ انہوں نے ایک جوان شیر کو اونٹ کی لاش جائے وقوعہ سے ایک میل دور ایک پہاڑ کے اوپر کھینچ کر لے جاتے دیکھا تھا۔اونٹ کو اتنے فاصلے اور بلندی پر کھینچ کر لے جانے کے لیے کس قدر طاقت کی ضرورت ہے۔اس کا اندازہ کیجیے۔

بہر حال جگن ناتھ ختم ہوگیا۔زخمی دیہاتی کچھ دور تو بھاگا لیکن پھر بے ہوش ہو کر گر گیا۔ اس کے بعد اسے کچھ دیہاتی اُٹھا لائے تھے۔میں سیدھا اس کو دیکھنے پہنچا۔زخم بہت گہرے اور خطرناک تھے۔اس غریب کو فوراً نگلنڈہ کے ہسپتال میں پہنچانے کی ضرورت تھی۔میں نے اپنا دواؤں کا بکس منگوایا اور پوٹاش کے محلول سے زخموں کو اچھی طرح صاف کر کے ان میں بورک ایسڈ لگا دیا۔اس کے سوا اور ابتدائی طبی امداد کیا ہو سکتی تھی کیونکہ جن مقامات پر شیر کے دانت کولہوں کے گوشت میں داخل ہوئے تھے وہاں ڈیڑھ مربع انچ زخم تھے جن کی گہرائی کا اندازہ دو سے ڈھائی انچ تک کیا جا سکتا ہے۔شیر کے پنجے کا زخم اتنا خطرناک نہیں ہوتا جتنا اس کے

دانتوں کا۔گوشت کے ریشے وغیرہ اس کے دانتوں میں پھنس کر سڑ جاتے ہیں اور اسی سڑے ہوئے گوشت کے ریشوں کی وجہ سے اس کے دانتوں میں زہریلا مادہ پیدا ہو جاتا ہے۔شیر کے دانتوں کے لگائے ہوئے زخموں کی خاص نگہ داشت کی جاتی ہے۔اس کے باوجود اکثر زخم خراب ہو جاتے ہیں۔

نظام کے چھوٹے بیٹے اعظم جاہ نے میرے لیے شکار کا خاص انتظام کیا تھا اور ان کے کئی آدمی میری خدمت پر مامور تھے۔ پولیس کی ایک جماعت بھی میرے باڈی گارڈ کی حیثیت سے گاؤں میں موجود تھی۔ چنانچہ میں نے اس زخمی کو فوراً پولیس کے دو سپاہیوں کی معیت میں نلگنڈے روانہ کرا دیا۔اس کے بعد مجھے جگن ناتھ کی جواں سال بیوہ کی فکر لاحق ہوئی مجھے بتایا گیا تھا کہ شوہر کی ہلاکت کی اطلاع پا کر وہ ذرا دیر خاموش رہی پھر گھر سے نکل کر کھیتوں کی طرف چلی گئی۔اس کے بعد سے اس کی کوئی خبر نہیں گاؤں کے لوگوں نے اسے بہت تلاش کیا مگر بے سود۔آس پاس کے جنگل میں اس کا کوئی نشان نہیں ملا۔یہ میں کسی طرح نہیں مان سکتا تھا کہ آدم خور نے اس کو بھی مار دیا ہو گا۔کیونکہ جگن ناتھ کو ہلاک کرنے کے بعد وہ شکم سیر ہو چکا تھا اور شکم سیر ہونے کے بعد اس کا اس علاقے سے نکل جانا یقینی بات تھی۔ پھر جگن ناتھ کی بیوی کیا ہوئی؟

میں نے فوراً لباس تبدیل کیا۔رائفل اور کارتوس اچھی طرح دیکھے اور ایک رہبر گوپال اور دلاور کو ساتھ لے کر تلاش کے لیے نکل کھڑا ہوا۔ایک غم زدہ عورت کی جان بچانا میرا فرض تھا۔ورنہ وہ جنگل میں جانے کا وقت نہیں تھا کیونکہ سہ پہر ڈھل رہی تھی اور شام ہونے میں زیادہ دیر نہیں تھی۔آبادی سے نکل کر میں نے رائفل کی دونوں نالیں ایک نظر دیکھیں اور کارتوس لگا دیے۔پھر دلاور سے تین سو چھتر میگنم لے کر اس کی میگزین لوڈ کی۔ایک کارتوس چیمبر میں رکھا اور سیفٹی کیچ لگا کر اس کو دے دی۔ساتھ جانے والا رہبر آگے آگے تھا۔اس کے بعد دلاور اور پیچھے پیچھے میں۔میں ایسے مواقع پر پیچھے چلنا اس لیے مناسب سمجھتا ہوں کہ اول تو عام طور سے شیر پیچھے سے آدمی پر تاک لگاتا ہے۔دوسرے اگر ہمراہی پیچھے پیچھے چل رہے ہوں تو ان کی حفاظت بخوبی نہیں کی جاسکتی۔اس کے برعکس آگے چلنے والوں پر اگر شیر حملہ کر بھی دے تو حملہ آور کو ہلاک کرنے کا اچھا موقع مل جاتا ہے۔

شاداب کھیتوں کے درمیان سے نکل کر ہم جنگل میں داخل ہو گئے اونچے اونچے درختوں اور گھنی جھاڑیوں کے درمیان لہراتی بل کھاتی پگڈنڈی پھلوں کے زیور سے آراستہ درختوں کی رقص کرتی ہوئی بانہوں میں محوِ خواب تھیں اور فضا ریحان کی فرحت انگیز خوشبو سے مہک رہی تھی۔ ہم تینوں خام تھے اور اس طرح چل رہے تھے کہ نہ قدموں کی آہٹ ہی ہوتی تھی نہ خشک پتوں کے پیروں تلے روندے جانے کی چرچراہٹ۔ آدم خور کے شکار میں کامیابی اور حفاظت کا بہترین ذریعہ یہی ہے کہ اسے شکاری کی پیش قدمی کا علم نہ ہونے پائے۔ میری نظریں اطراف کا بغور جائزہ لے رہی تھیں۔ سارا علاقہ میرے لیے نیا تھا۔ میں چاہتا تھا کہ آدم خور کی تلاش میں نکلوں تو کچھ نہ کچھ علاقہ تو جانا پہچانا ضرور ہونا چاہیے۔ قریب کے ہی درختوں پر لال منھ کے بندروں کا ایک غول چیخ رہا تھا۔ کچھ خرانٹ قسم کے بندروں نے ہماری طرف دیکھ کر خوں خاں بھی کیا لیکن دوسرے ہی لمحے ہم اس درخت سے آگے بڑھ گئے۔

جنگل آگے گھنا ہوتا گیا تھا۔ میں نے گوپال سے کہا کہ وہ بائیں جانب دبا ہوا چلے۔ اس طرف جنگل تو ویسا ہی تھا لیکن چرندوں کے کھرے بہت تھے۔ جگن ناتھ کی بیوی کا پتہ نہ چلا۔

سورج چھپ رہا تھا اس لیے مجبوراً میں گاؤں کی طرف واپس ہوا۔ گاؤں کے باہر لوگوں کا ایک جم غفیر ہماری واپسی کا منتظر تھا۔ جگن ناتھ کی بیوی کے نہ ملنے کی خبر سے سب ہی افسردہ ہو گئے۔

صبح سویرے ہی ناشتے سے فراغت کے بعد میں نے دلا ور کو بُلایا۔ ہمارے ساتھ جانے والا دیہاتی بھی وہاں موجود تھا۔ میں رائفلیں لے کر نکلا اور جنگل کی طرف بڑھنے لگا۔ یہ گویا میرے شکار کا پہلا روز تھا اور اس روز میں گلوانہ کے آدم خور سے دوچار ہونے کے ارادے سے نکلا تھا۔ گوپال کو میں نے اپنی بارہ بور دونالی بندوق بھر کر دے دی تھی۔ حسبِ معمول دلاور اور گوپال دونوں میرے آگے آگے تھے اور میں اپنی دونالی چار سو پچاس ایکسپریس سنبھالے درختوں پر نظر ڈالتا احتیاط سے چل رہا تھا۔ گلوانہ کے آدم خور نے اس علاقے میں جتنا ہراس پھیلا رکھا تھا اس کا بیان ممکن نہیں۔ ساڑھے تین سال گزر چکے تھے اور نجانے کتنے انسان اس موذی کی خوراک بن گئے تھے۔ ان بدقسمتوں میں جگن ناتھ بھی تھا۔ جسے اس آدم خور نے میری موجودگی میں ہلاک کیا اور شاید...اس کی بیوہ بھی۔

ہمارا رُخ شریفے کے باغ سے گزر کر اس سطح مرتفع کی طرف تھا جہاں جگن ناتھ ہلاک ہوا تھا۔ شیر کو اسی جگہ میں نے دیکھا تھا۔ اسی جگہ جگن ناتھ ہلاک ہوا اور مجھے یہ یقین ہو گیا تھا کہ یہ علاقہ شیر کا محبوب علاقہ ہے۔ اس جگہ صرف ایک مشکل تھی۔ زمین پتھریلی ہونے کی وجہ سے نہ تو ماگھ ہی نظر آتے تھے نہ جگن ناتھ کی بیوہ کے قدموں کا ہی کوئی نشان۔ تاہم دلاور اور گوپال کو میں نے تاکید کر رکھی تھی کہ قدموں کے نشانات تلاش کرتے چلیں۔ ہمیں اس سطح مرتفع پر گھومتے گھامتے چار گھنٹے ہو گئے مگر کوئی امید افزا نشان نہیں ملا۔

ایک ٹیلے کے قریب مٹی نرم تھی اور قریب ہی جھر بیری کے درخت تھے۔ یہاں دلاور ایک دم ٹھٹک کر کھڑا ہو گیا اور نیچے جھک کر بغور دیکھنے لگا۔

حضور!...'' دلاور نے اچانک کہا۔ اس کی آواز میں تعجب اور جوش تھا۔

''کیا ہے...؟''

''سرکار!...عورت کے قدم کا نشان...اور اس قدم کے نشان پر ماگھ۔''

''ٹھیک سے دیکھو۔ ماگھ پر قدم کا نشان ہے کہ قدم پر ماگھ؟...''

''حضور! قدم کا نشان نیچے ہے...اس کے اوپر ماگھ ہے...''

''کتنی دیر کا ہوگا...؟'' میں پوچھا۔

''جناب! رات کا معلوم ہوتا ہے۔''

میں جھک کر نہیں دیکھ سکتا تھا۔ آدم خور کے جنگل میں اس قسم کی احتیاط رکھنا بہت ضروری ہے۔ خود ہرگز کوئی نشان وغیرہ دیکھنے کی کوشش نہیں کرنا چاہیے تاوقتیکہ کوئی دوسرا معتبر شکاری ساتھ نہ ہو۔ شیر کے حملے کے وقت اچھے اچھے دل والوں کو میں نے شدّت خوف سے حواس کھوتے دیکھا ہے۔ بہر حال میں نے اچھی طرح اطمینان کر لیا کہ جگن ناتھ کی بیوہ رات یا گزشتہ شام اس طرف سے گزری ہے اور آدم خور اس کا تعاقب کرتا رہا ہے۔ اب یہ نہیں کہا جاسکتا کہ اس وقت تک وہ عورت زندہ تھی یا آدم خور کا لقمہ بن چکی تھی۔ زیادہ امکان یہی تھا کہ اس کی غم زدہ زندگی کا چراغ بجھ چکا۔

صرف یہی ماگھ نہ تھا۔ آگے اور بھی نشانات اور ماگھ ملتے گئے ہم ان کی مدد سے آگے بڑھنے لگے۔ دلاور اور گوپال تو اِدھر اُدھر ماگھ تلاش کرتے اور میں رائفل کے گھوڑے چڑھا

کر دونوں ہاتھوں سے رائفل کو مناسب وموزوں حالت میں لا کر ہر لمحہ شیر کے حملے کا مقابلہ کرنے کو تیار قدم قدم بڑھا چلا جار ہا تھا۔ زمین کے پتھریلے ہونے کی وجہ سے نقوشِ قدم بار بار کھو جاتے اور ہمیں دوبارہ سلسلہ ملانا پڑتا لیکن پیش قدمی بہر حال جاری رہی۔

خطرے سے مقابلے کی تیاری اور کچھ نقوش قدم کی جستجو میں ہم لوگ سمت کا خیال نہ رکھ سکے۔اور جب کافی محنت اور مسافت کے بعد اس کا ہوش آیا تو اندازہ ہوا کہ ایک لمبا چکر لگا کر اُسی بڑے ٹیلے کے پاس واپس آ گئے ہیں جہاں سے نقوش قدم کا آغاز ہوتا تھا۔ میں نے دلاور سے کہا کہ جگن کی بیوی چکر لگا کر یہیں واپس آئی لیکن یہاں آنے کے بعد کسی نہ کسی سمت تو ضرور گئی ہوگی۔لہٰذا تلاش دوبارہ شروع کی گئی۔اُسی ہیئت سے ہم پھر نقوش قدم دیکھتے چلے اور کافی عرصے کے بعد دوبارہ اسی جگہ آ گئے جہاں سے روانہ ہوئے تھے۔دلاور اور گوپال اس دائرے سے باہر ماگھ یا نقوشِ قدم دیکھنے سے قاصر رہے تھے۔اب ضروری تھا کہ میں خود کوشش کروں۔ یہ خاصا مشکل اور صبر آزما کام تھا۔اس کے سوا کوئی چارہ کار بھی نہیں تھا۔ میں نے دلاور کو ہوشیار رہنے کی تاکید کی۔ چاروں طرف بغور دیکھ کر اطمینان کیا اور پھر پہلی بار میری نظروں نے دلاور کے دیکھے ہوئے ماکھ اور قدم کے نشان کو دیکھا۔ دلاور کے بیان کی تصدیق ہوگئی اور میں آگے بڑھنے لگا۔ابھی ہم زیادہ آگے نہیں بڑھے تھے میں کسی قدر جھکا ہوا زمین پر نقوش تلاش کر رہا تھا کہ قریب کی جھاڑی سے شیر کے غرانے کی آواز نے مجھے چونکا دیا۔ جھاڑی مجھ سے مشکل چار گز پر ہوگی۔ میں نے جھاڑی کی طرف رائفل کی نال کی اور دلاور اور گوپال کو اپنی آڑ میں لیے اُلٹے قدموں پیچھے ہٹتا گیا۔ میں جانتا تھا کہ دلاور پیچھے کی طرف دیکھ رہا ہے اور اس طرح پیچھے ہٹنے میں کوئی مضائقہ نہیں۔

ابھی میں دس قدم ہی ہٹا تھا کہ جھاڑی میں سے ایک قد آور چیتا اُچھل کر نکلا۔لیکن اس طرح کہ نہ اس کے اعضا قابو میں تھے نہ حواس برقرار۔خوف زدہ بلی کی طرح دانت نکالے کھوں کھوں کرتا ہوا اچھل کر جھاڑی کے باہر گرا اور لڑھک گیا...اس کے حلق سے دبی دبی، گھٹی گھٹی غراہٹ نکل رہی تھی۔ اس کے جھاڑی سے نکلتے ہی میں نے رائفل فائر کی پوزیشن میں لے لی تھی۔عجب نہ تھا جو میں اس کے نکلتے ہی فائر کر دیتا لیکن فوراً ہی میری نظر اس غریب کی کمر اور پیٹ کے گرد لپٹے ہوئے ناگ پر پڑی جو اس کو جگہ جگہ سے کاٹ رہا تھا۔ میں نے ہاتھ

روک لیا اور رائفل نیچی کر لی۔ مرے کو کیا مارنا۔ یہ ضرور کیا کہ کچھ اور پیچھے ہٹ گیا۔ کیونکہ چیتے کو ہلاک کرنے والا ناگ کنگ کو برا تھا۔ اس کمبخت سانپ کو ہر جان دار پر خواہ مخواہ حملہ کر دینے کا شوق ہوتا ہے۔ چیتے کو دیکھ کر اس علاقے میں شیر کے نہ ہونے کا بھی یقین ہو گیا۔ کیونکہ اگر شیر ہوتا تو چیتا ہرگز آس پاس نہ آتا۔

ہمارے دیکھتے دیکھتے چیتا دو چار لہریں لے کر ختم ہو گیا لیکن سانپ بھی مشکل میں گرفتار تھا۔ اس کے جسم کا خاصا حصہ چیتے کے جسم کے نیچے دبا ہوا تھا، غالباً وزن کے دباؤ سے اسے تکلیف بھی ہو رہی تھی۔ بار بار پھن اُٹھا کر زبان لپلپاتا اور منھ پھیلا کر چیتے کو کاٹتا۔ آخر جب کاٹ کاٹ کر تنگ آ گیا تو اس کے نیچے سے نکلنے کے لیے زور لگانے لگا۔ میں نے دلاور کو حکم دیا کہ وہ ڈنڈے سے سانپ کو مار دے۔ اس نے فوراً تعمیل کی اور میں پھر ان دونوں کی رہنمائی کرتا آگے بڑھا۔ پہلی مرتبہ تو مجھے بھی ناکامی ہوئی اور ہم واپس چیتے اور سانپ کی لاش کے قریب آ پہنچے۔ لیکن دوسری کوشش میں میں نے علاحدہ ہونے والے قدموں کے نشان دیکھ لیے۔ یہاں سے یہ نشان ایک پہاڑی کے نشیب کی طرف اُترتے چلے گئے تھے۔ کسی کسی جگہ، جہاں مٹی ذرا نرم تھی وہاں ایک آدھا نشان ضرور مل جاتا۔ عجیب بات یہ تھی کہ ان نشانات کے ساتھ ساتھ ماگھ بھی تھے۔

نشیب کی طرف تقریباً ایک میل چلنے کے بعد نشانات ایک عمیق نالے میں اُتر گئے تھے جس کے دونوں کناروں پر برگد اور پیپل کے درخت شاخیں جھکائے جھوم رہے تھے اور درختوں کی ان شاخوں سے کناروں پر اُگی ہوئی بیلیں لپٹی ہوئی تھیں۔ نالے میں تو پانی شاید ہی کسی جگہ ہو لیکن زمین نم معلوم ہوتی تھی اور غالباً کسی کسی جگہ کیچڑ بھی ہو گی۔ بیلوں اور شاخوں کی وجہ سے نالے کے اندر نیم تاریکی کی کیفیت پیدا ہو گئی تھی۔

نالے کا اچھی طرح جائزہ لینے کے بعد میں اسی کنارے پر رُک گیا۔ شیر کے شکار میں نالے کے اندر جانا خطرناک ہوتا ہے۔ پھر یہ نالہ تو ویسے بھی حشرات الارض کی جولان گاہ اور چیتوں کے رہنے کے لیے موزوں جگہ تھی۔ سوال یہ تھا کہ نالے کے اندر گئے بغیر نقوش کی ازسرِ نو جستجو کیوں کر کی جائے۔ بہر حال میں نالے کے ساتھ شمال کی طرف بڑھنے لگا۔

اس علاقے میں انسان کے قدم شاید ہی کبھی آئے ہوں۔ یہاں کے جانور اور بندر ہمیں

دیکھ کر خوف کی آواز کرتے اور پھر بھاگ جاتے۔حتیٰ کہ لنگور بھی جو عام طور سے انسان سے قطعی بے نیازی اور لاپرواہی کا سلوک کرتے ہیں، ہمیں دیکھ کر اونچے درختوں پر نکل جاتے تھے۔ایک جگہ تو مجھے ٹھٹھک کر رُکنا پڑا۔ بیلوں کے دبیز پردوں اور گتھی ہوئی بے شمار شاخوں کے درمیان مجھے چتاول کی قسم کے اژدھا نما سانپ لپٹے نظر آئے۔ان کی کھال کا رنگ بھی بیلوں کی طرح گہرا سبز تھا اور اس پر سفید پٹے تھے۔دونوں سانپ بیلوں کے پتوں میں اس انداز سے چھپے تھے جیسے کسی کو پکڑنے کی کوشش میں ہوں۔ مجھے فوراً اس غریب چکارے کا خیال آیا جو ابھی ابھی مجھے دیکھ کر بھاگا تھا۔ غالباً وہ بیلوں کے قریب چر رہا ہے اور یہ سانپ اپنی کمین گاہ میں چھپ کر اس کو پکڑنے کی گھات لگا رہے ہوں گے۔میرے آجانے سے ان کا شکار خراب ہوا۔اور وہ دونوں مجھے کھا جانے والی نظروں سے دیکھنے لگے۔ میں نے ان سے زبان خاموش سے کہا۔"خیر مناؤ کہ میں آدم خور کی فکر میں ہوں ورنہ تمہیں مار کر تمہاری کھال کے جوتے اور ہینڈ بیگ بنواتا۔"

بیلوں کی گنجانی اور نالے پر شاخوں کے خم ہونے کا یہ انداز دو میل تک قائم رہا۔اس کے بعد نالہ پار کرنے کے لیے دونوں کناروں کو کاٹ کر بیل گاڑی کا راستہ بنایا گیا تھا۔راستے کے بعد پھر بیلیں اسی طرح چھائی ہوئی تھیں۔ میں نے دلاور اور گوپال کو کنارے پر چھوڑ کر خود احتیاط کے ساتھ نالہ پار کیا اور دوسرے کنارے پر پہنچ کر ان دونوں کو بھی آنے کا اشارہ کیا۔ میری حیرت کی انتہا نہ رہی جب میں نے اس کنارے پر بھی نرم مٹی پر عورت کے قدموں کے نقوش دیکھے۔ان کے ساتھ شیر کے ماگھ بھی تھے۔دلاور اور گوپال نے جن معنی خیز نظروں سے ایک دوسرے کی طرف دیکھا ان میں چھپا ہوا سوال مجھ سے پوشیدہ نہیں رہا۔

دوپہر ڈھلنے کو تھی اور بھوک معلوم ہو رہی تھی۔ نالے میں کوئی سو گز ہٹ کر ایک کشادہ قطعے کے درمیان میں نے ان دونوں کو ٹھہرنے کا اشارہ کیا اور ہم تینوں ایک دوسرے کی طرف پشت کر کے اس طرح بیٹھے کہ تینوں کا رُخ مختلف سمتوں کو تھا۔ ہر طرف کم از کم ساٹھ ستر گز کھلا میدان تھا۔ دلاور نے کھانے کی پوٹلی ہاورسیک میں سے نکال کر مجھے دی۔ میں نے اپنی ضرورت کے مطابق روٹیاں وغیرہ لے کر باقی اُسے دے دی۔ گوپال اپنا کھانا لایا تھا۔

کھانے سے فراغت کے بعد دلاور نے تھیلے میں سے حلوے کی قلفی نکال کر دی۔ میں

نے حلوے کی ایک قاش اُٹھا کر منھ میں رکھی ہی تھی کہ سامنے کے درخت سے ایک لنگور اُتر کر آہستہ آہستہ قریب آ گیا۔ مجھے مذاق سوجھا اور میں نے حلوے کی نصف قاش اس کی طرف پھینک دی۔ اس نے اُٹھا کر کھالی اور پھر مزید کے انتظار میں مجھے دیکھنے لگا۔ اس کے بعد دوسرا لنگور آیا۔ پھر تیسرا اور جب تک میں اس جگہ سے اُٹھنے کا ارادہ کروں اس وقت تک میرے چاروں طرف بے شمار لنگور جمع ہو چکے تھے۔ میں نے سوچا اگر ہنومان کے ان آباؤ اجداد نے بے تکلفی سے کام لیتے ہوئے میرے یا دلاور کے ہاتھ سے ہاورسیک وغیرہ چھیننے کی کوشش کی تو ہم کس طرح ان سے جان بچائیں گے۔ مجھے اپنی اس حماقت پر افسوس ہونے لگا کہ میں نے اس لنگور کو حلوہ کیوں دیا تھا۔

میں یہ سوچ ہی رہا تھا کہ اچانک نالے کے اندر سے کسی عورت کے وحشیانہ قہقہے کی آواز آئی۔ صاف قہقہے کی آواز تھی جو نالے اور پھر قریب کی پہاڑیوں میں موج در موج گونج کر بکھرتی چلی گئی۔ گوپال اور دلاور دونوں گھبرا کر کھڑے ہو گئے اور سارے لنگور کانوں کے پردے پھاڑ ڈالنے والی چیخوں کے ساتھ افراتفری کے عالم میں درختوں پر چڑھ گئے۔ ان کمبخت بندروں کی چیخوں میں اس قہقہے کی آواز دب کر رہ گئی۔ میں نے دلاور کی طرف دیکھا۔ وہ کچھ متحیر اور کسی قدر فکر مند نظر آتا تھا اور گوپال خاصا پریشان ہوا۔

''جناب!... درود تاج پڑھیے...'' دلاور نے میرے کان میں کہا۔

''کیوں...؟ میں نے مسکرا کر پوچھا۔

''آیۃ الکرسی پڑھیے حضور!...'' اُس نے درخواست کی۔

''آخر کیوں...؟''

''جناب!... یہ عورت نہیں... کوئی بلا تھی... گوپال کی آواز بھی خوف زدہ تھی۔

''تم لوگ پاگل ہو... یہ جگن ناتھ کی بیوہ ہے۔ صدمے کی وجہ سے پاگل ہوگئی ہے اور قہقہے لگاتی پھر رہی ہے۔ میں ابھی اسے پکڑے لیتا ہوں۔''

پھیلا ہوا سامان دلاور نے جلدی جلدی تھیلے میں بھر کر شانے پر لٹکایا اور ہم پھر نالے کی طرف واپس آئے جس مقام پر بیل گاڑیوں کے گزرنے کی وجہ سے راستہ بن گیا تھا۔ اسی جگہ سے ہم نے ایک گھنٹہ قبل نالہ پار کیا تھا۔ ہم واپس اسی جگہ پہنچے۔ کیونکہ مجھے آواز کا اندازہ اسی

مقام کے اطراف سے ہوا تھا۔ نالے کے اندر اُتر کر میں نے دونوں طرف دیکھا۔ شمال کی طرف نالے کے اندر زیادہ دور دیکھنا ممکن نہیں تھا۔ کیونکہ اندھیرا بہت گہرا تھا۔ جنوب کی طرف تقریباً پچاس ساٹھ گز تک سطح صاف نظر آ رہی تھی اور وہاں کوئی ذی روح نظر نہیں آئی۔

اچانک دلاور نے مجھے مخاطب کیا۔

''حضور!...''

میں نے گھوم کر اس کی طرف دیکھا تو اس نے زمین کی جانب اشارہ کیا...تازہ... بالکل تازہ...عورت کے قدموں کے نشانات وہی جانے پہچانے نقوشِ پا جن کا ہم گھنٹوں سے تعاقب کر رہے تھے اور مزید تعجب خیز بات یہ کہ ان نقوشِ پا کے ساتھ ساتھ ہی ماگھ، شیر کے پیروں کے نشان...وہ بھی بالکل تازہ جیسے دونوں ساتھ ہی آگے پیچھے گزرے ہوں۔

ابھی میں نقوشِ پا کا جائزہ لے ہی رہا تھا کہ نالے کے اندر سے ایک اور قہقہہ اُبھرا... بہت فاصلے پر...کہیں بہت دور سے...لیکن آواز جانی پہچانی معلوم ہوئی...وحشت میں ڈوبی ہوئی...اور اس دفعہ میں نے بھی اس آواز کو سُن کر عجیب سا محسوس کیا...آواز دیر تک گونجتی رہی اور جب اس کی لہریں ختم ہوئیں تو جیسے ان آوازوں کے بطن سے ہی مزید آوازیں پیدا ہوئیں۔ لیکن یہ بیلوں کے گلے میں پڑی ہوئی گھنٹیوں کی آوازیں تھیں۔ کوئی قافلہ یا تو گلوانہ سے باہر جا رہا تھا یا کسی دوسرے گاؤں سے گلوانہ آ رہا تھا۔ آوازیں رفتہ رفتہ قریب آ رہی تھیں۔

''پھلدا کے بیوپاری گاؤں جا رہے ہیں...؟ گوپال نے کہا۔

''گلوانہ جا رہے ہیں یا کسی اور گاؤں کی طرف...؟''میں نے دریافت کیا۔

''جی ہاں جناب! گلوانہ...''

ہم لوگ نالے سے نکل کر گاڑیوں کے انتظار میں کھڑے ہو گئے۔ میں ان لوگوں کا اس وجہ سے منتظر تھا کہ وہ طویل مسافت طے کر کے آ رہے تھے۔ ممکن تھا ان میں سے کسی کو آدم خور کے بارے میں کوئی اطلاع ملی ہو۔

ذرا دیر بعد تین بیل گاڑیاں سامنے آ گئیں۔ مجھے دیکھ کر وہ لوگ گاڑیاں روک کر اُترے اور سلام کیا۔ گوپال ان میں سے سب ہی کو جانتا تھا۔ اس نے بتایا کہ ہم لوگ آدم خور اور جگن

ناتھ کی بیوہ کو تلاش کرنے کے لیے گھوم رہے ہیں۔ وہ لوگ مجھ سے ذرا ہٹ کر دبی دبی آوازوں میں بات کررہے تھے اور میں اس انتظار میں تھا کہ وہ اپنی گفتگو سے فارغ ہوکر میری طرف متوجہ ہوں تو میں آدم خور کے بارے میں کچھ استفسار کروں۔ آخر دلاور نے کسی قدر تشویش بھری نظروں سے میری طرف دیکھا تو میں نے اُسے قریب بلایا۔

''کیا بات ہے...؟'' میں نے پوچھا۔

دلاور نے کچھ منھ بنا کر سر جھکالیا۔

''بولونا...''

''جناب! ان ہی پوچھ لیں...''

میں نے گوپال کو حکم دیا کہ ان لوگوں کو قریب لاؤ۔ وہ سب قریب آگئے تو میں نے شیر کے بارے میں اُن سے دریافت کیا اور یہ بھی کہ اگر ان کو جگن ناتھ کی بیوہ کے بارے میں کچھ علم ہو تو بتائیں۔ اس سوال پر وہ سر جھکا کر خاموش ہوگئے... بالکل خاموش!...اور اس خاموشی کے دوران میں وہی نسوانی قہقہہ جنگل کے سکوت میں نالے کی گہرائیوں سے نکل کر گونجا اور گونجتا چلا گیا۔ بخدا میں تو ہم پرست نہیں اور بھوت پریت پر یقین نہیں رکھتا۔ لیکن اس قہقہے میں نجانے کیا جادو تھا کہ آواز کے ساتھ ہی مجھے خطرے کا شدید احساس ہونے لگتا تھا۔ ان دیہاتیوں نے تو قہقہہ سنتے ہی دونوں ہاتھوں سے کان بند کرلیے اور وحشت زدہ نظروں سے ایک دوسرے کو دیکھنے لگے۔ قہقہے کی گونج ختم ہوئی تو میں نے ان کو ڈانٹا۔

''جناب! ہم نے راستے میں شیر بھی دیکھا اور جگن ناتھ کی بیوہ کو بھی دیکھا...وہ بھوت بن گئی ہے...رام! رام...رام رام...'' ایک دیہاتی بولا۔

''کیا مطلب...؟'' میں نے پوچھا۔

اور پھر ان سب نے جو کچھ بیان کیا وہ میرے لیے قطعی ناقابلِ قبول تھا۔

مسافروں اور بیوپاریوں کی یہ جماعت جو تین بیل گاڑیوں اور سترہ آدمیوں پر مشتمل تھی پھلدا سے صبح کی روشنی ہونے کے بعد روانہ ہوئی اور جنگل کے مختلف حصوں میں سفر کرتی ہوئی اس مقام پر آئی جہاں ایک پہاڑی کے عین دامن میں بہت بڑی جھیل ہے اور اس میں خودرَو

سنگھاڑے کی بیلیں پھیلی ہوئی ہیں۔ان بیلوں کی نسبت سے ہی اس مقام کو سنگھاڑ ٹیکری کہا جاتا ہے...یہ لوگ جھیل کو بچا کر سنگھاڑ ٹیکری کے ساتھ جاتے ہوئے راستے پر بیل گاڑیاں چلا رہے تھے۔ یہی راستہ براہِ راست گلوانہ آتا ہے۔ یہ لوگ ابھی ٹیکری کے پاس ہی تھے کہ انہیں ایک پہاڑی میں نسوانی قہقہے کی گونج سنائی دی۔آواز ایسی شدید اور تیز تھی جیسے کوئی قریب سے ہی ہنسا ہو...ان کا یہ بھی بیان ہے کہ قہقہے کی آواز پر بیل تک بدک پڑے تھے۔ ابھی قہقہے کی بازگشت ختم ہی ہوئی تھی کہ ایک مسافر کی نظر ٹیکری پر پڑی اور وہ شدتِ خوف سے لرز کر رہ گیا...اس کی آواز رُندھ کر گھگھی بندھ گئی۔

ٹیکری کے اوپر...عین اس کے سامنے،گلوانہ کا مشہور آدم خور کھڑا تھا اور اس آدم خور کی پشت پر ہاتھ رکھے جگن ناتھ کی بیوہ بال بکھرائے کھڑی تھی۔اس کا لباس پھٹا ہوا تھا اور چہرے پر عجیب سی وحشت برس رہی تھی۔ پہلے دیکھنے والے کو لرزتے اور سہمتے دیکھ کر دوسروں کی نظر بھی ٹیکری کی طرف اُٹھی اور اُنہوں نے بھی اُس پُر اسرار عورت کو شیر کی پشت پر ہاتھ رکھ کر کھڑے دیکھا...اُسی وقت عورت نے ایک اور قہقہہ لگایا...اور اس دفعہ بیل بدک کر سیدھے گلوانہ کی طرف بھاگ پڑے۔

جس ٹیکری کا وہ تذکرہ کر رہے تھے وہ اس مقام سے جہاں میں اس وقت کھڑا تھا، چار میل پر تھی اور گلوانہ چھ میل۔ گوپال یہ قصہ سننے کے بعد ایسا بدحواس ہوا کہ لپک کر ایک بیل گاڑی میں بیٹھ گیا۔دل اور امید بھری نظروں سے میری طرف دیکھ رہا تھا کہ شاید میں بھی گوپال کی تقلید کروں لیکن میں نے اسے کڑی نظروں سے دیکھا اور بولا۔

"یہ جگن ناتھ کی بیوہ ہی ہے جو شدتِ غم سے پاگل ہو گئی ہے...میں تھوڑی ہی دیر میں اسے ساتھ لے کر گلوانہ آتا ہوں۔"

"سرکار!...وہ عورت نہیں ہے..."ایک بوڑھے نے کہا۔

"پھر کیا ہے...؟"

"چڑیل ہے حضور!..."

میں ان کی سادہ لوحی پر ہنس دیا۔

وہ الگ روانہ ہو گئے اور میں نالے کے ساتھ ساتھ جنوب کی طرف چلا... میرا خیال تھا کہ سنگھاڑ ٹیکری سے آتا ہوا یہ نالہ چونکہ نہایت اچھی کمین گاہ بھی ہے اس لیے وہ عورت لوگوں کی نظروں سے بچ کر اسی میں آئی ہو گی۔ میں یہ ہرگز تسلیم کرنے کو تیار نہیں تھا کہ وہ بھتنی بن گئی ہے۔

دلاور کو ان دیہاتیوں کے بیان پر یقین تھا اور وہ ایسا گھبرایا ہوا تھا جیسے وہ چڑیل اسے دبوچ لے گی۔

نالے کے ساتھ ساتھ درختوں اور بیلوں کی وہی کیفیت تھی جو میں بیان کر چکا ہوں۔ نالے کے علاوہ بھی دونوں طرف خاصا اچھا جنگل تھا۔لیکن جنوب کی طرف جیسے جیسے بڑھتے گئے نالے میں نمی کی زیادتی ہوتی گئی اور بیلیں بھی اسی نسبت سے زیادہ گھنی ہوتی گئیں۔ دلاور کے دونوں شانوں پر بندوقیں تھیں۔ ایک میری تین سو پچھتر میگنم اور دوسری شارٹ گن جو گوپال لے کر چلتا تھا۔اس کے علاوہ تھیلا بھی اسی کے پاس تھا۔ میں نے کئی بار کہا کہ بندوق مجھے دے دے لیکن وہ نہ مانا۔

سہ پہر کے پانچ بجے تک ہم لوگ اسی طرح گھومتے رہے لیکن پھر کوئی قہقہہ سنائی دیا نہ نقوش پا ہی نظر آئے... سہ پہر کے بعد ہمیں جنگل سے واپسی کا خیال ہوا... افسوس مجھے اس بات کا تھا کہ اتنے وثوق کے ساتھ عورت کو پکڑ کر لانے کا وعدہ کرنے کے باوجود میں ناکام گاؤں واپس جا رہا تھا۔

جس راستے سے ہم واپس ہوئے وہ ہمارے خیال کے مطابق وہی تھا جو گوپال نے بتایا تھا۔لیکن کچھ دور جا کر مجھے اندازہ ہوا کہ ہم غلط راستے پر لگ گئے ہیں۔ میں صحیح سمت کا اندازہ کرنے کے لیے ایک طرف گھوما، سامنے سبزہ زار پر تین قد آور ریچھ کھڑے نظر آئے۔ تینوں چپ چاپ کھڑے ہمیں دیکھ رہے تھے۔ ریچھ عموماً خاموش نہیں رہتا۔اس وقت وہ غالباً تعجب کی وجہ سے خاموش ہوں گے۔

ان میں سے ایک ریچھ غیر معمولی تن و توش کا تھا۔ کھڑا بھی اس انداز سے تھا کہ گولی سیدھی دل پر لگ سکتی تھی۔ میں نے سوچا اس کو مار ہی دوں لیکن یہ بات میرے اُصول کے خلاف تھی۔ میں ادھر سے گھوم کر ایک قریبی پہاڑ پر چڑھنے لگا۔ قیاس تھا کہ اصل راستہ اس

پہاڑی کے دوسری طرف سے گزرتا ہوگا۔ ابھی مشکل دوچار قدم چلے تھے کہ ریچھوں کے بڑبڑانے کی آواز آئی۔ گھوم کر دیکھا تو وہی بڑا ریچھ سر جھکائے گیند بنا میری طرف دوڑتا ہوا آرہا تھا۔ اس کا حملے کا ارادہ تھا یا صرف دھمکانا مقصود تھا، یہ معلوم کرنا مشکل تھا لیکن اسے آتا دیکھ کر مجھے رائفل ضرور سیدھی کرنا پڑی۔ جب وہ پندرہ گز پر رہ گیا تو انگشتِ شہادت ٹریگر پر گئی اور ابھی فائر نہیں ہوا تھا کہ اُسی پہاڑی کے آس پاس کسی مقام سے وہی جانا پہچانا نسوانی قہقہہ بلند ہوا۔ وحشت ناک اور دل دوز۔ ریچھ قہقہے کی آواز کے ساتھ ہی ٹھہرا اور گھوم کر اُسی رفتار سے جنگل میں غائب ہوگیا جس رفتار سے آرہا تھا۔ دلاور نے معنی خیز نظروں سے میری طرف دیکھا اور پھر سر جھکا کر میرے آگے آگے چلنے لگا۔

## 3

کئی روز جنگل میں گھومتے رہے، بے شمار دفعہ نسوانی قہقہہ سننے اور صدہا نقوش پا اور ماگھ دیکھنے کے بعد بھی مجھے نہ جگن ناتھ کی بیوہ ملی اور نہ گلوانہ کا آدم خور شیر۔ یہ ضرور ہوا کہ کئی ایسی جگہیں مل گئیں جہاں مچان بھی باندھا جاسکتا تھا۔ اور گارے کا بھی امکان تھا۔ البتہ ان دنوں کسی واقعے کی اطلاع موصول نہیں ہوئی۔

گلوانہ میں قیام کے گیارھویں روز میں نے اعظم جاہ کے بھیجے ہوئے تین بھینسوں میں سے دو جنگل میں مناسب جگہوں پر بندھوا دیے۔ ایک تو گلوانہ سے چار میل دور پہاڑی کے دامن میں واقع برگد کے درخت کے نیچے اور دوسرا اس مقام سے جانب مغرب گلوانہ سے تین میل دور اس مقام پر جہاں ایک خشک نالہ ریحان کے جنگل کے عین درمیان سے گزرتا ہے۔ جس مقام پر یہ بھینسا باندھا گیا تھا وہاں تین چار پگڈنڈیاں مختلف سمتوں سے آکر ملتی ہیں۔ اس اتصال پر پگڈنڈی سے دو تین گز ہٹ کر ایک جھاڑی میں کھونٹا گاڑا گیا اور بھینسے کا پیر سوت کے موٹے رسّے سے اتنا مضبوط باندھا گیا کہ میرے خیال میں اس کو ہاتھی بھی بمشکل توڑ سکتا تھا۔ میں بھینسے کو باندھنے میں احتیاط اس لیے کرتا ہوں کہ دو دفعہ شیر مجھے چکمہ دے کر بھینسے کو اُٹھا کر لے جاچکا ہے اور میں مچان سے کچھ فاصلے پر جھاڑیوں کی آڑ میں ہڈیاں چبانے کی

آوازیں سن کر پیچ وتاب کھاتا رہا ہوں۔

دونوں بھینسے تین دن اور تین راتیں بندھے رہے۔ چوتھی صبح مجھے ایک تعجب خیز بات یہ نظر آئی کہ بھینسے سے صرف دس گز پر عورت کے پیر کے نشانوں میں ملے جلے ماگھ گزرتے ملے۔ مٹی ارادتاً نرم کردی گئی تھی اور ہلکے سے ہلکا نشان بھی صاف دکھائی دیتا تھا۔ لیکن اس موقعے پر عورت کے پیروں کا معمہ میں حل نہ کرسکا۔ اب تک جو نشانات دیکھے تھے، ان کا میں نے کچھ نہ کچھ جواز پیدا کرلیا تھا لیکن یہاں کوئی جواز نہ تھا۔ آخر یہ کیسے نشانات تھے۔ میں تسلیم کرنے کو قطعی تیار نہ تھا کہ وہ جگن ناتھ کی بیوہ کے پیروں کے نشانات تھے۔ بہرحال میں نے اس جگہ مچان پر بیٹھنے کا فیصلہ کرلیا۔

چاند کی بارہ تاریخ تھی اور موسم خوش گوار۔ میں دلاور کو ساتھ لے کر ساڑھے چار بجے مچان پر بیٹھا۔ گاؤں کے دوسرے لوگ حسبِ ہدایت واپس چلے گئے دن ابھی کافی باقی تھا۔ میں نے سارے ہتھیار دیکھے۔ چار سو پچاس ایکسپریس لوڈ کی ہوئی سامنے رکھی تھی۔ ایک بازو پر تین سو پچھتر میگنم تھی جس کا سیفٹی کیچ لگا ہوا تھا۔ دوسرے بازو پر 32 بور کا ریوالور تھا اور دلاور کے ہاتھ میں میری بارہ بور کی دونالی بندوق تھی جس کی دونوں نالوں میں L.G بھرے ہوئے تھے۔ ہتھیاروں کی بابت اطمینان کرنے کے بعد میں مچان پر لیٹ کر آرام سے سوگیا۔ میں نے دلاور کو تاکید کردی تھی کہ سات بجے کے قریب مجھے جگا دے۔

دلاور جب مجھے بیدار کرتا تھا تو پیر دبانے لگتا۔ اس شام خلافِ توقع اس نے میرا بازو پکڑ کر مجھے جھنجوڑ دیا۔ میں بھی گھبرا کر بیدار ہوا اور آنکھ کھلتے ہی پہلے ہاتھ بڑھا کر رائفل اُٹھائی پھر دلاور کی طرف دیکھا۔ ایک لمحے کے لیے میرے حواس زائل ہوگئے۔ مچان پر دلاور نہیں تھا۔

سرسوں کے تیل کی بو ہر طرف پھیلی ہوئی تھی اور گھپ اندھیرا چھایا ہوا تھا۔ میں نے آنکھیں پھاڑ پھاڑ کر دیکھنے کی کوشش کی اور پھر ٹارچ جلا کر روشنی ڈالی تو... اللہ اکبر... روشنی کی گہری دودھیا جگمگائی ہوئی شعاعیں عین دلاور پر پڑیں جو چاروں شانے چت زمین پر پڑا تھا اور اس سے صرف چند گز کے فاصلے پر شیر بیٹھا تھا۔

ٹارچ رائفل کے اوپر فٹ کی ہوئی تھی۔ شیر کی جھلک نظر آتے ہی انگوٹھے کو غیر ارادی

جنبش ہوئی۔ نظر نے نشانہ لیا اور انگشتِ شہادت عادتاً ٹریگر کے گرد دباؤ بڑھانے لگی۔ چشمِ زدن سے بھی کم عرصے میں یہ سب کام ہوا اور چار سو پچاس ایکسپریس کی زبردست آواز سے جنگل گونج اُٹھا۔ لیکن گولی خالی گئی۔ شیر غوں کی آواز کر کے ایک طرف کود گیا۔ میں نے پھر اِدھر اُدھر روشنی ڈالی لیکن بے کار۔ شیر جا چکا تھا۔

اور اسی وقت... وہی نسوانی قہقہہ... جس کے ترنم میں ایک عجیب سی ہیبت اور ایک عجیب سی نفرت بھری ہوئی تھی، فضا میں گونجا اور میرے ہاتھ سے رائفل گرتے گرتے بچی۔ آخر یہ قہقہہ کیا ہے...!

میری دانست میں کوئی ایسا جانور نہیں تھا جو اس وضع کی آواز نکال سکتا ہو۔ اچانک مجھے خطرے کا شدید احساس ہوا... گھپ اندھیرا... آبادی کا دور دور نشان نہیں... جنگل آدم خور کی مملکت... اور پھر اس پر مستزاد یہ وحشت ناک قہقہہ... مجھے کچھ ایسا محسوس ہوا جیسے حالات میرے قابو سے باہر ہوں۔ معاً مجھے دلاور کا خیال آیا۔

میں نے جلدی سے دونوں رائفلیں رسی میں باندھ کر نیچے لٹکا ئیں۔ پھر خود جھولے پر سے ہو کر نیچے اُترا... اور رائفل ہاتھ میں لے کر لالٹین روشن کی میں پانی کی بوتل بھی اُتار لایا تھا۔ دو ایک چھینٹے دلاور کے منہ پر پڑے تو اس نے گھبرا کر آنکھیں کھول دیں۔

"حضور!... حضور!... چڑیل!... بھوت!..."

اور دلاور کی گھگھی بندھ گئی۔

"دلاور!... دلاور!..."

میں نے دو چار دفعہ آہستہ آہستہ اس کا چہرہ تھپتھپایا، پانی کا ایک چھینٹا اور مارا، آوازیں دیں۔ تب اس کے حواس درست ہوئے۔

"کیا ہوا؟... تم نیچے کیسے آ گئے؟..."

"حضور!... سرکار!... مائی باپ!... مجھے گاؤں لے چلیے..."

"پاگل ہو گئے ہو؟... اُٹھو جلدی مچان پر چڑھو..."

مجبوراً دلاور پھر مچان پر چڑھا... میں نے رائفلیں اور لالٹین پہلے رسی میں باندھیں

پھر خود بھی اوپر چڑھ گیا۔ دلاور نے رائفلیں اوپر کھینچ لیں۔ اس کے حواس درست ہوتے جارہے تھے۔ میں نے مچان پر اطمینان سے بیٹھنے کے بعد دلاور سے پوچھا کہ وہ مچان سے کیوں اُترا تھا اور اس نے جو قصہ سنایا اس پر مجھے قطعی یقین نہیں آیا۔

''جناب!...آپ تو سو رہے تھے۔ مغرب کی نماز کے وقت مجھے عجیب وغریب آوازیں سنائی دیں۔ دو دو چار چار منٹ کے بعد کوئی لڑکی بلی کی آواز میں گھٹی گھٹی ہنسی ہنستی۔ میں نے سوچا آپ کو جگاؤں گا تو آپ میرا مذاق اُڑائیں گے۔ اندھیرا ہوا تو ہنسی کی آواز بھی بند ہوگئی اور مجھے اطمینان ہوا۔ ابھی زیادہ دیر نہیں گزری تھی کہ مچان پر ہلکی سی روشنی ہوگئی اور اپنے قریب ایک عورت نظر آئی جس کے بال بکھرے ہوئے تھے اور نیم پاگل سی تھی۔ اس نے مجھ سے نیچے اُترنے کو کہا اور اس طرح کہا کہ میں مجبور ہوگیا اور میں نے جھولا لٹکا کر نیچے اُترنا شروع کردیا۔ لیکن خوف اس قدر غالب تھا کہ پوری طرح زمین تک نہ پہنچا تھا کہ ہاتھ چھوٹ گئے اور میں زمین پر گر کر بے ہوش ہوگیا...''

میرے خیال میں میرے سو جانے کے بعد دلاور پر بھی غنودگی طاری ہوگئی ہوگی اور چونکہ اس کے ذہن پر وہ بھتنی سوار تھی اس لیے خواب میں ہی اُسے وہی دکھائی دی اور وہ مچان سے نیند کی حالت میں ہی اُتر گیا۔

لیکن وہ قہقہہ جو میں نے سُنا...؟

میرے خیال میں وہ بھی میری ایک ذہنی رو تھی۔ میں اچانک ہڑبڑا کر اُٹھا تھا کہ دلاور کی گم شدگی کا علم ہوا اور اسی گڑبڑ میں مجھے شیر نظر آیا اور قہقہہ سنائی دیا۔

اس رات ہمیں مچان پر جاگتے رہنا پڑا۔ دلاور تو خوف کی وجہ سے سویا اور میں میں محض احتیاطاً کہ پھر اسی قسم کا کوئی واقعہ پیش نہ آجائے۔ گاؤں والے تو دیر سے آئے میں پہلے ہی اُتر گیا تھا اور میری حیرت کی انتہا نہ رہی جب میں نے اس مقام پر دلاور کے قدموں کے نشانات کے قریب عورت کے قدموں کے نشانات دیکھے۔ جس مقام پر میں نے رات دیکھا اور فائر کیا تھا وہاں شیر کے ماگھ موجود تھے۔ گولی کے زمین پر لگنے کا نشان بھی تھا۔ لیکن عجیب بات تھی کہ یہاں عورت کے قدموں کے نشان نہیں تھے۔ اللہ جانے یہ کیا راز تھا!

میں نشانات کی جستجو میں لگا تھا کہ گاؤں والے آگئے۔ دلاور نے ان کو بھی یہ قصہ سنایا۔

کیونکہ میں نے اس کو منع نہیں کیا۔ یہ واقعہ سنتے ہی ان کی حالت غیر ہوگئی اور واپسی کی جلدی پڑ گئی۔ لیکن میں نے ان کو ڈانٹ کر روکا۔ بھینسے کو چارہ ڈلوایا۔ پانی کا انتظام کیا اور ان سب کو ساتھ لے کر گاؤں واپس آ گیا۔ یہ واقعات میرے لیے عجیب وغریب تھے۔ ایسا کوئی اتفاق مجھے پیش نہیں آیا تھا۔ میں نے اسی روز والد صاحب کو خط لکھ کر ان سے مشورہ طلب کیا اور پولیس کے ایک سپاہی کو روانہ کیا کہ پھلدا جا کر خط ڈال آئے۔ پھلدا پولیس کو تاکید کر دی گئی کہ جواب مجھے پہنچانے میں دیر نہ کی جائے۔ لیکن خط کا جواب آنے کے لیے کافی دقت درکار تھا۔

خیر... اس روز میں نے صرف دو گھنٹے آرام کیا پھر غسل کر کے کھانا کھایا اور رائفل اُٹھا کر تنہا جنگل کی طرف چل دیا۔ گلوانہ کے شمال مشرق کی طرف جنگل کا ایک بہت وسیع وعریض قطعہ ہے۔ میں اپنی صحرانوردیوں کے دوران میں اس قطعے کا دورہ کر چکا تھا اور نہ صرف یہاں کئی اچھے چیتل دیکھے تھے بلکہ ایک مختصر سی پہاڑی پر ایک چوسنگھا بھی دیکھا تھا۔ چوسنگھے کا گوشت بہت عمدہ ہوتا ہے اور سینگ بھی بیش قیمت ٹرافی خیال کیے جاتے ہیں۔ میں نے طے کیا تھا کہ اگر چوسنگھا نظر آیا تو ضرور مار دوں گا۔ گاؤں سے اس قطعے کا فاصلہ بمشکل چار میل تھا۔ میں جلدی ہی اس ندی کے قریب آ گیا جو اب خشک ہو چکی تھی۔ لیکن گاؤں اور اس جنگل کے درمیان حد فاضل کا کام دیتی ہے۔ ندی کا عرض تقریباً بیس گز اور کسی کسی مقام پر قدرے کم بھی ہے۔ گہرائی کم از کم دس گز ضرور ہے۔

میں گڑھے، ندی یا نالے کے قریب عادتاً زیادہ محتاط ہو جاتا ہوں۔ ندی کے قریب پہنچتے ہوئے بھی میں نے بڑی احتیاط سے کام لیا۔ کنارے پر آ کر ذرا دیر ٹھہرا، بغور اطراف کا جائزہ لیا۔ پھر ندی میں دبے قدموں اُتر کر تیزی سے دوسرے کنارے پر نکل گیا۔ نظر سامنے گئی تو چیتلوں کا ایک مندا بھاگتا ہوا اس کنارے سے گزر رہا تھا۔ لیکن بھاگنے کے انداز میں خوف یا جلدی نہیں تھی۔ مجھے دیکھ کر ان کی رفتار بڑھ گئی اور وہ جنگل میں نکل گئے۔ ان میں کوئی قابلِ ذکر سینگوں والا نر نہیں تھا۔ مادائیں بہت فربہ اور قدآور تھیں۔ جنگل میں چیتلوں کے مندوں کے سامنے سے گزرنا بڑا دل کش منظر ہوتا ہے... ہرن کی دوڑ میدان میں قابلِ دید ضرور ہوتی ہے لیکن چیتلوں کی کھال کے حسن کے مقابلے ہرن کے مندوں کا حسن ماند پڑ جاتا ہے۔

دوسرے کنارے پر آ کر میں ایک پتھر پر بیٹھ گیا۔ ذرا دم لینے کی ضرورت بھی تھی اور یہ

مقصد بھی کہ سامنے سے گزرنے والے جانوروں کو بھی ایک نظر دیکھتا رہوں گا۔ مجھے وہاں بیٹھے زیادہ دیر نہیں گزری تھی کہ تقریباً دس گز کے فاصلے پر ایک جھاڑی میں سے دو سینگ نمودار ہوئے...میں نے سینگ والے جانور کی سادہ لوحی پر مسکرا دیا۔ میں جانتا تھا کہ یہ سینگ سانبھر کے ہیں۔اپنے خیال میں وہ میری نظروں سے چھپا ہوا تھا۔لیکن جب میں نے حرکت نہیں کی تو اس سے صبر نہ ہوسکا۔ دو منٹ بعد اس کا سر باہر نکل آیا۔ مجھے دیکھتا رہا اور آخر پورا ہی باہر آ گیا۔ بڑا اچھا اور پرانا سانبھر تھا اور اس کے سینگ بہت خوب صورت تھے لیکن اتنے بھی نہیں کہ شیر کے جنگل میں فائر کرنے پر مجبور ہونا پڑتا۔

سانبھر کی عادت ہے کہ ہر نئی چیز کو تجسس کی نظر سے دیکھ کر اس کو پوری طرح جاننے کے لیے چند قدم آگے بڑھتا ہے، بغور دیکھتا ہے اور بھاگ جاتا ہے۔ جب میں بالکل بے حس و حرکت رہا تو وہ چند قدم میری طرف بڑھا۔ مجھے خدا جانے کیا سوجھی کہ ایک بارگی اُٹھ کر اس طرف دوڑا۔ سانبھر یا تو میری طرف آ رہا تھا، یا مجھے اُٹھتا دیکھ کر فی الفور بھاگا اور پھر اچانک ہی پلٹ کر اس تیزی سے حملہ آور ہوا کہ مجھے رائفل اُٹھانے کی مہلت بھی نہیں دی۔ اسے بالکل سر پر آتا دیکھ کر میں جلدی سے ایک طرف کو ہو گیا اور وہ اپنے زور میں میرے نزدیک سے گزر کر بھاگا چلا گیا۔ خیال تھا کہ شاید پلٹ کر حملہ کرے لیکن غالباً اس نے بھی مذاق ہی کیا تھا۔ کیونکہ وہ سیدھا ناک کی سیدھ میں بھاگا چلا گیا۔

گلوانہ کے آدم خور سے مقابلہ مشکل ہوتا جا رہا تھا۔ اب تک تو صرف شیر ہی تھا اب شیر کی خالہ سے بھی نمٹنے کی ضرورت لاحق ہوئی۔ خالہ سے میری مراد وہ نسوانی قہقہہ ہے جو رفتہ رفتہ گرد و نواح میں مشہور ہو کر مزید ہراس کا باعث بنتا جا رہا تھا۔ اب یہ خدا جانے کہ وہ لوگ بھی واقعی اس قہقہے کو جا بجا سنتے تھے کہ نہیں، بہر صورت اس کا سننا بیان بہت سے لوگ کرتے تھے۔ اور اسے کسی چڑیل یا بلا کا قہقہہ تصور کرتے تھے۔

سانبھر کے بھاگ جانے کے بعد میں اُٹھ کر تھوڑی دور اور آگے گیا۔ اب میں جس مقام پر تھا وہاں سے سبزے کا بڑا ہی حسین و دل کش فرش شروع ہوتا تھا۔ حد نگاہ تک سبزہ ہی سبزہ... جھاڑیاں تھیں لیکن کم درخت گھنے اور تناور تھے۔ لیکن سبزے پر قدم رکھنے سے صرف ایک منٹ پہلے زمین پر نظر پڑی تو ماگھ...اور وہ بھی بالکل تازہ...ان کا رُخ عین اسی جانب تھا جدھر میں

جا رہا تھا۔ میں نے سوچا اگر اس وقت آدم خور سے مقابلہ ہو جائے تو اچھا ہی ہے ...جگہ شکار کے لیے موزوں تھی۔ میں نے ماگھ سے سمت کا اندازہ کیا اور آہستہ آہستہ آگے بڑھتا گیا۔ سبزے کی وجہ سے ماگھ دیکھنا مشکل ضرور تھا لیکن کہیں نہ کہیں کوئی نشان نظر آ ہی جاتا۔ کامیابی کا یقین یا منزل قریب ہونے کی صورت میں جو ایک طرح کی مسرت اور جوش کی کیفیت پیدا ہو جاتی ہے وہ مجھ پر طاری ہوگئی۔ ہر لمحہ یہ خیال تھا کہ اب شیر نظر آیا۔ جسم کے سارے اعضا اور سارے حواس بالکل ہوشیار اور ہر خطرے سے نمٹنے کو تیار تھے۔ دل کی دھڑکن بھی کسی قدر بڑھ گئی تھی۔ غرض کہ اضطراری کیفیت کے ساتھ میں تقریباً دو میل آگے بڑھ گیا۔ یہاں پہنچنے کے بعد سبزے کا فرش ختم ہو گیا اور پتھریلی زمین شروع ہوگئی۔ یہاں سے دو فرلانگ دور ایک نہایت خوب صورت اور پھل دار درختوں سے لدی ہوئی پہاڑی تھی۔ مجھے یقین ہو گیا کہ شیر سیدھا اسی پہاڑی پر گیا ہے۔ اس یقین کی ایک وجہ یہ بھی تھی کہ پہاڑی پر جنگل کافی گنجان معلوم ہوتا تھا اور بڑی بڑی چٹانیں نظر آ رہی تھیں۔ اس قسم کی چٹانوں میں ہی شیر رہنے کے لیے غار یا کھڈ کا انتخاب کرتا ہے۔

ابھی میں پہاڑی کے دامن پر ہی پہنچا تھا کہ سامنے نظر اُٹھی تو دور پہاڑی کے جنوبی کنارے پر نکلی ہوئی ایک بڑی چٹان پر شیر کھڑا نظر آیا۔ فاصلہ بہت زیادہ تھا...یعنی تقریباً چھ سو گز...اتنی دور سے فائر ممکن نہیں تھا میں ایک درخت کی آڑ میں آ گیا...شیر کا رُخ میری طرف نہیں تھا اور اس کے انداز سے ایسا معلوم ہوتا تھا جیسے کسی چیز کو بغور دیکھ رہا ہے۔ اب یہ تو میں نہیں کہہ سکتا کہ یہ وہی شیر تھا جسے میں ڈھونڈ رہا تھا یا کوئی اور...لیکن تھا شیر اور خاصا قد آور... اتنے فاصلے سے عمر وغیرہ کے بارے میں اندازہ مشکل تھا۔ تھوڑی دیر وہ چٹان پر کھڑا نیچے کچھ دیکھتا رہا۔ اس کے بعد وہیں بیٹھ گیا۔

اس کو چٹان پر بیٹھتا دیکھ کر میرا من للچایا۔ بالکل بے خبر اور مطمئن ہونے کی وجہ سے اسٹاکنگ میں بڑی آسانی ہوتی۔ فاصلہ اتنا تھا کہ میں طویل چکر کرنے کے بعد بہ آسانی بیس پچیس منٹ میں اس کو جا لیتا۔ ابھی دن بھی بہت باقی تھا۔ لہٰذا میں نے یہی فیصلہ کیا کہ کوشش کرنی چاہیے۔ جھاڑیوں کی آڑ لیتا ہوا کمین گاہ سے نکلا اور پہاڑی پر چڑھنے لگا۔ میرا یقین اب اور پختہ ہو گیا تھا کہ آج اس شیر کی موت آ گئی ہے۔

مجھے اس چٹان کا صحیح اندازہ ہو گیا تھا جس پر شیر بے فکر بیٹھا تھا۔لہٰذا پہاڑی پر چڑھتے ہی میں نے اپنا رُخ چٹان کی طرف کر دیا۔ نہ تو چڑھائی کچھ زیادہ تھی اور نہ ہی راستہ دشوار گزار تھا۔ میں بہ آسانی پندرہ منٹ میں ایسی جگہ پہنچ گیا جہاں سے میرے اندازے کے مطابق شیر کی نشست گاہ سو ڈیڑھ سو گز سے زیادہ نہ ہوگی۔ ایک گنجان درخت کی آڑ لے کر میں نے آہستہ آہستہ رائفل کی نال دراز کی اور اس چٹان کو دیکھنے کی کوشش کی یہ ہوا کہ میں کچھ زیادہ بلندی پر آ گیا ہوں۔ چٹان نیچے تھی۔ میں آڑ سے نکل کر جھاڑیوں کی آڑ لیتا اور آگے بڑھتا تاکہ نشیب میں دیکھ سکوں۔ دو ایک مرتبہ گھوم کر اگر میں پشت کی طرف دیکھ لیتا تو اچھا تھا لیکن شیر کے اس چٹان پر ہونے کا مجھے اتنا یقین تھا اور قربت کے احساس سے کامیابی اس قدر نزدیک معلوم ہو رہی تھی کہ میں ہر طرف سے غافل ہو گیا۔

چند قدم اور بڑھ کر میں نے ایک جھاڑی کی آڑ سے جھانکا۔ اب بھی چٹان نشیب میں ہونے کی وجہ سے نظر نہیں آ رہی تھی۔ ابھی اور آگے بڑھنے کی ضرورت تھی۔ بہر حال کوئی دس قدم جانے کے بعد میں نے ایک اور گھنی جھاڑی کی آڑ سے نیچے دیکھنا چاہا اسی وقت اچانک میری چھٹی حِس بیدار ہوئی۔ خطرے کا شدید احساس ہوتے ہی میں نے تیزی سے ایک قدم دائیں ہٹایا اور اسی ایک حرکت نے میری جان بچالی۔ شیر نے میری پشت پر آ کر مجھ پر چھلانگ لگائی تھی۔ اور میرے اچانک ہٹ جانے کی وجہ سے وہ میرے اوپر سے ہوتا ہوا سیدھا نشیب میں چلا گیا... میں نے جھانک کر دیکھا گہرائی کافی تھی اور شیر نیچے گر کر جھاڑیوں میں اُلجھ گیا تھا۔ اس کی دھاڑ سے آس پاس کی پہاڑیاں گونج اُٹھی تھیں۔ میں جہاں تھا وہیں بیٹھ گیا۔ تھوڑی دیر بعد شیر جھاڑیوں سے نکل کر لنگڑاتا ہوا اور نشیب میں اُتر گیا۔ ادھر میرے پیروں کی قوت یک بارگی جواب دے گئی اور رائفل ہاتھ میں رکھنا مشکل ہو گیا۔ موت کس قدر قریب سے گزر گئی تھی۔ شیر ابھی تک دھاڑ رہا تھا۔ غالباً بلندی سے گرنے سے اس کے کافی چوٹیں آتی تھیں۔

میں خاصا پریشان تھا۔ کوئی دس منٹ تک اسی طرح بے سدھ بیٹھا رہا۔ اس کے بعد حواس ذرا درست ہوئے تو گھبراہٹ پر میں نے قابو پا لیا اور رائفل سنبھال کر اُٹھ کھڑا ہوا۔ اپنے بچ جانے کی خوشی تھی اور شیر کے بچ نکلنے کا افسوس... قدرت نے بڑا اچھا موقع فراہم کیا

تھا۔اگر داؤ لگ جاتا تو اس وقت گلوانہ کا آدم خور قدموں میں ہوتا۔لیکن خیر۔

شیر نشیب میں گرنے سے ضرور کچھ نہ کچھ زخمی ہوا تھا، تب ہی دیر تک دھاڑتا رہا۔ان زخموں کی وجہ سے اس کا زیادہ خطرناک ہوجانا قدرتی بات تھی۔ میں آئندہ روز کے لائحہ عمل پر غور کرتا ہوا مغرب کی نماز سے ذرا قبل گاؤں پہنچا۔ یہاں ایک بُری خبر میرا انتظار کررہی تھی۔

گلوانہ کا ایک کاشت کار اپنے کھیت میں گوڈی کررہا تھا۔ ذرا ہی فاصلے پر اس کا بھائی، بھائی کی بیوی اور اس کی چار سالہ بچی بھی کام میں لگے تھے۔ کھیت کی مینڈ کے قریب ہی جھر بیری کے چھوٹے بڑے درخت تھے جن کے نیچے مدار کی جھاڑیاں بھی تھیں۔ بچی ہنس ہنس کر اپنی ماں سے باتیں کررہی تھی کہ اس کی نظر جھاڑی پر پڑی اور وہ ''اماں بلی'' کہہ کر چیخی اور ماں سے لپٹ گئی۔ساتھ ہی جھاڑی میں سے شیر نے جست کی اور لڑکی کے چچا کو کمر سے پکڑ کر ایک جھٹکا دیا اور پھر اسے کھینچتا ہوا جھاڑی میں گھس گیا۔لڑکی کے باپ نے باگھ باگھ کا شور مچایا اور عورت چیخ چیخ کر رونے لگی۔فوراً ہی گاؤں کے پندرہ بیس آدمی جمع ہوگئے اور وہ شیر کو تلاش کرنے لگے۔ دور دور تک جنگل چھان مارا لیکن مقتول کی دھوتی اور پگڑی کے علاوہ ان کو کچھ بھی نہیں ملا۔ یہ واقعہ گاؤں سے میری روانگی کے دو گھنٹے بعد سہ پہر سے پہلے ہوا۔اور اگر اس کی کڑیاں ملائی جائیں تو صاف معلوم ہوتا ہے کہ شیر اس کاشت کار کو ہلاک کرنے کے بعد کہیں قریب ہی دبک گیا تھا۔ گاؤں والے دور دور تک تلاش کرتے رہے اور وہ اپنے خاصے سے فارغ ہوکر سیدھا اس طرف آیا جدھر میں تھا۔ یہی وجہ ہے کہ میں نے سبزہ زار کے آغاز پر اس کے تازہ ماگھ دیکھ کر تعاقب شروع کیا تھا۔لیکن یہ بات سمجھ میں نہ آئی کہ اسی وقت ایک آدمی کے گوشت سے شکم پُر کرلینے کے بعد اُس نے مجھ پر حملہ کیوں کیا!

اس واقعے سے میں خاصا بددل ہوا۔اس رات چونکہ امید نہیں تھی کہ شیر بھینسا مارے گا لہٰذا میں نے مچان پر جانا مناسب نہیں سمجھا۔صبح ناشتے کے بعد حسبِ معمول دلاور اور گاؤں کے چند دوسرے جوان ساتھ لے کر دونوں بھینسوں کو دیکھنے گیا۔ پہلا بھینسا جو برگد تلے بندھا تھا، اس کو شیر نے ہلاک کردیا تھا لیکن کھایا نہیں تھا بلکہ وہاں سے اسے گھسیٹ کر کوئی بیس گز دور ایک جھاڑی میں چھپادیا تھا۔اس کا مطلب یہ ہوا کہ دوسرے وقت آکر وہ اسے کھانے کا ارادہ رکھتا ہے۔قریب ہی برگد کے درخت پر مچان تیار تھا۔ میں نے دلاور سے کہا کہ میں رات اسی

مچان پر گزاروں گا۔ اب دوسرے بھینسے کو دیکھنے کے لیے جانا غیر ضروری تھا۔ میں نے چند آدمیوں سے کہا کہ وہ جا کر اس بھینسے کو کھول کر گاؤں واپس لے جائیں اور ان کے ساتھ دلاور کو بھی بارہ بور کی بندوق دے کر بھیجا تاکہ وہ ان کی حفاظت کرے۔ اس کے بعد میں یونہی جنگل میں گھومنے کے ارادے سے ایک طرف کو چل نکلا۔

دوپہر کے قریب میں واپس گاؤں آیا تو لوگ میرے منتظر تھے۔ دلاور نے بتایا کہ دوسرا بھینسا بھی شیر نے ہلاک کر دیا ہے مگر کھایا نہیں۔ میری حیرت کی انتہا نہ رہی۔ گزشتہ روز ہی وہ موذی ایک آدمی کو کھا چکا تھا۔ پھر ایک بھینسا مارا۔ پھر دوسرا۔ یا اللہ!... یہ شیر ہے کہ بلا!... مجھے بھی اس کے بھوت ہونے کا شک ہونے لگا۔ اب میں اس تذبذب میں پھنسا کہ پہلے بھینسے پر بیٹھوں کہ دوسرے پر۔ اس کے علاوہ یہ بھی لازم تھا کہ دوسرے بھینسے کے ہلاک ہونے کی جگہ کا بھی معائنہ کروں تاکہ صحیح کیفیت معلوم ہو سکے۔ چنانچہ کھانے اور ظہر کی نماز سے فارغ ہو کر میں پھر جنگل کی طرف چلا۔ دوسرے بھینسے کو دیکھا تو اسے بھی شیر نے ہی ہلاک کیا تھا۔ اور چونکہ اس کا پیر بہت مضبوط بندھا تھا اس وجہ سے لے جا تو نہ سکا۔ البتہ وہیں اس پر خاصی مقدار میں گھاس اور جھاڑیاں ڈال کر اُسے ڈھانپ دیا۔ تاکہ گدھوں سے محفوظ رہے۔ اس کے یہ معنی ہوئے کہ دونوں جگہ صورتِ حال یکساں ہی تھی اور یہ فیصلہ کرنا مشکل تھا کہ کس مقام پر بیٹھا جائے۔ بہرحال موازنے سے یہ نتیجہ نکلا کہ بھینسا نمبر دو زیادہ مناسب جگہ پر رکھا ہے اور اس مچان پر بیٹھنا ٹھیک رہے گا۔

شام کو پانچ بجے میں مچان پر تھا۔ رات کسی قابلِ ذکر واقعے کے بغیر سکون سے گزری۔ نہ شیر آیا نہ چڑیل کا قہقہہ سنائی دیا۔ صبح سویرے لوگ آ گئے تو میں اُترا۔ دلاور میرے ساتھ مچان پر نہیں بیٹھا تھا۔ صبح کو وہ آیا تو شرمندہ سا معلوم ہوتا تھا۔ بھینسے کو پھر چھپا دیا گیا۔ ارادہ تھا کہ اگر شیر نے اسے آج نہ کھایا تو رات کو پھر بیٹھ کر دیکھوں گا۔ گاؤں پہنچا تو اطلاع ملی کہ پہلا بھینسا غائب ہے۔

غائب!... قطعی!... میں نے فوراً اس مقام کا معائنہ کیا۔ شیر اسے نجانے کس طرح اُٹھا کر لے گیا تھا۔ وہ بھی پہاڑی کے اوپر... میں نے اسی جگہ بیٹھ کر ناشتا کیا اور ذرا دیر بعد دلاور کو ساتھ لے کر گھسیٹنے کے نشان دیکھتا تعاقب میں چل کھڑا ہوا۔ شیر، وہ بھی آدم خور، اور گاؤں

والوں کے بیان کے مطابق بوڑھا۔ آخر پورے بھینسے کو اُٹھا کر پہاڑ پر کیوں لے گیا۔ یہ بات سمجھ میں نہیں آئی تھی۔ ایک ڈیڑھ میل تک گھسیٹنے کے نشان ملتے گئے اور ہم بڑھتے رہے۔ اس کے بعد نشانات سطح مرتفع کی طرف گھوم گئے۔ وہاں پہنچ کر شاید شیر نے ارادہ بدل دیا کیونکہ نشانات اس نالے کے کنارے تک چلے گئے تھے جہاں پہلی بار میں نے قہقہے سنے تھے۔ اور جس کے دونوں طرف بیلوں اور درختوں کی شاخوں نے دیوار بنا رکھی تھی۔ نالے کے اندر جانا موت کو دعوت دینے کے مترادف تھا۔ لیکن اندر گئے بغیر بھی کام بنتا نظر نہیں آتا تھا۔ تھوڑی دور میں کنارے کنارے چلا کہ ایک پتھر گرنے کی آواز آئی۔ آواز بہت ہلکی تھی اور فاصلے سے آئی تھی، لیکن میرے حواس پوری طرح مستعد تھے اس لیے میں نے آواز صاف سنی۔ دلاور نے بھی تصدیق کی یہ یقیناً کوئی جانور نالے سے نکلنے کی کوشش میں تھا۔ میں دلاور کو اشارہ کرتا ہوا تیزی سے آواز کی طرف بڑھا۔

بیلوں کی دیوار... یا شاخوں کے پردے، نالے کی سطح دیکھنے میں مانع تھے۔ ایک مقام پر میں جھاڑیوں میں گھس کر نالے کی طرف جانے کے ارادے سے بڑھا ہی تھا کہ بیلوں کا پردہ ایک جگہ سے پھٹا اور شیر اس حالت میں نمودار ہوا کہ وہی بھینسا اس کے منہ میں ایسے لٹکا تھا جیسے بلی کے منھ میں چوہا۔ اور اس کے بالکل پاس چشمِ زدن سے بھی کم عرصے کے لیے میں نے ایک عورت کو دیکھا جس کے بال کھلے ہوئے تھے۔ لباس اور صورت کیسی تھی یہ میں نہ دیکھ سکا۔ بلکہ نظر اتنے کم عرصے کے لیے پڑی کہ مجھے شک ہوا کہ دیکھا بھی کہ نہیں۔

شیر سامنے تھا اور رائفل تیار۔ ایسے مواقع پر شاید ہی کوئی شکار مجھ سے بچ کر گیا ہو۔ لیکن بُرا ہو اس وہم کا کہ عورت کا خیال آ گیا اور اسی وہم نے رائفل کو شانے پر آنے سے ایک سیکنڈ کے لیے روک دیا۔ اس ایک سیکنڈ میں ہی شیر نے ایک زبردست غاؤں کی اور بھینسے کو چھوڑ کر نالے میں کود گیا۔

اب صرف دوسرے بھینسے کا امکان تھا۔ اس کی لاش ایسے ہی پڑی تھی۔ میں بغیر وقت ضائع کیے واپس ہوا۔ ہوسکتا تھا کہ شیر اُدھر کا ہی رُخ کرے۔ میں اور دلاور حتی الامکان تیزی سے چلتے رہے۔ جب گاؤں سامنے نظر آنے لگا تو میں نے دلاور سے کہا کہ جا کر کمبل اور ٹارچ وغیرہ لے آئے اور خود مچان کی طرف بڑھا۔ کوئی پچیس منٹ کے بعد وہاں پہنچا تو بھینسا غائب

تھا۔ یا اللہ!... دنیا کے سارے عجائبات آج ہی وقوع پذیر ہونا تھے۔ جدھر میرے قدم جاتے ہیں اُدھر ہی کامیابی کے امکانات غائب ہوجاتے ہیں۔ گلوانہ کے آدم خور کے لیے میں نے جتنی محنت کی تھی اُتنی کسی دوسرے شیر کے لیے نہیں کی اس آدم خور کی چالاکیاں ناقابلِ شکست معلوم ہونے لگی تھیں۔

میں نے اِدھر اُدھر غور سے دیکھا کہ کہیں وہ مقام بھول نہ گیا ہوں جہاں بھینسا تھا۔ لیکن یہ وہی مقام تھا۔ جس کھونٹے سے بھینسا باندھا گیا تھا۔ وہ بھی موجود تھا اور ٹوٹی ہوئی رسی بھی اس سے بندھی ہوئی تھی۔ لیکن رسی کا ٹوٹنا حیرت کی بات تھی۔ سوت کا موٹا رسّا، کئی بل دے کر باندھا گیا تھا۔ میں بتا چکا ہوں کہ اس رسّے کو توڑنا ہاتھی کے لیے بھی آسان نہیں۔

اسی وقت میرے ذہن میں ایک اور امکان اُبھرا... یہ ایک شیر کا کام نہیں ہوسکتا۔ ایک شیر نہ تو بیک وقت اتنی وارداتیں کرسکتا ہے نہ اس طرح بھوت بن کر ایک جگہ سے دوسری جگہ پہنچ سکتا ہے۔ میں اس پر غور ہی کر رہا تھا کہ قریب کی جھاڑی سے غرانے کی آواز آئی۔ شیر کی آواز تھی۔ جھاڑی کا مجھ سے فاصلہ بمشکل پندرہ بیس گز ہوگا۔ میں ذرا پیچھے کھسکا اور رائفل فوراً شانے پر آگئی۔ گال کندھے پر جھک گیا اور نظر رائفل کی پشت پر سے پھسلتی ہوئی شیر کی جستجو کرنے لگی۔ یہ طے کرنا مشکل تھا کہ جھاڑی میں غرانے والے شیر کا ردِّعمل کیا ہوگا۔ یہ بھی کہنا مشکل تھا کہ جھاڑی میں آدم خور ہے یا کوئی اور شیر ہے۔

چند لمحے اس حالت میں گزرے تھے کہ شیر نے ایک زبردست بھبکی دی۔ اور جھاڑی سے سر نکالا۔ یہ بھبکی اس بلی کی طرح تھی جو اپنے شکار پر آنے والے اجنبی کو دھمکانے کے لیے دیتی ہے۔ بھبکی کے ساتھ ہی میری انگشتِ شہادت نے ٹریگر کا محاصرہ کرلیا اور نظر نے دیدبان اور شیر کی گردن کو نشانے پر لے لیا۔ شیر بھبکی دے کر واپس جانے کے لیے گھوما۔ سر ذرا ترچھا ہوا تو گردن اور شانوں کا جوڑ سامنے آیا۔ ساتھ ہی ٹریگر دبا اور جنگل چار سو پچاس ایکسپریس کے دھماکے سے گونج اُٹھا۔ درختوں پر بیٹھے ہوئے پرندے پھڑ پھڑا کر اُڑ گئے۔ درخت پر بیٹھے ہوئے لنگور چیخ کر بھاگے۔ شیر نے ایک زبردست غاؤں کی لیکن میں اچھی طرح اس آواز کو پہچانتا ہوں۔ جان نکلنے کے وقت بے بسی کے عالم میں یہ آواز غالباً حلق کے صوتی آلات میں تشنج کی وجہ سے پیدا ہوتی ہے اور انتہائی بھیانک ہوتی ہے۔

آواز کی گونج ختم ہوئی ہی تھی کہ ایک سخت وحشت ناک چیخ کی آواز نے مجھے چونکا دیا ... یہ نسوانی چیخ تھی ...اور غالباً اُسی عورت کی جس کا قہقہہ میں کئی بار سُن چکا تھا۔ میں شیر کو دیکھ رہا تھا۔ دوسری گولی رائفل سے نکلنے کو تیار تھی۔لیکن شیر نے ذرا بھی حرکت نہیں کی۔ پہلے اس کے چاروں ہاتھ پیر زمین پر پھیلے، ذرا تھرتھرائے اور پھر جسم اس طرح زمین پر پھیل گیا جیسے لوتھڑے لوتھڑے ہو۔اس کے باوجود میں قریب نہیں گیا۔شیر کی موت کا یقین ہو جانے کے باوجود نصف گھنٹے سے پہلے اس کے پاس جانا سخت غلطی ہے۔

تھوڑی ہی دیر بعد دلاور اور گاؤں کے بہت سے لوگ بھاگتے ہوئے پہنچے۔ میں اُس آدم خور کو نہیں پہچانتا تھا۔ ان لوگوں نے ایک نظر میں ہی پہچان لیا اور اُچھلتے کودتے اس کی طرف دوڑے۔میں نے لاکھ ڈانٹا، روکا کہ کم بختو ابھی قریب نہ جاؤ مگر کون سنتا ہے۔ وہ سب اُس کی دم اور ٹانگیں پکڑ کر باہر کھینچ لائے۔

آدم خور کا یقین ہو جانے کے بعد میں نے اللہ کا شکر ادا کیا اور جیب سے ٹیپ نکال کر پیمائش کی ...نو فٹ سات انچ ...اچھا بڑا شیر تھا۔ پانچ سو پونڈ سے زیادہ وزن ہوگا۔عمر کا تخمینہ تیس سال لگایا جاسکتا ہے۔قویٰ ڈھل رہے تھے اور تین دانت بالکل گر چکے تھے۔ غالباً ان دانتوں کے ٹوٹ جانے کی وجہ سے ہی وہ آدم خوری پر مجبور ہوا۔

گلوانہ کا آدم خور فنا ہو گیا۔لیکن آج تک میں اس قہقہے اور چیخ کا معما حل نہیں کر سکا۔ اللہ ہی جانے کیا راز تھا! میرا خیال ہے یہ آواز خود شیر ہی کی ہوگی۔ اب یہ کہ ایسی آواز نکالنا اس نے کہاں سے سیکھا؟ ایک عقدۂ لاینحل ہے۔ میری جگہ کوئی دوسرا ہوتا تو پہلا قہقہہ سنتے ہی شکار پر لعنت بھیج کر واپس آ جاتا۔اللہ کا شکر ہے کہ میں نے اس خوں خوار پر فتح حاصل کی۔

□□□

ماخذ: بالم پور کا آدم خور،قمر نقوی، فیروز سنز لاہور،۱۹۷۵ء

●●●

قمر نقوی کی ’آٹھ آدم خود شیر‘ اور ’گنڈولا کا آدم خور‘ (1968۔مقبول اکیڈمی) بھی شکاریات پر ان کی مشہور کتابیں ہیں۔قمر نقوی جواب قمر نقوی نقشبندی بخاری کہلاتے ہیں، امریکہ میں قیام پذیر تھے اور تصوف کی طرف مائل ہو چکے تھے۔ تین برس پیشتر ان کی خودنوشت ’پانچواں درویش‘ کے نام سے دو حصوں میں دلی سے

شائع ہوئی تھی۔راقم سے ایک گفتگو میں انہوں نے بتایا کہ انہوں نے پہلا شیر مچان پر بیٹھ کر گیارہ برس کی عمر میں شکار کیا تھا۔قمر نقوی کی تاریخ پیدائش 30 مئی 1932ء ہے۔ان کا انتقال 30 مارچ 2022 کو امریکہ میں ہوا۔[مرتب]

# حصہ سوم

## سیارہ ڈائجسٹ سے انتخاب

# ہم زاد، روح اور جن

## خواجہ حسن نظامی

میری عمر پچیس سال کی تھی۔ ریاست پٹیالہ کے ایک بزرگ عامل نے مجھے ہم زاد کا عمل سکھایا اور کہا کہ یہ عمل اُلٹی بسم اللہ کا ہے۔ اُس کو انیس ہزار انیس مرتبہ کھڑے ہو کر روزانہ رات کے وقت پڑھا جاتا تھا۔ چراغ پیٹھ کے پیچھے رکھا جاتا تھا اور چھری کنڈل کے اندر رکھ لیتا تھا۔ اُستاد کا کہنا تھا کہ کنڈل کے باہر جو تماشا دیکھو اُس سے نہ ڈرنا۔ کنڈل کے اندر کوئی چیز آ جائے تو چھری مارنا۔ یہ عمل چھ گھنٹے میں پورا ہوتا تھا اور میں کھڑے کھڑے اس قدر تھک جاتا تھا کہ چکر آنے لگتے تھے۔ آٹھویں دن مجھے اپنا سایہ ہلتا دکھائی دیا۔ نویں دن وہ سایہ قلابازیاں کھانے لگا اور دسویں دن غائب ہو گیا۔ یعنی میرا سایہ مجھے دکھائی نہ دیا۔ اور انیسویں دن تک غائب رہا۔ میں روز عمل پڑھتا رہا۔ روشنی پشت پر ہوتی تھی، مگر مجھے اپنے قد کا سایہ حُجرے کے اندر دکھائی نہ دیتا تھا۔

اس حجرے میں میری پشت پر ایک روشن دان تھا جس کے کواڑ بند کر کے میں کنڈی لگا لیا کرتا تھا۔ انیسویں رات میں کھڑا عمل پڑھ رہا تھا۔ کوئی دو بجے رات کا عمل ہو گا کہ یکا یک مجھے روشن دان سے کسی جانور کے اُڑنے کی اور اندر آنے کی آواز آئی۔ سامنے روشنی میں دیکھا کہ ہُو بہُو میری شکل وصورت اور لباس کا ایک آدمی میرے سامنے دروازے کی طرف پیٹھ کیے بیٹھ گیا، مگر کنڈل سے باہر ہے۔ وہ آدمی مجھے گھور گھور کر دیکھ رہا تھا۔ پہلے تو مجھے اپنی صورت کا آدمی دیکھ کر حیرت ہوئی اور کچھ دیر کے بعد میں ڈرا اور مجھ پر خوف طاری ہوا۔ عمل پڑھتا تھا اور پڑھا نہ جاتا تھا۔ زبان سوکھ گئی تھی۔ حلق خشک ہو گیا تھا اور پڑھا نہ جاتا تھا۔ عمل کے فقرے زبان سے ادا کرنے دشوار معلوم ہوتے تھے۔ آخر میں نے آنکھیں بند کر لیں۔ تب بھی وہ شکل

آنکھوں سے دور نہ ہوئی اور بند آنکھوں کو نظر آتی رہی تو میں نے آنکھ کھول دی۔ یکا یک کسی جانور کے اُڑنے کی اور روشن دان کے اندر آنے کی آواز آئی اور ایک دوسرا آدمی میری شکل کا پہلے آدمی کے برابر آ کر بیٹھ گیا۔

وہ دونوں چُپ تھے اور مجھے گھور گھور کر غصے کی آنکھوں سے دیکھتے جاتے تھے۔ کچھ دیر کے بعد پھر کسی جانور کے اُڑنے کی اور اندر آنے کی آواز آئی اور تیسرا آدمی میری صورت کا اور آ گیا اور یہ بھی مجھے گھور گھور کر دیکھنے لگا۔ میرا عجب حال تھا۔ تمام جسم کانپ رہا تھا۔ عمل کے فقرے زبان سے ادا ہونے بند ہو گئے تھے۔ تسبیح ہاتھ سے گر پڑی تھی۔ یکا یک میں نے سنا کہ پہلے آنے والے نے میری جیسی آواز میں بعد کے دونوں آنے والوں سے کہا: ''میاں کچھ پکاتے نہیں''۔ دوسرے نے کہا: ''کیا پکائیں؟'' تیسرے نے کہا: ''کڑھائی کرو''۔ یہ کہتے ہی پہلا آدمی اُچکا اور مجھے ایسا معلوم ہوا کہ وہ اڑ کر میرے سر کے اوپر سے روشن دان میں گھس گیا۔ کچھ دیر کے بعد وہ آدمی پھر اندر آیا اور اُس کے ہاتھ میں لوہے کا ایک چولہا تھا اور لکڑیاں تھیں۔

اس کے بعد دوسرا آدمی اُڑ گیا اور کچھ دیر کے بعد آیا تو ایک کڑھائی اور تیل کا ایک کنستر لایا۔ کنستر پر چیکٹ لگا ہوا تھا۔ انہوں نے کڑھائی چولہے پر رکھ دی اور تیل کڑھائی میں بھر دیا۔ اور لکڑیاں چولہے میں بھر دیں۔ تیسرے آدمی نے لکڑیوں میں ایک پھونک ماری۔ لکڑیاں خود بخود جلنے لگیں اور تیل میں جوش آنے لگا۔ اس کے بعد وہ تینوں آپس میں کہنے لگے: اب اس کڑھائی کے تیل میں کیا تلیں۔ پہلے آنے والے نے کہا: ''اس آدمی کو تیل میں ڈال دو جو سامنے کھڑا ہے۔'' یہ سن کر میری بُری حالت ہوگئی اور غش آتا معلوم ہوا۔ ہاتھ پاؤں کانپ رہے تھے اور سارا بدن تھر تھرا رہا تھا اور پسینہ آ رہا تھا۔ آخر میں جھکا اور میں نے کانپتے ہاتھ سے چھری زمین سے اُٹھالی اور چھری کو دونوں ہاتھوں میں اس خیال سے پکڑ لیا کہ اگر یہ لوگ میری طرف مجھے پکڑنے کو بڑھیں تو میں استاد کی ہدایت کے موافق ان کے چھری ماروں۔

ایکا ایکی کیا دیکھتا ہوں کہ چولہے کی بھڑکتی ہوئی آگ کے اندر ایک زندہ چوہا پھر رہا ہے۔ میرے خوف میں ذرا کمی ہوئی اور میں چوہے کو دیکھنے لگا کہ یہ جلتا نہیں، آگ میں پھر رہا

ہے۔ایک آدمی نے چولہے کے اندر ہاتھ ڈالا اور چوہے کی دُم پکڑی اور چوہے کو آگ سے باہر لے آیا۔ پھر چوہے کو کڑھائی کے جوش کھاتے ہوئے تیل میں ڈال دیا۔ میں نے دیکھا چوہا اُبلتے ہوئے تیل میں کبھی اُوپر آتا ہے اور کبھی تیل کے اندر چھپ جاتا ہے۔تھوڑی دیر کے بعد چوہے نے اپنا منہ تیل کے باہر نکالا اور اُس کی ناک کے اندر سے خون کا فوارہ نکلنے لگا اور اتنا نکلا کہ کڑھائی میں تیل نہ رہا خون ہی خون دکھائی دینے لگا۔

اس خون کے اندر سے کالے آدمی کا سر نکلا جس کے بال حبشیوں کے سے تھے۔آنکھیں بڑی بڑی اور پھٹی ہوئی اور لال لال، چہرہ کالا، ناک چپٹی، دانت زرد اور بے حد خوفناک۔ اس چہرے نے بھی مجھے گھورنا شروع کیا اور اُس کے اندر سے بلی کے غرانے کی سی گرج اس کی آواز میں پیدا ہوئی۔ رفتہ رفتہ وہ آواز بڑھی اور شیر کی سی گرج اس آواز میں پیدا ہوئی اور ایسا معلوم ہوا کہ وہ کالا حبشی چہرہ اُبلتے اور جوش مارتے خون کی کڑھائی سے میری طرف غراتا ہوا بڑھا۔ وہ اپنے زرد زرد لمبے دانت نکالے ہوئے خوف ناک آنکھوں سے مجھے دیکھتا ہوا میری طرف بڑھتا نظر آیا اور مجھے ایسا معلوم ہوا کہ وہ چہرہ کڑھائی سے نکل کر اس کنڈل (حصار) کے اندر آ گیا ہے جس کے اندر میں کھڑا تھا۔ میرا ڈر کے مارے بُرا حال تھا۔شدید چیخ مار کر گر پڑتا کہ مجھے استاد کی بات یاد آئی کہ کوئی چیز کنڈل کے اندر آجائے تو اُس کے چھری مارنا۔

میں نے چھری کا دستہ دونوں لرزتے ہاتھوں سے پکڑا اور بہت زور سے وہ چھُری اُس حبشی کے تالُو پر ماری۔ چھری کا مارنا تھا کہ ایسا معلوم ہوا گویا میں نے وہ چھُری اپنے دل میں ماری اور میں غش کھا کر گر پڑا۔

میں ساری رات بے ہوش پڑا رہا۔ صبح ہوئی سورج نکلا تو ہوش آیا۔ میں نے دیکھا۔ وہاں نہ کڑھائی ہے نہ چولہا ہے نہ لکڑیاں ہیں نہ آگ کا نشان ہے نہ ان تینوں آدمیوں کا پتہ ہے۔نہ اُن کے بیٹھنے کی جگہ کوئی علامت ہے اور چھری کنڈل کے باہر زمین پر گڑی ہوئی ہے۔ باوجود خوف اور ڈر کے میں نے چھری اس زور سے ماری تھی کہ وہ زمین کے اندر آدھی گھس گئی تھی۔ میرا یہ حال تھا گویا برسوں سے بیمار ہوں۔ بہت مشکل سے اُٹھا اور حُجرے کے کواڑ کھولے۔ ہاتھ پاؤں میں دم نہ تھا اور سر چکرا رہا تھا۔ اس واقعے کے بعد بھی چھ مہینے بیمار رہا اور میرا ہم زاد کا عمل خراب ہو گیا۔ اُستاد کہتے تھے، اگر تم صبر کرتے اور حبشی کے سر میں چھری نہ

مارتے تو عمل پورا ہو جاتا اور ہم زاد تمہارے کام کرنے لگتا۔ جب تم اپنے دل میں خیال کرتے کہ ہم زاد آ جائے تو فوراً تمہاری صورت کا ایک آدمی تمہاری پشت کی طرف کا ان کے پاس آ کر کھڑا ہو جایا کرتا اور تمہارے کان میں باتیں کیا کرتا اور ہزاروں کام ایسے کیا کرتا جو کسی آدمی سے نہ ہو سکتے۔

میں نے اُستاد سے پوچھا کہ ہم زاد کیا باتیں کرتا ہے۔ اُستاد نے کہا وہ خبریں سناتا ہے کہ فلاں جگہ ایسا ہوا، فلاں آدمی جو تمہارے سامنے آیا ہے فلاں جگہ کا رہنے والا ہے، اُس کا نام یہ ہے اور اُس کا تم سے یہ کام ہے۔ اُستاد نے یہ بھی کہا کہ ہم زاد سے جو کچھ منگانا ہو قیمت دے دو، فوراً بازار سے وہ چیز سامنے آ جائے گی۔ ہم زاد یہ بھی بتا دیتا ہے کہ فلاں شخص نے فلاں کے ہاں چوری کی ہے اور چوری کا مال فلاں جگہ رکھا ہے۔ بس یہ تھا میرے ہم زاد کا قصہ جو خود مجھے پیش آیا تھا۔

☯……☯

1904ء کا ذکر ہے۔ ایک صاحب نے مجھ سے پوچھا کہ درگاہ حضرت خواجہ نظام الدین اولیاؒ کے قریب کوئی کنواں نہیں ہے۔ باؤلی کا پانی کھاری ہے۔ اگر آپ کہیں تو درگاہ کے شرقی دروازے پر کنواں بنوا دوں۔ میں نے جواب دیا ہاں صاحب! یہاں میٹھے پانی کی بہت تکلیف ہے، شاید کنوئیں کا پانی میٹھا نکل آئے۔ اُن صاحب نے کہا۔ مگر یہاں قبریں بہت زیادہ ہیں، کنواں کھودا جائے گا تو قبروں کو توڑنا پڑے گا۔ میں نے کہا قبروں کی ہڈیاں دوسری جگہ احتیاط سے دفن کر دینا، کیونکہ پانی کی ضرورت بہت زیادہ ہے۔

یہ کہہ کر میں تو الہ آباد چلا گیا اور اُن صاحب نے کنواں کھدوانا شروع کیا۔ قبروں سے ہڈیاں نکلتی تھیں تو وہ دوسری جگہ ادب واحترام سے دفن کرا دیتے تھے۔ یہاں تک کہ جب پانی کے قریب پہنچے تو وہاں کسی آدمی کا پورا ڈھانچ نظر آیا۔ سب کو حیرت ہوئی کہ اوپر کی قبروں کی ہڈیاں ٹوٹی ہوئی تھیں۔ کسی کی کھوپڑی تھی، کسی کے پاؤں کی ہڈیاں تھیں، مگر اتنی گہری جگہ میں یہ پورے آدمی کا ڈھانچ کیونکر باقی رہا اور اتنی گہری قبر کس نے بنائی؟

بہرحال اس ڈھانچ کو دیکھ کر مزدور ڈر گئے۔ انہوں نے ان ہڈیوں کو ہاتھ لگانے سے انکار کیا تو کنواں کھدوانے والے صاحب خود لاؤ کے رسے میں ٹوکرا باندھ کر کنوئیں کے اندر

اُترے اور انہوں نے کدال ہاتھ میں لے کر ڈھانچ کے گھٹنے پر ماری تاکہ ہڈیاں توڑ کر اوپر لے جائیں اور کسی جگہ دفن کر دیں۔کدال کے مارتے ہی اُن کا گورا رنگ کالا ہوگیا اور یہ دیوانوں کی سی باتیں کرنے لگے۔جو مزدور اُن کے ساتھ کنویں میں گیا تھا، اُس نے اُن کو ٹوکرے میں باندھ دیا اور بہت مشکل سے اُن کو کنویں میں سے باہر لایا۔کنویں کے پاس بہت سی خلقت جمع ہوگئی۔سب حیران تھے کہ ابھی تو ان کا رنگ گورا تھا، اب یہ ایسے کالے کیونکر ہوگئے۔یہ شخص بار بار کہتے تھے: ''میرے بھانجے کا پاؤں توڑ ڈالا، میرے بھانجے کا پاؤں توڑ ڈالا۔''

آخر اُن کو اُن کے گھر میں لے گئے اور بڑے بڑے عامل بلائے گئے مگر ان کو کوئی اچھا نہ کر سکا۔آخر تیسرے دن اُس کنوئیں کو بند کر دیا گیا۔سب مٹی اور ہڈیاں اس کنوئیں کے اندر بھر دی گئیں اور کنواں زمین کے برابر ہوگیا۔تب اُن صاحب کا رنگ بھی ٹھیک ہوگیا اور دماغ کی خرابی بھی درست ہوگئی۔

میں الہ آباد کے سفر سے واپس آیا تو میری مرحومہ بیوی نے سارا قصّہ مجھے سنایا۔میں اپنے پیدائشی گھر میں پلنگ پر چت لیٹا تھا۔لیمپ سرہانے رکھا تھا اور میں لیٹا ہوا اخبار پڑھ رہا تھا۔پلنگ کے نیچے دری پر میری مرحومہ بیوی اور اُن کی والدہ بیٹھی چھالیہ کتر رہی تھیں اور مجھے قصّہ سنا رہی تھیں۔میں پلنگ پر اُٹھ کر بیٹھ گیا اور میں نے اپنی مرحومہ بیوی سے کہا کہ تم سمجھیں وہ کالے کیوں ہوئے اور دیوانے کیوں ہوگئے۔بیوی نے کہا کسی بزرگ کا مزار تھا۔انہوں نے بے ادبی کی، مزار والوں کی روح نے اُن کو قبر توڑنے کی سزا دی اور وہ کالے اور دیوانے ہوگئے۔مگر جب اُن کے وارثوں نے قبر بند کرا دی اور کنواں بھی بند کرا دیا تو روح نے تین دن بعد اُن کی خطا معاف کر دی اور وہ اچھے ہوگئے۔

میں نے بیوی سے کہا: نہیں، یہ بات نہیں، بلکہ یہ بات ہے کہ مردے کی ہڈیاں صدیوں سے مٹی کے اندر دبی ہوئی تھیں اور ہڈیوں کے اندر فاسفورس ہوتا ہے۔فاسفورس زہریلا ہوگیا تھا۔جب انہوں نے ڈھانچ کے کدال ماری۔ہڈّی ٹوٹ گئی اور اُس میں سے فارسفورس اُڑا جو اُن کی ناک میں سانس کے ساتھ گھس گیا اور بدن کے خون میں جذب ہوگیا۔فاسفورس نے اپنے زہر سے خون کو کالا کر دیا۔خون کالا ہوا تو اُن کا چہرہ بھی کالا ہوگیا اور وہ دیوانے بھی

اسی وجہ سے ہوئے کہ ان کے دماغ پر زہریلے فاسفورس نے بُرا اثر کیا۔اگر روح کچھ کرسکتی تو مجھے سزا دیتی، کیونکہ میں نے اُن کو کنواں کھودنے اور قبریں توڑنے کا فتویٰ دیا تھا۔اگر روح میں کچھ طاقت ہے تو آئے مجھے اپنی طاقت دکھائے اور مجھے سزا دے۔تم عورتیں کمزور عقیدے کی ہوتی ہو، میں روحوں کے ایسے اثر کو نہیں مانتا۔

بیوی نے جواب دیا: توبہ کرو، کیسی باتیں کرتے ہو۔کیا ''وہابی نیچری'' ہوگئے ہو۔میں نے کہا کم از کم میری عقل تمہاری طرح بودی نہیں ہے۔ بیوی نے کہا: جانے دو۔ یہ باتیں چھوڑو، اپنا اخبار پڑھو۔میں ایسی منکرانہ باتیں سننا نہیں چاہتی۔میں ہنسا اور اخبار پڑھنے لگا۔ان باتوں کو پانچ منٹ بھی نہیں ہوئے تھے اور میں چت لیٹا ہوا اخبار پڑھ رہا تھا کہ کسی نے میرے پاؤں کے تلوؤں میں بجلی کا تار لگایا۔بجلی سَن سَن کرتی میرے تمام بدن میں پھیل گئی۔ اور مجھے ایسی تکلیف ہوئی جس کو الفاظ میں ادا کرنا مشکل ہے۔

میری رَگ رَگ میں چھُریاں چلتی معلوم ہوتی تھیں۔میں بے تاب ہو کر چیخنے لگا۔میں نے اپنی چیخوں کی آواز سنی، مگر میری بیوی اور میری ساس آپس میں باتیں کرتی اور چھالیہ کترتی رہیں۔انہوں نے میرے چیخنے پر توجہ نہ کی تو میں نے بیوی کا نام لے کر چیخنا شروع کیا کہ حبیب بانو! ارے بی، مجھے دیکھو میرا کیا حال ہوگیا۔مجھے قبر والی روح نے دبا لیا۔میں توبہ کرتا ہوں، پھر کبھی کسی بزرگ کی روح کی بے ادبی نہ کروں گا، مگر میری بیوی نے میری طرف توجہ نہیں اور اپنی ماں سے باتیں کرتی رہی۔

میں نے اسی حال میں خیال کیا کہ شاید میرا دل دَب گیا ہے اور اُس کی وجہ سے یہ تکلیف ہے، اس لیے آہستہ سے دائیں رُخ کروٹ لی، مگر پھر بھی تکلیف میں کمی نہ ہوئی۔تب میں نے توبہ کرنی شروع کی اور عہد کیا کہ کبھی روحوں کی بے ادبی نہ کروں گا۔یہ کہتے ہی وہ کیفیت جو سر سے پاؤں تک چھائی ہوئی تھی پیروں کی طرف جاتی معلوم ہوئی۔یہاں تک کہ تھوڑی دیر میں بالکل جاتی رہی اور میں نے پھر اپنی بیوی کو پکارا تو انہوں نے فوراً جواب دیا۔

میں نے اُن سے کہا۔ابھی پانچ منٹ تک میں ایسی سخت تکلیف میں مبتلا رہا اور تم کو آوازیں دیں، مگر تم نہ بولیں۔بیوی نے کہا تم تو سو گئے تھے اور اخبار تمہارے ہاتھ سے گر پڑا تھا۔میں نے کہا: کیا تم دونوں فلاں فلاں باتیں نہ کر رہی تھیں؟ انہوں نے کہا: ہاں، یہ باتیں

میں نے کی تھیں۔ میں نے کہا: اگر میں سو گیا تھا تو میں نے تمہاری یہ باتیں کیونکر سنیں؟ اس سوال کا جواب میری بیوی نہ دے سکیں۔شاید سائنس دان اس پر کچھ روشنی ڈال سکیں۔

☯……☯

جوانی کے شروع میں جب مجھے جنات، بھوتوں، ہم زادوں اور ستاروں کو تابع کرنے کا شوق تھا اور میں دو برس تک اس شوق میں مبتلا رہا۔اس زمانے کا ذکر ہے کہ کسی نے مجھ سے کہا کہ پیلی بھیت میں ایک بزرگ رہتے ہیں جن کا نام میاں محمد شیر صاحب ہے اور وہ ایسا عمل جانتے ہیں جس سے جنات اور پریاں، بھوت اور ہم زاد وغیرہ آدمی کے تابع ہو جاتے ہیں۔ یہ سُن کر میں پیلی بھیت گیا اور حضرت میاں صاحب سے ملا، مگر اُن کی بزرگانہ اور فقیرانہ ہیبت کے سبب میری اتنی جرأت نہ ہوئی کہ اپنا مقصد اُن سے کہتا۔چُپ چاپ اُن کی محفل میں کچھ دیر بیٹھا رہا۔یکا یک وہ خود میری طرف مخاطب ہوئے اور یہ کہنا شروع کیا:

''ارے میاں دلّی والے! سنو، جب ہم تمہاری عمر میں تھے تو ہمیں جنات تابع کرنے کا شوق ہوا اور ہم کو ایک آدمی نے جنات مسخر کرنے کا عمل بتایا۔ میں نے مسجد میں بیٹھ کر جنات کو تابع بنانے کا عمل شروع کیا۔ ہم مسجد کی لمبی جانماز پر بیٹھ گئے جونہی ہم نے عمل پڑھنا شروع کیا، وہ جانماز خود بخود بغیر کسی لپیٹنے والے کے لپٹنی شروع ہوئی اور ہم بھی اس جانماز کے اندر لپٹ گئے۔ پھر کسی نے ہم کو جانماز سمیت مسجد کے کونے میں کھڑا کر دیا۔ کچھ دیر تو ہم جانماز میں لپٹے ہوئے کھڑے رہے، آخر ہم نے بہت مشکل سے اس جانماز کو کھولا اور اس کے اندر سے نکلے۔ جانماز کو پھر اُس کی جگہ بچھایا اور اُس پر بیٹھ کر جنّات کا عمل پڑھنا شروع کیا، مگر ہمارا دل ڈر رہا تھا اور حیرت بھی تھی کہ کس نے ہمیں جانماز میں لپیٹ دیا۔ دوسری دفعہ بھی یہی ہوا یعنی پھر کسی نے جانماز میں ہم کو لپیٹ کر کھڑا کر دیا اور ہمارا دل دھڑکنے لگا اور ہم بہت ڈرے۔ آخر ڈرتے ڈرتے جانماز کو کھولا اور باہر نکلے۔ جانماز کو بچھایا اور عمل شروع کیا۔ تیسرے دفعہ بھی ہم کو کسی نے لپیٹ دیا اور ہم نے پھر کوشش کر کے اپنے آپ کو اس قید سے نکالا۔ باہر نکلے تو ایک آدمی ہمارے سامنے آیا اُس نے غصے اور خفگی کے لہجے میں کہا: ''تو یہ عمل کیوں پڑھتا ہے، اور ہم کو کیوں پریشان کرتا ہے؟''

ہم نے کہا کہ جنّات کو تابع بنانے کے لیے ... وہ کہنے لگا: ''لے دیکھ، میں جنّ

ہوں۔ آدمی کی صورت میں آیا ہوں، تو ہم کو مسخر کرنے کی محنت نہ کر، ہم آسانی سے کسی کے قابو میں نہیں آئیں گے، تو خدا کا مسخر ہو جا، ہم سب تیرے مسخر ہو جائیں گے۔''

یہ قصہ سنا کر حضرت میاں محمد شیر صاحب نے فرمایا: ''میاں! اُس دن ہم نے تو جنات تابع کرنے کا شوق چھوڑ دیا اور خدا کی تابع داری کرنے لگے اور ہم نے دیکھا کہ واقعی جو آدمی خدا کا تابع ہو جاتا ہے تو دنیا اُس کی تابع ہو جاتی ہے۔''

میاں صاحب کی یہ بات سن کر میں نے جنّات کو مسخر کرنے کا خیال دل سے نکال دیا۔

......

میرے نانا ایک دفعہ بہادر شاہ بادشاہ کے بھائی مرزا جہانگیر سے ملنے الہ آباد گئے۔ جہاں اُن کو انگریز کمپنی نے نظر بند کر رکھا تھا۔ مرزا جہانگیر نے نانا کو ایک بڑے مکان میں ٹھہرایا۔ نانا حقہ پیتے تھے، اس واسطے نوکر نے اُپلے کی آگ، حُقّہ اور تمباکو پاس رکھ دیا اور فانوس میں شمع روشن کر دی۔ نانا عشا کی نماز پڑھ کر پلنگ پر لیٹ گئے۔ سامنے شمع روشن تھی۔ وہ لیٹے ہوئے حُقّہ پی رہے تھے، ایکا ایکی اُن کا پلنگ ہلا اور کسی نے پلنگ کو اُدھر اُٹھا لیا۔ پلنگ زمین سے دو گز اونچا ہو گیا۔ نانا گھبرا کر اُٹھ بیٹھے اور انہوں نے پلنگ کے نیچے جھانک کر دیکھا مگر کوئی چیز دکھائی نہ دی۔

جس دالان میں اُن کا پلنگ تھا، اُس میں تین دَر تھے اور پلنگ بیچ کے دَر میں بچھا ہوا تھا۔ کسی نے اس پلنگ کو اونچا کر کے بیچ کے دَر سے اُٹھایا اور آخری تیسرے در میں لے جا کر بچھا دیا۔ جب پلنگ زمین پر بچھ گیا تو نانا پلنگ سے اُترے اور انہوں نے پلنگ گھسیٹا اور پھر بیچ کے دَر میں بچھا دیا۔ تھوڑی دیر کے بعد پھر پلنگ اُٹھا اور خود بخود تیسرے دَر میں چلا گیا۔ نانا پلنگ کو گھسیٹ کر پھر بیچ کے دَر میں لے آئے۔ یہاں تک کہ تیسری دفعہ بھی ایسا ہی ہوا۔ تیسری دفعہ بھی نانا پلنگ گھسیٹ کر بیچ کے دَر میں لے آئے اور پلنگ پر لیٹ گئے۔ تب ایک سایہ سا نمودار ہوا جو فانوس کے پاس گیا اور شمع خود بخود گُل ہو گئی۔ نانا اُٹھے اور انہوں نے گندھک لگی دیا سلائی آگ پر رکھی اور اُس کو روشن کر کے شمع دوبارہ جلا دی... پھر وہ سایہ آیا اور اُس نے شمع گل کر دی۔ غرض تین دفعہ یہی ہوا کہ وہ سایہ شمع گل کرتا تھا اور نانا اُس کو روشن کر دیتے تھے۔ جب تیسری دفعہ نانا نے شمع روشن کی تو ایکا ایکی ایک آدمی چھت کے اوپر سے سیڑھیاں اُترتا ہوا آیا

اور اُس نے میرے نانا کا نام لے کر کہا: سنو میاں غلام حسین ! میں جِن ہوں اور شمع کی روشنی سے مجھے تکلیف ہوتی ہے۔تم شمع گُل کر دو اور جہاں تم نے پلنگ بچھایا ہے وہاں میں رات کو نماز پڑھا کرتا ہوں۔ لہٰذا تم اپنا پلنگ بھی یہاں سے ہٹالو۔ میں جانتا ہوں کہ تم ضدّی آدمی ہو، کیونکہ میں دلّی میں تمہاری درگاہ کی زیارت کے لیئے کئی دفعہ جاچکا ہوں، مگر یاد رکھو، اس مکان میں رات کے وقت جو آدمی رہتا ہے میں اُس کو مار ڈالتا ہوں۔تمہاری خیر اسی میں ہے کہ تم پلنگ یہاں سے ہٹالو اور شمع گل کر دو، ورنہ میں تم کو مار ڈالوں گا۔

نانا نے کہا: بھائی جب تم جانتے ہو کہ میں ضدّی آدمی ہوں تو سمجھ لو کہ جب تک جیتا ہوں نہ شمع گُل کروں گا۔ نہ پلنگ ہٹاؤں گا۔آج کی رات تم کسی اور جگہ نماز پڑھ لو۔کل میں اس مکان میں نہ رہوں گا، یہ مرزا جہانگیر کے نوکروں نے بڑی شرارت کی کہ مجھے ایسی جگہ ٹھہرایا جہاں تم رہتے ہو۔ یہ بات سُن کر وہ جِن ہنسا اور اُس نے کہا: اچھا میاں! آج کی رات میں کہیں اور چلا جاؤں گا، مگر کل یہاں نہ رہنا... یہ کہہ کر وہ غائب ہوگیا اور دوسرے دن میرے نانا مرزا جہانگیر سے ملے اور اُن کو بہت بُرا بھلا کہا کہ تم نے مجھے جنّات کے مکان میں کیوں ٹھہرایا۔

ہماری بستی میں ایک حلال خور رہتا تھا جس کے بھوت تابع تھے۔ ہمارے ایک عزیز کو بھی بھوت تابع کرنے کا شوق ہوا اور اُس حلال خور کے پاس گئے۔ حلال خور نے کہا۔کسی حلال خور کو مرنے دو جب تم کو بھوت تابع کرنے کا عمل سکھاؤں گا۔ چند مہینے کے بعد کوئی حلال خور مرا (ہمارے ہاں حلال خور دفن کیے جاتے ہیں) وہ بھی دفن کر دیا گیا۔رات کو وہ بھوتوں کا عمل جاننے والا حلال خور ہمارے عزیز کے پاس آیا اور اُس نے کہا۔لو چلو، آج میں تمہیں بھوتوں کو تابع کرنے کا عمل سکھاؤں گا۔ وہ اس کے ساتھ حلال خوروں کے قبرستان میں گئے۔آدھی رات کا وقت تھا اور خوب اندھیرا چھایا ہوا تھا۔ حلال خور نے تازہ قبر کی مٹی ہٹائی اور پٹاؤ کھولا۔مرنے والے کی لاش کفن میں لپٹی ہوئی رکھی تھی۔زندہ حلال خور نے ہمارے عزیز سے کہا کہ تم اس لاش کے پیروں میں بیٹھ جاؤ اور میں سرہانے بیٹھتا ہوں۔ یہ پہلے تو بہت ڈرے، مگر بھوت تابع کرنے کا بھوت سر پر سوار تھا۔ ہمت کر کے لاش کے پیروں میں بیٹھ گئے۔حلال خور سرہانے بیٹھ گیا اور اُس نے کفن کھول کر مردہ کے دونوں ہاتھ نکالے اور ان دونوں ہاتھوں

میں دو چھریاں دے دیں۔اس کے بعد منتر پڑھنے لگا اور کالے اُڑد اس لاش پر ڈالنے لگا۔

تھوڑی دیر بعد وہ لاش ہلی۔ لاش کو ہلتا ہوا دیکھ کر ہمارے عزیز ڈرے۔ لاش کے سرہانے بیٹھے ہوئے حلال خور نے ہاتھ کے اشارہ سے اُن کو ہمت دلائی اور اشارہ کیا کہ بیٹھے رہو، ڈرو مت، مگر جب لاش اپنی دونوں کہنیوں کو ٹیک کر اُٹھتی ہوئی معلوم ہوئی تو وہ ڈر کے مارے کھڑے ہوگئے اور اچھل کر قبر سے باہر آ گئے۔

اُن کا باہر آنا تھا کہ وہ مردہ اُٹھ کر بیٹھ گیا ور اُس نے اپنے دونوں ہاتھوں کی چھریاں اُس جگہ ماریں جہاں ماموں کے چچا بیٹھے ہوئے تھے، مگر جب وہاں کوئی نہ ملا تو مردہ نے پیچھے مُڑ کر اپنے سرہانے حلال خور کے وہ دونوں چھریاں ماریں۔حلال خور چھُریوں سے زخمی ہو کر چیخا۔ ہمارے عزیز یہ تماشا دیکھ کر بھاگے۔ اُن کا ڈر کے مارے بُرا حال ہوگیا۔تھوڑی دیر بھاگتے رہے۔اس کے بعد ذرا رُکے اور پیچھے مُڑ کر دیکھا تو کیا دیکھتے ہیں کہ مردہ کفن پہنے اور دونوں چھُریاں ہاتھ میں اُٹھائے دوڑا ہوا چلا آتا ہے اور کہتا جاتا ہے کہ میں نے اپنی بھینٹ لے لی اور اُس آدمی کو مار ڈالا۔اب میں تمہارا تابع ہوں۔انہوں نے بھاگتے ہوئے جواب دیا۔خدا کے لیے اُلٹا جا۔ مجھ کو تجھے تابع بنانے کی ضرورت نہیں ہے، مگر وہ مردہ برابر پیچھے دوڑتا رہا۔ درگاہ کے دروازے کے پاس ایک حُجرہ تھا اور اُس میں شاہ جہاں پور کے ایک درویش رہتے تھے۔ ہمارے عزیز نے اُن کو آواز دی۔انہوں نے دروازہ کھول دیا اور جب یہ اندر گئے تو دروازہ بند کرلیا۔ اُس مردہ نے دروازہ کے باہر کھڑے ہو کر کہنا شروع کیا۔ دروازہ کھولو۔ میں تمہارا تابع ہوں، تم جس کام کو کہو گے وہ کام کروں گا۔

شاہ جہاں پوری شاہ صاحب نے کہا: ہم تیری اطاعت سے بہت خوش ہوئے اور تجھ کو حکم دیتے ہیں کہ یہاں سے چلے جاؤ اور اپنی قبر میں لیٹ کر سو جاؤ اور کبھی نہ آؤ جب تک کہ ہم تجھ کو نہ بلائیں۔ یہ سن کر مردہ چلا گیا۔مگر ہمارے عزیز کو تھوڑی دیر بعد غش آ گیا اور وہ دس بارہ گھنٹے بے ہوش رہے اور ہوش میں آئے تو کئی مہینے بیمار رہے۔اس کے بعد انہوں نے بھوتوں کو تابع کرنے کا شوق ترک کر دیا، مگر قبر کے بھوت کا خوف ساری عمر اُن پر طاری رہا۔

❑❑❑

ماخذ: سیارہ ڈائجسٹ لاہور، سالنامہ، ۱۹۷۱ء

# دو واقعات

## مقبول جہانگیر

## اول

ایک روز ایک عجیب واقعہ پیش آیا جو میرے ذہن میں ابھی تک تازہ ہے۔ گرمیوں کا موسم تھا اور اتوار کا دن۔ چند روز پہلے سے طے پا گیا تھا کہ ماموں جان ہم سب گھر والوں کو کوٹلہ فیروز شاہ قطب مینار یا او کھلے کی سیر کو لے چلیں گے۔ کھانا وہیں پکے گا اور ڈھیر سارے آم ساتھ لے لیے جائیں گے۔ کسی نے رائے دی کہ قدسیہ باغ میں پکنک منائی جائے تو زیادہ بہتر ہے۔ قدسیہ باغ دلی کے باغوں میں سب سے وسیع اور قدیم باغ تھا۔ کوئی مغل شہزادی تھی قدسیہ بیگم، اس کے نام پر یہ باغ مشہور تھا۔ قصہ مختصر گھر کے اکثر افراد قدسیہ باغ پہنچ گئے۔ دیر تک ہم لوگ اِدھر اُدھر گھومتے پھرتے اور شوخیاں کرتے رہے۔ میرے ہم عمر ایک دو نہیں، پانچ سات تھے۔ آنکھ مچولی کھیلتے کھیلتے میں باغ کے ایک ایسے حصے میں جا نکلا جہاں ایک وسیع قطعے میں ہری ہری لمبی گھاس اُگی ہوئی تھی اور اِرد گرد خاصے فاصلے تک کوئی درخت نہ تھا۔ آسمان پر سورج عین میرے سَر کے اوپر چمک رہا تھا۔ ٹھیک بارہ بجے کا وقت تھا اور میرا سایہ میرے ہی قدموں میں لوٹ رہا تھا۔ اپنے آپ کو یک لخت اس ویران جگہ تن تنہا پا کر مجھے کچھ ڈر سا لگا اور ابھی میں واپس بھاگنے کا ارادہ کر ہی رہا تھا کہ دفعتہً میرا جسم بالکل بے حس و حرکت ہو گیا۔ پھر میں نے دیکھا کہ ایک سایہ سا میرے جسم سے نکلا اور چند قدم کے فاصلے تک حرکت کرتا ہوا گھاس پر رُک گیا۔ میں پتھر کا بُت بنا اپنی جگہ کھڑا، اپنے ہی سائے کو دیکھ رہا تھا۔ چند ثانیے بعد یہ سایہ مجھ سے دور ہٹنے لگا۔ یکا یک میرے حلق سے ایک گھٹی گھٹی

چیخ برآمد ہوئی اور میں اندھا دُھند دوڑتا ہوا پیچھے بھاگا۔ اتنے میں میرا ایک ہم عمر مجھے ڈھونڈتا ہوا اُدھر آنکلا۔ میں اُس سے بُری طرح لپٹ گیا اور پھر مجھے کچھ ہوش نہ رہا۔ تین روز تک بخار میں پھنکتا رہا۔ چوتھے روز ہوش آیا، گھر والوں نے پوچھا، کیا ہوا تھا؟ کیا دیکھا؟ میں نے تفصیل بتائی تو کسی کی سمجھ میں کچھ نہ آیا۔ آج تک یہ راز نہیں کھل سکا کہ وہ سایہ آخر تھا کیا؟

اس نوعیت کے واقعات وحادثات کا ایک تحیر خیز طویل سلسلہ ہے جو راقم الحروف کی مختصر سی زندگی میں پھیلا ہوا ہے۔ اپنے اپنے مقام پر انشاءاللہ ان سب کا ذکر تفصیل سے کیا جائے گا۔ شاید کوئی صاحبِ کمال ان واقعات کا تجزیہ فرما سکیں اور مجھے مطلع کریں کہ آخر ایسے پُراسرار واقعات کسی انسان کی زندگی پر کس حد تک اثر انداز ہو سکتے ہیں۔

## دوم

پنڈت سندر لال چہرے مہرے سے جتنے شریف، معصوم اور بھولے بھالے آدمی نظر آتے تھے، اتنے ہی جلاد صفت اور سنگ دل استاد تھے۔ لڑکوں کو روئی کی طرح دھنکنے میں انہیں خاص لطف آتا تھا اور اس خاک سار پر تو ان کی خصوصی توجہ تھی۔ میں دلی کے اس ہندو اسکول میں واحد مسلمان بچہ تھا۔ پنڈت سندر لال ہاتھوں اور چھڑی سے مجھے پیٹتے جاتے اور کہتے جاتے۔ ''ارے مسلوؤ! جاؤ، گیا کا گوس [گوشت] کھاؤ، تم یہاں کیا لینے آگئے''۔ یہ جملہ گویا ان کا تکیہ کلام بن گیا تھا۔

ایک دن نہ معلوم ان کے جی میں کیا آئی کہ میرا ہاتھ دیکھنے بیٹھ گئے۔ دراصل اس روز میں نے کوئی سوال غلط نکال دیا تھا اور میرے ہاتھوں پر وہ بید مار رہے تھے۔ یکا یک انہوں نے ہاتھ روک کر میرا ہاتھ پکڑ لیا جو بید کی ضربوں سے سرخ ہو گیا تھا۔ چند لمحے تک اس کا معائنہ کرتے رہے۔ پھر دوسرا ہاتھ دیکھا۔ اس کے بعد بڑی نرمی اور پیار سے مجھے اپنی میز کرسی کے پاس لے گئے۔ اس تماشے سے جماعت کے سبھی لڑکے حیرت میں تھے اور میں یہ سوچ کر لرز رہا تھا کہ پنڈت جی سزا دینے کا کوئی اور طریقہ سوچ رہے ہیں۔ تھوڑی دیر بعد انہوں نے

لڑکوں سے مخاطب ہوکر کہنا شروع کیا:

''میرا یہ مسلمان شاگرد قسمت کا بڑا دھنی ہے۔ ایک دن نام پائے گا۔لیکن اس کے ہاتھ کی لکیریں بتاتی ہیں کہ زندگی میں بڑے دکھ اور بڑے صدمے اٹھائے گا۔ جب یہ دس برس کا ہوگا تو اس کا باپ مر جائے گا۔ پھر یہ اپنے بہن بھائیوں اور بیوہ ماں کو سنبھالے گا۔ چودہ برس کا ہوگا تو ایسا بیمار پڑے گا کہ جان مشکل سے بچے گی۔ اپنی تعلیم کبھی مکمل نہیں کر سکے گا لیکن اسے علم حاصل کرنے کا شوق ہوگا۔''

خدا جانے پنڈت سندر لال کیا کہہ رہے تھے۔ یہ باتیں میری سمجھ سے بالاتر تھیں۔ اپنے ابا کے مرنے کی خبر سن کر میں بری طرح رونے لگا اور پنڈت جی نے مجھے بڑی مشکل سے خاموش کرایا۔ مجھے خوب یاد ہے انہوں نے یہ بھی بتایا تھا کہ ایک بڑا ستارہ تمہاری حفاظت کرے گا۔ اس دن سے مجھ پر پنڈت جی کی مار پیٹ پہلے سے بہت کم ہوگئی۔ شاید اس ستارے نے میری حفاظت شروع کر دی تھی۔

میرے مستقبل کے بارے میں انہوں نے جو کچھ کہا حرف بہ حرف پورا ہوگیا ہے۔

□□□

ماخذ: داستان ناتمام، خودنوشت آپ بیتی، مقبول جہانگیر، سیارہ ڈائجسٹ لاہور، سالنامہ ۱۹۷۱ء

●●●

مقبول جہانگیر دلی کے روڑے تھے۔ وفیات اہل قلم از ڈاکٹر منیر احمد سلیچ کے مطابق وہ 22، جنوری 1928 (بے تاج بادشاہ مقبول جہانگیر کی ایک معروف کتاب ہے جس کے ابتدا میں انہوں نے اپنا سن ولادت 1937ء لکھا ہے) کو دلی میں پیدا ہوئے۔ تقسیم کے بعد لاہور منتقل ہوئے اور مختلف اخبارات و جرائد سے وابستہ رہے۔ دلی میں گزرے ایام کو مقبول جہانگیر نے اپنی دلچسپ کتاب 'یاران نجد' میں بیان

کیا ہے۔ مذکورہ کتاب کے مطالعے سے علم ہوتا ہے کہ مقبول جہانگیر کس پائے کے نثر نگار تھے۔ 'یاران نجد' بلاشبہ شخصی خاکوں کی ایک اہم ترین کتاب کہلائی جانے کی مستحق ہے۔ مقبول جہانگیر نے بچوں کے لیے بھی بہت کچھ لکھا بلکہ یہ کہنا بے جا نہ ہوگا کہ ان کی لکھی تحریروں کا بیشتر حصہ بچوں ہی کے لیے مخصوص رہا۔ مقبول جہانگیر کا انداز بیاں از حد دلچسپ تھا، بچوں کی نفسیات پر ان کی گہری نظر تھی۔ طارق اسمٰعیل ساگر کی خودنوشت 'مجھے کھا گئے'، 2014ء میں لاہور شائع ہوئی ہے۔ مصنف، مقبول جہانگیر کے شاگردوں میں سے ہیں۔ خودنوشت میں لکھتے ہیں:

> ''مقبول جہانگیر نے مجھے انگلی پکڑ کر چلنا سکھایا۔ میں نے اپنی زندگی میں ان سے بڑا کوئی قلم کار نہیں دیکھا۔ ان کی کوئی باقاعدہ تعلیم نہیں تھی مگر وہ اپنے دور کے نابغہ روزگار تھے۔ شوگر اور قلب کے مریض تھے۔ ایک اسکوٹر ساری زندگی کا حاصل تھا لیکن کمال کے انسان تھے۔ درجنوں بیماریاں لے کر جی رہے تھے مگر جس محفل میں بیٹھتے اسے کشتِ زعفران بنا دیتے۔''

ڈاکٹر اسد اریب نے اردو ڈائجسٹ (فروری 2013ء) کو دیے ایک انٹرویو میں مقبول جہانگیر کو ان الفاظ میں یاد کیا تھا:

> ''خوب مذاق، خلیق اور انسان دوست شخص تھا۔ شاید بہت زیادہ عسرت نے اسے آسودہ حالی کی دولت سے مالا مال کر رکھا تھا۔ ایک موقع پر میرے ترجمہ کردہ ایک مضمون کو دیکھ کر ہنس کر بولا تھا کہ صاحب، شکر بجا لائیے۔ یہ ملک نصراللہ خاں عزیز ہیں۔ نہ ہوئے مولانا ظفر علی خاں جنہوں نے اپنے اخبار میں دبلی پتلی جسامت والے مولانا شبلی کے تذکرے میں مولانا ستلی لکھنے پر اپنے پروف ریڈر کو گھر کی راہ دکھلا دی تھی۔''

مولانا کوثر نیازی، مقبول جہانگیر کی کتاب 'کردار کے غازی' میں لکھتے ہیں:

> ''مقبول جہانگیر کسی مکتب یا کالج کی پیداوار نہ تھے۔ غریب گھرانے سے تعلق رکھتے تھے۔ شاید ان کے والدین تعلیم کے اخراجات ہی نہ اٹھا پاتے۔ انہوں نے جو کچھ پایا اپنی لگن سے پایا۔ کتابت کے میدان میں تھے تو 'مقبول رقم' کہلاتے تھے، ادب وصحافت میں فتوحات حاصل کیں تو

’جہانگیر‘ بن گئے۔اخبار (تسنیم،1950ء) کے دفتر کے علاوہ نشستیں جمنے لگیں تو معلوم ہوا کہ یہ حضرت تو بلا کی چیز ہیں۔ذہانت اور فطانت کا مجسمہ،حافظے میں لاثانی،شعروادب میں بزرگوں کی نشانی،مطالعہ کے دھنی اور دل کے غنی۔اور دل کے اس غناء میں روحانیت اور تصوف کا ذوق بھی شامل تھا۔‘‘

مقبول جہانگیر کا انتقال 24 اکتوبر 1985ء کو لاہور میں ہوا تھا۔حال ہی میں ان کی دختر نے راقم الحروف کی فرمائش پر ان کی چند انتہائی یادگار تصاویر فراہم کیں جو اس سے قبل کسی کتاب یا جریدے میں شائع نہیں ہوئی ہیں۔راقم نے مذکورہ تصاویر flicker.com پر شامل کردی ہیں۔واضح رہے کہ مقبول جہانگیر پر سجیلہ جہانگیر نے جی سی یونیورسٹی،لاہور سے ایم فل کا مقالہ تحریر کیا تھا جس کا عنوان تھا ’’مقبول جہانگیر کی ادبی خدمات‘‘۔[مرتب]

●●●

# ایک عجیب واقعہ

## حفیظ جالندھری

جو واقعہ میں بیان کرنے والا ہوں، کچھ ایسا ہے جسے میں بارہ برس کی عمر سے اس وقت تک صندوقِ سینہ میں چھپائے بیٹھا ہوا تھا۔آج جبکہ میں ''ستّر اوبہتّرا'' ہونے سے محض ایک سال کم یعنی اکہتّرا بننے والا ہوں،''سیارہ ڈائجسٹ'' کے مدیرِ شہیر مقبول جہانگیر صاحب کا تحکمانہ ارشاد مؤدّبانہ انداز سے موصول ہوا ہے۔چاہتے ہیں کہ میں 1971ء کے اولین ہفتے میں شائع ہونے والے سال نامے کے لیے جلد سے جلد کچھ پیش کروں۔ساتھ ہی ارشاد ہے کہ یہ نذرانہ نثر میں ہوتو وہ شکرگزار،یعنی تعمیلِ ارشاد سے خوش ہوجائیں گے۔

اگرچہ ان کو معلوم ہے کہ میں واقعی بیمار ہوں۔میری عیادت کرنے والے گواہ بھی موجود ہیں مگر میرا گناہ یہ ہے کہ میں اس علالت کی حالت میں بھی رَواں دَواں نظر آتا ہوں جس کا سبب تنہائی اور اپنی تیمارداری۔سانس رُکے تو رُکے مگر مجھے رکنے کی سعادت نصیب نہیں، لہٰذا مقبول جہانگیر صاحب اپنے اسلوبِ طلب کی وجہ سے مجھ ایسے دوست پرست سے شکست نہیں کھا سکتے۔

مجبور ہوکر کسی پرانی تحریر کو طاق و چست بنا کر غیر مطبوعہ بتا کر نوک پلک درست فرما کر ''سیارہ ڈائجسٹ'' کے اُفق پر طلوع کرنے کی سوچ رہا تھا کہ اچانک سیارہ ڈائجسٹ کا شمارہ دسمبر ۱۹۷۰ء وارد ہوا جس کے ایک مضمون نے میری مشکل آسان کردی۔ایک مضمون سوجھ گیا جو نثر ہی میں انتہائی سادگی سے لکھا جا سکتا ہے۔سیارہ میں شائع شدہ کا عنوان ہے ''وہ کون تھا'' نویسندہ اکبر کاظمی ہیں۔وہ بیان فرماتے ہیں کہ ''ان کا چھوٹا بھائی اصغر اچانک بیمار ہوگیا۔ہر طرح کے طبّی علاج کیے، آرام نہ ہوا۔بیماری یہ تھی کہ یہ برخوردار بیٹھے بٹھائے تڑپنے لگتا اور چیخیں مارتے مارتے بیہوش ہوجاتا۔

اس قسم کے دورے اسے گاہے گاہے پڑتے رہتے۔ علاج کرنے والے حکیم ڈاکٹر حیران تھے۔ آخر معلوم ہوا کہ ''رام رکھا'' نامی ایک بھوت کسی بے اَدبی کا انتقام لینے کے لیے اس معصوم سر پر چڑھا ہوا ہے۔

چنانچہ ایک بزرگ عامل نے کلامِ الٰہی کی کرامت سے اس نوجوان کو اس بھوت سے ہمیشہ کے لیے نجات دلائی۔'' کاظمی صاحب یہ بھی لکھتے ہیں کہ ''ان کا بھائی بفضلِ خدا آج ایک دفتر میں ہیڈ کلرک بھی ہے اور ہومیو پیتھ ڈاکٹر بھی۔''

''سیارہ ڈائجسٹ'' یا اس قسم کے کسی دوسرے صحیفے میں اس طرز کے واقعات جن لوگوں کی نظر سے گزرتے ہیں ان میں سے ''بہت'' پڑھے لکھے ''بہت'' عقل مند حضرات ہنستے ہیں اور بیان کرنے والے کو اگر دروغ گو نہیں تو سست اعتقادی کا مارا ہوا ضرور گردان لیتے ہیں۔

شاید میں بھی اسی روش کی دانش وری کا مظہر بن جاتا لیکن مشکل یہ ہے کہ میں خود بھی چند ایک ایسے ہی واقعات سے دوچار ہو چکا ہوں۔ اس لیے کوئی کچھ بھی کہے آج میں بھی اپنے مشاہدے اور تجربے کے واقعات میں ایک ایسا عجوبہ بیان کیے دیتا ہوں جس کو دیکھنے والے ہزاروں لوگ تھے۔ شاید اُن میں سے چند میری طرح زندہ موجود بھی ہوں اور میری تائید کریں۔ خیر کوئی تردید کرے یا تائید، میں بلا تکلف بیان کرتا ہوں:

میری عمر بارہ سال تھی۔ میر الحن، داؤدی بتایا جاتا اور نعت خوانی کی محفلوں میں بلایا جاتا تھا۔ اس زمانے میں شعر و شاعری کے مرض نے بھی مجھے آلیا تھا۔ اس لیے اسکول سے بھاگنے اور گھر سے اکثر غیر حاضر رہنے کی علت بھی پڑ چکی تھی جس کو میری زندگی کی ذلت تصور کیا جانا گھرانے کے لیے لازمی تھا۔ بہر آئینہ اب تک اس ذلت کی لذت موجود ہے میں خود حیران ہوں۔ کیوں۔ اور کیسے؟

میری منگنی لاہور میں میرے رشتے کی ایک خالہ کی دُختر سے ہو چکی تھی۔ میرے خالو نے جب میری آوارگی کی داستان سنی تو سیر و تفریح کے بہانے محترم نے جالندھر سے مجھے ساتھ لیا اور مجھے سیر و تفریح کا سبز باغ دکھلا کر شہر گجرات کے قریب قصبہ جلال پور جٹاں میں پہنچ گئے۔ اصل سبب مجھے بعد میں یہ معلوم ہوا کہ ہونے والے خسر اور فی الحال خالو میرے متعلق اپنے دینی مرشد سے تصدیق کرنا چاہتے تھے کہ وہ بزرگ اپنی بیٹی کی شادی مجھ ایسے آوارہ سے

کر دینے کی اجازت دیتے ہیں یا نہیں!

ان کے قول کے مطابق میں تو اس وقت اپنے خالو کا چہیتا نعت خواں تھا۔ مجھے پیش کیا گیا۔ یہ پُرانوار پیر و مرشد ایک کہنہ سال بزرگ تھے اُن کے اردگرد مؤدّب بیٹھے ہوئے دوسرے شرفاء سے پہلے ہی دن میں نے نعت سنا کر واہ واہ، سبحان اللہ کے تحسین آمیز کلمات سنے۔ بعد ازاں کچھ کھانے پینے کے لیے بہتر سے بہتر جو کچھ دستر خوان پر ہوتا ایک خاص الخاص صوفی نما کارفرما میرے سامنے چنتا۔ اِردگرد کی سیر وتفریح کا انتظام تھا اور ہر نمازِ عشا کے بعد میلاد کی بزم اور نعت خوانی کا اہتمام۔ گرمی کا موسم تھا۔ پنکھا جھلنے والے موجود تھے۔ دو مہینے اسی جگہ گزرے۔ اس سال ساون سوکھا تھا۔ بارش نہیں ہو رہی تھی۔ لوگ بارش کے لیے میدانوں میں جا کر نمازِ استسقاء ادا کرتے تھے۔ بچے بوڑھے جوان مرد و زن دعا کرتے لیکن گھنگھور گھٹا تو کیا کوئی معمولی بدلی بھی نمودار نہ ہوتی تھی۔ یہ ہے پس منظر اس واقعہ کا جسے میں عجوبہ کہتا ہوں جسے بیان کر دینے کے لیے نہ جانے کیوں مجبور ہو گیا ہوں۔

پہلے یہ جان لیجیے کہ وہ محترم بزرگ کون تھے؟ مجھے یقین ہے اُن کا خاندان آج بھی جلال پور جٹاں میں موجود ہے۔ ان بزرگ کا نامِ نامی حضرت قاضی عبدالحکیمؒ تھا۔ اَسی پچاسی برس کی عمر تھی۔ دُور دُور سے لوگ ان سے دینی اور دنیوی استفادہ کی غرض سے آتے تھے۔ یہ استفادہ دینی کم دنیوی زیادہ تھا۔ آنے والے، اور دو تین دن بعد چلے جانے والے گویا ایک تسلسل امواج تھا۔ کثرت سوداگروں اور تجارت پیشہ لوگوں کی تھی۔

یہ پیر پرست لوگ پھلوں اور مٹھائیوں کے ٹوکرے بھر بھر کے لاتے۔ ادب سے عرض معروض کرتے اور دیکھتے کہ پھل قصبے کی مساجد میں تعلیم پانے والے بچوں میں فوراً تقسیم ہو جاتے ہیں۔ یہ حضرات جب واپس جانے کی اجازت چاہتے تو ان کے لیے دعا کرنے والے پیر و مرشد یعنی حضرت قاضی صاحب جلال پور جٹاں کے بنے ہوئے قیمتی دھسّے بطور ہدیہ دے کر رُخصت فرماتے۔

چونکہ میری نعت خوانی کے سبب حضرت مجھے بسا اوقات اپنے مصلے کے بہت قریب بٹھائے رکھتے تھے۔ ایک دن ان کے کسی خاص نیاز مند کے استفسار پر میں نے حضرت کا جواب سنا کہ ''بھئی! یہ لوگ تاجر ہیں، دور سے آتے ہیں۔ واپس جاتے ہیں تو دینی مفاد کو

دنیوی مفاد سے بھی تولتے ہیں، حساب کرتے ہیں تو یہاں آنے جانے اور اپنی کمائی گنوانے کے مقابلے میں یہ دُھسّے ان کو زیادہ وزنی نظر آتے ہیں۔''

میری طرف دیکھ کر حضرت نے کہا۔''برخوردار تم رسول اللہ کے اسمِ گرامی سے مجھے خوش کرتے ہو، تمہارے لیے میرے پاس بس دعائیں ہی ہیں۔ انشاء اللہ تم دیکھو گے کہ آج تو تم دوسروں کی لکھی ہوئی نعتیں سناتے ہو، لیکن ایک دن تمہاری لکھی ہوئی نعتیں لوگ دوسروں کو سنایا کریں گے۔''

اس وقت بھلا مجھے کیا معلوم تھا کہ سرکارِ دوجہاں کے یہ محبِ صادق میری زندگی کا مقصود بیان کررہے ہیں۔ بہرصورت یہ تو ان کی کرامتوں میں سے ایک عام بات ہے۔ جس عجوبے کے اظہار نے مجھ سے آج قلم اُٹھوایا وہ کرامتوں کی تاریخ میں شاید بےنظیر ہی نظر آئے۔

ایک دن حضرت قاضی صاحب کے پاس میں اور ان کے بہت سے نیازمند بیٹھے ہوئے تھے۔ ان میں میرے خالو بھی تھے۔ یہ ایک بڑا کمرہ تھا اور حضرت ایک مصلّے پر بیٹھے تھے۔ السلام علیکم کہتے ہوئے کندھوں پر رومال ڈالے سات آٹھ مولوی طرز کے معتبر آدمی کمرے یں داخل ہوکر قاضی صاحب سے مخاطب ہوئے۔ قاضی صاحب نے وعلیکم السلام اور بسم اللہ کہہ کر بیٹھ جانے کا ایما فرمایا۔ ہم سب ذرا پیچھے ہٹ گئے اور مولوی صاحبان تشریف فرما ہوگئے۔

ان میں سے ایک صاحب نے فرمایا کہ''حضرت! ہمیں ہزاروں مسلمانوں نے بھیجا ہے۔ یہ چار صاحبان گجرات سے اور یہ وزیرآباد سے آئے ہیں۔ میں، آپ جانتے ہیں ڈاکٹر ٹیلر کے ساتھ والی مسجد کا امام ہوں۔ عرض یہ کرنا ہے کہ آپ اس ٹھنڈے ٹھار گوشے میں آرام سے بیٹھے رہتے ہیں۔ باہر خلقِ خدا مر رہی ہے۔ نمازی اور بےنماز، سب بارانِ رحمت کے لیے دعائیں کرتے کرتے ہار گئے ہیں۔ ہر جگہ نمازِ استسقاء ادا کی جارہی ہے۔ کیا آپ اور آپ کے ان مریدوں کے دل میں کوئی احساس نہیں کہ یہ لوگ بھی اُٹھ کر نماز میں شرکت کریں اور آپ بھی اپنی پیروی کی مسند پر سے اُٹھ کر باہر نہیں نکلتے کہ لوگوں کی چیخ پکار دیکھیں، اللہ تعالیٰ سے دعا کریں تاکہ وہ پریشان حال انسانوں پر رحم کرے اور بارش برسائے۔''

میرے قریب سے ایک شخص نے چپکے سے اپنے دوسرے ساتھی سے کہا''یہ وہابی ہے۔''

میں اُن دنوں وہابی کا مفہوم نہیں سمجھتا تھا۔ صرف اتنا سنا تھا کہ یہ صوفیوں کو بُرا سمجھتے ہیں

اور نعت خوانی کے وقت رسولِ اکرم صلی اللہ علیہ وسلم کی خدمت میں جب سلام پیش کیا جاتا ہے تو یہ لوگ تعظیم کے لیے کھڑے نہیں ہوتے بلکہ کھڑے ہونے والوں کو بدعتی کہتے ہیں۔

مسکراتے ہوئے قاضی صاحب نے پوچھا: ''حضرات! آپ فقیر سے کیا چاہتے ہیں'' تو اُن میں سے ایک زیادہ مضبوط جثّے کے مولوی صاحب نے کڑک کر فرمایا۔ ''اگر تعویذ گنڈا نہیں تو کچھ دعا ہی کرو، سنا ہے پیروں فقیروں کی دعا جلد قبول ہوتی ہے۔''

یہ الفاظ مجھ نادان نوجوان کو بھی طنزیہ محسوس ہوئے تاہم قاضی صاحب پھر مسکرائے اور جواب جو آپ نے دیا وہ اس طنز کے مقابلے میں عجیب وغریب تھا۔

قاضی صاحب نے فرمایا: ''آپ کُتّوں سے کیوں نہیں کہتے کہ دعا کریں۔''

یہ فرمانا تھا کہ مولوی صاحب غضب میں آگئے اور مجھے بھی ان کا غضب میں آنا قدرتی معلوم ہوا۔ چنانچہ وہ جلد جلد بڑبڑاتے ہوئے اُٹھے اور کوٹھری سے باہر نکل گئے۔

قاضی صاحب کے اردگرد بیٹھے ہوئے نیاز مند لوگ ابھی گُم سُم ہی تھے کہ مولوی صاحب میں سے دو جو بہت جیّد نظر آتے تھے، دوبارہ کمرے میں داخل ہوئے، اُن میں سے ایک نے کہا:

''حضرت! ہم تو کُتّے کی بولی نہیں بول سکتے۔ آپ ہی کُتّوں سے دعا کرنے کے لیے فرمائیے۔''

مجھے اچھی طرح یاد ہے اور آج تک میرے سینے پر قاضی صاحب کا یہ ارشاد نقش ہے۔

''حضرت، پہلے ہی کیوں نہ کہہ دیا۔ کل صبح تشریف لائیے۔ کُتّوں کی دعا ملاحظہ فرمائیے!''

مولوی صاحبان طنزاً مسکراتے ہوئے چل دیے اور میں نے ان کے یہ الفاظ اپنے کانوں سے سنے کہ ''یہ صوفی لوگ اچھے خاصے مسخرے ہوتے ہیں۔''

جب مولوی صاحبان چلے گئے تو میرے خالو سے قاضی صاحب نے فرمایا کہ ''ذرا چھوٹے میاں کو بلائیے''۔ چھوٹے قاضی صاحب کا نام اَب میں بھولتا ہوں۔ مہمانوں کی آؤ بھگت اور قیام وطعام کا سارا انتظام انہی کے سپرد تھا۔ انواع واقسام کے کھانے اور دیگیں قاضی صاحب کی حویلی کی ڈیوڑھی اور صحن میں پکتی رہتی تھیں۔ ساتھ ہی ایک چھوٹی سی

خوبصورت مسجد تھی جس میں عشاء کی نماز کے بعد نعت خوانی ہوا کرتی تھی اور میں شوق و ذوق سے یہاں نعت خوانی کیا کرتا تھا۔

پیر صاحب یعنی بڑے قاضی صاحب کو میں نے اکثر دیکھا کہ مسجد میں جب نماز کے لیے صفیں بن جاتیں تو آپ خاموشی سے اپنی کوٹھری سے نکلتے اور نمازیوں کے جوتوں کے قریب کھڑے ہو کر نماز ادا کرتے پھر اپنے کمرے میں جا بیٹھے۔ ہاں میں اپنے بیان سے بھٹک گیا تھا۔ میرے خالو ان کے چھوٹے بھائی کو لائے تو قاضی صاحب نے ان سے کہا:

''میاں کل صبح دو تین سُو کُتّے ہمارے مہمان ہوں گے۔ آپ کو تکلیف تو ہوگی بہت سا حلوہ راتوں رات تیار کرا لیجیے۔ ڈھاک کے پتّوں کے ڈیڑھ دو سو دونے شام ہی کو منگوا کر رکھ لیجیے گا۔ ڈیوڑھی کے باہر ساری گلی میں صفائی بھی کی جائے۔ کل نماز فکر کے بعد میں خود مہمان داری میں شامل ہوں گا۔''

چھوٹے قاضی صاحب نے سر جھکایا اگرچہ ان کے چہرے پر تحیر کے آثار نمایاں تھے۔ میرے لیے تو یہ باتیں تھی ہی پُر اسرار لیکن میرے خالو مسجد میں بیٹھ کر قاضی صاحب کے دوسرے مستقل نیاز مندوں اور حاضر باشوں سے چہ میگوئیاں کرنے لگے کہ کل صبح واقعی کچھ اچنبھا ہونے والا ہے۔

میں نے تین چار کڑاہ حویلی کے صحن میں لائے جاتے دیکھے۔ یہ بھی دیکھا کہ کشمش، بادام اور حلوے کے دوسرے لوازمات کے پُڑے کھل رہے ہیں۔ سوجی کی سینیاں بھری رکھی ہیں۔ گھی کے دو کنستر کھولے گئے ہیں۔ واقعی یہ تو حلوے کی تیاری کے سامان ہیں۔ ناریل کی ٹُریاں کاٹی جا رہی ہیں اور سب آدمی تعجب کر رہے ہیں کہ کتوں کی مہمانداری، وہ بھی حلوے سے؟

مُریدلوگ بھی کُھسر پُھسر کر رہے تھے کہ ہم نے تو کبھی کُتّوں کو حلوا کھاتے نہیں دیکھا...! قاضی صاحب کے بھتیجے، چھوٹے قاضی صاحب کے فرزند جو بعد میں قاضی صاحب کے داماد ہوئے، میرے ہم عمر تھے۔ نام محمد اکرم تھا۔ وہ اُس روز شام کو مجھے اپنی زمینوں پر لے گئے۔ دریائے چناب تک قاضی صاحب کی زمینیں پھیلی ہوئی تھیں۔ جو بڑی زرخیز تھیں۔ بہت سے گھوڑے بھی ان کی ملکیت تھے لیکن بڑے قاضی صاحب ہمیشہ یہی فرمایا کرتے تھے کہ یہ سب

چیزیں اللہ کی ملکیت ہیں جو ہمیں اللہ کے بندوں کی خدمت کے لیے تفویض کی گئی ہیں۔

ہمارے ساتھ ایک درویش بھی تھا جسے ہماری حفاظت اور نگرانی بلکہ خدمت کے لیے بھیجا گیا تھا۔ہم نے اس درویش سے پوچھا: ''کیا کل واقعی کُتوں کی مہمان داری ہوگی؟ اور کیا کُتّے دعا بھی کریں گے؟''۔ میں یہ پوچھتے ہوئے ہنس بھی رہا تھا مگر درویش نے ہمیں ہنسنے سے منع کردیا، کہا: ''کیا کُتّے خدا کی مخلوق نہیں ہیں۔سب دعا کرتے ہیں۔خدا سب کی سنتا ہے۔''

قاضی صاحب کے بھتیجے نے کہا: ''چلو جی۔کل ہم خود اپنی آنکھوں سے دیکھ لیں گے۔''

شام کے وقت ہم زمینوں سے سیر کرکے واپس آگئے تو دیکھا کہ حلوے تیار ہورہے تھے۔

صبح ہوئی، نمازِ فجر کے بعد میں نے دیکھا کہ قاضی صاحب قبلہ دوتین آدمیوں کو ساتھ لیے ہوئے اپنی ڈیوڑھی سے نکل کر گلی میں اِدھر اُدھر گھومنے لگے۔ چند ایک مقامات پر مزید صفائی کے لیے فرمایا۔

میری ان گناہ گار آنکھوں نے یہ بھی دیکھا کہ اس گلی میں دونوں طرف ایک منزلہ مکانوں کی چھتوں پر حیرت زدہ لوگ کُتوں کی ضیافت کا کرشمہ دیکھنے کے لیے جمع ہونا شروع ہوگئے تھے اور جلال پور جٹّاں میں سے مختلف عمر کے لوگ اس گلی میں داخل ہورہے تھے۔ وہ قاضی صاحب کو سلام کرکے گلی میں دیواروں کے ساتھ لگ کر کھڑے ہوجاتے اور جانے کیا بات تھی کہ یہ سب اونچی آواز سے باتیں نہیں کرتے تھے۔

ہم دونوں یعنی قاضی صاحب کا بھتیجا محمد اکرام اور میں مسجد کی چھت پر چڑھ گئے اور یہاں سے گلی میں ہونے والا عجیب وغریب تماشہ دیکھنے لگے۔

درویش طرز کے چند آدمی حلوے سے بھری ہوئی سینیاں لاتے جارہے تھے اور قاضی صاحب چمچے سے ان دونوں کو پُر کتے پھر دونوں ہاتھوں سے دونا اُٹھاتے اور تھوڑے تھوڑے فاصلے پر عین گلی کے درمیان رکھتے جاتے۔

جب پوری گلی میں حلوہ بھرے دونے رکھے جاچکے تو انہوں نے بلند آواز سے دونوں کو گنا۔ مجھے یقین ہے کہ گلی میں دیواروں کی طرف پشت کیے کھڑے سینکڑوں لوگوں نے قاضی صاحب کا یہ فقرہ سنا ہوگا:

”کل ایک سو بائیس ہیں۔“

یہ کام مکمل ہوا ہی تھا کہ زور زور سے کچھ ایسی آوازیں آنے لگیں جن کو میں انسانی ہجوم کی چیخیں سمجھا۔ مجھے اعتراف ہے کہ اُس وقت مجھے اپنے بدن میں کپکپی سی محسوس ہونے لگی۔ میں نے گلی میں ہر طرف دیکھا تو عورتیں بچے اور مرد گلی میں اور کوٹھوں سے چیخ رہے تھے۔

کیوں چیخ رہے تھے۔ اس لیے کہ ایک کُتّا جس کو، جب سے میں یہاں وارد ہوا تھا۔ حویلی کے اردگرد چلتے پھرتے اور مہمانوں کا بچا کھچا پھینکا ہوا کھانا کھاتے اکثر دیکھا تھا، بہت سے کُتّوں کو اپنے ساتھ لیے ہوئے گلی کی مشرقی سمت سے داخل ہوا۔ جو بے شمار کُتّے اس کے پیچھے پیچھے گلی میں آئے تھے ان میں سے ایک بھی بھونک نہیں رہا تھا۔ بھونکنا تو کیا اس قدر خلقت کو گلی میں کھڑے دیکھ کر کوئی کتا خوفزدہ نہ تھا اور نہ کوئی غرا رہا تھا۔ کُتّے دو دو تین تین آگے پیچھے بڑے اطمینان کے ساتھ گلی کے اندر داخل ہو رہے تھے۔

کُتّوں کی یہ پُر اسرار کیفیت دیکھ کر ساری خلقت نہ صرف پریشان تھی بلکہ دہشت زدہ تھی۔

قاضی صاحب اگر اپنے ہونٹوں پر انگشت شہادت رکھ کر لوگوں کو خاموش رہنے کی تلقین نہ کرتے تو میں سمجھتا ہوں کہ گلی میں موجود سارا ہجوم ڈر کر بھاگ جاتا۔

اس گلی والا وہ کتا جس کا میں ذکر کر چکا ہوں قاضی صاحب کے قدموں میں آ کر دم ہلانے لگا۔ قاضی صاحب نے جو الفاظ فرمائے وہ بھی مجھے حرف بہ حرف یاد ہیں...فرمایا:

> ”بھئی کالو! تم تو ہمارے قریب ہی رہتے ہو۔ دیکھو، انسانوں پر اللہ میاں رحمت کی بارش نہیں برسا رہے۔ اللہ کی اور مخلوق بھی ہم انسانوں کے گناہوں کے سبب ہلاک ہو رہی ہے۔ اپنے ساتھیوں سے کہو، سب مل بیٹھ کر پہلے یہ حلوہ کھائیں پھر اللہ سے دعا کریں کہ رحمتہ للعالمینؐ کے صدقے بادلوں کو اجازت دیں تاکہ وہ پیاسی زمین پر برس جائیں۔“

یہ فرما کر حضرت قاضی صاحب اپنی ڈیوڑھی کے دروازے میں کھڑے ہو گئے اور میں نے کیا سبھی نے ایک عجوبہ دیکھا۔

خدارا یقین کیجیے کہ ہر ایک حلوہ بھرے دونے کے گرد تین تین کُتّے جھک گئے اور بڑے اطمینان سے حلوہ کھانا شروع کر دیا۔ایک بھی کُتا کسی دوسرے دونے یا کُتّے پر نہیں جھپٹا اور نہ کوئی چیخا چلایا اور جس وقت یہ سب کُتّے حلوہ کھا رہے تھے ایک اور عجیب وغریب منظر دیکھنے میں آیا کہ وہ کُتّا جو اس گلی کا پُرانا باسی اور ان تمام کتوں کو یہاں لایا تھا،خود نہیں کھا رہا تھا بلکہ گلی میں مسلسل ایک سرے سے دوسرے سرے تک گھومتا رہا جیسے وہ ضیافت کے کھانے والوں کی نگرانی کر رہا ہو۔

میں نے اسکول میں اپنے ڈرل ماسٹر صاحب کو طالب علموں اسی طرح نگرانی کرتے وقت گھومتے دیکھا تھا۔کالُو کا اندازِ معائنہ پُرشکوہ تھا جس پر مجھے اپنا ڈرل ماسٹر یاد آ گیا کیونکہ ہم میں سے کوئی لڑکا ماسٹر صاحب کے سامنے منکتاِ تک نہیں تھا۔

تھوڑی دیر میں سب کتے حلوہ کھا کر فارغ ہو گئے۔بیشمار کتوں کے اس کے ہجوم میں سے صرف حضرت قاضی صاحب کی آواز ایک مرتبہ پھر سنائی دی۔وہ فرما رہے تھے:''لو بھئی کالُو!ان سے کہو کہ اللہ تعالیٰ سے دعا کریں تا کہ خدا جلد ہی انسانوں پر رحم کرے۔''

یہ سنتے ہی میں نے غیر ارادی طور پر ایک طرف دیکھا تو کل والے مولوی صاحبان ایک سمت کھڑے اس قدر حیرت زدہ نظر آئے جیسے وہ لوگ زندہ نہیں یا سکتے کے عالم میں ہیں۔

اب صبح کے تو دس بجے کا وقت تھا۔ہر طرف دھوپ پھیل چکی تھی۔تپش میں تیزی آتی جا رہی تھی جب قاضی صاحب نے''کالُو''کو اشارہ کیا۔حیرت انگیز محشر بپا ہوا۔تمام کُتّوں نے اپنا اپنا منہ آسمان کی طرف اُٹھا لیا اور ایک ایسی متحدہ آواز میں غرانا شروع کیا جو میں کبھی کبھی راتوں کو سنتا تھا۔جسے سُن کر میری دادی کہا کرتی تھی''کُتّا رو رہا ہے خدا خیر کرے۔''

آسمان کی طرف تھوڑی دیر منہ کیے لمبی غراہٹوں کے بعد یہ کُتّے جو مشرقی سمت سے اس کوچے میں داخل ہوئے تھے۔اب مغرب کی طرف چلتے گئے۔میں اور قاضی اکرام ہی نہیں جلال پور جٹاں کے سبھی مرد وزن کُتّوں کو گلی سے رُخصت ہوتے ہوئے دیکھ رہے تھے اور خالی دونے آسمان کی طرف منہ کھولے گلی میں بدستور پڑے تھے(یہ دست دُعا تھے)۔

جونہی کُتے گلی سے نکلے قاضی صاحب کے ہاتھ بھی دعا کے لیے اُٹھ گئے اور ان کی سفید براق ڈاڑھی پر چند موتی سے چمکنے لگے۔یقیناً یہ آنسو تھے۔

پس منظر بیان ہو چکا، اب منظر ملاحظہ فرمایئے۔کیا آپ یقین کریں گے کہ میں جو آج ستر برس اور گیارہ مہینے کا بوڑھا بیمار ہوں خدا اور رسولؐ کی قسم کھا کر کہتا ہوں کہ بادل گرجا اور مغرب سے اس تیزی کے ساتھ گھٹا اُمڈی کہ گلی ابھی پوری طرح خالی بھی نہ ہوئی تھی، مرد، عورتیں، بچے بالے ابھی کوٹھوں سے پوری طرح اُترنے بھی نہ پائے تھے کہ بارش ہونے لگی۔ ہم بھی مسجد کی چھت سے نیچے اُترے۔ پہلے مسجد میں گئے اور پھر حلوہ کھانے کا شوق لیے ہوئے حویلی کی ڈیوڑھی میں چلے گئے۔ دیکھا کہ وہی معتبر مولوی صاحبان چٹائیوں پر بیٹھے ہیں اور حضرت قاضی صاحب حلوے کی طشتریاں ان لوگوں کے سامنے رکھتے جا رہے ہیں۔ وہ حلوہ کھاتے بھی جاتے ہیں اور آپس میں ہنس کر باتیں بھی کر رہے ہیں۔ایک کی زبان سے میں نے یہ بھی سنا کہ حضرت یہ نظر بندی کا معاملہ نہیں ہے تو اور کیا ہے۔جادو۔نعوذ باللہ۔

مجھے اچھی طرح یاد ہے کہ قاضی صاحب قبلہ ان کی اس بات پر دیر تک مسکراتے اور ان بن بلائے مہمانوں کے لیے مزید حلوہ طلب فرماتے رہے۔ باہر بارش ہو رہی تھی اور اندر مولوی صاحبان خوشی سے حلوہ اُڑا رہے تھے۔قاضی صاحب کے جو الفاظ آج تک میرے سینے پر منقوش ہیں میں یہاں ثبت کیے دیتا ہوں۔

قاضی صاحب نے کہا تھا:

''کُتّے مل جل کر کبھی نہیں کھاتے، لیکن یہ آج بھلائی کے لیے جمع ہوئے تھے۔اللہ کے بندوں کے لیے دعا کرنے کے لیے وہ اتنے متحد رہے کہ ایک نے بھی کسی دوسرے پر چھینا جھپٹی نہیں کی۔ان کا ایک ہی امام تھا۔اُس نے کھایا ابھی کچھ نہیں۔اب وہ آئے گا تو میں اس کے لیے حلوہ حاضر کروں گا۔'' ایک مولوی صاحب نے کہا: ''حضرت ہمیں تو یہ جادوگری نظر آتی ہے۔''

قاضی صاحب بولے:

''مولوی صاحب! ہم تو آپ ہی کے فتوؤں پر زندگی گزارتے ہیں۔خواہ اسے جادو فرمائیں یا نظر بندی آپ نے یہ تو ضرور دیکھ لیا ہے کہ کُتّے بھی کسی نیک مقصد کے لیے جمع ہو جائیں تو آپس میں لڑتے جھگڑتے نہیں۔''

مجھے یاد ہے کہ مولوی صاحبان کو بارش میں بھیگتے ہوئے ہی اس ڈیوڑھی سے نکل کر

جاتے ہوئے میں نے دیکھا تھا۔ بخدا یہ عجوبہ اگر میں خود نہ دیکھتا تو کسی دوسرے کے بیان کرنے پر کبھی یقین نہ کرتا۔ یاد رہے کہ میں وہی حفیظ جالندھری ہوں جس کے بارے میں حضرت قاضی صاحب نے جلال پور جٹاں میں سٹھ سال پہلے فرمایا تھا کہ حفیظ تیری لکھی ہوئی نعتیں دوسرے سنایا کریں گے۔

الحمدللہ۔ نعتِ رسول صلی اللہ علیہ وسلم یعنی ''شاہنامۂ اسلام'' ساری دنیا کے اردو جاننے والے مسلمان خود پڑھتے اور دوسروں کو بھی سناتے ہیں۔

عرض کر چکا ہوں۔ اس واقعۂ عجوبہ کی یاد میرے قلب وجگر میں گوشہ گیر تھی۔ اس موضوع پر صرف ایک مرتبہ میری مفصل گفتگو حضرت قاضی صاحب کے بھتیجے اور داماد قاضی محمد اکرام سے راول پنڈی میں ہوئی تھی جب میں آدم جی مسلم مڈل اسکول کو ہائی اسکول بنوانے کے لیے چندہ طلب کرنے کی غرض سے بلوایا گیا تھا اور مجھے بلانے والے اس اسکول کے ہیڈ ماسٹر تھے جن کا نام قاضی محمد اکرام تھا۔ جب میں پنڈی پہنچا تو یہ حضرت وہی محمد اکرام نکلے جن کے ساتھ جلال پور جٹاں میں مسجد کی چھت پر بیٹھ کر میں نے کُتّوں کی دعا کا منظر دیکھا تھا۔ مجھے یقین ہے کہ مجھ ایسا کوئی ستّر بہتّر برس کا بوڑھا یا خاتون جلال پور جٹّاں میں اب بھی موجود ہوگی جس نے میری طرح حضرت قاضی صاحب کی وہ کرامت دیکھی ہوگی۔

□□□

ماخذ: سیارہ ڈائجسٹ لاہور، سالنامہ ۱۹۷۱ء

نوٹ:

جلال پور جٹان میں قاضی عبدالحکیم صاحب صاحب کے مزار کی تصویر ملاحظہ کیجیے:

https://www.flickr.com/photos/rashid_ashraf/49824591436/

# راشد اشرف کی کتابوں کی تفصیل

| نمبر شمار | کتاب کا نام | ناشر | قیمت |
|---|---|---|---|
| 1 | ابن صفی۔شخصیت اورفن | اٹلانٹس پبلی کیشنز | 790 |
| 2 | حیرت کدہ، جلد اول (خودنوشتوں سے ماورائے عقل واقعات) | اٹلانٹس پبلی کیشنز | 2090 |
| 3 | گلدستۂ شاہد احمد دہلوی (خاکے، مضامین) | فضلی سنز، کراچی | 600 |
| 4 | دل ہی تو ہے (خودنوشتوں سے رومانی واقعات) | اٹلانٹس پبلی کیشنز | 590 |
| 5 | اردو کے نادر و کمیاب شخصی خاکے (جلد اول) | اٹلانٹس پبلی کیشنز | 790 |
| 6 | اردو کے نادر و کمیاب شخصی خاکے (جلد دوم) | اٹلانٹس پبلی کیشنز | 790 |
| 7 | مختصر سفرنامے اور رپورتاژ (رسائل وجرائد سے) | فضلی سنز، کراچی | 600 |
| 8 | مولانا عبدالسلام نیازی۔ یادیں اور باتیں | فضلی سنز، کراچی | 400 |
| 9 | ابن صفی: کہتی ہے تجھ کو خلق خدا غائبانہ کیا (خاکے) | فضلی سنز، کراچی | 500 |
| 10 | طرز بیاں اور (خودنوشتوں پر تبصرے، مقالے) | فضلی سنز، کراچی | 500 |
| 11 | چراغ حسن حسرت: ہم تم کو نہیں بھولے (خاکے) | فضلی سنز، کراچی | 400 |
| 12 | شکاریات کی ناقابل فراموش داستانیں۔جلد اول | اٹلانٹس پبلی کیشنز | 690 |
| 13 | شکاریات کی ناقابل فراموش داستانیں، جلد دوم | فضلی سنز، کراچی | 500 |
| 14 | شکاریات کی ناقابل فراموش داستانیں، جلد سوم | اٹلانٹس پبلی کیشنز | 690 |
| 15 | شکاریات کی ناقابل فراموش داستانیں، جلد چہارم | اٹلانٹس پبلی کیشنز | 690 |
| 16 | ماضی کے جھروکوں سے (تقسیم سے قبل تا سنہ ساٹھ کی دہائی کے رسائل وجرائد سے دلچسپ تحریروں کا مجموعہ) | اٹلانٹس پبلی کیشنز | 500 |
| 17 | حیرت کدہ (جلد دوم)، ماورائے عقل واقعات | اٹلانٹس پبلی کیشنز | 690 |
| 18 | ڈائجسٹ کہانیاں (یادگار اور حساس کہانیوں کا انتخاب) | اٹلانٹس پبلی کیشنز | 780 |

| | | | |
|---|---|---|---|
| 19 | ڈائجسٹ کہانیاں، دوسری جلد۔ڈائجسٹوں سے ازحد دلچسپ سائنس فکشن پر مبنی کہانیوں کا انتخاب | اٹلانٹس پبلی کیشنز | 840 |
| 20 | ڈائجسٹ کہانیاں، تیسری جلد۔پاسبان شب / قاصدِ جاں، رائڈر ہیگرڈ کے دو یادگار ناول، ایک جلد میں | اٹلانٹس پبلی کیشنز | 610 |
| 21 | ڈائجسٹ کہانیاں، چوتھی جلد۔طویل کہانیوں کا انتخاب...... سڈنی شیلڈن، عبدالقیوم شاد و دیگر | اٹلانٹس پبلی کیشنز | 810 |
| 22 | وشواناتھ طاؤس کے فلمی و ادبی مضامین۔معروف بھارتی ادیب آنجہانی وشواناتھ طاؤس کے تقسیم سے قبل و فوراً بعد کی فلموں اور اُسی دور کے ادبی موضوعات پر موقر اور دلچسپ مضامین۔ایسے کہ گویا...وہ لکھے اور پڑھا کرے کوئی۔بقول شاعر......دیکھیے اس بحر کی تہ سے اچھلتا ہے کیا......654/ صفحات کی ایک منفرد کتاب | اٹلانٹس پبلی کیشنز | 1200 |
| 23 | وہ بھولی داستاں( VERY RARE PRESS BOOKLETS OF EARLY INDIAN TALKIES, 1931 - 1940) **A Coffee Table Book** | اٹلانٹس پبلی کیشنز | 20,000 |
| 24 | شکاریات کی ناقابل فراموش داستانیں، پانچویں جلد | اٹلانٹس پبلی کیشنز | 1090 |
| 25 | شکاریات کی ناقابل فراموش داستانیں، چھٹی جلد | اٹلانٹس پبلی کیشنز | 1090 |
| 26 | ظفر و سالک (مولانا ظفر علی خاں اور عبدالمجید سالک پر لکھے دلچسپ خاکوں کا انتخاب، مرتبہ: راشد اشرف | اٹلانٹس پبلی کیشنز | 1090 |
| 27 | شکاریات کی ناقابل فراموش داستانیں، ساتویں جلد | اٹلانٹس پبلی کیشنز | 1390 |
| 28 | شکاریات کی ناقابل فراموش داستانیں، آٹھویں جلد | اٹلانٹس پبلی کیشنز | 1390 |

# زندہ کتابیں سلسلہ

| نمبر | کتاب کا نام | قیمت |
|---|---|---|
| 1 | بزم داغ (داغ دہلوی سے متعلق یادداشتیں)، احسن مارہروی و رفیق مارہروی | 300 |
| 2اور3 | لندن سے آداب عرض/ دیس سے باہر، آغا محمد اشرف، (ایک جلد میں) | 400 |
| 4 | موسیقارِ اعظم نوشاد کی از حد دلچسپ خودنوشت | 480 |
| 5 | یارانِ نجد (شخصی خاکے)، مقبول جہانگیر | 380 |
| 6 | کیا قافلہ جاتا ہے (شخصی خاکے)، نصر اللہ خاں، تیسرا ایڈیشن | 500 |
| 7 | بھوپت ڈاکو کی سوانح عمری | 400 |
| 8 | ملا واحدی معاصرین کی نظر میں (غیر مطبوعہ خاکے و متفرقات) | 400 |
| 9 | چراغ حسن حسرت: ہم تم کو نہیں بھولے (تیسرا ایڈیشن)، راشد اشرف | 400 |
| 10 | ابن صفی: کہتی ہے تجھ کو خلق خدا غائبانہ کیا (تیسرا ایڈیشن)، راشد اشرف | 500 |
| 11 | طرز بیاں اور (خودنوشتوں پر تبصرے، مقالے)، راشد اشرف، تیسرا ایڈیشن | 500 |
| 12 | سفر امریکہ کی ڈائری، اختر حمید خان | 380 |
| 13 | یادوں کا سفر (خودنوشت)، اخلاق احمد دہلوی | 640 |
| 14 | کوچہ قاتل (خودنوشت)، رام لعل | 500 |
| 15 | چاند چہرے (فلمی مضامین)، علی سفیان آفاقی | 550 |
| 16 | سنگ دوست (یادگار شخصی خاکے)، اے حمید | 720 |
| 17اور 18 | یادیں اور خاکے/ ان کہی کہانیاں، عام انسانوں کے دلدوز شخصی خاکے، سیدہ انیس فاطمہ بریلوی۔ (ایک جلد میں) | 400 |
| 19اور 20 | دھندلے سائے/بستی بستی روشن تھی، ناقابل فراموش خاکے اور یادداشتیں، ایم اے عثمانی۔ (ایک جلد میں) | 500 |
| 21 | مشاہدات (خودنوشت)، نواب ہوش یار جنگ (نظام دکن کے مصاحب) | 600 |
| 22 | پیرِ سابرمتی (گاندھی کی سوانح عمری)، اندولال کنہیالال یاجنک، (مترجم: ظفر احمد انصاری)، اشاعت ثانی۔ | 500 |
| 23اور24 | یہ پری چہرہ لوگ/ دلیپ کمار کے رومان (ایک جلد میں)، شوکت ہاشمی رجعفر منصور | 500 |
| 25 | سحر ہونے تک (خودنوشت)، آغا جانی کاشمیری (انڈین فلم اسٹوری رائیٹر) | 450 |
| 26 | سفرنامۂ ہند (تاریخی و معلوماتی سفرنامہ)، پروفیسر محمد اسلم | 400 |

| | | |
|---|---|---|
| 27اور28 | ترقی پسند تحریک اور بمبئی/ انگارے: ایک جائزہ، مرتبہ: پروفیسر صاحب علی/ شبانہ محمود، (ایک جلد میں)۔ | 600 |
| 29اور30 | یادوں کے گلاب/ ڈربے، (سوانحی مضامین رسوانحی ناول)، اے حمید، (ایک جلد میں) | 600 |
| 31 | دریچوں میں رکھے چراغ (خاکے)، رام لعل | 500 |
| 32 | گورنر جنرل ہاؤس سے آرمی ہاؤس تک (یادداشتیں) فخر عالم زبیری | 450 |
| 33ور34 | بھولی ہوئی کہانیاں/ ہفت محفل (یادداشتیں)، ڈاکٹر غلام مصطفیٰ خاں، (ایک جلد میں) | 400 |
| 35 | ٹنڈو آدم سے کراچی (آپ بیتی)، ڈاکٹر رضوان اللہ خان | 450 |
| 36 | یادوں کی دستک (آپ بیتی)، صوفیہ انجم تاج | 500 |
| 37اور38 | آدمی غنیمت ہے/ آدمی آدمی انتر (شخصی خاکے وتذکرے)، انیس شاہ جیلانی (ایک جلد میں) | 500 |
| 39، 40 اور 41 | اور پھر بیاں اپنا، پھر وہی بیاں اپنا، میرا بیان (خاکے)، اخلاق احمد دہلوی، (ایک جلد میں) | 500 |
| 42 | آہنگ بازگشت (خودنوشت)، مولوی محمد سعید (پاکستان ٹائمز) | 500 |
| 43 | جالب جالب (یادداشت)، مجاہد بریلوی | 300 |
| 44 | امرتسر کی یادیں (یادداشت)، اے حمید | 580 |
| 45، 46 اور 47 | یادیں کچھ کرداروں کی/ یہ باتیں ہیں جب کی/ سبزۂ بیگانہ... (یادداشت ریادداشت رسوانحی مضامین)، (ایک جلد میں) | 500 |
| 48 | کارپٹ صاحِب (جم کوربٹ کی سوانح عمری)، ترجمہ نگار: مسز رابعہ سلیم | 690 |
| 49 | شکار اور آسیب (شکاریات کی کہانیوں کے تراجم)، سید حشمت سہیل | 790 |
| 50 | مولانا عبدالسلام نیازی (یادیں اور خاکے)، مرتبہ: راشد اشرف (اضافہ شدہ ایڈیشن) | 400 |
| 51 | چند سیپیاں سمندروں سے (سفرنامہ)، پروین شیر | 200 |
| 52 | یادوں کی کہکشاں (آپ بیتی/ جگ بیتی)، سید حشمت سہیل | 200 |
| 53 | اصہار الغالب/ بزمِ داغ (اول: مرزا غالب سے متعلق ایک اہم دستاویز/ دوم: داغ دہلوی کی ہم نشینی میں گزرے 4 برسوں کی روداد)، مصنفین: ناصر الدین احمد خاں (غالب کے رشتے کے پوتے)/ رفیق مارہروی | 400 |
| 54 | یادِ ایام، آپ بیتی، نواب محمد احمد سعید خان چھتاری | 500 |
| 55 | صادقین۔ مصور، شاعر، خطاط، صادقین پر اپنی نوعیت کی پہلی کتاب۔ خاکے، خودنوشت اور بہت کچھ۔ چند غیر مطبوعہ مضامین و نادر تصاویر کے ہمراہ | 500 |

| | | |
|---|---|---|
| 56اور57 | سفرنامہ مقبوضہ ہندوستان مع محاکمہ (رئیس امروہوی، شکیل عادل زادہ اور انیس جیلانی کے مابین سفرنامے سے متعلق دلچسپ مراسلت)، سید انیس شاہ جیلانی | 500 |
| 58اور59 | شورشِ دوراں/ ہم ساتھ تھے (آپ بیتیاں)، حمیدہ سالم، ہمشیرہ مجاز | 500 |
| 60 | Sir گزشت، آپ بیتی، شاہ محی الحق فاروقی | 680 |
| 61 | شکاریات کی ناقابل فراموش داستانیں، جلد دوم، مرتبہ: راشد اشرف | 500 |
| 62 | ورودِ مسعود (آپ بیتی)، مسعود حسن خاں (علی گڑھ) | 500 |
| 63 | جلتی بجھتی یادیں، آپ بیتی، عارف نقوی (جرمنی) | 400 |
| 64 | اردو کی مختصر آپ بیتیاں، مشفق خواجہ حواشی اور اضافہ: ڈاکٹر محمود احمد کاوش | 550 |
| 65 | کال کوٹھری، جیل میں بیتے دنوں کی دلچسپ روداد، حمید اختر | 500 |
| 66 | آشنائیاں کیا کیا، شخصی خاکے، حمید اختر | 500 |
| 67 | حیرت کدہ، جلد دوم، ماورائے عقل واقعات، مرتبہ: راشد اشرف | 690 |
| 68 | اردو گیت: تاریخ، تحقیق اور تنقید کی روشنی میں، ڈاکٹر بسم اللہ نیاز احمد | 400 |
| 69 | جو ہم پہ گزری، یادداشتیں، سید سبط یحییٰ نقوی (سابق سفارت کار) | 1190 |
| 70 | ماضی کے جھروکوں سے، رسائل وجرائد سے دلچسپ مضامین کا انتخاب، مرتبہ: راشد اشرف | 500 |
| 71 | شکاریات کی ناقابل فراموش داستانیں، جلد اول، مرتبہ: راشد اشرف | 690 |
| 72 | شکاریات کی ناقابل فراموش داستانیں، جلد سوم، مرتبہ: راشد اشرف | 690 |
| 73 | شکاریات کی ناقابل فراموش داستانیں، جلد چہارم، مرتبہ: راشد اشرف | 690 |
| 74 | نایاب ہیں ہم، خاکے اور مضامین، آصف جیلانی (بی بی سی لندن) | 200 |
| 75 | بیدار دل لوگ، شخصی خاکے، شاہ محی الحق فاروقی | 450 |
| 76 | قافلے اجالوں کے، شخصی خاکے، ڈاکٹر محمود احمد کاوش | 300 |
| 77 | وہ کہاں گئے (خاکے)، ڈاکٹر مظہر محمود شیرانی | 480 |
| 78 | ساقی کا جوش نمبر، ایک کمیاب دستاویز | 1200 |
| 79 | گلدستہ شاہد احمد دہلوی، مرتبہ راشد اشرف | 600 |
| 80 | ڈائجسٹ کہانیاں، ڈائجسٹوں سے یادگار کہانیوں کا انتخاب، راشد اشرف | 780 |
| 81 | مختصر سفرنامے اور رپورتاژ (تقسیم سے قبل اور بعد کے رسائل سے)، راشد اشرف | 600 |
| 82 | حیات سعید، حکیم سعید کی سوانح عمری، ستار طاہر کے قلم سے | 700 |
| 83 | اے تحیرِ عشق (ناول)، ڈاکٹر رفیع مصطفیٰ | 500 |
| 84 | قید یاغستان (قید و بند و فرار کی ایک لازوال داستان)، محمد اکرم صدیقی | 1290 |

| | | |
|---|---|---|
| 85 | عظمتِ رفتہ، خاکے، ضیاء الدین برنی | 700 |
| 86 | خوش نفساں، خاکے، پروفیسر امجد علی شاکر | 400 |
| 87 اور 88 | لخت لخت داستان/ دھند اور دھنک، (آپ بیتی اور خاکے)، بریگیڈیئر اسمعیل صدیقی | 700 |
| 89 | ڈائجسٹ کہانیاں، دوسری جلد۔ڈائجسٹوں سے ازحد دلچسپ سائنس فکشن پر مبنی یادگار کہانیوں کا انتخاب۔، مرتبہ: راشد اشرف | 840 |
| 90 | ڈائجسٹ کہانیاں، تیسری جلد۔ پاسبان شب/ قاصدِ جاں، رائڈر ہیگرڈ کے دو بہترین ناول، ایک جلد میں۔ مرتبہ: راشد اشرف | 610 |
| 91 | ڈائجسٹ کہانیاں، چوتھی جلد۔طویل کہانیوں کا انتخاب...سڈنی شیلڈن، عبدالقیوم شاد و دیگر۔ مرتبہ: راشد اشرف | 810 |
| 92، 93 اور 94 | جم کوربٹ، پہلی جلد۔ برصغیر کے نامور شکاری جم کوربٹ کی تین کتابیں، ایک جلد میں۔ رودر پریاگ کا آدم خور، کماؤں کے آدم خور اور مندر کا شیر (اور کماؤں کے دیگر آدم خور) | 650 |
| 95-97 | جم کوربٹ، دوسری جلد۔ برصغیر کے نامور شکاری جم کوربٹ کی یادداشتوں پر مبنی تین کتابیں، ایک جلد میں۔ میرا ہندوستان، جنگل کہانی اور ٹری ٹوپس | 500 |
| 98، 99 اور 100 | ابن صفی کے ہمبگ دی گریٹ کی مکمل کہانی، (دلچسپ حادثہ، بے آواز سیارہ، ڈیڑھ متوالے) پیشکش کے ایک نئے انداز میں، الہ آباد کے اداریے، ڈیڑھ متوالے پر تجزیاتی مضامین، تصاویر......اور بہت کچھ۔ A Collector's Item | 890 |
| 101 | ساقی کا شاہد احمد دہلوی نمبر، 700 صفحات کی ایک اہم دستاویز جس میں شاہد احمد دہلوی گویا زندہ ہو کر سامنے آجاتے ہیں | 1600 |
| 102 | افکار کا جوش نمبر، جوش ملیح آبادی کی زندگی کے مختلف پہلوؤں کو اجاگر کرتی ایک ضخیم دستاویز | 1600 |
| 103 | ادب سے فلم تک، رشید انجم (بھوپال)....145 شخصیات پر ایک ضخیم اور موقر کتاب۔ اُن معروف ادبی شخصیات کا تذکرہ جن کی تخلیقات نے فلم کے میدان میں بھی نام کمایا۔ 920 صفحات پر مشتمل ایک قیمتی کتاب۔ | 1980 |
| 104 | کاروانِ حیات (آپ بیتی)، نواب مشتاق احمد خاں (ایجنٹ جنرل حیدر آباد دکن) | 650 |
| 105 | یادوں کی بستی (یادداشتوں پر مبنی ڈائری)، خان کفایت اللہ حافظ | 690 |
| 106 | سرّی ادب اور ابن صفی، 2013ء مولانا آزاد یونیورسٹی، حیدر آباد دکن میں منعقدہ ابن صفی سیمنار میں پڑھے گئے مقالوں پر مبنی کتاب | 900 |
| 107 | باتوں، ملاقاتوں میں شہریار (ہندوستانی شاعر شہریار سے متعلق یادیں)، پریم کمار | 800 |
| 108 | آپ کا سعادت حسن منٹو (منٹو کے کمیاب خطوط)، بمبئی سے شائع ہوئی ایک اہم اور دلچسپ کتاب | 900 |

| | | |
|---|---|---|
| 109 | خون جگر ہونے تک (قحطِ بنگال کے پس منظر میں لکھا ایک یادگار ناول)، فضلی احمد کریم فضلی | 1500 |
| 110 | روشن دان، خاکے، جاوید صدیقی (بمبئی) | 480 |
| 111 | یادوں کے انمول خزانے، آپ بیتی، حافظ لدھیانوی | 800 |
| 112 اور 113 | متاعِ گم گشتہ، متاعِ بے بہا، شخصی خاکے، حافظ لدھیانوی | 800 |
| 114 | کس پہ کھولوں گنٹھری، آپ بیتی، کرتار سنگھ دگل، اردو و ہندی کے جانے پہچانے ادیب، آل انڈیا ریڈیو سے وابستہ رہے کرتار سنگھ دگل کی 625 صفحات پر مشتمل ایک ضخیم اور دلچسپ آپ بیتی | 900 |
| 115، 116 اور 117 | داستان علی گڑھ، پہلی جلد (تین کتب)۔علی گڑھ پر دلچسپ یادداشتوں کا انتخاب۔ علی گڑھ کے چار سال (یادیں از محفوظ الحق حقی)/.2۔ذکر علی گڑھ (علی گڑھ پر نامور شخصیات کی آپ بیتیوں سے انتخاب، مرتبہ: عبدالمجید قریشی)...3۔علی گڑھ سے علی گڑھ تک (آپ بیتی، اطہر پرویز، بھارت) | 900 |
| 118، 119 اور 120 | داستان علی گڑھ، دوسری جلد (تین کتب)۔آپ بیتیاں: 1۔علی گڑھ کی باتیں علی گڑھ کی یادیں (سید مسعود الحسن زیدی)....2۔زندگی ہے تو کہانی بھی ہوگی (فیاض رفعت).....4۔آبگینہ، یادیں (سید محمد ٹونکی، بھارت)...4۔علی گڑھ پر پانچ دلچسپ سوانحی مضامین کا انتخاب | 900 |
| 121 | دستاویز (دوحہ قطر) کا اردو کی اہم آپ بیتیاں نمبر۔886 صفحات پر مشتمل، بڑے سائز میں ایک ایسا مجلّہ جس میں نہ صرف اردو کی اہم آپ بیتیوں سے انتخاب شامل کیا گیا ہے بلکہ چند قد آور شخصیات کی مختصر آپ بیتیاں بھی لکھوا کر شامل کی گئی ہیں۔ A Collector's Item | 1500 |
| 122 | قاضی عبدالستار: اسرار و گفتار، گفتگو کی شکل میں آپ بیتی، مصاحبہ کار: راشد انور راشد (علی گڑھ) | 650 |
| 123 | میری دنیا (آپ بیتی)، ڈاکٹر اعجاز حسین (الہ آباد) | 1600 |
| 124 اور 125 | نیا جو بک گئی (شوکت ہاشمی کا سوانحی ناول) اور فلمی پریاں (راجہ مہدی علی خاں کے قلم سے تقسیم سے قبل کی اداکاراؤں کے تذکرے، آرٹ پیپر پر درجنوں کمیاب تصاویر کے ہمراہ) | 690 |
| 126، 127 اور 128 | فلمی انٹرویو، ہماری فلمیں اور اردو، اور مضامینِ فلم، بھوپال کے ادیب و صحافی خالد عابدی کی تین موقر کتابیں، ایک جلد میں | 840 |
| 129 | جانے کہاں بکھر گئے، مضامین اور خاکے، ڈاکٹر مظہر محمود شیرانی | 1200 |
| 130 | چہرہ بہ چہرہ رو بہ رو، شخصی خاکے، اطہر پرویز (علی گڑھ) | 1200 |
| 131 | خان محبوب طرزی۔لکھنو کا ایک مقبول ناول نگار، ڈاکٹر عمیر منظر (لکھنؤ) | 890 |

| | | |
|---|---|---|
| 132 | وشوا ناتھ طاؤس کے فلمی وادبی مضامین۔معروف بھارتی ادیب آنجہانی وشوا ناتھ طاؤس کے تقسیم سے قبل وفوراًبعد کی فلموں اور اُسی دور کے ادبی موضوعات پر موقر اور دلچسپ مضامین۔ایسے کہ گویا...وہ لکھے اور پڑھا کرے کوئی۔بقول شاعر...... دیکھیئے اس بحر کی تہ سے اچھلتا ہے کیا۔654 صفحات کی ایک منفرد کتاب۔بازیافت وتدوین:راشد اشرف | 1200 |
| 133 | رقصِ شرر، آپ بیتی، ملک زادہ منظور(لکھنؤ)، اردو کی ایک عمدہ اور دلچسپ آپ بیتی | 2000 |
| 134 | سحر ہونے تک،،ناول، فضل احمد کریم فضلی | 2000 |
| 135 | وہ بھولی داستاں (VERY RARE PRESS BOOKLETS OF EARLY INDIAN TALKIES, 1931 - 1940) A Coffee Table Book..........A Collector' Item برصغیر کی تقسیم سے قبل کی فلموں کا ایک ایسا ریکارڈ جو پہلی مرتبہ اس شکل میں پیش کیا جارہا ہے۔650 صفحات، 128 گرام کے Vintage کاغذ پر، کافی ٹیبل(Coffee Table) کتاب۔انتہائی کمیاب تصاویر کے ہمراہ۔اس کتاب میں برصغیر کی گم شدہ فلمی تاریخ کو محفوظ کیا گیا ہے۔جہاں آرا کجن، جدن بائی، مظہر خان، گل حمید اور بہت سے دوسرے فنکاروں کی تصویری داستان۔ | 20,000 |
| 136 | جو یاد رہا، آپ بیتی، عابد سہیل(لکھنؤ) | 1680 |
| 137 | پورے، آدھے اور ادھورے، شخصی خاکے، عابد سہیل(لکھنؤ) | 590 |
| 138 اور 139 | اوراق ہستی(آپ بیتی) اور ہمارے گاؤں ہمارے لوگ(خاکے)، رضوان اللہ(دہلی) | 2000 |
| 140 | میری دلی، آپ بیتی، اسلم پرویز، ایک ہنستی مسکراتی کتاب، دلی مرحوم کی تہذیب کا مرقع | 1200 |
| 141 | آگرہ اور آگرہ والے، یادداشتیں، میکش اکبرآبادی(انڈیا) | 1200 |
| 142 | جن سے الفت تھی بہت، خودنوشت، سید قمرالحسن(انڈیا) | 1600 |
| 143 | جہدِ مسلسل۔علی گڑھ سے علی گڑھ تک، آپ بیتی، عابد اللہ الانصاری غازی | 1600 |
| 144 & 145 | دربدری اور بیتے ہوئے دن، اردو کی دو اہم آپ بیتیاں، رتن سنگھ کے قلم سے | 1600 |
| 146 | اوراق حیات، ایک ہزار صفحات پر مشتمل مولانا وحید الدین خاں کی خودنوشت تحریروں پر مبنی سوانحی کتاب، شاہ عمران حسن(دہلی) | 3000 |
| 147 | گئو دھول، خودنوشت سوانح حیات، سید محمد عقیل(الہ آباد) | 2000 |
| 148 | راجہ مہدی علی خاں کی ادبی خدمات، عبدالقدیر مقدر(انڈیا) | 2000 |

| | | |
|---|---|---|
| 149 | سونے چاندی کے بت، فلمی خاکے و مضامین، خواجہ احمد عباس | 640 |
| 150 | جزیرہ نہیں ہوں میں (آپ بیتی)، خواجہ احمد عباس، I Am Not An Island کا اردو ترجمہ۔اس اہم اور دلچسپ آپ بیتی کے ترجمہ نگار، خواجہ احمد عباس کی سگی بھانجی ڈاکٹر شہلا نقوی اور چندی گڑھ کے ڈاکٹر نریش ہیں۔ | 1650 |
| 151 | داستان میری، خودنوشت، ڈاکٹر اقبال حسین (خدابخش اورینٹل لائبریری، پٹنہ بہار کے ڈائرکٹر) | 2000 |
| 152 | فن اور شخصیت (بمبئی)، کوائف نمبر، صابر دت | 1600 |
| 153 | عرض وسماع، آپ بیتی، سید مظفر حسین (آل انڈیا ریڈیو سے 1942ء میں ملازمت کا آغاز کرنے والے ایک براڈ کاسٹر کی ازحد دلچسپ داستان حیات | 1600 |
| 154 | شکاریات کی ناقابل فراموش داستانیں، پانچویں جلد، مرتبہ: راشد اشرف | 1090 |
| 155 | شکاریات کی ناقابل فراموش داستانیں، چھٹی جلد، مرتبہ: راشد اشرف شکاریات کی اول تا ششم، کل 6 جلدوں پر مشتمل 3200 رصفحات میں برصغیر کا تقریبا تمام اہم شکاریاتی ادب محفوظ کردیا گیا ہے۔ | 1090 |
| 156 | فن اور فنکار، خاکے، ڈاکٹر علی احمد فاطمی (الہ آباد) | 1600 |
| 157 | رشید حسن خاں کے خطوط، جلد اول، مرتبہ: ڈاکٹر ٹی.آر رینا (جموں) | 3000 |
| 158 | رشید حسن خاں کے خطوط، جلد دوم، مرتبہ: ڈاکٹر ٹی.آر رینا (جموں) | 3000 |
| 159 | رشید حسن خاں کے خطوط، جلد سوم، مرتبہ: ڈاکٹر ٹی.آر رینا (جموں) | 2000 |
| 160 | کشمیر...سرزمینِ پشیمانی (Kashmir: Land of Regrets) کا ترجمہ، موسی رضا، آئی.اے.ایس (سابق چیف سیکریٹری، جموں کشمیر) | 890 |
| 161 | دنیا میرے آگے، خاکے وسوانحی مضامین، ندا فاضلی (انڈیا) | 590 |
| 162 | رسالہ ''جن''، نیاز فتح پوری کے زیر ادارت جنوری 1930ء تا دسمبر 1930ء، کل بارہ کمیاب شمارے، پہلی مرتبہ کتابی شکل میں۔ارواح، جنات و دیگر مافوق الفطرت واقعات.... | 1290 |
| 163 | ہندوستانی فلم کا آغاز وارتقاء، الف انصاری (کلکتہ) | 1980 |
| 164 | شکاریات، محمد جسیم خان، سیر وشکار کے موضوع پر ایک معروف ومنفرد کتاب | 790 |
| 165,166 اور 167 | روداد قفس، بجھے دیوں کی قطار، آشنا چہرے، حفیظ نعمانی (لکھنؤ)......اسیری کی روداد...اور شخصی خاکے | 2000 |
| 168 | درشن، خاکے و یادداشتیں، وقار قادری (انڈیا) | 690 |

| | | |
|---|---|---|
| 169 | سری ادب کا پہلا اور آخری آدمی، ابن صفی پر مضامین (انڈیا و پاکستان کے مولفین کی مشترکہ پیشکش).....بڑے سائز میں | 1600 |
| 170 | خط انشاء جی کے، مرتبہ: ڈاکٹر ریاض اے ریاض، ابن انشاء کے سدابہار خطوط کا مجموعہ | 590 |
| 171, 172, 173 & 174 | خلت قزاق سیریز: خلت قزاق پراسرار دنیا میں، منحوس ستارہ اور خلت قزاق، خلت قزاق کے آخری معرکے، Harold Lamb کی معرکتہ الآرا تصنیف The Curved Saber کا رواں اور سلیس ترجمہ، سابق بیوروکریٹ محمد ہادی حسین کے قلم سے۔ مہم جوئی اور شجاعت کی لازوال داستان۔ | 1490 |
| 175 | ''سلسلۂ مُکاتبَت''، مشفق خواجہ اور ہند کی معروف ادبی شخصیت رشید حسن خاں کے مابین ہوئی دوطرفہ مراسلت کا مجموعہ | 2000 |
| 176 اور 177 | دو ملک ایک کہانی (رپورتاژ) اور جیل کے دن جیل کی راتیں (قید و بند کی روداد)، ابراہیم جلیس کی دو یادگار کتابیں...ساٹھ برس کے بعد دوبارہ زیور طبع سے آراستہ کی گئی ہیں۔ | 890 |
| 178 | علی گڑھ میری شخصیت کے آئینے میں، یادداشتیں، پروفیسر محمد عابد | 1200 |
| 179 | خواب، خیال اور زخم، خاکے و مضامین، پروفیسر امجد علی شاکر | 1600 |
| 180 | ابن انشاء۔یادیں باتیں... بہار خزاں (یادداشتیں)، اے حمید کے سدابہار قلم سے | 790 |
| 181 | لاہور کی یادیں، اے حمید (لاہور سے وابستہ یادداشتیں) | 890 |
| 182 | تقسیم ہند، ابوالکلام آزاد کی کتاب India Wins Freedom کے جواب میں لکھی گئی کتاب India Wins Freedom: The Other Side کا ترجمہ۔تاریخ کے دھندلکوں میں کھو جانے والی ایک بے حد اہم اور دلچسپ کتاب کی بازیافت۔ | 890 |
| 183 | دستخط، نیاورق، بمبئی کے مدیر، ساجد رشید کے اداریوں کا مجموعہ | 890 |
| 184 | جلاوطن کہانیاں، بنگلہ دیش کے پس منظر میں، جمیل عثمان | 1200 |
| 185 | بمبئی کی بزم آرائیاں، خودنوشت آپ بیتی، رفعت سروش (دلی) | 590 |
| 186 | اور بستی نہیں یہ دلی ہے، خودنوشت آپ بیتی، رفعت سروش (دلی) | 1290 |
| 187 | جہاں خوشبو ہی خوشبو تھی، خودنوشت آپ بیتی، کلیم عاجز (بہار، انڈیا) | 1600 |
| 188 | ابھی سن لو مجھ سے، خودنوشت آپ بیتی، کلیم عاجز (بہار، انڈیا) | 1600 |

| | | |
|---|---|---|
| 189 تا 193 | تحریک ہجرت۔پہلی جلد۔(پانچ حیرت انگیز آپ بیتیاں ایک جلد میں۔تاریخ کے گم گشتہ اوراق سے)،عزیز ہندی، مولوی محمد علی قصوری، میاں اکبر شاہ، حاجی فیض محمد اور کابل میں سات سال، مولانا عبیداللہ سندھی | 3000 |
| 194-195 | بسنگ آمد اور سنگِ گراں، آپ بیتیاں، کیپٹن ایس.ایم ادریس | 990 |
| 196-197 | میرا کوئی ماضی نہیں اور روشن چہرے، شخصی خاکے، سحاب قزلباش | 1600 |
| 198, اور 199 | تاریک وادی (نیلی لکیر، خونی بگولے اور زمین کے بادل) ابن صفی مرحوم کا شہرہ آفاق سلسلہ.....الہ آباد و کراچی ایڈیشن میں شامل تصاویر کے ہمراہ.....زندہ کتابیں | 1490 |
| 200 | ڈبل سنچری نمبر A Collector' Item.... | |
| 201 | یکہ وتنہا، ہندوستانی فلم پروڈیوسر، ڈائرکٹر، کدارناتھ شرما کی خودنوشت مترجم: ڈاکٹر محمود احمد کاوش | 790 |
| 202 | نگارشاتِ مشفق خواجہ (فلیپ اور دیباچے)، مرتبہ: ڈاکٹر محمود احمد کاوش | 2000 |
| 203 | جنگی قیدی کی ڈائری، یادداشتیں، بریگیڈیئر منصور الحق ملک | 1600 |
| 204 | ہوا کے دوش پر، خودنوشت آپ بیتی، ڈاکٹر فیروز عالم (امریکہ) | 1290 |
| 205 | جنگل، لکھنؤ سے شکاریات کے، موضوع پر اسی کی دہائی میں شائع ہوئی ایک دلچسپ کتاب، سید اشتیاق علی علوی | 840 |
| 206 | جہانِ فلم کی مسلم اداکارائیں (2015 - 1922)، انجم رشید (بھوپال) | 1190 |
| 207 | پانچواں چراغ، آپ بیتی، قمر آزاد ہاشمی (دہلی) | 890 |
| 208 | حیات مستعار، آپ بیتی، جلیل قدوائی (پہلی مرتبہ مکمل آپ بیتی کتابی صورت میں) مرتب: ڈاکٹر محمود احمد کاوش | 890 |
| 209 | رقص بسمل، آپ بیتی، شین مظفر پوری (پٹنہ، بہار) | 1200 |
| 210-212 | اپنی تلاش میں، آپ بیتی (تین حصے ایک جلد میں)، پروفیسر کلیم الدین احمد، بہار، انڈیا | 3000 |
| 213 | رہ گزر در رہ گزر، آپ بیتی، پروفیسر حامدی کاشمیری (جموں) | 1200 |
| 214 | محقق غالب کالی داس گپتا رضا (خاکے و یادیں) | 1200 |
| 215 | ظفر و سالک (مولانا ظفر علی خاں اور مولانا عبدالمجید سالک پر لکھے دلچسپ خاکوں کا انتخاب)، مرتب: راشد اشرف | 1090 |
| 216 | ساؤ کے آدم خور، کرنل پیٹرسن کی شہرہ آفاق کتاب کا مکمل ترجمہ (کمیاب تصاویر کے ہمراہ)، ترجمہ نگار: افشین افضل | 790 |

| | | |
|---|---|---|
| 217 | عشق نامہ، واجد علی شاہ، اردو کا دنیا میں موجود واحد قلمی مصور نسخہ، شاہی کتب خانہ، ونڈسر کاسل، انگلستان | 890 |
| 218 | نو آدم خور اور ایک پاگل ہاتھی، کینتھ اینڈرسن۔مترجم: منصور قیصرانی | 790 |
| 219 | میں کیا میری حیات کیا، آپ بیتی، پروفیسر اطہر صدیقی (علی گڑھ) | 1600 |
| 220 | سونو، خود نوشت سوانح عمری، ڈاکٹر نریندر جادھو۔انڈیا کے مشہور ماہر معاشیات ڈاکٹر نریندر جادھو کی عالمی شہرت یافتہ مراٹھی خود نوشت کا اردو ترجمہ | 1090 |
| 221 | مجھے کچھ کہنا ہے اپنی زبان میں، خود نوشت آپ بیتی، خواجہ غلام السیدین، انڈیا | 1600 |
| 222 | مشاہدات و تاثرات، یادداشتیں ڈاکٹر شیخ عبداللہ۔بیگم خورشید مرزا اور ڈاکٹر رشید جہاں کے والد اور علی گڑھ کے محسن، کی داستان حیات۔مرتبہ: پروفیسر اطہر صدیقی، علی گڑھ | 1600 |
| 223 | عطیہ فیضی۔مشاہیر ادب سے روابط کی نوعیت، ڈاکٹر محمد یامین عثمان (عطیہ فیضی پر کی جانے والی پہلی مستند پی ایچ ڈی کا مقالہ پہلی مرتبہ کتابی شکل میں) | 2000 |
| 224 | دو آنکھوں سے کیا کیا دیکھا، آپ بیتی، رئیس الدین فریدی (کلکتہ، انڈیا) | 1290 |
| 225 | آواز خزانہ، لطف اللہ خاں کی آڈیو لائبریری سے پہلی مرتبہ مشاہیر کے اہم و دلچسپ انٹرویوز صفحہ قرطاس پر پیش کیے گئے ہیں، روداد نویس: ثوبیہ شفیق | 1500 |
| 226 | علامہ سید مناظر احسن گیلانی: احوال و آثار (خاکے و مضامین)، ڈاکٹر فاروق اعظم قاسمی (بہار، انڈیا)۔اپنی نوعیت کا منفرد کام۔ | 2000 |
| 227 | قیدی نمبر ۱۰۰، انجم زمرد حبیب (جموں انڈیا)، بھارتی زنداں کے شب و روز (تہاڑ جیل) | 1190 |
| 228-229 | یادوں کے سائے/یادوں کا سفر، فلمی اور ادبی خاکوں پر مشتمل، قیصر عثمانی (بمبئ) | 990 |
| 230 | آواز خزانہ، دوسری جلد، پیر علی محمد راشدی کی سیاسی یادداشتیں | 1200 |
| 231 | تہاڑ جیل میں میرے شب و روز، افتخار گیلانی، دلی، انڈیا | 990 |
| 232 | اس آباد خرابے میں، خود نوشت، اختر الایمان | 990 |
| 233 | ساحر کا فن اور شخصیت (ساحر لدھیانوی سے متعلق خاکے و یادیں)، مرتبہ: سلطانہ مہر | 1590 |
| 234 | شکار، لکھنؤ سے اسی کی دہائی میں شائع ہوئی ایک دلچسپ کتاب، سید اشتیاق علی علوی | 1290 |
| 235 | میری صحافتی زندگی، آپ بیتی، احمد سعید ملیح آبادی (کلکتہ، انڈیا) | 790 |
| 236 | غالب کا منسوخ دیوان، مسلم ضیائی، 1969ء میں شائع ہوئی اس کمیاب کتاب کو زندہ کتابیں میں پیش کیا گیا ہے۔ | 1200 |
| 237 | خواب باقی ہیں، خود نوشت، آل احمد سرور (انڈیا) | 1500 |
| 238 | اعمال نامہ، خود نوشت، سر سید رضا علی (اردو کی بہترین آپ بیتی) | 2000 |

| | | |
|---|---|---|
| 239 | خوفناک دنیا، ڈاکٹر محمد علی شاہ سبزواری، سیر وشکار کے حیرت انگیز واقعات (1935ء میں شائع ہوئی اس کتاب کو زندہ کتابیں کے لیے پیش کیا گیا ہے) | 1390 |
| 240 | سچی کہانی، تقسیم ہند سے قبل اسٹیج ایکٹر حاجی منن شاہ وارثی کی دلچسپ آپ بیتی | 1090 |
| 241 | گفتنی ناگفتنی، خودنوشت، وامق جونپوری، انڈیا | 1790 |
| 242 | اجلے دھندلے نقوش، خاکے، محمد عالم ندوی، ممبئی | 1200 |
| 243 | رہ ورسمِ آشنائی، خاکے وشخصی یادداشتیں، پروفیسر اطہر صدیقی، علی گڑھ | 1500 |
| 244 | اردو سفرنامے 19 ویں صدی میں، ڈاکٹر قدسیہ قریشی، دہلی | 1600 |
| 245 | آواز خزانہ، تیسری جلد، مشاہیر کے اہم اور نایاب مصاحبے، مذاکرے اور خود بیانیاں (لطف اللہ خان کے آڈیو آرکائیو سے)۔ آغا شورش کاشمیری، سید بادشاہ حسین، محبوب خزاں، سلیم احمد وانتظار حسین، داؤد رہبر، قمر جمیل ودیگر۔ | 1500 |
| 246 | شکاریات کی ناقابل فراموش داستانیں، ساتویں جلد، مرتبہ: راشد اشرف | 1390 |
| 247 | شکاریات کی ناقابل فراموش داستانیں، آٹھویں جلد، مرتبہ: راشد اشرف | 1390 |
| 248 | فلمی الف لیلہ۔ پہلی جلد، علی سفیان آفاقی کی فلمی یادداشتیں | 1590 |
| 249 | مصاحبات مشفق خواجہ (مشفق خواجہ سے کیے گئے انٹرویو وملاقاتوں پر مبنی) مرتب: ڈاکٹر محمود احمد کاوش | 1500 |
| 250 | سیر وشکار۔ خان بہادر حکیم الدین (فارسٹ آفیسر، کھیری، اتر پردیش) | 1390 |
| 251 | عبرت کدہ۔ ڈاکٹر ابراہیم خلیل۔ گدو، حیدرآباد کے پاگل خانے کے سپریٹنڈنٹ کی یادداشتیں۔ ایسے انسانوں کی سچی کہانیاں جنہیں زمانہ پاگل کہتا ہے۔ سندھی سے ترجمہ: مولانا اسد اللہ مہر۔ | 1500 |
| 252 | محمد داؤد رہبر، ایک معتبر اسکالر اور ادیب۔ خاکے، مضامین۔ مرتبہ: اکرام چغتائی | 1500 |
| 253 | محمد داؤد رہبر، بحیثیت معروف ادیب۔ داؤد رہبر کی یادگار تحریریں۔ مرتبہ: اکرام چغتائی | 2000 |
| 254 | شمیم (ناول)، فیاض علی ایڈوکیٹ | 2200 |
| 255 | انور (ناول)، فیاض علی ایڈوکیٹ | 3000 |
| 256 | نوائے زندگی، آپ بیتی، پروفیسر ساجدہ زیدی (انڈیا) | 2500 |
| 257 | آوازخزانہ، چوتھی جلد (لطف اللہ خان آرکائیو): یادداشتیں اور انٹرویوز۔ تین صاحبِ علم شخصیات۔ ماہر القادری، اختر حسین رائے پوری اور مجنوں گورکھپوری۔ ایسی باتیں، قصے جو کبھی سننے میں نہیں آئے۔ | 1500 |

258 آواز خزانہ، پانچویں جلد (لطف اللہ خان آرکائیو): نقل کنندہ: محمد حنیف/ راشد 2200
اشرف۔
پاک و ہند کی فلمی صنعت سے وابستہ رہی شخصیات کی یادداشتیں۔ سنہ ساٹھ میں ریکارڈ کیے گئے 78 / یادگار انٹرویوز: کمار عرف مجن، غوری، نور جہاں، شوکت حسین رضوی، رفیق غزنوی، رفیق رضوی، سنتوش کمار، ڈبلو زیڈ احمد، زیبا، نیلو، لتا منگیشکر، شمیم آرا، مختار بیگم، رانی، محمد حنیف آزاد، فریدہ خانم، مبارک بیگم، ثریا ملتانیکر، رشید عطرے، نیرہ نور، ضیاء محی الدین، حمایت علی شاعر، خلیل احمد، ساقی، نگہت سیما، صابری برادران، ایمی منوالا، سائیں اختر وغیرہ کے انٹرویوز۔

259 سب رنگ، ہندی کے معروف افسانوں کا ترجمہ، صابر رضا رہبر (بہار، انڈیا)

260 خبر گیر، قیصر تمکین، ایک صحافی کی منفرد آپ بیتی 1090

261 بیگم خورشید مرزا کی آپ بیتی A Woman of Substance، کارواں اور 1190
سلیس ترجمہ۔ نظر ثانی: لبنیٰ کاظم (دختر)۔ ترجمہ نگار: افشین افضل

262 سید حسین۔ ہندوستان کا ایک مجاہد آزادی، اسعد فیصل فاروقی (علی گڑھ) اپنی 2500
نوعیت کی اردو زبان میں پہلی کتاب

263 آج کل اور غبارِ کارواں، مرتبین: محبوب الرحمٰن فاروقی/ محمد کاظم۔ دلی کے معروف پرچے ''آج کل'' میں شائع ہوئی مشہور ادباء کی آپ بیتیاں۔ گیان چند جین، صالحہ عابد حسین، اسلوب احمد انصاری، عرش ملسیانی، ڈاکٹر محمد حسن، سعید احمد اکبر آبادی، جمیل مظہری، حمیدہ سلطان، میکش اکبر آبادی، علی محمد لون، سلام مچھلی شہری، ہنس راج رہبر، مدن گوپال، انیس قدوائی، امجد نجمی، وحید اختر، علی جواد زیدی، مالک رام، کوثر چاند پوری، گوپی ناتھ امن، سہیل عظیم آبادی، دوارکا داس شعلہ، گوپال متل و دیگر کی خودنوشت سوانح۔

264 سلسلہ مراسلت۔ مرتبہ: ڈاکٹر محمود احمد کاوش۔ مشفق خواجہ اور ڈاکٹر وحید قریشی کے مابین دو طرفہ مراسلت پر مبنی خطوط پر مشتمل کتاب

265 نگار خانہ، آپ بیتی، رئیس فاطمہ (ادیبہ، کالم نگار)

حیرت کدہ۔پہلی جلد(تیسرا ایڈیشن) راشد اشرف

# زیر ترتیب

1 میری افسانہ نویسی کے چالیس برس، یادداشتیں، اوپندر ناتھ اشک

2 زیرلب اور حرف آشنا، صفیہ اختر کے خطوط

3 اٹک سے بمبئی تک، یادداشتیں، پریم رتن وہرہ، بمبئی

4 آوازخزانہ.....چھٹی جلد.. یادداشتیں، تعلیم کے موضوع سے متعلق خود بیانیاں اور مباحثے، میجر ابن الحسن، محمد صلاح الدین، پروفیسر یوسف سلیم چشتی، مولانا ابوالجلال ندوی، خلیل الرحمٰن داؤدی، پروفیسر مرزا محمد منور و دیگر

5 رئیس احمد جعفری شخصیت اور فن (خاکے و یادیں)

6 سحر کے پہلے اور بعد (خودنوشت آپ بیتی)، سعید الظفر چغتائی (علی گڑھ)

7 میری کہانی میری زبانی (خودنوشت آپ بیتی)، بیرسٹر مولوی سید ہمایوں مرزا (دکن)

8 سرگزشت ایامِ غدر/ میری جیل ڈائری، مصنفین: خان بہادر منشی محمد عنایت حسین خاں/ جے پرکاش نارائن

9 مکاتیب قاضی و مشفق۔مرتبہ: ڈاکٹر محمود احمد کاوش۔مشفق خواجہ اور قاضی عبدالودود کی دو طرفہ مراسلت مع حواشی و تعلیقات

# اپنی یاد میں

(خود وفاتیے)

تدوین: عقیل عباس جعفری

ناشر: تعمیر پبلی کیشنز (حیدرآباد، انڈیا)

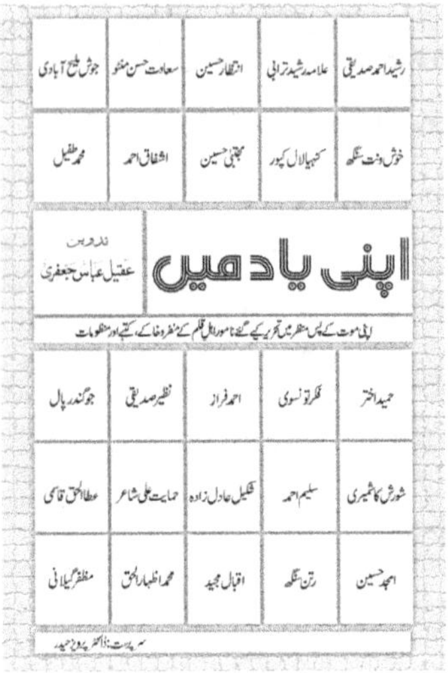

بین الاقوامی ایڈیشن

اور

(کم قیمت) ہندوستانی ایڈیشن

جلد منظرِ عام پر